草原文学精品选编

2007—2017

报告文学、儿童文学、文学评论

内蒙古作家协会 ◎ 编

远方出版社

图书在版编目 (CIP) 数据

草原文学精品选编：2007—2017. 报告文学·儿童文学·文学评论 / 内蒙古作家协会编 . —— 呼和浩特：远方出版社，2017.4

ISBN 978-7-5555-0892-2

Ⅰ.①草… Ⅱ.①内… Ⅲ.①中国文学 – 当代文学 – 作品综合集 – 内蒙古②报告文学 – 作品集 – 中国 – 当代③儿童文学 – 作品综合集 – 中国 – 当代④中国文学 – 当代文学 – 文学评论 – 文集 Ⅳ.① I218.26

中国版本图书馆 CIP 数据核字 (2017) 第 085220 号

草原文学精品选编（2007—2017）·报告文学、儿童文学、文学评论
CAOYUAN WENXUE JINGPIN XUANBIAN（2007—2017）
BAOGAO WENXUE ERTONG WENXUE WENXUE PINGLUN

编　　者	内蒙古作家协会
责任编辑	董美鲜　贾玉梅
责任校对	心　妍
封面设计	刘红刚
版式设计	韩　芳
出版发行	远方出版社
社　　址	呼和浩特市乌兰察布东路 666 号　邮编 010010
电　　话	（0471）2236471 总编室　2236460 发行部
经　　销	新华书店
印　　刷	呼和浩特市圣堂彩印有限责任公司
开　　本	170mm×240mm　1/16
字　　数	910 千
印　　张	58
版　　次	2017 年 4 月第 1 版
印　　次	2017 年 4 月第 1 次印刷
印　　数	1—1 000 册
标准书号	ISBN 978-7-5555-0892-2
定　　价	160.00 元（全 3 册）

如发现印装质量问题，请与出版社联系调换

《草原文学精品选编》编委会

主　任：白玉刚

副主任：周纯杰　张　宇　特·官布扎布

成　员：乌云格日勒　图·巴特尔　锡林巴特尔　苏那嘎

汉文专家组

组　长：张　宇

副组长：赵富荣

成　员：包斯钦　高明霞　郭亚明　广　子

蒙古文专家组

组　长：特·官布扎布

副组长：锡林巴特尔

成　员：满　全　额尔敦哈达　巴图苏和　苏布道

目录

报告文学

丁新民与他的民工兄弟　/ *003*　布仁巴雅尔　马宝山

国家的孩子　/ *190*　萨仁托娅

门前一卜槐　/ *333*　田培良

毛乌素绿色传奇　/ *484*　肖亦农

儿童文学

迷失在玩偶城堡　/ *695*　王存喜　马端刚

山鼠的家　/ *791*　贾月珍

文学评论

内蒙古小说批评的美学演变　/799　刘志中　左少峰

札木合形象简论　/810　王素敏

《成吉思汗评传》的文化反思　/818　李树榕

改革开放30年的中国少数民族儿童文学　/826　张锦贻

草原文化与北方民族文学艺术　/847　额·巴特尔

草原画卷的多彩描绘和审美超越　/859　阚小琴

草原文学的多民族性　/877　刘成

感天动地的绿色壮歌　/890　吴玉英　刘文斌

新时期蒙古族散文的现象学审视　/901　敖敦

丁新民与他的民工兄弟

2009 年获第十一届全国精神文明建设"五个一工程"奖

布仁巴雅尔　马宝山

开篇　推轮椅的人

曼谷，泰国首都，佛教圣地，以"天使之城"的美名享誉全球。这是一座散发着独特文化和民族韵味的城市。巍巍大厦和滚滚车流之间，矗立着 400 多座金碧辉煌的寺庙。

最壮丽的建筑群是大皇宫。大皇宫位于曼谷市中心区，湄南河东岸，由一组布局错落的宫殿组成，汇集了绘画、雕刻和装饰艺术的精华。曼谷王朝开国的君主拉玛一世登基后，于 1782 年将首都迁至曼谷，其后 200 多年不断扩建，成为泰国现存最完美、规模最宏大、最具有民族特色的王宫。

而今，大皇宫是举行加冕典礼、泰国元首接见各国政要和举行国事庆典仪式的地方。在泰国民众和外国游客眼里，大皇宫庄严、神圣而又神秘。

大皇宫里所有的殿堂，都镶嵌着千万颗闪光的珠贝、五彩斑斓的玻璃和金箔。高高的屋顶，层层叠叠堆砌着亮晶晶的琉璃瓦，黄色的瓦、橙色的瓦和宝蓝色的瓦，交织成华贵的图案。金灿灿的檐角，轻巧地向空中挑起，挑起朝晖，挑起夕阳，挑起金碧辉煌，富丽堂皇。

泰国地处南亚，气候温暖而潮湿，平均气温在29～30℃之间。每年11月至来年2月，是凉爽期，晴天居多，成为旅游的黄金季节。这期间，来自世界各地的，有着不同肤色的，讲着各种语言的，穿着各种服饰的游人，如潮水般地涌入这个"微笑的国度"。

旅游者们瞻仰大皇宫，拜谒玉佛寺，漫步在风光旖旎的湄南河畔。

2006年1月8日，泰国曼谷，春光明媚，气候宜人。这天早晨，大皇宫外的皇家广场来了一批神情显得特殊的中国游客。

这些人装束并不统一，都兴高采烈，容光焕发。他们多数长得人高马大，各自讲着方言土语，看似是来自同一地区的同一团体，却又像来自全国各地而彼此为同事。

从他们那黝黑的肤色和爽朗的笑声看，不像是来自白领阶层。白领阶层具有一定的文化程度，在企事业单位从事脑力劳动，言谈相对斯文。而这一批人，言谈随意，举止豪放，更像是体力劳动者，然而又不大像是典型的蓝领产业工人。蓝领产业工人多在城市，带些城市气，他们的言谈举止带有农村的乡土气息。

他们是20世纪90年代以来中国出现的一个新阶层。他们的家在农村，但他们独自或者成群结伙来到城市打工。他们是城市里的农民，农民中的工人。他们具有一个独特的称号——农民工。

泰国皇家广场曾经迎接过来自各个国家和地区的各样身份的游客，游客中更多的是温文尔雅的白领阶层。迎接中国的新阶层——由一家民营企业的农民工组成的旅游团队，这阵容，这气势，还从来没有过。

广场上的其他游客，在参观泰国名胜的间隙，经过这个团队身边，总不免用好奇的目光打量他们一阵，心里猜测一番：这是一些什么样的人？这么快乐，这么亢奋，这么驳杂又这么规整，这么质朴又这么精明。

尤其引人注目的是，在这个欢快的团队里，有一位端坐在轮椅上的中年人。看此人模样，红黑的脸膛，健壮的身体，显然是农民工。但在他身后推轮椅的人，与他有些不一样。

这个推轮椅的人，跟坐在轮椅上的人不一样，跟簇拥在周围的那些农民工也不一样。推轮椅的人年纪稍大些，模样老成些，更重要的是与众不同，他身上散发的气质大度些,和蔼些,沉着些。

这是个什么样的人,是坐轮椅的人的亲属,还是特别亲密的朋友、同学?

这个人,跟簇拥在周围的农民工,跟这个特殊的团队,是什么关系?

让我告诉你,此人是这个团队的领导者,是中国北方一家民营企业的创始人——内蒙古鄂尔多斯"东方路桥"集团公司的党委书记、总裁。

他叫丁新民。

他创办了"东方路桥"。

"东方路桥"是一家以公路桥梁建设经营为主的大型股份制民营企业。

丁新民率领着他的农民工大军,承揽国家基础建设的大型工程,"逢山开路,遇水搭桥",为整个社会、全体民众走向小康铺设通道。

丁新民的人生历程,他所投身的事业,都可以概括为"逢山开路,遇水搭桥"。他的理想,他的目标,就是帮助人们"逢山开路,遇水搭桥"。

丁新民就是以其企业家的身份和能量,尽力沟通人与人之间大爱之心的路和桥。

笔者采访了"东方路桥"的老总和他的农民工,本书就是丁新民的"路和桥"纪实。

第一章 农民工进城

> 身上沾泥花,脸上挂汗花,为了一个梦,进城闯天下……
> ——《农民工之歌》

为了一个梦 进城闯天下

农民工,是 20 世纪 90 年代以来中国出现的一个新阶层。

它是1976年中国又一次发生天翻地覆的变化之后的必然产物。

改革开放使中国社会产生生机勃勃的景象，进入了改天换地的转型期。伴随着城市化建设的发展，中国社会诸多地方涌现了大规模的民工潮。

民工，中国内地特有的词汇，是农民工的简称，指身具中国内地特有的农业户口身份却从事产业工人工作的人们；指从农村进入城市，依靠替雇主工作谋生，但不具备非农业户口的社会群体。

人类历史上，农民大批转为产业工人，是任何一个工业化国家必然要经历的阶段。在世界最早的工业化国家英国，由于圈地运动，迫使农民不得不离开自己的家园。农民离开家园和土地之后，面临着越来越难以生存的困境。而此时，其他产业的发展，为他们提供了新的工作机会。

在东亚、日本、韩国等地以及中国的台湾，过去的几十年，都先后经历过自耕农转化为产业工人的历史阶段。在中国内地，只是由于特殊户籍制度的存在，才产生了特殊的"农民工"阶层。

由于中国内地至今没有废止户籍制度，直到2005年，农民工这一群体的绝大多数，没有工会组织，几乎没有任何权益保障，更不能享受因为城市经济发展带来的社会福利。

农民工——中国20世纪末期的特殊群体，他们是城市被雇佣劳动者中工作条件最差、生活环境最苦、收入最低的群体；同时，也是中国产业工人中人数最多的群体。

民工潮，像非洲原野上迁徙的角马群一样，东奔西走。角马是从干旱的地方涌向绿洲，民工是从贫穷的乡村涌向繁华的城市。角马的迁徙是残酷的，大量角马死在迁徙的路上，有的跌倒在炎炎的烈日下，有的淹没在滚滚的激流中，有的被狮子、豹子咬死，还有的被同伴踩死……那悲惨的场景，触目惊心。

农民工向城市的迁徙，同样也是残酷的。所不同的是，角马是随着雨季的变换，在非洲的荒原上漂泊；而农民工进城是为了挣钱，当他们挣足钱之后还要返回自己的家乡。但是，通向城市的道路是曲折的，充满着诱惑和欺诈，甚至血腥。20世纪90年代中央电视台曾经报道过，由于车厢拥挤，有些农民工在河南省境内因挤压而死。这些农民工衣衫不整，背着破烂的行李卷，迈着疲急的步伐，满脸焦灼，出现在城市的大街小巷。他们睡的地方透风漏雨，他们吃得清汤寡水，有时只是咸菜就馒头，有时是米饭浇酱油。这种非人的日子终于熬了过来，工钱却遭到老板的克扣，农民工被骗的案件比比皆是，居然惊动了共和国的总理，温家宝总理亲自出面，为农民工讨要工钱。

农民工这一庞大的群体，学者和媒体将其划为边缘人，归入弱势群体。

据新华网报道，2007年我国农村外出就业劳动力达1.26亿人，乡镇企业从业人员为1.5亿人，扣除重复计算部分，2007年农民工达到2.26亿人。很多媒体都说，当前我国的农民工数字已经超过了3亿。

各类克扣、欺压、盘剥、摧残农民工的案件时有发生。尤其山西省黑砖窑事件，更是让人发指。

新世纪以来，农民工问题成为中国最尖锐的社会问题之一。为了解决这一尖锐的社会问题，2006年1月18日，国务院总理温家宝主持召开了关于农民工的国务会议。

这次会议强调：农民工是我国改革开放和工业化、城镇化进程中涌现出的一支新型劳动大军。他们为城市繁荣、农村发展和国家现代化建设做出了重大贡献。会议指出：解决农民工问题，要坚持公平对待，一视同仁；强化服务，完善管理；统筹规划，合理引导；因地制宜，分类指导；立足当前，着眼长远。

会议强调，当前要着力做好以下几个方面的工作：

一、抓紧解决农民工工资偏低和拖欠的问题。严格规范用人单位工资支付行为。严格执行最低工资制度，制定和推行小时最低工资标准。

二、规范农民工的劳动管理。严格执行劳动合同制度。

三、搞好农民工就业服务和职业技能培训。进一步清理和取消各种针对农民工进城就业的歧视性规定和不合理限制。

四、积极稳妥地解决农民工的社会保障。依法将农民工纳入工伤保险范围，抓紧解决农民工大病医疗保障，探索适合农民工特点的养老保险办法。

五、切实为农民工提供相关的公共服务。保障农民工子女平等接受义务教育，搞好计划生育管理和服务，多渠道改善农民工的居住条件。

六、健全维护农民工权益的保障机制，保障农民工依法享有的民主政治权利，保护农民工土地承包权益。加大维护农民工权益的执法力度。

七、促进农村劳动力就地就近转移。

会议要求各级政府要充分认识做好农民工工作的重大意义，切实加强领导，完善农民工工作协调机制，加快配套政策研究，引导农民工提高自身素质，充分发挥社区管理服务的作用，加强宣传舆论工作，在全社会形成理解、关心、保护农民工合法权益的良好氛围。

2008年2月6日，春节联欢晚会上第一次唱出了《农民工之歌》：

> 身上沾泥花，脸上挂汗花，为了一个梦，进城闯天下……
> 你也有思念，我也有牵挂，一年忙在外，谁能不想家。
> 为了咱们父母，为了咱的娃，也为了更多的高楼大厦，
> 兄弟姐妹把歌儿唱起来，用那汗花擦亮霓虹彩霞。
> 相信自己的力量，相信未来，我们的人生，一样好年华。

把农民工推向世界

我在这里引述2006年国务院关于农民工的会议，回忆2008年春节联欢晚会上唱出的《农民工之歌》，是为了提示我尊敬的读者关注年代和时间的变迁。早在那次会议之前，早在农民工的歌声响起之前，那次会议的精神，那首歌曲的韵味，就已经实现和体现于在东方路桥工作的农民工身上了。

国务院关于农民工的会议召开前10天，在东方路桥获得"优秀民工"称号的部分农民工，正在泰国观光、考察，集团公司的老总丁新民正在为那一位残疾农民工推轮椅。

之所以有农民工出国观光、考察的事情，是因为东方路桥对优秀农民工实行多年的高额重奖制度。这个高额重奖制度，起源于丁新民创办企业以来关于农民工的三大观念——金字塔理论、一把手工程、绿卡。

且先说绿卡联队评选。

这个名字听起来有些怪。何谓"绿卡"？莫不是有的国家发给外国侨民的

长期居留证？当然不是。它是丁新民创造的一种企业管理办法。为什么以"绿卡"冠名，丁新民解释道：

"这个创意来自国际上通用的红黄绿三色牌。它的核心，是引入激励机制和竞争机制。在几十支民工联队之间展开竞争，通过竞争，优胜劣汰。那些与东方路桥合作得好、业绩突出的联队，就可以拿到'绿卡'。拿到'绿卡'的联队，不仅可以常年在东方路桥工作，而且可以获得高额重奖，可以提高工程款的结算比例，可以得到东方路桥从各个方面的帮扶，帮他们致富。那些合作得不太好，甚至不按东方路桥的规矩行事的，就要对他们实行黄牌警告。个别表现很差的，就要给他们亮红牌，把他们淘汰出东方路桥。"

绿卡联队评选，是"一把手工程"的一项重要内容，所要达到的标准是全面加强民工联队建设，使民工联队在组织建设、制度建设、定额管理、收入水平等方面整体上有很大的提高。还要求绿卡联队的民工素质好，各项制度健全，有一定的施工经验，技术及设备水平较高，能执行定额管理，有较强的安全质量意识，施工业绩和信誉在社会上有一定影响。

绿卡联队评选规则表明，这一座"东方"的"路桥"，并不是随便什么人都可以走得顺、通得过的。它既不是铁饭碗，也不是大锅饭。它是一座通过竞争而走上致富之路的平台。能者多劳，多劳多得，按劳分配，优胜劣汰。

它的高额重奖，实实在在，高得非同寻常，重得出乎意料。在评选中，被评为"十佳"的优秀民工联队负责人，奖以圣达菲小轿车；"十佳"优秀民工参与出国观光考察。

2005年12月5日，东方路桥评选出了"十佳民工联队长"和"十佳民工"。

2006年1月6日，"十佳"即将出游泰国、新加坡、马来西亚前夕，内蒙古自治区副主席郭子明为他们饯行：

"东方路桥是我区迅速成长起来的优秀民营企业，企业领导人坚持以人为本，带领民工实现共同富裕的理想，努力探索有中国特色社会主义新型企业的路子，关心民工，扶持农民工联队的一系列举措，在区内外实属罕见。丁新民总裁亲自带领大家出国考察，这是内蒙古自治区成立以来的第一次，希望大家珍惜这个机会，多看多学，加强交流，为建设和谐内蒙古、富裕内蒙古，做出更大的努力。"

在这支"十佳"队伍中,那一位腿有残疾的农民工,名叫白进勤。

白进勤发生意外被截肢的第七年,去西安安装了第一副假肢,仅花了70元。后来他又先后换过4次假肢,价钱都低,300元、460元、700元和1000元。2005年,白进勤为东方路桥做了几个工程,生活有了一定改善,就到内蒙古医院第五次更换假肢,这一回他花了4000元。

4000元的假肢,依旧只起支撑作用,行走时间长了也是很难受的。在泰国观光不久,白进勤的那条伤腿就疼痛得难以忍受了。

丁新民发现白进勤总是大汗淋漓,一问,白进勤就说是天太热,其实他是担心自己的不便给大家带来麻烦。可是他的掩饰没能瞒过丁新民那双犀利无比的眼睛。丁新民立刻从兜里拿出2000元,请导游在曼谷买了一辆轮椅。

轮椅很快买来了。

白进勤愣住了,说:"丁总,你这是干甚呀?"

丁新民说:"干甚?让你坐呗,坐上腿就不疼了,好不容易出来一次,咱们就舒舒服服地看看。"

白进勤推辞着:"快别了,我自己能走,坐轮椅还需要人推。"

丁新民一把拉过白进勤说:"别啰唆了,快坐上吧,我推你。"

白进勤推辞不过,只得坐在轮椅上。

丁新民招呼大家往前走,自己推上了轮椅。就这样,东方路桥集团的老总为他的农民工推轮椅。丁新民,把一个肢体残疾的人推到神圣又神秘的国度;丁新民,把一个普普通通的中国农民工推向了世界。

独脚走出了小山村

白进勤的故事,得从陕北米脂县一个小山村说起。陕北米脂,自古以来就是出美女的地方。民间流传谚语:"米脂的婆姨绥德的汉,不用打听不用看。"东汉末年的美女貂蝉,就是陕北米脂县人。米脂县城北20公里,有一个龙镇乡,就是传说中的貂蝉故里。白进勤的老家,就在貂蝉故里几道沟外的小山村里。

小山村叫山硷塄，只有三十几户人家，择山崖畔而居，全村几乎都住在古老的窑洞里。村里也有几座新建的房子，宽畅明亮，那是几年前出门打工挣了钱的人家盖的房子，其中就有白进勤兄弟盖的5间大瓦房。房前脸儿上都贴了白色的瓷砖，白灿灿耀人眼目，这是小村里最讲究的一幢房子。

在这幢房子背后有3间废弃的窑洞，是白家人在20世纪60年代建起来的，说"建"不够准确，因为这3间窑洞是先在崖畔上掏出洞，洞里边盘炕搭灶，然后再用石头土坯砌的房脸儿。

白进勤的童年，就是在这样简陋的窑洞和狭小的院落里度过的。小小年纪的白进勤常常站在崖畔上，看着脚下深深的沟壑忧伤，看着深沟对面的大山叹息，看着瓦蓝瓦蓝的天空遐想。

年幼单纯的白进勤每天都重复着一个梦想，那就是能吃到白面馍。吃到白面馍，就是年年月月喝小米粥，吃着用黑豆做的"钱钱饭"和野菜的孩子的梦想。

白进勤上学读书了，他系上红领巾后就又多了一个梦想，梦想着去米脂县城照一张相。后来，他又梦想着走出小山村，梦想着到北京去看天安门……

他的这个梦一直做了50年。他的一条腿丢掉了，变成了残疾人，北京就变得更加遥远。

当白进勤在2006年1月7日早晨站在北京天安门广场上的时候，他激动得泪流满面。他擦一把泪水，站在天安门广场，一会儿，眼前的天安门城楼就模糊起来了；他再擦一把泪水，再看天安门广场，一会儿又模糊起来了。这一天白进勤擦了多少回泪水他自己都说不清楚了。这么多年来，他经历了太多太多的苦难，忍受了太多太多的屈辱。

白进勤第一次走出小山村是在1972年，而一切不幸和苦难似乎从此开始。

这一年白进勤刚刚16岁，学校放暑假了，他决定出门去打工，为自己挣学费。他沿着沟畔的土路走了好久好久才走出大山，然后坐汽车到了延安，没费劲就在一个筑路工地找到一份工作。工作又脏又累，每天干十几个小时，开的工钱不多，可是，能奢望什么呢？顿顿能吃饱肚子，十天半月的还会吃到一顿白面馍，这就使他非常满足了。

一个大灾难的日子，一天一天地向他走来了。

1972年10月17日，工头分给白进勤的活儿是跟在压路机后面铲泥土。这是一件比较轻松的活儿，他认认真真地跟在隆隆作响的压路机后边，一锹一锹地铲着泥土。可是，谁都没有料到，此时，灾祸正一步步逼近白进勤。忽然，压路机失去了控制，一下子撞倒白进勤，沉重而巨大的滚轮从他的左腿上压过来……昏过去的白进勤，不知道他的左腿彻底粉碎在压路机下。

异常严重的创伤，救治的办法只有一个，那就是截肢。痛苦万分的白进勤苦苦地向大夫哀求："大夫啊，给我留下这条腿吧……"

是啊，没有这条腿，以后那条漫漫的人生之路怎么走下去呢？没有腿，连自己都养活不了，又怎样去孝敬父母啊。

大夫何尝不可怜这个刚强而又有责任感的少年呢，可是不给他截肢就性命难保啊。医生在极为痛苦中为白进勤进行了截肢手术。

为了摆脱家庭的贫困和家乡的贫穷，白进勤付出了难以弥补的代价。失去一条腿的白进勤，仅仅得到公司的1000元补偿，还有几十元工资。面对这一切，一个年仅16岁的少年只能无可奈何地接受。

当16岁的少年白进勤挂着双拐出现在山硷塄村的路上时，看见他的叔伯们仰天长叹："可惜了这个娃儿啦，以后可让他怎么办呢？"看见他的婶婶、姨姨们低下头去悄悄抹泪："娃娃真可怜了，这一辈子他可咋过呀……"

在叔伯们的叹息声中，在婶姨们怜悯的目光里，这位肢残的少年的脸上没有任何悲伤和惆怅，也没有一滴泪痕。他麻木了吗？

不，乡亲们看出来了，他是一个坚强的少年。

白进勤的泪水哭干了。在被压路机沉重的滚轮碾过左腿时，他绝望地对着苍天号哭过，哭得昏死过去多少回自己都记不清了；他在医生为他截肢时苦苦哀求，悲凄痛切地哭过；他在住院时的多少个夜晚，躺在床上手摸着左腿截肢处的伤口暗自悲泣，让星辰也不忍，眨眼与他同悲同泣，让明月也不忍，扯一把云巾拭泪……

哭过多次的白进勤不再为自己的不幸而哭泣。相反，过去几个月中，一次又一次悲戚的泪水在他的心田里灌溉浸润出一块希望的原野。那是一片无比广阔的新天地，一种特殊的植物慢慢地在这片没有土壤的田园里诞生并茁壮成长，这个植物的名字叫"志气"。

"你们知道吗？白进勤拜咱村的老石匠为师，学做石匠呢！"

"你们还不知道吧，白进勤学好了石匠的活儿，又去学木匠啦！"

手艺就是饭碗，白进勤学会了石匠活儿，就有了一个饭碗，后来他又学会木匠活儿，这就又多了一个饭碗。身残志坚，手捧两个饭碗的白进勤在山硷塄村，后来在附近的几个村里都有了名气。

村里人建窑洞盖房子都请白进勤，他既能做石匠活儿，又会干木匠活儿。

山硷塄村几乎年年都要吃几个月的政府救济粮，但是白家因为有一个手捧两个饭碗的儿子，他们全家人都吃得饱也能吃得好。他们家成了村里少数几家不吃政府救济粮的人家之一。

而今村委会、村小学的门窗、桌椅板凳，都是白进勤十几年前的杰作。

人们走出山硷塄村南口，会看到一条大深沟里砌筑的一道30多米高的拦洪大坝，坝是土堆起来后再用石头砌了表面。村里的乡亲们都还记得这是当年白进勤和他的师傅砌上去的。

1989年，改革开放的春风已经在神州大地上吹拂10年了，960万平方公里的大地上有了日新月异的大变化。在小山村里人们还没有多少感觉的时候，一些年轻人对山外的生活有了向往，萌生了走出小山村的想法。

于是，在这一年春雪刚刚融化的一个早晨，而立之年的白进勤领着村里4个后生，沿着弯弯曲曲的山路，沿着默默流淌了几千年的无定河，走向城市，走向喧闹的世界……

白进勤独脚走出了小山村，历经艰辛，被丁新民看中，走进了"东方路桥"。

第二章　丁新民老总

没有伟大的品格，就没有伟大的人，甚至也没有伟大的艺术家和伟大的行动者。

——〔法国〕罗曼·罗兰

他来自大草原

鄂尔多斯草原，古老、辽阔、美丽、神奇。

"天苍苍，野茫茫，风吹草低见牛羊"，吟诵的就是这个地方。

丁新民，就来自这一片大草原。

丁新民是个蒙古人，土默特部蒙古人。他的心理、他的性格、他的信仰、他的道德，他所做的一切，都留有鲜明的民族印记。

说他是个行动者，是因为他为民工做了那么多的好事。

说他是思想者，是因为他有一套自己的善待民工的理念。

说他是个优秀共产党员，这大家都能接受。东方路桥所做的党建工作，是有目共睹的。

在对待财富的态度上，他有些像自我道德完善的圣人。当他拥有了财富之后，总想回报社会。像俄国的大作家列夫·托尔斯泰一样，这个写出了俄国文学史诗《战争与和平》《复活》等巨著的大作家，在晚年却告别自己的庄园，离家出走，病死在一个小车站上。托尔斯泰的庄园在俄罗斯郊外，叫作亚斯纳亚·波良纳，那里有2200公顷的土地，每公顷15亩，这就是3.3万亩。我们在蒙古风情园修改这部报告文学时，经常为蒙古风情园万亩草场的辽阔而感叹，想不到托尔斯泰的庄园比3个蒙古风情园还大呢。当然俄罗斯土地辽阔，人员稀少，这一点中国无法比。

托尔斯泰行走在俄罗斯的大地上，而丁新民经常奔波在鄂尔多斯辽阔的高原上，是不是这种博大的天宇影响了男人的心胸？很多人都承认丁新民的心特别大，有些事情别人已经扛不过去了，而他还能泰然处之。就像这蒙古风情园，每年集团都要补贴几百万，但丁新民仍然经营着，还在这里成立了兵团之家，成立了民间艺术团，经营着他心中的蒙古文化。

只有在辽阔的天宇下，人的心胸才会变得博大。丁新民应该感谢这北方的天宇，感激鄂尔多斯，感激土默川。

高山有根，大河有源。

试问，丁新民爱心奉献精神的渊源何在？

这个问题，我们在东方路桥采访的时候想过，在写作中更是孜孜以求想搞清楚，作为这部报告文学的写作者，我们有义务回答读者提出的问题。

那么，答案呢？

有人说：丁新民是广结善缘的大好人。

有人说：丁新民是扶危济困的救星。

还有人说：丁新民是个普度众生的活菩萨。

这些人说的都是事实，但这不是我们所要寻求的答案。

内蒙古自治区著名作家哈斯乌拉的一句语惊四座的话，也道出了答案。

那是在2008年5月22日中午，丁新民在呼和浩特蒙古风情园的可汗宫宴请他在建设兵团时的20位战友。我们一行几位作家应邀参加了这个宴请。几天来一直被丁新民的所作所为感动不已的作家哈斯乌拉在致祝酒词时，送给丁新民四句话——共产党员的风格，慈善家的情怀，兵团战士的精神，蒙古人的气派。

作家举起酒杯，说："兵团的战友们，同意我这个评价的，请举起酒杯，为丁新民和他的东方路桥兴旺发达干杯。"

二十几位兵团战友，无一例外饮尽杯中佳酿，然后爆发出一片掌声。

土默特是蒙古族一个古老的部族，这个部族1000多年前流淌的血，今天仍在丁新民身上奔流。蒙古族谚语有云：

> 热血的汉子，不会冷漠无情；
> 热心的蒙古人，不会遇难不帮人。

在土默特的沃土上长大的丁新民，自然是蒙古人爱心的传递者。

《蒙古秘史》中记载了这样一个故事：

一个孛端察儿猎人，猎获了一只肥硕的麋鹿，正高高兴兴地背着往家走，迎面走来一个猎人和一个孩子。这是一个运气不好的猎人，几天里没猎到任何一只猎物，没有猎物就没有食物，饥渴的猎人连走路的力气都没有了，更可怜的是那个孩子，几乎走不成路了。饥渴的猎人拦住孛端察儿猎人，请求道："安答，我把这个孩子送给您抚养，您能从麋鹿身上剜一块肉给我吃吗？"

孛端察儿猎人放下肩上的麋鹿，从腰间取下猎刀，从麋鹿身上剜出只够一个人吃一天的一块肉，收起来，然后把整个麋鹿送给饥渴的猎人。

"拿去吧，安答，这只麋鹿足够你和你的孩子、妻子吃7天的了……"

饥渴的猎人一怔，说："安答，那么您呢，您吃什么？"

孛端察儿猎人说："看得出来，你和你的孩子几天没进食了，你们更需要啊……"

这个孛端察儿猎人就是孛儿只斤氏的始祖，而孛端察儿则是成吉思汗的祖先。成吉思汗一统蒙古后，恪守祖先救助穷苦人的传统，去帮助和扶持穷困的牧人，规定凡马、骆驼不够20匹，羊不足50只的牧户，就给他们补买牲畜救济，让他们过食有肉、穿有衣的生活。

大蒙古国建立后，成吉思汗的儿子窝阔台即位，他秉承父汗的遗训，鼓励牧人发展畜牧业，改变过去有牲畜十头缴纳一头的科敛制度，确定百分取一的税制，凡有百马、百牛、百羊者，分别纳牝马一、牸牛一、羒羊一。在牧区遭遇风雪严寒，牲畜倒毙时，政府不仅免去科敛，还要进行赈济，帮助牧人渡过灾荒。

蒙古民族发源于额尔古纳河流域，他们的心像奔腾的河水一样激扬，他们的胸怀像草原一样宽广。圣洁的额尔古纳河，她用乳汁养育了蒙古民族，不仅哺养了蒙古人健康的体魄，还培育了蒙古人无私无畏的精神。

"额尔古纳"是蒙古语，意即"奉献"。母亲河的"奉献"塑造了蒙古人坚忍刚强、大爱无私的豪放性格，这是合木黑蒙古（全体蒙古人）亘古不变的民族之魂！

母亲河在千百年来一直为自己哺育过的子孙自豪。

20世纪末与21世纪初之交，丁新民就是母亲河的又一个子孙。

"额尔古纳"——丁新民，一位乐于奉献的人。

丁新民向鄂尔多斯高原，向蔚蓝的故乡草原，向神州大地，奉献了一颗赤诚之心。他把青春奉献给生产建设兵团的激情岁月，他把热血奉献给内蒙古的路桥事业，他把爱心奉献给民工联队和民工兄弟们，他把一颗赤子之心奉献给家乡，奉献给祖国。

在写作这篇报告文学的时候，我经常想到匈牙利的大诗人裴多菲的诗句：

我是你的，我的祖国！都是你的，我的这心、这灵魂。
假如我不爱你，我的祖国，我能爱哪一个人？

裴多菲表达的正是丁新民的内心情感，丁新民不是诗人，他用行动写着一部伟大的长诗。

蒙古人的母亲河，当今，您该为丁新民自豪和骄傲。笔者采访了丁新民的事迹，为母亲河这一个杰出的子孙，谱写一曲赞歌。

丁新民简历

1968年毕业于鄂尔多斯市东胜区一中，同年到鄂尔多斯市"五七"干校劳动锻炼。

1969年转入内蒙古生产建设兵团，在三师糖厂工作。

1975年分配到鄂尔多斯市公路总段工作，先后担任总段段长助理、副段长。

1996年1月，鄂尔多斯市公路工程局从鄂尔多斯市公路总段分设出来，丁新民担任了党委书记兼局长。

1997年底至1998年初，丁新民联合香港威鑫集团天津工贸公司及鄂尔多斯市交通物资总公司、鄂尔多斯市兴泰建筑工程公司，组建了鄂尔多斯东信公路工程有限公司，并出任董事长兼总经理。

1999年3月，丁新民主动辞去鄂尔多斯市公路工程局党委书记、局长职务，牵头组织5家企业组建了鄂尔多斯市第一家集公路、桥梁和民用建筑施工为一体的民营企业集团——鄂尔多斯"东方路桥"集团，任党委书记、总裁……

东方路桥集团简介

在中国正北方，母亲河怀抱里，活跃着一支被誉为"民营筑路铁军"的基础建设队伍，它就是内蒙古鄂尔多斯东方路桥集团。2002年12月，这支下设5个工程公司、13个子公司的民营企业集团实施股份制改革，正式转制为东方路桥集团股份有限公司，注册资金7918万元，当年完成产值3.2亿元，实现利税6807万元，总资产达到8.26亿元。

集团党委书记兼总裁丁新民，是一位杰出的蒙古族企业家。1997年，时任伊克昭盟公路工程局局长兼党委书记的他，出于"让无产者变为有产者"的初衷，毅然辞职，组建了民营企业伊克昭盟东信公司，使工程局干部群众人人成为股东。之后，他又领头组建了伊克昭盟东方路桥公司、伊克昭盟东方（实业）集团、内蒙古公路工程局第五分公司、鄂尔多斯市东方路桥集团等民营企业，连年受到国家、自治区和鄂尔多斯市党政部门的表彰。

东方路桥集团以"敢想敢干，争创一流"作为企业精神，以"党建工作为统率，经济效益为中心，全面提升现代企业制度、企业文化、科技实力和精神文明创建水平"作为新世纪发展思路，力争在公路交通基础设施建设领域做强主业，先后中标承建鄂尔多斯地区阿旗——大柳塔一级公路等多项重点公路建设和市政工程，呼和浩特市东出口高速公路、呼和浩特市机场高速公路、110国道包头过境高速公路、神华集团煤液化场平工程等自治区重点项目，逐步在内蒙古自治区范围内树起了品牌形象，被社会各界誉为"筑路铁军"。2002年，第一施工队荣获全国"五一劳动奖状"。

东方路桥集团依据"以公路桥梁建设经营为主业，适时适度向相关领域扩展业务"的企业经营战略，抢抓国家西部大开发战略的机遇，2001年以来，投身毛乌素沙漠、库布其沙漠和水土流失丘陵山区生态保护和开发的行列。2002年成立了内蒙古东方甘迪尔蒙古风情园有限责任公司，投资开发国家、自治区优先发展的旅游为主、多种经营的发展格局初步形成。

蒙古风情园简况

蒙古风情园，一个令世人瞩目的风情园区，在呼和浩特市玉泉区桃花乡境内，展现其美丽壮观的雄姿。它由"东方路桥"集团公司建设，丁新民以"天人合一"理念设计，占地1万亩，投资4.5亿元人民币，是集蒙古族历史文化、军事文化、宫廷文化、民俗民间文化和宗教文化之大成的旅游园。

园区内有3000亩精品草原景观，游人登上腾格里敖包，放眼俯瞰，这一超大型园区使人叹为观止。白云、蓝天、草原、水域，浑然一体。尤其其间的大型蒙古包，给人强烈的视觉冲击，让人激动不已。

雄伟傲然的蒙古大汗宫，气势恢宏的草原航天台，庄严宏大的成吉思汗纪念堂，独具民族特色的马文化博物馆……这一座座拔地而起的宏伟建筑，在清波荡漾的湖泊和蜿蜒流淌的河流间昂首向天，像一个个傲岸的伟人，吟诵着一首马背民族不朽的英雄史诗。

在蒙古风情园刚刚动工建设时，全国人大原常委会副委员长布赫专程视察风情园建设工地，并欣然挥毫为风情园题词祝贺。2006年5月19日，老人家又一次来到蒙古风情园，他看到了在短短3年时间内就建起规模如此宏大的园区，赞叹不已。他为大汗宫写下的题词是："天下第一包"。

2007年7月11日，全国人大常委会副委员长乌云其木格视察蒙古风情园。当她登上腾格里敖包，看到无比壮观的景色时，激动地说："作为家乡人，看到呼和浩特有这么一个规模宏大、展现草原文化的大型景区，我感到非常高兴！"

近几年，蒙古风情园迎来一拨又一拨来自祖国各地的领导和嘉宾。先后接待过司马义·艾买提、顾秀莲、田纪云等全国人大常委会副委员长，迎接过全国政协副主席、统战部部长刘延东等许多领导人。

2006年8月8日上午，内蒙古自治区原党委书记，现全国人大农业委员会主任刘明祖来风情园视察。他指出："在呼和浩特市和内蒙古自治区，早就应该有这么一个能够体现草原文化底蕴的地方。今天一个民营企业为内蒙古各族人民实现了这个愿望，东方路桥集团公司建设起来这么好的风情园区，很了不起呀！"

"母亲是一座山"

在蒙古风情园可汗宫一间宽大的办公室里，我们采访了丁新民。

丁新民一年间有半年是在这里办公的。从办公室落地窗向外看，天上飘着朵朵白云，东南天际还挂着一道彩虹。昨天一夜小雨，今天仍不停地下了一上午，吮吸了足够雨水的青草和鲜花散发着阵阵清香，室内充满芬芳。

这的确是个宜人之处，我们却没有欣赏和享受这个美丽佳境的心情。因为我们知道，见丁新民一面不太容易，不抓紧时间，说不定什么时候有人来找他，或一个电话，他又忙乎去了。为了抓紧时间，我们直截了当、单刀直入地提出问题：

"丁总，您说说，对您这一生影响最大的人是谁？"

"我母亲，我母亲啊！我的母亲是一座山。"丁新民不假思索地回答。

丁新民的一段深情讲述，使得一位可爱可敬的母亲形象在我们的脑海里鲜活起来。

丁家在土默特左旗生活了许多年，他们居住的小村叫"把什"，是蒙古语"老师"的意思。一个叫"老师"的村子，就有浓浓的文化意蕴。

小村后边有一座山，叫狮子山，是绵延千里的阴山山脉中的一座。村前还有一条河，清澈的河水是从山上流下来的，四季不断流。人杰地灵，从小村走出来一个又一个革命先驱，如内蒙古早期革命家贾力更、吉雅泰等，都是把什村人。丁新民的父亲就是由贾力更介绍入党，走上革命道路的。当这位骑兵五师的战士驰骋疆场时，他那年轻的妻子在上无公婆依靠、下无叔嫂相扶的情况下，顶门立户过日子。

母亲带着孩子，春播，夏锄，秋收，冬藏，一年到头忙忙碌碌，村后的狮子山可以作证。

母亲带着儿女，汲水，洗衣，浇园，一天辛辛苦苦劳作，村前的小河可以作证。

母亲还把自己的家当作地下党的联络站，作为大青山革命根据地和外边联系的秘密窗口，把山里需要的情报和消息传进山里，又把山里领导人的指示和意见送到山外。夜深人静无人知，却有明月星辰作证。

1948年，她参加了中国人民解放军，在丈夫所在的骑兵五师做卫生员。她一边学医，一边学文化。后来她在部队学到的文化知识对培养、教育儿女起到了很大的作用。她给孩子们读高尔基的《母亲》，教育孩子们要走革命的道路；她给孩子们读奥斯特洛夫斯基的《钢铁是怎样炼成的》，培养儿女们艰苦奋斗、顽强拼搏的精神；她还给孩子们读《红日》《红岩》《红旗谱》等红色经典书籍，让儿女们有了一颗赤诚之心。

1951年，丁新民的父母一同转业到伊克昭盟，父亲在交通局当局长，母亲却在居委会当不拿工资的主任。她不拿国家一分钱，工作却干了不少。她不仅自己干，还组织儿女成立小小的服务队。当交通局家属院里的男人们外出修桥铺路时，小小服务队的人员就帮助别人家买粮，买煤，有什么活儿帮什么活儿。

那时，丁家的几个孩子天天都受到邻里阿姨婶娘们的表扬。孩子们接受表扬是可以的，但他们的母亲绝不允许她的孩子们接受除了表扬以外的任何东西。每当那些阿姨、婶婶把一颗苹果、几粒糖块拿给孩子们的时候，当哥哥的小新民，双手往裤兜里一插，那苹果、那糖就没办法送他。阿姨们就转送给他的弟弟，弟弟也学着哥哥的样子不接受。阿姨或婶婶们就把苹果放进只有五六岁的小妹妹的口袋里，把糖块放到她的手里。

当哥哥的小新民不让了，他训妹妹："不许拿人家的东西，不许吃人家的东西，妈说的话你忘了……"

两个哥哥，一个从妹妹的口袋里掏出苹果，一个从妹妹的手心里抠出糖块，放回到人家的桌子上，兄妹三人一溜烟跑了。

后来"文化大革命"来了，那是个颠倒黑白、混淆是非的岁月，骑兵战士成了"黑帮""内人党"，白衣天使成了"黑帮"家属。丁新民的父亲被打断了几根肋骨，母亲被折磨得一身病痛。苦难的岁月，他们一家人凭着一种坚定的信仰，顽强地度过了。

"文革"后,给老骑兵战士平反昭雪,也给丁新民的母亲落实了政策。这次落实政策,不仅落实她在"文革"时被折磨伤害的一切补偿,还翻出她1948年参加中国人民解放军的档案,要兑现老人离休干部的工资待遇和一切福利待遇。

老人却做出一个令所有人都感到意外的决定:她不接受离休干部的工资和福利待遇。母亲的决定连丁新民都觉得不可思议,他说:"我妈可怪了,上级有政策规定,该给你的你就接受嘛,可她就是不要,也不听我们的劝告……"

一个可敬的老人,一个可爱的母亲……

爱之火 心中的火

"喳喳,喳喳……"

一连串喜鹊的叫声,使我们不由得往窗外看,窗外是偌大的人工喷水池,喜鹊就落在池边的平地上,探头往屋里看,又丢下一连串"喳喳,喳喳"的叫声飞走了。

风情园里水草丰美,引来各种各样的鸟儿,而最多的是这种花喜鹊。当人们在园中散步时,它们常在游人身边飞来飞去……

在民间传说中,喜鹊叫是有喜事的象征,所以人们叫它"报喜鸟"。

这时,有人敲门。

推门进来的是集团党委办公室主任霍春利,他把一个函件放到丁总办公桌上,说:"这是自治区党委、政府召开抗震救灾先进集体、先进个人表彰大会的通知,您被评为先进个人,听说自治区领导要亲自为你们颁奖呢。"

丁新民笑了,说:"喜鹊叫,喜报到,还很准啊,刚才那只喜鹊是给我这个爱心捐助的人报喜来啦。"

霍主任放下会议通知就走了,丁总还有更多的事要忙,我们不敢再多打扰,就抓紧时间要求他再说一说父亲,讲一件使他最难忘、最感动的事情。

丁总从烟盒里抽出一支烟,点燃,又陷入深沉的回忆。

丁新民主要传承了他母亲的情感,但是他的成长和他父亲丁树林也有直接的关系，父亲给了他爱心，父亲也耽误了他近20年在仕途上的发展。

想起父亲，丁新民难以忘记的是他从兵团回来后在绒毛厂当临时工时在家里发生的一件事情。

作家田培良在其《好人丁新民》里对这件事记录得非常生动，我摘录于下：

> 乐善好施、忠诚守信、知书达理、谦和忍让，是把什丁家的家风。如今，丁家的这个家风，在丁新民乃至丁新民的儿女们身上，已经完完整整地传承下来。
>
> 这中间起作用的，除了家族的血脉遗传，更主要的就是长辈们的言传身教，日常生活中的耳濡目染。
>
> 有这样一件事，丁新民说他"至死难忘"。
>
> 还是他在绒毛厂干临时工的时候。那天丁新民在兵团时候的战友苏剌儿也在。家里做好了饭，正准备吃，门口来了个要饭的。没等父亲吩咐，丁新民就从锅里盛了满满一碗，找了双筷子，给端了出去。
>
> 从衣着打扮上看，那人根本不像是要饭的。丁新民就问他："看你身强力壮的，不在家里种地，咋跑出来要饭？"
>
> 那人一边往嘴里送饭，一边说："好孩子，我本来就不是要饭的，我是个军人，你们伊克昭盟这地方就是我们打下来的。今年，儿子出车祸死了，老婆又病得不轻，实在没法儿活了。这次出来想找组织看能不能给落实政策，按伤残军人对待。当年的战友死的死，散的散，没个吃劲儿人给作证明，想落实政策，难啊！谢谢你，给我这么好吃的饭……"
>
> 看着那人吃完饭走了，丁新民才端着空碗回到屋里。
>
> "赶紧吃哇，跟'讨吃子'也有那么多的话，饭都凉了。"已经吃完一碗的苏剌儿说，"丁婶儿，给我再盛半碗！"
>
> "新民跟谁也能说到一起。"新民的母亲一边往碗里盛饭一边说。
>
> "他说他不是要饭的，是军人，还参加过解放伊克昭盟的战

斗……"丁新民说着话又朝窗外望了一眼。

"讨吃子的话你也信？"苏剌儿说。

"他真这么说的？"丁新民的父亲停下手里的筷子问。

丁新民咽下嘴里的一口饭，使劲儿点了点头。

"弄不好跟我是一个部队的。"新民的父亲又说，"你赶快出去把那人追回来！"

"丁叔，我去！"说着话，苏剌儿已经跳下炕，一股风似的跑出去了。不一会儿，就把那人找了回来。

三问两问，两人还真是一个营的。营长的名字，教导员的名字，当时驻扎的村子的名字，说得一字不差！丁新民的父亲安顿那人在外屋歇着，转身把新民的母亲叫进里屋，说："你把咱家折子上的那300块钱全取出来，我要用。"

不大工夫，新民的母亲从储蓄所回来了，把钱交到丈夫手里。

"老赵，"新民的父亲叫着那人的名字说，"这些钱你拿着，赶紧回去给爱人看病。你落实政策的事我帮你跑……"

这300块钱是丁家当时的全部积蓄。在70年代，300块对一个普通家庭来说，不是个小数目呀！战友的爱人有病，新民的妈妈也是一身的病，何况新民结婚也全指这笔钱呀！为了帮助战友，丁树林不吃不喝……

这就是丁树林这位抗战初期就入党的老革命为他的儿子丁新民做出的榜样，这位老共产党员不经意间的这种言传身教，是他留给儿女们最宝贵的精神遗产！

父亲的言传身教对丁新民的影响太大了，在兵团干了6年，他是真刀实枪地干，让战友们服气，让领导喜欢，在兵团时他已经入党，被提拔为副连职干部了。可是他离开兵团回到东胜市之后，想要学开车、当司机，被父亲给拦住了。那时，父亲在伊克昭盟交通局当主要领导，他让丁新民去公路段工作，做养路工。丁新民没有一点怨言，他认为父亲做得对，情绪稳定地去了公路段。

丁新民在兵团已经被锤炼成一块好钢材，在公路段很快脱颖而出，上上下下对丁新民的人品和能力众口一词地大加赞赏。那时是"文革"后期，组织上搞老中青三结合，注意培养年轻干部。交通局让下面的二级单位推荐后备干部，公路段一致推荐丁新民。可是公路段的干部推荐名单报到了交通局，局长丁树林毫不客气地把丁新民的名字划掉了。他说："提拔别人可以，提拔我的儿子不行，他还不成熟，让他在公路段继续锻炼吧。"

就这样，丁新民失去了一次提拔重用的机会。生活就是如此，人生的机会不是很多，他和这次机会擦肩而过，下次机会什么时候来他不知道。直到1992年丁新民仍然是个公路段的普通环节干部。丁新民感激父亲，感激父亲教育他面对社会要问心无愧。所以他走出的第一步是很平凡的，他的起点和民工一样。

父爱母爱重如山。同样，五六岁的妹妹站在寒风里，手里拿着一毛钱，在来回穿梭的人群中寻觅失主的故事，在丁新民的记忆中永远抹不掉。

丁新民吸了两口烟，感慨地说："我快60岁了，一生难忘的事不少，感动的事也不少。要说最难忘的事，还是我10岁那年的一件事。"

"那年，我妹妹也就是五六岁，还不太懂事呢。有一天，她从交通局大院外的路上拾到一毛钱，拿回来交给妈妈。妈妈从小教育我们不许拿别人家的东西，捡到的东西也不许拿。妈妈就叫妹妹把捡到的钱送到丢钱人手里。丢钱的人在哪儿呢？妹妹就拿着钱跑到她捡钱的那段路上，站在冬天的寒风中半个多小时。一开始她拿着那一毛钱喊：谁丢钱了，谁丢一毛钱了，我捡到了，谁的钱谁来拿吧……在冷风中站得时间长了，妹妹的小手、小脸冻得通红，喊叫声都带着哭腔：谁丢钱了，快来拿啊，快来拿啊……

"最后，家属院里的一位阿姨看我妹妹可怜，就说那钱是她丢的，从妹妹手里拿过一毛钱，抱着她送回家里。"

丁新民是个在任何苦难面前不低头不落泪的刚烈汉子，可是讲起这件事，眼圈却发红了。他默默地吸了几口烟，说：

"从这件事以后，我绝不拿别人的东西，就是拾到一颗螺丝钉、螺丝帽，我也得送还给主人，绝不带回家里。"

这就是一个母亲种在孩子心田里的一颗拾金不昧的种子。这颗种子在孩子的心田里生根、发芽、开花、结果，这个果实就是一颗仁爱之心。

丁新民的一个舅舅说：丁新民在三四岁的时候，家里给他一块糖，他放到嘴里就往外跑，在外边见到小朋友，把嘴里的糖块一咬两半，一半含在自己嘴里，一半送给小朋友。

丁新民的一位同学讲，在丁新民上初中那年，他的一个诗人舅舅，送给他一个非常漂亮的书包。丁新民高高兴兴地背着漂亮的书包走进中学的校门。几天后，他发现一个从牧区来的同学没有书包，用一块白毛巾缝制成一个口袋当作书包用。丁新民二话不说就把新书包送给那位蒙古族同学，重新背上他的旧书包，依然高高兴兴地上学去了。

丁新民在兵团时的战友们议论：丁新民见班里一个战友衣服破旧得不能再穿了，就把自己的所有衣服都翻出来，一件一件地反复比较，挑出一件最好的，送给战友穿。

在蒙古风情园，丁新民送给我们一本书，说是他舅舅的著作。我们接过书，是已故的蒙古族作家毕力格太的散文集《爱之火》。

我们有些惊喜："噢，毕老师是你舅舅啊！"

丁新民说："他就是我上中学那年送给我书包的那个诗人舅舅，你们认识吧？"

"认识。"我看着《爱之火》封底上毕力格太骑着马英姿飒爽的彩照，说："我还和毕老师喝过几次酒呢。"

"对，我舅舅喜欢交朋友，喜欢喝酒。"丁新民似乎沉浸在一种回忆之中，说："他一喝酒，话就特别多，我还挺喜欢和他聊天呢……"

《爱之火》的每一篇文章，都像草原傍晚的篝火，燃放着爱的火焰，照亮了星空，也照亮了人心。

他写对母亲的爱，让人激情澎湃：

> 我要到北京读书了，母亲为我做棉衣。一盏油灯下，一头灰白发的母亲，一边絮棉花，一边又轻轻地歌唱：

孩子，如果你是一只雄鹰，
就要在风雪中展翅飞翔。
孩子，如果你是个五尺男儿，
就要纵马飞奔闯四方。

他写对哥哥的爱，使人潸然泪下：

哥哥吉雅泰，十多岁就参加革命了，他没在敌人的枪林弹雨中倒下，却死在"文革"时的一群暴徒们的棍棒之下……多少年过去了，哥哥一次又一次走进我的梦中。他在为窗台上的一盆花浇水，他坐在床上，诵读毛主席的诗词，多少事，从来急，天地转，光阴迫。一万年太久，只争朝夕。

"只争朝夕"的老革命于是就坐到书桌前，写自治区经济建设的报告。我身边立即响起笔尖在纸上滑动的沙沙声和哥哥一阵阵痛苦的咳嗽声……

他写对诗友的情，让人魂牵梦萦：

我深信，没有你，我的诗绝不会有那么多南国山水的秀逸，我想，燃烧在你诗中的激情，也必定有我的马蹄溅起的星火……

诗人对党、对祖国和人民无限热爱的诗篇，就像草原上百灵鸟儿甜美的歌声，都是由衷而真诚的赞歌。

毕力格太在他的《爱之火》的后记中写道：

爱是伟大而神圣的，她是春天的雨丝，夏天的绿荫，秋天的甜果，冬天的暖流。

人与人之间不能没有爱，世界不能没有爱。

爱是无私的，她像阳光，总是把无限的热情投向大地。

我期盼着爱之火在所有人的心中愈烧愈旺，愿这个世界都充满爱。

这是爱的宣言。

丁新民，这些像火山一样迸发着博大爱心的文章，你读过吗？

我知道，你一定读过，而且它印到你的心灵深处去了，化作你品质、性格、思想的全部，因此，你才会那么爱事业，爱人民，爱社会。

"仙人洞"里的青春

每次到工地上看见农民工在劳动，丁新民总难免要回想起自己的青春岁月。他是个非常重感情的人，由于这个特点，他又是个永远长不大的人，他将长久地生活在自己的精神世界里。

丁新民1968年参加内蒙古生产建设兵团，1974年返回东胜。在兵团待了6年时间，从一个普通战士提升为班长、排长。人们看到他从一个普通青年成长为一名共产主义战士；人们还看到这个不怕苦、不怕累的丁新民获得了一个"丁铁人"的称号。

丁新民还获得了人们看不到的东西，那是永远取之不尽、用之不竭的宝贵财富。

6年激情燃烧的岁月，使他变得健康、坚忍、顽强。

6年艰苦奋斗的岁月，使他变得乐观、向上、执着。

这个"精神财富"使丁新民终身受益。

他是怎样获得这些"精神财富"的呢？

请与我们一同返回那个年代，寻找青年战士丁新民在那个激情燃烧的岁月里的身影吧。

黄河两岸，巴彦淖尔大地，忽然出现了一个又一个村落。这是些特殊的村庄，这里没有老人和孩子，没有呼儿唤女的叫喊，没有鸡鸣狗吠。有的是军号声声和阵阵激昂的青春歌声。这些就是遍布于巴彦淖尔大地上的一个又一个生产建设兵团的连队。

来自天南海北的几十万知识青年，穿戴着没有领章、帽徽的绿色军装，居住在泥土和麦秸搭建的简易房屋里，吃着今天人们难以下咽的食物。可是在那个特殊年代里，用特殊的方法教育培养起来的一代青年，激情满怀，斗志昂扬。一天苦干 8 个小时，10 个小时，12 个小时，仍有人在一早一晚争抢着做好人好事，扫院、帮厨、清扫厕所。

在二十三团八连，最早开始清扫厕所的是二排六班 18 岁的战士丁新民。他清扫厕所有 3 个特点：一是时间最早，在大家还未起床前，他就把厕所清扫完了；二是他清扫厕所干净彻底，清扫过的大小便池，还垫上一层新土；三是保密，好长一段时间，谁都不知道这 100 多号人使用的厕所，每天都是干干净净的，到底是谁干的？

100 多双眼睛不难发现这个秘密，八连的战友们很快就发现了，每天清晨清扫厕所的人是六班的那个个子不高的战士丁新民。

向丁新民学习，争做好人好事。在八连掀起一个自发的小小运动，人人争先恐后地去做好事。丁新民清扫厕所一般都是在早晨 6 点，有的战士为了抢先他 5 点 30 分就到了，但还是被丁新民领了先。后来有的战士提前到 5 点，拿着扫把铁锹，正要进厕所清扫，只见丁新民弯着腰从里面走出来，厕所已经是干干净净的了。又一个战友提前到凌晨 4 点去清扫厕所，不料丁新民带着班里的另外两个战友已经抢先占领了阵地。清扫厕所的时间一次又一次被提前，可总是被丁新民占先。而且，他不仅自己干，后来还领上与他要好的几个战友一起干。那个荣誉也由一个人的变成两个人的、三个人的、四个人的了。

许多年以后，成为民营企业家的丁新民讲了一句剖白他自己的话。他说："我这辈子最看不起的是两种人，一种是光说不干的人，一种是'爱吃独食'的人。"

丁新民的这种思想萌芽于何时？我们不知道。不过，丁新民做好人好事，也不忘带上自己的好朋友，与朋友一同进步，一同发展，一同奋勇争先，可能就是从打扫厕所的一个又一个清晨开始的吧!

丁新民到兵团的第二年,三师成立了工程营,任务是建师部、教导队、被服厂、物资供应站的营房。建这么多的房屋,需要大量的石料。石料在黄河北岸,距建设工地15公里,用什么去转运呢?一穷二白的生产建设兵团,没有汽车,没有骡马,就连一头草驴都没有。

没有汽车,没有骡马,但咱兵团有青春勃发的战士。于是原本由骡马牵引的一挂车,由十几个战士前引后推着,从冰封的黄河北岸往工地转运石料,一趟15公里,女班战士每天运2趟,男班战士每天运3趟。从冬天封河到春天开河,丁新民和他的战友们硬是把所需石料一车又一车拉回来了。

劳动强度大,饭还吃不饱,晚上在冰窖似的简易房里睡觉,为了保暖防寒,战士们睡觉时盖上被,搭上大衣,头上戴好棉帽子,还要系好帽带子,只露出一张嘴,两个鼻孔儿用来呼吸。早晨起床,个个鼻口周边一圈霜花。简易房子四周墙壁在零下三四十度的气温下结成厚厚的冰层。

战士们苦中作乐,说他们居住的是"天生一个仙人洞",有的战士给父母,给亲友写信,也写到自己居住的是"仙人洞"。

暮色苍茫看劲松,乱云飞渡仍从容。
天生一个仙人洞,无限风光在险峰。

毛泽东主席在20世纪60年代所写的诗句,曾经鼓舞过70年代追求精神磨炼的年轻人。而接到来信的家人、亲朋,想象不出他们居住的"仙人洞"会是个什么样的处所。当然,怕父母担忧,怕亲朋挂念的兵团战士,绝不会把他们居住的"仙人洞"的详细情形告诉家人。

居住在"仙人洞",每天还吃不饱的战士们,一个星期建一栋房。这一年里,工程营的300多个战士建好了几万平方米的房屋。

从冬天到春天,拉运石料的日子里,在夏秋盖房的日子里,二十三团的战友们,整个第三师的战友们常常从师部办的报纸上,从团部广播中听到表扬丁新民的声音。他成了师里、团里的劳动模范和先进典型。

丁新民后来回忆："那时候谁都拼命干，那些从上海、北京、天津等大城市来的知青，有的家里是高干，有的家里是高级知识分子，他们从小没受过什么苦，什么累，可是来到兵团一样受苦受累，没一个叫苦叫累打退堂鼓的，咱从小就受过锻炼的还怕啥。那时候我就想，假如兵团的战友们怕苦怕累，一个又一个都返回城市里去，最后坚持下来的可能就是我自己——丁新民。"

1972年，三师建成了糖厂，是团级编制。

丁新民调到糖厂后，和七八百个战友投入建厂的战斗中。经过几年的建设，兵团各方面情况都有了改善，领导们愈来愈多地关注战士们的生活问题。糖厂有一块空地，是将来储放大量甜菜用的，如今空着就浪费了。厂领导决定成立一个种菜班。谁来挑头呢？厂长、政委不谋而合，共同选中一个人，这个人就是常常受到师部、团部表扬的丁新民。

给"菜班"8个战士名额，人选由班长丁新民到各连排去挑。

丁新民重情重义，他选来的8个战士几乎都是他要好的朋友。

"菜班"的工作开始了，白天，他们翻地、平沟、填壑。一早一晚拉着板儿车到附近居民住地淘厕所，这些地方最近的也有二三里地，他们整整拉了一春一夏。庄稼一枝花，全靠粪当家，几百车粪肥催绿了几百畦菜地。丁新民还和菜地附近的曙光十队队长郝三旦交了朋友，下菜籽儿时请郝队长来指导，菜苗长大开花了，请郝队长来教他们掐枝修蔓。菜地里的茄子、青椒、柿子结果了，又请郝队长来帮助他们配药喷洒除虫。"菜班"还和曙光十队的社员们搞了一次军民联欢，和社员们的关系更好了，帮助"菜班"的人由郝队长一人发展成为几十个社员。"菜班"缺少什么工具，从社员家里拿；"菜班"需要浇园子，社员们堵住自己田头的水渠，先让他们用水。

丁新民和他的战友们非常感激曙光十队的社员们。夏末秋初，他们成立了护秋小组，晚上看守自己的菜园，又负责看管社员们的大田。军民互帮互助，这就是20世纪70年代的"军民共建活动"。

菜一茬一茬下来了，一车车豆角、葫芦、茄子往食堂里拉，百十号人吃不完，园子里的黄瓜、柿子又挂满了枝头。那就送给乡亲们吧！乡亲们不要，他们园子里的菜吃不完还想送给战士们呢。怎么办？总不能让这辛辛苦苦种下的菜烂在地里吧。

"卖！"丁新民说，"咱把菜拉到铁路居民点去卖。"

8个战士，分成2个小组，一组侍弄菜园子，一组拉着板儿车去卖菜。吃不完的菜换回钱交到厂部。

"菜班"仅仅存在了一年，因为一到秋天，他们的菜地变成了储放甜菜的场地。"菜班"解散了，可是他们的辛勤劳动、他们的成绩，却留在糖厂几百个战友们的记忆中。

刘承恩如今在蒙古风情园当电工。他是那年被丁新民拉去种菜的8个战友之一。老刘回忆说："那年，咱糖厂的伙食搞得最好，好得在全师都有名，天天都吃新鲜菜，还用卖菜换来的钱买肉、买鸡蛋改善大家的生活……多少年过去了，我还总是梦见那片菜园子，看见红的柿子、绿的黄瓜、紫色的茄子，高兴得把自己笑醒呢。"刘承恩又告诉我们说："去年，丁总还去了一趟糖厂，到那片菜园子旧址转了转。丁总还到当年的曙光十队！（如今不叫这个名字了，另有一个村名了）丁总专门到村子里拜访当年帮助过我们的老队长郝三旦。老队长老了，还得了半身不遂，丁总留给他1万元……"

丁新民的"丁铁人"称号，就是他在糖厂当排长烧石灰时获得的。烧石灰是最脏、最苦、最累的活，每天都在粉尘烟雾下工作。特别是烧好的石灰出窑，不用说搬运几十斤重的石灰，你就是站在窑口待上两三分钟，身上也会热出一身汗。可是丁新民组织突击队，亲自率领他们一次又一次冲进高温的石灰窑里往外搬运石灰。那身上的汗水不叫"流"，而应叫作"淋"，那是真正的"大汗淋漓"啊。

为此，丁新民在"大汗淋漓"中立了一次三等功。那些受惠于丁新民的民工们，也应该感激那些苦难的兵团生活啊，兵团是丁新民内心深处挥抹不去的青春情结。

经历是取之不尽的财富。

在豪华的蒙古风情园里，丁新民特意留出了大小儿套房间，作为"兵团战友之家"。我们的报告文学就是在"兵团战友之家"修改的。这些日子里，总有全国各地的"兵团战士"陆陆续续到蒙古风情园来，来这里凭吊各自的青春岁月。

岁月无情,青春不再,只有丁新民为他们提供了这么好的回忆往事的条件。老战友来了,在蒙古风情园里和丁新民畅谈青春往事,很多来到"兵团之家"的战友都老泪飘飞。这些当年十五六岁、十八九岁的少男少女,如今两鬓苍苍,皱纹爬上了脸颊。只要听说是"兵团战友"来了,丁新民总要放下手中的工作,陪老战友们坐一坐。

"兵团"和丁新民的青春紧紧地联系在一起,只要是听说"兵团"二字,他就忍不住热血沸腾。

丁新民所在的兵团三师,驻地在黄河两岸的鄂尔多斯和巴彦淖尔。兵团五师的驻地在锡林郭勒盟,丁新民没有去过锡林郭勒。

1972年的锡林郭勒兵团五师,发生了一件惊心动魄的大事,草原大火夺走了69个战友年轻的生命。兵团撤离了,只有这69个年轻的生命长眠在茫茫荒草中,很少有人再想起他们。

写过《血色黄昏》的著名作家老鬼,30多年后重返锡林郭勒草原,发现战友们的墓碑倒地,淹没在萋萋荒草之中,让人看了很心酸。更让人不能容忍的是,当地一些有权势之人竟把他们家的亡人也埋葬进去,烈士陵园快成乱坟岗了。69个年轻战友们的陵园已经荒芜不堪,让他非常伤感。

老鬼是著名作家杨沫的儿子,杨沫写过《青春之歌》,这在中国几乎是家喻户晓的,是那个年代青年人的精神偶像。

老鬼参加了2007年4月丁新民发起的"兵团战友"大聚会活动,在蒙古风情园,老鬼说起了锡林郭勒盟战友的陵园,丁新民当场表示,为战友修筑墓碑。

丁新民前往北京房山,亲自选定了一块儿重达30多吨的巨大赭色花岗岩石碑,运到锡林郭勒盟。丁新民让工匠们在巨石上刻了5个大字:"永远的怀念"。石碑立在那里,丁新民的心踏实多了。他抚摸着石碑说:

"这么大的石头,谁也搬不走;这么大的字,谁也忘不了。就让它们代替我们在茫茫草原上永远陪伴这些战友吧!他们不再孤单了!"

丁新民对兵团的感情之深是让人感动的。

丁新民心里清楚,与兵团的苦相比,民工的苦就是轻的了。民工的苦,仅仅是体力的消磨，而兵团，还有对人灵魂的折磨。

想到自己的青春岁月，丁新民觉得只有把农民工的生活安排好，照顾好，才能对得起他们。

第三章 "我帮你圆梦"

摘下我的翅膀，送给你们飞翔。

——汶川地震感人语录

"不会亏待你"

聊起独脚走出小山村最初10年那一段经历，白进勤无限感慨：

"那时我们好难活呀，干着最脏最苦最累的活儿，一天干十二三个小时，吃的是馒头菜汤就咸菜，哪天吃一顿大烩菜就算改善生活啦。住宿的地方更甭提了，低矮的窝棚闷热潮湿，褥子下面垫3层报纸，天天都是湿的，还有蚊虫的叮咬……这还不算什么，谁叫咱生下就是受苦人的命呢。再苦再难也不怕，可怕的是工头的叱骂，他们骂农民工就像训他们的三孙子。最让我们忍受不了的是一些城里人瞧不起我们的眼神……"

白进勤发自肺腑地说："我们农民进城做工，也是在建设咱们的国家呀！我们靠劳动挣钱养家糊口奔小康，为什么有些城里人就是看不起我们呢？谁都是要尊严的，我们进城的农民工在城里挣钱，也要挣一个做人的尊严啊！"

视尊严如生命，这就是从小山村里走出来的白进勤的性格，山一般宽厚包容的性格。

白进勤第二次走出小山村，到2008年已经20年了。他的前10年是艰难的，但是老白坚持走下来了。他从家乡带出来的民工，由四五个发展到十几个，再后来发展至二十几个，总算是一支小小的工程队了，一个可以独立承揽工程的"锹头队"。

1998年，这是白进勤和他的"锹头队"彻底改变命运的一年。

这一年夏天，白进勤承揽了东方路桥集团前身东信公司的天骄路石砌桥涵工程。那天，老白拖着一条刚刚安装好的价格不到1000元的最简单、最原始的假肢，满头大汗地带着手下民工干活。他一边指挥干这个，做那个，一边很精细地砌筑一道桥柱。

过了一会儿，几辆小汽车开到工地上，车上下来十多个人。老白听到动静，抬起头，擦把脸上的汗水，看了这帮人一眼。他只认识其中的一位，一位姓刘的公司经理，老白承揽的就是他的工程。他们是来工地检查工程进度的。老白继续砌他的石头，他没注意到在这些人中有一个身穿T恤衫的人站在不远处观察了他半天。这个人一下子就喜欢上了白进勤，也喜欢上了他的这支民工队伍。

这个人正是东方路桥集团的总裁、集团党委书记丁新民。

那天丁新民一直在看白进勤，白进勤没怎么理会这个人，继续埋头干活。

丁新民走到白进勤身边，问了他的姓名和家庭住址，白进勤如实告诉了他。

丁新民问他："想在这儿长期干吗？"

白进勤憨厚地说："当然愿意，就怕老板相不中我们。"

丁新民说："你的活计干得不错，就在这儿干吧，你的腿是怎么回事儿？"

白进勤讲了自己的遭遇。

丁新民的眼睛有些湿润，他动情地说："兄弟，在这儿好好干，这儿和你的家一样，我不会亏待你。你想有一条好腿，只要你干得出色，我帮你圆这个梦。"

白进勤的心激动得怦怦直跳，这么多年作为一个残疾人出来打工，他受到的屈辱太多了，无论到了哪一个工地，工头都用轻蔑的眼光看着他那条假腿，这个老板不仅没有嫌弃他，而且关心他的腿，还说要帮他圆有个好腿的梦。他觉得鼻子发酸，眼睛有点儿湿润，但那天白进勤的泪水没有流出来，20多年的残疾人生活已经把他的心磨硬了。

一天，我们和丁新民聊起白进勤，他说："那天我站在老白旁边观察了半天，这人特别能干，活儿做得很漂亮，他还有一定的组织指挥能力，我一眼就相中他了。我对陪同我检查工程的第一工程公司刘忠义经理说：'这个老白咱得用，还要一直用下去。'"

"现在老白可牛了。"丁新民哈哈一笑，"他跟我干了快10年了，他的锹头队如今变成了机械队，联队里早就配备了挖掘机、装载机、汽车等大型机械装备，资产超过400万，每年完成上千万元的大小工程。老白干得好，2005年他的联队被集团公司评选为'十佳民工联队'，我奖励他一辆圣达菲牌越野车。你们有机会见到老白，看见他西装革履的样子就会知道，今天的白进勤与往日是不可同日而语喽。跟着他走出来打工的弟兄们也个个抖起来啦！"

是的，今天的白进勤开创了自己的事业，有了一支在激烈竞争的市场上敢打敢拼的团队，也有了许多荣誉和视为生命的自尊。今天的白进勤常常要接受媒体的采访，也一次又一次地和市领导、自治区领导欢笑言谈，还坐飞机漂洋过海到新加坡、马来西亚、泰国，到台湾、香港、菲律宾观光考察。

"农民工的家"

在东方路桥采访时，我们听到不少人不无感慨地讲丁新民给白进勤推轮椅的故事。可是丁新民没讲过，也没听白进勤讲过，有一次我们问白进勤："在曼谷丁总掏钱给你买轮椅，还亲自推着轮椅让你四处游览，当时你的心情是怎样的？"

"感激哇，激动哇，非常激动。"

"那你是怎样表达感激之情的，当时说了什么？"

老白憨厚地一笑，说：

"那时我不知怎么说，忽然想起母亲在1999年去世前，在她最后咽气时拉住我的手说，妈再也照顾不了你啦，家里穷，也没给你留下个甚，你们弟兄们也都很困难，谁还能照应了谁，孩子，今后再没人疼你，没人照顾你啦，你可要受苦呀……"

我们不甚明白，这些话和我们问的事情有什么关系呢？

老白久久不语，一支香烟夹在他的指间，袅袅地吐着烟气。半天他才一字一句地说：

"我妈她说错了，我不可怜，一点都不可怜。我有家呀，我的家就是东方路桥；我也有亲人啊，一个不是亲人胜似亲人的兄长丁老总啊！他在生活上无微不至地照顾咱，他在事业上更是无私地帮助扶持咱，东方路桥就是我们农民工的家呀！"

是的，东方路桥是白进勤的家，是农民工的家。

白进勤1999年领着二十几个农民工，扛着几十把铁锹和镐头，走进东方路桥。到东方路桥后，公司出面贷款为他们购买挖掘机、装载机等大型机械，将他们从沉重的体力劳动中解放出来，省时省力又挣钱。集团公司还为白进勤的民工联队捐赠活动板房、床铺和被褥，每年都发放伙食补贴，改善他们的生产和生活质量。到2008年的七八年间，白进勤联队仅奖励这一项就获得集团公司50多万元。

今天，东方路桥下面有5个工程公司，工程公司下辖100多个像白进勤联队这样的民工联队，他们都得到集团公司和丁新民总裁的帮助扶持，所以来到这里工作的民工都说：

"到东方路桥干活什么东西也不要带，只要带来一把牙刷就行！"

在东方路桥采访的十几天里，我们走访了十几个民工联队，他们的生活区仿佛是一个个军营，干干净净的院子，洁白的活动板房，宽敞明亮的会计室，整洁的宿舍，飘散着饭菜香味的伙房。

不管从哪里来的民工，也不管什么时候来到，只要一踏进这个院落，就在公司免费提供的床铺上盖着崭新的被子休息，养足了精神再到工地上干活。这里没有歧视，更没有拖欠工资的事，这里能圆每一个民工劳动致富的梦。

一个飞翔的梦

2007年1月14日，东方路桥集团公司第二次组织民工赴深圳、香港、台湾、菲律宾旅游观光，考察学习。这一次民工旅游团是由2006年集团公司评选出来的31支绿卡联队队长组成。

这一年，他们在省道103线呼蒲高速公路和海生卜浪黄河大桥建设中发挥了重要作用。集团公司刚刚对这31支联队重奖208万元，又带着他们出国考察，让民工共享东方路桥的成果。

白进勤连续6年荣获"绿卡联队队长"称号，自然又有一次机会赴香港、台湾、菲律宾旅游了。

可是，白进勤拒绝了，他觉得得到东方路桥的好处太多了，得到丁总的帮助更是太多太多了。人要知足，要知道知恩图报。再说他拖着假肢出去太不方便，总给丁总和同志们添麻烦，这回就不去了，让别人去吧。

丁新民听说了白进勤的想法，就把他叫到办公室，说："老白呀，你和你的联队是和东方路桥集团风雨同舟，一同奋斗，一同发展起来的，东方路桥能有今天，有你和你们联队的功劳啊。'以人为本，共同富裕'是我们的办企宗旨，今天让你出国走一走，看一看，随着企业不断进步发展，我们还要让更多的民工到祖国各地去旅游参观，还要让更多的民工到国外去考察学习……"

企业的老总和一个普通的农民工就这样像兄弟似的拉着家常话，终于把坚决拒绝出游的白进勤给说服了。

最后，丁新民开玩笑说："老白呀，你忘了咱俩是'对儿红'啊，我这个'红'出国走了，能留下你这个'红'不管吗？今天就说定了，咱俩必须一同去香港、台湾、菲律宾观光学习。"

"对儿红"是东方路桥集团党委开展党委委员联系负责制，由党员干部与民工"结对帮扶"的一项活动。在这个活动中，集团党委书记丁新民与农民工白进勤是"一对一"帮扶对象。

2007年1月14日，呼和浩特白塔机场，吸引了众多媒体的既不是政界要人，也不是商界巨富，而是来自鄂尔多斯民营企业的一群普普通通的农民工。他们个个西装革履，身披"东方路桥集体优秀民工联队"的红色绶带，在晨光中分外鲜艳。内蒙古日报的记者来了，内蒙古电视台的记者来了，北方新报等多家新闻单位的记者联合采访这个即将登机前往香港、台湾、菲律宾旅游的团队。

这是很平常的一天，可是对东方路桥的这 31 位农民工而言，却是他们一生都难以忘怀的日子。他们中的许多人，有生以来第一次被这么多的记者采访，第一次将要坐上飞机飞向蓝天，第一次走出黄土高原飞向蓝色的海洋。

东方路桥集团公司将这个日子记录在企业的史册上。东方路桥的农民工则把这个日子深深地镌刻在他们的心灵上。而白进勤心里的滋味和别人更是不一样，谁能够理解一个残疾人内心深处的真实情感呢？

记不清有多少回了，白进勤做过这样的梦：梦里永远是白进勤十五六岁以前的那段岁月，他在追逐一只兔子，一只雪白雪白的兔子，兔子飞快地跑，白进勤飞一样地追逐。他们跑呀，追呀，跑过草滩，跑上山，忽然前面横了一道沟，跑在前面的白兔在沟沿上纵身一跃，身上就长出了翅膀。兔子变成了一只雁，一只雪白的大雁飞向蓝天的白云里去了……

白进勤十二万分的惋惜，站在沟旁，狠狠地跺了一下脚。梦醒了，他在睡梦中跺的正是他安装在左腿上的那条假肢，此时，假肢与腿部的相连处正隐隐作痛。

靠着假肢，白进勤在一个又一个工地上指挥民工筑路、搭桥、修涵洞、砌护坡。靠着假肢，白进勤行走在新加坡、马来西亚、泰国，游览在深圳"世界之窗"，穿行在宝岛上的阿里山林海，驻足在菲律宾百里长的火山上……

疼痛惊醒了白进勤那个希望的梦，那个飞翔的梦。

"我帮你圆梦"

在 31 个赴香港、台湾、菲律宾的农民工回到呼和浩特后的那天晚上，丁新民在风情园的可汗宫设宴为他们接风洗尘。很少喝酒的丁总那天也喝了一小杯，放下酒杯后他说："几年了，我一直有一个想法，想为白进勤换一个假肢，一个比他现在身上安着的更好一些的假肢，使他工作生活更方便些，让他更少些痛苦，找回他在 35 年前健康的感觉……"

原来丁新民没有忘记他和白进勤第一次见面时说过的话，那天他说："只要你干得出色，我帮你圆梦。"丁新民是个说话算数的人，就是别人开玩笑的话，到他那里也得当真。现在，在这个接风酒会上，他又提起了白进勤的腿。

丁新民的话令在座的所有人感动，立刻就有人表示要为老白换假肢献一份爱心。接着大家都纷纷表态，要解囊相助，帮老白换假肢。

这不是酒话，更不是一时冲动。仅仅两天时间，大家就捐献出 21 万元。这个结果连丁新民都没有想到。他在回想这件事时说："那天我在酒桌上说为白进勤换假肢，本来是动员大家献一份爱心的意思，可是我的这层意思还没表示出来，大家就争先恐后地表明态度了。"

丁新民又说："我不是掏不出给老白换假肢的钱，而是想在企业里培养一种互帮互助互爱的精神，体现东方路桥所倡导的'以人为本，共同富裕'的企业宗旨。那天大家的表现使我非常高兴，高兴的原因是我们企业团结友爱的精神已经培养起来了，这是我们开创'百年东方'的基础和灵魂啊！"

2007 年 3 月 3 日，一架飞机从呼和浩特市白塔机场起飞，向着东方展翅飞翔。

飞机上白进勤和他的米脂婆姨并肩坐着，陪同老白去上海换假肢的东方路桥党办主任霍春利和民工联队建设办主任杨勇坐在他们前一排的座位上。

第一次坐飞机的米脂婆姨紧紧靠着丈夫，并用一只胳膊挽住丈夫的胳膊不放，飞机起飞快一个小时了，她才慢慢轻松下来，看一眼自己的丈夫，问："老白呀，你们说的这个丁总，他是多大的官呀？有咱龙镇乡的乡长大吗？"

听到婆姨的问话，老白很是自豪地说："丁总的官可大了，他能管三四十个像龙镇乡乡长那样的官，你说他的官大不大？"

"那他比咱米脂县县长的官还要大呀？"

其实，老白也不清楚，这政府和企业的领导是不一样的，但他坚定地认为，自己的老板丁新民的职位一定比一个县长或县委书记的职务还要高，于是他就自以为是地告诉自己的婆姨："我们丁总的官啊，比一个县长再加上一个县委书记的官还大呢。"

米脂的女人不仅是惊讶，更是无比的自豪了。因为这样大的官为自己的丈夫换"腿"，昨天晚上还请来十几个公司领导和民工联队的人陪着他们喝出行的喜酒。今天早晨丁总还请他们两口子到自己家里，让妻女一家忙活着煮羊肉、熬奶茶,做"乌日莫",用鄂尔多斯蒙古人的礼节招待他们,又派汽车送他们到机场。这丁总给咱老白多大的恩情,给夫妻俩多大的面子啊!

"银燕"在上海虹桥机场徐徐降落了。

由于事先做了安排,白进勤一行人走出机场出口就有上海天弓假肢矫形器有限公司的副总经理薛伟明、周功刚来迎接,他们分乘两辆小车直接到了天弓假肢矫形器公司。

天弓假肢矫形器公司的徐志明总经理亲自接待这些远方来的客人,他认真地听了霍春利和杨勇的介绍,又细心地了解了白进勤个人的情况后,徐志明总经理感动了。一个民营企业能为一个普通民工更换假肢,这是他闻所未闻的,这个喜欢逻辑推理的高级知识分子,立刻得出以下3个结论:

第一,东方路桥集团是一个有着博大襟怀的民营企业,企业领导人极具博爱精神。

第二,患者35年前是在另一个企业做工时被压断腿的,今天给他安装假肢的却是东方路桥,这彰显出东方路桥承载的崇高社会责任和伟大的社会良知。

第三,眼前这个陕北大汉是一个意志坚强,对生活充满了憧憬的农民工,给他安装更理想的假肢,就等于给予了他带领的100多个民工一种力量和一种支持。

徐志明总经理决心要由自己完成这个使命。

接着徐志明就将几种类型的假肢的性能和价格一一介绍给客人:"目前,我国假肢的研发和生产还落后于西方,现在市场上使用的是机械式和液压式等几种国产假肢,价格也不等,有两三万元的,有五六万元的,也有十多万的……"

徐总详细介绍后,问:"你们打算安装哪一个价位的产品啊?"

代表东方路桥来的霍春利、杨勇听了一愣,他们身上带着20多万元的银行卡呢,这笔钱可以给白进勤安装两个当前国内最先进的液压式假肢还绰绰有余。霍春利和杨勇征求老白的意见。可是白进勤一脸茫然,嗫嚅着不知说什么……

霍春利马上掏出手机给东方路桥的总裁丁新民打电话说明这边的情况,请示他安装哪一种假肢。

手机将远在5000多公里外鄂尔多斯高原上丁新民的声音传递得十分清晰，让坐在办公室里的所有人都听得清清楚楚："还有比机械式和液压式更先进的假肢吗？"

坐在霍春利主任身边的徐总经理清晰地听到了手机里的话，他接过霍主任的手机，亲自与令他十分钦佩的企业家通话：

"尊敬的丁先生，我是上海天弓假肢矫形器有限公司的总经理，我姓徐，我向您报告，目前我国还没有比机械式和液压式更先进的假肢，但是美国和德国有最新研发生产的产品，其中与残奥会合作研发的德国奥托博克假肢是电脑智能型产品，是世界上最先进的产品，奥托博克公司是全球最大的电脑智能型假肢的生产销售商……"

"谢谢总经理先生，那就拜托贵公司，为我的员工装最好的腿。"

"那就是德国的电脑智能型假肢最好。"

"那就给他装德国的电脑智能型假肢。"

丁新民在手机里十分礼貌又异常恳切的话语令徐志明震撼，他握手机的手有些微微地颤抖。多少年了，他的公司从来没有遇到过这样的企业领导人，他们见到更多的是与他讲条件、讲价钱、斤斤计较的企业和企业的领导人。一个民营企业如此慷慨地为一个农民工更换世界上最先进的电脑智能型假肢，他还是第一次见到。电脑智能型假肢的价格是国产机械式假肢、国产液压式假肢的3倍啊！这套30万元的进口假肢是白进勤过去35年中所更换过的五六次假肢的40倍呢。

徐志明知道，咱们国家有8000万残疾人，其中只有50名幸运地安装上这种最先进的智能假肢。一个农民，一个普通的农民工由企业拿出30多万元安装这样高级的假肢，若不是今天亲眼所见，徐志明是绝不会相信的。如果说丁新民是全国民营企业关爱民工的第一人，那么他徐志明就是给一个幸运的农民工安装假肢的第一人。

徐志明请公司副总经理马上打国际长途电话订购产品，并请求奥托博克公司派最好的专家来上海，全程负责安装、调试、训练工作。

3月11日，德国奥托博克公司派出的业务服务总监乔治·霍夫曼，带着一套电脑智能型假肢飞到上海。他一到天弓公司，稍事休息后就开始工作，先是组装产品，然后将各种数据输入电脑程序进行适应性调试。这一切顺利完成之后，将假肢安装到白进勤左腿残部，接着进行一系列功能转换和各种步态的全方位训练，坐姿、站立、小步行走、跑步、上下斜坡、下楼梯、骑自行车等多种功能性练习。他们的合作充满了快乐，这两个不同肤色、不同种族的男人，在艰苦的训练场地愉快地度过了12天。

在这十几天里，乔治·霍夫曼完全弄清楚了白进勤的情况，他给全世界的人安装过无数次各种各样的假肢，但是给中国的一个农民，一个从大山里走进城市打工的农民工安装假肢，安装世界上最先进的电脑智能型假肢，是第一次。这个黄头发、灰蓝色眼睛的日耳曼人常常鼓励他的患者说：

"白先生，你是非常幸运的，请你勇敢地迈大步，太阳在你的脚下铺好一条光明的路径，你会更幸运的……"

白进勤告诉乔治："我的路是东方路桥给铺下的，我的腿是东方路桥的总裁丁新民给安装的，我当然是幸运的啦。"

乔治·霍夫曼多次听白进勤讲过他的公司和他的老板。这个德国专家十分敬佩丁新民，听了老白的话，他又一次跷起拇指，说：

"高尚，高尚，丁、新、民，太高尚啦！"

3月23日下午4时10分，白进勤一行4人返回呼和浩特市。东方路桥集团的老总丁新民带着武新民、刘忠义等领导到机场迎接。那天丁新民没有像往常一样领先在出口迎接来人，而是故意躲在人群里，他想在白进勤毫无觉察的情况下，认真看一下给他安装的这个电脑智能型假肢究竟先进到什么程度。

白进勤走进丁新民的视野里了。他一身笔挺的西装，不过没有系领带，这是老白的一贯穿法。他手里拎着一个旅行包，脚下的步履轻盈而稳健，如果不仔细观察，谁也看不出这个昂然自信的人是在借助假肢行走呢！丁新民高兴极了，眼泪也流了出来……

白进勤夫妇由东方路桥第一工程公司董事长刘忠义迎接并引到丁新民面前时，老白激动地抓住总裁的手说：

"丁总，我一出来就看见您啦，看见您在悄悄看我走路呢。这个电脑智能的假肢太好了，跟真的腿一样，跑步、爬坡、蹬自行车都行，谢谢丁总，谢谢东方路桥……"

35年过去了，白进勤扶着墙根走过，拄着拐棍走过，那时他是一步一滴泪呀。后来他安装了一个最简易的假肢，歪歪扭扭地走出大山，到城里挣一口饭吃，当他吃饱了饭还挣下几个钱后，花4000元钱更换了一个好一点的假肢。这种假肢走三五百步还行，走多了也疼得钻心啊。白进勤常常疼得满身是汗，但他还不说是因为疼痛出的。那时他一瘸一拐步步咬牙，他身后留下的一个个脚窝里都盈满了泪和汗。在那时，老白的泪水就流尽了，流干了。可是今天那个干涸了的泪腺怎么就又有了这么多滚热的液体，并且怎么也抑制不住地向外涌出，一滴，又一滴……

这是一个山里男人幸福的泪水呀，这是一个陕北大汉感恩激动的泪水啊！

白进勤的婆姨看一眼丈夫，说："老白，你再走几步，让丁总、让几位领导好好看看。"

白进勤又走了几步，还跑了几步，高兴地说："看我这'腿'跟真的一样了吧？"

丁新民不无幽默地说："好是好了，可再好也没你妈给你的那条腿好哇！"多么朴素的一句话呀，像一束阳光温暖着人心；多么简单的一句话呀，让人听了感慨万端。

2008年5月19日，我们陪同白进勤回他的米脂老家，坐的是丁新民奖励给他的圣达菲小汽车，开车的是他的儿子。我们和老白并排坐在后排座位上。

车走了一路，老白的故事也讲了一路。他过去的苦难往事就像隐忧的横山，压在我们的心上隐隐作痛；他今天幸福而快乐的生活就像长长的无定河，清澈而透明，永远欢唱着甜美的歌……

我一直低头倾听白进勤讲故事，忽然他不言语了，我抬头看他，只见他热泪满腮，我轻轻唤了一声："老白，你……"

白进勤用簸箕般的大手抹了一把泪脸，拍着右腿说："这是我妈给我的腿。"他又重重拍了几下左"腿"说："这是东方路桥丁总给我的腿……"

白进勤的故事感动的不只是东方路桥人，也不只是他的那些陕西乡亲，他感动着所有知道这件事的人。在许许多多被感动的人中间，还有一群生活在黄浦江边的人，他们就是上海天弓假肢矫形器公司的职员们，请看他们写给东方路桥丁总的信吧！

  我们是上海天弓假肢矫形器有限公司，是一家专门为广大残疾人服务的企业，从事这个行业已有几十年的历史，其中主要技术员工和管理层基本上在这个行业服务已有几十年。但是我们这几天的所见所闻，是我们从事这个行业以来，所未曾碰到和经历过的。我们被贵公司为你们的民工白进勤装假肢这一义举深深感动。东方路桥作为一家民营企业，为改善残疾员工的生活质量，能出资为员工装配世界上最好的假肢产品，完全体现出贵公司作为社会主义新型企业以人为本、构建和谐社会的宗旨，不愧是我国民营企业的真正典范。在国内，目前能安装电脑智能型假肢的大部分是企业老总、国家干部等，很少有企业为员工安装电脑智能型假肢的，更何况白队长的残疾不是在贵公司工作造成的，但你们企业给予像白队长这样的农民工如此的关爱和呵护，确实难能可贵，感人至深。

  我们也是一家民营企业，我们也信奉患者至上、服务至上的办企宗旨，但在关爱企业员工的生活，建立新型社会主义企业文化方面与"东方路桥"集团公司还有很大的差距。我们决心在丁总的人文情怀感召下，不断加强企业自身文化的建设，为员工谋福利，提高公司员工的凝聚力，最终使我们的企业能更好地服务于社会，服务于广大伤残人士。

  爱，是人类共有的品格，懂得爱，并施爱于人是幸福的。

让那个不断做梦追逐白兔的少年追上白兔，让小白兔在美丽的童话世界嬉笑欢歌吧！

  让那个站在崖畔，看着白兔变成大雁而绝望的少年梦想成真，身上长出羽翼，飞向蓝天、白云，与大雁一起翱翔吧！

第四章　无产者成为有产者

你若喜爱和看重自己的价值，你就得努力给世界创造价值。

——〔德国〕歌德

"我们是弟兄"

讲了这么多白进勤的故事，下面我们想说说白进彬的事儿。白进彬也是个普通的民工，与别人有些不同，他是东方路桥工地上一个优秀的党建工作者。

白进彬也是陕西米脂人，他是白进勤的堂兄弟，他也在大山里出生，在大山里长大。与许多同龄人不同的是，他读过几年书，还跟人学了一点医术。他的人生之路走得很扎实，一步一个脚印，从一个普通的工作人员成长为米脂县人民医院的党支部书记，一度还当过代理院长。这个官不算大，可是在小小的米脂县城，也是一个人物啊，一个有许多人有事相求的人物。

忽然有一天，他提出不想当这个医院的支部书记和代理院长了，说他要到北边的那个高原上去构筑人生的另一个支点。

白进彬是在2004年由堂兄白进勤特意请来做民工联队党建工作的，任东方路桥第一工程公司白进勤民工联队的党支部书记。

白进勤把一个二十几人的"锹头队"逐渐发展壮大成一支一百多人的建筑工程联队，无论在思想管理、生活管理还是工作管理上，都遇到越来越多的困难。怎样带好这支民工联队，让公司满意，让民工家属放心，这曾经让做联队长的老白很伤脑筋。

一天，白进勤学习了丁总在集团公司2002年读书会上的讲话后，开始思索一个问题，联队需要一个党支部书记，可是，找谁去呢？有几个愿意到民工联队来？白进勤有些头疼了，但是他反复思考着丁总的讲话。丁总讲：

"一个人，一个企业，不能没有精神支柱，不能没有指导思想。不然的话，我们用什么来团结和教育来自五湖四海的员工？靠孔孟之道行吗？靠哥们儿义气行吗？靠格林斯潘、尼采、卡耐基行吗？不行。实践证明，只有共产党的思想理论，才是当今世界最先进、最有力量的思想理论，用它来统一企业的思想，凝聚员工的人心，才是最正确的抉择。"

谁来做民工联队的党建工作？白进勤寻觅了一年多，最后选定了白进彬。

2003年冬天，东方路桥工地休工，白进勤回到了米脂。他拖着一条残腿，赶往县城，特意去见堂弟白进彬。当讲明了来意之后，白进彬连连摇头，他说自己怎么能去搬运土石，做个土猴子呢？当民工能挣到钱那才怪呢？白进勤苦口婆心地劝说了一番，白进彬还是犹豫不决，白进勤让他可以先不做决定，开春先随自己到东方路桥的工地上看看，满意就干，不满意就回来，白进彬这才答应。

白进彬最终随白进勤来到了东方路桥的工地，东方路桥工地上的情景让他大吃一惊。

这里的工地不像他想象中的环境恶劣，工人们住着蓝白相间的活动板房，里面是整整齐齐的上下铺，民工们换上了统一的迷彩服，整整齐齐的，像部队里的战士一样。

这里的卫生条件也很好，各联队都配有海尔洗衣机，那是老总丁新民亲自送来的，不是民工们花的钱，是老板自己掏的腰包。

这里的伙食也很好，饭菜很可口。

关键是他看到，联队里的民工都已经在这里干了好几年了，这里比别处强，不仅不克扣工资，还比别处挣得多。

于是他留了下来，出任联队的党支部书记。

白进彬一到任，在集团公司党委和工程公司党总支的指导下，组建了白进勤民工联队临时党支部，健全组织机构，制定有关规章制度。他们开展了"党在我心中，东方是我家"系列活动，让党的光辉照耀每一个角落，让东方路桥的关爱温暖每一个民工。

第一，在支部组织下联队成立了伙食监督委员会，由民工代表管理食堂工作，保证公司下发的每人每天3元钱的伙食补贴全部用在民工的伙食里，保证每天7元钱的伙食标准。

第二，在集团公司丁新民总裁和工程公司刘忠义董事长的帮助下，联队配置了钢板活动板房，双层架子床和被褥，每一个人都穿上了丁总给买来的迷彩服，过上吃得香、穿得漂亮、生活有规律的半军事化日子。

第三，积极配合联队实施"一把手工程"建设，全面落实定额管理制度，充分发挥劳动积极性，实现了劳雇双赢。这样一来，工程进度快了，工程质量好了，安全意识提高了，民工的工资增长了：技工日工资达到80元以上，熟练工达到60元以上。联队这一年的产值破天荒地首次突破1000万元大关。

联队长白进勤高兴地说："支部建在联队，堡垒作用可贵，加强党的建设，再苦再难不退。"

2005年，东方路桥集团公司全面开展党的先进性教育活动，支部书记白进彬抓住机遇在民工党团员中进行先进性教育活动，增加了党组织的凝聚力，加强了党员模范带头作用，联队发展到140多人，机械化程度有了历史性的大变化，扩大了再生产，民工收入又升了一大截，这一年联队迈上了向股份制过渡的第一步。

在白进勤联队干了三四年的小伙子拓志胜说："开展先进性教育活动，群众得实惠，明年当股东，后年做……"

"后年你做甚？"有人拧住拓志胜的脖子问。

"后年，后年当大老板哪！"

白进彬扯开拓志胜和那个打闹着的小伙子说："你们俩明年都是联队的股东了，好好干几年就是大股东，再好好干几年不就当上大老板啦！"

这个企盼着别人当大股东、大老板的基层党组织的支部书记，在白进勤的民工联队仅仅工作了3年就去世了。

在他住院期间，东方路桥集团的丁新民竭尽全力从经济上给予资助，请医院千方百计地诊治病人。然而，白进彬患的是食道癌，死神最终无情地带走了民工联队支部书记的生命。

丁新民是晚上8点多知道消息的，天已经完全黑了下来，他急三火四地给副总李颖梅、武新民打电话，要班子全体成员连夜赶往米脂，但他生生被爱人胡承惠给拦住了。她说："这冰天雪地的，山高路滑，你不想好好过年，也让别人在家里安稳一下，怎么能连夜跑200多公里路呢，再大的事儿也得天亮后处理。"他没有去，可是这一夜，他根本没睡好，他为这个善良能干的男人伤心，老天爷也太不公平了，那么多恶人不收，怎么让一个好人先走了呢？折腾了半天睡不着，他翻身坐起来，到另一个房间抽烟去了。

外面繁星满天，屋里烟雾缭绕，他一遍遍地在屋里走来走去，长长地叹息着。这就是丁新民，一个普普通通民工的病逝也让他这样伤心不已。

天刚亮，集团的几个负责人都赶到他家了，同事这么多年，大家都知道丁新民的脾气，他们进屋都不多说话，草草地吃过早点后，20多辆汽车开出了东胜，浩浩荡荡地向陕西米脂奔去。

这是2007年农历正月十七，春节的气氛还没有结束，城里人都在欢度节日，携家带眷，走亲串友，欢天喜地的。

汽车里弥漫着压抑的气氛，丁新民沉默不语。

汽车进入陕北，丁新民凭窗远望，路两旁起起伏伏的黄土山岭连绵无际，下雪了，雪花洋洋洒洒地飘着。雪花是那么纯洁，它遮掩住了苍天底下的贫穷和苍凉。这里是米脂地界，米脂是个好地方呀，出过中国古代美女貂蝉，也出过闯王李自成。丁新民看着黄土坡心里直发酸，米脂固然是个好地方，但是米脂穷啊，米脂的穷已经有几百年的历史了。这些年米出了很多民工，在丁新民的东方路桥集团里就有很多米脂的人。

汽车进了米脂县城，在县城一个偏僻的角落里就是白进彬的家。

白进彬去世这年刚近50岁，两个孩子还在外地上学，他是家中的顶梁柱。为他治病家里没少花钱，如今他突然撒手西去，这个贫寒的家一下子垮了，丁新民能够想象得出这个家庭此时的悲凉。

汽车在白进彬家附近停下。

白进彬家的门前围了很多人，贫穷的小县城里突然出现十几辆高级小轿车，让县城里的人感到新鲜，围在那里指指点点的。

"他们是内蒙古的。"

"是蒙古人。"

有人认出了丁新民,悄悄地对身边的人耳语着:"这就是东方路桥的大老板,蒙古人,人家有几十个亿呢,一跺脚,身上都往下掉钱。"

人们的目光都集中到丁新民身上,主人早已听到消息,从院子里迎了出来,把丁新民等人领到院里去。

院子里搭着灵棚,死者的遗体陈放在那儿,用白布盖着。在死者的脚下有个破盆,当地的风俗,前来祭奠的人都要在那里下跪烧纸。

丁新民在灵棚前停住了,他从旁边抽出一沓纸,点着要跪下磕头。

白进彬的妻子已经见过丁新民多次了,知道这是丈夫的大恩人,这时赶紧扑过来拦住丁新民:

"丁总,你就不要烧纸了,更不要下跪。你是进彬的老板,进彬的恩人。你要是下跪,我心里受不了。"丁新民架起女主人的胳膊:"大妹子,别拦我,我是专程来给进彬送行的。在东方路桥,我们是弟兄。东方路桥人,都是弟兄。我们要让进彬走得安宁,我要感谢他。要说恩人,他才是东方路桥的恩人,所有的民工都是我们的大恩人,没有民工哪有东方路桥。"

丁新民说着跪在了雪地里,黄纸慢慢地燃烧,丁新民哭着给死者磕头。

跟丁新民来的20多人都整整齐齐地跪在丁新民身后,为一个普普通通的民工磕头,为他送行。

这是老板吗?这就是弟兄嘛!

白进彬的妻子跪在丁新民的身边号啕大哭,她没有想到一个身价几十亿的大老板会从200公里之外的东胜赶来为丈夫奔丧,还给丈夫烧纸磕头,她哽咽地说:"进彬,你该满足了……"

丁新民又从身上拿出厚厚的一沓钱塞给女主人,女主人清楚丈夫治病期间丁总已经给了很多钱了,此时便哭着推托。丁新民有个特点,他最见不得别人难过。他把钱递给身边的人,转过头去擦眼泪。

雪花无声地飘着……

这件事轰动了当地,死者生前受重用,死后得尊重。这件事也传到米脂县城,米脂的县委书记更是震惊："东方路桥集团具有多么博大的爱心啊，一个打工3年的民工，他们都这样尊重，这样厚爱，我们应该向他们学习呀！"

"东方金字塔"

丁新民是个道德完善主义者，在他的言论和实践中，我们总能感觉到一点托尔斯泰式的悲悯情怀。这种悲悯情怀在物欲横流的社会里显得如此美丽。

在全国的老板中，丁新民不是最富的；在关爱民工的某些细节上，他的故事不是最感人的。但是在对待农民工的问题上，丁新民绝对是全国老板中做得最好的，因为丁新民有理念，而且形成了自己完整的理念，这个理念的巅峰就是——"让无产者变为有产者"。

这个理念是丁新民在2002年3月10日东信公司、东方路桥公司一年一度的读书会上提出来的。这个理论一问世，首先在东方路桥的民工中引起了轰动，引起内蒙古以至北京某些理论家的关注。这个理念太新颖了，太具有挑战性了。

尽管"让无产者变为有产者"这个观点有很多待完善的地方，但是最基本的核心肯定是正确的：全世界无产者不仅要联合起来，而且要富起来，要变成有产者。全世界的无产者变成有产者，才是和谐社会的根本基础。

当然要让无产者变为有产者，这需要一个漫长的历史发展阶段，在这漫漫的长河中，东方路桥也许是最美丽的一朵浪花。

在东方路桥采访的这些日子里，最让我们激动的就是"让无产者变为有产者"这个理念。其实说一千道一万，无论是19世纪无产阶级的革命，还是几百年来一次次的农民起义，人们抛头颅，洒热血，其目的就是为了过上个好日子，如果社会为无产者提供了幸福美满的生活，人们何必要闹革命呢！

起义也好，闹革命也好，最终的目的都是为了成为有产阶级。丁新民在人类本性的根源处，回答了我们在理论上的困惑。

理论的思索往往是苍白无力的，重要的是行动。丁新民不是理论家，他是个搞企业的，他在经营自己企业的过程中，用实践一点点完善着自己的理念。这个理念就是让民工得到好处，让更多的人得到东方路桥的好处。丁新民所拥有的是大财富观念，他和那些一心只看着钱的老板是有根本差别的。正因为这一点，他和很多创业者不一样。

没有道德完善意识的企业家，是不会修正自己的财富观念的。社会的进步固然需要财富的积累，但是对于个体生命而言，平凡的人和伟大的人的重要分歧就在于能否自觉地进入道德完善的层面。

丁新民从1997年奋战东杨路开始，到1999年辞掉伊克昭盟公路工程局局长、党委书记的职务，创建东方路桥集团公司，至今已经走过11个年头了。11年来，丁新民接触最多的就是筑路民工，前前后后，已经有10多万民工在他的工地上打过工。10多万人啊，如果排成队，那也是浩浩荡荡的人群啊。

这么多年来，这么多的人，没有发生一起克扣民工的事件，没有一个民工恨过丁新民。凡是在丁新民这里打过工的人都清清楚楚地知道，他们在丁新民这里活儿干得最痛快，钱挣得最多，最有做人的尊严。

丁新民已经进入道德完善的层面了，他的人品闪烁着迷人的光辉，人们喜欢他，迷恋他，不是被他的财富所吸引，而是被他的道德品格所吸引。

2003年12月2日，花园般的东杨管理工区大院里一派节日气氛，张灯结彩，彩旗飘飘，一拨又一拨面色红润的人们喜气洋洋地来到这里。

在新世纪初始，农民工问题已经是中国严峻的社会问题。

中原某企业不能及时发放民工工资，无法返乡的农民工堵在企业的办公大楼前几天几夜。

南方某市民工集体上访，要求市政府帮助他们追讨工钱。

我们还从电视上看到，一个企业老板拖欠民工工资，逼得民工爬到水塔上引起万人惊恐的画面。

就在那段时间，温家宝总理不得不亲自出面为民工讨要工钱。

农民工的工资问题、生活问题、社会保险等问题，逐渐变为社会问题，如不能及时妥善得到解决，就很容易转化为政治问题。

农民工的问题到了年关尤为突出。年根岁末成了一些地区政府的"头痛日"，更成为许许多多进城务工人员的"黑色节日"。

然而，在东方路桥打工的农民工是幸运的。

今天，这里是一片艳阳天，外面寒风凛冽，东方路桥的农民工们却坐在温暖的会议室里，喝着清茶，品尝着水果，和老板们欢聚在一起。

这是东方路桥第一次民工代表大会。

这是我们听说的第一个民营企业老板召开的民工代表大会，这不是普通的会议，这样的会议很难开，不仅仅需要气魄和胸怀，更需要真诚，你必须是光明磊落的，否则你无法面对民工的眼睛。

如果你克扣了民工的工资，如果你欺骗了民工，那么这样的会就无法心平气和地开下去，甚至会爆发恶性事件。然而丁新民这里没有。

这的确是一个非同寻常的会议，惊动了自治区的很多媒体。电台、电视台、党报、党刊，都派出精兵强将驻会全程跟踪采访。

记者们最感兴趣的是东方路桥这个民营企业善待民工的诸多创举。当时的社会背景是：为数众多的建筑企业恶意拖欠民工工资，引起社会舆论的强烈关注。在这样的大背景下，东方路桥的这些做法更显得弥足珍贵，成了记者们反复挖掘的新闻素材。

73位民工代表，特别是上台发言的11位先进典型，被记者们围追堵截，问的问题一个比一个刁钻。这些来自陕北、晋西北大山深处的民工，哪见过这个阵势，他们本来就不善表达，摄像机镜头一对，更加拙嘴笨舌，不知该如何应对了。

会议开了整整两天。100多人的会，规模本来不算大，这些见过大场面，报道过大会议的省级记者们却有些手忙脚乱。

这不，11名典型民工还没有采访完，会上又爆出一连串的新闻：

袁顺利、张金保、刘士奇3个优秀农民工被发展为中国共产党党员。

在这次会议上，东方路桥集团党委关于民工联队建设的3个规章性文件《严禁请客送礼的通知》《切实加强民工联队建设的意见》《绿卡联队管理办法》。经过上下酝酿，反复讨论，在会议将结束时，东方路桥党委做出决定：设置"民工联队建设办公室"，专门负责民工联队建设、绿卡联队评选等具体工作。这个专门机构在全国也是首创。

最精彩的是丁新民总裁在会议结束时的那段即席讲话：

"从东方路桥创立之日起,我们就抱定一个信念,要带领所有跟随我们的员工和民工共同致富。就是基于这个理念,我们提出了'东方金字塔'理论,实行了'一把手工程'。两年的实践证明,如果不这样做,我们的企业就没有后劲,我们东方路桥就会头重脚轻。

"从今年起,我们要用3到5年时间,每年拿出300万~500万元,通过规范定额管理、加强技术培训、提高机械化施工水平、民工持股等方式,支持民工联队向绿卡联队和股份制工程公司的方向发展……"

他反复强调自己的"东方金字塔"理论,要在民工队伍中构建财富的金字塔。

丁新民激动地说:"两年前,咱们东方路桥提出了创建百年东方的构想,当时也仅仅是个构想。因为这些年仅仅在东胜市,眼看着倒闭的企业有多少?过去有人说'各领风骚数百年',现在有些企业其实也就是红火了几百天,就像过眼烟云似的烟消云散了。东方路桥说什么也不能走他们的路。

"那么,怎样才能建成'长寿企业'呢?我想到了埃及的金字塔,你说那是外星人的杰作也好,是古埃及人的智慧也好,反正它在地球上存在了几千年,到现在,依旧巍然屹立,纹丝不动。它能存在这么多年,关键是有一个上小下大的科学结构,有一个厚实牢固的根基。假如当时建成'玲珑塔'的模样,估计早就不存在了,光是地震这一关它就过不去。

"东方路桥是一座金字塔,塔的顶端是决策层,中间部分是六七百名员工,最下面那层是每年跟随我们的成千上万的民工。这些民工在塔的底层,是塔的根基,东方路桥正是靠着这个根基的强有力支撑,实力才越滚越大,品牌才越打越响。"

丁新民继续认真地解释着:"由于民工联队建设是东方路桥集团建设百年企业的基础性工作,因此,今后企业要在组织上、政策上、资金上加强对民工联队的扶持力度。要用3到5年时间,每年拿出300万~500万元,通过规范定额管理、加强技术培训、支持民工联队向绿卡联队或者股份制工程公司方向发展,让无产者成为有产者。"

"让无产者成为有产者",第一次听到这个理论的民工们都目瞪口呆,这可能吗?这是谁在说话?老板还能这么思考问题吗?

丁新民说的是心里话,为了这个理论,他多少个夜晚睡不着觉,一个人跑进书房里,翻箱倒柜,找出了那本在兵团的时候读过多遍的《共产党宣言》,那上面已经被他画了很多的圈圈道道,可见当年确实是下苦功了。

那书的扉页上清清楚楚地写着"全世界无产者联合起来"。

是啊!马克思在100多年前就讲这个话了:"全世界无产者联合起来!"联合起来干什么?当然是推翻旧制度,建立新制度。建立起新制度以后又该干什么?按邓小平的观点,是"解放生产力,发展生产力,消灭剥削,消除两极分化,最终实现共同富裕"。

邓小平的这个话是对的。如果我们的新制度搞了50年,100年,无产者还是一穷二白,还是解放初期那个生产力水平,你这个社会主义新制度的优越性拿什么体现?你搞社会主义究竟图个什么?总不能就是为了继续受穷,共同受穷吧?

看来,无产者最终还得成为"有产者",成为"富裕者"。当然,我们要让大多数人都成为富裕者,而不是少数人富有。"让一部分人先富起来"是改革开放初期的口号,一部分人先富起来是手段,不是目的。目的是让先富起来的一部分人带动全体人民共同富裕。这才是共产党人的奋斗目标。

按邓小平的论述,咱们中国现在还只是社会主义的初级阶段。这个"阶段"长得很,比"二万五千里"长多了。"二万五千里",长归长,苦归苦,就是那些人,一年多时间也就走出来了。现在这个"初级阶段"比那个长多了,据说要几代人才能走出来。在这么长的时间里,咱们共产党主要干什么?就是带着中国的老百姓一起致富。

这个道理丁新民弄明白了!

他在心里还自己给自己打了个比方:就像当年开辟红色根据地一样,这里一块,那里一块,小块变成了大块,大块连成了整块。中国革命就是这样成功的。搞社会主义,看起来还得用这个老办法!

小时候听父亲说:当年在战场上,谁消灭的敌人多,谁抓获的俘虏多,谁就是英雄。现在,在共同富裕这条路上,谁拉扯的穷人多,谁帮扶的弱者多,谁就是好样儿的。对,就是这个理!

此时在东方路桥的第一次民工代表大会上，丁新民把自己感悟到的思想都说了出来，民工代表们听得如醉如痴。

"构建我们自己的财富金字塔，让无产者成为有产者。"

东方路桥老总丁新民向全体民工们发出了热情的呼唤，他向大地呼唤，他向江河呼唤，他向整个社会呼唤。

"一把手工程"

在东方路桥的工地上，农民工们时时感受着丁新民的理。丁新民的理是人性化的，处处闪烁着爱的光芒。

2001年开春，东方路桥就签下15项施工合同，工程造价超过4个亿，施工范围也从上一年的市政工程转向高等级公路，跨越内蒙古经济最发达的呼和浩特、包头、鄂尔多斯，辐射半径超过300公里。这标志着丁新民的筑路铁军已经从地方部队升格为野战部队，他们不声不响地走出鄂尔多斯，从容不迫地占领了内蒙古中西部的路桥建筑市场。

那年的开工誓师大会是4月14日开的。工程量之大，质量要求之高，连丁新民都感觉到了压力。誓师大会上，他又准备使用他的"撒手锏"：

"过去，我们在工程攻坚中发扬了'剃头明志'的精神。今年必要的时候，我看还得发扬'剃头而上'这样的传统！现在，军号已经吹响，我在这里向大家表个决心，到了关键时刻我将首先'剃头'，如果我不能带领大家搞好今年的工程，我永不留发！"誓师会结束后，他的五虎上将带着各自的人马都上了施工现场。他把方方面面的关系协调、各个项目的施工调度等工作都交给副手们去处理。表面看他好像是安排妥当了，其实他的内心根本无法平静，他焦虑地考虑着企业发展的大事。

古人云："运筹帷幄之中，决胜千里之外。"作为集团的老总，就得吃着碗里，看着锅里，想着店里，瞄着地里。这就跟下棋一样，要把后三步提前想清、谋到、看准。

什么是企业的大事呢？最大的事莫过于企业的寿命了。怎么在民工队伍建设中实现他的金字塔理论呢？具体的步骤应该怎么做？

决策层必须放到塔的顶端，这是没问题的。员工放到哪？就放到拦腰的位置吧。像东方路桥这样的股份制企业，员工的数量可不能盲目扩张，因为大量的施工任务说到底还是民工干，所以员工没必要搞那么多。更主要的是员工的数量膨胀以后，金字塔就要变形，就要垮塌，这样的事千万做不得！员工一定要少而精！

现在的问题出在哪里？其实就出在"拦腰"上。尤其是有些项目部的经理和领工员，他们在民工跟前总有那么一种优越感，总觉得他比民工高几个台阶。在他们的思想上还有个很错误的观念，就是总认为是他们养活了民工，民工是指他们活着呢。脑子里头有这种思想作怪，他们在民工跟前就要指手画脚，就要吆五喝六，就要摆出一副高人一等甚至有恩于人的架势。这种现象是最让丁新民看不下去的！没有民工，也就没有了工程，也就没有了工地，也就没有了东方路桥，这个道理，丁新民非常清楚。

丁新民明白，在东方路桥的领导层里，存在着很多错误的思想，不能正确地对待民工，东方路桥就无法健康地发展。在这次誓师会前，落实施工队伍的时候，有的经理就撂出话来了："三条腿的蛤蟆不好找，两条腿的人有的是！"这叫什么话？这句话的背后，隐藏着的就是对民工人格的不尊重，对民工价值的不认可。

看起来，需要在集团的管理层，包括决策层，就这个问题进行一番认真的讨论了，一定要弄清"究竟是谁养活了谁"，是我们养活了民工，还是民工养活了我们？如果没有庞大的民工队伍，东方路桥能走到今天？别说完成4个亿的工程，400万也完成不了！还有个问题，也是该提出来的时候了，就是民工联队的自身建设问题。

现在的人是不缺，每年开春以后，寻上门来找活儿干的民工是不少。可是，有技术的、能干会干的并不多。现在承揽下的项目，技术含量越来越高，像今年的呼和浩特市机场路、二环路、包头南绕城路，都是自治区的眼珠子工程，不是专门的技术工人，没有相应的施工设备，你根本上不了手！上去也得撤下来！

这说的是技术水平、装备水平，也就是民工联队的施工能力。还有个问题东方路桥也不能不考虑，这就是他们干活能不能吃苦，共事能不能一心。古人说得好："打虎亲兄弟，上阵父子兵。"越是到那个龙口夺食、生死决战的关键时刻，越得靠这样的铁杆队伍！怎样能形成这样的队伍？只能是在施工过程中去发现，在大仗、恶仗中去培养，从正反两个方面去教育，还得有一种机制来激励、来约束。民工队伍的本质应该说非常好，不是贫苦地区的农民，就是企业下岗的工人，关键是看我们怎么带、怎样引导。什么时候能把他们培养成一支接受东方理念，认可东方宗旨，心甘情愿地跟着东方路桥长期干的队伍，东方路桥这座金字塔的塔基就牢固地建立起来了。要是有这样一支队伍作为根基，东方路桥就是一座牢不可破、坚不可摧的城堡，谁也打不败！

关键是要找出一套适合民工特点的管理办法，用这套办法来引导。现在全国好像还没有这样的办法。没有不怕，自己来摸索。事情都是人做的，道路都是人走的。邓小平还让咱们摸着石头过河，咱们就在实践中找办法。

后来，丁新民到底还是拿出一套办法，他给这套办法起了个名字，就是本书开头写到的绿卡联队评选。

这个办法在决策层讨论的时候，大家都说好，可是在执行当中遇到了阻力。最大的阻力来自管理层，先是冷一股热一股地说风凉话，再就是阴一面阳一面地消极应付。"社会上劳力有的是，允许他们来我们公司打工，又及时给他们兑现工资，就不错了，为甚还要再贴上人力、物力，甚至拿上资金去扶持？这不等于降低了公司的经营效益？"

民工联队也有人不领情。挑头出来唱反调的是个别民工联队长："管吃管住30元，省心省事好算账，现在又抓党建，又搞定额，又争绿卡，又搞卫生，都是点儿受苦的，闹这干甚？"

对这些反对的声音，丁新民心里是有数的。

民工联队有人反对，是因为他们对这套办法不知情、不托底，一旦弄明白了，他们都会赞成的。真正的阻力在集团的管理层，当然，也不排除决策层。因为这里边牵涉到一些人的切身利益。对那些只盯住红利算小账的人来说，这等于是把锅里已经炖好的肉又舀出一盆儿去拿给"外人"吃，他们心里当然不舒服。

看来，这件事要想做成、做好，还得用老祖宗教给的老办法：主要领导亲自挂帅。不是说"老大难、老大难，老大出来就不难"吗？遇到难啃的骨头，还得一把手上。对，就把它叫成"一把手工程"！

丁新民围绕民工联队建设抓的3件事，就是这样在他的脑子里孕育成形的。

丁新民就有这个特点，每逢大事他自己总要先拿一个初步的道道出来，然后把班子成员叫到一起，听他讲，他讲完了，请大家一一发表意见，各种意见都可以讲，赞成的、反对的、修改的、完善的，都可以讲。众人讲的过程当中，他要吸收大家的正确意见，来补充和完善自己的思路。基本定型了，再请秘书整理出来。

那天丁新民把他的思路一说，真是语惊四座，在场的班子成员都觉得茅塞顿开。

是呀！像咱们这样的施工企业，质量、进度、效益这三大指标的主动权其实都掌握在民工手里。民工们是想方设法往好干，还是消极应付凑合地干，是争分夺秒地抢进度，还是懒懒散散地磨洋工，最后的效果大不一样。所以，民工才是咱们一切工作的基础。丁总的这个思路，就是一个固本强基的大思路，一个有效调动民工积极性、创造性的好思路，一个帮助民工勤劳致富，实现咱们"东方路桥"办企宗旨的新思路！"一把手工程"是2001年夏天开始试行的。试行一年多后，集团党委在2003年6月正式下发了实施方案。它作为"金字塔理论"的细化和延伸，对推动民工联队建设起了至关重要的作用。

丁新民对"一把手工程"有一个精辟的解释。他说：

"我们要充分调动广大农民工的积极性和创造性，走出一条民工、企业和社会三赢的和谐发展之路。'一把手工程'就是一项新举措。简单地说，就是强企富民的民心工程，就是固本强基的党心工程。这项工程干得好不好，关键看3条：一看民工政治上是否平等，二看生活上是否关心，三看经济上能否增收。为什么叫'一把手工程'呢？因为从上到下，都要由一把手亲自抓。我作为集团的一把手，我要亲自抓。从我开始，我抓各公司的一把手，各公司的一把手再抓他下面的一把手，就这样层层抓下去，一直到抓出成效来。"

丁新民把一切都安排好了，他把全体班子的思想基本梳理通了。

2001年7月2日，那是一个天气晴朗的好日子。早晨刚上班，就有一辆越野车和一辆客货车一前一后地从集团后院开出，一路向西朝着棋盘井方向的东乌铁路项目部开去。

越野车里坐着的是公司党支部副书记范培新。后面那辆客货车上装着的是1200套迷彩服和没开包装的海尔洗衣机。迷彩服是丁总个人拿出6万元给13家绿卡联队买的，海尔洗衣机是集团党委发给民工优秀党员的奖品，今天他受集团党委和丁总的委派，去民工驻地发放这些物品。

车子开出市区驶上109国道后，两边就变得空旷起来，路上的车流量也不大，正是人最容易犯困的时候。

范培新仰靠在座椅背上，闭上了眼睛，眼前又浮现出前天上午集团党委召开纪念建党80周年暨表彰大会时的情形。丁总的讲话声犹在耳边：

"我们一定要关心民工、爱护民工，绝不允许任何人打骂民工、克扣民工工资。前一阶段，一公司在施工期间给民工每人每天一元钱的伙食补贴，五公司是给两元的补贴。我看，整个施工期间加起来也就是补贴个十几万到二十万，但这种激励作用产生的效益，远远超出你补贴的这点数目。你给民工改善了伙食，他心舒气顺，身体结实，干劲会更高，创造出的价值会更大，我们企业的发展就更快，民工的收入也就更多。这两个公司的做法，其他公司都应该学习。

"前几天，党办的同志给受表彰的民工优秀党员买奖品，他们选中了海尔洗衣机，我看这个东西挺实用，正好给民工洗衣服，就是有点儿小，太袖珍，我就让他们换成了大洗衣机，价格虽然翻了一倍，民工拿到手里好用，大家的衣服都可以洗。刚才发的1200套迷彩服是我个人的一点心意，给去年以来评出的绿卡联队每家100套，礼轻情意重。我在这里也要求集团的所有共产党员都来关心民工，这样，我们的'一把手工程'才能越搞越深入，越搞越见效。"

快到中午的时候，范培新来到了三北羊场的白进勤联队。车还没停稳，听到消息的民工就像群孩子似的围上来。还是白进勤办事细致，提前就准备了一个大红横幅，上面写了12个大字："丁总情系民工，服装发放仪式。"

老白让民工们排成4列，听范书记讲话。范培新向民工们讲述了这件事的经过，转达了丁总对大家的问候，然后，把100套迷彩服亲手发到每一位民工手上。不一会儿工夫，穿戴整齐的民工们都从宿舍出来了，这哪是建桥修路的民工，分明是野营拉练的部队嘛！白进勤一声吆喝，100多人重新排成4列，整整齐齐地集合在横幅下面，拍了一张"全家福"。

范培新热泪盈眶地走了，他把关爱送给了民工，也从民工那里获得了尊重，看到民工们干劲十足的样子，他明白了，丁总这样做是对的，他也在心里暗暗告诫自己，将来一定要按照丁总设计的路往前走。

范培新从白进勤的联队那里出来，又赶往袁顺利的联队。这个袁顺利就是汶川地震发生的第二天在小黑板上写出要向地震灾区捐款的那个人，他是个赤诚的鄂尔多斯汉子。

袁顺利的联队民工们还在工地上干活，趁这个工夫，范培新和同行的集团党办的同志来到民工宿舍。

东方路桥的民工驻地，大多在人烟稀少的荒郊野外。远远望去，高高的门楼上标识明显，彩旗飘扬，一看就知道这是东方路桥的队伍在施工。从门楼子进来，是一排排蓝白相间的活动板房。走进民工宿舍，全是统一的铁床、统一的被褥，被子叠得整整齐齐，地面扫得干干净净，完全是准军事化的水平。再去餐厅看看，小黑板上写着一周的食谱，一日三餐，有荤有素，餐厅里配有电视、冰箱、小药箱。在家留守的民工对范培新说这都是集团和公司领导用自己的钱帮我们购置的。我们来这里干活，铺的盖的不用拿，穿的戴的不用拿，吃的喝的不用拿，带个牙具袋就全有了。"

正说着话，袁顺利领着他的队伍回来了。这个人办事跟白进勤不一样，他让民工们先洗刷，洗刷干净了，再领服装，换服装。最后，要以几台大型机械为背景，照一张兴高采烈的民工照。范培新全依着他，摆弄来，摆弄去，一直等到要照相，范培新才弄明白，袁顺利是在等横幅。人们换好了衣服，横幅也做好拿回来了，上面写的是"真诚感谢丁新民总裁个人为我们广大民工统一购买服装"，还有落款"袁顺利民工联队全体"。

从袁顺利联队出来，范培新一行又驱车往下一站赶。下一站的联队长叫李向阳。范培新跟司机开玩笑："开快点儿，咋也得赶在太阳落山前到。要不天一黑，这家伙又带着队伍跟日本鬼子捉迷藏去了，谁也找不着！"

汽车到底没有太阳落山的速度快，两辆车开进李向阳联队的时候，太阳已经下山了，月亮还没升起来，院子里显得朦朦胧胧。发放仪式选在民工餐厅里举行。李向阳先让范培新讲话，范培新转达了丁新民对广大民工的问候，要求联队一定要搞好伙食，既要把任务完成好，还要关心民工们的身体。

发放服装时，民工们在餐厅里整整齐齐地坐好，范培新把服装一件一件地递到他们的手里，民工们热烈地鼓掌，有的眼睛里已经闪着激动的泪花。那场面，那情景，让范培新很长时间难以忘记。

范培新回到集团之后，把自己的所见所感，如实地告诉了丁新民。丁新民不是个爱激动的人，此时他在屋里踱来踱去，语调深沉地对范培新说：

"这就是中国的老百姓，只要你真心实意地为他们做好事，办实事，哪怕就做了一件，他们能念叨你一辈子。"

无产者成为有产者

2002年春，东方路桥几十个工地开工了，各地的民工纷纷来到了工地。这时东方路桥的总裁丁新民为民工联队出了一个招儿——定额管理。

集团公司还把定额管理作为"一把手工程"的主要内容，并作为对联队长考核和民意测评的一项指标，是绿卡联队评选的一项硬指标。

集团公司成立以来，一直执行日工资制，每天干多干少，干好干坏，都规定为20元或30元。这种分配形式严重地影响了劳动积极性。在工地上水管的笼头开着，水流了一大片，谁都知道这是一种浪费，却往往没人管；民工背的水泥袋子开口了，水泥哗哗往下撒，仍不顾一切，背到目的地时，一袋水泥只剩下半袋了，他感觉不到心痛。一个成熟的民营企业怎么能够容忍这种浪费现象？

"创建中国特色社会主义新型企业，就要有科学的企业制度，就要有科学的管理方式，就要有科学的分配形式。'大帮混''大锅饭'，在东方路桥，一天也不许存在……"

这样的话丁新民多次在会议上讲过。他提出的对民工重点执行定额管理，就是要体现多劳多得，优质优价，充分调动民工的劳动积极性和创造性。

这是多么好的老板，别的老板怕民工从自己手里把钱挣走，而他却希望民工能够从他的手里把钱挣得多些。这就是境界，这就是人格差距。

东方路桥集团在全面推行定额管理制度后，民工的收入大幅度增长，这个消息很快传到社会上，而且上了报纸，说东方路桥的民工过去每天只挣二三十元，实行定额管理之后，能挣100多元的工资。社会上议论纷纷，有人称赞，有人半信半疑，找在东方路桥工作的人核实这是不是真的，有人根本就不相信，说那是他们吹的……

一条条路桥修起来了，一个个民工富起来了，一栋栋民工宿舍楼盖起来了，这哪是吹呢？现在提起东方路桥谁都服气，谁都竖起大拇指。

在东方路桥落实定额管理的日子里，最累的还是丁新民。

丁新民不喜欢在办公室里抓工作。抓场平工程，抓东杨公路，他就不在办公室里待着，而是蹲在指挥部，而且就把指挥部设在工地，设在现场，设在推开窗户就能看见工人们干活、听见机械马达响的地方。抓"一把手工程"，他同样要往下面跑，往基层跑，往实施这项工程的一线跑。他要亲眼看看他下面的一把手们抓没抓，是怎么抓的；再下面的一把手们干没干，是怎么干的。他要直接听听民工联队的队长们对这件事到底怎么看、怎么想，他期待的效果出现没有，民工应该得到的实惠得到没有……

定额管理是"一把手工程"的主要内容。这天，丁新民来到了四公司驻地，一见党支部副书记田世耀，就对他说："今天别的不听，就听你们汇报定额管理这件事。"

田世耀是丁新民在兵团的老战友，他回城后被安排到国有企业，当过多年的车间支部书记，企业破产后，来到东方路桥。这人抓党建工作很在行，工作也细。丁新民想听听他是怎么抓定额管理的。

田世耀对老丁非常服气，两个老战友在一起说话轻松多了。

"定额管理是个好办法！"田世耀一边给集团来的领导倒水一边说，"它至少有4个好处。最大的好处是民工干活儿的积极性高了。过去，一下点儿小雨，队长喊破嗓子也叫不出人去，出去也不给你干。现在，穿上雨衣也要干，为什么？干得多挣得就多嘛！我们把所有的活儿都细化、量化成具体的指标，干甚多少钱，都在墙上贴着。工人们一天干了多少活儿，这些活能挣多少钱，他自个儿就能算出来。所以，不抹油自转，根本不用人督促。

"第二个好处是质量有保证了。过去是打混工，出了问题找不见责任人。现在，哪个活儿谁干的，都有记录，监理认为不合格，你就得返工，不光钱没挣下，返工的损失你还得承担。所以，质量问题也不用咱们的领工员在屁股后头监督啦！

"第三个好处是进度快，一台发动机成了多台发动机。往年我们四公司一年的产值最高也就是5000万，不是没活儿干，是干不完。今年一搞定额管理，各个联队都嫌活儿少，争着抢着跟公司要。刘军联队，往年最高干过1500万，今年开口就要了5000万的工作量。刘世奇联队，过去最多完成过550万，今年接了1500万。这样下来，我们四公司今年产值突破一个亿应该没问题。过去遇到工程突击，咱们就得大干，都得剃头，领导都得在现场坐镇指挥。现在不用了，对民工来说，天天都在大干，他自己就是指挥。这都是定额管理带来的好处。

"第四个好处是民工的收入高了，我知道这是丁总最想听的，现在全年收入还说不好，我就说日工资吧，过去干多干少反正就那30块，现在，刘世奇联队已经平均挣到90块了……"

从四公司出来，丁新民又直接来到民工联队。刘世奇是首批入党的3个民工之一，跟丁新民很熟。一见丁老总，这个长得很秀气的陕西小伙高兴地说：

"过去，工程公司把活派到哪我们干到哪，那是被动地干；现在承包给我们联队就是我们自己家的活了，是给自己干。今年我承包了一座483米长的24孔大桥，光干这座桥，我们的收入就是去年的2～3倍。去年是60万，今年少说也能突破200万。"

在李毅峰联队里，一个叫冯和平的民工对丁新民说："我是山西保德县冯家川人，是干防护的技工。今年四公司实行定额管理，我的日工资能上到130元，给我打下手的两个小工子，也能挣到80元以上，这么高的收入，除了东方路桥，别处怕是哪儿也挣不到！"刘世奇联队的曹小军，是榆林市清泉乡的农民，已经跟着刘世奇干了5年了。他跟丁新民说：

"去年我干了7个月，挣下1.4万。今年进场才3个月，现在已经挣下5800元。到年底，咋也能上两个整数。能挣这么多，就是因为实行了定额包干，只要加加班，三天的活儿两天就干完了。年轻人有的是力气，攒下也没用！"

这些活生生的事例，这些热烘烘的话语，让丁新民越看越高兴，越听越来劲。

为了更好地推行定额管理，集团公司调整补充了"绿卡联队长"考核细则，加大量化指标。推行定额管理占考核总分的十分之一；民工联队的效益，民工的效益占到考核总分的二十分之一，考核中还增加了民工对联队长的民意测评这一项内容，检查联队长们是否按定额给民工计付工资。在考核小组的帮助下，各联队的定额上墙，民工工资一天一上墙，使民工们明明白白知道，每天干了多少活，挣了多少钱。

也有不好好执行定额管理的联队，他们很快就吃到了苦头，接受了教训。

半个月过后，公司定额推行小组对民工联队进行考核，许多联队都积极推行定额管理。他们的得分都在80分以上，而王小平、王培敏、苏文斌3个联队的得分没有超过60分。什么原因？原来这3个联队往墙上挂的是假定额、假工资。他们我行我素，施工中仍然像过去一样给民工发日工资。墙上挂出的是西洋镜，是哄人玩的东西。民工们看到别的联队实行定额管理，能多挣钱，心里就不痛快，就在工地上磨洋工。用当时民工们的话讲，这叫"你给我们看西洋镜，我们给你磨洋工"。

这样干了一个月，结算单下来了，这3个没推行定额管理的联队，按日工资，每人发了二三十元钱，联队不仅没挣下钱，都赔了。王小平联队赔进去2200元，王培敏联队赔进去1200元，苏文斌联队赔进去3000元。他们一下认识到推行定额管理的好处。苏文斌还跑到刘世奇联队学习取经，然后在自己的联队实行定额管理，民工们的积极性一下子调动起来了，一个民工每天可以挣到62元。一个月下来再进行核实，民工们挣钱，联队也挣钱了。公司派下人来考核，这次民意测评，大家给苏文斌打了满分。

东方路桥推行定额管理，其实是推行一项民主管理、民意管理呀！

数据显示：2001年到2007年，东方路桥完成的产值分别是1.6亿、3.2亿、

5.4亿、6.8亿、9.9亿、11.6亿、11.2亿，民工的日工资也从2001年的25元增加到现在的平均100元左右，最高有上到200元的。

这就是说，在东方路桥迅速发展壮大的同时，跟着他们干活的农民工的工资收入也都实现了同步增长。这就是丁新民常讲的那句话：

"我们不单要让几百名员工富裕起来，而且要让跟我们干活的民工也都富裕起来。让无产者变为有产者，这就是东方路桥的办企宗旨。"

2008年5月的一天，我们驱车30多公里，来到刘世奇联队。这个联队是东方路桥最早执行定额管理的民工联队之一，到那里时，队部里冷冷清清，推开门才看到正在做核算的是一个50多岁的人。与这里的情景截然不同的是，几百米外的预制件场上，民工们正干得热火朝天。

在联队办公室里，小杨主任问正在为我们泡茶的人："你在联队干什么呢？"

那人忙把暖壶放在桌子上，回过头指了指挂在墙上的联队分工管理图表上的一个名字笑了笑。我走上前去看，知道他叫贺志彪，是工程管理组成员，他的职责是负责材料的进出保管，另外他还是联队的生活委员和伙食管理委员。

老贺微笑着给我们每一个人泡了一杯茶，然后又忙着切西瓜。茶刚一泡，屋里就弥漫开一阵茶香。"这是什么茶，怎么这么香？"杨勇主任举起茶杯，仔细看着茶杯问。

老贺拿起桌子上的茶叶桶，在我们面前晃了晃，说："这是阿里山的御茶，去年刘队长去台湾旅游带回来的，听说1000多元一桶呢……"

小杨主任举杯饮了一口，说："不愧是名茶，真好喝。你们这是专门招待客人用的吧？"

"是的。"老贺把切好的西瓜摆到茶几上，"刘队长买回十几盒，大多数送人啦，留下两桶，说是留着招待客人，其实差不多都让我们喝了，你们再晚来几天就喝不上啦。"

接着我们就把话扯到定额管理上了。这时老贺就接着说："定额管理好就好在各方面都受益，民工拿的钱多，联队拿的钱也多，我们上面工程公司和集团公司都增加了利润。我初来东方路桥时执行日工资，每天30元，年终发一些奖金，每年往家里拿七八千元。这几年执行定额管理，我每年挣三四万元。民工的积极性调动起来，联队的产值也就上去了。过去我们联队每年的产值是550万元，实行定额管理后的头两年，产值翻了一倍。去年我们的产值超过1500万元，超2倍还多呢……"

这时刘世奇回来了，这位43岁的联队长，看上去比实际年龄要小许多。我们是第二次见面，很热情地握了握手，问他："工作很忙吧？"他说："不忙，各个工地都定额了，层层定额管理，进度、质量、安全都纳入定额管理目标，我的工作就是协调一下各方面的关系，每天开着车到处跑。"

刘世奇忽然看到我们手里都拿着笔和笔记本，知道是来采访的，抱歉地一笑，说："你们正在听老贺给你们介绍情况吧，那就接着让他说。"

老贺刚才的思路被打断了，不知道从何说起，他歉意地一笑，说："也没啥说的了，有些情况杨主任比我更清楚。"

小杨主任果真很清楚，他点题道："那你就介绍一下定额管理的结算情况。"

老贺又有话了："定额管理刚推行时，集团公司规定，对民工的工资，每十天一结算，一月一清，而工程公司和联队改为一天一结算，十天一清。民工们每天都清清楚楚地知道挣了多少钱，十天一清，把挣到的钱拿到手上，那干活的劲头可就大了……以前，从砂石场往搅拌机场转运砂石，一条蛇皮袋里装上三五锹砂石，就双手拎着走；实行定额管理后一条蛇皮袋装得满满的，往肩膀上一扛，一路小跑送到搅拌机旁。他们都清楚，多扛一袋就有多扛一袋的钱，多搬一块砖头就有多搬一块砖的钱……"

这时从院外传来一阵汽车的轰鸣声，立刻围上来10多个人，开始卸车。

老贺收回目光，嘿嘿一笑，有些自嘲地说："这哪是干活儿啊，像抢东西似的……"

刘世奇对定额管理的神奇效力是深有感触的，他说："要是不推行定额管理，这一大汽车砂石卸下来最少得1个小时，现在20分钟内就能卸完。"

几年来，东方路桥全面深入地开展定额管理，特别是他们在208线白集高速路施工时实行联队承包试点取得了成功的经验后，在几个工程公司，各联队、各个工地全面推广定额管理,从而使企业的管理工作有了全新的局面。特别是近一两年,百尺竿头更进了一步。过去,是工程公司倡导定额管理,把任务下发给民工联队干,民工联队的主人翁精神还没有凸显出来。实行定额承包,民工联队长有了主人翁精神,责任心大大增强了,工程公司一台发动机变为多台发动机。比如,过去工程公司最多完成产值不超过5000万元。实行定额承包后,承揽的活多了,干活也快了。

东方路桥集团公司的定额推行摸索出了一条捷径。它和定额管理比起来,增加了民工联队的利润空间——

利润一目了然,不像过去干完了工程才知道是赔还是挣。

简化了算账手续,避免了过去年底结账的时间长不说,还容易发生计量争执的弊端。

加强了民工联队长的责任心。过去民工联队长一般都是给带班的吩咐后,就离开了工地。现在担子重了,就像是给自己家干活,民工联队长全部现场指挥。

减轻了技术员的工作量。过去遇到了工程突击,技术员加班加点都得现场守着,稍不留神就会出现质量问题。现在承包给民工联队,联队自己管理,联队都有自己的技术力量,技术员充当了监理角色。

缓解了项目经理的压力。过去,项目经理得事事抓,事事问。现在承包给了民工联队,他们成了各自承包工地上的项目经理代言人,使项目经理能抽出时间,协调社会关系、监理关系等。

锻炼了民工联队。使联队壮大了技术力量,从而起到做强做大的作用。

对于企业经营者来讲,定额管理不是什么新鲜东西,这是当代企业管理的成功经验。丁新民把它移植到东方路桥建设中来,说明他已经逐渐上升为当代企业家,摆脱了旧的经营管理模式。在执行定额管理的过程中,最令人钦佩的还是隐藏在生产管理后面的那颗朴素的心。

丁新民说:"我不怕民工从我手里多拿钱,我害怕他们从我手里拿得钱少,他们拿得钱越多,我越高兴。我要让他们也成为有产者呀!"

有这种心肠,怎么能不时时刻刻想着民工。

民工是一个非常复杂的群体,关爱是基本的,但是关爱不是盲目的,如果是盲目的爱，民工们是得不到更多好处的。定额管理是一种严格理性的爱，在这种爱的关照下，民工们才能得到更多的实惠。

丁新民和民工就是水和船的关系，定额管理就是激流中的水闸，控制得好了，水越来越多，船越浮越高。

做东方路桥的主人

东方路桥发展顺利，企业越做越大，聚集到这里来的民工越来越多。丁新民为稳定民工队伍，除贯彻落实定额管理之外，还采用了另一个新的办法，就是在民工队伍中推广股份制，让绿卡联队的民工争取每人手里都有东方路桥的股份，大家共同来做东方路桥的老板。

让员工持有企业的股份，这是当今世界先进的管理办法。敏锐果断的丁新民，把这种方法移植到自己的企业中来，让民工持股，企业是大家的，财富是大家的，这非常符合丁新民本身所具有的大财富观念。

丁新民是财富的创造者，是财富的拥有者，但是他心目中历来认为，财富永远是社会的，即使在一个时期内，财富归属于每个私人的名下，但是任何一个社会中的个体对财富的占有都是有限的，财富大多都将以货币的形式在银行里周转，为其他人创造利润。如今东方路桥做大了，他希望东方路桥永远健康地发展下去，用定额管理也好，用绿卡联队建设也好，把具体的爱送到每一个民工身上也好，这在一定程度上讲都是临时措施，只有让民工的手里有了企业的股份，那才是永久的管理模式。丁新民决定把股份制在民工中间推广。

通过股份制建设，让民工们变成联队的股东，变成企业的主人。这是要从根本上改变民工在企业的地位，是丁新民对民工更深层的关心和帮助。用民工形象的话说："原来公司交给我们一块地去耕种，现在是公司分给我们一块地来耕种，今天我们耕种的是自己的土地啊！"

马克思认为，股份制加快了资本的集中，为产业革命的需要提供巨额资金，促进了生产技术的进步……股份制在资本主义阶段得以高度发展，是资本主义生产的社会化与资本私人占有之间矛盾发展的结果。今天我们建设有中国特色的社会主义，努力创建社会主义新型企业的东方路桥，试行股份制会给企业和民工带来怎样的经济效益，以及产生怎样的时代意义呢？

丁新民选中的试点民工联队还是刘世奇联队。

刘世奇一直对东方路桥忠心耿耿，他是2001年在第一次民工联队代表大会上光荣加入中国共产党的3位农民工之一。

这天，丁新民来到了刘世奇的联队，就住在刘世奇的工房里，两个人一直聊到深夜。刘世奇本来对东方路桥的各项管理措施已经非常满意了，现在老板又要把股份让给他们，他怎能不激动，他让炊事员端来一盘儿花生米、两根黄瓜、一瓶二锅头，他想和老总喝个痛快。

丁新民身体不好，不能喝酒，就看着刘世奇一个人喝。听完丁新民的股份分配办法后，刘世奇当场表示："丁总，你放心，有了股份之后，我要给你建设一支永远不打败仗、永远打不散的队伍。"

丁新民哈哈地笑了，他笑得那么开心。

刘世奇联队的股份制建设开始了。在试行股份制建设的2004年，他们联队的93名民工全部获得了股份。刘世奇参照集团公司对员工的人性化关怀精神，进行了股份制与奖金制相结合的产权制度的改革。联队总投资40万元，队长刘世奇入股35.9万元，3名代班长各入股2000元，20名技工各入股1000元，30名长期在联队工作的普通民工各入股500元。

联队还做出规定，每到年底，大家除了按股份分红外，对普通民工给予500～1200元的奖金，以此调动他们的积极性。

东方路桥的民工多么高兴啊，他们拥有股份，还能领到奖金，他们能不勤奋工作吗？

按照刘世奇联队股份制建设的模式，一个月以后，刘军联队也进行了股份制改革。

刘军从《东方路桥》报上看到刘世奇联队股份制改革的先进经验，马上前去学习取经，又亲自到丁新民那里去请教。回来后，又和工程公司专门负责民工联队建设的党支部副书记田世耀商量。田书记根据他们联队技术力量雄厚、机械操作手多等特点，建议他实行技术岗位配股。刘军采纳了这个建议，在工程公司党支部的指导下进行了股份制改革,它是东方路桥第一家机械入股的联队。

机械股为140万元,其中2名工程师实际入股各2万元,联队另外配岗位股各2万元;4名技术员实际入股各1万元;17名机械手每人实际入股5000元,联队另外配岗位股8000元。

民工联队实行股份制改革后,工程技术人员、机械操作手虽然入股还不多,但积极性都调动起来了,他们把联队当成了自己的家,把机械当成自己的财产,把工程当成自己家的活儿。

看到实行股份制的诸多好处,一个又一个联队也先后开始试行股份制改革。

在一些民工联队股份制改革成熟起来后,东方路桥的几个分公司和民工联队进行模拟式股份制合作,将股份制的形式又向前推进了一步。

比如第一工程公司在2005年下半年,就在袁虎、安军、白进勤3支联队正式采取了模拟股份制管理的新模式。

股份配置是这样的:

第一工程公司占总股份的51%,民工联队占总股份的49%;联队股份中,联队长控股51%～85%,剩余15%～49%的股份给联队主要管理人员和技术骨干。

3支民工联队和一公司经过股份制模拟运作,总资产达到1800万元,施工资本变得相当雄厚。这样的股份制合作,实际上把民工联队变成了工程公司的一支正规施工团队。双方的资产和利益捆绑在一起,形成一个相互依存的共同体。民工联队实力人人加强了,也就更有凝聚力和吸引力了。

东方路桥集团和它的几个分公司,将利润分配政策倾向民工联队,他们只提取联队的管理费用,优先保证他们的工程任务饱和。税后利润绝大部分留在联队,用于发放股东的分红以及联队的再生产。

东方路桥第四工程公司在民工联队内部股份制改革成功之后,又帮助他们扩大股份,比如工程公司与刘军联队共同出资注册了鄂尔多斯市驰通路桥公司。

刘军几天前还是联队长,经过股份制改革后一夜之间就变成驰通路桥公司的总经理了。在民工联队建设研讨会上,刘经理讲了一番肺腑之言:

"2004年,我们联队在工程公司的帮助下,实行了内部股份制,联队的技术人员和机械手，甚至厨师，都购买了内部股份。实行股份制后，工程质量、进度、效益都直接和每个工人挂钩，从而增强了大家的责任心，让大家为了共同的目标而奋斗。当时，一个从陕西来的开压路机的机械手对我说：'我把今年的工资全部入股，我相信你，相信东方路桥，相信你们能带领我们走上富裕的道路。'去年年底，我们联队效益可观，技术员和机械手分红在5000元左右。今年3月，我们7位民工联队代表，参加在庐山召开的为期10天的集团工作会议，对我的触动更大。我的思想就像站在庐山顶峰一样，突然开阔了许多。这种启迪思维的会议别处是从来没有过的。东方路桥对我们的重视与投资力度如此之大，我们又怎能不好好干呢？

"我们联队注册公司后，今年内蒙古大学职业技术学院主动和我联系，派过来张红春等一批实习生在我这儿实习。远在云南、江西、吉林的技术员何光富、梁大伟等5人有的辞去了自己的工作，有的从学校毕业分配到单位又转填了志愿来到我这儿，他们都愿意跟我共同干一番事业。去年联队未注册公司，一些大、中专学校的学生不跟着个人干，高薪都请不来，来了的7名技术员，是我三顾茅庐请来的。现在，大中专学校的学生主动想来。今年，我又新买了2台挖掘机、1台压路机、6台翻斗车和1套试验测量仪器、龙门架、架桥机以及一批大梁预制模板。现在，我们的机械设备总共达到了19台。我们联队已经正式走向公司化，不但有技术人员，而且配备了财务人员。

"我已经真正成了东方路桥的一分子。我可以自豪地对朋友们说：'我是东方路桥的一员。'"

东方路桥通过股份制改革，使民工在政治上得到平等，经济上获得增收，生活上得到改善，技术上有了提高。他们与公司的雇佣关系变成合作关系，由昨天的打工者变为今天的企业主人。

东方路桥实行的股份制，就像太阳系一样：八大行星——若干个卫星——无数个小行星，它们都围着太阳旋转。而东方路桥的几个分公司——民工联队——联队技术人员和代班长——民工，也都围着集团公司旋转。

旋转是一股力量，旋转是一种形式的跃进。今天的东方路桥人，用他们的智慧和勇气，以旋转乾坤之力，再造大地经纬。

100多年前，马克思和恩格斯以科学的态度考察和研究了资本主义股份制的发展史，深刻地揭示了股份制对资本主义生产方式所产生的巨大作用。今天，东方路桥人以科学的精神求实创新，赋予股份制这个神奇的魔方以新的生命和内容，并科学地运用到自己的实践中，发挥其无穷的魔力。

在东方路桥集团2004年工作会议上，丁新民提出：

"东方路桥的办企宗旨，就是追求利国、利民、利己的和谐统一，请大家想一想，这几年的经历是不是这么回事？你的职务、收入、股份、高档私车、高档住宅，即使与东南沿海地区最发达的'长三角'、'珠三角'的人们相比，也属中上等水平吧？而且我们提出要建设一个长寿企业，全体员工和民工的收入都要水涨船高，一个月比一个月挣得多，一年比一年挣得多。东方路桥用人首先重'德'，我希望今后能看到更多的企业骨干能主动地为员工共同富裕着想，为社会创造财富着想，真心实意地帮助我们企业的低收入群体和低收入岗位的民工增加收入，让他们在最短的时间内富裕起来。"

丁新民的目的达到了，让民工拥有股份，最直接受益的是民工。队伍稳定了，才有利于丁新民下一步战略的实施，他要让民工成为高素质的人才。

第五章　东方路桥人

为什么我的眼里常含泪水？因为我对这土地爱得深沉！

——艾青《我爱这土地》

做东方路桥人

农民工群体虽然庞大，但是伴随着中国农村政策的调整，伴随农村生活水平的提高，很多农民已经不再愿意离开家乡出外打工了。近年来国家免除了农业税，农民的子女上学也不交学费了，国家开始对农村实行合作医疗体制改革。有了这一系列的惠农政策，很多农民就想在家里创业了。农村这种新的气象，直接导致中国农民工的减少。在2007和2008两年，东南沿海地区已经出现了"农民工荒"，农民工的减少，直接制约了东南沿海地区经济的发展，这已经引起了很多专家学者的注意。

东方路桥的文化顾问、著名作家肖亦农跟我们说："老丁这个人，你别看他粗，以为他文化不高，其实老丁是个非常有远见的人。几年前我们俩喝酒，他就跟我说：'老肖啊，不信咱俩打赌，中国将来要出现民工荒。'事情还真按照老丁说的来了，现在农民工越来越少，但是老丁早已未雨绸缪，人家对农民工好，我估计东方路桥这里不会出现民工荒。"

听了肖亦农的话，我们心里一沉。中国这么大的农业国家，城乡人口比例是4∶9，民工潮曾经多么铺天盖地。现在民工少了，充分说明党的农村政策深得人心，农村发展了，中国才是完整和谐的发展。

如果农民不再离开家乡，那城市的企业怎么办？目前来讲，这显然是杞人忧天，但是农民工的紧缺向城里的老板们敲了警钟：一定要善待农民工。

在对待农民工这点上，丁新民有远见卓识，他已经做得非常好了。让我们一起走到农民工中间去，看看他们和丁新民的关系是怎么样的？

先说张金保。

张金保是陕北横山县人，横山也是个穷县，为了谋生，张金保18岁开始学木匠活，一开始他在村里打板箱，做桌椅板凳。后来小张木匠到外村外乡去揽活儿干，人走出深山沟了，心也就走出深山沟了。1987年春天，他单枪匹马到当地的一家建筑工地做支模工。4年后他就大胆地组织起一支小小的民工队在横山县城、延安，帮人家建大楼，筑高位水池，安装井下机电，建筑行业上的活什么都干过了。

自以为会带队伍又懂技术的张金保，决心凭着一双手打天下。

2001年春天，他带领三十几个民工走出陕西，到呼和浩特的一家建筑工地干了两个多月，却没拿到一分钱。张金保憋了一肚子气，离开那家公司。5月，他们经人介绍推荐，进入东方路桥第二分公司在呼和浩特市东出口的筑路工地。

别看张金保刚刚受了一肚子气，可还是一支肩扛铁锹镐头的锹头队，在进入工地的那天偏偏做出一个"浩浩荡荡"的架势，包工头张金保还装出一副打过硬仗、闯过大关、见过大世面的样子，大话说得有点过头。二分公司的经理吕东是一位"老建筑"，是修路搭桥的行家里手。他想试一试张金保这支队伍是真把式还是花架子。吕经理就把一个用六菱块砌九孔桥导流坝的工程交给他们做。这是一个技术难度极高的工程，他在此前已经辞退了几个不能胜任这项工程的建筑队，也有两个工程队一见这活儿就知难而退了。这帮"老陕"能行吗？吕东很想看一场笑话哩！

见多识广的吕经理偏就忘了，这伙"老陕"是来自"石头王国"的横山县啊！陕西横山、清涧土薄地贵，早年间那里十家养不起一头牛，家家却能出几个好石匠。张金保早就看出吕经理眼里的那股嘲弄的神情，那是任何言语都打不退的，打退的办法只有一条，那就是保质保量地拿下工程。

张金保当天就带着人马进入工地叮叮当当干起来，有凿的，有砌的，有和泥搬砖的，紧张而有序。只3天时间，他们就完成了高7米、宽20米的一个沉降缝的四档导流坝工程。工程监理来验收，仔仔细细验了一遍，在验收单上只写了一个"优"字。想看热闹的吕东又认认真真地查了一遍，没查出任何毛病，心里暗暗叫好：这帮"老陕"干的活儿太地道了，留们。

后来，吕东经理和张金保联队长建立了很好的上下级关系，又发展成了十分要好的朋友。不过，这对儿要好的朋友一到酒桌上还是较劲儿。张金保端着满满一杯酒坐到吕东面前："把……把这杯酒喝了，敢……敢喝不？我一来……来工地你……你就出难题给我，我没……没让你难住吧！"

吕东推开他的手："不喝，就是不喝，你……你这人咋就记仇呢？谁让你们推……推一辆破三轮车来的，一个烂锹头队还吹得挺牛气……"

张金保一听更不高兴了："锹头队也……也是陕西横山的锹头队，从小就是凿石头长大的，手头硬，脾气也……也硬，要不是那会咱新来乍到，非……非和你赌一把，那你可就输惨喽！"

呼和浩特市东出口工地掀起大干30天的高潮，工程项目部每10天定一回进度，每回定进度张金保联队都要求给自己多定一些。二分公司吕东经理又把难啃的骨头交给他们的白永东施工小组，这是180米的路基防护斜网格砌石任务，并要求完成其中150米网格的粉刷。白永东领着一帮能工巧匠加班加点，创造了只用7天就保质完成任务的记录，张金保的其他施工小组也都在规定的10天内完成任务，在大干30天活动评比中，张金保联队表现突出，公司奖给他2000元。

2001年5月底最后收工，张金保一直带着自己的队伍，坚持在呼和浩特市东出口工地的最后一项工程——东出口3公里处的节流槽进水口收尾工程，就是由张金保联队独立完成的。

2002年，遵照集团党委关于创建"一把手工程"的工作部署，全面加强民工联队建设，把在组织建设、制度建设、定额管理、收入水平等方面整体上有了一定高度的民工联队，评选为"绿卡联队"。

获得"绿卡联队"光荣称号的张金保联队也获得了承揽工程优先、施工结算优先、工资兑付比例优先的荣誉。

张金保跃跃欲试的日子来了。

2002年3月，张金保联队进驻包头过境高速公路第三合同段工地。东方路桥第二分公司领导虽然有一些忧虑，可还是把一座桥涵施工的任务交给第一次从事桥涵作业的张金保联队。二分公司不仅派出技术人员，而且帮助张金保购置了桥涵施工设备。在东方路桥管理干部、技术人员的帮助下，联队首次推出按施工工序计量核算的定额管理办法，并在定额基础上实行进度、质量奖励制度，充分调动积极性。

在施工中，模板不能满足施工需求的情况下，张金保创造性地采用移动支模法，既节省了二分之一的模板使用数量，又大大降低了组模作业量，还加速了施工进度。张金保大胆采用的移动支模法创造了桥梁涵洞施工的一大奇迹。他们节材节时顺利完成的桥涵工程被业主、监理方命名为"精品工程"和全线"样板工程"。东方路桥二分公司为他们颁发进度奖5000元，质量奖2000元。后来包头指挥部又发了2000元的优质工程奖。

这一年，张金保联队成为东方路桥集团"一星级绿卡联队"，总裁丁新民亲自奖励他们4万元。

2003年，张金保联队完成了铜川镇市政道路拱涵工程，完成了哈磴高速公路23号工地部分施工任务。这一年是他们谋求更大发展的关键一年。经过学习和调整，联队内部管理更加规范明确，定额管理等各项制度更加科学完善。民工们大多成为一专多能的全面性技术人员。在集团公司的大力帮助下，施工机械化操作程度有了大发展，增添了多台卷扬机、弯曲机、切断机、发电机、电焊机以及12吨立架钢管等，具备了中小型桥梁施工作业的全套施工设备，年底又购进一台30型高臂装载机。这一年里他们3次获得工程公司颁发的进度奖、质量奖，受到东方路桥集团公司的表彰，再次得到奖金3000元、8000元，联队再一次被评选为"一星级绿卡联队"，丁新民总裁又奖励他们4.9万元。

2004年，张金保联队率先完成哈磴西线的第一孔两米涵洞的施工任务，被监理方评为"样板工程"。哈磴高速公路西执行办主任、工程总监一次又一次带人前来参观。张金保联队成为整个西线工地赫赫有名的施工队。

在张金保联队创造出一个又一个样板工程时，某些工程连连出现质量问题，数起因涵洞质量不合格导致被迫炸掉的事件接二连三地发生。

这时就有人满面笑容地来请张金保，出高额聘金雇佣他和他的联队。张金保毫不动心："我是东方路桥的绿卡联队，没有东方路桥的培养，也就没有我们联队的今天。我们怎么会扔下这里的工程跟你们走呢？"

来人又提高聘金，说："外出打工挣钱，哪儿挣钱多在哪儿干，别那么死心眼嘛。"

聪明的张金保只用一句话，就把来人给气走了："你今天出高额聘金我就跟你走，明天又有人出更高的价钱请我去，那我该去还是不该去？"

2005年5月，张金保联队完工一孔4米涵洞后，6月又完成一座中桥和另外一个8米涵洞一半的施工任务。至此，第二工程公司分配给他们的施工任务已经超额完成，后继工程还要等待其他几个联队完工后才能进行。这时又有一个项目部派人找到张金保，以平均每立方米高于东方路桥50元的价格请他们联队去施工。这时，第二工程公司向张金保联队提出帮助另一个联队去完成砌八字墙的施工请求。张金保听说这个工程量不大、难度却不小，此前已经有几个联队砌过这段八字墙，可是都没通过验收而返工。面对高薪聘请和第二工程公司的要求，张金保二话不说，接下了兄弟联队遗留下来的八字墙工程，并向二公司的领导郑重承诺，任何兄弟联队干不了的八字墙工程，他们可以全部接过来，并且保质保量完工。

这一个月，张金保联队干完几个联队遗留下来的全部八字墙的砌筑任务，创造了民工人均日工资超百元的纪录。

有人问：是什么力量能让张金保大仁大义，保持本色，在金钱面前不动心、不动摇，保质保量地完成东方路桥的工程，无论工程有多么大的难度，挣的钱多少，都一心一意地去完成。答案有许多：说他是一个优秀的共产党员啊，说他思想觉悟高啊，说他在金钱面前显本色啊，说他知恩不忘啊，等等。这些都说得没错，可是张金保的回答就更简单了，他说：我是东方路桥人，我就是要做一个一心一意为东方路桥的人。

"天上不会落馍馍"

横山县的韩岔乡藏在深山沟里。忽然有一天，崖畔上的喜鹊喳喳地叫。"喜鹊叫，贵客到"，做饭的婆姨擦了把手往山路上看，山路弯弯，甚也看不见。冬天里闲着的汉子跑到崖畔上，见一辆又一辆小车像黑色甲虫似的往山里爬。小车一会掩在树丛里，一会儿又隐在山谷里，几掩几隐，小车便爬到了镇口，车上下来人问："乡政府在哪里？"

乡民们便咧着嘴笑着说："哪里热闹就在哪里哩。"

小小的山乡掩不住热闹，满街的人都在嚷："张金保回来哩，他一回来就从车上推下一麻包包钱。"

一个村民不信，说："一个打工的带回一麻包包钱，不是砸了人家银行吧……"

另一个村民显然是张金保的亲戚，黑下脸反驳："金保是那样的歹人吗？人家承建了一座大桥，比横山县的大马路还宽、还气派呢，能挣不下钱？"

领钱的人家欢天喜地地往乡政府那边跑去。没领钱的人家也高高兴兴地到乡政府看热闹。欢笑声、吵嚷声把乡政府弄成一个戏台子。当几辆小车在笑闹声中开进院子时，老槐树上一个大喇叭里西部民歌歌王阿宝正扯着嗓子唱：

  灶台上的锅，灶台下的火
  面鱼鱼越辨越多
  走上了坡，走下了坡
  扑腾两下游过了河
  要想不渴，要想不饿
  有力气别敢闲着
  天上那个不会落下馍馍
  嘴呀那个不张唱不出歌
  ……

  老槐树下，由韩岔乡万乡长带着几个人从会议室搬出3张桌子。张金保和联队会计坐到桌子前。张金保点一个人的名，报一个火爆的数字：
  "张宏飞，4.8万元！"
  槐树下腾起一个浪，像黄河壶口的涛。
  "白永东，4.88万元！"
  在一阵阵涛声、一阵阵浪潮中，阿宝不知疲倦地继续唱着他的歌：

  天上那个不会落下馍馍
  嘴呀那个不张唱不出歌
  俺爹俺娘说过日要得过
  吃足那个十足的苦
  不会错

  从车上下来的吴战林副县长惊诧不已，他第一次看到外出打工一年就挣四五万元的打工者，而且还赶在元旦前送到乡里，送到民工手里。
  从车上下来的内蒙古党委《实践》杂志副总编田培良，这个曾经担任过多年旗委书记的老领导，虽然听说过张金保联队要给民工发好多的工资和奖金，可没想到竟然是这么惊人的数目，看来一个优秀的民工一年挣的钱比他这个副厅级领导还要多呢。这个做过旗县领导的人，看到民工们拿到这么多钱，比自己拿到钱还高兴！

还有一个人从车上下来，立刻就被人们团团围住，民工们刚拿到手的钱还没放进口袋里就争着和他握手：

"丁总，你好哇！"

"丁总，你咋这么老远跑来啦？"

东方路桥的总裁丁新民一一握住这些民工们的手问：年货备齐了没有？明年孩子上学的费用够不够？开春再出去打工家里的老人孩子都安顿好没有？丁总最后走到一个欲上前又不好意思的青年民工身边问道："你拿到多少钱啊？"

青年民工腼腆地一笑，说："我没人家多，1.2万元。"

丁总问："拿得不多啊，明年还想去吗？"

"去，一定去！"青年民工看了一眼张金保，"张叔说，他明年还要教我开挖掘机呢……"

丁新民没发现，张金保悄悄站到他身边，他告诉丁总说："这小伙子去年8月才到工地，干4个月就挣了1万多块钱，人很聪明，开春工地一动工就叫他学开挖掘机。"

不远处乡政府的门楼下，一个姑娘在焦急地徘徊，她的眼睛一直往这边瞭，青年民工的身上就像长了芒刺一样不自在。张金保瞅了一眼小伙子，又望了一眼门楼下的姑娘，笑笑说："你对象等你哩，快去哇。"

丁新民也往门楼那边看，他看见一个俊俏的姑娘，一头乌黑的长发披着，风一动便飘起来，似水中的云影，轻盈飘逸。

"嘭啪。"

一道蓝色的火光在小镇上空炸开，一股淡淡的青烟在人们的头顶上飘散，接着一村的爆竹骤然响起，"噼里啪啦，噼里啪啦……"

春天就要来了。

"让我们快乐个够吧"

2005年4月1日。

张金保联队又一次浩浩荡荡地进入一个新工地——东康线布日都桥梁建筑工地。

这时的张金保联队绝非昔日区区28人，推着一辆破三轮车，进入呼和浩特市东出口工地时的队伍了。经过4年的发展壮大，张金保联队与那时的"锹头队"不可同日而语了。今天，他们100多人跟随在一列长长的桥梁机械设备后面开进布日都大桥建筑工地。

布日都大桥是东康线的一项重要工程，大桥的钻孔灌注桩施工，张金保联队在去年冬天就完成了。第二次进入工地是进行最后的打盖梁、吊梁板等系列工序，完成大桥主体工程。他们经过85天的紧张施工，于6月24日在喜庆的鞭炮声中宣告布日都大桥立体工程竣工。

几年来，张金保联队还没有独立承揽过大型桥梁的施工任务，他们承建180米长的大桥还是第一次。第一次承建，第一次成功。喜悦与自豪之情从每一位民工心中油然而生。这天晚饭，张金保在饭桌上又上酒又加菜。他们就一碗一碗地喝酒，一段一段地唱自己家乡的歌。为了布日都大桥按时完工，他们两个多月了谁都没歇息一天，可是今天他们不知道累，也不知道醉，酒伴着歌，歌伴着酒：

> 手握手，手握手
> 抬起头
> 就让我们快乐个够吧
> 拼个好彩头
>
> 手握手，手握手
> 抬起头

>   就让我们快乐个够吧
>
>   拼个好彩头
>
>   谁比谁好
>
>   谁比谁就有提高……

张金保悄悄离开酒桌，来到院子里，月亮又圆了，像一个玉盘悬在天上。他踏着月光走出院子，走着走着身后的歌声渐远渐弱了，而耳边的百虫却唱得欢闹起来。再往前走他就到了一片小柏杨林子边，小柏杨长得有一人高了，叶子在月光下闪着一片幽蓝。一阵微风吹来，它们便一起舞动起来了，整片林子哗哗啦啦地响，好像在集体合唱一首歌。

张金保踏着月光，听着百虫的鸣啭和小柏杨林的合唱，不知怎么就想起"命运"两个字。这命运是怎么一回事呢？在村里听老人们讲过，命是天注定的，一个人的生死，一个人的贫富和他的所有遭遇都由天来决定。那么还有一个"运"字呢？这运是由谁来决定的呢？张金保想，既然命由天定，那运就是由人来定的吧。以前他领着人在外打工也有八九年，吃苦受累挣不了多少钱，有时还上当受骗，那是因为没有遇上好人。没好人就没好事，没好事哪儿来的好运气呢？4年前来东方路桥，遇上一个好企业，遇上一个好老板，这运气也就来了，联队一年上一个台阶，一年一个大变化。东方路桥"以人为本，共同富裕"，是一个多么好的办企理念啊！丁新民总裁提出的"让无产者变为有产者"的理念又新鲜又有那么强大的感召力……

"月亮怎么变成两个啦。"张金保抬头看着明月自言自语，他又打了一个嗝，自己都闻到自己嘴里散出来的酒味，心里想：痴了，真是痴了……他想起刚才在酒桌子上，人家一杯一杯给他敬酒，这会儿那酒的魔力窜到头上来了，他感觉脑袋昏昏沉沉的，魔力又变成两个顽皮的小孩子，在他的两条腿上绊来绊去，使他晃来荡去走不成道儿……

一年奖励两辆车

2005年10月10日上午，内蒙古自治区党委宣传部组织的新闻采访团来到东方路桥集团省道S103线呼蒲高速公路项目办公室。记者们在大院中央看到一辆披红挂彩的"丰田4500"越野车，很奇怪。经询问工作人员才知道，原来这是东方路桥集团公司为奖励S103线第六标段大桥施工中负重攻坚、创新争先，并做出突出贡献的民工联队负责人张金保而准备的一份礼品。

上午11时，东方路桥集团总裁丁新民将一把金光闪闪的大钥匙递到张金保手中。丁新民高兴地对他说："你在S103线的施工中勇挑重担，敢于攻坚，80天完成大桥主体施工任务，不仅体现了'东方速度'，更是在全线起到了示范带头作用。今天我们兑现承诺，重奖一辆'丰田4500'越野车，希望你大胆尝试，完成更多更大的工程任务。"

S103线是呼和浩特至蒲滩拐段的一条高速公路，总长为73.5公里，项目总投资16亿元。呼蒲高速公路是内蒙古自治区"三横九纵，十二出口"的重要组成部分，也是自治区的一条重要省级干线，被列为自治区"十五"重点公路建设项目。呼蒲高速公路的第一、第二标段在2005年6月10日正式动工建设，大桥计划在2006年6月15日前完工，路基小桥涵洞年底完工。

什拉乌素大桥是该段高速路的关键工程，因为条件恶劣，一开始动工就困难重重，进度缓慢。为此，项目部主任陈培新十分焦急，他向总裁丁新民汇报请示。丁新民就把刚刚从布日都大桥工地撤下来的张金保联队派了过去。陈培新主任虽然知道这是一个勇于挑重担、敢于攻坚啃硬骨头的联队，但大桥工地施工难度极大，又是在最炎热的夏天施工，特别是张金保联队又晚了一个月进工地，在80天的施工期限内，他们能拿下来吗？

陈主任仍不放心，天天来工地催进度。一天，快到中午了，陈主任开着他的"丰田4500"车又到了工地，张金保早就看见了，却把头上的遮阳帽往下一拉，钻进施工的民工中间去了。

张金保害怕见这位三天两头就跑到工地上催问进度的陈主任。

"老张，张队长……"

陈培新东张西望，四处寻找张金保的身影，张金保就在不远处一个坑里填土垫道。工地上的民工们都穿着一样的迷彩服，不走到近前很难分辨出谁是谁。陈主任一边喊着张金保的名字，一边四处寻找，直到有一位年纪大一些的民工偷偷指点他，他才从人群中把装聋作哑的张金保拽出来："躲什么，怕我吃了你呀？"

张金保嘿嘿一笑，装作才看见的样子。

"哎呀，是陈主任来啦，有甚事？"

陈培新擦了擦脸上的汗，问："这两天进度还顺利吧？"

"比较顺利。"张金保擦了一把汗，抬头看看头顶上的太阳，"就是天太热，中午我叫大家多休息一会儿，一早一晚凉快了再多干一阵。"

陈培新掏出烟，递给张金保一支，自己也叼上一支，说："老张，80天拿下大桥有把握吗？"

张金保说："把握是有的，就是这些天是伏天，太热了，还有雨季也要来了，这些都要影响施工的。"

陈主任抬头看了一眼似火的骄阳，又看了看阳光下挥汗如雨干活的民工们，把张金保拉到自己的小车前，拍了拍车子，说："老张，如果你们按计划把大桥主体工程在80天内做完，我把这辆车奖励给你。"

张金保笑了，说："你是怕我在限期内完不了工，哄我呢吧？"

陈培新说："哄你干啥，只要在80天里拿下大桥，这车就归你了。"

这是真话，还是一句戏言？

在2008年5月的一天，我们在鄂尔多斯市的一家宾馆采访张金保。中午了，他非要回去，我们送他下楼。在楼下停车场，他把车开出来打了一转，摇下车窗与我道别。我们问："这就是奖给你的那辆'丰田4500'？"

老张笑了，从车上下来指了指车头上的标志说："这哪是丰田车，这是圣达菲，是丁总在2005年底奖励给我的第二辆小车。"

我惊奇地"哦"了一声："东方路桥在一年里就奖励你两辆高级越野车呀！"

在 5 月的阳光里，张金保笑得一片灿烂。

这时，3 年前在呼蒲 103 线大桥工地上，陈培新与张金保的那次谈话的情景忽然出现在我们的脑海里，同时也有另外一个问题出现在脑海里。

我们问张金保："老张，在大桥工地上陈主任说奖你丰田车，你当时认为是开玩笑呢，还是以为他真要奖励你呀？"

张金保非常肯定地说："他是开玩笑，一辆几十万元的小车，说给我就给我了？我当时认为陈主任说的是百分之百的玩笑话。"

"那么你在困难重重的情况下，顶风冒雨，又忍着酷暑坚持施工，终于在规定的 80 天里交付工程，难道就和那辆车一点没关系？"我不客气地提问。

"一点没关系，别人的一句玩笑话能当真？"张金保一下子严肃起来，仿佛在发表一项宣言似的说，"我在规定的期限保质保量地完成工程那是为了保护我们联队的名誉。说实在话，我们的名誉比那辆小车更有价值。"

陈培新主任奖励张金保的事，张金保一直以为是一句开玩笑的话。后来丁新民说起了此事，他说："我也不知道，陈培新当时是开玩笑呢，还是一时为工程进度着急，一冲动做出那么一个承诺。我找陈培新证实过这件事，他承认确实有过奖励张金保的承诺。我对陈培新说，既然有过承诺，就应该兑现。"我们很好奇，一直想找到陈培新主任，问一问他当时的真实想法是什么。可是又一想，有这个必要吗？事实不是已经把答案告诉我们了吗？那就是东方路桥说话算数，丁新民总裁一诺千金，陈培新主任也是一诺千金啊！

路桥上的民工作家

刘志成是一个从陕北出来的农民工，今天他在东方路桥成为一位作家，在内蒙古，以至在全国的散文界都小有名气，你没有想到吧？一个身份卑微的农民工居然还是一本杂志的主编，他把鄂尔多斯市文联的文学杂志《鄂尔多斯》副刊承包了过来，创办了《中国西部散文》。这本杂志在全国的散文创作中独树一帜，非常有影响。西部散文的基调悲壮深沉，给他投稿的人很多，刘志成忙得不亦乐乎，他在写作和编辑的工作中收获着快乐。

虽然他是用业余时间来做的，但是充足的业余时间和舒适的工作条件，都是丁新民为他创造的。民营企业家丁新民不仅关爱民工，还在民工里发现培养了作家，有人开玩笑地说："丁新民应该去当文化部部长，这是多么有趣的事啊！"

别人听着虽然是玩笑，可是刘志成心里明白，如果不是老丁对他倍加关照，他不会顺利地走到今天。在天气晴朗的日子里，他经常望着远方发呆，他是在构思新的作品，还是回味咀嚼着苦涩的往事？

夏天，一个从小山村里走出来的14岁少年，走向城里，他要用暑假时间打工挣钱，为的是读书。

秋天，一个18岁青年，作为一个单位的锅炉工，他挥起锹往炉膛里添满了煤，擦一把汗，坐到炉前，借着炉火的光读书。他为的是一个梦，一个文学梦。

冬天，一位20岁的三轮车夫，在路上不小心把一只小狗撞着了，被一个花枝招展的小妇人指着鼻子骂：走路眼让鸡屎糊住了，撞死我的狗，你赔得起吗？把你一件件卸下来卖了也值不了这狗钱……

春天，一个衣衫整洁的青年，坐进东方路桥窗明几净的办公室里，成为这里的一名宣传干部。

这就是民工刘志成的人生四季。

刘志成在别的地方做文学梦，叫"不务正业"，在东方路桥叫作"业余爱好"。这里尊重人的个性和爱好，支持任何性质的艺术创作活动。这就等于给了刘志成圆他文学之梦的一张幸福的温床。

青年作家的作品就在东方路桥的温床上一个又一个地诞生了。

这个美丽的婴儿在《草原》上歌唱，在《延安文学》上吟哦，在《中华散文》上亮相。刘志成一下子成为草原文学花圃里的一朵最鲜艳的山丹花。《草原》为他推出专集，内蒙古作家协会为他铺下通往文学殿堂的红地毯。

2003年，刘志成的散文集《边地罹忧》出版了，内蒙古文联和《草原》杂志，还有鄂尔多斯市文联为他隆重举办作品研讨会。东方路桥这时又慷慨地拿出几万元支持这个研讨会。集团党委书记丁新民、副书记李颖梅还亲自到会祝贺。

丁新民的简短讲话语惊四座，他说："先进的企业文化是提高员工素质、促进企业发展壮大的精神动力，企业文化对整个社会来讲是小文化，但对于一个企业来说是一个大文化。刘志成作为我们企业的一个普通员工，他的文学创作就是对企业文化的一种促进和贡献，特别是把企业的小文化带到社会上去，再把社会上的大文化带回东方路桥，让大文化带动和促进小文化，我们企业的文化就发展繁荣起来了……"

与会的专家说："这是哲学演讲啊！"

与会的作家说："丁总可以去当文化部部长！"

丁新民在这里绝不是做哲学演讲，他也不会去当什么文化部部长。他只是在努力探索着，怎样让员工成为有素质的员工，让企业管理者成为有思想的管理者，让企业成为有灵魂的企业。

又一个春天到了，东方路桥给刘志成分配了一套90多平方米的楼房，他觉得房子稍小了一些，找到集团公司的丁新民书记，也找到李颖梅副书记讲了自己的想法。他没有想到这两位领导的意见如出一辙："是啊，你是作家嘛，要读书、要思考、要写作，需要安静啊，好！住房规格再往上调一级。"于是，青年作家刘志成住进了120多平方米的楼房里。

刘志成和别的文学青年一样，内心清高，难免孤芳自赏，不懂得请客送礼，不想巴结领导。这种性格，如果是在别的单位很难得到关照，但在东方路桥不同，丁新民以及别的领导还是为他提供了优越的生活条件和工作条件。

一天，刘志成和丁新民在办公楼前相遇了。刘志成向丁新民表达了自己的感激之情，丁新民笑着说："你不用感激我，你是作家，应该过得更好，为你创造条件是咱们公司的责任，咱们公司如果能出10个、20个你这样的人才，那咱们东方路桥就办好了。"刘志成的眼睛有些湿润。

又是一年，刘志成在一年里获了4次文学奖。散文《待葬的姑娘》获第八届内蒙古自治区文学创作"索龙嘎"奖；散文集《边地罹忧》获内蒙古自治区第九届精神文明建设"五个一工程"奖，之后又获第三届"冰心散文奖"；散文《怀念红狐》居2005年中国散文排行榜首位，并选入苏教版高中语文选修课本；散文《高原与民歌》选入2007年山东省高三语文考试卷。另有《踏雪锦屏山》《祭奠白鸭》亦编入高中课本。

春天里的故事真多，下面又是一个春天发生的故事。

一早，刘志成刚进办公室，就接到内蒙古作家协会一位负责常务工作的副主席的电话。

"志成啊，有一个去中国作家协会鲁迅文学院青年作家高级研讨班学习的名额，经领导研究决定要你去呢，学习时间是4个月，你能请下假吗？"

"能，能的，一定能……"刘志成太高兴了，高兴得说话都结巴起来了。

"学费、生活补贴都由中宣部和中国作协负责，这你不用考虑。"那位常务副主席不无担忧地提醒刘志成，"向公司请假不会有问题吧？工资恐怕要停发的……"

一心想去北京学习的刘志成坚定地表示："单位不发工资我也去，这种机会难得呀。"

仅仅20分钟，刘志成把电话打到内蒙古作协，那位颇为他担心的常务副主席一听到刘志成兴奋不已的声音，心就放下了："领导准假啦？"

"准假了，准假了。我直接找丁总请的假……"刘志成兴奋得声音很大，接听电话的人不得不把话筒往外移了移，话筒里的声音依然十分清晰。"丁总不仅给批假了，还批示学习期间的工资、奖金和福利照发呢。"

说起刘志成与丁新民的渊源，那还是好几年前的事。丁新民当时已是声名显赫、位高权重的老总，而刘志成只是一个来自陕北，拖家带口，在东方路桥烧锅炉的农民工。当时的刘志成靠自己简单的劳动换取报酬，维持着爱人和两个孩子一家四口快乐而并不富足的生活。在维持生计、养家糊口的同时，他还在苦苦追寻自己的文学梦想。一日，锅炉工刘志成无意中撞见丁新民，因为工作关系，刘志成穿得有些邋遢，脚上是一双张嘴的皮鞋。

随后发生的事情令刘志成至今难忘。

就在那天，有人告诉刘志成："丁总找你。"听说丁总找自己，刘志成蒙了，企业老总找自己，莫非自己犯了啥错误？可是自己一天除了烧锅炉，就是写点东西，想不起犯了啥毛病。

忐忑不安的刘志成战战兢兢地敲开了丁总办公室的门，可谁料，丁总和颜悦色地问了些家常后，随手拿出了一双皮鞋送给刘志成，让他穿穿看合不合适。

刘志成不相信这是真的,一个企业的老总如此关心一个农民工,过去听说过,今天却发生在自己身上……

刘志成急忙说:"丁总,这可不行。"

丁新民挥了下手说:"你是作家,作家嘛,穿戴得讲究点儿。"

刘志成激动地说:"丁总,那我怎么感激你呢?"

丁新民说:"多写好东西就行。"

刘志成问:"丁总要我多写东方路桥吗?"

丁新民说:"只要你喜欢写,对社会有好处,写什么都行。"

如今,提起这一切,刘志成仍不能忘怀。他说,一双鞋终究要磨穿,而丁总的关怀却永远铭刻在心底。

关于刘志成在春天里的故事仍在继续。自从他在8年前那个明媚的春天走进东方路桥之后,就一直在春天的阳光下行走。脚下是春泥,头顶是艳阳,身边是和煦的春风和花香,夜里是绿茵的梦。

今年4月,我们在鄂尔多斯见到这位正在走红的青年作家。他双手递过一张名片,上面密密麻麻印满了头衔:

> 刘志成,中国作家协会会员,西部散文学会主席,中外散文诗学会内蒙古分会副主席,鄂尔多斯市东胜区作协主席,国家二级作家。

这一长串头衔让人眼花缭乱,可是"刘志成"3个字后边的一行文字却使人眼睛一亮,那一行文字是:"东方路桥员工"。

东方路桥培养企业管理人员,培养技术人员,也培养作家和艺术人才。记得丁新民在派出蒙古风情园艺术团演员到天津音乐学院进修深造时,说过一句话:这些培养成才的演员如果哪天离开,我也高兴,因为他们到哪也得说是东方路桥培养了他们。

鹰飞多高,天就有多高。

十年树木,百年树人。培养人才不仅是一项工作,也不仅仅是一份责任,更是面向未来的一个神圣使命。

这就是蒙古族企业家丁新民的文化理念!

门总是敞开着的

这里讲述的是一对夫妻的故事。

1997年春天,东方路桥的天骄路修筑工程开工了,在他们的工地旁边有一个小摊点儿,主要卖些饮料、牛奶、瓜子和香烟等小商品,摊点儿不大,本金不多,货也不太全,对待前去的修路民工们倒是很客气的,民工们也总到摊点儿抽烟、喝水、休息。时间长了,大家熟了,小摊儿的老板对自己做的生意没了兴趣,反倒对工地上的事儿关心起来了,一有时间就问这问那的。

小摊儿的老板是一对夫妻,男的叫杭青山,女的叫邵凤英,几个月之后,这对夫妇扔掉了小摊儿,索性加入了丁新民的修路队伍,也变成了工地上的民工。

这对儿夫妇很能干,杭青山成了东方路桥的"十佳民工联队长"之一,很快就有了一辆崭新的圣达菲小汽车。

邵凤英变成了丈夫杭青山民工联队的党支部书记。

夫妇俩感情很好,丈夫敢打敢拼,妻子非常有主意,男人总听女人的,所以女人当了书记。我们采访时,丈夫总笑眯眯的,用疼爱的目光看着妻子,他告诉我们,到东方路桥可是来对了,如果继续摆小摊儿卖东西,绝对发展不了这么快,根本挣不到这么多钱。杭青山还告诉我们,当时这个主意主要是妻子出的,妻子的路选对了。

邵凤英笑着说:"记住,啥时都听书记的没错儿。"

杭青山反驳妻子:"你这个书记也得听丁总的,还是丁总把大事儿摆布得对。"

夫妇俩开心地笑了。

8年前的他们却不是这样心情舒畅,那时候他们刚下岗,生活让他们找不到出路,死的心都有过。

杭青山原是伊克昭盟第一毛纺厂工人,1998年工厂破产了,他也就下岗了。

邵凤英原是一个纺织企业的财会人员。她供职的企业也经营不善，邵凤英也成了下岗人员。人下岗了，生活却不能下岗，父母要赡养，儿女也要培养，怎么办？只有一条路，出去找。

人高马大、工人出身的杭青山在下岗后没几天就东奔西跑找零活儿干了。他做过搬运工，开过出租车，还跟着人跑过运输，辛辛苦苦给人家开了一年大车，没想到车主经营不善连本带利全赔进去了。杭青山白干了一年，两个倒霉的汉子从各自口袋里摸出几块钱，买了一瓶最便宜的酒，一杯一杯对着喝，没有一句怨言，也没有一丝悔意。一瓶酒喝尽了，两人抹了一把脸上的泪，握了握手，散伙了。这就是男子汉。

邵凤英因为是个女子，没有她丈夫杭青山的那种风采，一干活挣钱时是个汉子，干活没挣下钱也是个汉子。邵凤英在国有大企业当财会人员时很风光，下岗一回家那些都成了昨天的梦。用她自己的话来说，"天就像塌下来了"。

丈夫辛苦一年没挣下钱，家里用钱的地方却越来越多。邵凤英一咬牙也出去找活儿干。她想到建筑工地搬砖溜瓦，工头一看她的身板，还有未经风雨的白净的脸庞和手，拒绝了。她又到一个工地想给人家做饭，人家那里不需要。后来她给自己安排了一个工作，这个工作用不着谁同意谁批准，只要自己愿意干就行，那就是捡破烂。

昨天还是个国有企业的干部，今天就要出门捡破烂了，实在是难以迈出这一步啊。本来光明正大的事，可是邵凤英在开始时却像贼一样悄悄地去做。她看见一个塑料瓶子，然而没有勇气走过去弯下腰捡起来，在她犹犹豫豫的时候，那个塑料瓶被别人捡走了。一个塑料瓶那时能卖8分钱，那个人捡走了本来是属于她的8分钱。一次又一次，邵凤英鼓起勇气，可是一次又一次她都踌躇不前，机会一次又一次失去。终于有一天她借着傍晚的昏暗捡起一个塑料瓶，她有了一次成功和收获的喜悦，这个感觉伴随着她走过了一生中短暂的艰苦岁月。

邵凤英坚强地迈出了人生之路上最艰难的一步！

邵凤英后来有了一点小积蓄，就用这点积蓄在天骄路摆了一个小摊点。附近有一个筑路工地。她的小摊点的主要顾客便是来自那个工地的民工。几天以后，邵凤英就发现了一个秘密：来自这个工地的民工们都穿着一样的迷彩服，还都很整洁；他们那黑红脸膛上个个洋溢着快乐的笑容，看样子很幸福；他们无论是打工的，还是带班的，或者是三天两头来工地看工程的老板，相互间都很平等、亲密。后来与这帮天南海北口音的民工接触多了，邵凤英知道他们是东方路桥的民工，他们吃的比别处好，穿的迷彩服是公司免费发的工作服，在这里干活不仅不拖欠工资，还挣得比别处多，干好了老板还奖励。一个经常来她的摊上买香烟的甘肃民工说，东方路桥的老总丁新民提出一个"以人为本、共同富裕"的办企宗旨。"共同富裕"，这不就是说，在东方路桥干活不仅能挣钱养家糊口，而且能够富裕起来过小康日子啊。

一个大胆的想法出现在邵凤英的脑海里，为什么不组织一个小施工队到东方路桥干活呢？她把这个想法和丈夫杭青山一说，杭青山这个在什么时候都快乐的汉子一下子兴奋起来，本来准备休息的两个人就盘腿坐在床上开始设计他们今后工作生活的蓝图。

这是1997年8月的一天，杭青山和邵凤英把自己组织起来的一支二十几个人的"锹头队"带到东方路桥筑路工地上。这是一些从陕西、河南来的农民工，他们来自山区的田间地头，只知道埋头干，不知道什么是偷懒。这支队伍里还有几位是下岗工人，他们刚刚品尝过失去工作的痛苦，知道珍惜机会，懂得只有在这里好好干才不会再失去工作。

杭青山和邵凤英的工程队由于出色的工作和人性化的管理，给东方路桥留下非常好的印象。在年末收工时按照合同的规定东方路桥兑付他们60%的工资，并说定明年开工仍请他们来工地施工。

杭青山夫妇从东方路桥领回60%的工资后,他们求亲托友又转借来一笔款,按百分之百的比例一次性付清所有民工4个月的工资。

一位河南民工拿到一沓子钱，一张一张地点，还没点完就说："老板，明年俺还来呀，这就算说定哩。"

一个绥德的青年民工把领到的钱放进口袋里，又拍了拍说："老板，明年开工，我把我兄弟也带来，你们能收下不？"

邵凤英笑了，指了指他装钱的口袋，说："你把钱放口袋里坐车不安全，回到宿舍缝在内衣的口袋里……"人们拿到工钱都高高兴兴地回到宿舍，做回乡的准备，只留下一个十七八岁的青年民工迟疑着不想领走这笔钱。他说："叔、婶，这钱能存在你们这儿吗？"杭青山听了一愣，有些不解地看了一眼妻子。

邵凤英忙放下手里的活儿，坐到小伙子面前说："喜强，怎么回事？我听你说过出来一年啦，这快要过春节啦，怎么就不拿着钱回家过年呢？"

李喜强嗫嚅着，叫了一声："叔、婶。"

这是为什么呢？那是另一个故事，李喜强的故事……

我们采访这一对小夫妻时，是由民工联队建设办公室主任杨勇领路的。杨主任介绍过后，身高1.8米的杭青山就坐到我们面前的沙发上，他穿着藏青色的西服，没有系领带，白色的衬衣略有一点皱。一张圆圆的大脸盘透着憨厚的样子，和那个辛辛苦苦干了一年，却拿不到一分钱，还能和人家一起喝酒的憨厚形象真是太吻合了。

邵凤英坐到丈夫旁边的另一张沙发上，她穿着一身深蓝色的运动装，留着很短的女式发型，显得非常精干和洒脱。女性的年龄不好问，但是她比四十五六岁的杭青山至少显得年轻十几岁。

和杭青山夫妇一起来的还有一位，也是东方路桥赫赫有名的人物，他叫张保成，是2005年12月从万名农民工中评选出来的"十佳农民工"之一。

杭青山，一个朴实能干的工人；邵凤英，一个精明强干的女子。可是为什么，他们所在的企业怎么就没有很好地使用杭青山、邵凤英以及和他们一样兢兢业业工作着的工人和干部们，导致企业难以经营而破产呢？这是一个沉重的话题，要由一些专家学者们专门去研究，这暂且不论。

邵凤英说："东方路桥'一把手工程'把我们农民工的利益和集团公司的利益结合为利益共同体，千方百计地让我们多挣钱，早致富，想方设法帮助农民工掌握技能，提高素质，让我们靠技术、靠现代化科学管理增加收入。丁总不但通过定额管理或直接承包工程，让利于民，每年还拿出几百万元支持农民工联队做大做强。"

坐在一旁的杭青山着急了，他抢过妻子的话头说："到东方路桥只二三年时间，丁总就帮助我们配备了所有筑路工程机械设备，有装载机、挖掘机、拌和机、发电机……固定资产超过50万元。后来的五六年我们发展得就更快了，每年的施工队伍都保持在100多人，工程量也在1000万元以上。"

邵凤英几次用眼神暗示杭青山，见杭青山没有打住话头的意思，她干脆就抢过话头，说："民工的收入也是年年递增，1999年每月只能挣600元；到了2005年增加到1500元；这几年的工资就更高了，一般的技术工人每月都能挣1.3万～1.4万元，干得好的技工能拿1.5万元呢。"

"我每月就挣1.5万元。"一直微笑着看杭青山、邵凤英说话的张保成，忽然插了这么一句。

张保成今年55周岁，他是陕西省榆林市子洲县人。2002年他领着三四十个家乡民工到杭青山民工联队干活，尝到了在东方路桥干活的许多好处。2005年春天，他从子洲县一下领来60多名民工，打算一心一意在东方路桥干下去。在这六十几个人里就有他的5个兄弟和2个侄子。这几个人在东方路桥只干了两三年，就在村里盖上新房，有娶媳妇的，也有定了亲的。张保成在外打工多年，有更多的艰难经历和感慨。

"……我外出打工二十几年，受过累，吃过苦，上过当，受过骗，多少年辛辛苦苦在外打工干活，只能挣个吃饭穿衣的钱，家里还是很穷很苦。到东方路桥干活就不一样啦，几年下来就能富起来。跟我出来干三四年的人，个个都是村子里的致富户，盖房子，娶媳妇，日子过得可红火啦。我走过许多地方，可在哪儿都没见过像东方路桥这样的民营企业，更没见过像丁新民总裁这样对员工好、对农民工更好的老板。唉，我是交上好运了，遇到了像菩萨一样的蒙古族企业家丁老总！"

看来，张保成真是一个幸运的人，一个自己感觉到幸运的人，内心深处一定是很甜美很幸福的。

一位哲人说过：把一个人的痛苦告诉另一个人，那么一个人的痛苦就变成两个人的痛苦。反过来呢，如果把一个人的快乐和幸福告诉另一个人，或更多的人，那么一个人的幸福就变成两个人的幸福，变成更多人的快乐。今天的杭青山是幸福的，邵凤英也是幸福的，这两个人的幸福加在一起，那是怎样一种幸福的感觉呢？

翻看《东方路桥》报，在第三版靠下的位置发现一篇题为《傻蛋的魅力》的文章，看了几行文字，竟是写杭青山和邵凤英的，接着往下看，文章是这样写的：

延三红和他的兄弟是绥德县人，2005年这兄弟俩在杭青山联队干了一年活，修了好几条路，年底完工，联队付清了他们全年的工资，兄弟二人高高兴兴回老家过年。过了正月十五，延三红的孩子要开学了，可是学费有些不足。他是去年第一次出门打工的，虽然挣的钱不少，可是因为家里过了很多年的苦日子，欠下不少外债，挣下的钱大多还了债。为了孩子的学费，延三红还得借钱，在他苦着脸四处求人借钱时，村里就有人说话了："咱一个穷山村，哪家都到了用钱的时候，开春了，要买种子，要买化肥，要更换一些种地的家什，谁能有多余的钱借给你呀？你就没想过给你们老板挂个电话，看他们能借俩钱给你不？"有人马上摇头："延家兄弟只在人家那里打了一年工，有甚交情，能借钱给他们？"

有人点头赞成这个看法："就是哩，人家还不知道他们今年还去不去那边打工呢，能让钱打水漂儿？"

有人建议："行不行，还不能试一试？他不借钱，咱可以再想办法嘛。"

那就试一试看，延三红拨通了联队长杭青山的手机，说了这边的情况。

只一个星期，杭青山就把孩子的学费寄到村子里。有人拿着汇款单满街喊："三红，延三红，鄂尔多斯有人寄钱来哩，寄钱的人好像还是一个女的哩，叫邵凤英，是个女的吧？"

延三红急忙拿过汇款单一看，说："是哩，这个女的是俺的邵书记呢，邵书记给我寄钱来啦。"

小山村轰动了，人们议论纷纷，延三红兄弟也成为被人议论的对象：

"这两人还没给人家干一天活呢,那边就把钱给寄来了,那个老板可真实在。"

"除了实在,人家还有好心哇,娃娃上学的事不安排好,咋放心外出打工哩。"

村里人看到延三红兄弟俩去年打工挣了不少钱,今天又看到人家老板这样仁义,就求延三红也带他们到东方路桥打工。

2006年3月,延三红从家乡带来18名青壮民工,加入杭青山联队。陕西人实在,他们看到杭青山夫妇也像他们一样仁义实在,就定下心来实实在在地在东方路桥干活挣钱。

延三红后来听说,杭青山、邵凤英不只帮助了他们,对别的家中有困难的民工也都一一寄钱过去,让他们安顿好家里,放心地到东方路桥干活。

印度伟大的诗人泰戈尔说过:

想行善的人是敲别人的门,但爱别人的人会发现门是敞开着的。

邵凤英那扇关心爱护别人的门总是敞开着的。

在生活中,邵凤英把联队工人当作亲人一般,买来洗衣机,经常给工人洗床单和衣服,工人病了,她给工人端水送药,做适口饭菜,并主动垫钱给工人治病,使联队工人感到家一般的温暖。

2005年,一位名叫李家棠的民工,来工地十来天,突然得了急性肠穿孔,邵凤英和丈夫立即开车把他送到医院连夜进行手术,还买了几百元的营养品给李家棠补养身体。因为对李家棠的病情不放心,在工地施工极其紧张的情况下,邵凤英一直坚持在医院护理他,等到病情好转,李家棠的家属来了以后她才离开医院。返回工地后,她还一直打电话询问李家棠的病情。李家棠痊愈后,哭着握住她的手说:"我打工25年,还从没有遇上你们一家这样的好心人,你们救我一条命,还给我垫了800多元钱,我一定让儿子、孙子报答你。"

在工作中，她还体现了一名东方人为"大家"而舍弃"小家"的无私情怀。去年在工程大干 30 天之后，邵凤英接到了母亲的病危通知。当晚，她回到驻地后，给联队带班的认真安排好第二天的工作，连夜回去看望母亲。大家原以为她会在家里多待几天，可第二天黎明的时候，她却又出现在施工现场。她说，自己作为联队党支部书记，不能在工程大干的时候掉队，她舍不得工地，离不开联队工作。

几年来，邵凤英凭着她的努力工作，数次被东方路桥集团党委评为"优秀共产党员"，她所在的杭青山联队，也以优秀的施工业绩，获得东方路桥优秀合作单位"绿卡联队"等殊荣。对取得的成绩，她都当作鞭策与动力，在工作中更加投入，因为她爱着东方路桥的事业。

采访结束了，我们到楼下，杭青山打开车门，先坐到驾驶位上，邵凤英拉开车的后门，请张保成上车。我们对杭青山说："你这个联队长坐上圣达菲车了，联队党支部书记也该配备一辆小车了吧？"

杭青山一笑，说："已经做出计划了，准备给我们的书记买一辆奥迪呢。"

第六章 爱是巨大的磁场

总有一种力量，它让我们泪流满面。

——沉灏《南方周末》2000 年新年发刊词

爱有感召力

丁新民有过痛苦的经历，他懂得处于社会下层的人的艰辛，多年来他用一个蒙古人朴素的情感关爱着民工。人类的情感都是脆弱的，人们需要关爱。无论社会哪个阶层的人，他们既是爱的接受者，也应该是爱的创造者，丁新民对员工们的关爱像种子一样撒进土地，慢慢生根发芽，长出一片葱茏。

采访的时间长了，丁新民的材料接触多了，民工们从不同的角度讲述着丁新民的故事。我总觉得丁新民有着菩萨一样的心肠，但是反复地想，这不是菩萨心肠，是蒙古民族博大的爱，丁新民正是蒙古民族爱的情感播撒者，他是个大写的蒙古人。

爱是有强烈感召力的，它像一个巨大的磁场，把四面八方的物体快速地吸引到自己身边，壮大着自己。丁新民的爱就是一个巨大的磁场，它吸引着形形色色的人，不仅把天南地北的民工吸引到自己身边，还把工人、干部和技术人员也吸引到自己身边，他们心甘情愿地加入到民工的队伍，到这里来淘金，到这里来实现自己的人生价值，到这里来成就自己的事业。

几年来，跟随丁新民的人越来越多，比如张马元、张金保、杭青山、韩维山……

张马元的施工队是来自江苏淮安市的一支很强的施工队，在北京修路建桥，盖高楼大厦就做了13年，后来他看中大西北开发建设的新市场，把队伍从北京拉到内蒙古的乌海市，在那里修筑了两条高质量的高速公路，于2005年初来到东方路桥。

一个走南闯北10多年，有着丰富施工经验，其设备、技术力量都是一流的施工团队，在刚刚放下锄镰的农民工眼中无疑是一支建筑远征军。可是西部汉子们有他们自己独特的性格，咱今天比不上你，向你学习，天下没有学不会的东西，学会了，咱也就能干了。

"张马元联队能做的工程，我们也能做。"今天敢说这个话，勇于向高手强队挑战的农民工联队越来越多了。

到东方路桥去挣钱，到东方路桥去求发展，到东方路桥去实现人生价值和理想。一个又一个农民兄弟奔东方路桥来了，他们有的三五个结伴而来，有的二三十人组队而来，也有像江苏淮安的张马元一样引领着浩大的队伍和众多的建筑机械车辆而来。强大的团队到了东方路桥变得愈发强大，那些弱小队伍经过几年的奋斗，一个个都发展壮大起来了，许多民工联队都和白进勤、张金保、杭青山、王德平联队一样，从小到大，由弱到强。似乎他们在这三五年里、七八年中做了一个梦,那些梦寐以求的东西全部摆在了他们面前,不同的是别人在梦中拥有的东西只在梦中拥有,而东方路桥的农民工拥有的东西不仅在梦中拥有,梦醒后依然拥有。

比如安军,这个下过夜、烧过锅炉的人,扛着几把铁锹镐头来到东方路桥,现在却开着汽车、压路机等20多台机械设备,去完成几千万元以上的大工程。

比如胡正勤,从两把尺子、十几个民工发展到今天,已拥有施工生产设备38台(套),运输车1辆,自己开着圣达菲小汽车。

再比如韩维山,2002年经朋友介绍来到东方路桥,那时他只带着20多人;时间仅仅过去了五六年,他的联队发展到150多人。固定资产由20万元增加到100多万元,流动资金40多万元,有各类桥涵施工专用机械20多台(套),还有一套700平方米的办公楼。

丁新民在东方路桥集团2002年读书会上讲,要把企业办成长寿企业,实现所有员工共同富裕的目的。百年东方就是民工的百年梦想啊,东方路桥的百年梦想,就是百年奋斗,百年发展,百年兴旺发达。今天这里的民工所拥有的一切,今后你们一定会拥有更多,请相信这不是梦。

砸了"铁饭碗"

王德平是个大能人,靠技术吃饭,谁也不怕,牛得很。他原先手里有两个"饭碗",左手端着中国有色金属公司内蒙古分公司桥梁项目部经理的"铁饭碗",右手端的是路桥监理工程师的技术"铁饭碗"。

2004年初,他"啪、啪"两下自己把这两个"铁饭碗"砸了。砸得原单位的领导莫名其妙,砸得亲朋好友目瞪口呆。王德平这是怎么啦?

砸了"铁饭碗",去投丁新民,到东方路桥闯天下,王德平是铁了心了。

只有王德平自己心中明镜似的。两年前王德平在包头过境高速路施工中,和东方路桥有过一段短暂接触,他们的那一股干劲,他们的那一种精神,他们的那一种令人羡慕向往的魅力,深深感动了他,召唤着他。王德平看出来,东方路桥和他的创始人丁新民,必将造就一个宏大的事业。

王德平辞去工作以后，拿出家中的一些积蓄，又从朋友那里借了一些钱，共6万元，购置了桥涵施工所需的小型机具，组织了一支施工队伍，加入东方路桥第二工程公司行列。

新来乍到，资金短缺，设备落后，没有重型机械，王德平这才体会到了扔掉铁饭碗后的惶恐，民工的日子是不好过的，由此他更体会到作为大民工头的丁新民承受着多么大的压力。工程进展很慢，王德平有些撑不住了。

在王德平联队艰难施工的时候，丁新民带着一帮人来调研了。当他听说了联队因经费问题不能购置必要的大型机械时，当场表态，为他们贷款30万元。几天后王德平就用这笔钱购进一辆装载机，一个月后丁总又为他们添置了漂亮的高档铝合金活动板房和冰箱、洗衣机等生活用品，使联队的工作条件和生活环境得到很大改善，农民工的干劲更足了，王德平的信心也更足了。

在建成东康线乌兰木伦大桥后，联队名声大振，紧接着建设东康线的公路铁路立交桥，偌大一个工程，他们只用了80天时间就完成了从桩基开挖到防撞墙浇筑的大桥主体施工任务，创造了东方路桥修建桥梁的新纪录。

丁新民总裁跷着大拇指说："王德平创造了'东方速度'。"

东方路桥集团高层管理人员一致认为，王德平联队所完成的是"东方路桥施工速度最快"的桥梁工程。两桥建成后，东方路桥第二工程公司重奖他们6万元，并把他们评为乙类绿卡联队。2004年到2005年，王德平联队获得11.85万元的补贴和奖励，他把这些钱全部用于联队建设和奖励民工上面，给技术骨干购买社会保险，开展技能培训，年终发奖金，全额兑付工人一年的工资。

王德平从自己家里拿出钱组建民工联队，可是他有了钱以后，先考虑的是联队建设，考虑的是民工们的利益。2004年春节，他只留给自己2000元，和全家人过了一个十分俭朴的春节。

王德平辞掉"铁饭碗"，用仅有的6万元组建民工联队，只用了两三年的时间，队伍扩大了好几倍，资产超过百万元，现在联队有装载机、大功率发电机、钢筋弯曲机、切断机、螺纹套丝机、电焊机和钻机，要什么有什么。王德平还具有另一种眼光，那就是培养技术力量。他在这方面舍得花钱，通过岗位技能培训，将普通民工培养成技术工人，再派出技术骨干到外地进行特种操作培训，使他们成为工地上的能工巧匠。

在乌兰木伦大桥施工时，联队培养出来的技术人员，对搭设桥柱灌注安全操作平台进行了大胆改革。他们利用工地上的钢材下脚料，焊接成固定的圆形带护栏安全平台，在柱模支好后，利用吊车直接吊装到柱模顶端固定。这种革新技术大大简化了施工程序，降低了施工成本，从而加快了工程进度。省材、省工、省时间，一座大桥几十根柱子，用这种新技术施工，就节省了一大笔开支。

第二工程公司第一项目部对王德平联队几位发明这项技术的人员奖励1000元。

王德平还吸收其他专业人员加强联队的技术力量，王德平常说："到丁新民这儿来，这条路走对了。丁新民的路修到哪儿，我们就冲到哪儿。"

丁新民就是这样，用自己的朴素感情把民工们紧紧地团结在自己的身边。他团结民工的办法就是关心，就是爱护。事实证明，老总和民工只有用爱联系起来，这种关系才会冲不开，斩不断。

王德平把两个好好的"铁饭碗"扔掉了，跟了丁新民，加入了东方路桥，成为东方路桥的一分子。他在东方路桥这里得到了实惠，如今成为真正的有产者。

菊花的故事

几年来，丁新民把自己对民工的爱在东方路桥的工地上播撒着，爱的种子像风中飞扬的蒲公英，越传越多。

讲一个小小的寓言故事吧。

一个春意盎然的早晨，老禅师从野外采摘回来一株菊花，便把它栽种在禅院里，到了第三年的秋天，整个禅院都长满了菊花，禅院变成了菊花园，花香宜人，在山下的村子里都能闻到香味。

于是，村民们便上禅院里来欣赏菊花，人们都忍不住赞叹道："好美的花儿啊！"他们向禅师要求采几株花回去，种到自己的庭院里。在得到老禅师的同意后，他们就立刻动手挖花根，小心包裹好，急忙回家去栽种了。前来要花的人越来越多，谁来了老禅师都送他们几株，如此没经过多长时间，禅院里的菊花就送完了。

没有了菊花的院子是那样的寂寞。弟子们看到满院的凄凉，对着老禅师感叹道："真可惜，原本应该是香味满院的呀！"

老禅师笑了，继而说道："这样更好啊！3年后可是一村菊香啊！"

弟子们听后看着老禅师笑了，笑容是那样的灿烂。

这是一个寓意深刻的禅宗故事，我们把这个故事写在这里，是想起了丁新民的一次讲话，他说："我这辈子最看不起的是两种人，一种是只说不干的人，一种是'爱吃独食'的人。东方路桥一组建，我就提出要带领所有员工和民工共同富裕的理念，后来又把这一理念当作企业的宗旨，叫作'以人为本，共同富裕'。"

丁新民还说："我们的企业之所以具有强大的凝聚力，就是因为我们的企业领导人不为个人的金钱财富所迷惑，而是坚定地带领全体员工共同富裕，同时积极回报社会，促进全社会共同富裕。"

这样的话，丁新民小会上讲，大会上讲，行政会议上讲，党的会议上也讲。他提出的"共同富裕"的企业理念，像春雨润物，像江河决堤，像海纳百川一样引起人们的共鸣。"以人为本，共同富裕"的东方路桥办企宗旨，由一个人的思想，变成几百名员工的思想，再变成上万名农民工的理想和追求。

这就像老禅师的那支菊花，它在山上时只是一棵；被移栽到禅院里后，变成一个菊园；被村民们移栽到村子里后，变成一村的菊香。

"以人为本，共同富裕"的东方路桥办企宗旨，在一个青年民工身上所产生的影响和作用，我们能从下面的故事中感受到。

1999年，17岁的李喜强就到刚刚组建的杭青山联队干活。因为他年龄小，杭青山、邵凤英夫妇就安排他做最轻松的活儿。邵凤英知道，这个孩子的父亲在他小的时候就去世了，母亲带着他改嫁。李喜强在子洲桃源山小村的生活不是很快乐，于是邵凤英就更加关心爱护这个小民工，常常为他缝补衣衫，节假日还叫到家里做些好吃的给他吃。李喜强非常感动，非要认杭青山和邵凤英做干爹干娘。

李喜强在感受杭青山、邵凤英关爱的同时，也深刻感受到他所在的企业东方路桥给予自己的温暖。2002年底，他口袋里装着3年里挣来的钱回桃源山过春节，进村第一个见到的人就是张保成。

张保成也是一个有本事的人，18岁就当上村党支部副书记，从20岁就开始带着村民外出打工挣钱。可是今天在村街上碰见的张保成，早没有了当年那个年轻村支书的威风，也没有了往日走南闯北的那种干劲。他这会儿披着一件旧白茬子皮袄，一顶棉帽子压到眉梢上，手里拎一根赶羊的鞭子，蔫头耷脑地跟在几只无精打采的羊后面进村。

李喜强迎上去，叫了一声"叔"。

张保成愣了一下，上下打量了一下一身新装束的青年，说："你……你是喜娃子，喜强吧？几年没回村了吧？你都长这么高啦……"

他显然不愿意和眼前这个精神十足的青年人多说，就赶着羊走啦。

李喜强回到家里，很快就从继父那里得知，张保成在两年前带着人到延安地建安装公司打工。一次工地出事故死了一个人，那个安装公司的老板就跑了。工地没人管，更没人给他们结账，可是跟着张保成出去干活的人，他不能不给人家工钱啊。他就把自己存在银行里的2万块钱取出来，又从县银行贷了2.7万元，这才付清民工的工资。他也由村里的存款户变成了欠款户。

几天以后，李喜强来到张保成家，把自己在东方路桥打工的事说了一遍，又把东方路桥是怎样的一个民营企业也介绍了一下。张保成听了似信非信，他走了那么多的地方，还从来没见过像东方路桥这样的企业，今天也是第一次听说。张保成有些动心了。

过了春节后，张保成又两次找到李喜强，一次比一次问得细："东方路桥从不拖欠民工工资？老板还给伙食补贴？还……"

"不拖欠，绝不拖欠。"李喜强非常肯定地说，他又拿自己为例证明东方路桥的信誉，"我在联队干了3年，到年底我不去领工资都不行，没办法那就领出来吧，可又怕弄丢了，我就把3年的工钱全存在我干妈那里……"

张保成终于拿定主意："我带一支三四十人的施工队过去，他们要不要我？"

李喜强说:"咋就不要哩,今年要大干几个工程,呼和浩特市机场路,包头过境高速路,一开春就动工。"

做人稳健、办事精细的张保成拍拍李喜强的肩头,说:"强娃子,我带一支三四十人的施工队过去,你给你们老板打一个电话,介绍一下我的情况,如果他们需要我们去,我明天就组织人马。"

李喜强当天就和杭青山、邵凤英联系。那边也正在四处联络人马,一说即成。2002年3月,张保成重整旗鼓,再一次带领一支施工队北上鄂尔多斯,加入了东方路桥的筑路大军。

一个年仅20岁的青年,一个在东方路桥刚刚做过3年小工的李喜强,因为心中有东方路桥,因为深深地信任和热爱东方路桥,就动员来一批能工巧匠。张保成的这个施工团队能吃苦,敢啃硬骨头,一到东方路桥工地就表现出明显的优势,如今是东方路桥杭青山联队的骨干施工队。带领这个施工队的张保成被评为"十佳民工"。2005年,他从家乡带出来的民工就有60多人,他们无比自豪地说:"我们是东方路桥人。"采访那天,我问李喜强:"你在东方路桥干了快10年了,对东方路桥的最大感受是什么?"

李喜强挠了挠脑袋,有些腼腆地说:"我父亲去世得早,书念得少,说不出有文词儿的话,我只是觉得东方路桥这里爱最多,民工得到的实惠也多。"

听了他的话,我们浮想联翩。这是多么生动的叙述!丁新民这里多的就是爱,他就是用爱召唤着民工。和我们简单交谈几句,李喜强又加入劳动的队列里去了,看着他年轻的背影,我忽然又想起了关于菊香的故事,鼻子底下仿佛有菊香飘过,于是,仿佛整个工地也充满了菊香。

爱是什么?爱就是力量,大地的爱制造了高山,山高人为峰。爱是什么?爱就是凝聚,千条河、万条江聚集成为海,海阔八仙游。杭青山和邵凤英在短短的几年里就把一支几十个人的"锹头队"发展壮大成为一百多人的现代化筑路团队,并紧紧地靠拢在东方路桥这艘旗舰下面,除了爱,他们还有更好的办法带领这支联队吗?

东方路桥集团公司创建9年了,创建这个企业的丁新民原先手中只有一株菊花,今天这株菊花经过几百人、几千人的移栽,不仅是一村菊香了,而是在来自全国20多个省区的10万多名民工的家乡，村村寨寨的土地上扎根成长，几年后那就是村村菊香、寨寨菊香。

小小储蓄罐

在东方路桥，受丁新民的影响和带动，很多民工都懂得了爱。

今年春天，黄河杭锦旗独贵塔拉一段河堤溃决，房屋倒塌，农田被毁，大批牲畜被洪水吞噬，刚开过集团公司工作会议的民工联队长袁虎赶到杭锦旗时，看到家乡一片汪洋，毫不犹豫地把为开工准备的3万元钱交给正在防洪抢险一线上指挥的杭锦旗副旗长高耀同志。

对这次杭锦旗独贵塔拉黄河溃堤，东方路桥捐款120万元。

东方路桥集团公司的民工向家乡亲人、向社会捐献了多少东西、多少钱，那是无法统计的。他们是东方路桥这条爱心大河的条条支流，大河滔滔小河满，这些下属工程公司和民工联队的社会捐助也是一道洪流。

2008年5月14日，我们到鄂尔多斯市的东方路桥集团公司采访。这次采访我们的心情是沉重的，因为汶川地震的阴影笼罩着我们。

5月15日上午，我们驱车来到鄂尔多斯高原西南一个叫乌兰镇的工地，在这里袁顺利民工联队正进行旧路翻新工程，翻新由乌兰镇到阿拉腾席热镇的一段50公里的草原路。

东方路桥的工地气氛明显和别的工地不一样，那两排蓝白相间的漂亮活动板房整整齐齐的，活动板房里有会议室、办公室、读书活动室。住地的院子干干净净，院子里有飘着饭菜香味的食堂。工人们穿着迷彩服，好像来到了一处部队的营地，我们的心情舒展多了。

院子的一角有几个工人正从一辆皮卡车上卸一头宰杀刮净了的大肥猪，做饭的大师傅说："这是集团公司丁总派人送过来的，差不多每月送一头。"

闻着院子里饭菜的香味，我们感受到了东方路桥工地上的民工伙食果然不错。联想到我们在别处看到民工吃饭时的情景，心里很不是滋味。民工是社会最底层的一个群体，他们的生存条件很艰苦，每次路过民工工地，心情都特别沉重，不忍心看那些民工们吃的饭菜。可是今天不同了，民工们的伙食居然唤起了我们的强烈食欲，这是鲜明的对比。

我们在院子里看见一块由支架托起来的黑板，上面写着："联队长袁顺利同志为四川大地震献爱心，个人为受灾群众捐款1500元。"下面几行是"向队长学习，积极向灾区伸出友爱之手"之类的文字。日期是2008年5月13日，也就是我们来的前一天写的。我们在这块小黑板前面站了很久，感触颇深。

袁顺利接待了我们，这是一个40多岁的鄂尔多斯汉子，脸色黑红，大概是常年风吹日晒的结果吧。和他握手时，能够感觉到他手掌上的硬茧，他就是个农民工，是弱势群体，在四川人民承受大灾难的时候，他也想到了为灾区人民捐款，尽管1500元，不是一笔很大的数目，但是它出自西北民工之手，就不能不让我们感动了。

就在同一天，中共中央政治局常委会第二次会议上，部署抢险救人工作，会议强调把抢救被困群众放在第一位，只要有一线希望，就要尽一切努力施救。

这时，温家宝总理在地震灾区第一线指挥抢险救人已经连续50多个小时了，他反复说："只要有一线希望，只要有一点生还的可能，我们就要做出百倍的努力……再小的爱，乘以13亿，都能变成爱的海洋；再大的困难，除以13亿，都会变得微不足道。"

全国性的对灾区献爱心、赈济活动还没开始，东方路桥已经先走一步了，在高原一隅的民工联队动起来了。他们在上级领导未动员号召之前，自觉自愿地捐助。他们昨天才离开村庄来到城里，他们中的一些人还没有完全脱贫，可是当他们迈进东方路桥的时候就感受到了爱，懂得了什么叫作爱心。在袁顺利的身上，我们隐约看到了丁新民的影子。我们相信，爱是可以传递的，丁新民把爱给了民工们，民工们就要把更大的爱回报给社会。

果然几天后，东方路桥开始了大规模的捐献活动。我觉得这块小黑板上的数字就是东方路桥大型捐献活动的开端，这是一颗爱的种子，是从丁新民这棵大树上飘落下来的，是种子，注定要发芽。

在我们采访的时候，在袁顺利准备捐款的时候，还有另一位共青团员已经行动了，他就叫范国枫。后来我们才知道，在东方路桥第一个捐款的人是范国枫。可惜我们这次采访没有见到他。

范国枫，一位共青团干部，在汶川大地震后的第二天，就组织团员、青年向灾区捐款。他个人拿出 3000 元钱，跑了 50 多公里送到集团公司。

有爱心的人往往就是这样，他们默默地奉献着，有时甚至被人忘记，写到这里，我们对范国枫有了一点愧疚之情。但是我们相信，即使我们当面去采访他，他也会对自己当初的行动看得很淡很淡，他们不是为了出名才这么做的，促使他们这么做的动力是深藏在内心的那份爱，他们深受丁新民的影响。

在东方路桥民工联队里，一个个党员，一个个共青团员，一个个普通民工纷纷向四川灾区人民伸出了援助之手。

于是我们走过一个又一个民工联队，看到了每一个联队为四川灾区积极捐款的记录。

向四川地震灾区捐款的日子里，东方路桥第一次以企业的名义为四川灾区捐款 108 万元。集团总裁丁新民以个人的名义捐款 5 万元，集团公司总经理丁鼎以个人的名义捐款 5 万元。

紧接着，东方路桥集团 259 名共产党员共缴纳 560 多万元的特殊党费，集团总裁、党委书记丁新民缴纳 100 万元的特殊党费，集团公司总经理丁鼎缴纳 50 万元的特殊党费，丁新民总裁的爱人、女儿、女婿共缴纳 200 万元的特殊党费。

四川地震已经过去了，但是我们还能听到和地震有关的感人话题。那天在蒙古风情园，原东方路桥副总裁、监事会主席武新民给我们讲了一段精彩的小故事：

咱们东方路桥有个叫马大河的民工。那阵，公司里的民工纷纷为四川地震捐款，马大河回家后，和老婆商量这事儿，想不到他家 4 岁的儿子当当，听见爸爸妈妈在商量捐款，悄悄地抱出了自己的小小储蓄罐儿，用力在那里倒着，把罐儿里的钱都倒出来，数了好几遍也没数清，后来着急得哭了，把妈妈拉过去帮他数，那些零钱一共是 31 元 8 角。

小男孩着急了，他很羞愧，知道自己的钱太少了，他大声说："我长大要做丁爷爷，要给地震灾区捐很多很多钱。"

马大河满足了儿子的愿望，在捐款那天，特意写上了儿子的名字，让儿子亲自把钱放进捐款箱里。大家为小当当鼓掌，孩子高兴得满脸通红。

我们不难想象，这个小男孩长大之后肯定是一个很有爱心的人。

东方路桥不仅在修路，也在育人，在播撒着爱。

给你们鞠躬

5月的鄂尔多斯高原是美丽的，城市绿了，大地绿了，太阳用她温暖的双手给城市和大地换上了春装。

在鄂尔多斯东方路桥集团采访的日子里，我们强烈地感受到一股爱的暖流。民工爱企业，企业更爱民工。在东方路桥的资料室里有许多来自祖国四面八方的感谢信，有的是父母替儿女感谢企业，有的是做儿女的替父母感谢企业，有的是老师替自己教过的学生写信给企业，有的是自己写信表示感谢企业，还有的是民工集体联名写信表示对企业的感激之情。

认真翻阅这一封封来信，每个人的眼睛都湿润了。这些不同笔迹、不同方言写的来信，都是一个同样的主题——感谢东方路桥。

请看东方路桥第一工程公司蒙古族员工奇尔丁图的班主任老师写给丁新民总裁和一公司刘忠义董事长的一封感谢信：

尊敬的丁新民总裁、尊敬的刘忠义董事长：

你们好！

我是奇尔丁图曾经的班主任老师，我听了我学生的母亲感恩的叙述后，也以感恩和激动的心情提笔给您二位写信。感谢你们以及和你们一样好心的东方路桥的领导们对奇尔丁图的关心爱护和无私帮助。由于你们的帮助奇尔丁图才有今天，才有灿烂的明天。

我的学生奇尔丁图大学一毕业就幸运地被东方路桥正式聘用为一名员工，他为此高兴激动，憋足了劲儿要大干一场，以感谢东方路桥的信任和恩赐，同样他还要报答父母，报答国家对他的养育恩情。

他报到的第二天就奔赴工地，每天起早贪黑地工作，不管风吹日晒，严寒酷暑，都坚持在野外作业。苦一些累一些他以为都是一种锤炼，他决心在东方路桥这个温暖的企业里奋斗下去。他要在这里修一条路，架一座桥，那就是修一条人生奋斗的路，架一座飞越理想的桥。有了奋斗目标和精神向往的奇尔丁图工作特别出色，不到一个月就得到工友们和领导的表扬。正当他把大家的表扬当作一种动力，继续努力工作时，却常常感觉身体不适，先是牙痛，接着是发高烧。年轻人总觉得这没什么大碍，仍坚持工作。一天又一天，牙痛没好，高烧也久久不退。

人瘦了一大圈儿。奇尔丁图支撑不住了，就去医院检查，医生诊断说他得的是急性白血病。

这是一个晴天霹雳呀，如五雷轰顶，将一个没有任何心理准备的家庭几乎击垮了。他的母亲怎么也没有想到，一个健壮如牛的儿子，怎么就得了这种病呢？她为这个唯一的儿子患病而悲痛欲绝，几次昏厥过去……

奇尔丁图的家并不是一个富足的家庭，父亲是银行的一名普通职工，母亲又下岗多年了，父母用微薄的收入供奇尔丁图和他的妹妹读大学，家里还有一个年迈体弱的奶奶。这样的家庭摊上这样的事情，其苦其愁是可想而知的。可是必须给儿子治病，他们筹措资金，变卖家里值些钱的东西。谁都知道白血病要化疗，要骨髓移植，那是需要很大一笔花费的呀，父母愁肠寸断，妹妹竟要弃学不读了。

一个家庭的力量是单薄的，正像一支红烛照亮不了黑夜，但是千万支红烛一起点燃，就会发出熊熊的烈焰和耀眼的光辉，汇集成照耀天地的长明灯。

东方路桥就是这千万支红烛中最大最亮的那一支啊！丁新民总裁从集团公司东方光彩事业基金会拿出2万元为奇尔丁图治病；东方路桥第一工程公司全体员工捐出8000元，在奇尔丁图临去北京前送到他手上，刘忠义董事长个人又捐款1000元，集团公司还从鄂尔多斯市东胜区扶贫办争取到1800元钱交到病人的父母手中。2004年，公司以很大的比例给休病假的奇尔丁图发放了7000元工资，又给他报销了4万多元的医疗费用。奇尔丁图在东方路桥第一工程公司工作了三四个月，可在他住院治疗的一年多时间里，你们就累计拿出8万多元替他治病。对你们的慷慨帮助和极大的关爱，有许多人还不相信，他们说：许多国有大企业都做不到的事，一个民营企业就做到了？东方路桥是办企业呢，还是办慈善事业？后来你们一次又一次把钱送到医院，一次又一次打电话询问孩子的病情，还有那么多员工不断打来慰问电话，他们信了，他们说：东方路桥真是员工们的家呀！丁总裁、刘董事长是员工们的亲人啊！

有了你们的关心和帮助，奇尔丁图没有了死的恐惧。有了你们的爱护和支持，奇尔丁图坚定了与病魔斗争到底的决心。

奇尔丁图一家人经历了这一场磨难，却感受到了人间的温暖和爱心，奇尔丁图的父母和我，一定要在这里说：人间自有真情在，我们得到国家、社会和东方路桥给予的帮助，感到无比的幸福。长路奉献给远方，江河奉献给大海。我们，一个是奇尔丁图的母亲，一个是奇尔丁图的老师。我们拿什么奉献给丁总，奉献给刘董事长呢？我们的恩人，孩子的恩人哪……你们不要笑话，女人总是爱落泪的，一滴一滴落在信纸上，把一些刚刚写到纸上的字润化了，弄模糊了……

新年的钟声响了，让我们把泪水擦干，绝不能让今天的泪水流到新的一年里去，我们应该欢笑着迎接明天的太阳，因为我们有党的无限关怀，有你们无私慷慨的帮助，孩子的病一定会治好的，我们的生活也会好起来的。

最后，我们祝愿东方路桥节节高升，蒸蒸日上！祝愿你们工作愉快，万事如意！

祝愿你们和你们的家人，好人一生平安、幸福！我们在这里给你们鞠一躬，鞠深深的一躬。

和你们一样关心奇尔丁图的一名人民教师

下面也是一封信,一个苦难的老人写给东方路桥集团公司第二工程公司李青昀联队长的信,我们还是一字不改地抄录在此,让我们倾听他的心声吧。

东方路桥集团公司第二工程公司、尊敬的李青昀先生:

你们好!大伙辛苦了!

就在我们东挪西借凑足我儿登宙打工路费不久的日子里,就在登宙在贵公司为我贫困的家庭挥汗苦干的日子里,他母亲的病又加重了。作为父亲的我,还得拖着年近花甲的羸弱身躯,在干旱而贫瘠的山梁上春播。回家后,又得不顾一天劳累干完一切家务,照料牲畜,伺候病人,还得自己动手做饭。实在不能坚持时,也只能喝几口生水,就两把干炒面。巨大的劳动强度与无形的生活压力化成的泪水,我只能深深地埋在自己的心底。更让人发愁的是,望着常年卧病在床的病人,治病的钱从何而来?为了让登宙能安心打工,每每接到他的问候电话,我们只字不提他浑身是病的母亲的真实病情,只说好转了好转了。其实别说他母亲,就是我这个体重不到50公斤的人,也是一个病身子,只是挣扎着没有倒下而已。

就在我们为治病而求遍亲友、一筹莫展之时,突然收到了一张来自遥远的鄂尔多斯东方路桥集团公司第二工程公司联队的汇款单,素昧平生的联队长李青昀先生的500元汇款单!这真是茫茫旱漠中的一场春雨啊,这更是一双救人于深渊中的热手啊!老天无情人有情,千里的情谊似海深。我们老两口把汇款单紧紧贴在胸口上,把来信捧在手心里,久久地、久久地望着鄂尔多斯方向,心如潮涌,热泪盈眶,亲人啊,你可看见我们深深向你鞠的一躬……

消息像长了翅膀,亲友们传诵着,邻居们传诵着,乡亲们传诵着,这样的奇事,在这穷乡僻壤里,还是开天辟地第一次!这也正是"三个代表"重要思想的具体践行,正是共产党为人民的最真实、最具体、最生动的写照。

我们身处甘肃古浪这个国家级贫困县的干旱山区,这里人均年收入不足300元,十年九旱,难以温饱,登宙年近三十还难提婚姻大事。这个三口之家生活窘迫得让人喘不过气来。读着你们信中"今天我们虽然走上了富裕之路,但并没有忘记登宙兄弟,更没有忘记生育登宙的父母老人"这春风般的话语,不是亲人,胜似亲人;读着你们信中"让无产者变为有产者"的办企宗旨,让我俩听了如遇知音,信心倍增;读着你们信中"与员工共荣,与合作者共荣,与竞争者共荣,与社会共荣,与自然共荣"的企业理念,更让我们看见了你们宽广的胸怀,宏伟的目标;那"以一流的工程回报社会,以一流的事业凝聚员工","以人为本,共同富裕"的企业精神,更让我们如同看见了一面鲜艳的旗帜,一个光辉的路标,听到了一首创业者豪迈奋进的战歌。

亲爱的民工联队的同志们,尊敬的李青昀先生,海内存知己,百忙惦亲人。有你们阳光般的关照,有你们雨露般的亲情,我们两位老人尽管生活困苦,病魔缠身,但我们坚决支持登宙参与你们为国为民的宏伟事业,长期固守,努力奋斗,把企业当作自己的家,把同事们当作亲兄弟。同时,我们更要向乡亲们大力宣传你们办企业的宗旨、理念与精神,鼓励我们身边大批有志青年到你们企业奉献青春,实现理想,脱贫致富,共奔小康!

千言万语归结为一句话:你们的深情厚谊永远铭刻在我们心中!

愿同志们团结共进!

祝李队长事业有成!

甘肃省古浪县平城乡下石圈村一组
登宙父亲张建业敬上
2006年5月3日

翻阅这一封又一封来信,我们的眼睛逐渐模糊起来了,那一行行文字在视线里变成一条条河流,奔涌着东方路桥无限真情的溪流,那一个个方块字也在视线里幻化为一颗颗金星,闪烁着东方路桥人真爱无边的光华。

还有一个叫白茹的姑娘，给东方路桥的华立、华园公司来信，感谢公司领导在她父亲住院时的慷慨资助。在她父亲去世后，为保证她的学业顺利完成，华立、华园两个公司联合发起捐助活动，建立了助学基金会，帮助白茹读书求学。

一个叫翟凤英的女孩子，给东方路桥蒙古风情园的领导和员工来信，感谢他们伸出友爱之手把她从病魔中拉回来。

一公司民工田立新的父亲田宝生、母亲曹玉兰给公司党支部来信，感谢他们对儿子的精心培养教育，使孩子成长为有技术、有事业心的一代新人。

在档案中，我们了解到更多的关爱行动的记录：

> 民工刘四明父亲去世，集团公司捐款2250元。
>
> 道班工贺茂荣患脑瘤做手术，集团公司工会、共青团组织捐资32300元。
>
> 员工王海荣女儿住院，丁新民送去5000元。
>
> 员工纪素梅家人住院，丁新民捐助5000元。
>
> 民工许鹏住院做心脏手术，集团公司资助2万元。
>
> 员工鲁文忠因公殉职，集团公司一次性给了他的父母及岳父母各2500元的赡养费，另给鲁文忠的父母亲每月每人300元的抚恤金。为了解决鲁文忠4岁儿子鲁振岳今后上学所需费用，号召员工捐款37.2万元，集团公司还一次性核免了鲁文忠的住房、购房款。
>
> ……

这样的事例是写不完的，东方路桥集团的各位领导也不愿意将以上情况公之于众，丁新民总裁更是摇头反对，他是一个喜欢默默做事的人，是一个少说话多办事的人。

别忘了乡亲们

路，每天都有人走，但是在刘世奇的记忆中，有一条路他天天晚上走，那是家乡的山路。奇怪了，已经离开家乡出外打工近 20 年了，可是他天天晚上都要做梦，一做梦就往家走，就走在家乡的那条山路上。这成了刘世奇的一个心病。

在东方路桥的民工中，刘世奇是大名鼎鼎的人物，他是民工中第一个入党的人；东方路桥奖励给民工的 10 辆轿车中也有他的一辆；东方路桥在民工中试行定额管理就是从他的联队开始的；东方路桥在民工中配发股份时，他也是最早加入的，他毫不犹豫地拿出了 35 万多元，成了东方路桥真正的股东。

刘世奇就是在东方路桥这里获得成功的民工，回想自己这么多年的民工生涯，他第一个要感谢的就是丁新民。

刘世奇是陕北榆林清泉乡赵家沟人，那里穷啊。家乡虽然穷，但陕北水好，这在他身上得到了应验。别看刘世奇在穷山沟里长大，这些年受了不少苦，而且已经是四十二三的人了，但仍长得眉清目秀，细皮嫩肉的，像个城里人。谁也想不到，他可是个地地道道的老民工，17 岁就出来打工受苦了。1997 年丁新民修东杨路时，他已经是个能组织几十人队伍的小民工头目了，他带领自己的穷弟兄来到了东杨路。他是个不多言不多语的人，但是心里非常有主意。那时他承包的路段离丁新民的指挥部特别近，丁新民每天晚上睡三四个小时，他是亲眼所见的。丁新民在工地上过生日那天晚上，他也参加了生日宴，吃了老总的蛋糕。丁新民把蛋糕分给他时，他的鼻子酸了，眼泪要流出来，但是他把眼泪咽了回去，和蛋糕一起咽进肚里。他默默地告诫自己：丁新民是个好人，像咱这样出来受苦的穷民工，就得跟这样的人才行，跟上了心术不正的人，白受苦，根本拿不到钱。

刘世奇是这么想的，也是这么做的。十来年，他一直就在东方路桥干，跟着丁新民干。现在成了东方路桥民工里的股东了，更不能走了，他盼望着东方路桥的繁荣和兴旺。

和丁新民接触的时间长了，他越来越发现丁总的人格魅力，丁总说的话他愿意听，丁总做的事他愿意模仿。丁总关心民工，他也照着学。

那年在乌兰察布市 208 白集高速路施工时，冬天到了，活还没干完，西伯利亚的一股寒流袭来了。民工们穿得都很单薄，他们天暖的时候从家里出来，没有带棉衣，此时有些受不住了。在大的寒流来临之前，他统计了一下，有58个弟兄没有带棉衣。他开着车进城，买了58套棉衣，回来发给民工弟兄，有人要给他钱，他说不用，这个钱联队里出了。

这次他一共花了6000多元，是他自己掏的腰包。这件事情上了《东方路桥》报。那天丁新民来到了工地，用力地拍了拍他的肩膀："小刘，干得好，一定要记住，有了钱之后，千万别忘了乡亲。"

这天晚上，丁新民就在他的工房住下了。丁总要他写入党申请，积极向党组织靠拢，争取早日成为中国共产党党员。

刘世奇至今还记得丁总那天晚上说的话："世奇啊，别看咱东方路桥是个民营企业，但是咱们这里有党组织。我为甚要出来创办民营企业呢？就是想要多挣钱，不是我一个人挣钱，而是让跟着我的弟兄们都能挣到钱。我本来可以在国营单位干下去，而且还当着领导。但是，国营单位的钱是有数的，我无法让更多的人挣到大钱，这是体制决定的。共产党要为大多数人谋利益，咱东方路桥要为民工们谋利益，咱做的事儿和党要做的事儿是一致的，你必须要入党。"

刘世奇不无怀疑地说："丁总，我一个民工入党干甚？入党不入党我都这么干，你放心好了。"

丁新民说："你的这个想法就简单了，共产党做的是为老百姓谋利益的大事情，需要人的支持，你不支持共产党支持谁？"

刘世奇说："可我入党也不能多挣钱。"

丁新民绷起脸来说："我知道你入党后不能多挣钱，但是咱东方路桥是共产党事业的一部分，东方路桥需要你的支持，共产党需要你这样优秀的人。"

刘世奇激动起来："丁总，话已经说到这儿了，我刘世奇也是个受苦人出身，受苦人就得跟着共产党，我明天就写申请，请东方路桥党组织考验我。"

丁新民高兴，狠狠地喝了一大杯酒。

两个人一直聊到天快亮时才躺下。还没等刘世奇睡着，丁新民就走了。

刘世奇第二天就写了申请，带领自己的民工们，干得更卖力了。

后来刘世奇的入党还出现了一点儿小波折——东方路桥把刘世奇作为第一批发展的党员报了上去，上级却以刘世奇是民工、家不在东胜为由，不同意发展他，这事儿让丁新民很生气，东方路桥做了很多工作，刘世奇的入党问题才得以解决。

我们采访时，刘世奇说："我是个民工，没有什么大的觉悟，如果不是丁总说服动员我，入党的事儿我想也不敢想。"

几年来，刘世奇在东方路桥挣到了大钱，入了党，有了车，有了房，正正经经成为"有产者"了。他对丁新民的感激之情越来越深了。

丁新民花30多万元给白进勤安装高档假肢的事情，让刘世奇非常感动。于是他想到了家乡的那条路，那条每天晚上走过的梦中之路。

那是一条曲曲弯弯的小路，他就是扛着铁锹，背着行李，从那条山路走到这沸腾的世界中来。那是一条多么亲切的路啊！但那又是一条艰辛的路，夏天雨水之后，山路一片泥泞，行走非常不便；冬天落雪之后，山路更是危险。夏天的雨和冬天的雪之后，那条山路上人摔伤、车翻到沟里的事情时有发生，现在自己有钱了，应该把这条路修好，让乡亲们不再为这路发愁。

冬天回家后，他把自己要修路的想法跟家里人一说，老父亲格外激动，儿子有出息了，能出钱为家乡修路了，他脸上太光彩了。

乡亲们都到刘世奇的家里来祝贺他，感谢他为家乡修路。刘世奇的父亲说得更直接："不是咱世奇有本事，是那蒙古老板丁新民教育得好。"

刘世奇花了一笔大钱，把家乡的那段山路修得平平整整。

奇怪，山路已经修好了，可是出现在他梦中的山路依然像当年一样曲曲弯弯，这是为什么呢？

刘世奇不仅为家乡修了路，还随时随地做各种各样的好事儿，他成了东方路桥的活雷锋。在103线大黑河桥梁工地，听说村里的李富强老人病得很重，家里又十分困难，他就送去3000元，对卧床的老人说："李大爷，挺起精神来，您的病会好起来的，我给您拿点钱来，表示我们联队的一点心意，给您老人家补养身体……"

在东方路桥，像刘世奇这样的民工，为自己的家乡出钱出力修路搭桥、建学校的不在少数。像刘世奇、白进勤、张金保这些在东方路桥奋斗了几年，已经致富了的民工，他们在家乡的县城，在鄂尔多斯市，在刚刚建成的像庄园一样美丽的东方路桥民工联队创业园区，都购买了一套或两三套新居。他们很可能不回，或很少再回到他们的家乡了。可是他们仍然要修几条山路。为什么呢？因为那里是他们永远的家园，因为在那里生活着他们的乡亲，因为那里有他们一生一世都做不完的梦……

刘世奇、白进勤、张金保，他们的故乡的那条通向外边世界的山路，永远是他们的灵魂往返不断的一条山道啊！

刘世奇按照丁新民的样子做，他知道自己总也跟不上丁新民的步伐。2005年，丁新民组织优秀民工去国外旅游，他也照着这个样子学，组织了民工骨干11人到北京、上海等地旅游，他要让跟着自己受苦受累的民工弟兄也看看外面的世界。丁新民要求过他："有了钱之后，别忘了乡亲。"

2008年5月，我们在刘世奇联队施工工地上碰见不久前旅游回来的民工寇贵生，他激动地说："去北京、上海、杭州这样繁华的大城市旅游，这是我一辈子想都不敢想的事。在别处打工，吃得不好，住得就更差了，还整天担心干了活拿不到钱。老板不扣工资，不欺负咱，我们就觉得这个老板是一个好人啦。可是在东方路桥，从大老板到小老板没有一个人是欺负我们的，他们尊重民工、爱护民工、关心民工，还花很多钱让我们到外边看一看，玩一玩，开开眼界……我不知道该咋感谢东方路桥，该咋报答丁老总、刘队长……"

寇贵生从北京、上海等地旅游回来几个月了，可是今天和我们说起此事，仍然激动得热泪盈眶。

数字是枯燥的，然而数字又是最能说明问题的，下面我罗列几个数字：

2005年5月，第四工程公司党支部慰问在阿拉善紧张施工的几个民工联队，发放价值1.2万元的生活用品；也是第四工程公司的李毅峰联队，向阿拉善的两个工地上施工的民工联队送去价值1700元的生活用品；赵生荣联队给在阿拉善乌巴线施工的70名民工送去价值3000多元的生活用品；第二工程公司在东康民工联队联检联评时，拿出1万元给民工发放伙食补贴和党员津贴；王德平拿出4000元，派出5名民工参加由自治区建委组织的工人技能培训；安军联队拿出5000元，给民工购买工作服。

2005年7月，东普公司经理李纲个人出资2万元，给农民工买冰箱、洗衣机、床铺被褥等生活用品。

2005年，黄河大桥项目部从4月开始，每月奖励民工5000元，到9月，共发出奖金2万元。

2005年12月，李毅峰联队又给民工发放1.5万元的伙食补贴。

2006年1月，杜卫东拿出2.2万元，为11名民工和4名民工家属发红包和赠送金项链。

2006年3月，第三工程公司监事会主席孙国军，将所获优秀项目奖金3000元全部用来购买图书，办起黄河大桥工地上的第一个图书室。

2006年4月，黄河大桥项目部拿出4万元，奖励施工队。

2006年5月，第四工程公司五一劳动节慰问一线施工民工3万元。

2007年五一劳动节这一天，第三工程公司为员工王星华患病的母亲捐助6.37万元，为老人家治病。

2007年7月，第三工程公司党支部本着"人本重于资本"的精神，为员工刘志成患有肾炎的父亲捐款1万元。

2007年9月，华立、华园公司在公司员工白树斌去世后，给他上初中的女儿白茹成立了助学基金会，由两公司员工和民工踊跃捐献出14万多元，供白茹完成全部学业。

2005年1月，丁新民总裁带领东方路桥评选出来的"双十佳"民工赴新加坡、马来西亚、泰国旅游观光学习。

2007年1月，东方路桥第二次组织绿卡联队负责人赴香港、台湾、菲律宾观光学习。这次出游是集团公司在对2006年度评选出来的31个绿卡联队奖励了208万元之后，又以旅游的形式让他们与东方路桥集团共享成果、共谋发展、共同富裕的一种实际行动。

我们非常意外地发现，东方路桥集团带领农民工两次外出参观旅游、考察学习，竟在不知不觉中被下属的分公司，甚至被一些民工联队效仿，他们也一个个组团带着员工和民工出去旅游，饱览祖国大好河山了。

2007年春天，第二工程公司的刘军联队、刘世奇联队、王三仁联队3个绿卡联队分别组织民工外出旅游。刘军联队带着20人，王三仁联队带着10人到北京参观学习。东方华立装饰广告公司组织26名员工、18名民工和部分家属，由董事长丁建华和副总经理郭全生各带一路人马赴上海、深圳、广州、珠海、桂林、云南旅游观光。

我们从2007年5月28日的《东方路桥》报上看到，受老总丁新民的影响，这一年民工联队组织外出旅游参观就有12次。

那天下午，我们去民工建设办公室，找杨勇主任借一份资料。只见杨勇主任左手握着座机的话筒捂在左边耳朵上，右手拿着手机贴在右边耳朵上，一边对着话筒"嗯……嗯……"答应，一边又对着手机说着。

放下电话，杨勇解释："各个民工联队都踊跃向四川地震灾区捐款，我想做一个统计，说不定丁总哪天就要这方面的数据，我想把这个工作先做了。你不知道，丁总这个人很细心，又是个急性子，别让他什么事都着急，让他少操些心，让他少受些累吧……"

我在杨勇的办公桌上看到几个民工联队的捐款数额：

白进勤联队，捐款2万元，个人缴纳特殊党费2万元。
袁顺利联队，捐款1.5万元，个人缴纳特殊党费2万元。
安军联队，捐款1.5万元，个人缴纳特殊党费2万元。
刘世奇联队，捐款1万元，个人缴纳特殊党费2万元。
邵凤英联队，捐款1万元，个人缴纳特殊党费2万元。
张金保联队，捐款1.5万元，个人缴纳特殊党费2万元。
王德平联队，捐款1万元，个人缴纳特殊党费1万元。

这就是今天的民工，这就是在东方路桥逐渐发展致富的进城务工者。他们在物质领域里获得满足之后，精神世界的火炬更加光明起来了。

一个理论需要传播，一条真理需要光大，一种精神需要传承。东方路桥的"以人为本，共同富裕"的企业思想，在国家和民族遭遇灾难之时，化作赤诚热爱的精神，一方有难，八方支援。地动天不塌，大灾有大爱，爱的传递铸就了坚不可摧的精神长城。

偶尔在工作的间隙，丁新民也要仔细地翻阅《东方路桥》报纸，他对报纸上的这些内容格外关注。其实哪些民工做了好事，奉献了爱心，他总是能在第一时间掌握。他嘱咐报纸总编杨怀义，对民工主动向社会奉献爱心的事情一定要大力宣传。

刘世奇现在仍然开着东方路桥奖励给他的那辆汽车，他经常想起丁新民的那句话："有了钱之后，千万别忘了乡亲。"

刘世奇没有忘记乡亲，跟在丁新民身边的人都没有忘记乡亲。

在东方路桥，爱是一个不断传递的东西。丁新民就是要在民工中间达到这个效果，他追求的目标初步达到了。

乡亲惦记着你

出呼和浩特，沿103高速公路向西南行，穿托克托县，过黄河海生卜浪大桥，就进入了鄂尔多斯市准格尔旗境内了。

准格尔旗是个好地方，那里是漫瀚调之乡，民风淳，人情厚，是个出忠厚人的地方，也是民工黄根有的家乡。

黄根有和丁新民已经有20多年的交情了，这是典型的一对忠厚人的交往。

黄根有家住在准格尔旗纳林乡黄卜拉村，如果不是认识了丁新民，他至今还在村里种地。可是现在的他，在东胜市有房子了，儿子也在东方路桥工作，当上了环节干部。乡亲们都说："黄根有抖起来了。"

黄根有说："咱抖个甚？还不是老丁的功劳。"

丁新民和黄根有的交往说来话长。

1985年原伊克昭盟公路段在准格尔旗纳林乡修路。纳林乡是个穷地方，黄根有是个农民，家里日子过得穷，娃娃们又小，家里没有钱花。村民们都到工地上去做临时工，挣点儿钱花。黄根有也去了，就在工地上砸石头，把石头砸碎了，准备铺路。

有一天黄根有比每天起得都早，天还没大亮，他就上了工地。他刚蹲下来，没砸几块石头，就有一个人悄悄地向他摸过来，站在了他的身后。黄根有一点感觉都没有。那个人抡起手中的大棒，猛地向他的脑袋狠狠砸下去，黄根有当时就昏死过去了。

等黄根有醒来，已经躺在医院里，出了什么事他一点也不清楚，就这么莫名其妙地被人打了个半死。

看见黄根有醒来，刚才还给他擦脸的一个男人，"扑通"一声给他跪下，边哭边说："大哥，你千万饶了我，我不是想害你，是认错人了。"

黄根有莫名其妙，不知道发生了什么事情。

原来昨天晚上，伊克昭盟公路段的工地发生了盗窃，有人偷钢材。打黄根有的那个人在工地上下夜，折腾了一晚上，丢了东西，也没抓到贼，正着急窝火，看见黄根有上了工地，觉得他很像夜里偷钢材的人，怕跑了，就先下手把他打翻在地，结果到跟前一看，又不像，这才急急忙忙地把黄根有送到了医院。

那时丁新民在公路段当领导，工地上出了这样的事情，他和别人来医院看黄根有，请求黄根有的原谅。他来到病床前，要黄根有安心养伤，医疗费公路段出了，他还请求黄根有原谅把他打伤的下夜人。他告诉黄根有，那个下夜人也是个穷人。

黄根有没有给公路段找麻烦，也没有和打伤他的人纠缠，反倒平心静气地告诉丁新民："我不会讹他，他也不容易，就凭人家做的这件事儿来看，也是个好人。他要是把我丢在那儿不管，我怕是得死了呢。"

黄根有的宽宏大量，给丁新民留下了深刻的印象，他知道黄根有是一个老实厚道的农民，没有一点坏心。

1996年，丁新民领着公路工程局的人又来到准格尔旗纳林乡修路，两个人再次见面了。丁新民这时已经当上了公路工程局的局长，而黄根有还是个农民，可是丁新民还记得他。

来到纳林乡的当天，进指挥部还没坐稳，丁新民就让办公室主任把黄根有找来了。

黄根有忐忑不安地来到了指挥部，丁新民对他非常热情，又让倒茶，又给递烟，问他的收入，问他的家庭生活，问他的孩子。

黄根有一一回答了丁新民的问话，丁新民就把黄根有留下了，让他在工地指挥部下夜。丁新民相信他，这个被人打昏、差点儿死去，也不多提一点儿要求的人，是最值得信赖的。

从此，黄根有就跟上了丁新民，他觉得丁新民这个人讲义气，重感情，为人大度，当了官儿还能瞧得起老百姓，这样的人少啊！黄根有在指挥部下夜，辛辛苦苦，什么事儿都帮着干，从来不讲价钱，给伙房大师傅帮厨，给工人们烧水，里里外外地打扫卫生，工地上的人们都说黄根有好。

当然老丁对黄根有也不薄，每个月给他的工资，比他在村里干活一年的收入还多。

丁新民成立东方路桥之后，又去找他，让他去东胜市，还去给自己下夜。可是这次黄根有不想离开家了，他的老母亲已经80多岁，他要在家照顾母亲。没有把黄根有领上，丁新民有些遗憾。但是他知道黄根有家里困难，就想帮帮他，就把黄根有的二儿子领走了。

黄根有的二儿子在东方路桥工作一段时间后，进了化验室，现在已经是副经理待遇了，娶上了媳妇，住上了30多万元的楼房。

黄根有有时也去儿子那里住两天，他告诉儿子："你的好日子可是丁新民给的，谁都能背叛丁新民，你可不能，咱不能干那丧良心的事儿。"

东方路桥是个大单位，事情多，但是只要去纳林乡，丁新民总要去看看黄根有。丁新民有很多这样的农民朋友，有很多这样的民工朋友。丁新民说："和这些穷朋友们在一起，咱觉得亲切。"

黄根有也对丁新民念念不忘，只要丁新民去了他家，他非让丁新民喝两口烧酒。

2006年夏天，黄根有哭哭啼啼地从村里赶到了东方路桥，一见丁新民，抱住不放，好一阵号啕大哭，边哭边说："老丁，乡亲们惦记着你，你可不能死啊。"

丁新民莫名其妙。原来黄根有在村里听说丁新民被气死了，就搭汽车赶到了东胜市，来给丁新民送葬。

那一阵，是丁新民心里最不愉快的时候，很多人都怕丁新民扛不过去。东方路桥前一段发生了很大的人事变动，很多人离开了丁新民，另立山头了。这件事传来传去，传到黄根有的耳中竟成了这样。那几天，丁新民有些感冒，黄根有抱着他哭时，他的病还没好呢。黄根有的这一阵哭，把丁新民的病给哭好了。

丁新民说："咱们都是人，人不是为了钱活着的，是为了个情意活着的，有个和你非亲非故的人听说你死了，能从几百里地之外哭着赶来给你送葬，我丁新民活得值了。这比10个追悼会都有意义。我丁新民活着图的就是这个，我要让老百姓觉得我这个人好。"

黄根有是个普普通通的农民，无权无势，但是他的内心是纯朴的，他对丁新民的这种感情，真让人感动。丁新民永远忘不了黄根有抱着他哭的情景。黄根有的那场痛哭，经常回响在丁新民的耳畔，是他前进的动力。

丁新民的人生目标其实很简单，他就希望老百姓能说他个好，希望民工们能说他个好。可是这一点对于一个企业家来说是多么不容易啊！

第七章　插上腾飞的翅膀

> 轻轻敲醒沉睡的心灵
> 慢慢张开你的眼睛
> 看看忙碌的世界是否依然孤独地转个不停
> 日出唤醒清晨，大地光彩重生
> 和风拂出的影像谱成生命的乐章
> 让我们期待明天会更好
> ——罗大佑《明天会更好》

在人类历史的发展中，行动者永远比思想者伟大。但是后人往往记住了那些思想者，而忘记了很多行动者，这是人类的可悲之处。可对于东方路桥的10万民工来讲，大家都忘不了丁新民。丁新民不仅让利给民工，努力给民工们办各种好事,还要提高民工的整体文化素质。当然这既是为民工,也是为东方路桥。企业家能够意识到这一点,已经上升到一个很高的层面了。很多很多事实证明,丁新民不是一个单纯的慈善家、企业家,他是一个道德完善家,他在完善着自己的道德。他既是行动者,也是思想者。

这也是丁新民吸引我们的地方,让我们思考的步伐在他的面前停留片刻。

我们在写这篇文章的时候,一直在思考一个问题,民工绝大多数来自偏远落后的农村,他们的文化水平不高,没有见过多大的世面,拥有的只是力气,缺乏的是技术。力气总有消耗完的时候,这是民工离开家乡之后所面临的最大困惑。

企业家解决不了这个问题,就无法稳定民工队伍,依靠一支低素质的民工队伍是无法适应今天的企业建设的。

企业如果把工人看作企业的主人,那么他们就知道应该怎样建设这支队伍,怎样去培养这支队伍了。

翻多大跟头搭多大的台

李颖梅是丁新民的兵团战友,他们是一起吃过苦,一起受过罪的。丁新民当初把李颖梅作为自己最得力的合作伙伴,就是相中了她风风火火的性格,敢打敢拼的做派。果然当她坐在我们的身边时,我们依然能够感觉到她身上那种咄咄逼人的女强人气质。

李颖梅干净利索地说:"丁总关怀民工那是没得说的,他希望民工能够留下来,留下的民工要富起来,富起来的民工要学到更多的本事,民工要逐渐成长为当代产业工人。我们东方路桥民工联队建设的目标是:管理科学,动作规范,逐步向现代企业制度靠拢,有独立施工能力,有市场竞争力的专业路桥施工队伍。提高民工联队的整体素质,提升我们的市场竞争力,是当前民工联队建设过程中亟待解决的问题,是民工联队发展壮大的当务之急。而提升竞争力的最基础的工作,就是要提高人的素质。每一个个体素质提高了,才有整个联队、整个集团公司整体素质的全面提升。一个有作为的企业,一定要把员工变成更有自信、更有尊严、更有独立人格的企业主人。因此，我们的'一把手工程'要求，对民工联队，对所有的民工，不仅要政治上平等，生活上关心，经济上增收，还要在技术上帮助他们提高。让每一个进东方路桥工作的人都能在岗位上成才、事业上成功，这既是企业发展的需要，也是对员工最大的关心和爱护。"

李书记还讲了更感人的一段话，她说："现在社会上有一种40岁现象。体力劳动者一到40岁，因为体力不支、文化程度不高，就被一些强体力劳动推出局外了。一个构建和谐社会的国家，一个有社会责任感的企业，一定要高度重视这个问题。我们东方路桥集团决心在力所能及的范围内，承担我们应尽的社会责任。年轻民工要培训，40岁以上的民工也要帮助他们掌握一些技能，在他们的身体难以支撑重体力劳动的时候，还可以靠技术干一份工作，挣一份钱。为此，东方路桥有计划、有步骤地推行养老保险社会统筹试点，解决农民工技术骨干的后顾之忧，解决近万名农民工的生活问题。"

为培养和提高民工的素质，东方路桥做了很多细致的工作。

2005年11月4日，东方路桥民工联队技术骨干技能培训班在鄂尔多斯市高原娱乐厅隆重开学。总裁丁新民，集团党委副书记李颖梅，副总经理丁鼎、武新民、李旭光和集团工会主席康继武参加开班典礼。开班典礼隆重热烈的气氛与正规院校的开学典礼相差无几。

为期10天的培训班请来了内蒙古建筑职业技术学院、内蒙古技师培训学院等院校的讲师和教授给学员们授课。

这次培训的科目是电工类、混凝土类、机械类、试验类、路桥施工类，参加培训的民工有275人。

他们刚刚从工地上下来，换上新衣服就高高兴兴地来了，有些年轻民工还穿上西服，系上领带，像一个大学生一样坐到教室里了。

是的，他们渴求知识，他们在工作中遇到难题，遇到困难时就知道自己缺什么了。

他们之中有不少人是少年辍学者，今天却又回到了课堂上。

他们是知识饥渴的青年，今天要在这里求知。

他们是知识匮乏的中年人,今天要在这里补充知识和技术。

有一位清瘦的青年民工,他打开一个硬壳笔记本,在第一页上写下"2005年11月4日",然后规规矩矩地用更大的3个字写上自己的名字,下面用楷体写了"好好学习,天天向上"8个字。他歪着脑袋欣赏了一会儿,又添上一句:"学习,学习,再学习!"轻轻合上笔记本,一脸幸福地笑了。

一位高个子的青年,说的是甘肃的方言,他从书包里掏出一个笔记本,"啪嗒"一声,一封未寄出的信从笔记本里掉在桌子上。这是他花了半宿时间写给未婚妻的信。就在一个星期前,未婚妻打来电话说,叫他一收工就回去,准备在元旦结婚。小伙子只好花半宿时间,说明这里技术培训的情况,又写了许多甜言蜜语……他把这封信小心地放进书包里,看到老师已经站到讲台上,掏出了钢笔……

坐在角落的是一位面色白皙的青年,他看到老师要讲课,悄悄从西服的内兜里掏出眼镜戴上。小伙子是联队的电工,视力有些弱,早就想配一副眼镜,可是在工地上戴上眼镜文质彬彬的样子招人笑话,所以一直到昨天才去眼镜店配了一副眼镜,为的是好好参加培训,认认真真地做好课堂笔记。刚才在娱乐厅门前一帮工友们看见他戴了一副眼镜,就一顿嘲弄:"哟,这是哪个大学的教授,给咱讲课来啦……"青年急忙把眼镜取下来,装进口袋里了,这时他左右一看,刚才跟他开玩笑的工友们个个都聚精会神地听老师讲课,他悄悄地把眼镜戴上了……

为了让参加培训的民工们安心学习,集团公司统一安排了他们的食宿,一部分学员住在泰达驾校,一部分学员住在旭昌酒店,就餐全部安排在驾校,吃的住的费用一律由集团公司拨付。对家住在东胜的50多名学员,不安排住宿,每天发给12元的餐费补贴。10天的培训结束后,275名学员全部拿到相应专业的资格证书。

鄂尔多斯市劳动局局长告诉我们:"像东方路桥这样大规模、有计划地对民工进行业务技能培训,在鄂尔多斯市是第一家,在自治区内亦属罕见。"

人才是"第一资源"。东方路桥的创建者们认为,坚持人才是"第一资源"比跑工程项目,筹措工程资金还要重要。物质资源的开发利用是经济社会发展的基础，而人类智慧和能力的开发则决定着物质资源开发的深度和广度。只有人才资源得到有效开发，各方面人才不断涌现，经济社会发展才能充满生机和活力。而对民工进行形式多样的培训，是获得"第一资源"的好办法。

2003年冬，东方工区将员工分成两个班次进行为期15天的岗位业务和养护知识方面的培训，类似这样的培训他们每年都是在冬季工作不忙的时候进行的。

2004年11月，集团公司对来自35个联队的48名民工试验员进行集中培训，采取集中授课、现场实践相结合的形式，从课堂上走进集团中心试验室，通过对压力机、水泥搅沙搅拌机、水泥净浆搅拌机等试验机具的实践操作，掌握了新的技术。培训结束后，进行严格的闭卷考试，及格率达到百分之百。

2005年11月至2006年3月，东普公司组织民工联队的技术骨干分期分批进行培训，请来内蒙古大学职业技术学院的老师们，给学员讲授企业文化、管理制度、安全生产、工程质量检测与竣工验收、桥梁施工、路基路面施工、工程造价、计划及合同管理、施工测量放样、施工试验检测等，上了94课时，使参加培训的人基本掌握了工程施工技术。

2006年12月，由东方路桥民工建设办公室、综合办公室、内蒙古工商联合会、内蒙古劳动厅培训中心为东方路桥的民工们进行了一次较大规模的岗位技能培训。组织者请来几所高校的教师，为41支绿卡联队的负责人和主要管理人员讲授桥梁施工管理、电工、电焊工、钢筋工、混凝土工程课。学员们全部获得由内蒙古劳动厅颁发的本专业岗位技能证书。

2007年6月，东方路桥组织300多名骨干民工，参加自治区建筑设计院在鄂尔多斯地区进行的劳务工技能培训，并参加了上岗资格考试。

在采访中，我们看到了一则这样的报道：联队长王德平为了贯彻落实丁新民培训民工技术的要求，在冬闲时间，自己拿钱培训工人，让工人学习技术。

几年来，东方路桥还举办了企业文化培训班、法律知识培训班、民工联队党支部书记专题培训班。为了让民工掌握更多的技能，提高民工在当今社会中的竞争能力，东方路桥还曾经举办过新闻摄影和写作培训班。这样的举措在别的民营企业中也是少见的。

丁新民听了这个消息后非常高兴。他在一次会议上表扬说："王德平来东方路桥短短几年,队伍不断扩大,工程量逐年提高,一年上一个台阶。为什么?就是抓队伍建设,努力提高民工的技术技能,提高队伍的整体素质。王德平联队能够独立完成几座大型桥梁的施工任务,凭什么?凭的就是一支有高超技术的队伍,凭的就是联队的整体素质和力量。"

2006年7月,内蒙古党委宣传部邀请中央党校教授吴忠民、清华大学教授邹广文以及自治区、鄂尔多斯市部分理论工作者在东方路桥集团举行"创建中国特色社会主义新型企业"理论研讨会。在会上有教授讲:"东方路桥培养了一支技术过硬的民工联队,所以,他们就非常自信地提出'东方路桥的词典里没有合格工程,只有优良工程'的口号。东方路桥带出一支素质很高的员工队伍,他们的施工高标准、精细化、零缺点。"

教授还没有讲完,只见丁新民站了起来,面对讲话的教授欠了欠身子,憨厚地一笑,说:"我们民营企业没有务虚浮夸的资本,只有诚信经营一条路可走啊。"

不久前,我们在呼和浩特市蒙古风情园共进早餐。丁总正好和我们几位作家坐在一起,刚刚把餐盘端到桌子上,手机铃声便响起来。我们坐在旁边大致也能听得见他是和天津音乐学院商量培训风情园艺术团演员的事。这个电话很长,我们几个人都吃完了,丁总才收线。他边吃边介绍:"今年4月,东方路桥邀请来自北京、天津、青岛等地的400多名老兵团战友,在风情园组织了一场《兵团放歌》演唱会。应邀到来的一位战友是天津音乐学院的院长,我以老战友的身份,请求他帮助培训风情园艺术团的青年演员。"

蒙古风情园的艺术团于2006年3月正式成立,他们已经进行过许多场次的演出,一些来自北京和区内外的领导人看过他们的演出后,都给予很高的评价。2008年3月,艺术团赴马来西亚,参加中马建交33周年暨中马经贸总商会柔佛州分会成立6周年演出。

有人问丁新民:"现在的艺术团队,跳槽的人很多,演员一出名,就很容易被别人挖走。你就不怕培养出来的演员飞走吗?"

丁新民一笑,说:"不怕,他走到哪儿,还不得说是东方路桥培养了他吗？"

他又说："我在东方路桥初创时就讲过，谁在东方路桥干，我们就培养谁，给他创造条件，让他成长进步；谁想离开东方路桥，我们都高高兴兴地让他走。他离开这里，说明他找到一个更好更有发展的空间，为什么要拦住人家呢？人才嘛，在哪儿发展得好、发展得快，就让人家到哪儿去发展，他在什么地方都是在为我们这个民族、为咱的国家做贡献。"

这就是一个现代企业家的胸怀，这就是一个蒙古人的博大胸襟。

这使我想起卡耐基创业初期的经历。卡耐基早年非常贫穷，他从英格兰来到美国，在纽约、华盛顿掏过地下水道，挖过电缆沟。当然，这个有着极高智商的青年人不会甘心长期干这种苦力活，最终成为美国钢铁制造大王。后来在他手下工作的员工有三四十人变成了百万富翁。

当年，一位记者问卡耐基："您怎么会雇用43个百万富翁为你工作呢？"

答："您应该记得，他们刚开始为我工作的时候，并不是百万富翁。他们成为百万富翁，那是为我工作的结果。"

记者问："那么，您又是如何把这些人培养得对您如此有价值，以至于您自愿付给他们百万元的巨额报酬呢？"

答："培养人才和挖掘金矿的道理是完全一样的，开采金子的时候，每获得一盎司的金子，都要先去除几吨的矿渣和废石。人们进入矿区，并非为了寻找矿渣，而是为了寻找金子。培养人才是为了寻找他们的优点……"

这个故事告诉我们，怎样去发现人才和培养人才。其实，人人都是人才，只不过是你没有发现，或发现了却没去培养罢了。

丁新民有一个新观点——人人都是人才，赛马不相马。他说："你能够翻多大跟头，我就给你搭多大舞台。"

东方路桥创建即将10年，它在鄂尔多斯搭起比高原还要广阔的大舞台，它让近万名农民工在这个舞台上大显身手，使他们成为有技术、有理想、有抱负的产业工人，成为小老板、大老板。

心有多大，天地就有多大！

黄河验证了东方筑路人

丁新民把东方路桥的民工队伍锤炼得已经过硬了,就在他踌躇满志的时候,一个考验东方路桥民工队伍的艰苦战役开始了。2004年夏天,东方路桥要修建黄河大桥,当年在村里抡锄头握镰刀的农民工,现在要修建黄河大桥了,这支农民工队伍过硬不过硬,几年来的培训究竟效果如何?现在要真刀实枪地干了,即使那些很了解东方路桥民工队伍的人们也为丁新民捏一把汗。

建设黄河大桥,实现东方路桥人的一个梦想。

建造黄河大桥,让东方路桥名扬四海。丁新民又锁定一个新的目标,他想让从来没有建造过大型桥梁的民工去做一次成功的尝试。

丁新民此时的心境,和柯受良飞跃黄河壶口瀑布前一样激动。

黄河在内蒙古境内的800多公里的河段上,有7座跨河大桥,遗憾的是这7座大桥中没有一座是由内蒙古人建造的,由此有人断言"内蒙古人造不了跨江河大桥"。当年丁新民听了这话脸一红,作为一个路桥建筑人,他的心情是沉重的。从来在压力面前不弯腰、在困难面前不低头的丁新民暗下决心,一定要在黄河上架一座大桥,告诉那些武断的预言家们:内蒙古人不仅能造跨江河的大桥,而且要造长度宽度都是最大的内蒙古第一座黄河大桥。

黄河,我们的母亲河。

她从巴彦喀拉山北麓的冰峰雪山上走来,用甘甜的乳汁滋润过河套平原,然后一个婀娜的舞姿,舞出一个"几"字,伸出玉臂环抱住神秘的鄂尔多斯高原。母亲河对大地的爱是无私而公正的,在她将"塞上米粮川"的河套平原一次又一次地用黄绿色交替幻化的时候,悄悄地在鄂尔多斯高原的地下蕴蓄了一个黑色的金山和一个蓝色的希望。于是在20世纪的后半叶和21世纪初的伊克昭迅速崛起,滚滚的黑色煤炭运向四面八方,源源不断的蓝色之气流进一座座城市和乡村。在伊克昭崛起的时候,一个又一个新型企业也应运而生,无论这些企业是国有的还是民营的,都在建设有中国特色社会主义进程中发挥着各自的作用。

丁新民说："什么叫奇迹，别人不敢做的事，你去做了，别人认为你做不成的事，你做成了，你就创造了一个奇迹。德国有一个叫席勒的哲人，他说'胆小的人成功比率很小'，这话我很赞同。我们常说鼠目寸光，要我看老鼠的目光看不远，首先是它没有胆气。胆小如鼠也是个成语吧，像老鼠一样胆小，也就像老鼠一样不会有远大的目光。"

东方路桥集团大胆承建海生卜浪黄河大桥，很多人根本就不相信，丁新民的"锹头队"能造一座横跨一两公里的黄河大桥？

在人们的担忧和疑虑中，海生卜浪黄河大桥于2004年8月16日正式开工了。在隆重的奠基仪式上，鄂尔多斯市副市长张贵致辞说："构筑立体交通，发展大运输，对呼和浩特市、包头市、鄂尔多斯市金三角经济建设必将带来极大的影响，希望承建单位克服困难，严格管理，提高技术，把海生卜浪黄河大桥建成一流工程、精品工程、样板工程，以良好的业绩和信誉，在鄂尔多斯市树立东方路桥的企业形象。"

东方路桥集团以BOT模式承建的省道103线，是呼和浩特至准格尔旗城壕的一条高速路，是自治区"三横九纵十二出口"公路规划网主干中的重要一段。而海生卜浪黄河大桥建设则是这一路段上最关键的工程。这个总投资3.5亿元的大桥，全长1778米，两岸引桥1546米，桥基宽度24.5米。计划于2006年10月建成开通。

2004年春，春风刚刚吹绿黄河两岸的时候，海生卜浪黄河大桥前期工程开工了。承建单位第三工程公司进驻托克托县的蒲滩拐村，施工工地上插满彩旗，一面面彩旗上写着"东方路桥"、"让无产者变为有产者"的字样，在春风中招展飞扬。丁新民总裁来看望民工们，他鼓励大家："别人不敢干，我们干，我就不信干不成……黄河大桥我们自己干，不仅是一次挑战，更重要的是锻炼我们队伍的一次机会，我相信在大家的共同努力下，一定能拿下这项工程。"

在这里，不必赘述东方路桥的民工联队是怎样冒风雪、战严寒，日日夜夜奋战，也不必说他们是怎样克服重重困难，如何攻克一道道技术难关的。我们要告诉读者的是一种结果，几年前刚刚放下锄镰的农民，经过短短几年的锻炼，如今成为东方路桥这个社会主义新型企业的主人。参加海生卜浪黄河大桥建设的 1500 名农民工，苦战 540 天，建造了黄河在内蒙古境内的特大桥梁，而今他们以建设者的身份，自豪地向世人宣告：内蒙古人完全可以独立自主地建造跨江河大桥。

2006 年 10 月 22 日，海生卜浪黄河大桥胜利合龙了。鼓乐喧天，爆竹阵阵，彩旗猎猎。朵朵礼花在空中绽放，映红了天，映红了河水，在人们幸福的泪眼中，竟分辨不清那朵朵礼花是绽开在天上，还是在河水中。胜利者的歌声如洪，欢声如潮，他们的脸庞比彩旗还要鲜艳。

几百年，几千年了，一道黄水隔南北，两岸欢声笑相闻，可两岸的人坐到一起饮一杯茶，喝一口酒，却要绕道几百里。今天一架大桥通南北，两岸人相拥相抱在河上了。在新建的大桥上，小伙子们高兴地跳啊跳，姑娘们幸福地舞啊舞。在大桥下黄河水在静静地流。母亲河啊，你淙淙流淌了几千年，讲述过无数个催人泪下的故事，可是你讲述过 21 世纪一群黄土地上的农民工筑造大桥的故事吗？没有。因为这是一个世纪的奇迹，从前这只是一个梦。东方路桥人梦想成真，创造了一个惊天的奇迹。这是由一个叫丁新民的蒙古族企业家创造的奇迹。滚滚东去的黄河水啊，请你把今天的故事讲给大地听，讲给大海听，并且请你记住，还要讲给我们的子孙后代听，讲给未来听。

与民工们同样感到自豪和欣慰的是集团总裁丁新民，他圆了在黄河上架设最大桥梁的梦。一个又一个民工联队锻炼成长起来了，今后可以承担重任了。他感到欣慰，后来他在多种场合都讲：

"更准确地说，海生卜浪黄河大桥是由农民工建造起来的。他们用行动打破了'内蒙古人造不了跨江河大桥'的武断预言，农民工了不起啊！"

"九万里风鹏正举，风休住，篷舟吹取三山去。"海生卜浪黄河大桥是一个标志性工程，东方路桥的民工联队完成的这个"百年精品"，标志着他们在集团公司六七年的帮助扶持下已经成长起来了，他们的技术水平、机械化施工、科学规范的管理能力已经达到独立承揽高难度路桥工程的能力，标志着他们由创业阶段步入更加迅速发展的阶段。

海生卜浪大桥施工的时候，内蒙古交通厅厅长郝继业带领几个路桥工程公司的老总前来视察工作。看着热火朝天的工地，有位老总对丁新民和他的民工队伍还持怀疑态度，他说：

"老丁啊，你可得抓紧，别我们那边已经完工，你这里大桥还建不完，影响全线通车。"

丁新民早已成竹在胸："你放心，我们这边肯定按时完工，就怕你们那边不能通车。"

当时在场的很多人都记得这两位老总的对话，不幸的是丁新民的话真的言中了，东方路桥承建的呼和浩特至准格尔旗的高速公路已经通车，而对方施工的那段路迟迟未能开通。

流淌了几千年的黄河，有太多太多的记忆了。2006年10月22日0时，她在内蒙古的一个叫海生卜浪的地方又有了一段新的记忆，这是一个非常特殊的记忆——1500名农民工，仅仅用了540天，用自己的智慧和劳动，用自己的心血和汗水，创造了一个神话，这是一个将会千古传扬的神话。

大桥通车剪彩那天，有一个甘肃籍的民工站在大桥中间，他看着桥下滚滚而去的黄河水，激动得哭了。他只有小学文化，连初中都没有读过，他已经到东方路桥打工3年了。他参加了海生卜浪黄河大桥施工，在河中心那两个桥墩上洒下过滴滴汗水。如今大桥通车了，他想让黄河永远记住自己的名字，偷偷在大桥上写下了自己的名字："胡三马"。

后来人们检查黄河大桥，发现胡三马在大桥上乱写字，想把这三个字涂掉，胡三马坚决不干，他还和人们吵架，非要保留。消息传到了丁新民那儿，丁新民深有感触："这个胡三马我认识，家里很穷，没念过几天书，他想把名字写在大桥上，是在表达一种激动的心情，别给他动了，就让它完整保留吧。"

大桥完工了，写在大桥上的虽然只有"胡三马"一个人的名字，但是在丁新民的心里，却有一本厚厚的民工花名册，他永远不会忘记参加修筑海生卜浪黄河大桥的民工们。

民工弟兄啊，黄河不会忘记你们，丁新民更不会忘记你们。

企业文化就是企业人化

著名作家肖亦农说过一句这样的话:"老丁领着一帮穷光蛋,修桥筑路玩儿命干。"这句话虽然玩笑的成分很重,却概括了丁新民和东方路桥当初的状况。农民工不仅没有钱,而且缺少文化。在东方路桥,如何提升企业文化是丁新民难以回避的课题。

著名企业家严介和说过:"一流企业做文化,二流企业做品牌,三流企业做产品。"

东方路桥要争当一流企业,丁新民自然要做好东方路桥的企业文化。

有一部电影叫《离开雷锋的日子》,大家可能都看过。说的是雷锋的战友转业到地方开大车,一次在跑运输时,路遇一位被一辆小车撞伤躺在路边上的老人,雷锋的战友停下车救起老人,并好心地将老人送进医院。这期间老人还一直向救命之人千恩万谢的。可是后来老人在一群儿女们的威逼教唆下,沉默了,不肯承认事实了。因而,那位雷锋的战友受尽不平和种种委屈……

今天,社会上确有一些只向"钱"看的人,如果我告诉人们:我刚才在大街上看到一个小伙子给一个要饭的老太太50元钱,人们都会惊异,都觉得那个小伙子是傻瓜,或者那个小伙子就是老太婆的不孝之子。但我要告诉人们:老太婆要来的50元钱被一个小伙子抢去了,反而谁都觉得这是个平常事。

这是一种社会心理变异。

东方路桥发展了,民工们富了,丁新民自己接触的钱多了,他心里越来越明白,把一个问题解决之后,新的问题还会出现,人的一生就是不断解决问题的过程。东方路桥发展到今天,新的问题是什么?那就是企业文化。丁新民清楚,民工们没有文化,缺少文化,他们对于文化的渴求有时会比对金钱的渴求更强烈。

今天要打造东方路桥的企业文化,丁新民想。

就在我们笔触逐渐深入东方路桥,深入丁新民总裁内心深处时,我们发现关于读者会不会相信的担忧是多余的。因为谁都会从我们的介绍中看出丁新民是个坦诚直率的蒙古人。他不会弄虚作假,更不会作秀,他决定的每一件事,他做的每一件事背后都闪耀着一种理念,一种思想,一种立场。这些思想和理论运用到企业管理上,就变成一种办企宗旨,变成一种企业文化。

什么是企业文化?

企业文化,就是企业"人文化"。

企业文化理念,就是企业如何对待自己、如何对待别人(客户、合作者,甚至是竞争对手)、如何对待自然环境。一句话,就是以人为本的思想理念。

1998年12月,东方路桥的前身东信公司一成立,丁新民就提出"以人为本,共同富裕"的办企宗旨。社会主义重人本,资本主义重资本,这是社会主义和资本主义最本质的区别。

一切为了人,为了一切人,为了人的一切,是人本理念的核心和基础,办社会主义新型企业就是一切为了人,为了满足所有人的物质需求和精神需求。

有了这样的理念,也就有了丁新民无偿为民工提供活动板房、被褥、伙食补贴的具体行动,也就有了丁新民制定的"定额管理"制度,股份制改革举措。这些为的是让东方路桥的农民工兄弟尽快地富裕起来,能让他们盖得起新房,买得起楼房,买得起汽车。

2002年10月,在东方路桥读书会上,丁新民明确提出:"让无产者变为有产者。"

马克思和恩格斯在100年前写的《共产党宣言》里,号召"全世界无产者联合起来"。联合起来干什么?推翻旧制度,建立新制度。建立新制度干什么?解放生产力,发展生产力,消灭剥削,消除两极分化,最终实现共同富裕。

"让无产者变为有产者",怎么变?丁新民苦苦求索,他提出的"东方金字塔"理论,他提出的"一把手工程"管理模式,他提出的绿卡联队评选办法等,其目的就是为了让在东方路桥干活的民工们尽快成为有产者。

2007年3月24日,丁新民总裁在工作会上讲道:"我最近读了一些书,并和一些同志进行探讨,更坚定了我的这样一个信念,那就是,一个真理光从口头上讲,光凭说服教育是远远不够的,必须使正确的理论法律化、制度化、体制化,从而成为人人遵守的准则和社会习惯。宋朝的著名改革家王安石说过一句话：立善法于天下，则天下治；立善法于一国，则一国治。北欧一些国家为什么几百年来社会安定，经济繁荣呢？关键一点是靠完善的法律和制度。这是一条普遍的规律。我认为，既然我们的'人本重于资本'分配理念是一个创新性的理念，我们就要用它来创新我们的分配制度。"

东方路桥提出"人本重于资本"的分配机制，推行有一年多时间了，这种分配的特点是把重点放在二次分配上，即奖金分配。而一次分配即月工资分配数额较少，随着社会的发展和物价变动调节分配方案。他们通过这种分配机制，努力提升员工、民工的收入水平，让大家共享企业发展成果，逐步缩小分配差距，构建"两头小，中间大"的分配格局。在分配的大框架里明显增加"人本"，即劳动力资本的分配比例。三次分配则是按照工资级别原则进行福利分配，最后才是股份分红。

在东方路桥"构建和谐社会，和谐企业"，不是口号，而是有根有据的理论和政策，是具体的行动。

以企业文化为背景出台的一项政策，一种措施，必须有广泛的群众基础，要让广大员工接受，要让广大员工受益。这是创建社会主义新型现代企业的一个标志。如果企业制定的政策脱离了企业文化，没有稳定的群众基础，那么企业就会把企业文化当作一种幌子，一种摆设，一种可有可无的形式了。这就像清华大学哲学系教授邹广文讲的那样："一些企业领导人把文化看成是一种形象工程，好像老板有了钱就要做些形象工程，做点精神的文化工程。这种文化在员工们的心中是什么样的呢？老板天天喊在嘴上，厂办主任领人贴在墙上，风一吹掉在地上。这种企业文化能够走进企业员工的心里吗？走不进员工心里的文化，还叫作企业文化吗？"

这是邹广文教授在东方路桥调研时讲的话。他在东方路桥调研之后，在创建中国特色社会主义新型企业的研讨会上又说："一个企业的文化是否形成，一看员工们对企业有没有像家一样的归属感，二看对本职岗位有没有一种自豪感，三看对总裁的价值观有没有一致的认同感。用这3把金尺子来衡量东方路桥的企业文化，我看把把都是满尺寸。你们看，东方路桥的企业文化完全是在企业日常管理实践中提炼出来的，这一点就是从群众中来，再到群众中去。特别是这里的高层领导,在这方面有一个共识,注重企业文化的实践性和实效性。这对我很有启发,觉得确实具有典型的示范意义。"

在东方路桥,我们听到最多的是"人本重于资本"这个词,我们常常讨论。

在呼和浩特写作的一天早晨,我们在美丽的蒙古风情园里,围绕着雄伟的成吉思汗纪念堂,走了一圈又一圈,话题依然是那个"人本与资本"。一直到吃早餐,都没离开那个话题。

坐在我们邻桌上陪同兵团战友的丁新民听到了我们的讨论,也端着托盘走过来了。于是我们就听他讲。

丁新民说:"马克思发现的剩余价值规律,必然要在市场经济运行中发挥作用,这就出现了剩余价值的分配问题。资本所有者,这里我说的还包括权力资本,他们总是想更多地占有劳动者创造的剩余价值。就是我们常说的经济效益最大化和股东利益最大化。而对劳动力资本呢,要么是不承认,要么是在分配时得不到合理的回报,财富分配背离劳动价值规律。这样一来社会问题就出现了,一是导致严重的经济障碍,二是导致社会动荡。这个问题马克思早在《资本论》里就告诫过我们:'资本家盲目地追逐剩余价值,就像狼一般地贪求剩余价值,他们越是追逐越加快他们的腐朽没落和死亡。'马克思的这个教导,我不知道现在还有多少共产党人能记在心上呢?他却警醒了那些资本家,他们从《资本论》里认识到资本与人本关系的规律,并且千方百计地处理好这两者之间的关系。又走过了100多年,他们不仅没有腐朽没落,反而更有生机。IBM公司,1914年成立,他们现在有40万员工,年营业额超过500亿,他们的百年梦想马上就要实现了。这个公司从1954年开始,由创始人托马斯·沃森的小儿子小沃森接手经营后,把'尊重员工,尊重顾客,追求优异'的理念作为公司的哲学。小沃森说:公司最主要的资产不是金钱或其他东西,而是我们的员工和顾客,IBM公司从成立到今天,公司没有让一个人失业。

"我在2003年参观了江阴法尔胜集团,这是一个从拧麻绳开始发展起来的企业,他们坚持以人为本,注重调动人的积极因素,注重培养人才,技术不断升级,如今成为生产长江特大桥钢缆和人造卫星线缆的企业。他们有一个口号叫'欲塑名牌企业,必塑名牌员工'……"

不知谁说了一句:"这两个企业家在经营上真有眼光啊!"

丁新民摆了摆手,说:"不只是眼光呀,更重要的是他们有追求、有思想啊!"他敲了敲自己的脑袋,"东西都在这里边呢。"

丁新民是条河流。在平静的表面下,潜含着波涛和激流。我们只要在这条河流的岸边走一走,便能感觉出他执着的力量,他奔腾的涛声和水流是不可阻挡的。这样我们就理解了东方路桥2005年的工作会议为什么在庐山、井冈山召开,我们理解2005年12月,他叫集团团委组织"党在我心中"红色之旅,理解他派出员工到共和国的摇篮——红都瑞金——参加学习的意义。

一位共青团干部参观重庆的渣滓洞、白公馆,看到沾满斑斑血迹的竹签、狰狞的老虎凳、沉重的手铐脚镣和烙焦革命者血肉的烙铁,她扪心自问:"如果我身在那个战火纷飞的年代,如果我不幸被捕,如果受刑的不是江姐,而是我,我会怎么样呢?我能够做到保守党的秘密吗?我能像那些宁愿牺牲自己也绝不向反动派吐半个字的先烈那样宁死不屈吗?"

这位共青团干部后来在向党组织写思想汇报时,写道:"参观白公馆、渣滓洞,身临其境,感同身受,那感动人心、前仆后继的力量之源来自于信念。理想、信念对一个人极其重要。从生命的意义上说,人活一口气;从价值的意义上说,人活一种理想,一种信仰。"

在东方路桥报社工作的米文成,参观了红都瑞金中华临时苏维埃政府的大礼堂,他看到被木板隔成一个又一个小间的办公室,每一个办公室竟然是当时中央政府的一个部委,小米脑海里立刻闪现出"胸怀天下"4个字来,共产党真是胸有大志,目光远大呀。

稍有点历史知识的人都知道,驰骋天下的皇太极几次打到京城边上,可就是不敢贸然进京坐天下,一直准备了10年才敢进京。他们等的是什么呢?他们等的就是人才。他们有打天下的无数勇将,而缺乏的是治国安邦的人才。高瞻远瞩的共产党人却不一样,他们赶跑了老蒋就迅速建立起新政权。人才济济的人民政府,将百废待兴的中国快速地发展振兴起来了。

丁新民心里明白,他培养什么样的人,决定着企业将来走什么路,建设怎样的企业文化,决定着企业未来发展的方向。

东方路桥的企业文化搞得非常好,每年举办一次文艺会演,每年举办一次运动会。运动会已经举办7次了,在东方路桥这里,每项比赛项目都有自己的记录。

在东方路桥工作的人员,也就是来自全国四面八方的民工们工作得非常舒心愉快。丁新民就是想要营造这样的气氛。

丁新民还牢牢地记着,他的企业是党的企业。他们必须坚定不移地跟着共产党走具有中国特色的社会主义新型企业之路。

一切都是为了明天。

历史尘埃总是把物质的东西无情地掩埋,而人类的先进思想和文化则将光耀千秋。东方路桥人在努力创造物质世界的同时,也在努力创造精神世界。他们不断地传承、创造优秀的企业文化,就是为百年东方、为企业的长寿永存,不停地注入精神的血液。由此就有人预言:东方路桥将为后人,将为历史留下的不是道路与桥梁。因为再坚实的路桥也会渐渐变旧、渐渐消失,可是"以人为本,共同富裕"的办企宗旨,"让无产者变为有产者"的思想,"中间大,两头小"的橄榄形分配制度,以及以党建为中心构筑的企业文化,是东方路桥的"精神财富",它将生生不息,永放光芒。

丁新民的心胸有多么大

2005年11月30日至12月2日,东方路桥集团召开第二次民工联队代表大会。

第一次民工联队代表大会召开的地点在东杨管理工区,而这一次代表大会则是在天骄大酒店灯火辉煌的会议厅里召开的。

第一次民工联队代表大会,被邀请的民工联队代表只有73人,而这一次则邀请了69支民工联队的140名联队负责人出席大会。

第一次民工联队代表大会上,出席会议的都是东方路桥集团领导人,而在这次代表大会上,前来出席闭幕式的就有自治区党委常委、时任宣传部部长的莫建成,时任内蒙古自治区人大常委会副主任的张国民、自治区党委宣传部副部长阿龙，自治区劳动和社会保障厅副厅长昝振英，自治区工商联总商会副会长郝智浓，新华社内蒙古分社副社长谭俊林，鄂尔多斯市委副书记杜梓，鄂尔多斯市委宣传部部长王学丰，鄂尔多斯市东胜区区长赵文亮等20多位领导。

这么多领导前来出席会议，他们带来的是党和政府对民工兄弟们的关怀与温暖，对民工弟兄们的一系列方针政策，对民工弟兄们的无限期望和劳动致富奔小康的衷心祝愿。

莫建成说："我们都清楚地看到，东方路桥这几年发展速度很快，在短短的7年时间里产值上了10亿，今后的发展我看更好，明年后年你们要建黄河跨河大桥，还要修呼包通向陕甘宁的几条重要的大通道。让134支民工联队的上万名筑路大军建功立业，让他们一可为西部建设做贡献，二可为企业增加产值30亿元，三可为他们自己创造幸福生活。东方路桥在整个发展过程中，承担了我们有关地方政府的急难险重工作……这个典型是完全立得住的，我们愿意把这个典型推向全国。"

莫建成讲话之后，时任内蒙古自治区人大常委会副主任的张国民也做了重要讲话。

在这次民工联队代表大会上又传出一个惊人的喜讯：东方路桥集团要用400万元重奖农民工。奖品是10辆汽车和10辆摩托车。

我们不敢说这是个震惊神州的消息，至少北中国被震动了。

这是东方路桥第二次民工联队代表大会的最后一项议程，当10位精神抖擞的民工联队长和10位意气风发的农民工，从自治区领导莫建成、张国民和东方路桥总裁丁新民等领导手中接过车钥匙时，企业主人的自豪感和幸福感便洋溢在他们黑里透红的脸膛上。

"十佳民工联队长"，每人重奖一辆圣达菲小轿车；"十佳民工"每人重奖一辆本田125型摩托车。我们已经熟悉的白进勤、张金保、杭青山的名字被列在"十佳民工联队长"名单里，张保成、张宏飞、李勇等10人被列入"十佳民工"光荣榜。有两张照片记录了这激动人心的时刻：第一张是获"十佳民工联队长"的10位农民工个个穿西服，披绶带，胸前戴着大红花，站在10辆同样是披红挂绿的圣达菲轿车前；另一张是获"十佳民工"的10位农民工，也是身披绶带，胸前戴着大红花，站在彩绸飘动的本田摩托车前。

隆重的颁奖仪式成了这个冬日的一道风景，天骄大酒店门前广场上挤满了惊喜的人群，天骄大酒店门前的道路上也站满了惊喜的行人。

惊喜的人们在议论："看人家，明年咱也好好干哇，弄不上汽车，弄辆摩托车骑骑哇。"

惊异的人们在议论："10辆轿车、10辆摩托车当奖品发给民工，东方路桥真大方啊！"

2005年12月3日，《内蒙古日报》头版头条刊登了题为《东方路桥集团400万元重奖农民工》的消息，并配发了《让农民工成为企业真正主人》的评论员文章，同时发表了《企业与民工共赢共荣——访鄂尔多斯东方路桥集团总裁、党委书记丁新民》的独家专访。12月15日的《人民日报》在突出位置报道了东方路桥400万重奖民工的消息，被多家报纸转载。这个让中国千百万个农民工和他们的亲人为之感动和鼓舞的消息，被很多省台和地方台播报后，在全国产生极大震动。这是2006年即将到来的春的讯息，一个给千百万农民工希望的信息，一个春暖大地的信息。

写到这里，我们不仅为获重奖的农民工高兴而泪眼模糊，仿佛也看见那些走在追讨工钱路上饥饿焦渴的身影，看见那些无奈无助而跑到政府门前哭诉的眼睛，看见那个爬到高高水塔上战栗的可怜兄弟……我们多么希望，今天鄂尔多斯春天的这个消息，被高原上强劲的风吹到那些遥远的地方，给那些农民工兄弟们送去一个甜美的梦啊！

2005年岁末到2006年的春天是东方路桥喜庆不断的日子，在这段时间里丁新民连续为民工做了3件大事，件件都是让人跌破眼镜的奇事，都是引起社会轰动的新事，都是给民工带来实惠的好事。

第一件是第二次民工代表大会在12月2日召开，会议重奖民工400万。

第二件事发生在2006年的1月6日，在呼和浩特的富山湾酒店。

第二天一大早，丁新民就要带领几天前受到表彰、受到重奖的"双十佳"民工登上飞机去东南亚考察了。自治区人民政府副主席郭子明以及党委宣传部副部长阿龙在这里为这些即将出国的远行者饯行。

这些打扮得漂漂亮亮的旅行者们，几年前还是打地铺，住工棚，饥一顿，饱一顿，穿破衣，着烂衫，成天被人喊过来骂过去的"可怜人"。就是这样一些"可怜人"，居然开上了属于自己的几十万元的小汽车，住上了上百万元的新楼房，置办了配套的各种各样的大机械。今天，他们竟然要坐上飞机，走出中国，去老外们住的地方游山玩水了！天哪！倒退五六年，盖上10床被子也梦不见这么好的梦，喝上3瓶白酒壮着胆子也不敢想这么好的事！这都是改革开放带来的，是丁新民帮助他们得到的！

这天晚上的饯行宴会，在场的所有人都进入了状态，能喝的、不能喝的，端的都是白酒，一喝就干，干了就满。所有人都要给丁新民敬酒，谁敬的酒丁新民都要干。胡承惠悄悄地提醒他："明天一早还要上飞机……"丁新民自有他的理论："人逢喜事精神爽，我逢喜事酒量长，今天喝不醉的！"

第三件事发生在半年之后，一个更大的喜讯像长了翅膀一样在东方路桥几十处工地的上万名民工当中流传：丁总要给民工建创业园了，地址就在铜川镇！一传十，十传百，所有的民工都知道了。

消息完全属实！

一个年轻民工不相信这个消息，特地到总公司来打探，恰恰和丁新民相遇了，他问："丁总，咱真的要盖小区，盖别墅吗？"

丁新民笑了，他拍拍小伙子的肩膀："真的，咱们盖小区，盖别墅，你就好好干吧。"

小伙子兴高采烈地转身就跑了。

建设"民工创业园"，丁新民已经谋划多时了。目的就是为东方路桥的骨干民工联队提供一个治企创业、安居乐业的地方，为他们从无产者走向有产者铺平道路，这是丁新民有爱心的又一体现。园址选在了东胜区的铜川镇，占地16万平方米，设计建筑面积7万平方米，园区分住宅、办公、广场三大块，民工联队的办公大楼为8层，民工的住宅分为多层住宅和单体别墅两个类型。整个工程分3期进行。一期工程将于2006年完工，届时将有99户居民首期入住。

"民工创业园"的开工奠基是在2005年6月11日上午举行的。时任内蒙古自治区党委副书记杨利民正在东方路桥调研，赶上了这件盛事。

这位20世纪60年代的老知青，现在虽身居高位，但仍然与基层老百姓有一种割舍不断的深情。在民工宿舍，他坐在双层铁床上与民工们谈心拉家常；在民工餐厅，他自己拿着饭勺盛菜，开了花的馒头吃起来是那么香甜，好像又回到了插队的乡下。

开座谈会的时候，杨利民书记动情地说："我们看一个企业贡献大小，不能单看它实现了多少利润，上缴了多少税金，还要看它吸纳了多少人就业，支付了多少工资。如果他只顾自己获利，不按税法缴纳税金，恶意拖欠民工的工资，这样的企业再多又有什么用？好处他都得了，责任都推给了政府，包袱都推向了社会，这样的企业家是损人利己的企业家，是伤天害理的企业家，是应该遭到谴责、遭到唾骂的企业家！

"去年春节前，自治区人民政府的大门完全被民工堵死了，外边的车进不去，里面的车出不来。我从乡下回来正好赶上，和朋山同志一起处理到晚上九点半。几百名民工啊，各个省的都有，辛辛苦苦干了一年，眼看要过年了，一分工钱也没拿到，人还找不着，他们只好来找政府。这事儿是谁干的，就是一个区里的建筑企业。最后，我们把这个区的区委书记找来，要求他连夜处理，必须让这几百名民工在第二天早上拿到工钱。

"同志们，现在社会上像这样的事还有很多，有的比这还恶劣。我们的民工弟兄很可怜哪！哪像你们，吃得这么好，住得这么舒适，公司老总免费给你们提供被褥，提供工衣，还给你们发伙食补贴，工资都能及时足额地发到手上，甚至送到门上。你们当中被评上先进的，还给那么重的奖励，还领上你们出国，又给你们盖这么大的创业园，你们享了大福了！

"如果全国的民营企业家都能像丁新民这样关爱民工，我们的社会就比现在和谐得多了，我们的民工兄弟就比现在好过得多了。你们的丁老总，是帮助民工兄弟勤劳致富的大德之人哪，是建设和谐社会的有功之臣哪！"

这段讲话多么感人啊！他对丁新民的肯定和评价是公正的，今天的社会太需要丁新民这样的企业老板了。

丁新民不克扣民工的工资，关心民工的伙食，关心民工的住处，为民工买被褥、买衣服，为民工买洗衣机、买活动板房，领民工在国内旅游、到国外游览,奖励民工汽车,现在又要为民工盖小区,盖别墅。丁新民,你是在办企业,还是在搞社会福利?丁新民,你的心胸到底有多么大?

第八章 一个最苦最累的"民工"

> 我为自己建立了一座非人工的纪念碑,
> 通往它那儿的路径上,青草不再生长。
> 啊,它高高昂起那颗不肯屈服的头颅,
> 耸立在沙皇亚历山大的纪念石柱之上。
>
> ——〔俄罗斯〕普希金《纪念碑》

在东方路桥的十来万民工中,有一个"民工"最苦最累。

他每天起得最早,睡得最晚。

他时而出现在金字塔的顶端,时而躺在金字塔的最底层。

他不是一名普通的民工,他又是一名普通得再普通不过的民工。

他拥有财富,他的财富又是大家的,他希望有更多的人来分享财富,来分享成功的喜悦。

这个人就是丁新民。

丁新民就是一名普通民工,这种感觉在逐步深入了解丁新民之后,就变得更强烈了。

丁新民出生于1950年8月。1968年冬天,19岁的丁新民初中刚毕业就去了生产建设兵团,被编入3师23团8连。他在兵团待了6年,脱过土坯,拉过羊粪车,种过地,种过菜,修过石灰窑……提起在兵团的岁月,丁新民要说的话太多了。给联队里种菜时,丁新民带领战士整个一冬一春都在淘厕所,刨大粪。粪渣沾满全身,有时还要溅到嘴里,他都不在乎,那个时代就是献身和充满激情的年代。由于母亲有病，1974年底，他离开兵团，回到了东胜。回城后他当过临时工，烧过锅炉。1975年秋天，他被安排在公路段，到最基层当了养路工。丁新民在这个最基层公路段待了23年。这么多年，他什么苦没吃过？正因为他吃过苦，所以当他创业的时候，才能迸发出那种超人的勇气和力量。民工算什么？有多少个日日夜夜，他过得还不如民工呢。

当我把这种感觉告诉他的时候，他笑了，说："你有这种感觉就对了，我就是一名普通的民工。"

肚里的酒　地上的泪

1997年12月中旬，是大民工丁新民最难忘记的日子。这天他从呼和浩特市返回东胜市，为了视察线路，特意绕路到杨家坡。

那时伊克昭盟（现在的鄂尔多斯市）的经济正在起飞阶段，而道路建设是伊克昭盟经济发展的瓶颈。杨家坡又是东杨路中的大瓶颈。身为伊克昭盟公路工程局局长兼党委书记的丁新民在东杨路上遭遇了塞车，不吃不喝，被困24小时。

他愤怒了，小轿车被困24小时，那拉几十吨煤炭的汽车怎么办？煤炭运输不畅，伊克昭盟的经济无法发展。而他身为公路工程局领导，不修路就是自己在打自己的脸！

他坐在车里，觉得周围的司机们的眼神中充满了复杂的情绪。快速修好东杨路，是伊克昭盟经济发展的迫切需要。

从盟所在地东胜到杨家坡，全长73公里，是一条建于20世纪80年代的二级公路。90年代以来，随着国家发展战略的变化，陕西的榆林地区、内蒙古的伊克昭盟，都把"资源转换"作为自己的发展战略。一时间，东杨路成了神木、府谷、伊克昭盟煤炭外运的"大通道"，成了这两个地区经济发展的"大动脉"。大吨位的拉煤车一辆接一辆行驶在路上，东杨路可就不堪重负了，很快成了一条遍体鳞伤的烂路，到处是大卡车压出来的深坑，最深处能容纳五六个人在里面打扑克。

最难走的"黑风口",一遇刮风天气,狂风卷着煤屑形成黑色的"巨龙"腾空而起,让人望而生畏。"黑风"过后,由于煤屑和沙尘的填埋,路面上的深坑变浅、浅坑填平,不知情的司机开车过来,大车断了车轴,小车掉进了"陷阱",三天两头堵车,一堵就是十几公里,有时竟能堵到20公里以外的西召。

"黑风口"成了司机眼里的"鬼见愁","大动脉"成了经济发展的"肠梗阻"。

按理说,东杨路的改造早就提到了盟行署和自治区交通厅的议事日程上,外地的一家公司与内蒙古的一个公司联手,要以BOT的方式干,还跟自治区人民政府正式签了合同。

起先,丁新民他们还打算从中接一个标段,给自己的筑路队伍找点活干,所以对这事特别上心。可是约定的开工期限早已经过了,还是没动静。有消息透露,那家外地公司本身没多少资金,基本上是"空手套白狼"。说是有什么"香港财团"搂后腰,哪有那回事!

眼看着时间一天天过去,作为伊克昭盟公路工程局局长的丁新民心急如焚,想干的事没法儿上手,浑身的劲儿使不出来,这是最让他受不了的。他为这件事多次去找盟里的领导,想拉起队伍自己干。从盟长到盟委书记都找遍了,这些领导们比他还急。因为这条路不开工,盟委提出的"把资源优势变为经济优势,实现伊克昭盟历史性跨越"的规划就无法落实,没有公路,资源优势几乎是零……

等待不是丁新民的性格,这是个创业的年代,是个时间就是金钱的年代,是个高度竞争的年代,任何一个有理想、有志气、有抱负的男人都不想在等待中消磨生命。在杨家坡塞车的那天,他对司机说:"再也不能痴女等汉子了,砸锅卖铁,咱也要把东杨路修起来。"

从东杨路上"逃"出来,他回到了东胜市,这已经是第二天的下午了。一进门,他就召开了局党委扩大会。议题只有一个:动员全局职工集资入股,依靠自己的力量,把东杨路改造工程拿下来。

丁新民的主张得到班子成员的一致赞同。党委决定立即组成3个工作班子,一个负责集资,一个负责拆迁,一个负责公关。

丁新民是个急性子，定下来的事说干就干。第二天一大早，公务员们还没上班，他就领着公关组守在了朝鲁副盟长的办公室门口。

"活人总不能让尿憋死！我们准备自己干。"

朝鲁副盟长支持丁新民，让他放手大胆地干。

在得到盟领导的支持之后，他又前往自治区交通厅，说服了交通厅领导，之后他马上返回东胜。

在筹备东杨路开工的日子里，丁新民就像一匹疯狂的野马，每天穿梭在东胜到呼和浩特市的路上，庆幸的是集资比较顺利。

那天的局党委会上，丁新民就说过："我们搞集资入股有两个目的，一个近期目的，一个长远目的。近期目的是给东杨路筹集工程款，解决燃眉之急；长远目的是组建一个股份制企业，让咱们公路工程局的职工也成为股东，成为有产者，在工资奖金之外还能有一块合理合法的红利收入，靠这些收入，让大家尽快富起来。"

他当时还特别强调："我说的富裕是全体职工共同富裕，可不是单指咱们班子这几个人，更不是我丁新民一个人富裕。这是咱们办企业的根本宗旨，从一开始就要按照这个宗旨规范操作。"

按局党委的决议，他们以5000元为一股，每个职工可以根据各自的财力随意入股，钱多的多入，钱少的少入，环节以上干部可以相对多入一些，但最多不能超过12万元。

1997年，在当时的伊克昭盟，公路工程局这样全靠那点死工资的事业单位，每个职工的积蓄都是极其有限的。存折上那点钱，都是他们的养老钱、救命钱。尽管如此，大家一听说是丁局长领着干，从环节干部到普通职工，包括他们的妻子、丈夫，没有一个不响应的。

凭着丁新民这些年在公路工程局的口碑，凭着老丁的人品、能力、魄力，把钱交给他，大家放心，跟着这样的人干，大家心里踏实。好多职工不但取光了折子上的所有存款，还找亲戚朋友四处借。动员会开过不到10天，入股资金就达到1800万元。这是丁新民没有想到的。他又从维信公司融资1000多万元，使自有资金达到3200万元。工商银行的贺福元行长果然信守承诺，在向自治区分行申请的同时，先按流动资金注入了2000万元。这样，丁新民他们就有了5000多万元的可用资金，初步具备了开工条件。

1997年12月19日，由丁新民任董事长的股份制公司宣告成立，决定以BOT模式建设经营东杨路。这是内蒙古有史以来以BOT模式搞公路建设的第一家股份制企业。

丁新民为自己创立的企业起了一个不显山、不露水、不媚俗、不落套的名字——东信。"东"，既有东方的韵味，也有东胜的含义；"信"，自然是诚信、守信，做人、做事、做企业，这都是第一位的。丁新民期待自己的企业能像东方喷薄欲出的朝阳一样，给人们带来光明，带来温暖，带来希望，带来幸福……

资金筹集到了，公司也成立了，然而自治区人民政府的批文还没有拿到手，丁新民已经等不及了。那时在工地上的任何一个民工都不像丁新民那样焦躁，那种心情用焦躁来形容已经显得太不恰当，太不准确，显得太苍白无力。可怕的是，工地已经开工，政府的批文还拿不到手。他心里明白："我这是把命押上了。"他心里当然更明白，没有政府的批文，他的集资和开工是非法的，这意味着什么样的后果，他把最坏的结果已经想清楚了。

1998年元旦刚过，东杨公路的征地工作就开始了。

当时，自治区人民政府的批文能不能拿下，谁心里也没底。南方的那家公司和自治区人民政府签的合同还没有废止。东信公司的人马一上路，那边就急了，很快散出风来，说东信公司是非法施工、非法集资。他们甚至还拱动自治区有关部门，煞有介事地下来调查东信公司的所谓"非法集资案"。

行署和交通厅的态度始终是明确的，赞成东信公司干，但出于各种原因手续就是办不下来，让丁新民一次次感觉到愤慨和无奈……

那段日子，各种谣言也出来了。有的说，那家公司的掌柜和某某某是铁哥们儿，丁新民想把人家挤走自己干，这不是鸡蛋碰碌碡，成心找死吗？有的说，东信公司的"非法集资"，上边已经立案了，这些天看不见丁新民了吧，他在北京让人家关起来了……这些话传到丁新民的朋友们的耳朵里，大家摸不清真假，就到处找丁新民。偏巧丁新民那几天在北京跑有关部门疏通关系，在人家的办公室里，他就把手机关了。这边的朋友们，去办公室找，没有；去家里找，没有；去工地上找，还没有；打手机，关机……人们急坏了！越是找不着，越觉得谣传的话是真的似的。这话还不敢跟老丁的爱人说。朋友们聚到一起，不知该怎么办？

胆小的就开始埋怨了："老丁也真是的，放着工程局的太平官不做，担这风险做甚？工程干成了，好处是大家的；工程干不成，惹下一堆当官儿的不说，花出去的前期费用找谁要去，丁新民怎么给那些股东们交代……"

其实，朋友们担心的也正是丁新民最焦虑的。

2005年采访时，丁新民对采访他的记者说："古时候，韩信打仗有过'背水一战'，为的是激励他的部下奋力相拼，死而后生。1998年上半年，我们也是'背水一战'。没有谁逼我们，是我自己把自己逼到那一步的。明知是一步险棋也得走，不走没办法。两军相逢勇者胜，在当时那种情况下，要想把对方逼出局，咱们必须豁出去，甚也不能怕，一怕就完了。这就跟我那年在绒毛厂爬水塔是一个道理。既然上去了，就得一直上到塔顶去，半道上想往回退是不可能的。这就叫'背水一战'。

"我心里最踏实的是理在咱们这边，到哪儿打官司咱也不怕。但是，经过几个回合后，我心里也没底了，怕对方公司死活不往出退，事情就那么拖着。咱们拖不起呀！悬在那里最难受的是咱们。所以，那半年，可以说是我这辈子最苦恼、最难熬的6个月，当年在兵团那么苦，我没有服过软。1998年跑东杨路，方方面面的揉搓，我真有点受不了了。老实跟你说，最艰难的时候，跳楼的心都有过。当然，这样的事咱说什么也不能干。我跳了楼，扔下这群员工咋办呀？人家是冲着我丁新民人不错、讲信用、能成事才入的股，我跳了楼，那不是害人吗？所以，再难我也得挺着。反正我把老命已经押上了。

"当时，压力最大的是我的老伴胡承惠，她的心没我这么大，总是担心官司输了怎么办？跟前没旁人的时候，她总是反复地问我这个问题。我安慰她说，输不了，理在咱们这边，上边的某些人再混账，向人向不过理去。他一个皮包公司，占着茅坑不拉屎，几年开不了工，影响伊克昭盟的经济发展，他还有理了？咱们为国家的经济建设集资修路还能修出罪来？

"有一回，我对她说，'官司真要是输了，咱家里就是砸锅卖铁，一定要把手上的集资款给员工们退回去！我就……'当然，这是一时的气话。

"当年，为跑这个项目，我从东胜到呼和浩特、从呼和浩特到北京的路上，不知跑了多少个来回！有时白天在东胜干，在东杨路上指挥，吃过晚饭，一个电话来了，就得连夜往呼和浩特赶，往北京赶，一整夜都在路上。天亮时进了北京，先办事，办完事，连饭也顾不上吃，又往回赶。一天一夜从北京打来回，是家常便饭。

"有一次，还真让人家弄起来了。在110国道去北京的路上，半夜我们开着新买的4500，挂着临时牌照，被交警拦住了，交警怀疑我们是贩运走私轿车的。我们给他讲，是去北京办事，办公事；他不信，说给公家办事哪有半夜三更在路上跑的，说什么也不让走，折腾了好长时间。"

苍天不负有心人！经过半年多的反复较量，自治区人民政府的批文总算下来了！

1998年6月3日，自治区人民政府召开办公会议，听完有关部门对东杨公路这个项目的调查汇报后，决定终止自治区人民政府与那家公司的合作协议，由东信公司以BOT模式承接。

6月22日，自治区人民政府办公厅发出《会议纪要》，要求"东杨公路尽快开工"。

6月23日，当丁新民带着这份刚刚拿到的《会议纪要》来到施工现场时，所有的施工人员都高兴得跳了起来。

"那一天我记得非常清楚。"2008年5月，东信公司总经理杨保才对作家田培良说，"我们终于成为名正言顺的业主，成为合理合法的建设者了，公司所有的员工感觉身上就像蜕掉一层皮一样，要多轻松有多轻松；就像当年的农民翻身获得解放一样，要多舒坦有多舒坦……"

那天晚上，东信公司召集全体员工举行了一次"庆功宴"。丁新民倒了满满一大碗酒，一口就喝下去了。他的员工，所有的员工也都喝下去了，包括从来都不沾酒的人。

喝下酒的一瞬间，员工们看见，丁老总，这个坚强的铁人，罕见地流下了眼泪。他们说丁总喝到肚里的是酒，落到地上的是泪，是丁总领着我们躲过明枪暗箭，战胜艰难险阻后流下的胜利的泪……"

今天我们再设想丁新民修筑东杨路的痛苦，那种痛苦是多重的，既有肉体的，也有精神的。这种灵与肉的折磨，是别的民工所无法体验的。

正因为他是从苦难中走过来的受苦人，所以他才会对受苦的民工那样饱含激情。丁新民对民工的感情，就是受苦人对受苦人的感情。他永远是民工中的一分子。

"秃瓢"民工　"下夜"老汉

2004年雅典奥运会时，姚明曾放言"中国队如果打不进八强，将半年不刮胡子"。中国男人素来有这种，每逢关键时刻总要剃头明志。姚明是中国篮球队里的大男人，丁新民是中国路桥建设中的大男人，他们都有过剃头明志的决心。大都市里的姚明只是说了说，当然他的诺言兑现了，在雅典奥运会上中国男篮打进了八强。丁新民也把东方路桥做大了，他当初对员工们许下的诺言也全部兑现了。

然而，丁新民却把头剃了，而且剃了两次。这也许就是北方蒙古男人和南方大都市男人的差异。

说起丁新民为了修路剃头的事儿，那可是充满了英雄气概，大有壮士之风。第一次是1995年，他在公路工程局施工109国道的时候。

为了抢在8月8日前把工程拿下来，他就领着弟兄们把头发剃掉，光头上阵，发誓"工程不完不留发"。当时，上点年纪的倒无所谓，剃成光头还显得凉快；20多岁的年轻人可就为难了，当中有几个还正谈恋爱，就怕在恋人面前影响了自己的形象。可谁也架不住丁新民的"率先垂范"，堂堂大局长都剃了，咱们当工人的还有啥犹豫的？剃！一时间，工地上全是清一色的"光头队"。附近村子的老乡不清楚内情，以为是监狱的犯人出来干活了，一家家互相提醒："这两天注意，劳改犯到咱们这儿了！……"

你们可能觉得剃个头无所谓，何必这样虚张声势。我们发现丁新民是个非常讲究方法的人，他总是用最恰当的方法来处理自己面对的复杂问题。无论怎么说，局长已经明明确确地为了工程的及时完工剃成光头了，对任何工人都是一种触动。那时在109国道上，光头局长一出现，筑路的民工们大受鼓舞，效果就是不一样。

丁新民第一次剃光头，109国道及时胜利地通车了。

丁新民第二次剃光头，是在1998年的东杨路上。

丁新民为了他的路桥，不仅仅是剃掉头发，在东方路桥走过来的这些年里，任何一个民工的睡眠都比丁新民多，不管是在施工的日子还是不施工的日子，丁新民都是睡得最少的人，有时每天才能睡三四个小时。也就是丁新民的身体好，才能熬得过那样艰苦的生活。为了路桥，他快把自己的身体给熬垮了。

修东杨路时，丁新民一白天都在各个标段上跑。每个标段的情况，他甚至比项目经理们还熟。好些问题，一边跑一边就解决了。遇到多个标段普遍存在的共性问题，就在晚饭后开会，连夜解决。这样的会有时能开到半夜一两点。

不管头天睡得多晚，第二天凌晨3点丁新民总能醒来。他起床后的第一件事是用喇叭或电话把各个标段的项目经理依次叫起，项目经理们再招呼工人，不到4点，所有人都上工地了。这就是说，他们每天起早贪黑地干，工期紧张时还要挑灯夜战。从民工、技术员、项目经理，到丁新民，人人如此，天天如此。

工地上还有个特点，职务越高，起得越早。有一天，在指挥部下夜的黄根有半夜起来，看见指挥部院里停下一辆过路的大卡车，他问司机："你咋跑到这里来了？"司机说你们的路面没铺好，我不知道，稀里糊涂就开上来了，让你们那个下夜老汉扣在这儿了。"黄根有问："哪个下夜老汉？"司机指着正跟项目经理布置任务的丁新民说："就那个秃头老汉。"黄根有说："我才是下夜老汉呢！拦住你的是我们的丁局长，这工地上最大的官儿！"

因为丁新民每天凌晨用手机叫大家起床，于是就有人悄悄给他起了个外号"半夜机叫"。有人说这个外号当年是讽刺地主周扒皮的，安在咱们丁总头上不合适。这话不知怎么传到丁新民的耳朵里去了，他不仅没生气，还乐呵呵地对大家说："你们说我是'半夜机叫'，我看也算名副其实，因为天天半夜叫你们起床。不过，我跟周扒皮不一样，他是为了自己发财，我是为了大家致富。你们说对不对？"

丁新民为了修桥修路，有过很多让我们激动的故事。不仅仅是剃头，也不仅仅是"半夜机叫"的幽默。1999年东方路桥在场平工地上打的那场恶战中，丁新民就差点儿累倒在工地上。

场平工地在鄂尔多斯南部的大柳塔附近。

中国特大煤电企业神华集团准备在鄂尔多斯上一个煤液化项目，项目选址就在离大柳塔10公里的山坳间。这里是典型的黄土高原地貌：高山夹深谷，深谷托高山。按照项目的整体进度，要求30天内必须把方圆1.06平方公里的高山削平，深谷夯实，使之成为一块平展的厂房工地。这就是他们说的"场平工程"。

单就"场平工程"本身而言，效益不是很大，大头是它背后的市场。随着煤液化项目的落地，接踵而至的是几十平方公里以内的道路建设、厂区建设，这个市场是非常诱人的。好多建筑企业闻风而至，竞相投标。

丁新民凭借自己的实力，把预算压到最低，取得了这个项目。但是开工之后他才发现，那里场地小，大型机械化作业难以施展得开，施工时间过去了五分之一，而施工进度只完成了工程量的5%。丁新民急了，面对严峻的形势，他在工地现场召开紧急会议，定出两项"非常措施"：一是将工程分为3个作业区，人员两班倒，机械轮班上，24小时连轴转；二是立即通知在呼和浩特市机场路施工的陈培新、刘忠义，包头南绕城的辛勇、吕东，要求他们率领各自的精兵强将和施工器械，日夜兼程，务必在8月13日中午前全部到位。连同先期进场的杨占荣、张晓龙，分别组成3个指挥部，各负责一个作业区，分片包干，齐头并进。

"场平工程"的胜负，影响着东方路桥的声誉。残酷的会战开始了，300多台机械在半公里多的场地上开始了会战，丁新民直接在工地上指挥。

那场大会战是在12日开始的，直到29日，半个多月的时间，丁新民一直没有离开过工地，一白天都在3个作业区巡回检查。晚饭之后，要开进度汇报会，解决白天检查中发现的问题。等散了会也就半夜了，回到车上打个盹儿，或者在指挥部的床上跟指挥员们挤着睡一会儿。凌晨3点，准时醒来，又在各处巡回检查。

丁新民的司机张志鹏回忆起当年激战场平的情景，还感慨良多。今年夏天他对作家田培良这样说："别说丁总50多岁的人了，就是我这个20多岁的小伙子也扛不住了。那是8月28日，3个作业区全部理顺了，日进度嗖嗖地往上突，工地上的事可以放心了，晚上开完例会，我跟丁总说：'咱们去大柳塔的小白楼睡上个囫囵觉哇！你也冲上个澡，换一换内衣。'丁总答应了。我就开上车往大柳塔走。小白楼是伊金霍洛旗宾馆，挺干净的。我给丁总开了一个单间，安顿他住下，然后回到我住的房间。说是冲澡，哪有那个精力。我把电视一打，床罩也没揭，鞋也没脱，就倒在床上睡着了。睡得正香，听见敲门，我以为天亮了，看看表，刚过1点。从门镜往外看，丁总站在门口。我赶紧把门打开，不知有什么急事。丁总手里夹着根烟，就走就说：'在宾馆咋也睡不着，咱们还是回工地哇！'我们又返回工地。进了指挥部，3个作业区的指挥们都在床上横七竖八地躺着。我们进去后，尽管动作很轻，还是把陈培新惊醒了，他一翻身坐起来：'你们咋又回来了？'丁总说：'这半个月在这儿待惯了，住在宾馆，根本睡不着。'他见众人都醒了，索性走过去把窗户往开一打，外面的机器轰鸣声顿时传了进来，'指挥部就得在这儿，一开窗户都能看见'。"

这就是丁新民，这就是身价几十亿的老总，他是多么辛苦啊，这种辛苦远远超过了民工的辛苦。所以丁新民的同学、鄂尔多斯电台高级编辑杨怀义说："丁新民的钱来路正，他的第一桶金是干净的。"

杨怀义说得好，丁新民不仅仅第一桶金是干净的，他后来的每一桶金都是干净的，他就是一个不断辛勤劳动着的民工，用劳动一点点创造着财富，他的财富都浸泡着汗水。

"干净"男人"生日快乐"

丁新民的感情是专一的。在和妻子胡承惠建立恋爱关系之前，他也有过一次纯洁的初恋，由于双方家长的反对，他和那个女孩子分手了。丁新民的干净和崇高就在于他帮助那个女孩子找到了一个理想、满意的男朋友，而且3个人一直在一个单位，几十年来照样像大哥哥小妹妹一样相处。仅仅凭这一点，丁新民已经让多少男人望尘莫及啊。

在这一点上，胡承惠对丈夫太相信，太满意了。如今有钱的男人有几个能像丁新民这样感情专一，能像丁新民这样珍惜自己的感情呢？单凭这一点，丁新民已经是一个大写的男人了。

我问起丁新民这是为什么，他不屑一顾地说："男人嘛，要有个男人的样子，不能那么花心，我身边的男人们个个都是如此。"

回想起创办东方路桥走过的风风雨雨，内心情感最复杂的还是丁新民的妻子胡承惠。这个22岁嫁给丁新民的女人，深深地爱着自己的丈夫。

她是丁新民兵团时的战友。到兵团一年多后，丁新民走进了这位少女的芳心。那时丁新民正在给连队种菜，每天正忙着淘厕所，总是把衣服弄得脏脏的，有一种很臭的味道。也许爱情就是从帮他洗衣服开始的吧。丁新民是个严肃的男人，他向来都把情感掩藏得很深，他心里怎么想的，胡承惠不知道。那个年代少女们的爱情要比现在羞涩得多，胡承惠没有主动表示，她难以说出口，也许那时的爱还是朦胧的。

从兵团回东胜之后，母亲问起女儿的终身大事，胡承惠这才吞吞吐吐地说出了丁新民的名字。对丁新民这个人，她的母亲是熟悉的，她一百个赞成女儿和他搞对象，更佩服女儿的眼力。选择了女儿的一个休息日，母亲领着她去了丁新民家，当面为女儿提亲，丁新民的婚事就这样成了。

胡承惠对丈夫的感情，不仅仅是妻子对丈夫的爱，还饱含着一个高原女子对不平凡男人的崇敬。丁新民要干一番大事业，她从来是支持的，只给丈夫的列车上加过油，没有给丈夫的车上增加过负担。但是自从丈夫离开国家机关创办民营企业之后，她才发现创办企业真不容易，丈夫哪是什么企业家，完完全全就是个大民工。丈夫每次从工地回来，总是浑身是土，满脸汗迹，两眼血丝。她真是心疼，但是也没有办法。吃苦受累也好忍受，总比修东杨路时要死要活的强多了。东杨路快把丁新民逼疯了。

丁新民不仅仅是创办东方路桥之后才这么劳累，他在公路段和公路工程局当领导的时候同样这么劳累。他的糖尿病就是这么多年不规律的生活引起的。那时无论是在道班养路，还是到工程局揽工程，他总是和员工和民工们在一起。

他在公路工程局当局长的时候，为了让员工们增加点儿经济收入，将阿四线的工程在冬天也没有停工，几栋桥梁都是12月份浇筑的。冬天特别寒冷，工地上，有人都被冻得尿裤子了。多亏浇筑的是桥墩地下部分，否则是根本干不成的。老丁穿着大衣，戴着皮帽子，和工人们一块儿上了工地。晚间，工地上挑灯夜战，老丁上上下下地指挥着。距离远，灯光暗，又有皮衣皮帽子捂着，谁也看不清楚是谁。工地上的一个小班长，没有认出老丁来，嫌他手脚慢，对他又吼又叫，还骂骂咧咧的。当他认出老丁之后，非常不好意思，想向老丁道歉，被老丁拦住了。老丁说："道甚歉呢，干活要紧。"

老丁就是这样。水泥供不上了，他就忙着搬水泥，又拿出当年在兵团工程营修建糖厂时的劲头，50千克的水泥，两个胳膊一边夹一个，一趟顶两趟。半天干下来，老丁和工人们一样，只剩下眼珠是黑的，牙齿是白的，其余地方全是水泥灰。那时人们去工地找老丁，经常认错人。

胡承惠和老丁结婚之后，家里就成了老丁的办公室了，晚上经常是二三十个人一起在他家开会，边开会边吃饭。胡承惠就成了他们的厨师了。那时家里日子过得很紧，老丁把挣来的那点工资全部花在吃饭上了。修东杨路，老丁动员单位全体人员集资时，他自己就拿不出钱来了。

东杨路修成了，东方路桥也成立了，老丁也有钱了，本来以为以后的日子会舒服了，老丁该享福了，可是丈夫还是那么没日没夜地奔波。

那年东方路桥激战场平工地，丁新民已经很长时间没有回家了，生日到了，丈夫也没有消息。和女儿丁炜商量之后，她从家里带上鸡蛋和方便面前往场平工地。

胡承惠和女儿赶到工地时，丈夫正满身是土地在铲车中间比比画画，指挥着铲车作业。那时胡承惠心里非常难受，但是也非常幸福。场平工地施工场面就是壮观，百十辆机械同时作业，轰鸣声惊天动地，站在机械队伍中间的丈夫，是那样渺小，又是那样高大。

晚间，在简易的工棚里，胡承惠煮好了方便面，让女儿端给了父亲。老丁的生日是8月19日，这天正是场平工地开工第七天，正是最要劲儿的时候，看着丈夫心不在焉地吃着生日面条，胡承惠快要哭了。

丁炜最理解母亲的感情，父亲这么辛苦，她也被感动着，她眼含泪光，深情地唱起那首《祝你生日快乐》，老丁笑呵呵地把蛋糕切开分给大家。

跟老丁生活了这么多年，这个生日是让她最难忘的。

今年夏天我们采访了胡承惠。跟她问起工地过生日这件事儿时，她不愿意跟我们说。老丁在工地上过生日的事情，我们是在翻《东方路桥》报合订本时查阅到的。《东方路桥》报主编杨怀义用他的散文《总裁的生日》记录了这件事情。

丁新民作为总裁，和民工们是一样的，民工们在工地上过生日，他也在工地上过生日。

丁新民不仅和民工一样吃苦卖力，他还和民工交朋友，民工中间有很多他的朋友。他经常深入民工联队，每到一个民工联队总是要进伙房，他要亲口尝一尝民工的饭菜好吃不好吃，看一看油水够不够，反复叮嘱联队长一定要把伙食搞好，油水要大，肉要多，让民工保持旺盛的体力。

哪一个联队长带头为民工干了好事儿，他总是大力表扬，积极奖励。

二公司的张金保，个人拿出1000元奖励他的民工弟兄。丁新民听了，当时就从身上掏出5000元，说："金保啊，你来东方路桥才两年，就照我们的理念做事了。你奖励民工1000块，我奖励你5000块！"这件事让张金保激动了很长时间。我们听了也激动了半天。

张金保至今还记得那天丁新民对他说的话："你们陕西横山人生活节俭，有点儿钱就想存起来，零钱凑成整钱，小钱攒成大钱，大钱存到银行。这个做法不好。你要舍得把它投出来，投到工程设备上来，这样才能滚动发展，加速发展……"

听听，这是多么朴素的话语！想想，这是多么真挚的情感！丁新民这么多年来的日子就是和民工们一起这样滚过来的。

本书快要完稿的时候，他从希腊飞回来了，我们对他讲："丁总，我们把你写成大民工了。"

老丁一听愣了一下，随即笑了："对，我就是个大民工，是个大民工头。"

当然，我们明白，丁新民毕竟不是民工，但是他和民工的区别仅仅是占有财富的多少，就其情感深处的东西，他有很多属于民工层面的内容。这些精神内容对一个经营企业的老板来讲非常珍贵，使他更讲究人性化管理，更具平民意识。表现在日常工作和生活中的具体行动就是平和、宽松、大度、热烈。

第九章　党的光辉照耀东方

> 信仰是精神的劳动；动物是没有信仰的，野蛮人和原始人有的只是恐怖和疑惑。只有高尚的人，才能达到信仰的层面。
> 　　　　　　　　　　　——〔俄罗斯〕契诃夫

丁新民是一个有40年党龄的老党员了，他当过多年的党委书记，辞官下海创办了东方路桥之后，他做了一件让很多人匪夷所思的事，就是在东方路桥主动要求成立党委，完善党的组织建设。采访初期我们对这件事理解得不透彻。伴随着采访的深入，丁新民的精神世界被我们一层一层地掀开了。我们现在理解了丁新民，理解了他在东方路桥成立党委，完善党组织的初衷。

有3个因素影响和决定丁新民必须这么做。

第一，丁新民出生在一个革命家庭，父亲丁树林是老革命，1937年加入中国共产党，在抗日战争和解放战争时期，在内蒙古西部黄河两岸，都曾经留下过他杀敌剿匪的身影。新中国成立后他担任过伊克昭盟交通局局长。

母亲赵淑珍是和乌兰夫同时代的内蒙古老一辈革命家吉雅泰的堂妹。战争年代，她家就是抗日游击队的地下交通站。刚刚长大成人的她就为革命队伍送情报，传文件。和丁树林结合之后，更是把她的一生交给革命。

丁新民是个非常孝顺的人，他深爱自己的父母，把他们树立为自己的学习榜样。从小到大，耳濡目染，他早早就成为一个革命的儿子了。何况父母亲也这样严格地要求他。初中毕业后他前往生产建设兵团，吃苦耐劳，争先恐后，最大的愿望就是早日入党。流过很多汗、吃过很多苦后，他在兵团里被人称为铁人丁新民。他21岁那年加入了中国共产党。丁新民是个非常严肃的人，自从在党旗下宣誓之后，他已经在心里暗暗下决心：这一辈子就跟党走了。

第二，他当了这么多年党委书记，对中国共产党是绝对相信的。离开政府部门去创办民营企业也是为了给共产党办更多的事情。无论什么时候，丁新民都不怀疑自己离开政府机关的动机。共产党就是要让老百姓富起来，过上好日子。他去创办民营企业就是为了体现党的意志。企业稳定下来之后，他要做的事情就是要在企业里建立党组织。共产党员不能离开支部，不能离开党小组。

第三，他是个蒙古人，蒙古人更尊重信仰，这是蒙古人的共同心理特征。蒙古人一旦选择了某种信仰，轻易不会改变。信仰，在蒙古人的心里是最圣洁的，最崇高的。

共产党就是丁新民这个蒙古人的信仰。

信仰和忠诚

在东方路桥采访的那些日子里，我们看到他们那么多有关企业党建工作的文件，看到企业领导人那么多的有关党建工作的讲话稿，也了解到他们开展了丰富多彩的党组织活动。身边经常有人问："一个民营企业有这么做的必要吗？"可是东方路桥做得又是那么认真，一丝不苟，有模有样。

东方路桥为什么坚定不移地搞党的建设？为什么严肃认真地开展党的活动？我们准备回答这个问题时，大地震发生了。

我们这部报告文学是在汶川大地震后一个短暂的时间里完成的。

我们每天被感动着，被激动着。

我们感动得流泪，激动得流泪。

万人揪心的一刻——2008年5月12日14时28分。

一个小时后，共和国总理就在前往灾区的飞机上，与同赴灾区的领导人研究部署紧急抗震救灾工作。

晚上11时10分，总理召开国务院抗震救灾指挥部会议。

5月12日，胡锦涛总书记主持中共中央政治局会议，全面部署抗震救灾工作。

5月13日，上午10时，总理再次召开现场会议，部署抗震救灾工作，查看都江堰受灾小学，之后前往德阳，参与救援，看望安置群众。

一场全党动员、全民行动的抗震救灾大行动，在960万平方公里的大地上轰轰烈烈地展开了。

在第一时间，民政部会同财政部向四川灾区紧急下拨2亿元中央自然灾害生活补助应急资金。

公安部紧急从各地调集消防救援人员和特警各1000人，火速赶往灾区……

中国红十字会紧急启动一级响应，向灾区调拨价值78万元的救灾物资。

国家减灾委紧急启动一级救灾应急响应……

国家卫生部门立即组建13支由医疗、疾病预防控制等130名专业人员组成的卫生应急队伍，配备必要的装备，驰援灾区。

也是在第一时间——

成都军区两支救援部队的800名子弟兵抵达灾情严重的绵竹市。

成都军区医疗分队和某集团军1300多名官兵先后抵达汶川映秀镇，冒雨展开营救。

成都军区空军派出38架飞机，飞行121架次，4000多名空降兵在德阳参与救援。

中国人民解放军总参谋部征召国航、东航、海航和西南航空公司的12架客机，投入救灾部队空运。

还是在第一时间——

北川县县委副书记、县长经大忠，从垮塌的大楼里艰难地爬出来，忍着巨大的伤痛迅速组织救灾。

北川县民政局局长、共产党员王洪发，分配负责医疗救援，可是县中心医院不存在了。他的任务变成了救人，他从废墟里用手刨出10条生命。

地震后不到半个小时，理县杂谷脑镇243名共产党员自发集合到镇政府院内，在镇党委的带领下，奔赴各偏远的村组，组织群众自救互救……

一位60岁的老党员，主动申请卸任，让年轻的村主任接任村党支部书记职务。乡党委正准备在这一天晚上开党员大会，宣布决定，忽然地动天摇，惨烈的天灾来临。仅仅10多分钟后，老支书用村里的大喇叭召集起全村的党员，帮助组织乡亲们自救。老支书刚刚放下话筒，回头一看，尚未上任的年轻党支部书记已经站在了他身后，从村路上急急忙忙地向村委会跑来几个人。他们有一个共同的名字，叫共产党员。

　　胡锦涛总书记说：在同特大地震灾害的艰苦搏斗中，我们的民族和人民展示出了十分崇高的精神。这就是万众一心，众志成城，不畏艰险，百折不挠，以人为本，尊重科学的伟大抗震救灾精神。

　　在祖国面临大灾大难的时候，在民族面临巨大悲痛的时刻，我们再一次看到中国共产党人高义薄云、中流砥柱伟大精神的集中迸发和凝聚升华。它震醒了中国人思想深处的高尚情怀和共同的信念——中国共产党伟大、光荣。

　　以上叙述与本章节的主题是息息相关的，在抗震前线一个又一个党组织面前，在一个又一个共产党员面前，我们必须深刻地反省：我们对党的信念还坚定不坚定？我们对社会主义事业还有多少信心？

　　今天，汶川大地震的事实告诉我们，在紧急关头，站出来的是共产党员，在关键时刻发挥作用的是党组织。中国共产党是中华民族实现伟大复兴最可信赖的力量！

　　我们终于明白，东方路桥抓党的建设是有远见卓识的。

　　我们终于理解，丁新民坚持党领导企业的深远目光。

　　丁新民，这位蒙古族企业家，站得高，看得远，想得深！

　　然而，我们却没有想到，丁新民在东方路桥建立党的组织，居然走了一段曲折的路，当初很多人都不太理解。

　　1997年12月，东方路桥集团的第一家企业——东信公司正式组建。1999年3月，集团的第二家企业——东方路桥集团有限责任公司成立。与一年前组建的东信公司以及另外3家企业，本着强强联合、快速发展的原则，共同组建了鄂尔多斯东方（实业）集团。

　　这个集团是丁新民、李颖梅等人一手创建起来的，集团的领导成员、各职能部门的负责人、几个分公司的经理，过去都在党政领导部门和企事业单位担任过领导职位，现在辞去原有的职位和工作，"下海"了。档案从原单位提出来了，组织关系怎么办？党的组织活动在哪里过？他们在疑虑中等待着……

丁新民不仅能想到这些问题，他想得更远，更深。"下海"为的是干一番事业，干事业的人要得到什么？办企业为了什么？企业要为社会做些什么？东方路桥成立伊始，丁新民就提出"长寿企业"、"百年东方"的口号，那么，用什么保证企业的长寿？用什么力量去达到"百年东方"的目标？

东方路桥发展势头很猛，一天天变化着，一年年发展着，企业员工越来越多，几百人、几千人、近万人。用什么去凝聚这些人心，用什么去团结这支庞大的队伍？

靠孔孟之道行吗？靠格林斯潘、尼采行吗？靠哥们儿义气行吗？

丁新民是一个革命家庭出身的人，一个加入党组织多年的老党员，他多年从事党务工作，做过党委书记，心如明镜。他说："凝聚人心，团结队伍，靠什么都不好使，只有靠党的组织建设，用党的光辉思想，发挥党支部的战斗堡垒作用和共产党员的先锋模范作用。"

我们不得不承认，在现代化竞争，在市场化锱铢必较的今天，人心变了，人的价值观也变了，有的人由此很不理解丁新民。

"一个民营企业，搞党组织建设，弄那个干甚？"

"咳，弄个招牌呗，玩花架子嘛。"

"要玩就玩真格的，玩钱，谁还玩花架子？"有一句俗话说，你有千条妙计，我有一定之规。丁新民就是个有一定之规的人。他不管那些闲言碎语。他决心要让几十位从党政机关、企事业单位带出来的共产党员，永远生活在党的怀抱里，要让他们在东方路桥继续展现共产党员的风采。这是一笔非常宝贵的财富啊，这是建设长寿企业，是打造"百年东方"的一股无坚不摧的伟大力量啊！

丁新民决心已定："在东方路桥建立党组织。"就在东方路桥集团成立的第二天，丁新民把李颖梅叫到办公室，把问题讲清楚，让她去跑组织部门，在东方路桥集团建立党委。李颖梅是丁新民当初创业时最早挖过来的得力干将，那时她在外贸系统工作，已经是副处级干部了。但是她相信丁新民，她和丁新民一起在兵团里吃过苦，同甘共苦的人关系就是不一样。但现在丁新民要让她跑建立党委的事儿，她有些迷茫。

现在李颖梅想起当初的情景，不无遗憾地告诉我们："也就是丁总想得细，想得远，否则集团里党组织的建立不知要推迟多长时间，这一点我们在全国都是走在前面的，那时党中央还没有号召在民营企业里建立党组织。"

"那么东方路桥是最早建立党组织的民营企业吗？"

"这个不好判断，因为中国太大了，民营企业太多，党组织太多。反正我可以负责任地说，东方路桥在党的建设方面有几点是走在全区和全国最前面的。"

我们问："具体说有几点？"

李颖梅干脆地回答我们："3点吧。第一点，东方路桥的党委是1999年6月正式成立的，那时我们很少听说在民营企业建立党组织的事。"

李颖梅果然厉害，说起这些问题如数家珍。东方路桥人的素质就是高，都能文能武，这样的队伍怎能不打胜仗？像李颖梅这样的素质，我们在武新民、田世耀两个人身上也都能看见。

李颖梅说："所以说，丁新民在民营企业中建立党组织比上级党组织安排要早3年。"

我们想了想，她说得对，又问："那第二点呢？"

李颖梅说："我们的'保持共产党员先进性教育'在内蒙古也是最早进行的。"

李颖梅说的这一点，让我们感到很意外，让她把这个问题说得再详细些。

李颖梅告诉我们，党中央在全国范围内进行"保持共产党员先进性教育"活动，按照中央的安排部署我们应该在2005年7月开始，而内蒙古党委的"保持共产党员先进性教育"专题研讨会是在2005年5月在呼和浩特召开的，可是东方路桥早在春天的江西庐山工作会议上，就对企业中开展"保持共产党员先进性教育"工作提前做出安排部署，比地方党政机关早了几个月。

李颖梅说得对，一个民营企业的基层党组织，紧跟党的脚步，与上级党组织保持高度一致。这说明东方路桥所做的一切工作，无论大大小小，都得民心，顺民意，符合历史的发展潮流。中国共产党是代表最广大人民群众的根本利益的，东方路桥所做的，符合共产党"三个代表"的要求。

我们为东方路桥高兴，为丁新民喝彩。可是1999年李颖梅按照丁新民的安排到东胜市委组织部要求在东方路桥建立党委时，却没有得到热情肯定，接待她的人反而觉得东方路桥多此一举，对方对丁新民的做法不理解，甚且怀疑。

李颖梅又去了盟委组织部，直接找了分管部长，组织部召开部长办公会议，把东方路桥的报告转到工商联，工商联又转回组织部，组织部第二次召开部长办公会议，把丁新民的报告转到东胜市机关党委，前前后后折腾了3个多月，最后还是东胜市委书记表态，由东胜市委直接管理。

1999年6月17日，东方路桥集团党委正式成立。来自不同单位、不同岗位上的96名共产党员齐聚在鲜红的党旗下。2000年11月28日，东方路桥集团第一次党代会召开，新当选的党委书记丁新民郑重提出：

"全体党员要统一思想，企业不论经营方式如何改变，企业党组织的地位、作用不能改变，这是东方路桥集团在新世纪再展宏图的思想保证、组织保证和政治保证。要通过制度创新和科技创新，使东方路桥集团实现产业优化升级，转换经营方式，提高员工素质，增加科技实力，从而提高企业经济效益，为盟市基础设施建设和扶贫济困、捐资助教等社会事业做出更多的贡献。我们要带领全体员工，带领民工兄弟团结奋斗，共同富裕，争取3至5年，让大部分东方路桥员工拥有楼房轿车，同时带领周围的人们也富裕起来。"

丁新民的思路非常明确，他在民营企业里建立党组织，就是要发挥共产党员的先进作用，让共产党员带领广大民工致富。

东方路桥集团党委，下设有1个党总支，8个党支部都配备了专兼职书记。

后来东方路桥在民工中发展党员的时候还是出了个小插曲。

东方路桥要发展第一批农民工党员，上报的名单是张金保、刘世奇、袁顺利，都是民工联队的顶尖人物，是东方路桥发展的基本力量。

可是上级领导部门不同意，他们不同意在民工中发展党员，反对的理由很简单，农民工本身流动性大，他们的户口又不在咱们这里，入党后不好管理。

丁新民只好亲自上阵，他对相关部门的同志说："我们准备发展的，都是今后10年、20年要跟着我们一起干的。你别看他们的户口不在这儿，他们的家早住到这里了。只要东方路桥不塌，别说是他们，就是他们的儿孙，也都不会离开鄂尔多斯市了！"

这回，相关部门才勉强同意了，但是要求他们："速度不能太快，数量不能太多，质量必须保证。"东方路桥在党员发展上的认真劲儿远远超过了我们的某些党政机关。集团党组织虽然从相关部门要到了可以在农民工中发展党员的政策，但他们到目前为止只发展了3批，加起来只有9名党员。

李颖梅虽然没有说，但是我们发现，东方路桥在农民工中发展党员的这一做法也比上级党委安排早3年，上级党委允许私营企业建立党组织才会有民工入党的问题，这是他们走在全国前面的第三个方面。

那么也就是说，丁新民这些年在党委的建设工作安排上，比上级党组织的安排都要早，一个基层党员能够多年来和党中央保持一致，坚持独立思考，保持超前性、先锋性，有几个人能做到呢？让我们一起为丁新民再次喝彩。

作家田培良在他的《好人丁新民》里还记录了这样一个故事：

东方路桥要在员工中发展的第一个党员叫郭增德，当时在东方路桥实业集团下属的元德公司当董事长。集团党委的一应手续都备齐了，报到了有关部门。有关部门这回没有拖，很快就给了答复，而且答复得很明确，郭增德是元德公司的老板，元德公司是民营企业，民营企业的老板就是资本家，资本家不能入党。看到这个答复，丁新民气坏了，气得直拍桌子，把桌子上的玻璃杯都震到地下摔碎了。那年为东杨路的事跑呼和浩特市、跑北京也没气到这个程度。

"民营企业老板受谁领导？是不是受共产党领导？共产党领导下的民营企业老板为什么不能入党？《党章》的哪一条、哪一款规定啦？民营企业的老板要是不能入党，那么，沿海地区那么多民营企业的老总是不是共产党员？他们当中的好多人是由国有企业转制过来的，转成了民营企业的老总。总不能让这些老总们都去退党吧？"

丁新民对已经被选为东方路桥集团党委副书记的李颖梅说："这件事，请你继续跟市委协调，把我们的道理讲清楚，请他们的思想也解放一点，视野开阔一点，整个国家都在进步，都在创新，组织工作也得与时俱进吧！"为这件事，李颖梅带着集团党办的同志找相关部门协调了无数次，直到2000年，兄弟省区有了民营企业老板加入党组织的报道，上级组织部门也有了这方面的政策解释，郭增德的入党手续才正式批下来。

7年以后，时任自治区党委副书记的杨利民来到东方路桥集团调研，他听了东方路桥党委的汇报，高度赞扬他们说："你们突出的一点是把党的组织建立在民工联队这一点上，我认为恐怕在自治区乃至在全国你们的行动都是最早的，效果是好的……让来自四面八方的民工党员，在各个联队过党的组织生活，牢记自己是一名共产党员，走到哪里都要发挥先锋模范作用。东方路桥集团党委做这项工作的理念是完全正确的，我们是劳动者的共产党嘛！"

一片辽阔的草原，一片湛蓝的天空，一面高高飘扬的鲜红党旗。旗帜下面一支激情昂扬的"东方路桥"人，铺路筑桥，治沙造林，这就是鄂尔多斯高原上一道最亮丽的风景。

我们反复思考，丁新民在企业中建立党组织还有更深层次的思考吗？我们想，丁新民是个注重方法的人，在他的身上，对方法的运用是非常灵活准确的，他几乎是一个成功运用方法的典范。也许在企业中建立党组织也是丁新民的方法，他这个方法的目的就是要让广大农民工放心，东方路桥是有党组织的，有党组织的地方是安全的。我们非常钦佩丁新民的良苦用心。

贡献和报酬

80年前，毛泽东在井冈山上有一次重要讲话，叫《井冈山斗争》，他在这个讲话里有一句影响人民军队建设的关键的话："支部建在连队上。"今天，这个原则在我们人民军队建设中依然在坚持，只是人们不再那样讲了，这句经典似乎在人们的记忆中模糊起来了。但真理是永放光芒的。

丁新民，一个喜欢思考问题、一个善于总结和汲取历史经验的企业家，他把"支部建在连队上"的原则科学地用在民工队伍建设上,"把支部建在民工联队",这不能不说也是一种创造。东方路桥集团党委成立后,很快就在民工联队抓党的组织建设,打破民工党员属地管理的原则,在具备组建党支部条件的民工联队,由分公司党支部帮助组建党支部,对还不具备组建党支部条件的联队,党员组成党小组,过组织生活。

白进勤联队成立党支部了。

12名民工党员召开了党员大会,选举了支部委员,推举白进勤为支部书记。新的支委会和党员们一起制定了"党支部'五个好'目标"、"党支部基本任务"、"党员行为十条规范"和"三会一课"制度。

党支部还把集团公司实施"一把手工程"建设作为联队党建工作,提高民工素质,调动农民工积极性,塑造东方路桥品牌形象的首要任务。要求党员身体力行。

时间仅仅过了两个月,联队党员的先锋模范作用就彰显了。阿大线K21公里盲沟开挖工程,因地形复杂、技术难度大,有两个兄弟联队先后都开挖过,可是都没拿下,白进勤联队派出支部副书记,带上三分队队长韩龙生等14名民工,强力攻坚,只用了两天半的时间,完成了四天的工作量,一条难啃的盲沟成功挖掘出来了。

也是阿大线K10公里防护工程的防护砌石施工时,山高坡陡,地势险峻,施工艰险,在非常不安全的情况下,联队的党员们冲在前、干在前,终于带领大家完成了任务。

老党员乔永合、延玉明自豪地说:"如果说东方路桥集团是一支铁军的话,那么我们联队就是这支铁军中的尖刀连啊!"

杭青山、邵凤英联队是东方路桥最早成立党支部的。这一对患难夫妇,一个当联队长,一个当联队党支部书记。他们的联队团结和睦,联队党支部充满活力和朝气。"十佳民工"张保成是这个联队党支部的组织委员,在东康线上施工,一个酒后驾车人开着出租车飞速冲向排水沟,车辆下飞溅起来的施工用石,一下子击伤张保成和另外3名民工。老张伤势最重,当即被送进附近医院。在医院只住了一天,他就返回工地坐在一辆小板车上,被人推着指挥施工。

那时，自治区党委宣传部组织的采访团正在东方路桥采访调研，记者们在工地上看到坐在板车上带伤坚持工作、指挥施工的张保成，就"啪"地拍了一张照片。这张照片后来刊登在几家报刊上，张保成一下子成了新闻人物。

接着刘世奇联队、袁胜利联队、袁虎联队、安军联队、赵世干联队都成立了党支部，共 67 名共产党员重新过上了党的组织生活。要知道，他们中相当一部分人因常年外出打工，已有多年没有认真过组织生活了。

在白进勤联队有几名党员都有 20 多年的党龄了，他们中有 4 名曾在村里担任过 5 年、10 年、20 年的村党支部书记啊，可是因为外出打工，每年只回村过一两次党组织生活。今天，他们在联队过正常的组织生活时，都找到一种"家"的感觉，那是多么幸福的久旱逢甘霖的感觉呀！

在工地上的 67 名民工党员，哪一个不在找党啊，他们渴望得到党的关心和爱护，渴望得到党的教育和培养，他们更渴望在党的领导下发挥一个共产党员应有的作用，做出一个共产党员应做的贡献啊！

今天，丁新民找到党了，东方路桥的 67 名农民工党员也找到"家"了。

第一工程公司进一步加大"一把手工程"的工作力度，制定出 3 项举措。一是党员对所属民工联队进行"一对一"帮扶；二是在所建路段上，建立"党员示范工程"和"团员示范工程"；三是在每一个民工联队设立群众监督意见箱，让每一名党员接受群众监督，充分发挥党团员的先锋模范作用，带动全体民工积极工作。

第三工程公司党支部根据《集团党委年度工作要点》，把"一把手工程"建设作为支部工作的重点，决定在民工联队建设上实行委派指导员制，受到民工联队的普遍欢迎。民工联队负责人说："给我们派来'党代表'，是雪中送炭啊！"

刘永丰联队今年承担阿大线呼和乌素大桥零号台锥坡砌石施工任务，由于锥坡高度达 17.8 米，施工难度很大，用料需要人工一点一点背上去，不仅效率低而且民工怨言大。在施工出现进退两难的情况下，三公司党支部给他们下派了一名指导员。

指导员贾鸣到任后，针对存在的问题，办了两件实事：一是对运料路线进行改进，采用爬梯和上面用料相结合的办法，使运料效率提高了一倍，劳动强度下降一半还多。

二是在联队内引入激励机制。过去由于对农民工定额缺乏认识，宁愿拿日工资也不愿走定额。结果劳动效率不仅没有提高，农民工的积极性也调动不起来。指导员来了后，采用民工能接受的方式，用记分制的办法使这个问题得到圆满解决。

这样一来，联队的施工进度明显加快，农民工的积极性高涨，工程质量和劳动效率有很大提高。5月份考核兑现时，有两个小组分别受到5分和3分的奖励。而3~5分的奖励，就能使一个民工一天多拿36~60元的工资。

第四工程公司党支部在3个项目部全部组建了党小组和团小组。在党员中提出了"把公司当成自己的父母，把同事、农民工当成自己的兄妹，把工作当成自家的事情，在各个方面争第一"的口号，要求党员真正起到"一个党员一面旗"的作用。

第四工程公司党支部班子成员走访了每一个民工联队，了解了他们的困难。当得知他们在施工中资金不足时，在资金相当紧张的情况下，给各个民工联队预借了生活费和一部分工程材料款，从而将"一把手工程"落到了实处。

这一天，丁新民来到了第二工程公司检查工作。下公司、下联队，这是丁新民的工作。他刚从汽车上下来，就想到伙房里去。每次往下面走，检查民工的伙食是他的重要内容。刚把锅里的菜捞出来，还没送到嘴里品尝，党支部副书记李时跑了过来，小声对他说："丁总，有个事儿想和你商量，听听你的主意。"丁新民一边品尝民工的烩菜，一边说："甚事儿，说。"李时说："我想给党员奖励100元钱。"

丁新民有点愣了："为甚？你说说理由。"

李时把自己的想法详细地跟丁新民说了说，丁新民认真听着，没有马上表态，从伙房里出来，领着李时往工地上走。

跟丁新民接触一段时间之后，我们发现丁新民是个非常愿意动脑子的人，他考虑问题时脸上的表情比较严肃，目光看着某个东西。现在应该就是这样。过了一会儿，把李时的想法考虑了一遍，他才说："我看行，就这么做。"

李时高兴了。

丁新民补充说:"不能给每个党员都发,这100块钱叫作优秀党员津贴,每次发放前,要组织民工对党员进行评议,合格的才能领,不合格的不能领。领不到优秀党员津贴的,咱东方路桥要把他们辞退。"给共产党员发放津贴,这有点像破天荒的事儿了,这么多年,在任何单位里都没有听到共产党员可以多领100块钱的事情。

给共产党员奖励100块钱这个做法当时很多人都有争议,丁新民是这样认识的,他说:"我们的工资标准分了十几个档次,其中劳动模范可以加分,共产党员也可以加分,民工党员通过民主评议的形式,表现好的每月发'优秀民工党员津贴'100元。因为这些共产党员多付出了,就应该多得。共产党员本身就意味着是劳动模范。因为他先进才能入党,因为他多干了活,就应该多得报酬。"

2005年早春,东方路桥集团在江西庐山召开工作会议。在这次大会上,集团公司党委书记丁新民就开展"保持共产党员先进性"教育做出了安排和部署。他说:"东方路桥集团党委作为一个基层党组织,必须与中央保持一致,模范地贯彻中央先进性教育活动的决策,并取得实效。先进性教育既是兴党兴国的根本大计,也是我们东方人兴企强企的根本大计。我们企业几年来一直追求跨越式发展,追求实现带领员工共同致富,为社会创造更大财富的办企宗旨。现在,中央又给我们送来了浩荡东风,我们一定要抓住机遇,乘势而上,扎扎实实地开展先进性教育,使我们党的组织和全体党员的素质明显提高,从而开创企业各项工作的新局面。"

这次会议始于庐山,结束在江城武汉。东方路桥的创建人、员工、民工代表在庐山上学习党的文件,在井冈山上重温我党艰苦岁月的历史。他们通过这次不同寻常的"红色之旅"进一步纠正人生观、价值观、财富观、发展观等方面存在的不正确认识,进一步消除党性、党风上存在的不彻底、不坚定因素。

他们选择在庐山开会,还有更深层次的意义:当年,毛主席站在庐山之巅,放眼中国和世界,思考着中国发展的道路。今天,我们东方路桥作为内蒙古的一家地方性民营企业,也不过是星星之火,我们在这个特殊的地方开会学习,就是要大家思考如何使星星之火形成燎原之势，思考企业怎样深得民心党心，怎样把企业办成长寿企业。

"登高壮观天地间，大江茫茫去不还。"东方路桥人上庐山、登井冈山，就是要让圣地井冈山作证，树立雄心壮志，勇于和善于进行理论思维和创新实践，带领企业员工走向更加广阔的市场，走向光辉灿烂的未来。

东方路桥为什么要到千里之外的庐山上开工作会议，有人不理解，甚至有人说：东方路桥想到哪儿去开会就到哪儿开会，什么地方好玩就在什么地方开会，人家有钱嘛……

当我们今天了解到他们开展的先进性教育活动的全部过程后，我们理解东方路桥集团党委选择在庐山、井冈山开会是经过深入思考的，有着更深层次的意义——让企业的共产党员们在革命圣地接受一堂生动的革命传统教育课，实地体验革命前辈所经历的峥嵘岁月，让党员们的心灵受到强烈震撼。

2005年5月26日，自治区党委常委、组织部部长、内蒙古党委先进性教育活动领导小组副组长陈朋山，在呼和浩特市亲自组织召开全区非公有制经济组织党员先进性教育专题研讨会。东方路桥集团党委副书记李颖梅在会议上做重点发言，她讲了在企业开展先进性教育不走形式，注重实效，集团党委成员、各党支部成员、党员都确定了联系点、责任区，并对每一个支部认真进行评议：支部是不是帮助民工增加了收入？评议党员在生活上、工作中是否关心帮助民工？在"以人为本，共同富裕"办企宗旨的指导下，检验党员的思想觉悟和他们的先锋模范作用发挥得好不好？尺度高，要求严格。李颖梅作为全区唯一一家民营企业代表在会上发言后，他们的做法得到陈朋山部长的高度评价。

会议结束后，很多人都向李颖梅询问东方路桥奖励给优秀党员100元的事情，她如实告诉他们，人们都对东方路桥这一做法感到新鲜，但是仍然有人表示反对。

李颖梅回来后把这件事儿讲给丁新民听，丁新民说："管他呢，咱们继续发，我给基层党员奖励了100块钱，又不是剥削党员100块钱，咱怕甚？再说这100块钱又不是行贿。"

我们特别欣赏丁新民的做法，党员也是民工，反正用各种理由把钱多给民工,丁新民心里就踏实。

旗帜和明灯

1999年6月,东方路桥集团成立党委时,下设1个总支、8个党支部,党员96名。

2005年,党总支发展成为2个,员工党支部是17个,民工联队党支部12个。有许多只有两三名党员的联队成立了联合党支部。党员人数增加到224名。

2007年7月1日,集团党委隆重纪念党的86周年华诞,在这个特殊的日子里,23名新党员在党旗下庄严宣誓。东方路桥的党组织不断发展壮大,党员人数不断增加。

"一个党员一面旗,一个党员一盏灯",工作在东方路桥各个岗位的共产党员爱岗敬业,时时处处都发挥着党员的先锋模范作用。下面就是几个普通民工党员的故事。

人物一:苏耀——时刻把群众放在心上。

苏耀从河北省来到东方路桥,是一个联队的负责人。平时他的主要工作就是带着民工施工,他想的是多干活,多挣钱,离乡背井不就是为这个嘛。

2003年4月,他们在呼和浩特市机场路施工时,"非典"来了,这是全人类的敌人啊,当时全国上下齐动员防"非典",中国人民投入一场没有硝烟的战争。

一边是紧张地施工,一边是紧急地防"非典",孰轻孰重?作为一名入党多年的党员,苏耀掂出了这个分量。他把工地上的活儿全安排给几个带班长,他留在驻地,清扫室内外卫生,晾晒整理民工的被褥,一天3遍为室内消毒,早午晚3次给民工们测量体温,并一一认真记录,存档备查。

苏耀还组织大家收听防"非典"知识广播,有人没听上,他想方设法给补课,提高大家对疫情的认识,防"非典"的知识也学了不少,都自觉搞好卫生,采取各种各样的预防措施。

整整一个月,人们只见老苏一天天消瘦下来,民工们心痛地说:"老苏,你叫我们防'非典',你也要防'疲劳'啊。"

老苏呵呵一笑:"我就是铁打的汉子、石头凿的人,累不倒、拖不垮的,请大家放心吧。"

铁打的汉子也倒下了,老苏累坏住院了。这个体壮如山的燕赵汉子,多少年在风雨中摸爬滚打都没倒下,可是一个多月的防"非典"却把他累趴下了。

在住进医院的第二天早晨,苏耀就把电话打到联队,他叮嘱联队的另外一个负责人:一定要给大家一天量3次体温,把伙食费再提高一些,增加大家的体能,谁有发烧感冒症状,马上送医院……

什么叫共产党员?什么时候都听党的话,任何情况下都要遵照党的指示去工作,什么时候都要把群众放在心上的人,就是一个合格的共产党员。

苏耀就是一个合格的共产党员。

人物二:焦秀文——工地上的天使。

呼和浩特市机场路工地上,一个民工忽然感冒了,发高烧。民工们一下就紧张起来了,他们认为这个感冒的民工得"非典"了。这位民工从工地上撤下来后,就收拾东西准备回家。

"你要干什么?"焦秀文,一个30多岁的女人走进民工宿舍问。

一个留小胡子的民工仍在收拾东西,他看也不看焦秀文,说:"干什么?你还看不出来吗?准备回家呀,电视上说了,呼和浩特市是全国的'非典'严重疫区,早离开点好哇……"

作为民工联队党支部组织委员的焦秀文,决心要做稳定大家情绪的工作,她坐在大家中间,说:"我们的队员是感冒了,还是得了'非典',正在观察和检查,结果咱还不知道。你们今天就是回去了,到自己家乡还是得隔离起来。来回耽误时间不说,还要搭上路费,这样做划算吗?要我看,大家还是坚持守在工地上,多干活儿,多挣些钱,年底回家让家人高兴,这比啥都强。"

一席话,稳定了大家的情绪,民工们一个个把卷起来的铺盖卷又重新打开了。

民工张二贵感冒了,那些日子谁要是发烧感冒,很容易往"非典"上想。焦秀文也一样。不过她在采取预防措施的情况下,每天坚持给张二贵送饭送水拿药,在他的床前服务,一直到联系好医院后送他去住院。

人们看出来了，共产党员就是和一般人不一样啊！在防"非典"的日子里，焦秀文买来口罩、药品、体温计，坚持给民工按时测量体温。谁要是稍有不适，她就提前让谁吃药，预防感冒发烧。她还天天熬汤药让民工们服用，终于使大家平安地度过疫情期。

当时，工地上有一位业余诗人，他为焦秀文写下了一首小诗：

你，不是白衣天使，
却像白衣天使一样美丽。
你，也不是一位医生，
却像医生那样有完美的职业道德。
你是大地经纬线上的天使，
你是蓝天白云下的那道彩虹，
你还光荣地拥有另外一个崇高称谓：
共产党员！

人物三：杨文雄——一面永远招展的旗。

2004年8月，在东康线K7+68盖板涵施工中，需要加工400根对拉丝。联队分派加工对拉丝的工人，一天只能加工二十几根。由于加工速度慢，加工量上不去，影响联队整体施工。联队换了几拨人加工对拉丝，成效都不大。后来再想换人，谁都怕拖整个工程的后腿，承担不起这个责任，个个打退堂鼓。这时候共产党员杨文雄主动承担起这项工作。

一开始，他的活儿也不快，可是凭着他的一股韧劲，坚持不懈。别人午饭后都休息，他却顶着烈日干。晚上收工，他匆匆吃几口饭，点灯夜战，硬是把施工中所需要的对拉丝加工出来了。后来他在加工中细心琢磨，找出许多好的加工窍门，巧干加苦干，加工完成全部施工所用的对拉丝，保证了施工的顺利完成。

2005年8月，也是在东康线K0+151小桥施工中，采用商品砼施工。砼浇筑速度快，面积大，砼初凝时间短，对于初次接触商品砼的联队民工来说，经验不足，进度缓慢。尤其是抹面工作明显赶不上施工要求。一次在台帽施工中,砼浇注已经结束,而抹面工作却远远滞后。为了不错过砼初凝时间,保证施工质量,联队要求大家再加班一两个小时。此时已接近午夜,大家都十分疲劳了。此时,杨文雄站出来,对联队长说:"叫大家回去休息吧,剩下这点抹面活,我一个人干五六个钟头也差不多了,明天大家再接着干下一道工序……"

杨文雄不顾自己白天砼振捣工作的辛苦,又加了一个晚上的班,把大家剩下的抹面工作做完。第二天,当工友们重上工地时,只见杨文雄疲惫不堪的身体从台帽上站了起来,早晨的阳光在他身后拖出一个很长很长的投影……

后来有人问杨文雄:"为什么要一个人加班呢,大家一起干,也就是个把小时的活儿嘛?"

杨文雄说:"抹面工作总是赶不上趟,砼初凝的时间又不等人,总误工怎么行呢,工程耽误了,也影响大家挣钱啊。"

他想到的是工程进度,他想到的是民工们的收入,他唯一没有想到的是自己。

人物四:王江——"东杨管区总值班长"。

王江有若干职务:伙食管理委员、采购员、保管员,有时还直接下厨房当厨师长。在节假日,他还有一个特殊职务——"东杨管理工区总值班长"。

王江的主要工作是抓员工们的伙食。为了让员工吃得好、吃得有营养,他每周都精心安排菜谱。有凉有热,荤素搭配,保证三天不重样。王江还随着季节变化,调制食品。比如,三伏天有粽子、凉糕、绿豆汤。三九天有火锅、铁板烧、老姜汤。他为了让大家吃得便宜,专门喂养奶羊和猪,还盖了绿色蔬菜大棚,一年四季吃自己种的新鲜蔬菜。

王江的另外一项工作是侍弄偌大一个大院的草坪、花畦、花圃,浇水施肥,修枝剪叶。他爱惜这里的一草一木如同爱惜自己,不让任何一个人采摘院里的一朵花,践踏一寸草坪。

王江是一个50多岁的人了,他把工区当成自己的家,把这里的员工们看作自己的兄弟姐妹。大家更是把王江看作家庭中的一位老大哥,和睦相处,其乐融融。

在东方路桥,我们听到王江"三个代表"的故事:

2007年春节,东杨工区员工吃年夜饭。老大哥王江亲自下厨,做了四五桌饭菜。当他最后上桌时，大家都吃喝得差不多了，特别是酒，谁都不想再多喝一口了。可是当王江为自己倒满了一杯酒，高高地举起来说要为大家敬酒时，所有的人都自觉地给自己的杯里添满了酒，准备接受老大哥的敬酒。

王江的致酒辞是这样的："我代表东方路桥，代表丁新民总裁，代表我王江，给同志们敬酒了。祝大家新年快乐……"

王江高举酒杯，在头上划半个弧，一饮而尽。

王江敬的这一杯酒谁都没落下，大家都喝了。老大哥勤劳善良，热心助人，东杨工区的人谁没得到过他的帮助呢？老大哥敬的酒，哪能不喝呀！

当王江把酒喝干，把杯子亮给大家看的时候，大家也把喝干酒的空杯子亮给他看。

王江是个普通的共产党员，可是我们从他身上发现的这种人格魅力是怎样的激动人心啊！还有他在致酒辞中妙趣横生的"三个代表"让人们笑逐颜开之后，与一杯美酒一同进入体内，化作一股暖流，温暖着每一个人的心，也温暖着一个大家庭。

人物五：刘海斌——一个忙忙碌碌的人。

刘海斌是第四分公司第二项目部的负责人，2005年负责208线白集高速公路施工。他所在的项目部工程量约为3000万元。为了创精品，他亲自担任了208线高速公路质检组组长。

有一家新进场的联队在涵洞施工时，洞面抹面有空鼓现象，被刘海斌给查出来了，而这个联队正是一个非常要好的朋友给介绍进来的，刘海斌和这个朋友的关系非同一般，他经常要求人家办事儿。此时他为难了，但是为了工程的质量，他坚决要求对方返工。对方把他的朋友请来，帮助说情。刘海斌还是一口拒绝了。他向自己的朋友表示：我请你们吃饭可以，但是东方路桥的工程质量不能含糊。他还把丁新民的一贯作风讲给对方听，对方只好同意返工。

还有一家绿卡联队在道侧石砌筑过程中，为了抢进度，就地取材，用了路旁边不合格的混合土人工现场搅拌制砂浆，也被刘海斌查住了，立即停工整顿，并且工地全线通报。

刘海斌不仅严格要求质量，加快施工进度，还要协调社会关系，减少施工阻力。为此,他每天都是晚上1点多才回来,第二天4点起床,每天休息时间不到4小时。整天奔波在3公里长的施工段上。人瘦了,脸晒黑了,眼睛熬得通红。有时忙得连饭也顾不上吃,等忙完了,就用方便面充饥。有几天,他中暑了,嘴上起泡,牙疼得饭都吃不下,头晕得天旋地转,但他也只是吃点儿脑清片硬挺着。

为了企业的发展,他和工地上的筑路民工一样,离开了爱人,离开了孩子,每天忙忙碌碌地工作着。我们采访时问他:"你这么干是为了什么?"

刘海斌憨厚地笑了:"咱是党员,丁总又对咱这么好,咱必须得这样卖力气。"

不仅仅是这5名党员,工地上的很多党员都是如此。10年来,东方路桥从来也没有辞退过不合格的党员民工。

在东方路桥工地上,每一个党员都是这么能干的。比如,呼蒲线上的海生卜浪黄河大桥,就是一座"共产党员示范工程"。

2005年7月19日夜,突然天降大雨,14号桩基只灌注了一半,如果灌注不能连续进行,这根桩就得报废。一声呼唤:"共产党员们,站出来。"几名共产党员站到桩基下面,紧随着他们跑到桩基下面的还有一个个民工。"灌注不能停,雨再大也要把这根桩基拿下。"几名共产党员领着一批民工,在滂沱大雨中奋战长达7个多小时,终于完成了14号桩基的灌注工作。

8月11日夜,又是一场大雨,刚刚灌注不久的14号桩基的围堰被滚滚的洪水撕开两道口子,14号桩基和一座浮桥随时都有被洪水吞噬的危险。就在这个危险的时刻,白成光民工联队的8名共产党员来了,还有另外一个联队的几名共产党员也闻讯跑来。10多名共产党员奋不顾身,勇敢地跳进滚滚的洪流中,打桩的打桩,筑沙坝的筑沙坝,经过3个多小时的艰苦奋战,他们保住了14号桩基,保住了浮桥。

几天后,参加这次抢险的共产党员艾绍堂接受一家报社记者采访时说:"我是民工,是在东方路桥打工的农民工,公司建造的黄河大桥是国家的工程。国家就要受到损失了,我一名共产党员能不管嘛。"

记者被他的话深深感动,拿出照相机准备为他拍照。记者前后左右看了看,旁边是一片葵花地，黄黄的葵花在午后的阳光下格外艳丽。记者说：

"艾师傅，你站到那边去，背景是一片葵花，漂亮极了……"

艾绍堂站着没动，他憨厚地一笑："葵花是很漂亮，可我看那边我们正在建设中的黄河大桥更漂亮、更壮观，您能把大桥作为背景给我拍一张吗？"

艾绍堂有些忸怩地站在黄河大桥工程的背景前，记者举起相机"咔"一声，拍下了第一张照片，接着他又以蓝天、葵花地、柏杨林为背景连续拍了七八张照片。在分手时艾绍堂请求记者，他只要那张以黄河大桥为背景的照片。

谁是共产党员？在东方路桥，在各个施工工地上平时能看出来，困难时能站起来，关键时能豁出来的人就是共产党员。

哪里有艰、难、险、重的工程，哪里就有"共产党员示范工程"。东方路桥的每一个"共产党员示范工程"，都是民工党员的里程碑。

2008年5月下旬的一天下午，我们来到鄂尔多斯市东南20公里处的西召乡，想了解一下张金保联队近两年股份制改革进展情况。采访一个钟头就够了，计划晚饭是要回东胜吃的。可是这样的计划还在没有见到张金保之前就改变了。

改变计划的缘由是我们在联队长办公室门外看到一则会议通知。

通知写在一块小黑板上，挂在联队长办公室外的一个支架上：

今晚9:20，全体党员和入党积极分子在联队长办公室参加迎接建党87周年纪念活动。

有人脱口而出："这么晚了还开会？"

陪同来的杨勇主任说："现在是工程最紧张的时候，联队开会呀，党员过组织生活什么的，都需要在晚上进行。"

在这么紧张的施工季节，这个联队党支部依然要为伟大母亲过生日，这是一种怎样的真爱情怀呀？我们当即决定，今晚不走了，看一看这些民工党员怎样纪念党的87岁生日。

我们和张金保聊了一个小时，看天色还早，就提议到工地上转转。张金保开着他的圣达菲轿车，和我们一同上了工地。小车在西召街里开得很慢，一出西召像箭一样地飞奔,眨眼间就到了工地。这个工地叫伊泰准东铁路二期道路配套工程——互通立交桥工地。在工地上一面大旗高高招展,上面写着"共产党员示范工程",大旗四周还插着10多面彩旗,上边是"东方路桥集团"或"让无产者变为有产者"的字样。在猎猎的旗帜下面是五六十名工人,都在岗位上井然有序地工作着,这里是制作桥涵吊梁的工地,不远处是正在建设中的立交桥,那里挖掘机、运输机、吊装车一片轰鸣……

在工地上,我们见到带班的技术员张宏飞,张金保问他:"今天不是叫党员们提前下班,晚上开会吗?"

张宏飞说:"我征求他们的意见了,几名党员同志都说工程开会两个都不要误,正常下工地……""看看,这就是搞定额管理和股份制改革后民工的积极性,一分一秒都不愿意耽搁。"张金保看了看已压向山梁的太阳,又看看手表,"那我就先回去,再过一会我叫小车跑几趟,把晚上开会的人先拉回去。"

9点15分,张金保联队的7名党员,6名入党积极分子先后走进联队长办公室,他们都换上整洁的衣衫,年轻人还认真洗了头和脸。看得出他们对党员活动的严肃认真态度。

9时20分,由党支部副书记兼组织委员张宏飞主持的纪念建党87周年活动正式开始了,第一个发言的是党支部书记张金保。他讲了中国共产党领导全国人民从黑暗走向解放走向光明的艰难历程,看得出来老张为了这个讲话看了不少资料。我党几大关键转折处的时间、地点讲得一点不差。

第二个发言的人是张培有,他是个有着40年党龄的老同志,在家乡任过多年村干部。从他的讲话中就能听出来,他是那种喜欢读书、善于思考问题、知书达理的人。他讲了改革开放以来个人的变化、家乡的变化和国家的大变化,讲得有理有据。他说:"社会主义是个啥样?共产主义又是个啥样?我在年轻时就讲,社会主义就是电灯电话,楼上楼下。可是不改革开放,这些东西就来得慢哇,俺韩岔山乡自新中国成立后就点了30年油灯,灯下看书写字的娃,熏得两鼻孔孔两圈儿黑,女娃们稍不留心就燎了头发。改革开放一根线线拉进山里,屋里就有了电灯,接着就有了电视、电冰箱、洗衣机,庄户人家开始红火啦。改革开放还有个好处就是让有能耐的人干大事。张金保是村里最早外出打工的吧，打了20多年工，学了一身本领，还有咱张宏飞，一个在村里不识两箩筐字的娃，如今是甚机器都会开，还会画图看图，成了技术员……"

接着另外几名党员也都讲了自己在党的关心培养下成长的经历，以及来到东方路桥工作的种种感受，他们朴实无华的语言无不表示对党的热爱之情。

这次纪念活动的第二项内容是为联队的7名党员发放4月和5月的党员津贴，每人200元。另外还有联队长张金保发给大家的工程进度奖、安全奖，两项总计发出6000元钱。

最后，这7名共产党员和即将成为共产党员的6名入党积极分子，一同起立，在主持人的带领下唱《国际歌》。

>……
>
>团结起来到明天，
>
>英特纳雄耐尔，
>
>就一定要实现！

这首歌，我们听过千百遍，也唱过千百遍了，她曾经无数次地感动和激励过我们。今天我们还能被这首歌再次感动吗？

《国际歌》雄壮恢宏的旋律在一些人那里被滚滚的经济大潮和甚嚣尘上的喧闹湮没了。可是我们远离市井、远离纷扰喧嚣来到鄂尔多斯高原，听到这13名民工兄弟的粗哑歌唱，我们被深深感动了。

这些高声唱着《国际歌》的人们都是来自陕北大山里的民工，他们在繁忙辛苦的工地上用自己朴素激昂的歌声表达着内心的情感。我们觉得他们能够这样来纪念中国共产党的生日，这里面有丁新民的功劳，丁新民按照共产党的宗旨做事，办企业，民工们就感激党。

爱有多大　事业就有多大

丁新民和农民工之间的故事，通过我们以上的记述，大致给你留下一定的轮廓了吧。昨夜,这些故事又在我的脑海里放映电影似的过了一遍,所以早晨起来,头有些沉。走出客房,到外边晨风中走了一会儿,头脑清醒多了。沿着一条石板路走到成吉思汗纪念堂前,拾级而上,来到坛形结构的大殿前,大殿外壁上镶刻着成吉思汗33条箴言。在一条箴言前我们碰见了丁新民,我们看看他,他也看看我们,我们会心一笑,都去看那条箴言:

爱护邻人如同爱护自己,人人须互敬互爱,包括尊重老人和穷人。

丁新民一字一字小声念了一遍,呵呵一笑,说:"你看,老祖宗在800年前就教导我们要和睦为邻,要去帮助穷人啊。"

丁新民说:"我是搞企业的,企业最重要的是经营,通过经营发展壮大,通过赢利为国家、为社会做贡献。但用什么思想去办一个企业,用什么理念经营一个企业,我们可能与别的企业有所不同。我们坚持'以人为本,共同富裕'的办企宗旨,坚持利国、利民、利企业和谐统一的办企方向,我们还坚持天时、地利、人和于一身,集事业、名誉、前途于一身。

"有一句话大家经常讲,'大河有水小河满,大河没水小河干',企业就是一条大河,民工联队就是一条小河。大河里的水是从哪里来的?是小河注入的嘛。可是有的小河太小了,有的小河流着流着要干涸了,怎么办?再由大河返流注入嘛,小河天天哗啦啦,大河天天翻浪花。我们东方路桥扶持民工联队成长发展就是这个道理。

"我们经常讨论的是民工养活了我们,还是我们养活了民工。我坚定地认为是民工养活了我们。所以我们必须去关心民工队伍建设,必须去关心民工的生活,帮助他们去发展。生活中有大道理,有小道理。这大小道理其实就是一种发展规律,谁遵照事物发展的规律去做了,谁就会进步,就会有发展。反之就停滞不前,就导致失败。这样的例子不少啊,一开始热热闹闹、轰轰烈烈办起来的企业,为什么后来就办不下去了呢?就是没有按照事物发展的规律去做,或者违背规律行事,岂有不败的道理呢?

"今天,党中央提出建设和谐社会,这是极具历史眼光和深远意义的。

2007年，我们召开集团工作会议，我根据建设和谐社会理论，提出'人本重于资本'的分配机制，就是要运用马克思的劳动价值理论和剩余价值理论，搞清楚'人本'与'资本'的关系，真正确立人本重于资本的分配理念和分配机制。承认'劳动是一切财富的真正源泉'，承认劳动力在生产关系中具有的第一资本属性，进而确立'劳动力资本'在企业分配中的主导地位，以达到人本利益分配大于资本利益分配的目的。"

在夏天的早晨，丁新民似乎不经意地说着，但是却阐释了一个真理：

大爱才有大事业！大爱才有大发展！

10年前，东方路桥创业伊始，员工只有28人，资产不足500万元。

10年后的今天，东方路桥的员工发展到1000多人，民工联队七八十个，民工6000多人；高峰时民工联队100多个，民工达到1万多人。总资产上升到60亿元，累计向国家上缴税金3亿元，以各种名义和形式向社会捐款近亿元，为10万多人次的民工提供了就业岗位。

10年大发展，他们靠的是什么呢？

靠的是党的改革开放的好政策，靠的是各级党委和政府的支持，靠的是正确的办企思想、科学的管理办法，靠的是对民工联队的关心扶持，对民工兄弟们关心帮助的大爱精神。

晨风中飞扬起歌声，深情甜美的歌声来自风情园中腾格尔敖包后边的小白杨树林。我们知道，那是艺术团的姑娘们在练嗓子：

> 这是心的呼唤，
> 这是爱的奉献。
> 这是人间的春风，
> 这是生命的源泉。
> 只要人人都献出一点爱，
> 世界将变成美好的人间。

一滴水汇入小溪，它就欢唱；一条小溪汇入河流，它就奔腾；一条河流汇入大江，它就澎湃；条条江河汇入大海，大海就成了浩瀚的大洋。

东方路桥关心爱护每一个民工，团结凝聚一个又一个民工联队，率领一个又一个筑路建桥的大军，建设家乡，建设祖国。他们就像一条清波淼淼的河流滋润着大地，他们就像一条波涛汹涌的大江浩浩荡荡地奔向蔚蓝的海洋，把更大的力量和爱心奉献给故乡。

所以，东方路桥人把路修到哪儿，就把爱心送到哪儿；把桥筑到哪儿，就把绿色播撒到哪儿。

1998年，东方路桥采用BOT模式修建东杨公路（起于伊克昭盟东胜市，终于神木杨家坡），原计划修3年，他们只用130天就建成通车了。总长70公里的一段路被修成样板路。他们边修路边在路旁植了1万株杨柳，如1万个身着绿纱的美少年，一年四季在路边起舞。还有在东杨路边盖起来的收费所和管理工区的大院以及院内漂亮的办公大楼，美妙如童话里的圣园。

2004年，东方路桥进军大沙漠，一下投入资金100万元治沙绿化。经过几年的努力，库布其沙漠已变成绿洲，处处杨柳吐绿，处处百花绽放。当时最难治理的35公里明沙，如今开辟为10万亩自然风景区，变成了"人在草上走，村在林中藏，一年四季中，三季有花香"的美丽田园了。

经过几年的辛勤治理，今天的东胜皂火壕生态基地成为优质种苗、牧草、花卉林木培育开发的绿色世界了。今天的东方路桥东方生态公司在初期科研和经营的基础上，又提出"要换银河仙浪"的更大的规划，让沙漠变绿、让高原变翠。除了这些造福千秋的善事外，东方路桥还捐助了很多学校。

几年来接受东方路桥捐助的学校就有：

东胜区塔拉壕小学，捐助小学5年的全部学费和教学文化用品费用。

鄂前旗珠和希望小学，捐助8.8万元，用于购买电教设备，建设学生宿舍。

东方小学，资助150万元，促成东胜区第一个百万教育工程。

在包头施工的43个东方路桥工人，自发为包头市九原区新胜镇新胜窑子小学、宏庆德小学一次性捐助价值3400元的物品与现金。

在建东杨公路时为建塔拉壕小学捐资300万元。

为铜川镇格舍壕小学捐款3400元。

为考上包头师专美术系的东胜郝家讫卜的郭慧同学捐助 3000 元。

为伊金霍洛旗哈巴格希小学捐助 1.52 万元。

为生于达旗一个残疾人家庭的安荣、安雪姐妹俩读中学捐助 4000 元。

为考上昆明理工大学的东胜漫赖、武晓英捐助 1 万元。

为内蒙古工业大学捐助 8 万元,用于资助科研事业。

从 2000 年起资助东胜区第一中学,每年举办一次费用达 1.5 万元的"东方路桥集团奖学金"活动。一直进行到今天,以后将继续进行下去。

东胜区铜川王才讫楞村是东杨收费所和管理工区紧邻的一个小村,乡亲们在建设东杨路和收费所时给予许多帮助和多方面的支持。东杨路自从使用后,东方路桥集团年年来慰问这里的乡亲们。

2003 年春节,丁新民亲自到村里为 41 户村民每家送一袋大米、一袋白面,还有一份烟酒糖茶慰问品。乡亲们高兴地说:东杨路的建设带动了铜川镇的小城镇化建设,改变了王才讫楞村的生活环境和投资环境,小村富裕起来了,更美丽起来了……东方路桥 6 年慰问王才讫楞村金额总计达 14 万元。

社会公益捐献和灾区爱心捐助他们更是义不容辞,首当其冲。

1998 年 8 月,南方遭遇百年不遇的大洪水,丁新民在抗洪救灾会上慷慨陈词:"人家蓝眼睛、黄头发的外国人都解囊相助,作为同胞我们岂能坐视。"

丁新民带头捐款 5500 元,公司副总经理孙平和李颖梅各捐款 2300 元,他们 3 人创下内蒙古公路系统个人捐款之最。

2001 年,伊克昭盟撤盟设市,他们捐助 108 万元,创企业捐款数额之最。

2007 年,东方路桥为东胜区社会主义新农村建设筹资 450 万元,用 250 万元为张家湾移民小区修路,用 200 万元为居民修了两个现代化休闲广场。

这一年国际生态卫生大会在鄂尔多斯市举行,主要是向全球展示第一个小城镇建设环保项目:中国—瑞典—鄂尔多斯生态城镇项目,东方路桥向大会捐款 50 万元。

为新疆灾区捐款 10 万元。

2003 年,为非典防控捐款 108 万元。

2005 年 1 月,为印度洋地震、海啸灾区捐款 20 万元。

东方路桥的开创者们10年来一如既往地对那些在组织上有一定松散性的民工联队帮助扶持。我们可以把这种做法理解为双赢，民工在东方路桥干活挣钱求发展，东方路桥则团结凝聚民工联队为企业创造更大的利润，使企业不断发展壮大，以获得更大的利益。这样看来，丁新民在企业、工程公司、民工联队、民工之间铺通一条温暖的通道，谁都能通过这条通道获得企业所获得的利润。

可是，当我们看到东方路桥把关爱的目光投向社会、投向海外，一次又一次慷慨援助时，发现自己对东方路桥的理解是多么的狭隘。他们的捐助小的从一人一户、一村一校做起，大的对一个地区几十万、几百万、几千万元的捐助，无不昭示着一个民营企业和一个民营企业家江海般的博大胸怀，大地无垠，大海无边，大爱无疆。

2005年4月30日，由全国工商联、中华全国总工会联合举办的全国民营企业"关爱民工、实现双赢"经验交流会在北京举行。在这次会议上，丁新民荣获"全国关爱员工优秀民营企业家"称号，分公司经理刘忠义被授予"全国热爱企业优秀员工"称号。

2008年5月，汶川地震后，自治区举办《抗震救灾，众志成城——中国2008抗震救灾内蒙古大型新闻图片展》，时任自治区党委书记储波、自治区代主席巴特尔等党政领导人参观。据说，储波书记在缴100万元特殊党费，帮助灾区人民重建家园的丁新民大照片前停留了一分多钟，然后微笑着离去。

2006年7月1日，在"全国先进基层党组织"和"全区先进基层党组织"表彰大会上，储波书记把"全国先进党组织"的奖状亲自递到丁新民这位优秀民营企业家手中……

我们的报告文学不是丁新民和他的东方路桥的捐献功劳榜，不能把他们所做的善事一一记录下来，只能选择几件突出的事例提提。

有些人对东方路桥的捐助不以为然，说反正老丁有的是钱，不捐干啥。

还有人以为老丁现在有钱了，家里的日子一定过得非常奢侈。

在我们住在"兵团之家"写作修改这篇报告文学时，遇到了在"兵团之家"帮助东方路桥准备路桥成立10周年文艺庆典的赵芬昌女士。

赵芬昌当年是兵团飒爽英姿的女战士，但她以前并不认识丁新民，她的丈夫张效毛是23团丁新民的战友，随丈夫参加了几次丁新民组织的活动后才认识了丁新民。赵芬昌和丈夫是来帮助东方路桥排练文艺节目的。女同志观察事物很仔细，也有她们独特的角度，她讲了丁新民夫人的一件小事：

"2008年4月，丁新民召集起一部分兵团战友，到济南、保定、天津等地走访战友。4月的鄂尔多斯是要穿春装的，可是到了济南、保定就该换夏装了。丁夫人说，她想买一件夏天的衣服。我想，丁夫人买衣服那肯定是要高档的，我领着她到高级服装城，丁夫人却不进去，她说：'这地方的东西贵得吓人，咱到普通的商店里买吧。'于是又转了几家普通商店，还是没买成。丁夫人还是嫌东西贵。在保定没有买衣服，丁夫人仍穿着从鄂尔多斯穿去的衣服来到天津，又转了几家商店，她终于选中一件衣服，你们猜她花多少钱买的这件衣服？才100多块钱，那件衣服的质地和做工连我都没看中，丁夫人却高高兴兴地穿到身上了。"丁新民尽管为社会捐助了近亿元，但是当初创业时的简朴至今为止还保留着。

路就在脚下，只要向前走，就能留下脚印。对丁新民来讲，各级政府的奖励是小事，农民工心里的评价才是最大最大的。

在任何时候，面对任何人讲，丁新民对民工的关心都是一流的，不像某些人只是做些表面文章，要的是奖励和表扬。与那些人的根本区别在于，丁新民关心民工不是为了名誉，而是发自内心的爱。

他庄重地告诉蒙古族作家哈斯乌拉："我们企业家的财富都是党和社会给的，我们今天把财富回报给社会是应该的。在回报社会的过程中，我们心里最安然，民工毕竟是庞大的弱势群体。"

面对民工，丁新民永远无怨无悔。

最近又有新的好消息传来，东方路桥被评为全国关照民工先进集体。

在内蒙古，以至在全国，把关心农民工、扶助农民工作为一种理念，作为一种理想来经营，丁新民应该是第一位的。他在完善着一种道德。

经营道德的人是最有力量的。

尾声　双路双桥

> 他们是我的希望，让我有继续的力量；
> 他们是未来的希望，所有的孩子都一样；
> 他们是未来的希望，但愿我能给他一个最像天堂的地方。
> ——李宗盛《希望》

在东方路桥的民工里有个身材瘦弱的温州人，叫毛达守。在我们北方人的印象中，温州人多数都经商，到工地做苦力的很少。但他是2005年12月东方路桥第二届民工联队代表大会的代表，他在这次大会上得到了奖励。那年他参加了海生卜浪黄河大桥的会战，黄河大桥的桥墩上洒满了他辛勤的汗水。

毛达守参加完第二届民工联队代表大会之后，心情非常振奋，他也想像丁新民那样为身边的农民工弟兄做件好事儿。没啥犹豫的，已经是年底了，干脆自己掏钱，让8个弟兄坐飞机回温州，大家都风光一把。

他把自己要掏钱为弟兄们买机票回家过年的事儿跟身边的人一说，大家一片欢呼雀跃。他们都在工地忙了一年了，离开亲人的日子太久了，谁不是归心似箭？

毛达守说到做到，当即去了包头民航售票处，买了9张回温州的机票，花了2万多元，急急忙忙地返回了工地，大家紧张地准备回家的事情。

临走的那天早晨，丁新民来了。

丁新民握着毛达守的手说："达守，听说你给民工买机票回家过年了？"

毛达守说："应该的，你丁总把几百万都奖励给农民工了，我得像你学习，这才2万多块钱，不算什么。"

丁新民说："不行，你不能和我比，这9张机票的钱我出一半，要过年了，算是我的一点儿心意。"

毛达守还想推辞，丁新民已经走了。很快，丁新民的司机张志鹏把1万多元钱送过来了。

8个农民工知道了这件事情，又是一番激动：多么好的老板啊，干了一年活儿，还能坐飞机回家，这是多美的事儿啊。

毛达守领着8个民工弟兄坐飞机回温州老家转了一圈。老家人知道了这件事情，有很多人来到他的家里。一个40多岁的独身老姐姐非常羡慕地说："达守啊，这内蒙古的老板真好，蒙古人真好，以后我也跟你一起去内蒙古，给你们做饭，顺便看看丁新民。"

毛达守告诉这位老姐姐，工地上的伙食很好，住的条件也不错，是活动板房，被褥整齐干净，每天都能洗澡。

毛达守回到了内蒙古，那位老姐姐很遗憾没能跟他一起来内蒙古。毛达守回来之后，妻子已经进入了临产期，他们夫妻的爱情结晶将要出世了。

2005年春节对毛达守来讲，可谓是多喜临门，他挣到了钱，坐上了飞机。他很高兴，心里想：在东方路桥干事儿就是顺利。

夏天，妻子为他生了一对双胞胎儿子。看着圆乎乎的一对胖小子，妻子说："你当爸爸了，给孩子起名吧。"

毛达守想了想："我看就叫路桥吧，让孩子长大之后记住，他的父亲是东方路桥的民工，咱们的好运气是东方路桥给咱们带来的。"

妻子有些不理解："叫路桥？这可是一对小东西啊！"

毛达守指着大儿子说："你叫双路。"又指着小儿子说："你叫双桥。"他又扭过头问妻子："这两个名字好听吗？"妻子轻轻地呢喃着："双路，双桥，这小哥俩的名字不错，挺好听的。"

毛达守慢慢地伸出手，把两个儿子托起来，轻轻地举高，大声说："双路、双桥，你们俩快点儿长大，长大后还要去东方路桥修路筑桥，去找丁新民爷爷，跟你丁爷爷错不了。"

妻子说："瞧你说的，等儿子长大，他们的丁爷爷就老喽。"

毛达守说："丁总就是老了，东方路桥也不会老，人家是长寿企业，是百年企业，咱们儿子还可以到东方路桥去干。"

妻子说："我还是想要咱们的孩子有更大的出息，别像咱们这样给人家打工。"

毛达守反驳妻子道："谁不盼着孩子出息，可是在哪儿也是打工挣钱，在哪儿打工也不如东方路桥啊。"

妻子高兴了，说："那时咱早已是东方路桥的股东，能直接分红了。钱挣多了，咱儿子也能当老板了。"夫妻俩高兴地笑了，明媚的阳光照射进来，洒在一家人幸福的脸上，这是多么温馨的民工之家啊！

双路、双桥，这是多么好听的名字啊。

双路、双桥，这名字里面蕴含着千千万万民工对东方路桥的祝愿，对好人丁新民的祝愿。

丁新民知道毛达守添了一对儿双胞胎，高高兴兴地专程来看，他给孩子带来了礼物，还抱着那对儿双胞胎合影留念。丁新民心里多幸福啊，民工的一对儿双胞胎降临了，这是东方路桥的福分。

毛达守的妻子把丈夫给孩子取名字的用意告诉了丁新民，丁新民满脸笑容，眼睛里有激动的泪水，这是些多么好的民工弟兄啊，金字塔理论必须落到实处，让无产者成为有产者的理念必须早日实现。为了这些民工弟兄，我吃多大的苦都值。

从毛达守的家里出来，丁新民大步向工地走去，向民工中间走去，向下一个目标走去，他走得那么潇洒，那么有力，那么自信，那么坦然。

丁新民忽然听见一阵雁鸣，他抬起头来，看到蔚蓝的天空上，一队"人"字形的雁队正从鄂尔多斯高原上飞过，它们飞向前方，遥远的前方……

国家的孩子

2009年获第九届内蒙古自治区文学创作"索龙嘎"奖

萨仁托娅

引 子

那年,我上小学四年级。

一个冬天的上午,寒风凛冽,全班在操场上体育课,跟随着老师的口令,我们整齐划一地做操。突然,一个名叫王桂兰的女同学摔倒了。老师把她抱到办公室才发现,几乎冻僵的王桂兰只有一件薄薄的小棉袄,里面什么都没穿!下身也只有两条打着补丁的单裤。

塞北高原的内蒙古的冬天,温度在零下二三十度。我总是穿着厚厚的棉衣、棉裤,里面还要套上一层又一层的棉毛衣裤、毛衣或者绒衣,脚上是笨重的大棉鞋,还要带上皮手套、帽子、围巾……总之能捂多厚就捂多厚,即使这样,在外面待久了还是觉得冷到了骨头里。

盛怒的老师给王桂兰的家长打电话,那次我才知道,王桂兰是个孤儿。在她很小的时候,父母就相继去世了,她是跟着叔叔婶婶长大的。

同学们给王桂兰捐了很多衣服,我捐的是一件红毛衣和一条绒裤。那是我有生以来的第一次捐助,所以印象深刻。

很多年以后，有一次我3岁的女儿生病住院，碰巧与王桂兰的女儿同住一个病房。说起小时候所受的苦，王桂兰最大的感受是——自从有了孩子，就特别怕死，怕孩子和她一样成为孤儿。

"我宁愿女儿和我一起死，也不愿把她一个人孤零零地扔在这个世界上。"

我们一起陷入沉默。

过了好一会儿，王桂兰声音低沉地说："孤儿生不如死！"

这句话让我深受震动。

更小的时候，父母经常轮流下乡，不是去参加各种各样的工作队，就是去深入生活，总是一走好几个月。每次当他们回到家，我都会迫不及待地让他们讲故事给我听。一次，父亲从锡林郭勒草原深入生活回来，给我讲了关于"国家的孩子"的故事。

国家的孩子，就是上海孤儿，他们被当地的牧民收养。父亲在锡林郭勒草原时看到了这些孩子。由于严重营养不良，所有的孩子都瘦得皮包骨头，无一例外个个都是大脑袋、细脖子，小肚皮喘气的时候一鼓一鼓的，像纸一样薄……几乎所有的孩子都有病，保育院里蛔虫满地……

那是我第一次听说"孤儿"这个词。对于我这个父母双全、衣食无忧的孩子来讲，并不知道这意味着什么。现在想来，父亲的话之所以给我留下了深刻的印象，大概与我很害怕蛔虫有关系。

当时我并不满足，我说："这不是故事。"

当作家的父亲意味深长地说："以后一定会发生无数的故事，你长大以后，要是有兴趣，就自己去寻找故事吧！"

听到"国家的孩子"这件事之后大约两三年，一次偶然的机会，我听到同学们窃窃私语，说班级里某女生是"上海孤儿"。说这事的女孩子们很是神秘，她们这般讳莫如深，更加激发了我的好奇心。

那时候我已经读过了《三毛流浪记》《雾都孤儿》《柯赛特》等书，我直观地感觉，"孤儿"，就是世界上最不幸、最悲惨、最可怜的人。

可是，为什么是"上海孤儿"？孤儿，跟那个遥远的花花绿绿的繁华世界又有什么关系呢？更令我觉得不可思议的是，不久那个女同学转学走了，据说是因为同学们的议论令她的家人极为不满。为此，老师还把议论过这件事的几个同学找来谈话。

我怀着懵懂和好奇，回家找父亲刨根问底。问题逐渐深入，我的心被震撼了。

第一章　3000 孤儿北迁

乌兰夫主席说，把孤儿交给牧民抚养

20世纪60年代初，中国大地上出现"三年自然灾害"，或者叫"三年困难时期"，饥饿遍布全国。无论城市还是乡村，人们因食物严重匮乏而导致营养不良，相当普遍地患了浮肿病，因饥饿而死亡的人数迅速增加。

在南方地区最大的孤儿院——上海孤儿院里，已经不仅仅是举目无亲的孤儿，被遗弃的孩子也占了相当大的比例。在上海和周边地区，包括安徽、常州一代，饥饿和死亡迫使农民和一些城镇居民外出逃荒，沿途扔下无数养不活的孩子。很多人把孩子扔在车站、商店、街头……有的直接送到了上海孤儿院门口。

面对源源不断被送来的弃儿，原本就人满为患的上海孤儿院，粮食和营养品更加难以为继。那个时候，就连大上海的粮库也岌岌可危，频频告急……

孤儿院里的孩子越来越多，身体越来越差，成百上千的幼小生命时刻面临着死亡的威胁。在大饥荒的社会背景下，各级领导也束手无策，只能向中央反映。

当时主管妇女儿童工作的康克清得知情况后焦急万分，在一次会议上，她向内蒙古自治区主席乌兰夫求援。她说，上海孤儿院的孩子们正挣扎在死亡线上，形势十分严峻，希望能从内蒙古调拨一些奶粉给予支援。

乌兰夫主席当即表示，要为中央排忧解难，为兄弟省市解燃眉之急。可是，饥饿是全国性的，内蒙古的各族人民同样也承受着灾害的压力，不少乳品厂早已停产，奶粉相当紧缺，还不够满足区内孩子们的需求。于是，乌兰夫主席将这个问题提到了自治区党委会议上。

自治区高层领导们眉头紧锁，意见却一致："把困难留给自己！看哪里还能再抠出一些少而又少的奶粉，帮助上海孤儿院的孩子们渡过难关。"

此时，不断有各盟市的消息反馈上来——情况并不乐观，杯水车薪。

常委会整整开了一个下午，在各方努力下，一车皮奶粉终于落实了。常委们松了一口气，但是，他们并没有感到轻松："这也只能解决一时的困难，并不是长久之计啊！"

绞尽脑汁，各种意见源源不断地被提出来。

这时，自治区党委副书记吉雅泰突然想到了一个主意，他说："一车皮奶粉能顶多大的事，能维持多久呢？倒不如把那些孤儿们接到内蒙古来，让草原牧民抚养。"

乌兰夫立刻赞成道："咱们想到一块儿了！草原上有肉有奶，有孩子们需要的营养，就能拯救生命！"

常委们兴奋起来，很快形成了统一意见。

这个决议很快上报到了党中央，周总理得知后，盛赞了内蒙古人民的博大情怀，他说："内蒙古地广人稀，特别是牧区，群众缺少孩子，又喜欢孩子，收养南方的孤儿，是一举两得的好事！"于是，一个有计划、有组织的营救上海孤儿的行动开始了。各盟、市遵照内蒙古党委和人民政府的指示，迅速组成了接运小组，奔赴上海接收大批的孤儿。

乌兰夫同志专门指示："接一个，活一个；养一个，壮一个。"

历时3年，先后有3000多名上海及华南的孤儿被送到内蒙古抚养，几乎所有的盟市、旗县都接受了这些孤儿。很快，孩子们被城乡干部职工、农牧民群众积极领养回家。

在内蒙古，这些南方孤儿有一个专用名词，叫"国家的孩子"。

无从考证的故事

以后的很多年，我的心总是被这些来自南方的孤儿牵动着。尽管我的周围就有，尽管我对他们始终充满好奇，但却从不敢问任何问题。因为我知道，孤儿的经历在他们心中是一块不愿被揭开的伤疤，是一种永远难以释怀的伤痛；这种无法弥补的缺憾，像一个伤口深埋在心灵深处，难以愈合。

我始终对这些"国家的孩子"报以极大的关注，我相信他们每个人都有一段鲜为人知的经历，每一座蒙古包里都有一段感人至深的故事……

40年后，1999年夏天，我为了创作电视连续剧和长篇小说《静静的艾敏河》，走进了锡林郭勒草原，叩开了数十位上海孤儿以及他们养父母的心扉。于是，一个个故事鲜活地展现在我的面前，我为他们叹息，陪他们落泪……

从那时开始，我几乎每年都要到牧区去，与其说是采访，不如说是去感受。

因此，我听到更多令我震撼的故事。

一个基层干部给我讲了这样一个故事。

有户牧民家收养了一个"国家的孩子"，把他抚养到12岁。可是有一年冬天，孩子在野外放羊时突遭暴风雪，迷失方向以后被冻死了。这个牧民被追究责任，判了刑。

我无从考证这个故事的真实性，但是它使我的心里久久难以平静。因为我知道，在野外放羊时被冻伤冻死的事在草原上时有发生。闻名全国的"草原英雄小姐妹"龙梅、玉荣就是一例。

在野外放牧，遇到暴风雪突然袭来的时候，羊群像决堤的洪水般顺风而逃，放羊的人是拦不住的，只能跟着羊群跑。途中如果能找到一块背风处或者洼地，把羊群赶进去就能逃过一劫，否则必死无疑。别说是孩子，大人冻死也习以为常。所以龙梅、玉荣曾说过这样的话："牧区像我们一样的孩子太多了，他们都默默无闻。而我们是非常幸运的！"

我就想，如果冻死的是自己的孩子，那个牧民还会被判刑吗？

这个故事给我的震撼在于，除了抚养的艰难，每一位抚养者肩上压着的是一份沉甸甸的责任！

责任对每一个普通人来说，比天还要大，因为他们收养的是"国家的孩子"！

我曾无数次感到震撼，那些人、那些故事和那样的生活，让我激动不已。热爱生命、尊重自然是蒙古民族的文化和信仰，充满风风雨雨的一路上，是人性的光芒折射出无穷的力量，抒写了朴素而博大的情怀。

这是来自内蒙古的人和事，是来自人类共同的灵魂和大爱。

第二章　谜团，或在档案后隐藏，或在档案中呈现

被身世谜团困扰着

我是谁？这是一个近乎愚蠢的问题，没有人会不知道自己是谁。从思维萌生的那一刻开始，我们就逐渐了解了自己——叫什么名字、今年几岁、属相是什么、爸爸妈妈姓甚名谁……这些问题，在我们每个人的一生当中都要无数次地面对，最常见的就是填一些表格，上面有姓名、年龄、民族、籍贯等。所有项目一一排列，我们总能信手拈来。

然而在内蒙古，这些"国家的孩子"们，却始终不愿面对这个问题。他们或是在襁褓中，或是刚刚会走路的时候就离开了亲生父母和故土，他们的记忆只有一片空白。我们无从体会他们的感受，就好像对光明熟视无睹的人不能体会失明一样。

我们其实都在回避。出于种种谨慎，我们习惯于回避对他们的打探，如果我不写电视连续剧和长篇小说，我也许一辈子都不会刻意去探寻他们的内心世界；他们自己呢，也习惯于回避对自己的推敲，就好像风中薄纸，已经脆弱至极。

时光流转，岁月的车轮一直驶到了今天。这些"国家的孩子"，相继步入或即将步入"知天命"的年龄，然而其实呢，他们对自己的宿命毫不知情。随着养父母的相继离世，他们逐渐开始面对自己，开始面对这些深藏内心的疑惑：

我是谁？

我到底是谁？

我的根在哪里？我的家在哪里？

我的父母是什么样子？我有没有兄弟姐妹？

当年，我的家人为什么抛弃我？

……

历史造就了太多的悲欢离合。近几年，常有全国各地的"寻亲团"频频见诸媒体，相同境遇的人们组织起来，开始探询自己的来历。有山东淄博到无锡的寻亲团，有西安到上海的寻亲团，有上海崇明岛去南京的寻亲团，还有青岛赴无锡的寻亲团……唯独没有声息的，是内蒙古的"国家的孩子"们。

当我于2005年又一次造访的时候，他们中有一部分人平静地说："人生一场，总想要寻找自己的来由。实际上，我们不缺什么，其实这只是一个心结，是一个希望。"

每个人的心中都有一个结。故乡是什么样子？亲人是什么样子？父亲和母亲，跟我在梦中无数次见到的是不是一样？……

随着了解的逐渐深入，这部分人开始把希望寄托在我的身上，希望我能找到一部分档案，也许档案里能够找到线索。

3000孤儿的档案，据我所知已经解密很长时间了，早已不是什么秘密，但是在"文革"中散失了很大一部分，仅存的大多是一些当年相关单位的总结报告、报表以及下发的文件，零零星星，数量很少。所以我觉得，无论是对于我写这本书，还是帮助他们寻找线索，都不会有多大帮助。

尽管我对于找到新线索不抱太大希望，但我还是答应了他们。

档案，有多少秘密深藏其中

这是我平生第一次来到内蒙古档案馆。档案管理十分严谨，手续烦琐。先是经过武警战士盘查、填写登记表，然后出示介绍信，又填写了两份十分详细的表格，我终于得以进入。于是这幢普通的建筑物就显得神秘起来，不由得让人心生敬畏。这些被高度的责任心保护着的文字，是否有助于唤起我对那段历史的生动印象，以便正确解读那些封尘已久的心灵之路？

卷宗用牛皮纸包着，一共有4本，钉得很整齐，上面写着年代和编号。发黄的纸张、模糊的字迹显出年代久远，静静地透露着一种庄重和毋庸置疑的真实。

我坐下来查阅，按时间顺序。

第一个卷宗，是关于南方儿童移入的报告。文件的一部分是油印的，也有相当一部分是用复写纸手抄的，字迹工工整整，显现着那个时代的特点。纸张也相当粗糙，有的纸本身就是灰色和黄色，散发着一种难闻的味道，有些字迹很难辨认。

翻阅中，一行文字跳入我的眼帘，我被吓了一跳，心中陡起波澜：

"关于我区由安徽移入的婴幼儿发生严重死亡的报告"。

这是一份内蒙古卫生厅党组写给内蒙古自治区党委和政府的报告，时间是1958年10月13日。报告中这样写道：

> "根据党委关于由区外移入儿童的指示，由民政厅负责组织工作组，于9月下旬由安徽省移入婴幼儿童309名，除途中死亡1名、个别送出4名外，全部直接送往锡林郭勒盟，已由该盟分别转送给东、西苏旗牧民。接去牧民家中以后，由于生活环境、饮食条件等变化，再加原来健康基础不好、营养不良，造成了发病和死亡。到目前为止，在该批儿童中因腹泻、脱水等原因已死亡56名，占接入儿童总数的18.2%。至今死亡尚未停止。"
>
> ——内蒙古档案馆 306—1—143 卷

这些文字让我怵然而惊，就是说，第一批来自南方的孤儿发生了严重的死亡！

怎么回事？是什么原因使这些孩子到了内蒙古之后，在不到20天的时间里，就发生了大批死亡的严重后果？

多少年来，我对3000孤儿北上是缘于"三年困难"这一说法深信不疑。然而，当这一页一页尘封已久的档案，穿越50年的迷雾出现在我的眼前时，我惊讶地发现这种说法有明显的偏差。

事实上，第一批孤儿是1958年9月从安徽启程的，从时间上来说，并不是"三年自然灾害"才导致这些孩子们北上的。

那时正值大跃进时期，总路线、大跃进、人民公社三面红旗席卷全国，极"左"路线下掀起的浮夸风刚刚刮起，所造成的恶果还没有呈现出来。而真正的"三年困难"是从1960年至1963年，那么，为什么从1958年开始就有那么多的孤儿被送到遥远的内蒙古来？那时的南方发生了什么？

显然，一些情况是被有意回避了，或者说是不愿提及。

团团迷雾困扰着我。我开始意识到，人们小心翼翼藏着掖着的，一定是一个沉重的话题。

第三章　北上，在绝望与希望之间

死神张开了翅膀

1958年的那个秋天，发生在中国大地上的不平凡事件无论给多少人带来了怎样的冲击和震颤，却使已经心如止水的南斯勒玛夫妻感到生活有了希望。

南斯勒玛和她的阿都沁（马倌）丈夫玛西巴图是锡林郭勒草原西苏旗额仁淖尔公社第四组的牧民。两人结婚多年却没有孩子。毡包里有一个孩子，成了夫妻俩的一个梦想。

刚入秋，锡林郭勒草原上开始了领养南方孤儿的动员工作，夫妻俩的梦想就要成真了！

在蒙古民族心目中，风调雨顺，水草丰厚，牛羊肥壮，人丁兴旺，都是大自然的恩赐。中国共产党像初升的太阳把光芒洒向草原，蒙古民族便把它作为自己的长生天来景仰。这次，党要救孤儿于危难之中，需要草原上的人们来付出。于是，草原母亲纷纷张开了双臂，随时准备拥抱这些可爱的小生命。

就像蒙古谚语中说的"鸟儿被鹞子赶到草丛中，草丛还要救它"，更何况这些举目无亲的可怜孩子呢？而没有子女的牧民则把孩子作为党给牧人的恩赐。

当然，领养孩子有严格的条件限制：首先你得没有孩子，然后还要看你有没有抚养能力和条件。另外，养父母必须政治上可靠，思想品德要好，要有爱心、责任心。还有，不爱劳动不行，不讲卫生也不行……经过公安局、妇联、居委会或公社、大队的调查，确认具备抚养孤儿的能力和条件的家庭，就会领到一份表格。填好表格以后再层层审批，最后才能领到由当地人民政府开具的领养介绍信。

南斯勒玛夫妻俩拿到介绍信，就像抱上了一个白白胖胖的小宝贝！想到毡包里就要有孩子的欢笑，南斯勒玛都能从梦里乐醒。她点灯熬油，缝制了小皮蒙古袍，准备了小皮被褥。而玛西巴图则买好了一头乳房鼓鼓的奶牛。

晚上，夜深人静的时候，玛西巴图说，咱们要个儿子。

南斯勒玛说，好，咱就要个儿子！

像所有的蒙古人一样，南斯勒玛和玛西巴图并没有重男轻女的思想，可是他们还是想要一个男孩儿。因为男孩子可能身体会强壮一些，能抵御恶劣环境，将来更能适应骑马游牧的生活。再长大些，就可以像他的阿爸一样，成为一个优秀的驯马手。

"明天孩子们就要来了！"

南斯勒玛是第一个听到这个消息的。她立刻约上同大队的另一位"准额吉（母亲）"阿拉坦花，两个人赶紧套上勒勒车，连夜赶往旗里。她俩都想挑一个好看而又健康的孩子。

9月下旬，南国还是绿草如茵、莺歌燕舞，草原却已到了深秋，这是老天爷最喜欢滥发寒威的季节。南斯勒玛和阿拉坦花两个人赶着勒勒车行进在深秋的草原上。无边无际的旷野中传来阵阵寒风的呼啸,煞是苍凉。"草原的天,孩子的脸",天气说变就变,昨天寒流突至,气温骤然下降到了零下四五度。

越走越冷,她们就下来跟车走一阵。南斯勒玛和阿拉坦花庆幸自己做了充分的准备,带上了给孩子做的小蒙古袍、小马靴、小皮被子。实在不行还有大"皮得勒"(皮制蒙古袍)。总之,天气再冷,孩子也冻不着。到了旗里,两人找了一个招待所住下,就赶紧去打听孩子什么时候到。

在旗民政局,已经聚集了不少来领孩子的牧民。工作人员告诉大家,孩子正在路上,明天上午就到了。南斯勒玛问:"什么时候能让我们抱回家去?"

"孩子们一到,你们就可以直接领回去了。"

1958年9月23日,一列普通旅客列车缓缓驶入赛汗塔拉镇火车站,拉开了3000孤儿北上的序幕。

这是第一批接运的"国家的孩子",共304人,列车从安徽启程,经过4天4夜的日夜兼程,中途在北京和集宁转了两次火车,才到达内蒙古锡林郭勒盟苏尼特右旗所在地——赛汗塔拉镇。

锡林郭勒盟位于内蒙古中部,北与蒙古国接壤,有1000多公里的边防线,是纯牧业盟。下属有东、西两个乌珠穆沁旗,东、西两个苏尼特旗,另外有锡林浩特、阿巴嘎、正兰、镶黄、正白等9个牧业旗市,总面积为20万平方公里,那时全盟总人口不足20万。

那时候,整个锡林郭勒盟只有从集宁到二连口岸通火车,每周只有两次途经锡林郭勒盟版图上最西部的苏尼特右旗(简称西苏旗),再往下走,就只有马车、牛拉的勒勒车或者骑马了。

时任西苏旗旗委书记的巴图苏和亲自督阵,旗领导班子和相关单位的干部、职工全部出动,仅用了3天时间,这第一批304个孩子就全部被认领完毕。

大功告成,所有的人都大大地松了一口气。

像每次打完漂亮的胜仗之后要总结一下一样,军人出身的巴书记说,这要归功于动员和宣传工作非常到位,牧民们响应党的号召,积极领养;另外,让准备领养孩子的人们提前办好手续,来到赛汗塔拉等待……一切都按预定计划有条不紊地进行。所以，这项工作完成得非常顺利。

南斯勒玛和阿拉坦花终于领到了属于自己的孩子，不过并不是她们想要的男孩。可能因为男孩子太少的缘故，不能完全满足"领养儿童申请表"中的要求。

女孩也行！但是我们想领养大一点的孩子，因为没有养育经验，大点的孩子好养活。

保育员抱来一个小女孩儿递给南斯勒玛。保育员说："这孩子3岁，已经算大的了！"

3岁？可是看起来却显得那样小！孩子那双黑黑的眼睛忽闪忽闪地望着南斯勒玛，她的眼泪一下就涌了上来。她没多想就把孩子拥进自己的怀里："我的女儿，额吉的小宝贝！"

阿拉坦花的女儿看起来更加弱小。

保育员说："南方人长得就比咱们这里的人瘦小。再说，这孩子差不多算最大的了，别的孩子更小，连1岁都不到的可多啦！"

两个额吉各自抱着期待已久的孩子，欢天喜地。她们把孩子一层一层包得严严实实，赶着勒勒车就上路了。

勒勒车像小蚂蚁似的，在茫茫无际的草原上移动。极目远眺，四面一望无际，只有草原上的小路弯弯曲曲伸向天边。那时候，草原上没有公路。一直到70年代末，走的全都是勒勒车压出来的自然路。一个有趣的说法是，因为勒勒车是牛拉着的，牛看到哪里的草好就向那里走，边走边吃，吃一会儿走一会儿，所以草原上没有一条路是直的。

俗话说"尽量少走弯路"，意思是尽量减少浪费，把损失降到最低。草原上不直的路却使人无形中就要多走许多冤枉路。另外，自然形成的路与人工修建的路有着本质上的不同，高低不平坑坑洼洼，如遇下雨拖泥带水，陷车也是在所难免的。

南斯勒玛的家离赛汗塔拉镇不算近，赶着勒勒车，在这样的路上要走整整一天。阿拉坦花的家还要远一些，需要一天半才能到。

玛西巴图早早地安顿好了马群，把蒙古包烧得热热的，准备好迎接小宝贝的到来。乡亲们也带着奶食、红糖、饼干等礼物赶来了。在这个饥荒年景，乡亲们用各种方式表达着他们的欣喜和热情。

南斯勒玛母女俩终于到家了！玛西巴图杀了一只羊，熬了一大锅汤，准备好好庆祝庆祝。

南斯勒玛一层一层地打开了包着孩子的皮被、小棉被，把孩子抱起来，乡亲们都很惊讶——这哪像是3岁的孩子呀！

是啊，比咱们最弱的小羊羔还弱呢！

玛西巴图可不在乎，是孩子就喜欢。他从妻子的怀里抱过女儿，使劲亲吻。

南斯勒玛嗔怪道："轻点，你把她弄醒了！"

玛西巴图皱起眉头道："不对呀！孩子是不是病了？"

玛西巴图说得没错，这孩子哪是睡着，分明是病了！只见她双眼紧闭、呼吸急促，喉咙里发出呼噜呼噜的响声，再一摸，浑身滚烫，这下可把人们给吓坏了！

南斯勒玛夫妻俩束手无措、惊恐万状，他们从来就没有想过孩子会生病，从来没有想到他们面对着的将是怎样一种旷日持久的艰难和一份沉甸甸的责任。

南斯勒玛还算是幸运的，阿拉坦花抱进毡包里的已经是一具冰凉的小尸体了！

死亡威胁着这些小生命

就在人们领走孩子的第二天，噩耗频频传来：刚刚抱来的孩子接连不断地死去。症状基本差不多：发烧、感冒、腹泻、脱水、痢疾……更有甚者，不少孩子在回家的途中就已经死亡！

死亡的阴影犹如突然袭来的寒流，顷刻间席卷了草原，令人猝不及防！档案里有这样一份统计表，上面详细记录着这一批来自安徽的移入儿童的基本情况：

移入儿童的性别、年龄、营养状态（根据移入儿童卡片统计）：

性别：男 41 名，女 263 名，共计 304 名。

年龄：4～12 个月龄者 182 人，占 60%；

13～24 个月龄者 95 人，占 31.2%；

24～48 个月龄者 27 人，占 8.8%。

营养状况：

营养不良几乎全部存在，计 81 名中 77 名营养不良，仅 4 名近乎正常。

……体格及智力发育普遍差，体重较正常值低，如 1 岁正常儿童体重应 9 公斤，可是这批小孩 3～4 岁的一组平均体重尚不到 9 公斤；1～2 岁年龄的小孩正常情况下皆会说简单的词语，可是该批儿童该年龄组 95 名中仅 4 名会说话。

——内蒙古档案馆 306—1—143 卷

从这短短的文字里，我至少获得了两个信息：第一，这是些年龄偏小、身体状况极差的孩子；第二，所谓的孤儿，其实大部分可能是弃儿，从男女比例的严重失衡就可以得到证实。

时间过了将近 50 年，在巴图苏和老人家的客厅里，我问及这个话题时，78 岁高龄的老人家心情变得很沉重，他说："我们没想到这些移入儿童是这么小的年龄，没想到是这样的健康状况！血的教训告诉我们，光有怜悯和热情是不行的！"

在一份关于死亡儿童的检查报告中有这样一段文字：

最初我们拟定的方案是 1958 年做好准备工作，从 1959 年开始再有计划的移入，但是，由于安徽方面强烈要求尽早接走，我们在毫无准备的情况下同意了。

我发现类似这样的记录有很多。接下来，这份报告中又说：

名额、年龄、健康状况均不符合原来规定。如原定移入1周岁以上的儿童200名，但实际却移入了309名。

数量，一超就是50%！

质量，全部极度营养不良！

而且，迫不及待、刻不容缓地大量送来！

只有在灾难袭来的时候，才会发生这种缺乏理性和秩序的状况。

的确是灾难。

1958年的安徽到底发生了什么？为什么出现了如此多的孤儿？为什么数量比原计划多出了50%？又为什么急于送走？

灾难的发生自有它的轨迹，当发展到了浮出水面的阶段时，就已经势不可挡，无力回天了。

1958年孕育了以后的"三年困难"。

灾难在许多因素的孕育下，自身已然强大。安徽徐水县宣称亩产小麦12万斤，庄稼丰收了，可是在"每亩地产万斤粮"的神话下，农村就已经开始饿死人了。放卫星，一个著名的口号是"人有多大胆，地有多大产"，产出的却是虚拟的数字。可怜"面朝黄土背朝天，汗珠子掉在地上摔成八瓣"，辛勤打下的粮食还不及这个数字的零头。粮食产量被无限夸大。即使庄稼丰收，但在每亩地产万斤的神话下，农民只能把粮食全部上交，丝毫留不下一点口粮。农民们逃荒要饭，势在必行。

在那样一个饿殍遍野、民不聊生的背景下，急于送走孩子也合情合理。

那个年代没什么计划生育。人口占全国80%的农村，每户家庭生养七八个孩子十分普遍。孩子源源不断、嗷嗷待哺，粮食却非天灾即人祸，颗粒无收。城市里，情况也好不到哪儿去，虽然大多数家庭还不足以编成一支童子军，但生一个孩子的家庭几乎是没有的。老百姓的经济条件极差，赖以生存的粮食就好像无源之水，日渐枯竭，直到最后生命面临着威胁。

孤儿院！虽然不敢奢求营养，但至少能有口饭吃，无论如何能让孩子们活下来就行！

然而，事情远没有这么简单，现实的残酷永远让人始料未及——当孤儿院也到了穷途末路的时候，内蒙古便成了一个最无奈的选择。

孤儿们是不幸的，但被送往内蒙古的孤儿们，又是不幸中的幸运儿，因为有这一方虽然贫瘠但却充满爱的家园向他们张开了博大的胸怀。在这温暖怀抱的背后，真正付出长期的、沉重代价的，是将要接受这些孩子们的草原牧民。

内蒙古草原幅员辽阔、地广人稀、交通闭塞、缺医少药，无疑是条件最艰苦的地方，尤其在 20 世纪 60 年代，这样的情况更为突出。庐山会议之后，继续批判"右倾机会主义"，本来就很"左"的各项政策更加"左"了，直接后果是——牧民们苦心经营下增加的几头自留畜都被当作"资本主义尾巴"割了；谁要是说一句对"三面红旗"不满的话，立刻就被打成"右倾机会主义分子"进行批斗；牧民自古以来的主要食物是奶茶和牛羊肉，但当时根本喝不上有奶的茶，牛羊肉更是异想天开，甚至很多家庭连玉米糁子都吃不饱！整个草原正在经历着一场比全国其他任何地方都有过之而无不及的天灾人祸！

风雨飘摇中，牧民们举步维艰，在这个时候，3000 个幼小的生命又降临眼前。是雪上加霜吗？牧民们没有一个这样认为，他们满怀着热情，把这些无助的小生命揽入怀抱。

救人于危难之中，是蒙古族人民历来遵循的道德观念。蒙古族世世代代居住在内陆高原，以放牧为生。牧民们懂得一只弱小的羊羔如果离群走失，除了死亡是没有其他出路的。人也是一样，如果处于危难贫弱的境地而得不到及时的救助，下场要比孤独的羊羔更悲惨。年复一年的放牧生活，草原上风风雨雨的吹打，使蒙古民族构建了一种善良的心理结构，对于弱小贫困的群体他们拒绝一切冷酷与漠然，只要需要，他们会毫不犹豫地向他人、向社会慷慨释放。

今天的我们无从体会个中的分量和代价，我们只能看到，生活的重压只在他们的脸上留下了深深的印记，但存在于他们内心的，全是为孩子们遮风挡雨的欣慰和看着孩子们健康成长的幸福。

可是，到了锡林郭勒盟，为什么又急于送下去？

不重视吗？

不！从档案中可以得到肯定的结论，一份工作报告中这样写道：

锡林郭勒盟盟委根据内蒙古党委关于接受移入儿童的指示,立即组织卫生、民政、妇联及交通运输等部门成立了接待移入儿童筹备委员会,以盟宣传部特副部长为首组成的接儿工作组,于9月2日到达赛汗塔拉(西苏旗所在地)进行了筹备工作。在当地抽腾了50余间房舍成立临时接待站,组织动员了70余名国家干部和家属,并进行了两天的临时育儿知识训练,在赛汗塔拉安排了接待移入儿童准备工作。东、西两苏旗(注:苏尼特左旗简称"东苏旗",苏尼特右旗简称"西苏旗")也相应成立了接待移入儿童筹备委员会,由旗委书记、旗长亲自挂帅组成接儿工作组,深入牧民中进行了有关领养移入儿童方面的组织动员和宣传教育工作,动员牧民积极领养。广大牧民表示十分愿意认领,认为这是党和政府的关怀,许多母亲积极热情地做了迎接孩子的准备工作。前后共用20天的时间,从盟、旗、组到牧民,做了一系列接待移入儿童的安排工作。

——内蒙古档案馆306—1—176卷

显然,各级领导对这项工作不但重视,并且做得非常到位。

巴书记说:"锡林郭勒盟从盟委到各旗都是一把手亲自抓这项工作,怎么能说不重视?从上到下都是作为重点工作来抓的。当时尽了一切努力,唉!现在回想起来,过分替国分忧,过分热情和心软,经不起安徽方面要求提前运走的请求,采取了轻率的接运行动……"

这项工作在巴老的印象中一定非常深刻,48年之后他依然记忆犹新,总结得既清楚又有条理。

近三分之一的孩子在迁徙中丧生

北上的路,从一开始就充满了凶险,却是一条希望之路。

内蒙古草原的气候,严寒酷暑、冰霜雨雪,没有亲身体验过的人,难以想象它的严酷。一年中只有半年是无霜期，如果遇上暴雨天气，6月份也能冻死人；到了冬天，大雪铺天盖地，白毛风呼啸起来，小便一出身体就冻成冰柱。这样的气候条件，加上广袤无垠的地域特点，决定了游牧民族的生活方式——随气候迁徙，逐水草而居。终年居无定所，"无城郭之制，逐水草而居"，"以穹庐为室兮毡为墙，以肉食为食兮酪为浆"。住的是四面透风的蒙古包，吃的是单调的肉、奶，基本上没有蔬菜和水果，更谈不上任何卫生条件。

艰苦的生活环境，经常使幼年的孩子不幸夭折。在旧社会，牧民的孩子病了，家人就到庙里烧香磕头，请喇嘛念经，求佛爷保佑。新社会以后，医疗条件、卫生条件也无多大改观。孩子生了病，父母唯一能做的就是把孩子送往公社卫生院或者旗医院去救治。可是因为路途遥远，交通不便，遇上急病往往来不及送到人就不行了。大多数婴幼儿听天由命、自生自灭，只有少数体格强壮、抵抗力强的孩子能活下来，平平安安地长大成人。

土生土长的孩子尚且如此，南方的病弱儿童又怎样呢？

列车在浩瀚无边的大地上向北进发，满载着希望和艰险，历经4天4夜。一路上要换乘数次火车、汽车，还要乘马车、骆驼车、勒勒车，包括各级领导和医护人员、保育员在内的70多人护送，频繁转接、日夜兼程，耗时十数日才能到达终点。这样的考验，别说是一群孱弱的孩子，就是大人也需要强韧的体力啊！

死亡，就在这奔向希望的途中如影随形。流行性感冒并发肺炎、腹泻等各种疾病乘虚而入，许多孩子在劫难逃。

死亡就这样不可避免地发生了！最终的数字是死亡89人，几乎占到了三分之一！

征程充满了凶险，终点意味着平安吗？

漫天大雪不期而至，白毛风像魔鬼一样肆无忌惮，对挣扎在生死边缘的脆弱生命没有一丝怜悯。

这就是第一批南方孤儿在1958年北迁时的真实情景。

迁徙不是为了过得更好，而是为了活下去。

内地的大跃进、人民公社运动使内蒙古草原牧区也发生了变化，在这里同样开展了轰轰烈烈的公社化运动，牧民们把自己的牲畜都入了合作社，只留下政策允许的一点自留畜。从那时开始一直到改革开放，牧民们包放公社（合作社）的畜群，靠挣工分过日子。

与农村不同的是，牧民们的口粮是靠国家供应的，虽然每月只有十几斤，但是夏季多一点奶食，其他季节可以狩猎，牧民生活水平虽然有明显下降，却还不至于饿死人。

这不仅仅是地理环境、生活方式或民俗民情的差别，说到底还是农耕文明和游牧文明的根本区别。

比如，许多年来，汉族人见面时最先问的一句话往往是："吃（饭）了吗？"这句话似乎已经演变成了问候语。而蒙古人见面的第一句话则是："身体好吗？"接下来再问："牲畜好吗？草场好吗？"……无论问多少话，也绝不会问："吃饭了吗？"不要小看这种差别，它表现的却是人们最关切的。这种关切标志着生活的全部特征和社会情感。

这是文化的差别还是生活方式的区别？不管别人怎么想，我认为跟生存环境有很大的关系。可以回想一下，以农耕文明为主要标志的汉民族，崇尚"民以食为天"，却世世代代被贫穷和饥饿困扰着。我的长辈和与我年纪相仿的人，对于儿时的记忆大多是饥饿。吃饭是生存的最大问题，所以把它摆在首要位置上理所当然。改革开放以后的富民政策，才使中国人真正摆脱了饥饿。我们稍加注意就可以感觉到，这种问候，现在已经很难再听到了。

作为游牧民族的蒙古人，最怕的不是挨饿而是疾病。他们所处的生活环境即使是没有粮食，仍然可以猎到食物。但是如果生了病，草原上缺医少药、交通不便，因此，平安健康才是他们生活中最值得关切的。

不难理解，这是完全不同的文化环境中产生的行为表达方式。一位哲人说过："人类世界并不是一个独立不倚的存在和自行其是的存在。人生活在物理环境之中，这环境不断地影响着他并且把它们的烙印打在人的一切生活形式之上。"（《人论》恩斯特·卡西尔，上海译文出版社，256页）

胡尔钦厅长的检查48年后还刺痛人心

正当南斯勒玛夫妻俩轮流抱着奄奄一息的孩子一筹莫展的时候，一辆拖拉机轰鸣着停在了南斯勒玛家的蒙古包外。公社书记额尔敦仓带领着由自治区和盟医院专家组成的紧急救治小组及时赶到，南斯勒玛看见了救星。

最后一个孩子被领走，各级领导还没来得及喘口气，第二天就传来了大批孩子死亡的消息。得到消息的时任自治区卫生厅厅长的胡尔钦亲自挂帅出征，组成若干个紧急医疗救援队，兵分4路，12天时间走遍了锡林郭勒盟各地。哪里有患病的孩子，他们就火速赶往那里实施抢救。

让我们从一份长达七八千字的《关于移入儿童工作中所发生的错误的检查报告》中，看一看整个事情的经过：

> 移入儿童在9月19日从安徽出发，22日抵达赛汗塔拉，从23日开始向各组输送移入儿童，26日基本结束。随后特副部长带领一批医务人员赴东苏旗检查移入儿童的安置工作，自27日发现移入儿童死亡情况之后，立刻派盟卫生处色处长和内蒙古医院教副院长、小儿科额主任分头前往东、西两苏旗组织当地医务力量开始进行抢救治疗工作，随之又把来自内蒙古的40名医务人员和在东苏旗工作的内蒙古布氏杆菌病防治工作组人员组成了若干抢救治疗小组，从10月6日全面开始了抢救治疗工作。同时，东西两苏旗委会决定采取以小集中抢救治疗的紧急措施，经10个昼夜苦战抢救治疗，自10月15日开始移入儿童大批死亡基本得到了控制。

报告直接送到了乌兰夫主席的办公桌上，他焦急万分，立刻发出紧急指示："争取时间，采取积极有效的措施，保证做到不再继续死亡，扭转局势。"

那是一个把党和人民的利益看得高于一切的时代，每一个人都有高度的责任心，那几乎是一个人品格的全部。可以想见，发生了这样的事，对于卫生厅和各级领导会产生怎样的压力!

"由于我们工作中的错误,造成生命损失,使党的事业蒙受重大损失,给党和自治区造成了极坏的政治影响。"

这样的词语充斥在几乎所有的材料里,检查报告订了厚厚的一本,足有五六篇之多,反反复复,有简略的,也有详细的,对这次事件进行了全方位的总结和检讨。其中有一份是当年的卫生厅厅长胡尔钦同志亲笔所写的"关于移入儿童工作中所发生的错误的检查报告",这份长达十几页的检查报告中对造成婴幼儿大批死亡的原因足足总结了六七条之多:

> ……最初我们拟定的方案是1958年做好准备工作,从1959年开始再有计划的移入,但是,由于安徽方面强烈要求尽早接走,我们在毫无准备的情况下同意了。在民政厅提议下,主席联合办公会上做出了"1958年移入婴幼儿150~200名,不举办托儿机构,直接转送给牧民"的决定。
>
> 名额、年龄、健康状况均不符合原来规定。如原定移入1周岁以上的儿童200名,但实际却移入了309名(包括途中死亡1名,个别送出4名),从年龄组分类来看,1周岁以上仅占40%,营养状态不良的占到80%以上。孩子普遍抵抗力弱,营养不良,头大,胸椎成串珠型,大些的也患有不同程度的软骨病,有的2周岁了还不会站,不能行走。
>
> 虽然有80名医护人员及行政干部专程护送,但是由于从安徽乘火车到赛汗塔拉路途遥远,移入儿童在极度疲劳、缺水、饥饿的情况下度过了4个昼夜的长途旅程。由于不是专车,车厢内卫生条件很差,通风换气不好,臭气难闻,孩子普遍精神不振,80%以上的孩子腹泻,呈现脱水。加之旅途中遇到寒流,气温突然下降到零下4~5度,使多名儿童传染了流行性感冒并发肺炎、腹泻等疾患。下车当时就有6名孩子转入卫生院抢救。
>
> 到达赛汗塔拉后,看到有牧民早就在苏木里等待接孩子,于是

改变了原定在赛汗塔拉停留3天的计划，当时就有一部分儿童让牧民接走了。其他移入儿童又乘汽车转到各组，再搭乘马车、骆驼车、勒勒车等交通工具一直到居民点，前后旅程达十数日之久。

没向牧民交代根据病弱儿的特点合理喂养的方法，强调南方孩子来到北方生活应逐步适应。蒙古包内温度忽高忽低，牧民缺乏育儿知识，不敢给孩子勤换尿布，勤换衣服；给孩子吃手扒肉、炒米、月饼，牛奶也不懂得兑水，不懂定时定量，致使饥饿儿童从早到晚吃得肚子又大又硬，多数因消化不良、腹泻、严重脱水并发肺炎而死……

在敖特尔，不定居的牧户家领养的儿童死亡率最高，11个就死亡6个，除1个年龄稍大，身体好之外，其余4个病得很严重。

领养人不合适，如西苏旗第四组苏米雅60多岁，已经领养了当地2个孤儿，又替人带养1个，这次又领养1个，带4个孩子很吃力，问她却说没有困难……

——内蒙古档案馆306—1—134卷

这份详细的报告，现在看起来有点儿冗长，字里行间却能感受到那份认真和负责。

血的教训告诉人们，光有爱心和热情是远远不够的。难能可贵的是，干部们除了检讨过失，也总结了很多经验。亲历整个过程的胡尔钦厅长总结了一套切实有效的操作方案，并且立即付诸实施。比如，先设立儿童保健站，让所有的移入儿童先在保健站里集中养育一段时间，以增强孩子的体质，使他们逐渐适应北方的气候、地理环境。在这段时间里，要求医务工作应该始终跟随孩子，并按不同情况分别采取保育、医疗措施或增强营养。

这套完整的操作方案成了日后这项巨大工程中最宝贵的财富。

在一份没有落款，但是据我分析是来自锡林郭勒盟，标题为《关于移入儿童经过简况及今后保健措施的报告》中这样写道：

根据内蒙古党委指示精神和地方党委的决定，及移入儿童的实际情况，采取以大集中的方式，集中人力物力，加强保健工作，保证移入儿童安全度过今冬明春为原则。

一、组织领导工作：

1. 在当地党委领导下，设移入儿童保健工作指挥部，统一领导全面安排保健工作。指挥部由盟委和旗委领导与有关部门负责同志组成。

2. 在西苏旗温都尔庙、东苏旗所在地贝勒庙设立移入儿童保健站，有专职党支部书记、站长、保健主任分工负责，领导站内组织思想教育和业务技术工作。除一些干部和牧民所领养的年龄较大些、营养状态较好的少数儿童外，其他所有移入儿童一律集中到保健站里来养育。

二、集中过程中的保健措施：

1. 在集中时，小集中点的负责医生必须认真检查集运儿童的健康情况，因儿制宜，分别对待。可集运的儿童必须在保温和周密的医护条件下，迅速集中到保健站来，重症儿必须就地由专门医护人员进行抢救治疗，待恢复后再集中。保证在集中过程中不发生传染病恶化和死亡。

2. 在集中过程中保证做好对于小集中点和散在居民点儿童周围的流行病学的调查了解工作，将来自疫区的儿童与健康儿童进行分别集运，入站后及时进行隔离观察，并视必要性进行预防性治疗，保证在集运过程中不发生传染病。

三、集中后的保健措施：

1. 儿童入站后，由医生认真负责甄别健康儿、营养不良儿、病儿等情况，分成不同的几组，及时采取相应地保育、增强营养、医疗等具体措施。否则使保健工作一般化，越来越陷于混乱被动不堪的境地，将会造成不良的后果。

2. 除对入站可疑传染病儿童及时进行隔离观察外，对站内儿童每日必须进行检疫工作，大胆怀疑，隔离观察和预防治疗要迅速准确，在站内必须严格贯彻执行传染病管理条例。加强对传染病的防治管理工作是保证儿童安全度过冬春最重要的措施。

3. 对于入站儿童进行预防麻疹、百日咳、天花（结核）等预防接种措施，提高儿童免疫力。

4. 对于入站儿童进行体内寄生虫病检查工作，要用温和性的驱虫剂实施驱虫治疗，在进行驱虫时要注意儿童的健康状况。

5. 在日常医疗工作中，必须贯彻预防为主的方针，要改变只治已病不治未病的资产阶级医疗作风。要经常勤检，及时发现病儿，早期进行预防治疗，对于咳嗽、发热、腹泻等症状要及时进行预防治疗，因为对象是营养不良、抵抗力弱的儿童，所以不能等待症状俱全确诊后再动手，那样就会使病情恶化甚至导致死亡。争取做到早期发现及时进行预防治疗，这是日常医疗工作中的重要一环。

6. 根据健康儿、营养不良儿、病儿等不同的儿童组制定相应的食谱，并在医护人员监督下进行定时定量的喂养。

7. 对于患传染病的儿童或可疑传染病儿童的隔离观察期间的护理工作，必须有医护人员亲自进行，此项工作不得推给保育员去做。

8. 保育工作人员的培训工作，以半工半读的精神，采取做什么学什么，缺什么补什么，边工作边学习的方法，培养儿童护士和部分牧民保育员，为牧区人民公社培养托儿所保教骨干。

9. 对于来自牧业社的保育员（养母），以要及时进行说服宣传教育工作，解除她们的四怕，即：怕家务无人管，怕耽误生产，怕担负不起医药费，怕不给孩子了等思想顾虑，并通过旗、组及牧业社的行政领导来解决实际存在的问题。

10. 建立与健全站内的会议汇报制度，向当地党委和指挥部及时进行请示报告，主动争取指导。加强保健站的组织领导和业务领导工作。

总之，现在的客观形势对于进一步加强移入儿童保健工作是十分有利的，各级党委领导极为重视，亲自挂帅，根据医疗保健需要，要人给人，要东西给东西，给予了极大的支持。在医疗保健上人力物力集中，散在儿童也集中了，大批死亡的局势已扭转。现在的问题就是要我们卫生工作者政治挂帅，高度发挥政治积极性和主动性，来想方设法千方百计地保证不再死一个孩子。

——内蒙古档案馆306—1—176卷

对于党的忠诚，对于使命的高度认真，几乎使一切都被安置周全。大家一起担负起了责任，在此后的几年里，这项工作确实取得了很好的效果，再也没死过一个孩子。

创伤被及时治愈、抚平，成为历史长卷中肃静的一页。

温都尔庙，生命的驿站

1958年那个令人揪心的秋末冬初，时任西苏旗旗委书记的巴图苏和，接连几个晚上辗转反侧夜不成眠。他心里十分清楚，目前的当务之急，就是必须尽快把所有的移入儿童集中起来，只有这样才能让孩子们安全度过今冬明春，最大限度地拯救这些幼小的生命。这是唯一的，也是最好的办法。

可难题接踵而来，最迫切的是去哪里找这么大的房子！旗里最大的地方就是医院，可旗医院病房连同门诊才只有两排土坯房、床位20张，需要紧急集中救治的孩子却有160多人，加上医护人员、保育员、奶母、领养了孩子的母亲、管理人员、后勤保障人员……粗算一下至少要三四百人！

巴图苏和绞尽脑汁、搜肠刮肚，万般无奈中，他想到了旗政府所在地温都尔庙！当时，整个西苏旗能容下这么多人的去处，只有距赛汗塔拉45公里的温都尔庙。

温都尔庙，是苏尼特右旗札萨克杜陵亲王那木济勒旺楚克始建于1884年的庙宇，占地1.5万平方米，建筑面积9000平方米，是有8个大殿、400多间房屋的建筑群。但是，由于草原连年动乱，战火连绵，又被日本铁蹄踩躏践踏，到40年代时已经残败不堪了。1949年5月，经过修缮部分房屋，西苏旗政府迁至温都尔庙。

为了紧急救助这一批"国家的孩子",政府腾出办公室,建立了"移入儿童保健站"。

仅仅用了3天时间,巴书记带人对温都尔庙的部分房屋进行了全面维修、改造。搭土炕、垒烟筒、安火炉、修门窗……还没等工程完工,孩子们就被陆续送来了。

于是,温都尔庙成了临时救助站,成了医疗抢救组与病魔和死神搏斗的战场,成了通向生命之路的第一站。

以自治区卫生厅厅长胡尔钦为首的紧急救助指挥部进驻温都尔庙,当场指挥,当场决策,当场拍板,立即执行。医疗抢救小组的医护人员跟病魔、寒冷、死神进行着争夺孩子的拉锯战。

"当时,我们的主要任务就是给这些孩子提供一个集中救治的场所。当时条件很差,跟现在简直就没法儿比!但是没有办法,只能全力以赴,克服一切困难!因为我们知道,最重要的是,要给牧民一个健康的孩子!"

"给牧民一个健康的孩子!"成了各级领导一切行动的最高准则。

直到1963年之后,温都尔庙成为一个固定的、南方孤儿进入锡林郭勒草原的第一站。

巴图苏和说:"一批一批孤儿坐火车到集宁,然后从集宁直接用汽车运送到温都尔庙保健站,路上要走好几天。温都尔庙是第一站,在这里集中养育一段时间,等孩子们的体质增强了,对北方的气候、地理环境和饮食习惯都适应了以后,再继续疏散下去。发现有病的孩子,我们的任务就是把他们留在旗里,治疗观察,等到完全健康了才让牧民领走。"

我问巴老:"您还记得一共有多少孩子在温都尔庙住过吗?"

巴老摇摇头说:"那些南方孩子一批一批地来了,又走了,不记得一共有多少。"

他回忆着那段岁月,告诉我:"乌兰夫主席每次到基层视察工作,都要专门来看看保育院,看看那些收养孤儿的家庭,看看孤儿们生活得怎么样。他对我们的工作很满意,他说,先集中养育,再给牧民一个健康的孩子,这个办法很好！"

"啊，宝贝，感谢上天对你的仁慈！"南斯勒玛抱着转危为安的女儿，十分激动，不住地亲吻。

额书记对南斯勒玛说："为了使每一个孩子安全度过今冬明春，所有移入儿童一律集中到温都尔庙保健站里去过冬。额吉们最好能陪着，顺便也能学习一些育儿知识。"

各级领导和相关人员兵分数路，动用所有的交通工具——牛车、马车、骆驼车和草原上很少见的汽车、拖拉机，络绎不绝，仅用了不到3天时间，160多名已经分散到牧民和职工家的孩子们就被集中到温都尔庙来了。

同时集中来的还有各级领导、医护人员和招聘来的保育员。保育员大部分是从牧民中紧急招募来的，还有相当一部分是认领了孩子的妈妈们，南斯勒玛就是其中的一个。

幸好有这样一个机会！因为死神随时都在伺机反扑，抚养一个孩子并不是件容易的事啊！

蒙古人历来认为肥美的羊肉汤是上等的补品，能当药治病。牧民无论得了什么病都会说："喝点儿汤吧！"于是杀一只羊，熬好鲜嫩无比的羊肉汤让病人趁热喝了。说来也奇，喝了热气腾腾的肉汤，发发汗，一般情况下的感冒、头疼脑热，很快就能痊愈。如果是一般的肚子疼，也能好了。因此，几乎所有的牧民妈妈从抱养孩子那一天起，就开始想方设法杀羊、熬汤，挖空心思喂小宝宝。

另外，蒙古民族格外嗜好牛奶和奶食。用牛奶做的饭食实在是多种多样，数也数不清楚到底有多少种吃法。但是在那物资极度匮乏的时代，牛奶成了奢侈品。这些草原上的妈妈们动用了所有的聪明才智，变着花样把夏天积攒下的奶食重新加工，喂给孩子们。

但是，令她们万万没想到的是，这些来自南方的孩子，完全不能适应奶制品和羊肉，他们的肠胃立刻出现了强烈的不适反应，消化不良，导致腹泻、脱水，严重的甚至出现了酸中毒和痢疾。

另外，寒冷和干燥的气候，也使这些孩子相继病倒。他们脆弱的呼吸系统向来只适应南方的温暖和湿润，感冒、咳嗽、肺炎以及麻疹并发症以极快的速度蔓延开来。

温都尔庙的房屋高大，没有门廊过渡，只要一开门，北方刺骨的寒风便长驱直入猛冲进来，把勉强积攒起来的一点热气吹得荡然无存。所有房间都必须挂上厚厚的皮帘子，所有的窗户上都钉着木板，根本不敢开门窗通风。因此，屋里长期阴暗潮湿，弥漫着尿骚味等混浊恶臭，令人窒息。

锡林郭勒草原的冬天，没有经历过的人难以想象。西伯利亚的寒流频频造访，用以取暖的燃料却日渐稀缺。那种冷，早已不是生物体对自然的简单感受，而是上升成了自然对人类的绝对威慑。

孩子们此起彼伏的哭声，就从这紧闭的房屋内隐隐传出，一透过墙壁，立即被呼啸的北风吹得支离破碎、无影无踪……

刘永信老人当年是盟卫生处的干部，他亲历了那段特殊的时期。

老人轻轻摇头，不堪回首的样子。

现在想起来，真是惊心动魄！各种各样的病都有，最多的是高烧、腹泻、肺炎、麻疹……根据病情分出了几个临时隔离区。医护人员几天几夜不睡觉，因为需要抢救、治疗的孩子那么多。

抢救！隔离！跟打仗一样，所有的人精神高度紧张，那时候最怕的就是发生大面积传染，一旦出现这种情况，后果将不堪设想。

还有，药品缺乏也在煎熬着医护人员的意志。缺医少药是牧区普遍存在的现状和最大的难题。那时全锡林郭勒盟范围内，每个旗县有一所医院就不错了，有的旗县医院充其量就是个卫生所，连病房都没有。我们西苏旗医院算好的，有两排房子，门诊加上20多张床位的病房，可是连一个正式的大夫都没有，医师就是最高的大夫了。内蒙古医院儿科专家额尔敦穆图主任带领着医疗小组在温都尔庙整整住了一个冬天，第二年春天，孩子们的情况基本稳定了，他们才撤走。

温都尔庙的那个冬天，南斯勒玛永远不会忘记。

"我们在温都尔庙过了一个冬天、一个春天。这孩子差点儿就没了，专门从呼和浩特运来了药品，还有保育员阿姨、额吉们给输了好几次血……"

当时这个多病的小女孩病情一直反复，患上麻疹又合并肺炎，高烧一直不退。孱弱的小身体就像暴风雪中摇曳的一株嫩苗。

没有时间哭泣。

这样的危机几乎每天都在发生，需要抢救的孩子很多，医护人员通宵达旦、几天几夜不睡觉……温都尔庙真正成了一个特殊的战场。

今天，当我见到南斯勒玛的女儿其其格时，她已经成为当地有名的知识女性，在苏木当老师。听着她妈妈给我讲述那段经历，其其格的眼睛里不时涌出泪花。

天气咄咄逼人，燃料却岌岌可危，频频告急。

刘永信老人说："那时候最缺的除了药品就是燃料，煤不够烧。咱们的老百姓真好，我们只要一动员，老百姓就把自己过冬用的牛粪、粪砖一车一车地送来，而且都是无偿的。牧民们宁愿自己挨冻，他们知道温都尔庙有好多孩子，需要的燃料不在少数啊！除了取暖，还要做这么多人的饭。那时候，温都尔庙临时保健站的所有屋子中间都点着个大炉子，周围用铁丝围起很多架子，日夜不停地烘烤着尿布。"

"保育员们就更辛苦了，她们每天早晨4点就要起床，洗尿布、换尿布，劈柴火生炉子，然后出去捡牛粪。等天亮时，孩子就该起床了。孩子起床以后，这一天的忙碌就跟打仗一样，连喘口气的时间都没有，所有的人累得一躺下就不想起来。

那时候，不仅物资极度匮乏，而且地处偏远落后的环境，包括日用生活品在内的一切都捉襟见肘，就连喂养孩子的奶瓶、奶嘴都没有。

世世代代生活在半原始状态中的游牧民族，自有他们的聪明智慧。牧民妇女很会就地取材，解决一切生活难题。

没有奶瓶，就用牛角代替。在牛角尖上锯开一个小孔，牛奶汩汩流出，这种土制的奶瓶用起来还很方便呢！当然，这只是针对大些的孩子的，对嗷嗷待哺的婴儿，则还要套上一个羊奶头。制作这种羊奶头，是把刚杀的母羊奶头那块皮子完整地剥下来，洗净晾干，再用针扎几个眼，套在牛角上，一个能供婴儿吸吮的、独具特色的奶瓶就做成了。

这种土制的奶瓶用起来还算可以，难点则在于保持羊奶头的柔软度与弹性，所以保育员们对待它就像对待一件精美的艺术品那样小心翼翼。每次喂完奶，先冲洗干净，然后用温水泡，不但水温要适度，而且还得适时地换水。

每杀一只羊，羊奶头就被当成了宝贝。因此在很长一段时间里，被送往温都尔庙的肉食羊中，母羊最受欢迎。

160多个孩子集中的温都尔庙，整天上演着悲喜剧。孩子们或坐或躺或哭或笑，或气急败坏大声啼哭或喃喃学语有声……每个孩子都有一双湿润的、纯洁的眼睛，这些眼睛逐渐具有了一种无法言说的神采，使保育员和额吉们宁愿去赴汤蹈火。

为再迎接1000名孤儿，困难中挤压百万经费

我注意到，1959年，整整一年没有再接受移入儿童。

可是从一摞一摞的厚厚的请示汇报、经费预算报告、一级一级的批复文件中，我仿佛看见这一年，内蒙古从上到下热气腾腾，从政府到每一个牧民都没有停歇，人们都在为南方的小燕筑巢，为他们铺设着一条充满阳光的生命之路。

一份预算报告中，内蒙古卫生厅提出计划要新建5个大型育婴院，每个院收容200名孩子，分别设在自治区医院、包头市、锡林郭勒盟、呼伦贝尔盟（现呼伦贝尔市）、乌兰察布盟（现乌兰察布市）等地。同时在哲里木盟（现科尔沁市）、昭乌达盟（现赤峰市）、伊克昭盟（现鄂尔多斯市）、巴彦淖尔盟（现巴彦淖尔市）及呼和浩特市建立中型保育院，各接收100名孩子。

"1960年，内蒙古将从外地接受1000名儿童，卫生厅拟定的10座大、中型保育院可以接纳1500名孩子，另外500名将采取依靠群众抚养的办法解决，即在重点公社以社办公助的方式组织小型幼儿园托儿所，或在群众中寻找奶母代为喂养，每月给奶母一定的补助费。"

建保育院、托儿所光有房子还不行，表格上一项项地写着孩子的生活必需品：小木床、小草垫、小被褥、枕头、小毯子、毛巾、碗筷、脸盆、便盆、澡

盆、食具以及小桌子、小椅子……缺了哪样都不行。

我看到仅尿布一项就有4500块,就要支出5400元。

那是一个极其困难的年代,1960年卫生厅的预算是1500840元,可是这一年卫生厅经费的核算情况是只能抽出15万~20万元。这还不算,全区500名保育员和工作人员,虽然每人每月工资平均不足45元,可仍然需要一大笔开支;还要请无数奶母喂养孩子,又是一大笔无法预测的巨大开支……

卫生厅的预算报告引起了内蒙古党委的重视,乌兰夫同志立即做出批示,常委会进行了研究,决定"由财政上增拨卫生事业费100万元"。那是一个"勤俭办一切事情"的年代,压缩一切可以压缩的开支,"有条件要办,没有条件创造条件也要把事情办好"的年代。我不知道那100万元在当年意味着什么,从哪里压缩而来,但是,50年以后仍然可以感受到整个内蒙古从上到下对这件事的重视程度。

用现在的话说,硬件已成,那么软件呢?

为了这些"国家的孩子",自治区党委统一组成了由妇联、卫生、民政、教育、公安等各部门参加的"移入儿童筹备委员会"。

保育院的院长要求由盟市医院院长兼任,下边再设1至2名副职以上的专职干部,主管行政事务以及后勤保障工作。院内设置行政组、保教组、医疗组,工作人员和儿童之间的比例严格按照1比3配备,尽管如此人力还是严重不足。

卫生部门想出各种办法鼓励各地半工半读的护士学校或者训练班的学生到保育院来实习。

为了让这些孩子尽早学会蒙古语,能够与新的父母及时沟通,尽早地融入新的家庭,各地动员蒙古族保育员参加培训,如果不足,可再招收部分汉族妇女。所有的保育员要进行一个半月至3个月的培训,以达到初级卫生人员的水平,方可当保育员。

保育员的奶水就是最好的药

1960年,尽管饥饿仍在考验着全国人民的承受力,但在"与天斗其乐无穷,与地斗其乐无穷，与人斗其乐无穷"的口号下，全区各族人民齐心协力，终于在短时间内建成了一批保育院。

锡林郭勒盟西乌旗保育院属于中型保育院，全部是向阳的房间，通风干燥，里面安有暖气，完全按照医院的设计完成的。由于是砖木结构的房子，在众多土坯房中鹤立鸡群。

敖登格日乐和十几位姑娘在院长包斯茹的带领下，正忙得不可开交，这样的忙碌已经10多天了。自从她们被招募来到这里当保育员之后，就一直没停歇。

这些保育员大部分是姑娘，像敖登格日乐这样做了母亲的没有几个。按理说，像她这样自己有孩子的不应该扔下嗷嗷待哺的婴儿来当保育员，可那是个充满激情和自我牺牲精神的年代，党的号召就是行动的指南。当时旗里最缺少的是人手，没有办法，所有能动员的力量全部动员了。共青团员敖登格日乐就把孩子扔给婆婆，应征当了一名保育员。而且一干就是一辈子，直到60岁她才从西乌旗幼儿园退休。

敖登格日乐和保育员们把新房子收拾得窗明几净，这里有卧室、活动室、教室，还按大、中、小3个班分别安装了小木床。凡是能想到的都想到了：小板凳、小桌子、小被子、小褥子、小便盆、小盘、小碗、小勺子……

全都准备齐全，只等孩子们到来了。

第一批81个孩子，终于从温都尔庙中转站起程，经过在车轮上两天的颠簸，来到了西乌珠穆沁旗。

在一份"第一批移入儿童一般情况统计表"中，除了一大堆统计数字之外，几行字赫然在目：

> 从上表中可以看出以下问题：1. 男少女多，大孩子少小孩子多，计81名中，男孩15，女孩66；3岁以下者75名，3岁以上者仅10名；2. 体格及智力发育普遍差，体重较正常值低。40多年以后，敖登格日乐还清晰地记得她第一次看到这些孩子时的情景。

草原上孩子虽少，可是小孩儿差不多个个生龙活虎。虽早有耳闻说南方孤儿体质弱，现实与想象的差距比从上海到锡林浩特还远。

敖登格日乐居然不敢抱那些襁褓中的婴儿！其实她是个刚刚做了母亲不久的人，就是因为有个不满周岁的孩子，她才没被派往上海去接移入儿童。

她抱惯了自己的宝宝，一抱起这像软面团一样的孤儿，着实把她给吓着了："呼日亥！（可怜的）那些孩子软的呀，有的三四岁了都不会走。开始我以为是不大点的孩子，咳，有几个可会说话啦！哇啦哇啦地互相说着南方的汉话，我们谁都听不懂他们在说什么。可奇怪了，我们草原上的孩子一般是先会走路，后会说话，就是会说了，也没有那么多的话。"

大些的孩子刚来的时候衣服上都缝着一个小布条，上面写着编号，有的还有姓名。包斯茹院长给每个孩子都起了蒙古名字。

"这些孩子太瘦了，好多身上都长疮，流脓流水，各种各样的没听说过的病，那种心情没法说了。"时至今日仍然让敖登格日乐耿耿于怀的是虫子，"屋里屋外到处都是虫子，现在想起来身上还发麻呢。"她说着，不由得打了个冷噤——

"所有的孩子肚子里都有虫子，给孩子们吃了打虫药以后，屋里屋外到处都是虫子。除了我们认识的蛔虫，还有那种长长的，白的、粉的……可吓人了。

"'阿姨，我拉出虫子了！'我最害怕的就是孩子们这样喊。

"有的小、中班的孩子不懂事，自己抓着虫子，我们吓得直叫唤，却不敢抓。

"更吓人的是，有时候虫子死不了，就在孩子肛门外挣扎、缠绕着，孩子们吓得一边哭一边儿叫，我们也真的都是头一次见，也害怕呀！可是看见孩子吓成那样子，又不忍心不管，就壮着胆子去帮他们往外拽，哎呀！我第一次抓那东西，吓得手哆嗦，全身起鸡皮疙瘩，太麻痒人啦！

"我们这些20多岁的保育员没见过什么世面，就觉得不可思议了。我们就议论说，那地方咋这么多虫子？上海是个出虫子的地方吗？

"我还记得有个编号为16号的女孩儿，包院长给她起的名字叫伊如赛罕。伊如赛罕长得很漂亮，大眼睛亮亮的，头发黑黑的，皮肤白得透明。可她就是太瘦，已经4岁了却只会说话，不会走路。

"这女孩儿别看瘦，饭量却很大，吃起饭来永远不知道停口。

"有一天中午睡起来，我正在给孩子们喂牛奶。伊如赛罕突然喊肚子疼，我一摸她的小肚子硬硬的，可怜的孩子疼得满地打滚。大夫来了一看，说是肠梗阻，满肚子都是虫子排不出来。

"小伊如赛罕被紧急送往锡林浩特抢救，手术切开以后，从她那小小的肚子里居然拿出了60多条虫子！

"这些可恶的虫子最终还是夺去了这个美丽女孩儿的生命。

"有个叫苏日娜的孩子，患有先天性心脏病。那孩子总是懒懒地靠在一个地方，稍微动一动就喘得很厉害。她一犯病特别可怕，也很危险，曾经几次被抢救过来。后来，她被送到锡林浩特市的盟医院里住了很长时间。

"唉！这些孩子们本来就很可怜，像苏日娜这样有病的孩子就更可怜了。就是因为有病，她是最后一个被领养的。

"旗里的一位干部收养了苏日娜，对她百般呵护，还几次到外地去给她治病。苏日娜的身体好像还不错，一直坚持上到高中毕业。'文革'以后给她父母落实政策的时候，把苏日娜安排在旗新华书店上了班。

"生活似乎很眷顾这个幸运的女孩，她找到了意中人，建立起了自己幸福的小家庭，唯一的遗憾是她一直没能生育。谁知到了32岁那年，她还是因为突发心脏病猝然倒地，再也没能醒来……

"还有一个叫乌兰的女孩儿，患有严重的肝病。我陪她在锡林浩特市的医院住院治疗了大约3个多月，才治好了她的病。现在，乌兰就在罕乌拉苏木，听说已经抱孙子了……"

今年67岁的敖登格日乐，是为南方孤儿做出巨大贡献的保育员中的一个，听说她曾经献出过自己的鲜血和母乳。

我想让她讲一讲具体的情况，她却很是不以为然："没什么可说的，不光是我，所有的保育员和工作人员都给孩子们输过血。那是因为药品紧缺，给孩子输血能增加抵抗力。"

是的，在一份记录中，我看到许多保育院的职工都给孩子献过血。从院长到医生、护士、保育员，甚至是食堂的大师傅、采购员、送水的临时工……最多的有人先后献血18次，却没有留下名字。

西乌旗连续3年接收了几百个"国家的孩子",敖登格日乐也当了3年的保育员。从第一年开始,前前后后大概有十几个孩子吃过她的母乳。

第一个吃她奶的是个只有5个月的男孩儿。可能是因为水土不服,这孩子自从来到保育院就拉肚子,尽管医生想尽办法,多方救治,就是不见效果,到后来已经严重脱肛。

正当大家束手无策的时候,敖登格日乐突然想到喂自己的奶试试。这一招果然灵验,比任何灵丹妙药都起作用。没几天,孩子奇迹般地痊愈了,而且所有的毛病都好了。而敖登格日乐从此一发不可收,只要遇到病弱的孩子,这神奇的母乳就是最好的医药。

那是困难时期呀!保育员敖登格日乐是在极度缺少食物和营养的情况下,献出了自己最珍贵的"德吉"(精华)!而她自己的孩子是靠奶奶在奶粉里掺着玉米面喂大的。

"我的孩子虽然没怎么吃到我的奶,但是他有妈妈,有爸爸和奶奶!比起这些没爸没妈的孩子算什么呢?"如今,敖登格日乐老人仍然说得平静。

一股崇敬之情从我的内心油然升起,眼前这位慈祥的老人真可以称得上是那个时代的英雄。

"英雄?那可说不上。那个时代,像我这样的人多了!我们知道,只有尽心尽力地把孩子们伺候好,给他们足够的营养,尽快让孩子们健康起来,才有可能让这些孩子拥有一个温暖的家。所有的人都是这么想的,我心里装的也只有这些。"

虽然那时候全国都处于困难时期,食物很有限,所有的城镇居民粮食定量,副食定量,所有的东西都靠供应,到过年才供给半袋面和一小瓶清油,吃到一点肉那已经是很奢侈的事情了。

"三年困难"时期我七八岁,对饥饿还深有印象,依稀记得有一种"糠麸粉",我认为那是世界上最好吃的东西。长大以后我才知道,那实际上就是把糠和麸子炒熟了,加一点点白糖,数量有限地特供给够级别的领导干部。

"好吃什么呀!只不过是稍微有一点甜味,干渣渣的咽都咽不下去,还划嗓子!那时候你是饿的,所以才觉得好吃。"我母亲这样说。

如此看来，饥饿确实能使糟糠变美食。

历史档案中保留下来许多为孩子们拟定的食谱，一份份表格，一份份记录，各地都不一样。我们无法用这些数字与今天人们的营养状况进行比较，但是从中却可以看到，在那个饥饿的年代里，保育院的伙食水准远远高于城镇居民的平均水平，这是毫无疑问的。

每天为孩子们拟定的食谱中都有牛奶、肉、鸡蛋、面粉、糖、水果、肝等字样。当时每人每天的膳食中营养素的供给量，比如热量、蛋量、钙、铁、维生素Ａ、维生素Ｂ、维生素Ｃ等方面的指数，表格中都有详细记载。

呼伦贝尔盟海拉尔市保育院为了解决孩子们喝牛奶的问题，紧急贷款购买了一头荷兰乳牛。自从买了这"最贵重的物品"，从每天的产奶量，到孩子们日益增长的体重，都有了详细的数字记录。从留下的字里行间里，仍然能感受到这头荷兰乳牛给整个保育院带来的惊喜。

巴彦淖尔盟的报告中称，每个孩子每月国家供给伙食费12元，实际上只能落实11元7角。在那个年代，这个标准应该不算低了，远远高于一个中学生，甚至一个大学生的伙食标准。尽管如此，保育院领导还在检讨自己，说伙食不好，不能保证孩子们每天所需的牛奶、蛋类和肉食，甚至连面条、稀粥不可口，质量不高等内容都在检讨之列。

乌兰察布盟是内蒙古自治区最贫困的地区之一，他们的数字表明，盟委和政府紧缩行政开支，甚至压缩了冬季取暖费，以保证购买鸡蛋、牛奶、白糖等孩子们急需的补养品。在提供了这些数字之后，粮食不足仍然是最困扰他们的问题。

……

各地有各地的问题，但是每个地方都有自己挖空心思的解决办法。总之，"一切为了孩子！"

相比之下，锡林郭勒盟西乌旗保育院的伙食大概是最好的。

敖登格日乐告诉我："孩子们刚来的时候，一个个可能吃了。好像不知道饱，给吃就吃，如果不收碗筷就不懂得停嘴，怕他们撑坏呀！可是一收碗筷吧，孩子就拼命地哭。唉！呼日亥，一定是饿怕了。"

有个名叫托娅的女孩子，是那批孤儿里年龄最大的，大概有八九岁。一到吃饭的时候她就嚷嚷："上海用小碗喝粥，来这儿用小碗吃包子！"

这孩子爱唱歌，平时玩的时候，她自己就编了一首歌，唱的就是一句话："小朋友们吃饱啦，吃饱啦吃饱啦！"

吃炖肉的时候，孩子们就大声喊："过年啦！有肉吃了！"

为了保证营养，给孩子们吃的细粮、肉食和副食都是政府特批的，还经常有心、肝、肺等各种各样的内脏加工以后送来，变着花样做成美味佳肴喂给孩子们吃，引得好多人家都羡慕哪！因为那时候一般人就是绞尽脑汁，想尽办法，也难搞到一点点这样的东西喂自己的孩子。

"牛奶是人类的保姆。"这话一点儿不假，牛奶救了很多孩子。由于保育院每天能够按年龄大小，保证给孩子们喝到足够的牛奶。一个月以后，好多原来站不起来的孩子就能走了。

冬去春来，到了1962年春天，这批稚嫩柔弱的南方小树苗，充分享受了阳光雨露，根须已经结实，就要离开苗圃，真正在北方的草原上扎根了。

尽管孤儿们和这些"临时妈妈"产生了深厚的感情，但是保育院毕竟只是一个中转站，孤儿们最终需要的，还是一个温暖的家。

家庭犹如孕育生命的母体，将赋予幼小孩子们物质上和精神上的丰富营养，孩子们才能够身心健康地长大成人。因此蒙古人常说："我的家，就是我的天堂！"

敖登格日乐说："领走一个孩子，我们这些保育员的心里就没着没落的，可想了！尤其是那些我的奶喂过的孩子，被抱走的时候孩子哭，我也哭。当时那个感觉，现在想起来还很难受！"

蒙古人相信缘分，这在某些时候会将复杂的事情变得极其简单，由此产生了许多领养的故事：

有个襁褓中的婴儿大哭不止，小腿小脚乱蹬，任凭保育员怎么哄也不行。这时，一个牧民妇女走进来，那孩子立刻安静下来，小眼睛定定地看着她，不哭也不闹了。她抱起孩子，眼睛里闪动着泪花，连声说："这是我的孩子！是长生天'吉雅（赐）'给我的！"

还有，牧民进屋里来，正在玩耍的孩子们中有一个突然停下来，朝他（她）一笑，那牧民就会热泪盈眶地抱起孩子，认为"命中注定是我的孩子"。

这种情况非常多。

我采访过的于淑贤告诉我，她母亲把她抱回家时她才3岁，啥都不知道。后来听别人讲，那天她正在院子里玩耍，一个女人进了院子，刚会走路的她突然张开小手，摇摇摆摆地跑过去，拽住这个陌生女人的衣角喊了一声："妈妈！"

这一声叫出了一辈子的母女情缘。

……

各种各样的情景，各种各样的缘分，好像一切都是冥冥之中注定的。

总之，来领孩子的养父母们，不管男女，只要看着亲，便毫不犹豫地当下就抱走。

孩子抱走以后，保育员们的心就像被挖空了一样。实在想得没办法，她们就悄悄地去看看："因为第一宿孩子肯定哭，哄都哄不住，我们不放心，就去看看。一看那孩子就不哭了。"敖登格日乐说。

人就是这样，是感情动物，又怎么可能理性地生活呢？

"小孩子被抱走的时候，一般情况下哭一哭，什么也不知道就走了。可是大孩子就很麻烦，他们懂事了，哄是哄不住的，唉！可怜啊……"

那一批孤儿里最大的是个男孩，可能有八九岁了。那孩子被北部公社一个50多岁的老额吉领养，可他死活不愿意去，逃跑了好几次。有一天夜里趁老太太睡觉，他逃跑了，惊动了整个大队。干部、牧民全体出动寻找，找了整整一夜，第二天才好不容易找到。可是没过多久，这孩子又跑了。那时已经到了深秋，天气相当冷，这次连公社都出动了很多人，可是等人们找到那孩子时，他已经冻僵了。送到旗医院抢救了几天，最终还是没救过来。

保育院的日子让经历过的人终生难忘。敖登格日乐说起那些孤儿，仿佛就是昨天的事。

这些孩子三四岁的多，女孩子多，还什么都不懂呢！那个叫托娅的女孩算年龄大的，小嘴可能说了。她告诉我们，她有3个爸爸："妈妈找的最后一个爸爸看不上我，总是趁妈妈不在的时候打我。有一天妈妈没回家，他把我领出来扔到了街上……"

唉！也不知这孩子说的是不是真事，反正怪可怜的！后来旗里的干部赛音巴雅尔领养了她，这个阿爸可亲她了。到现在我们两家都是好朋友，经常走动。

宝音图也属于年龄比较大的，他身体最好，最机灵，特爱喝牛奶，刚来的时候每天拽着阿姨的衣裳要牛奶喝，特别招人喜欢。有一天，旗公安局吉格基德局长来保育院，一眼就看中了宝音图。他说："我就要这个孩子，给我留着！"你看，还有提前来预定的！

还有吉仁高勒苏木的书记特古斯门德，他领养的男孩儿叫浩毕斯哈拉图，刚来时五六岁。冬天的早晨，他醒来以后总要聚精会神地看窗户上冻的霜花，看着看着就用小手抓，嘴里还喊着："我看见上海了！"

人是有记忆的，我想，这些奉献了自己的鲜血和乳汁的临时妈妈的影子仅存于极少数孩子的记忆中，而更大一部分却根本不知道在他们的生命历程中曾经有过这段经历。但是，这些妈妈们的血液仍在孩子们的躯体里静静流淌，而那一脉乳汁沉淀下来的母爱，早已成为一种精神基因，在孩子的心里萌芽、壮大……

第四章　都贵玛，19岁就做了25个孩子的额吉

刚开始不愿意孩子们摸她的奶

1961年9月的一天，乌兰察布盟四子王旗的保育院里，一个身穿蒙古袍、骑着骏马的姑娘进了院子。保育院院长看了她的介绍信，抬头仔细端详着这张年轻的脸，问："你就是卫境公社的都贵玛？这么年轻！"

都贵玛在四子王旗杜尔伯特草原上很有名气，作为全旗最年轻的劳动模范，她获过许多荣誉。这次，公社领导又把一副重担放到了都贵玛年轻的肩膀

上——派她到旗保育院里当"临时妈妈",接受培训,然后把本公社接收的25个"国家的孩子"接回来。

都贵玛犹豫了,她毕竟只有19岁,还是个姑娘。都贵玛问:"为什么是我?"公社书记说:"因为你是个好姑娘,能吃苦,靠得住!"在以后长达一年半的日子里,都贵玛体会到为什么书记要选能吃苦的了。

像每一次接受任务一样,都贵玛平静地备好马鞍,收拾好几件简单衣物,就去了旗保育院。当时她并没有想到,这一段经历改变了她的人生轨迹,并且成了至少25个孩子的"额吉"。

都贵玛自己也是孤儿。她4岁丧父,8岁那年母亲也永远离她而去。她是在姨妈家长大的。都贵玛比起同龄人更早就懂得了生活的艰辛,也更懂得爱。

草原上的孩子,从记事的时候起就干活儿,放羊、放牛犊、拉水、打草、捡牛粪……什么都干,什么都会。都贵玛也一样,当她长成一个亭亭玉立的大姑娘时,已经成了远近闻名的劳动能手,不仅加入了共青团,而且成了嘎查(生产队)的骨干。在以后的许多年里,她一直是先进模范人物。作为杰出的牧民代表,她得到过从旗、盟到自治区级的表彰奖励,从自治区劳模一直当上了全国人大代表,还多次出席了自治区妇女代表大会。

那天,院长领着都贵玛推开了保育院的一扇房门。

温暖的太阳从玻璃窗照进来,都贵玛走进一间屋里。这时,她看见25双眼睛安静地望着自己,她的心突然湿润了,眼睛里立刻升起一片雾水。

从这一刻起,都贵玛就觉得他们是她的孩子,好像早就与自己息息相关血脉相连了。

25个孩子每人都有一个好听的蒙古名字,是旗保育院的阿姨们给起的。听说,以前孩子们都是按编号叫的,蒙古族的习惯认为这样叫是对人的极不尊重,即便是牧民的牧羊狗或者是宠爱的小羊羔、小牛犊,主人也都会给起个名字,叫起来既方便又亲昵。

"妈妈!"25个孩子中,第一个叫都贵玛妈妈的是名叫呼和的男孩子,他只有1岁多点,还不会走路,瘦得像只小猫。

这第一声"妈妈"叫得都贵玛的脸"腾"地一下红了,她迟疑了片刻,把呼和抱了起来。没想到孩子的小脑袋使劲往她的怀里拱,两只小手也在她的胸前乱抓。都贵玛猜这孩子肯定是还没断奶就离开了亲妈,她的心里有个最柔软的部分被触动了,眼泪不知什么时候流了出来。

回忆起当年的情景,都贵玛老人的脸上掩饰不住慈爱:"小呼和刚刚1岁多点,还不会走路,光会坐。这孩子总是哭,我以为是饿的,就不停地给他喂饭、喂水、喂牛奶。后来才知道他是想妈妈呢!呼日亥!夜里好不容易把他哄睡着了,可一关灯,他就醒,说:'妈妈,我来啦!'一定要爬到我的怀里来,要不然就哭着不睡。"

今年64岁的都贵玛额吉张开了没有牙的嘴,呵呵笑着说:"一开始我还很害羞,不愿意让他摸我的奶。可是他哭闹得哄不住,我呢,累得不行,就想睡觉,哪怕打个盹儿也行!反正没人看见,摸就摸吧!没想到就把小家伙惯坏了,整整一年半,每天夜里都得摸着我的奶才睡!"

这话立刻使我有了心理反应:想当年,26岁的我做了母亲,在并不实行计划生育的前提下,我毫不犹豫地领取了独生子女证,原因之一就是想逃避抚养孩子的那份辛劳。

上山下乡当知青时,我最怕干的活儿有两样。一是拔麦子:凌晨三四点钟起来,睡眼惺忪着直扑麦地,然后蹲下,两只手开始拔麦子,直拔到两腿麻木头晕眼花,一双手鲜血淋漓惨不忍睹;二是往山上挑水浇西瓜秧:一支扁担两头各挑多半桶水,一步一晃地往山上走,直压得肩头红肿腰酸背疼头重脚轻,感觉痛不欲生。

我宁愿干这样的活儿也不愿意带孩子!因为再苦再累一咬牙能挺过去,而抚养一个孩子可不是一朝一夕一咬牙就能过去的。尤其白天工作一天,孩子的夜半哭声让你睡不成觉的时候,是世界上最痛苦也最无奈的——不管怎样毕竟是自己的亲生骨肉,又气又恨你也不能一咬牙掐死她吧!

25个大小不等的孩子!那半夜大合唱一般的此起彼伏,又该是怎样的情景呢!

于是,我大发感慨。

额吉却平静地说:"孩子么,就愿意在夜里哭。那时候年轻,也不懂得累!

现在想起来，当时就是觉不够睡，有时候夜里只能睡三四个小时，稀里糊涂就这么过来了！"

"那么多孩子，光尿布就得洗多少啊！"

都贵玛额吉露出笑容，说得爽快："给你讲个笑话，我第一次刮屎片子，恶心得直吐。后来跟孩子们有了感情，就不吐了。不但不吐了，每天还得闻那些屎片子和尿布呢！"

"为什么？"

"屎尿能看出孩子们的身体状况啊！颜色、气味都能辨别出孩子是不是生病了。怕孩子们得病发现不了，我每天都要仔细地看看、闻闻，要是有问题就得赶紧找大夫。"

19岁！现在19岁的女孩有几个能承受得了做母亲的辛苦和心理上的那份劳累呢？！

3个月以后，像归巢的大雁，都贵玛领着与她形影相随的25个孩子回到了公社。

"一定要给牧民一个健康的孩子！"这种严肃认真的态度致使这些孩子在卫境公社临时保育院里又待了一年半。

整整一年半啊！500多个日日夜夜，19岁的都贵玛姑娘习惯了额吉这个角色。每天天不亮她就忙开了，照顾25个孩子吃饭穿衣，洗洗涮涮，每天无数次地忙进忙出给孩子们洗尿布、处理垃圾秽物……可以想象，她几乎没有片刻的休息。

她就是从那时候开始急剧消瘦的，直到现在。

时间像流水一样过去，变化也在慢慢地发生着：孩子们一个个健壮起来，脸色红润，小胳膊小腿上也长满鼓鼓的肌肉，一个个像小牛犊一样，逐渐适应了高原的气候、水土和饮食。

还有，孩子们已经忘掉了故乡的语言，不但学会了跟都贵玛额吉一样的蒙古语，而且还学会唱许多蒙古歌。大一点的孩子还学会了讲蒙古族民间故事。

家庭收养的条件已基本具备，就像小马驹总得离群，该让孩子们回家了。

其实，为了让这些孤儿尽快融入新的家庭，未来的阿爸、额吉早就选中了喜欢的孩子，并且经常来看自己的小宝贝，带来一些糖果点心、各种玩具，想方设法地亲近孩子。

"额吉！额吉！"孩子们的叫声整天不绝于耳，都贵玛就说："你们会有新的家，家里有额吉和阿爸！"

每当这时，达丽玛就说："我哪也不去，你就是我们的额吉！"

孩子们也都一个劲儿地摇头说："不！额吉！额吉！我们哪儿也不去，你就是我们的额吉！"

"那可不行！额吉一个人怎么能养得起你们这么多孩子呢？"

25个孩子中，达丽玛是年龄最大的，7岁左右的样子。由于她对自己的亲生父母有模糊的印象，因此比较排斥去新的家庭。

年龄大些的孩子不愿意去新的家，不认新的父母，怎么办呢？都贵玛开始有意识地给孩子们唱歌、讲故事，以唤起孩子们对家的向往，对父母亲的依恋之情。

蒙古族民歌里有许多孤儿怀念母亲的歌曲，比如《哭泣的骆驼》《迷失的羊羔》等，还有许多民间故事。都贵玛边唱边讲，不知不觉中，孩子们被故事和歌声所感动，渐渐地，对新的家、新的阿爸和额吉产生了好感。

都贵玛发现孩子们的目光里流露出了向往之情，她知道与孩子们离别的日子越来越近了。

都贵玛最担心的就是小达丽玛。她觉得25个孩子里，达丽玛是最可怜的。因为别的孩子没有记忆，什么都不知道，所以也不知道痛苦。而达丽玛什么都懂，她知道自己来自远方，知道自己将被送到陌生的家庭去，所以对未来有着本能的抗拒心理。都贵玛一直担心这孩子能融进什么样的家呢？谁又能理解她、接受她呢？

也许是精诚所至，金石为开，25个孩子中，第一个被接走的恰恰就是达丽玛。

达丽玛:"别让我走,我哪也不去!"

像许多在旗县工作的干部一样,现任四子王旗工贸委副主席兼办公室副主任的达丽玛蒙汉兼通。采访她的时候,我问她:"你用蒙古语讲方便,还是用汉语讲方便?"

因为跟我同去的摄影家听不懂蒙古语,我想可能的话尽量用汉语交谈,这样就不至于太冷落了人家。

但是达丽玛却说:"比较起来,当然是用母语比较方便!"接着她又爽朗地大笑着说,"我这样说不知道对不对?我刚会说话的时候大概说的是汉语,那才叫母语吗?可现在对我来说,蒙古语就是母语!"

于是,她操着一口流利的蒙古语侃侃而谈,偶尔插几句汉语也说得十分标准。

她性格开朗、快人快语、爽朗大方,一看就是非常精明强干的女领导,一点不像孤儿。有一个说法,小时候的成长环境在很大程度上决定一个人的性格。孤儿多舛的命运很容易形成性格缺陷,比如孤僻、多疑、不自信等。这些,在达丽玛的身上一点都看不到。

像大多数"国家的孩子"一样,达丽玛对自己的身世没什么记忆,就连出生年月也是估计的。自己估计的是1954年出生,办身份证的时候她正好搞妇联工作,所以就把3月8日作为自己的生日。

"这么多年以来,我一直感到奇怪,我的记忆好像是从到达旗里那天才开始的。我们从城里怎么来到旗里的?我一点印象都没有。可是从旗里到卫境公社的情景就记得特别清楚。我记得坐的是大卡车,一车孩子,我最大。"

达丽玛的话,我在采访都贵玛额吉的时候得到了证实。

当年,公社书记德力格尔怕都贵玛一个人顾不过来,便亲自出马去旗里迎接分给本公社的25个孩子。没想到,这一去竟牵出了一段奇妙的亲缘。

那时候公社还没有汽车,德力格尔怕孩子们受罪,就从旗里某单位的朋友那里借了一辆大卡车。25个大大小小的孩子,加上迎接人员坐了满满一车。

那是个夏天,绿茵茵的草原一望无际。坐在卡车上欣赏,当然别有一番情趣。

德力格尔发现这个名叫达丽玛的女孩很是兴奋，一路上不停地问这问那，不由得打心眼里喜欢上了这个孩子，就逗她说："你愿不愿意给我当女儿？"

达丽玛看了看这个相貌和蔼的人，歪着头又想了一会儿，摇摇头说："不愿意！"

"为什么？"

"不知道！我就要妈妈！"说着，她跑到都贵玛身边，依偎在她的怀里。

都贵玛说："傻孩子，有爸爸妈妈、有个家多好！有人疼，有人爱，是世界上最幸福的事情啊！你可不能再这样了！"

下车的时候，德力格尔抱起达丽玛，又说："你来我家，给我当女儿吧！"

达丽玛想了想，终于说："谁对我好，我就去谁家！"

德力格尔笑了："哈！那咱们就说定了！"

一年半以后，德力格尔果然来接达丽玛了。

德力格尔对她真好，不仅隔三岔五地来看望，而且给她带来好吃的东西、好玩的玩具。他的耐心和积极主动，逐渐赢得了小达丽玛的靠近和依偎。渐渐地，小达丽玛接受了他。所以当德力格尔抚摸着达丽玛的脑袋说："孩子，跟我走吧。"达丽玛不假思索地点了头。

都贵玛很高兴，孩子终于有了可靠的归宿。可是想到孩子即将要离开，都贵玛的心里不免有些难过。

"看！这衣服真漂亮！来，阿姨帮你换上。"她强忍着泪水，帮助德力格尔给孩子换上他带来的新衣服。

没想到达丽玛却突然改了主意，转身扑向都贵玛："额吉！我不穿！我不走！"

都贵玛又怎么舍得她呢？她抚摸着小达丽玛的头发柔声说："去吧，去新的家，那里有爱你的爸爸妈妈……"

达丽玛放声大哭，抱住都贵玛的腿不放："额吉，别让我走，我哪儿也不去！"

都贵玛再也忍不住，眼泪滚滚而下。

孩子哭，阿姨也哭，两个人哭作一团。

德力格尔不知所措。那天,他最终没领走达丽玛,因为实在不忍心。

我问达丽玛:"后来怎么了?最终你去了谁家?"

我以为,顺理成章,达丽玛的养父肯定是德力格尔无疑。达丽玛用她那独特的爽朗大笑告诉我:"不!德力格尔是我的舅舅。"

原来,德力格尔终究没有能够收养达丽玛。因为那时候他已经有了两个儿子和一个女儿,不具备领养条件。于是,身为公社书记的德力格尔捷足先登,替自己的姐姐选择了他喜欢的小达丽玛。

德力格尔的姐姐曾经有过一个男孩,后来夭折了。达丽玛的到来填补了没有孩子的空白。

达丽玛说:"我真的很幸运,虽然舅舅他没成为我的父亲,但是他非常爱我。刚来那会儿,舅舅提出用他家大儿子跟我额吉换我。可是那孩子来住了几天就闹着回家,说啥也不干,就没换成。舅舅经常来看我,给我买吃的、穿的、玩的、用的,什么好东西他都舍得给我。到现在都是这样,对我比对他的亲生孩子还要亲。"

正如达丽玛自己所说,她是非常幸运的。母亲都贵斯仍是个牧民,父亲白铁蛋是公社主任。夫妻俩对达丽玛视如己出。

达丽玛8岁那年,母亲生了妹妹娜仁格日乐,以后又接连生了4个妹妹、1个弟弟。

"别看孩子多了,我的阿爸和额吉还是最爱我。这么多年,额吉从来没说过我不是她亲生的,可是我心里很清楚。从小到大,父母对我比对弟弟妹妹们好。比如7个孩子只有我上过学,弟弟妹妹们都没上学。因为没有文化,到现在我的妹妹弟弟都是牧民,只有我一个人当了国家干部。"这番话达丽玛是含着眼泪说的。

我说:"我听说你是一个非常优秀的女干部,有能力,特能干。"

她说:"唉!遗憾的是我文化底子薄,要不是领导们从上到下对我特别关照,我哪会有今天!"

达丽玛当过民兵连长、大队妇联主任,后来又被抽调到公社搞妇联工作。达丽玛说:"从我参加工作到现在,基本上是哪个工作工种好,我就会被安排在那个岗位上。"

1976年,达丽玛当上了公社民办教师。她说:"那时候正赶上调工资,学校照顾我,在那么多老师竞争的情况下,却给我提了工资。"

1978年,达丽玛调到公社兽医站,做药物保管兼出纳。

这期间,达丽玛结了婚,就调到了旗里,在旗粮食局工作并且转成了干部,两年后被提拔为办公室副主任。

"1993年,在很多人下岗的情况下,我又当了正主任。"

到了90年代末,各地企业纷纷转制,她又调到旗电业局所属的电力公司去工作。

"这次是因为粮食不行了,就调我去了收入比较稳定、效益比较好的单位。你说,这不是照顾我又是什么?"

可是,经商不是达丽玛所擅长的。两年后,她调到局里任工会副主席兼办公室副主任。

"树挪死,人挪活。"从达丽玛的履历上看,的确应了这句话。频繁的调动使达丽玛的事业如日中天。

"无论我到哪个单位,周围的人们都会照顾我,调资先给我,所以我的工资比别人都高。"

达丽玛认为,这一切都源于她是"国家的孩子"。所以从始至终,她始终抱着一种感恩之心在讲述着自己的成长道路。

听着她的经历,不由得让人十分羡慕。要知道,现在旗县很多单位都不行了,下岗成了普遍现象。如果还能在岗位上有一份稳定的工作,你会有一种满足感和幸福感。

生活对达丽玛真的是特别照顾,1977年,达丽玛结识了武警边防派出所的帅小伙儿金巴,两人按照蒙古族的传统相识、相爱,并在双方的老人的祝福中迈入了婚姻的殿堂。

结婚以后,他们互敬互爱,没吵过架甚至没红过脸。他们的两个女儿粉团玉琢,活泼可爱,受到良好的教育。现在,大女儿从内蒙古财经学院毕业后分配到建设银行工作,二女儿读内蒙古师范大学外语系,马上就要毕业了。

1998年，相濡以沫的丈夫突发脑溢血去世，给达丽玛留下了无尽的思念和遗憾。如果不是这样，她的幸福生活真是无可挑剔。

达丽玛说："我有两个母亲，一个是都贵玛额吉，一个是都贵斯荣额吉。刚来家里的时候经常想都贵玛额吉，后来慢慢地和我的父母有了感情，就好多了。到现在，每逢过年过节，我都要去看都贵玛额吉。"

"想不想找你的亲生母亲？"我问。

她的头摇得像个拨浪鼓，接着便是一阵开怀大笑："不不不！事实上，加上婆婆我现在有3个额吉，已经比别人多了两份幸福，再多我可承受不了啦！"

隐约传来呼和的呼喊："额吉，我来了！"

苏木干部斯仁敖登来领孩子了，他挑中了呼和。

都贵玛与斯仁敖登虽然相识，却不太熟悉，因此她一百个不放心。

都贵玛迟疑片刻，终于说："能不能让您妻子也来？有些事得安顿给孩子的额吉。"

对于来认领孩子的养父母，都贵玛反复地告诉每个孩子的性格、习惯，有什么爱好、特点，甚至连喜欢吃什么都清清楚楚、详详细细地安顿给新父母。

斯仁敖登无奈地笑笑，表示理解。过了几天，他带着妻子一起来接孩子了。

果然如都贵玛所担心的那样，斯仁敖登的妻子是牧民，并且从没有生育过孩子，缺乏养育经验。

都贵玛一条一条、一样一样地嘱咐了又嘱咐，安顿了又安顿，生怕他们两口子记不住。

年轻的父母看着眼前这个比自己还要年轻得多的阿姨，听着她头头是道地讲着育儿知识，一个劲儿地点头，生怕听不清楚或忘掉什么。

小呼和快3岁了，刚刚会叫妈妈。这会儿，他刚从午睡中醒来，露出甜甜的笑脸，冲着都贵玛张开小手，亲亲地叫了一声："妈妈，抱抱！"

都贵玛的心颤动了，她抱起孩子使劲亲了亲，嘴里说："跟阿爸、额吉去吧！"却又迟迟舍不得撒手。

都贵玛又反复认真地告诉斯仁敖登夫妻俩："这孩子肚子不太好，喂牛奶的时候要兑三分之二的水，要不就消化不了。还有，他特别爱吃肉，可是不能给他吃太多，最好切得碎一点，或者剁成馅……"

呼和的小脑袋又往她的怀里钻了，泪水彻底堵住了都贵玛的喉咙。她紧紧地抱着孩子，不知该怎么办。

这时，孩子却抬起深埋在她怀里的小脸，一双黑亮的眼睛看着她，饱含着令人心动的依恋。

而她又怎能按捺得住对孩子那母亲般的爱？她一狠心，哽咽着把呼和交给新妈妈："你……抱抱他吧！"

都贵玛快步冲出门，一口气跑到保育院后边的山坡上，无所顾忌地放声大哭。

头顶是烈日，脚下是草原，在这炽热的蒸腾中，都贵玛忍受着煎熬，惜别的痛苦正一丝一缕地撕扯着她的心。

整整一个下午，都贵玛不敢回到保育院去。她怕看见小呼和满脸哀求的样子，她怕听见他撕心裂肺般的哭声，她知道自己受不了。

黄昏时分，躲在山坡上的都贵玛，远远地看着这对夫妻赶着勒勒车出了保育院的大门，草原的风隐约吹来呼和的哭声……她多想追上去，再好好抱抱这个孩子，可她忍住了。

勒勒车顺着蜿蜒的小路越走越远，渐渐消失在夕阳照耀下的草原深处……

接连好几个月，都贵玛一关灯，仿佛就能听到小呼和那稚气的声音："额吉，我来了！"

半夜，她总是无缘无故地醒来，就再也睡不着了。她猜想一定是小呼和在哭闹，张着小手找额吉。

每当这时，她就安慰自己：呼和有了一个好的归宿，应该庆幸才是。他的养父斯仁敖登是干部，家里的经济条件、生活条件比起住蒙古包的牧民相对要好一些。母亲特别善良而细心，这样的人家，还有什么不放心的呢！

心里虽然这样想，可她只要得空，就总是身不由己地策马飞奔到斯仁敖登家，远远地看看。有好几次，她藏在墙角看着小呼和在院子里跑来跑去，尖声叫着"额吉、阿爸!"

小呼和又长高了!脸膛红润了!能咿咿呀呀地说很多话了!

有时,她的心里忽然会觉得空荡荡的,在保育院的空房子里转来转去,心里也像被掏空了一样。

等到夜幕降临,她忍不住又要跑去。看着窗里透出来的橘红色灯光,听见呼和牙牙学语声,想象着屋里的天伦之乐,才满足地悄然离去。

天长日久,都贵玛无法不惦记这些孩子。除了小呼和,她还经常去看望别的孩子们。每当这时,孩子们也都非常高兴,或者投入她的怀抱或者在她身边撒娇……

去的多了,有的人家就不太满意。有人甚至给她话听:"你以为你真是孩子的额吉吗?是不是信不过我们呢?"

领养呼和的是一对善良而负责任的夫妻,他们给予了呼和最好的生长环境。从此,来自父母亲的疼爱,滋润着小呼和的童年。

是不是应了那句话,所有的美好都是短暂的。"文化大革命"狂飙席卷而来的时候,内蒙古草原上也发生了一起震动全国的特大冤案,这就是所谓的以乌兰夫为"总头目"的"内蒙古人民革命党"(简称"内人党")案。

> 内蒙古人民革命党(简称"内人党")冤案发生在1968年。这是"文化大革命"中,林彪、江青反革命集团为了达到他们篡夺党和国家最高权力的目的,由康生等煽动、蓄意制造的一起新中国成立以来,死亡人员最多、致伤致残人员最多、受害人员最多的特大集团冤案。这起冤案严重地破坏了民族团结,对内蒙古各族人民,特别是蒙古族人民带来了巨大的灾难。
>
> ……大搞刑讯逼供,致使全自治区在1968年11月以后死亡、伤残人员剧增,数量惊人。到1969年5月中央下达纠正文件的时候,已挖了346000多名所谓的"内人党"党员,比当时内蒙古自治区全区共产党员的总数还多5万多名。(中共中央党校出版社,《康生与"内人党"冤案》,1995.12,第1版,309页)

在这场给内蒙古各族人民，特别是蒙古族人民带来了巨大的灾难中，共有16222人被迫害致死，其中就有呼和的阿爸斯仁敖登。

这场大劫难，就连世世代代跟着牲畜屁股后面走着的牧民都不放过，身为公社干部的斯仁敖登必定在劫难逃，就在那腥风血雨的1968年冬天，他被活活打死在牛棚里。

那一年，呼和才7岁。可怜的孤儿再一次经历了少年丧父的大悲大痛，又一次失去了完整的家。

从此，草原上一座孤零零的蒙古包中，阿妈独自带着幼小的儿子饱尝生活的艰辛。马背上，草滩中，母子俩形影相随，相依为命。

在凄楚孤寂的生活中，阿妈用柔弱的双肩挑起生活的重担，为儿子遮风挡雨。小小的呼和是阿妈的心肝，是阿妈的伴儿。

失去父亲的工资收入，母亲靠放羊、挤奶挣工分维持生活，日子过得日渐窘迫。生活上阿妈舍不得花钱，但是在儿子的学习上却从不吝啬。

没上过学的额吉不会讲大道理，但是她用蒙古族谚语谆谆教导着她的儿子："学习可以获得一切，不学就要丧失一切。"因为她明白一个道理，在任何条件下，即使身处战乱、经济落后、生活贫困的逆境中，蒙古族自古以来一直保持着尊师重教、崇尚知识的传统美德。正是因为有了这样一个母亲，不管多苦多难，呼和一路顺畅地在学校里完成了学业。

都贵玛额吉说："呼和的母亲很伟大，她把这个孩子培养教育得出类拔萃。上学时，呼和的学习成绩一直名列前茅。长大以后工作非常努力，当上了西苏旗团委副书记、财政局副局长，一直干到旗人大常委会主任。"

我想见见呼和。

都贵玛额吉的眼睛里立刻涌上泪花："唉！那棵小树没有了！"

故事戛然而止。

前年，年仅43岁的旗人大常委会主任呼和因患肝硬化，英年早逝。

2005年夏天，我在草原上采访的时候，听说又有几个"国家的孩子"因病去世了，包括我曾经采访过的锡林郭勒盟西乌珠穆沁旗的哈日根台苏木的阿拉坦其其格。他们都是正当年，不该这么早就离开人世啊！

一种遥远的悲伤笼罩在都贵玛额吉的思绪里，她说："唉！这些可怜的孩子体质不好的很多，有的才20多岁就走了。可能是小时候受过罪的缘故吧！"

这话是不是有一定的道理呢？

一个是养，一群也是养

孩子们被一个一个地领养，最后只剩下一个名叫扎拉嘎木吉的3岁男孩。

扎拉嘎木吉，意思是"传承"、"继承"，在蒙古语里，这是个好名字。给他起这个名字的保育员阿姨，想必是希望可怜的孩子不但要有家，而且还能传宗接代，继承家业。

但是名字终究只是一个名字，左右不了人的命运。本来准备领养扎拉嘎木吉的那户人家出了意外：女主人在野外放羊时突遭秋雨袭击，被活活冻死了。

秋末冬初的草原上，在野外放牧时遭遇秋雨是很可怕的事情。疾风暴雨常常是毫无征兆地突然袭来，秋风夹着秋雨倾盆而下，铺天盖地。与冰冷的雨水相伴的是气温骤然下降，很快就会降到冰点以下。别说是人，包括刚剪过毛的羊，遇上这样的天气，如果不能及时赶回家采取应急措施，也会被冻死。

年轻的丈夫失去了妻子，就没有了抚养"国家的孩子"的能力，只好放弃。都贵玛不顾姨妈的反对，把小扎拉嘎木吉领回了家。姨妈说："未婚姑娘领着孩子，人家会以为是你生的呢！"姨妈还说："将来你自己肯定还要生育，这孩子怎么办？"姨妈又说："你出嫁以后，这孩子你领着还是给我留下？我养活了你，又养了自己的3个孩子，不知道我有多难吗？"

没出嫁的姑娘都贵玛，当时没想那么多，只知道对自己恩重如山的姨妈不容易。都贵玛不想惹她生气，就不吱声，说什么她都不言语。

好多人也都劝她，从大队干部到邻居、朋友，众口一词。倔强的都贵玛顶着各种压力我行我素，无论是放牧羊群，还是干队里派的工作，身边总带着个不到3岁的孩子。

大约过了半年，一天，大队书记来到她家，告诉都贵玛两个好消息，一是派她去旗里接受培训,学习接生;二是为小扎拉嘎木吉找到了收养的人家。

都贵玛放心地去学习了。一年后,她成了一名优秀的助产士。

在杜尔伯特草原上,都贵玛的名字几乎是家喻户晓,无数的孩子经过她的双手来到了这个世界上。

用她自己的话说:"我这一辈子尽跟孩子打交道了!我喜欢孩子!"

收养了扎拉嘎木吉的那家人让都贵玛很不放心。表面上看,孩子似乎不缺吃穿,袍子是新的,马靴穿皮的,一点也不比别的孩子差。可是孩子的小脸总是脏乎乎的,头发乱蓬蓬的像一团乱草。都贵玛心疼地问扎拉嘎木吉饿不饿?冷不冷?可是扎拉嘎木吉太小了,他瞪着一双茫然的眼睛,除了点头就是摇头,什么都问不出来。

细心的都贵玛对这孩子倾注了更多的关切,她愈加经常地去看他。渐渐地,她发现孩子的小手很粗糙,经常有裂口。她也曾婉转地提醒扎拉嘎木吉的养父母,要善待孩子。都贵玛说:"他是'国家的孩子',饥不得、渴不得、冷不得、热不得,更不能打骂!"

养母自然很不爱听,立刻反驳道:"你这人是怎么说话呢!你问问他,冻着了还是饿着了?我们打过他还是骂过他?!"可都贵玛总觉得有什么地方不大对劲,却又说不出来。

转眼间3年过去了,小扎拉嘎木吉快7岁了。都贵玛永远记得,那是一个多雪的冬天,天气奇冷。有一天,她去一户牧民家接生,顺便绕道去看望扎拉嘎木吉。

蒙古包里,扎拉嘎木吉的养父母正在喝奶茶,却不见扎拉嘎木吉。都贵玛问起来,她的养父母说他去捡牛粪了,一会儿就回来。都贵玛一听就急了:"这么冷的天气,让这么小的孩子去捡牛粪,你们怎么忍心?"

没想到夫妻俩却振振有词:"哪个牧民家的孩子不捡牛粪?他已经7岁了,别人家7岁的孩子已经能放羊了!"

都贵玛跑出去,冒着迎面扑来的冷风。她看见一个小小的背着粪筐的身影,都贵玛如获至宝地扑过去。回到包里,都贵玛发现问题远比她想的要严重得多!她看到扎拉嘎木吉的一双小手肿得像馒头一样,已经变成了青紫色,分明是冻坏了！再看那双小脚丫，也被冻伤了。

愤怒的血在都贵玛的血管里膨胀，她不记得自己痛骂过的话了，一定是"狠毒？！自私、无情、没有心肝！……我要告你们！"随之，她一把拉起扎拉嘎木吉冲了出去。身后传来惊慌的喊声："别……别走！都贵玛，你听我说……"

都贵玛一反往日的矜持和恬淡，第一次以火山爆发般地情绪失控，把那两口子镇住了。"都贵玛！求求你了！我们改还不行吗？……"都贵玛理都不理，把扎拉嘎木吉抱上马背，头也不回地走了。都贵玛立刻向领导反映了这家的问题。很快，那对夫妻受到了应有的处罚，并且在全大队范围内做了深刻检讨。两口子痛哭流涕，表示要痛改前非，愿意继续抚养扎拉嘎木吉。

都贵玛说什么也不让扎拉嘎木吉再回去："我信不过他们！狠心父母，黑心的人，绝不能原谅！"她又一次把扎拉嘎木吉领回了自己的家。这时的都贵玛自己已经有了两个女儿：一个是丈夫带来的，刚满4岁；一个是自己生的，还不到1周岁。

扎拉嘎木吉的到来，使本来就很忙的都贵玛似乎连喘息的机会都没有了。担任着妇联主任的都贵玛，除了工作，还要东奔西跑地忙着接生，杜尔伯特草原上到处都留下她骑着马四处奔波的身影……

家里就更离不开她了，一个婴儿，一个幼儿，这回又多了一个孩子。既要放牧羊群、挣工分养家，还要挤奶熬茶、缝缝补补……她不记得有片刻的休息，好在她已经习惯了。人们都赞叹："都贵玛真是太能干了！""都贵玛真不愧是当过保育员的，真会照料孩子。"

于是，无论谁家有了困难，孩子无人照顾或者出了问题，就给都贵玛送过来。

都贵玛家的毡包好像又成了保育院，最多时要养活5个孩子。因为又有两个失去父母的孩子来到了都贵玛家：一个是丈夫的亲戚留下的，一个是外来的汉人丢下的。丈夫终于发话了："咱家没有能力养育这么多孩子，还是送走吧！"送走谁呢？除了自己的两个女儿之外，全都是孤儿！看着扎拉嘎木吉冻坏了的小手小脚，都贵玛心酸极了："一个是养，十个也是养。送走哪个我都舍不得！"丈夫叹口气，来回打量着5个孩子，再也不提这事了。

幸亏公社和大队领导把扎拉嘎木吉的事当成了很重要的工作，为他重新找到了一个好的归宿———一对善良的牧民夫妇领养了他。扎拉嘎木吉终于有了一个温馨的家，新的养父母对他疼爱有加。从此，这个命运多舛的孩子，在浓浓的爱里长大成人。

扎拉嘎木吉，50里地外的近邻儿子

扎拉嘎木吉的家离都贵玛额吉的家只有50里地，这在牧区就算是近邻了。去都贵玛额吉家得先路过扎拉嘎木吉的家。我们的车径直开到一排红砖瓦房前，这是当今在杜尔伯特草原上很少能够见到的气派房子。院子里放着好几种牧业机械，还有一辆客货两用汽车、两辆摩托车，这一切似乎都在无声地传达着这是比较富足的人家。

我们的造访使扎拉嘎木吉感觉很突然，他显得有点儿不知所措。当他知道我的来意后，竟激动得眼圈发红了，嘴里一个劲儿地说着感谢的话："感谢党！感谢政府！这么多年了，还记着我们……"换个场合，这些话会显得做作，可经他的嘴说出来，却使人觉得这是从心底里流露出来的真诚，饱含着一种令人感动的东西。

近年来，"3000孤儿"被广泛宣传之后，各路媒体记者经常到草原上去采访这些"国家的孩子"，而扎拉嘎木吉则是第一次被采访。扎拉嘎木吉高大魁梧，嗓音浑厚，无论你怎么看，也绝不会相信这是个南方人，全然一个地地道道的蒙古汉子。我采访过许多"国家的孩子"，从长相、肤色、气质到衣着打扮、说话的表情、表达感情的方式等各方面，无论如何也看不出来有一点点南方人的痕迹，唯一不同的是他们大部分身材瘦小。我想，大概由于一方面是遗传因素，另一方面是在第一生长期缺乏营养的缘故吧！扎拉嘎木吉却不同，我惊讶于他的伟岸身材，却习惯于这黑红色的脸膛。像所有第一次见面的牧民一样，扎拉嘎木吉言语不多，憨憨地看着我，局促而紧张，又带着几分庄重。

说话间，扎拉嘎木吉的大女儿进来，怀里抱着个1岁左右的男孩。扎拉嘎木吉用简短的蒙古语低声嘱咐女儿给我们倒茶，告诉她招待客人的奶制品放在哪里……为了缓解扎拉嘎木吉的紧张情绪，我抱起小男孩儿逗着，跟他拉起了

家常。扎拉嘎木吉的脸上浮现出一丝笑容。他告诉我，他有3个女儿，都大了。老二老三在外地上学，这是大女儿，嫁到了河北的石家庄，昨天刚回来。

牧区姑娘嫁到外省城市，这种情况极为罕见。我不由得好奇起来："石家庄？怎么会嫁到那么远？""她中专毕业以后在呼和浩特打工，认识了一个石家庄的小伙子，两个人恋爱结婚，就把家安在了石家庄。"我打趣道："干脆直接回老家，把剩下的两个女儿都嫁到上海去算了！"他就笑了。闷了一会儿，他不无遗憾地说："从来没想到女儿会嫁给汉人！"

"怎么……你还有这种想法？"我脱口而出，心里的潜台词则是，"你不也是汉人吗？"

显然，他从来没把自己当成汉人。"语言不通，很麻烦！"他又指了指我怀里的孩子，表情带着几分惆怅，"将来外孙子和我们说不通话，多难受啊！"这还真是个问题，因为他一句汉语都不懂。

顺着这个话题我又问他："还记得上海吗？"他摇着头："不记得。刚来的时候我才3岁，啥都不知道，吃喝拉尿都不会，全靠都贵玛额吉一把屎一把尿地拉扯。是她把我们接来的，所以她是我的第一个额吉。"直至今日，他仍然管都贵玛叫额吉。

"我跟额吉住得近，所以经常去看她。额吉也常来看我，认了额吉就不能忘。"

"听说你以前去的是另一家，后来才来到这家？"

"噢！是的。我先去的是洛布桑道尔古阿爸家，对我不好。都贵玛额吉知道以后又把我领回了她家。过了大概有半年，才到了现在这家。我现在的阿爸叫格瓦拉布杰，额吉叫贡斯玛，对我可好了。"

"怎么个好法？"

"怎么说呢？比亲生的还好！长这么大我什么都没缺过，还有……别说是挨打受气，连高声训斥都没有过！我的阿爸和额吉对我的好，说不完……"

也许是因为刚才与我同行的人介绍我是《静静的艾敏河》的作者，扎拉嘎木吉叹息说："每次看见多兰（长篇小说和电视剧的主人公）我都想起我的额吉！我的阿爸、额吉对我比多兰还好。看电视的时候我很感动，总是流很多的眼泪……"

"多兰像不像你的额吉？"

"像，很像！只是多兰额吉比我额吉还要难，还伟大，因为她孩子多，我家就我一个。"

"你阿爸、额吉呢？还健在吗？"扎拉嘎木吉的眼圈儿立刻红了，"我阿爸走得太早了！我的愿望是阿爸过61岁本命年时，我要隆重地庆贺，报答他老人家对我的养育之恩。可是，阿爸他没等到那一天。"

在蒙古族的传统习俗中，有为60岁至90岁老人祝寿的习俗。好多地区不重视过生日，却非常重视过本命年。从小到大，只有到了两周岁（有的地方是3周岁）生日时庆贺一次，隆重地举行"剪辫子"（就是把胎毛减掉）仪式，以后就不再过生日，直到61岁那年的春节，要郑重庆贺本命年。而61岁以及以后的每一个本命年都被特别重视，一定要隆重地给老人举行寿宴。届时，所有的亲朋好友不管多远都要前来祝寿。过去由于生活条件的限制，草原上能活到接受祝寿年龄的老人寥若晨星。

扎拉嘎木吉的父亲格瓦拉布杰是个优秀的驯马手，在杜尔伯特草原上非常有名。他不幸突发脑溢血那年才48岁，从此再也没有站起来，直到1984年去世。扎拉嘎木吉在床前尽心尽力地伺候了整整4年，还是没能留住阿爸，52岁的生命走到了尽头。

扎拉嘎木吉最终也没能给父亲过本命年庆典。

值得欣慰的是，他不但给额吉过了61岁，还在她73岁的本命年时，举行了隆重的寿宴。

我问他："我听说你为额吉祝寿特别隆重，足足聚集了100多人，光蒙古包就扎了几十顶？"

"嗯！连续庆祝了3天3夜，杀了七八只羊、一头牛。"

"我还听说人们羡慕你额吉，养了你这个孝顺的儿子！"

扎拉嘎木吉却叹息道："刚给额吉办了73岁本命年的寿宴，第二年额吉就走了！走得太突然，我心里一直挺难过的。我一直觉得，额吉是累死的，她不仅养育了我，还帮我带大了3个孩子，一辈子太辛苦了……她老人家好像不愿意让我受累，就那么突然地走了！我总想，哪怕让我伺候她一天也好啊……"他说不下去了。

这个看起来表情略显木讷的汉子，眼泪始终在眼圈里打转，他转过脸去，不好意思地用手抹去溢出来的眼泪。过了一会儿，他又说："按照阿爸的遗愿，我把他的骨灰送到了五台山。本想把额吉也送去，可是额吉说不去，她要留在家乡。我知道，额吉是舍不得离开我……"

扎拉嘎木吉终于哽咽起来，忍了半天的眼泪也成串地掉下来。"额吉走了8年了，可是我每天都想她……"

1966年，一场罕见的大雪灾袭击了整个杜尔伯特草原，扎拉嘎木吉跟着阿爸、额吉走"敖特尔"（倒场，赶着畜群到有草的牧场去度过灾年），到几百里地以外的锡林郭勒大草原上放牧马群。

作为游牧民族的孩子，很小就要经历恶劣环境的磨砺。在异乡，他们度过了整整一年的光阴。那时，扎拉嘎木吉刚上小学一年级，他特别喜欢学习，但是走"敖特尔"却耽误了两个学期。扎拉嘎木吉时常怀念学校和老师、同学。

当一家人从遥远的锡林郭勒返回家乡时，"文革"开始了，学校停课，扎拉嘎木吉再也没学可上了。父亲格瓦拉布杰总是遗憾地说："呼日亥！孩子没念成书！他是那么爱读书，喜欢到学校去……"

扎拉嘎木吉却很知足，他说，我的阿爸、额吉非常能干，所以我们家的生活一直很富裕，我从来没吃过什么苦。要不是妻子得了病，这一辈子太幸运了，没什么可遗憾的。扎拉嘎木吉的妻子3年前得了类风湿性关节炎，他背着妻子走了好几个大城市的大医院，几乎花光了所有的积蓄，病却越来越严重。本来已经很富足的一家人，现在却致贫了。扎拉嘎木吉并不气馁，他说："阿爸教导我当一个好牧民，要挺起胸做人，什么时候都不要让人说不行！我就努力地放好牧，不落在别人后边，不让人看不起！我现在还有300多只羊，只要好好劳动，慢慢还能富裕起来，没问题！"

与扎拉嘎木吉告辞的时候，他请我们给都贵玛老人捎去一包药。他说："这是我让女儿从石家庄买的药，专门治额吉的眼病，听说挺管用的！"这时，我看见了他的手,手指头有点变形,拿东西不大方便。我很惊奇,问他怎么回事?他平静地说:"小时候冻的。"

我立刻想到了他的第一任养父母,便问:"你记恨他们吗?"他使劲摇着头,坦言道:"不!错不在他们,因为他们自己没有生育,不懂得怎么养孩子,所以不能怨他们。他们在世的时候,我经常去看望两位老人,帮着干些活儿。"

据说在爱里长大的孩子,才会对世界充满爱。我突然理解了扎拉嘎木吉——他的心里装满了爱,就容不下恨。

寻找天边的额吉,张宇航成了都贵玛的第26个孩子

将近半个世纪过去了,都贵玛额吉依然住在脑木更苏木乌兰希勒草原上,依然过着牧羊挤奶的游牧生活。当年她看护过的25个上海孤儿仍然叫她额吉。她的事迹在草原上默默流传,一直不为外界所知。可是有一天,一个远在广东的人偶然听说了她的故事,便开始了艰难的寻找。

这个人名叫张宇航,是原广东省纪律检查委员会常委、秘书长,现任《羊城晚报》总编辑。几年前,张宇航感动于"3000孤儿"的故事,牵头组成了由广东爱心人士组成的"草原爱心助学活动"。他们定下的目标是:帮助3000名草原失学孩子重返校园!到目前为止已经捐助了1800多名草原上濒临失学的贫困孩子。

"草原连着广东,珠江连着'艾敏河'"。张宇航先后10多次踏进内蒙古大草原,草原情结也因此愈加浓烈而深厚。深爱写作的张宇航总喜欢把自己抑制不住的情感付诸笔端。一次,他的一篇文章发表在《乌兰察布日报》上,碰巧那天的报纸上有一篇报道,写的是都贵玛额吉。"杜尔伯特草原上的都贵玛额吉,先后曾经有32个孩子,其中25个是'国家的孩子'"。老人的事迹深深地打动了张宇航,他立刻提笔写下一篇感人至深的散文《天边的你》,表达了自己对老人的崇敬、爱戴之情:"真想立刻飞到你的身边,仔细端详你慈祥的容颜,亲口叫你一声都贵玛额吉!"时隔不久,张宇航如愿以偿,到杜尔伯特草原去看望了都贵玛老人,亲口叫了她一声"额吉"。都贵玛额吉又有了

一个广东儿子。

2005年8月,我前往位于乌兰察布市四子王旗北部边境的脑力更苏木乌兰希勒嘎查,去看望这位受人尊敬的老人。汽车从四子王旗所在地乌兰花镇出发,走了大约20分钟就没有柏油路了,汽车只好顺着草原不平的路艰难北上。走惯了柏油路的汽车和我,觉得这路太颠簸、太艰难,也太遥远了。这不由得使我想起张宇航那篇散文《天边的你》,这标题取得好且准确,都贵玛额吉,仿佛就在天边。

8月的草原应该是绿草茵茵,天际相连的地平线平平整整,可眼前的景象却是灰蒙蒙的,看不到一丝的绿色。半个世纪前滋养了生命的地方如今变成荒漠一片,干旱退化的草原令人触目惊心,看不到羊群、牛群和牧民。本来就地广人稀的草原,草场退化使得牧民们搬迁的搬迁,倒场的倒场,整个苏木所在地大概只剩下五六户人家了。同行的旗委副书记王孝和、宣传部部长格宝日告诉我,这里是神舟五号、神舟六号宇宙飞船降落的地方。这本是件让内蒙古人民引以为豪的事情,但是,我的心里充满了悲怆和苍凉。汽车一颠一簸地又不知走了多久,终于到了!

老人家那两间土坯房里却没有人,门口有几个正在玩耍的孩子。热心的孩子们争先恐后地指着远方告诉我们:"额吉去放羊了!"给我们带路的额吉的女婿、旗纪检委副书记文化问其中的一个孩子:"羊群走得远吗?""不远,我去叫!"一个孩子自告奋勇,跨上摩托车绝尘而去。

都贵玛额吉简陋的两间小土房里整洁朴素,一席土炕、两个箱子、两把椅子就是全部家当。这个地方不通电,所以没有电视机。不通电话,手机也没有信号。只有满墙挂着的诸多奖状,使这间小土房熠熠生辉。不一会儿,远处出现一匹骏马向我们奔来。文化眯着眼睛说:"是额吉回来了!"

在草原严重退化的今天,骑马的牧民早已不多见。60多岁的老额吉纵马驰骋,这情景令我仿佛置身梦中。转眼间,额吉已经来到了我们的面前,只见她腰板儿笔直端坐鞍上,精神抖擞,真好。

都贵玛额吉比我想象的老,但是说起话来和那爽朗的笑声,却显得要年轻得多。问起她的生活,老人看着光秃秃的草场,长叹了一口气说,她现在还放着200多只羊，只是天旱得太厉害，草场上几乎寸草不生。嘎查里大部分人家都已经走"敖特尔"了，我老了，走不了。再等等看，如果实在不行就把这200多只羊放到别人的群里走"敖特尔"吧！

老人家这辈子只生了一个孩子，是个女儿，家就住在离她不远的山坡前面。老人现在一个人生活，我却看到有书包、文具摊在炕上。原来，刚才在门口玩耍的孩子都是亲戚朋友们放到额吉这儿的。额吉一一给我做了介绍：这个是外甥的儿子，那个是邻居的孙女，这个是舅舅家的孙子，那个是朋友的孙女……一口气介绍了五六个，我一下子怎能记得住呢！我心中顿生感慨：在杜尔伯特草原上，额吉有数也数不清的孩子！

其实，经济上并不富裕的都贵玛额吉，精神上却最富有！她先后曾经有32个孩子，其中25个是"国家的孩子"。对这25个孩子，额吉掰着手指如数家珍。她跟这些孩子之间，有着太多的情愫，太多的故事。

同行的当地干部告诉我，老人家只说孩子们的好，从来不计较他们的不是，也不提对不住她的事。其实，就像10个手指不一般齐一样，这些孩子也良莠不齐，更有不像话的。比如个别人很不自觉，把自己的孩子送到老人家里，从此不闻不问，靠老人家给抚养；有的钱不够花就来跟老人借，而且从来不还；还有的家里来了客人舍不得杀自己的羊，就来额吉的羊群里抓……并且这种事干得很霸道，很硬气，好像额吉为他们的付出是理所当然的。

这类事情时有发生，但是都贵玛额吉从来就像对自己的孩子一样，由来已久地任他们为所欲为。没有人像她这样拥有这么多的孩子，她是一个母亲，这就注定了她一生都会快乐。

第五章　6个孤儿·一锅猫汤·一块墓碑

巴特尔，8岁时被父亲扔在上海街头

在一份锡林郭勒盟1963年5月8日的总结汇报材料中，有这样一段文字：

> ……我盟于1960年10月由包头移入69名儿童中，尚有6名至今仍在镶黄旗新宝力格公社小学上学，由卫生部门掌管及支付经费。该6名儿童当时来我盟已是9～10岁。几年来，我们曾做了不少的工作，由当地有关部门多次找了领养主，但由于儿童不愿去领养父母家，故几次均未成。经采取多种方法，实在很难领养出去。现在这6名孩子已经足12～13岁，虽已超育婴范围，但仍有卫生部门负责掌管，至于今后如何处置，待请上级主管业务部门指示并帮助解决。

这6个孩子后来成了一家，他们分别是老大巴特尔、老二黄志刚、老三党育宝和老四毛世勇4个男孩子，还有他们的两个妹妹其木格和高娃。

2005年8月，这6个孩子天各一方：巴特尔在锡林浩特市，黄志刚在锡林郭勒盟镶黄旗，小妹高娃在北京，毛世勇在呼和浩特，其木格在宝昌，党育宝已于1995年去世。

我只采访到了巴特尔和黄志刚。

在所有我采访过的孤儿中，气象专家巴特尔是不多几个对自己的童年有记忆的一个。巴特尔对上海是有记忆的，尽管支离破碎，但仍有很多细节清楚地

刻在他的心灵深处。他告诉我,他原本比较富裕的家庭不知何故发生了巨变,至今也搞不清楚父亲为什么会被抓走,关了好多天。那时他还不太懂事,只是依稀记得有一天,父亲突然回来,领着他和弟弟、妹妹上了一条船,后来就到了上海。街上人很多,走着走着父亲就不见了,他和弟弟、妹妹又着急又害怕,大声哭喊。后来警察来了,把他们送到了孤儿院。

我猜测,在那一个接着一个运动的年代里,巴特尔的父亲究竟出了什么事,以至于把自己的亲骨肉扔在了大街上。是被打成了右派?还是……我不得而知。我想,一定是一场来势凶猛的运动使他的家遭了灭顶之灾,否则,不到万不得已,谁会狠心把自己的孩子扔在街头?

那年,巴特尔大概只有七八岁。对一个孩子来讲,这大概是最恐怖的经历了,所以深深地印在了他的脑海中,一辈子也忘不掉。可是对弟弟妹妹的情况,他却忘得一干二净。对于孤儿院的记忆,巴特尔说:"就是饿,刻骨铭心。"还有,刚进孤儿院的时候,他逃跑过一次,也是记忆犹新。巴特尔说:"我从孤儿院大门跑出去就往左拐,上了一条街,我拼命跑啊跑,又跑过一条街,再一拐弯就看见了黄浦江。"

1979年,巴特尔考上了南京气象学院。抚养了他的母亲张凤仙让他去上海看看,老人说:"去看看吧,那是你的故乡!打听打听,也许能找到你的父母、亲人。"可是巴特尔却不想去。我问他为什么,他说:"养育是不一样的!老太太含辛茹苦地把我养大,我的感情早就不一样了!再说,就算万一找见了,又能怎样呢?人家是个什么样的心情?我的心情又是什么样?是不是能够融洽?我想得很多……"后来,利用暑假,巴特尔跟同学结伴到附近的几个城市去旅游,其中就有上海。

他找到了当年的孤儿院,也找回了儿时的记忆:"跟我当年的印象一模一样。从孤儿院大门出去,往左拐上了一条街,又过一条街,再一拐弯就看见了黄浦江……"

2002年,内蒙古著名企业蒙牛乳业的老总牛根生组织了14名孤儿重游上海,那次巴特尔也去了。他们集体参观了当年的孤儿院,巴特尔说:"还是那个印象,从大门出去往左拐,走过一条街,再拐一个小弯就到了黄浦江……"

我想，这不是印象，而是烙印。

对于这次举世罕见的大迁徙，当事人巴特尔记得很清楚："那是个下雨天，我和很多小孩上了火车……"我相信，他的记忆十分清晰。但是一个8岁孩子对自己的童年时代的记忆一定是非常有限的，对于他的家庭和孤儿院以外的历史情况，他几乎一无所知。1952年他出生时（巴特尔及所有"国家的孩子"的出生年月都是推算出来的，不一定准确），我们这个新生的共和国正百废待兴。他5岁时，国家经历着一系列的政治运动。"庐山会议"的召开，使"反右倾斗争"迅速升级，本来就"左"的农村牧区更加"左"了。他6岁时，努力想摆脱"一穷二白"的国家终于如火如荼地搞起了"大跃进"，"三面红旗"刮起了强劲的浮夸风。这风席卷了中国的每一个角落，直到1960年——那个灾年。

再后来，1960—1963年，"三年自然灾害"，全国大饥荒，哀鸿遍野。在这样的经济背景和政治背景下，巴特尔的命运被彻底改变了。

第一次看到雪，巴特尔问："雪能吃吗？"

当时的巴特尔并不知道，那个下雨天，是他一生命运的转折点。可能是在深秋，因为一开始总下雨，后来就变成了下雪。列车行进在北方光秃秃的原野上，窗外白雪皑皑。孩子们好奇地趴在车窗上，觉得特别新奇，这是他们从来没有见过的景象啊！

有孩子问阿姨："那白色的东西是糖吗？"去接他们的阿姨告诉他们，那一片片白色的东西是雪。巴特尔就问："雪是什么做的，能吃吗？"

饥荒之年，就连孩子们提出的问题都带着强烈的时代特征。巴特尔记得，越走天气越冷。虽然在火车上就每人发了棉袄，可还是觉得特别冷。最后来到了包头，住在一所由医院改建的临时保育院里。在那里，他们度过了整整一个冬天。

在翻阅档案的过程中，我不得不佩服巴特尔的记忆力。从史料中记载的内容上看，他应该是第二批北上的。那是在总结了1958年的沉痛教训之后，集中让孩子们提高体质,然后再分散下去的有力措施。当然住得暖,吃得饱。这些可怜的孤儿们在这专门为他们成立的临时保育院烧得暖暖和和的房子里玩耍,吃着按定量发放的食物和营养品。

衣食无忧的孩子们身体渐渐强壮起来,多余的精力总要找个地方宣泄,而男孩子不泯的天性就是贪玩调皮。在我看来,巴特尔是老大,是孩子王,只要他振臂一呼,就有一帮小朋友惹出祸端。

医院的隔壁是个煤场,一次,巴特尔领着几个孩子和煤场的小孩儿们打仗,把人家打得头破血流。那家人找上门来,他们就躲进了男厕所。巴特尔洋洋得意道:"阿姨不敢进男厕所!"最终,几个淘气包被阿姨从厕所里拎出来罚站。阿姨气不打一处来:"你们几个真叫人操心死了,谁要是领养了你们谁倒霉!"阿姨的这句气话不幸被言中,巴特尔最终没有像其他孩子那样被人领养。

巴特尔等6个孤儿发誓:"要走一起走,绝不分开"

第二年秋天,锡林郭勒盟镶黄旗接收了一批"国家的孩子"。后来成为巴特尔弟弟、妹妹的黄志刚、党育宝、毛世勇、其木格和高娃都在其中。6个孩子在漫长的旅途中结下了深厚的友谊,而大哥巴特尔是他们的核心,是领军人物。

巴特尔不记得自己原来的名字,只知道旗政府给他们每个人都起了一个好听的蒙古名字。4个男孩子按他们的出生年月排,老大叫巴特尔,是"英雄"的意思;老二昂钦夫,"猎人之子";老三阿都沁夫,"牧马人之子"和老四玛拉沁夫"牧人之子";两个女孩儿,大的叫其木格,是"光彩"的意思,小妹妹叫高娃,是"美丽"的意思。

上学的时候,除了老大巴特尔和两个妹妹之外,另外3个男孩子都自作主张改了名字。老二昂钦夫后来改名叫黄志刚。我问他:"为什么改名?不喜欢蒙古名字,还是有抵触情绪?"他使劲儿摆手:"我是蒙古族,怎么会有抵触情绪?那时候小,不懂事,觉得昂钦夫这名字不好听也不好叫,长大以后我挺后悔的!蒙古人嘛,应该叫蒙古名字!""你知道原来自己姓什么吗?"黄志刚摇头："不记得，我就记得从小人家叫我黄毛。"

"所以就姓了黄？"

"嗯。我小时候头发又稀又少，人们一直叫我'黄毛'。再就是，镶黄旗是我的再生之地。既然我是镶黄旗的人，那就姓黄吧！"

老三给自己取的名字叫党育宝。他觉得共产党对他恩重如山，把自己当成宝贝养。自己也得够意思，别忘了党的恩情。

老四年纪最小，大家习惯地叫他"小毛"。小毛很得意，跟伟大领袖毛主席一个姓，就叫毛世勇。

几个孩子的独立意识，由此可见一斑。

到镶黄旗的那天，保育员阿姨告诉他们："咱们到地方了！"

坐在大轿车上的巴特尔一下子高兴起来——春天的草原满眼是绿色，这地方真大呀！几个人趴在车窗上乱叫，原野上的牛群、羊群和奔驰的骏马都让孩子们感觉真好！可是，这美妙新奇的感觉并没有维持多久。

到镶黄旗不久，开始认领孩子了。

保育院是新盖的，一个大大的院子里有6间房子。摆满小床的屋子是小班和中班住的地方，大一点的孩子住的则是通铺。刚来的时候，几间屋子挤得满满的，渐渐地，人越来越少。那是因为保育院里每天都会来一些身穿长袍的男男女女，他们一个个满脸慈祥，充满爱意，都是笑眯眯的样子。

可是，巴特尔却被吓住了：从来没见过这样的地方，没有房子、没有街道、没有庄稼，只有看不到边的绿草地！从来没见过这样的人们，穿着长长的袍子，戴着各种怪帽子，脸色黑黝黝的，说着谁也不懂的奇怪的话！这些人全都骑着暴烈的马，要不就赶着牛车、马车、骆驼车，住在用毡子围起来的圆帐篷里，连房子都不是！

不！我决不跟他们走，哪儿也不去！

几个小伙伴跟巴特尔一样，心中无比凄凉。他们说着只有互相才能听懂的上海话："咱们不走！不去这些人家，再好也不去！"每当有人来领养孩子，他们便本能地紧紧靠在一起，互相鼓励着："要走一起走，绝不分开！"

逃跑失败了,因为草原太大,他们太小

不难想象,这些已经有了思想的孩子们,小小年纪就经历了被遗弃、漂泊和迁徙,到一个遥远而陌生的地方,生活环境、精神心理上的双重不适应使他们感到恐惧、绝望。因此,凡是大点儿的孩子都有过逃跑的经历。

黄志刚告诉我,在上海孤儿院时他也曾逃跑过一次。那是一次成功的逃脱。他撒开腿疯跑了一阵,回头看看没有人追赶,便一头钻进了路边的垃圾箱里。他气喘吁吁,惊魂未定,好不容易喘匀了气,一扭头,却看见旁边躺着个死孩子!他顿时吓得浑身汗毛倒竖,魂飞魄散,"噌"地一下蹿出来,疯了一样跑回了孤儿院。"当时可把我吓坏了!从那以后,我再也不敢跑了!"将近半个世纪以前的情景,黄志刚说起来仍然觉得毛骨悚然。

可是来到镶黄旗以后,为了抗拒这陌生的、可怕的生活,为了和小伙伴们不分开,黄志刚鼓起勇气又跟着巴特尔、党育宝、小毛(毛世勇)逃过一次。那天,认领孩子的人很多,保育院里乱哄哄的。趁人不备,巴特尔带领伙伴们又一次逃跑了。宽广无垠的草原上,几个孩子一路狂奔。跑啊跑……

可是,大草原是个什么概念呢?辽阔无边,像大海一样!前方能看见的就是地平线。而那地平线太遥远了,无论他们怎样拼命地跑,它好像总是不动呵!没一会儿,几个骑着马的人不慌不忙地追上来了,孩子们只能束手就擒。

出逃又一次以失败告终。他们终于明白,草原太大,自己太小。在这里,没有交通工具根本就跑不出去。原来心里尚存的那一线希望彻底破灭了。于是,他们用固执的沉默把自己包裹起来,以抗拒命运的摆布,或者用尽充满敌意的办法对付着想要抱养他们的人。

无论是谁来到他们面前,得到的总是一句冷冷的话:"不!我不去!我哪也不去!"有时甚至会对想领养他们的人又踢又打,拳脚相加。4个男孩的表现如出一辙,跟他们形影不离的其木格和高娃两个小姑娘也学着他们的样子,面对想领养他们的人不是号啕大哭,就是冷冷地撇嘴瞪眼。

他们还故意做出一些"大逆不道"的事情。

离保育院不远有一座大庙，巴特尔领着弟弟们跑到大庙里偷吃月饼和奶豆腐。那可是佛爷的供品啊，非同小可！喇嘛们满院子追赶，非要抓住他们不可。几个孩子身手不凡，居然爬到庙顶上，跟喇嘛们玩起了捉迷藏。喇嘛们又气又怕，气的是他们乱跑踩坏了瓦，怕的是万一从屋顶上摔下来，摔坏了可怎么办？这可都是"国家的孩子"啊！

开始还气势汹汹的喇嘛们，转眼间好话说尽，央求他们下来。可几个浑小子在屋顶上与喇嘛们对峙，就是不下来，招来不少人围观。幸好民政局局长宝音及时赶来，才化干戈为玉帛。而这几个"捣蛋鬼"也在小小的镶黄旗出了名。

最小的妹妹高娃聪明伶俐，圆圆的脸，大大的眼睛，十分惹人喜爱。有一天，她被旗里的一个干部领养走了。高娃又踢又蹬，拼命哭喊着，可是没有用。其木格姐姐追着喊："高娃你别走，别走！"哥哥们也追着央求："把她放下！别把她领走！"高娃走了，孩子们又一次感到绝望——再怎么着也拗不过大人啊！

黄志刚长叹一声，对哭泣的其木格说："就剩下你一个女孩儿了，早晚也会被人领走的！"谁也没想到，过了两天小高娃竟然自己跑回来了！高娃见到哥哥姐姐，又哭又笑，最着急的就是使劲脱掉身上的新衣服。哥哥姐姐兴高采烈七手八脚地帮她扒，然后找到那户人家，把新衣服从窗户给扔了回去。

6个孩子的"壮举"在草原上不胫而走，这下真的没有人再领养他们了。

天上掉下个张阿姨，6个孤儿有家了

渐渐地，整个保育院空了。孤儿们全部被领养，保育员阿姨也都走了，就剩下他们6个"调皮鬼"和做饭的郭大爷。"后来，比亲妈还亲的张阿姨来了，我们有了家。"黄志刚说。毕竟是孤儿，表面上生冷，内心却比任何孩子都需要温暖啊！6个孩子不会用语言来表达内心的感动，可事实是，他们接受了张阿姨。

张阿姨名叫张凤仙，是土默特蒙古族人。她早年跟着当兵的丈夫来到了镶黄旗，在新宝力格公社医院当卫生员。她是为这些"国家的孩子"付出过汗水和鲜血的数十位保育员中的一个。

我问巴特尔:"张阿姨是个什么样的人?"巴特尔说:"张阿姨为人特别善良,对人特别热情,属于古道热肠的那种。所以旗里男女老少,上上下下,从领导到牧民,所有的人都叫她'张阿姨'。早在保育院时,张阿姨就对我们特别好,经常拿些糖果给我们吃,还给我们缝补衣服、鞋袜。她也是最先能跟我们沟通语言的阿姨,所以我们就接受了她。"

6个孩子的命运也让张阿姨牵肠挂肚,因而,当旗民政局宝音局长让她承担起抚养这6个孩子的重任时,她毫不犹豫地答应了。她说:"放心吧,只要我有一口吃的,就不会让孩子们饿着。"

宝音局长使劲点头:"孩子交给你,我们绝对放心!可是,抚养孩子不光是让他们吃饱穿暖,更重要的是得培养教育。孤儿是敏感的,心灵容易扭曲,容易对人丧失信任,要教育好他们可不容易呀!"张阿姨说得实在:"那怎么办呢?咱不能眼睁睁看着可怜的孩子没人管。"

别看张阿姨只是个小小的卫生员,却是旗里的先进模范。她的丈夫叫仁钦道尔吉,原来是威武的骑兵连连长,后来转业到了旗畜牧场任场长。夫妻俩都是党员,那个年代,党的需要就是他们的最高使命。张阿姨身体不太好,又患有严重的妇科疾病,所以自己没有生育。其实那时候夫妇俩已经抱养了一个亲戚的孩子,接受这6个孩子,就送走了抱养的小女儿。

送走小女儿的时候,张阿姨哭了:"孩子啊,不是妈妈不亲你,也不是妈妈不爱你,因为妈妈要照顾6个'国家的孩子',就没有精力照顾好你了!"巴特尔说:"张阿姨送走的那孩子现在在旗畜牧局工作,叫白秀英。我们是很好的朋友,经常在一起聚会。每次我们都跟她开玩笑叫她妹妹,她就说,咱们本来是一家子!"

吃毒草,下水库,张阿姨为他们提心吊胆

于是,张阿姨把家搬到了紧邻保育院的旁边,院墙上开了一个小门。4个男孩子仍旧住在保育院的房子里,2个女孩子就住在张阿姨家了。自从接受了

这6个孩子，张阿姨的一颗心就再也放不下了。40多年前的镶黄旗是一个美丽的地方，绿色的原野一望无际。只要张阿姨看不住，哥儿几个就会跑得无影无踪。

于是，来张阿姨这儿告状的人接踵而至：这几个小捣蛋不是冲散了人家的羊群，就是骑坏了人家的小牛犊，再不就是跟人打架，打破了人家的脑袋……隔三岔五的还免不了做一些让张阿姨心惊肉跳的事情。

有一天，张阿姨刚从外面回来，就见其木格慌慌张张地跑过来哭喊着："快看看高娃怎么了？"张阿姨扑进家门，只见高娃躺在炕上，口吐白沫，浑身抽搐，身边还有一摊呕吐物。

张阿姨急忙问妹妹吃了什么东西？其木格说："吃了这种芝麻粒。"她一看，原来是一种叫荨芽子的野生植物。"这东西有毒，怎么能吃呢？谁叫你们吃的？"其木格指着巴特尔说："大哥说能吃，我们才吃的……"张阿姨大吃一惊："你们都吃了？吃了多少？"这时，她发现巴特尔、育宝和小毛也都出现了中毒症状。

原来，这天下午，6个孩子跑到草原上去玩。玩累了，就躺在草地上。这时巴特尔看见一种草，上面结满了小颗粒。他顺手拔起来就往嘴里塞："我的家乡好像也有这种草，我记得小时候吃过，可好吃啦！"弟弟妹妹们学着他的样子也吃了，没想到却险些要了他们的命。张阿姨的及时出现挽救了孩子们的生命："绿豆汤、酸奶可以解毒！"

张阿姨的神经紧绷，但动作有条不紊。凭着经验，她先给孩子们抠嗓子，让他们呕吐，然后一口一口地给孩子们灌酸奶。这种草对神经系统有损害，中毒的症状很像精神错乱。高娃中毒最厉害。巴特尔、育宝和小毛也都上吐下泻，胡言乱语，揪扯着自己的头发、衣服往外跑，按都按不住。只有黄志刚和其木格嫌不好吃，吃得少，所以症状比较轻。

张阿姨的丈夫仁钦道尔吉和做饭的郭大爷也闻讯赶来，整整忙了一夜，才一点一点把孩子们从死亡线上拉了回来。

巴特尔吓坏了，知道自己闯下大祸，第二天躺在床上不敢起来。多年以后他听宝音局长说，那次张阿姨才真正被吓坏了，连续几天脸色苍白，夜里精神恍惚噩梦不断。她反反复复地说："如果孩子们有个三长两短，我永远都不能原谅自己。"

这还不是最让张阿姨担惊受怕的。

那时候，在镶黄旗的西北郊有一个林场，还有个水库，常年碧波荡漾。那水库很深，每年都会淹死人，因此有专人看管，严禁下去游泳。水边长大的孩子天生不怕水，一看见水就想进去。兄弟几个总是有办法悄悄下去，只要不被发现，就尽情玩耍，早把张阿姨的千叮咛万嘱咐抛到九霄云外去了。实际上他们并不会游泳，只是在水里疯玩一通。巴特尔发明了往绿军帽里吹气，把它吹起来当救生圈，抱着它就沉不下去啦！

巴特尔和黄志刚都说："现在想起来真是后怕！"他们不是爬树就是抓鱼，水库里的鱼又多又大，常常撞到他们的腿上。牧民不吃鱼，管那叫"河里的虫子"。可总是被饥饿折磨着的孩子们知道鱼是能吃的，烧熟了可好吃啦！孩子们欢叫着扑腾着去逮去抓，水面上激起一朵朵白色的浪花。他们总是能抓到不少的鱼，然后捡来树枝烧鱼吃。直到管理员发现了，把他们扭送回家。

为了阻止孩子们去水库玩儿发生危险，张阿姨不得已每天去学校接他们回家。但有的时候还是逮不住他们。一次，张阿姨赶到学校的时候，孩子们已经放学了。其木格和高娃告诉她，哥哥们向北边跑了，她俩没追上。张阿姨一听就急了，火急火燎地往水库跑。可到了水库却发现孩子们并没来这里。她四处寻找。有人告诉她说，看见孩子们抬着一个马槽往西南方向去了。她的心里"咯噔"一下，吓出一身冷汗，腿都软了。她意识到孩子们一定是去了位于旗西南角的淖尔（湖泊）。那是一个自然湖泊，湖边杂草丛生，常有去吃草的牛羊掉进去淹死。湖中还有个小岛，必须得游泳或者划船才能到湖心岛上去。一个月前，曾有人想游到湖心岛，却被茂密的水草缠住淹死了。这些淘气的孩子去那里的话，一定凶多吉少！张阿姨跌跌撞撞地跑向湖边。

巴特尔告诉我，那是他们蓄谋已久的一次"行动"。

湖心岛是他们向往已久的地方。每当远远地看见无数鸿嘎鲁（大雁）和各种各样的水鸟在湖心岛上飞起飞落，看见小雁跟着大雁在水里游来游去，他们觉得那里一定非常好玩儿，可也知道不是轻易就能去的。首先不会游泳，漂过去吧,太远。只能划船过去,可是去哪弄船呢?所以,尽管心里痒痒了很久,终未成行。

  这天,巴特尔突然想出了一个点子。他看见饮马的水槽,想起了小时候家乡的木船。于是几个孩子跑到马厩里,偷偷地抬走了马槽,放到湖里当船,又找来两个树枝当桨划。我想,这主意算得上登峰造极,也幸亏那马槽底完整不漏。几个淘气包真的划到了湖心岛。湖心岛好漂亮啊!有好多鸿嘎鲁、野鸭子,河边随手就能捡到好多好多的野鸭蛋、野鸟蛋……玩够了,他们捡了好多野鸭蛋,兴高采烈地划上"船"往回走。

  这边,高娃、其木格一边一个站在张阿姨身边,望眼欲穿。看见"船"晃晃悠悠地越来越近,张阿姨心惊肉跳,两眼死死地盯着,紧张得大气不敢出。高娃刚喊了一声:"哥哥……"张阿姨一把捂住她的嘴:"别出声!把哥哥们惊着,掉下去可怎么办!"还没等"船"靠岸,张阿姨就冲进水里,不知哪儿来那么大的力气,不由分说地把哥儿几个拽过来,狠狠地打着他们的屁股。"叫你们不听话!淹死怎么办?难道你们真的是没有额吉的孩子吗?"张阿姨边哭边挨着个儿地打。

  巴特尔说:"那次张阿姨气坏了,第一次狠狠地揍了我们!"我发现巴特尔说这句话的时候,脸上有一种遥远而留恋在隐约闪烁,语气中也充满了幸福感。我恍然,原来只有亲生母亲才会这样打自己的孩子。我把突然冒出来的这个想法告诉了巴特尔,巴特尔点头说:"是的,我当时就是有这个感觉。虽然挨了打,但是心里暖暖的,说不清那是一种什么样的感受……"

  积劳成疾的张阿姨最终病倒了。丈夫陪着她去呼和浩特治病,一走就是3个多月。6个孩子只好住到学校,尽管有校长和老师们照顾,但是谁也代替不了张阿姨。这时才发现,他们是多么想念张阿姨啊!那么多事儿,我们以前怎么就没想到呢?

  张阿姨在的时候,我们从来就没尝到过挨饿的滋味。国家供应的粮食也是这么多,可现在怎么就天天吃不饱了呢?张阿姨在的时候,从来不让我们穿脏衣服出门。每天淘气回来,衣服再脏,第二天早晨上学的时候又会是干干净净的了。张阿姨在的时候，从来不让我们用冷水洗脸，而是烧好了热水，放到盆里，自己拿手先试试温度，然后才给我们洗去脸上、脖子上的泥垢。张阿姨在的时候，两个女孩的小辫子都是她给梳，然后用彩色的绸子扎个蝴蝶结，其木格和高娃永远是漂漂亮亮的。

我们太淘气，衣服整天不是这儿坏了，就是那儿破了，尤其是巴特尔和育宝，鞋子总是几天就张了嘴。这样一来，张阿姨的手里就有永远做不完的针线活……我们看惯了张阿姨每天天不亮就起床，忙忙碌碌一直到半夜。现在看不到张阿姨的身影，心里一下没了主心骨，连调皮捣蛋的心思都没有了。唉！这辈子从来没这么想过一个人！

那段时间真长啊！巴特尔告诉我："那些日子，我们几个的学习突飞猛进。我们就是想让张阿姨高兴。"张阿姨快回来吧，我们再也不淘气了！

为生病的张阿姨熬了一锅猫肉汤

远在呼和浩特看病的张阿姨，每时每刻都惦记着她的孩子们。那时候通讯极不发达，张阿姨心里急，就跟大夫说，家里还有6个孩子没人管呢！可大夫说，再不动手术就会危及生命。张阿姨太虚弱了，承受不了这么大的手术，必须多住一段时间慢慢调养，等身体条件达到要求才能动手术。就这样，她在内蒙古医院一住就是3个多月。手术一完，还没等好利索，她就拖着虚弱的身子回到了镶黄旗。

让孩子们望眼欲穿的张阿姨回来了！他们围在张阿姨身边，一个个开始高兴欢喜地笑，后来却又都哭了。阿姨太瘦了，脸色比她盖的被子还要白，连说话的劲儿都没有。张阿姨看见孩子们一个个瘦了，小脸脏兮兮的，衣服也破了，尤其听说他们住在学校吃不饱，她心疼得泪水横流。

第二天，仁钦道尔吉大爷把孩子们接回家来了，院子里又有了喧闹声。巴特尔说："当时我们不知道张阿姨得的什么病，只知道她总是肚子疼，人也很瘦弱。很多年以后才知道，那次张阿姨是摘除了子宫。那个年代，摘除一个器官是很大的手术。我们看了伤口，足足有半尺多长呢！"

孩子们争先恐后地拿出学习成绩单给阿姨看，张阿姨高兴地夸奖他们有进步。可是，没过3天，让张阿姨提心吊胆的事又发生了。那天放学时间早就过了，眼看着天色慢慢黑下来，可孩子们却迟迟不归。他们去哪了呢？该不是又到水库去了？还是去了湖心岛？……

张阿姨越来越担心，直等到天完全黑了，孩子们仍然不见踪影。她再也坐不住了，就拖着虚弱的身子出去寻找。刚准备出门，只见巴特尔端着个锅，在弟弟妹妹的簇拥下兴冲冲地回来了。

张阿姨又气又急，厉声训斥道："你们又跑到哪儿惹祸去了？快说！去哪儿了？"孩子们看见张阿姨一脸的怒气，一时间愣在那里，都不敢说话了。张阿姨指着那只破锅问："说！这是什么？！"孩子们面面相觑，半晌，育宝才嗫嚅着说："肉汤……""什么肉汤？""我们熬了肉汤，想给你补充营养……"

张阿姨惊呆了！她做梦也没有想到，这帮调皮捣蛋的小家伙居然懂得心疼人了！张阿姨一把抱住孩子们，泪如雨下，说道："阿姨错怪你们了！"

这是她第一次感受到了孩子们的变化，他们的确是长大了！

孩子们围着巴特尔，巴特尔端着肉汤，每个人脸上荡漾着喜悦，他们用单纯的行动表达着对张阿姨的关切。我也被巴特尔讲述的故事深深地感动了。可是巴特尔却说："其实那碗肉汤最后还是倒掉了。"我惊讶了："为什么？"巴特尔笑了："那是猫肉熬的汤！"

原来，孩子们看见张阿姨虚弱的样子，很心疼，就悄悄在一起商量，给张阿姨弄些有营养的东西补补身子。小毛说："咱们还是去湖心岛多捡一些野鸭蛋。"黄志刚说："那可不行，张阿姨会生气的！"其木格："张阿姨身体本来就不好，可不能再让她生气了！""这招肯定不灵，咱们还是想别的办法！""听说肉汤最有营养，给张阿姨熬点肉汤喝吧！"可是，上哪儿去弄肉呢？

想来想去，巴特尔忽然想到李老师家有一只猫。于是，放学以后，弟兄们就伺机对猫下了手。巴特尔说："那时穷啊，什么有营养的东西都没有。我们哪知道猫肉不能吃？"

巴特尔感到抽张阿姨的血真是罪恶深重

"太阳都照见屁股了,快起床,上学啦!"每个清晨张阿姨都会这么叫,兄弟们就是赖在床上不动。叫起来这个,那个又倒下了。这就是家啊!这就是有家的孩子能够享受到的每一个早晨!

这样的场景贮藏在孤儿们童年的记忆中,一定是弥足珍贵的。什么时候回忆起来,感觉真好!巴特尔说,从理论上讲,张阿姨并不是真正意义上的妈妈,与其他收养了孤儿们的母亲不同。她挣着国家的工资,也不跟我们住在一起,可付出的并不比那些妈妈少。而我们6个每人每个月国家只发8元钱,我们要吃、要穿,还要上学,书包、文具……8块钱哪儿够花啊!还有,高娃从小体质就弱,总生病,张阿姨每个月都要给她另外买些奶粉、蜂蜜之类,给她加强营养。张阿姨自己却省吃俭用,什么都舍不得买。再说,"文革"以后这8元钱也没有了。

"张阿姨很瘦弱,身体不好,管我们6个孩子付出的辛苦就不用说了,可以说为我们操碎了心!这些事我长大以后,自己有了孩子才体会到的。"

"我们虽然从来没叫过她一声妈妈,但是在心里早就承认,她是比我们生身母亲还亲的妈妈!"

一个个故事、一段段细节,像宝石一样镶嵌在6个孩子的记忆里,凝结成"妈妈"两个字。茫茫大草原上,一个柔弱的妇女背着一袋粮食,踽踽独行地出现在我的视野里——

虽然那是极其困难的年代,可国家并没有忘记这些来自南方的孩子,想方设法照顾他们的饮食习惯,每月配给这些南方来的孩子每人10斤大米。

那时候镶黄旗没有粮店,每次买粮得到90里外的华德县去买。而且每个月就得去一次,因为购粮证上供应的粮食是不会提前卖给你的。而且,多数时候还有别的粮食需要买,就不仅仅是60斤粮食了,常常要背100多斤,甚至更多。

那时候草原上还没有通长途公共汽车。90里路,张阿姨要搭车才能去,有时候搭拖拉机,有的时候搭马车。搭人家的车,往往是没准的,常常会因为人家要办事,或者车坏了,张阿姨就搭不上回来的车,只好自己徒步往回走。

6个孩子的60斤大米,说起来不多。可蒙古语中有句俗语:"路途遥远的时候,两只耳朵也是负担。"就是说,赶远路时,身上的任何东西都会显得无比沉重。

巴特尔长叹一声感慨道:"那时候我们真是不懂事!每次我们盼着阿姨快点回来,都是馋那香喷喷的大米饭,哪知道她老人家的辛苦呢!现在想起来,真是不容易啊!大冬天,张阿姨在没膝深的雪地里,穿着那么厚的毡疙瘩(毡靴)一步一滑……90里地啊!她身体本来就不好,不管是刮风下雨,春夏秋冬,咋走回来的!"

母亲一样的张阿姨对两个小的还有点偏心呢!每次有好吃的,都要多分给育宝和高娃。看见其他孩子不高兴,张阿姨就说:"兄弟姐妹就要互相谦让,他们两个最小,哥哥姐姐们应该让着点儿。"巴特尔说:"我是最让张阿姨操心、最让她受累的一个。"

小学三年级,巴特尔爬上树摘榆钱儿(榆树籽)吃,不小心摔下来,生生把大腿骨摔成骨裂,后来变了形,疼得天天叫唤。直到现在,巴特尔的腿走起路来还有点儿不太利索。张阿姨每天都背着他去医院看病治腿。

那时候,巴特尔的个头已经快赶上张阿姨高了,他怎么好意思让张阿姨背着?"阿姨,我自己能走。"趴在张阿姨的背上,巴特尔悄悄地流着泪,不是因为腿疼,而是因为心疼。

张阿姨像没听见:"孩子,听大夫的!大夫说不能着地,你得听话,现在治不利索,留下毛病是一辈子的事!"

"张阿姨太瘦了,背着我太吃力了,走路都是一摇一晃的……"说这话时,我看见巴特尔的眼中闪烁着泪花。

上高中时,有一次巴特尔参加民兵训练,枪走了火,子弹擦伤额头,血流不止。在医院急诊室,大夫们竭尽全力,巴特尔被抢救过来了。医生说他出血过多,再晚一点送来就会殃及生命。昏迷中的巴特尔是被一个熟悉的声音唤醒的,这声音就在他身边不远处响起:"大夫,救救这可怜的孩子,他是'国家的孩子'啊!"是张阿姨!巴特尔的神志彻底恢复,眼泪也随之流了出来。他想说话,可是嘴却不听使唤,急诊室里的动静却都收到了耳朵里。

大夫说需要输血，张阿姨急迫的声音颤抖着："抽我的！抽我的！"巴特尔觉得自己罪恶深重，从那枯柴一般的胳膊上抽血？他恨不得一头钻进地底下去！弟弟妹妹七嘴八舌地嚷嚷："抽我的！"

幸好张阿姨的血型不符！尽管当哥哥的不忍心，但最终是弟弟小毛的血救了他。看着巴特尔额头上的伤口，张阿姨心疼得不得了，不停地念叨着："真悬哪！就差一点，再高一点就要了命，再低一点就伤了眼睛，你呀！怎么就不懂得小心点呢，从小到大，你怎么这么不省心啊！"

那些日子，张阿姨天天在医院。虽然她搬不动已经长大的儿子，可就是不能放心地交给别人护理。她没日没夜地陪床守护，几个星期下来，人整整瘦了一圈。"亲生的母亲对儿女也不过如此吧！"巴特尔说得十分动情。

"我们能有今天，全是张阿姨的功劳！"

"文化大革命"开始了，犹如一场势不可挡的荒原大火迅速在草原上燃烧、蔓延。动乱年代，中小学生也难免卷入运动狂潮。每当孩子们回来津津乐道他们批斗了某某领导的时候，张阿姨就摇摇头说："你们要记住，别人说他坏，不一定就是真的坏。好坏要看他做了什么？凡事要多动脑子，不能做丧良心的人！"教育的责任是很重的，所以张阿姨的精神压力远远大于身体上的。她用自己的言行做出榜样，用最朴素的正直善良，锻造着孩子们坚强的性格和高尚的品德。

1968年的冬天，张阿姨的丈夫仁钦道尔吉被打成"内人党"关进了牛棚，后来又被下放到八一农场去了。这使孩子们的心理上承受了巨大的压力。张阿姨鼓励孩子们不要怕，因为她坚信丈夫是清白的。她还说："你们是'国家的孩子'，要挺起胸膛做人！实在不行，就和我们划清界限！"

划清界限！那怎么可能？！这么多年的相处，孩子们相信仁钦道尔吉大爷是好人，绝不是反革命，更不是什么"内人党"叛国分子。

有一天，张阿姨看见一个"黑崽子"边哭边从牛棚里出来，便悄悄问他出了什么事。那孩子说："我给爸爸送饭，他们不让我进去，还骂我是'内人党狗崽子'。"张阿姨想了想，把黄志刚和党育宝叫过来，让他俩替那孩子把饭给送进去。

从那以后，张阿姨经常让6个孩子轮流给那些被关在牛棚里的人送饭。看守们觉得这几个都是"国家的孩子"，又跟被关押的人没有直接的关系，就网开一面让他们进去。有人劝张阿姨："你这样做就不怕连累自己？"

然而，张阿姨这样的人是不可能无动于衷的。她对孩子们说："咱蒙古人有句话叫'手与手互相洗才能干净，人和人互相帮才能成器'，你们要记住，不管什么时候都要帮助比自己弱的人。"

黄志刚告诉我："当时被关的几乎全都是领导干部，从旗领导到各个单位的都有。'文革'以后又都重新回到领导岗位。多亏了张阿姨，我们6个在一年之内全都参军的参军，就业的就业，上学的上学！"巴特尔说："正是因为在他们最困难的时候得到了张阿姨的帮助，人家都念她的好，爱屋及乌，对我们也都特好。"老三党育宝和老四毛世勇从小的理想就是当一名光荣的解放军战士，结果他俩双双参军入伍；其木格到旗邮电局当了一名话务员；二儿子黄志刚在旗物资局当上了一名采购员；小女儿高娃考上了天津南开大学；老大巴特尔是最后一个走的，他考上了南京气象学院，后来成为一名气象专家。黄志刚感慨万千："我们能有今天，全是张阿姨的功劳啊！"

现在的黄志刚已经下岗多年，在镶黄旗开了一家"新盛园酒店"。我问他生意如何？他长叹一声说："勉勉强强混口饭吃吧！要不干啥呢？这几年我闲着没事干，孩子也找不上工作。"我同情地望着黄志刚。当年，他是基层领导干部，是物资供销战线的先进工作者、劳动模范。"我们家老太太在的话，我的孩子们找工作根本就不成问题，我也下不了岗。"说这话的时候，黄志刚的脸上有一种复杂的表情，既有怀念，还带着自信。

我想，他单纯得可爱。

孤儿们在草原上立了块"母亲碑"

2005年8月12日清晨，天刚蒙蒙亮，黄志刚陪我上山给张阿姨上坟。镶黄旗北侧的小山坡上,我远远地看见了一座石碑。张阿姨就安息在这里。按照传统,蒙古人是不立碑的,而6个汉族孩子给他们的蒙古族额吉立了这座"母亲碑",内蒙古电视台还拍了一部专题片,名字就叫《母亲碑》。

看见黄志刚虔诚地下跪磕头,我的眼睛一下子湿了。眼前这个来自南方的中年汉子,他的生命之根已经在这片土地上深深地扎了下来。他们兄妹6个,除了党育宝几年前因病去世之外,现在都各奔前程。只有黄志刚一个人至今留在镶黄旗。所以,张阿姨、仁钦道尔吉老两口的晚年生活全由黄志刚夫妇照顾。

1990年,为了6个孩子操劳一生的张阿姨被查出患了食道癌,加上她原有的关节炎、胆结石、糖尿病、高血压,一下就把老人家击倒了。张阿姨在北京治疗了几个月,是正在北京读研究生的高娃跑前跑后托了关系,才住进了北京协和医院。在这所中国顶级的医院里,她接受了最好的治疗。

孩子们全都赶去陪床,簇拥在左右,感动了同病房的人。最小的女儿高娃几乎每天都要去陪伴张阿姨,每次还要依偎在她的怀里待一阵。张阿姨成了病友们羡慕的对象。让病友们不明白的是,这些孩子一个比一个细心,一个比一个孝敬,可是挺奇怪,不是亲生的吧,比亲生的还要亲!是亲生的吧,却不叫妈妈叫阿姨,不叫爸爸叫大爷。时间一长,病友们发现孩子们的名字姓氏也不同,仔细一打听,才知道了这个感天动地的亲情故事。

1991年1月,张阿姨满足地看着长大成人的儿女们,安详地闭上了双眼。孩子们无法表达对母亲的感激和眷恋,商量着一定要给老人家立个碑。"我们也是蒙古族,知道蒙古族没有立碑的习俗,但是我们6个就想让世人知道,这里安息着一个多么伟大的母亲!"

"母亲碑"已经很旧了,上面字迹斑驳。黄志刚告诉我:"镶黄旗这地方没有石头,我们从外地买了一块大理石,打算明年换块新的碑石,把两位老人合葬在一起。"

在整个谈话的过程中,他们不止一次地提到孙子们的爷爷——他们的大爷仁钦道尔吉。巴特尔说:"我儿子名叫孟和,黄志刚的儿子叫苏和,还有党育宝、小毛、其木格的孩子,都是爷爷给起的蒙古名字。""你们一直叫大爷,孩子们叫爷爷?"

"虽然我们没有叫两位老人妈妈、爸爸,那是因为改口有些难。但是我们的孩子都叫爷爷、奶奶,实际上我们心里也早就承认,他们就是我们的亲生父母!"

张阿姨走后,6个孩子十分到位地履行了赡养父亲的义务,使年迈的父亲有一个幸福快乐的晚年,尽享天伦之乐。仁钦道尔吉在他79岁那年突患脑血栓昏倒在地,经过抢救保住了生命,却瘫在了病床上。整整10年。俗话说,"久病床前无孝子"。在这里,我不打算赘述儿女们是如何在久病的大爷床前恪尽职守的,我只告诉亲爱的读者一个细节:老人家10年卧床,一次褥疮都没长过,体重从原来的160斤,到他去世时长到了180多斤。

面对着一幅幅老人坐在轮椅上的照片,我想任何话语都是多余的。照片上的老人红光满面,精神矍铄。我只看到了一个事实,那就是老人家从卧床不起到后来能坐轮椅出门,在床上瘫了10年却活到了89岁,如果没有精心的侍养、照顾、呵护,一个严重脑血栓的病人何以会以如此高龄告别人世?

第六章 包凤英,被宠大的孤儿

宝音图带路去见包凤英,一个孤儿又一个孤儿

人们都习惯称他们是"上海孤儿",我固执地认为这是一群最悲惨、最可怜、最无奈的人,于是对他们寄予着无限的同情。可是,我丈夫却不同意我的观点。他说:"我们班里有个同学叫宝音图,他就是'上海孤儿',跟我从小一起长大。他可一点都不可怜,比我们优越多了!我们班里唯一穿缎子蒙古袍和皮马靴的就是他,而且人家从来没挨过饿,小时候我最羡慕的就是宝音图。"后来,在锡林郭勒盟西乌旗法院工作的宝音图跟我也成了好朋友,每次到呼和浩特出差,他都来我家做客。

宝音图为人热情，社交能力很强，在他土生土长的这个地方几乎没有他不认识的人，也没有他办不成的事。重要的是，宝音图不仅与旗所在地所有的"国家的孩子"保持着密切联系，还牵头搞了一个联谊会，每年春节前后大家都要在一起聚会。除此之外，对遍布在整个西乌旗的上海孤儿的情况他都很熟悉。

1999年夏天，我准备去乌珠穆沁草原深入生活、搜集素材。宝音图听说我要去，特别高兴，在电话里主动大包大揽，要当我的联系人兼向导。我也乐意尽量不麻烦相关部门，于是敲定了采访行程，租了一辆出租车，奔向乌珠穆沁草原。事实证明，宝音图担此重任是再合适不过了。刚到那天，我就体会到了这一点。

从呼和浩特出发，我们的车在一望无际的锡林郭勒大草原上飞驰。出租车司机阎师傅听说此行的目的地是西乌旗，立刻兴奋起来。他说："我有个战友名叫德力格尔，就在西乌旗工作。我们俩从部队转业已经快20年了，一直没见过面。"阎师傅一路上念叨这个事，希望这次能找到老战友，见见面。可是德力格尔转业到了什么单位，做什么工作阎师傅却一无所知。我心想，蒙古族叫德力格尔这个名字的人太多了，什么情况都不知道，怎么找啊！

经过整整一天半的奔波，第二天中午我们终于到了目的地，宝音图早已等在旗招待所门前了。没有多余的寒暄，宝音图直奔主题："先吃饭，然后再回房间休息！"吃饭时，我把阎师傅想找战友的事告诉了宝音图，请他帮忙。宝音图听后认真地点点头说："你们先慢慢吃，我去打个电话。"我们的饭还没吃完，宝音图就回来了。他对阎师傅说："我们这儿有好几个德力格尔，你要找的德力格尔在吉仁高勒苏木当书记。我刚刚跟他通了电话，他说今天晚上就赶回来见你们。"阎师傅愣了一下，半天才回过神来："这么快……就找到了？没搞错吧？"

宝音图憨憨地笑了："不会错，人家记着你呢。听说你来他可高兴了！他让我告诉你，下午下了班他自己开车回来。吉仁高勒苏木离这儿得走两个小时，他说不管多晚都会先来看你，让你等他。"阎师傅又高兴，又激动，忙把斟满酒的杯子捧到宝音图面前，真诚表达着他的谢意。宝音图接过酒杯眠了一口，看着我。

我立刻明白了他的意思，忙替他解围。这么多年的交往，我知道宝音图滴酒不沾。他自己也曾多次说过："唉！我只有这一点不像蒙古人，喝不了酒。"宝音图从里到外就是个地地道道的蒙古族，最明显的特征是他有着红红的脸蛋，讲一口流利的蒙古语，讲汉语时却显得嘴有点笨。

我们正为阎师傅顺利找到战友而欢欣鼓舞，宝音图对我说："德力格尔的爱人也是上海孤儿，叫包凤英。"这下轮到我发愣了，也是半晌才回过神来："真的？这么巧？"事情偏偏就这么巧。第二天上午，我们已经坐在了德力格尔夫妇宽敞的客厅里。

我们享用着热情的主人准备的丰盛午餐，我静静地观察这位"国家的孩子"包凤英。由于包凤英在基层工作好多年，风吹日晒，所以肤色黝黑，不同的是她面庞比较清秀，眼睛很亮，左侧脸颊嘴边上有一道疤痕。她忙里忙外，动作干练、麻利，言行举止没有一点江南女子的感觉，活脱脱一个蒙古族家庭主妇。她待人热情，却不会寒暄，只是不停地往客人的碗里倒奶茶、夹菜、夹肉……她喝不了酒，却会劝酒。客人不喝时，她会豁出去干掉杯中酒，结果是跑出去呕吐，叫人很不忍心，单凭这点就可见她的豪爽。

她与我一见如故，坦诚地回答着我一连串的提问。她汉语说得不算好，一着急就改用那一口流利的蒙古语。她说："我去年才从基层苏木调到西乌旗林业局工作，可一来就赶上了轮岗。哎！这么多年忙惯了，一下子闲坐在家，特别不习惯。"

从参加工作至今，包凤英一直在基层公社，当过计生助理、妇联干部，后来又当民政助理。包凤英说："我的父亲今年73岁了，母亲也年过70，政策允许身边留一个孩子，为了把我调回身边，额吉天天哭，阿爸几乎天天去找旗领导。去年我调回来，阿爸、额吉高兴得几天睡不着觉。阿爸、额吉又帮我们凑了2.7万元钱，买了这个有两间屋子的小院。最让我高兴的是，这儿离我父母的家很近，我可以每天去看看，多陪陪他们。他们都老了，身边需要有人照顾。前些年我整天忙着工作，没能好好照顾他们……"

为了补偿这么多年没能照顾双亲的缺憾，她每天都要到父母的家里去，帮着做些家务，陪着他们说说话。偶尔家里来了客人，她抽不开身，她的父亲或母亲就会来看女儿。包凤英告诉我说，两位老人听说我们要来，今天一早就来帮忙，做饭熬茶，就在我们临来她家之前才回去。我大呼遗憾，因为我最想见到的，就是抚养了这些"国家的孩子"的父母。包凤英说："我父母的家离这儿不算远，步行10分钟就能到。一会儿我带你去。"

"哑巴"原来会说话

听别人告诉我，包凤英的父母亲疼爱女儿是出了名的。包凤英说："对我来说，不仅仅是一个简单的疼爱所能包含的。我的阿爸、额吉为了我牺牲了很多。听说我来时不到3岁，身体瘦弱，脸黄黄的，给什么也不吃，连牛奶都不喝。额吉这一辈子都是为了我，她原来在公社缝纫社工作，为了照顾我把工作也放弃了。因为奶奶带我她不放心，说奶奶老了，眼花耳背，看不好孩子，非要自己带不可。要不然，现在好歹也是享受退休金的职工呢！"

包凤英的母亲叫陈秀琴，我去的时候她正在院子里浇花。小院子里空气湿润清新，阳光明媚，我怀着崇敬的心情与老人紧紧握手并做了自我介绍。老人特别热情地说："昨天晚上就听凤英说了，德力格尔20多年没见面的老战友要来，我以为是男的呢！"包凤英大笑起来："额吉，德力格尔的战友是男的，没错！这位是作家，专门来看您的！"老人爽朗地笑着："我有什么好看的！一定是你说了什么。"

进到屋里，我又见到了包凤英的父亲。两位老人比我想象得要年轻，并且头脑清楚，非常健谈，对当年的事情记忆犹新。包凤英的阿爸叫诺门桑，早年曾在内蒙古骑兵部队服役，后来又在锡林郭勒盟著名的"白马连"当指导员。因为他的这段经历，"文革"中惨遭迫害，差点被整死。他1958年转业来到锡林郭勒盟西乌旗，妻子陈秀琴就从吉林省前郭蒙古族自治旗的家乡跟随丈夫来到这里安下了家。

说起领养包凤英的过程，老人家说，还有一段故事呢！

"那时候，我们在白音宝力格公社，老伴儿在武装部工作，我在成衣铺做活儿。1960年春天，公社书记特古斯门德的妻子花拉拿着一张登记表跑来找我，动员领养'国家的孩子'。我从小多病，体质不好，加上两地生活，所以一直也没孩子。这回正好，既响应了党的号召，又能有一个孩子，我们就痛快地答应了。

"大约过了半年，有一天花拉来找我，兴奋地说，旗里来通知，可以领养孩子了。第二天一早，我们俩就动身了。我想挑个漂亮的女孩，而花拉想挑个健壮的男孩。

"到了旗保育院，我俩先去了小班。

"那些襁褓中的婴儿，全都又瘦又小，像一群过不了冬的弱小羊羔，有的连哭的力气都没有。保育院阿姨抱起一个孩子对我说：'你看看这个，长大了肯定不难看……'我可不敢抱那孩子。唉！孩子瘦弱极了，脖子细细的，头都抬不起来，小鼻子微微翕动着，真可怜啊！花拉比我还差劲，她摸都不敢摸一下，眼泪汪汪的，好像随时准备躲开。

"看见我们为难的样子，保育员领我们到了中班。中班都是2岁到5岁的孩子。我们进去的时候，孩子们正在吃饭。保育员阿姨说：'又有两个额吉来了，小朋友回家啦！'这些孩子看起来也是那么弱小，面黄肌瘦的，有的刚刚蹒跚学步，有的还不会走。看见我们进来，孩子们全都停下来，仰着小脸期待地看着我们。面对着一双双渴望的眼睛，我相信谁都不忍心再挑选了。

"我只觉得鼻子酸酸的，眼睛也湿了，赶紧拉过一个离我最近的女孩子说：'我就要她吧！'

"还没等我端详仔细，有个小男孩突然跑过来，用自己的小手使劲推着小女孩的脸，那意思是让我看，再仔细看。我仔细一看才发现，这小女孩儿的左脸颊上有一道伤疤。这小男孩的眼神真让我心碎。我想，一定是有人曾经因为这块疤没要这个小女孩，要不，这么小的孩子怎么会知道让我看呢？！他的眼睛里充满了渴望，我想这大概就是本能，一种竞争的本能，而他才这么小……

"我的眼泪险些掉下来，顺势把两个孩子都搂进怀里说：'可怜的孩子，你们两个我都要……'站在我身边的花拉看到了这一幕，她泪流满面地从我怀里抱起那个小男孩说：'哦！孩子，额吉就要你了，跟额吉回家吧！'就这样，我们俩一人一个，心酸地抱走了自己的孩子。

"自从坐上勒勒车,我们两个妈妈就不停地给孩子喂带来的好吃的。我的小女孩儿不声不响地吃,不说一句话。那小男孩却非常好动,一路上东张西望,问这问那,只可惜话不通。我们连蒙带猜,比比画画也难交流。因为我们的家离旗所在地很远,路上必须得住一宿。

"太阳快落山的时候,远远的山坡上出现了一座蒙古包。于是,我们俩决定今晚就投宿在这里。没想到这一夜,险些断送了我和女儿的母女缘分。蒙古包的主人听说我们抱来的是南方孤儿,并不富裕的牧民把最好的东西都拿出来招待我们母子4人。花拉的男孩儿生龙活虎,给什么吃什么,嘴里还呜里哇啦不停地说着没人能听懂的上海话。那天真可爱的模样和稚嫩的声音,就足以让所有的人打心眼儿里喜欢这个孩子。

"可是我的女儿却对什么都没兴趣,给什么她都摇头不吃,问什么也不说。整整一个晚上,她蔫蔫地坐着,一声不响。蒙古包的主人最后认定,这孩子一定是个哑巴。听了这话,我心里一惊,这才想起来,自从见到这孩子,她真的还没说过一句话呢!

"那天晚上,我久久不能入睡,多少有些后悔,总是千百遍地问自己:这孩子脸色这么苍白,也不说话,跟人家那男孩子相比,莫不是有病?真的不会说话?她脸上的那道疤会不会成为一个记号,有朝一日有人会凭着它来认走孩子?另外,与别人不同的是,这孩子腿上拴着一个小铃铛。莫不是她的家人故意留下的记号,备不住将来有一天会凭着这个记号找上门来……

"整整一夜,我思来想去,最终做了一个决定:等天一亮就返回旗里,去换一个孩子!可是,等到天亮,我一看见孩子那双黑黑的眼睛,心就软了,唉!她让我想起了被遗弃的小羊羔。我们蒙古人就信缘分。我想,既然从小班看到中班,从那么多孩子里挑中了这一个,那她就一定属于我,这就是缘分哪!我的眼泪又冒了出来,怎么也忍不住。我抱着女儿一边亲,一边连声地说:'宝贝儿,聋也好哑也好,不管怎样,额吉就要你了!'

"到家后又过了好几天,我的女儿还是一言不发。我怕她的阿爸不高兴,就说:'哑巴也是我自己挑的,怨谁呀?只能怨自己的命不好!'

"没想到她的阿爸说:'谁也别怨,这要是自己生的,啥样儿的也得养不

是吗？进了咱的家，就是咱们的孩子，是不是哑巴我都喜欢！'

"为了领养这个孩子，我们专门从老家把婆婆接来了。婆婆也说：'是不是哑巴不要紧，她只要能好好吃东西，身体好就行。'婆婆说得没错，我们最操心的不是她会不会说话，而是她的身体能早日强壮起来。这孩子就是不爱吃东西，特别挑食，动不动就吐，拉肚子，人瘦得只剩一把骨头了，显得十分虚弱。因为这，我们都操心死了。我们家领养的孩子是个哑巴，在整个公社都出了名。很多朋友都来看，还帮着出各种主意。大家也觉得奇怪，要是哑巴就听不见，可这孩子好像什么都能听见，比如让她拿来东西，或者把东西放回去，她都能听懂。我和她的阿爸商量好了，等孩子大一点，就领她到大城市去治病，说不定就能开口说话！一晃 20 多天过去了，有一天下班回家，一进门奶奶就兴奋地告诉我们说：'孩子不是哑巴，她会说话！'

"什么？当时我俩又惊又喜，都乐蒙啦！原来，刚才奶奶背着孩子在地上转悠着玩，突然听见小女儿唱起了歌：'嘿啦啦啦、嘿啦啦啦！嘿啦啦……'她的阿爸高兴地把孩子举起来，一个劲儿地喊：'宝贝儿，再唱一个！再唱一个！'

"可是小家伙又不吱声了。这孩子可犟了！到现在都是，蔫倔蔫倔的！可不管怎样，我们知道孩子不是哑巴，你想想，我当时都乐成啥样了！"

花拉家要的那个男孩取名叫浩必斯哈拉图（革命），跟包凤英情同手足，直到现在两家人还保持着密切来往。

我想起保育员敖登格日乐曾经讲过他的故事。当年，浩必斯哈拉图看见窗户上的霜花就说："我看见上海了！"所以我特别想见他，听听他的成长故事。

2005 年夏天，我再次见到包凤英的时候，她说："浩必斯哈拉图也特别想见你，他说要给你讲一讲他的阿爸、额吉有多么伟大。"但是，由于正赶上牧民最忙的季节，他没来得及赶到旗里，而我又没有足够的时间等他，所以错过了与浩必斯哈拉图见面的机会。不过，我以后一定会去看他，听他的故事。

娇惯着长大，20多岁还被当作孩子养活

从父母家出来，包凤英说："刚才额吉跟你说的这些我都不知道！就连我脸上的这块伤疤，也是刚才第一次听说。记得多年以前我曾问过额吉，额吉说是我小时候淋巴发炎留下了这块疤痕。要不是今天额吉告诉你，我还一直蒙在鼓里呢！额吉说我是他们的心头肉，这话一点儿都不假。

"从我懂事开始，我就记得每次吃饭，阿爸、额吉吃糠和小米，给我吃白面。我吃剩下的，奶奶才能吃着一点。有一次，我的阿爸去宝昌学习，食堂给他们每人每天发一个馒头。阿爸走了1个月，回来时拿回来了整整30个馒头！他自己每天光喝粥，舍不得吃一口，硬是把所有的馒头晾成干，拿回来给我吃。

"我还记得额吉从一只白面口袋里拿出那些干馒头时的情形：额吉高兴地数着，阿爸抱着我，数一下亲我一下。奶奶在一旁满脸慈祥地念叨着："这下好喽，宝贝儿又有吃的啦！"还记得额吉把这些干馒头蒸软了给我吃，奶奶偶尔也吃点儿。

"还记得看见大人吃糠，我也闹着要吃。额吉就说，这个东西不好吃，划嗓子。你太小，划破了嗓子就唱不了歌啦！

"那时我小，不懂事，现在想起来，我就忍不住鼻子发酸。因为那个年代，我的同龄人几乎没有没吃过糠的。我别说吃糠，就连其他粗粮都没怎么吃过。从小到大，我吃过的最不好吃的东西就是小米，没吃过一口糠，我吃的是全家仅有的那点细粮。长大以后我才知道，额吉那时候就有病，身体一直不好，后来病情加重，是由于严重的营养不良造成的。

"因为额吉有病，欠了别人1000多块钱的债。60年代的1000元钱，对于普通人家来说，那就是一笔巨款啊！全家人靠阿爸每月70多元的工资生活，每月还得扣除三四十元钱还债。尽管这样，只要听说有人外出，阿爸总要挤出一点钱给我从北京、天津捎新衣服。阿爸常说：'我唯一的女儿不能受制！'所以，我永远是学校里穿得最漂亮的女孩。

"有一年，额吉得了急性阑尾炎，用马车送到公社卫生院。大夫说，马上

就要穿孔了，就冒险动了手术。可乡下的大夫没做过这种手术，用了3个小时也没能把病灶切下来。没办法，又急忙往旗医院送。到旗医院时阑尾已经穿孔化脓，旗医院派救护车送到锡林浩特，然后搭乘飞机到了呼和浩特，经过及时抢救才好歹算是把命保住了。

"额吉自己病成了那样，还不放心托付到朋友家的我。阿爸也怕我受制，送额吉到呼和浩特以后就急着回来了。就这样，阿爸把额吉一个人扔在呼和浩特的医院里，一住就是5个月。从那以后，额吉的身体就再也没能好起来。其实，那年我都9岁了，有什么不放心的呢？直到我20多岁，父母亲还把我当成小孩子，什么事都舍不得让我干。

"我从小娇生惯养，到24岁结婚前什么家务活儿都不会做。记得早晨额吉都挤完奶回来了，我还在睡懒觉，有时候能睡到9点、10点才起来。额吉就说：哎呀，我的懒姑娘，哪怕帮着熬茶也好啊！''不！我才不呢！'那时候，我真能撒娇。额吉就说：'20多岁不会熬茶，看你嫁人以后咋办？'

"在马背上屡建战功的阿爸，剽悍而勇敢，对我却更加娇惯。我上学前基本都是在父亲的背上玩耍的，阿爸这一辈子别说是打骂或者训斥我，就连语气稍微重一点都没有过。因为我家住在公社，牧区公社只有小学。我上中学只能到旗里，住在学校。阿爸经常去看我，瞒着额吉偷偷给我零花钱。因为额吉怕把我惯坏，不让我乱花钱。阿爸就嘱咐我：'别让你额吉发现。'

"刚到旗里住校的时候，我每天想额吉，想得哭。额吉也天天哭，想我。长这么大，我一直是让额吉搂着睡的，一下子离开额吉真的不行。额吉说：'算了，回来吧，咱不上学了！'阿爸不答应：'咱们自己没有文化，不能让孩子也没文化！只要她愿意，咱一直供她上大学！'

"1977年，我高中毕业，那时候还没有考大学一说，就上山下乡了。谁知插队才几个月，阿爸就想提前退休，目的是让我顶替他的工作。我知道父母就是怕我受罪，想早点让我回到他们身边。我一听就急了，说什么也不干。正巧有一个机会，我被抽调到巴其公社当秘书，阿爸才打消了这个念头。

"阿爸、额吉对我的养育之恩，恐怕我这辈子是报答不尽了。他们给予我的是那么多，我却无法回报。今年是阿爸73岁寿辰，我想表达自己的一份孝心，就跟爱人商量：'因为我的情况跟别人不一样，所有的人都知道我是抱养的。所以一定要好好给他老人家办寿宴，以表达我的感激之心。'德力格尔特别理解，也支持我的想法。我们决定好好庆祝庆祝。

"这是我调回旗里过的第一个春节，我们虽然没什么亲戚，却有许多好朋友。亲朋好友们应邀提前一天从各地赶来，有的住在亲戚家，有的住在招待所。那次我们摆了8桌寿宴庆贺，断断续续一直延续了20多天。在我们这里都出了名，阿爸、额吉特别高兴。'这只是我的一种表达方式，其实我心里清楚，我无论做什么，都没有他们给予我的多。'"包凤英沉默了好一会儿，眼睛里泪光闪烁。

一提身世，额吉就暴怒

从小，包凤英就知道，有个话题是万万不能触及的，那就是她的身世之谜。"国家的孩子"、"上海孤儿"，包凤英第一次听到这个词是上小学二年级的时候。有一天，她跟同桌发生了口角，那孩子突然指着她说："你是抱养的汉人！你妈不是亲妈！"包凤英哭着去告老师，没想到老师却说："他说得没有错，你是'国家的孩子'、'上海孤儿'！"

她做梦也没有想到老师也这样说，一路流着眼泪回到家。更让她没有想到的是，额吉听说之后就炸了，她怒气冲冲地跑到学校，把老师连同那个同学痛斥得昏天黑地。那是包凤英第一次看见额吉生气发火，她吓坏了，所以终生难忘。

回家后，额吉安慰女儿，慢声细语地给她讲："你阿爸在上海当过兵，你小时候，我们开玩笑说过你是从上海捡的。我们是兴安盟的人，转业以后才来到这里。这儿的人们不知道，不是这么回事……"

时隔不久，有一次家里来了客人，额吉忙着做饭，准备招待这位朋友。当时，正在里屋做作业的包凤英忽然听见客人说："这孩子长大了，一点儿都不像上海人。"包凤英心里一惊，愣愣地听着。只听见外屋摔掉了什么东西，然后是额吉十分严厉但是压低了的声音："孩子已经懂事了，一心只以为自己是亲生的……既然你这样说，那你走吧！"那次，一向热情好客的额吉居然没让客人吃饭，将他赶走了。从那以后，没有人敢再提这个事了。不但周围所有的人谁都不敢提，就连包凤英自己都不敢触及。

可是，她的心里却一直疑疑惑惑的，尽管人家不说，但是总会有一些只言片语传到耳朵里。她就想："他们说的也许是真的，要不为啥别人家都是好几个孩子，而我家就我一个？别人都有兄弟姐妹，为什么我就没有？"平时玩耍的时候包凤英特羡慕别人，受了欺负就想，父母干吗只生我一个？我要是有个哥哥该有多好！

她跑回家来闹着跟额吉要哥哥。额吉就说，傻孩子，一个人多好啊！阿爸、额吉、奶奶3个人爱你一个，有好东西就你一个人吃，好玩具也是你自己玩，没人跟你抢。包凤英想想，额吉说得没错，这也是许多孩子羡慕我的理由啊！

"文革"中，阿爸被打成"内人党"，刚满10岁的包凤英每天要去给阿爸送饭。每当这时，造反派就说："诺门桑是'内人党'分子、'反革命黑干将'，你不是他亲生的，你是'国家的孩子'，要跟他划清界限！"那时候，她家所在的公社有不少下乡知青，有的知青也对她说："这地方多苦呀，你跟这爹妈生活有啥意思？到上海找你的亲妈去吧！"

我不知道这些话对10岁的包凤英产生了怎样的影响，可她的行动却让我看到了坚强。因为是"黑崽子"，包凤英经常受人欺负，更有些坏孩子一路骂一路追打，不仅骂她是"黑崽子"，骂得更多的是"野种"！

包凤英常常哭着跑回家。不管受到多大委屈，尽量不让额吉看出来。她怕卧病在床的额吉知道了伤心，每次到家门口就把眼泪擦干，装作什么事都没有发生。可是有时难免被额吉发现，问她怎么了，她就说："今天阿爸没亲我！"或者说，"没事，眼睛里进沙子了！"

天长日久，还是被额吉察觉到了。有一天，包凤英又去给阿爸送饭，额吉强撑着病体跟出来。她刚拐过墙角，就看见女儿边跑边低头躲闪着几个孩子的追打，却紧紧地抱着饭盒不撒手。

陈秀琴完全忘记了自己是个病人，满腔怒火冲过去："你们为什么欺负她，她没惹你们啊！"她挥舞着手中的拐杖，疯了一样追打那几个孩子。这下捅了马蜂窝，冲突陡然升级。由于她的"反革命气焰嚣张"，被闻讯而来的造反派围攻殴打。包凤英表现出非凡的勇敢，面对凶神恶煞的一群人，她冲过来，拼尽全身的力气大声喊道："不许打我额吉！"

人群中有人说："傻孩子，你不是她亲生的！"陈秀琴冲过去紧紧地抱住女儿，用自己的身体挡住一群人的拳打脚踢，柔声叫着女儿的名字："凤英，额吉在这儿，你不要怕！"包凤英回应着："额吉，我不让他们打你……"

从那以后，包凤英每次给父亲送饭，看守的知青都不再阻拦："别看这小姑娘是'国家的孩子'，对养她的爹妈倒挺仗义的！就让她进去吧！"至于别人怎么说，小小年纪的包凤英才不在乎呢！她觉得自己是不是父母亲生的已经不重要了，关键是阿爸能早点回家，额吉的身体早点好起来，一家人能在一起，这才是最重要的！

包凤英曾下决心这辈子想都不想这件事，她以为阿爸、额吉这一辈子也都不会提这件事。

证明身世的小铃铛，包凤英居然弄丢了

包凤英与德力格尔相爱了，他们是高中同学。高中毕业以后，德力格尔参军去了远方，两个人鸿雁传书，心却越贴越近。到了谈婚论嫁的年龄，包凤英把军人小伙儿德力格尔带到了父母面前。

从小，包凤英在家里说一不二，父母对她也是百依百顺。阿爸对解放军情有独钟，他自己一年四季最爱穿的就是褪了色的军装，家里墙上挂满了他穿军装的威武照片。现在女儿领回了一个当兵的，阿爸自然很是喜欢。额吉也说"我知道德力格尔是个好小伙子，各方面都非常优秀，看他得的各种奖状就知道，这孩子前程无量，真的无可挑剔。"包凤英可就不明白了，她看出额吉不太愿意。

"既然你们都说德力格尔好，可额吉为什么不高兴呢？"

原来，理由很简单，因为德力格尔也是孤儿。额吉觉得女儿从小太孤独，再找一个孤儿，将来连个可以走动的亲戚都没有。额吉说："我们岁数大了，哪天一走，你就更孤独了！要是受了委屈，连个说话的人都没有！"心疼女儿的额吉多么希望她能得到更多亲人的爱："如果有婆婆公公疼爱你，再有小姑、

小叔与你相伴，该有多好！"

"这算什么理由啊！"阿爸出来说话了，"孩子们真心相爱，自己觉得幸福就行！"

其实，包凤英心里最明白，阿爸和额吉是舍不得她离开家，离开他们啊！在母亲的心里，无论是谁要娶走她的女儿，她都信不过！话是这么说，老两口还是积极地准备给女儿办婚事。

阿爸说："咱就这一个孩子，一定要办个最隆重的婚礼。"额吉说："女儿一辈子的大事，婚礼一定得体面……"

在举行婚礼的前夜，阿爸和额吉把女儿和未来的女婿叫到跟前。老两口正襟危坐，表情庄严，面前的桌子上放着一个小木盒。包凤英一下子就认出来了，这不是家里存放重要、值钱东西的盒子吗？从小到大，她总看见母亲从柜子里拿出这个小盒子，从里面拿出票证和钱。

包凤英感到有重大的事情要发生了。以往家里一切都是母亲做主，而这次却是父亲开始说话。

父亲说："德力格尔，我的孩子，从明天开始，你就要成为我们家庭的成员了。有件事情必须得让你知道。这么多年来，我们家一直小心翼翼地保守着一个秘密。那就是……凤英不是我们亲生的，她是'上海孤儿'，是'国家的孩子'。以前，我们不愿意讲出来，是怕她太小，承受不了。还有，我们怕看见女儿的眼泪，怕她心里难过……"

额吉说："我们把凤英养到24岁，从小没让她吃过一点苦，没受过一天罪。一直到今天，她都是跟我在一个被窝里睡。我们舍不得骂一句，更舍不得打一下……"

父亲说："如今，我们把她交给你了。你一定要对她好，像我们一样疼她、爱她、珍惜她，给她一个幸福的家！"

德力格尔的眼睛湿润了："阿爸、额吉，我会的！请相信我！"

母亲打开小木盒，从里面取出一个小布包，手颤抖着，一层一层地打开，里面包着一个锈迹斑斑的小铃铛。这小铃铛包凤英小时候看见过。有一次额吉从盒子里取东西，她发现了这个小布包，就问额吉："这里有啥宝贝东西？"

额吉说:"没啥的,我还忙着呢,别看了!"

可她又哭又闹非要看个究竟,额吉没办法,只好拿出来。可是,左一层右一层地打开一看,原来是个已经生锈的小铃铛。包凤英大失所望:"这么破,有啥好藏的?"额吉说:"我说了吧?没什么嘛!"

现在,母亲把这个小铃铛捧在包凤英的面前说:"孩子,这是我抱养你的时候,拴在你脚上的。这么多年我一直当宝贝保存着,就是想着有一天,你长大了,能够承受这一切的时候,把它交给你!"阿爸说:"这是你亲生父母留给你的唯一纪念,很珍贵。如果有可能,将来你可以凭着它去寻找自己的亲生父母!"包凤英哭了:"我不找,你们就是我的亲额吉、亲阿爸!"额吉说:"傻孩子,为啥不找?万一你还有兄弟姐妹,多好啊!就会有人想你爱你!我们死的时候,也就能放心地走了!"

我说:"给我看看这个小铃铛,行吗?"包凤英的额吉很生气:"咳!看什么呀!那么珍贵的纪念,凤英就没当回事,给弄丢了!""丢了?怎么会丢了呢?"包凤英却不以为然:"我随手扔给儿子玩,也不知啥时候就给弄丢了。"

我明白了,因为她压根就不想寻找亲生父母,所以就没当回事。

"你真的就不想去上海看看,去找找你的亲生父母?"我问。包凤英断然道:"从来不想!找见又有什么用?他们不想我,我也不想他们,毫无感情,有什么意义呢?再说,我怕伤了阿爸和额吉的心。"虽然包凤英自己做母亲也快20年了,可是在母亲的眼里,她还是个孩子。她的两个孩子又是两位老人给带大的。

提起她的两个儿子,包凤英说:"叫我说什么好呢?我父母养育了我还不算,接着又抚养了两个外孙子。前些年我们两口子在基层工作,两个孩子就在旗里跟着姥姥姥爷生活。到现在还不和我们住在一起,一到晚上就非得回到这边来住。两个儿子可有意思了,把我们家习惯地说成'你们家',姥姥姥爷家才是'我们家'!"

这让我想起了另外一个"上海孤儿"马援的女儿。这孩子明确表示不愿意让她的母亲讲自己的身世,因为她不愿意联想到姥姥不是亲生的。她对马援说:"就算姥姥不是你的亲妈,可她就是我的亲姥姥!"

第七章　证明身世的小布条，不丢也得扔掉

残疾孤儿终于有了家

2005年夏天我到西苏旗采访的时候，旗老干部局为我安排了一场座谈会。这些上了年纪的可爱老人都是"3000孤儿北迁"事件的亲历者和知情人。说起当年的情景，他们依然记忆犹新。总说老干部是宝贵财富，对此我深有体会，他们就是活的档案。老人们给我介绍情况时热情而认真，整整一个上午的座谈会十分动情，令我万分感动。

好几位老同志不约而同地多次提到一对夫妻的名字，丈夫叫朝克吉乎朗图，时任西苏旗经贸部部长，所以大家都叫他朝部长。妻子名叫敖根，就住在镇上。这对夫妻也领养了一个"国家的孩子"，与众不同的是，他们抚养的是一个一辈子都没能站起来的残疾孩子。老人们的深情讲述使我迫不及待地想见到敖根额吉。原旗妇联主任孟根格日勒自告奋勇带领我们去寻访敖根额吉。

夏天的太阳明晃晃地照耀着这宁静的边境小镇，虽然快到下班时间了，街上的行人并没有明显增多，也没有车水马龙。不一会儿，我们来到一排老房子跟前。虽然是砖瓦房，但是接盖出一些歪歪斜斜的泥房子没有章法地彼此依靠着，看上去很破旧，也显得凌乱不堪。孟根格日勒老人推开一个朝北的门走进去。我顿时心生感慨：这要是在城里，不打开几扇防盗门，怎能进得了私宅？只有在牧区小镇，才能这样长驱直入。

室内光线很暗，我们摸索着走过了显然是接盖出来的一个小过道。再推开一扇门，眼前一下子亮起来。这时，一位皮肤白皙、面目慈祥的老人出现在我的面前。不用说，她就是刚才座谈会上被多次提到的敖根额吉。

屋子里的摆设非常简单，家具都是70年代的，简单整洁，连沙发都没有。

一个很小的电视摆在墙角,屋里基本上就没有别的东西了。我想,即便是在城里,这样朴素的家庭也用不着安防盗门。老人正独自坐在床上搓莜面,那是她的午饭。

敖根额吉的腰腿有病,行走比较困难,因此一般情况下她不出门。朝部长去世已经十几年了,平时老人和一个孙女共同生活。老人家对我们的造访显得有些不大理解,她大概以为我听不懂,就用蒙古语对孟根格日勒说:"采访我?为什么?我不过就是领养了一个孩子,说不出什么,你应该领人家去找当年的领导嘛!"

世界上所有的父母都希望孩子健康,最起码有个健全的肢体。如果不幸生下一个不健全的孩子,那便是一生的累赘,无边的痛苦。所以,有些人一旦发现孩子有残疾,往往宁愿将其溺死或者遗弃,也不愿意一生面对。这样的悲剧年复一年地上演着,直至今日,被父母遗弃的残疾儿仍很多。这些被遗弃的残疾儿,大多被国家养起来。而我眼前的这位老额吉,却用自己的一生,抚养了这样一个孩子。我觉得,这位老人非常值得尊敬,因为她做的是常人难以做到的事情。然而,她自己却反复强调说:"这有什么呀!是我自己愿意要的!"

1960年,温都尔庙保育院分两批共来了365个孩子,半年以后,只剩下了一个不满3岁的男孩子无人领养。不是领养动员工作没做到家,也不是人们挑剔,是因为这个孩子不但体弱多病,而且腿有残疾,不能走路。上海方面护送孩子的工作人员说,这孩子被人从大街上捡到,送到福利院时就是个残疾儿。有人猜测是小儿麻痹后遗症,也有人说是先天残疾。总之,没有人愿意领养这样一个毫无希望且无药可医的残疾孩子。最后,旗领导只能面对现实,保育院不能为了一个孩子而存在。既然是"国家的孩子",那么就由国家来养吧!

保育院撤销了,阿姨们都走了。民政部门每月花30元钱,把这孩子送到一个汉族职工家里代养。仅仅过了半个月,朝部长和敖根额吉领养了这个孩子,并且给了这个残疾孩子完美的人生。这个不幸的孩子,命运出现了重大转机。虽然今年47岁的朝克图至今拖着残腿走不了路,但是他还是非常幸运的!他跟所有的同龄孩子一样幸福地长大,上学、就业、结婚、生子,已经有了三个孩子，两个儿子和一个女儿。目前朝克图已经从旗邮电局退休，不甘寂寞的他又到乡下经营着一群羊，过起了悠然自在的游牧生活。

敖根额吉："别的孩子玩耍他只能看，我就心酸……"

"1960年，我们夫妻俩已经有了一个6岁的女儿，是从当地抱养的。小女儿聪明伶俐，一家三口日子过得挺好，本来没打算再领养孩子。那时候，我正在旗供销社当售货员。听说温都尔庙保育院来了两批一共300多个孩子都被人抱走了，就剩下一个残疾孩子没人认领，交给在食堂做饭的老吴师傅家临时代养。有一天，老吴师傅反映说，国家每个月特供给孩子吃的白面没有了。我们领导批了条子，让我和另外一个同志买上白面给送去。

"我第一次见到那个孩子时，他正坐在炕上，手里端着一小缸子水，看见我就递了过来，说：'喝吧！'我把手伸过去，谁知这孩子用一只小胳膊支撑着身子，小屁股一挪一挪地往前蹭，两条腿好像不是他自己的。我心里像被什么东西揪扯似的疼了一下，赶紧接过来喝了一口。那孩子就笑了，我却差点哭了。那天晚上，我失眠了。那孩子的笑容总在我的眼前浮现。

"第二天，我又去看了他。又是一夜未眠。第二天一早我对丈夫说，咱们把那孩子抱回来吧！给他一个家，把他养大成人！丈夫看了看我说，你自己想好了，愿意的话就抱来吧！我就去找旗委书记乌力吉图。乌书记觉得很意外，说，从来没想到你们也想领养'国家的孩子'，真想要的话找个健康的，等下一批吧！我说，不！我就要剩下的那个腿有毛病的。

"乌书记就问我，朝部长知道吗？我说，我们商量好了！我们没别的想法，就是觉得那孩子太可怜了！从那么远的地方来到咱们这儿，却没有人要他！我们要给他一个家，把他养大成人。乌书记就说，要不再考虑考虑？我说，不用，我现在就去抱。乌书记就同意了。

"跟我一同去的人阻止说，你疯了吗？要他干啥？！这种病治不好，一辈子你都得给他擦屎擦尿……医院刘院长也说，这孩子到三四十岁也不可能会走！永远就是这个样子！几乎所有的人都不理解，很多好朋友都劝我不要一时

冲动：'亲生父母都不要的累赘，犯不上你去捡，你会被他拖垮的！'

"其实这些我心里怎么能不明白呢？我想，反正自己看上了，领回家来该咋就咋吧！周围一片反对声，只有一个在电影厂工作的东北老太太说，敖根呀，你这是干一件大好事，积大德的事啊！将来一定会有好报的！就这样，我当天就把儿子抱回了家。

"儿子朝克图这个名字是他的阿爸给起的，他的阿爸说，儿子身体有残疾，可精神不能倒，就叫朝克图（蒙古语，朝气蓬勃）吧！儿子刚来的时候真可怜哪！好像是永远吃不饱的样子，可能吃了。不管何时何地，只要从他身边把吃的东西甚至碗筷拿走，他就拼命地哭。我只好由着他，等他睡着了再拿走。唉！养一个残疾孩子，给他擦屎擦尿辛苦劳累都不算啥，那时年轻，也很能干。再说是我自己愿意要的，真是看他可怜才领养的，难处就不说了。我最受不了的就是看着孩子太可怜，站不起来光会爬。男孩天生淘气，想跟别的小孩子玩，跑不了就连滚带爬。灰里泥里，尘土飞扬，到处爬……

"我给孩子膝盖底下垫一块木板，怕他磨了腿又用羊皮、牛皮缝个垫子垫在双膝以下，就这，孩子的膝盖都能磨出厚厚的肉垫。有时候，别的孩子玩儿，他只能在一边看，我看着看着不知不觉泪就下来了……

"后来，我们给他做了个小板凳，教他扶着板凳慢慢学站立。儿子4岁那年，我们又给他定做了一辆小三轮车，他开始扶着车慢慢地会站了，挪着蹭着慢慢地也能走几步了。看见孩子能扶着东西走了，人们都觉得新鲜。有人就说，到大城市的大医院找专家看看，备不住能看好哪！

"有一天，医院刘院长来找我，对我说，旗里决定由公家掏钱给朝克图看病。你们想领孩子去全国哪儿都行，吃、住、行全都报销，国家给钱。听她这么说，我可高兴了，回到家跟老头子商量，没想到一下子就被顶回来了。老头子说，要是自己的孩子你跟谁要钱去？再说，小儿麻痹后遗症走到哪儿都没有办法治，让国家花那个冤枉钱干什么？我想，孩子越来越大，离开三轮车就站不起来，光爬也不是个事。就请人做了拐杖，教他扶他，慢慢地，他学会用拐杖走路了。

"儿子9岁才上的小学。我们每天抱着、背着、赶车或者骑马送他上下学。像所有的小男孩一样，儿子爱玩又淘气，别看他身体有残疾，打闹玩耍一点不比别的孩子差，三天两头拐杖就给打断了。可是他毕竟是个残疾儿，经常受人欺负，有时候哭着回来告状。唉！为这个我没少流眼泪。

残疾儿子砸烂额吉想自杀用的刀子，额吉得救了

"儿子很听话，脑子聪明，也很要强，学习特别好。可惜的是，就在他上小学一年级的那年冬天，'文革'开始了。他的阿爸被打成'走资派'挨批被斗，造反派经常半夜闯进家里，明晃晃的手电到处乱照乱晃，搜查、抄家，把孩子吓坏了，到现在心脏都有毛病。我是'走资派'的老婆，每次挨斗回来，儿子就连滚带爬地扑到我身上，高兴地喊：'阿妈回来了！阿妈回来了！'

"被揪斗的时候，我的脸上经常被造反派用墨汁或者颜料涂得乱七八糟，每次回到家里，都是儿子给我洗脸。看我难受，他就给我敲背、捏腿，小拳头可有劲儿了。造反派不让我在炕上睡觉，连块铺地的毡子都不给，只能躺在冰冷的地上。儿子就求造反派说，让阿妈也上来睡吧，地上太冷了！造反派说，你是'国家的孩子'，可以睡炕上。敖根是'走资派'的老婆，她没有资格睡炕！

"细说起来，我对不起孩子，他跟着我们老两口受了不少的罪。

"后来，运动不断升级。'挖肃'运动开始了，我们夫妻俩都被打成了'内人党'分子、叛国分子、民族分裂主义分子、蒙修特务……背过很多的罪名。

"1968年冬天，我被赶到一个牧场去劳动改造。怕儿子跟着我受罪，我想把他托付给旗里的一户人家。儿子说什么也不干，死活要跟我走。再说，那年头谁都怕受到牵连。没办法，我白天背着儿子到劳改现场，背石头、修水渠，晚上回来继续挨批斗。挖肃派一次次地来折腾，当着儿子的面审讯拷打我。他们走后，是儿子爬着去端来水给我洗脸，用他的小手一点一点地洗去我脸上的污垢。唉！那时候只有他不嫌弃我是个'反革命'。

"儿子跟着我住在一个孤零零的蒙古包里，那个冬天真冷啊！孩子的手脚都冻坏了。这时我才后悔领养了他，要不是受我们牵连，孩子能受这个罪吗？！我终于忍不住疯了似的喊：这是'国家的孩子'，跟我这个'内人党'没有关系，别让他跟我受罪！

"可能是挖肃派向上面反映了情况,过了两天,来了一个头头,非让儿子跟我划清界限,然后把他领走。可是儿子哭喊着说什么也不干,他死死地揪住我的衣服,就是不肯离开我。

"我心疼极了,可是没有办法。我和他的阿爸都被关起来了,家早就没有了,孩子没地方去啊!离开了我,他的生活谁来照料?一个不会走的孩子有谁会收留他呢?……

"有一天夜里,挖肃派严刑拷打,逼我坦白交代信号弹的事情。可什么是信号弹?是方的、长的,还是圆的?是个什么样的东西我到现在也没见过!可当时非说我是'蒙修特务',让我交代信号弹藏在哪里?跟什么人接头?我被打得死去活来。挖肃派勒令说,明天早晨天亮以前要是再不把信号弹交出来,就要把我拉出去枪毙。

"那天晚上我绝望了,想到了死。我对儿子说:孩子,额吉实在活不下去了。你是'国家的孩子',他们不会把你怎么样的,额吉死后,你自己去找一条活路吧!我一样一样地交代给儿子,教他怎么跟挖肃派说,将来如果见到他的阿爸怎么跟他说……儿子不哭也不动,呆呆地看着我。突然,他问我:'额吉,你怎么死?'我觉得儿子好像不明白什么叫死,就告诉他,我有一把刀子藏在身上。他说:'阿妈,你为啥要藏刀子?要是被他们发现了你又要挨打啊!'我的孩子,你不知道,等他们发现了刀子的时候,我还怕什么呢?

"我紧紧地搂着儿子,哄着他睡着了。我掏出刀来,准备割腕自尽。突然一个念头闪过:我这样死,血会弄到孩子身上。我走了,谁给他洗呢?看见我浑身是血,儿子会被吓坏的。不行!我不能死在包里!那时我已经被折磨得神志不清了,一会儿明白,一会儿糊涂。我跌跌撞撞地出了蒙古包,可是没走多远就昏了过去,什么都不知道了……

"不知过了多久,我慢慢地苏醒过来,发现我的刀不见了。这时候,我看见了我那爬在雪地里的儿子!雪地上有他爬过的痕迹……我的儿子不知爬了多远,才找到一块石头,他用那块石头一下一下拼命砸着我的那把刀!他边哭边砸,边砸边哭……刀砸烂了,我没死成!

"我的走不了路的残疾儿子,他救过我的命!就这样,我背着儿子熬过了

'文革'。我这一身的病都是那时候给留下的，那是一个民族的灾难。但是，我和儿子都挺过来了。"

西苏旗历史上空前规模的盛大婚礼

"十年浩劫过去了，生活又进入了它本应前进的轨道。'内人党'冤案被彻底平反了，也给我和老头子落实了政策。儿子朝克图因祸得福，高中一毕业，他就落实政策到旗贸易公司当了会计。我的儿子长大了，成人了，我又开始忙碌——给儿子张罗找对象。我们两口子朋友多，所以热心帮忙给牵线介绍的人可多啦！我整天忙得够呛，心里却是暖洋洋的。

"我的亲家是牧民，两家早就认识。他们的女儿德力格尔其其格是个好姑娘，从小在牧区放羊，勤劳能干，我特别相中，就想去提亲。我把这意思跟老头子一说，老头子却说，咱们的孩子有残疾，万一人家不愿意，又碍着两家的关系，不好拒绝。你这样冒冒失失地跑去，不是给人家出难题吗？还是托朋友先去问问，也好给人家一个回旋的余地。

"我一想，老头子说得对，我就托朋友去提亲。没想到他们很痛快地答应了，说："朝部长两口子是好人，父母好，儿子残就残、拐就拐，我们认了！"就这样，我的儿子顺顺当当就娶了一个好媳妇。媳妇和我的儿子同岁，结婚那年才19岁，还不到法定年龄。可是我急呀！我就悄悄地把儿子的岁数给改了，加了好几岁。

"我想，我的朝克图是'国家的孩子'，婚礼一定要隆重排场，不能对付。那时候，整个西苏旗还没那么大的饭馆，我们就借用了一排平房请客办喜酒，人们听说以后纷纷主动上门来帮忙。当年，临时代养过儿子的吴师傅自告奋勇来掌勺。我们给儿子操办了在西苏旗历史上空前规模的盛大婚礼，参加婚礼的足足有300多人，好多人都是听说以后不请自来的。

"人们说朝克图不仅是'国家的孩子'，更是特殊的孩子；人们说你们两口子不容易，献上我们衷心的祝福。儿子结婚了，我真的把他抚养成人，给了他一个家。想到这儿，我真的是打心眼里高兴啊！那时候我高兴得走路时好像就像要飞起来一样，我经常夜里笑出声，把自己笑醒了。"

讲到这里，敖根额吉掩饰不住发自内心的喜悦。

我说："在那之前，您的心里一定有压力来着。"她想了想说："那时候没觉得，现在想起来也许是吧！想必那时候我的内心深处是有压力来着。给儿子成了家，哎呀，我浑身那个轻松劲儿，高兴得不得了！"一阵电话铃声响起，打断了老人家的叙述。

敖根额吉接听着电话，我听出来对方是她的女儿，女儿关心着额吉午饭吃什么？有没有菜？需不需什么东西……一股浓浓的亲情弥漫在老人的脸上、语气里。

在整个讲述过程中，老人家始终没有提到她的女儿。我问了，她才说出女儿的名字，并且告诉我说女儿原来在旗服务公司工作，现在已经退休了，有3个孩子。

去见老人之前，我听说这个女儿在"文革"期间，曾与他们划清界限。不仅揭发了父母，而且参加了批斗，还亲自动手用鞭子狠狠地抽打过养育了她的阿爸、额吉。额吉只字不提这件事，我相信，她肯定已经原谅了青春年少的女儿。

这么善良的老额吉，还有什么不能包容的呢？

额吉最欣慰的是没让儿子受过一点委屈

额吉的一句话用蒙古语讲出来振聋发聩却自然而然："你知道吗？爱是可以产生奇迹的，我这个人一辈子没有生育，可是因为爱我的儿子，我让他吸，后来居然有了奶。"额吉的这番话让我惊诧不已，不由得产生了怀疑。后来见到了朝克图本人问他，他不好意思地承认说："真的，我吃额吉的奶到上小学。我记得每次下了学，见到额吉第一件事就是吸奶吃。为此还常常受到同学们的耻笑。"朝克图的几位同学、朋友也都证实了确有其事。

我终于相信额吉的话，"爱是可以产生奇迹的"。

从照片上看，朝克图非常非常瘦。"他身体一直不太好，这也是我最放心不下的。不过他现在已经有了两个儿子，一个女儿。两个孙子高高大大的，个子足有门框子那么高！他们把没腿的残疾父亲随便抱起来就走，一点不费劲！"敖根额吉用手比画着，呵呵笑起来，"儿子、媳妇都特别好，从来不粗声粗气地说话，对我非常孝顺。"

"为了供养孩子们，儿子提前退休了，跟儿媳妇两个人去了乡下。因为儿媳妇是牧民，有一片草场。他们养了一群羊、几头牛，我攒钱给儿子买了一个摩托，他就能骑着摩托放羊了。要不怎么办呢？儿子一个人的退休金，供不起3个孩子上学啊！老二、老三一个在呼和浩特上学，一个在锡林浩特上学。大孙女高中毕业以后，在镇上开了一家小小的理发店，也算自谋出路吧！"

我问："能挣到钱吗？"额吉说："挣什么钱呀？我们这个地方小，生意不好做，那点收入还不够交各种税收的呢！每个月能挣足自己的饭钱就不错了！"

"那您生活上有什么困难吗？""没有困难。1994年老伴儿去世，我就独自生活。现在我每月能拿到400元的退休金，够吃够喝就行了。我今年已经76岁了，腿脚都不好使，是'文革'留下的残疾。落实政策时发给我一张伤残证，国家每月给98元钱，半年发一次，听说明年就不再给了，也不知是不是真的？"

"额吉，您能告诉我，这辈子您觉得最欣慰的事是什么？"敖根额吉想了想，说："除了打'内人党'，从小到大我没让儿子受过一点委屈。儿子从来不念叨自己是南方人。刚来我家的时候，衣领上缝着个小布条条，上面写着他的编号、生日和出生地，我一直好好地保存着，想他长大了给他，总是个念想吧！谁知'文革'抄家的时候给弄丢了！我觉得这个事对不起儿子，可是儿子说，要那干啥？就算不丢，我也扔了它！"

我问敖根额吉，有没有朝克图小时候或者你们老两口年轻时的旧照片？额吉摇着头说："哪有啦！一张都没留下，全都毁了！那时候我曾经被整疯了，比那重要的东西都失去了，哪还顾得上照片？"我很遗憾这本书里无法收集到她年轻时的照片，读者只能像我一样去想象，我想，敖根老人年轻的时候一定很美丽，因为人的心灵和外貌是相辅相成的。

我又问："您觉得这一生最难的事是什么？"额吉想了想说："还是儿子的病。他活得太难，我看着就难过。唉！孩子可怜哪！他知道自己因病被亲生父母遗弃，知道自己是别人的累赘，知道我们养活他不容易……他什么都知道，可是又那么无奈、无助，所以我觉得他心理上肯定更痛苦！比起他承受的痛苦，我们所受的苦又算什么呢？"

老人的话具有震撼力，坦然淡定的背后，有一份超越生命的力量。那天在她的家里听她轻松地说出来，我的泪水夺眶而出。

第八章　"这是我弟弟，求求你，别让我们分开……"

收养遗孤是蒙古族的传统

母爱是伟大的，因为不求回报而显得尤其崇高。母爱是人类共同的感情，本质一样，区别在于不同文化之间的差异。一个现象引起我的思索：凡是在汉族聚居的地方或城市，已经很难找到这些"国家的孩子"。究其原因，我猜可能主要有两点，一是怕孩子知道自己的身世会伤心；二是汉民族的文化中，"养儿防老"这个理念根深蒂固。另外，久居城市的蒙古人，也许受汉文化的影响，好多人抱养孩子以后很快就搬了家，从此销声匿迹。

而在蒙古族聚居的草原上情形却相反，谁家抱养了上海孤儿是公开的。无论是孩子本人，还是孩子的父母以及周围邻居从不避讳，大家都非常坦然地面对这事。我想这源于蒙古民族是从战乱中走过来的，自古就有收养遗孤的习俗。残酷的战争使许多儿童成为孤儿，比如成吉思汗的母亲诃额仑夫人就先后收养了4名战争孤儿，将他们抚育成人。这个传统美德约定俗成，沿袭至今。

还有一个更重要的原因，蒙古人崇尚自然，尊重生命，具有非常强烈的生命意识。在蒙古人的眼中，一切生灵都是平等的，人和动物都一样。因而我们在草原上经常能听到这样的话："狼也可怜，羊也可怜。"经常可以看到这样的情景：初生的小羊羔失去了母亲，如果正好赶上哺乳期，牧民妇女会毫不吝啬地用自己的乳汁喂养它。在牧人的意识里，小羊羔也是一个生命，是生命就有活着的权利，因此，这种付出从来就是不求回报的。

我曾问过许多抚养了孤儿的老人："假如您孩子的亲人来认她（他），您会怎么办？让走吗？"令我惊讶不已的是，所有额吉的回答几乎都是一样的："为什么不让走呢？可怜的孩子能回到亲生父母身边，是多幸福的事啊！""要是能到城里去，比跟着我们在这儿生活不是强多了？""说不定还有亲人或者兄弟姐妹，我们就多个亲戚可以走动。将来我们死了，孩子就不孤单了……多好啊！"我在很多地方采访后发现，还有一个现象值得一提。在广大牧区，很少有人直接说某某是"孤儿"，而是在"孩子"这个称谓前加一个特定的名词，比如"国家的孩子"，那么你必定知道肯定就是统称的"上海孤儿"；还有的叫"八路的孩子"，那是指解放时留下的战争孤儿；另外就是大量"公社的孩子"或者是"大队的孩子"，这些肯定就是当地的、由公社或者大队负责抚养的"内人党"孤儿。

这样称呼是因为善良的牧民们不想用这个"孤"字触动孤儿内心的痛处，更不愿让他们感到孤独，所以无论男女老少都不愿听，更不爱提这个"孤"字。尤其这些"国家的孩子"，他们中的许多人说，我们从懂事的时候起就没有感受过"孤"！

我是阿爸阿妈的掌上明珠……

在兄弟姐妹中我是最受宠爱的……

在草原上有我幸福的童年，有我温暖的家，有我赤诚的伙伴……

草原的怀抱里只有一个"亲"字，没有"孤"字……

"既然进了我们的毡包，就是我们的孩子！"

1999年夏天，在西乌旗白音胡硕苏木，我见到了这样一个"国家的孩子"。那天，苏木书记赛吉拉夫陪我到"国家的孩子"吴志华家里。采访结束后，赛书记指着同在一个浩特（牧户居住点，一般有两三户人家）的另一户人家说："那家也是上海孤儿，咱们也去看一看吧！"吴志华却阻止道："别去了，那是个傻子，啥都不知道。"我顺着吴志华指的方向看去，只见明晃晃的太阳下，一个看不清是男是女的身影，艰难地挪动着。

听了吴志华的话，想想还要顶着草原酷热的阳光，步行一段路才能到那家，我就不大想去了。但是，赛书记一再坚持，碍于他的面子，我终于勉强跟他朝那家走去。

见到这位"国家的孩子"，我着实给吓了一跳。她蓬头垢面、衣衫不整，呆滞的目光使人感觉她的脑子确实不十分清醒，嘴里"呜噜呜噜"地不知说些什么。走路东倒西歪，拖着腿，几乎是挪动着，看起来非常艰难。可她却有一个好听的名字，叫阿拉塔（蒙古语，金子）。听了她的故事，你会觉得在她父母的眼里，女儿比金子还宝贵。

赛吉拉夫书记告诉我说，阿拉塔今年43岁。40年前，她的阿爸和额吉从保育院抱来了她。几天后，他们发现这个小女孩儿脑子有病，走不了路，也说不了话。好心的邻居和朋友都劝他们去换个健康的孩子。夫妻俩就抱着孩子，赶上勒勒车上了路。可是两口子左思右想，路走了一半又返回来了。她的阿爸说："可怜的孩子，咱们把她送回去，要是没人要，她能活吗？这是条命啊！"她的额吉说："是啊是啊！退一步说，就算有人领养她，对她不好怎么办？"再有人劝，他们就说："既然进了我们的毡包，就是我们的孩子！"

就这样，夫妻俩一直把患有先天性脑瘫的阿拉塔拉扯成人。为了治好女儿的病，他们带着她几乎走遍了全国的大城市，求医问药，花了大约三四万元钱。30多年前，这可是个天文数字啊！为此，她的阿爸和额吉还了一辈子的债。可这种先天带来的残疾是治不好的。女儿至今说不了话，也走不了路，她是在额吉的背上长大的。

为了这个天生残疾的女儿，他们一生操碎了心，累弯了腰，还不到60岁就双双逝去。那位善良的额吉至死都放心不下这个女儿："我死了以后她可怎么办啊！"在乡亲们的帮助下，一个外乡来的流浪汉答应娶阿拉塔。苏木也破例为他落了户口。老人倾其所有，把一切财产连同最心爱的女儿托付给了这个外乡人，老额吉才安详地闭上了眼睛……

我见到了这个外乡人，他现在是阿拉塔的丈夫，是地下站着的大大小小4

个孩子的父亲,是这个家徒四壁、脏乱不堪的家的主人。此刻,他正坐在炕沿上,浑身散发着酒气,一副萎靡不振的样子。

赛书记开始了长达十几分钟严厉的训话。主要内容就是说,不许你再这样喝酒,整天醉醺醺的,什么活都不干。我们年年扶贫,就你这个样子怎么能扶得起来!你不能永远靠国家、靠别人活着吧?你必须送孩子们去上学,如果再耽误,就是违法你知道不知道!

阿拉塔是"国家的孩子",不是没有人管,你看,这不是上级领导专门来看望她了!以后你不许打她,人家父母活着的时候从来没有动过她一指头,养到这么大是让你打得吗?当初你是怎么答应人家额吉的,都忘啦?

赛书记越说越气,声音越来越高。阿拉塔的丈夫唯唯诺诺使劲点头,并不时偷看我一眼,一副低头认罪的样子。显然他还是有些害怕。从阿拉塔家出来,我的心情很沉重。赛书记向我解释他为什么希望我能来,我说,不用解释了,我理解您的意图。别以为我没有收获,我虽然再也无法见到抚养了阿拉塔的两位老人,但是他们使我的灵魂受到了震颤。

我找到了我想表现的那个东西,于是便有了那条"艾敏河"(艾敏,蒙古语,生命)。

"不会让你们分开,把你和弟弟一起领回家!"

西乌旗哈日根台苏木的巴特尔一见到我就说:"感谢我的额吉!是她让我跟亲姐姐在一起,所以我比别的孤儿更幸福!"巴特尔的家很气派,在绿茵茵的草原上,很远就能看到新盖的3间大瓦房。巴特尔请我们进屋,我问:"你阿爸和额吉在吗?"这时,我看见房前不远处的草地上有一顶蒙古包。巴特尔说:"阿爸和额吉住在蒙古包里。"

蒙古包很旧,苍老的阿爸一个人坐在里面,给人以与蒙古包浑然一体的感觉。"赛音白努?(蒙古语,您好)"我们请了安进门,老人却瞪着一双茫然的眼睛,一动不动,仿佛意识早已飘出了他的身躯。

我面前的这位老人名叫潘阿拉希,今年77岁,身患老年痴呆症。可当年,他是叱咤风云的骑兵指挥员。为了养活两个"国家的孩子",他放弃了武装部部长的职务,辞掉公职,当了一辈子牧民。

老人的妻子查干呼额吉,今年也73岁了。老两口抚养的两个孩子已经长大成人,一个就是眼前的巴特尔,一个是他的姐姐阿拉坦其其格。

查干呼额吉是我唯一采访到的牧民老妈妈。我在采访中发现,由于草原上生活条件艰苦,缺医少药,长寿的老人很少。生活在城镇里的老额吉我见了不少,但是真正生活在蒙古包里的牧民老妈妈,她是唯一的一个。

时光回到40多年前的1962年,潘阿拉希转业到西乌旗阿尔善宝力格公社武装部工作,终于与妻子查干呼团聚,结束了长达10年的两地生活。夫妻俩都30多岁了,不知什么原因一直没生个一儿半女。正好乌兰夫主席给送来了"国家的孩子",上级又号召领养,他们就商量着领养一个男孩子。办好了一切手续,查干呼去了保育院,一看满院子全都瘦瘦的、小小的小人儿,就对保育员说:"我不挑,随便给我抱一个男孩子吧!"

保育员抱来一个两岁左右的小男孩儿,她一看就喜欢上了。接过孩子使劲亲了亲,然后说:"走!跟额吉回家!"她抱上孩子刚走了几步,突然一个五六岁的小女孩跑过来抱住了她的腿,哭着说:"这是我弟弟,把我一起领走吧!求求你,别让我们分开……"当时她就蒙了,看着这孩子哭得可怜,不知道该怎么办。这时候一个保育员阿姨跑过来,想把那女孩拉开,可是那女孩儿死死地抱住她的腿,怎么也拉不开。"求求你了,让我和弟弟在一起吧!"

母亲的心颤抖了,查干呼蹲下来抱起她,一种心痛的感觉陡然从心头涌进眼眶,她给女孩擦着眼泪说:"别哭,别哭,我不会让你们分开的!把你和弟弟一起领回家。"可是,她的介绍信上只允许领养一个孩子,为了让姐弟不分离,她去找保育院的领导求情:"孤儿本来没有阿爸、额吉,不能再让兄弟姐妹骨肉分离了!就让我把他们两个都带走吧!"

保育院的领导非常感动,却也提醒她:"现在这么困难,家家粮食不够吃,您一下子养两个,不容易啊!再说,要养就是一辈子,您可得想好了!"查干呼有点儿不高兴了:"这要是自己生的,十个八个不还得养吗?我既然把两个都领走,就一定会把他们抚养成人!"保育院的负责人赶紧解释:"请您别误会，没有介绍信办不了手续，而且现在领养孩子的手续管理得很严，您得等一等。"查干呼爽快地答应了："好吧！你们给我补办手续，我等着。"就这样，她在旗里整整等了3天，办好了一切相关手续，她把这对姐弟领回了家。他们给女儿取名叫阿拉坦花，儿子就叫巴特尔。

为了养活两个孤儿，阿爸辞职当了牧民

保育院的领导真是有先见之明，他们刚刚组成的家底子很薄，除了生活必需品，可以说家徒四壁。查干呼没工作，靠丈夫一个人的工资生活。那时候，一个基层干部的工资是很低的。这回一下子又添了两张嘴，而且正长身体的孩子非常能吃，除了供应的粮食以外基本上没什么副食。很快，他们的生活陷入了困境。丈夫说："干脆我辞职，咱们去当牧民吧！"

当牧民虽然苦，但是只要辛勤劳动就能挣到工分，并且允许养一点自留畜。有了自留畜，就意味着有了牛奶，有了孩子们急需的营养。到了夏天，生产队还会允许每户人宰杀几只羊，到了冬天还会分过冬的肉。这对于只有一个人挣工资的四口之家来说，显然会好过一些。

两口子一商量，当牧民吧！只要我们辛勤劳动，日子会好起来的。于是，潘阿拉希辞去了公职，当了牧民。全家人下放到哈日根台公社巴音乌拉大队，开始了放牧牛羊的游牧生活。

当牧民是很辛苦的，一年四季风雨无阻地都要到野外去放牧牛羊，夏天要剪羊毛、洗羊、给羊打针灌药；冬天接羔保育；秋天要打草、贮存饲料……如果遇到灾情或者草场不好，还要倒场走敖特尔。因为蒙古人的生活基本上是半原始状态，很多东西是无处可买的，哪怕一根绳子、一个简单的用具都要自己动手去做。所以牧区的妇女就更为辛劳，她们每天天不亮就要起来，一直忙到半夜。除了每天到野外去放牧羊群，还要做饭熬茶、清洁洗涮、挤奶、做奶食、捡牛粪……到秋天的时候，还要做毡子，缝制全家人过冬的皮袍、衣服和靴子。

自从放弃了在公社当干部家属的生活，查干呼就跟一个普通牧民妇女一样，只是比普通女人干更多的活儿、操更多的心。他们两口子包放了生产队的

一群羊，逐水草而居，一年四季跟着牲畜屁股后面，起早贪黑地劳作，抚养着两个孩子。啊！草原上的生活虽苦，条件也差，可是有那么多能吃的东西：黄羊、狍子、野兔、山鸡、旱獭……只要肯干就饿不着，孩子们的营养也会源源不断。

他们的努力付出，终于见到了明显的效果。刚来时虽然两个孩子水土不服，总是轮流闹病，查干呼挑着花样想尽办法调理，保证营养。很长时间以后，孩子们明显长高的身体和红润的脸色使保育院的阿姨吃惊不小。令查干呼两口子欣慰的是，两个孩子非常懂事，尤其是小姐姐，时时处处关照弟弟，一家人过着虽然清苦却幸福和睦的生活。他们经历了草原上的人所经历的风霜和政治运动，两个孩子长大成人。

上学要交牛粪，额吉拿着粪杈向草原深处走去

姐姐阿拉坦其其格到了上学的年龄。有一天阿爸说："我的女儿该上学了，当一个有文化的人，眼界就会开阔，活得就会有意思。"阿拉坦其其格向往着学校，她的理由一半出于好奇，另一半由于她是个听话的孩子。额吉给女儿缝了新袍子，阿爸给她买来新书包，文具也都齐啦！那时候，只有公社才有小学，远在大队的孩子求学必须得住校。

牧民的孩子都是宝，很多人家舍不得让孩子离开家。为了鼓励孩子受教育，公社小学不收学费，就连住宿费、伙食费也都不用交，全由公社来承担。唯一需要家长们付出的就是取暖用的牛粪，学校规定，每个学生一学期要交10车牛粪。

草原上的燃料主要来源就是牛粪，一家人无论冬天取暖，还是四季烧饭，靠的全都是拾牛粪、起粪砖。所以牧民妇女一年四季离不开的一项主要劳动就是捡牛粪。为了交足孩子上学所需的牛粪，查干呼额吉背上巨大的"阿日嘎"（用柳条编的专门装牛粪的筐），拿着粪杈向草原深处走去。

巴特尔告诉我："我的童年的记忆里，那只巨大的'阿日嘎'好像永远压在额吉的肩上。额吉每天背着它走向远方的时候，我就暗下决心一定要好好学

习，将来报答额吉。"

因为他和姐姐都上了学，额吉要交的牛粪就多了，每个学期要交20车牛粪。额吉说："没事儿，你们俩好好学习，将来上中学、上大学，这是最让额吉高兴的事情啊！"好不容易盼到了开学的日子，阿爸把女儿送到了学校。可是，看着阿爸骑马远去的背影，她就哭开了。

住在学校里的阿拉坦其其格每天哭，她想家，想阿爸和额吉，更想她的小弟弟，整天心里没着没落的，上课的时候她两眼看着窗外，盼着额吉来接她回家。日子一天一天地过去，好不容易盼到了额吉送牛粪的日子。阿拉坦其其格远远地看见赶着勒勒车的额吉的影子，就不顾一切地冲出教室扑向额吉。"额吉，我要回家！"额吉过来抱住女儿，她也一天一天地数日子，好不容易过了一个星期，就迫不及待地来看女儿了。

阿拉坦其其格闹着回家，额吉最见不得她的眼泪，心就软了。额吉跟老师说："让她回家住几天吧，慢慢习惯了，再送她回来。"可是，阿拉坦其其格回到家就不想再回学校了。那天夜里，阿爸和额吉第一次为女儿的去留而争吵。直到深夜，心疼女儿的额吉才下定决心，同意天一亮就让阿爸把孩子送回学校。

就这样，额吉和女儿再次分别。从那以后，阿拉坦其其格三天打鱼，两天晒网地去学校，她自始至终也没像额吉希望的那样习惯住在学校，安心学习。

与姐姐相反，巴特尔特别热爱学习。如果不是赶上"文化大革命"，他也许可以顺理成章地考取初中、高中，甚至大学，也许还能攻读研究生。不幸的是，他刚刚上完小学二年级，一场随之而来的挖"内人党"风暴就将他上学的愿望席卷而去，从此他再也没有机会走进学校的大门。这么多年过去了，巴特尔说起来仍然充满遗憾。

退役回到草原，巴特尔最先富了起来

巴特尔18岁那年，阿爸说："雄鹰飞得越高，才能看得越远，儿子，去当兵吧！走出草原，看看外边的世界。"额吉也说："孩子，去吧！像我们一样，整天跟在牛羊的屁股后面有什么出息？我的儿子多委屈啊！趁着年轻，出去闯荡闯荡，开开眼界吧！"可是公社武装部却说，巴特尔是独生子，不符合征兵条件，不予报名。额吉亲自跑到武装部、征兵办说明情况："我的儿子是'国家的孩子'，孩子自己愿意为国家出力，我们也支持，你们不要谁也应该要他！""国家的孩子"？那就另当别论了。两位老人的态度，最终使巴特尔穿上了他向往的绿军装。

巴特尔在巴彦淖尔盟边防部队当兵服役，部队领导知道他是"国家的孩子"，对他非常重视，使他能够在部队这个大家庭里得到重点培养。但是，由于巴特尔文化程度太低，汉语说得也不行，所以服兵役3年以后，又回来了。依我看，巴特尔非常聪明，否则改革开放以后他怎么会成为整个嘎查最先富起来的牧民呢？他率先盖起了瓦房，最先实现了定居。

巴特尔告诉我说，改革开放初期，刚刚实行联产承包责任制的时候，包产到户，他提出要跟父母分家。他说："跟父母在一起，很多东西要受限制，不能按自己的想法来经营。毕竟父母岁数大了，千百年来的游牧方式对他们的思想影响很大，很难接受新生事物，非常有限，很不开化。"

分家以后，他按照自己的经营理念经营着自己的羊群和牧场，很快，他的牲畜头数就翻了几番，最先富了起来。牲畜发展得特别快，听他讲述，我觉得一是他经营有方，二是勤劳致富。可见，他还是相当聪明的。我就想，如果他受过良好的教育，有一些文化或许可以改变命运。因为很多像他一样经历的人，上学、提干，最终离开了游牧生活。现在，以他的聪明才干，日子比别人过得都要好，这是他引以为豪的。

他有3个女儿，全部在旗里上学。他说："没有文化的苦我算是吃够了，我一定要让我的孩子有文化，将来不管干什么没有文化是万万不行的。"虽然跟父母分了家，那只是经营上的，过日子是一刻也没真正地分开过。现在，巴特尔把日渐年迈的父母接过来同住。但是，住惯了蒙古包的父母，夏天就把包扎在房前，到了冬天才搬回到房子里住。

"额吉，你们活得长，我就有亲人！"

巴特尔总是讲他的姐姐，他跟姐姐的感情非常深。关于童年，巴特尔说："我自己什么都不记得，但是我的姐姐知道。她说，她还记得有一天我们家来了很多人，把房子拆了，家里的东西都被这些人拿走了。后来，妈妈就把我们两个领到大街上，在一个很多人的商店里，妈妈给我们买了一块点心，哭着走了，就再也没回来。再后来，我们就被送到了孤儿院。"他的姐姐阿拉坦其其格已经嫁到同旗的另外一个苏木，我没能见到。

"姐姐是自由恋爱结的婚，嫁给了阿爸战友的儿子。姐姐很幸福，就是离我们这里太远，有100多里地呢！"那天下了雨，去阿拉坦其其格家只有一条草原自然路，下雨时汽车不能走，而连阴雨却没有要停的意思，所以我最终没能去见他的姐姐。

巴特尔特别遗憾，看得出来，他非常爱他的姐姐，也特别想让我去见她。

"姐姐常回来吗？"

"不经常回来，她要放羊，还有3个孩子。我特别想她，女孩子永远不要长大，不出嫁多好！"说这话的时候，巴特尔无奈地笑了。

草原上夏天的夜色很美，在夕阳的照耀下逐渐变成了一片金黄。告辞的时候到了，我衷心地祝福两位老人，他们为了抚养两个"国家的孩子"，牺牲了自己，辛辛苦苦一辈子，我祝愿他们晚年幸福，吉祥安康！

查干呼额吉一再说："我的儿子媳妇可孝敬了，他们都是好孩子！唉！可是老头子得了这个病，自己啥都不知道，全靠孩子们伺候，给孩子们添了多少麻烦哟！我就说，活成这个样有什么意思呢？孩子的累赘，咱们快点走吧！你看，还是走不了……"巴特尔显然不爱听，他笑着打断母亲说："额吉，你们活得长，我就有亲人！你们都走了我怎么办？您舍得扔下我吗？"额吉就笑了。

我即将上车要离开的时候，查干呼额吉吩咐巴特尔给我取一些奶食带上。巴特尔答应着回屋去了。趁巴特尔不在跟前，额吉说："到现在巴特尔都不知道，其实，他跟姐姐并不是亲生的。"我颇感意外："那……他的姐姐知道吗？"

额吉点点头:"知道!我们一直没告诉巴特尔,是想让他感觉到,在这个世界上他至少还有一个亲生的亲人。"

第九章 大草原,是我生长的摇篮

4天4夜摸爬滚打在风雪中的两兄弟

1990年冬,还有几天就是春节了,可是谁也没有想到,入冬以来最猛烈的一次暴风雪突然袭击了锡林郭勒草原。没有经历过暴风雪的人很难想象它的厉害,白毛风卷着雪尘刮起来,如千军万马在嘶吼,遮天蔽日团团飞舞,让人睁不开眼睛张不开嘴。天地间白茫茫灰蒙蒙一片混沌,几步之外的东西就看不见了,因此经常发生意外惨剧——有人从家到畜圈,在不到四五十米的距离间就会迷失方向,找不到回家的路,最后冻死在外……有人出门取煤,一出门就被卷入了暴风雪中,再也没能回来……刺入骨髓的寒风威力之大怎么形容都不过分,结果却触目惊心——每一次暴风雪过后牲畜冻死的不计其数,人员伤亡也在所难免。遇到这样的天气,出门无异于自杀。所以每一次白灾袭来时,人们唯一能做的就是静待家中,等候风停雪住。但是,暴风雪却总是毫无征兆地突然袭来,人们往往来不及做准备。尤其是驮着蒙古包游牧在外时,粮食、燃料的储备十分有限,时间拖得长了,就会面临断炊断粮的危险。

每当白灾袭来的时候,也就是考验基层干部的时候。灾情发生后的三四天,苏木、嘎查的干部们就要分头深入牧户了解灾情,给他们送去救灾物资。所以,在牧区当好一个基层干部,要比常人付出成倍的辛苦、勇气,甚至是生命和热血。

白雪茫茫铺天盖地混沌一片。在西苏旗额淖尔苏木草原上,一辆拖拉机像一只怒吼的雄狮横冲直撞,与暴风雪搏斗,艰难地前进着。车上有两个人,拉了满满一车的草和粮食。突然,车陷住了。两个人二话不说,下车挥锹挖雪。

寒冷、呼啸的风、几乎冻僵的身体疲惫不堪。经过一番努力，拖拉机终于又动起来了。

走了一阵儿，开拖拉机的男子不无担心地说："温都苏，再往前走就没有路了！"温都苏是额仁淖尔苏木的苏木达（乡长），此时，与他在一起的是嘎查书记其木德。两人在暴风雪中一家一户地深入牧民家，这已经是第4天了。这4天来，他们两个在风雪中摸爬滚打，为牧民送去急需的粮食和饲料。

温都苏想了想："还有在偏远地方的那几家牧民的安危咱们没掌握。我不放心哪！"其木德说："是啊！其中有几户特别困难的人家，粮食、草料肯定准备不足。"

"你说该怎么办？"

"继续走呗！我是担心你……"

"我有什么可担心的，你能去我就能去！"

温都苏心里很清楚，现任赛音希勒嘎查书记的其木德熟悉这里的每一寸土地，每一棵小草，至于那些沟沟堑堑都在他的心里。不管多难走的路，不管多么恶劣的天气，再没人敢去的地方他照样敢开着拖拉机一往无前。

因为其木德是在这片草原上长大的，从小到大，除了上学他从没离开过这里。而温都苏自从1977年8月下乡插队来到这里，到现在已经13年了，他从一名普通的知青，成长为牧民的当家人——苏木达。这儿就是他的第二故乡，这里的牧民就是他的亲人。再苦再难，他们都不能不管。

两个人边挖雪边前进，在没有路的地方开出一条路，硬是用生命跟暴风雪进行着殊死的较量，挨家挨户地给100多户牧民家送去了国家支援的救灾物资，为许多身处险境的牧民送去了党的温暖和关怀。为此，两个人多次被评为模范和先进。面对着各种各样的奖励，他们却说："是党拯救了我们，是这片草原给了我们生命！这本来就是我们应该做的。"这是他们的真心话，因为他们两个都是"国家的孩子"。

温都苏:"我是这个家的一条根,我要守住这个家。"

一个来自遥远的南方的孤儿,先后被中国最北方苏尼特草原上的两对蒙古族夫妻抚养,并且给他起了这个名字:温都苏(蒙古语,根)。有了根,就意味着有了新生命的萌芽,有了希望。

1960年,西苏旗开始接受"国家的孩子"。第一批孩子刚刚到达,在旗医院工作的平兴格就再也无暇照顾5岁的女儿,甚至几天几夜都不回家。因为她是医生,而生病的孩子与日俱增。那是个认真而充满激情的年代,革命工作高于一切。平兴格的丈夫诺日布刚刚从部队转业,安置到西苏旗当了一名公社干部。公社干部要常年奔波于基层,只比妻子忙,绝不比她轻闲。两口子整天忙于工作,女儿就寄托在邻居或者朋友家。

现在听起来很多人会觉得不可思议,可当年,由于没有幼儿园、托儿所,年轻的父母们如果没有老人的帮助,养大一个孩子是很不容易的。许多基层干部的孩子不是被单独锁在家里,就是今天去这家、明天到那家,过着一种似乎是居无定所的生活。所以,常有这样的情景:父母下乡回来做的第一件事,就是满街打听自己的孩子在谁家。而孩子们则吃得又白又胖,在某一个朋友家过得乐不思蜀。诺日布与平兴格的小女儿也是这样,基本成了一个小小的"流浪者"。

在平兴格诊治的孤儿中,有一个小男孩病得最重。这孩子连续3天高烧不退,呕吐不止,经过医生们夜以继日地抢救,孩子终于转危为安。好像冥冥之中注定了这个虎头虎脑的孩子跟自己有缘分,平兴格对他产生了特殊的感情。她想抱养这孩子,可自己已经有了一个女儿,不满足领养条件。怎么办呢?她想到了自己的弟弟。

平兴格的弟弟索德纳木,30多岁却膝下无子。平兴格就替弟弟把这个孩子领养回来了,给他起了温都苏这个名字。温都苏是命根子,也是他们的全部希望。这个不满两岁的孩子就成了姐弟两家共同的宝贝。索德纳木说:"姐姐,你太忙了,自己的孩子都顾不上管,温都苏还是让我接走吧!"平兴格不放心,她怕弟弟没有养育经验，而温都苏的身体十分虚弱，发烧咳嗽是常事，稍不注意就会腹泻……可是她太忙了，最终还是不得不暂时把温都苏送到弟弟家。

索德纳木家住在阿巴嘎旗白音查干苏木吉日格朗图大队，小温都苏在蒙古包前的草滩上快乐地成长。也许是无忧无虑的游牧生活，也许是草原上的空气和饮食很适合他，渐渐地，温都苏的身体越来越强健。牧羊狗、小羊羔、小牛犊是他童年的伙伴，阿爸的马背就是他成长的摇篮。

可是，1968年那个寒冷的冬天，灾难降临到了索德纳木的家。索德纳木两口子都被打成了"内人党"分子关进了牛棚。性格倔强的索德纳木不服，一声一声地喊："我要去北京告你们！到毛主席那儿告你们！……"他的怒吼引来了更多的毒打。在一个风雪交加的夜晚，索德纳木在自己的胸前别了一枚毛主席像章，逃出牛棚奔向北京。可惜，没走出多远就被挖肃派（造反派）抓回去，硬说他想往外蒙跑，是"叛国分子"。没等到天亮，他就被活活地打死了。舅妈经受不了这个打击，也惨死在牛棚里。南方孤儿温都苏又成了孤儿！

而此时，远在西苏旗的诺日布和平兴格，也没能逃脱"内人党"的劫难，同样也被关进了牛棚。造反派对温都苏说："你是'国家的孩子'，你走吧，跟反革命家庭划清界限！"倔强的温都苏咬紧牙关一声不吭，心里却想，我是这个家的一条根，我要守住这个家。是好心的乡亲们收留了"国家的孩子"温都苏，东家一天，西家一天，他成了真正的流浪儿。

直到今天，温都苏还清楚地记得那个令他终生难忘的情景：那是个风和日丽的春天的早晨，四处流浪的温都苏正帮着一户收留了他的牧民家放牛犊，那家的男人骑一匹快马来到野外，二话没说把他抱上马背："咱们回家，越快越好！"

骑在马上的温都苏，老远就看见了一个熟悉的身影——平兴格额吉站在蒙古包前！他开始以为是在做梦，竟然愣在那里一句话都说不出来。平兴格伸出手轻轻地叫了一声："温都苏，我的孩子！"她心中涌起一阵心酸，眼泪也随之倾泻而出，"过来，可怜的孩子，额吉接你来了！"

温都苏扑到额吉的怀里，跟着额吉同来的姐姐也扑上来，3个人哭作一团。温都苏不知道，他的遭遇如何令身陷囹圄的阿爸和额吉牵肠挂肚，担惊受怕。

当平兴格从牛棚里被放出来，做的第一件事就是匆匆赶往阿巴嘎旗，她要接回受尽磨难的温都苏。从此，平兴格就是他亲爱的额吉，索德纳木成为舅舅，深深地铭刻在他的心里。

温都苏给我的印象是干练倔强，特别具有草原牧人的性格。据说他曾经14次拒绝了媒体的采访，到目前为止只接受过中央电视台《新闻调查》栏目的采访，我是第二个采访过他的人。与我对坐的时候，他也常沉默不语。其实这是错觉，温都苏并不沉闷，只要话匣子一打开，就会滔滔不绝。他的话极有条理，逻辑性也强，让人觉得精明强干，是个将才。

可不知为什么，我感觉他有脾气，想起不知是什么人说过一句话："有本事的人都有脾气，有本事又怀才不遇的人，脾气就更大！"他说小时候并不知道自己的身世，初中时听到同学们议论，当时也没什么特别的感觉。他口气平淡地说："像我这样的孩子太多了，没什么新奇的。再说我从来没觉得自己跟亲生的有什么差别，我的阿爸和额吉对我特别特别好，比对姐姐还好，别看她是亲生的。"

"还记得小时候的事情吗？"

他说："我记得在舅舅家骑马、放羊，我喜欢那种浪漫的游牧生活。印象最深的就是额吉去接我，我们坐着牛车晃晃悠悠地到了旗里，还记得额吉给我买了好多好吃的。后来我们上了长途汽车，走啊走啊，就来到了西苏旗。再就是记得这个家的生活比在舅舅家要好，因为阿爸和额吉都是干部。"

人常说，聪明的孩子最淘气，淘气的孩子有出息。温都苏就属于这一类。那时候他淘得小有名气，成天惹是生非，不是把人家的篮球扎烂，就是往井里扔脏东西……

"经常有人来告状，我的阿爸和额吉就虚张声势地骂两句，等人一走就完事啦！从来没打过我，也不骂，连重话都不说。"说这话的时候，他笑了，很调皮的样子，让我一下子想象出了他小时候的模样。

"你打听过自己的身世吗？"

他摇摇头："不！我从来不问自己的身世，阿爸和额吉也不说。"

"为什么？"

"问那些有什么用呢？也没什么意思。"

我又问了那句问过无数次的话："你想不想回去？想不想找到你的亲人？"

"不！从来没想过！回去干啥？一个人也不认识。2002年，'蒙牛'公司组织14个人去上海，我也去了。那是我第一次到上海，也去孤儿院看了。因为我没有印象，所以什么感觉都没有。不像盟气象局的巴特尔他们，年龄比我大的还都记着。我是什么都不知道，没有家乡的感觉，就像是跟我毫无关系的非常陌生的一个地方。"

"怎么可能呢？毕竟是你的故乡啊！"

"可是我觉得很陌生，也许我这个名字起好啦！我好像就是扎根在草原上的一棵草或者是一棵树。长大以后，我的阿爸和额吉都特别高兴，说我真争气，有出息！"

经历了苦难的温都苏，知道感恩回报，工作出色，回报这片深情的土地和他挚爱的人民。像许多同龄人一样，温都苏中学毕业以后，经历了上山下乡。又从一名知青，被抽调到他所在的额仁淖尔苏木小学当了代课老师。他爱唱爱跳，喜欢体育，兴趣爱好特别广泛，教学方面也十分出色，因此很快脱颖而出，成了最受欢迎的青年教师。

一个偶然的机会，温都苏被抽调到旗团委工作。由于各方面都出类拔萃，组织部把他作为后备干部加以重点培养，他被送入内蒙古党校大专班学习进修。党校一毕业，温都苏就回到额仁淖尔苏木任党委副书记，后又被提拔成苏木达，那年他才28岁，是西苏旗最年轻的乡长。4年后，又当上了苏木党委书记。

没到过草原的人，不知道基层工作有多么艰苦。而额仁淖尔苏木是西苏旗最艰苦的苏木，有68.5公里的边防线，一年四季，风里雨里严寒酷暑，他骑着马深入牧户，不知走了多少路，为老百姓办了多少实事。牧民们说，这孩子能吃苦，脑子活，点子多，时时处处为咱牧民着想。他当苏木达和苏木书记的时候，整天马不停蹄地跑，跑项目、跑钱……他工作上很有建树，从来不怕苦不叫累，他带领牧民群众抗灾保畜，救灾打井，放羊走敖特尔，想方设法为老百姓谋福利……

草原文化的底蕴使他具有了宽广的胸怀，使他能够跳出传统的狭隘眼光看待自己的生活和事业，不自觉地为自己的工作注入了他的梦想。8年后，当他离开这个苏木时，这偏远闭塞的地方已经通了电、通了水，安装了电话和电视接收系统。

就这样，"国家的孩子"温都苏先后担任了几个单位的领导，直到2000年，经过"一推双考"，他担任了内蒙古锡林郭勒盟镶黄旗人民政府副旗长。

2005年夏天，我采访他的时候，他的身份是西苏旗人民政府助理调研员。可是，温都苏有些想不通。从一个牧民到基层干部，又成长为一个县级领导，他积累了丰富的基层工作经验，对旗县工作也是轻车熟路。今年才46岁的温都苏这么早就从领导岗位上退下来，使他觉得有浑身的劲儿使不上。他说："作为草原培养出来的一名上海孤儿，我怀着一颗感恩的心，感谢草原给了我生命、事业和才干，我还想多干点事回报草原！我只想不弄虚作假，实实在在做点实事。"

我不明白为什么，但我能看出他有一种深深的无奈和满腔抱负。我知道，眼前的这个人有精力、有才能，更有满腔的热情想成就一番事业。他的确曾经有过不少的殊荣，那都是来自于他的勤奋和敬业精神。例如，自治区党委颁发的"全区优秀团员"、自治区级拥军优属"双拥模范"个人、"全盟民族团结先进个人"、"全盟交通系统抗灾保畜先进个人"、"锡林郭勒盟抗灾先进个人"以及旗级各种先进模范等。

1977年中央电视台《社会调查》栏目采访并报道了温都苏的经历和先进事迹：

历史出现了惊人的巧合，当年，他是通过民政、卫生部门接来的"国家的孩子"，现在却成了西苏旗赛汗塔拉最年轻的民政局局长。他当西苏旗民政局局长期间，从刚去的时候局内欠账30多万元，到离任审计时的存款近60万元；后来，他调任旗交通局局长，四处奔走寻找各种机会和办法，经过两年半的奔走呼号和坚韧努力，一条从SIOI到碱矿9公里，以及碱矿到乌日根塔拉苏木12公里的柏油路终于修成了，从而率先实现了苏木镇通油路。在镶黄旗当副旗长期间，他主要分管工业经济和交通，也是成绩斐然。静谧的草原之夜，在熊熊的篝火旁，朋友们欢聚在一起抒发着心中不尽的情感。现任西苏旗副旗长的邓义举起酒杯对温都苏说:"认识你这么多年,一直觉得你是条蒙古汉子!我能理解你,理解你对这片草原爱得太深,爱得太深你才觉得自己做得太少。"

温都苏举起酒杯,放开歌喉,用蒙古语唱起了他最爱唱的《蒙古人》:

> 洁白的毡房炊烟四起,
> 我出生在牧人的家里,
> 茫茫无际的大草原,
> 是我生长的摇篮。
> 啊!这就是蒙古人,热爱故乡的人!
> ……

温都苏唱得真好,他是用心在唱。有一种情愫已经融化在了他的血液中,于是我的话题又涉及到他的身世。"说我是南方人,我自己一点儿感觉都没有。我从小学的是蒙古文,吃的是手扒肉,喝的是奶茶,实际上我就是蒙古人。草原就是我的家,我的根!"

一直言语不多的温都苏,渐渐兴奋起来:"回顾自己所走过的道路,在这块土地上扎扎实实地生活了40多年,下过乡,当过基层干部,放过马、牧过羊,在这里留下了我的青春年华,留下了我的欢乐光荣,也留下了我的后代。我是'国家的孩子',国家花了这么多的心血和精力把我抚养成人,可是我才43岁,我还年轻,还有很多精力,有浑身的劲儿使不出来……"他的目光竟是那样的坦诚,仿佛可以穿透胸膛,直达心底。

我很想帮助他了却心愿,但我知道自己无能为力。"我就愿意在西苏旗,在我熟悉的山水之间干自己喜欢做的工作,行走在永远走不到尽头的苏尼特草原上。"

其木德:"不管走到哪,我还是觉得这里好,哪都不如咱草原好!"

我与其木德是通过温都苏认识的。那天其木德正好到旗里开会,温都苏把他领到我的住处。我以为他是为接受我的采访而来的，可是其木德却说他不能在旗里逗留，下午就得返回苏木。我理解，作为基层党支部书记，他一定很忙。还没等我开口，他坦诚地说："我们这儿连续两年大旱，形势很严峻。这不，旗委、旗政府刚刚布置了抗旱救灾工作，有好多重要的工作等着我……这样吧！你跟我回去，咱们路上聊。今天晚上你就住我们那里，明天我派车送你回来，你看怎么样？"就这样，我上了他的车。温都苏自告奋勇地陪同，我们一路走一路聊。

温都苏和其木德是同一批来到西苏旗的上海孤儿，又是同学，还在一起共事多年，是非常好的朋友。令人称奇的是，收养他们的家庭情况差不多，所以他们两个的生活经历也有着惊人的相似之处。所不同的是，温都苏后来上调到旗里工作，而其木德一直到现在都没离开过这片草原。他现在是西苏旗额仁淖尔苏木赛音希勒嘎查党支部书记。作为牧区的基层干部，两个人都有一颗真诚回报草原的心，潜心于为老百姓造福，以此见证自己的人生。

领养了其木德的是一对牧民夫妻，阿爸名叫道尔吉，额吉名叫索德纳木，家里也有一个姐姐。与温都苏不同的是，姐姐比其木德大13岁。其木德也是在牧区蒙古包里长大的，阿爸和额吉对他视如己出，又多一个姐姐的疼爱，他的童年记忆只有幸福和快乐。同样，他不知道自己是抱养的，没有人告诉他，而他自己又感受不到。

其木德的幸福生活在他9岁那年戛然而止：阿爸被打成了"内人党"，刑讯逼供时受尽折磨，被打得遍体鳞伤，最终不堪忍受欺凌，自杀身亡。他们家的天塌了。额吉整天以泪洗面，渐渐地，就看不清与她相依为命的儿子的脸了。再后来，连牛、羊和门前的草滩都看不见——额吉的眼睛瞎了。

姐姐已经出嫁，嫁给了一个驯马手。姐夫是一个强壮剽悍的小伙子，他的骑术和驯马功夫足以让全苏木的小伙子们羡慕折服，他也因此而骄傲自豪。但是他回到家里，骄傲和自豪就变成了暴躁的脾气。

母亲丧失了劳动能力，其木德还小，这个家已经无法维持下去了。其木德牵着盲母的手，投奔到姐姐家。

双目失明的母亲和一个幼小的弟弟，再加上自己的3个孩子，生活的重担压得姐姐直不起腰来,她终日辛劳,日子还是过得非常艰难。虽然姐夫从来没嫌弃过额吉和其木德,但是却不愿面对这种举步维艰的生活,他选择了逃避。有一天,姐夫没再回家,骑着马到处流浪。半年以后,他在离姐姐家十几里远的地方扎了一个新的毡包。两年以后,要强而倔强的姐姐选择了离婚。

离了婚的姐姐生活更加困难。几年以后,阿爸的冤案得以平反昭雪,可是家里的生活并没有丝毫好转。善良的姐姐咬紧牙关,宁愿让自己年幼的孩子去放羊,也要坚持供其木德继续上学。其木德从西苏旗中学毕业了,姐姐也找到了意中人。新姐夫在四子王旗,姐姐要随他迁徙到遥远的他乡。姐姐要带额吉和其木德一起走,可是其木德却不愿意。他说:"阿嘎(姐姐)的负担太重了,要赡养双目失明的母亲,还要供养自己的孩子。我不能再给阿嘎增加负担了,我要留下来!这是我的家乡,这儿有我的家,有阿爸留下来的牛羊和毡包。我不走,我哪儿也不去。"额吉哭,姐姐也哭,可是倔强的其木德说什么也不走。他说:"你们就放心走吧!我已经长大了,我能照顾好自己,照顾好这个家。"姐姐说:"你才16岁呀,一个人怎么生活呢!"人小志大的其木德却说:"我能放羊,能挣工分养活自己!"就在姐姐左右为难,欲走不成的时候,姐夫来了,他对额吉和姐姐说:"你们放心走吧,这儿有我呢!我不会不管他!"听了这话,姐姐掉下泪来。

从此,姐夫把其木德的毡包扎到了自己的毡包旁,冬暖夏凉,一日三餐,一向桀骜不驯、粗心大意的姐夫像变了一个人,对其木德照顾得无微不至、体贴入微。

草原上的草儿黄了又绿,绿了又黄,草原的深幽雄美孕育着青春、浪漫和爱情。放羊时,其木德认识了牧羊姑娘德力格尔其其格。像所有的牧民青年一样,两个人相识,相爱,最后走到了一起。

德力格尔其其格的父亲是大队书记,他同意女儿的婚事:"其木德是个好小伙子,勤劳能干,女儿跟了他不会错的!"

姐夫像父亲一样,一手操办着其木德的婚事。他说:"其木德是'国家的孩子',婚事绝不能对付!我要为他举办最气派的婚礼!"

其木德的婚礼非常隆重,远在四子王旗的额吉、姐姐和新姐夫也赶来参加,婚礼持续了3天3夜。草原上的篝火也旺了3天，映红了其木德幸福的笑脸。

现在，其木德已经是3个孩子的父亲了。从1984年开始，其木德当了嘎查（村）会计，后来又做了几年统计员的工作。1997年，经过牧民们一致推举，他当选为嘎查长，后来又当了书记。从来没有人提过其木德是孤儿，是汉人，好像他就出生在这里。

其木德告诉我，从小到大，他从来没有感受到过自己是个孤儿，从来没有人告诉过他，而他来时还不到两岁，什么都不记得。上中学时，才听同学们说他是"国家的孩子"。一天，其木德到一个同学家串门，邻居家的老额吉仔细打量着他，走过来问："你就是道尔基抱养的孩子吧？"其木德莫名其妙，点头称是。老额吉拉住他的手说："孩子，你本来应该是我的儿子！你刚来的时候，是我先看中了你。可当时保育院不让抱走，说是要让你们多住一段时间，身体养好了才让接。我就放心地回了一趟老家，谁知等我回来以后，你已经被道尔基和索德纳木抱走了！"

其木德告诉我，那次，他才觉得人的命运是冥冥之中注定的。如果当年被这家人领养，阿爸不死，额吉不瞎，他过的又将是怎样的一种生活，人生的道路又将是怎样的呢？

其木德告诉我说，额吉1983年去世，姐姐到现在还在四子王旗，姐夫已经75岁了。从他懂事开始，就在浓浓的爱里长大，到现在都是这样，有那么多人爱他，他觉得很幸福。

"这里到处都有我的亲人。"

说来也巧，其木德当嘎查书记的时候，温都苏是苏木达，后来又成了书记。两个好朋友成了既是上下级关系，又是工作上的最佳搭档。他俩一路相随，做了很多工作，很受牧民们爱戴。这些年牧区草场退化严重，自然灾害频发，牧民们的生活水平急剧下降，这些都给基层干部以巨大压力和考验。面对诸多的压力和担忧，其木德有他自己的想法。

他说："我小时候草原是绿绿的。这些年退化得这么厉害，很多湖泊逐年干涸了。牧民的生活越来越艰难，返贫的人很多，有的已经没法生活了。现在我们的牲畜不是多的问题，七八十年代比现在多多啦！主要是自然灾害和草场退化，还有就是人口过载。这些问题都是一时难以克服的。我们响应党的号召搞围封转移，5年禁牧，可我总觉得这不是长久的办法，还是要科学地种树种草，努力使草场恢复起来。

"现在国家给建了一部分移民村，可是牧民们都不习惯。这样自然放牧惯了，一下子不会圈养，牧民都不愿意去。再说，到了移民村，周围的草场又要被开垦耕种，总这样下去，草原就完了！

"好多人认为，游牧民族还是要过游牧生活比较好。但是前提是必须把草场恢复好，只有让他放牧才能生存，别的再没有出路。我赞成这种观点，游牧民族要守着自己的牧场，因为草原有它特定的地域自然特性，是轻易改变不了的。我觉得盲目地让牧民放弃牧场、迁出草原好像不现实。再说了，像我这样的人，除了放牧还能干什么呢？

"唉！这些年我和班子成员们想了很多办法，但是找不出更好的办法。学别人也学不来。我琢磨着，我们苏尼特羊肉很出名，因为是吃沙葱长大的，肉质又鲜又嫩，味道就不一样，所以半个世纪以来，北京东来顺的涮肉一直用的是我们苏尼特羊肉。我想应该发扬我们这个羊肉的品种，请上级和媒体帮忙，扩大宣传，创出一个品牌。这也许是一条出路……"

其木德在自家的草场上开辟了一块试验基地，雇了几个工人种青贮饲料。他自己找来几个新品种，开始了他很不习惯的"面朝黄土背朝天"的营生。他苦笑着说："你看，我当了一辈子牧民，现在开始学种庄稼，变成农民了！"纯朴善良的牧民们信得过他。这么多年了，他每次都做出榜样，诚心诚意地为了大伙的利益而奔忙。现在，他经常深入到牧民家的草料基地去，用自己试验的结果去指导、帮助牧民种植。

"苦干几年，等草场恢复了，到那个时候又可以发展牲畜了，牧民的生活就会好起来。"他不无忧虑，但眼睛里仍然闪动着希望。

其木德家现在有600多只羊，20多头牛，生活属于中等水平。他有3个孩子，大女儿是牧民，已经出嫁了。儿子中专毕业，学的是财税专业。小女儿正在内蒙古民族大学读书。

我问其木德："将来孩子们毕业了，你希望他们回来吗？"他说："唉！

现在的孩子哪会听我们的？儿子毕业快两年了，在城里找不到工作。我说回来放牧也挺好的，可是孩子就是不愿意回来。"

"女儿呢？"

"女儿学的是艺术专业，还有两年才毕业。她学的是唱歌，也不知道毕业以后能不能找上工作，到时候再说吧！我倒是希望孩子们回来，好好放牧，生活还是很好过的。现在牧区的生活环境不像以前啦，通了电，还有电话、手机，离旗里只有半天的路，方便多了，有什么不好的？我就不习惯城里，到处都是人！一进城我的耳朵就乱响，头都变大了，受不了，心里可烦啦！"

"你不想回上海去看一看？"

"想过。可是我一句汉话都不会讲，没人领着我去不了！"

"将来让孩子领着去，看看吧！"

其木德想了想，认真地点点头："看看可以，等不忙的时候再说吧！其实，我走过不少城市，不管走到哪，我还是觉得这里好，哪都不如咱草原好！"

他每天都要到草原上去，没有什么能比他看到牛羊肥壮更亲切的了，它们就像他的儿女一样。

朝鲁："这辈子我遇到的最难的事就是不懂汉语，把我难死了！"

见到朝鲁，是在井边上。他正领着他的两个儿子给羊群饮水。刚刚剪过毛的羊儿显得很肥壮，他压着水，流着汗，不时地看我一眼，憨憨地笑一笑，这笑容给我一种透明的感觉。

"国家的孩子"朝鲁，是西乌珠穆沁旗白音胡硕苏木宝力根嘎查的牧民，他像草原上的一棵小草那样平凡，所以为了找到他，苏木书记赛吉拉呼带领我们颇费了一些周折。这些年，牧民们在交通相对方便的自家草场上盖起砖瓦房，实现了定居，结束了千百年来一年四季游牧的生活方式。但是，这种生活方式的改变直接影响了草原生态。经过一冬一春的放牧，定居点附近的草场得不到休养生息而退化严重。所以，每到夏天，牧民们都会拉上自家的蒙古包，搬到离定居点较远的草场上去放牧，这片草场就叫夏营盘。

要想找到朝鲁，先得找到他家的夏营盘。这次与我同行的除了赛书记之外，还有3位"国家的孩子"宝音图、包凤英和吴志华。我们一行人分乘两辆越野车，走进了草原深处。

几经周折打听到了朝鲁家夏营盘的位置，我们驱车前往，却扑了个空。听附近的牧民讲，他家现在搬到另外一片离定居点较近的草场上去了，我们又绕了个大弯子，好不容易才找到了他的家。在一片绿绒毯般的草原上，远远的有两顶蒙古包，一大一小，一白一黄。赛书记说："这肯定就是朝鲁的家了。"

我们的车接近的时候，几条牧羊狗先狂吠着跑过来，然后是一个小女孩，最后是一个胖胖的中年妇女迎接我们。赛书记告诉我她就是朝鲁的妻子。

我们又扑了空，朝鲁还是不在家。听说我是来采访的，朝鲁的妻子看了我一眼，表情淡漠，好像早就司空见惯似的。她告诉我们，因为最近发现了疫情，苏木要求牧民们不要到河里饮牲畜，所以朝鲁每天都要把羊群赶到他家的冬营盘，用井水饮羊。

女主人的脸上没有表情，虽然看不到她的笑脸，却能感受到她毫无保留的热情。她以最快的速度熬了香喷喷的奶茶，拿出了各种各样的奶制品，足足有十几种。直到我们起身告辞，她还在指挥着小姑娘，像变戏法一样不停地端进来各种好吃的东西，小炕桌上已经摆不下了。喝足了奶茶，我们起身告辞。按照她的指引，我们顺利地找到了朝鲁。

尽管我见过许多已经成为地道牧民的上海孤儿，他们跟土生土长的当地人毫无二致，但是看到朝鲁的一刹那，我还是觉得有些意外。他好像比牧民还牧民，不单是外表、气质、装束、感觉以及我所能观察到的一切。他的那种局促也是发自内心的，我想，他肯定没怎么离开过这片草原，没见过什么世面。果然不出所料，我是第一个采访他的人。

他还在襁褓中的时候，就从遥远的南方来到了这片草原上。从小到大就生活在草原深处，消息闭塞，少见世面，思维简单，用一种时髦的词形容的话，就是最具有"原生态"特质的人。他的眼睛没有一丝一毫的污染，像个刚出生的婴儿，透明得让你一下子就能看清心底似的。以我的经验，像他这样憨厚纯朴，指望他自己主动讲出有意思的故事那是不可能的。也难怪，牧民通常都是这样，不善言辞，如果不懂语言就更难沟通。也许是常年在人烟稀少的地方生活，整天跟不会说话的牲畜打交道，他们都不善于表达。

我们的谈话只能是我问一句，他答一句，就像老师提问学生，顺畅，平淡，干巴巴的。

朝鲁的成长经历跟许多"国家的孩子"大致都差不多，他说："我的养父叫苏德宝，母亲叫呼都特。我的父母没生过孩子，有了我以后把我当宝贝一样。我顺利地长大成人，生活上没受过什么挫折，平平安安，健健康康。我身体好，一年到头从来不生病。长大以后我的媳妇是家里给找的，全是阿爸、额吉做主，给我操办了婚事。我媳妇敖日乐玛是当地人。我的养父母都是60岁时去世的，阿爸得了肺癌，额吉是心脏病……"

"还记得小时候的事情吗？怎么来到这儿的有没有印象？"我又重复了这个问过所有采访对象的问题。

"不记得，那时候我太小了。听说当初是奶奶选中了我，把我抱回家来的，可我自己一点儿都不知道。"

"你什么时候知道自己是上海孤儿的？"

"我刚刚懂事就知道，这好像不是秘密，周围所有的人都知道。"

"你怎么想？"

"我没什么想法，就是一心想着如何报答父母的养育之恩。"

我知道，像他这样的牧民，最好能跟他多待几天，慢慢聊，他才会敞开心扉。只是我没有这样的时间，因为热情的赛书记已经安排好了一天的日程，仅这个嘎查就有4个采访对象。

告别了朝鲁，我们又去采访了另外两个"国家的孩子"。

午饭赛书记安排我们在嘎查的食堂吃。牧区嘎查的食堂一般没有客人就不开伙，因为我们的到来，嘎查书记叫来了炊事员，嘎查长则亲自去买菜。看来，这饭一时半会儿还吃不到嘴里。于是，赛书记到院子里和牧民聊天儿去了，其他人玩起了扑克牌，我埋头整理采访笔记。

这时候，一辆摩托车轰鸣着停在了大门外，我看见两个牧民下了车，跟赛书记说着什么。一会儿，赛书记冲我招手："出来一下，跟你商量个事儿。"

到了院子里，我才认出骑摩托的两个人是朝鲁和他的大儿子。

赛书记说："这不，朝鲁专门跑来，想请你去他家吃晚饭。"

我说："谢谢！上午我们已经去过你家，你本人也见了，就不去了吧！"

我知道，如果答应了，朝鲁一定会杀羊来招待我们。这个季节杀羊，一般情况下牧民肯定舍不得。一是羊儿熬过了冬春到了这个季节，再坚持一段时间就开始抓膘了；二是天气炎热，一只羊的肉，一顿吃不完就会坏掉。牧民一年四季辛辛苦苦放牧不容易，我不想让他们蒙受损失，因此断然拒绝了他的邀请。

没想到朝鲁自己却不好意思起来，表情像做错事的孩子。显然，他觉得自己冒昧邀请一个"上面来的领导"，有些唐突。可怜的牧民实在是孤陋寡闻，他们单纯的想法里，只要是干部就是领导，他一定是误认为我也是。

朝鲁可怜巴巴地看着赛书记，他没直接跟我说，而是先去求赛书记，就是怕我拒绝。赛书记看看他，对我说："他诚心诚意地请，我看咱们还是去吧！"朝鲁的表情却让我再难说出拒绝的话。他就像一个孩子渴望得到至爱的东西，满眼的渴望和乞求。此时此刻，无论是谁都不忍心拒绝他了。于是，我说："我实在不忍心有一只羊惨遭杀害，你要是答应不杀羊，我们就去。"朝鲁一下子笑了，像个要求得到满足的孩子。

傍晚时分，完成了采访任务的我们一行人，奔着朝鲁的蒙古包去了。我一眼就看见蒙古包门前摊着一张新鲜的羊皮，我责怪道："朝鲁，你说话不算数！"朝鲁憨憨地指着妻子："老婆当家，我说了不算！"他的妻子敖日乐玛呵呵一笑，语气不容置疑："来了客人不杀羊，你让我用什么招待呢？"想想也是，牧区跟城里不一样，一下来了两车人，再能耐的"巧妇"也难为"无米之炊"啊！在这儿，羊就是米。

蒙古包里已经摆好了用两张小炕桌和一张面板接拼成的长长的饭桌，嘎查小卖部里能买到的所有食品：各种咸菜、花生米、蔬菜罐头、水果罐头，还有咸鸭蛋、松花蛋……摆了满满一桌子。朝鲁的3个孩子，外加闻讯赶来的邻家女孩儿忙里忙外，他们已经煮好了热气腾腾的手扒肉，还有用羊下水做出的各种美味。而我们带来了成箱的啤酒、水果、西瓜等，丰盛的晚宴就要开始了。

按照蒙古人的习俗，宴会开始时，主人要讲几句话以示欢迎。这时，我看见赛书记伏在朝鲁的耳边低声说话，显然，他在教朝鲁应该说些什么。赛书记的低语隐约传到我的耳朵里："感谢共产党毛主席……这么多年来……感谢这么远来看我……"朝鲁认真地听着，并不停地点头。

美酒斟满了，大家端起酒杯。那边，赛书记还在认真地说着，朝鲁比他还要认真地听着。白天我领教了朝鲁的不善言辞，现在，我充满期待，期待着一段精彩的开场白。我们大家举起酒杯，静静地看着朝鲁。朝鲁端起酒杯，说："欢迎大家来到我家……我太高兴了！"教了半天，憋了半天，说出来却只有这一句！但是这句话他是用心说出来的，好像在他的心里沉淀了很久很久……

这就是牧民，最典型的牧民。我想，如果说环境能够改变一个人，朝鲁就是最彻底的。

夜深了，草原上升起一轮皎洁的明月，周围的一切变得清晰起来。羊群安静地卧在毡包后的草坡上，牧羊狗安静地倾听着。草原之夜却失去了往日的静谧。蒙古族欢聚时少不了歌舞，朝鲁的3个孩子在旁边轮流唱歌助兴。那极富韵味的歌声让我们陶醉，孩子们会唱那么多的歌，都是歌唱家乡和怀念母亲的歌，很多都是我从来没听过的。整整一个晚上，居然没有一首歌是重复的。我折服了！

朝鲁自己不喝酒，轻轻抿了几下脸就红了。他的妻子却有惊人的酒量，大家喝着、唱着……

> 在那云雾迷茫的大地上，
> 我在您怀里幸福成长，
> 在我那幼小的心灵里，
> 您给我播下了人生的希望；
> 当我举目望故乡，
> 远处闪现着您的身影，
> 当我看到大雁飞远方，
> 我就想呼唤您，呼唤您，我的母亲！
> ……

除了朝鲁，他的全家都在唱，敖日乐玛和3个孩子，他们的歌声仿佛是从心底里唱出来的，蕴藏着满腔的爱。我看牧民唱民歌总是充满疑惑，他们脸上的表情淡漠，却为何能唱出那样充满感情的歌？那些歌仿佛都是从心底流出来的，这种充满感情的歌声会让牛羊流出泪来。我们欢迎朝鲁唱一个，他腼腆地说他真的不会唱歌，就这点不像蒙古人。

我不会喝酒，但我和大家一起唱歌。温柔的草原之夜，在真正的牧人的毡房里唱歌，别有一番滋味在心头。我发现朝鲁坐在桌子的那一头，默默地注视着我，目不转睛,眼睛里却始终蒙有一层泪光,我不知道这是因为高兴还是忧伤。

我看他时，他就微微一笑，那笑容令我感动。我想，他不知道是一种什么感受，他为什么这样看我？他心里在想什么？我问了敖日乐玛很多问题，比如，"你嫁给他的时候知道他是'国家的孩子'吗？"敖日乐玛说："当然知道！这片草原上谁不知道呢？""那你没有想法？没觉得他跟你不一样，他是另外一个民族！"她看了他一眼，眼神温暖极了，接着爽朗地大笑起来："我从来没想过，他跟我们一模一样！你说他是汉人？你问问他，他这辈子最难的是什么？"

于是，我就问了朝鲁："你这辈子遇到的最难的事或者说最遗憾的事是什么？"他的回答大大出乎我的意料。他说："不懂汉话！这辈子我遇到的最难的事就是不懂汉话，把我难死了！"

"1979年冬天，西乌旗遭受了白灾，我跟着生产队的牛群走放特尔去了东乌旗。突然有一天，嘎查有人捎信儿来告诉我，我的阿爸病倒了，当时我就急着往家赶。可是雪太深，骑马、赶车都走不动，没办法，我没日没夜地步行赶回来。阿爸肚子疼得满头大汗，看起来病得不轻。我用雪爬犁拉上阿爸，连滚带爬地赶了100多里路，好不容易赶到了旗医院，阿爸已经不省人事了。我急呀！就告诉大夫，阿爸肚子疼已经整整3天了，求大夫赶紧救救我的阿爸！可是大夫听不懂我的话，我也听不懂大夫的话！我光看见大夫的嘴在动，却一句也听不懂他在说什么，那时候我觉得真难！好像这辈子再没有比那次更叫我难过的了！真是急死人了！

"后来,好不容易找到一个翻译,可是耽误了好长时间。阿爸得的是急性阑尾炎,已经穿孔,大夫说要是再晚动手术就没命了。"

我说:"多亏了你顶风冒雪,在冰天雪地里徒步拉着雪爬犁走了100多里,是你救了你的阿爸!"

朝鲁却摇摇头,深深地自责道:"阿爸后来得了肺癌,我想,是不是跟那次病情耽误有关系呢?这件事堵在我心里好多年了,每当想起来我就觉得特别难过!当时如果没耽误的话,阿爸也可能不会得这个病,也不会刚刚60岁就去世……"

看着朝鲁黯然神伤的样子,我安慰道:"你不要自责,肺癌跟阑尾炎没有关系。"

"可是,从那以后,阿爸的身体就再也没能好起来。听人说,体质不好就没有抵抗力。"

看他那么难过,我极力安慰他说,癌症到现在全世界都没有办法。我又问:"上海是个什么样的地方,你知道吗?""从电视上看过,楼房很多,也很高。人多,汽车也多,是个大城市。""你本来应该在那样的地方生活,条件比这儿好多了,可是你现在却在这样的地方,你不觉得苦吗?心里就没有什么想法?""这是我的'吉雅'(蒙古语,命运,也可译为'幸运'),命中注定我就应该生活在这里,如果不是这样,我可能早就没有命了。"显然,他很知足。

"你想不想回上海?"他一脸茫然。给我的感觉是,他从来没想过这个问题。

但是,我引导着他想,他就认真地想了想,然后摇摇头说:"我一句汉语都不懂,所以从来就没想过。我的孩子们也从来没有这个想法,我的生活很平淡,也很富足,跟其他牧民没啥区别。因为我已经是地地道道的草原人了。"

"假设有一天,你的亲生父母来找你,你会跟他们走吗?"

朝鲁的表情使我相信,他是第一次遇到这个问题。他有些为难地想了想,认真地说:"这不太可能。怎么找呢?我身上没有任何记号,来的时候也没带什么标记。再说,这么多年了,从来没有人来找过。"

"可是我听说有人来找过,虽然来得不多,但也确实有找到的。"

朝鲁露出惊讶的神情："真的吗？"

我肯定地点点头。

"我从来没想过，也不想。我就属于这儿，上海……"他使劲摇着头，脸上的表情有些惶惑。

我穷追不舍："许多人不愿意寻找是怕阿爸、额吉伤心，你现在没有这个顾虑了，你就不想去吗？那里毕竟是你的故乡啊！"

朝鲁还是一个劲儿地摇头："我一句汉话都不懂，又没出过远门，去不了！"

我猜他从来没想过有一天还会去那么远的地方，就说："如果我带你去呢？"

又是一脸的惊讶，紧接着他认真地想了想，说："你当翻译，你领着我，我就……去看看也行！"片刻，他又说，"我带上老婆孩子去行吗？"

"当然可以。"

正在饮酒唱歌的敖日乐玛也凑过来高兴地说："真的？太好了！大姐，你要是能带我们，我们全家都去看看！那里毕竟是他的家乡，孩子们应该去看看！"

夜深了，我们必须得上路了。

朝鲁一家与我们依依惜别，告别进行了足足有20分钟，大家轮流握手、拥抱，一遍又一遍……

我要上车那一刹那，敖日乐玛扑过来紧紧地抱住我，憋了半天的眼泪汹涌而出，她哽咽着说："今天是我一生中最高兴的日子，你们没忘了朝鲁，没忘他是'国家的孩子'，专门来看他，我真高兴！今天是我们全家的节日，我们永远会记住这一天！我的孩子们也会记着的！"

皎洁的明月把夜空照亮，大地一片银白。我看见站在车旁的朝鲁不停地擦着眼泪……

我们的车开动了。车灯晃过的地方，孩子们也都在擦着眼泪。

车里静极了，除了发动机的响声，其他一点声音都没有。

透过迷离的泪水，我看见车里所有的人都在流泪。

再次见到朝鲁，是6年以后。还是夏天，我们驱车去他在夏营盘上的家。

还是那片绿茵茵的草场，还是那顶蒙古包，家里只有他和妻子两个人。朝鲁告诉我们，大儿子已经结婚，在定居点放牧牛群；二儿子在野外放羊，小女儿在旗里上学。日子就这样平静，年复一年，我们都已经见老。我们聊了很多，我问他："你这辈子最高兴的事是什么？"他们俩异口同声："就是那年你来看我们，是我们最高兴的事情。"

我因为没有兑现自己的承诺，始终没抽出时间领他们去上海，觉得很愧疚。我说，我现在很忙，实在抽不出时间，等我退了休，我一定要带你们去上海！他们立刻安慰我，去不去无所谓，你千万别把这件事搁在心里。可是我知道，以我的能力，当初就不应该信口开河。纯朴的牧民，是最讲诚信的，你说的每一句话他们都会记在心里。

为此我感到惭愧。

宝音图："谁说幸福不会从天降？"

因为跟宝音图太熟了，我们总是在称呼上纠缠不清——永远也搞不清楚他应该叫我姐姐，还是我应该叫他哥哥？因为我断定，宝音图的年龄肯定有偏差。何以这么肯定？因为宝音图告诉我，他对自己的故乡、童年有印象。我推测他可能比现在的实际年龄要大一点，否则一个4岁的孩子怎么可能对那时的事情有着记忆？尽管那记忆像梦一样，朦胧依稀。

他的家住在一条河边，河上有拱形的小桥，河中还经常有小船飘来荡去。他最强烈的印象就是全家整天吃花生，他说："我记得小时候天天、顿顿吃花生，吃得我直呕吐。后来我看见花生就哭，说什么也不吃了。"

有一天，爸爸背上他出了家门，说要给他买糖吃，他高兴极了。满心欢喜地跟着爸爸上了一条小船，小船漂呀漂，就到了一个很大的城市。爸爸背着他上了岸，在曲里拐弯的街上走啊，走啊……他还记得街两边橱窗里花花绿绿的，很是好看……爸爸真的给他买了糖，然后直接把他送到了孤儿院门口，爸爸说："儿子，你在这儿等着，爸爸一会儿就回来。"他高兴地只顾吃糖。糖吃完了，爸爸却再也没有回来。

一开始他小声地哭，到后来变成了大哭，好多人围过来，摇着头，叹息着，有的人还抹着眼泪……天黑了，孤儿院里走出一个阿姨，把他抱进去。第二天，他就和许多小朋友上了火车，一路北上，来到了内蒙古。

1960年春天，西乌旗接收了第一批"国家的孩子"。准备领养孩子的旗公安局局长吉格基德第一个跑去看。在窗明几净的房间里，明媚的阳光从窗户照进来，照在一群身穿统一服装的孩子身上。这时候，他看见一个小男孩儿紧紧揪着阿姨的衣襟不撒手："阿姨，我还要喝牛奶！"忙碌着的阿姨说："又是你！你不是刚刚已经喝过了吗？"

小男孩儿锲而不舍。这在一屋子面黄肌瘦、穿着一样的孩子中显得出类拔萃，与众不同。吉局长一眼就看中了这个男孩子，他对保育院院长说："我就要这个孩子！你可一定要给我留着。啥时候可以认领了，你马上通知我。"

从那以后，隔三岔五，吉局长就领着妻子恩克阿木尔，带着糖果和玩具来看望他们"预定"的孩子。3个月后，他们把这个孩子领回了家。这个孩子就是我的朋友宝音图。

宝音图的童年大概是最幸福的。他的家就在草原中的小城里，北面有一座敖包山，南面有一条清澈的巴勒格尔河，四周就是一望无际的大草原。他的童年既享受着草原上孩子那种尽情玩耍尽情奔跑、像撒欢的小羊羔小牛犊一样的自由，又享受到了牧区孩子所没有的城市生活。他按部就班地上幼儿园，上小学，上中学，享受着现代文明带给人们的种种便捷，比如说有"楼上楼下，电灯电话"，有丰富的文化生活。

除此之外，还有一个那个年代许多人望尘莫及的优越之处——父母是双职工，父亲在旗公安局，母亲在旗银行工作，家里只有这么一个宝贝儿子，经济上自然十分优越。这也是令包括我丈夫在内的所有同学羡慕不已，至今念念不忘的。比如全班只有他穿缎子蒙古袍，穿皮靴，而别人家的孩子想都不敢想。比如他的衣服、帽子都是从北京、上海等大地方买来的，款式好、质量也好，穿上以后那叫一个神气！再比如，他的兜里永远有零食，虽然种类不多，但是别的孩子一年才能吃着一两次的糖果，他几乎总不离口。他的书包里永远装有饼干，而别人饭都吃不饱，有的人家连玉米面糊糊都喝不上……

在饥荒之年，那该是怎样的一种优越啊！这也成了同学们巴结他的理由。

所以，宝音图对来到西乌旗以后的生活记忆全部都是快乐。"每到冬天，我们就跑到被冰雪覆盖的敖包山上，坐在自己做的冰车上从山顶滑下来，好玩极了！到了夏天，约一帮同学在巴勒格尔河里抓鱼、游泳……"

宝音图给我讲得最多的就是这些故事，我当然不满足。让他讲讲他的父母。他就说："我的阿爸、额吉对我特别好，给我吃好的，穿好的，供我上学，让我平平安安、健健康康地长大。我们家好，吃穿不愁。那是因为每到星期天，我的阿爸就开车出去，到野外打黄羊。然后拿黄羊去换饼干、换肉、换粮油，所以我在生活上从来没受过制。

"后来，我响应毛主席的号召上山下乡，就下到哈日腾公社，虽然离家不远，但是我的额吉总是想我想得哭，三天两头去看我。后来落实政策，我被抽调回来，安排了工作。我从小喜欢学开车，阿爸就由着我的性子，让我学会了开车。

"参加工作以后，我一直在盟委给各级领导开车，这是我最喜欢干的工作。从小我没挨过骂，更没挨过打，就算我在外边惹了祸，阿爸、额吉也是慢声细语地教育，从来不打骂，连重一点儿的话都不说（这些话我太熟悉了，相信亲爱的读者也已经听了好多遍，但是事实就是这样，几乎所有我采访过的'国家的孩子'如出一辙地都这样说）。"

再问多了，宝音图就开起了玩笑："你看看我，就知道我是在什么样的环境里长大的，阿爸、额吉对我的教育有多么的成功！"

玩笑归玩笑，但却有道理。宝音图人很勤快，干净利落，办事效率很高，而且对人特别热情，总是想着多为别人做些事情。他能对我说这么多话已经很不易了，因为每次他都没有说完，就又有事要办，便匆匆离开。

应我的要求，宝音图用摩托车把我送到了他阿爸、额吉的家。他麻利地帮额吉洗好水果，熬了奶茶，打了声招呼就离开了。后来他说，从小到现在，他从来没当阿爸和额吉的面说过这个事，他不知道该如何面对，只好选择回避。

宝音图从小就特别喜欢动物，他养过猫、养过狗，还养过小羊羔。那时候，旗里干部们的主要交通工具就是马匹,就像现在配备汽车一样。身为公安局局长的阿爸有两匹坐骑,随时准备有案子时去现场,有工作需要时随时能下乡。这两匹马就成了宝音图的最爱,他精心地去喂养,天天去看,给马刷毛洗澡,自己也就能天天爬上马背玩儿得不亦乐乎。

  有一年冬天,天气奇冷,阿爸就把自己的两匹马放到了条件比较好的旗政府的马厩里。一天早晨,天刚蒙蒙亮,就有人拎着宝音图的后脖领子上门告状。原来,宝音图跟着阿爸去过那个马厩,发现那里有不少饲草饲料,于是就策划了这次行动。早晨4点,他偷偷地溜进马厩,偷了人家的马料。不料却被当场抓了个正着。那是宝音图第一次干坏事,他吓坏了,以为阿爸一定会大发雷霆,额吉也会生气。可是,当他们了解到他偷马料是为了给自己的小羊羔喂时,狂风暴雨就变成了和风细雨。

  "要记住,别人的东西是不能随便拿的,不管你是什么理由,拿别人的东西就是偷窃!阿爸就是专门管这个的,以后可不行啊!"这件事虽然不大,但宝音图一直记着。

  淘气是男孩子的天性,宝音图也一样。他玩弹弓的功夫很是了得,当年在西乌旗威震四方。不过偶尔也会被别人打破脑袋,回到家来,额吉心疼不已,问他是谁打的?他都咬紧牙死活不说。有的时候额吉实在生气,拉上他非要去找人理论,他就说,那人他不认识,或者说已经从那边走了……颇有些侠肝义胆呢!

  牧区的孩子特别喜欢蒙古式摔跤,因为是在那个氛围里,宝音图也比较擅长这项运动,课间没事就和两三个同学抱在一起摔跤玩。他的漂亮的蒙古袍就成了牺牲品,整天滚得不是泥就是水,还常常撕开大口子。可是阿爸、额吉从来不因为这个生气,额吉总是边缝补边疼爱地说:"儿子身上摔疼了没有?袍子坏就坏别伤着就行!"

  到了冬天,又是男孩子们疯玩的季节。冰封的敖包山和巴勒格尔河成了最吸引他们的地方,滑冰、滑雪乐此不疲。锡林郭勒草原那零下二三十度的严寒丝毫不会影响他们高涨的兴趣,高原猎猎的寒风吹在脸上就像刀割一样,可是贪玩的孩子们却不畏严寒,不到天黑誓不回家。孩子里最贪玩儿的就是宝音图,他从山上往下滑雪，经常能把身上穿的皮裤浸得湿淋淋的。而母亲总是毫无怨言，整夜整夜地守在火炉边，为儿子烘干里里外外的几条裤子，经常搞到大半夜。

1966年，阿爸和额吉给宝音图抱养了一个妹妹，是额吉侄儿的孩子。妹妹跟宝音图差10岁，来的时候还不到1岁。他非常爱这个小妹妹，每天放学回来，立刻就背着妹妹哄她玩儿。

兄妹俩形影不离，相亲相爱，构成一道温馨的图景。

没过多久，"文革"开始了，阿爸首当其冲被揪斗、被关押。额吉说："那年的冬天特别冷，每天三顿饭都由宝音图给他的阿爸送去。孩子不容易！每天早晨他先跑去给阿爸送了饭，然后再去上学。"

"那时候，我虽然没被关起来，但也是批判对象，经常不能按时下班。晚饭是我下班回来才做，有时回来晚了，做好饭再给他的阿爸送去就更晚了。儿子怕饭菜凉了，就拼命地跑。有时送去了，却不让孩子见他的阿爸，偶尔碰上好人，才让进去。孩子特别懂事，跟他的阿爸啥都不说，就说家里挺好，让他放心。唉！呼日亥！儿子那时候可没少跟我们受罪。"

黑帮的孩子受人欺负，有人骂宝音图是"汉人崽子"，他反抗，常常被打得头破血流。一开始他委屈地回到家就跟额吉哭诉。后来，他看额吉难过，以后就不再说了。

"我听说，他从来没有跟你们交流过自己的身世？"我问。

"儿子太懂事了，懂事得让我心疼。'文革'以前，我们这里的人都不提他是孤儿。可是我知道，他一定心里很清楚，因为他来的时候已经有记忆了嘛！不用说他也知道！可是'文革'中总是有人拿这个骂他打他，但是他怕我伤心，回家从来都不说，挨了打也不说！真的，这孩子跟我们没二心，我们不说，他也不说，直到现在。"

在宝音图父母的眼里，他身上就没有缺点。

"可是我听说，他的学习成绩一直不太好。"我故意这样说。

两位老人不由得笑了。回忆起当年的情景，他们还是觉得儿子的学习成绩差点，实在是情有可原。

"儿子是那一批里身体最好的，活泼好动，因此他在保育院只待了3个月就让我们领回来了。所以我们跟他说蒙古话，他还不太懂呢！

"因为我们两个都要上班，就把他送到托儿所，然后就上学了。

"儿子非常聪明，脑子灵活，反应也快，就是淘气，不爱学习。我们就想，一个可能是因为他年龄小，再一个周围全是蒙古族孩子，话也不太通，老师讲课也不是很明白，学习就落下了。一落在别人后面，他就不愿意上学了。

"上一年级的时候，每到早晨他就装病，赖在床上不愿意上学。我们就硬把他送去。他自己不想学的话，硬送去也没用，所以从小到大，就是学习成绩差一点，可是哪个孩子还没有一点毛病呢？

"儿子别的方面无可挑剔。我们非常爱他，他可听话了，处处省心，凡是他待过的地方，所有的阿姨、老师都喜欢他。"

我绝对相信额吉的话，要不，班上最优秀的女生荷叶为什么就嫁给了学习不好的宝音图？现在西乌旗医院工作的荷叶，聪明美丽，无论在哪个阶段，学习成绩都名列前茅。人的遗传基因真是神奇，他们的一儿一女，正好遗传了他们两个的特点。女儿红霞像母亲，从小学习一直优秀，当年是以西乌旗理科状元的优异成绩考上了内蒙古工业大学。大学毕业以后，又是以第一名的成绩考上了研究生，目前正在攻读硕士。

本来就幸福得一塌糊涂、让人羡慕不已的宝音图，就在我去采访的一个月前，一件让人意想不到的喜事又降临到了他的身上。有一天，宝音图的家里突然来了一个女人。一进门就叫了一声"哥哥"，便泪流满面。一时间，宝音图竟然有点蒙了。

"哥！我是你的亲妹妹啊！"

原来，她也是"国家的孩子"。1960年，他的养父母从保育院把她抱回了家。几天前，她的阿爸去世了。老人家临走前把女儿叫到床前，告诉了她这个惊人的秘密。

老人说："在旗法院工作的宝音图，就是你的亲哥哥！当年，我去保育院领养你的时候，听保育员阿姨们说，吉局长领养的孩子和你是亲兄妹。孩子，我走了以后，你就去认你的哥哥吧！"就像演电视剧一样，可现实生活中，真的就发生了这样悲欢离合的故事！

我听说了这件事以后,曾经问过宝音图的父母。两位老人说,他们并不知道保育院里还有一个他的小妹妹,如果早知道,当年就会一起抱回家来。"早知道是这样,我们不会让他们骨肉分离这么多年!"

我又问:"你们相信这是真的吗?"

"是不是真的都没关系,儿子多了一个亲人,多好啊!"

我问宝音图的妹妹乌云:"你哥哥又有了一个妹妹,你不嫉妒吗?"

乌云笑着说:"除了疼我爱我的哥哥,我又有了个姐姐,多一个人疼我,为什么要嫉妒呢?"

尾声　谁寻找我,我寻找谁?

大约两年前,我突然接到一个来自西安的电话,打电话的是一个陌生女人。她说,她从中央电视台看了电视剧《静静的艾敏河》之后,几经辗转,通过内蒙古党委宣传部找到了我的电话,接下来就是激动的倾诉。

她告诉我,她就是3000个"国家的孩子"之一。从小生活在锡林浩特市,后来随父母调到西安,就一直工作生活在西安。

在电话中,她一片深情地说到养父母对她的疼爱、培养……最后,她说自己知道在保育院时的编号,问我有没有可能帮助她找到亲生父母?

最后,她泣不成声地问我:"这么多年,有没有人来内蒙古寻找?有没有人被找到?"

这也是我听到最多的问题。

可以肯定地说,有!但是不多,微乎其微。

几年前,我听到了一个关于寻找和团聚的故事。

大约10多年前,有一位在广东工作的老人,在锡林郭勒草原上的西乌旗找到了他失散的女儿。

这是位老将军。很多年以前,当他还是一个年轻军官的时候,曾与一位姑娘产生了爱情。两人偷吃禁果,姑娘怀孕了。那个年代,这种事不仅会毁了年轻军官的前程,甚至会毁了两个年轻人的一生。姑娘偷偷地生下了一个女孩儿,把她送到了孤儿院,从此音讯全无。

这件事折磨了老将军一辈子,几十年过去了,他时时牵挂着自己的亲骨肉,从年轻到老。改革开放以后,老将军决心要找到这个孩子,不管她是死是活、是好是坏,一定要找到她的下落。老将军开始了艰难的寻找。我们不知道他是通过什么途径,经历了怎样的艰难,但是他找到了。

女儿就生活在乌珠穆沁草原上,已经是两个孩子的妈妈了。她完全融入了这片草原,一句汉语都不懂,面对苦苦寻找到自己的亲生父亲,交流都很困难。老将军想带走女儿,弥补40多年的缺憾。

"广州生活条件比这里好,考虑到下一代,还是搬到城里去吧!"此时,女儿的养父母——草原上的阿爸、额吉已经去世。女儿了无牵挂,便带上自己的一双儿女和她的牧民丈夫,随父亲去了广州。

但事实上,她只在父亲家住了3个月,就又携全家返回了草原。原因很简单,她已经不能习惯都市的生活了。所有的都不习惯,包括嘈杂的、人来人往的居住环境,炎热的气候,饮食习惯,生活起居……她实在无法适应。来自游牧民族的一家人,在城市的芸芸众生中,找不到任何生活的乐趣。"在这里,我能干什么呢?只能是混吃等死。不做事情,活着还有什么意思?"女儿的烦恼和痛苦与日俱增。

终于有一天,全家又回到了草原。

从那以后,老将军每年夏天都会来与女儿团聚,在草原上住几个月,等到秋凉时返回广州。飞来飞去,像候鸟一样。

这样过了三四年,老将军再也没来。人们说,他在广州去世了。于是,这个有关寻找和团聚的故事也就画上了句号。

这个故事是一个"国家的孩子"讲给我的,我想去见见这位女儿,但讲故事的人却提供不出她的具体地点和姓名。由此,我怀疑这个故事的真实性。我想，有可能是"国家的孩子"们心中的一个美好想象，一个愿望。

我了解到的情况是，多年前，武川县曾经有一个孤儿被亲生父母认领。这件事曾经见诸报端，有名有姓，可见确凿。

这也是一个女孩子，养父是农民，叫常栽根，家住武川县中和后庄南后河村。常栽根给抱养的女儿起名叫鲜鲜。

鲜鲜的亲生父母都是知识分子，当年被打成"右派"下放农村。为生活所迫，鲜鲜流落到孤儿院，成了"3000孤儿"之一。幸运的是，鲜鲜的父母一经平反就立即北上，经过坚持不懈地苦苦寻找，最终骨肉团圆。

就在我写这本书时，一位记者朋友给我讲了一个真实的故事：

在锡林郭勒盟阿巴嘎旗，一对兄妹团聚了。这在当地产生了不小的影响。

来到内蒙古的那一年，哥哥才6岁，他依稀记得自己还有个小妹妹。这个印象如梦一样，总是在他的心头一闪而过。但他坚信这梦是真的。

哥哥一天天长大，他开始了寻找。在将近半个世纪的漫长岁月里，始终锲而不舍地寻找着失散的妹妹。2004年的秋天，这位执着的哥哥终于找到了自己的亲妹妹。

"他是怎么找到的？"许多人不由得问道。

因为我没有见到当事人，无法回答这个问题。但是我想，兄妹俩当年同在阿巴嘎旗保育院，领养了他们的父母亲肯定就在阿巴嘎旗这个很小的范围内，寻找虽然艰难，但也不是没有希望。

像宝音图那样，时隔40多年又能兄妹团聚，的确不易，也不多。如果不是妹妹的养父临终前告诉了女儿，他们兄妹也可能永远不能相聚。

所以，有人说，我们即使有寻亲的想法，也无从下手，毫无办法。因为我们不知道自己是谁、来自哪里……如果我们的父母家人还在，如果是他们来寻找，找到的可能性就大得多。

有人为此而伤心。

就在"蒙牛"集团组织的2004年上海之行中，一位来自包头的孤儿满怀着希望，随身带着小时候的照片和纪念物，期望着能找到一些线索，但毫无结果。

参观当年的孤儿院时，有人问："有没有人来寻找过我们？"

回答是:"很多年前,有一个人曾来问过。"

"这么多年,只有一个人来找过?"

这个情况令人心寒。

"居然从来没人来找过!"有人这样说,口气中既有哀怨,又有些许气愤。

每当这时,我就会宽慰道:"当年的确是迫不得已,你们的家人也许都饿死了。你是幸运的,因为你活下来了,遗弃是给你一条生路!"

寻根圆梦,我发现在城里工作的多数都有这个想法,而在牧区长大的牧民却丝毫没有那个意思,究竟是他们心里不想,还是不愿对陌生人说?

3000孤儿,我相信会有3000个想法,我所接触到的只是其中一小部分。

西乌旗第一小学的语文老师于淑贤说:"有娘的孩子好养,没娘的孩子难带。没有奶,喂养难,尤其像我这样的,从小体弱多病,我记事时就是父母轮流背我,自己有了孩子就知道我的妈妈是世界上最好的妈妈!耳闻眼见,我周围有那么多的亲妈,没有一个比得上我的妈妈!虽然妈妈已经永远离开了我,但是我总觉得,天上人间,妈妈永远和我同在!我并不感到孤独,所以我根本就不想找什么亲生的父母……"

在内蒙古政府部门工作的马援说:"我的母亲在她去世的前两天,才告诉了我的身世。知道真相以后,我觉得母亲更伟大!生多容易,10个月的事,而养多难啊!我对亲生父母和亲人没有感情,不认识、不知道,所以无从谈起。我不爱他们,所以无所谓,也不想去找。我们回访上海的时候,有一位工作人员说:'你们的根在这里。'我就想,是的,我们的根是在这里,但是成长的阳光雨露在内蒙古。如果没有阳光雨露的滋养,光有根怎么活?"

现在,这些"国家的孩子"的下一代已经长大成人,他们中有许多在外地上大学。气象专家巴特尔的儿子考大学的时候,在所有的志愿一栏里填的全部是"上海"。我问他为什么?

巴特尔说:"上海位于沿海地区,各方面比较发达,见多识广,我想应该让儿子去见识见识。另外一个想法就是让他回到老家去,那边各方面条件还是比这边要好得多,比如气候条件、生活条件,方方面面比咱们这里优越的地方太多啦!感情上内蒙古是根本,但不由得还是羡慕上海。"

我问他:"儿子毕业以后想留在上海工作吗?"

他说:"是的。"

"将来你们两口子是否有去上海定居养老的打算?"

"退休以后也许会去。唉!人这个东西,最终在乎的还是人际关系。内蒙古人好,我在这里有很多朋友,对这里感情深。老了以后精神上我估计会感到孤独,所以即便是去上海,估计也待不长,没有说话的地方,所以也不一定要回去。"

我想,在他的心灵深处,还是有一个解不开的情愫。

我相信,这种情愫深藏在每一个人的血脉中。

除此之外,这些"国家的孩子",与生长在内蒙古这块神奇土地上的人们没有太多的区别,只是因为他们来自南方,并且得到了国家格外的呵护,所以才引起我们的关注。

3000个南方的孤儿被投放到内蒙古辽阔的草原上,是蒙古族的阿爸、额吉辛劳而无私地养育了他们,他们每个人的身上都流淌着两个民族的血液,正是这样,他们更加眷恋草原而不是上海。如果说他们有一缕根须可以联结起黄浦江波涛的话,那么他们块状的生命之根已经深埋在草原。

每个人都是"国家的孩子",但因为这3000个孩子曾经飘零的命运,联结起了两个性格不同的民族,彰显着草原母亲的博大情怀,所以他们的故事便更加令人生出些遐想:民族的苦难,人性的光芒,岁月的变迁,挚爱的力量。为此,我会用我的笔继续向草原深处寻找……

草原文学精品选编

2007—2017

报告文学、儿童文学、文学评论

内蒙古作家协会 ◎ 编

远方出版社

门前一卜槐

2013 年获第十届内蒙古自治区文学创作"索龙嘎"奖

田培良

> 1972 年 10 月 17 日,原本是个再普通不过的日子。然而,对于本书的主人公白进勤来说,却是刻骨铭心的一天。就是这一天,彻底改变了这个 15 岁少年的命运,由此演绎出下面这段催人泪下的故事。
>
> ——题记

门前一卜槐,

青枝绿叶罩起来,

这么好的人才从哪来?

门前一卜槐,

身高树大惹人爱,

走南路的哥哥快回来。

门前一卜槐，

刮风下雨没遮盖，

缺条腿的人儿呀苦难挨。

——陕北《酒曲》

第一章

出事那天，白进勤比往日醒得分外早。他是被人从睡梦中一脚踢醒的。踢他的是睡在他旁边的王慧雄。

这个从子洲来的整整比白进勤大了7岁的小伙子，什么都好，就是睡觉不老实，白进勤睡梦中被他"拳打脚踢"已经好多次了。

白进勤揉了揉被踢疼了的左腿，回手照着王慧雄的脑门上用力一弹，这个贪睡的家伙眉头皱了皱，嘴里含混地说了句甚么，连眼睛也没睁，一翻身又接着睡了。白进勤一挺身坐起来，三下两下穿上那身受苦的衣裳，轻手轻脚地从破窑里走出来。

时间已经是阴历的九月十一，天开始见短，一早一晚都有些凉意了。

阳婆刚从山顶上露出半张脸来，把东边的天空照得越来越红，越来越亮，远处起伏不平的梁峁和梁峁下面的筑路工地，近处缺门少窗的土窑和土窑顶上光秃秃的树干，此刻都笼罩在晚秋时节越来越浓的晨光里。

这里就是少年白进勤眼下的栖身之地。这个地方叫洪洞窑，离著名的南泥湾只2里之遥，离革命圣地延安也不过80华里。由延安地区公路段承建的南泥湾到延安城的柏油路正好经过洪洞窑村，白进勤所在的这支包工队就住在村口的这几眼土窑里。土窑好久没人住了，缺门少窗不说，还潮湿，又不通电，工人们找村民要了些麦秸垫在地上，再把自个儿带的羊皮褥子一铺，也就顶如是炕了。外出揽工的一些人，还能有甚讲究。从小过惯苦日子的白进勤没有觉得打工的生活有多么艰难。

从土窑里出来的白进勤，见别的窑里都还安迷静悄地没一点动静，就站在墙圪崂里酣畅淋漓地尿了一泡，然后，一个人沿着弯弯曲曲的羊肠小道爬上了崖头。

崖头上长着一卜两人多高的槐树，树叶已经掉光，许多树荚还留在上面。看见眼前这卜树，白进勤就想起了自家门前的那卜槐，一股思乡之情一下子润湿了他的眼睛。

3个月前，郭家砭中学放了暑假的第二天，正读初中二年级的白进勤就离开养育了他15年的山硷塄村，踏上了外出打工的路。他背着铺盖步行30里，先去了镇川，又从镇川坐了几百里班车才来到延安。

那天，还没等他走出自家的院门，娘就哭成了泪人，拉住他的手，千叮咛，万嘱咐，若不是生活所迫，娘哪能舍得让自己的娃走这么远的路呀！上了村边那条土路后，白进勤没敢回头看，直到出了村要拐弯儿了，才回头瞭了一眼。他瞭见，他的娘还站在门前那卜槐树下，手搭凉棚不住气地朝这边瞭……

原本打算在这儿就干一个月，等开学就回去。主要是想利用暑假的时间，把他和三弟的学费、书费刨闹出来。可是，临到开学，娘又让山硷塄小学那个侉侉老师写过信来，说："米脂今年春夏秋三季连续干旱，四乡农民都谋划着走南路逃荒，学校已经上不成课了。与其回来挨饿，不如就在南泥湾工地上干，一总等秋后结了工再回来吧。"这样，白进勤就在工地上继续干下去。从今天起就进入第四个月了。这里按日工算，管吃管住一天2块钱，3个月下来，180块钱就挣到手了。听包工头讲，这里上冻迟，大概能一直干到11月底，这样，一赶回家，白进勤就能挣到二百大几十块钱。这对山硷塄村缺吃少穿的老白家来说，可是一笔不小的收入！他拿手揎了揎装在腰子上小倒衩衩里的那沓票子，想到将来把它们交到娘手里时娘的那个乐活劲儿，15岁的白进勤不由得笑出声来。他背靠崖头上这卜两人多高的槐树，面迎已经升起老高的阳婆，亮开嗓子唱了起来：

> 花篮的花儿香,
>
> 听我来唱一唱,
>
> 唱一(呀)唱。
>
> 来到了南泥湾,
>
> 南泥湾好地方,
>
> 好地(呀)方。
>
> 好地方来好风光,
>
> 好地方来好风光,
>
> 到处是庄稼,
>
> 遍地是牛羊。
>
> ……

"娃们站住,娃们站住,把我的拐棍给我放下,把我的拐棍给我放下……"白进勤正准备下去吃饭,猛听见崖那头传来几声呼喊。

他顺住声音瞭过去,原来是住在崖后的那个老残废军人正站在自家茅房跟前声嘶力竭地喊,两个背书包的男娃一人提溜着一条拐棍从崖头爬上来,一边跑还一边回头冲老人做着鬼脸。

一见这情形,白进勤就迎头赶过去,把两个男娃截在半道上。他大声喝道:"站住!快给老人把拐棍送回去!"

别看白进勤只有15岁,他长得身高树大,体态魁梧,又站在居高临下的位置,那两个男娃一声没敢吭,扛起拐棍乖乖地给老人送了回去。临到老人跟前,把拐棍往地上一撂,回头就朝另一条小路扬长而去。

白进勤走过去,把撂在地上的拐棍捡起来,递到老人手里。老人一边感激地点头,一边无奈地叹道:"人活在世上,缺下甚也不要缺下腿,自个儿不能利利索索地行走就不要说了,连刚断了奶的娃们也想欺负你……"

听见崖那头传来王慧雄喊他吃饭的声音,白进勤一边应答一边跟老人告辞。他爬上崖头时,见老人坐在院里的碾盘上,又唱起了那首陕北人都会唱的酒曲:

门前一卜槐，

青枝绿叶罩起来，

这么好的人才从哪来？

门前一卜槐，

身高树大惹人爱，

走南路的哥哥快回来。

门前一卜槐，

刮风下雨没遮盖，

缺条腿的人儿呀苦难挨。

  白进勤在的这个包工队一共30多个人，包工头是子洲人。白进勤从米脂来到延安后，先投奔的是他的三舅。他的三舅叫杜修道，曾经当过贺龙的警卫排长，从部队下来后，被安排在延安地区工作，当过乡长、镇长，市物资局局长，眼下是延安市的农机局局长。白进勤来延安后，当农机局局长的杜修道委托熟人把外甥安排到洪洞窑的工地上打工。工头看他年龄小，先是让他筛沙子、筛石灰，开始碾压后，又让他拿白铁皮做的喷壶，跟在压路机后面往碌子上喷水。压路机的碌子在碾压过程中常常会把路面上的砂土粘起来，影响碾压质量。那时候的压路机不能自动喷水，老得有人跟在后面用人工喷。在工地上这是个最轻松的活计，工头出于人情上的考虑，让年龄小的白进勤和另一个男娃干这个活。

  吃过早饭，要出工了，白进勤提溜上那把白铁皮做的喷壶，把头天残留的水滴一晃一晃地喷洒到王慧雄的身上。别看身高体壮，毕竟只有15岁，还有那个年龄段的孩子特有的猴性，况且，他还记着睡梦中王慧雄踢他的那一脚。

  "机器跟咱们喂的那牲灵一样，说变脸就变脸，你成天跟那个大家伙打交道，一定要时时注意。"王慧雄一边躲闪着喷过来的水珠，一边叮咛他。

"谁也比你强,睡着了还不老实。你要再踢我,我就拿根绳子把你小子五花大绑地捆起来……"

说着话,两个人就分了手。王慧雄干的是烧沥青的活儿,就在住地附近。白进勤跟那个男娃一左一右簇拥着他们的师傅朝停在远处的压路机走去。师傅是个30岁出头的壮汉,临上车还叮嘱这两个十几岁的娃:"这台机器老得快没牙了,浑身毛病,你俩甚不甚操点儿心。"

压路机在铺了砂石的路上来回碾压,一会儿前进,一会儿后退。白进勤跟在压路机的后尾,那个男娃在压路机的前面。压路机前进时,白进勤从后面往上喷水;压路机后退时,白进勤随着压路机一边退一边喷。按照操作规程,压路机改变行进方向时,先停车,后鸣笛,然后才启动。这段时间,两个男娃跟他们的师傅已经配合得很默契了,从来没出过差错。

然而,这天却偏偏出了岔子。

半前晌的时候,压路机正稳稳当当地前行,那个男娃在前头退着走,白进勤在后面跟着喷。突然,压路机改变了方向,由前进变成了后退。慌乱中,跟在后边的白进勤本能地往右边一跳,谁知脚下一滑,身子失去了平衡,一个趔趄倒在地上,上半身和右腿尽管闪了出去,多半条左腿却被压在下面,要不是手里的喷壶缓冲了一下,左腿恐怕当时就完了。等师傅按下制动,把压路机停稳,从车上下来,白进勤已经动不了了。

闻讯跑来的工头和众多工友一齐上手,才把白进勤从碌子下边抱起来。王慧雄跑到便道上拦了一辆大卡车,把白进勤抱上去,赶紧往延安地区医院送。

送到医院后,大夫简单地做了一下处置,让先拍个片子,看看骨头伤着没有。等到片子拍出来,大夫对着荧光屏看了半天,轻描淡写地说:"骨头没事,用不着住院,开些止痛药、消炎药,回去养着吧!"

王慧雄一听就急了,指着白进勤对大夫说:"你看病人疼成甚了?咋能说没事哩!好不容易从车轱辘底下捡回条命来,你们可不敢给娃耽误了。"

众人也一齐帮着说,好说歹说,总算说得大夫动了心:"那就留下来观察观察吧,不过,病房里住得满满的,只能待在走廊里了。"

王慧雄说:"走廊也行,只要能看病,总比我们住的那土圪洞窑强。"

白进勤就这样在医院住下来，工头让王慧雄在这里照护，就等于是陪床。这弟兄俩又待在了一起。

发现白进勤的病情加重，是他被撞的第三天。

入院那天，从片子上确认骨头没有受伤之后，医院就把他完全当一般病号对待了。看到他疼得浑身冒汗，连话也说不成，王慧雄五次三番地找值班大夫，求他们给好好儿查一查，看到底伤着哪啦，既然骨头没断，人咋能疼成这样？

穿着白大褂、身上一股药水子味儿的大夫对他这个穿一身破烂衣衫、身上一股臭汗味儿的农民似乎有一种天生的排斥，对躺在临时加床上的那个同样脏兮兮的病号根本不屑一顾。王慧雄催得急了，竟能换出这样不近人情的话来："皮没伤，骨没断，至于这样嘛，还农民哩！"

王慧雄恨得直咬牙，可还得挤出一副笑模样来，谁怨咱是农民哩？谁怨咱遇上这天灾人祸哩？万一把人家惹恼了，连走廊也不让咱待，那不更瞎了？

唉，这就是农民，这就是中国的农民。多少年来，他们用自己的辛劳和汗水为这个社会创造了那么多财富；他们用自己的肩膀和脊梁，替国家分担了那么多压力。轮到自己，他们只要求人们能平等地对待他们，能让他们享受一点城里人的待遇。然而，就是这样的要求，他们也总是得不到。

眼下这位大夫，如果他对生活在社会底层的这个可怜的农民工稍稍给一点关照、稍稍尽一点责任，15岁的白进勤也不至于从此就站不起来。然而，当入院第三天早上例行查房，主治大夫揭开盖在白进勤身上的被子时，大错已经铸就，一切都无法挽回了。在场的所有大夫、所有护士看得真真切切：白进勤的小腿肿得快赶上大腿了，大腿肿得快有腰粗了；更严重的是，整条左腿从上到下变成了黑色。大夫们互相交换了一下眼神，不约而同地吐出四个字：血管断裂。

半小时后，医院拿出了准备给白进勤实施截肢的手术方案，要求病人家属尽快在上面签字。

陪床的王慧雄当时就慌了。他避开白进勤赶紧去给工头打电话，要求公路段的领导一块儿来；同时，他也要通了白进勤三舅的电话。

白进勤出事那天，白进勤的三舅正在远离延安市区的乡下检查工作，那时还没有手机，等他辗转接到信息从乡下赶回来，已经是第二天的上午了。听完医生的介绍，当舅舅的才放了心。当时所有的人都觉得不过是受了点外伤，是不幸之中的万幸，休息个十天半月，又可以回去干活了。

那天，白进勤的三舅还跟外甥商量，要不要告诉他娘。白进勤说甚么也不让告诉。他知道，自己的娘吃不住这样的惊吓，再说，来回1000多里，本来就穷，瞎折腾甚么。当舅舅的也觉得外甥的话在理，就没再坚持往米脂打电话，只是安顿自己的儿子杜成亮和王慧雄替换着在这里照护进勤，有甚么情况，随时给他打电话。

这天上午，一接到王慧雄的电话，白进勤的三舅就立马赶到医院来了。同时赶来的还有公路段的领导、包工队的头。

在他们几个面前，医生是这样介绍的："经过再次复查，我们认为患者得的是事故造成的血管断裂，由于当时处置不当，导致现在血脉不通，如不及时处置，有可能危及患者生命。所以，我们的意见是尽快截肢……"

一听"截肢"二字，农机局局长的脸当时就白了。这位当年跟着贺龙同志在枪林弹雨中冲锋陷阵的警卫排排长，清楚地知道截肢对一个15岁少年将意味着什么。

一听"截肢"二字，包工头和公路段的领导当时就急了，他们大声质问："既然是血管断裂，前天入院时为什么不做处置？今天的血脉不通，完全是你们处置不当造成的，你们在拿患者的生命当儿戏！我们要追究你们误诊的责任，病人截肢后造成的一切后果都得你们承担……"

农机局局长杜修道用手势打断了他们，神色冷峻地问医生："除过截肢，还有没有别的办法？"

"没有了，这是唯一的方案，而且必须尽快进行。"

"后天给你们回话晚不晚？因为他的爹娘都还在米脂农村，这事没有他们同意谁也不好做主。"

"最晚只能等到明天下午，再拖下去，病人的情况就不好说了。"

"好吧，明天下午下班前，一准给你们回话。"

从医生办公室出来，农机局局长径直来看自己的外甥。发现病情恶化后，医院已经把白进勤安置到了特护病房。农机局局长走进去时，护士刚给量完体温。他从护士手里要过体温计看了一下，是39.5°。

看见舅舅进来，白进勤笨拙地往里挪了挪身子，让舅舅坐到床上来。仅仅两天时间，小伙子就瘦了一圈似的，显得那么憔悴，嘴唇上起了一层燎泡，眼睛看上去懒懒的，没有一点精神。撩开被子，那条左腿肿得又黑又亮，摸上去都有点烫人。一想到两天后这条腿就要被锯掉，可怜的小外甥从此就成了残疾，舅舅的心一阵阵难受，泪水不由得转满了眼眶。

想到得赶快给米脂那边打电话，农机局局长没敢在病房里耽搁，简单安顿了外甥几句，就赶紧告辞而去。

进勤从小就是个聪明伶俐的孩子。

那天机器突然失灵，他倒在地上的一刹那，看着那个扑面而来的巨大的轮子，他当时的第一反应是，自己在这个世界上怕是彻底没事了。后来听得"咔嚓"一声响，心想准是自己的脑袋被压碎了。再后来听见好多人在叫自己的名字，心想不对呀，人死了是不可能听到声音的，既然能听到声音，看来还是没死。他想动动自己的脚，一点儿动不了；想动动自己的手，好像也动不了；对了，听娘说过，人要是死了，眼睛就发了迟了，自己使劲睁大眼睛看，除过一个比磨扇还大的东西，别的什么也看不见。看来就是死了，彻底没事了……

进勤从幻觉中醒悟过来，是他被抬上汽车之后。这时候，他才意识到自己戳下大拐了。在医院里检查、拍片的过程中，他懵懵懂懂的，被人们抬来抬去、搬上搬下。但大夫最后的那句话他还是听清了——"骨头没事，用不着住院"——就是那句话，让他放了心，说甚么也不让三舅告诉娘。

那天晚上，疼痛折磨得他无法入睡，黄豆大的汗珠子擦也擦不完，疼得忍不住的时候，他一遍遍地喊娘，喊得陪在他身旁的王慧雄也哭了。

"要不等天明了，给你三舅打个电话，还是让你娘来吧！"王慧雄含着眼泪说。

"不。"白进勤摇着头说，"我成了这样，娘见了不是更伤心？"

那两天，支撑着白进勤的，就是大夫的那句话，再就是他小时候听村里的大人们说过，伤筋动骨，最难挨的是头三天，把头三天熬过去，就好受些了。

可是，三天之后，病情反倒更重了。清早查房，那群大夫的眼神就不对。紧跟着，三舅也来了，公路段的领导也来了，又把我安置在这么一个单独的病房里。三舅来病房看我时，眼里尽是泪，一个从战场上下来的人，甚事没经见过，不是遇上特别伤心的事，他的泪是随便流的？慧雄的眼神也不对，老是躲着我，像是有甚么事情瞒着我。能有甚么事呢？还不是我的腿？莫不是我这条腿保不住了？

身上烧得难受，像在蒸笼里一样；把胳膊伸出去晾晾，又冷得发抖，上下牙不住气地打战。高烧！这就是高烧……

那天晚上，白进勤就这样，一会儿清楚，一会儿糊涂，甚么时候睡着的，他自己也不知道。

睡梦中，白进勤忽然发现，自己不知甚么时候变成了瘸子——跟那个残废军人一样的瘸子，也拄了那样的两根拐棍，在山硷塄的土路上艰难地行走。

突然觉得憋尿，就放下双拐，进自家的茅房里撒了一泡。可是，等他从茅房里出来，发现那两根拐棍不见了。听见崖头上传来男娃们的笑声，是那两个背书包的男娃扛着他的双拐一路飞跑，还不停地回头朝他做着鬼脸。进勤又急又气。他想追上去，就是迈不动腿；他想大声喊，就是张不开嘴。就在他无可奈何的时候，娘不知从甚么地方跑来了，从两个男娃手里夺过拐棍，朝着他飞快地跑过来。进勤一肚子委屈，放声哭起来。娘说："俺娃不哭，娘给娃把拐棍要回来了。"进勤拼命推开娘递过来的拐棍，边哭边喊："我不要拐棍，我要我的腿……"

"进勤，进勤！"王慧雄一边叫着他的名字，一边往醒推他。

睁开眼，进勤才知道刚才是一场梦。

"梦见甚啦，又喊又叫的？"王慧雄用毛巾擦进勤满头满脸的汗，一边关切地问。

"做了一个梦，一个特别不好的梦。"停了半晌，进勤又问，"慧雄，你跟俺说实话，俺这条腿是不是保不住了？"

"半夜三更的，你咋想起问这么个话？"

"唉，俺有预感。慧雄，俺现在特别想俺娘，一会儿等天亮了，你去邮局打个电话，让俺娘来吧，俺就想见她……"

说着话，弟兄俩头抱头哭在一起。

第二章

进勤娘得到信儿已经是第三天的晚上了。

那年头往乡间打电话可没现在这么方便。进勤的三舅只能把电话打到郭家砭公社，公社到大队，电话和广播用的是一条线，得等广播结束才能打过去；到了大队，接电话的是大队的老支书，老支书把电话里说的大致内容记到脑子里，再到家里去转达。这样三转二转，就耽误了时间。

老支书摸黑走进进勤家那眼土窑时，进勤的娘老子、哥哥、姐姐和弟弟正吃夜饭。老支书先是不咸不淡地拉了几句家常话，等全家老小把那碗饭倒进肚，才把进勤的三舅刚打来电话让进勤娘去延安的事说出来。

老支书的话音还没落，进勤娘双膝一软就圪团儿在地上了。

进勤的姐姐进香赶紧把娘搀起来，同时盯住老支书问："我弟弟到底伤着哪啦？要紧不要紧？他现在是住在医院还是住在我三舅家？"

老支书一边回忆一边小心谨慎地回答："电话里说，伤的是左腿，是压路机碰的，骨头没断，就是疼，娃想让你娘去。你三舅说，顺便让你娘去延安住上几天。"

老支书尽管说得轻描淡写，进勤娘心里却明镜儿似的，哥哥的做事她最清楚，儿子的脾性她最知底，不是伤得厉害，决不会惊天动地地打长途电话来，儿子要真是想家了，想让娘去住几天，写封信不就行了，还用得着打电话？

送走老支书返回来，进勤娘对一家老小说："三丑怕是戳下大拐了。前儿早起一起来，我这眼皮子就不住气地跳——进喜，现在几点了？"

进勤的大哥进喜朝闷柜上的马蹄表看了一眼，说："快11点了。"

"今儿太迟了，明儿一早起来我就走。"进勤娘说。

"娘，让我跟你一块儿去吧！"进喜说。

"让我也去吧……"进香也说。

"延安那塔是红是黑还不知道哩，都走了咋呀？进喜还下煤窑，一天也不要耽误；进香在家给你老子、给你哥哥弟弟做饭。明儿让你老子赶上驴把我送到镇川就行了。"

进勤娘打年轻时起就是个性格刚骨、做事果断的人，别看是个婆姨，大凡小事，向来拿得起、放得下。进勤爹人老实，不爱言语，家里大一点的事都是婆姨做主。此刻，他一边在炕沿上磕打烟袋，一边对站在脚地的3个儿女说："就依你娘说的办吧，时候不早了，都睡吧，明儿还得早起哩。"

那天晚上，进勤娘一夜没睡。

人常说：十指连着心哩，儿就是娘心头上的肉。儿在几百里外的工地上戳下大拐了，为娘的哪还有心思睡觉哩？一合上眼睛，翻过来、倒过去，眼面前尽是进勤的影子。睡在炕头的进勤爹也是不住气地长吁短叹，心里有事睡不着，就爬起来抽烟，烟呛得一声接一声地咳嗽，又躺下接着睡，还是睡不着。一晚上就这么来来回回地翻煎饼，老两口谁也没睡着。眼看着窗棂上的麻纸发白了，广播匣子里也唱起了《东方红》，老两口索性穿上衣裳，想收拾东西早一点起身。

进香在那边窑里熬好了钱钱稀饭，还烙了几个进勤最爱吃的干烙儿，把罐罐里攒下的十来颗鸡蛋也都煮上了。

老两口扎挣地一人喝了碗稀饭，吃了半个干烙儿，就再也吃不下了。进喜在院子里已经备好了驴，进香把给娘准备好的东西都归整在一个包包里。临出门，娘又挨个儿安顿了他们姊妹一气，这才上了驴。

下午4点多，进勤娘坐的班车才进了延安城。在出站口等她的是进勤的表哥杜成亮。小伙子让姑姑在后衣架上坐稳，一骗腿蹬上自行车就直奔地区医院。

躺在特护病房里的白进勤已经处于半昏迷状态，体温升到41°。

听到娘的声音，进勤睁开了眼睛，两手抱住娘的胳膊，"呜呜呜"地哭出了声。

娘要撩开被子看到底伤成了甚么样子，进勤不让。他从贴身穿的娘亲手做的夹腰子里取出那个用手绢包着的小包，递到娘的手里："娘，这是这几个月挣下的工资，俺一分也没花……"

话音刚落，就又昏迷过去。

趁这工夫，娘揭开了进勤的被子。

尽管一路上做了各种各样的猜测，包括最坏的猜测，可是，当她撩开被子，看到儿那条肿得像紫茄子一样的大腿时，还是软团团儿地歪在病床上，再也站不起来了。

众人把她搀扶到斜对面的医生办公室，医生用尽可能直白的话语向她介绍了进勤的病情，最终提出了那个无法回避的话题——截肢。

没等大夫进一步解释，进勤娘就从凳子上站起来，疯了似的朝大夫扑过去："不行，俺娃不能没有腿，不能！不能……"

在寂静的走廊里，这声音是那样的瘆人，就像是森林里的母狮在狂叫；这声音是那样的绝望，就像是大山里的老虎在哀鸣；这声音是那样的凄惨，这是一位母亲在撕心裂肺的呼救……

随着一声呼叫，进勤娘头一歪，身子无力地倒了下去，幸好进勤的三舅站在她的身后，他护住了自己的妹子。在众人的一片慌乱声中，进勤的三舅一边用力地掐住妹子的人中，一边朝围上来的大夫挥手：

"准备手术吧，我代表家属签字！"

经过好一阵折腾，进勤娘才慢慢苏醒过来，刚安静了几分钟，又哭闹起来。对进勤将被截肢这样一个现实，老人无论如何接受不了："十五六的娃，才待活人呀，咋能没有腿呢？欢蹦乱跳的个人，生吃噌噌地就把一条腿给锯了，这是硬往下揪娘的心哩嘛！好端端地把一条腿没了，这就成了废人、成了残缺人，娃这辈子可咋活呀？是我油糊路了心，放着平平安安的日子不过，让娃跑到这地方来；来就来吧，学校开了学就该让娃回去，为挣人家那两个钱，这是硬把娃往苦井里推哩！是我害了娃……"

进勤的三舅见谁也劝不住，只好让四兄弟两口子和自己的婆姨连哄带拽地把妹子接回家里去了。

走廊里这才安静下来。

进勤的三舅站在走廊的僻静处连抽了几根烟，然后，轻轻推开特护病房的门。在手术之前，无论如何得跟外甥很好地谈一次。一则，作为病人，他有权知道自己的病情；二则，截肢这样的大事，一定要事先征求外甥的意见，得到外甥的认可。妹子已经失去理智了，当下根本商量不出个结果来，只能跟外甥本人谈了。

听见有人进来，进勤睁开了眼，见是自己的三舅，他用手指了指椅子，让三舅坐。

进勤的三舅把椅子搬到离床最近的地方，挨着外甥坐下来。

"三丑，"他叫着外甥的小名，"情况你也都知道了，俺娃这条腿得取。你娘解不开，更舍不得，可是，没办法，但凡有一点办法，三舅不会同意医院这么做。这事全怪三舅，你娘把你交给我，我只顾忙局里的工作，对你没有照护到，三舅对不起俺娃……"

三舅的声音哽咽了，眼泪像断了线的珠子一颗一颗地落到进勤的手上。

进勤握住三舅的手说："三舅，不要这样说，这事哪能怪你？这是命，是俺生来就命苦……至于手术，大夫说做就做吧，俺同意。书上说，没事别生事，有事别怕事。已经走到这一步了，俺不怕。就是俺娘那边，你让俺四舅他们多照护着些，做手术的时候不要让她来，俺就怕她想不开，受不了……"

"这你放心，三舅会安排的。你今儿晚上不要胡思乱想，尽量早一点睡，养足了精神，明天好做。"

白进勤的手术是10月22日上午做的。

手术前，进勤的三舅曾一再要求大夫能设法保住膝盖以上的部分，这位从硝烟炮火中杀进杀出的野战军排长，曾有多少战友失去了胳膊，截去了腿脚。从战友们身上，他看到过伤残人员生活的艰难，最懂得残肢对他们日后生活的重要，哪怕多保留一寸呢，总比光秃秃甚么也没有要强。然而，院方权衡再三，还是决定从膝盖以上截，大腿根部只能留下 25 厘米左右的残肢。

手术进行得还算顺利，早上 8 点多进去，中午不到 2 点就推出来了。

手术过程中，在门口等候的，只有进勤的三舅、堂兄和表哥，再就是他的工友王慧雄。

进勤娘没有来，进勤说甚么也不让来，进勤的三舅也不敢让她来。那天从医院回去后，任凭哥哥嫂子讲今比古地苦劝，弟弟、弟媳挖空心思地开导，她始终不能面对这个现实。老人家水米不进，枕头不沾，就那样痴痴呆呆地坐着，任你说下大天来，她一句也听不进。她就执迷地认住一个理：娃是她害的，是她让山砭塄小学佫佫老师写的那封信害的，是她为了贪图那 100 多块钱硬把娃塞到了压路机的碌子底下……

她还说："娃出来的时候全全活活的，如今把一条腿没了，娃咋回山砭塄？我也不回去了，你们给我寻上一根打狗棍，我就背上俺娃在这延安市面上讨吃要饭呀……"

从白天到晚上，她就是这样，言语错乱，哭笑无常，甚至有些癔癔症症的模样了。

看她这副样子，进勤的两个舅母替换着守在跟前，横竖不敢离人。进勤的三舅又给郭家砭那边打过电话去，把妹夫叫了下来。妹子成了这个样子，白家的正经人一个也不在跟前，这么大的事，全由自己这个当舅舅的做决断，毕竟不合适。

在这期间，白进勤自己倒是一直很安静，既不哭，也不闹，就那么一声不吭地躺着。那天临进手术室，三舅握着他的手嘱咐："听大夫的话，不要紧张。"他也只是点了点头。做完手术的那天晚上，从麻醉状态中完全醒悟过来，真真切切地感觉到自己的左腿已经没有了的时候，他也没有掉一滴眼泪。他的三舅跟人说："俺娃是个男人。男人眼里没有泪，心里长着牙哩！"

其实，可怜的进勤何尝不想哭？这个 15 岁的少年，眼里咋能没有泪呢？他只是觉得，事到如今，哭已经没有一点用了，泪只能悄悄地往自个儿的心里流。那几个晚上，在那间只放了一张床的宽宽大大的特护病房里，我们的进勤睁着那双稚气未脱的眼睛,整夜整夜地失眠。他来到人世间十几年来经历的件件往事,像电影一样一幕一幕地重现在病房白白净净的天花板上……

白进勤出生在米脂县无定河西边一个叫山硷塄的小山村,那里山高、坡陡、路窄、人稀,是一处靠天吃饭的穷地方。

山硷塄离米脂城整整60里。在出门全凭步走的年代,山硷塄的村民要想进趟县城确实是件很辛苦的事。那年月,这地方别说通汽车,有钱人家拴上辆胶皮轱辘大车都赶不进来。直到20世纪60年代初,人们进进出出还是靠步行,条件好的人家,顶多能骑个毛驴。

在山硷塄的东边,有一个很有名的集镇叫龙镇。龙镇出名出在李自成身上。相传这位农民起义领袖成事之前在这条沟里放过羊,尽管他只坐了几十天的龙庭,但在米脂人眼里,他就是坐过皇帝宝座的"真龙天子"。沾这位"大顺皇帝"的光,这里得了个响亮的名字:龙镇——"真龙天子"来过的集镇。龙镇是离山硷塄最近的繁华去处。村民们过个时时节节,或者家里来了稀罕亲朋,割斤肉,打壶酒,买点油盐酱醋,跑趟龙镇就都有了。

白进勤的先人并不在山硷塄住,而是住在白硷村。白硷村就在去龙镇的路旁,离山硷塄5里远。

白家是白进勤的爷爷那一代来的山硷塄。那时,山硷塄才十几户人家,雷姓居多。雷家地多人少,自己种不过来,白进勤的爷爷就过来给雷家打工,后来买了雷家30多亩坡地,自己打了几眼土窑,就把家安到了山硷塄。

白进勤是1957年出生的,属鸡,他的生日是四月十五,村里人都说阴历,按阳历,应该是5月14日。

他是山硷塄老白家的第三代,是他娘老子生的第四胎。头胎是他的哥哥白进喜;二胎也是个小子,生下来没活下,不等满月就撂了;三胎是他的姐姐白进香。他虽然是第四胎,但排下来是老三,娘怕他又走了前一个的路,就给他起了个谁也不待见的小名——三丑,为的是好抬掇。他的大名儿是后来上户口时大队会计给起的,但家里人到现在也还是叫他三丑。

名字虽然叫"三丑",人长得可一点也不丑,身高树大的,谁也不把他当个十五六的孩子看。加上他打小就勤快,老实,仁义,村里老老少少都很喜欢他。进勤娘常跟人们说:"俺这4个娃,大小子小学没念完就下窑挖了煤,那叫蚂蚁尿到书本上,没识(湿)下几个字。进香是个女娃,能认得自个儿的名字、进了米脂城别走错茅厕就行了。三小子进永脑子倒是聪明,就是过于活泛,不肯吃苦。将来有点长进,也就看俺三丑吧,这娃脑子灵泛,爱琢磨事,大人们干个甚,他站在跟前看上几遍,不用教,自己就会了。"

正因为这样,家里再穷,娘老子也要供进勤上学。进勤自己倒也争气,小学四年级以前一直是他们班上的前三名。四年级那年赶上了"文化大革命",学校里整个放了羊,别的学生娃一天到晚打红闹黑,他却抱上本书,独自坐在自家门前那卜槐树下安安静静地看。后来进了郭家砭中学,尽管教学秩序还没有完全恢复过来,但总算是可以学一点东西了。

上小学的时候,白进勤就给自个儿的将来选下个目标。这个目标其实就是少年白进勤最务实的人生理想。这个理想他深深藏在自个儿心里,作文本上只字未写,跟自个儿的娘老子也一句未提。他的理想就是——从书本里面学一点真本事,一点能帮助自己安身立命的真本事。靠着这个真本事,他想离开这个穷山沟到山外去闯荡,最少要到米脂城里去,最好能到榆林、延安、西安这些大地方去,像三舅那样当个国家干部,或者当个医生、教授,每月能领到一份工资。到了那个时候,一定要把爹娘都接到城里去,用自己的工资养活他们,让他们不再受农村里的这份苦……

白进勤的这个理想,是总结了他最敬重的两个男人——他的爹爹白存有、他的三舅杜修道——的相同身世、不同结局之后形成的。

1946年,爹本来是和三舅一起参的军。因为有点文化,三舅很快就当上了贺龙的警卫员,1949年复员后,被安排到延安,成了国家干部。自己的爹,却在1947年打忻州城的战斗中,被敌人的子弹打中脑袋;也是命不该绝,尽管流了好多血,人完全失去了知觉,但总算保住了一条命。那颗子弹假如再低哪怕是1厘米,爹就彻底没事了。爹没事了,他自然更没事了,根本不可能来到这个人间。

打扫战场时,民工们把爹当作阵亡将士抬到存放尸体的空房里。两天后,前来认领遗体的阵亡将士家属忽然发现他在动,这才把他从死人堆里抬出来。这时候,他所在的部队已经为他举行了追悼会,追认他为中共党员……

在太原住了几个月医院后,因脑部重伤落下了残疾,他已不适合在部队继续打仗。1948年初,他被定为二等乙级残废,从部队复员,回到米脂县的山硷塄,又当起了农民。

尽管获得解放的农民都分到了土地,但在山硷塄这样的穷苦地方,单指那几亩薄田,老百姓是很难得到温饱的。赶上年景不好,村民们依旧过得恓恓惶惶的。好在龙镇这地方出煤,村里身强力壮的男人都到窑里当窑工,挣点血汗钱养家。

进勤爹回村不久也下了窑,他年纪虽然不算大,但毕竟是"半路出家",加上受过重伤,没明没黑地干下来,人累得筋疲力尽,挣的钱却连别人的一半儿也抵不上。

60年代中期,进永已经出生,家里大大小小6张嘴。偏赶上收成不好,又在人民公社那种体制下,秋后分粮,每人只分了2斗毛粮。没等过年,好多人家就揭不开锅了,饿得娃们一声接一声地哭,饿得大人们10个有9个浮肿。有些人家眼看扛不住,就又"走南路"奔延安逃荒。

刚进腊月,进勤的三舅就写信让妹子领上娃去延安过年。他怕妹子要强不肯去,就找了个"来给娃们做几身过年的衣裳、纳几双过年的新鞋"的由头。这样,进勤娘就领着进勤、进永弟兄俩去延安过了个年,实际上就是去舅舅家"度荒"去了。

娘会织布,会纺花。她给舅舅家的孩子每人做了一身新衣裳,每人做了一双新布鞋。见两个外甥穿得破破烂烂,当舅舅的心上过不去,让给他俩也各做一身。娘不肯,只是把进勤表哥的旧衣裳拆洗出来,往小改了改,权当是他俩过年的新衣裳,这弟兄俩已经乐得美滋滋的了。

那年头,像白进勤这样的农家,过年别说给娃们换新衣服,就连双新鞋也做不起呀!单是那鞋面就买不起,别说条绒、大绒这样的好布料买不起,就连最普通的花达呢也买不起!

过罢二月二从延安回来,正是一年当中青黄不接的时候。为了维持生活,保证这个六口之家能度过春荒，进勤娘琢磨出个做小买卖的主意。

她去龙镇的集上买来荞麦，在自家磨上磨碎了，做成碗饦儿，拿出去卖；又买上黑豆，做成豆腐卖。卖这两样东西，除了可以挣点儿小钱，做碗饦儿滤出的荞麦渣，磨豆腐滤出的豆腐渣，还是全家人很好的饭食。手里有了一点小本钱后，进勤娘又开始打干烙儿卖。打干烙儿得白面，她听说后山的粮食便宜，就一个人到后山的五家坡集上去买。五家坡归横山，离山硷塄有40里，来回80里，全是山路。进勤娘半夜就得从家走，天明到了五家坡正好能赶上早集，买上麦子返回来也就快晌午了。在磨盘上磨成面，麸子自家吃，面打成干烙儿拿到煤窑上卖。卖回钱来第二天再去买麦子……每次不敢多买，也就买个四五升，一来没那么多本钱，二来在山路上走，一个妇道人家，多了也背不动。

当时在山硷塄的50多户村民中，人口最多、劳动力最少、家里最穷的有3户，白进勤家就是。靠着进勤娘的精打细算，辛勤操持，一家人竟也挺了过来，好也罢，歹也罢，汤汤水水的总能填饱肚子。这都是娘的功劳！

受了半辈子苦，娘早早儿就显出了老相，不到50岁的人，皱纹就在脸上爬满了，两鬓顶出的白发挡也挡不住。爹从窑里上来，一进屋就在炕上躺下了，一黑夜"哼哼哼、哼哼哼"的，让人听得心疼。

俗话说：小子不吃十年闲饭。自己已经虚岁16岁了，该替娘老子分担一些压力了。

暑假前，进勤背过娘老子，给三舅写了封信，想利用假期去延安打几天短工，请三舅给找点活干。

三舅回了信娘才知道，虽说心里舍不得、放不下，临到走起哭哭嚓嚓的，但没有硬拦阻。自己卖干烙儿的事，被公社当作投机倒把，当作资本主义尾巴，横竖不让卖，家里刚刚松动的日子又紧起来了。现在儿子想出去闯荡闯荡，就让他去吧，终归是件好事，况且又不是去了别处……

唉！谁能料到，一场好事竟做下个这！

钱没挣下几个，倒把身体残了。这一残不要说替老人分担压力，反倒加重了他们的压力，成了娘老子一辈子治不好的心病。这事做下个甚？

唉！自责没一点儿用了！埋怨更没用！怨谁呢？怨医院误诊？又能怎样？

怨公路段设备老化？又有什么用？唉，还是从实际出发，面对眼前的现实吧！

现实是什么？现实就是作为一个残疾人——对，自己已经是个残疾人了——今后的路怎么走？

爹就是个残疾人。人家是在战场上残的，是为中国人民的解放事业残的，是正儿八经的革命军人，政府每年还给几十块钱的抚恤金。我这算甚呢？是在工地上做小工残的，是在一次意外事故中残的，顶多算个工伤；将来，一切的一切，都得自己刨闹。穷山沟里的农民，在社会上本来就够低微的了，再缺上条腿，今后的日子就更难了。自个儿定下的那个目标，这辈子怕是没办法实现了……

一想到这些，白进勤又流起泪来，他不想让人发现，蒙上被子，紧紧地闭上眼睛……

不知什么时候，他发现自己又来到了延安枣园，来到了毛主席早年住过的那几眼窑洞。这地方他是来过的。是来延安的第二天三舅领他来的。那天这院儿里人那么多，今天却安安静静的，除过他，一个人也没有。他轻轻地撩开窑洞门口挂着的白布帘儿，蹑手蹑脚地走了进去。

毛主席正在窑洞里，就坐在那把椅子上，趴在桌子上聚精会神地写字。

白进勤一眼儿不眨地盯住毛主席看，看着看着，忽然发现毛主席手里夹着的烟头快要烫着手了。他失声喊起来：

"主席，烟头……"

听到声音，毛主席发现了他，一边把烟头掐灭，一边走过来，紧紧地握住白进勤的手。

毛主席的手那么粗大，那么温暖，那么有力。

毛主席发现他的左腿没有了，关切地问："小同志，你是在哪个战役中负的伤？"

白进勤又是羞愧，又是激动，又是伤心，当着毛主席的面哭了。

毛主席安慰他："小同志不要悲观，不要失望，更不兴哭鼻子。一条腿虽然没有了，我们还有两只手嘛！一只手可以用来学文化，另一只手可以用来学手艺；将来，自己动手，一定可以丰衣足食嘛！来，我把这个送给你。"

说着话，毛主席把他刚才写好的一张纸当礼物送给了白进勤，白进勤一看，上面写了8个字"自己动手，丰衣足食"，下面是毛主席的亲笔签名。

白进勤高兴地笑起来。这一笑就把自己笑醒了，原来是一场梦。

虽然是场梦，白进勤却像真的见过毛主席一样，身上顿时有了精神。他回忆着梦中的情景，自言自语地说："毛主席讲得真好：'自己动手，丰衣足食。''一只手可以用来学文化，另一只手可以用来学手艺。''自己动手，一定可以丰衣足食。'爹一辈子穷苦，就是因为没有文化；娘善于操持，凭的就是自己的手艺。我要像毛主席教我的，回去先上学，下决心把文化学扎实，而后再学门儿手艺，不愁这辈子活不出个人样儿来！"

人真奇怪。思想上的障碍要是排除了，现实中再大的问题也不再是难题。白进勤把脑子里的这些疙瘩解开后，人就立马变得开朗起来，情绪一好，话也多了，饭量也有了，还老是问大夫甚么时候可以出院。

见他自己能把这事看开，众人也都松了一口气，连他娘也终于从牛角尖里钻出来，开始理性地接受这件事了。

进勤手术后，在医院养了一个多月就办了出院手续。医药费全是公路段出的。医药费之外，段里又给补偿了1000块钱，这事就算了结了。

依上三舅的意思，是想让他们母子在延安过罢年再走。进勤不肯，执意要回米脂。谁也拗不过他，只好按他的意思来。

临走的前一天，进勤跟三舅提了个要求：想办法搞一张毛主席写的"自己动手，丰衣足食"。进勤的三舅满口答应。那时候复印机还没普及，进勤的三舅通过关系请纪念馆的同志搞了一个复制品，还装了框子，亲手交到外甥手里。

第三章

白进勤是冬至那天回到山硷塄的。

听说三丑回来了，村里的男女老少、老白家的亲戚六人都来看他。老白家出了这么大的事，大家都想过来走走，表示个关心，表示个同情，表示个人情；再说都知道三丑把一条腿让锯了，锯掉一条腿的三丑成了个甚模样，人们也都想过来看个究竟。因此，一连五六天，老白家那3孔窑里，白天黑夜，人挤得满满的，窑里、院里，透着那么一股子乡间特有的浓浓的亲情。

但凡从白家出来的人，没有一个不对三丑的遭遇感到惋惜，没有一个不为三丑的前景感到担忧。特别是那些上了年岁的婆姨们，总要聚在白家门前那卜大槐树下，你一言我一语地拉谈一番：

"多好的个娃，这辈子就算完了。"

"谁说不是呢？生在咱这穷地方，全胳膊全腿儿的还填不饱肚哩，缺上条腿，后几十年可咋活呀？"

"娘老子在咋也好说，老人但凡有口吃的就饿不起他。谁家的老人能守住儿女过一辈子？娘老子一下世，这娃可就不抵了，不知道要遭甚罪哩。"

"听说那条腿齐根儿锯了，也不知道将来能不能留根传后？"

"还留根传后？跟谁留根？跟谁传后去？谁家的女子能给他？"

……

池塘里的水是最容易平静的，你扔进再大的石头去，也溅不起多高的水花来，用不了多大工夫，它就会重归平静，就像什么事也没有发生。

半个多月后，有关三丑锯掉一条腿的话题就很少有人再提叙了。随着腊月的临近，圪蹴在向阳坡坡上拉闲话的山硇塄的男男女女们，拉的又都是过年的话。

然而，对于白进勤和他的娘老子来说，却没有一时一刻能绕开这件事，更没有一时一刻能忘记这件事。清早一睁开眼睛，裤子怎么穿，下地怎么下，茅房怎么上……都需要他们仔仔细细地做，谁也不敢大意。

白进勤偏又是个分外要强的人，在亲亲的娘老子名下也是多心得很。怕晚上起夜，吃夜饭的时候，汤汤水水的"和和饭"只喝多半碗，能压住饥就不敢再吃了。上茅房，宁自己拄根棍子也不让娘在跟前站着。下了大雪，娘怕他上茅房擦倒，让他就在家里解手，他说甚也不肯，自己找了块烂布，缠在拐棍着地的头子上，又用细铁丝绑结实了，还是拄着拐棍自己去了。宁肯自己有千般难，他也不愿意给别人添一分烦。

从延安带回来的毛主席题词的复制品，他端端正正地挂在窑洞的墙上，一抬头就能看见。那8个字，就是他的座右铭，就是他的主心骨，他用它们激励自己战胜生活中的困难，克服心情上的沮丧，鼓起走下去的信心，燃起对未来的希望……

毛主席让一只手学文化，一只手学手艺，现在，先得把文化学好，开学以后，说甚么也得回班里接着上学，至少要把中学念下来。

那天，他们初二一班的班主任领着十几个同学来窑里看他，他跟老师说了自己的想法。老师想了想，对他说："初二的第一学期你一天也没上，已经误下了，第二学期开学后，我怕你跟不上；再说，你眼下走路还很困难，咱们学校又不能安排住宿，你索性从下一学年、跟着下一届上吧。过起年来，你一面在家复习，一面做一些适应性训练，等秋天开了学，学习上也不会吃力，身体上也能吃得消。"

白进勤听老师讲得有道理，也就不再坚持自己的意见了。

第二天，班主任托班上的同学给他捎来一书包书，里面除了初二第一学期的全套课本，还有老师为他精心挑选的几本课外读物。里边有：吴运铎写的《把一切献给党》、缪敏写的《方志敏战斗的一生》、萧三写的《毛泽东同志的少年时代》，还有一本是外国人写的，作者的名字一大串，叫尼·奥斯特洛夫斯基，书名是《钢铁是怎样炼成的》……

在那个知识匮乏的年代，这位乡村中学的班主任老师是从哪塔找到这么多书的，她又怎么会舍得把它们全部借给她的这位残疾学生？这应该是个谜。

在当时那样的社会环境下，在那个连汽车都开不进去的偏僻山村，对这位刚刚遭遇了横祸的残疾少年来说，这几本课外读物，简直就是最可口、最解馋、最管用的"精神大餐"，它们给这位少年带来的，是人生路上最好的伙伴，是今后生活中最好的榜样，是在崎岖山路上艰难登攀用不完的力量！

也就是从那一天起，白进勤的生活变得有滋有味儿了，安排得井井有条了。清早起来吃罢饭,他先拄着双拐,在自家院里锻炼一个钟头,然后回屋复习功课;午后歇起响来,看两个钟头课外书;晚上吃过夜饭,又在院里锻炼一个钟头。他好像听谁说过,天上星宿全了,在星光下面锻炼对人筋骨的恢复最有好处。且不管它是不是有道理,进勤反正一吃罢夜饭,就到院里锻炼,一天也不拉。

最困难的是开头那半个月,最疼痛的地方是两个胳肢窝底下。你想,100多斤的分量全凭那两个地方撑着哩,不疼才怪!两天走下来,两个胳肢窝底下又红又肿,拐棍把子往那儿一挨,疼得钻心,疼得冒汗,疼得人立马就想躺下。

娘在旁边看了心疼他,让他歇上两天再练。进勤不肯,说:"一歇更疼,把这几天忍过去,等顶起死肉来就好了。"

娘要在旁边扶着,他更不让,说:"让人扶惯了,自个儿就不想用力了,将来没人扶了,怎么办?"说得娘不住气地在旁边擦眼泪。

把那半个月扛下来,胳肢窝果真不疼了。接下来,进勤就锻炼自己的耐力。在自家院子里,他先是坚持一次走够10圈,后来加到15圈、20圈、30圈……等一口气能走到100圈的时候,就不在院子里练了,他沿着门前那条大路,往山硷塄的村口走,再从村口走回来。他一边走,一边在心里计算着:从山硷塄去郭家砭中学,一趟是5里,来回是10里;从自家门口到村口,来回有1里,甚么时候能走上10个来回,就可以去郭家砭上学了。

1973年5月4号那天,白进勤实现了自己的体能训练目标,在自家门口到山硷塄村口之间,整整走了10个来回!那天,小伙子哭了,激动地哭了。他对娘说:"儿可以拄着拐棍自己去郭家砭中学念书了!"

就在那年秋天,白进勤重新回到了学校。

刚开学,娘不放心,儿前脚走,她后脚也出了门,就在后边远远地跟着,直瞭得进勤进了校门才返回来。半后响快放学的时候,又早早儿在学校跟前等上了。这样跟了几回,见什么事也没有,才放了心。

学校里也有那些顽皮的孩子,放着白进勤这样的大名不叫,偏要七声二气地喊他"白拐子"、"白瘸子"……放学回家的路上,白进勤拄着双拐在前头走,他们挂根棍子在后头学,一边学一边还喊着:"白拐子,像不像?白拐子,像不像?……"

对这类事情,白进勤自己倒不很在意,大不了笑上一面,该干甚么还干甚么。你不理他们,他们喊一阵、闹一阵,也就没劲了。你跟他们急,甚至跟他们撩气,那还有个了结的时候?再说,为这样的事情生气,太不值!

但是,有一回,真把白进勤给逼急了!

那是在去学校的路上,他忽然觉得肚子拧得生疼,不知甚么东西没吃对,要上茅房。他前后左右看了看,就找了个墙圪崂进去解手。等他解完出来,立在墙外的拐棍却不见了,他四下里瞅了半天也寻不见,抬头往高处看,见两根拐棍一高一低地吊在一卜枣树上,不知又是哪个泼皮小子搞的恶作剧。近处一个人也瞭不见,他只好一跳一跳地来到那卜树下,捡了两块土坷垃,一只手扶住树,另一只手扔起土坷垃想把拐棍打下来。两块土坷垃掉在地上都摔碎了,两根拐棍还在树上吊着。他又把脖子上挂的书包解下来,两只手使足了劲,照住拐棍扔上去。谁知只顾扔书包了,手忘了扶树,书包倒是扔得挺高,拐棍儿也砸中了,身子却失去平衡,重重儿地跌在地上,从树上掉下来的一根拐棍和书包一齐砸在他的脸上,又疼、又气、又委屈,白进勤放声哭起来。

正在这个时候,他的班主任骑着自行车正好从这儿路过,发现了倒在树底下的白进勤。老师把自行车打在路旁,跑过来先把他扶起,又帮他把吊在树上的另一根拐棍取下来,把他扶上自行车,带着他去了学校。

那天正是期中考试,要不是老师帮助,他一准把考试也误了。

那件事本来是坏事,可是,坏事有时候也能变成好事。

周末的下午,学校专门针对这件事搞了一次德育教育,要求全校同学都要"帮残助弱,相互关爱",绝不能把自己的快乐建立在别人的痛苦之上。打那以后,白进勤在学校里再没有遇到类似的情形,连"白拐子"这样的歧视性称呼也再没有听到。

不久,学校还腾出两间屋子,安排路远的同学以及因特殊情况上学不便的同学住校,饭就在教工食堂吃。这样,白进勤就再不用每天来回跑了。

1975年7月,白进勤拿到了郭家疙中学的初中毕业证,成为他们白家4

个子弟中文化最高的一个。

白进勤初中毕业那年，周岁18岁。

该让这个18岁的初中生干些什么？不仅进勤的娘老子犯愁，刚刚接任山硷塄支部书记的白进强也同样犯愁。白进强是白进勤的叔伯哥哥。在上一代的5个弟兄中，白进强的父亲排行老二，白进勤的父亲排行老三。1946年参军走的时候，老弟兄5个就有过一个"约定"，老三参军后，家里的地由弟兄4个帮着种，家里的营生由弟兄4个照护着做；老三万一回不来，弟兄4个要负责孤儿寡母的生计。后来老三挂花回来，成了二等乙级残废，弟兄几个就把家里的30亩地全部让给老三耕种，生活上也给了老三不少帮助。现如今，老三的老三也残了，而且残得更厉害。作为支书，作为堂兄，于公于私都应该主动地照护这个可怜娃。

该让娃干些甚么哩？

没等白进强琢磨出道道来，白进勤自己不声不响地找到了最适合他干的活——铁匠炉上扇风匣。

山硷塄原本没有铁匠炉，因为县里在这一带修水坝，集中了几十名石匠来凿石垒坝。石匠全凭副好锤錾。錾子一秃，再好的匠人也干不出活来，这就得回铁匠炉上往尖了碾。于是，公社就在山硷塄安起了铁匠炉。铁匠炉上自然离不开扇风匣的，缺一条腿的白进勤别的活干不了，扇个风匣应该是富富有余。

这就是初中毕业的白进勤给自己找到的第一份工作。

别人扇风匣，只是"磨道里的驴——光听吃喝"；白进勤扇风匣，却是"草原上的马——连踢带打"。他手里拉着风匣的杆儿，两眼却盯着师傅手里的活儿，怎样加温，怎样翻个儿，怎样下锤，怎样碾尖儿……他看了个仔仔细细，记了个真真切切。

十几天之后，他就想自己上手干了。那一天，火生好了，师傅去龙镇赶集没回来，工地又急催着要，白进勤就凭着记忆，尝试着干起来。1个，2个，3个……等师傅从龙镇回来，他已经打好八九个，晾在脚地上了。

师傅吃惊地问："这是谁打的？"

"我。"他说。

师傅猫腰捡起一个来，拿在手里来回地掂，又盯住尖子仔细地看，然后问："你甚时候学的？"

"就这几天。"

"谁教的你？"

"你。"

"我又没教你。"

"你一边打，我一边看，不就会了？"

师傅不信，把锤子递给他，一边拉风匣，一边说："来，你再给咱打一个。"

白进勤接锤在手，三下五除二，成了。

师傅高兴坏了，他拍打着白进勤的肩膀说："行啊三丑，你小子好悟性啊！你这叫无师自通，你知道不知道？"

师傅又夹起白进勤刚碾的那个錾子看了一气，说："你小子是块干铁匠的料，下点辛苦好好儿学，这辈子就指这门手艺吃饭吧，包你饿不起！"

阳婆落山的时候，山硷塄村至少有一半的人听说了三丑学会铁匠的事。第二天早起，好多人执意绕几步路，来铁匠炉上看老白家这个缺了一条腿的三小子是怎样扇风匣、怎样把磨秃了的錾子重新碾出尖儿来的。

几天后，铁匠师傅离开铁匠炉，到工地上干石匠去了。这样，白进勤就在铁匠铺里一直干到大坝完工。

工程结束后，公家的铁匠铺就收摊了。白进勤买来风匣、买来砧子，想在门前那块空地上开个自家的铁匠铺。

给大坝上打铁，干的活比较单一，反正见天起来就是个碾錾子。自己要是开铁匠铺，干的可就杂了，甚么活也得做。这样，白进勤单指原来那点手艺根本不够用。咋办哩？还得出去学。

那年头，乡间百姓日常用的铁器家具比现在多，但也用不着三天两头跟铁匠炉打交道，所以，铁匠铺并不多。在山硷塄周围，也就是后中庄有一家，再就是龙镇和郭家砭各有一家。白进勤学手艺，瞅准的就是这3家。

俗话说："同行是冤家"，"教会徒弟，饿死师傅"。所以，匠人的看家手艺向来不外传，连自家的闺女都不传，更何况两旁外人。你要正式拜师，人家不收；你要登门求教，人家不教。咋办哩？白进勤只能是偷偷地学，慢慢地悟。

1975年入冬以后，每天吃罢前晌饭，白进勤就挂着双拐出去学艺了。他去的就那3处地方。也不是每天老去一处，3处地方倒替着来，今儿去后中庄，明儿去郭家矻，后儿去龙镇，外后儿再去后中庄……

匠人看他挂着双拐，都以为是冬日里在家闲着没事干，跑到铁匠铺来拉话、取暖、打发时光的，也就一边干活，一边有一句没一句地跟他闲扯。他在铁匠铺里一待就是一天。有时看见师傅忙不过来，也帮着扇个风匣，打个下手。后来跑的趟数多了，彼此也就熟悉起来，白进勤看似无心地也问一些没解开的问题，对方见他是个残疾，并不防备，也就实捣实地全告诉了他……

转年开春，白进勤的铁匠铺在山碥塄的路畔上正式开张以后，人们才明白：白存有家那个一条腿的三小子，一冬天并不是悠出来晃进去地闲转悠，他是在不声不响地学手艺。人们发现，这个新开的铁匠铺，从下地用的小锄、大锄、老镢头，到屋里用的刀子、剪子、勺子、礤子、笊篱、铁匙，包括喂牲口用的铡刀，当石匠用的锤錾，没个干不了的。这个十八九岁的小伙子，平素不显山不露水的，从来没听说拜过师、学过艺，咋一下子就成了匠人？

看见儿子学下了可以养家糊口的手艺，进勤的娘老子从心里往外高兴。在健全人都吃不上、穿不上的年代，残疾儿子能有这么一门手艺，这辈子至少不用饿肚子了！

铁匠炉上不能没有扇风匣和捣大锤的，可是，进勤初开张，本钱少，活儿又不多，他雇不起，进勤老子就给儿子打下手。当时，队里为照顾这位二等乙级残废军人，让他给大伙放羊。冬日里，羊群出坡迟，老汉就用出坡前的空闲时间，清早起来先在铁匠炉上"叮叮当当"地干上一阵，帮助儿子把那些大的物件大头模览地打出个形状来，他上山后，儿子再一锤一锤地细敲打。有时手头的活儿多，进勤就让三兄弟进永给他捣大锤，让他娘在旁边拉风匣。

进勤人巧，心细，又舍得下辛苦，打下的铁器做工细致、样式中看，比街上有些老匠人打的都好用。因此，这道沟里三村五地的乡亲们有了铁匠活都来找他。进勤又是个重情重义的人，些来未小的活儿，不用贴料、不太费事的，他从来不要钱，硬给也不要。他有话："闲着也是闲着，几锤子的事，给甚钱哩？"

20世纪70年代初，这山硁塄村满打满算也就五十几户人家，三百来口人。虽然都是些跟土坷垃打交道的山里山汉，行事做人竟也三般两样。在村里，但凡大大小小当上个官、多多少少有两个钱，光景过得滋润些，别说是人，连狗见了还摇尾巴哩。像三丑和他娘老子，早些时候日子过得憋憋屈屈，手里头那两个钱花得圪圪搢搢，在村里说话办事就跟旁人错下了。可是，自安上这个铁匠炉，进勤娘老子觉见村里的大人娃娃见了他们跟从前就起了些变化。到底变在哪，老两口也说不清，反正是不一样了，他们真真致致地能觉见。

三丑自己早把这个事情解开了：从娘来说，手头有了两个活泛钱，居家过日子，就显得有了些底气，这是主要的。至于村里人，谁家也免不了有个需要敲敲打打的铁匠活儿，咱就是个干这的，在众人名下，也就显得有些用项了，还不就是个这？

三丑虽然也是个庄户人，到底念下些书，考虑事情就比别人看得远、谋得大。他觉得，安起铁匠炉，要是单指这些零打碎敲的小物件，终究没发展，成不了个气候。他想的是，最好能揽些成宗的大活儿，寻些固定的业务，这才能把铁匠铺持续不断地开下去。而要做到这一步，就得眼尖、耳灵、腿脚快，还得拉挂些这方面的关系。

他首先想到了煤窑上的铁器活儿。大哥进喜15岁就下了窑，跟矿上熟得很。他一出面，很快就给揽回不少营生来。

矿上的活儿还没干完，那天听后沟一个过路的后生说，老榆山村架电线，需要不少固定电线的墙带，这正是铁匠干的活儿，打一个就能挣2块多钱。老榆山村紧紧儿就在山硁塄的村后，和山硁塄隔着一道梁。三丑有个叔伯外甥叫孟士光，就在那个村当会计，只要这个营生没包出去，找他说说话，应该问题不大。三丑当下就给孟士光写了个二指宽的条子，让后沟那个后生顺路捎了去。

孟士光接过条子一看，连连拍着自个儿的后脑勺说："我真是忙昏头了，咋就没想起我那个开铁匠铺的二舅来？"他赶紧去找大队支书。支书说："这事儿你咋不早言喘，我今儿下午刚包给郭家砭的那个铁匠。这该咋着哩？"孟士光说："快推了吧，我二舅瘸上一条腿，好不容易学下这么点手艺，又头一回跟我擩嘴，无论如何不能给顶了。我那二舅又是个极要脸面的人，我连这么个事也帮不了，愧对我二舅哩！"两人商量了半天，生硬把营生一劈两半，这样，两头都能交代了。

八月十五那天，在米脂县城工作的五爸回来了。见三丑开了铁匠炉，父子两个一递一锤打得滋水汗流，五爸高兴地说："这个行当正适合俺三丑子干，既不用爬高下低，又不要搬沉抱重，如流自水地就把营生做了。"

晌午吃饭的时候，进勤娘对兄弟说："你在外面工作，认下的人多，看能不能给三丑寻些占常的营生，省得他三天打鱼两天晒网的。"五爸说："这个容易，我回去操些心就是了。"

没出一个星期，五爸就捎过话来，让三丑打些做饭的铁勺、门上的门闩，拿到县城交给农副公司去批发。农副公司在城里、乡下有很多门市部，一年销的量大得很，足够三丑做的。

3天后，三丑拿毛驴车拉着做好的第一批货送到了县城。农副公司的收购人员验过货后，对产品的质量非常满意，当下就付了款。三丑用这些钱又买成生铁，赶着驴车拉了回来。

从这以后，三丑的铁匠铺就有了比较稳定的销售渠道，可以无冬立夏地干下去了。

跟农副公司打交道，得三天两头往县城跑。那时的交通哪有如今这么方便？虽然1964年县里就从镇川给修了条土路，可以一直通到郭家砭去，那也只能走个自行车、驴车，班车还是开不进来。

为跑县城，三丑硬学会了骑自行车。只有一条腿，又在山路上骑，是很需要一些技巧和体力的。我们的三丑，就靠自个儿那条右腿在山硷塄到米脂城60华里的山路上，轻轻松松地一天打来回，还不误去农副公司办事，去国营食堂喝碗味道鲜美的"拼三鲜"，或者是十里铺的羊肉面！

一年后，除过正常的周转，三丑的手里已经有了一些富余钱。眼看着老白家的光景一天比一天好，山碚垴的乡亲们对这个无师自通的小铁匠再也不敢小看了。

第四章

人们说：母子之间连着心哩！

1972年，白进勤的左腿被锯断后，他娘眼睛里那根拴着泪珠子的线也同时被锯断了。因为自那以后，他娘的眼泪就再也没有止住过。

是呵，我们的三丑甚么时候也忘不了，在这个世界上，为他那条腿，见天起来哭得最惨的就是他的娘，整夜整夜愁得睡不着觉的还是他的娘。

他娘最愁的是两件事：头一件，儿这辈子拿甚么养活自己；二一件，儿这辈子还能不能娶上个婆姨，拉扯个家业？两件事，就像是两顶千斤重的帽子，白明黑夜地箍在娘的头上。

1976年春天，当老白家的铁匠铺在门前那卜大槐树下红红火火地开起来后，随着儿子骑着那辆自行车在山碚垴到米脂城的山路上跑的趟数越来越勤，随着打好的铁器和买进的生铁倒腾得越来越快，随着中窑闷柜里积攒的票子越来越多，这两顶帽子总算摘掉了一顶，进勤娘头上轻快得多了。可是，剩下的这一顶还戴着哩！在娘老子眼睛闭上之前能摘掉吗？这些日子，进勤娘日里夜里盘算的，尽是这件事。

其实，早在3年前，就已经有一个人把这件事情应许下了，明明白白地应许下了。

应许下这件事的人叫王慧雄。

王慧雄，列位都认识，就是白进勤在洪洞窑打工时和他住在同一眼破土窑里的那位工友，睡觉极不老实的那位。

1973年过惊蛰那天,正是农历的二月二。半后晌的时候,这后生走了200多里山路到山硷塄看他的老朋友白进勤来了。

王慧雄叫着白进勤的名字走进老白家那眼土窑洞的时候,白进勤正坐在炕上,借着从窗户里照进来的后半晌的充足阳光,在看老师借给他的那本外国人写的长篇小说:《钢铁是怎样炼成的》。

听见有人叫,白进勤赶忙把书放下,一面答应,一面张罗着下地。正这工夫,王慧雄已经从腰门里走了进来。

"啊呀呀,慧雄,好稀罕的个人!你这是从哪塔来?"

"子洲。"

"要走哪塔?"

"就来你这塔看你。"

"过了个年,你还没把我忘了?"

"忘了谁哇能忘了你?"

这两个在洪洞窑工地上结成患难之交的小伙伴,还不习惯握手、更不会拥抱,只是互相久久地盯着对方,你使劲儿捣我一拳,我随后还你一掌,他们就用这种特别的动作,表示着各自的喜悦和彼此的亲热。

听见来了客人,进勤娘老子还有他姐进香,都从那边窑里跑了过来。

"干爹,干娘!"进勤的娘老子慧雄在去年陪床的时候就已经认识了,他亲热地和两位老人打着招呼。轮到进勤的姐,他不知道该怎么称呼,回过头来盯住进勤看。

"这是我姐。"进勤说。

"干、姐……"

"姐甚哩,比你还小4岁哩,就叫进香吧!"进勤说。

"进、香……"

同年仿佛的青年男女,一下子都窘在那儿了。慧雄闹了个大红脸,在脚地下坐不是、站不是;进香更是满脸飞红,大辫子一甩,躲到了娘的身后。

进勤娘跟慧雄客气了几句,就领着闺女回那边窑里做饭去了。进勤爹陪着客人抽了几锅子烟,也打声招呼出去了。这边窑里,就剩下慧雄和进勤。

慧雄把进勤从延安回来以后的情形详详细细地问了个够，进勤一五一十地给老朋友说了个全，还破例地褪下裤子，让老朋友看了看已经长利索的秃秃的残肢。"有秃的护秃，有疤的护疤"，除过慧雄，就是自个儿的娘老子，进勤也是不愿意让看的。

看罢伤口，两个人陷入长久的沉默，谁也不想说话，只是一口接一口地抽烟。

半晌，慧雄看着立在炕沿边上的双拐，问进勤：

"往后的事情，你有甚盘算？"

进勤长长地吁了口气，然后说：

"开了春，先接住念书，至少把初中念下来。等毕了业，无论如何得学门儿手艺。在这穷苦地方，没点儿看家本事，别说你是个瘸子，就是有胳膊有腿的也没法儿活呀！"

慧雄抬起头看了看挂在墙上的毛主席写的那8个字，又拿起进勤放在炕上的那本书，说："钢铁是怎样炼成的？咋？你想当铁匠？"

进勤愣怔了一下，然后说："哪呀，那是本小说，是激励人克服病痛，战胜困难的。它从精神上真给了我不小的帮助，已经是我离不开的朋友了。"

"那你到底想学甚手艺？"

"米脂这地方，历来出匠人，我们这道沟，傍上山大石头多，差不离村村有石匠。到时候看哇，一个石匠，一个铁匠，都也不赖，只要学下一门，这辈子就不愁没饭吃！"

"问题是你的腿……"

"唉，慧雄！老古人早就留下那句话了：钱难挣，屎难吃，人来世上走，哪能怕吃苦哩？我腿上虽然不如人，手上有的是力气，身上有的是辛苦，一样样儿的活，比别人多出点力、多吃点苦都有了。你说哩？"

两人拉得正高兴，进香从腰门里走了进来，说饭做便宜了，让他俩过那边窑里吃。

吃罢饭，进香在那边洗涮碗筷，进勤娘端了一盘刚炒的南瓜子，也过这边窑里跟小弟兄两个拉谈起来。

先是进勤娘问寻慧雄家里的情况。慧雄说，兄弟姊妹一共9个，他是老大，底下有3个兄弟，5个妹妹。大妹妹、二妹妹已经聘了，别的都还小。

接着又问到慧雄的婚事，问找下对象没？慧雄说，还没，娘老子也是成天在愁哩！

说着说着，话题就转到了进勤身上，转到了进勤娘的那块心病上。

"我就愁他这辈子咋活个人呀！我和他老子在世咋也好说，好赖总能让他有口饭吃、有件衣穿。过罢这年，我俩也都是奔五十的人了，我们还能陪伴他多久？将来，我们两眼一闭，他可怜地拐上条腿，咋刨闹这点吃喝呀？有个灾灾病病、头疼脑热，谁给他端屎送尿呀？"说着说着，娘的声调就带上了哭腔，眼里的泪眼看又要流下来。

慧雄说："干娘，放心哇！到时候自有婆姨伺候他！"

不说婆姨还好，一说婆姨，进勤娘愈发控制不住自己了，她一把鼻涕一把泪地说："慧雄，咱这地方本来就养不住人，咱家又穷得要甚没甚，他还把条腿残了，你说，谁家的女子跟咱哩？不就是个一辈子打光棍？"

"干娘，你这话说得可不对。"慧雄说，"进勤不是那没出息的人，虽说缺了条腿，他可是心残志不残！今儿后晌我俩在窑里拉谈，他心劲儿高着哩！我这次，一是不放心，想亲眼看看他的伤口到底长成甚样了，二是怕他心里憋闷，想开导他不要让眼面前的事情难住，心往大处想，眼往远处看，挺直自个儿的腰，硬硬铮铮地往前走。谁知他比我还看得开哩，后头的路咋个走法，进勤早就谋算好了。他有这个心计，这辈子绝对赖不了。干娘，你们要是不嫌弃，就让我家三妹子跟了他吧！"

末了这句话，说了进勤娘个破涕为笑，说了白进勤个目瞪口呆。

"慧雄，你这是跟你干娘逗笑话哩！"进勤娘一边擦脸上的泪一边说。

"干娘，不是逗笑话。"慧雄很认真地说。

"要不是逗笑话，那干娘问你，你妹子今年有多大？"进勤娘也认了真。

"今年12岁，比进勤小5岁。"

"你说的是虚岁哇？"

"咱们庄户人哪有说周岁的？"

"那倒是。可是,你这当儿子的能做了你娘老子的主?"

"能。"

"你妹子现在还是个娃,过几年长大了,娃还认不认这门亲?"

"干娘,这你放心,我们王家人不干那没屁眼子的事!"

话一出口,慧雄自己也笑了,进勤娘更是乐得前仰后合,眼泪也出来了。

只有进勤没笑。他一边往炕沿边蹭,一边说:"你们这是说的些甚么事?快睡觉吧,我困了。"

从这边窑里回去,进勤娘乐得眉梢子上都带着笑,她拽上进勤爹,来到进勤的堂兄进荣家,又让人把进勤的大爸、二爸、大哥也都叫过来。她把刚才在窑里拉的话给众人又学了一遍。

听前半截的时候,众人也跟她一样高兴;可是一听说人家的女子才12岁,都觉得这事有日无期,怕是靠不住。进勤的堂兄、大队支书白进强,更觉得这不过是水中的月亮镜中的花,绝对信不得。

唯有进勤娘深信不疑。这个有主意的女人,还提出了更深一步的主张:"我想把咱家的进香给了那后生,一来,我看见那个小子长得端端正正,人也实实在在,为人又有情有义。跟咱三丑子不过是在一个工地上受苦认下的朋友,自三丑子伤了腿,人家娃跑前跑后,打里照外,在医院里端屎送尿,今儿又千乡百里地跑来看咱,人跟人相处,就是处个情处个义吧,亲兄弟顶上个这也顶尽了。老话说:不看穿,不看戴,就看男方人实在。这样的后生,咱进香跟上,我放心。二来咱进香聘过去,那就顶如在他家安了咱的人,万一有个风吹草动、山高水低,咱立马就能知道……"

"知道了又能咋?"进勤爹说,"咱的闺女已经成了人家的婆姨,人家的女子到时候不进咱的门,咱还不是干瞪眼没办法?款款儿把自家的女子闪进去了。再说,子洲那地方比咱米脂还穷,把闺女聘到那塔,不是在娃们名下落一辈子埋怨哩?"

"怨也怨我哩,跟你没关系。"进勤娘见老汉说的尽是些一面子的理,当下就急了,她也不顾两个大伯子还在那塔坐着,就把老汉戗得犯不上一句话来："三丑要不是残了那条腿,我比你们也沉得气匀。在咱这道沟里,缺胳膊少腿的男人们,十个有九个是光棍汉,有那一个半个娶上的,那婆姨不是秃眉瞎眼,就是丑姿八怪,要不就是痴傻憨愣,反正没有一个能走到人前头来。如今但凡像点样的女子寻人家,动不动就是'一军、二干、三工人,说甚也不寻受苦人'。人家说的这三样咱能占上一样也行,咱不是一样也占不上?咱人不做主,钱能做主也行,你是攒下金了还是攒下银了?家里要甚没甚,还想挑三拣四?平日里没人给你提叙这事,你是见天起来唉声叹气,现如今人家把女子给咱送上门来,天大的喜事,你反倒拿捏起来了……"

见进勤爹脸上红一股白一股地没法儿下台,大队支书白进强只好出面替三爸解围："三妈,我三爸的意思是怕让人家日哄了、骗了……"

"怕?"进勤娘的犟劲儿上来,支书的话也照顶不误,"你们这也怕,那也怕,就不怕俺娃娶不下。就打上人家要骗咱,骗还有人骗了,平素不是连个骗的人也没有?你们有本事也找个骗的人来让我看看。今天,咱白家老的小的都在这儿哩,我把话给你们说明白,这个主我做定了,谁说也不行!"

"你说了半天,也得问问咱进香愿意不愿意,闺女大了,这事可不能强来。"进勤爹不温不火地说。

进勤娘看了老汉一眼,回头对大儿子说："进喜,回咱院儿里把你妹子叫过来!"

"娘,俺在这儿哩!"进喜还没应声,进香先接应了。原来,她进到这屋已经有一会儿了,只是众人只顾了听她娘说,谁也没注意到她。

"进香,过娘这塔来。"进勤娘把闺女拉在自己跟前,当着众人的面一字一板地问："娘想把你聘给你哥的朋友王慧雄,你是愿意还是不愿意,给娘一句话。"

进香没有正面回答,她反过身来,对住爹说："爹,就依俺娘的意见办吧。"

一听这话,众人也就不好再说啥了。

第二天早起吃饭的时候,王慧雄就说道着要回子洲。进勤娘哪能让他走："大老远的好不容易来了,着甚么急?冷天寒月的,回去也没甚事,你就和俺三丑子安安稳稳地住上两天,小弟兄两个好好儿拉谈拉谈!"进勤、进勤爹和进勤姐也都不让他走。他见人家一家子都实心实意地留,也就不再张闹了,吃罢饭,两个人一前一后又回到这边窑里来。

进勤娘把客人留下了,她自己却一整天没露面,谁也不知道她去了哪塔,更不知道她干甚么去了,直到太阳落山才回来。

原来,老人去了趟下盐湾。

下盐湾就在无定河的西边,离山硷塄20多里路。那塔有个瞎子,姓薛,米脂人都叫他薛先生。薛先生算卦远近闻名。据说,只要把生辰八字告诉他,把要问询的事情告诉他,他能把你一辈子的事情算得清清楚楚,包括过去的坎坎坷坷,未来的吉凶成败,都能算出来。有那算过的,都说灵验得很。

去年冬天从延安一回来,进勤娘就要去下盐湾,想让薛先生给三丑打一卦,硬让进勤爹拦住没去成。这位从死人堆里爬出来的共产党员,这辈子只信毛主席,只信共产党,其他的,包括天上的神、地下的鬼,一概不信。这回,进勤娘怕老汉又下绊脚绳,干脆连招呼也不打就走了。夜儿黑夜在进强的窑里,她话头子虽然很冲,把所有人的嘴都封死了,后来回到这边窑里,心里也在嘀咕:自己做主把进香聘过去后,万一老王家不守信用,或者是人家女子长大后嫌咱儿痦,说死说活不进咱的门,这事可就做瞎了!她躺在炕上翻肠倒肚,一夜没咋睡。临明的时候又想到了薛先生,于是,避过众人,照直去了下盐湾,她要让这个能掐会算的瞎老汉给三丑好好儿把把脉……

找人算卦,进勤娘这也是头一遭。她怀里揣了件进勤替换下的红腰子,据说这可以代替本人。

来算卦的还真不少,等轮到进勤娘,已经快晌午了。

进勤娘报了进勤的生辰八字,又递上还带着她的体温的进勤的那件红腰子。

瞎老汉先是用大拇指的指头在另外4个手指上掐算了半天,又在进勤的腰子上捏揣了一气。这才说:"你是想问些甚?"

进勤娘说:"问问这个娃这辈子能问下个婆姨不,能过成个人家不?"

瞎老汉说:"这娃后半辈子好着哩!婆姨娃娃甚么也有哩。他的婆姨如今还在学校念书哩。你这娃远路的财脉重,小时候服不住,16岁时有过一场大难,要吃十几年的苦。苦尽甘来,40岁以后就开始翻身呀!后半辈子的光景好着哩!别看他哥现如今脚蹬朝廷比他强,40岁以后就追不上他了。这娃命里有贵人帮哩!……"

……

算卦老汉的这番话在进勤娘听来,简直就是真龙天子的金口玉言,不仅使这位慈母对残疾儿子的生活前景有了精神上的寄托,更让她在把闺女聘到子洲这件事上有了足够的底气!

老百姓的生活中,精神上的激励有时候远比物质上的激励来得快,作用也大。你看,眼下这位走在乡间土路上的农村妇女步子迈得多么轻盈,身子显得多么轻快,谁能看下这是个劳累了多半辈子的快50的人?

王慧雄是进勤娘从下盐湾回来的第二天离开山硷塄的。

头天晚上,当着进勤爹、进香、进勤的面,进勤娘跟王慧雄把话彻底挑明了。意外的惊喜,使这个23岁的小伙子兴奋得一晚上没睡着。

临走那天端上来的早饭是炒鸡蛋、烙油饼。王慧雄明白,人家已经在按米脂的乡俗把他当女婿招待了!

众人把他送到门口那卜大槐树下,小伙子正要上路,进香拿着几个刚打好的干烙儿追出来,往他手里递时,顺手塞给他一个用花手绢包着的小包,悄悄对他说:"那是俺去年夏天照的一张相,带回去让老人看看。"

……

进香和慧雄的婚事是1975年冬天办的。当时,两头家里都很穷,婚事办得很简朴。

一年后,进香坐月子。进勤娘在去子洲伺候闺女的同时,也见到了未来的儿媳王慧敏。尽管早先已经见过姑娘的照片,并且多次听进香跟她说孩子长得不错,但亲眼见了本人,还是让她忍不住连声夸起来:"好俊的闺女!快过来让娘看看!"

那年，王慧敏才13岁，对于结婚生子这样的事情哪能解得开？更不可能对她跟几百里外那个瘸腿男人的婚事表示自己的态度。当她被未来的婆婆揽在怀里仔细地端详、疼爱地抚摸时，她一点不觉得尴尬、难堪甚至害羞，只是觉得哥哥的这位丈母娘待人倒是很亲热的。

王慧敏和白进勤第一次相见已经是1976年了。

那年夏天，老白家搞了一次规模不小的"基本建设"。因为老人们手上传下来的那3眼土窑眼看就不能住了，进勤爹领着他们弟兄3个用公社修大坝拆下来的石料，把自家的3眼土窑简单地加固了一下，还接上了面子石。这就给3眼土窑上了一个档次，成了当时很时髦的接口土窑。

按米脂的乡俗，修窑建宅有一个很隆重的仪式叫"合龙口"。"合龙口"就是当窑口的拱石砌到中间时，中窑正中的那块拱石要空出来，等到晌午，匠人帮工都齐了，窑的主人须焚香拜神，敬献酒食，燃放鞭炮。匠人当中的老师傅头披红布，手撒五谷，嘴里念念有词，用这样的方式祈祷主人全家平安。然后，再把窑口正中预留出来的那块拱石砌好，把历书、红筷、五色线钉在龙口处，这就叫"合龙口"。"合龙口"的下午就不动工了，主人要设宴招待工匠，同时招待亲戚朋友。

借着这个机会，进勤未来的丈母娘领着15岁的王慧敏从子洲赶来参加亲家的"合龙口"席面了。已经长到20岁的白进勤见到了比他小5岁的王慧敏，山硷塄的男女老少也见到了老白家用自家闺女给残疾儿子"换"来的这个还没过门的"小婆姨"。

"小婆姨"王慧敏虽然只有15岁，那个头、身架、走路、说话，已经是大姑娘的模样了，加上人长得标致，身体壮实，脸上有红是白，说话知情达礼，白家所有的远亲近邻没一个说赖的，白进勤自己更是偷着笑。

众人越说好，进勤娘心里越着急！

她清楚，人家娘母俩这次来，说是给咱"合龙口"贺喜，实际上是来看咱的儿哩！说句实在话，人家的女子经得住看，咱家的儿可缺着条腿哩！虽然人家娘老子甚时候说起来甚时候承应这件事，今儿当面见了咱的儿、看了咱儿的那两步走，谁敢担保人家不反悔？就打上为娘的念前念后能认下这码事，人家闺女不认你又能有甚办法？所以，尽管那年那个算卦老汉的话让人欢喜，可是，真正静下心来，连进勤娘说上，也是一时信一时又不信，毕竟是个算卦的，灵验不灵验，只有天知道！

进勤娘心里打着这些"小九九"，眼睛可一直在那娘母俩脸上盯着哩！她从白天盯到天黑，也没看出个眉高眼低来。还是自家闺女跟她一条心，晚上洗碗筷的时候，进香扒在娘的耳朵上说："我问过了，慧敏说她听娘的。她娘说，进勤人忠厚，手又巧，能吃苦，闺女跟上他赖不了。娘，你就放心吧！"

听了进香交的实底儿，进勤娘总算吃了颗定心丸。可她嘴上却说：

"好我的闺女哩，洞房一天不入，娘这心哪能放得下，就在这脯子上挂着哩……"

3年后，进勤娘挂在脯子上的那颗心总算放下来了。

那年的12月26日，是进勤、慧敏的喜日子。

一清早，白家门前那卜大槐树上就落了一对喜鹊，"喳喳喳、喳喳喳"地叫个没完。

半前响的时候，山硷塄的村口忽然响起一阵"噼噼啪啪"的爆竹声，随后炸响的是几个惊天动地的大麻雷。

炸碎的炮末子还没有完全落地，山硷塄的大姑娘小媳妇们就一齐朝村口跑去。

"引媳妇的队伍回来了！"

"三丑子的新娘进村了！"

受到爆竹惊扰的那对喜鹊在空中兜了两个圈，又双双对对地落回白家门前那卜槐树上冲着从院里跑出来的进勤娘老子和随后走出来的白进勤"喳喳喳"地叫。

细心的人们发现，当了新郎的白进勤今天没有挂他的双拐，他是一步一步从窑里走出来的。一个多月前，他独自去了趟西安，用自己打铁挣下的钱安了一副假肢。尽管这假肢做工还很粗糙，技能也显低劣，走起来仍很吃力，但它毕竟让我们的新郎甩掉了对双拐的依赖，能以接近健全人的姿态站在妻子面前了！

在欢快嘹亮的唢呐声、锣鼓声和男女老少的嬉笑声中，引亲的队伍离开公路，折上小路，直朝着白家门前的大槐树走来。引亲队伍中穿着最艳丽、因而也最引人注意的自然是已经长到18岁的新娘王慧敏。

眼前的这一幕，六七年来在进勤娘的眼前已经出现过无数次了，但那都是在梦里，是在老白家土窑洞炕上酣睡时所做的梦里。当她被这撩人的喜庆场面一次次笑醒时，眼面前除过黑洞洞的窑顶，甚么也看不见；耳朵里除过三丑爹沉睡的鼾声，甚么也听不见。这回，莫不是又在梦中？她把自己的手指塞进嘴里用力咬了一口，分明感觉到了疼，疼得她竟流出了生泪。看来，这回确实是真的了，三丑的媳妇真的娶进门了。

……

那天拜堂以至婚宴的所有程序，进勤娘一概记不清了，她只觉得自己就像个木偶，完全让人操持着机械地进行着。她的脑袋，像是喝醉了酒一样，朦朦胧胧的，昏昏沉沉的，云山雾罩的。人太高兴了大概就是这样——晕了。

直到天色完全黑尽，所有的亲朋都离去了，那小两口也回到了他们的洞房——这才真叫"洞房"，窑洞之房——院子里也彻底安静下来，进勤娘才又恢复了平日的清醒和精明。

一丝新的忧虑又从她的心底升起。她侧着耳朵注意听着那边窑里的响动。当然，她此刻关注的绝不是这对新婚夫妻的床笫之欢，她担心的是儿媳妇看到儿子那圪截光秃秃的残腿后，会跟儿子闹起来，甚至一个人跑出来，哭着喊着要回人家子洲去……

所有这些动静都没听见，只听见那些听房的半大小子们和年轻婆姨们按捺不住的"咻咻咻"的笑声和轻移轻放做贼一样的脚步声。

随着这声音，三小子进永和大儿媳妇失眉拉笑地跑进来。大儿媳妇拽住她的手说：

"娘，你猜俺们听见甚啦？"

"当嫂子的一点沉稳劲儿也没，听见甚啦？"进勤娘故意本着脸问。

"俺哥给俺嫂子念保证书哩！"进永抢过大嫂的话头对娘说。

"甚么保证书？"进勤娘一头雾水。

"俺给你学。"进永捏着嗓子,学着他二哥的腔调说,"我这条残腿你今天都看见了。别看我只有一条腿,我不会让你跟上我受委屈受穷的。靠我这身力气,靠我这份辛苦,靠我学下的铁匠手艺,别人有甚咱也得有甚,我总要让你走到人前头去!"

"你二哥说完后,你二嫂说甚来?"

"甚也没说,立马就把灯拉灭了。"

"这两个憨娃,新结婚的窑里,哪能不点灯哩?"

"看娘说的,人家小两口亲热,还能明灯腊水地叫人看……"

那天夜里,进勤娘的心总算跌到肚子里了。六七年了,她头一回瓷瓷实实地睡了个安然觉。

进勤和慧敏结婚后,两个人见天都欢眉笑眼的。进勤娘察言观色地注意了一个多月,从二媳妇的眉脸上、言语间,她没看出对进勤一丝一毫的嫌弃。她对自己的老汉说:"人家娃越是这样,咱越不能让娃受一点委屈。"

顺心的日子过得真快。过完大年好像才几天,正月十五就到了。在米脂乡间的年轻人眼里,这是一个比大年更让他们期盼,更让他们上心的节日。

十五那天,还不到响午,住在后沟里的少男少女们就三个一群、五个一伙地往龙镇走上了。站在门口的槐树底下,就能瞭见村边大路上尽是去看红火的人。骑自行车的年轻夫妻们,男人在后衣架上驮着婆姨,婆姨搂着男人的后腰,双双对对地说笑着朝龙镇去了。

进勤娘迟迟不见进勤两口子行动,就推开门进到那边窑里:"天不早了,你两个咋还不动身?"

慧敏说:"进勤腿脚不利索,今儿龙镇人又多,我俩就不去了。"

进勤娘说:"咱龙镇的灯可好看哩!在家坐着也是个坐着,三丑也能带你,骑上咱家的自行车,说话的工夫就到了。"

慧敏说:"娘,俺俩不去了。"

见两个人都不想去,进勤娘只好作罢。她一边往出走,一边心里想:准是媳妇嫌自己的男人拐着条腿,相跟上出去,在大庭广众当中不体面。要不,年轻轻的，哪有不爱红火的。

想到这里，她就去崖上进勤大爹的院里硬拽了本家的两个年轻婆姨，下来陪进勤两口子打扑克牌。慧敏看出了婆婆的用意，满满端了一盘花生、一盘葵花招呼众人吃，又把放在脚地的炕桌搬到炕上，4个人分成2拨，玩起打百分来，直打到看红火的人们从龙镇回来。

进勤结婚的第二年，土地就承包到户了，山硷塄的村民们也开始有了自个儿的园子地。

园子地奶种那几天，漫山遍野的尽是挑水浇园的情形：男人们担着茅粪桶在前边走，婆姨担着空水桶跟在后面。家家都是这样。

唯有老白家例外。

进勤腿有毛病，爬高下低的活儿根本不能指他。进勤娘就把儿子不能干的活自己揽过来，她担着茅粪桶在前头走，媳妇担着空水桶跟在后面。

半道上歇息的时候，慧敏见婆婆脸上的汗像瓢泼了似的，心里实在不落忍，就说："娘，重桶还是让俺担吧，俺比你年轻。"

进勤娘哪里肯让？她指着地里干活的人们对媳妇说："你看看这满世界浇园子的人家，哪有个让婆姨担重桶的哩？"

"娘也不是个男人嘛！"

"唉，三丑的腿不顶事，娘就是帮你们再多干些，也不想让俺娃心里受一点儿委屈。"

娘的这句话，说得慧敏胸口上一个热浪扑上来，鼻子一阵阵发酸，眼泪止不住流了下来。

慧敏过门的第二年冬天，就生下了她的大小子国庆。

按陕北的乡俗，闺女坐月子，都是娘伺候。可进勤娘说甚么也要把这个营生揽到自己身上来。慧敏娘见亲家母对慧敏像亲闺女一样，婆媳两个一点也不隔心，在闺女坐月子的3天头上，就放放心心地回了子洲。

那年，慧敏虚岁才19岁。进勤娘怕她不会带孩子，白明黑夜不敢离开半步，直到孩子过了百岁,才搬回这边窑里来。

进勤娘在二媳妇名下花的心血、下的辛苦、给的偏爱,老白家族上上下下几十口子,包括山硷塄的所有婆姨们,都看得清清楚楚。他们明白,这是这位慈善的婆婆在用自己的行动替儿子弥补媳妇心上的亏欠哩!

这就是世上的母亲!在儿女们面前,她们的爱才真正是无私的,毫无保留的,不要任何代价的。为了儿女,她可以不顾自己的健康,花尽自己的积蓄,甚至舍出自己的性命……

第五章

俗话说:"女人置穿戴,男人置宅院。"

确实如此。你看,人一辈辈传下来,哪个女人不爱穿衣打扮?哪个男人不爱修宅造院?

不过,在米脂这地方,修宅造院倒也不是件太让人犯愁的事。不是这地方的人手头有钱,而是这里的老百姓住的大多是最省钱不过的窑洞。人们只要舍得卖力气,修一处能够栖身的住处应该是不成问题的。

窑洞大概源于原始人藏身的山洞石穴。它取材方便、造价低廉、经久耐用、冬暖夏凉,最适合穷苦百姓居住。经过千百年的发展变化,现如今的窑洞也形成了不同的风格、拉开了不同的档次,从最简陋的土窑、接口土窑,已经发展到石窑甚至砖窑了。我们走进某一个村庄,不用细打听,单从窑洞的档次上就能大致判断出这个村落以致每户村民的穷富来。

土窑是在靠崖的地方挖的,最是简陋,几乎不用花多少钱就可以建成。窑内呈圆拱形,小门方窗,黄泥抹壁,黄土盘炕,暖和是暖和,就是不通风,光线暗。旧社会,穷苦百姓住的都是这种窑。白进勤的爷爷留给他们的也是这样的窑。我们的白进勤从出生、上学直到20岁前,就住在这样的土窑里。

接口窑比土窑又高了一个档次：窑面用上了石料，窑口大了，窗户也大了，窑内敞亮了许多，又有了类似于石窑或砖窑的外形，比传统的土窑更耐用也更好看。过去，处于中等生活水准的农户住的就是这样的窑。1976年，白存有不是领着他的3个儿子搞了一次规模不小的家庭基本建设么？就是把父辈留给他的那3眼土窑改造成了旧社会中等农户才能住上的接口窑。我们的主人公白进勤娶亲生子住的就是这样的窑。

石窑摆脱了对土崖的依赖，完全是在平地上用石料砌成的，窑口也安上了木制的门窗，窗棂的样式也更好看，窑的内壁多用白灰抹就。跟前两种窑相比，石窑更美观也更牢固。在旧社会，只有富裕人家才能建得起。

砖窑则是用砖和白灰垒砌起来的。在缺少石料但不缺烧煤的平川地带，人们都是建这种砖窑，它比石窑更洋气，更好住，当然造价也更高。

20世纪70年代，在山硷塄的59户村民中，能够券起石窑的还没有一家。1976年，给3眼土窑做完接口后，就在"合龙口"的那天，当着众位亲友和众位村邻的面，白进勤的父亲白存有对他的3个儿子讲了这么一排子话："你们的爷爷把这3眼窑传到我手上的时候，是3眼土窑；在我手里，总算给你们做成了接口土窑。要在旧社会，在咱们这道沟能住这样的窑就算是差不多的中等人家了。将来在咱这个院子里能不能再券起几眼石窑来，就看你们弟兄几个的本事了。你老子这辈子修宅造院的事就做到这垯了。"

当时在山硷塄，券石窑的事真还没有几家敢想望。可是，仅仅几年工夫，当石匠的雷光明就第一个券起了石窑；紧跟着，从龙镇到郭家砭的这道沟里住上券窑的人家一年比一年多了。

每回卖罢铁器从米脂城回来，白进勤见好多人家都在张闹着券石窑，他的心也开始动了。

他首先想到的是：别看我缺了一条腿，别人能办到的事，我白进勤照样要办到！在村邻们面前，就是要争这么一口气，不能让人下看；在婆姨名下，就是要兑现当年的承诺，不能让她受了委屈。

再说，老人们留下来的那3眼窑也实在住不开了：虽然大哥早就搬到矿上去了，姐姐也嫁到了子洲，可是，自己和三弟加上两个老人，在这3眼窑里都也住得不展活。自己要是券上几眼石窑搬出来，三弟一家和两个老人，就都能宽宽展展地住了。

细细盘算，券窑这营生其实主要靠的是点辛苦，咱这地方石料有的是，只要把石匠的营生自己学着做下来，真正花钱的地方也并不多。这几眼窑要券成了，自己兴许还能学成个匠人哩！真要那样，这辈子可就更不怕饿肚子了。人常说"艺多不压身"，李向阳还双手打枪哩，咱也来它个"左右开弓"！

白进勤打小就是个心里拿事的人，嘴上从来不爱张扬。券石窑的事，他只跟娘老子、跟三兄弟进永、跟婆姨慧敏分别打了声招呼，就一个人悄没声地干起来。

这件事前后干了4年。

头一年是打根基。

打根基需要动大量的土工，这不是一个残疾人能干得了的。每天前晌，把铁匠炉上的营生忙活完，他就回到自家院子里，一遍一遍地量盘，一寸一寸地计算，凡是自个儿能干的营生，先把它一件一件地做了。准备工作都便宜了，这才选了个合适的日子请村邻们来帮忙。

米脂乡间历来有"变工"这一说。你家有活儿干，我们众人来帮忙，有人工的出人工，有驴工的出驴工；等到我家有活儿干了，你们众人也来帮。农户之间这种约定俗成、自然形成的互助形式，既解决了小户人家因缺少资金、缺少劳力遇到的困惑，又密切了邻里之间的情感，加深了相互间的来往，它体现出来的其实正是咱们的先人那种互助友爱的传统美德。早些年，村民们挖土窑、做接口窑，采取的都是这种互助形式。

三丑家动土工活儿，来帮忙的人更多！一则白存有家人缘好，老少三代出来进去的都那么和人，和谁家也处得跟亲戚似的，大家从心里愿意来帮；二则众人都欠人家三丑子的情哩，自打老白家开了铁匠铺，山硷塄的村民们几乎家家都让三丑子做过活，甚时候去了人家娃甚时候干，除过大件活器，人家娃从没要过咱一分钱……

动工那天，帮忙的人早早儿就来到老白家。村里人干这种活儿都是轻车熟路，白进勤给大家大致分了一下工，人们就如流自水地干开了。

第二年是打石头。

白进勤先请人上山把石头开下来，雇人一车一车拉回自己的小院儿，再下来的营生就是出"面子石"了。出"面子石"是匠人们的行话，说白了，就是按照一定的规格尺寸把拉回来的"荒料"用锤錾加工成券窑所需要的石块、石条、石板。

这就是匠人们干的活儿。

我们的白进勤准备自己干！

面子石也分好多种，其中最难做的是口子石和腿子石，因为它们都在窑的关键部位，又都在大面上，丝毫马虎不得！看匠人的手艺好赖、功夫软硬，就看他做的口子石和腿子石。

这可是他第一次干石匠活儿。好在这人从小就好悟性，那年雷光明券石窑他去帮工，看过人家匠人们咋出面子石，他脑子里曾记下个大概。"长木匠，短铁匠，不长不短是石匠"，光是凭个大概印象，白进勤还是不敢直接上手。他骑着自行车前村后庄地跑了几家，像当年学铁匠那样站在旁边看人家怎么打。端午下雷光明回来过节，还专门跑过来，手把手地教了他一气，又把券5眼窑每种规格的石料各用多少，详详细细地给他拉了个单子。这样一来，我们的白进勤可是茶壶煮饺子——肚里有数了。

做面子石的营生从春一直干到秋，越干尺寸把握得越好，纹路凿刻得越直，凿出的石头方方正正的，很难挑出大毛病来。等把口子石和腿子石做完，白进勤自己也觉得手上有点吓数了。

八月十五的后晌，雷光明路过进来，把院里院外码得齐齐整整的面子石仔仔细细地看了一遍，又搬起一块腿子石掂过来掉过去地端详了半天，然后朝刚从铁匠炉上回来的白进勤父子俩说："行，三丑子的石匠手艺学成了！快不用在铁匠炉上敲打了，过罢年，跟上我出去干石匠吧！"

第三年是往起券窑。

券窑需要的人多，营生也相对集中，白进勤又请了不少人来帮忙。等把5眼窑券起来，大的营生就算做完了，至于脑畔上和窑里面的那些零碎营生，白进勤就没再请人。只要是自己能干的，他都不愿意麻烦别人，今天干一点儿，明天干一点儿，无非比别人起得早点儿、睡得晚点儿就是了。

白进勤干出的营生比别人分外细致。像垫硷畔、套锅台、铺地板这些活儿，他就比那些老匠人做得棱格。因为自个儿腿脚不方便，家里吃的水总是婆姨到井台上去担，白进勤就琢磨得在院里打了口水井，在崖头上做了个水塔，把井水吸到水塔上去，再通过管道引进窑里来。这样，婆姨一拧锅台跟前的水龙头，水就自个儿流出来了。他还从米脂城里买回一个大浴盆，安在中窑里，女人们爱洗涮，自家窑里有了浴盆，甚么时候想洗甚么时候便宜。

白进勤是1986年的10月搬进新窑的。

按米脂的乡俗，新窑修造完毕、晾晒干燥后，要选择好日子正式乔迁，米脂人把这种乔迁叫作"犹新窑"。这一天，主人得摆设酒宴招待亲朋。受到邀请的亲友们会带着各种各样的礼物来和主人一起"暖窑"。

白进勤用4年时间实现了对婆姨的承诺，成了山硷塄村能住起石窑的人家，自然更看重"犹新窑"的仪式，甚么"五簋"、"八碗"、"十三花"、"四四席"，反正是能上的他都让上，把个"暖窑"的酒宴搞得要多丰盛有多丰盛。

就在那天的宴席上，进勤的父亲白存有又想起了10年前的那顿宴席，想起了他在那顿宴席上说过的话。这位已经61岁的伤残军人，在3杯烧酒下肚之后，发表了一番感慨：

"1976年，俺父们住进那3眼接口窑时，俺白存有就知足了。谁承想，十年工夫俺三丑子又券起这么5眼石窑来，这在旧社会是地主老财才能住起的宅院嘛！俺三丑这么个可怜娃也能住上这么好的石窑，凭甚哩？全凭国家的好政策，凭众位亲戚邻居们的帮助，凭俺三丑子的苦数哩！俺今天要感谢咱们共产党改革开放的好政策、感谢亲戚朋友、感谢众位乡邻哩……"

那天，白存有喝醉了，彻底喝醉了。不过，酒醉心明，人醉成那样，还不住气地"感谢"哩……

5眼石窑券起来后，白进勤就跟上雷光明做起了匠人的营生。

他们干的是日工，一天3块钱，一个月下来能挣到八九十块，这比他在铁匠炉上零打碎敲强多了。在20世纪80年代中期，一个月挣八九十块，别说在农村，就是在城市也是很可观的收入了。

然而，对于白进勤来说，这些钱挣得实在不容易。要知道，他是一位只有一条腿的残疾人，而他干的是我们这些健全人都觉得怵头的整天跟石头打交道的笨重的体力活儿。

列位，在我们生活的这个世界上，残疾人是最值得人们同情的。一般情况下，他们是不愿意跟别人谈论自己的残疾的，更不愿意暴露自己的残肢；即使是在亲人面前，他们也不愿意讲述残疾给自己的生活和劳动带来的诸多不便。也许是自尊，也许是自卑，也许是自闭，反正他们很忌讳这个话题。正因为这样，即使和他们相识多年，如果你不细心观察，不用心体味，不近距离接触，你也不会知晓他们的生活到底有多么艰难，他们的内心究竟有多少辛酸！许多年来，好多苦他们默默地吃了，好多气他们无声地忍了，好多泪他们悄悄地咽了……

我们的白进勤就是最有代表性的一个。

跟雷光明出来的头一天，他就感受到了吃石匠这碗饭的艰难。

那天，他们干的是出面子的营生，白进勤最拿手。加上雷光明，他们一共16个人，除了白进勤是个残疾人，人家都是全胳膊全腿的健全人。

从山里拉回来的石头像小山一样堆在院子里，匠人们管这种石头叫"荒料"。荒料有的较为齐整，大小也适中，做起来就相对省工、省力、省时间；有的个头大不说，还长得歪三仄愣的，你得先把那些多余的部分削砍掉，修整出个大致模样来，才能按尺寸修凿，所以，分外地费工、费力、费时间。人家腿脚利索的，满大堆里挑那些好加工的料做，省劲儿不说，还出数。白进勤就不行了，拐着条腿，只能是身跟前有甚做甚，劲儿费得最多，干出的营生还赶不上别人。

一块荒料，匀匀常常地都在100斤以上，遇上那大家伙，能接近200斤。人家腿脚利索的，两手一用劲，蹭一下搬上就走了。白进勤哪能，他得先把石头立起来，对付着放在自个儿右腿的膝盖上，两手搬住以后全靠右腿的支撑才能站起来，一步一步地挪着走。他又是个要样的人，自己出的面子石总要码得方方正正的，你说费力不费力？

大堆上好用的石头挑得差不多了，别人就跑到窑上垒墙、砌石去了，出面子的就剩下白进勤一个人。爬高下低的活儿他干不了，跑跑跳跳的活儿他更干不了,只能坐在这里,一锤一锤地砸,一錾一錾地凿,靠技术吃饭,靠辛苦挣钱……

一整天就这样吭哧吭哧地受,黑将来收工的时候,从地下往起一站,浑身上下没有一处不疼的。

那天,他们干活儿的地方在郭家砭的西边,离山硷塄有30多里,来回都是骑自行车。按理说,白进勤头几年去米脂城送铁器、买生铁,都是骑自行车,来回120华里,跑得轻轻松松的,可是,今儿晚上这30多里路,跑起来竟是这么吃力。

雷光明的一个本家兄弟,做营生磨磨蹭蹭的,半天凿不出一块口子石,可是,骑上自行车,谁也撑不上他。雷光明后面直喊:"你骑那么快干甚去呀?婆姨也没娶下,对象也没搞上,有甚着急的事情哩?骑慢些,等等三丑子。"

白进勤确实跟不上。

别人是两只脚倒替着蹬,一只比一只有劲;他全凭右边那只脚发力。平路还凑合,一走上坡路,就跟不上了。以往走米脂是他一个人,走快走慢全由自己;今儿受了一天,本来就乏得全身无力,又跟众人一起走,你一条腿咋也撑不上人家那两条腿。尽管雷光明一再吆喝慢些骑,白进勤还是跟不上。他编了个假话,说自己要解手,就让他们几个前头先走了。

白进勤在路畔上的一块大石头上坐下来,掏出自己那杆半尺长的烟锅子,一柞气抽了3袋烟。

抽着烟,他又想起了古人说的那句话:"钱难挣,屎难吃,世上哪有好挣的钱哩?"咱想挣人家这两个钱,就得泼泼儿地受哩!今儿头一天,荒身子,再受上五六天,等身子打熬下来,就可像今儿这么乏了……

月亮已经升起来,把条山路照得亮晃晃的。

庄户人说:"羊棒烟能解受苦人的乏哩!"3锅子油抽进去,身上到底精神了,脊背上的汗也落了,后背上凉津津的。白进勤这才骑上自行车,一个人不紧不慢地往回走。

万事开头难!

经过月数天气的打磨，白进勤渐渐适应了外出揽工的生活。半年以后，这支由雷光明牵头组织起来的十几个人的包工队，竟然成了米脂县有点名气的专业券窑队。他们活动的范围，除了郭家砭、龙镇这一带，后来还探到了无定河以东的沙家店、杨家沟那一片。

他们就是走村串户地给改革开放后生活日渐宽裕的村民们券石窑。

乡村里向来是村看村，户看户。谁家做了个甚，别人看见不赖，众人都要跟着来。起窑造院的大事越发是这样。

就拿山硷塄来说，自打雷光明、白进勤两家券起一扑溜石窑，村里凡是经济上有力量的，都想券几眼石窑住。这道沟里其他村的村民们路上路下见山硷塄大兴土木，也都坐不住了。这样，雷光明他们这支专业券窑队，成天是东村请、西村叫，营生排得满满的。

白进勤券他那5眼窑时，除过打石头、拉石头、券窑那些大桩营生请人做，其他像出面子、垒埫畔、套仓子等细致营生都是他自己干。农村里像他这么巧的人不多，再说也没他这辛苦，因此，券石窑的人家一般都是一揽大包干地包给券窑队，像割碾子、凿磨、打驴槽、套锅台、套石仓、做门台这些活儿，也都是白进勤他们干。

在雷光明领的这十几个匠人中，论手艺，谁也顶不上白进勤，尤其是做腿子石、口子石，雷光明首先就不凭信他们。慢慢儿地，连主家也看出来了，都说"姓白的那个匠人，别看腿有毛病，干出来的营生可精致哩！他出的面子石，像机器裁出来的一般，码到窑上去，一卯顶一楔，可牢固哩！"因此，那些细致活儿，主家常常是指名道姓地就让他干。白进勤技术上给扛大头，雷光明自然不会亏待他，第二年白进勤的日工资长到了5块，以后又很快长到了10块。

可是，石匠这种营生，一到冬天就不能干了，券窑队的匠人们又都坐回村里来。都是些年轻人，家里哪能坐得住，不是聚在一块儿喝烧酒，就是钻在窑里打扑克，要不就偷偷摸摸地赌两把。

这类活动白进勤一概不参与，谁叫也不出来。他不出来有不出来的理由："我一年四季在外面跑，家里的营生都撂给婆姨了，好不容易回来住两天，咋也得帮着归整归整吧！"

其实，家里的营生根本用不着他。婆姨慧敏虽然年纪不大，但毕竟是穷人家里受出来的，男人不在家，大凡小事，从来不等不靠，里里外外，拾掇得利利索索。再说，旁边还有个娘哩！因此，家里确实没有多少值得白进勤忙活的营生！

几天后，闲不住的白进勤又支起了他的铁匠炉。

从此，每年天暖和的季节，白进勤就跟上雷光明出去当石匠，天冷了，石匠活儿干不成了，他又继续当他的铁匠，一年四季不识闲。

说起白进勤过日子的辛苦，山硷塄的男人们没有一个不宾服；说起白进勤家的光景，山硷塄的婆姨们没有一个不羡慕："别看三丑子是个残疾，人家那小日子过得，要多滋润有多滋润……"

第六章

白进勤要外出打工了。

这回，他不是去米脂，也不是"走南路"，当然更不是去延安，而是"走北路"，要到内蒙古的伊克昭盟去。

白进勤琢磨上这个事有段日子了，可他在家里跟谁也没说，包括婆姨王慧敏他也只字未漏。

在米脂这地方，老百姓历来都是喜安居乐业，重安守本分的，他们习惯于居家守园，从来不好离家远出；一代一代传下来，人们宁肯在本乡地面上苦巴巴地受煎熬，也不愿背井离乡地到外面去，这就叫"穷家难舍"，就像米脂人自己说的："金圪崂，银圪崂，撂不下自个儿的穷圪崂。"

当然也有例外的时候。1929年——老辈人叫民国十八年——米脂从春到秋滴雨未下，入秋以后颗粒无收，不等过年，好多百姓就家无隔夜之粮，身无蔽体之衣，到了饥寒交迫、走投无路的地步。只有到了这种时候，保守的米脂人才肯离开祖祖辈辈生活的地方外出逃荒。

那年头，他们都是往南走，米脂人叫"走南路"，近一点的是延安地区，稍远的是黄龙、黄陵，已经靠近洛川了。那一带地广人稀，能够接纳北边过来的这些灾民。当时，米脂人很少有往北边走的，在他们眼里，北边尽是沙漠，又是蒙古人待的地方，荒蛮不说，语言还不通，去了怕受欺负。所以，他们光是"走南路"，不"走北路"。

如今，我们的白进勤却要"走北路"，要到蒙古人住的伊克昭盟去。

走出山砭塄，到大地方去闯荡，这是白进勤打小就有的想望。那时候，家里穷得要甚没甚，在亲戚六人中，他家大人小孩说话没人听，办事没人理，有难没人帮。爹虽然在部队上干了几年，除过落下一身残疾，甚好处没得上，甚本事没学下；在村里，种地不如别人在行，挖煤不如别人会干，显得人也就窝囊了，因此在白氏族人里，总也走不到人前去。娘倒是个处处要强、事事要样的人，可摊上这么一个男人，又赶上六七十年代那样的政策环境，她就是浑身是铁，又能打出几颗钉来？一个妇道人家，起五更，睡半夜，披星宿，戴月亮，今儿卖碗饦，明儿卖豆腐，后儿卖干烙儿，该想的办法想尽了，天下的苦楚也受遍了，可还是没把穷光景变过来。当时，看见娘老子活得这么艰难，白进勤在心里暗暗发誓：自己长大以后，一定要走出这个穷山沟，到大地方去发展，让受了半辈子苦的娘老子好好儿享享福，让窝囊了几十年的白家人在村民们面前展展腰，扬眉吐气地过几年舒心日子……

可是，洪洞窑发生的那件事就像一场从天而降的瓢泼大雨把白进勤的梦想火花彻底浇灭了！从此，那样的好事，他不敢再去想；那样的好梦，他不敢再去做，只求能平平安安地生活、衣食无忧地度日。在他看来，这辈子能走到这一步就算烧高香了。

随着铁匠炉上的生意越做越火，加上石匠的营生长年不断，白家的光景一天天好起来。在山砭塄的300多位村民中，白存有家的人也开始受人尊重、被人高看了。冬日消闲下来的时候，在大槐树下的铁匠炉旁，这位在忻州战斗中受过重伤的二等乙级残废军人，也可以在村邻们面前摸着下颏子说两句硬气话了:"我老汉前半辈子,那真是'黄连树上挂苦胆——苦得没法儿说'!娘老子白给起了个'白存有'的官名儿,受了几十年,是既没存下,更没富有;后半辈子,自俺三丑学会铁匠、干上石匠,俺这光景,那真是'芝麻开花——节节高'啦!"

见娘老子活得这么舒心、心上这么展活,进勤心里自然高兴:经过这些年的奋斗,自己的爹娘、自己的婆姨总算能在山硷塄展油活水地做人了!他觉得,像他这样一个生活在大山里的农民,一个缺了一条腿的残疾人,能活到这个份儿上,确实很不错了!

然而,没过多久,白进勤的心又开始不安分了,十几年前被浇灭了的梦想之火又重新燃烧起来:他还是想到山外面去,到大地方去,他要让自己的爹娘、自己的婆姨、自己的儿女最终也能离开这个穷地方,像城里人那样,有滋有味地享受现代化的城市生活,而不是像他的祖先那样,一代一代地再在这大山里苦巴巴地受煎熬。

要说白进勤心中的理想之火能够重新燃起来,还是缘于下面的两件事。

头一件,白进勤给婆姨的那句承诺。

列位朋友大概没有忘记,在那个新婚之夜,我们的白进勤是这样说的:"别看我只有一条腿,我不会让你跟上我受委屈受穷的。靠我这身力气,靠我这份辛苦,靠我学下的铁匠手艺,别人有甚咱也得有甚,我总要让你走到人前头去!"

白进勤是个重厚寡言、诚实守信的人。几年前讲过的话,他至今没有忘记,一个字也没有忘记。

白进勤更是个重情重义、有前有后的人。说句良心话,论当时的条件,慧敏那么好的个女子,来白家做媳妇,真的有点委屈。可是,人家一没嫌咱家穷,二没嫌咱人残,甚条件也没提就应了这门亲。结婚9年了,人家一处之心地跟咱过光景,从来没有过个二心;人家知冷知热地和咱处夫妻,从来没嫌过咱身残。如今,咱儿也有啦,女也有啦!作为婆姨,人家管对得起咱啦!咱作为个男人,当初说下的话还没全都兑现哩!咱还得猫倒腰好好儿受哩!还得抬起脚往远处走哩!

二一件,打工的匠人们从北路带回来的撩人的信息。

这两年，跟上雷光明走村串户地干石匠活，打交道的人多，看到听到的事情也多。腊月里听北路回来的匠人说，内蒙古那地方可不是老辈人说得那么不好待，尤其是伊克昭盟那一带，据说随便挖开个地方就是煤，几辈子也挖不完。要把挖出来的煤拉到外面去，路就是个问题。国家拨了好多钱，又是开铁路，又是修公路。修路就得做护坡、做桥涵，这些活儿都离不开石匠。内蒙古那地方还偏偏缺石匠。听到这些消息，米脂的匠人们都不想再走村串户地干这些鸡零狗碎的猫头营生了，他们都想"走北路"到内蒙古去，整整桩桩地干些大营生，成千成万地挣两个好银钱！

在郭家砭这道沟里，说起白进勤的手艺、辛苦和他的为人，匠人们没有一个不宾服的。别看他少了一条腿，谁也愿意跟他合伙干。

年跟前，雷光明、雷光来弟兄俩三天两头圪蹴在白进勤的铁匠炉旁，一遍一遍地撺弄他关了铁匠炉到内蒙古打工去。

其实，白进勤心里早就把这件事认准了，他认为自己多年来盼望的机会终于来了！他要抓住这个时机，实现自己少年时的梦想。考虑到自个儿手头缺资金、腿脚不方便，对内蒙古的门头夹道又两眼一墨黑，所以，他也愿意跟雷氏兄弟们一块儿干，一则知根知底，二则彼此有个照应。

主意倒是拿稳了，就是不知道该跟娘老子咋开口。年前那几天，他不敢说，怕娘哭哭嚓嚓地全家过不好这个年；正月十五以里，他试了几试没敢张嘴；过罢元宵节，眼瞅着要过二月二了，他还是没有开口。直到二月初三的早起，实在不能拖了，他才绕绕弯弯地跟娘老子说起这码事。

果不其然，没等他把话说完，娘就坚决反对。是呵，9年前的那场事在老人心里留下的伤口至今没有愈合，甚时候想起来甚时候痛。不提叙打工的事还好，一提这码事，老人脑子里全是那条肿得像紫茄子一样的腿，老娘心上的那块病眼瞅着又要犯了。

"三丑，"娘眼里转着泪说，"你也30多岁的人了，咋这么不长记性哩？这辈子打工的亏还没吃够是不是？家里才待过了几天舒心日子，你又要给我出去生事！我今天实话告诉你，你们要是想让我陪伴你们多活几年，你就给我老老实实在家待着；你要是想让你娘早死几年，你就走，想往哪走往哪走！"

"大新正月的,说两句吉利话行不行?死呀活呀的,到底是怕哩还是咒哩?"进勤爹朝着婆姨很不高兴地说。

"呀呀呀,今天这阳婆是从哪出来了?连我们这位革命军人、共产党员也讲起迷信来了?"进勤娘一句话把男人顶了回去,紧接着就高一声低一声地哭诉起来:"你们老的小的站着说话不腰疼。当初三丑子把腿碰了,一把屎一把尿的,谁伺候来?自他伤了腿,我这当娘的过的是甚日子,你们知道不知道?我每天都是拿泪洗脸,拿泪泡饭,我眼睛里流的泪比别人尿的尿还多,你们知道不知道?为让他能像旁人一样成上个人家,我是伺候了男的伺候女的,伺候了老的伺候小的,我脑袋上流的汗比房檐上滴的水还多,你们知道不知道?……"

见娘越说越激动,越哭越伤心,进勤知道今儿个无论如何说不成个话了,他朝婆姨使了个眼色,和爹一前一后从窑里出来,父子两个又上了铁匠炉。

一白天,在铁匠炉上,父子俩一边"叮叮当当"地捣铁,一边一递一句地合计这个事;在窑洞里,那婆媳俩也是一边紧一针慢一针地做针线,一边吃吃塌塌地拉谈这个事。

晚上吃饭的时候,见娘眼睛又红又肿,进勤没敢再提那件事,悄没声地喝了一大钵碗和和饭,把碗一放,就想走。

娘瞥了他一眼,叫住了他:"三丑,你这回出去,想跟谁们一起走,到甚么地方,做甚么生活,你都跟娘详详细细地说一说。"

进勤一听,知道娘的态度有了转变,脸上立时有了笑眉眼。他重新回到炕上,坐在娘的对面,把自己盘算好的事情一五一十地跟娘拉了一遍,临了他又说:

"虽然也是在公路上,可我们不跟大机器打交道,就是给人家做护坡、安道牙石,全是石匠的活儿,跟在咱们米脂干其实没甚么两样,苦轻得多哩!再说,雷光明也不让我干活儿,就让我给他当个带班……"

"带班儿是个干甚的?"

"实际就是个现场指挥,指指嘴,跑跑腿,把把关,不用咱们自己干。"

"你跟娘说的可是实情?"

"是实情,儿哪能哄娘哩!儿想今年出去先探探路,等把路踩开,儿想单另领支工程队自己干哩，到时候就更不用受苦了。过个十年八年，儿在那边干好了，把你们两位老人也接出去，咱们好好儿地享几年福……"

"你尽捡那好听的话给娘宽心哩，老古人早就说下那话啦——好出门不如歹在家，世上哪有好挣的钱哩？俺娃既然把主意拿稳了，娘也不能硬拦你，想走就走吧！你也30多岁的人了，出去以后挣多挣少搁在其外，关键是要照护好自己……"

见娘终于放了话了，进勤像是吃了喜鹊子肉似的，娘说甚么他都答应。答应了半天，娘安顿的话一句也没记住，他的心早跑到怎样跟雷光明搭班套、拉队伍的事情上去了。

白进勤是1988年3月23日离开米脂的，那天按阴历是二月初六。本来，他和雷光明初五就想走，娘硬让推后一天，说："不为别的，就图个顺顺利利，平平安安。"

一共十几个人。雷光明雇了辆拖拉机，底下装的是行李和锹、镢、锤、錾等劳动工具，上头坐着他们这些受苦人。

一群人在拖拉机上摇摇晃晃地走了3天，初八下午才到了伊克昭盟。他们做营生的这个地方叫贺家石畔，在伊克昭盟准格尔旗的薛家湾附近。国家在这一带修国道，大大小小的工程队把公路沿线的村庄住得满满的。

雷光明和白进勤找到贺家石畔的村主任求人家帮着租两间民房。那位村主任把脑袋摇得跟拨浪鼓似的："没有了，没有了，凡是能住人的，都让前头进来的工程队租走了。"

雷光明赶忙从身上掏出盒还没拆开的红塔山，一边往村主任兜里装一边说："求你再给找找，只要能住人就行，凉房也不怕，牲口棚也不怕。我们的工地就在这跟前，只能在你们村想办法了。我们这个伙计还是个残疾，冷冬寒月的，住在荒郊野外不是个事儿……"

也不知是他的恳切言辞感动了对方，还是那盒烟起了作用，村主任的脑袋不再摇晃了，一边盯着白进勤那条腿，一边把手指伸进长长的头发里使劲挠了半天，然后说："贺老四家倒是有个猪圈，大是挺大，就是脏，你们要是不嫌，就在那儿凑合吧！这个要是不行，我可再想不出办法了。"

"有顶子没有？"雷光明问。

"有，就是味道差一些，本来就是个圈猪的地方……"

"你领我们去看一下吧！"白进勤说。

村主任在前头领路，一左一右拐了两个弯，来到一处敞豁子烂院。说是院，其实既没院墙，更没院门，靠北一溜3间正房，南边有间南房，南房旁边是间茅房。村主任指着那间一人多高的南房说："喏，我说的就是这间。"

白进勤扒在门上看了看，里边确实圈着一口猪，门用一块烂门板挡着，顶子上搭着一些椽棒，屋里黑不说，感觉潮乎乎的，一股浓烈的猪粪味儿、尿臊味儿扑鼻而来。

"我看就在这儿吧！让拖拉机开过来往下卸东西吧！"白进勤对雷光明说完，回头又对村主任说："你让房东给猪另找个地方，这间房我们租了。麻烦你给找些干草，再借几块门扇做床板……"

村主任答应着转身走了。

白进勤招呼从拖拉机上下来的民工用锹把屋里的猪粪、尿泥、杂草铲出去，铲出底下的硬底子来；在硬底子上垫了一层干土，铺上村主任让人送来的干草；又从附近搬来一些片石支在下面，上面搭上木板、门扇，一个大通铺就搭起来了。十几个人躺上去虽然挤一些，但总算有个睡觉的地方了。

大师傅借用房东的炉灶，满满儿熬了一锅和和饭，就上从米脂带过来的干烙儿、驴板肠，晚饭吃得也还热热乎乎。

吃过晚饭，颠簸了一路的受苦人都上床睡觉了，小屋里顿时鼾声大作，一声比一声响亮。只有挨门躺着的白进勤没睡着。

内蒙古这地方，到底比陕北冷。入夜以后，冷风从烂门板上吹进来，吹得头皮凉飕飕的。这样的风吹上一黑夜，还不把人给冻坏了？他披上衣服又起来，把从家带来的羊皮褥子从身底下抽出来，摸摸索索地挂到门上，这才把风挡住。

经过这么一折腾，白进勤一点睡意也没有了。他卷了根烟，一口接一口地抽起来。身边的伙伴们一个个鼾声如雷，有谁在"咯吱吱吱"地咬牙，还有谁在"叽里咕噜"地说梦话。

我们中国数以千万计的农民工们，用自己的体力和智力，默默无闻地为这个社会做出了多少贡献，像老黄牛一样为生活在城里的人们提供了多少服务；至于他们自己，要求却很低，只要有口饭吃，只要能拿到工资，他们就满足了，至于住，能有个睡处就行，受上一天，跌倒头就睡了，好哇咋呀，赖哇咋呀！……

"嗨……"白进勤长长地吁了口气，他把烟头掐灭，一边往被窝里钻，一边在心里对自己说："明天该给娘写封信了，报个平安。不过，睡猪圈的事绝对不能写，要不娘又该说'好出门不如歹在家'了……"

第二天早上吃罢饭，白进勤就带着他的队伍上了工地。工地就在贺家石畔，离他们住的地方半里多地。做护坡的石料已经卸在那里，白进勤简单地分了一下任务，说了些该注意的事情，民工们就"叮叮当当"地干起来。

在石匠这个行当里，做护坡，垒道牙石，是比较粗陋的活儿，用不着太多的技术，对做惯了口子石、腿子石、凿磨扇、凿石槽等细活儿的米脂匠人来说，干这些营生跟玩耍似的。尽管如此，白进勤仍然一个一个反复叮咛："一定要按技术员的要求干，按做护坡的操作规程干，把粗活当成细活干，无论如何不能让人家挑出毛病来。"

工地上安顿便宜了，他又跟雷光明去了趟村主任家，把从米脂带来的狗头枣、小米子、小杂豆见样儿拿了一些，又从小卖部买了条红塔山，用纸包了一起装在一个大袋子里，多少是个心吧。出门在外矮三分哩！夜儿个要不是那盒烟，怕是连这么个猪圈也寻不下。

村主任正在家，见他俩提了不少东西，显得十分高兴，又是让烟，又是让茶，又招呼着一起喝酒。他俩见人家一家子正吃饭，把东西放下就要走。村主任也没硬留，一边往门口送一边说："你们不要客气，有甚事情只管找我，出门在外的不容易。"

白进勤说："别的眼下倒没甚，就是门上没个遮挡，黑夜冻得够呛！村主任看能不能给找个旧门，挡挡风。"

村主任满口答应："这没问题，我下午就让他们办！"

毕竟都是农民，互相都不嫌弃，彼此都能照应。村主任答应的门，下午就让木匠过来安上了。房东两口子更是问问寻寻、照照护护的，说出来的话透着那么一股子热乎气儿，让人听了心里熨帖。

工地上的有些人可就不一样了。他们仗着自己是城里人，从心眼里看不起这些穿着破衣烂衫、讲着方言土语、抽着自制旱烟、身上一股汗臭味儿的"老陕"。他们仗着自己是端着铁饭碗的国营职工，对这些跑到城里来找活儿干的乡下人有一种与生俱来的嫌弃，特别是多多少少有点实权的人，总觉得他们收留了这帮农民工，给了农民工一碗饭吃。因此，在农民工面前，他们没来由地摆出一副有恩于人的架势，说话办事处处居高临下、颐指气使、盛气凌人；更有那般野蛮人，动不动就立眉竖眼地出口伤人、开口骂人，甚么牲口话都能从他们嘴里吐出来。

白进勤他们来贺家石畔几个月头上，就遇了这么一件事。

管他们这个标段的有一个小领工员，是个20岁刚出头的姑娘。那姑娘对工地上的事情压根儿就不懂，只是认下个管点儿事的姐夫，硬给安插到项目办来。作为领工员，她几乎从来不下工地，成天钻在项目办那间房子里，跟一群年轻后生打情骂俏。你有事情去找，她连个好头脸也没有，脸黑愤愤的，就像你欠下她几百块钱似的；她偶尔也到工地上转转，瞅眉剜眼地见谁挑谁的刺儿，众人见了她，就像见了传染病人似的，躲得她远远的。

那天，她来到白进勤这个工地，打着一把旱伞，戴着一副墨镜，穿着一双高跟儿鞋，嘴里头嚼嚼刹刹地不知道吃着些甚么东西。她圪扭圪扭地转了一圈，扯起嗓子喊道："你们这儿谁是带班儿？"

"我是。"白进勤一边答应一边朝她走过去。

她盯住白进勤从头上看到脚上，又从脚上看到头上，然后说："你们工程队再找不出人来了，让个拐子当带班儿！"

白进勤忍住，没接应。

那姑娘开始找碴儿了："像这种有水锈的石头，得拿水好好儿洗一遍，你们为什么不洗？"

白进勤看了她一眼，不紧不慢地说："操作规程上没这么写呀……"

"你是听操作规程的还是听我的？"

"谁说得对听谁的。"

"白拐子,告诉你!"姑娘开始发飙了,一跳三尺高,"我是这儿的领工员,你必须听我的,说得对你得听,说得不对也得听!"

白进勤又看了她一眼,还是不紧不慢地说:"听你的,这容易。你说对的咋也好说,你说错了还照你说的做,万一出了问题算谁的?"

"你拐七趔八的,心眼儿倒不少,你还想往住套挽人?"

白进勤收起笑脸,正言厉声地对姑娘说:"咱们打了盆说盆,打了碗说碗,现在说的是工程上的事,跟我的腿没有一点关系,请你不要拿我的腿说事……"

"就说,就说!"那姑娘开始撒泼了,"你个白拐子,白瘸子,瘸拐子!上辈子没干好事,老天爷硬把你的腿弄断了……"

"你、你……"白进勤气得七窍生烟,嘴抖得一句话也说不出来。

工地上的几个愣头小伙子再也看不下去了,提着铁锹就冲过来,为首的一个,举起铁锹指住那个姑娘说:"闭上你这张臭嘴,你再敢胡嚼一个字,老子今天一锹劈了你这个有人养没人教的王八羔子!"

那姑娘哪见过这个阵势?她嘴张了几张没敢再吭声,倒提着那把旱伞,气咻咻地走了。走了几步,可能实在气不下,又返回身来把工人们刚垒好的几块道牙石踢了个东倒西歪,这才朝远处的项目办一撅一撅地走了。

不一会儿工夫,一辆嘉陵摩托疯了一般从远处呼啸而来,卷起一泡黄尘。从摩托车上下来的是一个长得五大三粗的中年人,工地上的人都认得他,外号叫"杨大头",在公司里多少管着些事,正是刚才那姑娘的姐夫。那姑娘就跟在他的身后,走路一瘸一拐的,准是刚才踢道牙石崴的。

"杨大头"径直来到白进勤跟前。

"白拐子,刚才怎么回事?"

白进勤指着跟在他身后的领工员说:

"你问她吧。"

"我问的是你!"

"既然你要问,咱们找个地方坐下,我把刚才的过程详详细细地给你说上一遍。"

"过程我不听,我只问你一句——你们还想不想在这儿干了?"

"哎,说到这儿,我倒想听听,想干怎么样,不想干又怎么样?"

"姓白的,你给我听清楚:不想干,就卷铺盖走人,从哪来的还滚回哪去;想干,就得听我妹妹的,她就是代表公司在这儿监督你们、领导你们的,哪个敢不听,没你们的好果子吃!"

在这种灰人跟前,白进勤毫不示弱:"姓杨的,你也听清楚了:'你不要脖子上安个驴头,就把自己当大牲灵看!你头上那个烂帽子值几钱重,众人都明白。我们在这儿干与不干,不是你能说了算的。就凭你姓杨的这副德行,想让我们伺候我们也未必干。从陕西走到个内蒙古,一路上甚牲灵没见过?你要是言感正经地拉工作,咱们咋也好说,要是横行霸道不说理,想在我们头上拉屎拉尿,怕是没那么容易!谁要不信,咱们就骑驴看唱本——走着瞧!"

那个姓杨的原本是来给他的"妹子"做主的,没想到这个缺了一条腿的农民工比他还硬,又见手里头握家伙的后生们站下一圈,真要闹起来,未必能占上便宜,于是,也撂了句"走着瞧"的话头,领着他"妹子"没朽没朽地走了。

当天黑夜吃罢饭,白进勤怕那两人背地里使坏,就和雷光明相跟上,去项目办找到那儿的正经领导,把白天发生的事详细地说了一遍。那个领导是个正派人,人家一听就明白了,一边给他们两个往杯里倒水一边说:"那闺女是个半吊子,我们准备另外安排她的工作,你们放放心心地干吧。老白这个带班长当得不错,活儿干得也地道,我们心里都有数。"

听了这两句话,他们两个才彻底放了心。

几个月以后,白进勤他们又来到柳林沟。

这回是给包府公路做护坡。住的地方更差劲,民房好好赖赖寻不下一间,连贺家石畔那样的猪圈也没寻下,他们只好在河滩上搭了顶帐篷做宿舍。河滩上潮得厉害,白进勤只好把工地上做养护用的稻草袋子铺在地上,一共铺了3层。住进来的时候已经是阴历的八月初二了,河面上结的冰凌有一指多厚。为省钱,不舍得生火,晚上睡下又冷又潮。白天受上那么重的苦,黑夜睡在又冰又冷的河滩上,不要说白进勤这样的残疾人,就是那几个20多岁的壮后生,清早起来，也是一个个腰僵得像是插了根木头。翻开最底下那层草袋子，几天工夫就沤得变成了黑色。就是在这样的环境下，他们硬干到阴历九月尽了才收工。

完工以后，白进勤安顿弟兄们先回，他和雷光明留下来跟公司结算工钱。公司就在东胜市里面，他俩连住等了3天。白天去公司跟人家磨嘴皮子，到了晚上，最便宜的旅店也住不起，就住进澡堂子。澡堂子还真是个穷人过夜的好地方，价钱便宜不说，还能水宽宽地洗个热水澡，不用受冷冻。

3天头上，公司财务科的人跟他们说："资金不便宜，你们先回吧，过罢元旦再来。"

回去住了一个多月，元旦一过，雷光明就打发白进勤坐班车来到东胜，他又住进澡堂子，第二天一上班就来到公司。谁知还是来迟了：结算工钱的人已经从三楼的财务科一直排到一楼的楼门口。拐着一条腿的白进勤只好排到最后边。他从上午排到中午，又从中午排到下午，快下班的时候才轮到他。

财务上的两个女同志在计算器上玐搭了半天，给他结了1万多块钱。白进勤蘸着唾沫一张一张点了一遍，扒在窗口问："咋就这么一点钱？"

"钱不多了,各家都是先发一点,其余的等过罢年再说吧——哎,下一个！"

白进勤下到一楼的时候，迎头碰上贺家石畔工地上紧挨他们的那两家邻居，一家是横山来的，一家也是米脂。那两个也说给的钱太少，正圪蹴在那儿商量办法哩。白进勤也圪凑过去。

横山的老张压低声音说："我听人们私下议论，这工钱要想结算得痛快，就得给人家送哩！你不送，人家就象征性地给你这么一点。"

"送？送多少是个合适？"白进勤问。

"他还差你多少？"

"18万。"

"今天给你结了多少？"

"1.6万。"

"那你少说也得给他这个数。"老张伸着食指对老白说。

"1000？"

"捉牢你那1000吧，是1万。"

"好家伙！给个千数八百的不行？"

"不行。现在家家都在送，你送得少了，头头点点的，也不行，那跟没送一样。不信你就试一试。"

"他们咋这么黑哩？"

"现在都是个这。你没听人说？'挣下要不下，辛苦全白下；要想能要下，先把老本下。'"

白进勤闹明白了：人家先给的这1万多是做药引子哩，你舍不得1万，就别指望要后边的那十几万！

白进勤卷了一根自制的旱烟，靠住墙一边抽一边盘算：看起来怀里这万数块钱还得掏出去，舍不得孩子套不住狼，这点儿"生本儿"得往里贴。可是，正经掌柜子是人家雷光明，咱只是个跑腿的，这1万块钱送出去，人家又不给咱打收条，回了米脂，咱咋给雷光明往清楚说哩？

一根旱烟抽完了，他也没打起个调来，又卷了一根，又抽起来："这笔钱怕是省不下，迟早得送。有其迟送闹个不痛快，不如早早儿送了早些利索。要都是这么个行情，雷光明也得认这个账哩。"他把抽剩下的烟头在水泥地上拧灭，心里对自己说："快一狠二狠地送吧……"

主意拿定，白进勤进厕所把那个整捆的1万元单另装在一个信封里，在信封上大大地写了"雷光明"三个字，又把信封装在外衣口袋，这才赶紧从厕所出来，站在空荡荡的走廊里静静地等。

等了足有一袋烟的工夫，听见三楼有锁门的声音，紧接着，穿着高跟鞋的财务科科长和戴着近视眼镜的小出纳"嘎噔嘎噔"地下来了。

白进勤赶紧迎上去："你们两个才忙活完？"

财务科科长愣了一下，但她很快就认出是下午领钱的那个残疾人："你咋还没走？"

"我们老雷让我给你捎了一封信哩，下午人多，我忘记给你了。"

"信？甚么信？"

"我也不知道，他说是有两句要紧话要跟你说哩！"白进勤好像是忘记装哪了，一个兜一个兜地掏。

小出纳看明白了，跟科长打了声招呼，一个人前头先走了。

白进勤趁机把信封塞到科长手里。

科长一边用手捏一边说："这是写了些甚？"

白进勤说："你回去慢慢看吧。"

科长一边往怀里揣一边说："肯定又说工钱的事哩，那样哇，明儿中午快下班的时候你再过来一趟，我看能不能再给你们匀兑两个。"

科长一说这个话，白进勤心里有底儿了。果不其然，第二天中午，那18万块工钱一分不差地全部给他兑现了。

第三天下午，白进勤怀里揣着雷光明分给他的1万块工钱回到了大槐树底下的券窑。在娘老子面前，他讲的都是内蒙古那地方的钱如何好挣，伊盟地面上的人如何好处，以及工地上的吃喝油水如何大，味道如何香。至于住猪圈的事、住河滩的事、在工地上受人欺负、挣下钱要不上的事，他一句也没有讲，都烂在肚子里了。

见三丑子半年多时间挣回这么多钱，人也精精神神的，浑身上下没一点磕碰，娘老子自然高兴。过罢年，白进勤又走了北路。

这样的打工生活他整整干了11年。先是跟上别人干，后来是跟别人合伙干，从1996年开始，索性拉起队伍自己干，一直干到1998年。

第七章

舒心的日子过得真快，一转眼，白进勤跟上东方路桥干活已经6年了。

他是1999年春天进东方路桥的。

那是他头一年拉上自己的队伍干。当时，42岁的白进勤一心想找个正经单位、跟个正气点的人，安安稳稳地干、放放心心地干。他不想再像前10年那样，跟个没头的苍蝇似的瞎跑乱碰、走哪算哪了。

现如今在内蒙古，受苦的地方多的是，关键是要选对单位跟对人。"跟上好人学好人，跟上巫婆跳大神。"咱这些打工的，受苦不怕，怕的是受气；干活不怕，怕的是白干。这几年打工，最让白进勤寒心的是对方根本不把他当人看，让他在人格上受尽了污辱；最让他伤心的是挣上拿不上，要那俩钱比要命还难，本来是对方欠咱的，咱还得赔上笑脸、揣上红包给他送……所以，这回他一定要找个正经单位、跟个正气点儿的人！

过罢二月二，白进勤就一个人来了东胜。他想先找单位，等单位找好了，再回去拉队伍。

跟以往一样，他又住进了澡堂子。

这世界说大也大，大得没边没沿；说小也小，小得就像个山硷塄。这不，他正愁一晚上没个拉话的，偏就有一个人站到了他的面前。这人正是跟他合伙干了4年的雷光来。雷光来也是上来寻营生的，而且已经找好了地方，正说明儿一早就回米脂去。

在白进勤眼里，眼前这个雷光来就是个很正气的人。"人用钱试，金用火烧"，他跟白进勤合作了4年，两人从没因为银钱上的事闹过圪捣。那时，钱都是雷光来管着，白进勤一点儿心不用操，年底算账，人家给你交代得清清利利的，没有一点疑疑惑惑的地方。好多合伙人一开始好得跟一个人似的，干着干着就干不下去了，最终闹得黑血为仇。因为啥？就是因为钱。像他俩这样能长期合作下来的真不多。两人合作了4年，手上都积攒下两个，都想领撂上一摊儿单独干，1998年底结完账，这才商商量量地分开。

今天，在东胜街上相遇，用文化人的说法，也叫"他乡遇故知"，白进勤别提有多高兴。他叫跑堂的小后生酽酽儿地沏了一壶小叶儿茶，斜靠在澡堂子的小床上，跟他的老伙计脸对脸地拉起来。

几句话就拉到了找地方做营生的话题上，白进勤讲了自己的打算。雷光来听了，一迭连声地赞成：

"对着哩！对着哩！跟不上个正气人，你是生不完的气，受不完的罪，闹不好还得落个鸡飞蛋打一场空！"

白进勤抽出一支"红云"扔给雷光来,他自己却从当时最便宜的"白公主"盒子里抽了一支,一边点一边说:

"我还是想寻揣个国营单位,至少它叨不了咱。像先前那些私人企业,说叨就叨了,你连个脚踪还寻不见!"

"那倒不见得。"雷光来说,"国营单位也可有那不像样儿的了,再说,如今真正的国有企业也没几家了,都变成个人的啦!其实,民营企业里也可有不错的哩。说到这儿,我倒是想起一个人来……"

"谁?"

"丁新民!"

"你说的是伊盟公路工程局的那个丁局长?"

"正是此人。你认得他不?"

"我哪能认下那么大的官儿?光是听人们说公路工程局有个丁局长。"

"那可是个好人,如今少有的好人。正气,不是一般的正气。今儿黑夜咱俩正好闲着没事,我给你好好儿拉一拉这个丁新民!"

丁新民正是土默川上的蒙古人。他的娘老子都是跟共产党打天下的老革命。抗日战争的时候,他爹就入了共产党,是八路军里边一个大干部的贴身警卫,在土默川上建立联络点,开展游击战,参加过好多次惊险的战斗,打仗可勇敢哩!丁新民的娘更厉害,十几岁上就给咱们的地下交通站当交通员,三天两头往根据地送情报、传文件,她的堂兄吉雅泰正是跟咱们国家原来的副主席乌兰夫同时代的老一辈革命家。解放战争开始后,丁新民他娘就跟上丈夫进了野战部队,从内蒙古打到东北,从东北打到河北、打到山西,一直打回内蒙古,最后一仗就是在伊盟打的。中华人民共和国成立后,丁新民他爹被安排在交通上工作,是伊克昭盟交通局一个资格很老的局长。

别看丁新民是这样人家的子弟,在他身上没有一点干部子弟的娇气。1968年就下乡了,他去的是兵团。你猜兵团的人叫他甚哩?丁铁人!王铁人你知道哇,对,就是大庆的那个,可能受哩。丁新民跟那人一样能受,干活一样不要命!淘大粪,他跳到茅坑里一桶一桶往上提;拌混凝土,50公斤的水泥袋他一个胳肢窝夹一袋；别人一天上8个小时的班，他是24小时连轴转，连吃饭还是别人帮他打回来，他就在车间里吃。

他从兵团回来就进了交通系统。按理说，老子是交通局的局长，人家娃在兵团干得又不错，入了党，立了功，还提了干，咋说哇不给安排个一官半职？他老子就是不给这个方便，硬把他放到养路段从最普通的养路工开始干起。要不说父子们一样样地正气，现在有些当官儿的连人家的脚后跟也比不上！

丁新民在公路段干了多少年？干了23年，从一个20多岁的毛头小伙子干成一个年近半百的半截老汉。直到四十六七岁的时候才提成公路工程局的局长、党委书记。

最近这人也下海了，不当公路工程局的局长了。要不说这人正气哩！前年年底，他就领着公路工程局的十几个业务骨干成立了东信公司。现在的东方路桥就是在那个公司的基础上发展起来的。东杨公路就是他们修的，咱们也在那条路上干过——那是内蒙古第一条BOT公路。这两年，丁新民既是东信公司的董事长，又是公路工程局的局长，职务两头兼，工作两头干。上面的领导、丁新民的朋友，都希望他就这样两头兼着，两头都保险、两头都得利。丁新民自己不干。他说："公私必须两分开。我既然来东信公司干了，公路工程局的职务就不能再兼，这叫刀割水清。"他最近辞了，彻底下海了。过去有些人说丁新民拿的是双份工资。现在人们闹清楚了，人家只拿公路工程局一头的工资，在局长这个职务没免之前，东信公司的工资一分也没拿过！甚叫"刀割水清"，这就叫"刀割水清"！

丁新民这个人最大的好处是可怜穷人，不吃独食。小时候娘老子给颗糖蛋蛋，他也要跟同学们一人一半分着吃。家里来了要饭的，宁肯自己不吃，也要给要饭的端出去。在养路工区，他见有个道班工人大热天穿着条烂棉裤，大半个屁股在外头露着。晚上回到家，就翻箱倒柜找出以前穿过的衣服，从里到外收拾了两套，第二天就给道班工人送去了。在养路工区，有好多道班工人工作十几年了户口还在农村，孩子八九岁了还没上学。他就托朋友、找关系，给这些道班工人落户、帮他们的子女入学。办这些事情落下的人情，都是丁新民自己补报。工人们掖上两个钱硬要塞给他，让他去酬谢对方，他哪肯要？道班工人来东胜开会,丁新民总要把他们请到自己家,让婆姨三般六样地备上一桌菜,弟兄们痛痛快快地喝一顿。他这人就这么重感情、讲义气,没有一点官架子!

丁新民的东方路桥公司也用着不少农民工哩!去年就有大几千,今年兴许上万哩!农民工在别处受欺负,在他这儿没人敢欺负,有他给做主哩!他给他的技术员、领工员、项目经理下过死命令:谁敢欺负农民工,他就砸谁的饭钵子!他对咱们这些受苦人,心可软哩,见你受可怜他就流泪;可对那些灰人、赖人,心硬得就像包公,谁也怕哩!上回有个技术员欺负一个匠人,那匠人也是咱们米脂的,宁折不圪溜,不干啦,要卷上铺盖走人。那技术员除不赔礼道歉,还咋呼人家哩:"想走你走起,现在三条腿的蛤蟆不好找,两条腿的民工多得是!你以为死了你这张屠夫,我们还不吃浑毛猪呢!"这事不知咋就让丁新民知道了,把那个技术员叫到办公室,训得他腿还抖哩!到了儿还是把那人的饭钵子给砸啦!把那个匠人留下啦!

丁新民还把这件事拿到公司大会上讲。人家那话讲的,句句往咱心里钻哩:"咱们东方路桥指谁活着哩?你们一准会说,指公司领导,指管理员、技术员。是,你们说得也有道理,我们这些人是起了很大的作用。但是,我要提醒你们:干工程说到底还得靠农民工。没有他们流血流汗,别说几个亿的工程完不成,就是几百万也完不成。所以说,不是东方路桥养活了农民工,而是农民工养活了咱们,他们才是咱们的衣食父母,是咱们企业的功臣,是东方路桥的上帝!"

……

"进勤,"雷光来见白进勤听得入迷了,就站起来,一边往杯里倒水一边说:"你说,像丁新民这样的人算不算好人?"

"好人,真正的好人!要不是你今天亲口跟我说,我真不敢相信现如今还有跟受苦人这么一心的官儿呢!哎呀,谁要是能进东方路桥、跟上这样的人干,真是走了大运了!"白进勤感慨地说。

"好多人都想进哩,进不去哇!除非是有扛硬人引荐。"雷光来说,"哎,我好像听你说过,你认识刘忠义……"

"认识了哇,那年在109线上,他是我们的领工员,我跟他干了两年多哩。那也是个好人。"

"刘忠义如今也去东方路桥了,是丁新民的左膀右臂,两人关系好着哩!他要是能给你说句话,我保证你能进去!"

世上的路其实都是自个儿铺哩!有的人一边走路一边铺路,脚下的路就越走越宽;有的人却光走不铺,甚至干那过河拆桥的事。这种"偷工自倒灶,哄人自断道"的人,脚下的路就越走越窄,最终走得路断难行。

我们的白进勤就属于一边走路一边铺路的人,他的路就越走越宽。眼下,当他为找不见进东方路桥的路在这儿发愁时,雷光来帮他想起了5年前曾经铺过的一条路,通过这条路,白进勤也许就能如愿以偿地进入让他羡慕不已的东方路桥。

这条"路"就是刘忠义。

5年前,刘忠义还是公路工程局工程二队的一名领工员,正领着一帮工人在109东线上筛白灰。那时筛白灰全凭人工干,要是赶上刮风天,全身上下沾得全是白灰。到了大夏天,白灰沫灌进鞋里,能把人的脚烧烂,所以,这个活谁也不想干。正在这个时候,白进勤领着20多个人来了,刘忠义就把筛白灰的活儿交给了他。刘忠义估计,不出3天,这帮人准定撂挑子。谁知道,人家一干就是一个月,从工头到工人,没有一个找他叫苦的。后来是刘忠义心里过意不去,主动把他们调到了做护坡的工地。

当时一起在工地上做护坡的有6家。有人趁刘忠义外出开会,就干起了偷工减料的勾当,把石料一劈两层,一块顶二块用,既节省了成本,又加快了进度,包工队受益了,工程的隐患却埋下了。刘忠义开会回来很快发现了这个问题。查一家不合格,再查一家还是不合格;6家全查下来,除过白进勤实打实地没捣鬼,其余5家都做了手脚……

有这两件事在这儿放着,白进勤在刘忠义的心里就有了分量、有了位置。那一阵子,刘忠义逢人便讲:"老白虽然腿残了,人家心没残,干出的营生能经得住历史检验;我们有些人,看上去倒是全胳膊全腿的,他们的心坏了,尽干那葬良心的事!"

这就是白进勤给自己铺下的路。有了这个基础,他今天去找刘忠义,心里是很有底气的。

他直接去了刘忠义的家。刘忠义好像正要出门，汽车就在门外停着，门口放着一个鼓鼓囊囊的旅行包。

白进勤一进门，刘忠义就认出了他。虽然当了项目经理，对他这个受苦人还是那么亲热，给他单另搬了把椅子让他舒舒服服地坐下，又把烟点上，茶沏上，这才问询起他这几年都在哪忙活。

白进勤怕刘忠义误了飞机，就长话短说，讲了自己的来意。

刘忠义打了个定醒，对白进勤说："我也是今年从工程局刚过来。现在通过各种关系想进东方路桥的确实不少。那样哇，丁总派我去上海采购设备，大概走个六七天。等我出差回来，先把领导们介绍过来的安排了；只要还有位置，我一定安排你。你回去等着吧，一有结果我就给你打电话。"

见人家答应得这么痛快，话又说得这么实在，白进勤就扶着椅子站起来准备告辞。刘忠义提起白进勤放在沙发上的袋子问："你这是提了些甚？"

"没别的，就两条烟，两瓶子酒。"

"这信封里装的甚？"

"给娃们留两个压岁钱……"

"老白！"刘忠义的脸当下就变了，变得非常难看，"你这是打我的脸哩！你老白这么实在的人，咋也闹起这来了？你要这么做，你的事我就不管了！咱俩今后也不要再交往了……"

说着话，连兜子带信封一齐往白进勤怀里塞，闹了白进勤个大红脸，走不是，在不是；接不是，推不是……

两人僵持了半天。白进勤只好把信封取出来，一字一顿地对刘忠义说："行，听你的；钱，我拿走。这点东西你就让我留下哇，行不行？你多多少少也给上我点面子。"

……

10天头上，白进勤就接到了刘忠义打来的电话。第二天，他就领着自己的队伍进了东方路桥。

这地方果真和别处不一样!

从公司领导到项目经理,一直到技术员、领工员,跟农民工都是"站起一般高,坐下一般低"。人家说出来那话,让人听了心里热扑扑的。

前几年待的那几个地方,人们一张嘴就骂人,眼睛瞪得牛蛋大,根本不跟你讲理,更不把你当人看。他认为你就是他花钱买来的牲灵、雇来的长工,就得任他打骂、由他使唤。人家这地方,白进勤来了3年了,别说打人的事从来没有,就是骂人的事他也没遇上。公司里的男女老少,甚时候见了你都是笑圪喜喜的。就拿称呼来说,以前那几处,开口闭口就是"白拐子"、"白瘸子"、"瘸拐子";人家这里,上点年岁的、处得惯熟的叫你声"老白",年轻人都是客客气气地叫你"白队长"。人就是个相互尊重。人敬咱一分,咱敬人十分。这样,才越走越近、越处越亲!冰揣在怀里还要化哩,石头揣在怀里还要热哩,何况人心?

心上顺畅了,白进勤的话也比平日多了。黑夜歇下,他老跟弟兄们说:"我老白认得自个儿哩!咱来东胜,自身带着三分怯哩。首先,咱是外省人,'物离乡贵,人离乡贱',陕北人跑到人家内蒙古找饭吃,咱总觉得理亏着哩!第二,咱是农民工,身上穿得破破烂烂,说话尽是方言土语,肚子里又没多少文化,在人家城市人、文化人跟前,自己觉得矮三分哩!第三,咱还是个残疾人,走路一颠二晃,坐下歪三仄楞,人家像样的地方还嫌咱影响市容哩!所以我对人要求不高,只要不给我气受,能尊重我的人格,能跟我平起平坐,我就知足了!出门在外,还图甚哩?就图个这!"

白进勤对东方路桥的要求很低,而东方路桥对自身的要求却很高,而且高得出奇!

白进勤他们来到东方路桥的3个月头上,就遇到了这么一件事。

东方路桥承建的杭南路眼看就要完工了,老总丁新民却发现了问题:有35米混凝土路面的平整度没有达标。"平整度"是工地上的行话,用土话讲就是路面没抹光,看上去不受看。这事搁在别处,根本就不是个事儿,因为它已经达到了行业内的通行标准。可是,丁新民却不放过。他说:"咱们对质量的要求不能停留在'达标'这个层次上。对东方路桥来说,'达标'就是'次品',就是'不合格'。更何况,杭南路就在东胜街上,是咱们东方路桥的形象工程,东方路桥的工程干得到底怎么样,东胜人都在看着呢!"他要求把这35米路面用铁锤砸碎重铺。这还不算完,公司还对跟这起事故有关的所有责任人做出严肃处理:现场主管技术员降成了领工员,罚2000元;现场领工员立即辞退,扣发一个月的工资;项目副经理、项目经理、公司副总经理、总经理都承担了附带责任,每人罚款3000元;具体干这个活的民工联队长、民工也都让罚了款。

这件事对白进勤的触动很大。

这10多年他走了那么多地方,没见过对工程质量管得这么严、抓得这么细、罚得这么重的。好多地方别说这么点小毛病,就是出了真正的责任事故,也都是一级瞒一级,一级哄一级,实在包不住了,才皮不疼肉不痒地发上个文件,大事化小,小事化了,哪有这么顶真的!

这段路是另外一个联队干的。但决定返工时,项目经理刘忠义不敢再用那个联队了,他点名儿让白进勤的联队上。

工人们两人一组,一只手扶钢钎,一悠大锤,一锤一锤地砸。白进勤看得清清楚楚,除了外观质量差一些,内在质量一点问题也没有。大锤砸下去,只有一个小小的白点,砸得路面火星子乱迸,震得工人们虎口发麻。

工程全部干完后,白进勤把他的几十个弟兄召集在一起开了一个会。他先把公司发下来的事故通报一字一句地念了一遍,然后让大家都说说自己的感受。这帮人干活都是好手,就是不爱开会,尤其不会发言,你让他正儿八经地说几句,比拉他上杀场还难。

"你们要是都不说,我就说两句。"白进勤对他的弟兄们说,"我要说的是,东方路桥跟咱们以往走过的所有单位都不一样。到底哪搭不一样?我老白今天也说不太清。咱们慢慢品吧,反正是好多地方不一样。跟过去的国营单位不一样,跟现在那些民营企业也不一样。这儿的领导不是一般的人,尤其是丁总,可真有些吓数哩!"

这些和白进勤朝夕相处的农民工们,从来没见他们的队长像今天这么严肃、这么动感情。他们不再悬躺顺卧地闲拉沓了，一个个坐直了身子、支棱起耳朵，认认真真地听他们的白队长讲话。

白进勤喝了口水，清了清嗓子，又接着说："我今儿想说两个意思。一个意思是，人家这里路子正、规矩多、要求严，咱们必须遵守人家的规矩，按人家的要求做事，上人家的正道，可不能再像以往那样信马由缰，满不在乎。这回的事故就是个教训！事情虽然不是出在咱身上，惩一儆百，咱们都得经心哩！另一个意思是，我琢磨着，咱们也得改变自己哩！城里人嫌弃咱、小看咱虽然不对，咱身上也有毛病哩！咱们有时候自己就摆下个山汉、穷汉、瞎汉的架势，说话不文明、穿戴不齐整、吃住不卫生，人家谁待见哩？所以，要想在城市里头长在，要想在东方路桥发展，就得改变咱们自己。改啥哩，改咱们的衣食住行，改咱们的做人行事，还得把脑袋里那些不合时宜的旧东西倒腾出去。你们不要撇嘴，我今天把话撂在这儿：谁守东方路桥的规矩守得好，谁改自己的毛病改得快，谁就能在东胜城里待得长，谁就能在东方路桥发展得好。要是不遵守人家的规矩，不改变自己的毛病，迟早得让人家淘汰了！……"

白进勤在杭南路工棚里说的这番话几个月后就应验了。

这一年的最后一天，白进勤接到项目办通知，让他去东胜市最大的影剧院开会。打电话的是项目办那个很斯文的小后生。开甚么会？那后生也匆忙，没有细说；白进勤也木讷，没有细问。他按小后生说的时间提前半小时去了，影剧院门前已经人山人海，张灯结彩，像米脂城里赶庙会一样热闹。

在会场的入口处，一说自己的姓名，工作人员就把他搀扶着领进了会场，让他坐到会场正中的第一排。两个年轻姑娘迎过来，给他又戴红花，又披绶带，当下把他打扮成个新郎的模样。

坐在他右首的是横山的张金保，左首那个好像叫刘世奇，也都跟他一样的穿扮。他跟张金保熟，悄悄地问：

"这是做啥？"

"把咱评成绿卡联队了，今儿要给咱发奖哩！"

"甚叫'绿卡'？"

"我也是刚闹机迷。你看过《北京人在纽约》那个电视剧哇？中国人一拿到绿卡，就可以在美国长年住下去啦；咱们有了东方路桥的绿卡，以后就可以跟着丁总长年干下去啦！"

"噢！这可真是好事。"白进勤高兴地说，一边说一边抬头朝主席台望去。横幅上的会标是："东方路桥集团总结表彰大会"。集团的领导们已经在主席台上坐好，也正高兴地朝这边望哩。

颁奖仪式结束以后，集团又在东胜当时最大的酒店"天骄大酒店"会餐。饭厅那个大，饭桌那个宽，饭菜那个多，白进勤活了40多岁，头一次参加这么排场的"事宴"。集团把他们这些获奖代表专门安排在主桌，集团的领导们、项目办的经理们，还有公司的技术员、领工员，都一轮一轮地过来给他们敬酒。宴会上喝的是茅台，是国酒，是国家领导人宴请外宾用的酒。

哎呀呀，山磴塄的三丑子今天可是开眼了！米脂来的穷匠人今天可是上了正经席面了！

我们的三丑子从来没喝过这么多的酒，喝得多，还没醉，更没难受，这是咋回事？噢，都说"酒好不醉人"。其实，喝多了还有不醉的？还是人心上展活！

"自那年在洪洞窑出了那场事，28年了，自己心上总是压着座山哩！走到哪塔也是尽量往边上靠哩！唯有今天，东方路桥的领导们把咱体体面面地扶上正席，让咱在人前头得得劲劲地活了回人！为人在世，还有比这更展油活水的事哩？"

……

2000年的元旦，白进勤是在东胜过的。工地上早已收工，工人们也都回家了。白进勤不能回，他得结算工钱。工钱没拿上，他哪能回家哩？跟他受了一年的几十个弟兄，还有他们的婆姨、老人、儿女，都眼巴巴地盼着哩。

早就听人说，东方路桥结算工钱容易得很，甚猫腻也没有。那天在表彰会上，好几个民工队长也都这么说。尽管如此，白进勤心里还是没有底。

昨儿晚上在小酒馆里吃饭，有人给白进勤掏耳朵："老白，你得给丁总送两个了，你不提前表示个意思，人家能把工钱给你？"

白进勤想想也对。如今这社会都是个这,别人都送,就我不送,那不就把我撂一边儿了?

张罗的中间,白进勤又有了顾虑:老听人说东方路桥风清气正,自己来了这一年天气也亲眼看见这地方就是比别处正气。不要送不成叫人顶回来,让丁总对我有了看法就不划算了。唉,自古道:官家还不打送礼的了,还是去上一趟吧,就是让顶回来,心里也就踏实了。

晚上吃过饭,白进勤准备了1万块钱去了丁总家。丁总不在,接待他的是丁总的夫人胡承惠。那女人说话慢声细语的,待人热情,给他又点烟又剥橘子,不像有些当官儿的老婆,见了这些农民工,脸上像是挂了一层霜,冷冰冰地凡人不说话。

白进勤先做了个自我介绍,听说丁总去呼市开会了,三五天内不回来,他就不准备再等了。吭吭哧哧地把来的意思说了个大概,就抖抖擞擞地掏出那1万块钱来,要给胡承惠往下放。

胡承惠哪里肯收?她把那1万块钱使劲塞进白进勤的衣兜,态度坚决地说:"老白,咱们东方路桥可不兴这一套,丁新民最恨的就是欺负可怜人、坑害农民工。你可不敢这么做!你这么做顶如是小看他、污辱他哩,今天他正好不在家,要是在家,这道门你可是好进难出哩!工钱的事你只管放心,只要到了日子,一总发给你们。我就在咱们集团财务部上班,要是有谁刁难你,你告诉我,我给你做主,行不行?"

从丁总家回来的第三天头上,白进勤就收到了集团财务部发来的短信,告诉他款已回来,让他明天上午去结账。

第二天一大早,他就去了集团办公大楼。财务部的门大开着,只有几个人在等。原来,财务部为方便各民工联队取款,提前就排了顺序,哪几家今天取,哪几家明天取;哪几家上午取,哪几家下午取,排得顺顺畅畅,谁来了也不用排长队。财务部墙上,还贴着一个"民工联队工资支付办法"。大致意思是:各联队当年的工资今年先付百分之六十,剩余的百分之四十从第二年起,分两年付清。家家如此。

"这个办法好,既透明,又公道!"白进勤对排在他后面的那位民工队长说。很快就轮到了他。

窗口里边一位女同志笑着问:"墙上的'支付办法'看明白没?"

"明白了,明白了。"白进勤说。

"您今年的工资总额是44万元,按百分之六十计算,应该付您264000块,你算一下看对不对?"

"对着哩,对着哩!"

"这是264000块,您再仔细点一下。"女同志一边往出递钱,一边说。

就这么痛快,从进来排队到拿上钱往出走,没用10分钟。

半个钟头后,我们的白进勤就坐上了回米脂的班车。

这么多现金带在身上,他丝毫不敢大意。怕让车晃悠得睡着,他低低地哼起歌来。这回他没唱陕北的《酒曲》,他唱的是内蒙古的山曲儿:

打工的爱唱个爬山调,
谁听了谁也睡不着觉。

前半句嫩来后半句脆,
唱上三天三夜也不瞌睡。

山曲儿好比没梁梁斗,
甚会儿想唱甚会儿有。

醋碟子浅来蒜钵子深,
甚时候留下个人品人?

你品我来我品你,
凭良心做事谁哄谁?
……

第八章

白进勤老爱跟人说,他这辈子有3个日子记得最牢,到死也忘不了:

"头一个是我出生的日子——1957年5月14日,俺娘就是那天生的我。第二个是我出事的日子——1972年10月17日,俺那条腿就是那天让撞坏的。第三个是我出头的日子——2001年9月2日,俺和丁总就是那天认识的。就是从那一天起,丁总拉引上我,把我从一个遭人下看的农民工、受人欺负的残疾人,一步一步解脱出来。如今成了受人敬重的共产党员,成了有大几百万资产的富裕户,成了领着几百号民工勤劳致富的带头人,过上了出人头地的好光景。丁总是帮助我改变了命运的福星,是拉扯我过上富裕日子的贵人……"

白进勤和丁新民认识,就在东胜的天骄路工地上。时间是2001年。

2001年,东胜发生了一件在鄂尔多斯发展史上具有里程碑意义的大事:撤销伊克昭盟,设立鄂尔多斯市。为了隆重、热烈地庆贺这件盛事,向客人展示鄂尔多斯的新貌,市里从年初开始就紧锣密鼓地搞道路拓宽、市政改造、城区美化,东胜街上到处是工地,到处在建设。因为"撤盟设市"的庆典定到了9月28日,所以,所有工程必须在这之前竣工。东方路桥承建的天骄路自然不能例外。

依丁新民的行事风格和东方路桥的施工实力,拿下只有5华里长的天骄路原本不是个难事,可是,在这年的9月初,天骄路工程竟成了丁新民面前一件火烧眉毛的急事、一件可能影响东方路桥形象和声誉的大事。

事情走到这一步有两个原因,一个在地下,一个在天上。

"地下"是因为拆迁。拆迁涉及众多老百姓的切身利益,需要条分缕析,因势利导,一点不能急。可是,政府部门的有些同志非要霸王硬上弓,如今的老百姓又不吃这一套,双方就僵在那里。一僵就是半个月,丁新民的队伍干急开不了工。

"天上"是因为下雨。好不容易谈妥了，开工了，老天爷又出来捣乱。一连20天，天空像是让谁捅了个窟窿，瓢泼似的一场接一场地下。修路就怕这种天，路槽里的雨水排不出去，下一道工序就没办法做，工人们拉来沙砾刚垫进去，还没来得及苫，又开始下了。老天爷就像跟东方路桥为难似的，整得人们哭不得、笑不得，一点辙没有。

谢天谢地，总算晴了！这时候离9月28日只剩下20多天。丁新民决定抓住这20多个昼夜，在天骄路上组织一场决战，不惜一切代价，一定要如期完工。

大决战的动员会已经通知下去了。开会的头天下午，他又来到工地，想再实地看看。

在丁新民的想象中，雨停之后，工地上应该是一个清泥浆、垫沙砾、争时间、抢进度的大干场面。可是，眼前的情景却让他大失所望：干活的人稀稀拉拉，工地上显得冷冷清清，根本看不到往日的那种忙碌和喧闹。

见丁新民一脸的不高兴，项目经理刘忠义赶紧给老总解释：

"今天是七月十五，好多民工都回去跟老婆孩子过节了，路远的前天就走了，大部分是昨天走的——不过，明天一赶这会儿差不多就都回来了。"

"一个七月十五也值得这样？那八月十五呢？"丁新民一边往前走一边说。

"丁总，"刘忠义一脸无奈，"你当是城里人呢？过七月十五大不过给下世的亲人们烧张纸，摆点果品祭奠祭奠。农村人可是要当个节的过呢，你拦也拦不住，不要说普通民工拦不住，连民工队长也拦不住。"

丁新民叹了口气，一声没吭，继续朝前走。

在一处40多米长的桥台前，丁新民站住了。这里的彩旗依旧在呼啦啦地飘，干活的工人一点也不比平日少。老总的脸上有了一丝笑意。他指着正在干活的工人问跟在身后的刘忠义：

"那是哪个联队？"

"白进勤的联队。"

"就是那个腿有残疾的米脂人？"

"对,就是他。"

"他现在在哪?"

刘忠义手搭凉棚,朝工地上四处张望。

"在那儿。"

丁新民大步流星地朝着白进勤走去。

在落日的余晖中,白进勤正在桥台旁干活。他习惯性地歪着上身,拖着那条安了假肢的残腿,费力地抱起一块几十斤重的石方往护面墙上放。放上去后,朝左瞅瞅,朝右看看,直到石方对得严丝合缝了才又搬另一块。再看他身上,滚得又是泥又是水的,豆大的汗珠从脸上不断地落下来……

"老白,歇一会儿哇,丁总看你来了。"刘忠义对白进勤说。

白进勤回头看时,丁新民已经站到他的跟前,笑呵呵地朝他伸过手来。

"不要握了,尽是土。"白进勤一边往衣服上蹭手上的泥土一边腼腆地说。

"老白,我走了一路,就数你这儿人多,这是咋回事?"丁新民问。

"也有想回的,我提前派了个代表,给家有念书娃的预支了些工资,前两天就让捎回去了。与其走个三天二天,来回大几百里,尽跑了路了。咱们工地上忙忙儿的,紧赶还怕误了工期,再放上两天假,更不赶趟了……"

一席话,说得丁新民频频点头。这个残了一条腿的陕北汉子,不单营生做得精致,队伍也带得齐楚,还很会琢磨事,里里外外摆布得甚也不误。在东方路桥的100多家民工联队中,像白进勤这样的,眼下还不多!

丁新民就是这样跟白进勤认识的,两人一认识就成了朋友,很要好的朋友。

决战天骄路的动员会是第二天上午开的。丁新民在他的动员讲话中,讲得最多的是他刚刚结识的白进勤和由白进勤引出的一个新话题——民工联队建设。他说:

"昨天在工地上,我确实很生气。生谁的气呢?首先是生农民工的气——你是我的工人,在我工程最吃紧、最需要大干的时候,你撂下工作回老家过节去了,你心里还有没有这个企业?再就是生管理人员的气——气他们把队伍带成了一盘散沙,带成了一群散兵游勇。

"晚上回去以后,我慢慢儿琢磨,觉得自己生气其实没多少道理。因为就现状而言，我们和农民工的关系其实就是个'临时打伙计'的关系，而不是像两口子那样准备长期过日子。大家不要笑，例子举得粗了一点，实际情形确实如此。从农民工来说，我来干活，就是为了挣钱，只要付了我工资，企业的事儿我一概不管，因为企业是你们的，跟我没有关系。从咱们企业来说，录用农民工，就是让人家给咱们干活，只要按我们要求的质量、要求的进度把活干完，我们就付给人家工资，别的一概不管。我们现在跟农民工就是这么一种关系。大家想想，这是一种什么关系？说白了，就是一种雇佣关系。用我的话说，就是一种'临时打伙计'的关系。凭良心讲，咱们现在除了发给农民工工资，还替农民工设身处地地考虑过什么？什么也没考虑。在我们这些人的内心深处，确实没把农民工当回事。从农民工来说，你企业不把我当回事，我当然也没有义务把你当回事。所以，你搞你的决战，我过我的十五。事情就这么简单。

"这么一想，我就想通了：我没有理由生农民工的气；同样的道理，我也不应该生管理人员的气。因为我过去只要求你们抓质量、抓安全、抓进度、抓效益，并没有要求你们抓农民工的队伍建设。这方面存在问题，责任不在你们。

"昨天这件事，其实是向我们提出了一个崭新的课题：这就是企业应该怎样和农民工处关系。

"我们东方路桥的发展目标是把自己打造成一个长寿企业、一个百年企业。在这个过程中，我们承揽的工程将越来越多，我们完成的产值将越来越大，我们对农民工的依赖程度也将越来越高。在这种情况下，我们东方路桥必须使自己成为一块巨大的磁石，把民工联队紧紧地吸在我们身上，别人想拽也拽不开，想拉也拉不走。同志们，这也是一个工程。什么工程？民心工程。我们把这个工程搞好了，把民工的心拴住了，那么，在东方路桥这面旗帜下，就会集合起一大批施工能力强、垫资能力大、技术水平高的优秀民工联队。他们会发自内心地跟上我们干，打也打不散。这就叫铁杆儿骨干！

"我们打仗也好，搞工程也好，都不能没有这样一支铁杆儿骨干。古人说得好：'打虎亲兄弟，上阵父子兵。'越是到那个马高镫短、龙口夺食的关键时刻，越得靠这样的铁杆儿骨干。手里有了这样的队伍，我们今后揽到再大的工程，也不用为手里没有过硬的施工队伍而发愁了。从农民工来说，能沾傍上我们这样的企业，在这个城市里，他就有了依托，有了归属，不再是居无定所、四处飘移的游子，只要舍得卖力气，就不必再为找不到工地、领不到工资而发愁。他们当中一些有本事的，很可能会因熟练地掌握了技术而成为可以拿到很高工资的技工，有的会由现在的'乞丐头'、'民工头'成为联队长，成为小老板，甚至成为百万富翁、千万富翁。

"那么，怎样才能进入我讲的这样一种境界呢？我的招数就是5个字——'二心变一心'。从咱们企业来说，要真心实意地善待农民工，要把他们当成我们的兄弟、我们的朋友、我们的合作伙伴，当成企业的主人，保证对他们政治上平等、生活上关心，让他们经济上增收。这种关心要真正用心去做，用行动去做，而不是'狗啃门帘，全凭那张嘴'。咱们这些当领导的，要了解他们吃饭有没有油水，回家有没有路费，娃们上学有没有学费。只有把心交给他们，让他们真真挚挚地感动了，才能换回他们对我们企业的关心、热爱和自觉自愿的奉献。这就叫民心工程。我们要像抓路桥工程一样抓好这项民心工程。"

……

那天在动员会上，丁新民虽然没有对决战做具体部署，但他那段关于民工联队建设的讲话在民工思想上激起的火花，远远超过了常规的动员。

天骄路决战一结束，丁新民就召开集团党委会，专题研究民工联队的建设。会上，他向党委各成员系统地谈了自己的基本思路。

丁新民说："咱们东方路桥成立时，就抱定一个信念：要带领所有跟随我们的员工和民工共同致富。基于这个理念，我们提出要加强民工联队建设，并且要把它作为民心工程、党心工程来抓，因为这是企业发展的需要。不抓这项工程，我们的企业就没有发展后劲；不重视这个问题，我们的企业就会头重脚轻。

"我预计，实施这项工程不比修路架桥轻松。抓起来一定会遇到好多困难、好多阻力。为了战胜这些困难、冲破这些阻力，我提议把这项工程定为'一把手工程'，由咱们这些大大小小的一把手们亲自来抓。我是集团党委的一把手，我要亲自抓。抓谁呢？抓各公司的一把手、各项目部的一把手，这些一把手再抓他下面的一把手，这样，我们的工作就有希望落到实处了。

"这项工程究竟怎么抓？党办的同志们拉出一个很细的实施方案。对这个方案，大家可以充分讨论。衡量这项工程抓得怎么样，我列了5条标准。这5条标准是：一看民工在政治上是不是平等了，二看民工的生活是不是改善了，三看民工在收入上是不是增加了，四看民工在技术上是不是提高了，五看企业对民工的凝聚力是不是增强了。年底考核各位一把手，就看这5条。

"政治上平等怎么考核？主要看民工是不是跟员工平起平坐了，在评选先进、奖金发放、组织发展、参与管理这些具体问题上，是一视同仁了还是三般九样？生活上改善怎么考核？主要看民工们吃得怎么样？住得怎么样？文体娱乐怎么样？有个磕磕碰碰、头疼脑热的，能不能及时救治？收入上增加怎么考核？就看他们最终拿到的钱增加了没有？他们远天远地地跑到我们这儿来干活，不是就为混个吃喝，他们为的是挣钱，挣很多很多的钱，我们应该让他们实现这个起码的愿望。技术上提高怎么考核？主要看两个东西，一是实际操作能力，二是拿到上岗证书的比例，用这个办法来鼓励民工们学技术，使他们成为技术骨干。至于企业对民工的凝聚力，平时不明显，主要在风口浪尖上看民工联队跟你东方路桥是不是一条心？什么叫风口浪尖？比如：东方路桥遇到困难和挫折时，民工联队能不能和衷共济、共克时艰？东方路桥的大工程到了龙口夺食的关键回合，民工联队能不能义无反顾地勇往直前？这就是'一把手工程'的检验标准。今后，我们就拿这5条考核我们的干部，检验大家的工作成效。"

丁新民的这番发言，获得了党委各成员的一致赞同。那天的党委会还做出两项决议：一、设立"民工联队建设办公室"，专抓民工联队建设；二、集团党委各成员、董事会各成员，每人至少帮扶一个民工联队，帮助他们做大做强，尽快向"十佳民工联队"发展。

在确定具体的帮扶对象时，丁新民选择了白进勤。他说："论装备水平，老白是典型的锹头队；论富裕程度，他们来自最穷的米脂山区；论身体状况，老白还是个残疾，真正的弱势群体。我就帮扶他。"

丁新民年轻时就雷厉风行、风风火火，定下的事情说干就干；进入中年后，依旧锐气不减，风格不变。这不？党委会前脚刚散，他后脚就去了白进勤的联队住地。

走之前，他跟谁也没说。他要给他的帮扶对象一个突然袭击，为的是能了解到下面的真实情况，亲眼看看民工们到底住得怎么样，吃得怎么样，收入怎么样，他们最需要他这个老总从哪些地方来帮扶。

天骄路决战结束后，白进勤跟着刘忠义又来到阿大线上的大王庄。这一带住户稀少，住房更少，他和他的弟兄们只能住在老乡的羊圈里。

丁新民是下午4点多到的，民工们还没有收工，他让司机把车直接开到民工的住地。

听到汽车进院的声音，一个50多岁的民工从屋里迎出来。他挽着袖子，两只手上沾了不少和好的面，一看就是工地上的大师傅。

"老师傅，白进勤他们是在这儿住吗？"丁总的司机张志鹏问。

"是哩，是哩……你们是……"

"这是咱们集团的丁总！"张志鹏指着丁总向老师傅介绍。

"丁总？知道哩，知道哩！老白常跟我们念叨哩！丁总，老白他们还在工地上做营生哩，你看是领你们去工地呢还是叫他回来？"老师傅笑着问。

"不用叫了。"丁新民一边给老师傅递烟一边说："你领我进屋先看看你们的住处吧。"

"丁总，快不用看了，受苦人住的个地方有甚看头哩！"

"老哥，我今天来，就是想了解一下你们到底住的些甚么房、吃的些甚么饭，一年能挣多少钱，哪能不看呢，快前头领路哇！"丁总拍着老师傅的肩膀说。

老师傅领他们进了其中的一间。尽管住了人，羊圈的痕迹依旧随处可见。"屋"里低矮、潮湿、阴暗，大白天还得开着灯。没有炕，更没有床，只在砖地上铺了些麦秸，工人们就在麦秸上打地铺。被褥那个脏，那个烂，黑亮黑亮的，已经很难看出原先的颜色了。地上这里扔一双秋鞋，那里撂一个饭盆，乱得连个下脚处也没有。一股难闻的气味，又像是羊粪味、尿臊味，又像是脚臭味、汗酸味，扑鼻子扑鼻子的，呛得张志鹏不敢往里走了。

丁总却在一个砖头垒成的小台子上坐下来,他数了数地铺上卷得松死破肚的盖窝问老师傅:

"这屋住了10个人?"

"12个。"

"盖窝咋就10卷儿?"

"老赵家出来3个人,可怜得就带了一床盖窝,父子3个就那么拉扯着伙盖哩!"

"你们白队长在哪住?"

"就在这屋。一进门那卷子盖窝就是他的。"

"他咋睡在门口?"

"还不是为黑夜起来方便?"

"人们黑夜上厕所怎么办?"

"门口放着个桶哩,解小手就在桶里。"

"澡咋洗?"

"洗甚澡哩!上些岁数的,受上一天苦,一吃罢饭,跌倒头就睡了;年轻些的爱干净,十天半月打上盆水擦洗擦洗也就行了。还咋洗哩!"

"能不能看上电视?"

"漫不说没有电视机,就是有,往哪放哩?"

"那你们饭在哪吃?"

"天气好就圪蹴在院儿里,天气不好就回这屋里。"

"厨房不能吃?"

"一点点大个地方,进去5个人就转不开了,哪能吃饭哩!"

"你领我进去看看。"

厨房果然小,也就八九平方米的样子。

"老师傅,今天晚上吃甚么?"丁新民问。

"烩菜,馍。这不是?菜已经烩上了。"

丁新民揭起锅盖,拿饭勺搅了搅,锅里除了土豆就是白菜,一点油花花也看不见,就是个清水煮白菜。他说:

"老师傅,咱们这烩菜少油没水的,缺的东西多了哇?"

"丁总,临出锅搁上一勺子大油都有啦!就这也比在家里头吃的强多啦!"

"工人们能不能尽饱吃?"丁总又问。

"能。想吃多少吃多少。"

"最多的能吃多少?"

"这么一搪瓷盆烩菜,4个馍。"

"一个馍有几两?"

"半斤。"老师傅一边揉面一边说,"工人们受的苦重,菜里头又没油水,全凭拿馍补哩……"

丁新民听明白了,他使劲点了点头。

白进勤听到信儿从工地上赶回来时,丁新民的"微服私访"已接近尾声。白进勤紧紧握着丁总的手说:"你甚时候来的?咋不提前通知我们一声?"

丁总夹耍带笑地说:"就想给你个突然袭击,看看你这儿的真实情况。"

"那我今天可是露了丑啦!"白进勤转着身子,想寻摸个跟丁总拉话的地方。寻摸了半天,来到一处用砖头垒成的长条"桌子"跟前,这是工人们的"露天餐桌"。

丁新民一边往下坐,一边掏出烟来让老白抽。老白非让丁总抽抽他的。

"抽我的哇,也是好烟。"

丁总接过来看了一眼,是中华;他拿眼角一瞥,发现老白正从另一个盒里取烟。

"那你抽的是甚?"

老白脸微微一红,自我解嘲地说"也不赖,苁蓉。"

"好你个老白,还这么仔细!"

两个人哈哈大笑。

丁新民给老白介绍了集团党委关于帮扶民工联队的决定,说了他的来意。他说:"这回咱俩成了'对儿红'了,从今往后,你跟我可不能客气。需要我从哪些方面帮助你尽管说。"

也许是事先没有一点儿准备，也许是从来就没跟人张过嘴，丁总问了几遍，白进勤也没提出任何要求。倒是丁新民想起一件事来：

"听说你们队里有父子3个伙盖一床盖窝？"

"就是，那父子3个可恓惶哩，那床盖窝已经稀巴烂了，眼看就盖不成了。"

"我看，你们吃的、住的都也不行。"

"丁总，"白进勤说，"说实话，我们这些外出打工的，对吃住都不讲究，肚子不挨饿，黑夜有睡处就行了。我感觉最丢人的是脊背上那卷子烂铺盖，走到哪让哪笑话。等一两年缓过来，我咋也得给工人们一人买一床新被褥，再不用背这卷子烂铺盖了……"

白进勤说这句话时，完全是随口说的。然而，无心的他却被有心的丁新民牢牢地记到心里去了。

2002年春天，一个天晴气朗的好日子。早晨刚上班，就有一辆越野车和一辆大货车一前一后从集团后院开出，一路朝南沿着阿大线向大王庄方向开去。

越野车里坐着的是新上任的民建办主任李时和一公司党支部副书记范培新。后面那辆大货车上满载载地装着150套迷彩服、150套被褥、150套架子床，还有没开包装的洗衣机、电视机、电冰柜。这些东西都是集团老总丁新民用他个人的奖金给他的帮扶对象买的。今天，他们两个就是受丁总委派，去白进勤联队发放这些物品的。

丁新民这个人在少年时曾经有过受人歧视的痛苦经历。他的父亲被打成"走资派"、他的母亲被打成"内人党"后，他这个一向受人高看的干部子弟一夜之间成了"黑七类"，有些同学、不少朋友离他而去，路上见了避之若浼，让他小小年纪饱受了人情之冷暖、世态之炎凉。

因为有这样一段经历，丁新民甚时候也忘不了被打入另册、遭人白眼儿、受人欺辱的辛酸。他曾经发过誓：这辈子说什么也不能当"人下人"，但也绝不做"人上人"，就做一个真正的人，一个有爱心、有善心、有同情心的人，一个能给别人解除烦恼、带来快乐的人。

创办东方路桥后，他最不能容忍的是在企业里头"货分三等价，人分上中下"。为了给农民工创造一个能跟员工平起平坐、并肩创业、共同致富的环境，他在今年春上破天荒地想出了召开民工联队代表大会的主意，就是要让民工代表们体体面面地出席集团的会议，理直气壮地参与企业的管理。

上回在白进勤住的羊圈里，亲眼看了民工们的那份恓惶，亲口尝了他们常年吃的水煮菜的那个味道，亲耳听了白进勤这个残疾人十几年来外出打工所受的艰难。从那儿回来，丁新民心上难受了好些天。他下决心帮助农民工首先解决好吃的问题、住的问题。人吃好了才能有个好身体，住好了才能有个好精神，身体好、精神好才能泼泼地受哩！

现在跟着集团干的民工联队大大小小有百十来个，全面帮扶一下子还做不到，只能先从绿卡联队来，从领导们帮扶的弱势联队来，从自己帮扶的白进勤联队来。

他给白进勤联队的民工每人买了一套迷彩服，从帽子、秋衣、秋裤、秋鞋，都配得全全的；每人一套被褥——他怕买上那种"黑心棉"，让他兵团时的战友到车间里现场监制；每人一张架子床，从此再不用在阴冷潮湿的地上受罪了；他还定做了几间活动板房，买了电视机、电冰箱、洗衣机，买了VCD机……有了这些东西，民工们住的问题就解决好了。

吃的问题咋解决呢？丁新民提出发放伙食补贴，每个民工一天补5块钱，由帮扶领导、工程公司和项目部各拿一部分。在和李时、范培新商量时，这两人都主张补贴实物，不能发钱。范培新说："陕北人苦惯了，在吃喝上向来抠，咱们把钱发给他，他又装在兜里存起来了，以前吃啥还吃啥。直接买成东西他就没办法了，不吃也得吃。咱们多买个冰箱就是了。"

李时说："再帮他们把伙食管理委员会成立起来，每周拉出食谱，每天至少要有一顿肉，每月公布一次伙食账，让民工一起来监督。"

丁新民笑着说："这几个办法都很好。你们明天下去，跟老白商量着都把它落实了。忙完这一阵子，我要过去检查。"

快中午的时候，李时和范培新来到了大王庄的白进勤联队住地。车还没有停稳，民工们就像群孩子似的围上来。

还是白进勤办事细致，提前就准备了一个大红横幅，上面还写了12个大字："丁总情系民工服装发放仪式"。他让民工们排成4列，听李主任、范书记讲话。

李时向民工们介绍了这件事的大致经过，介绍了老总的良苦用心，转达了老总对大家的问候。然后，把150套迷彩服、150套被褥亲手发到每一位民工手上。

半小时后，穿戴整齐的农民工们都从宿舍里出来了。这哪里是修路架桥的农民工，分明是野营拉练的大部队！工人们你瞅瞅我，我瞅瞅你，一个个带着几分高兴，又带着几分羞赧。白进勤一声吆喝，100人重新排成4列，整整齐齐地集合在横幅下面，拍了一张漂漂亮亮的"全家福"。

一年一度的端午节又到了。

这天，丁新民带着妻子胡承惠买的江米粽子、拉着儿子丁鼎买的各种水果，提着自个儿攒下的几瓶烧酒，又来到阿大线上的筑路工地和他的"对儿红"白进勤过端午节来了。

这回，丁新民没搞突然袭击。他的越野车刚刚露出个影子，白进勤就带着他的队伍迎候在住地门口了。

我们的白进勤联队已经今非昔比！

农民工们全都住进了活动板房，蓝顶、白墙，四周是红砖垒起的围墙，围墙的垛子上、院门的门楼上，插满了东方路桥的红色旗帜，在夏日空旷的荒原上显得分外醒目、分外有生气。离大门还有一截，丁新民就让司机把车停下来，他要和随行的同志步行走过去。

高高的门楼下，身穿迷彩服的农民工们摆开了夹道欢迎的架势。这些来自大山里的农民，还不会讲那种言不由衷的漂亮话，喊那种千篇一律的时髦词儿，他们只是憨憨地却又是真挚地笑着，两只粗大的手掌使劲地拍着，从他们的笑脸上，我们分明看到了他们对自己老总的那种发自内心的感恩之情，我们分明看到了群众与领导之间那种自然流露的而不是矫揉造作的久违了的真情实感。

从门楼子进来，是一排排蓝白相间的活动板房。走进民工们的宿舍，全是统一的架子床、统一的被褥，屋子擦得亮亮堂堂，被子叠得整整齐齐，地面扫得干干净净，简直是准军事化的水平。丁新民猫倒腰瞅了瞅床铺底下，除过脸盆、换洗的鞋子，看不到其他的东西；拿鼻子闻闻，闻不到以往那种难闻的气味。

丁新民撩开门帘儿进了厨房，还是上回那个老师傅，正往笼屉里放揉好的馒头。

"老师傅，还认识我不？"

"认得，认得，咱们的丁老总么！"

"今儿中午给我们吃甚呀？"

"四荤四素，尽是硬菜。"

"是专门招待我呢，还是平时也这么好？"

"今儿是二碰了一啦，又过端午又待客。不过，平时的饭也比过去强多啦！你看黑板上，拉着菜谱哩！"

"工人们还能一顿吃下二斤馍吗？"丁新民又记起了老汉上回说过的话。

"如今可吃不行了。不要说二斤馍吃不下，半斤馍还紧吃哩！你相情一锅烩菜有半锅是肉，这东西吃上可耐消化哩！"

跟在后边的白进勤对丁新民说："刚开始，工人们吃上服不住，尽拉稀哩，如今都习惯啦！"

说得丁新民哈哈哈地笑个不停。

从厨房出来，他们又进了餐厅。

餐厅的小黑板上写着一周的菜谱，一日三餐，有荤有素；小黑板旁边，是伙食管理委员会的名单。餐厅里摆着丁总送给他们的电视机、VCD机、洗衣机、电冰箱、小药箱。

院子里，穿着迷彩服的民工们出来进去的，见他们人人脸上都是笑模样，丁新民觉得比穿在自己身上都舒坦。"人是衣裳马上鞍。"迷彩服一穿，小伙子们当下就变样了，邋遢的也显得干净了，稀松的也显得精神了。丁新民拍着小伙子们的肩膀说：

"别人看不起民工，咱没办法，咱们不要自己看不起自己。衣裳穿得干净点儿，走起路来也精神，干起活来也利索。你们说对不对？不要以为民工天生就该受穷，就该穿得破破烂烂的像群逃难的灾民，咱们也是人！"

丁新民的这排子话，句句说到了民工们的心坎儿上。年轻人不住地点头，稍微上点年岁的被触动了心里的痛处，不由得两眼转满了泪水。

丁新民看见一个50多岁的民工还穿着原来的衣服，就问他："你咋没穿，是不是没给你发？"

那人不好意思地说："发了，我刚脱……"

旁边的白进勤替那人解释："发了，他舍不得穿，他们父子三个都也不舍得穿。他的两个儿子是想过年的时候穿，想给村里人显摆显摆，告诉人们俺在东方路桥干着哩！这身衣服就是老总给我们买的！他自己是想秋后拿回去让他上高中的娃穿，老说这么好的衣裳穿上干活作踏了……"

一句话说得丁新民胸口立马翻起一股热浪，连说话的声音都哽咽了。他拉住那位民工的手说："老哥，不要舍不得，只要好好儿干，咱们不光要让娃们吃好的、穿好的，还要让他们住咱自个儿的楼房，坐咱自个儿的汽车，像城里的有钱人一样体体面面地生活！"

……

第九章

熟悉丁新民的人都知道，他是个爱琢磨事儿的人。

丁新民自己也说："咱们这些当头的，就得吃着碗里、看着锅里、想着店里、瞄着地里，这就跟下棋一样，得把后三步提前想清、提前谋到、提前看准。"

2005年春节过后，一连几个晚上，他烟抽得特别凶，觉睡得分外少，话也很少说。早已经摸住他脾气的胡承惠明白：新民又在琢磨事儿了。

是的,丁新民是在琢磨事儿,琢磨东方路桥未来发展的大事儿!

他在想:东方路桥创办起来后,这几年发展势头一直很好,现在已经成为一个有一定实力的企业集团了。作为企业的创办人,最终要把它办成一个什么样的企业呢?国有企业的老路肯定是不能走了,但是,那种传统意义上的以赚取利润为唯一目的的私人企业的路我也不想走,我不愿意把自己发展成一个思想上跟党离心离德、感情上跟老百姓薄情寡义、目标上跟社会主义背道而驰的"新式资本家"!

说句也许是过时的话,自己可是"老革命"的后代。父辈们当年跟着毛主席一路走来,推翻了三座大山,从地主、资本家手里剥夺了生产资料,把它分给劳苦大众,而后,领着翻了身的无产者们走社会主义道路。到了自己这一代,从小受的应该说是正统的马列主义、毛泽东思想的教育,那就是:接过父辈的班,跟着共产党走,为实现共产主义奋斗终生。这个信念,在自己脑子里是扎了根的,挖也挖不出来。如今,班是接过来了,父亲活着时不就是交通局局长吗?自己也是公路工程局的局长了。跟父亲不一样的是,自己在接过班的同时,不经意间竟然成了"股东"。"股东"是干什么的?就是"资本金"的持有者吧!"资本金"又是干什么的?就是能给持有者带来剩余价值的那种资金吧!天哪,自己不是离资本家不远了?自己的父亲闹了一辈子革命,打倒了资本家;几十年后,他的儿子竟也要变成资本家了。"早知今日,何必当初"呢?将来,总有一天父子俩得在那个世界见面,到时候这事儿该咋说呢?……

年轻时学习马列著作,脑子里记得最牢的一句话是:"全世界无产者联合起来!"联合起来干什么?当然是推翻旧制度,建立新制度。建立起新制度以后又该干什么?按小平同志的观点,是"解放生产力,发展生产力,消灭剥削,消除两极分化,最终实现共同富裕"。老人家的这个话是对的。如果我们的新制度搞了50年,100年,无产者还是一穷二白,还是解放初期那个水平,咱这个社会主义制度的优越性拿什么体现呢?咱搞社会主义又图了个啥?总不能就是为了继续受穷、共同受穷哇!看起来,无产者最终还得成为"有产者",成为富裕者;当然,我们是要让大多数人富有,而不是少数人富有。这就是共产党人的奋斗目标。

按小平同志的说法，咱们中国现在还只是社会主义的初级阶段。听他那意思，这个"初级阶段"长得很，比当年的"二万五千里长征"长多了。长征再长、再苦，一年多时间也就走出来了。现在这个"初级阶段"据说要几代人才能走出去。在这么长的时间里边，咱们共产党主要干什么？就是带着中国的老百姓共同致富。

这个道理丁新民闹明白了！中央不是让一部分地区、一部分人先富起来吗？先富起来的怎么办？要回过头去帮助那些没有富裕的人，这叫先富帮后富，最后一起富。这就像当年开辟红色根据地一样，这里一块，那里一块，小块变成了大块，大块连成了整块。中国革命不就是这样成功的吗？搞社会主义，看起来还得用这个老办法！小时候听父亲说，当年在战场上，谁消灭的敌人多、谁抓获的俘虏多，谁就是英雄；现在，在共同富裕这条路上，谁拉扯的穷人多，谁帮扶的弱者多，谁就是好样儿的。对，就是这个理！

第二天一大早，丁新民就把他的左膀右臂们叫到办公室，他把这几天梳理出来的思路详详细细地给他们讲了一遍。

丁新民说："前年，我就提出要把'以人为本，共同富裕'作为咱们的办企宗旨。今年的工作会议，我看重点就探讨刚才说的这个思路，我想把它提炼成一句话：'让无产者变为有产者。'你们看怎么样？"

"好，这个口号提得好！这就是咱们东方路桥的一面旗帜。今后，集团的所有员工，包括民工，都可以集合到这面旗帜之下。"在场的几位助手都赞成丁总的思路。

2005年3月17日，一年一度的读书会在江西的庐山、井冈山举行。就是在这次会上，丁新民正式提出："让无产者变为有产者。"

作为民工联队的代表，本书的主人公白进勤也参加了这次工作会议。

这是他第一次出这么远的门、走这么远的路，第一次听集团的领导们像拉家常一样商量事。那么大的老总，说的全是咱受苦人爱听的话，出的全是教咱致富、帮咱发财的好主意。

读书会开了4天。白天，白进勤都是听别人讲；晚上睡不着，翻来覆去地盘算，越盘算越觉得1999年来东方路桥这条路是走对了。他在心里叫着自己的名字说：三丑啊，这辈子咱哪也不去了，就在东方路桥干，就跟上丁总干。干个10来年，咱也闹它个百万富翁，住上自己的楼房，坐上自己的小车，让山硷塄的乡亲们好好儿看看咱！

散会的头天晚上，丁新民来到白进勤的房间。一进门就问他的"对儿红"："开了几天会，我想听听你有些甚想法？"

白进勤说："你讲得真好，都在替我们考虑哩！我也想慢慢儿地往大发展哩！"

"老白，'慢慢儿'地甚时候能发展起来？紧着发展还撵不上别人，哪能'慢慢儿'地来呢？你在东方路桥干了几年啦？"

"今年是第六年。"

"去年干了多少工程？"

"刚刚100万。"

"你自己挣了多少？"

"是个十大几万。"

"太少，太少。照这个速度，再过10年也发展不起来，你得加快脚步，跨越式发展哩！我给你算上一笔账，"丁新民掰着指头说，"你一年干100万，就按百分之二十的利润算，你顶多能挣20万。你要是一年能干1000万，利润减半按百分之十算，还挣100万呢！你看哪个多？"

"好我的丁总哩，就我这几十号人，累死哇能干1000万？"白进勤说。

"你看你这个老白，现在干工程，全凭大型机械哩，靠人工能干多少？这几年你添置了些甚设备？"

"哎，甚也没添，还是些锹镢斧头。一台挖机几十万，我自个儿连十万也拿不出来，到银行贷款，人家谁敢贷给我哩？再说，就算钱有啦、机械也买回来啦，一旦寻不下营生，那可就做过了，活钱变成死宝啦……"

"哈哈……"丁新民不由得笑起来，他拿食指敲着自己的脑袋说，"看来你这里头还是没开窍，我得先帮你解放思想哩！"

说得白进勤也不好意思地笑了。

接下来，丁新民给他的"对儿红"讲了自己的打算：

"集团机械队有一台旧挖机、两台旧装载机，我准备按60万处理给你们，银行贷款集团出面帮你们办。这样做，一不用动你自个儿的存款，二不用找担保，只管拿这些设备挣钱就行了。你看怎么样？"

"甚怎么样？"没等白进勤回答，外边有人抢过了话头。两人回头一看，进来的是刘忠义。他有急事找丁总，到处找不见，听司机说丁总正和白进勤说事呢，就找到这里来："丁总又给老白吃甚偏饭呢？"

丁新民把刚才说的话又给刘忠义讲了一遍。

"这样一来，老白可是鸟枪换炮了，一年下来，少说也得干它个大几百万。"刘忠义也是替老白高兴。

"忠义，你不要光说好，老白是你一公司的绿卡联队，你是他的顶头上司，你也得有点表示了哇！"丁新民夹耍带笑地在将刘忠义的军。

刘忠义打了个定醒后说："向老总学习，我帮老白三台翻斗车，这就配套了。价格尽量便宜，老白也不用朝银行贷款，先欠着，将来从工程款里慢慢儿扣就是了，还能给老白节省两个利息。"

"好！还是忠义的帮扶力度大！"

丁新民从白进勤的眼神中看出了犹豫不定的意思，他知道陕北人持家过日子向来精打细算，老白这个人尤其抠得细，没有绝对的把握，决不会拿上银钱去冒险，所以，他没让老白当时表态。他估计刘忠义找他有事，就把手里的烟头掐灭，一边往起站一边对白进勤说："这对你是个大事，自个儿好好儿定夺定夺，等会散了，回去再跟婆姨、跟弟兄们商议商议，商议好了给我个话。"

丢了欢喜捡了个愁！

这天晚上，为添置大型设备的事，白进勤一眼没合。

同屋住着的那人压根儿就没回来住，晚饭也没在会上吃，一散会就让人叫上到外面吃饭去了。一顿饭能吃一晚上？如今人们吃饭不过是个引子，吃饱了，喝足了，各有各的去处，各有各的干项。有那好赌的，一吃罢饭就支起摊子赌上了，不玩够8圈是不会回来的；有那好色的，一撂下饭碗就进了洗浴城。那种地方白进勤是没去过,听回来的人说,早不是原先澡堂子的概念了,人家如今是让女人们给按摩哩,说是按摩,脱得红麻溜棍的,估计甚也做哩!人来到世上,各有各的活法,各有各的爱好。白进勤别说腿脚不利索,就是利利索索的,他也不去那种地方,不花那种钱!

想到花钱,白进勤的思绪又回到添置设备的事情上来了。

自从初中毕业回了村,白进勤一直是指辛苦吃饭、凭手艺挣钱。20多年时间,他把别人几辈子的苦吃了。凭个人的辛苦,他使老白家的光景从山硷塄最穷的一家变成了最富的一家,他使自己的地位从最深的沟底攀上了山梁,在东方路桥集团的100多支民工联队中成了众人仰慕的先进人物。改变自己的命运,他靠的是自个儿的辛苦、自个儿的技术、自个儿的为人,他从来没想过要靠设备,靠几十万、上百万的设备!

"吃不穷,穿不穷,揞算不到一世穷。"家里的豆腐账,在他的脑子里算了无数遍了!是的,这些年交到婆姨手里的钱,一年比一年多,一摞比一摞厚了。在他的脑子里,这些积蓄早就派上了用场:两个小子说话就到了谈婚论嫁的年纪,到时候,这得花两个好钱哩!两个儿娶过媳妇,山硷塄那窑怕是谁也不想住了,你还不得在米脂城一人给他们买套楼房?慧敏跟上自己受了一辈子了,老来老不能再返回山硷塄住那几眼券窑吧?索性漂漂亮亮地在东胜市里买套楼,让她也像城里的女人们那样享享福吧!到时候再买辆小汽车,老两口出来进去坐上,想去哪就去哪!原来想着把娘老子接出来,谁承想俩老人没这个福分,没等我在这儿干出个模样,就先后下世了。如今,就让婆姨、儿女们跟上自己享福吧……

在白进勤的算盘上,钱是要这样用哩,谁知丁总帮他算的却是另外一本账!

说哇,按丁总的算法,也不用挖我的生本,存在中窑里的钱照样可以娶儿聘妇、照样可以买房置地,原先盘算好的事一件也不耽误。买设备的钱,丁总帮我贷呀;贷下的钱,用设备挣回来的钱慢慢地还哇……

哎,这可就有了债了!老辈人说:"没甚不要没了钱,有甚不要有了债",一背上饥荒,人活得可就不自在了。

这事该咋办哩？

白进勤盘算了一晚上，也没拿出个准主意来。好在丁总并不急着要他回话。等读书会散了再回趟米脂吧，跟婆姨、跟儿女们好好儿商量商量，多听听他们的意见，毕竟这是个大事！

白进勤从江西回到山硷塄的当天黑夜，就和婆姨招呼大哥进喜、三弟进永过来一起开了个家庭会议。外甥孟士光正好来串门，也参加了他们的"会议"。

议题只有一个：丁总和刘忠义说的那几台设备到底买不买？

持反对意见的是大哥进喜和婆姨慧敏，三兄弟进永和外甥孟士光则主张他买下来，4个人正好二对二。

在龙镇的煤窑里挖了半辈子煤的进喜对工程上的事一窍不通，但他记得老年人说下的话——"天冷冷在风里，人穷穷在债里"，就因为这句话，他说甚么也不让自己的兄弟塌上饥荒买这些机器。在他看来，机械这东西，跟村民们喂的牲口一个样，出过大力、受过重苦以后就不好养啦！闹不好人家这是"趁老婆没死，想卖两个活人钱哩"！要不跟咱们一不沾亲二不带故的，还能拿上便宜往咱门上送哩？

"哥，你快不要胡猜乱想啦，我们的丁总可不是你想象的那种人，人家全是为咱好哩！"白进勤觉得大哥的话太不中听，很不高兴地顶了他一句。

"你们外边的事我就闹不机迷了，反正按咱们的常理推，这事叫人解不开。"

慧敏虽然也是不赞成买，但她没大哥想得那么多，她只是担心男人把这几年辛辛苦苦攒下的血汗钱变成一堆铁疙瘩，等给儿问下媳妇以后，没钱给娃娃们办事宴。后来听说买机器不用存在她这儿的这笔钱，人家丁总另外给贷款呀，她这才放了心。只要不动这笔钱，不误给儿娶媳妇就行。至于别的，她不想去操心，那是男人们谋划的事，她凭信自个儿的男人。

外甥孟士光跟上白进勤在东方路桥打工已经3年了。这个在老榆树村当了十几年大队会计的老高中生，比他二舅还大2岁。要论打小算盘，这几个人捆到一起也不如他。他清楚，丁总也好，刘忠义也好，都是为他二舅了。单是集团那3台设备，少说也值八九十万，人家按60万算账，一眼看到底是照顾咱了，用丁总的话说是"帮扶"了。咱要是小心圪气地不敢接,那可真成了扶不上墙的死狗了。想到这儿,孟士光对他二舅说:"我的意思是,硬硬铮铮地把机器接下来,把人家那份儿情领了。一分的现钱也不用咱拿,你怕甚了?机器到了咱手后,咱们根据情况看着办了哇,工程多、赚头大,咱们就养着;工程少、赚头小,咱们再处理也不迟哇。我敢保证,就这几台机械,一转手,至少能挣20万!"

一听这话,白进勤不干了。他说:"人家是让咱发展了,不是让咱倒卖。事情长圆不能这么做!"

"我也不是说让你现在就卖,我是说,万一养不住,咱还有这么一条路哩!快买下哇,不要再打定醒了!"孟士光说。

"士光说得对着哩!"

说话的是三弟白进永,白氏三弟兄中头脑最灵活的一个。这家伙从小就无所顾忌,甚么都敢说,甚么都敢做,就是不爱念书,初中还没毕业,就扔下书包不念了。家里一天也不想在,地里的营生一件也不想干,就是谋着往外跑。1982年,刚20岁就跑到内蒙古倒腾买卖去了。先是倒腾粮食,倒腾衣服,后来也进了一家路桥施工企业。20年跑下来,心越跑越野,胆越跑越大。跟白进勤相比,他完全是另一路人,能挣能花能享受,从来不委屈自己。眼下,他自己就养着台装载机。在座的这5个人,说起机械设备,就他能讲出个子丑寅卯。

"上门的财神还往外推哩?"白进永说,"你们这眼光差着哩!现在干工程,全凭大设备了,靠老镢小锄,一天能刨下几块土坷垃来?那是给土地爷挠痒痒哩!受上一年,顶多刨闹点儿散金碎银,一万辈子也别指望发财!像咱们这种人家,新设备根本买不起,一般的二手货,不是质量不可靠,就是价格不合适。现在有丁总帮咱,咱还抽架甚了?要是连丁总也凭不来,这世上怕就再没个可信之人了!"

"我不是不凭信丁总,我是寻不下个合适人替我领料这些机器。"白进勤对三弟说。

"管机械的人好寻摸,你要是放心,我就可以过来给你管这个摊子,顺手把我那台装载机也带过来,你手上的设备就更扛硬了。"白进永毛遂自荐,要给二哥管机械。

"你要能来，最好不过。这就把个愁帽子替我摘了。"白进勤高兴地说。

"二舅，就这么定了吧，你赶紧给人家丁总回上个话。"孟士光说。

第二天下午，白进勤就返回了东胜。

一出长途汽车站，他就拦了辆出租车，直奔刘忠义办公室。

尽管丁总跟他是"对儿红"，跟他又那么随和，他在丁总面前总是有那么一点忔怯。在刘忠义面前，他就没有那种感觉。

二人一见面，没等白进勤说话，刘忠义先开口了："正要给你打电话呢！集团布置下新任务来了，要在各个民工联队实行定额管理。丁总说你是他的'对儿红'，让我亲手帮你，一定要把这个事情做好。"

"甚是个'定额管理'？"白进勤问。

"实际上就是咱们说的'计件制'，这是丁总为增加民工收入出的新招。"刘忠义说。

接下来，刘忠义详详细细地介绍了集团实行定额管理的来龙去脉。

这件事自始至终是丁新民一手倡导的。

丁新民说,他这辈子最看不起的是两种人，一种是只说不干的人，一种是"爱吃独食"的人。东方路桥一组建，他就提出"要带领所有员工和民工共同致富"。今年，他又把这个理念确立为企业的宗旨，叫作"以人为本，共同富裕"。东方路桥搞"以人为本"可不是赶时髦。对这4个字，他们有自己独到的见解，这就是他们提出的"金字塔理论"。

在他们看来，东方路桥就是一座金字塔。塔的顶端是决策层，中间部分是几百名员工，最下面那层就是每年跟随他们干活的成千上万的农民工。这些农民工在塔的底层，是塔的根基，东方路桥就是靠这个根基的强有力支撑，实力才越滚越大，品牌才越打越响。

丁新民说，在东方路桥这个"金字塔"上，3个层次之间目前收入差距还比较大。几百名员工，多数有了自己的小轿车，住的房子也很宽敞，每年的收入，连工资带奖金，再加上分红，应该说相当可观。而民工当中，除过联队负责人和少数技术骨干，绝大多数人收入还很低。我们实现共同富裕就是要缩小这个差距。但是，缩小差距绝不是古时候的"杀富济贫"，不是从高收入者那里砍一块出来分给低收入者，而是通过一种机制，激励农民工多劳多得，这种机制就叫"定额管理"。他们把工程量按单价细划，根据每个人完成的工程量来计算各自的报酬，干得越多，挣得越多，用这种办法来调动农民工的积极性。

跟定额管理配套的是创"绿卡"、评"十佳"。创"绿卡"是从施工能力强、垫资能力大、技术水平高的民工联队中评出在安全、质量、进度、效益上达标的联队，给他们授予"绿卡联队"的称号。"绿卡联队"可以享受承揽工程优先、施工结算优先、工资兑付比例高等优惠政策，用这样的方式来调动民工联队争先创优的积极性。评"十佳"，则是从"绿卡联队"中好中选优，评出 10 名最佳民工联队长、10 名最佳民工。对评出的"双十佳"，集团不仅授予相应的荣誉，还要从经济上给予重奖。

听完刘忠义的这番介绍，白进勤首先想到的是自己咋贯彻。一眼看到底，丁总这尽是想方设法地让民工们多挣钱哩！作为丁总的"对儿红"，自己只能比别的联队干得更好，而不能拉到别人后面去。

在这之前，白进勤对他的民工实行的是"工分制"，有点像生产队时的"大寨工"。民工之间也有差距，但那是老师傅跟小工子的差距，是壮劳力跟弱劳力的差距，跟实际完成的工程量并不直接挂钩。再就是工分的工值也不是很清晰，就是说，一年干下来，这个联队一共挣了多少，联队长自己挣了多少，民工们都不知情。现在一搞定额，这一块就全亮在大天白日之下了。这是联队长们不大情愿的。

民工们也有顾虑：那些技术不抗硬、干活不发力的，还是想吃"大锅饭"，继续打混工；那些技术好、身体差、出手慢的匠人，过去是凭技术吃饭、凭资格吃饭，现在要是顶一把二地全拿数量说话，他们也怕干不过年轻后生们去。

白进勤说出了这些顾虑。他跟刘忠义不取心，有甚说甚。再说，这些事情不盘算到，实行起来也是个麻烦。

"你说的这些问题别的联队也存在，集团领导已经估计到了。丁总的意见是，只要大方向正确，就先干起来，干的当中，遇到甚问题解决甚问题。"刘忠义说。

"既然丁总有这个话,我就甚也不说了,坚决执行!"白进勤干巴利脆地说。

刘忠义对老白的这个表态很满意。人就应该这样,心里有甚说出来,不藏着、不掖着;干甚事情,行就行,不行就是不行,干脆而不黏糊,痛快而不拖拉。

他又想起了买机械的事:"那个事你考虑得咋样啦?"

"我今天上来就是要说这个事哩!买吧,就按你俩的意见办。"白进勤说。

"跟婆姨商量好啦?"

"商量好啦!一听说是丁总、刘总让买的,她知道一定赖不了!"白进勤这句话既夸了领导,又夸了自个儿的婆姨,"不过,机械一下子添了这么多,刘总今年在工程上可得多照护我哩!"

"这个你放心,丁总早安顿过啦!"刘忠义说,"你对机械不熟,最好是寻揣个懂行的人替你管起来……"

"我想让我的三兄弟过来,那家伙闹这行,他自己也养着台装载机哩!"

"那就没问题了。老白,我荒估了一下,你今年下来,肯定能上这个数!"刘忠义伸出5个手指说。

"托你们众人的福哇!"白进勤一边憨憨地笑着,一边站起来准备告辞。

"对了,还有件事。"刘忠义已经把他送到门口了,又想起什么来,"今年工地上完工以后,集团准备从各个联队精选一批业务骨干,请劳动部门组织他们搞技术培训,考试合格的发上岗证书。你提前把联队里面有培养前途的滤出来到时候参加培训,这些人将来都是你的左膀右臂。"

几个月后,丁新民又来到了白进勤联队。跟他一起来的,还有党办和民建办的同志。

他这个人从来不喜欢蹲在办公室听汇报。抓路桥工程,他就不在办公室待,就要蹲到指挥部去,而且要把指挥部设到工地、设到现场、设到推开窗户就能看见工人们干、就能听到马达响的地方去。抓"一把手工程",他同样要往下面跑、往基层跑、往实施这项工程的一线跑。他要亲眼看看下面的一把手们抓没抓、是怎么抓的,再下面的一把手们干没干、是怎么干的,他要直接听听民工联队的队长们对这件事到底怎么看、怎么想,他期待的效果出现没有,应该带来的实惠民工们得到没有……

丁新民对只顾忙着招呼众人的白进勤说:"吃的喝的摆下一桌子啦,谁想吃、谁想喝让他们自己动手哇!你快坐下歇一歇。我今天来,别的不听,就想听你说说定额管理的事。"

"从这几个月的情况看,定额管理还真是个好办法!"白进勤一边往下坐一边说,"我品验它至少有4个好处:一个好处是民工的积极性高了。过去一遇个刮风下雨,你喊破嗓子也叫不出人去,出去也不给你好好儿干。现在,披上雨衣也要干,为甚么?干得多挣得就多嘛!我们把能量化的营生都量化了。你们看,干甚多少钱,都在墙上贴着哩!有了这个东西,工人们一天干了多少,能挣多少,自个儿都能算出来。所以,不抹油自转哩,根本不用人催。"

"第二个好处是质量有保证了。过去打混工,质量上出了问题找不见责任人。现在,哪个营生谁干的,都有记录,不合格就得返工,不要说工钱挣不上,返工的损失还得他自个儿承担。这个账谁也能算过来,所以在质量上每一个工人都操上心啦。

"第三个好处是施工进度快了。过去是有些云彩就盼下雨,一下雨就不用出去受啦!现在是就怕下雨,一下雨就没收入啦!过去,交给些营生磨磨蹭蹭暂且做不完,现在是争着抢着跟你要营生,就怕让他坐下。

"第四个好处是收入提高了。我知道这是丁总最想听的!现在全年收入还说不好,我就说到这个月底的数儿吧!我们这儿有个最能干的——丁总知道,就是父子三个伙盖一床盖窝的那家的大儿——去年7个月挣下1.4万元,今年进场这才3个月,已经挣下9800了。到年底,咋也能上两个整数。能挣这么多,就是因为实行了定额管理。只要加加班,三天的营生两天就干完了。年轻人有的是力气,省下也没用!"

这些活生生的例子,这些热扑扑的话语,让丁总越看越高兴,越听越兴奋……

第十章

2005年，是白进勤心上感觉最舒展、日子过得最美气、出来进去最风光的一年，从年初开始，平日做梦也梦不见的好事，就连二赶三地来到他的身边。

过罢"二月二"，他就跟着丁总上了庐山。集团在那里开读书会，丁总请他和张金保、刘世奇以民工联队代表的身份参加。那是他第一次游览祖国的名山大川，参观党和国家领导人住过的地方。在这之前，我们的白进勤连北京也没有去过。这回，跟着丁总，他享受了从来没有享受过的待遇，见到了祖宗八代也没见过的世面！

从庐山回来没几天，他就接下了丁总和刘忠义转给他的6台设备。6年前他带着四十几个弟兄进东方路桥的时候，手里只有四十几张锹、十几把镐，再就是锤子、錾子这样一些随手用的劳动工具，至于机器设备，别说挖掘机、装载机，就连最简单的搅拌机也没有，那可真是名副其实的"锹头队"。现如今，自己的老本儿一分没动，跑银行的贷款自己甚心没操，6台大型设备就齐刷刷地开到自己跟前了，从前的"锹头队"当下就变成了具有相当实力的机械化部队。我们的白进勤能不神气吗？

就在这6台机械开进白进勤联队的同时，按照丁总的交代，刘忠义把东乌铁路线上的11个桥涵、3公里长的标段也交给了他。把个白进勤乐的，这回他不用愁这堆"铁疙瘩"没用场了，第二天就带着队伍开进了工地。靠这6台大型机械，他今年的工程量比2004年翻了一倍还多。在工程量翻番的同时，利润也上来了，因为设备是自己的，费用低，成本低，账咋算咋合适。在东方路桥的100多支民工联队中，白进勤联队走到了前头，无论是装备水平、施工能力，还是完成的工程量、民工的收入水平，都把众多联队远远地甩到了后面，白进勤联队成了众人追赶的排头兵！

到了这年的年底，集团从"绿卡联队"好中选优，评选"十佳民工联队长"、"十佳民工"，我们的白进勤毫无悬念地被评为"十佳民工联队长"。

东方路桥破天荒地拿出400万元重奖农民工！其中，奖励"十佳民工联队长"每人一台价值25万元的"圣达菲"越野车，奖励"十佳民工"每人一辆本田摩托车。

这场特殊的颁奖仪式就在东胜区天骄大酒店门前的广场上举行。

颁奖那天是12月4日。一大早，富丽堂皇的天骄大酒店就装饰一新，广场上铺了红色的地毯，10辆越野车和10辆摩托车依次排列，汽车的机器盖上、摩托车的车把上，披上了红绸绾成的喜花，更显得喜气盈人、光彩照人，吸引得看稀罕的东胜市民里三层外五层地挤在天骄大酒店广场四周。广场上人山人海，热闹非常。

8点刚过，一辆辆干颜刮净的轿车鱼贯而入，一群群西装革履的代表如期而至，大大小小的官员们、各路媒体的记者们应邀而来，使这场颁奖仪式更显得非同一般。

光是上边的领导就来了十几位，有自治区党委宣传部部长、自治区人大常委会副主任，有自治区劳动和社会保障厅、自治区工商联的领导，还有鄂尔多斯市、东胜区的领导，主席台上坐得满满当当。

20名获奖民工，肩披绶带，胸佩红花，一个个被打扮得像新郎一样鲜亮。工作人员安排他们提前站到汽车和摩托车旁边等候颁奖。这群成天滚战在筑路工地上的受苦人，从来没有上过这样的排场，更没见过今天这样的阵势。面对大姑娘、小媳妇们品头论足的围观，面对摄像机、照相机没完没了地拍照，他们也不知道是激动、自豪，还是心慌，只觉得黄豆般大小的汗珠子顺着脖颈流下来，擦也擦不迭。

还是丁新民心细，他怕腿有残疾的白进勤坚持不住，嘱咐工作人员从主席台上搬了把椅子给他的"对儿红"送去。工作人员让白进勤坐下，白进勤不肯，在今天这样的场合，他不愿意让人把他当残疾人对待，他不想搞特殊。工作人员朝主席台上指了指，大概是说这是丁总让我搬给你坐的，白进勤这才落了坐，同时回头朝主席台上深情地望了一眼。

正这工夫，颁奖仪式开始了。在宣布完获奖名单后，主持人请从呼和浩特市专程赶来的自治区党委宣传部部长莫建成讲话。

在这种场合，领导们讲话都很短，中间那几句最吃劲的话，白进勤一字不落地全记下了：

"这几年，丁新民创造性地摸索出一个很新鲜的理论叫'东方金字塔'。这个理论的核心是，尊重民工的人格，重视民工的智慧，承认民工的价值，珍视民工的感情，维护民工的尊严，提高民工的素质，保护民工的权益。它的最终落脚点是带领广大民工共同富裕。丁新民的这个治企理念跟我们党以人为本的执政理念完全一致。自治区党委充分肯定丁新民这些年在创建中国特色社会主义新型企业方面所做的一系列探索，充分肯定东方路桥这个先进典型，充分肯定丁新民这个先进人物。我们将把这个先进典型推到全国去！"

接下来就开始发奖。领导们从主席台上走下来，走到获奖者面前，发"十佳民工联队"的牌匾，发汽车、摩托车的钥匙。

给白进勤发奖的正是刚才讲话的那位姓莫的宣传部部长。莫部长紧紧握住白进勤的手，对着他的耳朵大声说：

"听丁总讲你是他的'对儿红'。你是个苦命人，他是个好心人；遇上他这个好心人，你这个苦命人也就成了幸运的人、幸福的人。你要抓住这个机遇，快速发展，快速致富，尽快成为民工弟兄们学习的榜样！"

……

当天晚上，内蒙古电视台的"卫视新闻"就播出了白进勤身披绶带、胸佩红花的获奖场面。电视里的白进勤，看上去更精神、更年轻、更帅气，他的腿也看不出瘸了，身子也看不出歪了，完全是个体格健全的人！

远在陕北老家的亲人们也都从电视里看到了。看完电视就给他打电话。头一个打进来的就是他的宝贝闺女白云苗和他的婆姨王慧敏。这娘母俩已经搬到了米脂县城。

"老爸上了电视好漂亮，简直像个新郎官儿！"闺女苗苗在电话里跟他开起了玩笑。3个孩子当中闺女最小，从小就惯得赖，长成大姑娘了，说话还是没轻没重的。

婆姨接过电话以后，头一句就问他，给他发奖的那个大领导是谁，扒在他耳朵上跟他说了些甚？他一五一十地跟婆姨学了一遍，婆姨在那头听得也是心里热乎乎的。

紧跟着打进来的是他的堂兄白进荣、他的三舅杜修道、他的姐夫王慧雄。白进荣的电话是从山硷塄打来的，他现在是村里的支部书记。杜修道的电话是从延安打来的，这位当年的农机局局长退休后，一直在延安住。王慧雄早从黄龙搬回了子洲，不过，他一年四季都在外面打工，刚回到子洲没几天。

大家都为白进勤高兴。都说来内蒙古才几年工夫，三丑子竟活得这么风光，又是上电视，又是得大奖，那么一台汽车，少说也得二十几万吧！那么大的领导，跟他又是握手，又是拉话，亲热得像是弟兄。这样的事，老辈人谁能想到呢？

白进勤的三舅说得最动情："可惜你娘老子死得早，他俩要是多活几年，能看到今天这样的喜事，俩老人该多高兴……"

一句话，说得那边泣不成声，这边泪流满面……

那天晚上是甚么时候睡着的，白进勤自己也不知道。等他睁开眼睛，屋里已经亮了。枕巾上湿了好大一片，不知上面是泪水还是汗水。昨天发给他的汽车钥匙还在手里紧紧地攥着。

他摸摸索索地穿上衣服，戴上假肢，脸也没洗，口也没漱，就从屋里走出来。头一眼就看见了昨天停在院子里的那辆漂亮的圣达菲。他走过去抚摸着那一尘不染的车身，那瓦蓝瓦蓝的车漆，总不相信自己会是它的主人，总不相信他三丑子也能这么快地成为"有车族"的一员。

就在这个时候，兜里的手机响了。来电话的是丁总的司机张志鹏。张志鹏除了开车，还兼着总裁办的主任：

"白队长，你好。我是志鹏。咱们出国的手续都已经办好了。丁总让我告诉你，6号下午3点在集团办公楼前集合，统一乘车去呼市。七号一早，丁总就要带着咱们坐飞机进京了。"

放下电话，白进勤不住气地骂自己：快50岁的人了，一点儿也不沉稳，昨天那场喜事简直把自己冲昏了头了，竟把出国旅游这档子事忘得一干二净。昨天的颁奖仪式上丁总还讲，要带上他们这些"双十佳"民工坐飞机出国旅游。

这可是老白家多少代人想都不敢想的美事！过去光是从电视上看别人坐飞机去外国，就是不知道人飞到天上是个甚么感觉，外国人住的地方是个甚么模样。如今，跟上丁总，自个儿也要出去见这个世面，享受这样的美事了！

想到这里，我们的白进勤一刻也待不住了。他回屋叫醒还在贪睡的二小子云涛。他要让儿子开上自家的圣达菲，父子俩一起回趟山砭峁；他要让山砭峁的乡亲们亲眼看看他白家的小轿车，让他们知道，缺了一条腿的三丑子如今也成了屁股后头冒烟的有钱人；他要让婆姨给他在米脂城里置办一身漂漂亮亮的好行头，他要穿上这身行头，跟上丁总进北京、去外国，在外国人面前当两天"老外"！

由丁新民带领的这支20多人的旅行团是2006年1月7日一早从呼和浩特白塔机场起飞的。

头天晚上，自治区副主席郭子明在富山湾大酒店为这些即将出国的远行者们专门设宴饯行。郭子明在鄂尔多斯当过市委书记，对家乡父老的些微变化都十分牵挂，更何况像农民工出国、受苦人受奖这样的大事、喜事！

当郭子明来到富山湾酒店时，丁新民和他的20名"双十佳"弟兄已经迎候在酒店大厅。这些打扮得漂漂亮亮的旅行者们，仅仅在几年前，都还是些睡地铺、住羊圈、穿破衣、着烂衫、饥一顿、饱一顿、成天被人喊过来、骂过去的"可怜人"。就是这样一些"可怜人"，居然开上了属于他们自己的几十万元的小轿车，住上了城市里的几十万元的新楼房，置办了成龙配套的大机械。今天，竟然又要坐上飞机、走出国门、去老外们住的地方去游山玩水了！天哪！倒退十几年，盖上10床盖窝也梦不见这么好的梦，喝上几瓶白酒壮起胆子也不敢想这么美的事情呀！这都是改革开放的好政策带来的！都是丁新民这位与民共富的模范共产党员给大家带来的！

郭子明在鄂尔多斯当书记时就是豪饮，今天心里高兴，一端杯就进入了状态。在他的带动下，所有人也都进入了状态。能喝的、不能喝的，端的全是白酒；酒量大的、酒量小的，凡喝必干，干了再满，把两个服务员忙得团团转。所有人都要给丁总敬酒，谁敬的酒丁总都要干。胡承慧在一旁悄悄提醒他:"一高兴就忘了自个儿的糖尿病了。再说,明天一早还要上飞机……"丁新民哪肯听她的:"人逢喜事精神爽,我逢喜事酒量长。你放心,今天晚上绝对不会醉的!"

……

第二天一早,旅行团的成员就登上了从呼和浩特市去北京的飞机。

白进勤的座位正好跟丁总挨着。丁新民知道白进勤是头一次坐飞机,就让他坐到自己那个挨窗户的位置,让他好好儿看个够。

透过飞机的舷窗,我们的白进勤把飞机怎样滑行、怎样加速、怎样起飞、怎样穿越云层,看了个清清楚楚。直到飞机爬上几公里的高空,地面上的高山大川变成了一幅没边没沿的巨大的山水画,京包铁路、京藏公路变成了两条弯弯曲曲、依稀可见的细线,公路上行驶的汽车变成了像蚂蚁一样慢慢爬行的小黑点,白进勤才回过头来,扭了扭又酸又困的脖颈,无限感慨地对丁总说:"丁总,咱们今天都变成神仙了!我记得小时候听我娘说,只有神仙才能飞到天上去,才能踏着彩云飞……"

丁新民被白进勤的话逗乐了,他说:"老白,老人们说的神仙,都是古时候的人按自己的想象编排出来的。脑子里想下个甚就编成个甚,你说是不是?其实,要论真本事,咱们现在的人可比那些'神仙'本事大。咱们坐着飞机到处飞,日行几万里,这都是实实在在的事。说神仙可以踏着彩云在天上飞,谁见来?谁也没见过,纯粹是老古人想象中的事!唐三藏去印度取经,还不是得一步一个脚印地走?"

两个人一递一句拉得正热闹,飞机上的喇叭里说话了:"本次航班将在20分钟以后降落首都机场,现在,飞机已经开始下降高度……"在白进勤的感觉中,从起飞到现在,顶多也就一袋烟的工夫!

老白顾不迭跟丁总拉话了,又把脸紧紧地贴在舷窗上,一眼不眨地盯着下面看。他要从天上看看我们伟大的首都到底有多大,他要从飞机上看看北京的楼房到底有多高,他还要亲眼看看这架装了200多人的飞机到底怎样降落……

丁新民领着他的民工弟兄走出北京机场时,时间还不到上午9点,而他们乘坐的飞往泰国的航班要到晚上10点才起飞。他知道这20位民工弟兄都是第一次进北京，他不想把这十几个小时白白浪费，就领着大家来到了天安门广场，登上了天安门城楼。

这里就是当年举行开国大典的地方。毛主席就是站在这里，向全世界庄严宣布："中华人民共和国成立了！中国人民从此站起来了！"

扶着城楼上的扶手，站在几代领导人检阅群众游行队伍的地方，看着长安街上川流不息的车流、人流，白进勤感到了从来不曾有过的幸福。

从天安门城楼下来，他们又来到天安门广场，大家都想在这个神圣的地方拍个合影。

20位民工，紧紧地簇拥在他们的老总身旁，以雄伟壮观的天安门城楼和迎风飘扬的五星红旗为背景，拍下了他们一生中最为珍贵的镜头。从镜头里看去，一张张黑里透红的脸上，绽开了按捺不住的笑容，这是社会主义的建设者们收获丰收果实时幸福的笑容，这是生活在社会底层的打工者们受到社会尊重时满足的笑容，这是好人丁新民向他的民工弟兄们播撒爱心后唯一期待的笑容。

在广场上照完相，丁新民又领着大家走进毛主席纪念堂。

在白成光、樊有柱的搀扶下，白进勤忍着疼痛、拖着残腿瞻仰了毛主席的遗容。望着安卧在水晶棺中的毛主席，白进勤虔诚地献上一束鲜花。他的眼前又浮现出34年前的那场梦境：

……毛主席还是坐在延安枣园的窑洞里，手里还是握着那支羊毫笔，宣纸上写下的还是那8个让他一辈子也忘不了的大字："自己动手，丰衣足食。"

他又想起了梦境中毛主席跟他说过的话："小同志不要悲观，不要失望，更不兴哭鼻子。一条腿虽然没有了，我们还有两只手嘛！一只手可以用来学文化，另一只手可以用来学手艺；将来，自己动手，一定可以丰衣足食嘛！……"

想到这里，白进勤由不住热泪盈眶，向着毛主席的遗容，他深深地鞠了3个躬。一边鞠躬，一边在心里默念："按照您老人家教我的话，我不仅学下了文化，而且学会了手艺，成了一个完全可以自强自立的人。这些年，靠改革开放的好政策，靠与民共富的丁老总，我这个穷山沟里出来的残疾人，也脱贫致富、过上好日子了。今天晚上，我们就要坐上飞机出国旅游了！……"

从天安门广场回到机场，天已经黑了下来。大家简单地吃了一点快餐，就开始通关，登机。

通过海关的时候最有意思！

望着这群穿着西装革履、讲着方言土语、长得五大三粗、肤色黝黑发亮的游客，连见多识广的海关关员们也有点摸不着头脑了：说他们是白领吧，显然少了点文气；说他们是蓝领吧，显然多了点土气；说他们是圆领吧，似乎不该有这么大的谱气。

一位年轻的关员出于好奇，朝拐着一条腿的白进勤试探地问：

"请问你们出去这是……"

"旅游！"

"那你们一定是企业员工了？"

"不是员工，是民工！"

"啊？民工也……"

"对，民工也要出去旅游！"

白进勤的回答是那么铿锵有力，让人感觉到他是那么自豪、那么自信、那么自得。这个苦命的人活了半辈子了，从来没有今天这么腰粗、气壮，这么舒坦、展趟！这倒不是因为腰里装了几万块现金，而是他第一次尝到了被人尊重、被人羡慕的那么一种——那叫什么？对——成就感！

"祝你们旅途愉快！"

年轻的关员一直目送他们远去。

当天晚上就到了曼谷。第二天一早，就开始了紧张的旅游观光。

湄公河上的水上人家，金沙岛上的阳光沙滩，素有"东方夏威夷"之称的巴堤雅美景，还有金碧辉煌的大皇宫，惊险刺激的鳄鱼表演……让这些第一次走出国门的民工们眼界大开，什么都觉得稀奇，什么都想看，什么都看不够。

然而，对白进勤来说，旅游的滋味却越来越不好受。

旅游团的行程都是快节奏的，虽然没有爬高山、过大河那样的高强度体力活动，但这个景点接着下一个景点，你得马不停蹄地紧着跑，根本没有一点歇空,体格健全的人尚且觉得累得慌,更何况拐着一条腿的白进勤呢?

白进勤腿上的假肢其实只能起一个支撑的作用,说白了,就是个"隐形的拐棍",平日少量的活动还能对付,像这两天这种连续的急行军,说什么也吃不消。他的步子倒腾得太慢,好歹撑不上大部队,假肢与残肢结合处的皮肤磨破了,创口被汗水一渍一浸,钻心地疼。

左腿的残肢昨天下午在天安门广场游览时就破了,只是当时自己处在极度兴奋的状态下,浑身上下有一股强大的精神力量在支撑着,那种疼痛还能忍住。今天就不同了,一迈步就疼,疼得嘴里嘶嘶的,咋忍也忍不住。

世上的残疾人,好像都有这么一种特性,凡是自己能承受的疼痛和艰难,他们一般都不愿意让外人知晓,就那样默默地忍受着。生性要强的白进勤更是这样。更何况这是在国外,大家都是头一回出国,谁不想多走走、多看看,所以,但凡有半分奈何,他不愿意扫众人的兴,不愿意耽误大家的行程,就这样咬住牙硬扛。越扛,流的汗越多,对创口的刺激越厉害,创面也扩展得越大。后来实在扛不住了,他才避开众人悄悄对导游说:"这个景点我就不进去了,有点累,想坐这儿歇一歇,顺便抽袋烟。"

细心的丁新民发现,接下来的两个景点白进勤也没有进去,而且他走路的速度更慢了,走几步就想扶住个什么东西休息。看得出来,老白在忍受着巨大的疼痛,头上、脸上全是汗,连宽松的沙滩服也被汗水湿透,整个儿贴到身上了。

"老白,腿上的伤口是不是又发了?"丁新民关切地问。

"不咋,能跟上。咱们走哇!"白进勤就怕丁总为他的事分心。

"那样哇,导游!"丁新民转着身子找导游,"你能不能帮我们租一辆轮椅,费用我出!"

"丁总,不用,我能跟上!"白进勤还嘴硬。

轮椅租来了,众人扶白进勤坐了上去。

轮椅是景点上的,离开这个景点就得给人家还回去,到了下一个景点接着再租。丁新民嫌租来租去太麻烦,当天的行程结束后,在回酒店的路上,他跟导游商量:"你干脆帮我们买一辆轮椅吧,要最好的,今天晚上就买。"

"明天再租一辆得了,何必花这个钱?"导游说。

"一个景点一个景点地租太费事，又耽误时间，还是买一个吧。"

当天晚上，丁新民就打发司机张志鹏，跟着导游去买轮椅。

等白进勤知道，轮椅已经买回来了。他问张志鹏，买轮椅花了多少钱？他要把钱交给张志鹏。

张志鹏说什么也不肯要："钱是丁总出的，你只管坐就是了。"

白进勤眼里转着泪花说："丁总对我太好了！我该咋样补报他呢？"

张志鹏回答："要说丁总对你的关照、体贴，那可真是没得说，连我看着还眼红呢！我给他开车这么多年了，对我虽然也不错，但要跟你比，差得可不是点儿些儿！就拿这次旅游来说，安排房间，他让给你挑楼层最低的；安排座位，他让给你选离门最近的；上下飞机、上车下车，他指定让我跟着你，就怕把你走丢了！"

从第二天开始，直到旅游结束，白进勤都是坐着轮椅"走"下来的。开头几天，推轮椅的人多半是丁新民。小伙子们都要抢着推，丁新民对他们说："你们年轻，多照点相，多看看。我推得稳，还能跟老白一边走一边聊。"后来，年轻人不干了，说："你这么大的老总，哪能尽让你推。"大家分成几个小组，二人一组，每组推一天，这才把丁总替下来。

坐上轮椅，腿到底不疼了，头上的汗也少了许多，但白进勤的脸上还是湿湿的，水水的，那是他眼睛里流下来的泪，心里流出来的泪……

"丁总，"坐在轮椅上的白进勤对推着他走的丁新民说，"在这个世界上，从前最关心我这条腿的人是我娘。1999年老娘下世后，我估划再也没人像娘那样关心我了。没想到遇上了你。夜儿黑夜我跟志鹏还说，你对我的关心超过了我的娘。为甚这么说哩，老娘只能经常地问寻我疼不疼，不住地提醒我不要太劳累，要不就是抱住我这条腿伤心地哭；你是从根子上扶持我，从路子上指引我，从经济上拉扯我，从思想上开导我。从1999年跟上你，为了帮助我更好地发展、更快地致富，你花了多少心血、动了多少脑筋、帮了我多少资金？这个账，别说拿算盘子算不清，就是拿上计算器，一时半会儿也很难刮搭清！我给东方路桥要是做下顶一把二的贡献啦，也算上，我心里清楚，甚贡献也没做下。跟你丁总一不沾亲，二不带故，我老白又不是那种会甜言蜜语糊弄领导的人，更不是那种揣上银钱贿赂领导的人，跟你认识六七年了，一块钱的红包也没给过你，对你最大的'贿赂'就是那年那一箱子干烙儿和十来斤驴板肠，加起来不值400块钱！说一千，道一万，我老白究竟何德何能，值得丁总这么抬爱，这么关心？"

"丁总，"白进勤声音哽咽地说，"我15岁上把腿碰断后，俺娘找我们米脂下盐湾的薛先生打过一卦，据那个老汉说，我40岁以后才开始翻身呀，后半辈子的光景好着哩，命里有贵人帮着哩！这个话俺娘跟我说过无数次，我一直不相信。去年2月咱们去江西开会，参观'滕王阁'那天，你们都上去了，我一个人在下面休息，过来个算卦的，也是个瞎子，非要给我算，我想算就算吧，反正坐着也没事。谁想那人跟下盐湾薛先生说的一模一样，都说后半辈子的光景可要好哩，命里有贵人帮哩！这回我信了。我一个人盘算，自1999年进了东方路桥，我的光景一年比一年好；自跟上你丁总，我感觉自己是头上有了大树，身后有了靠山，想甚甚成，干甚甚行。你就是我来到这个世上遇到的最好的人，最关心我、最体贴我的人，就是算卦的说的那个'贵人'！"

"老白，算卦的待理就是那么个说法，给谁算也是那两句话，你快别信。我是从来也不信。"丁总说，"叫我看，这些年你我都也在变，倒退10年，我丁新民不也是个穷光蛋？这些年富裕起来，全凭改革开放的好政策。这是个大背景，咱们都在这个大背景下面活着哩！至于说我对你的帮助，我这个人你也知道，从小就不吃独食，从小就不能看别人受可怜，见了可怜人，由不住就想帮，这是天性。我又是个共产党员，是个领导干部，更应该这么做。再说，你这个人本分、正直、要强，虽然有些残疾，事事不落人后，值得一帮。就是这么个事情。你快不要太往心里去！"

两人就这么一边走一边聊，越聊心里面越舒坦；越聊，感情上越贴近。

第十一章

2006年底,白进勤联队又被评为"十佳民工联队",白进勤本人再次成为"十佳民工联队长"。

过罢元旦,丁新民又要领着受到表彰的"双十佳"民工弟兄出去旅游了。这回是去菲律宾,去香港、澳门和台湾。

接到通知,白进勤就准备打退堂鼓。他不想再拖累众人了。出去旅游,图的就是个轻松自在。摊上我这么个残疾人,让我自个儿走吧,自己遭罪不说,腿迟脚慢、歪三厌楞的,别人看了也不得劲;坐着轮椅走吧,自己心里克凉,给众人也确实是添乱哩。因此,他随便编了个理由,说今年就不去了。

名单到了集团,丁新民一看没有白进勤,心里就知道是咋回事儿了。他让张志鹏拨通白进勤的手机,亲自跟老白说:"你可是为咱们东方路桥做出贡献的有功之臣。今年集团遇到那么大的困难,你跟企业共渡难关,付出那么多的心血,我都记着哩!我领你们出去旅游,也有回报你们的意思,让你们跟我一起分享企业的发展成果!所以,老白你不能不走!你不要取心,无非是你吃点苦,大家出点力。名,我已经给你报上了,你就做走的准备哇!记得把轮椅带上。"

丁总把话讲到这个份儿上,白进勤就不好硬坚持了。他想让慧敏跟他一块儿走,省得路上麻烦别人,无奈闺女苗苗进了高三,婆姨实在走不开。好在同行的队伍里有同样被评为"双十佳"的他的本家孙子白成光,那后生也一再跟他讲:"别人推着你,你不好意思;我推上你,你总不用多心哇!快不要取心犯事的啦,一狠二狠地走哇!再不走,丁总该不高兴了。"

就这样,白进勤又参加了第二次出国出境游。

这回出去,年轻人说甚也不让丁新民亲自推轮椅了。集团团委书记对丁总说："这样的好事你让我们也做做，这样的好人你让我们也当当。"大家分了六七个组，每天轮着推。

白成光说让他一个人"总承包"得了，众人不答应，丁总安排他跟白进勤住在一个屋，洗洗涮涮、一起一落的琐碎事，全都靠给他了。这样，白进勤也不别扭，丁总这儿也放心。

丁新民的手虽然闲下来了，他的眼睛可没闲着，脑子更没闲着。他发现，尽管洗洗涮涮的零碎事有白成光照料，出来进去有众人推着，可是，白进勤还是克克凉凉的，总也不得劲。他知道，老白这个人生性过于要强，总不愿意成为别人的包袱和负担，坐在轮椅上，他那颗心总在半空中悬着，甚时候也下不去。看起来，要想彻底解决老白的问题，还得在他那条腿上做文章，让老白真正站起来，像健全人一样用自己的腿走路！听说现在已经研究出高智能假肢，安上以后跟健全人的腿几乎一模一样。花点儿钱，朝这儿帮帮老白哇！

旅游团返回内蒙古的当天晚上，蒙古风情园给他们接风。就在那天的接风酒宴上，当着旅游团所有团员的面，丁新民说出了他的计划："我想给老白换个假肢，最好的假肢，彻底提高一下他的生活质量，让他摆脱这些年的痛苦，找回原先的感觉，能像健全人一样，用两条腿走路！"

丁新民的这番话，深深地打动了白进勤，也打动了在场的所有领导和所有民工。对于丁新民的提议，在场的人没有一个不赞成，没有一个不响应。

两天之后，光是民工联队，就给白进勤安假肢捐了22万。这个结果连丁新民也没想到。

丁新民最初的想法是，在出游的这10个民工联队中提个倡议，你3000元，我2000元，一共捐个三五万，大头还是集团拿，集团最后兜底儿。他这样做，为的是在民工联队中倡导一种"我为人人、人人为我"的关爱氛围。没想到光是民工联队就捐了这么多。

看到这个情景，丁新民特别高兴。他高兴的不是集团省了钱，而是自己多年来倡导的那种"不吃独食、相互关爱"的精神已经形成，那种"我为人人、人人为我"的氛围已经出现。这是最让他高兴的。

丁新民当即让财务人员把这22万元捐款一分不剩地全打到银联卡上，亲手交给白进勤，让他跟婆姨去技术条件最好的上海装一副最好的假肢。

考虑到白进勤两口子从来没去过上海，到了那地方，两眼一墨黑，不要再出甚么闪岔。为了稳妥，他又把集团民建办的主任杨勇、集团党办的主任霍春利叫来，让他俩专程去上海帮老白安假肢。他对两个小伙子说：

"到上海后你们多走几处，要货比三家，比的目的不是为省钱，而是为把假肢彻底安好，真正给老白解决问题。"

当天晚上，丁新民和他的老伴胡承慧在东胜街上最有名的"全聚德"酒楼设家宴给白进勤夫妇送行。他还招呼了集团在家的几位领导和为白进勤安假肢捐款的民工联队长们一起过来作陪。第二天一早，又让司机把白进勤两口子接到他家，请他们吃了顿真正的蒙古特色早餐，这才派车把他们送到几百里外的呼和浩特白塔机场。

丁新民的这一系列举动，把王慧敏感动得直抹眼泪儿。这个在子洲县的穷山沟里长大的陕北婆姨，是头一回跟丁总见面；以前光是听进勤回去念叨，他们的丁总对民工如何如何好，这回亲眼见了，才知道丈夫说的没有半句虚话。

在去机场的路上，平日少言寡语的王慧敏破例地打开了话匣子。她对自己的丈夫说："人家那么大的老总，对咱这么个农村来的穷小子、谁也不待见的残疾人，就像是对自个儿的家人似的，那么上心，那么惦记，前前后后的事情，考虑得那么周到，安排得那么细致，这样的好人哪找去！怪不得娘在世时老说，你后半辈子要有贵人帮扶呀，我看丁总就是咱娘说的那个贵人！

"你看丁总的长相，肚子大大的，笑声朗朗的，长得慈眉善目的，一看就是个爱见穷人的人。他婆姨跟他也一般般的，说话那么和气，待人那么随和，穿扮那么朴实，哪像个富裕人家的婆姨？遇上这样的好人，真是咱俩这辈子的福气！"

霍春利他们动身前，白进勤的一个在北京工作的本家哥哥就联系了一家叫"上海天弓公司"的假肢安装企业。他们4个一出虹桥机场，天弓公司的人就把他们接到了公司附近，帮他们找了一家旅店先住下来。

那天正好是周末。按照丁新民的嘱咐，两个年轻人没有急于跟天弓公司接触。他们打听到上海胶州路有家规模很大的假肢企业，很有些年头了；他们还听说好多假肢企业在胶州路开了各自的门市部，使那条街成了"假肢一条街"。4个人一商量，决定先去那条街上探探行情。

他们是第二天上午找到"假肢一条街"的。果然名不虚传，经营假肢的专业门市部一家挨着一家。他们先走进那家大企业，规模确实很大，牌子也很响亮，许是星期六的关系，给人的感觉生意不是很火，问了两个穿白大褂的，态度也是不冷不热的。他们扭头进了几家临街的门市部，家家都说自己的产品最先进，自己的功能最完备，自己的价格最合理，弄得他们也不知该信谁的。

还是霍春利有办法，一转身进了一家裁缝铺。老板娘是一位头发花白的上海妇女。霍春利先脆脆儿地叫了一声"师傅"，然后讲了自己的来意。老板娘告诉他，论牌子，谁也比不上对面的这一家，毕竟是几十年的老企业。只是这些年好多技术骨干都出去自己干了，像武宁路上的天弓，从老总到副总，都是从这儿出去的，现在的实力、业务，跟这儿也不差上下了。因为天弓是民营企业，服务好、讲诚信，有些客户就奔那儿去了。

听了裁缝师傅的介绍，加上白进勤堂兄先前的推荐，4个人一商量，决定立即打道回府，直奔天弓。

天弓公司就在武宁路上，离他们住的旅店只有几百米的距离。公司的全称叫"上海天弓假肢矫形器有限公司"，成立于1994年，是一家获得中国康复器具协会、上海市民政局资格认定核准的假肢矫形器装配单位。规模不算大，但管理得井然有序，处处充溢着人性化的味道，让人觉得特别温馨。3000多平方米的厂区，分为办公区、生活区和康复区三大块。前台接待厅的工作人员热情、友好，样品展示厅里琳琅满目、花色齐全，小型会客室干颜刮净，一尘不满。接待人员领着他们来到生产区，这里有手皮、脚皮生产基地，有假肢装配、调试中心，虽然是双休日，身穿白大褂的专业技师们还在忙着为客户制作各种各样的假肢矫形器。在生活区，有干净整洁的客房，有可以容纳几十个人就餐的餐厅，走上二楼，还有一个供客户悠闲小憩的花园。他们又来到一楼的康复区，在宽敞明亮的训练大厅里，好多病人正在工作人员的引导下进行康复训练，理疗室里，专家正用各种仪器为病人治疗……

这样的地方，霍春利和杨勇是头一次来，感觉既稀罕又新鲜。前几次安假肢，白进勤两口子倒是去过西安和呼和浩特的假肢厂，哪像这里这么正规，这么规范，这么温馨！

他们返回会客室的时候，主管业务的副总经理薛伟明已经在那里迎候了，不一会儿，技术总监顾之江也赶了过来。

霍春利向两位专家说明了来意，但没有介绍他和杨勇的身份，只说是老白的亲戚，来帮助老白选一副适合他的假肢。

已经过了退休年龄的技术总监顾之江，个头高高的，讲话温文尔雅，一看就是一个专家型人物。他详细地检查了白进勤的残肢以及腰椎、脊椎、胯骨，询问了致残的时间和经过，又和薛总商量了半天，这才对他们说：

"咱们中国人对安假肢一直有一个认识上的误区，总认为得在截肢3个月、甚至半年之后，等伤口长好了、体力恢复了才能装假肢。这个理念是错误的。在国外，伤口一拆线，只要不感染，马上就可以装。因为这个时候装假肢，可以很快恢复原先的功能。所以国外的医生在给病人做截肢以前，怎么截、截了以后装什么样的假肢，就已经有了一个完整的考虑。咱们国内的医生却是铁路警察各管一段，而且国内截肢常常是以救命为主，为保住性命，先截了再说，根本不考虑病人以后怎么安假肢。

"老白就是个典型的例子。他原先用的是那种老假肢，除了价格便宜，再没有一丁点好处，又笨又重，每天要消耗病人很多体力。这种消耗完全是无谓的，这是一。二，它全靠那条皮带在腰上固定，病人行走时依靠胯部的摆动拖着假肢走、甩着假肢走，不仅走路的姿势难看，而且时间长了极易导致腰椎变形和肌肉萎缩。刚才检查，老白的腰椎、胯骨，包括脊椎都已经变形了，右腿的残肢也萎缩得很厉害。三，这种老假肢的接触腔做得非常不好，病人只能短距离做一些轻微的活动，走的路稍多一点，残肢部分就磨破了，病人相当痛苦……"

顾之江的一席话，说得白进勤不住地点头。

"顾总监，"霍春利说，"根据老白的情况，您看安个什么样的假肢比较合适？大概得多少钱？"

顾之江跟薛总交换了一下意见，说："这个问题，让薛总给你们讲吧！"

薛总个头不高，脸黑黑的，虽然戴了副眼镜，但看不出有太多的文气，也没有上海人的那种秀气，倒是显得很朴实，说话也实在。他说："你们从那么远的地方跑到上海来，图的就是选择余地大一些，尽可能装得合适些。所谓合适，首先是功能上能满足，再就是经济上能承受。讲到功能，从病人的角度，主要考虑这么3个因素，一是轻便，不能再像老假肢那么笨，那么重；二是灵活，不能再像老假肢那样全凭那根儿皮带拽着，更不能像老假肢那样拖着走、甩着走；三是舒适，新假肢的接触腔要跟残肢尽可能地融为一体，避免与残肢摩擦。做到这3条，病人就不会像以前那么痛苦了。"

"像你说的这种得多少钱？"杨勇问。

"也分不同的档次、不同的价位，便宜一点的2万多元，贵一点的10万多元，处于中间档次的是个5万多元。我建议你们选择5万多元的。刚才说的那些功能，它都能满足。目前在咱们国内，就算很不错的了。当然，10万元的用起来会更好些，多一分钱好一分货嘛！不过，我觉得必要性不是很大。"

"除过您说的这3种，咱们这儿还有更好的没有？"杨勇又问。

"当然有。"顾之江总监接过了话头，"最贵的是德国奥托博克公司生产的高科技假肢，那是世界一流，任何产品比不了。特别是那种智能型的，再配上美国产的'飞毛腿'脚掌，走起路来简直跟真腿一样。价格也高啊，大数28万，一般人根本承受不起，据我掌握，这个产品进入咱们国内三四年了，目前也只销出10套去。装这10套假肢的都是些什么人呢？3种人，一种是大企业老板，出了车祸，花钱不计数，专挑贵的头；一种是黑社会老大，械斗中致残，对方拿出重金，花钱摆平；再一种就是医疗事故赔偿，病人赖住医院了，达不到要求就不出院，医院没办法，只好按对方的要求来……这种假肢的价格对咱们普通老百姓来说，简直是'天价'，不是咱们能安起的。你们选个比较普通的就行了。"

看看该问的都问清楚了，霍春利跟杨勇相互交换了一下眼神，就跟两位专家告辞：

"我们回去先商量一下，明天上午给你们回话。"

商量的结果，4个人的意见出奇得一致：就安那个5万元的！

然而，他们说了都不算，这事儿最终还得丁总拍板。

霍春利打通了丁总的电话，把这边的情况详详细细地做了汇报。

丁总的表态相当明确："要装就装世界上最好的。咱们成天讲农民工是企业的'上帝'，既然是'上帝'，那就要享受'上帝'的待遇！"

第二天上午，当他们返回天弓公司，告诉对方要安德国奥托博克公司最贵的智能型假肢时，天弓公司的几位技术大拿——技术总监顾之江、业务副总薛伟明、周功刚，包括刚从市里回来的总经理徐志明——都惊呆了。他们问："费用是你们自己出吗？"

霍春利回答："不是……"

事已至此，他和杨勇没有必要再隐瞒自己的身份了，就一五一十地向天弓公司的朋友们交了实底儿。

那天，年轻的党办主任霍春利把他这些年搞宣传工作练就的口才发挥到了极致。他从白进勤当年如何致残讲起，讲白进勤怎样自学手艺、自强自立，怎样进了东方路桥，怎样跟丁总结成"对儿红"，怎样被评为"双十佳"，怎样跟着丁总出国旅游，丁总怎样关心照顾，怎样动员大家捐款，一直讲到昨天在电话里拍板，为老白安最好的假肢……

天弓公司在场的所有领导、所有技术人员都停下手里的工作静静地听着，他们被这个传奇般的故事，被这位丁新民老总的办企理念和人格魅力深深地打动了。霍春利已经讲完了，他们几位还沉浸在这段故事的情节之中。

半响，他们才回到现实中来。"老白，霍主任讲的这一切都是真的吗？"漂亮的硅胶产品制作师郑维美问。

白进勤已经哽咽地说不成话了。他的婆姨替他做了回答："是真的，每一句都是真的。"

不善言辞的徐志明总经理沉思了片刻，握住白进勤的手，情真意切地说："一个民营企业的老总，能这样地关爱他的民工，花这么大的价钱为你安装假肢，我干这行几十年了，这样的事情从来没有遇见过。更何况，你的致残是35年前的事，跟这个企业没有任何关系，人家纯粹是在尽一种人道主义的义务，是在做一件功德无量的善事。老白啊，你遇上好人了！就冲这一点，你老白是幸运的，更是幸福的！"

徐志明总经理又对他的副手周功刚说："咱们也要向这位丁总学习，把他对民工的关爱用到对老白的康复性治疗和适应性训练上。你马上给老白做拓样，做好后，立即发到德国定做，同时打电话给德国公司，请他们派专业服务总监来，亲自给老白装产品，输程序，并进行适应性调试。"

徐志明总经理又对霍春利、杨勇说：

"这个产品在德国定做得4天，加上空运的时间得6天，你看你们是先回内蒙古呢，还是就在上海等；要在上海等，我建议你们搬到咱们公司来，吃住都很方便，还能节省一笔费用。"

"量止五六天时间，我们就不来回跑了。"霍春利说，"老白夫妇头一回来南方，我们就用这几天时间，陪他俩在上海周边转一转吧！"

天弓公司的人们是讲究诚信的，他们为白进勤从德国奥托博克公司定做的假肢，在6天头上果然如期运到。周功刚副总指着一个包装得严严实实的箱子对刚从苏、杭二州旅游回来的霍春利说："箱子里面就是为老白定做的假肢。"他还告诉霍春利，德国专家乘坐的飞机已经降落，这会儿正在浦东机场来咱们公司的路上。

德国专家的工作确实是高效率的，那位名叫乔治·霍夫曼的服务总监，一下飞机就直奔公司，一进公司，连口水都没喝，就开始拆包、安装。德国专家的工作又是一丝不苟的，那么多的零部件，他一件一件地摆开，一件一件地检验，又一件一件地组装，从始至终，不让任何人插手。直到组装完了，要在病人身上调试了，他才抬起头来，盯着站在他面前的这位皮肤黝黑的中国人，通过翻译问道："白，你的腿不是在丁先生的公司致残的？"

白进勤回答说："不是。"怕他不明白，又使劲点了点头。

"那他为什么要给你安这么贵重的假肢呢？"

对霍夫曼的这个问题，白进勤一时不知该从哪讲起，心想这哪是三句话五句话能讲清的事。

还没等白进勤琢磨出合适的话来，德国专家伸着自己的大拇指又开口了："这位丁先生是这个！你们中国人是这个！你这位白先生也是这个！"

霍夫曼连说带比画的特殊表述，把在场的所有人都逗乐了。

……

为白进勤装的这副假肢，其实是一套组合后的产品，腿的部分用的是德国奥托博克公司的产品，脚掌板的部分用的是美国飞毛腿公司的产品，两家的产品组合到一起后，功能更全，而且它能根据人的生理数据做相应的调节，形成几乎接近于真腿的效果。调试完毕后，霍夫曼又对老白进行了从穿着、安装、站立，到小步走、快步走、下楼梯、上下斜坡、骑自行车等一系列适应性训练。

假肢也好，脚掌板也好，它们的性能确实名不虚传；德国人也好，美国人也好，天弓人也好，在产品宣传上没说半句虚话。遗憾的是，我们的白进勤在35年的漫长岁月中，受先前那种老式劣质假肢的影响，已经形成了一种畸形的坐姿、站姿和行走习惯，整个身体完全变形了。现在让他回到正常人的轨道上来，端端正正地站立，平平稳稳地行走，对他来说，反倒成了难事。这种矫正性的训练，变得特别艰难。

一旁最着急的是总经理徐志明和他的业务副总薛伟明。他俩明白，现在对老白来说，真正的对手不是右腿的残疾，而是他自己，如果他不能彻底改变多年来形成的行走习惯，这套假肢的许多独特功能就会处于闲置状态无法发挥作用，和原先那种劣质假肢相比，只能是分量轻便了许多，行走灵活了许多，痛苦减少了许多，仅此而已！而这3个功能，用几万元的国产假肢就完全可以解决。假如最终的结果真是这样，那就意味着28万元的巨资等于白花！

这是谁都不愿意看到的结果。

两位老总把这个道理反复地讲给白进勤听，鼓励他用坚强的毅力战胜自己，像幼童一样，重新学步！

他俩讲的这个道理以及道理后面隐含的内涵，白进勤心里最清楚：花了这么多钱——光是交给天弓公司的就是28万，再加上来来回回的盘缠，30万怕也打不住，等于是一辆高级轿车的钱哩——假如最后的效果不理想，最失望的就是丁总，心里最愧疚、最自责的将是自己。为了让最牵挂自己这条腿的丁总心里满意，为了让捐出那么多钱款的民工弟兄们满意，自己就是再难也要闯过适应性训练这道关去！无非是吃点苦、受点累吧，比起当年学铁匠、学石匠来，应该容易得多吧。

内蒙古东方路桥的老总为他的残疾民工花巨资安装高档进口假肢的事，在天弓公司引起了不小的轰动。

这些做事精明的上海人，用他们的习惯思维和逻辑推理，无论如何搞不明白：这位民营企业的老总为什么要这么做？这位民工的致残发生在35年前，与东方路桥扯不上一点关系；这位民工在这个企业里连个正式的员工都不是，仅仅是个连录用合同都没有签的临时性的农民工，而这样的农民工在这个企业里据说有几千人；这位农民工跟老总又没有任何亲戚关系，他本人也没有这方面的任何要求，完全是老总单方面的一个愿望……

"搞不明白……"徐志明说，边说边摇头。

"阿拉不晓得……"薛伟明说，一脸的莫名其妙。

"实在想不通……"顾之江说，他耸耸肩，摊摊手，表示确实找不到答案。

"这位老总是不是在作秀？也许他有某种政治上的需要？"周功刚说，一脸的疑问。

第二天，周功刚自己把这个疑问推翻了，他从霍主任、杨主任以及白进勤无意中谈论的许多事情上了解到：这位老总不仅在这件事上关照白进勤，在许许多多事情上一直在关照这个残疾人；这位老总不仅关照白进勤这一个民工，对企业里的其他民工也都是一样的关照……

最后，他们得出了一个共同的结论：这位叫丁新民的民营企业老总是一个好人，一个真正的好人，一个充满爱心的好人，他在孜孜不倦地做许多善事，惠及众多老百姓的善事，这才是真正为人民服务的共产党员！

由丁老总所做的善事，他们想到了这些年为客户装假肢所见到的一桩桩恶事、一件件怪事！

"去年冬天来的那个浙江余杭的姑娘，才18岁，好漂亮的一个姑娘，也是在民营企业工作。在一次事故中受了重伤，把一条腿截了。"顾之江总监说，

"那是一次责任事故,责任完全在厂方。装假肢的时候姑娘看中个2万元的,厂方说什么也不同意,只答应给安个5000元的,一分也不多给,一点商量余地都没有。"

"我们成天给客户装假肢,这种事接触得很多。患者中10个有9个是工伤,而且大部分是民营企业的。企业老板来了,住的是大饭店,吃的是大餐,坐的是宝马、大奔,每天的消费都在万元以上。可是,在病人身上装假肢的时候,他们能抠则抠,能赖则赖,实在让人看不下眼去。现在不是有社会保障么?他就往社保推。去年有个江苏南通来的女病人。老板对她说:像你这种情况社保规定可以装1万元的。但是这个钱由社保出,你得自己跑。病人一听牛年马月才能跑下来?就求公司里边先给垫上,等社保的钱跑下来再还。那个老板根本不答应……"薛伟明说。

天弓的几个老总里边,最数周功刚年轻。他对白进勤说:"我年龄小,没见过旧社会的地主、资本家是什么样子。但我觉得,现在有些民营企业老板在有些事情上比过去的地主、资本家也好不到哪去。咱们楼下住着的那个福建来的小伙子,他那个老板就是我说的这种人。小伙子在上班的路上出了交通事故,按规定属于工伤,我们国家在这方面是有法律规定的,安假肢的费用通过打官司由保险公司来赔偿。这个小伙子家里很穷,根本没钱装假肢。像这种情况,单位完全可以先把这笔钱垫上,等保险公司的赔偿金到了再还。但是,单位就是不给出。小伙子在我们这儿已经住了3个多月了,装假肢的钱到现在也没着落。按规定工伤期间单位应当给他发工资的,单位现在什么也不管。好多病人看这小伙子可怜,就捐钱给他,他现在吃饭都是靠大家捐款。昨天我给他讲了丁总给老白装假肢的事,把小伙子羡慕的,一个劲地跟我说,这样的好人我咋遇不上!所以说,老白,你真是个幸运的人……"

白进勤的适应性训练进行了整整半个月。他终于战胜了自己,可以像健全人那样端端正正地走路了!可以戴上新安装的假肢返回内蒙古了!

年轻的德国专家乔治·霍夫曼向他祝贺!训练大厅里相处了半个多月的病友们(包括那位假肢钱至今没有着落的福建山区的小伙子)向他祝贺!天弓公

司的各位老总、各位技师向他祝贺！

"关键是要长期坚持，"不善言辞的徐志明总经理紧紧握着白进勤的手嘱咐他，"尤其是半年以内，千万不能走回头路。否则，这半个月的努力将前功尽弃，30万元的巨资等于白花……"

白进勤使劲点了点头。

白进勤和王慧敏是3月23日踏上归途的。在上海飞往呼和浩特的航班上，白进勤透过舷窗望着机翼下那无边无际、变幻莫测的云海，陷入了沉思。

……这是他致残后第五次安假肢了。第一次是1979年，致残后的第七个年头，在西安，花了70元，是那种最简单、最便宜的铝制品，1979年冬天结婚戴的就是那一副。安的时候，厂家就说这种假肢最多能用5年，白进勤是铁匠出身，哪坏了修哪，修修补补地竟用了12年，直到1991年，烂得实在没办法修了，才换了第二副。这回是在呼和浩特市的假肢厂，花了400元，也是铝的，价格翻了几倍，比头一副也好不到哪去，戴上以后还是直的，根本打不了弯，质量还比不上头一副，4年头上就用不成了。1995年又安了第三副，还是在呼和浩特市的假肢厂，花了1300元，比以前的倒是有些改进，锁子也好用了，但还是直的。第四次是2001年，已经进了东方路桥，经济条件好多了，花了4万元，接触腔换成了玻璃钢的，这在当时就算是很不错的了。仔细算下来，4次安假肢花的钱加起来是5770元，跟这回的30万相比，只是个小小的零头。

30万，可不是个小数目，等于是屁股底下坐了辆高档轿车哩！

前天下午，杜成明从米脂打来电话，专门跟我靠实这件事哩！他住的村子叫麻地沟，也在龙镇那道沟里，离山硷塄不到2里。也是个石匠。他在电话里说，听山硷塄的人闲拉，说三丑子去上海安了条进口假腿，加上盘缠一共花了30万，问我是不是有这个事。我告诉他有这个事，我现在还在上海哩。他听了能说出甚话来？他说——早知道这样，哪如把我这条腿剁下来给你安上呢！我把这30万挣了，一辈子再不用动弹了……

回想自己这多半辈子走过的路，真是一言难尽：要说幸运吧，15岁上就把一条腿没了，成了个可可怜怜的残疾人；要说不幸吧，44岁上遇见丁总，这几年拉扯上自己，由穷变富，成了拥有大几百万家产的富裕户，成了山硷塄村光景过得最好的一个。这几年,又是出国又是受奖,要多风光有多风光。夜儿个下午,福建农村的那个小伙子握住我的手咋也不放,眼泪流得哗哗的,说是非要沾沾我身上的福气不可!

所有这些变化都是咋来的?还不是全靠人家丁总?人得讲良心,得知恩图报。咋补报丁总呢?自己也可琢磨来,只有一个办法,那就是像丁总一样地做人,像丁总一样地做事,善待联队里的民工兄弟,像丁总拉扯我一样,把他们也都拉扯出来,这才是对丁总最好的回报。这样做,丁总才最高兴。

飞机开始下降高度了!临上飞机前听霍主任说,丁总要带上集团的各位老总,还有公司的、各个联队的头们到机场迎接我。我说什么也得硬硬铮铮地走两步,让丁总高兴,让众人高兴。

第十二章

2007年正月初七,白进勤民工联队发生了一件大事:他的党支部书记白进彬去世了。

读者朋友可能会问:你可能搞错了吧?民工联队怎么会出来共产党的支部书记呢?

我没有搞错。在东方路桥的民工联队里边确确实实建立了我们党的支部,确确实实有我们党的支部书记。这是丁新民的一大创新!

熟悉中国革命史的同志都知道:当年毛泽东同志在井冈山有一个开天辟地的创造就是把支部建到连上,为的是强化党对军队的绝对领导,提高红军的战斗力。2005年从江西开会回来以后,丁新民就把这一招成功地用到了东方路桥,他把支部建到了民工联队。

说起来,这件事的起因是这样的:

东方路桥组建不久,它的工程量就成倍地扩大,由最初的几千万上到一个多亿、几个亿，一直干到十几个亿。随着工程量的增加，跟随他们干活的农民工也由最初的几百人发展到几千人，最高年份上过1.6万人。这些农民工大部分来自跟内蒙古相邻的陕北和晋西北的贫困山区，也有一些是内蒙古当地的农民和下岗职工。他们刚来东方路桥时都是典型的"锹头队"，十几个人、几十个人就是一个工程队，包括工头在内，没有多少专业技术，更没什么施工设备，就是几把锹镢镐头。

2002年以后，东方路桥"筑路铁军"的名声在社会上已经叫得很响了，好多技术含量高、施工期限紧、垫资额度大的项目纷至沓来。丁新民是个善于深谋远虑的人。有一阵子，他脑子里考虑的头一件大事就是东方路桥如何建立一支属于自己的过硬的施工队伍。这支队伍，除了各个工程公司、各个项目部的工程技术人员，大头应该是民工联队，因为说到底，所有的工程最终都得民工联队来完成。自己手下如果没有几十支彼此了解、相对稳定、能打硬仗、技术过硬的民工联队，等有了工程才到社会上急抓现找，那是不赶趟的。实践证明，现抓的队伍互相不托底，彼此不信任，遇到急难险重的任务，根本指不上。用什么办法来培养一支能接受东方路桥理念、能体现东方路桥意志、能符合"筑路铁军"要求、能和东方路桥同呼吸共命运，打不离、拆不散的农民工队伍呢？丁新民白明黑夜在琢磨这件事。

就在这个时候，他接到了去西安参加全国民营企业思想政治工作经验交流会的通知。他就带着这个问题上了会，想看看全国的同行们在这方面有什么高招。没承想，自己的问题没解决，又碰上了新问题。

在跟同行们的交流中，丁新民发现：在全国所有的大中城市里，在全国所有的工厂、矿山，尤其是像路桥施工、建筑施工这样的劳动密集型企业里，都是农民工在唱主角。那种传统意义上的产业工人队伍，已经被越来越多的来自偏远农村的农民工取代了。他们成了现代产业工人的主体。如何提高现代产业工人的整体素质，加强对他们的正确引导，成了那次会上很多人感兴趣的话题。应当说，在这个问题上，我们的丁新民是最有发言权的。这些年他在民工联队建设上的一整套独具匠心的做法，就是对这个问题的最好回答。可是，我们的丁新民不是那种自以为是的人，更不是那种夸夸其谈的人，他没有浅薄地卖弄自己的经验，他还在悄没声息地做更深一步的思考。

……这几年抓"一把手工程"，农民工弟兄们在生活的改善、收入的增加、技术的提高上确实尝到了实实在在的甜头。当时自己提出的5条标准，现在看，至少有3条做到了，也做好了。另外2条做得就没有这3条这么实、这么到位。自己当时提出的5条标准中，头一条就是对民工政治上要平等，思想上要有很强的凝聚力。现在在东方路桥，欺负农民工的情况确实没有了，农民工得到了他们应有的尊严。但是，如何从政治上加强对他们的领导，思想上增强对他们的凝聚力，还是没找到一个好的办法。最好是能建立一种机制，一种长效机制，靠这种机制对我们的农民工进行有效的引导，在这个过程中，逐步地形成对他们的凝聚力和吸引力。这就又回到上会前的那个问题上去了。

从西安回来，丁新民就带上他的助手，到各个公司、各个工地搞党建调研去了。这也是丁新民的一个创造，是东方路桥的一大特色。

丁新民把他从西安会上带回来的问题作为这次党建调研的主题，走到哪，问到哪。结果，调研还没结束，答案就找到了。

好多民工联队向他反映：民工中有不少共产党员，有的还曾经是农村的党支部书记，是县直机关、乡镇机关退到二线的党员干部，是企业转制前的车间领导……都是丁新民需要的人才。大家问：这些流动党员的组织关系怎么办？他们的党费往哪缴？

丁新民当即拍板：学习老红军的光荣传统，在民工联队中建立党的支部。党支部成员，本联队有党员的从本联队产生，本联队没党员或党员太少的，由几个联队组成联合党支部，或由集团党委从工程公司的年轻党员中选派。这真是个好主意！没有多久，民工当中的121名流动党员就像单飞的孤雁一样找到了回家的感觉，过上了正常的组织生活。他们的党费也都纳入了正轨。他们当中的好多人，还被选为支部书记、支部委员、党小组长。有12个绿卡联队成立了党的支部，有18名员工党员被选派到民工联队担任了党建指导员，党的基层组织就这样在东方路桥的民工联队中建立起来了。

这可急坏了本书的主人公白进勤！

作为丁老总的"对儿红",这几年白进勤干什么工作也没有落后过,可这回,眼瞅着要落后了。他干急没办法——本联队倒是有两名党员,就是要文化没文化,要能力没能力,除了能受,好好儿地连个话也说不了,干脆不能考虑。自己呢?这几年连个申请也没写过,更不要说入党了。工程公司的专职副书记范培新跟他商量:"不行就从工程公司先给你派个指导员吧!"白进勤说:"先别派,我再想一想。"

憨人自有憨人的福!

就在白进勤为找不下支部书记的合适人选而发愁的时候,有一个人从几百里外的米脂找到东胜来了。

来人正是个共产党员,他叫白进彬。

白进彬是白进勤的本家兄弟,比白进勤小2岁。可是,人家比他文化程度高,又在部队锻炼了2年。复原回来后,一直在米脂县卫生系统工作,当过县医院的副书记、卫生局的副书记、药监所的所长,最后的角色是地病办主任。县里边的地病办主任基本上是个闲职,他很少去办公室上班,去了也没事,大部分时间就在家里待着。这对一个46岁的干部来说是件非常痛苦的事。白进彬偏是个闲不住的人,儿子考大学家里又塌了些饥荒。为把这些饥荒打清,也给自己找些干项,他就想起个来内蒙古投奔当着民工联队长的本家哥哥白进勤。

白进彬的到来,对正为找不下支部书记而怵头的白进勤来说,简直是瞌睡给了个枕头,口渴端来壶热茶,乐得他从心里往外笑。

"搬砖遛瓦、端锹和泥的力气活儿我是干不好,写写算算、搭里照外的苦轻营生应该没问题,我就这么块儿料,你看着安排吧!"白进彬对本家哥哥说。

"别的营生不用你,你就给咱坐在这儿当支部书记哇!公司让我们成立党支部,我正愁得寻不下个当书记的人哩,你这一来可给我把个愁帽子摘了……"

地病办主任白进彬就这样当上了白进勤联队的党支部书记。

对白进勤这些成天跟沙灰水泥、石头瓦块打交道的民工联队长们来说,工地上活再多、苦再重,他们从来不会皱一下眉,可是,让他们四平八稳地坐在会议室开会、学习,特别是在大庭广众当中发言、在上级领导面前汇报,他们贵贱是愁得不行。而对在县直机关里当了十几年专职书记的白进彬来说,这样的工作完全是轻车熟路，简直是小菜一碟，干起来一点儿不吃力。没过多久，白进勤联队的党支部工作就做得有模有样了。

白进彬初上手的时候，心里也犯嘀咕："都是些受苦的，受上一天累哇哇的，闹这做甚？"他学着机关的做法，只拣脸面前的营生做了几件，应个景、罩个面而已！后来看见从集团到公司三番五次地布置，三天两头地检查，才知道这地方跟县里面不一样，党建工作是真抓、真做、真信，白进彬这才拿出自己的真本事，认认真真地抓，当回事儿地做。

白进彬这人脑子聪明，肯下辛苦，做工作又有部队上雷厉风行、说干就干的特点，公司布置下来的工作，他做得有板有眼，相当规范。公司没有布置的，他但凡想到了也能主动去做，这样，他们的支部工作就做得分外地与众不同。

"七一"前夕，丁新民带着大队人马来这里调研，惊异于他的"对儿红"怎么会在党建工作上取得这么好的成绩。白进勤指着坐在他旁边的白进彬说："这是我的本家兄弟，工作都是他做的，我吃的是'现成饭'。"在"七一"表彰会上，白进勤联队党支部被评为优秀党支部，白进彬被评为优秀党务工作者，受到集团党委的隆重表彰。

2006年的中秋节，白氏三兄弟——白进勤、白进永、白进彬都在三北羊场的工地上，弟兄3个在那儿过了个八月十五。那天他们的叔伯外甥孟士光正好也在。

那天半前晌，丁总就派人送来了过节的礼物——西瓜、月饼、羊肉、烧酒，加上工程公司刘忠义送来的慰问品和他们自己置办下的吃喝，那天的会餐搞得特别丰盛。

会餐结束后，民工们都回各自的房间休息了，他们4个谁也不想睡，都想再坐一会儿，再拉一会儿。白进勤让两个儿子把桌椅搬到院子里，4个人一边赏月，一边喝茶，一边拉话。

那天晚上，4个人当中，最数白进彬话多，也最数白进彬的话动情。他说的最多的是"七一"受表彰的事：

"在咱们老家，我是个甚？名义上是个在任的科局级干部，可是，在官员们的心目当中，我甚也不是，有我也五八，没我也四十。来了东方路桥，我是个甚？是个打工的民工，是社会上最低贱的人，可是，东方路桥的领导把我评为优秀党务工作者，对我又是表扬、又是表彰，又发奖状、又发奖金，让我实实在在地享受了一回做人的尊严。

"人来世上走一遭，甚么最珍贵？不是银钱，不是房产，是尊严。尊严是个甚？尊严就是人的价值，就是人的分量。人活得没了分量，你就坐不稳、站不直、立不住，谁也不把你当回事，谁也想在你头上摸一把。人活得没了尊严，你就活得少滋没味，活上 100 岁，又有甚么意思？我今年快 50 岁了，在东方路桥找到了做人的尊严，东方路桥这 3 年没有白干，我白进彬这辈子没有白活，现在就是死了，也值……"

大过节的，又是团圆之夜，白进勤最忌讳这个"死"字。他赶紧转移话题。可是，白进彬根本不容他插话："二哥，你听我说。兄弟我比你多念了几年书，有些事比你看得明白。你记住，历朝历代的老百姓都是最没有地位的。只有在共产党的领导下，老百姓才找到了当家做主的感觉。这就是共产党的伟大。当然，共产党里边也有那混饭吃的，有些党员连普通老百姓都不如，有些党组织弄得很不像个样子，但这毕竟是少数。在东方路桥，像丁总他们这些共产党员，才是真正跟老百姓一心、真正替老百姓办事的共产党员！所以，当兄弟的今天要劝你一句，你应该要求入党了。我现在这个位置，原本应该是你的。你没有入党，才由我临时干着。我干不了多长时间的，迟早还是你的。所以，你得尽快要求入党，你要是同意，我今儿黑夜就帮你写入党申请。这也是我这个支部书记的责任……"

白进彬的这番话引起了外甥孟士光的共鸣。在白氏三兄弟面前，论年龄，他比白进勤还大两岁；论辈分，他是晚辈。所以，说话、做事，还得按外甥的礼数来："今儿黑夜 3 个舅舅都在，我也说两句。你们都知道，我高中毕业后，在村里当了十几年会计。那时候，人也年轻，思想也进步，光入党申请就写了五六回。人家就是不批。后来我也就死了这条心了。其中的原因其实也简单，就是我发现村里有些党员连我这个群众也不如。为什么这么说呢？我举个例子你们就明白了。当时，农村党员一年的党费是 0.25 元，正好是一个干烙儿的钱，就是这么一点钱，村里的党员也不想缴，还得我这个群众给垫。为甚让我垫呢？因为我是大队的会计，他们没缴上去，公社就找我要，让我先给缴上，回来再找他们要。一人就0.25元，你们说我咋好意思找他们要？只好给他们垫。全村十几个党员，我连住垫了3年，垫了11块钱。从那以后，我就再也没有入党的心思了。来东方路桥后，见人家这儿的党员一个赶一个先进，带动得民工当中的党员也不能落后。我这个联队现下就有两个党员，是我的带班，是我的左膀右臂。最近，公司给他俩奖励了几百块党员津贴，两人谁也不要，最后都补到民工的伙食里面去了。受他们的影响，我最近又有了想入党的念头。两个助手都是党员，自己不是，长久下去终究不是个事……"

那天晚上，这4个人越拉话越多，越拉越心亮，要不是怕耽误第二天的工作，他们真想就这么拉下去，一直拉到太阳出山。

对于白进勤来说，那天晚上是他的党支部书记跟他拉得最深的一次，也是他们两个谈得最后的一次，因为过罢八月十五没多久，他们就收摊子了。回到米脂几天头上，白进彬就觉见身上不对劲儿，到医院一检查，说是得了赖病，赶紧就往西安走，紧看慢看，人就不行了。腊月二十几从西安回来，凑合地刚过了个年，正月初七就去世了。

白进彬去世的当天，白进勤就打电话告诉了刘忠义。刘忠义转手就向丁总做了汇报。

照理说，一个民工因病去世，是不必惊动老总的。刘忠义向丁总汇报，是因为白进彬是白进勤联队的党支部书记，而白进勤联队又是丁总亲自抓的点，对白进彬的工作，丁总一直很认可，多次表扬他；现在白进彬去世了，他觉得应该向丁总报告一声，让丁总知道。在报告的同时，刘忠义也讲了自己的意见："以公司的名义送个花圈，给家属2000元慰问金，同时委派公司的专职副书记去米脂专程吊唁……"

"你的意见不可取。"刘忠义的话还没说完，就被丁总在电话那头彻底否定了，"白进彬在西安住院的时候我就想带上些人过去看看，春节前事情太多，一直没有腾出时间。他住院时我们没去看成，现在去世了，怎么也得去一趟。

不去送送他，我心上下不去。我的意见是：集团的主要领导、你们公司的主要领导都去，一个是祭奠白进彬，表达我们的哀思，再一个是通过这个举动，在集团上下，在东方路桥的全体民工当中，包括在社会舆论上，要造成一种影响，让社会上的人们亲眼看到，我们说的'民工是企业的上帝'绝不是一句空话。民工的主人翁地位，民工的产业工人形象、企业对民工的凝聚力，拿什么来体现？就要在这些具体事情上体现！"

丁新民领着他的吊唁队伍是正月初九从东胜出发的。

吊唁队伍里，有集团副总经理武新民，集团党委副书记李颖梅、李时，集团党办主任霍春利，民建办主任杨勇，一公司总经理刘忠义，二公司总经理张换树，三公司总经理陈培新，东信公司总经理杨保才……加上7个司机，一共18个人。

春节刚过，包茂高速路上跑的车还很少，他们坐的又都是大几十万甚至上百万的好车，几百公里的路，3个多小时就到了。

集团老总们这个超乎寻常的举动在白氏家族中引起的震动是可想而知的。

从初八下午接完刘忠义的电话，听说丁总要亲自下来，白家大大小小几十口子人就开始忙活上了。

负责操办这个事的总代东叫高龙。论公，他是县卫生局的副局长、县医院的院长；论私，他和白进彬是世交，父辈们就相处得不错。老白家拿主意的自然是白进勤。

白进勤定了米脂县最好的两班子鼓匠，从纸匠铺定做了10个最大的花圈，召集了白家几个门子上的所有孝子，他要按米脂人最古老的风俗、按米脂人最隆重的礼节来接待他的老总。

丁总的车队是在米脂城边上的王沙沟停下来的。

全身戴了重孝的白进彬的独子白宇匍匐在地，向远道而来的各位长辈逐一叩头。在他身后，一字排开的是以集团、公司和各位老总名义敬献的花圈，花圈两旁是两班子正使劲吹打的鼓匠。

丁新民弯腰搀起已经哭哑了嗓子、哭成个泪人的白宇，一再地叮嘱他不要过于伤心，要注意照护好自己的母亲。李时、刘忠义把集团和各位老总的礼金交代给白进彬的家人。

简单的仪式结束后，由孝子、鼓匠引路，人们举着花圈、抬着挽幛，缓慢地朝着白家的住处行进。

生活在这座小县城里的老百姓，还很少看见今天这样的场面。尽管他们当中的多数人并不晓得跟在队伍后边的那7辆汽车那昂贵的价格，更不晓得坐在车里那几位老总的上亿元身价，但他们看出了今天这不同寻常的阵势，更看清了那张由两个人抬着的大大的礼账。他们相互打听死的到底是个什么人，当着多大的官，能惊动这么多当官的来送葬，来的这些人能给他这么重的礼金。

有个人盯住礼账上的名单大声念起来：

"东方路桥2万元，丁新民2000元，武新民1000元，李颖梅1000元，李时1000元，刘忠义1000元……"

这边有人念着，那边就有人计算出了总数："好家伙，光是这10多个人，就给搭了35000元，这是些甚么亲戚，能行这么重的礼？"

当中有那嘴快的，紧走了几步，撵着抬花圈的人问："死的是个干什么的？这些搭礼的是他的甚？"

问出结果的马上就当起了新闻官，向他周围的人现场发布，一传十，十传百，这条口口相传的消息立马在米脂街上传开了：

"死的人叫白进彬，是咱县医院原来的书记，这二年跑去内蒙古打工，来的都是他打工的那个单位的老板……"

人人都觉得这事稀罕，人人都想看个究竟，反正是大新正月里，谁也没多少事干。一时间，这条街上绝大多数路人，步行的，骑自行车的，开二轮儿的，还有挂着拐棍的，都跟在这支吹吹打打的队伍后面，一直走到了白进彬生前住的地方。

总代东高龙一开始就上了丁总的座车，他要向内蒙古来的老总汇报一下葬礼的安排，顺便也想向他老朋友的领导表达自己的谢意："丁总的大名我早就听说了。进彬每次从内蒙古回来，我俩总要在一起喝两顿酒。一喝酒就说起你。说你才是真正的好人，真正的好官，对他这样一个外出打工的人，就像对自个儿的朋友似的。他说，在内蒙古的这3年，是他心上最展活的3年。唉，他要是知道你今天亲自来给他送行，不知道会高兴成啥样哩！"

说着话，车队停下来了。高龙朝外一看，白进彬的家到了。他赶紧招呼丁总他们从车上走下来。

远远瞭见，当街跪着两个女人，一边号啕大哭，一边朝丁总他们磕头。高龙告诉丁总，那是白进彬的婆姨和他婆姨的姐姐。丁总紧走了两步，把两个女人搀扶起来。众人簇拥着他，朝白进彬住的院子走去。

那是一个方方正正的小院，白进彬的灵堂就搭在院子里。高龙他们招呼丁总进窑里歇着，丁总却照直朝着灵堂去了。一见白进彬的遗像，两行热泪就滚落下来，他大声叫着白进彬的名字，扑通一声就跪了下去：

"进彬，我看你来了。你在西安住院的时候，我就想来，七事八事，总也走不开，不等我来你就走了。进彬你原谅我，我丁新民来晚了……"

一见丁总跪下了，老白家的所有孝子们也都白洼洼地跪下一片，白进彬的儿子白宇跪在丁总的正面一边哭一边磕头还礼。

丁总前边刚跪下，跟他来的各位老总们也都跪了下去，他们依照伊克昭盟那边的乡俗，一边烧纸，一边默默地向逝者道别。

他们这群人刚刚起身，后边又齐刷刷地跪下一片。这回下跪的人更多，足有大几十个。他们一色水地全穿着迷彩服，迷彩服上全部印着"东方路桥"的红字。丁新民不明白怎么会一下子跑出这么多东方路桥的民工来。白进勤赶忙向他介绍："大部分是我们联队的，也有孟士光联队的、雷光来联队的，还有赵维庭联队的，都是米脂人。咱们东方路桥在米脂的民工有300多人哩，今天来的还不到100人，都是龙镇这一带的。他们是夜儿个后响听到信儿的，都要来迎接丁总，都要跟丁总一起给进彬送行……"

丁新民的眼泪又流下来了。他在心里感叹：多好的一群弟兄啊！朴实不过农民工，真诚不过穷弟兄。在东胜的时候，他就老听人们说，他发给弟兄们的迷彩服，好多人不舍得穿，要等到年下当过年的新衣服穿，要在亲戚六人面前当成一件体面事情来张扬。他当时听了还惑惑疑疑。今天可是亲眼看见了。这满满儿站下一院的穿着迷彩服的米脂人，可都是跟着他丁新民共同致富的民工弟兄呀！他平日里讲的"以人为本，共同富裕"的办企宗旨，他多年来为培育"企业对民工的凝聚力"、"集团党委对民工的感召力"播撒下的种子、浇灌过的汗水，想不到在今天这个特殊的场合意外地显现出了丰硕的果实。作为一个播撒爱心的企业家，还有比这更让他满意的事情吗？

高龙他们再次招呼他回窑里歇息。他对他们说："不是今天就要开追悼会么？能不能现在就开？反正窑里也没这么多坐处，省得众人站在院儿等，冷冬寒天的。"

大家采纳了丁总的建议，白进彬的追悼会很快就开始了。

这是一个土洋结合的追悼会，既有米脂乡间的做法，又有如今官场上的程序。

先是让两班子鼓匠热热闹闹地吹了几段曲子，接下来播放哀乐，除过孝子们以外，所有人都面向灵堂，向逝者默哀。然后，由高龙代表组织介绍白进彬的生平，为他短短49岁的一生做出评价。最后是白进彬的儿子代表家属发言。

小伙子声泪俱下的发言，既表达了他对慈父离世的无限哀痛，又表达了对众多亲友，特别是东方路桥的领导们远道而来的真诚感激。他说："敬爱的爸爸，你睁开眼看看，你最敬重的领导丁新民大爷从内蒙古看你来了，东方路桥的各位老总看你来了，和你一起干活儿的民工联队的叔叔大爷们看你来了，为你送行的汽车就停在咱家门外的巷子里。

"敬爱的爸爸，你活着的时候不止一次地跟儿说，你这辈子最怕的是在别人心里没有地位，你这辈子最担心的是在世上活得没有尊严。儿在这里告诉你，儿从今天来的叔叔大爷们的眼睛里看到了你在他们心中的地位，儿从今天的葬礼上看到了你在这个世上得到的尊严，爸爸，儿为你感到骄傲……"

听到这里，在场的所有人，无不为之动容，无不为之下泪，无不为之痛哭失声……

追悼会结束以后，天已经很晚了，白进勤安排丁总他们在县宾馆住下来，所有的民工也都没有走，他们在米脂的县城和自己的老总痛痛快快地喝了一顿酒。

从宾馆出来后，白进勤没有回自己的家，他让二小子云涛把车又开到白进彬这边来。按米脂的习俗，明天一大早就要下葬了，他要跟他的本家兄弟、他的支部书记、他的入党介绍人再待上一晚。

院子里比下午安静得多了，灵堂前只有两个侄儿在守灵，女人们仍在窑里忙着准备第二天的杂事。

白进勤拉了个凳子在材头前坐下来，他从身上掏出半瓶酒，从供桌上拿过两个杯子倒满，就跟白进彬拉起话来："进彬，我腿脚不利索，不能给你下跪了，咱弟兄俩就这样坐着拉吧！这酒是刚跟丁总他们喝下的，我专给你拿回半瓶来。来，咱弟兄俩先干上一杯！"

说着话，他端起一杯自己先干了，又端起另一杯猫腰洒在地上，然后再一一满上。他又抽出两支软中华，给进彬点上一支摆在牌位前边的香炉里，一支给自己点上，使劲儿吸了一口，接着又拉起来："进彬，我又想起了去年八月十五晚上你跟我说过的话。那天，你动员我入党，还说要当我的入党介绍人。后来我才知道，你当天晚上就替我写好了入党申请书，第二天一早，就到公司找范培新书记商量我入党的事情去了。"

"进彬，自你当上支部书记，我把这一摊子都靠给你了。集团里表扬咱、奖励咱，那都是表扬你、奖励你哩。如今你一撒手走了，你让我从今往后再靠人家谁去？"

"进彬，那天晚上你跟我说，人在世上，不能活得没有分量，不能活得没有尊严。你还说，你来东方路桥才找到了做人的尊严，这辈子就是死了，也值。当时，我不让你说这个话，嫌不吉利。今天，当哥的要替你把这句话说完——兄弟，正像你那天说的，东方路桥这3年你没有白来。今天下午，丁总来了，刘总来了，那么多的领导、那么多的民工都来了。还搭了那么重的礼，丁总带头给你下跪……这个场面，咱老白家各门子上的人都看见了，你们卫生系统来上事宴的人都看见了，你的街坊邻居也都看见了。你这辈子活得有骨气，走得有尊严，人有这么个结局，这辈子就算没白活，你放放心心地走罢……"

第十三章

2009年,对白进勤和他的老总丁新民来说,都有点不寻常的味道:这一年,丁新民亲手创建的东方路桥整整10岁了,白进勤进东方路桥跟上丁总共同致富也整整10年了。

这年的3月21日,集团党委在美丽的蒙古风情园开工作会议,总结前10年的成果,谋划后10年的发展,丁新民在会上做了一个特别鼓舞人的报告。

按照会议的安排,当天下午是分组讨论。丁新民端着他的茶杯,照直来到了民工联队长们讨论的地方。

他今年59岁了,尽管精力充足,身体也不错,但已经不大过问集团的具体事务了,除了抓党的建设(因为他是集团的党委书记)和民工联队的发展,业务上的事都交给年轻人了。

参加讨论的联队长们有20多个,都是星级绿卡联队和"双十佳"联队的队长。参加这样的会议,他们也像员工一样,穿上了西服,打上了领带,看惯了他们在工地上的穿扮,不细端详,一下子还真认不出来。

见老总来了,联队长们一齐站起来打招呼。过完春节,好多人还是头一回见。丁总让大家都坐下,一个一个地问询了一遍。他跟这些人都很熟,不光能叫上他们的名字,清楚他们的外号,记得他们的典故,还知道他们都有几个娃,娃们在干啥。他最喜欢跟他们在一起拉话,听他们讲联队里的故事,看他们那种质朴的神态,帮他们算一年的收支。跟他们在一起,他觉得时间过得特别快,自己的心情特别好。

因为要讨论,丁新民没有像往常那样由着性子拉谈,他打住了话头,让主持会的杨勇组织大家接着发言。

杨勇很聪明,他对大家说:"咱们是不是先请丁总讲几句?"队长们一起鼓掌表示赞同。

丁新民没有推辞，他先给队长们每人发了支烟，然后才说："我上午的报告讲了那么多，其实最关键的就两句，一句是'坚持办企宗旨'，一句是'实现二次创业'。大家发言，就围绕住这两句讲就是了。"

"咱们先说头一句，'坚持办企宗旨'。咱们的办企宗旨是'以人为本，共同富裕'。对大家来说，归根到底，就是要让你的左膀右臂们跟你一起致富，不能是你自己肥得流油，他们在那儿饿得发抖。这里的关键是要搞好二次分配。这几年，集团为扶持民工联队，先后拿出大几千万，包括给你们的奖励，包括给你们的补贴。奖励也好，补贴也好，可不是光给你们这些联队长的，而是发给所有的民工的。你们知道，我最见不得'吃独食'的人和'耍嘴皮子'的人。我把企业的很大一块利润，包括我个人的很大一块奖金让给了你们，你们要是把它全装进自己的倒裉裉，那你这个人——包括你的人格、你的人品——就彻底完了，我们把你就彻底看瘪了。今年年底，集团将对二次分配的具体情况进行督察。对那种'吃独食'的人，我的态度是，干脆撇开他，直接扶持他的左膀右臂，把他晾起来，让他成为孤家寡人。当然，我相信经过集团党委这么多年的培养教育，大家应该具备了这样的起码觉悟，不会成为我说的这种孤家寡人。上回老白讲过一句话，说他是东方理念的受益者，他也要做东方理念的实践者。我特别赞同这句话。我相信老白能成为东方理念的实践者，我也希望在座的各位都能成为这样的实践者！"

"咱们再说第二句，'实现二次创业'。实现二次创业，对大家来说关键是要做大做强——规模要大，实力要强，收入要高。你们当初进东方路桥的时候，大多数是典型的'锹头队'——规模小，实力弱，收入低。经过这几年的打拼，有了一定的规模，有了相当的实力，收入也还过得去。但是绝不能就此满足，一定要二次创业。对大家来说，二次创业的核心除了做大做强，还要转换身份。过去，你们是秋去春来的大雁，东方路桥也好，鄂尔多斯也好，只是你们打工的地方、挣钱的地方，不是你们的家，收工以后，挣上钱以后，他们还是要回到自己的老家去。这是以往的情景。从现在开始，随着国家的发展、社会的进步，农民工将逐步地成为现代化的产业工人，而不再是农村的农民。

现在，你们是民工联队的队长，这是咱们东方路桥的叫法，社会上还管你们叫工头。今后，随着规模的扩大、实力的增强、资金的雄厚，你们就会成为工程公司名副其实的老总，成为企业的老板。到那个时候，你们就不仅仅是东方路桥这个企业的主人，而且是鄂尔多斯这个城市的主人。既然是这个城市的主人，那就不仅要在这里打工，而且要在这里居住；不仅你们自己在这儿居住，你们的婆姨，你们的儿女，都要在这里居住。这就是二次创业的目标！大家都要朝着这个目标谋划各自的发展。"

丁新民的这段发言，就像是一石击起千层浪，会议室顿时就像开了锅一样，大家争着讲、抢着讲，按也按不住。是呀，丁总给咱们谋划的这条致富路，谁不愿意争着抢着往前走呢？

工作会议开了3天。

会散了，白进勤还是磨磨蹭蹭地不想走。他找到丁总的司机田慧军——张志鹏到集团下属的物资公司当老总去了，田慧军接了张志鹏的班——他对田慧军说："我在蒙古风情园定了一桌饭，晚上想请请丁总、刘总和崔俊平，我有几句心里话想跟他们几个拉一拉。"

田慧军把他的意思跟丁新民说了。丁新民笑了笑，说："老白一准是想表示个意思哩，就按他说的办哇，你帮他准备准备，忠义跟俊平那儿，你也替他通知一下。"

因为是老白请客，丁新民早早儿就到了。他刚坐下，刘忠义和崔俊平也叨叨拉拉地进来了，跟他走了个前后脚。

白进勤请的这3个人，是经过精挑细选的：丁新民是他的"对儿红"，是他的"贵人"，这没得说。刘忠义是他进东方路桥的领路人，不是刘忠义，他也许到现在也进不了东方路桥，更不可能跟丁新民成为"对儿红"。崔俊平，最早是刘忠义手下的技术员，后来提成项目经理，今年杭锦旗一带工程量大，他就成了指挥部的指挥长，相当于工程公司的副经理；白进勤自进了东方路桥，就跟这人打交道，10年时间走下来，两人成了特别要好的朋友。所以，他今天一定要把崔俊平请上。

客人都到齐了，酒也满上了，白进勤扶住椅子站起来，想来一段祝酒词："今天，是我白进勤进东方路桥的日子。1999年，我就是这一天进的东方路桥。10年了，我想好好儿庆贺一下。原先想多请些人，摆上几桌，后来就请了你们3位，不是舍不得花钱，更不是请不起，主要是人一多，只顾了喝酒了，好好儿拉不成个话。

"1999年刚进东方路桥时，我是个最没地位的受苦人，最让人嫌弃的残疾人，最受人欺负的穷光蛋。今天，我成了东方路桥几千号民工当中沾光最多、受益最大的一个。政治上，你们培养我入了党，当了支部书记，上了报纸，上了电视，跟那么大的领导站在一起照相，坐在一起吃饭。经济上，我有了车，有了房，有了存款，有了属于自个儿的机械设备，成了有大几百万资产的富裕户；为让我增长见识，丁总领上我坐了飞机坐轮船，上完庐山又上井冈山，还连住两年出国旅游，祖祖辈辈没见过的世面我见了，娘老子没享受过的福分我享受了。为让我能跟健全人一样利利索索地走路，丁总花几十万给我安了世界一流的假肢，让我成了残疾人当中最幸福的一个……所以我说，我是东方路桥所有民工当中沾光最多、受益最大的一个。

"我这个人你们都知道，茶壶里煮饺子，肚里有嘴上倒不出来。今天借这杯酒，表示我个心意。我白进勤从内心里感谢你们。我连干3杯，你们随意！"

白进勤把面前的3杯酒一一干完，这才扶着椅子坐下来。身子还没坐稳，又要往起站，他要跟他的"对儿红"和"贵人"单独干一杯，他要跟他进东方路桥的"领路人"单独干一杯，还要跟他现在的"丨头上司"单独干一杯……这几杯连着干进去以后，本来不善于饮酒的白进勤就显得有些多。老白喝多了倒没别的毛病，就是爱张罗着给人们唱《酒曲》，《酒曲》的词还都是现编的。你听：

　　门前一卜槐，
　　酒缸才打开，
　　北路的朋友你快些儿来！

门前一卜槐,
好酒端上来,
相聚一回不喝不应该!

门前一卜槐,
十年长成材,
贵人的恩情我记心怀!
……

见白进勤喝得有些高,丁新民就让田慧军搀扶着先回房间休息去了。他们3个又接住聊起来。聊的还是白进勤。

"丁总,别看你跟老白是'对儿红',你对他的了解还是不深。我们成天在一块儿滚战,对他的脾气、性格,揣摸得最清楚。"说这个话的是崔俊平,"人们都说'老陕'抠,叫我看,他们抠的是自己,对别人,从来不抠。就拿老白来说,这几年咱们发给他的奖金,加起来少说也有10多万,他从来没有独吞,大部分用到了民工身上,不是补贴了伙食,就是买成了防暑降温的用品。周围几个联队的伙食,数他那儿抓得好。我们看得很清楚。工资也是这样,从来不亏待弟兄们,对他的左膀右臂,除了该得的,到了年底每人还要多给个三千两千。10年了,年年不拖欠,一赶过小年总要挨家挨户地给弟兄们送到手上。正因为这样,工人们都愿意跟他干。他的好多工人我都认识,有的还能叫上名字来,因为干得年头长了,年年都是这帮人。他要是对工人们不好,工人早跑了!所以说,实践咱们东方路桥的理念,老白是最坚决的一个,也是最自觉的一个。

"他这个人忠诚,重情义。前年咱们集团工程不多,资金又紧,好多联队跑到外边干去了。有两个地方也拉拽老白,给的价还不低。老白说甚也不去。他说:'我是丁总一手培养起来的,漫不说现在还有活儿干,明天就是坐下了,我也不走。坐也要在东方路桥坐。'去年有一个项目,需要自己垫资,别的联队都不想干。老白一声没吭,回老家走了一趟,拿来200万,自己垫资干上了。

到了年底，集团的工程款没要回来，民工们的工资付不了，别的联队长一天几遍地催，老白一遍也没催。他知道集团当时钱紧，就回米脂自己贷了些款，先给民工把工资发了。这就叫关键回合见真情！单是这一点，好多联队就做不到。

"老白的工程质量更没问题。他从来不干那偷工减料的事，你就是让他干他也不干。所以，这么多年我们对他的质量是百分之百地放心！他自己也说，'我是刘总介绍来的，是丁总亲自扶持的，质量上要是出点闪差，别说自个儿这张脸没地方搁，影响得两位老总脸上也不好看，这种事情可做不得！'

"老白这个人为人实在，干活儿也实在。有的联队长，挣钱少的不干，不好干的不干。有些营生干下一半扔下就走了。遇到这种情况，就得让老白带上人去擦屁股。人家老白从来没说过个'不'字，让干什么干什么，从来不讨价还价，从来不挑挑拣拣。他跟丁总是'对儿红'，跟刘总关系也不错，这要换成别人，早兴得放不下了，我们能领导了？人家老白在我们跟前包括在我们的领工员跟前，从来不靠这层关系，总是以老为实地凭自个儿的辛苦吃饭！

"也不能因为老实就让人家见甚干甚，"丁新民替他的"对儿红"说话了，"你指挥部也好，工程公司也好，该扶持的一定得扶持，绝不能让老实人吃亏！"

"扶持着了！"刘忠义说，"我们已经商量过了，乌海那个5000万的工程就准备交给他干。这个工程要是干下来，老白的技术、实力、效益，整个儿就上去了。"

"关键是老白能不能拿下来？"丁新民有些担心。

"技术上问题不大，必要时，我们派技术员再带一带；设备这两年陆陆续续地也添了不少，今年又投进200万，基本上成龙配套了，连桥梁、涵洞带防护，都能拿下来了。关键是资金……"刘忠义说。

"几千万的项目光靠老白哪能行？到时候，你工程公司得拿大头，集团再帮一块，几头一齐来吧。"丁总说，"我总的想法是，对骨干联队——不只是老白，我指的是所有的绿卡联队——都要重点帮扶，帮助他们做大做强，帮助他们加速发展，要让他们按照股份制工程公司的要求发展，朝着现代化产业工人的目标迈进。"

"丁总，你下这么大的力气培养民工联队，我总是有点儿顾虑……"崔俊平迟迟疑疑地说。

"你讲！"

"前两天有个同学来找我，让给他推荐两个绿卡联队，他要花重金往走挖。他说他们缺的就是像东方路桥绿卡联队这样的队伍。"崔俊平说，"我当然不会干这种挖自家墙角的事。但是，我不干误不住别人干。所以我担心，咱们辛辛苦苦培养出的绿卡联队，闹不好成了别人炕上的媳妇，别人碗里的肥肉……"

"哈哈哈哈！"没等崔俊平说完，丁新民就放声笑起来，就笑就说，"你这是瞎操心。小伙子，放心哇！像白进勤这样的，他给的钱再多也不会走。那些走了的，对咱们来讲也不一定就是坏事！为甚这么说呢？第一，他走到哪，就会把东方路桥的理念带到哪，这对宣传东方路桥的理念、扩大东方路桥的影响，只有好处，没有坏处，你怕甚了？第二，他就是走出鄂尔多斯、走出内蒙古，也还是建设社会主义哇，等于是咱们替国家培养了几支高素质的施工队伍，这也不是坏事哇？再说，老的走了，咱们再培养新的，你还怕东方路桥后继无人了？30多岁的人，比我这五十大几的人思想还保守！"

见崔俊平有些不好意思了，丁新民把面前的酒杯一端，说："来，把各自门前的酒干了，结束！"

今天是清明。每年的清明白进勤都要回老家给娘老子上坟。今年是老娘下世10周年，他更得回去。

跟往年不同，他今年是从鄂尔多斯往回走。东方路桥在东胜的青春山建起"民工创业园"后，他买了一套，领着婆姨搬到东胜住了，三室二厅，130多平方米，闺女前年到西安上大学后，家里平时就他们老两口，要多宽敞有多宽敞。两个儿子都把媳妇娶过了，都在米脂县城住，一家一套楼房，各住各的。山碚塄那5眼窑和那处院子，如今都闲下了。闲下就没人住了，不要说3个娃谁也不回去住，就是自己将来老了，也不可能回去了。

白进勤和婆姨是吃过早饭从东胜动身的，就开着丁总奖励他的那辆圣达菲。开车的是他的二小子云涛。他自己也会开，就是没本儿，在工地上跑跑还行，正经上了路不安全，让交警拦住就瞎了。

夜儿黑夜国庆打过电话来，说他和他婆姨，还有云涛的婆姨从县城走，父子们11点左右在镇川的路口会合。

如今自己有了车就是方便。从东胜回米脂四五百公里，跑起来也就几个钟头的事儿。

11点刚过，他们就到了镇川。镇川归榆林。一过镇川就进了米脂地界，顺着国道往南是去县城，往西去龙镇。

国庆开的车已经停在路口。云涛给他哥按了声喇叭，一打轮儿就拐上了去龙镇的乡间公路。国庆从后边跟了上来。

这就是白进勤当年去延安打工走过的路。他就是从这条路去的镇川，去的延安，去的南泥湾。当年，他是孤身一个；如今，他领着婆姨，领着两个儿子和儿子的婆姨。当年，他是穿着布鞋，背着盖窝，一步一步走出去的；如今，他是开着自个儿的汽车，二十几万的汽车，从几百里外开回来的……

白进勤忽然有了一种衣锦还乡的感觉！望着两旁那起起伏伏的梁峁和一个连一个的村庄，这种感觉越来越浓！山湾湾里的向阳坡坡上，村民们三个一群、五个一伙，还在那里晒太阳，还在那里拉闲话。身上那身穿扮还是那么破破烂烂，浑身上下还是那么土眉浑眼……唉！自己10年前要不是跑到内蒙古去，要不是进了东方路桥，今天估计也就是那个样子吧，说不定还不如他们哩！

龙镇到了！街还是那条街，房还是那些房，人好像不如从前多了，街上显得冷冷清清。这是从前的供销社，这是卫生院，这是豆腐坊、铁匠炉……这儿成了农贸市场了，哎呀，数这儿人多，有卖菜的、卖肉的，还有卖干烙儿的……哎，对了！娘活着时就爱吃个干烙儿，给娘买两个干烙儿吧！

"云涛，停一下！"

白进勤从车上走下来，他要给娘亲手买两个刚做出来的干烙儿！

"这样的小事哪用老爸亲自动手！"云涛让他就在车跟前等着，自己跑了过去。

白进勤掏出一根芙蓉烟点上。发现斜对面有一帮人盯住他看，手里还指指点点的，好像在议论他。他朝那些人看看，一个也不认识。

"那不是老白吗？甚时候从内蒙古回来的？"白进勤回头一看，一个干部模样的人朝他走过来。他看了看，也不认识。

"我叫申宝林，咱们龙镇的党委书记。前些天，内蒙古的记者专门来龙镇，点着名要采访我，说是要给你拍电视剧哩！内蒙古领导给你发汽车的镜头，我们也都看到了。我给记者们说，龙镇的外出务工人员有6000人，光老白就带着200多哩，他是我们龙镇乡外出务工的带头人哩！……你今天这是回来给老人上坟的吧？上完坟返出来，中午饭就在咱们乡里吃罢！咱们好好拉一拉，你现在成了咱们龙镇的名人了！"

白进勤最怵头跟官员们打交道，自个儿拙嘴笨舌的，寻不下个说上的，坐在一起别扭得很。他见云涛已经把干烙儿买回来，就客客气气地谢绝了申书记的邀请，坐上车继续往山硷塄走。

白家的坟地就在山硷塄后边的山坡上。白进勤把车停在自家的院子里，领着婆姨、儿子、儿媳朝山坡上走去。

米脂的春天比东胜来得早，清明时节山坡上就泛起一片一片的绿色了，有些勤快的人家已经在地里头忙活开了。

这两年，受鄂尔多斯人的影响，白进勤也学得时尚起来。夜儿后响，他特意让云涛去东胜街里买了一个鲜花编成的花篮，今儿临走又喷了些清水，到现在还是水灵灵、香喷喷的，他让云涛把它摆到两位老人坟头的正中间。他又让国庆把从东胜带回来的西瓜切开，把杧果、香蕉、樱桃、木瓜这些稀罕水果都摆上。他新打开一包软中华，抽出两根，亲手给爹点上，亲手放在爹的坟头；他又把刚买的干烙儿给娘摆上；他还打开一瓶茅台酒，给两位老人一人满了一杯……坟头上摆得满满的了。

他觉得上坟祭奠老人就应该这样。他不想像早些年那样，尽拿些地摊上买的冥币应付先人，那些纸片子，这边还用不上，到了那边更是废纸一堆。倒不如摆些有用的东西，两位老人苦了一辈子，累了一辈子，甚么好东西也没吃过，甚么世面也没见过，可可怜怜地走了，窝窝囊囊地走了。像这么好的东西，他们活着的时候见也没见过，如今，尽管吃不成了，摆在这里让老人看一看，也算是尽自己的一片心吧……

把香点着以后，白进勤领着全家，给两位老人深深地磕了3个头。磕罢头，他正要扶着儿子的肩膀往起站,跪在旁边的婆姨"哇"的一声就哭起来。她哭得那个伤心,那个投入,那个真诚,把两个儿媳妇也带得流下眼泪来。10年前娘下世的时候,她就是这么哭的,拉也拉不住,拽也拽不起,劝也劝不止。村里人说,媳妇哭婆婆,假哭的多,真哭的少;干号的多,下泪的少;慧敏这是真哭,她真的流泪了。白进勤清楚,这是娘用自个儿的真情把媳妇感动了,把媳妇的心焐热了。娘下世这么多年了,慧敏今天往坟头一跪,还哭得这么伤心。

见慧敏哭得那么痛,白进勤心里也难受起来。他强忍住泪,又掏出烟,给爹点了一支,给自己也点了一支,找了块石头在坟地旁坐下来。

他装了一肚子的话要给娘老子说,他不能像婆姨那样放开声地哭诉,别说娃们都在跟前,就是不在,光他一个,他也不能,他只能在心里跟娘老子默默地诉说。

"爹!"他在心里对爹说,"1976年,咱们父子们给那3眼土窑做完接口合龙口那天,你对我们说,'你们的爷爷把这3眼窑传到我手上的时候是3眼土窑,在我手上总算给你们做成了接口窑。旧社会在咱这道沟里能住上这种窑的就算是差不多的中等人家了!'说完这话才10年,我又券起5眼石窑。你又说,'这在旧社会是地主老财才能住起的宅院'。爹,儿跟你的孙子、曾孙们如今住的都是楼房,东胜有一套,县城有两套,楼上楼下,电灯电话,要甚有甚。旧社会地主老财们住的房算个甚?儿如今住的比他们当年强过多少倍哩!儿如今还有了自个儿的汽车,今儿就是坐着咱家的汽车回来的,这会儿就在咱院里停着哩!儿在内蒙古还置了装载机、挖掘机、翻斗车,光这些东西就值几百万哩,加上存款,加上房产,儿如今在咱龙镇也是个有点儿名气的富裕户啦!儿还上了报纸,上了电视,俺三舅在延安还从电视上看见来!儿给咱老白家可长了脸了。今儿路过龙镇,镇党委的申书记还特意从车上跳下来跟儿握手、要请儿吃饭哩……"

"娘!"白进勤又跟他的老娘说,"自从俺把腿碰了,你为俺的生活操尽了心,流尽了泪,就像你说的,你眼睛里流的泪比别人尿的尿还多,你脑袋上流的汗比房檐上滴的水还多。你就怕俺拉扯不成个人家,不能跟旁人一样像像样样地生活。儿今天告诉娘,儿如今成了祖孙三代八口之家的大家长了,咱家成了山硷塄过得最好的人家了！为甚哩？儿遇上贵人了！娘那年从下盐湾回来，说儿这辈子有贵人帮哩，儿当时不信，说娘讲迷信哩！儿如今真遇上贵人了，这个贵人就是共产党培养出来的好干部、俺们东方路桥的好老总丁新民。他帮的可不只俺一个人，帮的是几千几百号人，他要领着这些人一齐往富路上走哩！

"娘，你听俺跟你说。这些年，丁总领着俺去了北京，进了人民大会堂，上了天安门，领着俺去了庐山、井冈山，对，就是毛主席当年闹革命的那个地方，还领着俺去了马来西亚、新加坡、泰国，对，那都是外国人住的地方。你问俺那么远的地方是咋去的？当然是坐飞机、坐轮船。丁总怕我走不动路，就给俺买了轮椅，推着俺走。后来，又花了30来万给俺装了个假腿，世界上最好的假腿，是德国人和美国人做的，装上跟真腿一模一样，走路比过去方便得多了！俺今天上山看你们，就是自个儿走上来的，谁也没用他们扶！

"娘，你知道俺自小就有个志向，后来腿断了俺也没改变这个志向，这个志向就是离开山硷塄这个穷地方，到山外面去，到大地方去，像城里人那样有滋有味地生活，不再像老辈人那样苦巴巴地受煎熬。今天，俺要告诉娘，儿这个志向实现了！你亲手带大的两个孙子都住到了县城，俺和慧敏住到了内蒙古，我们在城里不光安了家，还有了自己的车，有了自己的企业！那年，儿去内蒙古的时候就说过，等儿在外边干好了，一定把你们两位老人接出去，让你们好好儿地享几年福……如今，儿在外边立稳了，站住了，过好了，两位老人却撇下我们走了。没有让两位老人跟我们一齐享受，这是儿这辈子最痛心的事……"

白进勤一家子正在这儿祭奠，进喜一家子、进香一家子、进永一家子也都上来了，老少三代二十几口子，跪下一片。白存有老两口若是地下有知，看到今天儿孙满堂的这个场面，该多么高兴！

从山上下来，他们一起来到堂兄白进荣的窑里。白进勤弟兄几个陆陆续续出外面谋生后，山硷塄老白家就剩这一支了。老白家先后出过两任支部书记，白进强是第一任，白进荣是第二任。如今，白进荣这个当年的大队支书成了老白家的"留守司令"。白进勤每次回来，都是在他这儿落脚。今天人太多，他不想再麻烦堂兄，只把带回来的礼物放下，稍微坐会儿就想走。

不承想进荣早做好了准备。两个窑里，炕上、脚地共摆了4张桌子，坐两大家子人富富有余。见这情景，白进勤就不好再走了，他这两年的光景眼见得比堂兄强多了，走了堂兄会多心的。他只是叫云涛过来，让把后备厢里的那些熟制品、半成品都搬下来，做了一起吃。

"今儿是咱老白家的一次大聚会。"年近古稀的白进荣，今天显得分外高兴，虽然不当支书了，一举一动，还是干部的作派。他端着酒杯说："70多年前，咱们的先人孤身一个从白硷村来到山硷塄，到如今，咱老白家3个门子上发展下大小几十口子了。今天在家的，论年龄最数我大，我想说这么两个意思……"

众人让他坐下说，他不肯，非要站着讲。

"头一个意思，在三丑子弟妹4个当中，过去最受可怜的就是三丑子，我三爹三妈当年最不放心的也是他。当时村里人都说——娘老子在靠娘老子照护，娘老子下世了靠兄弟姐妹照护。现在的情况倒过来了，他根本没用咱们照护，他反过来尽照护咱们了！三丑子发展成今天这个样子，谁也没想到，我三爹三妈要是活到现在，两位老人不知要咋高兴哩！

"我说的第二个意思是，山硷塄是咱们白家4代生活了几十年的地方。我记得前些年咱村人口最旺的时候有59户人家，300多口子人。现如今剩多少了？论户还有21户，论人只有59个了。这59个都是些甚么人？都是些老汉、憨汉、瞎汉，最老的89岁，最小的42岁，平均下来59岁。说句不怕娃们笑话的话：如今村里杀个猪，连个按猪的人也寻不下了；谁家老下人，连挖墓的也得到镇子上去雇。你们看看活下个甚了？这还是现在。再过10年、20年，这59个也都不在了，到时候，咱山硷塄就彻底地关门歇业了……

"我当了十几年支书，跟山硷塄感情最深。咱村儿走到今天这个地步，我要说心里不难受那是哄人哩！可是，我有时候又很高兴，为你们这些出去的人高兴，为咱们这个国家、为咱们这个社会高兴。我经常一个人琢磨，咱们老白家在这儿生活了70多年，山硷塄当年是个甚样如今还是个甚样。咱们老白家在这儿住了4代，咱们的先人受穷受了一辈子，咱们的父辈受穷受了一辈子，到了咱们这一代，要是不往出走，还在这儿刨土坷垃，也还是个受穷。所以，该往出走还是得往出走。我听乡里的申书记说，这叫'农民工进城'，叫'城镇化进程'，是'社会向前发展的一个总的方向'。既是方向，咱们就都朝着这个方向走吧！"

白进荣的这段开场白，为老白家的这次大聚会增加了深层次的内涵。老兄弟、老姊妹们手里端着杯，眼里转着泪，嘴里说着相互祝福的话，大家一仰脖，都把杯里的酒喝干了。

进荣、进喜、进勤、进永、慧雄，他们老弟兄几个一桌，慧敏、进香这些妯娌、姊妹们一桌，国庆、云涛这些小弟兄们一桌，再就是年轻媳妇们和孩子们一桌。依着进荣和进喜，一大家子好不容易聚到一起，今儿个一定得喝个一醉方休，进喜甚至想把晚饭放到县城吃，他做东。

白进勤说，他今天还得返回东胜去。今年集团给的工程多，摊子铺得大，几百号人在那儿等着哩。进荣知道堂弟不说虚话，也就没有硬留，"要走就早些起身，尽量少走夜路。"

几十口子都从窑里出来了。国庆、云涛弟兄俩忙着去发动车。

"刚喝完酒，你俩开车小心些。"白进荣跟过去，对两个小侄儿说。

"我爹预先关照过了，我俩都没喝。"

人们正要上车，白进勤说他去自家院儿里再看一眼。进荣陪着走过来。

门前那卜槐树长得更旺了。1999年去内蒙古的时候，它才一人多高。如今，光是它的树冠，就已经把门楼子罩了个严严实实。

进荣打开有些生锈的门锁，弟兄两个进到院里来。虽然一年四季没人住，进荣他们三天两头过来打扫，5眼窑还是那么结实，院子还是那么干净，石碾、石磨、石槽，都还在原来的地方放着。

上回丁总来米脂，听说这院里所有的东西都是白进勤当年亲手制作的，曾一再叮嘱他："你一定要把这些东西保存好，将来，咱们在蒙古风情园搞一个民俗博物馆，把这些东西都原封不动地搬进去！"

此刻想起丁总的这个话，白进勤在心里对自己说："社会发展得真快，20年前用的东西就要进博物馆了……"

因为要赶路，老弟兄俩不敢再耽搁，就从小院里返身走出来。他们拍拍对方的肩膀，相互告别。

白进勤回身上了汽车，回手又摇下车窗，向院里的亲人一一道别。

白进荣就站在堂弟门前的那卜老槐树下，一直瞭着白进勤领着他的儿女们，开着他的圣达菲，离开山硷塄，拐过白硷村，穿出龙镇乡，朝着很远很远的地方开去……

毛乌素绿色传奇

2014年获第六届鲁迅文学奖

肖亦农

引言　毛乌素沙漠的秋天好喧闹

深秋的毛乌素沙漠天高云淡，不由得让人思绪幽远。驱车行驶在黑油油的沙漠公路上，放眼望去，覆盖沙丘的草浪已经呈现了姜黄，草尖上沾扑着薄薄的白霜。在浓郁的秋色中，大片大片绿得发黑、油亮的沙地柏像是给毛乌素沙漠铺上了一层厚厚的绿色绒毡，无边无际。樟子松、油松透着青绿，昂首挺立在飒飒的秋风之中。株株柳树、白杨树满身金黄、彤红，在高高的蓝天下彰显着难以言状的华贵与雍容。云朵般的畜群自由出没在黄中透绿的茫茫草浪里。秋意深深的毛乌素沙漠就像一幅连绵不断、绚丽多彩的俄罗斯油画展现在我的眼前。

霜降一到，草木停止生长，在鄂尔多斯乌审沙漠实施的禁牧措施有了松动。这对于马牛羊来说，无疑是个解放。牧人们打开了棚圈的门，将关了一个春夏的马牛羊全部赶进了毛乌素沙漠和草原上。饱尝禁牧之苦的马牛羊像被大赦的囚犯一样自由狂欢，或抖颈长嘶，或扬蹄狂奔，或悠闲踱步，或不断亲吻着渐显枯萎的牧草。秋风掠过，草浪翻动，畜群就像五彩的云朵，飘浮在遥远的天边……

在 2011 年深秋，我终于见到了传说中的"天苍苍，野茫茫，风吹草低见牛羊"的景象。

这不禁让人泪眼婆娑。自弱冠出塞，我已经在鄂尔多斯高原整整生活了 41 年。现在，行进在草浪起伏的毛乌素沙漠上，我不时地问自己：你何时见过这般让人心醉的草原？这还是你的第二故乡吗？过去的毛乌素沙漠是个什么样子呀？也许人们已经记不起它的旧日容颜了。

毛乌素沙漠又称毛乌素沙地、鄂尔多斯沙地，在乌审旗境内的部分又称乌审沙漠。它在鄂尔多斯高原的面积就达 3 万多平方公里。它南临明长城，盘踞在鄂尔多斯的南部地区以及陕北榆林市的安边、定边、靖边、神木等县的部分地区。这些地区曾是鄂尔多斯蒙古族乌审部落的游牧地。乌审沙漠是我国沙尘暴的主要源头之一。人们说它是"一年一场风，从春刮到冬"。

我从踏上鄂尔多斯高原那天就知道，乌审沙漠是贫穷的代名词。当时人们戏称伊克昭盟（鄂尔多斯市的前身）是"十二等盟市"（意即在内蒙古自治区 12 个盟市中排名末位）。在自治区各种会议上走不到人前的是伊克昭盟的各级当家人。而当时在伊克昭盟各旗县中，经济排名倒数一二位的乌审旗，更是贫穷中的贫穷。

乌审沙漠穷啊，老、少、边、贫它占了个全。

那时，诙谐幽默的人们在山曲中自嘲地唱道：

河南乡的后生耍不起，
揣上两颗山药蛋打伙计。

现在想想这两句山曲，那是何等的无奈和尴尬，乌审沙漠竟然贫穷出了滑稽。

记得在 20 世纪 80 年代末，我陪《十月》杂志副主编张守仁先生及夫人陈恪女士去乌审旗巴图湾采风，遇到大雨，被困在毛乌素沙漠里。那里前不着村，后不着店，雨哗哗地下，我们被搞得泥一身水一身。幸好碰到了一个热心的骑摩托车的乡邮递员，他把我们带到了乌审旗图克苏木的一个牧户家。那家住的是柳笆子搭的茅屋，不大的地方挤满了被困在路上的人。我们想找口吃的，可那家的粮食已经用光了，善良、好客的蒙古族大婶只得一碗一碗地给我们上着砖茶。最后还是那位乡邮递员冒雨跑出去，不知从什么地方弄回来了一些煮鸡蛋，守仁和夫人算是勉强充了饥。那天夜里，我们就在牧人家的大土炕上挤了一宿。我记得那条大土炕上挤了男女老少十几口，而这家的主人在何处栖身却不得而知了。

我给守仁解释，没想到在旱得生烟的大沙漠也能碰上暴雨。守仁说："这有什么，就当体验生活了。咱们这趟毛乌素沙漠之行，你一定能写一部好中篇小说，写好了我给你发。"守仁的这番鼓励，使我的心里酸酸的。我想，生活过成了小说，那就不是生活了。

现在谈起鄂尔多斯和毛乌素沙漠的生态建设，许多专家、学者都爱引用这么一段流传在鄂尔多斯高原上的顺口溜作为总结："50年代风吹草低见牛羊，60年代滥垦乱牧闹开荒，70年代沙逼人退无处藏，80年代人沙对峙互不让，90年代人进沙退变模样，新世纪产业链上做文章……"

苍黄的沙漠是鄂尔多斯的底色。它在我的记忆中就是无穷尽的风沙。人们开玩笑说："鄂尔多斯的鸡蛋里都带着沙子。"至于顺口溜中讲的"50年代风吹草低见牛羊"，我是不大相信的。因为在200多年前，清人无名氏就曾填过这样一首描述鄂尔多斯自然风貌的词："鄂尔多斯天尽头，穷山秃而陡，四月柳条抽。一阵黄风，不分昏与昼。因此上，快把那万紫千红一笔勾。"

这"一笔勾"去，鄂尔多斯真的没有了万紫千红。沙逼人走，荒漠覆良田，春夏秋冬都是满目枯黄。毛乌素沙漠和库布其沙漠这两条黄龙在鄂尔多斯翻滚、搅动了上千年，扬起的沙尘甚至漂洋过海，搅得四邻不安。21世纪初，我接待过一位日本环保女作家，她是专程来采访毛乌素沙漠的。她告诉我，毛乌素沙漠的沙尘已经飘浮到了日本。她希望能给她安排一间带独立卫生间的房间，可我找遍了乌审旗的招待所，竟然找不到一间带卫生间的标准间。在伊克昭盟的首府东胜（今鄂尔多斯市东胜区）倒是有带卫生间的标间，可惜自来水龙头不出水，我只得让服务员给她找了个大塑料桶装水。

初夏时分，这位女作家还戴着一个大口罩，是用来过滤沙尘的。她一路上不时地用湿巾擦脸，说她的皮肤受不了干燥的气候，需要不时补水。采风途中，她要方便，我们开车走了好久，才在一个小村子边上找到一个厕所。她匆匆地跑进，然后青头紫脸地跑出，脸涨得就像一个熟茄子，蹲在地上，张着嘴哇哇地干呕着。稍停一下，她连连摇着头说："太可怕了，太可怕了！"

我知道她见到了什么，乌审旗农村路边厕所的肮脏程度完全可以想象。我惭愧地背过脸去，听着她怪声怪气地哇哇叫，感觉就像有人用针扎着我的耳鼓。这个东洋女人弯腰呕吐的一幕像烙铁一样烙在了我的脑海里，只要想起就心颤。

多年来，我一直在想，我们的毛乌素沙漠何时才能实现现代化呢？何时才能旧貌换新颜呢？难道我们只能向世界展示我们的原始和落后吗？难道只能成为人们猎奇的对象吗？生活在这里的人们何时才能有人的高贵和尊严？

一路上，往事不断涌现在脑海中。我正沉浸在思绪里，司机忽然发出一声惊叫，吓了我一跳。我定睛一看，只见一片黑乎乎的影子嗖嗖地闪过我的眼帘，就像冲我迎面扑来一样，不禁有些心悸。司机说："路边草丛里野鸡太多了，差点把我的挡风玻璃撞烂。你看，那海子里是天鹅吧？那么多啊！"

果然，在路的南边有一片蓝汪汪的水面。当地的蒙古人管湖叫"淖尔"或"海子"。海子上浮着大片大片的鸟儿，几乎把水面都遮蔽住了，远远传来一片嘎哇的鸣叫声。仔细看去，海子里确实有许多白天鹅游来游去。我知道这是南迁的鸟儿暂时停在毛乌素沙漠中这个无名的海子里做休整，待攒足气力，就振翅南飞了。蓝天上，一排排大雁嘎嘎鸣叫着飞过。天上地下鸟儿的喧闹，让我不禁想起了一段往事。

2009年春天，我和刘庆邦先生受美国埃斯比基金会的邀请，在大洋彼岸的一座海边别墅里开始为期一个多月的写作。这座别墅面朝波涛翻滚的维多利亚海湾，四周是密不透风的黑森林，房前屋后的绿地上不时出现野麋鹿、浣熊的身影。每天清晨，都是栖息在大杉树上的小松鼠用欢快的鸣唱将我从睡梦中唤醒。在黑幽幽的林间小路散步，不时能看到画着熊头的木牌挂在树上，提醒人们这里有灰熊出没。当地人告诉我们，森林中的灰熊从不伤害人，因为森林中有足够的浆果和树叶供灰熊吃，它们很少光顾人类的生活区。

我客居的这个美国西部小镇叫奥斯特维拉，翻译过来就叫"牡蛎"。这个海湾盛产牡蛎，海岸上堆着一堆堆小山似的牡蛎壳，在阳光下闪着白花花的银光。风儿吹来，尽是大海浓郁的腥湿气。这个小镇上有个女人叫蒂奥，人长得胖乎乎的，脸蛋红润润的，眉宇之间洋溢着火辣辣的美国热情。我们是在镇上的小教堂里认识的。她听说我们是从中国来的作家，便盛情地邀请我们去她家做客。第二天傍晚，基金会的翻译冬梅女士便把我和刘庆邦拉到了蒂奥的家。那是一幢乡间别墅，门前挂着一只小铜牌，上面写着建筑年代。冬梅告诉我们，这幢别墅大概是在林肯那个年代修建的，差不多和美国的历史一样长。

庆邦感慨地说："美国历史是年轻的，生态环境却是古老的。"

蒂奥和一个颇有风度的女人在门口迎接我们。这女人叫巴巴拉，是埃斯比基金会最早的创始人。看来蒂奥做了精心准备，请来了这位重量级的人物。我们喝着红酒，夸赞着蒂奥的厨艺。她听着，一脸的兴奋。餐间，蒂奥告诉我们，她只是农闲期间才回到这个海边别墅度假，平时住在俄勒冈州的乡村农场。她的乡间农场有20多亩土地及一幢房子，种着菜蔬，还养着许多牛羊。原来蒂奥是个"地主婆"，一个非常善良可亲的"地主婆"。她骄傲地告诉我们，她有4个儿子、1个女儿，最小的儿子刚刚4岁。

我们不停地与蒂奥和巴巴拉干杯，表示我们的谢意。用完餐，蒂奥约我们共同看了一个电视专题片，是关于气候变暖的。片中，北极的冰雪在融化，海平面在升高……最后是一只小北极熊趴在一块浮冰上，无助地漂向灰蒙蒙的大海……

蒂奥泪眼婆娑地讲，希望全世界的作家关注生态、关注环保。我告诉她，这是我们的责任，我刚完成一部描述治理鄂尔多斯沙漠的报告文学。

巴巴拉说她要为我们讲述一个《明天的寓言》。

我们要鼓掌欢迎，巴巴拉却优雅地摆手制止了我们。她呷了口红酒，抑扬顿挫地吟诵开了：

"从前，在美国中部有一个城镇，这里的一切生物与周围的环境很和谐。这个城镇坐落在像棋盘般排列整齐的繁荣的农场中央，周围是庄稼地，小山下果树成林。春天，繁花像白色的云朵点缀在绿色的原野上；秋天，透过松林的屏风，橡树、枫树和白桦闪射出火焰般的彩色光辉，狐狸在小山上叫着，小鹿静悄悄地穿过笼罩着秋天晨雾的原野……"

冬梅告诉我们，这是在美国家喻户晓的《寂静的春天》一书的开篇。在《明天的寓言》中，一切都开始变化，疾病袭击了畜群、人类，到处都是死神的幽灵；苹果树开花了，但没有蜜蜂嗡嗡飞来……一种奇怪的寂静笼罩了这个地方。这是一个没有声息的春天。这儿的清晨曾经荡漾着乌鸦、鸫鸟、鸽子、樫鸟、鹪鹩的合唱以及其他鸟鸣的音浪，而现在一切声音都没有了，只有一片寂静……

《明天的寓言》的叙述者是美国的蕾切尔·卡逊。她在20世纪60年代创作的《寂静的春天》在美国的影响可以与斯托夫人描绘黑人奴隶生活的小说《汤姆叔叔的小屋》相媲美。这两部伟大的著作都改变了美国社会。斯托夫人把人们熟知的问题、公众舆论的焦点作为小说的主要内容，加速了废除奴隶制的进程；相反，卡逊发出了一个任何人都很难看得见的危险信号，从而把环境问题提上国家议事日程。

《寂静的春天》犹如旷野中的一声呐喊，敲响了人类将因为破坏环境而受到大自然惩罚的警世钟。正是有了《寂静的春天》，才有了联合国的"世界地球日"。《寂静的春天》吹响了现代环境保护运动的第一声号角，被誉为"世界环境保护运动的里程碑"。卡逊也被美国《时代周刊》评选为20世纪最有影响力的100个人物之一。

巴巴拉说，卡逊是她永远的偶像，是美国妇女的骄傲。蒂奥说，卡逊虽离我们远去了，但我们都爱她。

对卡逊我了解得很少，我只知道她是个生物学家、科普作家，同时也是身患绝症的环保斗士。她与能给工业寡头带来巨大利润的杀虫农药DDT展开了不屈的斗争，生前饱受质疑和围攻。我们这个年龄段的人都挨过DDT的熏。人们使用它时都要戴几层口罩，结果虫子杀死了，人也被熏晕了。DDT让发明它的科学家获得了诺贝尔化学奖，但它也许是全球使用寿命最短的农业杀虫剂，这与卡逊的不屈抗争有关。

巴巴拉说："在这个世界，我们还能听到鸟儿的歌唱，人类应该感谢卡逊。"

那个晚上，我也给巴巴拉和蒂奥讲了一个中国的绿色传奇。在20世纪50

年代末期，在中国的毛乌素沙漠里，有一位叫宝日勒岱的中国妇女。她带领全村的村民在大沙漠里植树种草十几年，保住了自己的家园。她在大沙漠上创造的种树植草方法，引起了联合国治理荒漠化组织的高度重视，将其在世界范围内推广。在毛乌素沙漠腹地，还有一位叫殷玉珍的中国妇女。她独自在大沙漠中植树种草20多年，绿化了她家附近的6万多亩荒沙。2006年，世界妇女组织提名殷玉珍为诺贝尔和平奖的候选人。

蒂奥和巴巴拉惊异地看着我，好像我在讲一个神话。我告诉她们，我送给基金会的一部书中，就有记述这两位中国妇女事迹的章节。冬梅答应一定会将这些章节翻译成英文送给蒂奥和巴巴拉，她俩兴奋地叫了起来。我说："卡逊、宝日勒岱、殷玉珍是全人类的骄傲。保护我们赖以生存的地球，是我们义不容辞的职责。优秀的作家和学者都应该是地球的代言人。"

当时，巴巴拉冲我们鞠了一躬。

想到这里，我不禁泪蒙蒙的。

我没有想到，在毛乌素沙漠一个无名的海子里，竟然汇集了这么多的鸟儿。卡逊《明天的寓言》里的那一幕在毛乌素是没有上演的机会了。尽管我在毛乌素沙漠生活、工作了多年，可仍然会碰到那么多的"想不到"。不光是我，就连在乌审沙漠林业战线工作了大半生的林业专家吴兆军也和我一样有许多的"想不到"。20世纪80年代，吴兆军刚从伊克昭盟农牧业学校林学专业毕业，就被分到乌审旗林业局工作。他清楚地记得当时的旗林业局就在被沙漠包围着的两排平房里。沙路绵延，骑着自行车是进不了旗林业局院内的，需要推着、扛着自行车进去。吴兆军当时22岁，身材挺拔，长着一头浓密乌黑的好头发，浑身洋溢着青春的朝气和与沙漠一搏的雄心壮志。就是在这被沙漠重重围困的全旗林业工作的最高指挥机关里，吴兆军开始了自己的林业和治沙生涯。他27岁担任旗林业局局长，在这个岗位上工作了20多年，后又在鄂尔多斯市林业局担任副局长。参加工作30多年来，他几乎没有离开过林业和治沙工作。他主持的一些治沙项目曾获内蒙古自治区"科学技术进步奖"一等奖和"国家科学技术进步奖"二等奖。谈到这个林业专家，乌审人都说："毛乌素沙漠绿化了，吴兆军的头发沙化了。"

2011年深秋的一天，我和吴兆军交谈了一个下午。他说，30年来，他是眼见着毛乌素沙漠从城市退出，从乌审草原退出。人们在几十年驱赶沙漠的进程中发展着城市，绿化着乡村、牧区。他是眼见着农牧民由"扒肥皮"种地、过度放牧变为绿色的耕耘者和建设者。他说起老一辈的治沙英雄谷起祥、宝日勒岱和现在的殷玉珍、乌云斯庆等，如数家珍。我说我想听听他的事迹，他摸着自己稀疏的头发说："我真没有什么好说的。"我看看他的头发，说："你头上的沙化程度要比传说中的好一些。"吴兆军不禁哈哈大笑。谈起毛乌素沙漠的植被恢复，他感慨道："毛乌素沙漠几乎全是人工绿化的，乌审人流了多少汗水啊！"

这个秋天，万紫千红回到了毛乌素沙漠，回到了鄂尔多斯高原。现在，乌审旗这个坐落在毛乌素沙漠中的现代化城镇，已经被国家有关部门认定为首家"中国人居环境示范城镇"和"中国绿色名县"。而这一切，离那个东洋女人弯着腰嗷嗷怪叫着呕吐的时候，仅仅过去了8年。

短短8年，乌审沙漠为什么发生了天翻地覆的变化？我带着这些"为什么"，走进了乌审大地和毛乌素沙漠。我想知道，乌审旗这个工业化、城镇化强力推进的"绿色名县"是如何走出"寂静的春天"的。

也许只有融入毛乌素沙漠，聆听它从远古走向现代的铿锵节律，目睹一座座沙丘的悄然消失，你才会懂得什么叫心灵的震撼。只有俯下身子感受毛乌素沙漠的巨大变化，追索其背后的原因，你才会知道，是10万乌审儿女用生命、汗水以及丰富的想象力、卓越的创造力，还有渴求现代美好生活的激情，书写了毛乌素沙漠的绿色传奇！

我要记录这部绿色传奇。我要向广大读者解读毛乌素沙漠的前世今生，告诉读者一个陌生而又熟悉的毛乌素沙漠，一个真实而又灵动的毛乌素沙漠……

第一章　苍鹰盘绕的灰沙梁呀，那是我的家乡

一、毛乌素、黄河与无定河

600多年前的一个夏天，一群鄂尔多斯蒙古族乌审部落的游牧人驱赶着如云锦般绚丽的羊群、牛群、马群穿行在像大海一样的茫茫沙漠之中。他们在沙漠中艰难跋涉了多日，已是人困马乏，干渴难耐。头上的太阳火辣，脚下的沙子滚烫，一群探头探脑的蜥蜴不时表演着单爪撑身的高难技艺，倒换着快要被热沙子烫熟的爪子。死寂的沙丘，一堆堆干枯的草枝，散落的白骨，无不散发着死亡的气息。

牧人们爬上一座高高的沙梁，寻找希望中的那片诱人的绿色。他们四处眺望着，天穹下，仍是望不到边的莽莽黄沙，一个个月牙状的沙丘相连，像滚滚波浪涌向天边。他们惊恐地思忖：水源和草地在哪里呢？难道我们真的陷入了死亡之海？恐怖悄悄袭上人们的心头。于是，他们跪下来，默默地祈求着"长生天"……

几只小春羔围着一个老额吉凄凄地叫着。老额吉额头上的缕缕头发带着白色的汗碱，粘着黄沙。她艰难地从马背上解下一只几乎干瘪的盛水的皮囊，要给小羊羔饮水。旁人劝阻她，说："沙海无尽头，这可是您老人家的活命水。"老额吉木然地拔下皮囊的塞盖，喃喃地说："羊命也是命哇！"小羊羔们吮吸着水，快活地摇动着小尾巴。老额吉眯缝起眼睛，舔着干裂得渗着血丝的嘴唇。

趴在沙梁上吐着舌头呼呼喘气的几只牧羊犬耸动着鼻子，像是嗅到了什么，激动得连颈毛都奓了起来，汪汪地吠叫不止，然后像箭矢一样飞速地射进了苍黄的天地里。

老额吉睁开眼睛，脸上漾开笑纹。牧人们都看到了希望。他们知道狗鼻子灵，

它们一定是嗅到了飘浮在苍茫大漠上的丝丝水汽……

终于,牧人们走进了一片沙漠绿洲,眼前是一片没有尽头的茵茵草滩,还有一泓碧水,波光潋滟。顿时人欢马嘶,羊蹿牛奔,刹那间,这泓碧水被旱伤了的人们、畜群扑腾得珠玉乱溅,水花四射。人们喝够了水,才发现这水稍有些涩,并且滑溜溜的,都摇头称其"毛乌素",意即不好的水。老额吉告诉人们,不好的水总比没有水好。

众人点头道:"马儿跑的地方少弯,老人说的话没错。"于是,这群游牧人在这里定居下来。绿色的草滩上散布着毡包,像云朵飘落,像白莲花盛开。

从此,这个地方有了自己的名字:毛乌素。

这是我所知道的关于毛乌素沙漠名称来源的传说。毛乌素沙漠究竟有多大呢?我只知道它是我国的四大沙地之一,横亘在鄂尔多斯高原南部、陕西省榆林市的北部和宁夏盐池县的东北部,面积有4.2万平方公里。我这人对数字有点晕,觉得数万平方公里的大沙漠已经是大得不敢让人想象。我从青年时期就生活在毛乌素沙漠里,感到毛乌素沙漠就像一个巨大的迷宫,不管你走出多远,只要抬头,毛乌素沙漠就会赫然出现在你的眼前,就像在你头顶永远飘浮的一团云朵……

现在,陕西省靖边县海则滩乡还有一个叫毛乌素的小村落。这个有着蒙古名字的小村,一定与鄂尔多斯乌审部落的游牧生活有关。不知这个叫毛乌素的小村中,那汪不好的水还在不在?

其实,毛乌素沙漠中湖淖星罗棋布,大小河流有数十条。其中有条著名的河,叫无定河,顾名思义,即河流无固定的河道。河水在毛乌素沙漠和陕北高原左冲右突,百转千折,就像一群纠集在一起的野马,呼啸翻腾,浊浪滔天。

因为处于农耕文化和游牧文化的碰撞前沿,无定河才在冷兵器时代有了特殊的战略地位。古代,无定河两岸是金戈铁马、刀光剑影的战场。生性散淡、爱好游历的晚唐诗人陈陶曾在这厮杀声不退的无定河边徜徉,看着战死士兵的累累白骨,念及苍生,胸中顿生悲悯,发出了"可怜无定河边骨,犹是春闺梦里人"的感慨,成为代代传诵的千古名句。无定河正是因为有了文学的滋养,才在人们的心中变得灵动与不朽。蒙古语称无定河为"萨拉乌苏",意即黄水。

其实无定河是黄河的一条支流，发源于陕北定边、靖边、吴起三县交界的白于山，流经鄂尔多斯市乌审旗，再入陕西榆林、米脂、绥德等县，至清涧县汇入黄河。流域面积为 3000 多平方公里，大多是被毛乌素沙漠覆盖的黄沙地。无定河在秦汉以前称奢延河；南北朝时期称夏水、朔方水；唐代因其水势汹涌，卷土含沙，河床无定而得现名。蒙古人称其为"小黄河"。而黄河被蒙古人称为"哈屯高勒"，翻译过来即是"夫人河"。这是因为成吉思汗病逝在西征路上，他的一位爱妃悲伤至极，投身黄河为她忠心爱戴的圣主殉情。蒙古人为纪念这位忠贞不渝的夫人，便将黄河称为"夫人河"。40 多年来，我千百次地走过黄河，每次看到这涌动的滔滔水浪，都会想起这个凄婉的爱情传说，我的心也会伴随着传说在河水中翻滚……

数万年来，黄河亲吻着鄂尔多斯高原和黄土高原。其支流无定河拍击着毛乌素沙漠，奔流的轰隆声响彻在空旷的荒野上。河水带走了鄂尔多斯高原和黄土高原丰腴的泥土，在黄河中下游形成了冲积平原，成为数亿中华儿女繁衍生息的家园，而被黄河环抱的鄂尔多斯高原却变得千疮百孔、支离破碎。尤其是生活在毛乌素沙漠中的鄂尔多斯人，世代被沙所累，世代贫穷。一顶比毛乌素沙漠还重的穷帽子，鄂尔多斯人戴了几百年。

穷到啥程度？一件破皮袍子四季穿，冬天毛朝里，夏天毛朝外，夜里还能当被子。有的人家，女人一洗衣服就出不了门了，因为没有换洗的衣服。要是在这时候家里进了生人，那情景，不说也想得出……

那时在鄂尔多斯乌审旗流传着这样一首歌谣：

出门一片黄沙梁，
一家几只黑山羊。
穿的烂皮袄，
住的柳笆房。

这是 20 世纪 70 年代毛乌素沙区百姓生活的真实写照。

我正是在 70 年代末走进毛乌素沙漠的。

二、我的毛乌素沙漠往事之一

1977年底,我们这支屯垦在黄河南岸库布其沙漠的军垦部队,终于落下了"人沙大战"的帷幕。先是领着我们向沙漠进军的解放军干部撤了,后来从劳改农场补充进来教我们生产技术的地方干部也走了,几百人的连队眨眼间就只剩下二三十人,被沙漠围困的营房里只有我们这些军垦队伍中的"残渣余孽"。哥们儿姐们儿都说:"咱这回可成了姥姥不亲、舅舅不爱的倒霉蛋了。"

无所事事的哥们儿姐们儿做着一些可笑的事情,譬如拆营房门窗、木料,扒连队砖瓦,数着堆儿跟附近老乡换鸡换肉吃。反正我们不拆,也得让沙漠压塌。盟里下了决心,要将我们这些兵团战士在全盟范围内就地安置,为此,还成立了专门的领导小组。领导关心我们,征求我们对安置的意见,我们几乎是异口同声地说:"随便,只要离开这鬼地方就好。"

那时,真像鄂尔多斯山曲里唱的:

没家的哥哥沙蓬草,

哪搭儿挂住哪搭儿好。

我们终于走了。望着那一片废墟般的营房和被沙漠吞噬的农田、灌渠,我哭了。想想刚来沙漠时,我们的军垦部队是何等的雄壮。那时,我们摆出与沙漠决一死战的架势。我所在的北京军区内蒙古生产建设兵团,沿着黄河两岸一下子屯了整整4个师,足足有10万人。出工时,我们全部穿着绿军装,扛着锹头,在解放军干部的带领下,举着红旗,高唱战歌,向库布其沙漠、乌兰布和沙漠开战。我们一次次向毛主席发誓:要用青春和汗水把沙漠来浇灌,誓让沙漠披上崭新的绿装。

我们睡马圈,我们啃黑豆,我们挖灌渠,我们平黄沙。几年下来,我们的确在沙漠里开辟出了绿洲,种上了庄稼,而且收获了庄稼。我所在的连队还被评为全兵团的"军垦大寨",各个师、团,甚至其他军区生产建设兵团的领导都率干部、战士一批批来我们连参观。好长时间，我们连队的任务就是挥着小红书："欢迎欢迎！热烈欢迎！"

据说我们生产的小麦每斤成本已经达到5元钱，可以说是当时世界上成本最高的粮食。但我们不算经济账，只算政治账。我们的心炼红了，人长胖了，脸晒黑了，扎根边疆的决心更大了，反修意识提高了，革命意志更坚定了。我们是向沙漠进军的人们，我们是一支不可战胜的队伍……

两年下来，我们发现沙漠并没有退缩一步，我们开辟出来的绿洲就像沙海中落了几片树叶，沙漠这个怪物只要喘口气就能把它吹跑。我登上高高的沙山，纵目一看，才知我们的绿洲是何等的渺小，在绿洲上忙碌的哥们儿姐们儿就像在我脚下爬来爬去的蜥蜴。

每当渺小感袭来的时候，我就冲着东流的黄河放声朗读一些诗句，像王维的"大漠孤烟直，长河落日圆"，李贺的"大漠沙如雪，燕山月似钩"，高适的"大漠风沙里，长城雨雪边"，杜甫的"一去紫台连朔漠，独留青冢向黄昏"，白居易的"昼伏宵行经大漠，云阴月黑风沙恶"，王昌龄的"大漠风尘日色昏，红旗半卷出辕门"，岑参的"君不见，走马川行雪海边，平沙莽莽黄入天"，齐己的"草上孤城白，沙翻大漠黄"，崔融的"漠漠边尘飞众鸟，昏昏朔气聚群羊"，等等。

我站在沙山上，纵情地冒着傻气。好像背背这些古诗，想想出塞的前人，会给我壮些胆，以排遣心中的孤独和胆怯……实际上许多哥们儿姐们儿那时和我一样，心中还是有点畏惧沙漠。

数十年来，每想到这些往事，我的眼睛就会湿润。在那"人沙大战"的岁月里，我们的确从沙漠得到了收获。为了冬季取暖和平时的生火做饭，我们掏沙蒿，砍沙柳，活剥沙漠好不容易长出的星点绿色皮毛。那时我们不知道沙漠也是有感觉的，也会疼的。鄂尔多斯的山曲曾经这样唱道：

房前的沙蒿你不要掏，
这是咱二人的隐身草。

屋后的沙柳你不要砍，
　　这是咱二人的好遮拦。

　　当时我们只知道这是不健康的乡间野调，根本不懂得它的生态意义和人文意义。我们不光把房前屋后的沙蒿和沙柳掏光、砍光了，还跑到大沙漠深处去掏去砍，为此，有位哥们儿永远消失在沙漠里。

　　秋天时，只轻轻刮了几场小风，细沙就动了起来，刷刷地像河水一样朝我们新开垦的良田海子漫了过来，而且在我们新建的营区前一点点堆积。当春天开河起风时，沙尘就会乘风而来，淹没沟渠，吞没田地。那时我们高呼着毛主席语录，下定决心，不怕牺牲，昂然迎战，挥锹驱沙⋯⋯

　　人沙大战8年，结果沙漠是越战越勇，越战越疯，甚至堵门叫板，我们却连招架之力都没有了。最后，偌大的兵团撤编解散，10万人马各回各家。我好像与沙漠结下了不解之缘，从黄河南岸的库布其沙漠一路风尘地来到了无定河北岸的毛乌素沙漠。

　　当时，有个绰号叫"四眼"的北京兵，是老高中生，特爱看书，古今中外没他不知道的。因他戴着一副深度的近视眼镜，所以落了这么个绰号。那时，他已经考上了区内的一所大专。他怕毕业以后留在内蒙古，正犹豫着上不上大专。

　　"四眼"对我说："兄弟，你要去的毛乌素沙漠更不是东西，凶恶得连明长城都给吞了。从明朝万历年起，朝廷最耗钱的费用就是'扒沙'，把国库的一大半都给用了，急得万历皇帝和大臣们脸都是绿的。内忧外患，哪个窟窿不得拿银子填呀！"

　　我问他啥叫"扒沙"。

　　"四眼"告诉我："当时毛乌素沙漠南移，直扑长城。这叫'飞沙为堆，高及城堞'，守边士兵为了保住长城，只得动员长城内的百姓无休无止地扒沙。要是不扒沙呢，沙子就让风吹得和长城一般平了，那就'虏骑出入，如履平地'了。"

　　"四眼"还断言："小子，我告诉你吧，大明王朝不是被李自成推翻的，而是被毛乌素沙漠压塌的！"

这是我听到的关于毛乌素沙漠的最骇人听闻的说法。

"命运啊，把我带向远方，带向远方啊，到处流浪……"

这次，我是哼唱着那支让人感伤的《拉兹之歌》，走进毛乌素沙漠腹地一个公路养护道班的。与我同病相怜的400多名战友，也像被农妇在黄沙地里点山药籽一样，被撒点在了穿越大漠梁峁间的数千里公路线上。

我所在的道班是一个小四合院，清一色的青砖，十分抢眼地伫立在这条沙漠公路的北侧。盖房的青砖十分考究，比我们在兵团时自己烧的红砖要强得多。我一打听，原来这些青砖是前些年"破四旧"时扒召庙拆下来的旧砖。那时，这条穿沙公路车流量不是很大，嗡嗡的汽车马达声时断时续。路两边除了湿洼洼的草地，就是高耸的沙丘。公路积沙处，道班建设了许多沙柳路段，以保证沙漠公路的畅通，甚至连排水的涵管也是将沙柳捆绑为筒状做成的。

小院后面还有一块10多亩大的副食地。

这一切（公路、道班、副食地）都是道班工人十几年来移走一座座沙丘建设起来的。那块被道班工人视为眼珠子和命根子的副食地，为他们提供免费的白菜、山药蛋、糜米。可好日子没过几年，沙子压过来了，而且越积越高，成了沙梁。后面是绵绵不断的由无数沙梁组成的后续部队。不时有沙子悄悄钻过人们用沙柳笆子扎起的几道屏障，像怪兽一样吞吃着我们的菜地。道班工人也像士兵出操一样，每天天不亮就起来清沙，几乎天天都是沙尘飞扬……

道班有十几个养护工人，每天除了早上给副食地清沙，就是用更多的时间清理公路上的积沙，人人灰头土脸的，就像钻在沙里的土拨鼠一样。及时处理沙阻是我们养路工人的主要工作。要是因为沙阻断了路，道班的电话就会响个不停，接着就是各级领导下达的立即抢通的命令。这条黏土公路是乌审旗连接盟府的唯一通道，这条路断了，乌审旗就会成为一个孤岛。

公路两侧种植着一些行道树，这是养路工人经过十几年的辛苦管护才养活的。可以说，我目力所及的方圆几十公里范围内也就有这几行树。行道树大多是柳树，树干常常刷些生石灰和牲口血，以防止牲口啃咬。

毛乌素沙漠中有许多下湿地、寸草滩。我们道班与乌审旗图克公社的交界处有一汪水淖，它的南面是一片泛着白碱的寸草滩，脚踩上去，会叭叭地溅起水来。牛、羊和马就出没在这片寸草滩上。

道班班长老杨告诉我，他们十几年前修这条公路时，这片草滩上的草长得老高，都能没住牛羊。"现在呢？"他苦笑起来，"都能看见老鼠的脊背了。这到底是咋日怪的？'文化大革命'闹的？"

地势较高的梁地上，散落着乌审旗的几个牧户。他们住的全是沙柳笆子搭起的泥巴茅屋，经过风雨的侵蚀，有些泥巴已经脱落，露出扎捆的已经发乌发黑的柳笆子。家家门前都竖着苏鲁锭和砖砌的祭台，我知道，这是鄂尔多斯蒙古人家特有的标志。沙湾子里的下湿地散住着一些农户，住的大多是切草坯堆起的干打垒小屋，连泥巴都不糊。沙湾里零零星星地散布着农田。后来，我才知道他们都是陕北过来"倒山种"的汉人。所谓"倒山种"，就是在沙漠里寻找些下湿地开小片荒，种上几年，土地沙化了，再去找块下湿地开垦。

星期天或雨休时，我总爱到这些农牧户家里转一转，或买些鸡蛋，或用衣物换只鸡，更多的是喝碗茶聊聊天，积累些生活经验。这里民风淳厚，人们待客热情，让我受用无穷。这里的农牧户差不多一样穷，除了一张大炕，家中几乎没有任何陈设。蒙古族人家炕上铺条旧毡，汉族人家炕上铺块油布。相比较，我感到蒙古族人家的被褥堆放得整齐一些，屋子也收拾得干净些，而汉族人家养的半大猪总哼哼着拱门进屋，在屋子里转来转去的，把屋子里搞得乱七八糟。

一个星期天，我去一家从未去过的农户，到了门前，看见门虚掩着，门旁的十柳条垛上铺着几件还在滴水的衣服。我断定家里一定有人，便边喊着"有人吗"一边推门走了进去。屋内响起一声尖叫，把我吓了一跳。我依稀看到这家的女主人靠在水缸前，抓住一块菜板挡在胸前。屋内虽昏暗，我还是看到她赤裸的大腿。我吓得慌忙退出了屋，连连说着："对不起，我……我是想买一些鸡蛋……"

我感到无比尴尬，急忙掉头往回走。快步走了一程，听见她在背后喊我，我便止住脚步。我觉得应该为刚才的尴尬事儿道歉。她穿着湿漉漉的衣服追上了我，手里还捧着几颗鸡蛋。看来，她是急切地想做成这笔买卖。她说她家有两只下蛋的鸡，并且答应以后下的蛋都给我留着。当时供销社收鸡蛋，1斤还不到 3 毛钱；民间交易价是不论大小，一律 5 分钱 1 颗。她给了我 6 颗鸡蛋，我给了她 1 元钱。她为难地说："我没钱找你……"我捧起鸡蛋就走，没有勇气再看她身上的湿衣服。她在后面喊："你这后生是道班新来的吧？我认识你们那儿的杨老汉……等有了零钱我给你送去。"我感到鼻子酸酸的，没有想到这里的农户会穷得一个女人家连替换的衣服都没有。

我还见过这个生产队的队长，30 多岁的汉子，穿着一条化肥袋子改的裤子，屁股蛋子上还印着"尿素"二字。脚下蹬双烂解放鞋，两颗黑脚豆子露在外边。更让人惊讶的是，身上竟然还披着一件毛朝外的皮袄。老杨说他："天热了，捂蛆呀？快脱了上炕。"他说："我这不是见人嘛！"

原来这皮袄是他见人时穿的衣裳。

队长找老杨是想向道班借 10 元钱，把公社给队里的返销粮买些回来。"有些人家实在是揭不开锅了。"见老杨有些犹豫，队长着急地说，"我这次说话算话，收了秋给道班还上。"

老杨又抽了一袋子烟，才叫来道班的会计玉彪，答应借给队长 6 元钱。队长千恩万谢地告别了老杨，跟着玉彪走了。

我原以为像我这样的知青才是天下少有的穷光蛋、可怜虫，可真正落进了这大沙窝里，我才知道，在这方圆百十里我竟是个数得上的富主儿。不说周边的农牧户，就是在道班，除了我和老杨是国家正式职工，每月能挣个 50 多元外，其余的人都是农村代表工。

当时国家养护省级以下公路实行民工建勤制度，要求每个村子都要派人来参加公路养护。到公路上当代表工是个肥差，农村青年就像招兵一样争抢着来，因为当代表工除了在队上挣工分外，每天还有 3 角钱的固定补助。因此，道班的代表工都不愿意过星期天，怕没了 3 角钱的补助。他们家里都靠着这每月十几元钱过日子哩。说起他们在队上的工分，更是可怜，每个整工也就三五分钱，有的还倒分红，就是说，谁出的工多，分红时欠队上的钱就越多。

代表工们的梦想就是能转正。老杨十几年前就是个代表工，前些年刚转正，所以老杨是他们的楷模。老杨当时 50 岁出头，道班上的人都尊称他为"杨拜老"。蒙古人称结拜兄弟为"拜什"，称人"拜老"就是对父辈人的尊称。我也入乡随俗，称老杨为"杨拜老"。

"杨拜老"挺关照我，让我当道班半脱产的文书，顺便再照看一下路上的行道树。"我也是瞎起官名呢，咱道班上有啥文书？你呢，想上路就提锹上路转转，活动活动腰肢。"他叮嘱我，"不想上路呢就在屋里看书写字。现在世道不一样了，你后生以后得多看书多写字。你是'大学生'，别把老师教的学问落下。"

"杨拜老"说一句，我点头应一句，就像听慈父训话。

三、我的毛乌素沙漠往事之二

有一天，一辆装满干草去乌审召的汽车拐进道班。我问司机这是咋回事。司机说水箱开锅了，实在走不成了。我帮着司机从井里提水，往水箱里加。司机挺高兴，爽快地答应了我要他带我去乌审召看一看的要求。我高兴极了。我早就有这个愿望：我这个"军垦大寨"的代表应该去拜会一下毛乌素沙漠里的"牧区大寨"。

司机告诉我："车楼子里人满了，你得到车上面猫着了。"

我说我知道，我早已经看见驾驶楼里坐着一个抱孩子的小媳妇。说着，我就攀住车帮往高高的草垛上爬。司机又叫住我，让我带一把铁锹。他说出车时忘带铁锹了，滚沙子的杠子倒是带了。那时，司机出门都得备好杠子、铁锹，车轮子陷在沙子里时好往车轮下面塞杠子，用铁锹扒沙了。我找了把铁锹，司机接过来，塞在了车厢下的木杠子旁。

我爬上了高高的草垛，在草垛窝里躺下了。车一摇一晃地在沙漠里穿行，我迷迷糊糊地在草窝里睡着了。蒙眬中我觉得车停下了，哼哼了一阵，又轰隆着加大油门。我知道这是汽车要冲沙窝子了，就暗暗地为车加油。结果，车还是陷在沙窝里了。司机停了车，抽出铁锹，弯着腰扒车轮下的沙子。我忙爬出草窝。毛乌素沙漠起大风了，硬硬的沙子打得我眼睛都睁不开。我试着站起，差点让大风掀倒，于是急忙蹲下，手脚并用地爬下汽车。

司机已经掏清了一个前车轮子周边的沙子。我从司机手里接过锹，钻到车下，侧着身掏另一个车轮周围的沙子。我出了一身臭汗，总算把陷住大半个车轮子的沙子掏没了。司机也没闲着，钻在车下用手掏挡住弓子板的沙子。我从车底爬出，觉得风沙刮得更大更猛了。

司机发动车，一踩油门，车轰地从沙窝里蹿了出来。他探头对我说："车顶上风太大，你也挤进这驾驶楼里吧！"

我挤进驾驶楼，小媳妇把孩子抱进怀里，给我让了地方，还说："这风刮得邪乎，都夏天了，天老爷，咋有这么大的风沙？"

车顶风走着，行得艰难，狂风裹胁着沙粒叭叭地打在车身上，响个不停，孩子吓得直哭。小媳妇哄着孩子，说："不怕，有叔叔们哩。"

司机沮丧地说："这回完了，戗风躲躲就好了。这下车头被打成了白片，回去补漆又得挨队长的骂。"

车过图克滩时，风更大更烈了，似乎要把车掀翻。原来这里是乌审草原的一片好草地，现在咋给搅成了一团黄糨子？天色也由暗红变得发乌。我透过车窗玻璃，隐约看见正西边好像聚集着一团又一团黑乎乎的东西。我正要认真观察时，忽听驾驶楼子顶哐地发出一声闷响，像是有什么东西砸了下来，瞬间，一个黑物儿划出一个弧形，摔在了车前面。

司机一个急刹车，吓白了脸，说："糟了，我……我把人撞飞了！"

小媳妇也吓得尖叫一声。我看看头上的车顶子，已经塌陷了一块，觉得惊奇：人咋从天上掉下来了？我让司机下去看看，司机说他动不了了。我拧车把手要下去，小媳妇揪住我说："我怕死人，我今年逢九哩！"

"逢九"我懂。这小媳妇今年应是虚岁27岁了，按当地的习俗，逢九的人有个避讳，就是躲开红白事。我让小媳妇闭上眼睛，自己拧开车门下了车。沙粒打在脸上，生疼，我捂着脸，弯着腰顶风跑到车头前一看，只见路上躺着一个血肉模糊的、毛茸茸的物儿。我小心地凑前辨认，才看出是一只连肠子肚子都摔出的沙狐。我感到一阵恶心，急忙上车。只见司机头趴在方向盘上，像是不行了。

小孩子叫道："司机叔叔尿下了。"

果然，刹车闸前湿了一大片。我推着司机说："没事，是一只沙狐，不是人。"

司机这才抬起头来,咧着嘴,我真的看不出他是哭还是笑。

小媳妇忽然失声哭叫起来:"你看看,鬼打墙了!鬼打墙了!"

我抬头一看,西面原来那一团团黑乎乎的东西聚成一道黑墙,像千军万马,排山倒海般从西面草地上正正地向我们压了过来。

司机惊叫起来:"起黑暴了!快下车,趴进公路边沟里!"

司机把孩子抱进怀里,我把小媳妇拖下车,我们几乎是滚进了路边的排水沟里。司机觉得还不保险,又让我们往前边的一道排水涵管里爬。风太硬,我觉得自己的头发都快被飓风拔下来了。那道涵管太小,大人进不去,只得把小孩子一个人放了进去。小媳妇把头伸进涵管里,双手紧紧抓住哭喊不止的小孩子,一个劲儿说:"妈在,不怕,不怕。"

黑暴过来了,一刹那天地全黑了。我和司机手拉着手趴在沟里,头紧紧地贴在地上。狂风扫过,我觉得都要被风抓起来抛出去了。图克滩上一时山呼海啸,地覆天翻……

不知过了多久,外面的动静才渐渐小了下来。我们动了动身子,竟然都快被沙子埋住了。我和司机站起来,赶紧将小媳妇和孩子拖出涵管。他们也是满身尘土,好在人平安。我们都躲过了这场骇人的黑暴。司机再看他的车,傻眼了,车已经滚出公路十几米远,草包被抛了一草滩。我们跑到车前,只见汽车前脸的漆全被沙粒打掉了,露出白生生的铁皮……

我感谢司机的机智,他让我们躲过了这场骇人的黑暴,但乌审召肯定是去不成了。小媳妇抱着孩子与我们道别,说她有一家亲戚,就住在前面滩里,她要去亲戚家了。小媳妇说着就抱着孩子姗姗而去。司机说他得到图克公社打电话给队长报丧去。图克滩离我们道班至少有50里路。看来,我只得回道班了。我和司机拥抱告别,然后顺着公路徒步往回返。因为公路被沙子埋住了,我分辨不出标志,差点迷路。回到道班时,已经是夜里12点了。

"杨拜老"还给我留着饭。他焦急地说:"我让玉彪他们几个去路上接了你几次。黑暴怕人不?"我一面吃饭,一面点头。"杨拜老"告诉我:"咱道班的羊让黑暴卷走了两只,一只被沙埋死了,光从死羊身上就抖落下20多斤沙来。这羊才多重，连骨头算上才不足 20 斤，还有压不死的？"

我说了我的历险记，"杨拜老"说："明早喝杂碎，晚上炖羊肉，咱吃好了，得好好清几天沙。"

过了几天，我才从广播中听到毛乌素沙漠发生了几十年未遇的沙尘暴。"沙尘暴"这名字我还是第一次听说，感到挺有冲击力。这场沙尘暴使得大小牲畜损失了上千只，人也有死亡和失踪的。在兵团时，我们只是领略了沙漠的皮毛。那时我们只是驻扎在库布其沙漠的边缘和黄河北岸的沙滩地上，而这次我是在毛乌素沙漠的腹地，算是真正见识了沙漠之威。我庆幸自己躲过了沙老虎的利爪。沙狐够狡猾的吧，可面对疾速而来的沙暴，连躲回地洞的机会都没有，嗖地就被卷上了天，又重重地摔在地上……

那几天收工回来，人们都在议论着路边那些农牧户，说有的被沙子堵住门，有的被沙子埋住后山墙。热心的"杨拜老"不仅要领着工人们铲公路上的积沙，有时还得为路边的乡亲们解除沙害危难。

一天晚饭后，"杨拜老"要我跟他去路北的老米家转转，说有要紧的事。我跟他去了。走进米家的沙湾子，他家的小花狗都叫起来了，"杨拜老"才告诉我："咱道班的玉彪看上了米家的女子。米家女子高中毕业两年了。玉彪央求咱俩去跟米家说说。"

玉彪是道班少有的高中生，兼着道班的会计，平时开小四轮，是老杨的左膀右臂，人长得也周正。"杨拜老"还想报工区提他当副班长呢。

我对"杨拜老"说："我去能干什么呢？"

"杨拜老"告诉我："米家多少有些顾虑，担心玉彪转不了正，你去给人家说说代表工的光明前程。"

我说："我哪有那个本事！你来个现身说法就行了。"

"杨拜老"说："瞎说！我是全区劳动模范，旗里特批转正的。玉彪就是能当全区劳模也得熬到我这把年纪，到时四月八都误了！现在中央要搞改革开放，你去给他们讲讲大政策。生产队都闹包产了，代表工能不改革？"

当时我们道班驻地的生产大队正在闹包产到户，田分了，牲畜分了。听说社员们把大队部都拆了分了，有的还要拆拖拉机当废铁卖了再分，都惊动了公社派出所。的确，伊克昭盟悄然刮起的包产到户风对临近的省区都有影响。我去离我们道班不远的外省的一个乡里赶集，就看见墙上刷着这样一条标语："三级核算好，顶住伊盟单干风！"

我跟"杨拜老"到了米家。米家女子为我们倒茶时，我看了她一眼，的确长得可以，玉彪眼光不错。"杨拜老"夸玉彪后生能干，有前程，保不定接他这个班长的班哩。他还应承，一定给大队说说，争取早点让米家女子当上大队的代课老师。

米家老汉气哼哼地说："大队食堂都拆了，我女子去那儿喝西北风呀？大队每月才给代课老师补4块钱，还不一定能保证哩！我女子去那挨刀哇？"

米家婆姨听不下去了，说："这灰老汉咋说话呢？"

米家老汉说："我这说的是实话哩！老杨，你给兄弟说说，我哪搭儿说的不是实话？"

"杨拜老"没话说了，一个劲给我使眼色。于是，我旁征博引，从十一届三中全会说到邓小平深圳南行，由芦新华的伤痕说到包产到户，最后对米家老汉说："我看代表工体制也得改革，玉彪转正是早晚的事情。"

米家老汉有些死心眼，瞪着大眼问我："究竟哪年能转？"

我说："快了。"

他还是直直地问："快了是哪年？"

我让米家老汉问住了。

"杨拜老"打圆场说："这后生又不是旗革委会的主任，哪能说得清楚？明天我去旗里开会，再打听打听代表工转正的事情。"

米家老汉说："那就等你打听准了，咱们再定。"

回道班的路上，"杨拜老"对我说："玉彪这事悬乎，咱还得下下功夫。"

后来米家姑娘嫁给了路南边老白家的后生。白家我去过几次，见过那后生。和他爹一样，他也有一手绘画的手艺。农忙时开荒种地；农闲时，爷俩走村串户，专给农户、牧家画炕围子，在铺炕的油布上画些山水花草什么的。白家父子也算是半拉匠人，钱虽不多，但总能见到。那时，毛乌素沙区的农牧户常常见到现钱的人家不多，米家选中白家后生也在常理之中。米家姑娘出嫁后，玉彪纠结了好几天。

"杨拜老"劝他说："过些天，我再给你瞅个更好的，米家甚眼光！沙子都爬上白画匠家的后山墙了，也不见他有个收拾，这是过日子的？等着刮野鬼吧！"

果然，又起了几场昏天黑地的沙暴，沙子还真的爬上了白家的房顶，压裂了后山墙。这天，我们在梁上出工清沙阻，远远看到白家的人扒了房子门窗，正往一辆毛驴车上装。白家后生赶着毛驴车上了公路，后面跟着他的父母和媳妇。车上装着门、窗、衣物，还有一只捆着蹄子扔在车上哼哼吱吱的半大猪。车上梁时，陷在沙子里，驴累得一个劲放屁，也挣扎不出。还是"杨拜老"领着我们用锹清沙、推车，一阵忙碌，才把白家的驴车从沙窝子里推了出来。

老白画匠抽出一支烟递给"杨拜老"，揶揄道："老杨，你们是甚养路段？我看叫养断路算了！"

"杨拜老"对老白画匠说："你也是个没良心的，没我们这些人，你现在还在沙窝里趴窝呢！我说老白，你这门窗可没安装几天，这是又去哪儿刮野鬼呀？"

老白画匠说："沙子撵得不行！这次怎么也得找个没沙子撵的地方住下。"

"杨拜老"说："想不让沙子撵，我看你得找月球住下。"说完，他自己先大笑起来了。

白画匠一家和我们也跟着笑。想想也对，要想在毛乌素沙漠找个没有沙子追赶的地方，真跟登天一样难。在苦笑中，白画匠一家远去了，真不知他们能在什么地方安下家。

在公路上，我常看到毛驴车拉着旧门窗和衣物迁徙的人。"杨拜老"称这些人为"刮野鬼"。这些"刮野鬼"的人，瞅准个离沙子远的地方，切些草皮垒起屋子，安上旧门窗便住下。他们或放牧，或开荒，与沙漠巧妙地周旋着。待沙子像个恶虎一样扑过来时，便又急急扒下门窗，继续寻找能开荒、放牧的地方。

那年冬天，我离开了毛乌素沙漠深处的这个道班。后来，我根据这段生活写成了中篇小说《灰腾梁》，算是对我在毛乌素沙漠7个月养路生活的纪念。

80年代末期，我受《中国交通报》的委托，去乌审旗采写养路工人在毛乌素沙漠中绿化护路的报告文学，途中我还专程去了那个道班。见到熟人熟物，我一时泪蒙蒙的。玉彪还在，还是代表工，只是由每天3角钱补贴改为定额制，干多少活挣多少钱，算下来每个月都不低于七八十元。他在老家盖了房，早已结婚生子，正考虑着是不是回家乡跑运输，日子过得还算顺畅。"杨拜老"已经过世了，现在，他的儿子也是这个道班的养路工。他的儿子带着我到"杨拜老"的坟地上看了看。"杨拜老"的坟立在一片荒漠里，这个在道班几乎种了一辈子树的老人，坟前及周边竟然没有一棵树，显得有些空旷。我心中怪凄凉的，问他的儿子："咋不种些树陪伴老人？"

他的儿子告诉我："种过，全让山羊啃死了。"

那时，毛乌素沙地基本是有草的地方没有树，有树的地方没有草。据说这全是山羊惹的祸。山羊啃树、啃短草，蹄子灵巧得就像刨草机，连草根子都能挖出来啃了。那时，毛乌素沙漠上有这样的传唱：

媒婆不死是闺女的害，
山羊不死是草场的害。

蒙古族还有这样的谚语："山羊脚下的沙丘消停不了，衙门管下的牧民好受不了。"

山羊成了真正的替罪羊。

我在道班工作的那年，附近的生产队正在划分草场到户。不知是上边号召的，还是农牧民实在不愿意养山羊了，当时处理山羊成风，一两元钱就能从农牧户手中买只山羊羔子。当时，许多邻近的陕西人开着小四轮车来乌审旗牧区走包串户收山羊羔子，然后拉回去倒卖，每只能赚三四元钱。不少精明的陕西人发了羊财。

有一天，我收工回道班，炊事员告诉我，有位大嫂给我送来了一只小羊羔。我想起了那位卖给我鸡蛋的大嫂，这应是归还欠我的零钱来了。我见那只乌黑的小羊羔被绳子拴在一只旧轮胎上，咩咩地叫着。我走过去用手摸了摸它的小脑瓜,这小家伙便伸出小红舌头舔我的手,顿时打消了我吃红烧羊羔肉的念头。羊羔这东西是个活物儿,得吃得喝,我一时不知该怎样养活它。"杨拜老"让我先把它放到道班的羊群里混养着,等长大了再说。不久之后我就离开了这里。临走的时候,我把自己不要的东西打了包,全送给了那家大嫂。然后我坐上班车,几乎是头也不回地离开了毛乌素沙漠。两年以后,我在东胜筹划成家时,"杨拜老"得讯专门派道班上的人给我送来一只宰杀好的肥羊。这是我结婚时收到的最贵重的礼物。

想到这里,我的眼睛有些发湿。我跪在"杨拜老"的坟前,重重地磕了3个响头。他的儿子一边拔着坟头上的草,一边喃喃地说:"大,你不孤吧?肖领导看你来了……"

那次乌审旗毛乌素沙漠之行,给我的印象是沙漠越来越高,沙地越来越大,一些稀疏的林木、草地全都被重重沙子包围着。我曾看到沙漠脚下有一棵树,已被沙子埋得只剩下绿色的树梢,就像一个溺水的人在苦苦挣扎,那情景,只要想起就让人心悸。行进在无边无际的沙漠上,只要能看到一点绿地、几棵树,就会让人兴奋不已。一路上我搜集了许多养路工植树护路的事迹,也被他们的事迹所感动。我觉得在沙漠上种活一棵树,比在平原上种一万棵都难。我饱蘸激情,写了近万字的报告文学,整版发在《中国交通报》上。我虽圆满地完成了报社交给的采访报道任务,但黄沙重压、草地消遁的毛乌素沙漠的严峻现实,始终像一块阴影盘绕在我的心头。

四、内罗毕行动计划和乌审召

在我记录20世纪70—80年代内蒙古鄂尔多斯库布其沙漠和毛乌素沙漠与人进行拉锯战的时候,在遥远的非洲撒哈拉沙漠地区发生了持续4年的特大干旱。干旱导致沙漠扩大,撒哈拉周边的21个国家受到荒漠化的威胁,3500多万人的生产、生活受到严重影响。这场干旱总共夺去20万人和数百万头牲口的生命,1000多万人被迫背井离乡,成为"生态难民"。这是二战以后人类遭受的重大灾难之一。

若干年后,我只见过这样一张记录撒哈拉沙漠大旱的照片,但现在已不记得是西方哪位摄影家拍的。画面很简单,一只健康的白手托着一只枯瘦的小黑手,但反差之大,如同天壤,让人看后心酸不已。

越来越严重的荒漠化问题渐渐引起了国际社会的关注,人们逐渐认识到,荒漠化已经超越了国界、洲际,超越了意识形态,挑战着人类生存的底线,成为人类共同的敌人。为了共同对付这个敌人,人类必须放弃偏见和傲慢,采取统一行动。为此,联合国在1975年以3337号决议的形式提出"向荒漠化进行斗争"的口号。1977年8月,在肯尼亚首都内罗毕聚集了全球100多个国家的代表,召开了防治荒漠化问题会议,制定了一项全球协调一致、共同行动的方案,并制定了防治荒漠化的行动计划。

在这次会议上,中华人民共和国的代表向各国代表介绍了中国防治荒漠化的实践,着重介绍了内蒙古乌审旗乌审召人民用植被治沙的经验,引起了世界各国极大的兴趣。这份总结报告是中国科学院兰州沙漠研究所的专家、乌审召公社治沙经验总结小组组长黄兆华先生率领专家们经过几个月的调查研究总结出来的。这束闪现在中国毛乌素沙漠的绿色之光,一下子吸引住了世界的眼球。全世界都被这个中国的绿色童话所感动,人们纷纷提出要走进古老的中国,领略这个绿色童话的风采。因为,这个干涸的荒漠化世界太需要绿色的滋润了。

内罗毕世界防治荒漠化会议召开后的第二年,即1978年夏季的一天,联合国组织了近20个国家的数十名代表万里迢迢来到了毛乌素沙漠腹地的乌审召。这是内罗毕行动计划的一部分。汽车穿越了一座座沙山、一道道沙梁,在茫茫荒漠中七扭八弯,不知在单调的黄色与漫天风沙中行走了多久,代表们才见到了传说中的乌审召——那颗闪耀在沙海深处的绿色明珠。代表们站在光秃秃的沙山上,鸟瞰绿茵茵的乌审召,感到毛乌素沙漠太大了,而这颗绿色明珠太小了。但他们都知道,正是这片荒漠中透出的点点绿色和勃勃生机,代表着世界防治荒漠化的方向,昭示着人类生存的希望。

33年后,乌审召治沙的带头人,年过七旬的宝日勒岱大姐还清楚地记得当年她接待联合国代表的情形:"不管白的、黑的、黄的,全都刮成了土人人。那天风沙太大了。乌审召一下子来了这么多外国人,从来没有过的。他们是专程来看我们咋治沙的……"

忆起当年,宝日勒岱大姐抑制不住自豪和骄傲。有报道称这位同沙漠打了一辈子交道的蒙古族母亲为"中国治沙之父",她是当之无愧的。那天,宝日勒岱给联合国的代表们详细讲述了乌审召人民用植被治沙的经验,"前挡后拉"、"穿靴戴帽"以及"草库伦"建设,引得这些老外们问这问那,流连忘返。宝日勒岱感到这些外国人真的是学习治沙来了,不像以往接待的国内形形色色的参观团,对各类政治口号的诠释远远超过了这些纯朴的牧人们为了求生与毛乌素沙漠巧妙周旋的事情本身。当代表们知道眼前这位年轻的蒙古族女人就是这绿色童话的主人公,就是她带领乌审召人民在毛乌素沙漠创造这人类生存的伟大奇迹时,都不禁被这个看似孱弱的东方女性为治理毛乌素沙漠付出的努力和实践所感动。

世界记住了乌审召,记住了宝日勒岱。从此,乌审召的治沙行动汇入了世界治理荒漠化的浩浩洪流之中。

内罗毕会议之后,世界上各种抗旱防治荒漠化的行动计划也随之产生,每年都有数十亿美元投入治沙行动。从此,人类开始了更大规模的与沙漠的交战,苦苦地摸索防治荒漠化的途径。但是,10多年来,全球荒漠化问题不但没有缓和,反而变本加厉,更加严重了。

有资料统计,在20世纪90年代初,全球荒漠化面积已达到3600万平方公里,占整个地球陆地面积的四分之一,相当于俄罗斯、加拿大、中国和美国国土面积的总和。全世界受荒漠化影响的国家有100多个,约9亿人的生产、生活受到荒漠化的威胁。荒漠化在全球范围内呈扩大、加剧的趋势。尽管各国人民都在与荒漠化抗争,但荒漠化土地却以每年将近7万平方公里的速度扩大,全球现已损失三分之一的可耕地。在人类当今面临的诸多问题中,荒漠化是最严重的。

这正应了西方一位哲人说过的话:"人类踏着大步前进,在走过的地方留下一片荒漠。"

亚洲频发的沙尘暴和西部非洲的大旱敲响了人类生存的警钟,更像是吹响了人类防治荒漠化的集结号。经过多轮谈判,世界各国首脑一再磋商,1994

年终于在法国巴黎集结了世界上112个国家的代表,共同签订了《全球防治荒漠化公约》。同年12月,联合国大会通过决议,确定每年的6月17日为"世界防治荒漠化和干旱日"。这个世界日意味着人类共同行动与荒漠化抗争从此揭开了新的篇章。为防治土地荒漠化,人类的步伐竟是那样的整齐划一。

我国荒漠化土地面积大、分布广,是受荒漠化危害最严重的国家之一。全国荒漠化土地总面积达263万平方公里,接近国土面积的三分之一。沙化土地为173.97万平方公里,占国土面积的五分之一。每年造成的直接经济损失高达500多亿元。全国有近4亿人受到荒漠化、沙化的威胁,贫困人口的一半生活在这些地区。西北、华北北部、东北西部地区(简称"三北")每年约有2亿亩农田遭受风沙灾害,粮食产量低而不稳定;有15亿亩草场严重退化;有数以千计的水利工程设施因受风沙侵袭导致排灌效能减弱。尽管中国从来没有停止过对荒漠化的治理,但是由于种种原因,中国土地荒漠化扩大的趋势还在继续。20世纪50—70年代,中国荒漠化土地以年均1650平方公里的面积在扩大。80年代以来,荒漠化土地面积年均扩大2100平方公里,每天就有5.6平方公里的土地荒漠化。

不可否认,我们的国家,我们生存的这个地球,都在为不可遏止的荒漠化所累。加快荒漠化防治进程,是我们人类最为明智的生存选择。

90年代以后,我在北京学习、写作,只要有沙尘天气,我就会想到我生活过的毛乌素沙漠,那里一定是沙山移动,黄风呼啸,日月无光,山河失容。我的生活在毛乌素沙区的朋友、亲人们啊,在这铺天盖地而来的沙尘暴中,你们在怎样挣扎?又是怎样的无奈与无助?难道真的要背井离乡,再次上演先人们"走西口"的一幕?我想起了在沙漠公路上赶着毛驴车,驮着那些可怜的家当,在茫茫大漠中寻找栖身之处的白画匠一家,难道他们就是西方人所讲的"生态难民"?

90年代中期,沙尘天气频繁,新疆、甘肃、宁夏、内蒙古屡出沙尘暴。有时,北京城一连几日都笼罩在沙尘当中。即使人们都戴上口罩,患呼吸道疾病的人数依然剧增,大小医院人满为患。这些生活在大都市的人们,忽地感到内蒙古的大沙漠离他们并不遥远。多发的沙尘暴拉近了内地与边疆大漠的距离。据说毛乌素高扬的沙尘扶摇而上，漂洋过海，竟飘到了东洋三岛的上空。极端的时候，中国的沙尘甚至远涉重洋，越过半个地球到达了美国。世界真是变得越来越小了。

我忽然感到我们的生活渐渐地被沙漠改变了。

有报道说，人类与沙漠的生态战争将愈演愈烈，而且是旷日持久的战争。许多学者和预言家都不看好人类会是最终的胜利者。

沙漠与人类之间的战争，必将是一个世界性的永久话题。

五、沙漠上真的羊吃羊了？

当人们大张旗鼓地开展"三北"防护林建设，我的第二家乡也在开展建设"绿色鄂尔多斯"的活动时，我为生活在荒漠化梦魇中的父老乡亲庆幸，但又有些担心，怕见不到什么成效。种树不见树，种草不见草，人们已经司空见惯了。官员们年年讲成绩显著，局部改善，整体沙化速度放慢，再不就是一大堆数字听得你发晕。我只想问他们：我们的碧水蓝天究竟到哪里去了呢？我们的草原到哪里去了呢？难道说，真的像歌里唱的那样，"草原在我们的睡梦里"？

几十年来我们都在造林，可为什么没有见到成片的森林呢？有人揶揄说："千万别信统计数字，要是听他们的，咱们连炕头上都栽上树了。"每年到植树节时，我们都会从电视上、广播里得知林业建设取得成绩的消息，但那一大堆辉煌的数字已经引不起人们的兴趣，因为漫天的黄尘不断飘在我们的头顶。

为了绿化沙漠，我也参加过单位组织的植树活动。干部们带上锹镐，乘着汽车，一路说笑着来到城外的干沙梁上，挖些树坑，把树苗子往里一栽，浇上些水就算完事了。然后找个地方吃炖羊肉，喝烧酒，基本跟搞春游差不多。来年又到老地方栽树，可很少见几棵成活的。人们都说这样植树不行，得管活。有人说："本来干沙梁上种树就是瞎胡闹，没水让它咋活？"有人说："上边让种咱就种，种不种是咱的问题，活不活是它的问题。"大家无奈地笑了。一年后，大家仍在无奈中播种绿色……

在沙漠面前，人类往往很无奈。

20世纪90年代中期的一个冬天,我和玛拉沁夫先生应邀在海南观光。那时,他正整理自己过去的文稿。一天,我俩在海边漫步,他忽然对我说:"以后我再也不写歌颂沙漠的文章了。"我当时有些发愣,不明白究竟是什么触动了这位草原歌者的神经,但我理解他的感受和选择,因为我们都是草原人,对草原变荒漠我们都有着切肤之痛。玛拉沁夫先生写过不少有关沙漠的小说、电影,现在决心不再歌颂沙漠,这里面一定凝聚着这位文坛老人的严肃思考。对此,我胸中涌起淡淡的遗憾。因为古往今来有多少文人骚客行吟在大漠上,写下过多少脍炙人口的名作啊!

我曾经说过,我特别喜欢边塞诗,一些名句常常盘绕在心头。这些宝贵的文学遗产曾激励和滋润过我的军垦生活,驱逐了我内心的孤独和惆怅。假若没有了文学的滋润,我不敢想象我的沙漠生活会是什么样子。长相忆,在那风沙中、雨雪中、孤独中、暗夜中,正是有了前哲的行吟,才使我的沙漠生活有佳句相伴,有了淡淡的诗意。我感谢那些给大漠血肉灵性的文人们,你们是不朽的大漠之神!

作为一个作家,我也许和玛拉沁夫先生一样,不再歌颂沙漠,不再称颂它的瑰丽,不再惊叹它的神奇,因为沙漠的狰狞大于它的雄浑,它带给人类的灾难罄竹难书。然而,我的青春是在库布其沙漠和毛乌素沙漠中度过的,沙漠是我人生的一部分,我怎能与它割裂开呢?再说,我无时无刻不与沙漠纠结着,也许沙漠是我一生的梦魇,是我神经最脆弱、最敏感的地方。

正因如此,鄂尔多斯的沙漠中稍有一点绿色,我就会异常兴奋和冲动,然后放下手中的小说和影视剧创作,一头扎进黄澄澄的鄂尔多斯,在漫天风沙中,上准格尔,下恩格贝,走毛乌素。我把在莽莽荒原和大漠上辛苦采撷的点滴绿珠串起来,就成了散文、报告文学、特写,在中央和省市的报纸上闪烁着点点绿色的光芒,如同唱响壮歌。我乐此不疲。

有一天,一位多年邀我合作进行电视剧创作的朋友,见我屡屡爽约,在北京打电话对我发牢骚:"就你能把沙漠写绿了?你们那儿已经羊吃羊了。"

我问:"怎么回事?"

他说:"你上网看看就知道了。你快别写那些没用的了,咱哥们还是一块写电视剧挣钱吧。"

我在网上看到这样一张照片：干旱得发黑的草地上，有一群披着各色塑料布的羊，模样十分怪异和荒诞。据上传者介绍，今年内蒙古草原大旱，羊无草可吃，只得互相啃食羊毛。为防止出现羊吃羊的惨剧，草原牧民只得给羊儿披上塑料布。照片点击量以万计，跟帖无数，言辞激烈，让人心惊。有人断言，世界荒漠化必将导致食草动物向杂食动物进化，羊吃羊，甚至羊吃人也是不远的事情。也有人发帖解释：给羊披上塑料布是为了防止沙尘落入羊毛，提高羊毛收购等级。

看着披着花花绿绿塑料布的五彩羊儿，真的让人欲哭无泪。给羊儿这副扮相，不管是防互相啃咬，还是防止沙尘落身，都与草原荒漠化有关。这也许是个恶作剧，是个荒诞的玩笑，但我一直认为，荒诞的东西可能与事物本身无关，但却能接近事情的本质，更能触动人心的柔软之处，让人心酸。一刹那，我觉得自己对沙漠的书写总和，还不如这张照片对自己心灵的冲击来得激烈。我不禁怀疑自己书写沙漠的意义，甚至怀疑自己的操守和文格。我的笔触渐渐远离了与自己交锋几十年的沙漠，无疑，我也成了白画匠们的一员，在自己的文学天地里刮开了"野鬼"……

21世纪初的一天，我接到张秉毅的电话，说他的长篇报告文学《与天地共生》引起了非议。秉毅是位优秀的小说家，关心生态领域是他的良心和尊严使然。其中"以树为神"那一章我仔细看过，写得不错，隐约记得其中有一节叫"'四大支柱'的阴影"，让人有些触动。作家谈古论今，隐约表达了对鄂尔多斯工业化进程引发的生态问题的担忧。

"四大支柱"，是鄂尔多斯人引以为自豪的"羊煤土气"，即羊绒、煤炭、陶土、天然气，是当时伊盟盟委、公署提出的伊盟工业发展战略的中坚产业。正是这"四大支柱"的提出，拉开了鄂尔多斯工业化的序幕，对鄂尔多斯的现代化发展起到了奠基作用。

那时人们欢唱着鄂尔多斯的"羊煤土气"，新建的东胜广场上都立着4根标志性的大柱子。我想秉毅一介文人，围着柱子找阴影，还写进书里，出现一些非议也在常理之中。我劝秉毅："你提出这个问题不就是想引起社会的重视和各级领导的注意吗？社会尊重和理解谔谔之士需要一个过程。"

他在电话那头道："肖大哥，不是那样，是……"

秉毅告诉我，一个什么大企业的老板在电话中警告他："以后，少瞎写乱写，要是影响了我们企业发展，你……"

当然，还讲了一些不客气的话。

原来秉毅是受到了威胁，是想找我这位当兄长的倾诉倾诉。秉毅说："我是一个农民，我没有别的意思。我就是喜欢蛮汉调，喜欢田园牧歌、碧水蓝天……"

20世纪80年代初，我去过秉毅的家，一片荒沙滩，两间小土屋，位置应是毛乌素沙漠最东端向准格尔高原的过渡地带。当时，他家里连吃水都得到深沟里去打。环境不像他说的那样浪漫与美好。秉毅以此为荣，他平时最爱说的话就是"我是农民"。电话那头秉毅还在说："我是农民，我喜欢风吹草低绿绿的……"

我对秉毅说："你是农民怎么了？你告诉我，你的家乡何时碧水蓝天过？我来鄂尔多斯的年头和你的年纪差不多，你我何时见到风吹草低过？"

秉毅放下了电话。看秉毅的作品，我深知他是个童年情结很重的人。我想每个人都有自己的童年情结，因为童年世界是单纯的，童年眼光是绿色的。我们每个人都心存童年的美好，但我们在成年后会无限地放大这点单纯和绿色。不管你是高官大贾还是贩夫走卒，不管你是专家、名流还是草根平民，人们多少都会把自己的童年单纯化、绿色化。

实际上，我和秉毅一样，对工业化的惧怕和担忧不亚于对世界荒漠化的惧怕和担忧。因为我们的思维基本上是农业思维，根本不懂得什么是工业化。之所以这样，也许是我们根本就不知道什么是真正的工业化。工业化或许是毛乌素沙漠那忽然耸起的土炼油炉、小炼焦炉、小白灰炉燃烧出的五彩浓烟给黄尘飘荡的沙漠天空又添了一些杂色和恶臭，或许是准格尔高原满天飘荡的煤屑堵塞了我们的鼻孔和嘴巴，或许是那隆隆的汽车轮子带起的灰碱面子烧死了我们的草场和庄稼……

20世纪鄂尔多斯的初始工业化在人们的心中留下了太多的阴影，给我们的鄂尔多斯带来太多的灾难。

秉毅讲的"四大支柱"的阴影,笼罩着鄂尔多斯高原。

进入新世纪那年春天,鄂尔多斯的荒漠化面积已经达到48%,还有号称"地球之癌"的砒砂岩地区的面积也已经达到48%。这两个48%,像两座沉重的大山压着鄂尔多斯人,让人们举步维艰,一路蹒跚。面对越来越高耸、越来越暴戾的毛乌素沙漠,10多万生活在沙区的乌审旗人民不得不面对这样一个严酷的现实:乌审旗的荒漠化面积已经达到1万多平方公里了。若再让千年不变的游牧、游种等原始的生产、生活方式继续下去,那就真应了鄂尔多斯的一句老话:"杭盖地掏甘草——自刨墓坑。"

"生存还是死亡?"这个莎士比亚式的提问,像警钟一样不时提醒着乌审儿女。

那时,人们有了这样的共识:不能再在荒漠化的土地上收获千年不变的穷困。

时代在前进,人们是该换一下思维,不能再像以往那样对待沙漠了。从某种意义上说,换一种思维来思考问题,其艰难并不亚于改天换地。实际上,十几年前,当乌审人民在同沙漠做愚公移山般的苦斗时,当这场人沙大战难分胜负时,就有一位老人在用他那双睿智的眼睛关注着毛乌素沙漠和世界荒漠化现象了,这个人类罕见的智慧的大脑正在思考一种新的沙漠治理方式,即产业化治理。

这位老人叫钱学森。

六、钱学森与宝日勒岱

宝日勒岱和钱学森的交往始于20世纪60年代末。那时,他们一个是毛乌素沙漠的牧羊女,一个是中国"两弹一星"元勋、"中国航天之父",但他们都有一个共同的身份,那就是中共中央委员。而且,他们都从九届干到了十一届。从60年代末到80年代初的十余年间,正是中国政坛风云变幻的年代。一个是蜚声中外的科学家,一个是在毛乌素沙漠与乡亲们一起创造了"牧区大寨"

的"铁姑娘",他们虽不能让天地翻覆,但他们在自己的活动领域都是杰出的人物。十几年雨骤风急,他们作为杰出的代表立身于中央高层。

在党中央召开全会的日子里,在京西宾馆,在人民大会堂,在庐山,十几年了,宝日勒岱和钱学森一次次地相遇,一次次地交谈。钱学森长宝日勒岱20多岁,宝日勒岱尊称他为"钱老",而钱学森和蔼地称宝日勒岱为"宝日"。

我曾问过宝日勒岱:"你和钱老谈些什么呢?"

宝日勒岱告诉我,她和钱学森之间有个谈不完的话题,那就是沙漠治理。钱学森多次饶有兴趣地听宝日勒岱讲她的治沙经验。当宝日勒岱讲到她和乌审召的牧民们把沙漠当成人一样打扮,先穿上靴子再套上裤子、上衣,然后再戴上帽子时,钱学森哈哈大笑:"宝日啊,你们把沙漠当成人一样打扮,有意思……"

钱学森曾经这样问宝日勒岱:"沙漠会不会变成我们的朋友呢?"

宝日勒岱不知该如何回答这位睿智豁达的老人了。她如实告诉钱学森,在她主政的乌审旗境内,毛乌素沙漠好多地方还是光秃秃的,就是"牧区大寨"乌审召也还有数不清的明沙梁。内蒙古境内还有库布其沙漠、乌兰布和沙漠、巴丹吉林沙漠、浑善达克沙地、科尔沁沙地,牧人们还在受沙漠的欺负,日子过得还很艰难。那时,宝日勒岱担任内蒙古自治区党委书记不久,她已经开始关注内蒙古十几万平方公里的荒漠化地带,想要在内蒙古广袤的荒漠化地区建设无数个"牧区大寨"。她从沙漠中走来,知道治沙的艰难。她告诉钱学森,真正让沙漠变绿也许还需要几百年的时间,看来,我们祖祖辈辈要同大沙漠斗下去了。

宝日勒岱向这位老人表达了不驱沙漠誓不休的决心。

钱学森看着刚毅的宝日勒岱,若有所思地点了点头。

钱学森归国之前,对沙漠的了解只是通过书本和人们的口耳相传。在60年代,钱学森经常奔波于新疆和内蒙古自治区的茫茫大漠之中,为"两弹一星"寻找、建设试验基地和发射场。钱学森和大家共同领略了沙漠的暴戾和严酷,他的许多战友就长眠于大漠之中。同样,就是在这荒无人烟的戈壁滩和大沙漠里,他发现了许多珍贵的沙生植物,像胡杨、红柳、梭梭,还有药用和经济价值都很高的沙棘、甘草、苁蓉。就是动物,在这里也不鲜见。在钱学森的眼中,沙漠是一个生机勃勃、丰富多彩的世界。

钱学森的沙漠实践告诉他:沙漠不是死亡之海。

但如何治理沙漠呢?这是钱学森苦苦思索的一个问题。他的忘年交宝日勒岱在用最原始的生产工具同沙漠搏斗着。这个倔强的蒙古女人和她率领的乌审召人民有着"欲与沙漠试比高"的勇气和毅力。那时,宝日勒岱和她的"牧区大寨"乌审召的治沙经验代表着国内的治沙水平和治沙方向。但从宝日勒岱的嘴中,钱学森得知,即使是在"牧区大寨"乌审召,现在也是人沙对峙,难分胜负。

而在世界的另一端,财大气粗、傲慢而又自负的西方科学家也在撒哈拉大沙漠的治理上遭遇了"滑铁卢"。在内罗毕行动计划之中,西方科学家普遍认为,干旱荒漠地区阳光充沛,只要有充足的淡水供应,荒漠地区大规模农业开发是可行的。但出人意料的是,在西方发达国家援助下打的水井和建设的水源地却引发周围大量牲畜集结践踏,反而加速了土壤沙化,甚至导致流动沙丘的出现。更为严重的是,以水井为中心的同心圈式带状土地退化为"脓肿圈",其半径在5~10公里。"脓肿圈"互相连接又形成新的荒漠化土地。被大家公认的对抗荒漠化良策却导致环境灾难,这是内罗毕行动计划的决策者和科学家没有想到的。

钱学森欣赏宝日勒岱在毛乌素沙漠植树治沙的经验,知道这是宝日勒岱带领乌审召人民苦苦摸索了几十年才总结出来的。让沙漠变绿,让沙区人民在绿中致富,绿富同兴应是治理沙漠的终极目标。宝日勒岱开始治沙活动时正处在"文化大革命"前后这个特殊时期。在"文革"风暴的漩涡之中,宝日勒岱和她率领的质朴的牧民们一直把治沙作为崇高的革命事业来看待。宝日勒岱创建的"牧区大寨"有着特殊的历史烙印和局限。可歌可泣的愚公真的能治理沙漠吗?面对浩浩沙海,我们的想象力真的会拘泥在一个古老的寓言之中?我们除了与沙漠博弈,有没有别的道路可走呢?

在钱学森眼中,沙漠可利用空间、发展空间非常大,远远超过了人们对沙漠的认知和想象。而西方科学家在撒哈拉沙漠"败走麦城",更引发了钱学森对沙漠治理的深层思考。他认为,科学、理性地摸透和顺应沙漠的脾气和秉性,把沙漠当成朋友一样看待，可以做到与沙漠共舞。

20世纪80年代初，在中央全会的间歇当中，宝日勒岱与钱学森谈天，第一次从钱学森口中听到了"沙产业"这个名词。钱学森还建议宝日勒岱要认清乌审旗沙漠资源优势，下力气搞节水型沙产业，使沙漠真正成为人类的好朋友。沙产业、沙漠资源，这些新鲜的名词，宝日勒岱听都没有听过。她甚至有些怀疑，钱老说的沙产业、沙漠资源是那让她恨不够、爱不够的毛乌素沙漠吗？是那"三十里明沙二十里水，五十里路上看妹妹，半月瞅你十六回，生把哥哥跑成了个罗圈腿"的一道接一道的明沙圪梁吗？

宝日勒岱有些茫然了。

那时，宝日勒岱并不知道年过八旬的钱学森已经把目光投向世界的荒漠化问题。这位受人尊敬的科学巨匠正在用很大的精力研究中国的沙漠改造，而且把它上升到战略的高度来认识、来研究。

内罗毕行动计划在非洲撒哈拉大沙漠受挫，使西方的许多专家、学者得出了"沙漠是地球癌症"的悲观论断，他们计算着世界荒漠化的速度。这些缜密推算出的数据无可辩驳地告诉人们，在不远的将来我们的地球将是寸草不生的荒漠。到那时，人类都会成为不折不扣的"生态难民"。甚至有科学家在迫切地寻找着其他星球的生命迹象，探寻着人类移民到其他星球的可能。已经多年关注和研究荒漠化治理的钱学森却反弹琵琶，提出："我们能不能换一种思维看沙漠呢？人类将来与其搬到月球上，还不如把地球上的沙漠利用好、改造好。"

80年代中期，越来越不可遏止的世界荒漠化敲响了人类生死存亡的警钟。钱学森就是在这个时期首创了知识密集形沙产业理论。他认为，沙漠和戈壁的潜力还没有发挥出来，应在荒漠地带利用现代化技术，包括物理、化学、生物等科学技术的全部成就，通过植物的光合作用，固定转化太阳能，发展知识密集型的农业型产业。中国应该"用新的思维对待沙漠，寓保护于开发之中"。1984年5月，钱学森在中国农业科学院做学术报告时正式提出了他酝酿已久的沙产业理论。他的沙产业理论的基本构想是：沙产业是用系统思想、整体观念、科技成果、产业链条、市场运作、文化对接来经营管理沙漠资源，实现"沙漠增绿、农牧民增收、企业增效"的良性循环的新型产业。他预言：到21世纪，由于生物工程和生物技术的发展，将会引发人类历史上第六次产业革命——农业型知识密集型产业革命。沙产业作为农业型知识密集型产业类型之一亦在其列。

在钱学森看来，我国的沙漠、戈壁大约有16亿亩，和耕地面积差不多。沙漠、戈壁并不是什么也不长，其潜力远远没有发挥出来。这位科学巨匠脑中不时闪过睿智的火花，对沙漠的未来充满了诗意的想象。他预言：用100年时间来完成这个革命，现在只是开始，百年之内，在沙漠上挖出千亿产值。

现在，我们已经无法知道钱学森老人的这个千亿产值是怎样计算出来的，但我们知道，这位老人是想告诉人们：沙漠是资源，是财富。那时，一个全新的治沙想法，正在这位科学巨匠的脑海中盘旋、升腾……

当时内蒙古自治区的草原产值是多少呢？主持内蒙古工作的周惠在1984年第10期《红旗》杂志发表文章，公布了这样一组数字："在内蒙古自治区，共有13亿亩草原，1947年到1983年这36年里，畜牧业累计产值100多亿元，折合每亩草原年产值才0.2元多。"

周惠说的是草原。每亩沙漠年产值究竟是多少呢？我怀疑有可能是负数。据我所知，大包干前荒漠化地区农村生产队经常出现倒分红，就是说人们投入的劳动得不到任何经济收入，出工越多反而负债越多。现在，钱学森提出要从沙漠中挖出千亿产值，使我对钱学森老人的百年沙漠畅想充满了深深的敬意。

乌审旗因被毛乌素沙漠包围、分割，在相当长的一段时间内，不论是在农村、牧区，还是在城镇，人们一出门就是沙子。公路被沙子埋了，房子被沙子压了，草场和田地被沙漠吞了，人们被沙漠欺负得快要活不下去了。于是，"八仙过海，各显神通"，牧民倒场放牧，农民转山种田，也有的种草种树，能挡一下挡一下，能绿一片绿一片。鄂尔多斯人几乎是穷尽了生存、生活、生产的所有技巧，与沙漠这个千年祸害艰难地周旋着，互有进退地对峙着，僵持着。

钱学森关注着我国沙漠地区的治沙实践，不断地丰富自己的沙产业理论，并技术性地概括为"多采光，少用水，新技术，高效益，使不毛之地变为沃土"。

可惜宝日勒岱未能将钱老的全新的沙产业理论付诸实践。因为工作岗位的调整，宝日勒岱离开了她洒满青春和汗水的毛乌素沙漠，离开了乌审召那片荡漾在茫茫沙海中的让人骄傲的绿色。随着岁月的流逝，当年的"铁姑娘"也渐渐变成了一位老人。然而，毛乌素沙漠的风沙，乌审召的绿色，仍不时走进她的梦里。宝日勒岱十分推崇钱学森的沙产业理论，搜集了大量的沙漠资料。在她50岁的时候，竟然脱产到党校学习，完成了大专学业。

她说，她要弄懂钱老的沙产业理论。

当听说我要写一部关于毛乌素沙漠的书时，她高兴地说，我想要什么样的资料她都有，完全给我提供。她还建议我一定要到毛乌素沙漠去看看，看看现在的"绿色乌审"，看看现在的绿化加现代化的乌审召。我告诉她，我已经去过乌审召几次了，我想听听她对现在的产业化治沙的看法，看与她们当年治沙有什么不同。老人告诉我："现在的产业化治沙，是福气，是乌审召的福气！"

言谈之中，我听得出宝日勒岱对钱老的产业化治沙的奇景充满了憧憬和向往。

我非常愿意与宝日勒岱交谈。与她谈话时，我会产生与毛乌素沙漠交谈的感觉。我总觉得是这位坚强的女人赋予了毛乌素沙漠鲜活的生命。现在，人们只要提起荒漠化治理，就会自然地想到宝日勒岱。她就是耸立在毛乌素沙漠上的一座敖包，凝聚着一个时代对毛乌素沙漠的全部记忆。

我看着眼前的宝日勒岱，暗想：这位宠辱不惊的老人，在不经意间就成为标志，成为永恒。

谈起毛乌素沙漠，谈起当年在乌审召治沙，建设"草库伦"，老人滔滔不绝，讲到激动处自然说起了蒙古语，声音高亢，语调生动。虽然我听不懂她在说什么，但我知道宝日勒岱永远走不出让她魂牵梦萦的毛乌素沙漠，她的内心世界都是那黄色与绿色。在与宝日勒岱的交谈中，我才知道原来鄂尔多斯市乌审旗是最早实践钱老的沙产业理论的地方，也有专家把乌审旗的生态建设比作钱老沙产业理论的试验田。有媒体称乌审旗旗委、政府从2004年开始的"以人为本，建设绿色乌审"的决策拉开了沙产业革命的帷幕。看到她的后任们如此践行钱学森的沙产业理论，看到乌审旗的治沙事业取得这么大的成果，宝日勒岱非常高兴和欣慰。

老人告诉我，虽然她年纪大了，腿脚也不灵便了，但每年都要去乌审旗、乌审召看一看，看看她当年栽种在毛乌素沙漠中的树，就像亲近她的子孙一样，搂一搂，抱一抱，呢喃些什么。

我告诉她："我多次去过乌审召，多次抚摸你们半个世纪前在毛乌素栽种的那些大柳树，好粗好高，一个人都搂不过来。我还在一棵大柳树下乘过凉呢！"

宝日勒岱高兴地笑了。

这天，老人谈兴甚浓，谈话中间早早就在尼龙袋里放了一瓶酒，然后热情地邀我去呼市一个不错的餐馆吃饭。老人的热情让我感动。那天，宝日勒岱提着装酒的尼龙口袋，在熙熙攘攘的人流中蹒跚着，显得极为普通。

我们喝了点酒，谈起乌审召的沧桑变化，老人非常动情。她悄悄地告诉我，她死后就想变成沙漠上的一棵树。

我听后鼻子有些发酸，几乎是哽咽着对她说："大姐，你现在就是一棵大树！一棵参天大树！"

那天，我们多喝了几杯。

宝日勒岱一个劲儿地说："种树好啊，好啊！一棵成材的柳树，可以保证一只羊一年用的草料。"

我知道，在鄂尔多斯乌审草原，20亩为一个绵羊单位。也就是说，20亩草场才能养活一只绵羊。以此来计算，一棵大树就抵20亩草场。难怪宝日勒岱会将自己生命的全部扑在毛乌素沙漠的绿化事业上。我眼前的这位老人，热爱树木，热爱草原，热爱白云蓝天，浑身洋溢着蒙古人毫不雕饰的本真。

宝日勒岱就是毛乌素沙漠上永远的常青树！

第二章　毛乌素沙漠，一片远去的云

一、毛乌素沙漠真的要在鄂尔多斯境内消失？

2008年春季的一天，鄂尔多斯市林业局召开绿色信息通报会。到会的都是林业部门的领导、各类专家、新闻记者，还有我这样的作家。就是在这次通报会上，我听到了一个几乎把我雷倒的信息。市林业局局长丁崇明在通报会上做了主题发言，他讲道：鄂尔多斯境内的毛乌素沙漠森林覆盖率已达30%，植被覆盖率已达75%，绿化面积已超过全国平均水平。照这个速度绿化下去，到2010年，毛乌素沙漠将在鄂尔多斯高原悄然消失……

我不敢相信自己的耳朵。

身边一位我不大熟悉的人问我："甚？他说……说毛乌素沙漠咋了？"

这人眼睛瞪得老大，一副吃惊的样子，连说话都有些打磕。参加会议的人们也都吃惊地喊喳议论着。

丁崇明接着说："绿染毛乌素沙漠已经成为现实。"

我想：我们的绿色大梦真的做成了？

有关毛乌素沙漠的记忆一下子涌入我的脑际：沙海绵延，无穷无尽。怎么，它消失了？我想着它就要消失了，可我的脑海中盘旋缭绕的还是挥不去驱不走的绵延沙海。这是因为我在鄂尔多斯的大沙漠里生活过10多年，太知道沙漠是个什么玩意儿了。别说染绿毛乌素沙漠，就是在毛乌素大沙漠里种活一棵树，栽活一株草，都是千辛万苦的事情。我知道新时期开始后，当鄂尔多斯人的生存意识慢慢转化为生态意识后，人们开始探索着治理沙漠，恢复生态。经过几十年的生态治理，尤其是在进入新世纪的六七年里，人们逐渐认识、接受、实践钱老的沙产业理论等前瞻性的科学治沙思想，才使鄂尔多斯的生态发生了质的变化，实现了生态恶化的整体遏制和生态环境的局部好转。那个满目疮痍、黄沙滚滚的鄂尔多斯渐行渐远了。走在公路上，放眼望去，两侧荒凉的山头渐渐有了树林，公路穿过的沙漠也披上了绿装，很少见到干山梁和荒凉的沙漠。可是，毛乌素沙漠就这样悄然消失了？我所熟知的毛乌素沙漠的性格似乎不是这样的。

这时，我的好朋友全秉荣站了起来。老全是鄂尔多斯的资深媒体人、著名散文家，现任鄂尔多斯市专家联谊会的常务副会长，在鄂尔多斯市算是有影响力的人。他激动地说："刚才丁局长宣布的这条消息，应是21世纪最大的新闻，而且是爆炸性的新闻！同志们，尤其是年轻的记者同志们，我们应该知道，这是一件让世界震撼的事情。世界步入工业化以来,从来都是以牺牲环境为代价的,什么时候有过经济发展了,环境改善了?可鄂尔多斯呢?我们加快工业化进程以来,用了不到10年的时间,毛乌素沙漠就要消失了,这是何等的人间奇迹!难道不值得我们大书特书,倾力宣传?这才是鄂尔多斯最大的亮点!什么人均GDP超香港,这个世界第一,那个全国折桂,比起就要消失的毛乌素沙漠来,那只是小捏捏的事情。"

老全的话总说在点子上。我知道,老全穷其一生都在寻找鄂尔多斯的亮点,讴歌鄂尔多斯的进步,就像一只从来都不知道疲倦的老夜莺。几十年来,他写了无数篇激越而又美丽的抒情散文,蜚声文坛。他主政盟电视台后,又写过许多电视散文。他的那些美文几乎都带着鄂尔多斯发展前行的锣鼓点。我想,若是把他的作品按年代整理,就会清晰地看出鄂尔多斯30多年来的发展轨迹。

老全善于发现亮点。有时,他发现大亮点后会兴奋地告诉我,鼓动我去创作。

20世纪90年代初期,当鄂尔多斯开始治理支离破碎的准格尔高原,输入黄河的泥沙含量有所减少时,就是老全及时发现并鼓励我深入准格尔山地的沟峁梁壑采访调查的。关注环境是我非常愿意做并且十分投入的事。我根据调查的素材,写出了报告文学《绿色壮歌》,发表在《人民日报》的《大地》副刊上,算是我对推动鄂尔多斯绿色进程所做的一点贡献。

现在,老全又鼓动我:"大事件,全方位,就看你的手笔了!"

我还被绵延的沙海纠缠着,真的不敢相信毛乌素沙漠就要这样消失了。老全说得没错,这件事情太大了,大得让人不敢用笔锋去触碰。然而,渐渐退去的毛乌素沙漠又给我强烈的刺激,让我跃跃欲试。我承认,我是个环保主义者,是"绿党"。

我站起来说:"假若我能亲眼看见毛乌素沙漠在鄂尔多斯境内消失,我会觉得这是自己人生的一大幸事,因为我的青春和汗水曾经洒在那片沙漠上。年轻时,我也参加过愚公移山式的苦斗。在与沙漠的博弈中,我们曾经是失败者。现在毛乌素沙漠即将消失了,我想知道我们究竟掌握了什么样的法宝,才降服了为害千年的毛乌素沙漠?以后这几年,我会与残存的毛乌素沙漠共舞,用我手中的这支笔,记录毛乌素沙漠在鄂尔多斯境内消失。"

老全带头鼓掌,并鼓励我:"也许,这是一个伟大的见证。"

他又提醒我说:"毛乌素沙漠中的最大亮点是'绿色乌审',而乌审召又在'绿色乌审'中。你最好先到乌审召走一走,看一看。没有第一手的素材,再妙的笔也生不了花。"

现在,老全索性连乌审旗都不叫了,改称"绿色乌审"了,可见乌审旗变化之大。过去,乌审旗这个名字几乎就是大沙漠和贫穷荒凉的代名词,而乌审旗境内的乌审召则是全国有名的"牧区大寨",这个名字是人们改造沙漠的代名词。我对这颗传说中的毛乌素沙漠里的绿色明珠心仪已久。多年前我虽去过一次,却未见到它的美丽容颜。

那是20世纪90年代初,我与两位著名作家和一位《人民日报》的记者一起去乌审召。他们从北京来就是想看看乌审召,反映一下乌审召在新时期的变化。那时正是初春时节,内地已是草长莺飞、百花齐放了,可鄂尔多斯的风景还不行。我告诉他们,乌审旗和内地至少差一个节令,现在沙漠上的牧草和沙柳还没有返青,去了最多也就是"草色遥看近却无"。他们说:我们就是到毛乌素遥看草色来了。于是,我们兴致勃勃地结伴去乌审召。

清晨从盟府东胜离开时只有一点料峭的小风,可进入到毛乌素沙漠的坑洼土路,就明显感到车外起风沙了。天空变得灰蒙蒙、黄澄澄的,扬起的沙尘打在车上沙沙作响。越野汽车载着我们在毛乌素沙漠里穿行,越过一道又一道明沙,就像在"黄海"上颠簸,远近没有星点草色。快到乌审召时,车陷进了沙里,司机加大油门,汽车嗡嗡地拱着沙,就像负重的老牛,可哼哼了几声,就不动窝了。

司机恼怒地说:"我这车还没被卡住过哩。"

当时我们乘坐的车是盟内罕见的丰田陆地巡洋舰越野车,是伊盟盟委秘书长、著名作家阿云嘎专给我们派的。司机拉开车门下车,呼地涌进一股风沙,车内立即污浊不堪,人们急忙捂住了口鼻。司机围着车轮拧来拧去,我知道他是在给汽车挂加力。当司机钻进车内时,已经成了个土人,连眼睫毛都沾着黄尘。他用毛巾擦着脸,嘟囔着说:"来这穷地方做甚?做甚?"

我们到了乌审召,司机直接将车开进了乌审召苏木政府的院里。苏木的几位领导早就在等候我们了。苏木长略带遗憾地对我们说:"你们现在来得不是时候。再过两个月你们来看,这地方有树有草有野花,美着哩。"

然后他给我们介绍乌审召,这个当年的"牧区大寨"、新时期的绿化典范,说草有多少亩,树有多少株,大小牲畜有多少头只,甚至连适龄母畜有多少都做了介绍。总之,这里是人畜两丰、树多草美的好地方。可我望着窗外扯不断的黄色帷幕,心想:那些树和草在什么地方呢?蛰伏在莽莽黄沙里吗?还在等待春风唤醒、雨水润活吗?我知道初春时节的草原没法看,还是希望它一年四季常青,再也没有这么多的风,没有这么多的沙!这是我们的绿色明珠啊!

风沙和早春天气让我不识乌审召的真面目。后来我在创作报告文学《绿色壮歌》时,没有提及乌审召,对我来讲这不能不说是遗珠之憾。多年来,这已经成了我的一块心病,总想有机会再访乌审召,为乌审召写些什么。可眼下,鄂尔多斯入冬以来几乎没有下过雪,开春以后没有落过一滴雨,也不知毛乌素沙漠的草返青了没有?这时去乌审召,还是让我有些担心。我对老全说:"等草长起来了,我一定要去乌审召看看。"

转眼到了夏天,鄂尔多斯的旱情仍在加剧,还是没有一点雨水。听人说,鄂尔多斯西部的牧区草原的草都没有返青,全是枯的,几乎跟严冬季节一样。这天,我和市里几位作家受市领导之邀在成陵风景区的蒙古包内喝早茶。喝茶之间不由自主地谈起了鄂尔多斯的生态建设,重点又是渐行渐远趋于消失的毛乌素沙漠。

老全问我:"你去乌审召了吗?"

我说我还没有去。老全替我着急,说:"你等什么呢?"

我说我还有些事情。实际上我是被乌审召的变化搞得有些犹豫不决了。通过媒介,我知道乌审召那里已经成立了乌审召化工园区,并有数个投资几十亿的企业进驻。报载,一个什么年产百万吨二甲醚之类的化工企业已经投产。一想到当年的"牧区大寨"现在成了化工园区,我的心中就有些发紧。我对化工企业心存恐惧,它们给我的印象基本上都是高度污染环境的,是该毫不客气地关停的。

前些日子,我陪从北京、天津、保定来的兵团战友重返当年与沙漠苦斗的黄河湾。一路走来，战友们都对鄂尔多斯的变化赞不绝口，让我这个仍留在鄂尔多斯的老知青脸上很有光。我们乘车从一条沙漠公路往黄河边上走，只见路两旁的沙蒿爬满沙障，满眼葱绿，战友们都说沙漠比过去好看多了。

我说："今年天旱，要不更好看！"我正得意，眼前却出现了一片灰蒙蒙的碱湖，车也走上了一条坑坑洼洼的碱土路，立即颠簸开了。我也闹不清是修好的沥青路被碱面子烧坏了，还是铺油路时就把这段放弃了，脱口便说："哪来这么段破路？"

战友们笑着讥讽我："亏你还当过交通局局长哩。"

一辆辆汽车在这条堆满灰碱面子的土路上颠簸着，车轮带起乌灰的碱土面子。见烟尘滚滚而来，人们吓得赶紧关车窗。我看到碱湖边上有一个连院墙都要倒塌了的化工厂，厂房破破烂烂，高高的烟筒竟然还往蓝天上喷着乌黑的浓烟，跟装扮美丽的沙漠形成了极强烈的反差。

战友们都不说话了。

我闷了半天，骂了一句："这是啐在鄂尔多斯脸上的一口臭痰！"

说实在的，我真是惧怕工业化。

此刻，我直言不讳地向老全和那位领导表达了自己的观点。

领导说："你讲的那是初始工业，是对环境、对土地的野蛮掠夺和破坏。鄂尔多斯能走到今天，就是因为我们搞了循环工业。鄂尔多斯经济要发展，生态要恢复，就必须搞工业化。工业化与环境治理之间并不存在不可调和的矛盾，也不像你想象的那样你死我活。"

老全问："你说的循环工业，我们可不可以理解为绿色工业？就像'绿色乌审'那样？"

领导说："'绿色'应是一个文明的概念，它的本质应是和谐相处。工业与农业，与牧业，与草原、沙漠，与大自然，都应和谐相处。总之，我是一手要金山银山，一手要绿水青山。"

我问："假设只有一种选择呢？"

领导笑着说："我刚才说了，这是一种文明的概念。绿色文明是一种复合型的文明，它需要我们集中各个研究领域的最科学、最先进的思想、技术和成果。"

我想起了钱学森的沙产业理论，钱老讲的是知识密集型产业。

老全对我说："我觉得你还是快点去乌审召看一看。乌审召这个点既有历史的意义，也有现代的意义。"

领导也鼓励我说："你要去看乌审召，我给你安排。"

于是，我去了乌审召。

二、我们行进在"非典型化沙漠"里

车在起伏的绿海中行进着，若不是偶有黄色的沙碛出现，我不敢相信我们是行进在毛乌素沙漠里。15年前那条通往乌审召的旧道还在，不过已经换成了亮亮的黑色油面，路面非常洁净，被风吹得没有一点沙尘。路上，不时有野兔子机警地蹿过去，引得我们尖叫、惊喜。一路行来，原来大起大伏的黄色沙漠全铺上了沙蒿、沙地柏和各类沙生植物，就像一块块硕大的绿色地毯，从我们的眼前伸展到很远很远的天边。

我一路啧啧惊叹着：这哪是沙漠！

车不时停下，不是我攀上高高的沙梁远眺那无边的绿色，就是与我同行的《鄂尔多斯日报》摄影记者刘钢被哪片美景所吸引，咔咔地摁动快门，定格这永恒的绿色。刘钢的脸上现出抑制不住的兴奋，他告诉我，他也没有想到毛乌素沙漠竟然变成这样！

走着走着，天公作美，竟然下起了蒙蒙细雨。同行的市委副秘书长吴振清打趣地对我说："肖老师给毛乌素沙漠带来雨了。"

我知道今年冬春鄂尔多斯遇到了奇旱。这次我们能随着细雨一同来到乌审召，是一件让人非常惬意的事情。雨沙沙地打在沙蒿丛上，落在地柏滩上，使满目的绿色更透亮，更清新，更湿润。

汽车在雨雾中穿行，雨刷器轻轻刮开落在车窗玻璃上的雨水，车窗外还是绿色，一望无尽的绿色。我甚至产生这样的念头：若是能够看见一座金黄色的沙山，就能使绿色显得格外分明。吴振清和刘钢说他们也有这样的想法。

吴振清打趣说："肖老师，我们可不可以这样说，我们现在是行进在'非典型化沙漠'里。"

我一听不禁哈哈大笑。

"一日不见，现在还真有点想沙漠了。我们是不是太乐观了？这么美的地方搞什么化工园区呢？"

我不知道乌审召化工园区究竟是什么样子，会不会扼杀人们千辛万苦换来的满眼绿色呢？我怕再碰上黄河边上那样的让人倒胃的化工厂，那才叫人欲哭无泪呢。

离乌审召化工园区越来越近，我真的有些紧张了，不时向远方眺望着，生怕看到什么让人感到不舒服的东西。还好，仍是绿意浓浓，雨丝细细。我们来到了乌审召化工园区。透过雨帘望去，园区大路两侧花红草绿，一排排樟子松傲然挺立着，根本见不到裸露的沙丘。

我几乎是用挑剔的眼光审视着这个化工园区。最后，我不得不承认，这儿美丽得就像一个大花园。吴振清告诉我，化工园区动工时，他随市里的领导来过多次，这里原来是一片寸草不生的大沙漠。这个化工园区方圆50多平方公里，大约占整个乌审召流动沙丘面积的六分之一。现在，这里已经有博源化工公司、苏里格天然气化工有限公司等6家上规模的企业进驻。我知道吴振清说的上规模企业是指投资几十亿甚至上百亿的企业。

我们驱车来到博源化工公司的厂门口，看见许多白色的大贮罐并排立在厂区内，还盘绕着无数的铁管子。这些东西是现代工业的标志，可我感到这些钢铁组成的东西有些刺眼。厂区人很少，只有几个警卫在厂门口把守着。这时，乌审召化工园区管委会的陈主任迎了上来。他说已经替我们登记好了，陪我们进厂参观，并且提醒我们进厂区需要关闭手机。我听了头皮有些发麻，咋这绿油油的大漠里出了这么个易燃易爆的危险地方？我早就说过，我惧怕工业化，它的确让人心生恐惧。

我关了手机，又检查了一遍，还是不放心，索性把电池取出来了，这才跟着陈主任走进了博源化工公司的厂区。厂区里除了钢铁，就是林木花草。厂区道路的两侧全种了绿油油的沙地柏，沾扑着细细的水珠，显得生机勃勃。我忽然感到厂区的绿色环境与冰冷冷的塑钢厂房、钢铁管道、几十米高的白色贮气罐搭配得十分自然与和谐，甚至是相得益彰。

一个30多岁的年轻人负责接待我们。他戴着一副眼镜，显得文质彬彬，身上书卷气很浓。陈主任说他是这个工厂主管技术的副老总。他冲我们笑笑，便带我们到厂房参观。他非常认真地给我们讲二甲醚的提炼过程，只是太专业了，我根本听不懂。他只得用易懂的话告诉我，二甲醚是从天然气和煤中提炼出来的，是石油的替代产品，属于新型的清洁动力能源。

陈主任告诉我，这个年产百万吨二甲醚的项目是打造鄂尔多斯新型能源基地的重要举措。二甲醚在燃烧时不产生工业废气，十分环保，是石油的最佳替代品。二甲醚的确是个好东西，可我关心的是提炼二甲醚对周围环境的影响，比如说工业废水的处理……

陈主任笑了，脸上显得十分淡定和自然，他说："我正要带你们去参观，看看污水出厂后的样子。"

陈主任告诉我，经过处理的污水排放地离厂区还有五六公里远，只得开车去了。我和陈主任上了一辆车。他在路上告诉我，乌审旗旗委、政府在4年前确定了"以人为本，建设绿色乌审"的战略，明确提出"用集中开发利用1%的土地换取99%的生态恢复和保持"，强调在推进工业化的进程中治理毛乌素沙漠。他们之所以把工业园区选在乌审召的大明沙地段，就是鉴于旗委、旗政府这样的发展思路。一句话，把草场、良田留给农牧民，把流动的大明沙交给企业治理。

陈主任颇为动情地说："乌审召人与毛乌素沙漠苦斗了60多年，不容易，现在该得到回报了。我们不能干与民争利的事情！"

我的眼前出现了一个深绿色的湖泊，水面很宽，足有5平方公里。湖边的沙地上长着茂密的青草，里面几个躲雨的小水鸭子见车过来，嘎嘎地鸣叫着游进了湖里。水波荡漾，清风徐徐，绵绵不断的雨点敲击着湖水，泛着浅浅的涟漪，一圈接着一圈，十分养眼。雾蒙蒙的湖面上盘旋着灰鹤、捞鱼鹳之类的鸟儿。不时有水鸟扎进湖水里，长嘴里衔着鱼儿冲出水面……

这样的美景让我非常感慨，怕是在江南也很难找到这般静谧的去处。陈主任告诉我:"你不是要看工业废水咋处理的吗?这个沙漠湖泊就是博源化工厂经过处理的污水汇集而成的,水质完全达标,现在可以为园区的绿化提供充足的用水。湖里的鱼类和水生物,湖边的水鸟,还有湖岸边的青草就是最尽职的水质监测员。"

我们都为这片蓝色的水面而倾倒,啧啧赞叹。

"秋天时,还有一些白天鹅来落脚哩!引得人们跑老远来观看。"乌审召化工园区的一位工作人员告诉我们,"过去这地方就是块寸草不生的灰碱地。风一起,灰碱面子乱飞。时间久了,人的头发都是黄的。咋敢想白天鹅哩!"

人们笑了起来。

抚今追昔,我也不禁好生感叹。

我问陈主任:"园区中的企业在环保这块的投入一定很大吧?"

陈主任告诉我:"根据旗委、旗政府定的'生态立旗'原则,在推动工业化进程中,在园区招商引资时,坚决实行环保一票否决制。入园的门槛高了,所以进驻园区的企业都是上规模的环保型清洁能源企业。这些现代化的循环经济企业的环保意识、生态意识都特别强。现在,这些企业都有自己的环保公司、绿化公司。我们这个园区每年用在环境治理方面的投入都在2亿元以上。只有这样,1%的工业用地才能保证99%的生态恢复。目前,我们园区控制的55平方公里的沙漠全部披上了绿装,恢复了生态。这些企业的生态公司、绿化公司还可以为乌审召的农牧民提供许多就业岗位。一定要保证树绿草青,人有钱赚!春季植树种草时,公司用的日工的工资都达到了130元左右。有的牧民说,过去治了那么多年沙,都是贴工贴钱,现在这是咋了?栽树苗子种草还有现钱挣,沙巴拉地里挖出宝来了。"

他所说的"巴拉地",就是人们常说的沙湾子,一般是在两座大沙丘之间。过去,乌审旗的农牧民都在巴拉地上开小片荒。

我想,这就是公司的力量!

乌审召工业园区的企业治沙模式告诉人们,既然治沙是个产业,就应当用产业化的标准来规范治沙产业。也许人们会得到这样一个启迪:只有当工业化思维进入生态领域时,生态建设才会发生质的革命。

陈主任还兴致勃勃地带我们去参观博源公司的培训中心——博源商学院。这所商学院非常别致，全是仿唐式的建筑，深蓝色的琉璃瓦顶，灰色的校舍，让人感到如同踏入仿唐建筑保留得比较好的日本。徜徉在这集会所、教学楼、学员公寓、假山、小溪于一体的雅静校区内，你仿佛嗅到从这古色古香的建筑中透出的浓浓书卷气。真不敢相信，3年前这里也是一片荒漠。

在毛乌素沙漠里建起这样的学府，可能是乌审召人过去做梦都不敢想的事情。看着建在沙漠中的现代化工厂、幽静的商学院，我不由得感叹：变了，毛乌素沙漠真是变了！

陈主任带我走向了一个绿色的沙丘，说站在上面可以俯瞰整个工业园区，可以更直观地了解工业园区的全貌。我们向沙丘上走去。刘钢早跑了上去，举着照相机不停地拍照。

我站在沙丘上远眺，一座座现代化的工厂在绿油油的毛乌素沙漠中显得分外醒目。厂房设施大都是银白色的，静静地立在那儿，就像是一尊尊以现代工业为题材的雕塑，看上去非常大气，而且，它们以远处的沙漠、绿草、蓝天为背景，这画面又显得非常温柔和谐。

我想起自己来乌审召时的犹豫不决，感到有些可笑。在我的潜意识里，工业化是个冷冰冰的东西，在创造财富的同时，也在张开血盆大口，吞噬着文明、传统、人情、环境。像许多作家一样，我也对工业化存在着莫名的恐惧，对其敬而远之。我们在默默地享受、承受着工业文明带来的一切时，心中还恪守着恬淡的精神家园——那个渐行渐远的东西。今天看了乌审召化工园区，我才忽然发现工业设施与环境可以组合得这样美，这样让人心动。循环经济正在颠覆着传统工业带给我们的可怕的环境梦魇。

三、你说，把它恢复成原样？

当我回头准备走下沙丘时，却有了重大发现，禁不住惊叫了起来。我发现在我背后不远处竟然还隐藏着一个随沙丘走势起伏跌宕、错落有致的高尔夫球场。我像一下子掉进了五里雾中，有些懵懂，以为产生了幻觉，揉揉眼睛定睛观看，真是一个相当讲究的高尔夫球场。绒绒绿草铺满了沙原，或柔缓舒展，或高低参差，显得高贵、典雅。在这一刻，这片绿色沙原在我的眼睛中得到了升华——神话般的升华，似乎离毛乌素沙漠还很遥远的城市化就像一位美丽的仙女悄然降临到了乌审召。

我问陈主任："咋想起在沙漠里搞个高尔夫球场？"

陈主任告诉我："随着乌审旗境内的资源开发，园区要做大做强，到2010年还要有10多家世界级、国家级的大企业进驻园区，投资额度恐怕不能用百亿计算。因此，园区的配套设施和文化设施要与世界接轨。这个高尔夫球场是我们国家第一个建在沙漠腹地的国际标准化高尔夫球场。它既改造了沙漠，又搞了绿化，而且还提高了园区品位。我想有些大老板、企业CEO、高级白领乘飞机来打沙漠高尔夫，也不是什么大不了的事情。这里交通非常方便，东有鄂尔多斯机场，南有榆林机场，西有宁夏机场，北有包头机场，都在300公里半径内。我可是以乌审召为中心画圆的……"

说到这里，他哈哈大笑起来。我能听得出那份骄傲和自信。

他说："另外，我们也想给沙漠文化打造一个极品，定一个标高，毛乌素沙漠还可以这样搞。"

大手笔、眼光长远的乌审召人啊！半个世纪前，这里出了个宝日勒岱，"牧区大寨"声名远播，引领着一个时代的中国荒漠化改造。现在，乌审召人将循环工业和城市文明引进了毛乌素大漠，正在书写着沙漠步入现代化的辉煌篇章！

我望着这座漂亮的沙漠高尔夫球场，见绿色的草坪上有一辆高尔夫车缓缓驰过，车上坐着几个身穿高尔夫运动衣的人，正在兴高采烈地交谈、指点，似乎在评判着眼前的一切。我听不到他们在说些什么，但能感受到他们一定像我一样，对眼前的毛乌素沙漠充满了好奇、惊讶。

可这惊人变化，不过是用了短短3年多的时间。

一跃逾千年，乌审召换了人间。我和同行者不禁对乌审召的今昔巨变感慨连连，都称赞乌审召人改造毛乌素沙漠出手就是大手笔。

"你们千万别再夸了，咳！"陈主任叹了口气说，"我这高尔夫球场也遇上麻烦事了。"

"麻烦?"

"你说哪一级领导不知道这个高尔夫球场?哪个来了不夸奖?挥几杆子打两洞的也不少见。我以为这就算有了许可证哩!可前些日子忽然来了个上面的检查组,硬说我们这个球场违规。"

我问:"哪个上面?"

他说:"人家是联合检查组,专项清理高尔夫球场,来头大得很,北京的、呼市的、市里的人都有……要说,咱这高尔夫球场手续是有点不全……"

我问:"补办手续不行?"

他说:"我也是这样想啊,可检查组的人态度强硬,非要让我们恢复原样。我一听傻眼了,愣怔了半天。他说要恢复原样?好,既然要恢复原样,咱先得看看甚是原样吧?"

陈主任带检查组的人去了一片大沙漠,那是原汁原味的沙漠,满目荒凉,沙山高矮不一,一座接着一座,俨然进入了一片死亡之海。检查组的人这才知道什么叫沙漠。原来他们还以为绿草青青、湖光水色的乌审召化工园区就是沙漠呢!

陈主任对检查组的人说:"这就是原样!"

面对沙漠,检查组的人无语了。

我问:"现在怎么样,他们不再坚持恢复原样了吧?"

陈主任说:"现在我们正在给有关部门报一些补充材料。咱不能以为治理沙漠情况特殊,就啥都有理了,该办的手续咱还得办,该报的材料咱还得报。"

我说:"我原以为你让上边的人看看原汁原味的沙漠,人家就放你一马了。"

"哪能呢!人家缓期执行,给咱个补救的机会,我就阿弥陀佛烧高香了!"陈主任笑道,"关键是用水。咱的高尔夫球场用水主要来自工业园区的循环水。当初建高尔夫球场考虑的也是污水净化的有效利用。这高尔夫球场要是与人畜争水,我这关就过不去!"

我想陈主任讲得有道理。水永远是第一位的,是资源,是宝贝。对水的循环利用,是乌审召工业园区赖以生存和发展的保证。

陈主任告诉我："沙漠越治理，以后各类建设项目就越难批，征用土地就越难。前些年有陕北、宁夏的人跑进这沙窝窝里建了小焦炭炉子、土炼油炉子，一干多少年。别说管理部门，连这里的农牧民们都不知道。过去的沙漠太荒芜了，现在的毛乌素沙漠反倒成香饽饽了！真是'三十年河东，四十年河西'。"

人们大笑起来。

我相信陈主任说的是真的。据我所知，过去隐藏在毛乌素沙漠里的土炼油炉、土焦炭炉太多了，要想全部发现它们，除非用飞机低空侦察。

想到这里，我又记起了一个故事，也是关于戈壁、沙漠的，几乎就是一个传说。在新疆解放时，一群国民党溃兵无路可逃，最后窜进了罗布泊沙漠，不见了踪影。直到1964年进行原子弹试验，侦察飞机奉命对受爆炸影响区域做最后一次低空搜索时，才发现这群已在戈壁、沙漠中生活了15年的国民党溃兵。最后还是用直升机把他们运出了罗布泊沙漠。

我还是想见识一下没有改造过的大沙漠。到了乌审召我更明显地感觉到，以后再见大明沙怕是不那么容易了。也许再过两年，毛乌素沙漠就会成为一个传说。

风从草原走过，

吹散多少传说……

腾格尔就是这样唱的。

我想，趁传说还没有被吹散，我得赶快再见识见识大沙漠。

于是，我对陈主任说："能不能带我去看一看你说的那块大沙漠？"

陈主任说："那有甚看头？你又不是检查组的。"

我说："来一趟乌审召，不能光看'非典型化沙漠'吧？吴秘书长，你说是不是？"

吴振清对陈主任说："又不是啥宝贝，你老陈还怕人看啊？"

人们又笑了起来。

老陈带我们去看大沙漠。从这里往东驱车走了大约有半个小时，才渐渐进入到黄澄澄的大沙漠里。放眼望去，沙山逶迤，沙浪起伏，浩浩漫漫的荒漠没有任何生命的迹象。

我想，这才是真正的沙漠！

车走着走着，柏油马路没有了，于是停在了一座高耸的沙山前。这里好像在修公路，在漫漫黄沙中，有几台推土机在推着大明沙。我判断他们是在推一条路基。

陈主任说："没错，是在修路。可以这么说，乌审旗的每一条路都是穿沙公路。我们得抓紧把路修通，看来还得再上几台推土机。"

我们从车内走了下来，远眺这片荒漠。

吴振清问："看这架势，这块荒漠是不是也规划了？"

陈主任说："这块地划给中国煤炭总公司了，要上煤化工，总投资上百亿。这可是央企，中国煤炭工业的巨无霸。我这不是正在抓紧打通道路？明年中煤就要开进来了。今冬明春还得完成路两侧的立体绿化带。不管是任何项目都得边建设边绿化，这是旗委、旗政府的死规定。领导多次强调，乌审召工业园区上项目必须严格保证，要用1%的工业用地换取99%的生态治理！"

我想，这的确是个推进生态建设的好思路，用工业化带动生态建设的产业化，具体说是用上项目推动生态恢复。这可能就是乌审旗旗委、政府推进毛乌素沙漠治理时独创的。我明显感到这是推进"绿色乌审"建设的有力抓手。我相信按着这个思路发展下去，这里也会像建成的乌审召工业园区一样，实现创业者最初设想的"厂在绿中建，人在林中走，水在园中游，鱼在水中游"的情景。这并非是乌审召人浪漫想象中的乌托邦，而是今天确实存在的和明天将要实现的。

我们都为这个即将动工的煤化工项目祝福。

陈主任道："咳，我现在担心的是，要是明年检查组再来，我可真不知道该给人家看点甚了。"

老陈还在想着他的高尔夫球场。按说，高尔夫球场与毛乌素沙漠这本应是风马牛不相及的事情，现在却鬼使神差地联系在了一起，搅动着老陈的脑海。

我与老陈告别时，真心祝福老陈的高尔夫球场好运，也衷心祝福毛乌素沙漠走向现代化。

这次乌审召之行，使我下决心把气力定在"绿色乌审"的采写上。

我坚信：毛乌素沙漠有故事。

我望着眼前的毛乌素沙漠，暗想，也许我走进了一个故事的海洋中，随手掂一朵浪花也许就是一个动人的传说。

四、真的，兀其高的沙漠咋就没了？

两年多来，我多次走进毛乌素沙漠，想要亲眼看着那些残存的一座座大明沙低下不驯的头，像被驯服的野马一样老老实实地被牧人套上笼头。我发现，越是大的明沙梁越是孤单，已经失去了狂躁、咆哮、飞沙走石的凶悍，只得穿上人们为它精心缝制的绿装，慢慢汇入"绿色乌审"的浩浩绿海之中。

我知道，毛乌素沙漠的悄然隐退，在乌审大地已经开始了倒计时。我在想，能亲眼看到一块块沙漠慢慢消失，那是一件非常有意义而且惬意的事情。

在乌审旗看沙的日子里，我徜徉在绿意盎然的陶利滩上，在好客的牧民家里与牧人们大碗喝酒，倾心交谈，放声高歌，纵情跳舞；在无定河边的农户家里，我们盘腿而坐唠家常，古往今来，无所不谈。我能从毛乌素沙漠中触摸到鄂尔多斯人的生命轨迹——他们千百年来与这块沙漠共舞共歌、共生共荣，先人的骨殖溶化在这里，先人的音容笑貌嵌刻在这里，先人的魂灵福佑着这里。毛乌素沙漠已经是他们生命的一部分。

在这里，我不敢说自己像乌审旗的鄂尔多斯人一样与毛乌素沙漠休戚相关，但我能从毛乌素沙漠的变化中看出时代的变迁。这里的每一株树、每一棵草，都会轻轻絮语，向我叙述沙漠里发生的故事。毛乌素沙漠是有生命的，在我眼中它的重叠波纹就是生命的年轮。每当我从它的身边经过时，我都能感受到它的生命律动。

我还搜集、整理了有关毛乌素沙漠及乌审旗的历史、文化、农牧林业、工业、地理、地质等各式各样的资料，伏案阅读了足有上千万字，初步晓得了毛乌素沙漠的黄与绿、红与黑。我敢说，毛乌素沙漠在我的眼中是有历史底蕴的，也是丰富多彩的。

为了立体地掌握乌审旗一带毛乌素沙漠的状况，把毛乌素沙漠看得更清楚，两年多来，我从不同的方向穿越毛乌素沙漠进入乌审旗。从东胜出发往乌审旗走，最便捷的是走包茂高速公路，过成吉思汗陵再西行，上兰深公路，直达乌审旗嘎鲁图镇，这可见识乌审旗的东部沙漠。为了看乌审旗北部的沙漠，我从东胜往西过杭锦旗，然后穿越乌审旗的北部沙漠，至嘎鲁图镇。为了看乌审旗的西部沙漠，我从东胜到鄂托克旗，再由鄂托克旗穿越乌审旗西部沙漠公路直达嘎鲁图镇。为了看乌审的南部沙漠，我绕道陕北榆林市，走定边、靖边县，然后掉头往北，直达无定河，过苏力德草原，到达嘎鲁图镇。

"嘎鲁图"是蒙古语，译过来就是鸿雁。这是个浪漫而充满诗意的名字，能给人以充分的想象。这个以鸿雁命名的小镇，现在是乌审旗人民政府所在地。这里刚解放时只是一个居住了几百人的小土围子。据老辈人回忆，那时土围子设有城门，还有旗兵把守，以防兵匪和盗贼。60多年过去了，现在这里已是一个美丽的初具规模的现代化城镇，有常住人口5万余人。镇长自豪地告诉我，这个镇包括城市、沙漠、草原、农村，方圆有2475平方公里。他热情地领我参观了镇区所辖的草原、沙漠、城市。在路上，他告诉我，2009年8月，有联合国人居署和亚洲人居署人员参加的中国房地产及住宅研究会人居环境委员会会议将乌审旗定为首家"中国人居环境示范城镇"。我知道这个会议，在我自己独自看沙漠的时候，这个有高官、国内外专家参加的会议的代表们正在浩浩荡荡地参观乌审旗的"非典型化沙漠"。

把首家"中国人居环境示范城镇"放在毛乌素沙漠里，可见乌审旗推进城市化进程的过人之处和"绿色乌审"的魅力所在。在2009年7月26日发布的《第九届全国县域经济基本竞争力与科学发展评价报告》中，乌审旗位列西部"百强县"的第33位。

媒体报道这个消息时称：

> 乌审旗虽然地处中国版图西部的毛乌素沙漠腹地，但这里并不是一片贫瘠的黄土地。事实上，乌审旗自上世纪50年代就因植树造林、

抵御风沙、改造自然环境，与大寨齐名，有"农业学大寨，牧区学乌审召"之称。但在随后改革开放的若干年里，却逐渐在全国人民的视野中淡出，直到最近几年，一批资源能源企业在此聚集，才重新唤起了人们的注意。

这样的报道一看就是北京的大记者写的，高屋建瓴，俯视全国，有可能连毛乌素沙漠都没有来过，挥笔就给乌审旗定了位。不像我辈，眼睛就盯住毛乌素沙漠，一连几年都不放。

可这块沙漠让我咋看也看不够，而且还把观沙的乐趣、发现传递给我的朋友们。我曾多次对战友丁新民等人说："毛乌素沙漠在乌审旗可扛不了几天了，书记带着他的全旗人马，快把毛乌素沙漠收拾完了。"

丁新民是鄂尔多斯东方路桥集团的老总，30年前在当时的伊盟公路勘测部门当书记。他熟悉毛乌素的沙漠公路，几十年来不知穿越过毛乌素沙漠多少次。现在鄂尔多斯沙漠上的许多道路，都是他当年带着勘测队员一步一步勘测出来的。

老丁非常有把握地对我说："我知道哪儿有大沙、明沙。乌审旗的路我熟，有时间我和你一同去找、去看。"

2010年夏天，我和丁新民等人在乌审旗转来转去，像找宝贝一样寻找着大明沙。走来转去，像样的明沙没有见到一处，倒是见到了多条新修的沥青油路穿行在绿色覆盖的毛乌素沙漠里。我们都有些吃惊。老丁现在是鄂尔多斯路桥建设的"大哥大"，我在鄂尔多斯交通部门供职也有30多年了，我俩都是"交通人"，竟然都不清楚这些路究竟是何人所修。现在乌审旗境内的毛乌素沙漠已是网格化，而这些网格就是由四通八达的道路构成的。这是在"绿色乌审"建设中实施的以旗府嘎鲁图镇为中心，辐射全旗镇、区的半小时经济圈的公路网。这样的公路建设格局，就是把毛乌素沙漠切割成块，便于人们对毛乌素沙漠进行有效治理。还有横穿毛乌素沙漠的鄂尔多斯南部铁路。从某种意义上来说，这些都已经成为"绿色乌审"工业化治沙的重要组成部分。

老丁说："那么兀其高的大沙漠好像就在我眼跟前晃荡着，可你真要找它还真费劲了。"

同行的人都有同感：真的，那么兀其高的沙漠咋不见了？

在嘎鲁图镇我们见到了乌审旗旗委书记。

书记见面就问我："听说你在旗里转悠两年了。有什么建议，给我们提提？"

我开玩笑地说："这得跟书记大人单独请教。"

老丁说："这两年，老肖总是跟我说毛乌素的沙漠快让你们给治没了，我还不信。以往也没少来乌审旗，坐在车上，总觉得还是走在毛乌素沙漠上，可真的瞪大眼珠子一找，没了！"

我们都笑了。

书记说："好多人都有这样的感觉。我们常年身处这个过程中，可能感觉就不像你们那样强烈了。全旗范围内大的明沙还是能见到一些的。乌审召就还有不少，你有时间可以去看一看。"

五、隔壁雇日工都给到 160 元了，他还给 140 元

我再次去了乌审召，旗绿化委的主任邵飞舟与我同行。邵飞舟是乌审旗的"老林业"，提起乌审旗的林业建设如数家珍，让我学到了不少的林业知识。他有些不明白，别人来乌审旗都是看绿色，我咋非要找大明沙看。

我说："我也算是咬定沙漠不撒口了。"

为了让我了解乌审召的治沙历史，邵飞舟先安排我参观了乌审召镇的"牧区大寨"纪念馆。在纪念馆里，我看到了许多文物和照片，尤其是宝日勒岱背着沙柳艰难攀爬高沙梁的照片，给我很大的冲击，由此感受到了当年乌审召人治沙的艰难和决心。我想看看这片沙漠，同行的人告诉我这片沙漠现在已经被规划进了化工园区。这让我感叹，当年的大沙漠只能存在于照片上了。

在乌审召，我终于见到了宝日勒岱他们当年栽下的"砍头柳"，现在粗壮得一个人都抱不过来。我抚摸这些老树粗皱的树皮，能体会到当年宝日勒岱他们在毛乌素沙漠上植树时的艰难。

邵飞舟说："1956 年旗里只组建了一个治沙站，几个国有林场是 60 年代

以后才慢慢发展起来的。宝日勒岱他们植树时,整个乌审旗都没有树苗子,想栽树,要拉上骆驼翻越几百里大沙漠去陕北榆林买。那时,沙漠上哪有路,唯一的路标就是牲畜的粪蛋子。行路的艰辛就不说了,就是号称'沙漠之舟'的骆驼来回驮一趟也得半个月时间。"

乌审召镇党委书记张志雄接过话说:"树苗子是活物,娇贵啊!"

张志雄听去榆林拉树苗子的人讲过,为了保湿,每棵树苗子的根部都得用湿麻布捆绑着,路上遇到水洼子就把树苗子放进水里浸湿。就是这样,还有不少树苗子不等回到乌审召就让黄风吹成了干柴火。树苗栽下后,浇水跟不上旱死的和被沙埋的太多了。好不容易长出树芽了,又有被牲畜啃死的。这些树都是经过九死一生才存活下来的。

我觉得这一排排大树都像是坚强的战士,都是那个时代的见证。我对张志雄说:"现在应当把这些树都保护起来,这是当年'牧区大寨'的活文物。"

他告诉我:"2011年,我们已经对乌审召庙区的十几棵古树进行了保护复壮。当年宝书记他们栽的这些树,树龄也就50年,正值壮年哩。我看以后挂个牌子或立块牌子,告诉人们这就是当年宝日勒岱他们栽的树。我在大会小会上没少说,咱不论到什么时候都不能丢了当年治理沙漠的革命精神。"

谈到乌审召镇的生态建设,他说:"随着乌审召镇工业化、城市化的推进,对环境要求比过去高了许多。我们以后还要在美化环境上下些功夫,把镇区搞得漂亮一些,绿化中有美化,美化中促绿化。今年春天,镇上光购买万寿菊、牵牛化等景观化木就用去了110万元。另外,投资200多万元,在道路两侧栽种了樟子松、旱柳等优质树种。近几年,镇上用于生态治理的投资已经达到8600万元。"

张志雄说话慢悠悠的,说到投资、上项目,他先说少的,老鼠拉木锨——大头在后面。

我问他:"镇上财政收入如何?"他说:"今年能上5000多万。"我说:"你现在可是财大气粗了。"他连连摇头说:"别说比市里,就是在全旗范围内比,我这儿还不行。现在不说别的,光镇里市政这块投入每年都得上千万。'十二五'期间,若镇财政收入过不了亿,我这儿的速度就得慢下来。"

听着张志雄说的几千万、上亿的收入与支出，我感到乌审召真是富裕了。

我告诉他，我看过一个资料，1976年，乌审召公社牧业总产值才42万元，这已经是全旗产值最高的牧业公社。产值才42万，能有什么财政收入？

他说："当时是穷得不行，可乌审召人穷志不短，硬是打拼成了闻名全国的'牧区大寨'，精神财富富裕着哩。到现在我们还是受益无穷。我常给镇上的干部职工讲，咱不管什么时候都得继承乌审召的光荣传统。今年春天，我们组织干部群众进明沙梁里义务植树，大家在明沙梁里苦干了半个月，全镇义务植树3000多亩。咱乌审召咋绿的？就是这么一棵棵栽绿的！"

我说："我这次是来看大明沙的。"

他说："镇上现在办了个生态旅游公司。来乌审召旅游的人不少，他们的生意还不错，因为人们都想看看乌审召，看看大沙漠。只是近处看不到大明沙了，这多少让大地方来的人感到有些不便利。"

我说："越不便利越好。真要还是遍地大沙漠，也就没人来了。"

他笑了起来，说："没错，你坐上我的车，我得带你去看看咱乌审召的大明沙。"

我上了他的丰田越野车。他驾车一直往西开去。我俩在路上愉快地交谈着。他告诉我："现在还能看，沙漠里风不大，回去洗把脸就行了。春天在沙漠里植树时，沙子粘在头发上，每天回来用两盆水都洗不干净。"

我说："我也在毛乌素沙漠里待过，知道那滋味。"

我告诉张志雄，2010年乌审召化工园区的陈主任陪我看过块大沙漠。他问我是不是东面那块，我说是的。张志雄说2011年中煤已经在那儿搞场平了，我要再去老陈那儿看沙漠，他可真没有给我看的了。

通过聊天，我才闹懂了乌审召镇是一级政权，乌审召化工园区管委会是乌审旗人民政府的派出单位。现在，张志雄还担任化工园区管委会的党委书记。他说旗委这样安排，主要是为了协调园区内的化工企业与地方政府、农牧民之间的关系。实际上，他的精力主要还是用在镇上。

张志雄说："现在全乌审召镇的生态治理总面积已经达到近200万亩，生态恢复面积也在200万亩。另外，还实施了40余万亩退牧还草项目。"

我说:"我只知道退耕还林、禁牧轮牧,对退牧还草还是知之不多。"

张志雄解释说:"退牧还草就是人、畜彻底从草场退出来,实行人上楼,畜进棚。这样,草场就可以得到休养、恢复,提高草的高度、密度,几年下来,你再来看……"

他对乌审召的未来充满了信心。

"人上楼,畜进棚。"张志雄似乎是不经意间讲的,但我知道这句话的背后必须有强大的产业化做支撑。只有工业化、城市化进入到毛乌素沙漠时,人们千百年传承下来的生产、生活方式才会发生改变,而维系这种生产、生活方式的土地也才会发生相应的改变。毛乌素沙漠是农牧业文化遗留下来的产物。不改变传统的农牧业生产方式,沙漠就不会得到改变。也许,工业化是沙漠的克星。

他讲起了乌审召镇生态移民小区建设,他说:"2010年镇上就开始建设生态移民小区,2011年完成配套,已经有牧民搬进了小区。要不,咱们去看看移民小区?"他说着就要拐弯。我急忙说:"咱不是说好去看大明沙吗?"

我俩哈哈大笑起来。

他把车开下了公路,拐进了一条简易土路,穿行在苍茫的寸草滩上。草原显得很开阔,开阔得有些单调。绿色,都是无尽的绿色。张志雄说,过了这片草原,就能见到明沙了。果然走了一段路,在草滩上见到了一块块黄澄澄的明沙,每块都不大,有足球场大小,像积木一样东一块、西一块地散落在草地上。张志雄说,再往西就能看见连片的了。后来虽然见到了连片的明沙,但与我记忆中的沙漠相差甚远。我有些失落,但那是高兴的失落。

他像是安慰我:"再一直往西还有高的、大片的,就是没有路了……"

我望着这片沙漠。沙漠上有推土机轰轰作业,边上有许多人影晃动。我不知道这是在搞什么样的项目。也许过不了多久,连这样的沙漠也见不到了。

张志雄用手比画着眼前的明沙对我说:"我们可不想把这块沙漠简单地染绿了,我们要让它出大效益。"

原来,镇里在这里规划了万亩樟子松基地,已经开始动工了,眼前的那些推土机正在平沙。明年樟子松基地就要建成,而且全部上喷灌,3年内就可以出苗。现在沙漠边上已经有了零零散散的小规模的樟子松苗圃，有些已经有了收益。

我说："咱们去看看？"

张志雄带我去了沙漠之间的一块巴拉地。现在这里已经建成了一个樟子松苗圃，松树苗绿油油的，有四五十厘米高。一群女人正在往外移苗。苗圃边上有两辆汽车，车上装着松树苗子。地边上还停着几辆小汽车，我有些奇怪，不知是什么人用的。邵飞舟说人们开着小汽车种地的多了去了。

张志雄问在地里干活的一个女人："咋这么矮的苗子就往外卖了？"

那女人说："领导，我是打工的，这事你得问老板。"

张志雄说了一个人的名字，那女人笑着说："就是他。隔壁那块苗子地雇日工都给到160元了，他还给140元，看娘娘明天敢给他转场不！"

转场是指倒地方。日工140元人们还骂娘，应当算是幸福的嬉骂了。

那女人一面嬉骂着，一面忙忙碌碌地干着活。

张志雄打了个电话，看来是找到了这块苗圃的主人，训了一气，然后放下电话说："我早给他说过，到明年这苗子就能长到80厘米，和现在出苗相比，价钱能多出一倍，可他架不住人家央求，30多元一株就给卖了。"

我问："一亩地能出多少松树苗子？"

邵飞舟说："千余株应该没有问题。现在樟子松苗子供不应求，有多少市场吸纳多少。鄂尔多斯绿化面积广，树苗子太缺了，现在东北的松树苗子不停地往这儿拉还不够用。就是东北的苗子不太服鄂尔多斯的水土，不好侍候不说，成活率还有些低。当地育的松树苗子，皮实好活，市场前景好。现在旗里搞50万亩樟子松育苗基地，就是瞅准市里和旗里的绿化市场建的。"

我问："他们育苗经济效益如何？"

张志雄说："咱们算个账，1亩就按1000株计算，每株30元，就是3万元。这1万亩的产值是多少？3个亿！你说这块沙漠是不是聚宝盆？现在人们抢着开发荒漠，为甚？因为这里面有利。有利才能吸引投资，人们才有积极性，才有主意，有办法。这事我可是琢磨上了。我在乡镇干了快20年了，知道问题出在哪里。过去咋治不住沙？主要是净当贴面厨子了，人们积极性咋能长远！

远的不说,就像咱乌审召,六七十年代那可是全国出了名的'牧区大寨',也没能治住穷。你们说是不是?我看现在旗委、旗政府提出'绿富同兴',这才挖在了事物的根子上。"

邵飞舟也说:"现在的产业化治沙是用提高经济效益拉动的,一面治沙一面治穷。沙漠绿了,人也富了。绿富双赢才是真正可持续的科学发展。"

我望着眼前的沙漠,想象着两年以后这里就会成为万亩樟子松苗圃,不光出绿,还能滋生财富,成为乌审召人的生财之地。

张志雄拉我到了他的移民小区。这个小区在镇的东面,已经建起了10多幢6层楼房,看上去很漂亮、气派。我打量着这片小区,觉得即使把它搬到任何一个城市,也丝毫不逊色。张志雄说:"这个小区安置的全是退牧还草转移的牧民。"我问:"牧民需要交多少钱才能入住?"张志雄说:"全部是免费住房,而且是精装修。就是这样,牧民们还不愿意住楼房呢!咱镇上的干部还得磨破嘴皮子动员他们上楼。要说,这也怨不得牧民。你想,祖祖辈辈住在草地上,牧马放羊,清风凉爽惯了,现在忽然住到了楼上,咋好适应?"

张志雄指着一幢漂亮的大楼对我说:"这是已经落成的社区服务中心,里面图书馆、会议厅、党员活动室、娱乐室、健身房、卫生站等一应俱全,幼儿园马上也能投入使用。这些配套设施完善了,就更能吸引牧民入住了。"我问他:"现在住进人了吗?"他说:"今年已经搬进了百十户,明年就能全部入住。我让镇上的干部和新分来的大学生全部深入到住户当中,每个人包几户。连教他们如何使用卫生间,你都得考虑到。"

张志雄他们考虑得很周到,但我有些担心:上了楼的牧民能适应得了现在的生活吗?他们的生活来源是什么呢?张志雄想领我走几户看看,我说下次吧。这类移民小区将是我以后采访的一个重点。

说心里话,我是不愿意见到牧人的失落。这些呼吸惯了清风野气,放了一辈子牲畜的人,与草原、沙漠打了一辈子交道,忽然被封闭在这样一个狭小的空间里,那种不舒服甚至是痛苦,我是能够想象得到的。面对如此大的反差,我不知道该如何把握和反映。同样,对在草原、牧区快速推进的城市化建设,我也要有一个慢慢消化和适应的过程。

我与张志雄约定，一年之后，我还会来这个移民小区的。

六、我看还是叫毛乌素吧，这样，啥都有了

2011年夏天，旗委书记邀我在我家附近的一个茶楼里喝茶。我去时，他已经在茶室等我了，茶桌上还摆放着几份文件。

我握着他的手说："你可真是大忙人，请人品茶还不忘签阅文件？"

旗委书记无可奈何地笑笑，略显得有些疲惫。我知道旗委书记、县委书记在我国的干部序列中，是最有实权却又是最忙最累的一个职务。他说："下午市里开会，上午这段时间正好有空，咱们好好聊聊。"我开玩笑说："我也正想听听你这八年之痒。"旗委书记听后笑了起来。

我看着旗委书记。他中等个儿，人挺干练，才40多岁就已经有些谢顶了。他的脸虽有些发黑，但掩盖不住脸上的书卷气。这位毕业于内蒙古大学经济系的高才生，先后在当时的盟委办公室和盟统计局工作过。1995年经过"一推双考"，担任了伊盟统计局副局长。后又交换到黄河湾边的达拉特旗担任副旗长，主持政府的常务工作。40岁的时候来到乌审旗担任旗长，5年后接任旗委书记。

旗委书记兴致勃勃地说起"绿色乌审"建设。

他告诉我："'以人为本，建设绿色乌审'是2003年我刚到乌审旗工作时，和旗委书记包崇明同志及旗委、旗政府一班人经过将近一年的调研、酝酿，集大家的共同智慧，一直到2004年夏天才正式确定的发展理念。实际上建设'绿色乌审'不仅是生态理念，更重要的是在市场经济的前提下，以发展为第一要务，关注可持续发展，构筑以循环工业为核心的绿色工业、有机农牧业，以城镇新兴产业和文化旅游业为主体的生态性产业体系。同时，还包括了打造'绿色通道'、强调依法行政、建立诚信政府、全心全意为人民服务等内涵。"

我说："听你这样一解释，'绿色乌审'建设很有亲和力，能拉近旗委、旗政府和百姓的距离。这是不是人们常讲的亲民意识？"

他笑笑，呷了口茶说："我们为什么将'以人为本'放在首位？这既是'绿

色乌审'建设的基础,也是最终诉求。我们有了这个基础和诉求,再以科学发展为统领,以市场取向为发展动力,我们就能办成一些事情,办好一些事情。"

听他娓娓道来,我禁不住再仔细端详他,更觉得他像一位在学校育人多年的中学老师。就是这个看似普普通通的中年男人,带领10万乌审儿女喝退了暴戾千年的毛乌素沙漠。在人与沙漠的博弈中,旗委书记是一个幸运的胜出者。

我毫不隐讳地说出自己的观点。

他听后说:"实际上我是站在前人的肩膀上,也可称'前人栽树,后人乘凉'。乌审人民有半个多世纪的治沙防沙实践经验,当然也有教训。我们这届班子带领乌审人民在与沙漠的博弈中,吸取了以往的经验教训,尽量少走和不走弯路。我是'十五'末期来乌审旗工作的。当时乌审旗的植被覆盖率已经达到了70%,已经是很高的了。到2011年,植被覆盖率为79%。8年间平均每年提高1%还多。所以,我们的成绩是一点点累加的,集中了乌审旗人民半个多世纪的努力和付出。"

我有些疑问,说:"我也是老鄂尔多斯人了,20世纪末21世纪初也常来毛乌素沙漠工作和采风。按说70%的植被覆盖率应当是满眼皆绿了,我却没有这个感觉。当时觉得沙丘很大、很高,目及之处也是黄澄澄的。我在采访中提及毛乌素沙漠的变化,人们都说近几年明显感到一下子绿了,沙丘也矮了许多。"

他告诉我:"主要是观察的角度不太一样。过去,我们的公路是低标准的土路、油砂路,基本上没有标准路基,车溜着地皮跑,沙漠当然很高。现在是一级公路,路基提高了许多,你坐在车上看,是不是有点'一览众山小'的感觉?再加上植被覆盖,绿色满眼,柔和了许多,就不像过去的视觉冲击那么强烈。"

我说:"可能有那么一点点。"

他说:"沙海沙海,沙漠真的似海。比如说,你在岸边观海,就和乘船出海感觉不一样。'无风三尺浪',沙海也一样。"

我说:"我虽然乘车,可的确是在毛乌素沙漠腹地里寻觅沙漠。"

他问我:"你有没有什么新的发现?"

我告诉他："我的最大发现是我们熟悉的毛乌素沙漠真的没有了。"

他微微一笑说："我只能说是乌审旗境内的移动沙丘已经成为历史。我不知道你发现了没有，同样是植被覆盖，过去和现在有没有什么变化？"

我告诉他："我光顾寻找大沙漠了，真没有注意观察植被的变化。"

他说："过去毛乌素沙漠的防治，只可远观，不可近看。不知你还记不记得，过去沙漠上栽沙柳、沙蒿，远看绿绿的，可你到跟前一看，这些沙生灌木周围都是光秃秃的，还是一片片荒沙。这些沙柳、沙蒿都像贴上去的绿补丁，羊儿都是跑着吃。现在呢，这还是偷着放牧的农牧民告诉我的……"

我知道，乌审旗坚决实施禁牧、轮牧政策。旗政府和各苏木、镇都有强有力的禁牧办事机构，专门和草地上活蹦乱跳的羊儿过不去。在禁牧期间实施棚圈饲养，这些生性好动的羊儿都被限制在棚圈内，就像被关了禁闭一样。这就是人们常讲的"产羊不见羊"。现在，在变绿的毛乌素沙漠里，很少见到有畜群活动，偶尔见到也都是违背禁牧令而偷偷放牧的。

我看着他，暗想，这些偷牧的农牧民会告诉他什么呢？

他说："现在偷着放牧的农牧民告诉我，现在放牧不用跟着羊屁股跑了。过去羊儿吃沙柳、沙蒿，尤其是绵羊只吃高草，只能跑着吃，跑一天也吃不饱。一天跑上几十里地，羊肚子还是瘪的。你知道一只绵羊每天食用的鲜草量是多少吗？是6千克。可羊儿跑一天也吃不到6千克，可见我们草场的产草量是多么糟糕！而现在呢？刚出坡没多远，羊群就吃饱了，卧在地上不动了，正好被禁牧队员抓个正着。"

他说着笑了起来，问我："这是为什么？"

我有些茫然。

他解释说："用老百姓的话说，现在沙漠上高草、低草全有了，正好放牧了。这告诉我们什么呢？现在沙漠上的草的成分已经发生了变化。过去毛乌素沙漠只有防沙固沙的先锋草种，像沙柳、沙蒿。现在这些灌木丛下的沙地上已经有了像碱草、蒲公英这样的爬地皮草。现在的毛乌素沙漠既可远观，也可近看。有人对我说，羊儿关在棚里，闻见青草腥味儿，都快急疯了。我说疯了也没办法，要是把这些羊儿、马儿都放出来，用不了多久，高草没了，低草也没了。

我们的生态恢复了几十年，才有了现在这样子。这是几代人的心血啊！可破坏起来却快得很，不用几年，毛乌素沙漠就又回来了！生态立旗是我们不管在什么样的情况下都要遵守的铁律！"

我试探着问："现在乌审旗的牲畜保有量是多少？"

他告诉我："实施禁牧前，乌审旗的牲畜保有量是640401头只。现在的保有量是1749342头只，稳稳领先于其他旗、区，可以说是名副其实的牧业大旗。2010年农牧业的产值在全旗总产值中占5%，第二产业的产值占73%，第三产业的产值占22%。乌审旗现在可以说是牧业大旗，更是工业强旗。我们乌审旗是在发展工业化、推进城镇化的过程中，促进和推动了生态的恢复。如若没有工业化、城镇化，乌审旗境内的毛乌素沙漠不会像现在这样得到有效的治理。我们在资源富集区、生态脆弱区闯出了一条实施'绿富同兴'的路子！"

我兴奋地说："我想真实记录这个过程，并且想好了一个题目，就叫《寻找毛乌素沙漠》。"

他沉吟了一下说："我看叫《寻找毛乌素》吧，这样，啥都有了。"

我说："我在采访过程中，经常产生这样的错觉，这里真的存在过毛乌素沙漠吗？莫非是我们的记忆出现了偏差？我在整理、阅读过去的资料时，发现越是黄沙滚滚，人们越是高喊'人定胜天'，向沙漠进军。现在沙漠固定住了，人们反倒平和了许多，不是计算从沙漠中获益就是谈对沙地的规划。在谈到沙漠时，反而产生了几分敬畏。"

他说："也有人给我提议，说乌审旗的明沙不能再治了，沙漠全绿了也会出问题。我们根据中科院专家的建议，有意对一些沙丘实行了半固定，给部分沙地留下'呼吸的空间'，以减少植被对地下水的消耗。我也在琢磨，土地对林木植被的承载量是多少呢？也有一定的限度吧？尤其是我们这里的蒸发量远远大于降水量，林木植被过盛一定会影响地下水。所以，我们要逐渐淘汰一些用于固沙的先锋树种和草种，像杨树就不能再种了，因为它就像小吸水机，抽取着地下水。我们要种一些耐旱的樟子松、油松等。要建立自己的苗木基地，培育耐旱的树种。"

我说："我一路走来，在沙漠中见到的成规模的、不成规模的樟子松苗木基地太多了。也有成片旱死的，在绿油油的沙漠上，显得挺刺眼。"

他说："培育林木基地是近几年才成规模的，需要我们慢慢摸索。以后生态治理的重点，将是集中力量用于林分、草分的改造上，在效益上下功夫。在我们这里，防沙固沙那一页已经掀过去了，在沙漠上挖掘财富的时代正在开始。"

听着他娓娓而谈，我想起了钱学森的期望：要在100年内，在沙漠上挖出千亿产值。

告别时我又问他："你为什么要叫《寻找毛乌素》呢？我觉得还是叫《寻找毛乌素沙漠》更有冲击力。"

他说："我们通常叫毛乌素沙漠叫惯了，有专家一直称其毛乌素沙地。咱叫毛乌素，啥都包括了。"

我笑着说："再过几年，专家连毛乌素沙地也不叫了，会直呼毛乌素草原。"

他说："那岂不更好！"

第三章　青色雾霭笼罩的远方啊，那是牧人的梦想

一、萨拉乌苏有颗"中国牙"

距今7万年前，今鄂尔多斯地区温暖湿润，水草丰美，属于亚热带气候。在广袤的森林、草原里出没着数也数不清的扁角鹿、羚羊、披毛犀、纳玛古象、原始牛、野马、野驴以及虎豹豺狼等多种动物。天上地下，到处是欢跃的生命。

在这些动物中，有一种直立行走的，显得很另类，时常干出些让其他动物不知所措的事。动物们不知道他们是何时出现的。在动物们的原始记忆中，这些诡异的另类原本是些在树上蹿上爬下采摘浆果充饥的毫不出众的家伙。不知哪一天，这些家伙忽然下了树，在地上笨拙地行走、觅食，显得很滑稽，但是，

一有风吹草动就吱吱叫着蹿回树上。不知又过了多久，有一天，这些家伙竟然站立起来了。这已经让动物们无比惊诧了，而下一幕更是它们没想到的：这些家伙突然开始猎杀其他动物了，羚羊、兔子、野牛、野马……能杀死什么就毫不留情地杀死，然后就撕扯啃咬，茹毛饮血。动物们很奇怪，这些家伙们何时长出了吃肉的利牙？难道树上的浆果不够甘甜可口吗？

更让动物们震惊的是，这些家伙竟然又把猎物架在火上烧烤，然后分食。这样的稀罕吃法连森林之王老虎以及残暴的豺狼们都做不到。不仅如此，这些家伙的前爪不知怎么又延长了，能扎，能砍，能砸，还能飞出去好远夺其他动物的性命。有时，老虎和大象见到他们也会被吓跑，其他动物怎么能不望风而逃！

有一天，这些家伙又出动了。动物们一见，立刻四散奔逃。最后，他们把一匹红色的野马逼进了树林。为此，他们已经计划好久了。他们想活捉它，为此还在本来就很密集的树与树之间横着竖着绑了些木杆，以拦阻它。野马被赶到这个大"栅栏"里，绕了一圈，就不知所措了。尤其是见到围在四周的另类又喊又叫，手舞足蹈的，更紧张了，不住地打转，咴咴地嘶鸣着，颈毛都立了起来，就像一只火红的大豪猪。他们都被野马的气势镇住了，谁也不敢贸然上前去套它，只是虚张声势，不让野马从来路逃跑。这时，一个高大威猛的家伙走了过来，提根麻绳，逼近野马，盯着它。野马感到了危险，咴咴地喷着气，瞪圆眼睛，也盯着他。忽然，这家伙蹿了上去，将绳子一甩，套上了野马的脖子。野马被激怒了，一跃老高，把拽着绳子的那个家伙带了一个跟头，狠狠地撞在了大树上。还没等他们反应过来，野马已经带着绳子狂奔而去。他们不知道，这次失败使人类饲养家畜的历史推迟了几万年。尤其是这个倒霉的家伙，他哪里会想这些，他的眼睛还冒金星哪。半天，他才爬起来，狠狠啐了一口，一颗牙齿带着血水落在了草地上。同伴们看他咧着缺了门牙的嘴，怪模怪样的，都哈哈地笑起来。他狠狠地转过身去，却看见他心仪已久的女人也在咧着嘴笑，露着一排精巧的小白牙。他气恼极了，狠狠地向草地上那颗让他丢脸的牙猛踢了一脚。那颗牙闪了一下，不见了，似乎永远消失了。

当这颗牙被重新拾起，被人像神物一样捧在手上时，已是20世纪20年代。

发现这颗牙的人是法国考古学家桑志华、比利时考古学家德日进。

正是有了这颗古人类的上门齿，生活在萨拉乌苏河流域的古人类才被中国古人类学界定名为"河套人"，而西方学界又将其称为"鄂尔多斯人"。在这个问题上，乌审旗和鄂尔多斯市非常愿意与国际接轨，因为这对提高鄂尔多斯市的知名度大有益处。他们真的将"河套人"遗址改为了"鄂尔多斯人"遗址。但有学者撰文提出批评。这两个称谓，究竟哪个准确，哪个通用，学术界争执了多年，现在仍是争论不休。据说惊动了中央高层，才算有了定论，仍称"河套人"。

我觉得争论的症结在于有些人对"河套"的地域范围及历史不甚明了。早年我曾研究过交通史、航运史，大体了解黄河在内蒙古地区的走向。黄河现在的走向是清朝道光年间改道而成的，至今不过100多年的历史。黄河在史书上被称为"北河"，而黄河故道就是现在阴山脚下的乌加河。历史上将乌加河（古黄河）以南、陕北长城以北广大地区统称为"河套"。

河套地区历来是中国北方少数民族的游牧地。明朝天启年间，蒙古鄂尔多斯部落进入河套地区，这片广袤的土地才成为鄂尔多斯部的游牧地。1840年，黄河改道，将河套地区切开，分为前套、后套。前套指鄂尔多斯地区，后套指今巴彦淖尔地区。后套从清朝末期开始进行水利开发，到民国时已成为著名的粮仓，所谓"黄河百害，唯富一套"就是由此而来的。

在我看来，萨拉乌苏古人类不管是叫"河套人"还是叫"鄂尔多斯人"，都没那么重要，重要的是他们对古人类学界贡献出了一颗"中国牙"。

我为什么叫它"中国牙"呢？

桑志华在乌审旗萨拉乌苏河流域发现的这颗箕形上门齿，亦称铲形牙。据人类学家魏敦瑞考证，六七十万年前的中国北京猿人、一万多年前的山顶洞人以及商代人上门齿都是铲形牙，现代的中国人亦具有铲形牙。这是中国人独有的生命密码。

所以，这颗"中国牙"是迄今为止发现的最早的具有中国人种形态特征的古人类化石。在萨拉乌苏河流域劳动、生息、繁衍的河套人是国内外公认的中华民族的祖先。

人类学家李济先生在《中国文明的开始》一书中写道:"铲形牙是中国人独有的人类学形象象征。"人类学家步达生先生也认为:"中国人种的演进虽可分为几个阶段,但一成不变的是,箕形上门齿的出现从未间断。这一现象是中国特有的,我们尚未在世界上别的区域发现类似的情形。"国内外许多考古学家的考证都证明,世界上其他人种都不具备铲形牙。

据《伊克昭盟志》记载,自20世纪至今,在萨拉乌苏河流域共发现了23块古人类化石,古人类学界认定这是3.5万年前生活在鄂尔多斯境内的"河套人"化石。这些旧石器时代、新石器时代的文化遗存说明他们已会制造石器、骨器、陶器,过着定居生活,从事农业生产和狩猎活动。

"河套人"已经成了鄂尔多斯的象征和骄傲。萨拉乌苏文化更是飘扬在毛乌素沙漠上的一面旗帜。为了扩大"绿色乌审"的知名度,提高"绿色乌审"的文化含量,乌审旗联合中科院古人类研究所、内蒙古自治区文化厅和鄂尔多斯市政府举办了萨拉乌苏古人类国际学术研讨会,进一步提升了鄂尔多斯市和乌审旗在国际上的知名度。萨拉乌苏遗址也被确定为国家遗址保护示范基地。有关部门多次召开有国内外学者、专家参加的萨拉乌苏文化研讨会。

2006年,鄂尔多斯博物馆宣布,根据最新的对"河套人"生存的砂岩地层所做的科学测定,认定"河套人"的生存年代应在7万年前,一下子将"河套人"的生活年代向前推进了3.5万年。这个认定,使"河套人"声名鹊起,其锋芒直指西方学界的现代人类"非洲起源说"。西方学界"非洲起源说"的中心就是讲现代人类都起源于15万年前非洲的一个被称为"夏娃"的女人。"非洲起源说"一直统治着古人类学界。当然也有不同的声音,那就是现代人类的"多地起源说",但一直缺少考古成果的支持。

中国人从哪里来?在西方学者眼里,我们也是"非洲夏娃"的后代,你愿意不愿意也难脱"杂种"之嫌。现在,这颗7万年前的"中国牙"给了人们确定的答案。

如果"河套人"生活的年代是7万年以前,就与"非洲夏娃"没有关系。这支持和佐证了现代人类起源的"多地说",甚至可以破解和诠释"我是谁"这个人类生命学的百年难题。同时,也印证了中国人种的纯正。从7万年前至今，铲形牙像中国印一样烙刻在中华民族身上。这一切，足以让生活在毛乌素沙漠萨拉乌苏河两岸的乌审人民引以为豪：中国人正是从我们生活的萨拉乌苏河谷走出的！

这颗"中国牙"引发的"鄂尔多斯风暴"席卷了西方学界。这种独一无二的萨拉乌苏文化也在潜移默化地影响着这块土地，现在已经成为乌审旗旗委、政府打造"绿色乌审"的有力抓手。

是绿色文明孕育了中华民族的祖先"河套人"。而7万年后，乌审大地正在贯彻的"以人为本，建设绿色乌审"的发展理念既是对历史上的绿色文明的继承，也是对现代绿色文明的开创。现在，乌审旗旗委、政府正率领着10万乌审儿女意气风发地行进在继往开来的绿色大道上。

乌审儿女对这块诞生了中华民族祖先的土地充满了热情和期待，想把它装扮得更美丽。2008年，在对全旗国土空间开发利用重新进行构筑时，旗委、旗政府提出了建设"一核三带一廊"的总体布局思路。这将把乌审旗带进工业化、现代化、城市化的战略布局中，将使乌审旗告别传统的农牧业生产、生活方式。在这场彻底的颠覆中，可见到古老的萨拉乌苏文化的绿色文明的影子。

对"一核三带一廊"，乌审旗旗委书记在接受内蒙古自治区党委《实践》杂志社记者采访时曾有这样的阐述：

"一核"是指以旗政府所在地嘎鲁图镇为核心区，各产业重镇和项目区为基点，全力构筑"半小时经济圈"，强化嘎鲁图镇核心区中心地位、要素聚集和辐射带动功能，促进人口集中，推进城乡统筹。

"三带"，就是在11645平方公里的国土面积上，搞3条产业带：一条是沿陕西省边界的工业带，亦称沿边工业带；一条是沿无定河流域的现代农牧业产业带；还有一条叫生态涵养带。

"一廊"是指乌审召经嘎鲁图、察罕苏力德、巴图湾至萨拉乌苏文化遗址的生态文化旅游长廊。

他在谈到这样的布局时，特别强调：

"之所以进行这样的布局调整，目的只有一个，那就是保护乌审旗的生态环境，促进乌审旗的科学发展。我们提出这样一个口号，叫作'用集中开发利用1%的土地换取99%的生态恢复'。这里面有一个重要举措，叫作'大集中，小聚集'。'大集中'就是人口向城镇核心区集中，工业向沿边工业带集中；'小聚集'，就是农牧业向适宜发展现代农牧业的区域聚集。采取这样大的动作，就意味着乌审旗将有大量的人口和大量的农牧业生产要素会从原来的土地上退出去。退出去以后，将会腾出大片的土地。在这些区域内，我们将会严格禁牧，同时推进种苗繁育基地、新能源林基地建设，实现生态建设转型，加快生态产业化进程……"

这是对传统的农牧业文明的颠覆，还是对萨拉乌苏绿色文明的传承？我不知道为什么又想起了那颗7万年之久的"中国牙"。这片沉淀了至少7万年传统文明的土地，面对的是彻底告别传统的现代工业革命，这必然会有一个阵痛期。一个全新的"绿色乌审"正在这阵痛中诞生。

古老的萨拉乌苏文明，造成了乌审人对草原、对沙漠、对他们世世代代赖以生存的土地的敏感，对此他们有着自己的诉求和表达。记得在20世纪80年代，有关方面开始整理自己的家底。过去人们都知道乌审旗的毛乌素沙漠底下有矿藏，但究竟有多少人们并不清楚。为了搞清家底，上级勘测部门开始在乌审旗找气找煤。因为勘测队伍有日本专家，这引起了乌审人的猜测、担忧和不满。那时刚刚实行改革开放，再加上历史原因，乌审人不愿意见到日本人在他们世代生活的毛乌素沙漠里转来转去。

他们不明白，这些日本人为什么要在我们放羊的草地上打窟窿呢？打这些窟窿有什么用呢？

于是，他们向上级提出希望日本人能离开乌审草原，但他们能见到的上级又做不了这个主。领导们只得好言劝慰，说些让牧人们支持改革开放，要顾全大局和注意影响的话。乌审人自然不满意，又向上级反映了几次，但是，仍不见成效。嗡嗡的钻机转动声搅得牧人们的脑瓜疼，那些可怜的羊儿马儿们能躲多远就躲多远。于是有一天，勘测队的驻地忽然聚起了无数骑马的乌审人，使得勘测队的勘测车辆和钻机无法作业，这才引起上级的重视。出于多方面的考虑，勘测队调离了乌审草原，转到邻近的属于陕北、宁夏的毛乌素沙漠中勘测。

这就是传说中的80年代中期在乌审草原驱赶日本人的故事。

在与旗委书记交谈时，他跟我讲：当年长庆气田的总部准备设在乌审旗。乌审人一看气田总部高骡子大马的，动辄就是成千上万人，这还不把乌审旗的羊吃光呀！稍稍犹豫了一下，长庆气田总部就定在陕西了。如今长庆气田每年在乌审旗地面工作的就足足有2万多人。而长庆气田对陕北的财政、税收、就业的贡献率让乌审人多少有些后悔了。

这个真实的故事带来的负面作用就是，乌审旗的资源家底多少年来没有搞清楚。就是这些有日本专家的勘测队伍，在和乌审旗接壤的陕北许多地方勘测出了气田、油田和煤田。而邻近的老陕们（乌审人对陕北人的称呼）因油、因气、因煤而暴富的传说不断传到乌审草原，让乌审人感到有些纠结。有明白人告诉他们，实际上乌审旗与陕北是在同一地质构造上，沙漠底下埋的东西多了去了。这不能不让乌审人心动，甚至怀疑当年的行为是不是有些莽撞了。

人们见面互相递完鼻烟壶，然后就悄悄议论，打探上面的开发消息："听说，咱这沙巴拉底下有气有油，比老陕那面多了去了！上面咋还没有动静？"

于是，有些沉不住气的人找到苏木领导悄悄地问："油田的勘探车和钻机多会儿再回来呀？"

领导瞪起眼珠子喝道："让人家回来干什么！等着挨你的马蹄子踢呀！"

"这次我保证，我给他们杀羊吃！"

"人家稀罕你的羊呀！"领导更是一肚子火，训斥道，"你就捧着金饭碗讨吃吧！守着这有气、有油、有煤的沙巴拉放你的羊吧！歪在马背上喝你的烧酒吧！"

话虽这样说，乌审旗的各级党政领导还是四处活动，争取上项目、搞开发。谈到开发环境，领导们拍着胸脯子向有关部门保证："你们放心来，我带着鄂尔多斯的姑娘们为你们献哈达、敬烧酒！"

到了90年代中期，各式各样的勘测队伍浩浩荡荡地开进了乌审旗的毛乌素沙漠。感受到现代之光在头上闪耀的乌审人民以极大的热情支持勘测队伍的工作，杀羊、敬酒、献哈达，欢快的鄂尔多斯敬酒歌飘荡在毛乌素沙漠上，萦绕在勘测队员心中。经过10年艰苦细致的勘测，当各种资源数据汇拢到人们面前时，人们几乎惊呆了，黄澄澄的毛乌素沙漠下真埋着座座金山呀！

原来，乌审旗位于国家级重化工基地陕西省榆林市和国家战略能源基地内蒙古鄂尔多斯市的交界地带，天然气、煤炭资源共生富集，潜力惊人，而且利于发展循环工业和配套开发。现经国家有关部门确认，乌审旗境内天然气探明储量为1.2万亿立方米，远景储量为3.6万亿立方米。现已勘探发现苏里格、乌审、长庆、大牛地4个超千亿立方米的大气田，位居全国县级地区之首。煤炭资源储量丰富，品质优良，预计储量为1000亿吨以上，煤层气总储量为1.38万亿立方米。水资源多年平均总量是6.8亿吨。另外，天然碱、陶土、泥炭、石英砂、白垩土等矿产资源也储量可观，极具开发价值。有专家测定，煤气热当量总值相当于160亿吨石油。苏里格气田储量高达8000亿立方米，是世界最大的天然气整装气田。中央电视台在新闻联播中用头条要闻向世界播发了在乌审旗境内发现世界最大整装气田的消息。

乌审旗号称"中国的科威特"是当之无愧的。

也许是家底摸清得晚，在21世纪前，除了乌审召的碱矿，乌审旗基本没有什么工业，财政全靠农牧业税，到2000年仍然戴着一顶"国贫县"的穷帽子，各项经济指标总和一直位于鄂尔多斯市的倒数第二。2000年底，旗财政收入为6608万元，城镇居民人均可支配收入为4833元，农牧民人均纯收入为2641元。植被覆盖度为50%，森林覆盖率为18.62%，根本没有抵抗干旱天气的能力。进入21世纪头3年，天大旱，基本没有有效降水，乌审旗的许多草场没有返青，夏天看上去也是满眼黄色，草木就跟冬眠一样。

丰富的地下矿藏和脆弱的生态，形成了乌审旗的独特旗情。于是，乌审旗旗委、政府组织全旗干部群众开展了乌审旗如何实现现代化的大讨论。在这场讨论中，沉淀了7万余年的萨拉乌苏文明，还有蒙古族"敬天惜地、天人合一"

的绿色文明,影响着人们的决策。经过几年的实践,他们慢慢摸索出生态建设与工业化、城市化的关系,不断萌生新的有效的发展思路。到2004年,旗委才正式确定了"以人为本,建设绿色乌审"的总体发展理念。

任何事情都有两面性,似乎20多年前牧人的骑马一拦,放慢了乌审旗工业化进程的脚步,可是,乌审旗却避过了90年代发展"五小工业"带来的生态灾难。当2003年乌审旗开始加速工业化进程时,鄂尔多斯市正在治理"五小工业",坚决关停境内耗能高、污染大的小煤矿、小炼焦炉、小炼铁炉、土炼油炉、烧石灰的土馒头窑和小发电厂。市委、市政府提出加快鄂尔多斯工业化发展的"六高",即高起点、高科技、高效益、高产业链、高附加值、高度节能环保,发展循环工业、清洁节能工业。这样,乌审旗的工业化一起步就站在了高起点上,立足于发展循环工业、绿色工业。他们不断提高各类工业园区进园的门槛,从一开始就学会了拒绝,实行环评一票否决制,坚决把高耗能、高污染的项目拒之门外,不管这个项目能带来多大的投资,会有多少利润。不是乌审人不爱钱,但他们更爱自己的"绿色乌审"。"绿色乌审"是他们的眼珠子、命根子!

多年来,乌审旗的工业化进程始终依托"以人为本,建设绿色乌审"这个发展理念,把"生态立旗"当作第一要务。多年坚持下来,工业发展了,生态恢复了,人民生活富裕了。下面这些统计数字可以让人们感受到乌审旗现代化进程的铿锵律动。

乌审旗的经济总量是:地区生产总值在2003年为14.6亿元,到2010年已经达到190亿元,8年间增长了21倍;财政收入在2003年为1.03亿元,2010年达到23亿元,增长了21倍;城镇居民人均可支配收入在2003年为6453元,2010年为21116元,增长了3.3倍;农牧民人均纯收入在2003年为3439元,2010年为8754元,增长了2.5倍。植被覆盖率接近80%,森林覆盖率达到31%。

8年来,乌审旗已经完成了牧业大旗向工业强旗的华丽转身。在这个巨变过程中,乌审旗的生态得到彻底的恢复,先后荣膺了"中国绿色名县"、"全国小康生态示范县"等国家级的生态荣誉称号。"绿富同兴"在乌审旗成为现实，要归功于乌审旗旗委、政府带领 10 万乌审人民在西部大开发中践行科学发展观的决心和行动。

谈到乌审旗的生态治理，谈到毛乌素沙漠的巨大变化，我接触过的乌审人都压抑不住内心的激动，言谈之中无不透着难以抑制的自豪和骄傲。

隐现在萨拉乌苏河谷上空的中华民族祖先们的魂灵在福佑着这块神奇、美丽、富饶的土地。萨拉乌苏文化和乌审草原延续千年的绿色文明就像水和空气一样，浸润滋养着 10 万乌审儿女。所以，这块土地才涌现出了那么多可歌可泣的绿色人物，那么多像抒情诗一样优美的绿色故事。

二、我不是乌审旗人是甚人？"河套人"？

公元 5 世纪，我国历史进入了北方民族大迁徙和大融合的魏晋南北朝时期。替后秦皇帝姚兴驻守朔方的安北大将军赫连勃勃见群雄并起，纷纷称王，这位自恃统率数万铁骑、并掌朔方诸郡的铁弗人心中也难免痒痒，想过一回皇帝瘾。于是，他不再侍候后秦皇帝姚兴，自称秦王、大单于，并于 407 年建立大夏国，自己做了皇帝。

赫连勃勃建于乌审草原上的大夏国，史书称之为"赫连夏"，也是魏晋南北朝时期的十六国之一。

赫连勃勃将大夏国都定在了今乌审草原。他曾登高远眺，盛赞道："美哉斯阜，临广泽而带清流。吾行地多矣，白马岭以北，大河以南，未有若此之善者也。"

赫连勃勃役使 10 万人，历时数年，在萨拉乌苏河南岸建筑大夏国的国都，名为统万。统万城蒸土筑墙，夯实堆砌，墙成白色。其规模宏伟，城高 10 仞，方圆 3 里。内有 3 道城。建有皇宫、鼓楼、钟楼，四角有高大的角楼，城墙上有 36 座敌楼。东南西北 4 座城门分别叫招魏、朝宋、服凉、平朔，显示出赫连勃勃"君临天下，统领万邦"的壮志雄心。

413 年，赫连勃勃率铁骑 10 万，从统万城出发南征，一路横扫，最后打下了长安。得胜的赫连勃勃留下太子镇守长安，自己仍回师统万城做皇帝，这说明统万城在他心目中的地位十分重要。

可惜，如此钟爱这片草原的赫连勃勃所建立的大夏国仅立国25年就在431年被鲜卑族建立的北魏灭掉。大夏国都统万城现在仅剩下一片废墟，被当地人称为"白城子"。

20世纪90年代中期，我陪一批作家朋友到白城子参观过。看到那用熟土堆砌的白墙历经1500多年仍巍峨不倒，甚是惊奇。有明白人告诉我们，城墙之所以坚固，是因为采用"蒸土筑城"法，即把熟石灰、白黏土用糯米汁搅拌，蒸熟后进行浇注。登高远眺，南北东西再也见不到赫连勃勃"未有若此善者也"的绮丽风光，而是大漠茫茫，如死海一般。这不禁让人想起了晚唐诗人许棠的咏叹："茫茫沙漠广，渐远赫连城。"

讲这个小故事，除了想告诉人们乌审草原发生的历史故事之外，还想告诉人们：1500年前的萨拉乌苏河是清澈的，乌审草原是广袤的。而到了唐朝，许棠在《夏州道上》描述的景色，和我们现在看到的萨拉乌苏河两岸风光差不多。就是说，在唐朝时，萨拉乌苏河谷四周已经是茫茫沙漠了。

看来，毛乌素沙漠生成仅有千余年。

我们从这些记录中得知，在5世纪到10世纪的500年间，萨拉乌苏河两岸的生态发生了恶变，草原渐渐变成了沙漠。毛乌素沙漠是典型的人造沙漠。

我记得那天在白城子参观时，忽然起了一阵风，昏黄的风沙立即把白城子笼罩了。我们立即跑上汽车，没有了一点思古之幽情。一位作家朋友用纸巾擦着眼睛、眉毛上的尘土，对我说："看来赫连勃勃的眼光不咋的，咋选了这么个兔子不拉屎的地方做皇帝？不短命才怪哩！"

面对荒荒大漠，我不知该说些什么好。我想告诉他的是，眼前这条灌满风沙的萨拉乌苏河谷是我们中华民族的圣地，我们中国人的祖先就是从这条河谷中走出的。

2010年夏天，我几乎是怀着朝圣的心情，乘车向萨拉乌苏河谷驰去。萨拉乌苏河谷被当地人称为"大沟湾"。这条河谷跨省跨旗，延绵上千里。有专家称这条穿越毛乌素沙漠的河谷为亚洲最大的沙漠峡谷。

从20世纪20年代起，许多中外考古学家都在这里寻找过"河套人"的足迹，大量的古人类及古脊椎动物化石相继出土。一次次重要的考古发现，增加了这里的历史文化积淀。据说，河谷里有许多人迹罕至的地方，其险其幽其神秘，引起了许多人的兴趣，不时有人前来探险。

据《乌审旗志》记载：人类经过几万年的进化，在今乌审旗及其周边地区逐步形成了许多原始部落。从商周时代起，先后有鬼方、龙方、猃狁、獯鬻等部落在此游牧。春秋战国时期为林胡、朐衍之游牧地。秦汉时期为上郡地。东汉至晋代，匈奴、鲜卑、乌桓先后入牧。十六国时期铁弗匈奴的大夏国在此建都。北魏置夏州。隋唐属夏州（朔方郡），同时又为突厥、党项驻地。宋夏时为西夏领地。元灭西夏后归延安路，同时又为察罕脑儿辖地，蒙古族入居。明代中期成为鄂尔多斯万户之右翼伯速特、卫新二部牧地。清顺治六年（1649年）设鄂尔多斯右翼前旗，俗称乌审旗（由乌审部落得名），此制一直延续到民国。

风云几千年，乌审旗作为游牧文化与农耕文化相互碰撞的前沿，历史积淀极其厚重。这块土地以它的博大、富饶养育着各族儿女。这里有过"车辚辚，马啸啸"的中华第一道——秦直道；这里留下过"胡汉和亲识见高"的昭君倩影；这里留下了沙漠第一都——大夏国都统万城的巍峨宫殿；祭祀成吉思汗的"九斿白纛"苏力德的香火延续了近800年，至今人们还在顶礼膜拜……

由于历史文化的浸染，这片1.1万平方公里的土地显得格外厚重。而萨拉乌苏河流域是中华母亲诞生的地方。我想，每一个长着"中国牙"的人，对这条河谷都应该充满深深的敬意。

这里是我们生命的根！

看着眼前的萨拉乌苏峡谷，我思绪翻腾。

这条峡谷不知是无定河水用了几千几万年才淘刷冲开的，它深幽幽的，一眼望不到头。我们乘坐的汽车盘绕了好久，才开进了半山腰的一片开阔地，慢慢地停了下来。这片开阔地上已经停着几辆车，好像是一个新辟的停车场。

司机告诉我们，车只能开到这儿了，要下谷底得走下山道。我又探头看了看，感到谷底似乎不太深，便决定顺着石阶走下去。

石阶不算太陡，走了一会儿，往下一看，谷底仍是深幽幽绿葱葱的，看不出什么名堂来。走着走着，视野一下子开阔了，谷底的田陌越来越清楚，两岸的窑洞前也有人影在晃动，远处的狗叫声此起彼伏。与我同行的邵飞舟告诉我，大沟湾里一直住着人家。这些人种种地，养养鱼，日子过得挺悠然的。果然，沟底有一块一块的池塘，亮晶晶的，就像一块块绿色的宝石，在黑幽幽的谷底闪闪发光。

下到了沟底，立刻感到一阵清凉袭来。我抬头往上看了看，两岸不是很陡峭，缓坡上的一眼窑洞前还停着一辆农用小四轮，有电线杆子和电视天线竖在一眼眼窑洞旁。沟里有些田块，有人在田里劳作。邵飞舟告诉我，这些住户是无定河镇的。旗里要在这里建立保护区，一直想把这些人迁移出去，但有些人在沟里住惯了，一直舍不得离开。

我向一块绿色的池塘走去。

我看到有人在池塘边静静地钓鱼。一条小河缓缓流入池塘，一尾尾火柴棍大的小鱼奋力地在清澈的浅浅的水流中顶水逆行着。池塘也有出水的地方，汩汩地往下流去，出水口插着一张铁筛子，大概是怕养的鱼儿跑出去。这条细细的小河弯曲着将这块块水塘串联起来，我看得出这是利用活水养鱼，不由得佩服养鱼人的绿色匠心。

邵飞舟说："这儿原先都是稻田。萨拉乌苏过去出产好大米。现在人们不咋种稻米了，一是嫌不挣钱，二是原来种田的人年纪渐大种不动了，而年轻人都跑进旗里打工去了。有些人家索性就把稻田改成了鱼塘。"

我问塘边钓鱼的人："这鱼好钓吗？"

那人说："还行。我钓3天了，钓过条1斤多的。还有条一只眼的鱼，被我钓住过两次，我看它挺可怜的，就把它放了。你说这鱼咋长了一只眼？是不是被水鸟啄瞎的？"

这人有30多岁，长得清清秀秀的。我递给他一支烟，与他交谈起来。他说他姓刘，是宁夏盐池的，现在乌审旗嘎鲁图镇做电子生意。做生意做烦了，就来这儿钓几天鱼，松闲松闲。

我问："这鱼咋钓法？"

他说："每次给主家放个百十块钱就行了。来这儿钓鱼的人大都是散心的。我见过一位老先生，鱼都咬钩了，他连管都不管，只是愣愣地发呆，一待就是个把小时。说起来,谁是个真钓鱼的?就是瞅准了这地方清静。现在找这么个有山有水的地方真不容易。我来这地方就不想走,常住个三天五天的。"

他知道我是来看萨拉乌苏文化遗址的,说:"有一次,有两个来这儿旅游的女孩子问我:'"河套人"在哪?我们咋见不着呢?'"

他说着笑开了。

我问他:"在乌审旗生意好做吗?"

他说:"生意还有个好做的?你上着心做不一定能挣上钱,你不上心做肯定挣不了钱。我还行,家也安在乌审旗了,还买了辆车,有空还能钓钓鱼。听口音你不是伊盟的吧?"

我说:"河北的。"

他说:"鄂尔多斯这地方啥都贵,外地人不好立脚,但立住了就差不了。"

我笑着与他告别。他提醒我:"坡上主家那儿有水喝。爬沟太累,别忘了歇缓歇缓。"

这个鱼塘的主人不在家,替他照应生意的一个中年男人说:"他家早搬到旗里了。你们有甚事?我这儿有主家的电话。"

那人很健谈,自我介绍他姓王。

我对老王说:"我们没事,就是歇歇脚,说说话。"

邵飞舟说:"肖老师是作家,来咱这地方,就是看看风景,找人拉呱儿拉呱儿。"

老王说:"咱这大沟湾净来有学问的人,还有外国的专家。他们一来就东瞅瞅,西看看,在沟里辛苦得很,还说咱这沟里几万年前有……咱老百姓懂啥'河套人'不'河套人'……"

我问老王是啥地方的人,他说了个地方,我过去没听说过。邵飞舟告诉我,他说的是红墩界,属陕西靖边的一个乡。别看跨着两省,可就跟萨拉乌苏交界,近得很。

老王也说:"没错,离这里也就七八里路。这儿的主家是我的姑舅哥哥。他这两眼窑、几个鱼塘交给我照应几年了。"

我问:"收益好不?"

老王说:"甚收益?我姑舅哥看不上这俩钱,人家在图克承包了块沙地育樟子松苗,现在每年都收入几十万。乌审旗这是咋了?弄苗木还能挣上大钱?我们那边越绿化越贴钱。我三叔就是个治沙大户,还是县里的劳动模范,这些年下来是光挣奖状不挣钱,现在都快赔塌脑子了!"

我说:"我看过不少报道,就是说毛乌素沙漠造林大户生存陷入困境的。"

邵飞舟说:"咱旗也有这现象。实际上国家造林补贴早下来了,可造林大户和邻近老百姓的林权却扯不清楚了。有些林地历史上就是搅在一起的,咋也分不太清楚。林权核定不下来,国家造林补贴就没法发放。现在旗里已经定了死日子,要赶紧核定落实,尽快把造林补贴给林户们落实。"

老王佩服地说:"一听你就是好干部,多懂上边的政策。你说多会儿发放?让我三叔也高兴高兴。"

邵飞舟说:"我们乌审旗还能管了你们的事呀!"

老王拍了下腿说:"我咋忘了这茬呢!咱们说近也近,说远也真远,都跨着省哩!可我咋觉得自己就是乌审旗人哩!"

我们笑了起来。

过去乌审旗流传着这样一个笑话:曾有记者问当地的一个牧民:"咱们自治区政府主席是谁?"那牧民答不上来。记者又问:"陕西省省长是谁?"那牧民张口就说了出来。

就是现在,我刚到无定河边,手机里就接收到这样的信息:中国移动欢迎你到榆林来。

我知道乌审旗地处内蒙古自治区的最南端,与陕北和宁东交界,尤其是南部的无定河地区与陕西省的三边地区有些地块都交错在一起了。收听的广播、电视讲的全是陕西的事情,生活习俗、方言都搅在一起,当地蒙古人讲的汉话都带着浓郁的榆林腔。现在榆林地区的一道汤菜"拼三鲜",已经成为乌审旗蒙汉人民最爱食用的一道家常菜。还有流传在鄂尔多斯的蒙汉调,更是蒙中有汉,汉中有蒙,蒙汉合璧,相得益彰。

过去,乌审旗位置偏远,是劣势。现在,蒙陕宁作为我国的重要能源化工基地,已经晋升到国家能源战略的层面上。而乌审旗正处于宁东、榆林和鄂尔多斯三角架构的中心位置,是实现蒙陕宁经济一体化的重要节点。原先的区位劣势现在已经成为区位优势。乌审旗的迅速发展、绿色发展、科学发展正是借党中央、国务院西部大开发的化雨春风才实现的。尤其是乌审旗"绿富同兴",在工业化发展中下大气力恢复生态的实践,已经成为实施党中央、国务院西部大开发战略的成功范例,为资源富集、生态脆弱的中国西部地区走出了一条可持续发展的光明大道。

我想,这就是"绿色乌审"的真正意义所在,也是10万乌审儿女的光荣和自豪。

我问老王:"你咋觉得自己就是乌审旗人呢?"

老王笑着说:"你说我们全家都在乌审旗挣钱,我不是乌审旗人是甚人?'河套人'?"

老王的幽默引得我们开怀大笑。

老王接着说:"肖老师,你们听听我是不是乌审旗人?我婆姨在姑舅哥的樟子松基地做饭,管吃管住每个月还挣2000元。我儿子在乌审旗的建筑工地打工,日工150元。我女儿跟着她妈在工地伙房里打个下手,每个月也能挣个一千大儿。你们这地方的人实诚,给工钱利索,说月结就月结,说日结就日结。受苦人下苦能挣上现钱,这日子还不红红火火?现在,红墩界的后生、女子们都红着眼往乌审旗跑……"

我问他:"你姑舅哥待你好不?"

他说:"还行。我腰子上有病,心里想跑乌审旗挣钱,可身子骨不做主,现在只能帮我姑舅哥照看照看鱼塘、窑洞,姑舅哥也就照顾我个吃药钱。我知足了。重活、苦活,我姑舅哥还得另外请人做。"

邵飞舟问他姑舅哥是谁,老王说了个名字,邵飞舟想想,没有说话,大概是不太熟悉。

老王说:"你认不得他。实际上我姑舅哥是白城子的,现在户口还在白城子。我姑舅嫂子一家早两辈子上从红墩界来到大沟湾,就成乌审旗人了。这沟里的人都和红墩界、白城子的人套着亲。你说我那老先人当年走西口时,咋不多走几里?要是那样,咱不也就是'绿色乌审'人了?"

我惊奇地问:"你也知道'绿色乌审'?"

他说:"咋不知道?红墩界的人谁不知道?看看你们那防火大牌子,'严防草原荒火,保卫绿色乌审',谁不知道?过去,沙都是从北边来的,一个大明沙套着一个大明沙,甚都不长,还防火呢!我们那边造林防沙就是防北边的沙。现在呢,北边的沙梁梁全都盖上林草了,要不咋叫'绿色乌审'呢!"

老王咪咪地笑了起来。

邵飞舟说:"瞅你这日子过得挺自在的。这地方风景好,空气也好。"

老王说:"可不是咋的!瞅着这绿油油的大沟湾,就跟在画里面过日子一样哩。大夫说了,我这病得常开口说笑,说说笑笑病就轻了。"

我问老王:"这沟里一直这么美?"

老王说:"十几年前,这地方也不咋的。不说别的,头顶上的大沙子动不动就往沟里爬。我那姑舅哥哥说,3天不清沙,就能把窑洞的门堵了。春天起风时,天天刮得昏天黑地的。我思谋着,不出20年沙子就得把这沟填平了。那时,沟里是沙,沟外是沙,过得甚枯焦日子呀!你看现在,这沙子说没就真没了,水也清了,草也绿了,花也红了,瞅着心里就舒畅。"

我们起身离开,老王遗憾地说:"你们真不钓鱼了?咱这儿钓鱼比上巴图湾水库那儿便宜哩!"

我们告别了老王,沿原路向上攀去。我不时回过头看着绿草茵茵、流水潺潺的萨拉乌苏河谷,这是孕育中华民族祖先的福地、圣地。我衷心地祝愿它永远水秀山清,永远给人们带来恩泽和祥瑞。

三、毛乌素沙漠上的蒙古源流

1227年初秋,毛乌素沙漠和乌审草原已经处处呈现秋天的肃杀。清晨的时候,起伏的沙漠上已经蒙上了一层细细的白霜,月牙状的沙丘间芨芨草已经开始发黄。湛蓝的天空上,大雁排着队嘎嘎鸣叫着,向南方飞去。

这时,从西面过来了一支黑压压的没有头尾的队伍,静静地踏过秋露沾扑的乌审草原和毛乌素沙漠,就连战马、拉车的牛群都没有发出一声嘶鸣和哞叫。

队伍在一片肃穆中行进。这是刚刚荡平西夏的成吉思汗大军。但这支得胜班师的蒙古大军没有丝毫胜利的欢乐，因为他们的圣主成吉思汗的英灵已经回归到了"长生天"的怀抱。

战骑、车马如无声的洪流在鄂尔多斯高原上行进。

成吉思汗，这位世界巨人，终于结束了几十年的征战，静静地歇息了。在后人对成吉思汗的历史评价中，英国学者莱穆在《全人类帝王成吉思汗》一书中的一段话让我格外动心。他说："成吉思汗是比欧洲历史舞台上所有的优秀人物更伟大的征服者。他不是通常尺度能够衡量的人物。他所统率的军队的足迹不能以里数来计量，实际上只能以经纬度来衡量。"短短几句，勾勒出这位蒙古帝王衔山吞海的伟大气度。

载着成吉思汗灵柩的战车行进在鄂尔多斯高原上。车走着走着，车轮陷在甘德尔山上，而且越陷越深。这时，护送圣主的亲兵才发现，这里正是圣主失掉手中马鞭的地方。成吉思汗率兵西征时，被鄂尔多斯的美丽风光吸引，当时还口诵一诗：

花角金鹿栖身之地，
戴胜鸟儿育雏之乡，
衰落王朝振兴之地，
白发老翁享乐之邦。

吟完诗，成吉思汗对随从说："我魂归'长生天'之后，这里就是本汗的千年安睡之地。"

成吉思汗的陵寝被安置在甘德尔山上，并且从他能征善战、忠心耿耿的亲兵中精选了500名壮士，世代侍奉成吉思汗，为成吉思汗守陵。他们就是蒙古民族中的一个特殊群体——达尔扈特人。

元朝建立后，元世祖忽必烈钦定达尔扈特的体制。从此，达尔扈特人世代不离圣主的身边，他们遵奉蒙古族古老的祭祀礼制，祭祀着这个伟大的魂灵。成吉思汗陵寝前的祭咏声800年不断，圣灯800年长燃。这是人类文明史上的奇观，是中华民族的宝贵文化遗产。

据传，蒙古帝国的战旗"九斿白纛"就被乌审旗的蒙古人长年祭祀着。据鄂尔多斯学研究会的有关人士向媒体介绍，一位乌审旗的蒙古族长者嘎尔迪诺日布先生用近20年的时间，实地考察，搜集民间口碑和实物，完成了一部长达70万字的著作《大蒙古国九斿白纛研究》。"九斿白纛"便是蒙古史文献中所说的"也孙·库勒图·察罕·秃黑"，就是乌审旗蒙古人俗称的"察罕苏勒德"，是成吉思汗建立大蒙古国时的国旗。蒙古人在和平时期、庆祝胜利时刻都立"九斿白纛"，将其视为民族和国家兴旺的象征。从嘎尔迪诺日布先生的著作中可以了解到，"九斿白纛"确实留存在鄂尔多斯乌审旗。

在乌审旗的采访中，我发现乌审旗蒙古族中的哈日嘎坦人300多年来也在供奉、祭祀着一个伟大的人物，他就是成吉思汗的第22代嫡孙、《蒙古源流》的作者萨冈彻辰。他是蒙古族最伟大的文学家、史学家。据哈日嘎坦人，也是萨冈彻辰纪念馆的创建者拉格胜布林先生介绍，哈日嘎坦人曾是萨冈彻辰的属民，也是忠实的守护勇士。萨冈彻辰去世后，他们一直为其守护陵地，并祭奠他的英灵，现已坚持300多年。听到这件事情后，我深深为之震撼。我感到蒙古民族是尊重文化的民族，乌审旗的毛乌素沙漠深深镌刻着长长的蒙古记忆。

1604年，正是明朝末期，萨冈彻辰出生在萨拉乌苏河畔一个叫伊可锡伯尔的地方。那时的萨拉乌苏河畔虽然有沙漠环绕，但月牙状的沙丘之间仍有大片大片水草丰美的下湿地。这里的草滩、沙漠是萨冈彻辰家族世世代代定居的牧场。萨冈彻辰从小就骑马纵驰在乌审草原上。天资聪颖的萨冈彻辰自幼便处于成吉思汗"黄金家族"皇室文明的熏陶之下，并受到了良好的教育。由于他勤奋好学，10岁时就被封为彻辰洪台吉，意思是聪明的皇子。他16岁就参与政事，管理当地政务。青年时期参加过各封建主之间的战争。作为"黄金家族"后裔，他继承先祖的雄风，成为草原上一名勇敢的战士和统领。

接近不惑之年时，萨冈彻辰离开政坛，回到萨拉乌苏河畔的家乡。他不时肃然伫立于锡伯尔庙群中，徜徉在伊克布当的黄沙绿草间，或者站在统万城的断壁残垣之上俯瞰着浩浩东流的萨拉乌苏河水，思索着，感叹着。他想起察哈尔部最后没落的经历，亲眼看见的林丹汗宏图大业的崩溃，亲身经历的明、清王朝更替的血雨腥风，追古思今，感慨万千。这使他更加坚定了著述《蒙古源流》的决心。从此，他把注意力转到了自己民族历史的研究方面。他要写下自己的研究成果，让子孙后代记住蒙古族源远流长的历史和曾经创造的辉煌。

在研究他的创作历程时，日本蒙古史学者小林高四郎先生认为：这位成吉思汗的后裔是有感于大清王朝的兴起和蒙古帝国的陨落，进行历史沉思而写出此书的。

我觉得小林先生的评述是接近于当时萨冈彻辰的创作心境的。

萨冈彻辰在自己的毡包中，秉烛夜读，奋笔疾书，秋去冬来，笔耕不辍，用去了整整20年时间，才在1662年写成了皇皇巨著《蒙古源流》，那时他已经是一位年届花甲的老人了。为了写作《蒙古源流》，精通蒙、藏、汉文的萨冈彻辰翻阅了大量的文献资料，研读了佛教经典著作。为了丰富《蒙古源流》的著述，萨冈彻辰还走遍了乌审草原，进入牧人的毡包，搜集了大量的民间传说和神话故事。有专家认为，蒙古族三大历史巨著《蒙古秘史》《蒙古黄金史》和《蒙古源流》的作者中，唯有萨冈彻辰不是宫廷作家，他的写作是地道的民间行为。正是这种民间行为，使他采集了大量的民间传说、神话故事，使《蒙古源流》植根于蒙古族历史、生活的丰厚土壤中，才有了旺盛的生命力。

《蒙古源流》的内容极其丰富，从开天辟地一直讲到作者生活的年代，提供了元末至清初蒙古大汗的完整系谱，记录了藏传佛教在蒙古地区传播的历史，反映了北元时期蒙古社会部落变迁、经济状况、阶级关系、思想意识等诸多方面的历史面貌。

1766年，喀尔喀亲王成衮扎布把《蒙古源流》推荐给乾隆皇帝。1777年，乾隆皇帝命人将书译成满文，又从满文译成汉文，定名为《钦定蒙古源流》，并收入《四库全书》。这是蒙古族唯一一部被选入《四库全书》的史学著作。萨冈彻辰不仅为蒙古民族留下了一笔宝贵的精神财富，他的《蒙古源流》也成为中华民族文明史的重要篇章。

萨冈彻辰去世后，他的陵墓就建在乌审旗的伊克布当的绿草黄沙间。哈日嘎坦部蒙古人300多年来一直守护和祭祀着萨冈彻辰的英灵。当时，他的坟墓四周禁猎、禁耕。一年有5次祭祀，每年的农历五月十三是大祭，届时，乌审旗王爷都要去祭拜。

1830年，成吉思汗第26代后裔、乌审旗王府左翼协理陶迪把祖先成吉思汗、呼图克台彻辰黄台吉、萨冈彻辰3个人的画像和十世班禅等3位高僧的画像放在一起开光，做成一张神像，并建起一座汇众神熙宝殿，将画像供奉在里面。

这样的祭祀一直持续到1901年。

这一年，清王朝为了筹划"庚子赔款"，决定放垦鄂尔多斯沿黄黑界地。当时乌审旗的王爷同意放垦，为了银子，连萨冈彻辰的安息地——乌审旗萨拉乌苏河谷的伊克布当地区也划在了放垦的范围之内。被逼无奈的哈日嘎坦蒙古人虽参加了旗民组织的反对放垦的"独贵龙"斗争，最终还是没有斗过官府和王爷，只得把萨冈彻辰的祭祀神像带走，悲愤地离开了世代生活的伊克布当，整体迁移至乌审旗北部的梅林庙地区。从此，美丽的伊克布当的草滩成了清朝官府和汉族商人、地主的垦荒区。他们招募了大量陕西农民来这里垦荒，草原渐渐成了农区。后来清政府索性将其划到了陕西地界，企图一刀砍断哈日嘎坦人同萨冈彻辰的联系。但忠诚的哈日嘎坦蒙古人却恪守着对萨冈彻辰的祭祀制度，每年农历五月十三大祭时，都从几百里外赶来，供起萨冈彻辰的画像，祭祀这位蒙古族史学家、文学家的英灵。日子久了，哈日嘎坦蒙古人将其称为萨冈彻辰的陕西陵地。

据萨冈彻辰纪念馆创建者、哈日嘎坦蒙古人拉格胜布林先生介绍，1901年后，每年的春季大祭，除了离开故土的蒙古人回来祭祀外，当地的汉族人也参加祭祀，因为他们知道萨冈彻辰是蒙古族伟大的史学家、文学家，对他崇敬有加。300多年来哈日嘎坦蒙古人和后来移民过来的汉族人就一直守护着萨冈彻辰的墓地。不管是战乱、自然灾害还是"文化大革命"时期的动荡，对萨冈彻辰的纪念活动一直没有间断。尤其是最近这些年来，陕西的汉族人祭祀萨冈彻辰的活动更为隆重。他们按照蒙古人的祭祀礼制，献茶敬酒，诵祈祷词，每年都会为祭祀盛会敬献9只绵羊。

我知道，对于崇尚节俭、生活朴素的陕北乡亲们来说，每次敬献9只绵羊，是下了大决心的。这也说明汉族人民对这位蒙古族文学巨匠的崇敬和爱戴。

蒙汉人民对萨冈彻辰的祭祀，已经成为毛乌素沙漠一道独特的人文风景。

现在，乌审旗在梅林庙地区建立了萨冈彻辰纪念馆，供起了萨冈彻辰和他的先祖的画像。哈日嘎坦蒙古人还搜集、整理了萨冈彻辰的祭祀文献，编纂成书。

在萨冈彻辰诞辰400周年的时候，乌审旗召开了《蒙古源流》国际学术研讨会，来自国内外的蒙古史学者齐聚毛乌素沙漠，共同研讨萨冈彻辰和他的《蒙古源流》。专家们对哈日嘎坦蒙古人和萨冈彻辰陕西陵地的汉族人延续300多年的对萨冈彻辰的守护和祭祀，表示了极大的敬意。他们认为，这种对历史文化，对文学家、史学家的尊重和崇敬，在国际上亦属鲜见。专家眼中的乌审旗和毛乌素沙漠，不仅是满眼绿色和现代化的建筑和工厂，而且有了厚重的文化和历史积淀。正是因为有了萨冈彻辰和他的《蒙古源流》，才使得人们对这块土地刮目相看。

2011年春天的一个下午，我怀着崇敬的心情，驱车200多公里，去供奉着萨冈彻辰画像的萨冈彻辰纪念馆拜谒这位蒙古族的文学巨匠。纪念馆建在毛乌素沙漠腹地的梅林庙嘎查。与我同行的乌审旗文化中心主任张玉廷是一位书法家，也是一位文化学者，还当过10余年的中学校长。张玉廷向我介绍道："梅林庙嘎查的蒙古人是100年前从萨冈彻辰的故乡整体迁移来的。现在梅林庙建起了萨冈彻辰纪念馆，这些哈日嘎坦蒙古人到了祭祀的日子就可以在梅林庙开展祭祀活动了。"我问："陕北的萨冈彻辰陵地还在搞祭祀吗？"张玉廷告诉我："搞，而且越搞越大了，旗里的蒙古人也去参加。到大祭时，两面的蒙汉人民都搞祭祀，现在还有一些文化、经济交流活动，一搞好几天。"

这次的梅林庙之行，除了拜谒萨冈彻辰外，我还想看一下梅林庙嘎查的大沙漠。我一到图克镇，就给镇上的办公室主任赵正彦讲了自己的意图。赵主任说他知道哪儿有大明沙，2010年春天，镇里还组织机关干部去植树。于是，赵主任领我去看大明沙。

在车上的交谈中，我知道赵主任毕业于市里的卫生学校，学的是公共卫生专业。他过去一直在镇里搞计划生育，后来才在办公室工作。车顺着一条黑色的油路，在一片青翠的毛乌素沙漠上快速行驶着，走了一个多小时也没有见到大明沙的影子。我知道图克镇方圆有1500多平方公里，南北宽才30多公里，走出这百十公里，已经绕得差不多了。

赵主任伸长了脖子四处观望着，不时说："这阵子在办公室待久了，下嘎查少了。明明2010年春天我还来这儿的大明沙上植过树哩，咋就没有了？"

车来到了一块海子边上。海子蓝莹莹的，在阳光下闪着涟漪。赵主任告诉我，这块海子叫巴彦淖，过去产碱，现在产螺旋藻。内蒙古大学的一位教授正领着人在这里开发保健品。巴彦淖水面很开阔，在阳光下闪着粼粼白光。湖边是杂花怒放的寸草滩，有几匹红色的乌审马在草滩上转悠。历史上乌审旗产名马。乌审马以耐力、速度著称于世。现在乌审马也像明沙丘一样难以寻觅了。

赵主任打了几个电话，询问哪儿有大明沙。最后，他告诉我，人家说大明沙肯定有，是在巴彦淖的东边。咱们现在的位置是在海子西岸上，要看明沙，咱得绕到海子东边，大约还得二三十公里。我看了看巴彦淖的东边，透过茫茫的水面，很远处似乎有一条起伏的浅浅的轮廓。

赵主任说："这次我打听清楚了，就是东面，肯定有明沙梁。"

我想想说："那片明沙我知道，2010年我就去看过了，变化也是老大了。30年前，我就在那一带的道班工作过。"

赵主任惊奇地说："真的？那咱们就不去看了，绕得太远。我回去问问在图克待的时间久的老人，让他们就近给你指块大明沙。"

第二天，赵主任真给我找了个老人，是过去镇里的老领导，原镇人大常委会主任斯仁道尔吉。斯仁道尔吉告诉我："要想看成片的大明沙还得去梅林庙嘎查。据我所知，图克附近的大明沙早就治住了。我在图克待了几十年了，对哪儿有明沙还是知道的。梅林庙那儿明沙大，前些年有陕西人在那儿的大明沙里搞了个土炼焦厂，好长时间都没人知道。最后，还是被寻找牲口的牧民发现了。大，那里的明沙大！"

我说："正好，本来我也想去一趟梅林庙，看看萨冈彻辰纪念馆。"

为了把握起见，赵主任给我联系上了梅林庙嘎查的党支部书记奥腾巴彦，他说奥腾巴彦现在搬到了图克镇上的移民小区，正好在家。于是我们到镇上的移民小区去找奥腾巴彦。图克镇这个移民小区建设得很现代，社区配套设施齐全，已经住了150多户人家。有意思的是，在漂亮的小区院里还竖着一些苏力德，让人一看，就不禁想起草原的毡包前、沙巴拉地的柳笆房前竖立的苏力德。我想这些苏力德大概是游牧文明留在这里的最后纪念了。它在顽强地告诉人们，这个小区里的居民曾经是草原上的牧人。

我们在一幢楼的单元房里见到了梅林庙嘎查党支部书记奥腾巴彦。他是个中等个子的哈日嘎坦蒙古人，看上去有50多岁。我打量着房子，看着房子的陈设，说这房子真挺不错的。奥腾巴彦告诉我："这是镇上给每个移民户免费提供的一套80多平方米的住房，都是这样统一的格局，水、电、暖配套设施都挺不错的。这倒好，用不着风吹日晒了。"

他呵呵地笑了起来。

我们随便聊了起来。奥腾巴彦对我说："自从老辈子人从萨冈彻辰陕北陵地迁移到梅林庙，已经整整5代了。打小就记得出门就是大沙漠，有些沙巴拉地就是好草场。羊就跑着吃，溜着吃。跑着溜着，连沙巴拉地的草场也没有了，只剩一片荒沙了。后来承包草场，荒沙滩也都有主了。人们按着自己的意愿治理沙漠，因此建起了许多'草库伦'。后来又轮牧、禁牧，草就长出来了，大明沙还真不多见了。上面提倡为养而种，我又在巴拉地里开辟出了几十亩水浇地，牲畜饲草料就全都解决了。"

我问："那你咋搬到移民小区的楼上来住了？"

奥腾巴彦说："我看草场现在挺好的，荒沙梁也不多了，咱梅林庙的林草从来没有这样茂盛过。可上边说不行，说咱这儿是生态脆弱区。梅林庙嘎查已经被旗里划定为退牧还草区，人、畜要坚决地退出来，用于生态的彻底改善和恢复。你想想，不让放羊了，都要搬到镇里统一盖的楼上来住了，人哪能想得通？甚说法都有！"

赵主任说："老奥，人家肖老师是找大明沙来了，看萨冈彻辰纪念馆来了……"

我说："随便聊聊。我听说迁移上楼的牧民有喝醉酒从楼上跳下去摔伤的。"

奥腾巴彦想想说："这事我还没有听说过。咱实事求是地说，退牧还草的补贴用于过生活还是够的。"

我问："旗里给的退牧还草的政策补贴有多少？"

奥腾巴彦说:"就说我家吧,50亩水浇地,每年每亩补300元,国家每年补1.5万元;2000亩草场,补3万多元。还给我和老伴上了养老保险,每月1000元,一年就是2.4万元。光退牧还草政策补贴下来每年就有将近6万元的收入,这是旱涝保收的。这和我们上楼前的畜牧业收入差不多。别的人家都差不多。"

我想,退牧还草的牧民上楼以后,每户每年能有6万元的政策性固定收入,应该算是承庇祖荫了。可据我所知,许多牧民并不愿意上楼。其实,他们不是担心上楼以后生活没有保障。让这些草原上的牧人们纠结的是,上楼以后,他们就真的告别了草原,告别了千百年来日出而作、日落而息的自由自在的自然生活。

奥腾巴彦对我说:"你说的现象也有,但也不全是这样。家中像我们这样的,老两口年纪大了做不动了,还是愿意上楼过光景。从此不再捡羊粪蛋子烧火熬茶了,不再过风吹日晒的日子了。嘎查的青年人早就跑进城里打工了。他们不愿意在家里待着,挣上钱挣不上钱的都往外面跑。肖老师,我跟你实话实说吧,草原已经留不住青年人的心了!"

我们听了奥腾巴彦这番话,都点头称是,感叹村里的年轻人越来越少,不管农区、牧区,情形都差不多。

我问赵主任:"咱镇上给上楼的移民提供的就业岗位怎么样?如果有了就业岗位,在家门口就能挣上钱,不就把青年人留下了。"

赵主任还未答话,奥腾巴彦摇头说:"咱们想得挺好,可年轻人不是这么想的。咱这地方,不比大城市挣钱少啊,可它就是留不住年轻人,你说有啥法子。"

赵主任也讲:"的确是这个样子。实际上,我们建移民小区,主要是要做到'移得出,稳得住,富得了'。依托工业园区上项目,我们已经搞了一期2000亩设施,有农业园、物流园、生态建设示范园。镇区也能提供一些公益性岗位,像环卫保洁、治安联防等。企业也提供了一些辅助性岗位。我们认为产业支撑较为扎实,可现在遇到的问题是,别说年轻人,就连四五十岁的人就业的也不太多。"

"这是为什么？是不是工资不高？"

"主要是不太习惯。过去当牧民放羊，自己做自己的主。现在给人家打工，人家做你的主。"奥腾巴彦摇着头说，"有些我也说不清楚。咱凭良心说，栽移樟子松苗子打日工，每天150元，不算低吧？你要搞计件，每天三四百元钱也能挣，这走到哪儿也不能算是低工资。可他就是放着钱不挣，你有啥办法？你不挣，人家陕西、宁夏、甘肃的人打破头抢着挣。咱牧民过去过的是有累没苦的日子，悠搭着就把过日子的钱挣了。现在住上楼了，你要想有钱挣，就悠搭不成了。"

"悠搭"，我佩服奥腾巴彦用词的准确。一个"悠搭"，就好像有人骑马在我的面前晃动了起来。

我想起乌审旗人民政府旗长牧人讲过的一番话："城镇化不仅是换一个地方居住，更是换一种方式发展，要同时考虑人往哪里去，钱从哪里来，如何安居乐业。乌审旗土地辽阔，地势平坦，空气清新，绿地丰富，为实现'草原上有城镇、城镇中有草原'的新型城镇目标奠定了基础。但真正实现城镇化，首先是要转变人们的生产、生活方式，而不是简单地把人移到楼上去。"

奥腾巴彦叹着气讲："我是闹不明白了，放着日工150元不挣，人们这是咋了？"

奥腾巴彦说得不错，日工150元走到哪儿也应该算是好工资，可乌审旗的牧民就是看不上。除了有"悠搭"的因素之外，主要还是因为他们每家每户都有几千亩草场。这些年来，他们大都是雇陕西人放羊、种地，许多人早已经搬进市里、旗里。乌审旗的牧民是一些既享受着城市文明又享受着草原文明的快活群体。退牧还草、退牧还林，既是对他们长远利益的维护，也是对他们眼前利益的触动。

奥腾巴彦说："现在老的好说，小的也好说，上楼有甚不好的？要说不愿意上楼的，主要是半老不老这些人。这些四五十岁的人又不进城打工，又不愿意上楼。"

我问："那为什么呢？"

奥腾巴彦说："他们干得动，挣钱的路子就多，觉得还是守着自己的草场搞农牧业收入高一些。最主要的是他们怕退牧还草政策不长远,头几年行,要是以后没有了政策补贴,名下的草地也没有了。"

赵主任说:"咋会呢?二轮承包不是刚签了?你得告诉牧民们,政策只会越变越好。现在住在风刮不进、雨淋不着的单元房里,每年你就甚也不用干,光退耕还草这一项就有五六万的进项,上哪儿找这好政策去!"

奥腾巴彦说:"不管咋说,也是故土难离啊!我是嘎查的支部书记,我得带头上楼。现在全嘎查有152户住进了楼房,守着梅林庙草场的没有几户人家了。目前主要是把楼房的管理跟上去,还得引导上楼的牧民就业。我还是想不明白,日工150元,咋还没有人做呢?"

赵主任说:"老奥,你在路上再想吧!咱们还是快点去看梅林庙的大明沙吧!"

我们笑了起来。

奥腾巴彦开上自己的车在前面带路,我们的车跟在他的后面,驰出图克镇,向梅林庙嘎查驰去。渐渐地,草地两面的沙丘越来越高、越来越大了,但都覆盖着绿色。你可以想象得出这些大沙漠的本来样子。沙丘上长着大片大片的沙地柏,绿油油的,一望无边,真的很壮观,好看,耐看。

沙地柏是产于乌审旗的独特灌木,以其树形美观、香味能驱虫蝇,且四季常青、耐旱节水成为国内外城市绿化的新宠和首选。我曾在东京、北京、上海等国际化大都市里见到过许多郁郁苍苍的沙地柏。其原始的根就深深扎在毛乌素沙漠上。沙地柏是珍稀树种,经济价值非常高。因此,沙地柏也成了偷盗分子盗窃的对象。为此,乌审旗成立了沙地柏管理局,专门负责乌审旗境内沙地柏的管护工作。

奥腾巴彦的车停在了一片覆盖着沙地柏的沙漠前,我们也停车,走下来。奥腾巴彦指着这片黑压压、绿油油的沙漠说:"这里原先就是一片大明沙,图克全镇再也找不出这么大的明沙了。现在全爬满沙地柏,到冬天也绿绿的。要说明沙,就属这块大了。"

我告诉他:"我想看没有绿化的大明沙。"

奥腾巴彦奇怪地看着我说:"看没有绿化的大明沙?这还真不好找。你看那光秃秃的做甚？还是这绿油油的好看。"

我刚想解释几句，奥腾巴彦像是发现了什么，急匆匆地往远处的沙地柏丛中跑去。

他一会儿走回来，生气地说："又有人偷剪枝子了。这些贼忽拉，是该好好惩治几个！"

原来奥腾巴彦早就参与了沙地柏的管护工作。他告诉我："梅林庙嘎查是旗里野生沙地柏重点保护区域，嘎查的牧民们都自动配合旗里的执法部门，参与沙地柏的保护和管理工作。"

我问奥腾巴彦："这沙地柏经济价值高吗？"

奥腾巴彦说："沙地柏枝子贵得很，要是倒到旗外去卖，十几元钱一株哩！咱这大沙漠现在是金山银山哩！常有人开着车来盗窃。咱这沙地柏又多，地面也大，总有盗剪的事情发生，咋也制止不住。旗里的王法硬得很哩，逮住了轻则罚款，重则判刑。前些日子，旗里一个执法部门的司机偷剪沙地柏枝条盗卖被判了刑……不这样狠办，咱这里就会被人连根挖光、挖秃。"

我问："牲畜吃沙地柏吗？"

奥腾巴彦告诉我："沙地柏不能当牲畜的饲草。过去人们做香时，用它当过原料。它在牧人的心中非常神圣，祭'长生天'、祭敖包时，人们用沙地柏枝条沾上奶子向天抛洒，以表达对苍天神灵的敬意。沙地柏因为耐旱，是固沙的优良灌木，不但能够绿化沙漠而且还能美化沙漠。因为沙地柏品相好，现在渐渐成为城市绿化的观赏树种，常栽种在城市河边和广场的草坪上。沙地柏抗旱性强，非常节水，一般来说仅靠雨雪就能茁壮生长。而且，它是多年生植物，根子串得很快，今年栽上一株，明年就是一片，根本不用刻意管护，所以，花木市场需求量非常大。为了保护毛乌素沙漠的生态，乌审旗采取了专门保护沙地柏的措施，加强了对沙地柏的管护。"

我望着毛乌素沙漠上一眼望不到头的黑压压的沙地柏林，心想：毛乌素沙漠确实是一座金山。

我们上了车，快速行进在披着绿装的沙漠上。不一会儿，眼前出现了一片宽阔的草场。草场上横亘着一块块的沙漠，也都是绿油油的。极目望去，是一片无垠的绿色，让人感到震撼。与我同行的张玉廷连连叹道："真没有想到，沙漠会绿成这个样子。奇迹，真是奇迹！"

在绿色的草地上，屹立着一幢古色古香的建筑。张玉廷告诉我，前面就是萨冈彻辰纪念馆了。果然，奥腾巴彦已经把车停在纪念馆前。我们忙跟上去。我下车观看，发现这幢建筑非常朴素，就是几间平房立在草原上。奥腾巴彦给我介绍道："这里原来是梅林庙的旧址，现在建起了萨冈彻辰纪念馆。"我看到纪念馆大门紧锁，四周也是静悄悄的。奥腾巴彦解释道："今天不是祭祀的日子。要是到了祭祀的时候，人们就从四面八方来了，有时还有外国人。要不我跟管纪念馆的人联系联系，让他过来把门开开？"

我问管理纪念馆的人在哪。奥腾巴彦说："就住在镇里的移民小区。刚才走得匆忙，忘了叫他一块来了。"我说："太远了，算了吧，我在周围看看就行了。"我徜徉在萨冈彻辰纪念馆的四周，见门前有几株古柏，透着森森凉意。我透过门缝往里看，可惜看不清楚。我知道萨冈彻辰纪念馆内珍藏着一幅萨冈彻辰的画像，200多年了，一直被哈日嘎坦蒙古人视为神物。每年祭祀的时候，哈日嘎坦蒙古人就会冲其焚香敬酒，顶礼膜拜。

作家成神，这恐怕是世界上唯一的一个。这种虔诚寄托着对自己民族历史的尊崇，对自己民族文化和未来的无限期许。

奥腾巴彦说："自从建起这个纪念馆，我们就可以在自己的家门口祭拜萨冈彻辰了。要不年年得去陕北陵地，往返五六百里呢！"

我站在萨冈彻辰纪念馆前，四下打量着。不远处还有一些起伏的细小沙丘，黄澄澄的，显得很是洁净，在一片绿色中显得格外抢眼。奥腾巴彦对我们说："我家离这里不远，要不咱们去我家喝杯茶去？"

我们驱车走了大约十几分钟，来到奥腾巴彦家。他的家隐在一片小树林里，孤零零地立在草地上，显得十分清幽。我们进了屋，屋内收拾得非常洁净。透过大窗子就能看到无尽的草地、树木、白云、蓝天。炕桌上已经摆放了一些待客的奶食、炒米。奥腾巴彦的老伴乌努古笑眯眯地招呼我们，为我们斟好茶，便退到炕边默默地看着我们。奥腾巴彦告诉我们，他家还有20多只羊没有处理掉，老伴乌努古舍不下她的羊，草一返青就又回到自己的牧场。唉，高楼拴不住牧人的心呀!

我问乌努古,一个人待在草原上不孤单吗?她说,她在照料她的羊,不孤单。我继续问她,住在镇上小区的楼房内好还是住在这里好?她说在这里待惯了,草场上有做不完的事情。奥腾巴彦告诉我,他家过去养着6头牛、70多只羊。后来,旗里要在梅林庙搞生态移民,人、畜都要从这里全部退出来。他是支书,乡亲们都看着他哩。他家大半牲畜都处理了,还有一些羊没有处理掉,老伴就从楼里搬回来住了。

乌努古说,她听不见羊的叫声,心里就发慌。我听她这样一说,心里顿时感到酸凄凄的。我急忙喝了一口茶,问乌努古孩子们的情况。乌努古说,她的3个孩子都在城里打工呢,逢年过节和萨冈彻辰大祭时才会回到家里。我问她孩子们在城里待得怎么样?乌努古答不出来,一脸漠然的样子。奥腾巴彦告诉我,他的二小子在旗里办了个装饰公司,生意还算红火。大小子和三小子每年的收入虽比不上老二,但也过得去。乌努古说,这羊眼瞅着就没有人放了。

我知道,每只羊都是一台小型挖草机。在禁牧之前,小草只要露头,就会被羊吃掉。羊低头掠过,草场一片荒沙,因为一只羊需要几十亩草场才能正常生长,何况那时又盲目追求牲畜存栏数。羊在人们贪欲的驱使下,几乎是在疯狂地掠夺草场。这种传统的粗放的畜牧业生产方式成为草原荒漠化的重要推手。现在人们已经认识到,不转变传统的农牧业生产方式,生态永远不可能得以恢复。从20世纪末开始,乌审旗开始禁牧,对羊进行棚圈饲养和轮牧。十几年下来,草长高了,沙漠绿了,牲畜的头只数也比禁牧前翻了几番,乌审旗成为名副其实的牧业大旗。人们都知道绿染毛乌素,1万多平方公里的乌审大地生态得以恢复,禁牧、轮牧起到关键性作用。现在人们说起禁牧的百般好处来,唯一的遗憾是圈养的羊的肉似乎不如跑滩的羊的肉吃起来香。这不知是人们的心理作用,还是圈养的羊肉质量确实需要改进,个中滋味我是体会不出来的。

我所知道的是,目前,乌审旗全境的草场都被认定为有机草场,乌审旗全境的农、牧、副产品,包括牛、羊、水产品、粮食、水果、蔬菜,都被国家农业部绿色食品管理委员会正式认定为有机产品。就是说乌审旗已经有了自己的绿色品牌,"绿色乌审"的经济价值得到彰显,已经实现了由生态价值向经济价值的转变。乌审旗绿色品牌的整体确立，凝聚着几代乌审人的汗水和智慧，是10万乌审儿女像呵护自己的眼睛一样呵护自己赖以生存的家园，精心打造"绿色乌审"的结果。

四、人家看沙梁梁是黄的白的，可我咋看都是红红的

1929年2月11日，正是农历正月初二。

入夜，辛苦一天的席尼喇嘛送走了不断来慰问革命军的乡亲们，上炕休息了。当时，席尼喇嘛率领的内蒙古革命军第12团正驻防在乌审旗乌兰陶勒盖的文贡沙漠里，他和团部以及警卫排的十几名战士住在一个牧户的家里。

这位64岁的老人很快进入梦乡。

睡梦中的席尼喇嘛不会想到，一个针对他、针对乌审旗国民革命的罪恶阴谋，正在像夜色一样缠绕着他，试图吞噬他。

外面大夜如墨，朔风呼啸。

一个黑影像夜行的狼一样，悄悄靠近屋子。他是当夜的值班排长布仁吉日嘎拉。另一个黑影贴近了布仁吉日嘎拉，他是当晚的值勤战士额尔和木达来。两人密谋一气，便提枪钻进了席尼喇嘛休息的屋子里。

几声罪恶的枪声过后，乌审草原的优秀儿子、共产主义在内蒙古大地的早期传播者、坚定的民主革命战士、近代"独贵龙"运动的发起者之一和卓越的组织者、内蒙古人民革命军第12团团长席尼喇嘛死于叛徒之手。

席尼喇嘛是乌审草原上的红色传奇。

席尼喇嘛原名叫乌力吉杰日嘎拉，1866年出生在一个奴隶的家庭。8岁就给牧主放羊。刚刚成年，他就被送进乌审旗的王府里当杂役，受尽了欺辱，经历了人间的许多不平事。乌力吉凭着自己的勤奋好学，能熟练使用蒙汉文字，成为一名王府的笔帖式（文书）。其时恰逢"庚子之乱"，慈禧太后避难至西安。乌审旗的王爷为了讨好慈禧太后，向朝廷表忠心，便卖给陕北地主一部分草场，换了3000两银子，派俩人给慈禧太后送去。谁知那俩人在西安待了几个月，连慈禧太后住在哪儿都没打听到，气得王爷直骂"蠢材"。王爷又派精

明干练的乌力吉赴西安办差。实际上，王爷卖出的草场中，就有乌力吉一家世代放牧的巴拉地，家人已经被迫西迁。失去家园和牧场的乌力吉正在悲愤交加之中。但他也像在草原上世代放牧的牧人一样，盼望乌审旗有好王爷、好官，牧人们能够平平安安地放牲畜就好。

乌力吉怀着这样复杂的心情来到西安，一打听，才知慈禧太后已经移驾回京。于是，乌力吉赶到北京，通过关系给朝廷送去王爷卖地的银子。王爷巴结上慈禧太后，高兴地笑了，而乌力吉的心却在滴血。就是在北京，世界向他打开了另一扇窗户，他知道了"戊戌六君子"、义和团运动、火烧圆明园、"庚子赔款"等，觉得大清王朝就像一个行将就木的老人，似乎一阵风就能将其刮倒。这年，乌力吉38岁，在王府当差已经20多年了。他知道王府里的王爷、福晋就像大清朝一样，也将跟草原上风干的马粪似的，只要大风一吹，就会被抛撒在无边无际的毛乌素沙漠里。

乌力吉回到乌审草原，感到乌审草原就像一个火药桶，时刻会被一根火柴点燃炸响。王爷和福晋为了银子，为了享乐，忙着卖地，大片大片的草场被教堂和汉族地主、商人买走了，牧民们流离失所，被迫迁移。旗内的许多有识之士和牧民早已经看不惯王爷的所作所为，他们秘密结社，共商对策，百年前被王府残酷镇压的"独贵龙"又在乌审草原上悄然兴起。王爷和官府已经嗅出了味道，但他们不知道现代"独贵龙"的头领是谁。

"独贵龙"运动起源于100多年前，起因也是反对王府大量卖地、放垦以及王爷和官吏们的荒淫无耻。"独贵龙"是蒙古语，译成汉语就是环形、圆圈。议事时大家坐成圆圈，各种抗议和请愿的呈文也签成圆圈形，这使王爷和官府找不出牵头的组织者。这是乌审旗牧民出于自我保护而采取的一种智慧的斗争形式。1828年，乌审旗的"独贵龙"成员忽然包围了王府，召开诉苦大会，历数当时旗王爷桑杰旺勤的罪行，要求他让位。诉苦诉不倒旗王爷，"独贵龙"又跑到盟府前安营扎寨，继续自己的诉求，整整坚持了3个多月。最后惊动了大清朝的理藩院，才撤掉了桑杰旺勤的扎萨克职务，改由他的儿子世袭。"独贵龙"掀翻一个王爷，这是几百年也未有的事情。1879年，乌审旗300多名"独贵龙"成员包围了旗衙门两名贪官的家，并将他们抓走批判。由于"独贵龙"

的矛头直指官府和王爷，很快就遭到残酷镇压，领袖被拘捕，并且被举家流放湖南等地。

现在还有这样一首歌在乌审草原上传唱：

> 鸿雁带着嘹亮的歌声，
> 飞向了湖南。
> 歌声仍留在我们的耳旁，
> 引起我们无尽的思念。

由于王爷和官府的分化瓦解和残酷镇压，"独贵龙"运动一次次失败，但它留下的反抗火种却散播在乌审草原上。此时的乌力吉已经看到了乌审草原上即将燃起的冲天大火。

他做出了自己的选择。

他以搬家为理由向王爷告假。王府离不开这位精明干练的笔帖式，但王爷实在想不起拒绝乌力吉的理由，只得准了他的假。可乌力吉的眼风让王爷有些惴惴不安，他知道乌力吉是反对卖地放垦的。乌力吉为此曾苦劝过他："这地不能再卖了，再卖牧人就没法活了！你想一想，咱乌审游牧地100多年前靠着长城边，现在都快退到无定河边了，面积缩小了一大半。"

这让王爷很不高兴，他非常不满意乌力吉的多管闲事，认为草原是我的，我卖自己的地还用得着你们这些奴隶同意吗？

乌力吉正直清廉，在乌审旗各界和百姓当中口碑极佳，这让王爷非常担心，怕这个笔帖式会成为潜在的对手。他知道，神龙不见首尾的"独贵龙"百十年来像幽灵一样隐现在毛乌素沙漠里。他担心为自己服务20多年的乌力吉会和"独贵龙"搅在一起。也许，乌力吉就是现在"独贵龙"的头领呢！想到这儿，王爷不禁吓出一身冷汗。

乌力吉将家搬到嘎鲁图这个鸿雁展翅飞翔的地方。从此，嘎鲁图成为"独贵龙"活动的中心。他们状告王爷，驱逐放垦的官员，揭露福晋的荒淫无耻。乌力吉还与正直的官员、反对放垦的台吉（贵族）、文人雅士、平民结成反对王爷恶政的同盟，壮大了"独贵龙"的队伍和影响。王爷唤他回旗衙门，他托病推辞。王爷封他为哈喇章京，他置之不理。王爷派人去寻，他索性剃发，披上了紫红色的喇嘛袍，并称自己是席尼（新）喇嘛。从此，席尼喇嘛的名声传遍鄂尔多斯高原。他很快成为"独贵龙"运动的领袖，在民国元年被全旗11个"独贵龙"组织推举为公众会主席。为了更好地开展"独贵龙"运动，席尼喇嘛还与王悦丰、奇金山等70多位志同道合者结为兄弟，公开率领全旗民众与王爷、福晋展开斗争，这就是鄂尔多斯历史上著名的"七十安达独贵龙"。他还带人包围王爷、福晋的住地，当着王爷的面抓走作恶多端的福晋，逼着福晋交代了祸害乌审草原的丑事。最后，义愤填膺的牧民处死了罪恶滔天的福晋。乌审旗燃起的"独贵龙"之火很快燃遍了鄂尔多斯高原。达拉特旗和杭锦旗的"独贵龙"运动由控诉王爷，要求减租减息，很快发展成了与封建王府的武装斗争，极大地震撼了盟官府的封建统治者。

1920年夏天，伊克昭盟盟长决定先消灭乌审旗的"独贵龙"运动，派兵包围了嘎鲁图庙，要求席尼喇嘛及"七十安达独贵龙"归案。这些官员和士兵有300多人，一共在嘎鲁图庙待了3个多月，每天吃掉的羊就有六七十只，还不时杀牛吃，要酒喝，这一切全部由乌审旗百姓负担，人们苦不堪言。席尼喇嘛为了解救百姓的困苦，主动投案，被官兵吊在一棵大树上，每天挨70皮鞭，并被戴上80多斤重的锁链。盟府准备押着席尼喇嘛去每家牧户示众，然后再加以杀害。机智的乌审人民为了解救席尼喇嘛，借助嘎老五率领的一支出没于陕北边境的土匪队伍的力量，从官兵手中抢走了席尼喇嘛，并将他连夜送过黄河。席尼喇嘛被土匪劫走，官兵也没了办法，只得从嘎鲁图收兵。这几百号人几个月吃剩下的牲畜尸骨，在嘎鲁图庙附近留下了一条长长的"骨坝"。

1921年夏天，席尼喇嘛来到北京，与另一支"独贵龙"运动的领导人、蒙古民族早期的民主主义启蒙者旺丹尼玛会合，两人共商鄂尔多斯"独贵龙"运动的大事。在此期间，他们接受了新民主主义和共产主义的熏陶，并结识了李大钊及第三国际的联络员雷卡嘎尔夫等共产主义者。在俄国十月革命、外蒙古革命、中国的五四运动及萌芽时期中国共产党的影响下，席尼喇嘛萌发了推翻整个封建统治，在内蒙古草原建立新生活的思想。

为了让更多的人接触共产主义思想，1924年8月，席尼喇嘛潜回毛乌素沙漠，挑选了16名"独贵龙"骨干，踏上了奔赴蒙古人民共和国学习的艰难行程。一行人穿越沙漠、戈壁，经过几个月的艰苦跋涉，终于在冬天来到了蒙古人民共和国的首都乌兰巴托，受到蒙古人民革命党领袖乔巴山的热情接见。蒙古人民革命党安排席尼喇嘛等人学习、参观。在此期间，席尼喇嘛如饥似渴地学习社会主义理论和共产主义思想，整理了许多学习资料和笔记，撰写了《鄂尔多斯升起革命曙光》等著作，并且加入了蒙古人民革命党。这位在暗暗长夜摸索了一生的席尼喇嘛，终于在年届六旬时成为一名革命战士。

按照第三国际的安排，席尼喇嘛在1925年回国，参与了内蒙古人民革命党的创建工作。在张家口召开的内蒙古人民革命党第一次代表大会上，他当选为党中央执行委员。第三国际和中国共产党的代表都出席了会议。席尼喇嘛按照内蒙古人民革命党的指示回到乌审旗，组织、发动群众投入到反对封建王公的斗争中，并筹备建立内蒙古人民革命党乌审旗委员会。1926年的正月十五，在嘎鲁图庙召开了有2000多牧民参加的群众大会，席尼喇嘛发表了热情洋溢的演讲。他回顾了以往"独贵龙"的斗争经历，明确指出："乌审旗的革命成功，必须要与全中国、全世界的革命运动联在一起。我们必须找到一条正确的革命道路。现在我们已经找到了，那就是共产国际为中国革命设计的道路。我们内蒙古人民革命党就是这条道路的实践者。"虽然会议遭到封建王公的破坏、袭击，席尼喇嘛播下的革命种子还是留在了牧人的心底，慢慢发芽、长大。

在短短一年的时间里，席尼喇嘛发展了700多名中坚分子加入内蒙古人民革命党，组建了7个党支部。在全国革命形势高涨的大背景下，1927年1月，内蒙古人民革命党乌审旗委员会经选举正式产生。据阿云嘎《席尼喇嘛》一书记载：那时毛乌素沙漠里和乌审大地上流传着许多新歌曲，像《"独贵龙"之歌》《无敌英雄斯大林》等。还有一支曲调奇异的《全内蒙古之歌》，若干年以后，人们才发现这支歌的曲调竟然是《国际歌》。

革命的迅速发展，引起了封建王公的恐慌和仇视，他们不断进行破坏，并试图用武力镇压革命。席尼喇嘛认识到，保卫革命成果必须有革命的武装。在他的积极倡导下，在第三国际和乔巴山的支持下，由内蒙古人民革命党领导的内蒙古人民革命军成立了。

1926年9月，席尼喇嘛率领内蒙古人民革命党中央和革命军来到乌审召，这里成为内蒙古革命的中心。根据乌审旗革命的特殊情况，内蒙古人民革命党中央召开了由牧民群众、封建王公参加的三方会议。在会上，席尼喇嘛宣布：推翻乌审旗封建王公政权，全旗重大事务由旗党委、革命军、旗衙门三方共同协商决定；解散王府卫队，封建王公不得干涉牧民革命活动。会后成立乌审旗保安队，后改为内蒙古人民革命军第12团，席尼喇嘛亲自担任团长。

三方会议后，乌审旗王爷出卖大量土地、牧场，勾结陕北军阀井岳秀，纠集反动武装上千人围剿刚刚诞生的革命政权。席尼喇嘛率军迎战，粉碎了敌人的进攻。乌审王爷见大势已去，只得逃至陕北榆林，在井岳秀的庇护下苟延残喘。乌审旗的革命形势如火如荼，革命政权渐渐巩固。民主政权的建立对牧民的生活也产生了影响，喝醉酒打老婆的事情有人管了；陕北边商一块砖茶两年变成一头牛的事情有人管了；牧人遇到不公平的事情，开口就说找旗委、找公会……

旗委和公会为了保护牧场，还制定了植树计划，开始用新思想保护牧场和草原。

旗委与公会已经成为乌审牧民的主心骨。毛乌素沙漠经历了一场千百年来从未有过的巨变，千年的奴隶翻了身，翻身的奴隶当主人。社会主义、共产主义、苏维埃……这些词渐渐成为乌审旗牧民的口头禅。席尼喇嘛彻底改变了毛乌素沙漠和乌审旗，为他们打开了世界之窗，一下子把毛乌素沙漠与天翻地覆的世界拉得这样紧密……

1927年，蒋介石在上海发动"四一二"反革命政变，大批共产党人遭到屠杀，中国革命受到重创。这时，内蒙古人民革命党中央的主要领导人白云梯投降了蒋介石，革命军总司令旺丹尼玛与前敌副总指挥、共产党员李裕智惨遭杀害。面对白云梯等人的威胁利诱及企图将第12团编入国民党军队的罪恶计划，席尼喇嘛坚定地说："我们内蒙古革命依靠的是中国共产党和第三国际，十月革命才是我们要走的道路。我们第12团官兵头上的帽子不留戴你那青天白日的地方！"

席尼喇嘛彻底与白云梯等人决裂，只身率第 12 团与国民党军队作战。革命形势的陡转，更让席尼喇嘛感到革命武装和民主政权的宝贵。席尼喇嘛健全了全旗的公会组织，动员大量牧民参加革命军第 12 团，并率部与不断进犯的井岳秀的反动军队打了大小 20 多仗。让人们称奇的是，以少对多、以弱对强的席尼喇嘛，每一仗都取得了胜利。席尼喇嘛率领第 12 团越战越勇，终于将井岳秀率领的国民党军第 2 集团军暂 18 师赶出了乌审旗，保卫了新生的革命政权。这让井岳秀颜面扫尽，于是，他和乌审旗王爷改变了策略，开始分化第 12 团，收买第 12 团内部的动摇分子，伺机从席尼喇嘛背后打冷枪。

席尼喇嘛领导的乌审旗革命政权，成为白色恐怖笼罩下的中国大地上一道耀眼的红色风景线。在席尼喇嘛的领导下，乌审旗公会成为当时中国最健全的县一级革命政权。

这是乌审大地永远的光荣！

席尼喇嘛被叛徒杀害后，乌审旗又恢复了封建王公统治，但席尼喇嘛留下的革命火种在毛乌素沙漠闪耀了几十年。在第 12 团与国民党部队战斗过的许多地方，由于群众基础比较好，后来都被陕北红军开辟成了革命根据地，1935 年在巴图湾还成立过乌审旗苏维埃。中央红军长征到达陕北后，党中央为了开展对蒙古上层的统一战线工作，下令撤掉了乌审旗苏维埃。毛主席还指示，一定要将巴图湾（乌审旗苏维埃所在地）还给蒙古人民。在抗日战争中，八路军一个骑兵团进驻陶利滩，他们发动蒙、汉人民投入到抗击日本侵略者的人民战争洪流中。这支部队在贺秉坤团长的带领下，利用战争的间隙，在毛乌素沙漠上种植了大片的柳树。这些柳树被当地蒙汉百姓称为"八路柳"。70 多年过去了，当年八路军战士种下的"八路柳"仍是枝繁叶茂，遥遥望去，就像一团团云朵飘浮在陶利滩上。

席尼喇嘛创建的第 12 团的骨干，也就是"七十安达独贵龙"中的许多人，在中国共产党的教育、培养下，成为坚定的共产党人，成为中国人民解放军伊盟支队的领导和骨干，为解放鄂尔多斯乃至内蒙古立下了不朽功勋。新中国成立以后，他们中的许多人成为内蒙古和鄂尔多斯的各级党政领导，为内蒙古的社会主义建设立下新功。

席尼喇嘛的老安达、解放军伊盟支队的司令员王悦丰（蒙名为阿日宾巴雅尔）在1947年春天毛主席率党中央转战陕北进入毛乌素沙漠时，率领伊盟支队的指战员在毛乌素沙漠的张家畔芦河战斗中，打退了马鸿逵骑兵19团和国民党"还乡团"对边区的突袭，为保卫毛主席、党中央做出了贡献。这件事情让王悦丰一生引为荣耀。

1977年，饱经磨难的王悦丰病逝。这位鄂尔多斯人民的老盟长终于回到了乌审大地，静静地安息在他出生的陶利滩上。几十年过去了，人们还在津津乐道地谈论着王悦丰的故事。最让鄂尔多斯人民念念不忘的是，他们的老盟长参加过"独贵龙"，保卫过毛主席，还有他的子女几十年来一直都是当地最普通的牧民……

2011年夏天，我在毛乌素沙漠追寻着席尼喇嘛的足迹，寻找着毛乌素沙漠的红色故事。我在乌审草原上见过席尼喇嘛的侄孙女，我在巴图湾找到了老一代的共产党人。随着岁月的流逝，乌审旗曾有过的老红军、老八路、老革命越来越少了，但老一辈革命者为之奋斗终生的乌审大地却越来越美，越来越年轻。在陶利滩一位牧人的家中，我曾听酒酣的牧人们放声唱着这样一首歌：

  我们跨上追风快马，
  奔驰在家乡的草原上。
  我们大家精神抖擞，
  满怀信心奔向前方。

  我们是席尼喇嘛的好弟兄，
  心明眼亮意志刚强。
  让敌人闻风丧胆，
  胜利的旗帜高高飘扬。

  高高的白沙梁，

耸立在遥远的天边。

我们是乌力吉杰日嘎拉的战士，

人民群众永远赞扬。

席尼喇嘛和他的 12 团战士是永垂不朽的，因为他们血沃乌审大地，是毛乌素沙漠永远的丰碑。20 世纪 60 年代，曾使鄂尔多斯名扬全国的电影《鄂尔多斯风暴》，就是以席尼喇嘛为原型创作的。当年"独贵龙"活动的旧址已经被国家定为重点文物保护单位。为了纪念席尼喇嘛，乌审旗在嘎鲁图镇修建了宽广的"独贵龙"广场，并为他修建了极具民族特色的纪念碑。人们时常驻足纪念碑前，缅怀这位伟大的革命先驱。席尼喇嘛已经成为鄂尔多斯人的偶像。

2011 年夏天的一个清晨，我在嘎鲁图镇的席尼喇嘛广场散步时，看到一对拍婚纱照的年轻人。晴空万里，太阳微露，这对幸福的年轻人迎着东方那抹霞光，笑得是那样甜，那样美。我问他们来自何方。他们告诉我，他们出生于乌审召镇，前些年去了深圳，在深圳经营一个充满蒙古元素的毛乌素酒吧。灯红酒绿之中，他们始终不能忘记自己的出生地——美丽的毛乌素沙漠和乌审草原。他们结婚前，忽然想起幼时的偶像席尼喇嘛，于是千里迢迢回到故乡，在席尼喇嘛面前发下海誓山盟，让这位革命先驱见证他们的爱情。

我深受感动，这是一种神圣的情感，是一种红色血液的自然流淌。

我在萨拉乌苏旅游区采访、写作时，偶然之中听到有一位新中国成立前参加革命的老党员、老战士仍然住在萨拉乌苏河南岸的大沙漠里，这引起了我的兴趣。于是，我在萨拉乌苏旅游区管委会朋友的热心引领下，驱车前往，开始了在毛乌素沙漠的红色之旅。

我们的汽车穿行在萨拉乌苏河南岸，眼前是大片大片的樟子松育苗基地和大块大块的良田，放眼望去，到处绿油油的。同行的管委会副主任燕飞泉告诉我，过去这里都是大明沙，人们只能在沙巴拉地垦荒。沙压过来，再去开垦另外一块沙巴拉地。结果是越垦越荒，萨拉乌苏河两岸全都成了大明沙。我问燕飞泉："人们是何时将明沙梁改造成块块绿洲的？"他说："也就是近几年的事情。说来也怪，过去那些明沙梁说不见就真的不见了。"

透过车窗,我看到广阔的田野上有许多喷灌机在喷水作业,水雾在阳光下闪出一道道彩虹,一时间,毛乌素沙漠的上空水雾蒙蒙。让我感到惊奇的是,有时一大块地上能见到七八台喷灌机在同时作业,蔚为壮观。我知道这样的喷灌机是美国威猛特公司生产的,是当今世界上最先进的喷灌机械,过去只有在发达国家的土地上才能见到,而现在,这一幕在乌审旗的毛乌素沙漠里已经是司空见惯了。这说明,乌审旗农牧业生产的机械化程度已经接近国际先进水平。

我知道,能够如此使用"威猛特"喷灌机在小家小户的生产中几乎是不可能的。燕飞泉告诉我:这些成片的土地进行了整合,只有进行集约化、规模化生产,一些先进的机械才能派上用场。走农牧业现代化的道路,是旗委、旗政府实施"十二五"规划中强调的实现土地流转的重要举措。据他所知,统管萨拉乌苏河流域农牧业生产的无定河镇已经开始实现大规模的土地流转。这既是农牧业现代化发展的需要,也是解决当前农村问题的需要。

燕飞泉多年在乌审旗基层工作。他告诉我,无定河镇是农业人口比较集中的地方,现有户籍人口3万多人,占全旗人口的三分之一,而人均农田在全旗又是最低的,这就决定了土地的收益是有限的。和其他农牧区的情况一样,大量的农村劳动力进城务工,许多土地无人耕种或耕种方式原始低下。这就需要土地整合,在土地使用权不变的情况下,向种植大户和养殖大户集中。

这些在绿色田园上不停喷转的"威猛特"使我看到了土地流转集中的效果。在乌审旗的每一个角落行走,你都能感到现代化的铿锵律动。是快速发展的现代化诱发了毛乌素沙漠翻天覆地的变化。

毛乌素沙漠的巨变使我思绪万千。

我们的车停在一个农家小院前。小院四周静悄悄的。我发现在这方圆不小的地方,就这孤零零的一家。燕飞泉告诉我,这就是那位老党员的家。

我们走进去,屋内除了一盘大炕、一个衣柜外,简陋得几乎什么都没有,跟我熟悉的30多年前毛乌素沙漠农家没有太大的变化。我心中有些发紧,暗叹这里是被人遗忘的角落。这是我近年来走访过的毛乌素农牧民中最贫困的一家。灰暗的土炕上盘腿坐着两位老人,他们就是老党员郑三有和他的妻子。

两位老人老得已经看不出年纪了。

燕飞泉大声对他说:"我们看望你这位老党员来了!"

郑三有老人说:"一到党的生日跟前,旗里、镇里的人就来看我。旗里组织部慰问新中国成立前的老党员的人刚走。去年公社还有两位老党员,今年就剩下我一个了。"

燕飞泉有些吃惊,他不知道那位老党员过世了。他告诉我,2010年他还去看过那位老党员。那位老党员是个女的,"当年腰里别支盒子枪与敌人干,是无定河两岸赫赫有名的女八路。我去看她时,还挺精明的。咋就走了?"

郑三有说:"是春上走的,我知道了就是难受,腿脚不灵便了,想送送都走不成。我入党时她就在党了。那时,我们背着枪在河沟里跑来跑去的,跑来跑去……"

老人眯起了双眼,回忆着当年那激情燃烧的岁月。他感慨地说:"那时,马不卸鞍,人不脱衣,三天不吃饭,还要打胜仗。跟我一块闹革命的都走了,就剩下我一个了。你撂得下撂不下都得走。"

燕飞泉说:"郑叔,瞅你这身子骨多硬朗,咋和大婶还不再活个三二十年的?"

郑三有的妻子说:"那不活成一对老妖精了!"

我们都笑了起来:

郑三有说:"我是撂不下这个前朝古代都没有过的好社会。我们现在上了农村养老保险,每个月都有200多元。我们老两口光养老保险就够用的。我还有老党员补贴,每年就这么坐着,能有2万多元的收入。好社会啊!我得好好活!"

郑三有告诉我,过去他一直在巴图湾生产大队当支书,干了20多年。土地承包后,他年纪大了才不干了。过去老两口就在巴图湾住着。前几年腿脚不方便了,才让二儿子接过来养老。原来,这里并不是他们的家。燕飞泉告诉我,他与郑三有的二儿子是初中同学。这老同学是个死作死受的庄稼主儿,一直鼓捣这几十亩田地。他说着把郑三有的儿子叫了进来。郑三有的儿子40岁出头,憨憨的样子。我问他每年收入有多少,他说四五万吧。燕飞泉告诉我,他说的四五万是纯收入,吃的喝的消耗掉的全不算。我知道鄂尔多斯农牧区的农牧户都是这样计算自己的收入。我问他这里搞土地整合了没有，他说现在还没有。有的农户把土地入股，每年干拿收益。要是去地里干活，还另有收入。

郑三有说："党让你干，你就去干，没有错！党让你剥开你就剥开，党让你合上你就合上。咱郑家没别的本事，就是听党的话，照党的指示办。党还能把你往黑圪崂里领？"

他儿子说："咱这儿地方偏，人家土地整合还没有整合到这儿，你着的甚急啊！"

他儿子说着走了出去。

燕飞泉问郑三有老人何年入党的。老人一板一眼、一字一句地说："我是1947年8月23日上午8点向党旗宣誓的。入了党，就得保守党的机密，铡草刀把头割了去也不能说出党的机密！我二哥叫郑三富，是八路军骑兵大队的战士，1943年夏天在查干呼代战斗中牺牲了。那一仗损失大了，一下子牺牲了几十名战士。我妈听说后，一下子就给急死了。她是放心不下我二哥，才跟着我二哥走的。那天是8月16日，清晨下了点雨……"

老人陷入悲怆的回忆之中。

"还有邓参谋，让敌人的飞机炸死了。他是个南蛮子，长征走过来的老红军。沙利乡牺牲了17个人，查汉台牺牲了7个人，都叫不上名来了。记得有个叫边满满的，牺牲时还是个十五六的孩子。"郑三有老人喃喃道，"这沙滩上都浸着战士的血。我二哥身上的血都流尽了，那年他刚刚23岁。这好世道是咋来的？咱当支书得吃苦多干，千万不能白吃白占、贪污腐败。咱得对得起党员这个名号。人家看沙梁梁是黄的白的，可我看着咋都是红红的……"

老人的话让我震撼。

老人又重复说道："我是1947年8月23日上午8点向党旗宣誓的。"

我问老人："你的二儿子今年多大了？"

老人想了下说："约莫着有三十大几了吧？"

他老伴说："老头子，老二今年41了。"

我问老人："当年这里的大沙梁多吗？"

郑三有老人说："多，海海漫漫多了去哩！当时出门就是大沙梁。跟上队伍在沙梁梁上转来转去的，咱没少跟敌人在沙梁梁上藏猫猫，瞅准机会还放上几枪。好沙梁啊，藏龙卧虎。后来解放了，说是要治理沙梁梁，再也用不着绕在里面打游击了。那时，我在农业社当支书，领着社员没白没晚地干。那时提出的口号是'沙地变林田，旱地变水田，荒地变良田，山沟变成花果园'。"

他老伴说："那时他跑着哩，蹦着哩，像胡燕一样飞着哩！鞋一年得跑烂几双，就这样勤换还是露着脚指头跑。"

老人的话让我笑了。从他们简短的几句话中，我能触摸到那个时代。

郑三有老人说："1958年提出'河水让路，高山低头'，那时有幅画，马都飞起来了，还嫌慢，还用马鞭子抽屁股。紧跑慢跑你还赶不上趟。咱社是穷沙窝子，咋干都还是一片荒沙梁。那时不光干，还得提口号，'洪水打坝朝上流，花果满山挂满沟，一不小心撞破头……'"

老人说着呵呵地笑起来。

我总觉得1958年是全民的浪漫主义，人们生活在对社会主义的美好想象之中。在我幼时的记忆中，有一幅画印象颇深，是一个背镐头的农民伯伯提拎着躲在山后睡懒觉的太阳公公的耳朵，画上面写着："太阳太阳你好懒，为啥起得这样晚？"

老人说："那时搞绿化植树也没个早晚，阳洼消了种阳洼，阴洼消了种阴洼，赶到清明全绿化……"

我问："绿化了吗？"

老人说："绿化了，绿化了。就是后来水有点跟不上……巴图湾村的大柳树都是那时种活的。几十年了，一个人都搂不过来。"

老人激动得说不下去了。

临走，老人再一次对我说："我当了几十年支书，我有个信条，甚时候也不能白吃白占、贪污腐化。"

郑三有老人的确是苦过，现在也活得清贫，但他苦得坦荡，贫得自豪。他的身上留着那个时代的整个记忆。我怀着深深的敬意告别了老人，并默默地为他祝福，希望他长寿，好多看几眼先烈们血汗浸染的毛乌素沙漠现在的美丽。

五、高高的蓝天上汇集着云朵

贺希格巴图是中国近代史上一位杰出的具有民主主义思想的蒙古族诗人。

1849年，他出生在乌审旗沙利苏木一个普通的牧民家庭。幼年时期和父亲为乌审旗西官府巴拉珠尔公爷家放牧。贺希格巴图聪敏好学，劳动之余就跟私塾先生学习蒙、汉、藏文，很快就熟记蒙译本《名贤集》《三字经》，粗通中华民族的历史。他还搜集大量的鄂尔多斯蒙古族民歌、传说和谚语，丰富了他的蒙古族文化知识。一个牧人之子有这样的学识，很快受到巴拉珠尔公爷的赏识。巴拉珠尔公爷是伟大的文学家、史学家萨冈彻辰的后代，他对学识过人、才华出众的贺希格巴图有一种自然的亲近感。

公爷对贺希格巴图说："骏马得配好鞍，好身板得穿件好衣裳。你以后就不要跟着马尾巴转了，来公爷府当差吧。"

于是，贺希格巴图在14岁的时候进了巴拉珠尔公爷的王府，当了一名文书。从此，他与笔墨纸张结下一生之缘。贺希格巴图在公爷府接触到许多诗书典章，尤其是藏族的文史古籍，极大地丰富了他的学识。他在完成大量文案工作之余，常常创作一些短小精悍的诗文。他的诗文特点是幽默风趣，合辙押韵，易于上口，便于传诵。很快，他的作品受到了人们的喜爱。

贺希格巴图生活的时代，正是"独贵龙"运动风起云涌的时代，牧人们反抗封建统治、保护牧场不受割卖的运动此起彼伏，而贺希格巴图的家乡正是"独贵龙"运动的中心地带。在那里，就连一些台吉、仕官也大力支持"独贵龙"运动。流传在民间的一些反抗王爷封建统治的诗文更是得到人民的喜爱。贺希格巴图的诗文反映了人民的愿望，渐渐地被人们所喜爱，他也由此成为乌审才俊。

贺希格巴图的情诗表达了大胆的、直露的、火辣辣的情感以及对爱情忠贞坚守的信念，更为情感被长久封锢的青年男女所喜爱。

贺希格巴图在《双马并驰》中这样吟咏道：

喜交游求情爱乃人人之天性，

不反目不背叛乃坚贞的禀性,
性温和心纯正乃极好的禀性,
弄虚假生变故乃最坏的禀性。

好喜乐爱欢娱乃人人之天性,
毕终生情不移乃信义的禀性,
谨言行重情义乃恩爱的禀性,
这厢挑那厢搅乃奸诈的禀性。

贺希格巴图的出众才华得到人们的赏识。巴拉珠尔公爷外出时总爱带着他,让他开阔眼界。有一年正月,贺希格巴图随巴拉珠尔公爷去参加旗里的"开印"大会。其间,他写出《高高的蓝天》这首著名的诗篇,并吟咏给与他一起来开会的马弁随从们。他们都是喜爱他诗歌的年轻人。贺希格巴图在吟诵这首诗时,就像有一对热恋的青年男女在倾心交谈,那从心底涌出的爱流滋润着人们的心田。青年们为这首爱情诗折服,禁不住拍手称绝。开会的王公、仕官们很快知道贺希格巴图写了一首好的抒情诗,立即让他们的文书笔手抄写一份带回细细品味。于是,《高高的蓝天》不胫而走,成为一首名篇。

诗人好像站在高高的毛乌素沙漠上,吟咏着自己的爱情:

泛着青色雾霭的是远方的景象,
渴念的人呀总也离不开我的心房。
你的模样宛若一幅美妙的图画,
我的这颗心啊就像一束飘浮的幽光。

如愿相爱的我那心上的人啊,
你与百花丛中的莲花没有两样。
我忍受不了这肝肠寸断的思念,
只有幽会的一刹那才能免除惆怅。

这大胆的表露，在被封建枷锁束缚着的乌审大地上，就像一声声春雷震荡，在人们的心中搅起了波澜。

诗歌改变了贺希格巴图的命运。在他壮年的时候，由于才华出众，他被选到当时任伊克昭盟盟长的准格尔王爷的府中当了一名仕官，并跟着王爷出入北京达18次之多。其间，他亲眼看见封建王公的腐朽没落和清政府的昏聩无能以及西方列强的横行霸道，使得他对封建制度充满仇恨。他创作了诗歌《引狼入室的李鸿章》，痛斥满清王朝的腐败无能。他在诗中这样斥骂：

引狼入室的李鸿章，
与左道旁门结成行帮。
本质上是个卖国求荣的小丑，
干着建立洋堂等卑劣勾当。

而对席尼喇嘛领导的"独贵龙"运动，他大声叫好，激情澎湃地歌咏道：

好啊，大家生死相依！
好啊，声誉远近传递！
好啊，没有凶残暴戾！
好啊，家乡父老乐业安居！

好啊，独贵龙的盟兄盟弟！
好啊，我们慈爱的长辈！
好啊，我们的海誓山盟！
好啊，佛爷和信仰的荫庇！

他不惧风险，与席尼喇嘛交往，支持"独贵龙"运动的政治主张。"独贵龙"运动被镇压下去后，因他与席尼喇嘛的友情和对"独贵龙"运动的支持而被削职。从此,贺希格巴图在家乡的草滩上牧马、行医,过着自食其力的生活。不管生活多么困苦,他从没有放弃过手中的笔。他对当时的黑暗社会表现出强烈的憎恨,写出了《罪恶的时代》这样犀利如刀的名篇。

> 咳,我能有什么法子呢?
> 现在是:
> 看见了自己的影子都要害怕的时代,
> 看见了自己的尾巴都要受惊的时代,
> 聪敏和智慧无用的时代,
> 怀疑和猜忌泛滥的时代,
> 狂暴的事件易发的时代,
> 美酒和肥肉万能的时代……

智慧的贺希格巴图老人啊!世事洞明的贺希格巴图老人啊! 100多年后,你读他的诗歌,仍不得不佩服他的睿智、深刻。

贺希格巴图一生著述颇丰,现存的诗歌有100多首,还有大量的翻译作品、幼儿启蒙作品。诗人现在已经成了乌审人民的骄傲。他的家乡矗立着他的汉白玉雕像,供后人瞻仰。每当我与朋友们路过他的身边时,我都要告诉他们:这是我们伟大的诗人。

毛乌素沙漠出诗人,和贺希格巴图同时代的诗人就有一大批,像准台吉达木林、嘎日玛、桑杰道尔吉、刮风乌尼尔、洪晋博日、大嘴诺日布等文人雅士,都有名篇佳作留世。他们或与贺希格巴图应答唱和,或与贺希格巴图结怨攻讦。在是是非非、恩恩怨怨中,他们的诗情与才华得到彰显。而且,他们创作的诗歌影响了牧民的生活,甚至搅起了风云。解读乌审旗这段诗歌史,你会感到这奇特的诗歌现象已经成为19世纪毛乌素沙漠上一道独特的文化风景线。

用诗歌直抒胸臆,表达看法,是以贺希格巴图为代表的乌审诗人创造的一种诗风,现在已经演变成为乌审旗牧民的一种文化传统。草原的牧人家中婚丧嫁娶,都会有牧人献上诗歌,表达自己的喜怒哀乐。诗兴颇浓的乌审旗蒙古族牧人常常以诗会友，召开牧人诗歌朗诵会。

在乌审旗大地上行走，你常会见到这样的情景：在一个月圆之夜，牧户的草地前停满汽车、摩托车，院内诗情迸发的牧人们正在大声朗读自己新创作的诗篇……

乌审大地流淌着绵延不断的文脉，迸发着火山般的诗情。

在建设"绿色乌审"的活动中，乌审旗旗委、政府十分重视自己的诗歌、歌舞等文化遗产，根据乌审旗牧人擅歌舞、喜诗文的特性，在草原上建立了许多"文化'独贵龙'"户，用于传承乌审旗独特的诗文遗风。现在座座毡包已经成为乌审草原上的文化明珠。这些独具特色的文化户吸引着国内外大批大批的游客、访客，向世界传播着魅力四射的蒙古族草原文化。

凡是进过这些"文化'独贵龙'"户的人都会由衷地得出这样一个结论：毛乌素沙漠上有文化。

2011年春天，正是草色微显的时节，我来到乌审旗乌兰陶勒盖镇采访。镇上的王书记、肖镇长陪我到了一户草原上的牧人家。这家的主人叫阿拉腾毕力格。他是个腼腆的青年人，30岁出头的样子。我们到他家的时候，他正在外面办事，是临时赶回来接待我们的。他家的院内竖立着苏力德，小院子收拾得十分干净。主房是一排大平房，室内现代化生活用品一应俱全。院内还有几座蒙古包，是供人们旅游餐饮用的。

肖镇长说："入了夏，这地方红火得收揽不住，每座蒙古包里都是满满的人，唱歌的，跳舞的，纵情地在草原上撒着欢。好地方啊！"

毕力格言语不多，只是默默地看着我们。我打量着他，觉得他是一个十分普通的草原小伙子。他告诉我，原先这里是一片大明沙，后来承包治理荒漠，用了几年时间就把这片明沙治住了。栽下的苗木都成活了，四周全绿了，好看了。后来办起"文化'独贵龙'"，每逢周末，镇上、旗里的人都来红火，有时得提前预订。

我问："收入还可以吗？"

毕力格说："钱是挣了点，可我还是想发展文化。"

王书记对我说："毕力格搞的这个'文化"独贵龙"'十分高雅，有些特点。

咱们进包里参观参观。"

毕力格领我们走进一座蒙古包。我惊奇地发现,这是一个家庭图书馆,一排排书架上整齐地摆放着各类书籍,大约有几千册。我问王书记:"这是不是农村、牧区的文化书屋?"王书记说:"农牧区的文化书屋建在村、嘎查一级行政村。这个图书馆是毕力格这后生个人筹办的,连设备带图书得用几万块哩。"

我更是吃惊,甚至有些不理解地看着毕力格。

毕力格告诉我,这些书都是他购买的,平时供牧人们来借阅学习。有时也在图书室里召开诗歌朗诵会。旗里爱写诗的牧人常来这里,以诗会友,陶冶情操。

我注意到蒙古包内悬挂着十几幅精美的彩色人物画像。毕力格告诉我,这些画像全是当代蒙古族最优秀的诗人和作家。从这些画像中我认出了我的许多蒙古族作家、诗人朋友,有阿云嘎、阿尔泰、特官布扎布等人,还有一些我不熟识的作家、诗人。但我看得出,他们都是牧人毕力格的偶像。

众多"文曲星"齐聚这座蒙古包,使得包内熠熠生辉,透着文气灵光。

毕力格说,他们现在正在筹办"绿色乌审"摄影展,参展作品都是镇上牧民拍摄的。王书记说,镇里的牧民文学创作积极性很高,经常办诗会。我说:"我曾参观过旗里的文化活动中心,看到过旗里的文学艺术成就展。乌审旗涌现过许多作家、诗人,他们的作品还获过'骏马奖',这是当代中国少数民族文学创作的最高奖项。"

肖镇长惊喜地说:"咱旗里还有这人才?看来萨冈彻辰、贺希格巴图开创的乌审旗文学事业后继有人哩!"

当我们要离开这个"文化'独贵龙'"户时,毕力格托着一条蓝色的哈达走过来,哈达上放着一本书。他说这是草原上的一位牧民的作品,然后庄重地送给我。我在鄂尔多斯工作40多年,还是头一次见到用哈达托着书赠人。我将书和哈达捧在手里,极目远眺,草原辽阔,天空高远。在这里我体会到了人与自然的贴近,感到了草原大漠对文学艺术的滋养。

在这个普通的"文化'独贵龙'"人家,我感受到了牧人对艺术的向往,对文学的虔诚。这种对文学艺术的尊重让我的眼睛湿润了,甚至可以说使我在精神层面上得到一次升华。我甚至出现幻觉,好像贺希格巴图飘然在我眼前晃过，诗人那睿智的眼风、高傲的八字胡、隽永的诗句一下子向我涌了过来……

我坐在车上，默默地望着空旷的草原，好长时间没有说一句话。

我想起2010年夏天在无定河北岸采风时，结识了一位叫任俊祥的农民女诗人，是陪我采风的乌审旗文联副主席冯海燕介绍给我的。冯海燕告诉我，她与任俊祥认识时，还在河南乡的一所学校当教师。那时，任俊祥常来学校找她，两人谈论文学，谈论诗歌。她们都喜欢泰戈尔、舒婷。

两个女人为诗歌疯魔，乡里的人把这两个女人当成怪物。

冯海燕说："真的，那时人们看我俩的眼光都不一样。我还好过一些，我是公家人，任俊祥的麻烦就多了。在世人的眼里，她一个农民，一个为人妻的女人，凭甚写诗？凭甚谈论泰戈尔？那时，任俊祥压力太大了。她爱写诗，为此她的丈夫还打过她。她说，打不死就写诗！"

我说："我很想见见这位打不死的女诗人。"

冯海燕立即打电话联系任俊祥，约定了见面地点。当我们的车到达时，一个男人骑着摩托车，后面坐着一个瘦高的年轻女人，已经在等着我们了。那女人冲冯海燕招招手，我们的车跟着他们的摩托车走，在村里的乡间土路上七扭八拐，终于来到了任俊祥的家。我原以为坐在摩托车后的女人是任俊祥的女儿，没想到是她本人，而骑摩托车载她的正是她的丈夫老马。

我讲了自己的误会，大家哈哈大笑。

任俊祥告诉我，她的儿子在内蒙古农业大学读书。

我问："儿子支持你写诗吗？"

任俊祥说："一开始儿子不太理解，现在挺支持我的。"

冯海燕说："妈妈是诗人，儿子脸上也挺荣光的。"

我坐在沙发上，一面喝茶，一面打量着这间普通的农居。面前的茶几上堆着一些杂志。里屋是书房，挺素净，还放着一台电脑。任俊祥对冯海燕说："你说肖老师要来我家看看，我赶紧从网上看了他的资料。过去只听说市里有这么个作家，我还真没有读过他的作品。"

我笑了，这是个实诚人。一个沉湎于泰戈尔诗情中的女人，你还指望她读别的什么作品呢！记得20世纪90年代中期，我去过泰戈尔的家乡。先不说泰翁在加尔各答的旧居，就是他的庄园，开汽车也得走两个多小时，其家庙更像一个寺院。泰翁的庄园现在还办着一个泰戈尔国际艺术学院，来自世界各地的学生们在这里就读。上课时，师生们就围坐在高高的菩提树下的绿草坪上，那本身就是一种行为艺术。泰戈尔的好多诗歌就是在这绿草如茵、菩提树散布的庄园上写出来的。我当时感慨过，住在筒子楼内早上为解决内急排队的中国作家，是萌发不了泰翁那种对土地的深情和敬畏的。

　　泰翁的崇拜者任俊祥告诉我，她家四代人都住在河南乡。过去这里沙丘多，灰沙梁也高，这些年都改造成了良田。现在这里是无定河商品粮基地，田间生产都是机械化作业。她平时在家里喂喂猪、做做家务，有空时读读书、写写诗。她从来没有出过远门，2003年才去过一趟乌审旗府，这是她这辈子去过的最远最大的地方。

　　她说她喜欢的诗人是舒婷和泰戈尔。她非常诗意地说："我是大地的孩子，只要一走在田地上，就会心里发酥，眼睛发痒。人在土地上索取得太多了。"

　　我想，这个女人对土地有感觉，具备诗人的潜质。

　　她说，她上完初中就因家穷不念书了。她十六七岁时就开始写诗，写了20多年了，总觉得和人家比不行。

　　我问："和谁比？和泰戈尔、舒婷比？"

　　任俊祥说："那倒也不是，实际上我看书很少，读诗就读过他们俩的。我就是感觉想象的东西和笔下的东西是两回事。我让诗闹得神情恍惚，虽然没有碰到过煮饺子下锅山药蛋的事，但也差不多，丢三落四的。后来，新华社来了个记者，他看了我写的诗，挺感兴趣的，带走一些，说是要给专家们看、给出版社看……这些年来我为了写诗，真是把家扔下了……"

　　她说着轻轻叹了一口气。我感到这声轻叹挺悠长，挺有故事。我能感受到一个农家女写诗的艰辛。在90年代，我曾接触过一个生活在毛乌素沙漠里的爱写小说的青年人，动辄就写长篇。为了创作，把好好的政法工作辞掉，硬要去看大门，只是为了求得夜间创作的安静。他的家人认为他疯了，把他写好的长篇转给我看，让我给他狠狠泼冷水，让他死了这条心，做一个正常人。我婉拒了他们的要求，这个恶人我还真当不了。扼杀一个人的文学梦，是件非常残忍的事情。

我完全能够想象得出任俊祥在创作时遇到的艰难，一个是自身的，一个是外部的。如若没有对诗歌的执着，对文学的坚守，一般人是走不下来的。我对任俊祥这个瘦弱的农家女人充满了敬意。

按照当地蒙古族待人的习惯，老马在茶托上放了三盅酒，冲我递了过来。我一盅盅接过，饮尽。老马高兴地笑了。这是个壮壮实实的憨厚汉子。我担心，这样的男人发起威来，任俊祥这个瘦弱的女人怎能承受得了！

我问老马："你还打老婆吗？"

老马尴尬地说："哪能呢！过去我就是着急。你下地回来，灶是凉的，锅是冷的，鸡没喂，猪叫唤，她还在烂纸上写画。诗是庄户女人写的？我急了，就给了她一巴掌，现在就成罪过了！市里来人问，旗里来人问。实际上那时我打她，她痛我更痛！"

我们都笑了。

老马说："后来内蒙古来人看她写的诗，让人家专家一说，不得了了，还要给出书。天爷，这无定河两岸，从古至今，有几人出过书？书还真出来了，旗里还给开会，还给奖励，一本书闹了好几万，这可比喂猪喂鸡收入大。人还出了名，当了村里的妇女主任和旗里的妇联代表。我对她说，你好好写，咋写都行！"

人们又是大笑。

任俊祥也托了三盅酒递给我，我又喝干了。

老马说："自己的女人当了诗人，我脸上也挺有光。可她出书后，光对着书桌发愣，诗写得越来越少了。"

我说："这挺正常的。有感觉就写，没有感觉就不写。千万不要硬写，硬写出来的东西没有灵性。"

临走，任俊祥送了我一本书，是她的诗集《珍藏》。

我对她说："我期待见到你的下一本诗集。"

任俊祥点了点头。

我翻阅着她的诗集，有这样一段小诗吸引了我。我似乎能感觉到是任俊祥

站在毛乌素沙漠上咏唱:

> 我爱这土地
> 一个全新的日子里
> 在一片慈祥的阳光下
> 我含着泪
> 把大地搂在怀里
> 尽情地亲个够
> ……
>
> 我说
> 我爱这土地
> 我宁愿去死
> 让我的骨肉化作
> 数亿计人脚下的土地
> 生命原本产生于土地
> 叶落归根是回报土地对它的养育之恩
> 我深深地爱着这土地
> ……

在乌审大地上,像任俊祥这样的文学坚守者很多。我在旗里的文化活动中心看到了一群蓬勃成长的80后诗人群体。这些二十几岁的年轻人,大都是牧人的后代,大都在上高中、大学时出版了自己的诗集,现在已经成为乌审旗和鄂尔多斯诗歌创作的中坚力量。他们苦苦传承着先人留下来的文脉,努力创作,笔耕不辍,成为毛乌素沙漠新一代的歌吟者。正是有了这一代代的诗人,才使毛乌素沙漠灵动无比,才使毛乌素沙漠五彩斑斓。

我在采访中知道,在"以人为本,建设绿色乌审"的发展思路中,提高"绿色乌审"建设中的文化含量,一直是乌审旗各级党政部门的重头戏。他们依托历史文化、民族文化、宗教文化、生态文化4个层面，实施思想道德铸魂、人文遗产保护、文化精粹抢救、文学艺术创新、文化产业发展五大工程。在"绿色乌审"建设中打造出"中国苏力德文化之乡"、"中国蒙古族敖包文化之乡"、"中国鄂尔多斯歌舞文化之乡"、"中国马头琴文化之都"四大品牌。

在乌审旗，国家级的重点文物保护单位有两个，一是"河套人"遗址，一是"独贵龙"活动旧址。此外还有自治区级7个，市级9个。一个旗拥有这么多的文物保护单位，在旗县中是不多见的。为了提高这些文物遗址的文化含量，发挥重点文物的抓手作用，旗政府舍得下本钱。对于投资文化建设，他们从不含糊。

几年来，旗政府先后投资30多亿，建设了文化艺术中心、"独贵龙"文化广场、萨拉乌苏体育公园、体育中心、人工湖、苏力德碑等公益性文化设施。在农村牧区建成达到市一级站水平的文化站6个，嘎查文化室64个，苏木镇文博馆7处。旗乌兰牧骑先后代表国家赴意大利、瑞士、日本等国家演出，并在波黑塞族共和国杜卡特国际民间艺术节上荣获评委会最高荣誉奖和最佳表演奖。一大批民间表演团体脱颖而出，在乌审旗的旅游经济中发挥着生力军的作用。农牧民依靠本身的歌舞、诗歌文化优势，创造着经济价值。

"绿色乌审"中的文化建设，搞得生机勃勃，有声有色。

有一次，我跟旗长牧人谈到乌审旗开展的打造"中国马头琴之都"时，牧人感慨地说："别的不说，光马头琴我就向下面送了6000把。为搞马头琴文化建设，力度不能说不大。"

的确，乌审旗的马头琴文化建设搞得既群众化又专业化。在乌审旗的苏木、镇都有自己的业余表演团体，参加表演的大都是镇、苏木干部及企业职工。我在乌兰陶勒盖镇就看见他们聘来的音乐教师教机关干部演奏马头琴。马头琴可谓全旗干部职工人手一把。他们成立并注册了中国马头琴学会乌审旗分会；建立了9个马头琴文化协会；组建了62支马头琴"文化'独贵龙'"，拥有成员1500多人；登记马头琴文化户3000多户；在学校系统建立了12个马头琴音乐兴趣小组，成员就有2100多人。另外，旗里还建立了马头琴音乐厅、马头琴博物馆和马头琴文化广场，并特聘马头琴大师齐·宝力高担任乌审旗"中国马头琴文化之都"的形象代言人。

2011年夏天，我在刚落成不久的旗文化中心参观马头琴博物馆，看到年代各异、形形色色的马头琴，深感蒙古族马头琴文化的博大精深。在马头琴演奏厅内，我亲眼见到马头琴艺术团气势磅礴的排练演出，其规模阵势、演奏水平让人不敢相信这是一个旗级的业余艺术团。在乌审草原上，在牧人的家中，你时常可以听到马头琴声，或激昂如排山倒海，或舒缓如小桥流水。琴声记载着蒙古民族的千年记忆，或铁马冰河，或一咏三叹，让人浮想联翩，感慨万千……

一把普通的马头琴，在聪明智慧的乌审旗人手中，升华成一个民族的大品牌、大文化。

第四章 草原上最诱人的花香，是那5月开放的玫瑰

一、周恩来说：她宝日勒岱就是国民党，也要让她出席党的九大

在宝日勒岱的记忆中，她是1957年走进绿化毛乌素沙漠的壮丽事业中来的。那年，毛主席发出"绿化祖国"的号召。很快，这个伟大号召传进毛乌素沙漠。18岁的宝日勒岱听完区领导包荣书记的传达后，心中不禁荡起层层涟漪。当时，宝日勒岱是乌审召苏木乌兰图娅牧业初级合作社的副社长、共青团支部书记。

那天，年轻的宝日勒岱激动得睡不着觉，她觉得家乡乌审召的大沙漠太需要绿化了。家乡的沙漠大得没法说，沙梁多得数不清。她听召里的喇嘛们说，毛乌素沙漠有几千里几万里呢！宝日勒岱没出过远门，不知道几千里几万里有多远。她从小在乌兰图娅草滩上放羊，只知道身边的大沙梁数也数不清，好像没有边际。她和邻居的家总是搬来搬去的。房建起没多久，黑山羊就跳到了沙柳搭的"崩崩房"房顶上，她就知道沙子压过来了，又该搬家了。家迁来移去，

结果是沙漠越来越大，乌兰图娅草地越来越小。

宝日勒岱知道，远处的沙漠里长着沙蒿、沙柳，那是人们用来烧饭熬茶和在冬天烧火取暖用的。宝日勒岱想，要是把远处的沙柳、沙蒿移到家门前的沙漠上，不就把沙漠固定住了？沙子不动了，草地和家不也就保住了？毛主席提出"绿化祖国"的号召真好！毛主席咋知道乌兰图娅草地上沙梁梁的事情？

想到这，宝日勒岱翻身下炕，几乎是冲出了屋，翻身跃马去找表姐。这天，晨光微露，满天星斗，清冽的晨风吹拂着她的满头乌发。骑马疾奔的宝日勒岱胸中就像揣着一团火。表姐见她大清早就跑来，吃了一惊，不知道出了什么事情……

当太阳升起时，宝日勒岱和表姐每人背着一大捆沙蒿出现在高高的沙梁上。这是宝日勒岱第一次在沙漠上涂抹绿色。她永远记得那片沙蒿、那块沙梁。她们将一株株沙蒿从远处移来，栽好，最后累得坐在了沙梁上。宝日勒岱望着远处绿茵茵的乌兰图娅草滩，遍地的牛羊，想象着即将被绿化的沙漠，禁不住唱起了歌。宝日勒岱是个爱唱歌的姑娘，她的歌声像百灵鸟一样动听。宝日勒岱美妙的歌声吸引来在草滩上放牧的共青团员和社里的青年男女……

当太阳落山时，高高的沙梁上已经有了星星点点的绿色。暮色中闪动着宝日勒岱和青年社员们忙碌的身影。那天夜很深了，毛乌素沙漠上还不时传来宝日勒岱和共青团员们的歌声。这夜晚、这歌声永远留在宝日勒岱的记忆中。

几天以后，宝日勒岱发现他们辛苦栽种的沙蒿被黄风刮下了沙梁，成了蜷缩成一团的干柴火，散落在沙梁脚下。

有位大嫂一边收拢着干柴火，一面对宝日勒岱说："去我家歇歇吧，嫂子给你熬壶好奶茶。宝日勒岱呀，别再领着后生女子们白下功夫了！召上的喇嘛们说了，草木不是人栽种的，是海青鸟从远处衔来的，得落在好地方才能生根发芽。"

那位大嫂走了，宝日勒岱还在对着黄黄的沙梁发呆。大嫂的话反倒给了她一些启示，她想，沙蒿栽在沙梁顶上活不了，要是栽在背阴的沙梁脚下呢？沙梁脚下有水，还能躲过太阳晒，沙蒿不就活了？

宝日勒岱冲着高高的沙梁说："我给你套上脚绊子，让你再乱跑！"

宝日勒岱笑了。在她的眼中，毛乌素沙漠就像是一个不服管束的小马驹或者是一个爱捣蛋的顽童,她要精心为它装扮。

在宝日勒岱和社员们的精心管护下,他们眼前的沙漠穿上生着根的绿靴子,披上厚厚的绿袍子,渐渐地跑不动了。整整10年,宝日勒岱带领着她的社员们,发扬愚公移山的精神,辛辛苦苦地整治着眼前的无边无际的大沙漠。在宝日勒岱的这个英雄群体里,有位被誉为"钢老汉"的巴拉珠尔,这位年过六旬的老人始终像青年人一样工作在治理沙漠、建设草原的第一线。人们劝他说该享清福了,巴拉珠尔幽默地说:"鸡叫了,还能睡多长呢?人老了,还能活多久呢?"像他这样一直坚持治理沙漠的老人还有朗腾、保尔、特木热,他们被称为乌审召的"老愚公"。

当时队里还有不少年轻的"少愚公"。团支书朱拉吉热嘎拉瞅见天忽然变成铅灰色,还镶着白边,知道这是下冰雹的前兆。为了保护队里的庄稼,他拢柴点火,想让升腾的热气冲散冰雹,结果被拳头大的冰雹砸伤。生产队会计登曾奋不顾身地冲进洪流救助队里的牲畜。共青团员玉喜头天跳井救落水的孩子,第二天又跳井救山羊。女社员阿拉坦奥古斯为了救活队上的羊羔,用自己家的面熬成糊糊,嘴对嘴地将瘦弱的18只春羔全部救活。"女愚公"斯琴格日勒是革命烈士的女儿,她带着组里的7名社员,一边放牧一边栽沙柳,发誓"一定要让这里的明沙穿上绿马褂"……

在乌审召的治沙队伍中,还有一批"小愚公",他们戴着红领巾,扛着小红旗,在沙漠上种草植树。他们是桑洁扎木苏、吉热嘎拉巴图、淖尔吉德布、小莲花等。

宝日勒岱清楚地记得,当年就是这群男女老少"愚公",在治理沙漠时,大规模地围封草场,建设一块块"草库伦",在茫茫草滩铲除醉马草。为了买树苗,他们跑到陕北榆林,拉着骆驼驮上树苗,来回翻越几百公里明沙,受的那份苦就没法提了。在十几年里,乌审召人在宝日勒岱的带领下,在沙漠中栽林20多万亩,种草4万余亩,禁牧封育12万余亩,改良草场8万余亩,实现了宝日勒岱提出的"向沙漠要草、要水、要料、要树"的誓言。更为可贵的是,他们在治沙实践中,创造并总结了"乔灌草结合"、"穿靴戴帽"、"前挡后拉"、"草库伦"等科学治沙方式,在全国的沙区推广,并且引起世界防治荒漠化组织的重视。

宝日勒岱这位贫苦牧民的女儿，带给世界的不仅是治沙的愚公精神，还有行之有效的治沙方法。

乌审召人在毛乌素沙漠上创造的绿色奇迹，得到党和国家的赞誉。那时，乌审召被誉为"牧区大寨"，成为全国人民学习的榜样。为此，《人民日报》专门发表社论《发扬乌审召人民的革命精神》，要求全国人民在学大庆、学大寨、学人民解放军的同时，"要积极地学习乌审召人民高举毛泽东思想红旗，艰苦奋斗建设草原的革命精神"。

宝日勒岱和乌审召人以及那些一心想治理沙漠，想尽快过上不让沙漠赶来赶去的安生日子的贫苦牧民们，就这样被推上那个时代的巅峰。对宝日勒岱这位普通的蒙古女人来说，这也许是她生命的不可承受之重。

这时是"山雨欲来风满楼"的 1965 年冬天。

转眼到了 1966 年 6 月中旬，陈毅元帅陪马里代表团来到乌审召参观。他见到毛乌素沙漠的绿色奇迹，非常兴奋，当场题诗一首：

治沙种草获胜利，
牧业农业大向前。
马里贵宾来参观，
乌审召美名天下传。

陈毅元帅的鼓励让宝日勒岱大为感动，深受鼓舞，她决心再带领乌审召人民多栽一些树，多种一些草，让沙漠尽快绿起来，好让羊儿马儿吃饱，让牧人们有个美丽而又富裕的家。

可"文化大革命"来了，很快，宝日勒岱这位光荣的全国劳动模范，这位对毛乌素沙漠的未来充满期许的普通牧民，与公社书记、主任及大小干部，还有乌审召里诵经的喇嘛、旧时的牧主、新生的"牧主"混在一起，被人们罗织了一串串稀奇古怪的罪名，被"革命"的大棒统统打翻在地。可能是宝日勒岱名气太大了，受批挨斗最多，连自己视为比生命都重要的党籍也被无情地开除了。

在那黑白颠倒的日子里，宝日勒岱唯一能做的就是放牧、植树、种草，还有在那无垠的沙漠上孤苦地悄声哼唱鄂尔多斯古歌以排遣心中的苦闷和惆怅。苦难之中,宝日勒岱想起年迈的母亲,想起她幼时依偎在母亲的怀中,经常听母亲轻轻哼唱的歌:

　　沙海的风水让绿洲霸占了,
　　绿洲的风水让绿洲中的清泉和垂柳霸占了。
　　森吉德玛的眼睛是清泉中最明净的地方,
　　森吉德玛的身材是垂柳中最婀娜的地方。

　　有金子多好呀,
　　送上金子就不走了。
　　没有金子的孟克巴雅尔,
　　泪汪汪地上路了。

　　有银子多好呀,
　　送上银子就不走了。
　　没有银子的孟克巴雅尔,
　　泪涟涟地出发了。

　　经历苦难的磨砺,心怀难言的委屈,宝日勒岱忽然理解了母亲为什么唱歌时总是泪水盈眶。妈妈的歌声真好,在女儿的心中,妈妈的歌声比世界上任何东西都宝贵。歌声萦绕在宝日勒岱的心怀,帮她驱赶着痛苦和孤独,直到有一天,一辆吉普车停在宝日勒岱正在植树的沙漠旁……

　　事情过去了43年,说起那件事,宝日勒岱还是心有余悸。

　　那天,我坐在宝日勒岱家客厅的沙发上,老人搬把椅子坐在我的对面。我注意到这套房子并不大,陈设也非常简朴。

　　宝日勒岱对我说:"那时,我真不敢上车,不知道他们又要把我拉到哪里去批斗。我求他们说,就让我在这里种树吧,我就是想种树。种树有甚罪啊?"

我问宝日勒岱："大姐，他们当时要拉你去哪儿呢？"

宝日勒岱顿了一下，说："北京，参加党的九大。"

原来，在审议党的九大代表时，细心的周恩来总理发现"牧区大寨"乌审召的代表不是他和党中央熟悉的宝日勒岱，就询问当时内蒙古自治区的负责人。负责人说宝日勒岱是"内人党"，被革命群众揪出来了。周恩来火了，厉声地说："她宝日勒岱就是国民党，也要让她出席党的九大。"

周恩来解救了宝日勒岱。

宝日勒岱成为三届中央委员、两届全国人大常委。10年内，她先后担任乌审旗旗委书记、内蒙古自治区党委书记。现在说起他们的宝书记来，乌审召人还记得，宝日勒岱把她领到的工资全部交到乌审召牧业生产大队，而她每年还是像乌审召的普通社员一样按工分分红，这种情况整整持续了10年。后来，还是时任自治区党委第一书记的尤太忠下令宝日勒岱10天之内将家搬进呼和浩特，身挂三级行政区（公社、旗、自治区）党委书记的宝日勒岱才结束了工分制。

宝日勒岱当了10年挣工分的高官。对宝日勒岱来说，她只不过是一个不折不扣的治沙人，这个身份永远不会改变。多年来，不管宝日勒岱"官身"如何变化，但始终改变不了她治理荒漠的热情。她在阿拉善盟工作时，亲自攀登荒无人烟的巴丹吉林沙山，深入了解巴丹吉林沙漠腹地的牧人的生活情况。有人说，她是第一位翻进巴丹吉林大沙漠腹地的高级干部。

宝日勒岱说："我就是和沙漠打交道的命。"

我想毛乌素沙漠上的大树会清楚地记得宝日勒岱这位爱唱歌的年轻姑娘是如何慢慢变成一位古稀老人的。是毛乌素沙漠的雨雪风霜，销蚀了宝日勒岱的青春韶华，淬炼了老人苍松一样挺劲的风骨。宝日勒岱老了，而倾注她一生心血的乌审召沙漠却越来越年轻了。

宝日勒岱从领导岗位上退下来后，一直在内蒙古自治区沙草产业协会做专门研究，她从一个更高的、更专业的层面关注着毛乌素沙漠的治理。

我总觉得，宝日勒岱是人类的骄傲，是推进世界荒漠化治理的骄傲。但在采写宝日勒岱时，有一个绕不过去的门槛，那就是"文化大革命"中的"牧区大寨"——乌审召。

本来是宝日勒岱们为了改变生存的艰难而对毛乌素沙漠进行的自然治理，却被那个畸形岁月赋予了太多的不该让草原牧民承受的东西。我想起一位俄罗斯作家说过的话，鹰有时比鸡飞得低，但鸡永远也飞不了鹰那样高。在我的心中，宝日勒岱永远是盘旋、飞翔在毛乌素沙漠上空的一只苍鹰，让我辈仰止。

回顾毛乌素沙漠的治理，无可置疑，是半个世纪前宝日勒岱和乌审召人民揭开了毛乌素沙漠治理的序幕，并为我们留下宝贵的经验。但如何继承这份弥足珍贵的文化遗产，发扬乌审召人治理沙漠的伟大精神，是我在写作这部报告文学时苦苦思索的一个重要问题。

一天，我接到郝诚之大兄的一个电话，他说他正在编写《内蒙古沙漠志》，想在志书中收录我的几篇文章。诚之大兄长于研究沙漠治理，倾心于内蒙古沙草业的发展，现在担任着内蒙古自治区沙草协会的副会长。我说我正在写关于毛乌素沙漠治理的报告文学，正有问题想向他专程登门请教。他欣然应允。

我很快赶到呼市，与诚之大兄就沙漠治理的话题畅谈了一个下午。临走，他送我一篇他撰写的《对我国治沙典型"牧区大寨"——乌审召经验的再认识》。他谈的内容也是我不断思索的。论文分两个部分，一是乌审召经验的历史点评，二是乌审召经验的现代意义。第一部分又分为三小部分，第一小部分是：发现规律、总结规律，坚持"乔灌草结合，灌草为主"的绿化治沙模式；第二小部分是：有效治理，有效利用，坚持"治理沙漠与建设草原结合"的双效用沙模式；第三小部分是：以绿为荣，以人为本，坚持"以工哺牧，富民强镇"的科学管沙模式。在三小部分中，他把进入新时期以来，特别是"十五"期间的乌审召产业治沙、建设乌审召工业园区的工业治沙进程和毛乌素沙漠翻天覆地的变化纳入到对乌审召"牧区大寨"历史经验的点评中去，给我以启迪。

我觉得宝日勒岱和乌审召的"牧区大寨"是农业治沙思维模式的典范。它经历了极度的辉煌，但到20世纪晚期已经走到尽头。它是那个特定历史阶段的产物。有资料显示，在20世纪80年代初，乌审旗11645平方公里范围内，各类风蚀、沙化土地已占总面积的94.8%，强度沙化面积比例高达40%。大面积的草场、农田被流沙无情地吞噬，村庄、房屋被掩埋，道路和电力、通信线路时常受阻中断。事实证明，仅靠"乔灌草结合"和"草库伦"建设是不能彻底改造毛乌素沙漠的，传统的生产方式和生活方式不得到根本转变，滥垦乱牧的现象就会依旧存在，并形成恶性循环，沙漠就不会退去。

乌审旗长期处在"整体恶化，局部好转，治理速度赶不上恶化速度"这样一种状态中，进入新世纪后全旗境内的生态情况才有了整体恢复。乌审旗境内的毛乌素沙漠发生的巨变，正是由于进入新时期以来人们的思维发生了根本变化，我将这种变化称之为工业化思维。而工业化的治沙思维催生了工业化的治沙模式。现在，乌审旗的治沙模式是以工业化治沙模式为主导的。

我们梳理、总结乌审旗的治沙模式，大概有这样9种：

一是"家庭牧场"模式。这种模式曾经是乌审旗生态建设最基本的模式。20世纪80年代以后，实现以户为经营单位，以"围、封、建、升"为主要手段，根据不同的土地类型、立地条件，实施不同的措施。"围"是将房前屋后流动性大的沙丘网围起来，采取"前挡后拉"、"穿靴戴帽"、"锁边蚕食"、逐步推进的人工治理方法，加快治理速度；"封"是将面积大、有天然落种更新条件的沙丘封闭起来，促其自然繁殖，并辅之以人工措施恢复植被；"建"是流沙基本得到控制后，根据立地条件，发展小片用材林、经济林，并打井，配套建设粮料基地；"升"就是及时充实建设内容，发展多种经营，促其向"家庭小经济区"过渡。

二是"划区轮牧"模式。这种模式是以户为单位，依据草场不同的土地类型进行划区围封，流动、半流动沙地围封禁牧，恢复植被；丘间滩地和下湿草场分块围封，轮封轮牧。目前，全旗98%的草场实现了网围化，牧区100%实行4~6月禁牧舍饲，其余时间轮牧。

三是"封沙育林育草"模式。这种模式是对面积较大且集中连片的荒沙、荒地围封禁牧，将自然复壮与人工改良相结合，实现对邻近流动、半流动沙地的治理。

四是"小流域治理"模式。这种模式是对境内水土流失严重的小流域采取统一规划、统一建设、承包到户、分户受益的方式，建设水土保持林带，涵养水源，保持营养，发展多种经营，治理与致富相结合，改善生态环境，增加农牧民收入。

五是"飞播造林"模式。这种模式是充分利用乌审旗境内地下水位较高、水分条件较好的有利条件，将人工难以治理的远沙、大沙全面封闭，利用飞机造林种草，雨季促苗，封育保苗，增加绿色。

六是"生态移民"模式。这种模式是将生态环境极度恶化、基本失去生存条件的地区的住户整体转移到城镇从事非农产业。退出区全面封闭，采取人工措施与飞播措施相结合的方式进行治理。

七是"造林大户"模式。这种模式以个别造林大户（面积在5000亩以上）为主，辅之以成片承包治理或者联户连片承包治理。经林业部门验收合格，一次性给予以奖代投1～5万元。目前，乌审旗已培育3000亩以上治沙造林大户240多户，累计完成治理荒沙、荒地60多万亩。

八是"农业综合开发草原建设"模式。这种模式是乌审旗20世纪90年代实施国家农业综合开发草原建设项目以后总结出来的。以大面积人工种草和天然草场改良为主，辅以必要的饲草料基地开发，配套建设，配置棚圈、青储窖、粉碎机等基础设施及设备，推广"现代化高效益家庭牧场"模式，实现生态建设与牧民增收的双赢。

九是"龙头企业治理"模式。这种模式是进入"十五"以来，随着工业经济的快速发展而出现的一种新型生态建设模式，主要以工业项目生态子项目为主，以发展林沙产业和建设、保护企业所在地生态为主，工业和生态环境、林沙产业共同发展，谋取经济效益、生态效益和社会效益的三效统一，将旗委、旗政府提出的"以1%的工业用地，换取99%的生态效益"这样一条全新的治沙思路变为现实。

在这9种模式中，前4种基本沿袭乌审召的治沙模式，还留有当年"牧区大寨"的印记；而后5种除"飞播治沙"之外，基本是新时期以来乌审旗人民在实施"以人为本，建设绿色乌审"的伟大实践中，不断创造、完善和丰富的新的治沙模式。特别是"龙头企业治理"模式，完全是乌审旗在"十五"期间的独创，是乌审旗以工业化、城镇化促生态恢复的成功实践。这个实践闪耀着科学发展的璀璨光芒。

谈到这种模式，宝日勒岱动情地对我说："福气！乌审召人的福气！"

蒙古人说的"福气"蕴含的内容很多。

二、殷玉珍：宁肯治沙累死，也不能让沙欺负死

殷玉珍是陕西省靖边县人。

1985年，19岁的殷玉珍嫁到乌审旗河南乡尔林川村。殷玉珍的娘家靖边县与乌审旗交界，坐落于毛乌素沙漠的南缘。她见过沙漠，可没见过尔林川那样大的沙漠，而她的新家井背塘更是尔林川大沙漠中的大沙漠。这里没有路，没有电，抬头是沙，低头也是沙。她都忘了自己是咋走进井背塘当新娘子的。

殷玉珍看着贴着红喜字的婚房，傻眼了，那是一间挖在沙坡上的土窨子，两个人站在地上还有些转不开。这间狭窄、潮湿、半地下的土窝窝，以后就是自己的家了。想到这里，她的泪水流了下来。

新婚之夜，风刮得非常邪乎。沙子被风卷起拍扑着窗棂门框，就像有无数的老鼠爪子一个劲地在门窗上抓挠，吓得她将头蒙在被子里。好不容易熬到了天明，她却发现门被沙子堵住了，挖了半天沙才爬出来。

殷玉珍望着漫天黄沙，向着南边，放声大哭。

坐在沙梁望娘家，
咋就把我往这里嫁。

抛一把黄沙抹一把泪，
咋就叫我活受这个罪。

那凄苦的信天游歌声在她的耳边盘绕，望着黄澄澄的天地荒漠，殷玉珍哭叫道："娘啊，闺女这辈子落在灰沙窝里了！"

殷玉珍想离开井背塘，到外面闯世界。她垂着泪低头在前面走，她的丈夫跟在后面哭，再后面是眼巴巴瞅着的公公婆婆。家里的那条小狗追了上来，围着她哼唧着咬裤脚。最后，她还是心软了，停下脚步，夫妻俩抱头大哭。哭

够了,说声"回哇",她又回到那间土窨子里。家里还有两只羊,但加起来才7条腿,因为其中一只断了后腿。这就是她家的全部财产。

殷玉珍咬牙在井背塘过了下来,由妙龄少女变成白万祥的婆姨。陕北婆姨不怕吃苦,种地做饭,忙里忙外,都是一把好手。她是个要强的女人,家再穷,也要把小土屋收拾得干干净净。她没事时常望着门前的黄沙想,人得泼出来活,哪儿的黄土不埋人呢?可她又不甘心让这欺负人的沙子一寸一寸地吞没自己。不搏一搏就这样听天由命,她还真是不甘心。以后的日子还长,她要为自己的未来着想,为这个家着想。可在沙巴拉地里耕种,就是瞎受苦,一年下来收得比籽种多一点,就算是碰上好年景。地用不着整天种,她的主要任务就是铲沙子,因为几天不铲,她的家就得被风积沙埋住。

殷玉珍很迷惘,她不知该如何面对这摆脱不掉的沙漠。

婚后的第二年春天,她冒着风沙去井边打水,猛然有了一个发现:井边有一株小杨树泛了绿,在黄风中摇动着嫩叶。这让她惊喜至极。这棵小树是咋来的呢?莫非是老天可怜我,让鸟儿衔来了种子?忽然,一个念头电光石火般地闪现在她的脑海里:一棵树能活,就说明这沙窝窝里能植树。有了树就能挡住沙,挡住沙就能保住家、田地。

我们为什么不种树呢?她思来想去,下定决心要在这穷沙窝窝里植树。丈夫白万祥有些犹豫,他想就算是在这大沙窝窝能种活树,甚时才有收益呢?种树能当饭吃吗?她说:"沙漠里能吃的东西多着哩,沙棉蓬、沙芥菜、沙米,甚不能吃?我就是天天吃野菜,也要把树植下去!"白万祥感动地说:"你一个女人能吃这样的苦,我有甚苦不能吃呢!咱吃野菜就吃野菜了,这辈子我就跟着你在这沙窝子里植树了!"实际上,沙漠里的野菜并不好吃,尤其是沙芥菜,现在成为餐桌上的减肥美食,可当时殷玉珍们下咽时却是苦不堪言。这沙芥菜有助消化的功能,咋吃肚子里也是空荡荡的。当地有句老话:"家有千粮万石,不吃沙芥拌饭。"家中有粮的人都惧怕沙芥菜的消化功能,何况是肚中无粮的殷玉珍和白万祥呢。

殷玉珍要在沙漠里种树,公公婆婆觉得这女娃话说得有些大。他们在井背塘活了大半辈子,方圆十里能找见苗树不?这沙窝窝里要是能种活树,除非你有本事把这大沙漠移走。

"女子啊,"婆婆对殷玉珍说,"咱心强命不强。谁让咱家老先人走西口瞎了眼窝,跌在这么个沙窝子里。别说女人种树,这百十里能找见个种树的爷们不?咱还是像老先人那样,守着这沙窝窝里扒拉出来的几亩沙巴拉地,踏踏实实过庄户人的日子吧!"

殷玉珍对婆婆说:"我不想种地过日子?可这沙子欺负得你种不成地。治不住沙子,咱甚也干不成!我算是看开了,不种树过不成日子!娘,咱得为晚辈子孙考虑!我是泼出来了,我宁愿种树累死,也不能让沙子欺负死!"

听殷玉珍这样说,婆婆只得由着她了,说:"咳,你这女子犟巴着哩!甚死呀活呀,你才多大?娘是老了。娘要做得动,也和你一块种树!"

殷玉珍笑了,说:"娘,咱扑下身子干,咱干它一二十年,我就不信井背塘不变个模样!"

殷玉珍在井背塘待久了,知道这沙漠里有水,沙巴拉地里多会儿都是湿乎乎的,用手刨开沙子也是湿的。有时在地里干活渴得不行,挖两锹沙子就渗出清凌凌的水来,捧着喝一口还甜甜的。她想,不在这含水的沙地里植树,不是可惜了井背塘的好材地?

殷玉珍有了方向,沙巴拉地也就不那样狰狞了。

春上是植树的日子,殷玉珍却发愁没有树苗子。她只得用家里那只3条腿的羊羯子换回几百棵树苗,栽种在房子周围,每天像侍候宝贝一样精心地照料着,担水浇树,总让树坑内湿乎乎的。可风太大了,天太旱了,树苗子总是被狂风吹得摇晃着,树根子不好往下扎。就是这样,到了第二年春上,还是有100多棵小树返青鼓芽了。她看着,眼睛湿润了。她跟丈夫白万祥说:"老汉,咱这一年的苦没有白吃,你看见了吗?能活100棵就能活1000棵、1万棵,这是咱们的希望!"

"老汉"白万祥那时是个20岁出头的小伙子,憨憨地不说话,就是挑水浇树,连口气都不歇喘。听妻子这样说,他只是笑。他清楚这些成活的小树预示着他们生活的希望。那天,殷玉珍也笑得特别甜,她知道,从此,他们在茫茫的毛乌素沙漠里开始了有希望的生活。

没有钱买树苗，殷玉珍就跑回娘家借了300块钱。她先买了几头猪仔，再用猪仔倒换成树苗，这样比直接拿钱买树苗能多一些。白万祥也跑到外面，用身上的气力和干活的手艺挣树苗子。人们有些奇怪，这后生帮人揽工盖房子、淘粪、做零活从不要现钱，就是要树苗子，他到底咋了？有树的人家就由着他剪树枝子。他剪好树枝子就背着往家赶，往往要走十几里的沙地、翻无数道梁才能回到井背塘。回到家里，他便和殷玉珍将树枝子修剪成树栽子，然后泡进水里。泡了几天，觉得行了，就用长长的钢钎子往沙漠里插眼，然后将泡透的树栽子插进去。这种植树方法，当地人称作"栽树栽子"。沙漠虽松软，但钢钎子捅得多了，好男儿干一天也是臂膀酸痛酸痛的，第二天握住钢钎子根本用不上力。殷玉珍握钢钎子的手臂由酸变痛变肿，最后变麻木了。日复一日，年复一年，她自己也搞不清在沙漠里插了多少眼了。

"功夫不负有心人"，当又一个春天来临的时候，殷玉珍的家园已经有上万株幼树在春风中发芽抽枝。这漫漫黄沙中的点点绿色，预示着毛乌素的复苏，召唤着未来的幸福生活。那个春天，她身上好像有用不完的劲儿。全家人齐上阵，整整干了3个多月，栽下5000多棵柳树。但她没想到，一场昏天黑地的沙尘暴忽然袭来，似乎把天地都搅翻了个儿。她牵挂着刚栽下的柳树苗子，风力稍减，便冒着风沙赶到栽树的地方，只见费了一冬天劲儿挖好的水渠只剩下了一条"壕印印"，而渠两旁的柳树苗子早就被风连根拔起，不见了踪影。更让殷玉珍撕心裂肺的是，她由于劳累过度，流产了。这个坚强女人的第一个孩子就这样夭折在风沙狂卷的春天里。

那个春天，殷玉珍全家陷入了极度的悲痛之中。

殷玉珍的婆婆流着泪问："风沙作害人咋就那么厉害呢？"

殷玉珍更是欲哭无泪。她提着锹出了门。婆婆着急地说："你不要命了？"

殷玉珍又上来了犟巴劲儿，发着誓说："我就是舍上命，也要把这沙老虎治住！不给子孙后代留下一片阴凉地，我就枉活一回人！"

殷玉珍在实践中摸索出不让大风把树苗拔掉的办法，就是先把周围的沙子固定住，然后再开始种树。她用干沙蒿、干沙柳枝子扎网格，再在网格里种上沙柳、沙蒿、羊柴等耐旱植物，然后才植树。这样，草有了，树也有了。若干年后，有专家告诉她，她这是在走一条科学治沙的道路。她笑了："咱哪懂科学，就是绞尽脑汁用尽气力治沙子。我就不信人治不住沙！"

1989年初春，白万祥在尔林川打工的时候，偶尔听说村里有旗林业局下拨的树苗子，村里的领导正愁着发不出去哩。当时旗林业局支持大家植树，给尔林川村拨了5万株树苗。可人们对在沙漠里植树没有把握，怕白受苦，领导咋动员也没人愿意从苗圃领回这树苗子。白万祥找领导一说，领导说："行，你可得往活里种，千万别当柴火烧了。林业局的人明年春上还要来检查哩！"

殷玉珍听丈夫一说，高兴地对白万祥说："我这憨老汉管大用哩！给你记上一大功！"他俩分了工，殷玉珍借牲口驮树苗子，白万祥在家挖树坑、洇树坑，保证树苗一到就栽上，提高成活率。她知道，要是林业局给的树苗子种好了，栽活了，公家以后还会大力支持她在沙窝子里植树。势单力薄的她太渴望政府的支持了。

她激动地对白万祥说："老汉，咱家要打翻身仗哩！"

殷玉珍向乡亲们借了3头牛，赶往苗圃驮树苗子。她三更起身翻沙漠，到了苗圃天刚泛青光。她把树苗子捆成垛，往牛背上一驮，连口水都顾不上喝就急着往回赶。到了家，她卸下树苗子就和丈夫赶紧栽种，唯恐误了时机影响成活率。半个多月的时间，她都是赶牛驮着树苗垛子奔波在大沙漠里。春天风大，风沙抽得她脸都裂开了口子，渗着血丝。连苗圃的工人都感动了，说："白万祥这小婆姨可累伤了。"

一天，途中黄风大作，殷玉珍被风顶得实在走不动了，就抓着牛尾巴爬沙梁。沙梁有几十米高，她咬着牙一步步往上挪动着。好不容易上了梁，上面的风更硬，一下子就把树苗垛子掀翻，滚到了坡底。她只得驱牛溜下坡底，把树苗垛子重新抬上牛背，继续往上爬。又到了梁顶，树苗垛子再次被狂风掀回了坡底……

这次殷玉珍号啕大哭了："娘啊，闺女让沙子欺负得活不下去了！"

活不下去也得活，殷玉珍连泪都不擦，又返回坡底。这次牛快爬上梁顶时，她一下子蹿了起来，双手紧紧拉住了牛背上的树苗垛子……

太阳偏西时，她看见丈夫从一座沙梁上跑下来接她。她再也撑不住了，一下子瘫在丈夫的怀里。丈夫心疼得掉泪了。白万祥一面卸着树苗垛子，一面说：

"你回去歇着哇。"

殷玉珍说:"这树苗子不栽进沙里,我咋歇得下! 等啥时井背塘的沙漠绿了,我再歇。"

这天,当他们栽完树苗时,已经是后半夜了。

第二天天不亮时,殷玉珍又吆喝上牛悄悄上路了。沙海很静,东方天际已透鱼肚白,天上那颗启明星亮亮地闪着眼睛……

殷玉珍已经记不清有多少这样的凌晨和夜晚,她都是一个人劳作在茫茫的毛乌素沙漠里,打网格,栽树种草,给嗷嗷待哺的苗木浇水。而她呢,渴了喝口沙漠中的泉水,饿了啃点从家里带来的干馍,累了就躺在沙里歇一会儿。她嫌回家浪费时间,索性搭个窝棚住在沙漠里。夜间一个人睡在大沙漠里很害怕,她就白天拼命干活,往死里累自己,直到累得像散了架一样瘫在地上,这才爬回窝棚里,一觉睡到天大亮。

殷玉珍苦不怕,累不怕,就是受不了一个人待在静悄悄的沙漠里的孤独。她清楚地记得,有天下午,她在植树时远远看见沙梁上有个人在走动。她亮开嗓子招呼人家,那人好像没有听见,直直地走了过去。她这才记起已经有两年多的时间没有见过生人了。后来,她专门去看那陌生人留下来的脚印,还用塑料布将脚印蒙上……

后来,殷玉珍有了孩子。在怀孕的时候,她也一天没有耽搁种树,儿子就是她在种树时早产生下的。这个早产的孩子像稚嫩的树苗一样,在大漠中顽强地大声啼哭。殷玉珍给他取名叫国林,意思是孩子是国家的树苗。国林刚刚满月,她又走向沙漠。孩子满炕爬了,她就拿布带子拴住他的腰,另一头系在炕上的木桩子上,任他爬来爬去。她还得到沙漠里植树种草。那些日子她的耳朵里总是觉得有孩子的哭声。她常从十几里外栽树的地方往家中跑,把哭闹的孩子抱一抱、喂一喂,狠下心来又回到沙漠中去。有时看到孩子趴在炕上睡着了,她就默默地流泪。她在心中对儿子说:"不是娘狠心,娘是泼出命来,也要为你们刨闹块阴凉地啊!"

当国林长到14岁时,殷玉珍已经给他刨闹下一块好大的阴凉地。他们家的房前屋后已经有了一片片浓郁的树林,这里已经成为国林领着弟弟、妹妹嬉戏玩耍的乐园。当年栽下的树栽子渐渐长成林，一片片的绿色在殷玉珍插树栽子钢钎的寸寸挪动下，向无垠的沙漠蔓延。

10多年下来，殷玉珍发现插树栽子的钢钎被沙漠生生磨短了一尺多。我们已经无法计算出这根钢钎经过多少次的摩擦，这个磨蚀过程记录着她怎样的艰辛付出啊！

直到2000年，井背塘仍是无路无电，外面的人很少走进他们的世外桃源。这么多年来，村委会、乡政府和林业部门的人只是断断续续地听说"白家的小媳妇真把树栽活了"，"井背塘那个陕北婆姨树种得连成片了"。人成气，能办事，政府就支持树苗子。每年春秋植树的时候，她总会赶着牲口来苗圃拉树苗子。除此之外，她没有向政府提出过任何资金帮助。她觉得，有了树，有了草，有了良田，人和牧畜就都有了吃的。他们生活需要的一切，这个绿色家园都能为他们提供。这种自给自足的田园生活，正是她苦苦追求的。

殷玉珍的事情引起了一个人的注意，他就是时任河南乡党委书记的曹文清。他是个酷爱文学的年轻人，敏感而又好奇。殷玉珍在井背塘植树种草的事情不时传进他的耳朵里，他决定亲自去井背塘看一看。当他带人翻越一座座沙梁走近井背塘时，一下子就被扑面而来的苍莽绿色惊呆了，好像走进了一个美丽的童话世界。人们粗粗算了一下，殷玉珍种的树草面积足有4万多亩。曹文清不禁称奇，在这兔子不拉屎的大沙漠里，这个女人咋把这些树草种活的？4万多亩的数目把殷玉珍也吓了一跳，10多年光景下来，她也没想到在大沙漠里种了这么多的树和草。

曹文清见乡上出了个这么能干的治沙女人，十分高兴，索性动员她："我看你就把井背塘余下的这几万亩荒沙也全承包了吧！国家有政策，谁种谁有。乡上和林业局给你提供树苗子、优质草种。我们也向上级争取，给你这里通路、上电、打井。"

殷玉珍高兴地说："行，我听领导的话，泼出去了，再把钢钎子磨短一尺，把井背塘的荒沙全绿化了。"

殷玉珍说到做到，不到5年的时间，她又绿化了2万多亩。有关部门在此期间给井背塘修了路，通了电，打了井，这下子使他们的治沙速度突飞猛进。

20多年来，他们总共在茫茫的毛乌素沙漠播绿6万多亩，把荒沙茫茫的井背塘建设成了一个绿树婆娑、草语花香的绿色王国。而殷玉珍和她的丈夫付出的是整个青春年华，用殷玉珍的话来说，"我俩落了一身零碎病"。

在曹文清的关心和运作下，媒体来了，领导、专家来了。媒体一下子把殷玉珍推向了全市、全区、全国，而且声名远播国外。许多外国人也不远万里来到毛乌素沙漠腹地的井背塘，他们许多人只是为了亲自看一眼这个绿色传奇，看一眼这个传说中的东方女人。

这天，宝日勒岱来到了井背塘。20世纪70年代中期她曾主政乌审旗。对"下乡书记"宝日勒岱来说，昔日无定河两岸的毛乌素沙漠她是了如指掌的。她望着绿浪起伏的井背塘，不禁思绪翻滚，热泪盈眶。她搂着殷玉珍瘦弱的肩头，动情地说："孩子，在这大沙窝子里种下这么大一片林子，你得吃多少苦啊！"

女人与女人相通，英雄与英雄相惜。那天，宝日勒岱紧紧拥着殷玉珍，殷玉珍就像依偎在妈妈的怀中，激动得泣不成声。

很快，这个东方女人的绿色传奇，感动了中国，感动了世界。现在的井背塘已经成为中国绿色字典的组成部分，成为被世界防治荒漠化组织和各类绿色组织关注的地方。殷玉珍也先后获得了"全国劳动模范"、"全国三八红旗手"、"中国十大杰出女性"的称号，还有一些她听也没听说过的世界组织授予她的荣誉称号。她多次走出国门，在一些国际讲坛上介绍自己的绿化治沙事迹，让世界上更多的人知道绿色的毛乌素、绿色的井背塘。

2006年，殷玉珍和世界许多政要、各类风云人物一起获得诺贝尔和平奖的提名。在这群风头出尽的人中，唯有她是植树治沙的，一个土生土长在中国毛乌素沙漠里的普通女人。

2008年夏天，我采访了殷玉珍。那时她刚当完奥运会火炬手，圆圆的脸上洋溢着难以掩饰的幸福和骄傲。那天，我们交谈的话题是井背塘的未来发展。殷玉珍告诉我，这些年政府和社会组织对她的支持太大了，但她知道靠社会支持并不是长远的事情。"现在井背塘的环境好了，畜牧业和种植业都能发展了，咱得学会自己挣钱。过去治沙都是自己贴钱干，这辈子一点一点挣的钱都贴到沙漠里去了。人家都说我们这些植树劳模光挣到绿了，没挣上钱。"

她说着无奈地笑了。

她告诉我，她现在就是想致富，苦了这么多年，也该自己致富了。她说她现在已经办了一个公司，注册了井背塘的绿色产品。她还想办个生态旅游公司，让人们到井背塘来休闲、度假、观光。

她说："你不知道，井背塘现在太美了，绿油油的喜人着哩。"

我说："毛乌素沙漠的大环境变了，单一的绿色已经不能称其为特色。"

殷玉珍也说："可不是！咱这乌审旗现在走到哪儿都是绿油油的。要说前些年我那挺出超的，现在看来真都差不多。昨天，我还跟旗委书记、旗长他们说，在'绿色乌审'战略中，我们这些劳模们咋发展，得让领导指条路子。"

她一时显得有些迷茫。

的确，毛乌素沙漠绿了，那些最早开放的报春花被淹没在铺天盖地的苍苍绿色中。在绿草蓝天中，我们已经很难分出哪块草更绿，哪片天更蓝。

殷玉珍又说："我那里有城里人见不到的很多稀罕物儿哩，狐狸、野兔、刺猬、獾、山鸡、百灵，还有叫不上来名的鸟多着哩，光树上草里的虫虫牛牛，都让城里的娃娃们看不够哩。你去去就知道了，好多外国人都喜欢得不行哩！"

我对她说："我一定要到井背塘去看看。"

2010年夏天，我从嘎鲁图镇出发，沿着一条新开辟出来的公路，一路南行，朝着井背塘驰去。我知道这条新建的一级道路是鄂尔多斯东方路桥集团投资建设的，直通巴图湾水库和萨拉乌苏旅游开发区，是乌审旗建设"文化旅游长廊"的重要通道。过去曾有条旧路。现在这里已经全部绿化，起伏的沙漠上覆盖着密匝匝的绿草，从汽车上望去，绿海苍苍直逼白云蓝天。我听着音乐，欣赏着路两边的草原风光，心中非常惬意。

车子飞快地行驶着。我忽然发现道路南面覆盖着绿色的沙漠被推土机推开，大片大片的黄沙露出，显得非常刺眼。我的好心情一下子被破坏了。再仔细看，至少还有几十台推土机在隆隆作业，黄尘已经在天上飘浮。我急忙让司机停车，想了解一下这里是什么工地。这时，与我同行的邵飞舟告诉我，这里是苏力德苗木培育基地，是旗里规划的50万亩苗木基地的一部分，由一个企业投资修建。一期工程大约就要投入几个亿，明年就要投入生产。他们现在是在平整土地。我说:"把这些草场推了挺可惜的。"邵飞舟说:"提高乌审旗毛乌素沙漠的林分质量,必须依靠企业的力量,企业将成为治沙的主体。靠一家一户的单打独斗,是无法实现质的变化的。我搞了几十年林业,体会太深。明年你再路过这里,肯定是另一番气象。"

车过巴图湾,沿着无定河南岸的一条沙漠公路一直向西行。邵飞舟告诉我,殷玉珍的家已经不远了。公路两侧林草葱茏,土地平整,几台"威猛特"喷灌机正在转着圈子喷水,而田间根本看不到人在忙碌。邵飞舟说:"这喷灌机省水省电,节约劳力。剩余劳动力都转移到城镇了。过去这里的农民就在沙丘间种些沙巴拉地,种了几年,沙巴拉地不是起沙丘了,就是让沙漠吞噬了。这一带就是尔林川村,殷玉珍就是这个村的,不过她家靠近无定河岸的大沙漠。"

我朝北看了看,果然苍苍茫茫的。

邵飞舟说:"殷玉珍治住了沙,很有号召力。周围的群众都学她的样子,积极承包荒沙地植树造林。这个世纪初,无定河两岸森林覆盖率还不足30%,现在已经提高到70%,10年翻了一番还多。植被覆盖率也由45%提高到85%,翻了快一番。现在沙是治住了,主要是解决林分草分的问题。林分草分问题解决了,经济效益就彰显出来了。"

我笑着说:"你这个旗绿化委主任当得不错。"

他纠正道:"是旗绿化委办公室主任。"

我听后哈哈大笑。

车走进了一条向北的岔道,仍是一条笔直的柏油路。邵飞舟告诉我:"这条路直通井背塘,也可以说是专为殷玉珍修的。"走着走着,看见路中央立着一个彩坊,上面写着"玉珍沙漠生态园欢迎你"。我想,殷玉珍的生态园真是办起来了。不时有汽车与我们迎面错过,看来,到这里参观的人还真不少。

汽车行驶在起伏绵延的穿沙公路上。公路两侧有些人正在种植行道树。放眼四周,到处是绿色。不久,一座蓝顶白墙的小楼出现在眼前,我想这一定是殷玉珍的新居,果然见到殷玉珍在楼前笑眯眯地等着我们。

一下车,殷玉珍就把我们往楼里让,一个劲儿催我们吃块西瓜消消暑。

她说:"今年夏天太热了。刚才我在沙里转,看见那些可怜的苗子树根还湿湿的，头梢梢却烧焦了。太阳真毒啊！我是看见你们的车才赶回来的。"

邵飞舟打趣说："殷劳模小洋楼都住上了，还往沙里跑啊？"

殷玉珍笑着说："领导们要是不嫌热，咱现在就去沙里转。我正不放心春天新栽的树苗苗，怕它们熬不过这个毒夏天哩！"

殷玉珍领我们进了沙漠，见到的全是树林和花草。她告诉我们，她现在最大的感受是春天刮大风时，沙子再也起不来了，狂风在林子间乱窜，呜呜地干着急。600多亩水浇地、果园、樟子松基地不用担心被沙压了。畜牧业也搞起来了，现在养了40多头牛、200多只羊，光农畜产品收入每年最少20万。农副产品都注册了自己的商标，就叫漠海牌。殷玉珍解释说："我的意思是沙漠的宝藏就像大海一样丰富。"我们都说好。

殷玉珍说："我的这些农副产品早就让人家订下了，连乌审旗都出不了。现在收割种养基本实现了机械化。但能不能扩大生产规模，还是要咨询专家和领导。"

邵飞舟说："不错，别看这地方绿油油的，生态实际上很脆弱，千万不能搞规模开发。"

殷玉珍说："我也担心。过去没多少草树时，下湿地总是水汪汪的。现在呢，抓把土都是干巴巴的，还得经常补水。你们说，这是咋了？"

她说着，弯腰抓起一把沙子给我们看，果然干干的呈碎末状。

就这个问题，我曾咨询过乌审旗林业局的林业专家。他们普遍认为，在乌审旗这样一个干旱地区，水的蒸发量数倍高于降水量，应逐渐从粗放型的绿化治沙，转到经济型的管沙、用沙上来，以利于地下水的保护。应该有序地淘汰固沙用的先锋树种，用针叶林渐渐代替阔叶林，以减少对地下水的抽取使用，提高沙漠的涵养水源作用。

记得2010年夏天我采访旗林业局高级工程师马工时，这位七旬开外的林业专家对我说过这样一句话："任何林木都有吸水和涵水的作用，关键是保持一种平衡，得让林木的根部表面土壤保持一种自然的润湿状态。"

殷玉珍也在考虑这个问题，乌审旗的"掌门人"同样也在考虑这个问题。去年春天，旗委书记就曾对我说过："在建设'绿色乌审'的过程中，应充分考虑沙漠对林木的承载量，逐渐培育和引进一些适合在毛乌素沙漠生长的优质树种、草种，淘汰一些掠夺性强的先锋树草，逐步提高沙漠的利用价值和经济价值，加大'绿色乌审'建设中的科学含量。这也是我们在全旗范围内大力发展现代化的苗木基地的动力所在。"

有些专家对我说，最好是能够打造自己的小气候。有了丰茂的林木，不光能够蓄水，而且能够引水，让蒸发走的水汽再降回来，不断补充地下水。林木多的地方，温度相对低，易产生冷空气，与热空气对流产生降水。有的专家研究了近些年鄂尔多斯和乌审旗的气象情况，认为鄂尔多斯和乌审旗的小气候正在形成。

我个人感觉鄂尔多斯的降水比以往多一些，尤其是乌审旗，在2011年内蒙古西部异常干旱的情况下，仍是降雨不断。夏天，我在毛乌素沙漠里采访，过个把星期准能遇到一次痛快的降雨。和当地的农民交谈时，人们也是喜滋滋的。有位农民对我说："这是咋了？阳婆婆晒几天，准补点雨。庄稼一需要水，雨水就来了。今年抽水的电钱是省下了，可我家的屋顶子漏了……"

天降甘露是最好不过的，在毛乌素沙漠生存的万物都能享受水的恩泽。

我正思索着，殷玉珍带我们爬上了一座高沙梁，站在上面一看，井背塘的全貌尽收眼底。我知道，那望不尽的绿色全是眼前这个女人和她的丈夫拿着钢钎子捅沙漠栽出来的。想象她在这苍茫大沙漠里劳作，那样子就像一个做弯曲运动的不知停顿的小逗号。25年了，多少个狂风呼啸的白天，多少个星斗满天的夜晚，她就是这样孤单单地在大沙漠上播种着生命的绿色。究竟是什么在支撑着这个不知疲倦的女人？这是什么样的血肉之躯啊！难道她是钢打铁铸的？就是钢铁铸成的钎子，也生生被她磨掉了一尺多。想到这里，我不由得感慨万千，眼前的绿色刹那间有些雾水蒙蒙，我知道，我的眼睛湿了。

殷玉珍告诉我们，她要在这里建一个瞭望台，监测火情。咋敢想来了，尔林川也闹开防火了？殷玉珍兴致勃勃地告诉我，建瞭望台，除了防火，还可以观景。要让城里来的人，还有外国人，能够清清楚楚地看见她的井背塘。她说："站在高处一看，好爽快，觉得活得有价值！人得爱天爱地爱家！"

我肃然起敬，觉得心灵再一次受到震撼。

夏天沙漠中的太阳太毒辣，殷玉珍催我们去她家休息。

我们回到那栋漂亮的二层小楼。殷玉珍告诉我们，这幢小楼是她家的第四代住房。那间小土窨子她还保留着，她说，得让后辈子孙们知道他们的老先人当年是咋生活的。这片好天地，可不是天上掉下来的！我说这小楼挺漂亮的，她告诉我，这幢楼是旗政府援建的，旗里的领导干部都集了资。眼前这条小柏油路，也是市里出资修的。那天通车时，鄂尔多斯市市委书记云光中亲自剪彩。云光中动情地说："劳模不能总受苦，劳模要有新生活。"

殷玉珍激动地说："我一个乡下女人，能得到政府这样的帮助，想都没想过。我只有多种些树，把附近的大荒沙全种上树，报答政府。"

她指着附近一个大餐厅说："这是我筹资修建的。过去志愿者、参观者来时，总愁吃喝没地方。现在条件好了，我这儿能同时接纳几百人吃喝。这些年，每年都要接待几千名来这儿种树的志愿者。你们来时，刚送走一批日本人。10号要来一些韩国的学生娃。我20号要去蒙古国。下个月还要去韩国，参加防治荒漠化国际会议，去领一个奖……"

后来，我才知道她去韩国领取的是国际水环境"盖娅"奖。

殷玉珍就是这样从井背塘走向世界的。越来越多的国际化活动，越来越复杂的公司企业化管理，让她感到学习的重要。她想静下心来去读读大学，可惜总是挤不出时间。接待国内外的媒体，接待海内外的志愿者，还要管理公司，让她感到分身乏术。

殷玉珍说："这些跑到井背塘来植树的志愿者有的还是上高中上大学的年轻孩子，他们哪能吃得了这些苦！"我说："当年你向沙漠宣战时，不也是十八九岁？"殷玉珍说："我那是让沙子欺负得活不出去了。"我说："现在的孩子们要是没有防治荒漠化的意识，早晚也得像你当年一样，让沙漠欺负得活不下去。"殷玉珍说："好多开会的专家都这么说。"我说："这就是井背塘带给世界的意义。"

说起国内外的众多志愿者，来自德国的托马斯和法国的弗洛伦斯给殷玉珍的印象特别深刻。

"他们用水特别节约，用洗完脸的水来洗脚，洗完脚后再拿去浇树。他们知道水是沙漠里最珍贵的东西。"

最让殷玉珍难以忘怀的是几年前美国自由民基金会的赛考斯基先生来她的林地上种树并资助5000美元的事情。报道这件事情的记者写道：这位美国人拉着殷玉珍的手，流着泪说："您是我见到的最了不起的中国农民。"

殷玉珍说："人家美国人来井背塘种树，还给我捐款，我该表示点什么呢？我给他绣了两双鞋垫，是我千针万线缝成的，送给他和他的妻子。赛考斯基说，他回到美国后，要用镜框把它装起来，挂在墙上。"

我还从报纸上得知，这位自由民美国人还留给殷玉珍这样一段话："你和你的丈夫是中华民族的骄傲！你们是真正的英雄，是所有热爱大自然、热爱自己国家的人的楷模。我永远忘不了你们。"

殷玉珍邀我们到餐厅用餐。这个餐厅面积很大，就像一个大礼堂，窗明几净，敞亮，通风，进去之后感到自然通透。一面墙壁上挂着她获得的各种奖状和照片。

殷玉珍的孩子们端上玉米、毛豆、水果和南瓜等菜肴，她说："都是自家地里产的，绝对的绿色食品。"

我结识了殷玉珍的儿子、女儿，还有她儿子的女朋友，一位来自南方城市、有着南国女儿婉柔的姑娘。我问她喜欢井背塘吗？她点了点头。

临走时，我送给殷玉珍一本书，那是我出版不久的《人间神话——鄂尔多斯》。我说："这上面记载了咱们上次在乌审旗时的谈话。"

"真的？"她高兴地接过去，又说，"以后来哇。咱这儿的食品都是绿色的，起风也没沙子了。"

我点点头说："我一定会来的。"

2011年夏天，我陪内蒙古自治区文联主席巴特尔和文化部中国世界文化促进会的马小枚会长去萨拉乌苏"河套人"遗址参观，在无定河的南岸，又一路领略了殷玉珍和乌审儿女创造的绿色风采。汽车如在绿色长廊中穿行，两侧不是平展展的农田就是无边的林木。若不是绿色的沙漠顶端上偶露金黄色的沙子，真的不敢相信我们是穿行在毛乌素沙漠中。

这次我们是从上游进入萨拉乌苏河谷的。

萨拉乌苏村的党支部书记老王带我们进入河谷参观，他给参观的人当导游。这条河谷出土过许多古生物化石和新旧石器时代的文化遗物。老王说:"咱'河套人'可真会选地方,这河谷太美了,人们都舍不得离开。"

老王先领我们沿石梯下去。走到半坡上,还领我们参观了发现"王氏水牛"的地方。

那是一片塌陷的土坡。老王告诉我们,将近100年前,比利时神父德日进在这里发现了一个水牛化石。当时住在这河谷里的蒙古人王楚克一家对其帮助很大。为开挖这块化石,王楚克的女婿被塌陷的沙土掩埋而身亡。为纪念王楚克一家人对这次考古的贡献,国际考古学界把在萨拉乌苏发现的水牛命名为"王氏水牛"。

老王说:"这是迄今为止发现的最早的水牛化石。咱这沟里尽是宝贝。现在这里是国家的重点文物保护单位,随便动一块土都不行。"

我们沿着河谷前进。萨拉乌苏河在这条沟里就是一条浅浅的小溪。河两边是沙子,湿乎乎的。老王告诉我们,萨拉乌苏河的主要补水就是河边的沙漠渗出的水。无定河两岸的毛乌素沙漠就是一座大水窖。我们果然看到河边的沙子里有泉水细细地往外渗透。

我问老王:"前几日,听说这条沟里有眼'喊泉',人一呼唤,那泉眼就往外涌水,真的假的?"

老王笑道:"这不就是'喊泉'。"

他用手指了指我们面前那细细渗水的一片沙子。我说:"真的?"接着便人喊一声,果然,那水沙立即翻开泥泡,水流眼见着增多了。大家都称奇。巴特尔、马小枚一见这情景,马上和我扯开嗓子大声喊叫开。随着这声声叫喊,那片水沙泥泡越翻越大,周边的水沙也鼓开泡泡,泉水汩汩地涌出来。大自然真是神奇,这是何等的奇异造化!

我对巴特尔说:"鄂尔多斯沙漠里有这么多自然奇观,北有响沙,南有'喊泉'。"

巴特尔说:"这个'喊泉'应宣传出去。"

我说:"这里真是个休闲的好去处,就凭刚才喊这两嗓子,就能去掉胸中的不少浊气。"

我说着又声嘶力竭地喊起来。他俩也喊开了。我喊完后顿感神清气爽，不由得哈哈大笑。

我们继续在山沟里穿行，发现河谷上有几排窑洞，但已破旧得让人没法看清年代。我们问老王这是干什么用的。老王说："这里原是个盐夫歇脚的客栈，五六十年前就荒了。开这客栈的是个山西人，姓王。这人孤身一人，我小时还见过他，50多年前的事情了。听老辈子人说，这河谷是条盐道，陕北八路军运盐，都从这条道上走。"

马小枚说："我小时候就听父亲说，他组织过三边军民往延安运盐，为此还受到过毛主席的表彰呢！"

我说："你父亲也许还住过这窑洞呢！那时就这一条盐道通陕北，没准是你父亲带人开辟出来的哩！"

马小枚听说，忙掏出照相机对准这旧窑洞一气猛照。马小枚的父亲马文瑞是老一辈革命家，是陕北根据地和陕北红军的创始人之一。

在返回巴图湾萨拉乌苏宾馆的路上，我们又穿行在草木茂盛的沙漠之中。路上我跟巴特尔讲，殷玉珍就住在附近。他问殷玉珍现在怎么样，并说这么多年来一直都没机会去看看她。

我说，据我掌握的情况，殷玉珍现在已经实现由防沙治沙到沙里淘金的华丽转身，开始进行公司化运作和经营，主要生产、经营有机食品。她的品牌农副牧业产品因为纯天然、无污染，非常迎合现代人追求绿色有机食品的需求，销路非常好。听说她公司的品牌小米已经卖到了30元钱1斤，还是供不应求。去年，殷玉珍公司的销售额已经达到100多万元。

巴特尔说大家应该去殷玉珍那儿看一看。马小枚也赞同巴特尔的意见。可我担心殷玉珍社会事务太多，人不在井背塘。巴特尔有些遗憾地说，就是看看她治理的沙漠也好。

这时，为我们开车的司机说："我们刚才就路过了井背塘，咱们见到的林子大都是殷玉珍家的。"

我们恍然大悟，不禁大笑起来。

草原文学精品选编

2007—2017

报告文学、儿童文学、文学评论

内蒙古作家协会 ◎ 编

远方出版社

三、给沙漠点颜色看的女人们

2004年春节期间,殷玉珍接待了一对蒙古族夫妇,男的叫乌拉,女的叫乌云斯庆。

殷玉珍看着乌云斯庆,问:"你就是河对岸的乌云斯庆?领着一群蒙古族姐妹开进乌兰温都尔大沙漠治沙的乌云斯庆?"

乌云斯庆点了点头。

殷玉珍一把抱住她说:"我的好妹子,你咋敢哩?咱是女人,姐要不是差点让沙漠欺负死,我才不……"

乌云斯庆说:"就是你说的这句话,才把我们姐妹鼓热的哩!人家河南面的殷玉珍能降住沙,咱为什么不能!我们在河对岸就能看见你这里的绿,敬佩死你了!你看你这儿多好,我们乌兰温都尔大沙漠多会儿能像你这样呢?"

殷玉珍道:"你们人多力量大,还愁建不成我这样子?也就是三五年的事儿,干起来,快着哩!咱以后隔着河拉话,我唱信天游,你唱蒙古歌,咱们比着干。"

乌云斯庆点了点头。她这一生最佩服的女人就是宝日勒岱、殷玉珍。

2008年夏天,我采访过乌云斯庆。那时她已经荣获"全国三八红旗手"、"全国十大绿化女状元"等荣誉称号和"福特汽车国际环境保护奖"。乌云斯庆是典型的乌审旗牧区蒙古族女人,圆脸庞,高颧骨,脸颊上透着高原红。乌云斯庆见我听不懂蒙古话,只得用生硬的汉语同我交流。我想听乌云斯庆讲她的治沙故事,她却给我讲社会各界给她的鼓励和帮助,我只得提醒她。她断断续续地讲着她的治沙,讲着讲着又讲起了鄂尔多斯市一位温州籍女企业家对她和12位治沙姐妹的帮助。"她从东胜专门来给我们送了衣服,几十套衣服,一次。"

这是乌兰温都尔的治沙姐妹们所接受的社会上最大的一笔援助。蒙古女人知道感恩,乌云斯庆在同我交谈的短短的两个小时中,至少有3次谈起这件事情。

我知道乌云斯庆的家在乌审旗苏力德苏木昌煌嘎查,那里有一片高高的大沙漠,蒙古人称之为"乌兰温都尔",翻译成汉语就是红色的大沙梁。颜色发红的大沙漠,比起白沙漠、黄沙漠来更会让人感到旱地生烟。夏天,人要靠近它,就好像来到了唐僧西天取经路过的火焰山。有位沙漠通曾经告诉我,沙分三种:白沙、黄沙、红沙。人们可以根据沙漠的颜色,了解治理沙漠的难度。乌兰温都尔可谓沙漠中的极品。

乌兰温都尔红沙梁在昌煌嘎查的西南部,紧靠无定河。方圆10多公里内,红色的沙丘起伏,寸草不生,鸟兽绝迹。多少年来,这片红沙梁就像红色的怪兽吞噬着绿色的牧场,驱赶着当地的牧民。前后多少次绿化造林运动都未能触及它,因为自然条件太恶劣,治理的难度太大,无人敢动它。它已经成为昌煌嘎查牧民的一大害。

1999年,刚刚从嘎查村委会主任位置退下的共产党员巴音耐木扣主动请缨,承包了这片面积为4.8万亩的荒沙。他对儿子乌拉和儿媳乌云斯庆说:"我退休不当主任了,正好拿出全部时间治治这匹红野马。"

乌拉和乌云斯庆都支持老父亲这一举动,说:"咱家齐上阵,一定要染绿乌兰温都尔。"

老人高兴地笑了。

然而,乌兰温都尔大沙漠犹如一匹不可驯服的烈马,时时奋蹄扬鬃,搅得天昏地暗,让巴音耐木扣老人和家人吃尽了苦头:刚刚栽下的树苗被连根拔走,辛苦种下的草和灌木被彻底掩埋,大家付出的所有心血、资金全部化为乌有。仅仅一个春秋的较量,巴音耐木扣老人就花光了家里所有的积蓄,甚至把变卖牲畜的钱也换成苗木投了进去。

然而,这一切都被乌兰温都尔吞噬了。

面对如此状况,巴音耐木扣老人并没有泄气。他当过32年村干部,善于总结每次失败的原因,不断提出新的治理乌兰温都尔的方案,并尝试联户入股治沙,以便聚积更多的力量和资金。当时联合国正好有一个环境治理的扶贫贷款项目(SPPA)在这里做宣传,巴音耐木扣老人希望家里人联合嘎查的牧户申请这个项目,共同治理乌兰温都尔。

老人说:"乌兰温都尔不治早晚是个害,留下它祸害子孙哩!"

乌云斯庆当即表态:"阿爸,我们支持你!我和你一起去动员牧户入股,共同治理乌兰温都尔!"

谁也没想到,正当巴音耐木扣老人想率领人们再次治理乌兰温都尔的时候,病魔却忽然向他袭来。2000年12月15日,积劳成疾的老人带着对绿色事业的无限眷恋离开了人间。

老父亲的突然辞世,对乌拉和乌云斯庆打击很大。

乌云斯庆对乌拉说:"阿爸的遗志我们要继承,咱得把治理乌兰温都尔的事情继续做下去。"

乌拉支持妻子。

乌云斯庆联系了嘎查12名妇女,成立了乌兰温都尔项目组,自己担任组长。她们取得了"SPPA小额信贷项目"的3万元贷款。为了治沙,每个姐妹还出资4000元钱,交给乌云斯庆,算是入股。有些男人想不通,这红沙梁是女人能进去的?还植树种草?甭是做美梦吧?有的还说,女人们"草场外边没有名声,灰堆外面没有脚印",还能成甚事!等把4000块钱扔进红沙梁里,就哭着鼻子回来了!

乌云斯庆她们说:"等天热了你们来红沙梁里看!"

她们给自己起了个名字,叫作乌兰温都尔联合治沙站。这是一种以经济形式为纽带的股份制治沙组织。真要干起来了,又有姐妹起了疑心:"咱们女人真行吗?"

乌云斯庆对姐妹们说:"咱女人在乌审旗的大沙漠里治沙出了大成就,像宝日勒岱大姐,那是全中国的英雄!人家殷玉珍就在咱们的河对面,一个人治了几万亩沙子。现在咱们这边还是'火焰山',人家已经成了'花果山'。同是女人,我们为什么做不到?"

那年乌云斯庆刚刚30岁。

女人们的热情像火一样被点燃,吆喝着要向乌兰温都尔开拔。乌云斯庆让大家准备准备,开春就进入沙漠,上了冻才能回家。也就是说,这些女人们每年要在乌兰温都尔的大沙漠里待上大半年的时间。

乌云斯庆带着 12 位姐妹走进乌兰温都尔沙漠，那是新世纪开始的那年春天。狂风卷着硬沙粒劈头盖脸地抽打着她们。姐妹们顶着风沙筑网格沙障，在网格内栽种沙柳、沙蒿、杨树苗。姐妹们饿了吞口炒米，渴了喝口凉水。晚上，姐妹们就挤在一顶破帐篷内休息，大家用身体相互取暖。沙漠的夜晚非常冷，常常把她们冻醒。

有时遇到下雨天，姐妹们更惨了，那顶旧帐篷挡不住大点的雨，她们个个浑身湿淋淋的，磕打着牙齿瑟瑟发抖。没几天就有病的，甚至有想打退堂鼓的。乌云斯庆鼓励姐妹们说："人家河对面的殷玉珍咋扛过来的？人家不是女人？咱们现在不苦熬苦受治住沙子，子孙后代们怕是连个放羊的地方都没有了。姐妹们，咱就当为后代儿孙受苦了！"

为了乌兰温都尔的未来，为了孩子，她们什么样的苦都能吃，什么样的罪都能受。乌云斯庆和 12 个姐妹昂首挺立在乌兰温都尔的风雨之中，她们还轻轻哼起歌，歌声越来越大，穿过乌兰温都尔沙漠，飘荡在无定河的上空：

　　十五的月亮呀，
　　是天空的灯笼呀。
　　十五岁的蔚琳花呀，
　　是四邻的灯笼呀。

　　金色的太阳呀，
　　是天空的灯笼呀。
　　十八岁的蔚琳花呀，
　　是众人的灯笼呀。

这是鄂尔多斯蒙古女人爱唱的一首古歌《蔚琳花》。这首歌让她们想起光芒四射的少女时光，身上就会激荡起青春活力。在那个风雨交加的夜晚，乌云斯庆一面唱一面想：河对面的玉珍姐姐，听到我这个蒙古妹妹的歌声了吗？

乌云斯庆是个细心的女人，为了照顾姐妹们的生活，她还在乌兰温都尔沙漠里建了一所大工棚，名为治沙指挥中心，实为治沙姐妹们栖身的地方，每年4月到10月大家都在这里居住。当时在乌兰温都尔红沙漠里盖这么个工房十分不容易。为了省钱，乌云斯庆只请了一位木匠，剩下的活儿全是姐妹们自己动手干。红沙漠里没有路，没有水，建房物料只能从十几公里以外的家里一点一点背过来，就连生活用水、建筑用水也全是赶着毛驴车艰难地一车一车拉进来的。工棚就这样建起来了。从此，在大沙漠栽了一天树和草的女人们，总算有了一个躲避风雨的地方。

休息好了，姐妹们植树种草的干劲更足了，治理红沙梁的决心更大了。一道道沙障树起来，一棵棵小苗泛出绿意。头一个春季，乌云斯庆和姐妹们完成人工林近5000亩，还在所有造林地块设置了沙障。到了夏天，新栽的羊柴、花棒、杨树苗长得郁郁葱葱，乌兰温都尔沙漠第一次有了绿色。原来持有女人们在沙子里胡闹些日子就哭鼻子回来的想法的男人们，看到了这样的情景，也感动了，钦佩了，说："明年春天，我们也来跟着你们植树种草。"姐妹们那个笑啊。她们终于看到了劳动果实，收获了尊严。

她们在乌兰温都尔种活树草的事情很快在乌审大地传开了。她们受到政府及林业等部门的奖励和技术、资金的扶持。一位副旗长看了她们在红沙梁种植的草木后，当场批拨1万元给予支持。"SPPA小额信贷项目"还把乌云斯庆列为第四项目组的大组长，每年给予3万元的项目贷款，支持她们造林治沙。乌云斯庆还被旗林业局确定为5000亩以上的造林大户，给予政策、资金和苗木、籽种的帮助。

这给了乌云斯庆和她的12个姐妹极大的鼓励。

为了提高治理乌兰温都尔沙漠的速度和质量，她常常不厌其烦地向林业科技人员和有经验的造林大户取经，运用到自己的造林实践中。她们根据乌兰温都尔沙漠的特性，采取由近及远、先易后难的方法渐进推开。她们选择适宜在红沙梁生长的乔灌木，在平地硬梁种柠条、紫穗槐，在沙梁上种羊柴、花棒，在巴拉地种植杨树、柳树，并及时设置沙障，防止流沙移动。她们还采用了拌泥栽植、袋装栽培、地膜覆盖等节能保墒技术，大大提高了造林成活率。10年过去了，她们承包的红沙梁4万多亩荒沙已全部披上绿装，当年满目荒凉的

"火焰山"上，树木繁茂，绿草翻浪，飞鸟鸣啭，野兔出没。红沙梁已经成为毛乌素沙漠上的一道风景，迎来无数的参观者。大家都被乌云斯庆和她的姐妹们创造的治沙奇迹所折服。

植树种草治沙是一项投入大的项目。像许多造林大户一样，乌云斯庆也承担着资金紧缺的压力。红沙梁吞进了她们所有的资金。乌云斯庆为了治沙已经是负债累累。她像许多治沙大户一样，虽拥有万亩绿色，却始终是囊中羞涩，日子总是过得紧巴巴的。为了不中断治沙，乌云斯庆四处奔波，争取上级和社会支持。她们获得了日元贷款项目的支持。其间，内蒙古银行也投资16万元，为她们解决了围栏、苗木、平整土地的资金缺口，这无异于雪中送炭，激发了她们更大的治沙造林的热情。

苦干了10年，怎么样才能治沙又致富呢？乌云斯庆和姐妹们绞尽脑汁规划着这块红沙梁的明天。她们必须向荒沙要收入，要效益，走以林养林、建设养畜之路。希望就在这片沙漠上。她们对乌兰温都尔做了详细规划，要开发水浇地1000亩；新建育肥棚舍1万平方米，年育肥出售牛羊1000头只；要在最短的时间内使每个家庭在沙漠中获取纯收入1万元以上。

2010年春天，她们平整好300多亩土地，就等着打井上电，播种春天。这天，乌云斯庆正在为打井、上电的事情忙碌、操心，忽然感到头痛欲裂，一下子病倒了。经医院检查，乌云斯庆不幸患上了胶质瘤。巨额的医疗费用，让多年将大量资金投入治沙造林而生活拮据的乌云斯庆一家不堪重负。得知乌云斯庆的困境后，乌审旗团委、妇联等部门立即联系社会各界和企业，为乌云斯庆做了爱心捐助，募集资金近14万元，使她及时做了手术。

乌云斯庆患病的消息，我是在2011年春天才从报纸上看到的。当时我正在毛乌素沙漠采访，得知她病了，便急切地向同行的旗委办公室副主任折海军了解情况。他告诉我，乌云斯庆的手术非常成功，术后恢复得也很好，旗里的领导和社会各界也非常关心乌云斯庆的病情。我问乌云斯庆在乌审旗吗？现在能接受我的采访吗？折海军马上打电话联系了一通，他告诉我，乌云斯庆正在家里，现在身体恢复得不错。

我马上驱车去苏力德苏木昌煌嘎查乌云斯庆的家。

初春的苏力德草原，远远望去，已经能看见草尖上飘浮着忽隐忽现的淡淡的绿色了。只待一场春雨，草原便是绿意盎然、万紫千红。在4月的春风中，公路两侧的油松挺拔苍翠，砍头柳的枝条透着嫩绿。不时有野兔在路边的草丛里跳跃，还有美丽的野鸡出没于草滩中间。还能看到植树种草的人们在沙漠上忙碌着，浇水车在沙梁上汩汩地洒着水，许多女人扛着树苗子在车旁走来走去。

折海军告诉我，冻土刚消，人们就忙活上了。现在林木产业已经成为农牧民的重要收入，人们植树的积极性高。企业的介入是最主要的，绿化一实行公司化运作，经济杠杆就起作用。绿化造林一进入市场领域，过去碰到的许多疑难问题就迎刃而解。

车窗外，草原开阔，直通遥远的蓝色天边。

乌云斯庆的家就坐落在一片开阔的草地上，显得十分清静。车开到她家的门前，我一眼就看见乌云斯庆和她的丈夫乌拉站在门前等待着我们。乌云斯庆的状态比我想象的要好得多，精神头挺好，比上次见显得更干练了。

我们用蒙古族的礼节相互问好，乌云斯庆和乌拉高兴地把我们迎进了屋。

我问乌云斯庆："你还记得我吗？"

她说："知道。"我们都笑了。

乌云斯庆说她病后，社会上好多好心人都发善心帮助她。治这个病得花大钱，一下子用去了几十万，是好心人、善心人帮助她渡过了难关。乌云斯庆非常感动地说："苏木的领导、旗里的领导好着哩，他们都拿出自己的工资帮助我。"

乌云斯庆把坐在屋里的几个青年人介绍给我们，原来他们都是镇上的干部和嘎查里的大学生村干部。他们告诉我，苏木的领导很关心乌云斯庆的病情，并组织机关干部捐款帮乌云斯庆治病。让她安心养病，可她总是惦记着乌兰温都尔的治沙，她的心还在那片红沙梁上。

我们都劝乌云斯庆一定要好好休息，等身体彻底恢复了，再和姐妹们一块治沙。

乌云斯庆说："我的心是这么想的，可腿不是这么想的。咳，现在正是植树种草的好季节，要不是他拦着，我早上了乌兰温都尔。"

她指了指乌拉。

乌拉憨憨地笑了笑说:"医生说,你就是累着了,得安心静养。"

乌拉告诉我们:"现在乌兰温都尔80%的沙漠全绿化了,剩下的一些远沙也被控制住了。红沙梁上一长起树,就显得不高了。你看今年春上这么大风,也不见一点沙子。这地方和10年前大不一样,好住了,等夏天这滩上草长起来,才好看哩。"

我问收入怎么样,乌拉说:"现在造林治沙还赔钱,贷款还没还上哩。尤其是她这一病,收入还是受了影响,去年每人平均才1万多元钱的收入。林子里杨树有点多,经济效益不明显。"

乌拉淡淡地说着,乌云斯庆静静地听着,都显得非常平静。

镇上的干部告诉我:"苏木正在根据旗里的要求,在这里搞林权改革,乌兰温都尔已经确定了2万亩公益林。每亩按照20元的补偿标准,每年有多少收入?还有草场补贴……旗里的政策是不能让造林大户、治沙大户吃亏。"

乌拉说:"政策是好政策,我们就等着赶紧还贷款哩。跟着我们的造林户们就等着兑现钱哩。"

乌云斯庆说:"你急甚?有政策哩!"

乌拉说:"没钱的掌柜不好当哩!"

我们笑了起来。

结束了对乌兰温都尔的采访,乌云斯庆和乌拉拉着我照了一张相。乌云斯庆说她有一个相夹,留着她和社会上的领导、专家老师们的照片,她没事时就翻出来看一看。乌云斯庆是个心细的女人。

临走时,我叮嘱她好好养病,她听着,"好、好"地点着头。我们的车走出老远,她还站在草原上向我们招手。远处的乌兰温都尔好似一条浅浅的起伏的云带,而草原上的乌云斯庆在我的眼前越来越像一座高耸的山。我衷心地祝福她的绿色梦想……

在毛乌素沙漠里,还流传着一个"疯女"治沙的故事。

2003年,浪腾花和她的丈夫都在政府部门有一份稳定的工作。那时她已经40岁出头了,可这个40岁出头的女人却拉着自己的丈夫一同辞掉公职,一头扎进沙漠里。有人说她疯，有人说她傻，她说："我不在乎别人怎样看我，我知道自己在做什么。"

浪腾花是让她的家乡的悲惨景象刺激疼了，才做出这惊人举动的。浪腾花的家乡在乌审旗嘎鲁图镇和乌兰陶勒盖镇交界的地方，叫布日叶庆。这里沙丘连绵起伏，方圆10多公里鸟兽绝迹，是一块出了名的沙漠。布日叶庆沙漠滚动着，疯狂地吞噬着周围有限的农田、牧场和农牧民的家园，成为毛乌素沙漠中的疯沙、恶沙，人们望而却步，四周一片荒芜。

在布日叶庆沙漠中艰难挣扎的农牧民们，有的抛弃田地、牧场到别处谋生；有的艰难地种着小片荒，放着几只羊；许多青年人跑到城市打工，家中的老人孤苦地守着那几间破土房。人们无心生产，因为咋干也填不满疯狂的布日叶庆沙漠的肚子。村子里的醉汉到处晃，闲汉东阳坡晒到西阳坡，随着太阳打转转。这满目的荒凉，让浪腾花看得心酸、心疼。有的亲戚羡慕地对浪腾花说："你算混成个人样样，总算离开了这兔子不拉屎的穷地方。"

可在浪腾花的记忆里，自己的家乡是个好地方、美地方。浪腾花就是在这里度过了自己的童年、少年。那时，布日叶庆多美啊，长着好高的草，开着美丽的花，野兔、狐狸等在沙柳丛中窜来窜去，成群的黄羊出没于草丛之中……觅食的牛马羊群不时惊起野鸡，引得马儿嘶叫，羊羔撒欢。绿缎子般的海子在阳光下闪着粼粼波光，那么多的水鸟游来游去，鱼儿不时跃出水面……

想到这里，浪腾花的眼睛湿润了。

许多人在总结乌审旗的生态历程时，总爱引用这样一句话："50年代风吹草低见牛羊，60年代滥垦乱牧闹开荒，70年代沙逼人退无处藏……"

可现在进入新世纪了，布日叶庆咋还是70年代的老样子。那时，全旗上上下下正在酝酿打造"绿色乌审"，浪腾花不愿意见到自己的家乡成为死角，成为被现代绿色文明遗弃的地方。一刹那，浪腾花胸中汹涌的对家乡、对草原的爱再也压抑不住了，她毅然决然地和丈夫辞去让人羡慕的工作，回到自己的家乡承包荒沙，开始治理布日叶庆沙漠。

浪腾花找嘎查领导说明要承包那片划分草场时谁也不要的5000亩荒沙时，嘎查领导简直有点不敢相信，以为她在开玩笑："你放着机关的工作不干，非要治理沙漠？真的疯了？"

浪腾花说："我是看见自己的家乡成了这个样子，心里难过。自己的家乡自己不治理，我们还是热爱自己家乡的蒙古人吗？"

嘎查领导们被感动了，非常庄重地和浪腾花签订了承包合同。

浪腾花和丈夫从此走进了布日叶庆大沙漠，开始了与沙漠为伍的日子。那明晃晃的大沙丘一座接着一座，树苗子全靠人背上去，那份艰难，那份孤单，都是常人难以忍受的。植树时节又是大风常起的日子，浪腾花背着树苗子翻沙梁，常被大风连人带树苗子掀到沙丘底下，只能喘口气接着再往上爬。浪腾花流过眼泪，但每次擦干眼泪又继续背着树苗子翻沙梁，一点一点地使绿色延伸。浪腾花在机关当过干部，接受过许多新事物，她知道一家一户地单打独斗改变不了毛乌素沙漠的面貌，便想成立一个治沙公司，组织更多的人加入到治理沙漠的事业中来。丈夫笑道："你又有疯想法了！治沙光投入没产出，没啥效益，谁愿意跟咱受这份苦呢？"

实际上，他知道妻子的想法是对的。浪腾花说："我才不怕人们说我是个疯婆子哩！咱这是给后辈子孙造福！我们这辈子受点穷、吃点苦算啥？谁说生态不是效益？我看是最大的经济效益！我就不信咱把布日叶庆沙漠绿化了，不会产生经济效益！"

浪腾花是认准了就决不回头的人，她把家中的20多万元积蓄全用于治沙。苍天不负有心人，第二年春天，他们承包的沙丘树苗成活率非常高。在新春中绽放的嫩叶，就像草原上的报春花，向人们宣告布日叶庆沙漠又有了绿色的春天。

看到浪腾花在布日叶庆沙漠收获了绿色，周边的牧户们也产生了治沙的萌动。浪腾花主动与他们商议，与额尔德尼巴图和宝聪等十几家牧户共同成立了治沙公司。浪腾花说："利用公司的力量治理沙漠，恢复生态，会给我们的家乡带来富裕和吉祥。"

2004年秋天，由浪腾花出任董事长的乌审旗青浪生态开发有限责任公司正式成立。浪腾花在公司成立后首先做的事便是带人对布日叶庆荒漠进行了规划，把重点放在基础设施建设上。他们当年就在布日叶庆沙漠里修了8公里路，打了5眼水井。有路有水，就如虎添翼。成立公司的第二年，他们就新开辟了100亩育苗基地，造林近万亩。2006年，他们又造林1万多亩，并且对公司所控制的10万多亩荒漠进行了围封种草。

到目前，鄂尔多斯市乌审旗青浪生态开发有限责任公司已发展成为集生态治理和开发、生态科学技术研究及服务、农副产品购销、养殖业和旅游业为一体的专业生态开发公司。由于他们的模范作用，带动了周边地区沙漠的开发和利用。十几户牧民联营的青浪公司被自治区定为防沙治沙管沙用沙和沙产业、草产业试验示范基地。浪腾花也得到自治区各级政府的表彰和奖励，并被中国沙草业协会评为"2008年度中国先进沙产业个人"。

"疯女"治沙获得了成功，并且开辟了一条在毛乌素沙漠规模化、企业化治沙的新路子，这就是被治沙专家和各级领导所肯定的"沙漠增绿、资源增值、农牧民增收、企业增效"的可持续发展的路子。

我是2011年夏天走进布日叶庆沙漠的。几万亩葱绿的树木，宛如一条条绿色的腰带，将一个个沙丘紧紧缠绕。看着这片望不尽的绿色，真的好像走到了浪腾花的童年时光。绿色的草原又回到了布日叶庆，而浪腾花为这绿色的恢复付出了整整8年时光。可惜的是，这天浪腾花不在布日叶庆。工作人员告诉我，浪腾花在乌审旗的家中。我决定去她家中采访她。我想见识和深入了解一下这个不断在毛乌素沙漠摸索、创新的"疯女"。

浪腾花在家中接待了我。这个传说中的"疯女"已经成为一位慈祥的祖母。她乐呵呵地对我说："这些日子我在家里哄孙子，公司的事情老汉在料理着。"

我问浪腾花为什么在治沙中要实行公司化运作。她告诉我，人要跟上时代发展。治沙光靠传统模式是不行的，得引进新机制。说起办公司的好处，浪腾花喜笑颜开，她说："组建公司以后，治沙造林的面积由我一家的5000多亩扩大到联户的10万亩，可以使用大型机械设备，提高了劳动生产效率，降低了治沙成本。在采购苗条、网围栏时也能享受批发价，这样可以节省不少开支。形成规模以后可得到国家和旗里的资金投入和技术帮助。由于有技术支撑，林草的成活率也比以前高。"

我对她说："看到有媒体报道，说你绿了沙漠，穷了自己。"

浪腾花说:"穷富要看怎么看,那几万亩林地不是财富?生态价值就不用说了,关键是这块地方还有精神财富,那可是无法计算的。多少人到了布日叶庆,被点燃起斗沙的激情;多少单打独斗的单干户组织成治沙联户,像我们一样实行企业化运作和经营。这不是我的财富?我是在沙漠中投入了一生的积蓄,现在还没有得到回报,但我相信布日叶庆的经济价值迟早会彰显出来的,'十年树木',这不是才过去8年……"

浪腾花自信地笑了起来。

说起当年辞去公职的选择,她说:"咳,这算甚公职,我当时在镇计生办是做合同制工作,老汉倒是在编的干部。要说起当年的辞职治沙,我们的选择一点没错,因为我们做了一件有意义的事情。想想8年前布日叶庆的样子,看看今天布日叶庆的样子,我还有甚不知足的?想想那树、那草、那花,多美啊!值了!"

她用一句"值了"结束了我的采访。我感到这一句话意味绵长,好生咀嚼,越发感到浪腾花这位"疯女"可敬。

在毛乌素沙漠还流传着一位"痴女"治沙的故事。这位"痴女"叫徐秀芳。说起徐秀芳来,张玉廷给我这样介绍道:"这人干练,办事利索,还能歌善舞,是全旗出了名的文艺积极分子。"可就是这个活泼的女人,30多年来只痴心办了一件事,那就是造林治沙。毛乌素沙漠的造林治沙户们没有不认识徐秀芳的。提起徐秀芳治沙的痴劲儿来,没有不佩服的。

"徐工是跟沙漠较上劲了。"听说我要采写治沙的事情,一位治沙造林大户对我这样说,"凭她那股钻劲儿,真治出了成果。人家懂技术,治沙是行家。别看人家是个女流,可讲得在理、在行。这几十年,我算是摸准了,徐工咋说,你就咋办,准没错!瞧我这沙漠绿得多喜人,首先该给徐工记一功。一个女人家钻在沙漠里30多年,不容易!"

他说的徐工就是徐秀芳。徐秀芳现在是乌审旗治沙站的站长,林业高级工程师。

32年前,徐秀芳从伊克昭盟农牧学校毕业。风华正茂的她面临着多样的人生选择。那时,中专毕业生在伊克昭盟少得可怜。据当时全国优秀园丁梁伯琦先生的调查，盟府东胜市竟然没有一个大学本科生。盟府尚且如此，偏远牧区的专业技术人员更是凤毛麟角。那时，徐秀芳完全可以留在盟府所在地东胜工作，也可到条件相对较好的旗县工作。组织上征求她的意见时，她说："我是学林业治沙的，当然要到沙漠最多的地方去。"她还说："从今以后，我要做毛乌素沙漠里的一株树，一棵草。"

那时，她的脑子里充满了诗意的浪漫和丰富的想象，当然，她也做好了吃苦受累的准备，可她没有想到要吃那么多的苦，受那么多的累。

徐秀芳选择了全盟沙子最多最大的乌审旗，那是她的家乡。她知道可爱的家乡已经被毛乌素沙漠糟蹋得不成样子了。从20世纪60年代起，乌审旗土地沙化逐年加剧，造成大面积草场、农田被流沙吞噬，许多村庄、房屋被掩埋。据资料显示，当时全旗总面积11645平方公里，各类风蚀沙化土地已经达到了94.8%。可以说乌审旗全境已经是一片荒漠。就连当时的旗政府所在地嘎鲁图镇区域内都有沙丘滚动。起一夜大风，被沙子封住门是常有的事情。

有老乡见徐秀芳毕业后分到了治沙站工作，大为吃惊地说："你咋干上了这讨吃营生？你没听人说过，'远看要饭的，近看治沙站的'？你个姑娘家连身好看的衣服都穿不出去，看你以后咋办？"

治沙站的工作是艰苦的，工作的性质和特点决定徐秀芳绝大多数时间要在沙漠里摸爬滚打。这对刚出校门、充满热情的徐秀芳来说是个不小的考验。她清楚地记得自己刚到治沙站工作没几天，领导就让她到乌审召沙漠里的一户农家去指导治沙工作。那地方离自己住的地方有20多里地。有个老乡好心借了她一辆自行车，她推着就上路了。那时她还不会骑自行车，觉得正好边走边学，反正以后下乡用得着。徐秀芳胆子大，见沙路上没人就骑上了车，一阵歪歪扭扭地乱蹬，并吆喝着"闪开、闪开"。这一路，她可吃了苦头，沙地路软，不好把握平衡，不时歪倒在路上，膝盖都磕碰青了。最可恼的是忽然冒出来的沙丘，她得扛着自行车翻过去。她一个单薄的女孩儿扛着自行车翻沙，累得汗水都把衣衫浸湿了。这20多里路，她走了七八个小时，还未见到那户人家。天黑了下来，漆黑如墨，她在沙漠上迷了路，又急又怕，哭了。她说，她这一生也没流过那么多的泪。她在暗夜中摸索着，直到夜里11点多，才看到一束昏昏的灯光……

夜里躺在老乡家的炕上，徐秀芳的腰腿疼得连身都翻不了。她也在问自己，为什么放着城市的体面工作不干，非要跑到这沙窝子里受罪？可第二天一大早，她还是跑到老乡的沙漠上观察植被生长情况，帮助老乡出主意，探讨如何更好地治理沙漠。

还有一次，她徒步去乌兰陶勒盖苏木下乡，路过一片柳林时，忽然跑出一条狗，追着她又叫又咬，吓得她摔倒在地上。幸亏手中提拎的一包用来充饥的糕点摔了出去，狗闻见香味，才顾不上追她。

徐秀芳撒腿一气跑了好远好远，"头发参得就像一个疯婆子"，徐秀芳回忆起30年前这件事情，仍是记忆犹新，"我当时一口气至少跑出3里地，才敢回过头来看一眼。我从小怕狗，可牧区农家养狗的又多，有时离老远就得扯着嗓子喊：'快把你家的狗拴住。'后来跟老乡家熟悉了，狗也不咬不叫了，我和它们也成了熟人。"

不久，旗里搞林业普查，徐秀芳整整在沙漠里待了两个多月。那时吃住都在老乡的家里，每天在沙漠中奔忙。人们担心她受不了这个苦，可她坚持下来了，而且出色地完成了林业普查任务。乡亲们是眼看着徐秀芳这个洋学生变成个"土人人"。老乡们都说："秀芳这女娃比社员们还吃得好苦！"

听到乡亲们的夸奖，徐秀芳的心中比吃了蜜还甜。

20世纪80年代后期，徐秀芳接受了上级布置的飞播治沙勘查任务。他们每天早晨不等太阳升起就得进入沙漠，一直到夕阳下山才能返回住地。大沙漠里烈日暴晒，地面温度高达40多度，好像要把人身上的所有水分都蒸干。就是这样，她每天也要在赤日炎炎的沙漠里奔波20多里路，搜集各类土壤样本，为飞播治沙提供技术支撑。一个多月下来，脚上起的水泡被磨成了老茧，胳膊上的皮晒暴了一层又一层。脸啊，脖子啊，胳膊啊，凡露在外面的皮肤都被晒得黑黑的，就像个非洲姑娘。

有一天，徐秀芳的身体有些不舒服，仍坚持进入大沙漠作业。太阳一晒，她的脑瓜子里就开始一蹦一跳地疼痛，好像时刻要炸裂开来。她实在坚持不住了，只得爬到大沙丘上昏昏沉沉地躺了一会儿。沙漠里很静，偌大的天地就她一个人静静地躺着。她在蒙眬中嗅到了一阵阵幽香，睁眼打量，原来自己躺着的沙丘上生长着一片绿生生的沙地柏。她激灵了一下，立即翻身坐了起来，将这块地方标在作业板上。她知道不久的将来这里的沙地柏将连成片，覆盖整个大沙漠。她打量着沙地柏，暗想，自己应当像沙地柏那样，在沙漠里顽强生根，用自己的青春和汗水换来沙漠的绿色……

她站了起来，命令自己：徐秀芳呀，你要坚强！坚持下去就是胜利！就像这沙地柏，永远在沙漠里绽放绿色！

她在大沙漠里坚强地走了下去，一走就是30年。她是绿的使者，她走过的地方留下了一片片翠绿。30年来，乌审旗的每一片沙地几乎都留下了徐秀芳的足迹。她说，她到过全旗80%的农牧民家中。

1996年，根据治沙户遇到的经济困难，徐秀芳提出应该在毛乌素沙漠里混合种植生态林和经济林，不仅要治理沙漠，还要让农牧民增收。她深入农牧户家中，指导农牧民栽种经济林，帮助农牧民们领会治好沙、管好沙、用好沙的道理，引导农民们向大沙漠要经济效益。进入新世纪之后，许多听了徐秀芳建议的农牧户，都尝到了沙子里种出的"甜头"。

"这全靠徐工！"现在提起这事，他们还不忘感激徐秀芳。

作为专业的治沙工作者，徐秀芳认为，不断引领先进的治沙技术和治沙理念尤为重要。从接触飞播技术以来，她就不断地总结飞播造林治沙经验技术，不辞辛苦地在飞播区考察植树效果，并先后引进了GPS定位导航技术和种子包衣技术，增加了飞播作业的准确性，降低了飞播成本，提高了飞播成效。目前，乌审旗已有飞播造林保存面积139.8万亩。飞播造林技术的运用，为染绿毛乌素沙漠起到了举足轻重的作用。

2000年，国家搞退耕还林项目入户调查，徐秀芳在河南乡一待就是200多天。她跑遍了无定河两岸的毛乌素沙漠，将每一家农牧户林地情况摸清。20多年来承担大量家务活的丈夫终于发了脾气："是不是林业局就你一个人呀？"

这是徐秀芳结婚20多年来，在公安局工作的丈夫第一次冲她发脾气。当时，徐秀芳虽有满腹的委屈，可她知道她欠这个家太多了，对不起丈夫和儿子。她想自己退休之后，好好照顾这个家，照顾好丈夫和儿子。

徐秀芳几乎是将她生命的全部贡献给了毛乌素沙漠。

我是怀着一颗崇敬的心采写徐秀芳的。在治沙站办公室，徐秀芳滔滔不绝地给我讲着她的治沙经。她个子不高，快言快语，一看就是个激情饱满、活力四射的人。我估算她的年纪应该有50岁出头了，可没想到她仍是那样激情澎湃。

谈起林木来，徐秀芳如数家珍。她告诉我，现在全旗已经累计完成人工造林160万亩，封山（沙）育林44.1万亩，森林资源总面积达到了600多万亩。

她告诉我，"十一五"期间，乌审旗的森林面积每年以40万亩的速度增加。其中沙柳、杨柴、柠条等有较高经济价值的乡土灌木树种唱了主角，高达80%。截至2010年8月，全旗600万亩森林资源中，灌木林500多万亩，比例高达80%以上，居鄂尔多斯市之首。森林覆盖率和植被覆盖率分别达到了35%和79%，分别比2000年间提高了13%和30%。

我感慨地说："10年发展，乌审旗的植树固沙真是硕果累累啊！"

徐秀芳说成绩虽然大，但也有个潜在的危险：乌审旗的森林和植被覆盖率早已经达标了，而且是超标了。现在应该有意地保留一些沙地，好让沙漠能够自由地呼吸。

我记得去年旗委书记也跟我谈到过这个问题，那是我第一次知道治沙、固沙、植树造林还有这样的忧虑和担心。原来，我以为树草越多越好，植树种草只是个粗活苦活儿，没想到这里还有这么多的学问。第一个提出这个问题的人是不是徐秀芳，我就不知道了。乌审旗林业局副局长、林业高级工程师贺喜才也向我表达过类似的观点。

徐秀芳告诉我，林分改造、草分改造都已经是迫在眉睫的事情，不要等到出了问题再抓，那损失就大了。她还告诉我，甘肃省某个沙区现在已经出现了林木大面积死亡的情况。

我有些吃惊地问："为什么？"

徐秀芳说："杨树种多了。杨树这样的阔叶林木，蒸腾作用强，对地下水的需求非常多，水补不上就会枯萎死亡。我们过去光是强调固沙，因此种植了很多固沙能力强的杨树。现在看来，杨树并不适合降水量少的毛乌素沙漠。"

我说："现在乌审旗不是已经开始大量种植油松、樟子松这样的针叶林木了吗?"

徐秀芳说:"这我当然清楚,旗里规划了50万亩樟子松育苗基地,在嘎鲁图东北环城的地方就安排了10万亩。两年以后,我们的苗木足够乌审旗的林分改造的。我是说林分、草分不抓紧改造,同样也会出现生态灾难——地下水下降,树草停止生长,甚至会大面积死亡。我不是危言耸听,我是为这件事情着急,见谁给谁说!"

没树她着急,有树也着急,徐秀芳看来就是为乌审旗毛乌素沙漠操心的命。

正是半个世纪以来,乌审大地上出现了宝日勒岱、殷玉珍、乌云斯庆、浪腾花、徐秀芳这样的治沙女英雄,毛乌素沙漠才停止了疯狂的移动,开始为人民造福。这些伟大的女性,用自己的生命、汗水和泪水滋润了毛乌素沙漠,才使今天的毛乌素沙漠这般妩媚,这般苍翠,这般春光无限。

第五章 骏马似箭掠过草浪,高亢的嘶鸣留在路上

一、我哪儿也不去,朝岱就是我的北京

说这话的人叫巴图那顺,是个魁梧的蒙古汉子。他肩膀宽宽的,胸膛挺厚实,稍带点自来卷的短短的寸头,脸膛黑红,眼睛不大但挺有神,往人跟前一站,就像立着半截塔。他说他已年届六旬。我不信,觉得他最少虚高了10岁。我说你不要跟我套近乎,咋着你也没有我大。他要掏身份证给我看,我说我不看,我看你的身份证干什么呢?

那天我们都多喝了点酒,都带点醉意。

我称他老巴,接触多了就成为朋友。老巴是乌审旗苏力德苏木朝岱嘎查(村)的党支部书记,还是朝岱牧业联合体的总经理。朝岱嘎查位于无定河北岸,方圆将近210平方公里,是个典型的荒漠化牧区。户籍人口不足千人,每平方公

里不到 5 个人。这里 30 年代就是革命老区，高岗等人就曾在这里组织过革命活动。

说起他的家乡朝岱，老巴乐得细眼睛眯成一条缝，动情地说："我家祖祖辈辈在朝岱啊！我从小就在这片草滩滩上放马、放牛、放羊，累了就在草地上躺一躺。那时天真蓝啊！老天爷给咱蒙古人一块好地方啊！沙漠一开始好像在天边，遥远得很哩！可后来不知咋的，今天这儿起了一小片沙，明天那儿堆起个沙梁梁……慢慢地就连成了片。我是眼看着沙子长大的，可我也说不清这里甚时候变成了沙漠。"

我说："肯定是开荒种地种的。蒙古人也种地？"

"咋不种？"老巴说，"上辈子就种了。种地利大啊，人吃的有了，牲畜吃的精饲料也有了。那时怕牲口糟蹋，还圈起'草库伦'种地。一开始是雇陕西人过河来种，好收成啊！后来老先人们也跟着学种地。地会种了，可越来越没地可种了。地里起沙子了，甚也长不成了……朝岱留不住人了。年轻人走了，撂下地、撂下牲口就走了，就剩下我们这样的人收揽这烂摊子。"

老巴叹了口气，接着说："人们这是咋了？为甚非要离开家呢？朝岱有点沙子就把你吓跑了？也有人对我说，老巴呀，别守着这沙窝子放牛了，还是在城里买套房子养老吧！我说，我哪儿也不去，朝岱就是我的北京！"

我被这个蒙古汉子的话震惊了。

老巴问："咋？老汉我说得没错吧？"

"我看你就像头壮公牛，还老汉呢！来，为你的北京，咱们干一杯！"

我们又碰了一杯酒，老巴嘿嘿地笑开了。

"牛好啊！"老巴说，"养牛救活了咱朝岱，引来个'大力神'，盘活了一村人。我和大家都围着牛转，什么都是围着它转，为它种地，为它割草，为它开会，为它喝酒……"

老巴说的"大力神"是鄂尔多斯一个以肉牛养殖及良种繁育为主营项目的现代化养殖企业。2006 年，旗委、旗政府在规划无定河农牧业产业格局时，提出打造无定河流域肉牛养殖基地的现代牧业布局规划。

精明的老巴抓住这个机会，在 2007 年把"大力神"公司引进朝岱。老巴指着一块偌大的沙梁对"大力神"的老总说:"我可给你选下了块好地方,就是这块沙梁地,你看多开阔。只要把沙推平了,想建甚建甚。这地多好,沙子底下就是水源,水质比城里卖的矿泉水还好。"

我对老巴说:"你也学会忽悠了,让人家建厂,顺便把沙也给你治了。"

老巴说:"治沙也得因地制宜呀。总像过去那样哪行?你说厂房不建在大沙漠上,还能建在我的草场和巴拉地上呀?人家企业资金足,推平这么几百亩沙漠,能用多大劲呢?顺带着就办了。既建了厂,又治了沙,这是两好搁一好哩!就这样还有人说我把朝岱的好草场卖给'大力神'哩!"

老巴说起来也有委屈。

老巴带我去看"大力神"建在朝岱嘎查的肉牛繁殖中心和良种培育基地。基地的负责人是位戴着眼镜的青年人,一副文质彬彬的样子。他非常高兴地陪着我们参观。

这个基地建设得非常现代化,全部是清一色的美式塑钢板房建筑。我问他:"这个基地占地多大?"

青年人说:"240亩。"

老巴说:"过去这块沙梁梁也长着点草,30亩地都养不住1只羊。240亩才够养七八只羊。现在养着多少牛?光优质基础母牛就有600多头,还有胚胎移植肉牛50多头。我说得对不?"

见老巴这样问他,负责人笑着点了点头:"我们在这个项目上已经投资2670万元,完成了良种肉牛养殖基地、良种繁育中心和标准化的肉牛养殖小区,还有一个太阳能烘干饲草项目,此外,完成了水、电、暖、道路及办公区的配套设施。"

他指着眼前蓝顶白墙的板房对我们说:"这就是我们的标准化肉牛养殖小区。"

他带我们来到肉牛养殖小区的大板房内。穿上白大褂,我们才走进肉牛养殖区。这些肉牛的头都很大,身架子也大。老巴告诉我这是架子牛,送到这里育肥的。牛们低头吃着草料,长舌头一伸一探的,看都不看我们一眼。

我看了一阵,也看不出一点名堂。我忽然想起了一件事情,问老巴:"你刚才说胚胎移植肉牛，什么是胚胎肉牛？"

老巴拍拍眼前的一头牛的大脑袋，说："你问它去！"

他狡黠地笑了。凡是接触过老巴的人都说："这可是个精巴人。"

老巴与"大力神"公司共同创造了"公司＋专业合作社＋牧户"这样一种生产经营模式。运作一年多来，已经实现了企业获利、农牧民增收的目标。老巴说公司没有进来之前，朝岱嘎查人的年平均收入在七八千元，现在已经达到人均1.5万元以上。现在这个基地年育肥出栏优质肉牛1000头。

那个青年人向我介绍说："现在我们公司正在与朝岱的牧业合作社合作，引导入社的农牧户集中打造标准化、规模化、产业化、现代化的良种肉牛养殖与繁育基地。争取在'十二五'期间，把基地建设成为自治区西部最大的集育肥牛出栏、种牛生产、胚胎移植、冷配改良、科技培训为一体的现代化优质肉牛繁育基地，每年生产优质种牛300头以上，育肥出栏肉牛达到1万头以上。"

老巴对我悄悄地说："你听听，就这个肉牛基地，到'十二五'末，出栏要增长10倍。我们的牧户能增加多少收入？也是10倍？"

我说："人家企业的投入不收回来？企业不计算自己的利润？"

老巴说："就是都给他刨出去，我的牧户得增长三两倍吧！"

我说："你这个精老巴呀！"

老巴在实施"公司＋专业合作社＋牧户"的运作方式时，跟牧民们费了不少口舌。老巴说："这年头做甚样的好事情，你都得做工作。这就是领导们常强调的要把好事办好。沙漠、草场可以荒着，但真要是请来什么人开发，牧人们就警惕起来了。我就得一户一户地磨嘴皮子做思想动员工作。"

因为联户开发必须遵循依法、自愿、有偿的原则。

老巴对牧户们说："财神爷我是给你们请来了，咱们要是不敬着呢，吃亏的不是人家。别说乌审旗，就是咱苏木地方也多得是哩！"

牧户们问："那他们为什么不去别的嘎查开发呀？"

老巴说："咱朝岱嘎查有我老巴呀！我可是在这地方活了快一轮了！我甚人性你们也知道，你们这次要是撕了我的皮脸，我就……"

牧户们说："好了，巴书记，你的皮脸就是朝岱的皮脸！"

老巴终于说通了 12 户牧民，租赁了当地 12 户农牧户的土地和草牧场，共有土地 5400 亩，草牧场 5 万亩，并建成移民小区 1 处。根据自愿的原则，牧户们有转移到城镇从事其他行业的，也有整体搬迁至朝岱嘎查移民小区的。

我问老巴："工作就这样好做？"

老巴说他有位老同学，家早搬到市府住去了，留下的草场就一直撂着荒，这次也在老巴的示范基地范围内。老同学一开始不愿意联合。老巴给老同学说了示范基地的用途和前景，老同学还是不明白："你租那么多地干甚呀？少我这几千亩沙巴拉地你就养不成牛了？"

老巴解释说："缺你这地连不成片呀！得上机械化呀！"

老同学说："养牛用甚机械化？"

老巴一时也说不清养牛到底咋机械化。他就是说明白了，老同学也未必听得明白。老巴只得说："说透彻了吧，这就是我老巴要给嘎查办的一件事情。你放心，租赁费不会少了你的一分钱。"

这样好说歹说，才算做通了老同学的工作。

我问："你那老同学的租赁金按时给人家付了吗？"

老巴说："10 万元钱，一分不少给他。农牧民哪户也没有少。乡亲们给我皮脸，我还能让乡亲们吃亏？"

2008 年，老巴他们整合了 5 万亩土地，新打 19 眼机电井，利用原有机电井 6 眼，延伸高压输电线路 2 公里，铺设地缆线 15 公里多，建成机耕干路近 10 公里，修建防护林 180 亩。在示范基地内配置圆形喷灌机 9 台套，卷盘式喷灌机 3 台套，全部实现了机械化作业。2009 年，示范基地完成种植面积 5400 亩，其中紫花苜蓿、沙打旺优质牧草 3000 亩，青贮玉米 1000 亩，浚单 20 号优质高产玉米 600 亩，糜子 800 亩。当年优质肉牛累计存栏达到 1400 头。老巴他们在改造后的沙漠上获得了巨大收益。

老巴也注意朝岱地区的原生态保护，防止过度开发。这里已被自治区有关部门命名为"鄂尔多斯原生态文化朝岱保护区"。苏力德苏木的党委书记布特格乐其告诉我，朝岱示范区是他们精心打造的文化示范区和保护区。这个苏木是乌审旗唯一保留的苏木建制。其他的苏木都改成镇和工业园区了。虽然苏力德草原地底下藏有煤、天然气、石油，还有陶土等，但旗里决定，还是要在这里保留一个"三乡"文化的传承地，因为这里的蒙古族传统文化最为集中，最为典范。

旗农业局局长王永清告诉我，旗委、旗政府高度重视这个示范基地的建设，这两年，光各项国家政策性的补贴就投入4000多万元。朝岱嘎查现代化的牧场建设和移民区建设，现被旗里称为"朝岱模式"，要有计划地向全旗农村牧区推广。

老巴对我说："要想发展，要想富裕，不引进企业不行。我算看清楚了，传统的农牧业生产方式既治不了沙，更致不了富。"

2011年春天，老巴又遇到了一个绝好的发展机遇——鄂尔多斯东方控股集团开始与朝岱嘎查实施项目合作。我曾多次和东方控股的董事长丁新民来朝岱嘎查进行考察，在这过程中结识了老巴，并渐渐稔知起来。东方控股集团是一个资产上百亿的大型股份制企业，其业务涉及公路建设、公路经营、房地产开发、文化旅游、铁路建设、煤炭生产等领域。董事长丁新民曾经率领数万民工脱贫致富，他与农民工兄弟的故事让无数人感动。

现在丁新民决定开发朝岱嘎查的10万亩荒漠，在这里建设现代化的牧场、农场、林场、渔场、葡萄酒庄以及现代化的朝岱牧民生态小区。丁新民曾对我说："挣那么多钱干什么？我就是要干一些自己想干的、有意义的事情。'工业反哺农业'对我来说不光是一句话，是要拿出真金白银来投入的。既然我们决定做朝岱这个项目，就一定要在'十二五'期间，把朝岱嘎查真正建设成为一个社会主义新牧区。"

丁新民是全国诚实守信道德模范，是一个有着大情怀的人。

丁新民对老巴说："咱们都是蒙古人，我给你撂个实话，我不是来你这沙窝子里淘金来了，而是想联合你做成一件事情。你有土地，我有资金，我们共同把朝岱建设好。到时，让这里的牧民说，这俩蒙古人还办了件事情！"

老巴嘿嘿地笑了起来。

老巴对丁新民说："丁总，开发区里有几户牧民还没搬出来，因为政府答应的拆迁经费现在还没有到位。我老巴光靠这张脸面和一张嘴，怕是做不动工作了。"

丁新民说："我先给你付 100 万，只有人迁出去了，才能摆划得开。我知道你在资金上遇到了一些困难……"

老巴听完丁新民的话，半天没说话。我注意到他的眼睛有些红。

丁新民对老巴说："你们赶紧把朝岱新村的规划做出来。有了规划我们就可以开展前期工作了。"

老巴说："朝岱新村的规划图，苏木领导已经请北京的一家设计院在搞。"

朝岱新村的规划图设计出来后，牧人旗长主持召开朝岱新村的规划论证会，丁新民、老巴、王局长、布书记以及东方控股集团朝岱项目的负责人一同参加。那天，我也参加了会议。听完设计人员的讲述，便开始观看新村规划图。规划中的朝岱新村功能齐全，已经是一个非常现代化的社区。在新村规划中，牧民新村的幢幢小别墅错落有致，几个标志性的建筑还有比较浓郁的蒙古元素。大家看得还比较满意。

只有老巴没有说话。

丁新民说："这是给你盖新房哩，你咋不说话？"

老巴低声说："咋看都好。"

人们笑了起来。

丁新民说："我提点建议，我觉得给牧民设计的院子太小了，才 1 亩大小的院子。我看要在 3 到 5 亩之间才算合适，要给牧民留出发展的空间。这里以后应该是旗里萨拉乌苏文化长廊的一个重要节点，咱不说它的历史风情，就是朝岱新村也会成为一个生态旅游观光景点。到时牧民可搞文化户，可搞餐饮，也可发展庭院经济。"

老巴默默地看着丁新民，好久没有说一句话。

丁新民说："今天各级领导都在场，我想说这么个意思，我们集团上朝岱项目就是要建造一个社会主义新型牧区，就像我们要把企业打造成社会主义新型企业一样。对这个项目，我们三五年内是不考虑挣钱的。我们每年都要朝这个项目投资 3 到 5 个亿，就是用来治荒漠，打基础，搞基本建设，三五年以后再谈回报。我们要想想当年在沙漠上植树的人，他们的回报期是多长？我们也要在建设'绿色乌审'中建设一个'绿色东方'!"

牧人高兴地说:"丁总才是大气魄,大手笔!我们就是要引进这样负责任的大企业进入到我们的生态领域,政企结合,建设'绿色乌审'!"他又指示布书记和王局长:"你们要抓紧项目落实,赶紧把规划报上来。"

那天吃饭时,老巴喝了几杯酒,又对我说:"我哪儿也不去。我就是要把朝岱建设好。朝岱就是我的北京!肖老师,明年你再来,看看咱朝岱会变成甚样。"

我告别了老巴,驱车去苏力德苏木采访。途中,看到路边不远的草地上有一幢房子。我对司机说:"咱们去那幢房子里看一看。"司机将车慢慢停在了院前。院前还停着一辆皮卡车,车厢上竖着一个圆架子,圆架子上缠绕着粗粗的电缆。有个壮汉不知在车上忙活着什么。

门半开着,我推门进到了屋子内,看到有几个打工模样的人正在吃饭。见我们进来,有人盛了一大碗饭便走了出去。

女主人热情地请我们坐下。

我问女主人:"他们都是给你家打工的?"

女主人说:"我哪雇得起?他们都是给项目区打工的。我这里离作业区近一些,老巴让我给他们做饭。我现在也是给老巴打工的。"

正说着,在外面车上忙活的壮汉走了进来,问我们有什么事。女主人说:"这是我家老汉,有甚你们问他吧。"

男主人说:"问甚?"

我递给他一支烟,并帮他点着,说:"就是随便聊聊,看看你们过的光景。兄弟贵姓?"

男主人吸了一口烟说:"有甚看的?还不就是这样。"

他告诉我,他姓郝,叫郝根生。老家是陕西韩城的,上两辈子来到了朝岱。他从小就住在这,从来没有离开过。我问他有多少亩草场?郝根生说:"我家不多,有600多亩,还有几十亩水浇地。过去放了30多只羊,还有几头牛。光景就这样。"

我问他:"那时收入怎么样?"

郝根生说:"一年就三四万吧,糊弄个吃喝没有问题。地包开后,多年就这么个水平,上下差不到哪儿去。"

我又问:"你入项目区了吧?"

郝根生说:"2008年和老巴先签了10年合同,现在生活来源主要靠出租土地的收益。我现在是给项目区照看喷管,春秋两季在项目区种树,平时浇浇树,再做个零活甚的。现在庄户地里都机械化了,活轻了,自由多了。"

我问:"现在收入怎么样?"

郝根生说:"去年10万多点,今年闹好能上十二三万吧。家里就我们老两口,够花够用了。孩子们单过了。二小子在旗里跑车,是食品车,收入也行。"

我问女主人:"你给老巴打工,发工资及时不及时?"

女主人笑着说:"这人从不欠账。在朝岱能闹这么大个摊场的也就是老巴了。"

临走,郝根生对我说:"我跟你打听件事情,听说东方路桥要开发朝岱了。前几日高级小车来了十几辆,围着朝岱看来看去,听说是要给我们盖新村了?"

我说:"是这样的。"

郝根生面带喜悦地说:"老巴又给咱朝岱找对人了。东方路桥的丁总,那可是个成大事的人!"

二、治沙大户们的华丽转身

我告别了郝根生一家,看着在眼前掠过的朝岱的草原、沙丘,想象着未来这些土地的样子。随着一个个社会主义新牧区落地,乌审大地会变成什么样子?在寻访毛乌素的日子里,我在绿色的乌审大地行走,与形形色色的人们谈论着这个问题,搜寻着各式各样的答案。首先我想到了沙漠的主人们,尤其是那些种植、养殖大户,他们拥有着大量的土地,他们对未来的规划和设想是什么样子的呢?

2011年春天，我到全国绿化模范盛万忠家采访。他家也在河南乡尔林川村，与殷玉珍同村。无定河南岸的毛乌素沙漠里，一溜排开3个响当当的全国绿化劳动模范：陕北的牛玉琴，乌审旗的殷玉珍和盛万忠。这里面就他一个爷们。

盛万忠在20世纪80年代还是个给生产队赶马车的汉子。当时的尔林川是"沙子摊平房，毛驴上了房"，被淹没在滚滚黄沙中。村主任号召大家治理沙地，"谁治理，这沙漠就给谁"。可就是这样吼喊，也没有人敢承包荒沙。赶马车的盛万忠多少有些胆识，在众人的不理解和家人的反对中承包了荒沙滩。这一干就是20多年，他把一辈子的心血和积蓄都抛洒在茫茫沙漠里，终于换来了满眼绿色。现在，盛万忠承包的2万多亩荒沙地生长着50多万株杨树和数也数不清的沙柳、杨柴、花棒、柠条等灌木。他利用这些树枝树叶饲养着200多只羊、10多头牛，外加四五口猪，还种着20多亩水地，已经成为全国闻名的绿色人物。我看过一个资料，说盛万忠的林地除了生态效益外，还可使被保护的农田每年每亩增产粮食75～100千克。

说起盛万忠，当地的老百姓都说："这人豁出了自己一辈子的心血，行了大好事、善事！"

4月的农村正忙着春耕。我到他家的时候，他不在家，家中也没有人，我们只得在院里等他。镇上的干部给他打电话，把他从地头召回来。镇人大主席老郝指着平展展的农田对我说："过去，这里全是大沙梁，现在都成良田了，想种甚都行，育樟子松苗的，种玉米的，种紫花苜蓿的……"

正说着，一位黑瘦的老人远远地走了过来，他就是盛万忠。我握着他那青筋暴露、满是硬茧的大手，望着他那苍苍鹤发和一脸褶皱，难掩心中的感动："老盛，你辛苦了。"

盛万忠微笑着说："上午就接到郝主席的电话，等不住你们，先去地头里看看。"

他把我们让进家。这是一个非常老旧、朴素，有些简陋的农家，发黄的墙上挂着许多奖状，展示着盛万忠获得的荣誉。

我讲了自己的来意，盛万忠考虑了一下说："现在的日子还过得去，地里每年都能收入四五万元钱。大儿子还在种着庄户地，二儿子、三儿子都在城里打工。年轻人不爱种地了，受不了种地的苦。"

盛万忠抱怨现在的年轻人都跑了出去，村里50多岁的都算壮劳力了，家家户户都差不多。用不了两年，这地都得撂了荒。这样小家小户地种地，种不好地，也致不了富。

我问："你看该怎么办呢？"

盛万忠说："得换脑筋，变机制，认真应对这个现实。"

他告诉我，他这样的治沙大户都在想这个问题：为什么我们能治沙却致不了富？最近上级给他们搭线，让他们村子与华普公司联营，实行公司化运作，现在已经谈妥10万亩土地的承包经营，要大力发展现代农业。现在已经上了大型喷灌机。这东西先进，转着圈喷水，不留一点死角，还省电、省水、省劳力，可比家家户户上电打井实惠。

我问华普公司是干什么的，盛万忠说专搞脱毒马铃薯栽种。老郝说："听说是专供麦当劳、肯德基的。"

盛万忠说："我们现在是订单生产，全部是公司包销。"

不一会儿，盛万忠接了个电话，好像田里有什么事情，需要他过去处理，我便与他告辞。出了门，我发现道路的对面正在盖一幢漂亮的房子。老郝告诉我，这是盛万忠的新家，今年秋天就能搬进去了。我向盛万忠表示了祝贺。

盛万忠感激地说："谢谢，谢谢！这房子是镇上和旗里给我盖的。看到这房子，我都不知咋感谢上级了。"

老郝说："领导说了，不能光让劳模受苦，党委和政府得关心劳模，改善他们的生活和工作条件。"

在建设"绿色乌审"的实践中，旗委和旗政府注意鼓励和支持治沙大户良性发展，对成就突出的治沙大户给予项目倾斜和资金援助。

现在全旗承包5000亩以上的治沙造林大户就有240多户，承担着造林固沙150万亩的任务。为了保证造林大户的良性发展，乌审旗政府规定，凡承包5000亩以上荒沙地者，政府在围封设施、苗条、籽种等方面给予适当补助。3年内完成治理任务并经有关部门验收合格，政府一次性以奖代投1万～5万元。我在采访中发现一些造林大户已经根据市场需求和发展需要转为公司化模式，搞起种、养、加结合的一条龙经营。"为养而种，为售而养"的产业化、市场化理念开始深入人心。

说起朝岱的老巴来，苏力德苏木沙利嘎查的党支部书记额尔德尼对我说："他说我这些年净带'儿子'了。他现在带了多少'儿子'？"

我听得出，这是他们嘎查长之间的玩笑话。他们说的"儿子"是指嘎查内经营不善和日子过得不行的农牧民，得由他们这些嘎查的领导帮助和扶持。他和老巴都当了20多年的嘎查长和支书，从某种意义上来说，他们是嘎查农牧民的主心骨和"大家长"。

今年45岁的额尔德尼被当地牧民誉为"额吉达尔古"，意即母亲般的领导。本来额尔德尼一家承包着2100亩草场和260亩水浇地，还有紫花苜蓿70亩。紫花苜蓿是优质牧草，按旗农牧业局局长王永清的话说，它比玉米的营养价值还高，经济价值也大，是他10多年来在全旗范围内着力推广的优秀草种。有了草场、水地、牛羊、紫花苜蓿，额尔德尼一家的日子过得非常滋润。2007年，他家的人均收入已经达到7.5万元，全家的收入在30万元以上。后来又听从农科院专家的建议，搞了一些经济林。

在额尔德尼的家里，你能感受到他生活的富裕。光他家的大客厅就有110多平方米。客厅内有一铺铺着地毯的大炕，好长，被人戏称为"亚洲第一炕"。节日和农闲的时候，乡亲们就会来到他的家里聚会，坐在炕头上吹拉弹唱，喝酒畅谈，还在炕前的大客厅里办舞会，载歌载舞，热闹个通宵达旦。

谈到他进行的公司化经营，额尔德尼说："人家老巴是主动出击，和企业联营，走现代农牧业路子，而我是被动联营的。原先常帮扶一些日子过得不行的户子，可他们由于多种原因实在经营不了自己的草场，我只得把他们的生活管起来。我就想了一个长远的办法，把他们的草场租赁下来，这一下子租赁了6户的1.1万多亩草场。每亩按10元付租赁费，每年这一块就得付出10多万元。这样，我就不得不搞规模经营，搞现代化的牧业生产了。"

嘎查长助理、大学生村干部德格荣为我介绍了额尔德尼的经营情况。这位内蒙古师范大学日语专业毕业的青年学子已经在陶利嘎查工作近两年了。我从他那儿了解到，为了走上规模养殖的路子，额尔德尼先后建起了标准化棚圈

100平方米、饲草料贮室和加工房300平方米、青贮窖400立方米，配套了农机及饲草料加工机具。他还开展了以水为中心，以饲料地、人工种草基础设施为重点的基础设施建设，安装了30千伏变压器2台，架设低压线路2000米，建造各类大棚近600平方米，购进喷灌节水设备240米，还建了120平方米的风干肉房。光基础设施这一块，他就投入了300多万元。额尔德尼还走出国门，到欧洲一些国家考察现代牧业，开阔了眼界。他回来后成立了自己的公司，并注册了"文公希礼"肉类品牌。现在"文公希礼"肉类品牌以其独有的绿色影响力，在乌审旗和周边地区销路甚好。

额尔德尼讲："我就是要让人们吃上毛乌素沙漠的放心食品。我听专家讲，沙漠是世界上最干净的东西！"

额尔德尼还给我讲了一个故事。2010年，苏木领导给他介绍了一个自己开着汽车在西北大地推广红提种植的科技人员，这人姓张，额尔德尼称他为张工。张工是新疆农科院的，在吐鲁番种了一辈子葡萄。这次是推广红提种植。他说他走了那么多地方，只有苏力德苏木的沙地最适宜种红提。额尔德尼和张工就这样认识了。两人一见面，谈了个把小时就把事情定下来了：先试种1000亩，实行股份制经营，张工出技术、出苗条、包销路，额尔德尼出水电配套的土地、出人力，然后利润共享，风险共担。这事2010年秋天谈妥的，2011年春上张工就带着苗子过来了，现在正在地里带着人栽种红提苗子。

额尔德尼说："听说这红提是美国红提和新疆葡萄嫁接的，是张工的专利。市场前景非常看好，1亩产值就能上2万，刨去各类成本，每亩还能赚1万元。这个项目前景非常可观。"

像额尔德尼这样的养殖大户都在"绿色乌审"建设中规划着自己美好的未来。他们热爱这块土地，对这块魅力四射的土地倾注了无限热情。他们在乌审旗快速的现代化、城市化的进程中，也在重新对自己进行定位。

巴音温都尔有个人叫牧人，是个精明能干的牧民。他原是嘎鲁图镇巴音温都尔嘎查的嘎查长，多年来一直忙碌着嘎查的治沙事情，根本照顾不了家。他的妻子实在忍受不了，丢下了他和女儿，远走他乡另寻幸福了。这也怨不得这个女人，牧人家的负担确实很重，一般的女人根本承担不起。原来，牧人家的炕头上坐卧着上三辈需要照顾的老人,最老的年已九旬,小的也是60岁出头了。生人猛一进到牧人家,还以为是来到了敬老院。女人走了,家里乱了套,不懂事的女儿要照顾,5位老人更要照顾,这可愁煞了不谙家务的牧人。牧人无奈,只得辞了嘎查长。牧民们都很惋惜。后来牧人爱上了酒,整天泡在酒坛子里,成了一个醒后痛苦的酒鬼。牧民更惋惜他了。后来家破败了,牧人每天摇晃在沙漠上。牧人们痛惜地说:"这个家算塌了!"

后来乌兰其其格来到牧人的面前。她是一个温柔贤惠的好姑娘。她钦羡牧人的聪明能干,也心疼那5个加起来已经400岁的老人,更爱怜牧人不懂事的小女儿。她对牧人说:"你只要把酒戒掉,我就嫁给你!"

牧人知道乌兰其其格是个好姑娘,心头一热,点了点头。

乌兰其其格说:"以后家里交给我,外面交给你。"

牧人又点了点头。

乌兰其其格不顾家人和亲友的反对,走进牧人的家里,开始照顾这5位与她没有任何血缘关系的老人。那是一个感天动地的故事。17年后,乌兰其其格成了全国的道德模范。

而牧人成了根子扎在牧区,眼睛盯着城市发展的一位新牧民。

2011年春天,我来到牧人的家里。镇上的领导告诉他,我是来采访植树固沙的,想了解一下他家近几年的植树固沙情况。

牧人第一句话便把我说呆住了:"现在哪儿还找得出栽林子的空地。"

镇上的领导也说:"现在找栽树林子的空地是有些难。你给肖老师说说过去的情况也行。"

牧人说:"过去这里全是明沙梁,风沙抽打得人出不了门。后来在沙梁梁上栽上了树,种上了草。有了树有了草,我就养起了架子羊,然后放进棚里喂栈羊。栈羊喂肥了,我就往城里卖。赚了钱我就办了个水泥预制件厂,给城里工地供预制件,水泥线杆子也铸过。这样挣钱比育栈羊来得快。一晃就这么小20年过去了。生态好了,也挣上钱了,就想往城里发展。可咱是牧民,是蒙古人,家里有草场,还得喂牛羊。我现在是养畜大户。我又办了个'文化"独贵龙"'户,其其格也办了个'科技户',牧民们来这儿学文化、学科技。生态嘛,就是春上出门脸上不让沙粒子抽打了。"

他说着笑开了，还问我："这样说行不？对，我还办了个'牧家乐'，让城里人来我这儿度周末。夏天来我这儿旅游的人多了去了。夏天的巴音温都尔草原又美又凉爽，我见好些城里人趴在草地上打滚。"

我又向其其格询问家里的情况。这么半天，她一直在默默地听着我们谈话。

乌兰其其格说："给老人们送了终，孩子们也长大了。大女儿现在内蒙古农业大学读书，儿子上了高中。"

牧人说："我儿子还是马头琴手，拉得一手好琴。"

牧人脸上洋溢出自豪："我现在是城里、家里两头跑。"

我问："你自己开车？"

牧人说："我自己有辆丰田塞尔维，来回挺方便的。"

我问："你在城里办什么业务？"

牧人说："给'牧家乐'进些东西，顺便看几间门脸房，要在城里投点资。"

我问："你在城里买商品房了吗？"

牧人说："给孩子们买了。现在的年轻人得在城市发展。担心他们往后在城里挣钱不容易，我就给他们多买了几套。以后他们把房子租出去，也是收入。"

我问："几套？"

牧人说："7套。还有1套别墅，以后我和其其格进城也有个宽敞的地方住。"

我问其其格："你想进城里住别墅吗？"

其其格说："等有了孙子、外孙，我得替孩子们带呀。城里住的地方大一些，小娃娃们也有个跑动的地方。单元楼里太憋窄，娃娃们跑不开。"

他们说的城里，是指乌审旗的旗府嘎鲁图镇。实际上他们就是嘎鲁图镇的居民，只是嘎鲁图镇太大了，方圆有2300多平方公里。

离开了牧人和乌云其其格一家，我在想，这里还有什么城乡差别？你还能分清他们到底是城里人还是农村人吗？

在毛乌素沙漠里，我还结识了一个80后小伙子，他叫王鹏，现在是一家野生动物中心的总经理。他告诉我，他的家在乌兰陶勒盖镇的呼吉尔特村。他的野生动物中心就办在他的家里。他家有土地3000多亩，就是过去承包的荒漠。

王鹏开着他的黑色奥迪在前面引路，我们的车跟在后面，一路上几乎是在树林里穿行。一棵棵挺拔的白杨树从我的眼前晃过，一株株柳树婀娜多姿，绿色的枝条婆娑，让人产生幻觉，就像眼前有无数少女在蹁跹起舞，让人如痴如醉。起伏绵延的沙丘上全铺着绿油油的牧草，绚丽多彩的野花闪隐在草丛里，让人赏心悦目，不胜感慨。偶有黄沙跳跃在厚厚的绿色之中，让人眼前一亮。

我们的车停在一个浓荫遮蔽的大院落门前。王鹏对我讲："这就是我的野生动物中心办公的地方。"

我夸奖他说："你这后生搞了个世外桃源，挺有眼光的。"

王鹏说："瞎摸索吧。办公室里面挺热的，咱们就在树荫底下边说边吃点西瓜吧。"

早有工作人员在树荫下摆好了小桌椅。西瓜入口甘洌滋润。王鹏告诉我，这是自家种的，绝对的有机产品。王鹏还让我知道了有机产品认证要高于绿色产品，是无公害食品中最接近天然的一种产品。我说我听旗里的领导讲过，乌审旗的产品已经得到了国家农业部的认证，全部定为有机产品。

我问王鹏："你是学农牧的吧？"

王鹏摇头说："我是学电子计算机的，是陕西师范大学数学系毕业的。刚毕业那两年，在大城市里打工，后来回到了家乡。家乡现在变得这么好，发展空间非常大。"

我开玩笑说："你该研究哥德巴赫猜想，咋搞开了野生动物？"

王鹏说："我就是看上了人们追求的健康食品这个市场。"

原来他这个野生动物中心就是繁育野生动物，为市场提供健康食品的。

王鹏看出了我的隐忧，他说："我这个中心是经过自治区林业野生动物管理部门认证的，养殖、销售都是国家许可的，否则岂不是非法经营？"

我笑笑说："我知道。"

他带我参观他的鹿场。鹿场很大，有百十只梅花鹿在里面嬉戏。看见我们过来，鹿都机警地竖起耳朵。王鹏对我说："鹿身上都是宝，市场需求量非常大，我这里是供不应求，产品都能销到山东、河南去。去年光这一块就挣了

40多万。"

我问:"建这个中心投了多少钱?"

他说:"我投得不多,总共投了500多万。我这地是自家的,租赁场地这块就省了不少钱。现在这3000多亩地被划成了退耕还林区,还能得到国家补贴。过去这地方太穷了,全是荒沙子大沙梁,家门被沙子封住是常有的事情。一到春上,那沙刮得昏天黑地,大白天屋里都得点灯。我家老辈人是从陕西神木'走西口'过来的,到现在100多年了。祖祖辈辈都是农民,到我们这一辈上才改变了。我还有一个弟弟、一个妹妹,妹妹在河北秦皇岛读大学,弟弟大学毕业后考到了旗公安局。"

王鹏感慨地说:"现在多好!小时候,我们兄妹念书时真穷啊,我爸妈围着村子跑了一圈,连5块钱都借不到……我母亲围着灶台抹泪,我父亲圪蹴在门槛外……"

王鹏不说了。

我上去轻轻拍了拍他的肩膀,他笑了笑。

王鹏说:"这个中心还搞了一些种植业。现在沙柳条外卖给生物质热电厂是210元钱一吨。每年这里出柳条要在千吨左右。还种了70亩紫花苜蓿和一些自用的农副产品。这里基本上保持了原生态,这样对我的野生动物繁育也有益处。搞起了这个中心,也带动了附近农民的就业,我用的工人就是附近的乡亲。农忙时,我得亲自上手开农牧业机械。我这儿汽车、拖拉机、平茬机、粉碎机什么都有。搞野生动物养殖繁育,畜种最重要。"

我跟王鹏进了他的养猪场。临进之前,换上了刚消过毒的白大褂。猪舍很大,一个槅子连着一个槅子,槅子内跑着细长的身上带着棕色条纹的小野猪。这些家伙活泼好动,不停地吱哇乱叫。在顶端一间栏舍内圈着一只野公猪。这家伙个头足有大半个人高,身上的毛粗粗的,根根可数,脑袋长得狰狞,尖尖的长嘴里翻着两颗大獠牙。一条粗粗的铁链子锁着这个家伙。它那红红的小眼睛瞪着我们,好像闪着两束愤怒的小火苗子,让人望而却步。

王鹏说:"这东西野性太大,刚来时咬伤过一个工人,只得给它上了硬王法。一开始还不服管束,咯嘣嘣地咬铁链子。"

我问:"野猪肉销路好吗?"

王鹏说:"我这栏里现在就剩种猪和仔猪了,其余的都出栏了。这是个特殊的尖端市场,从我这儿出栏的成品猪,毛重都得80元钱一斤。"

王鹏说的这个"尖端市场"应该是有高消费能力的人群。乌审旗的养殖市场主要还是为百姓大众提供健康的有机食品。经过多年的培育,乌审旗已经打造出了皇香牌猪肉,光乌兰陶勒盖一个镇就有数十家"皇香猪"养殖大户,存栏在40万头左右。这里已经成为国家重要的生猪基地。无数农牧民通过养殖"皇香猪"走上了致富道路。这个变化主要是从实行禁牧政策以后,镇党委和镇政府引导农牧民走产业化养猪的道路开始的。这样,农牧民致富了,生态也恢复了,实现了生态效益和经济效益的双赢。

我总觉得禁牧、轮牧和休牧政策的实施打破了农牧民单一的、传统的牧业生产方式,逼迫着农牧民不断开拓更广阔的发展空间。禁牧以后,乌兰陶勒盖牧民毕力格尝试着经营过许多产业,但最有成效的还是养殖"皇香猪"。他现在已经是拥有上万头猪的养猪大户。他的养殖场办公区内有接待客人的客厅。客厅内招待客人的方式完全是草原上牧民的待客方式。我走进他的客厅时,奶食品和手扒肉已经摆了一桌,还有一壶冒着热气的茶。

到了牧民家里,你用不着客气,该吃就吃,该喝就喝。我在鄂尔多斯生活了几十年,已经适应了草原上的生活方式。

毕力格说:"领导哎,我这是咋了,放了一辈子羊的人,咋变成养猪的了?"

我问:"养猪怎么了?"

他说:"草原是放羊的地方,你是蒙古人,却养猪,让人家听了有些怪怪的。"

我说:"我在毛乌素沙漠上还见过蒙古族的养鸡大户哩!"

他听后笑了起来。

肉吃到香处,茶喝到酣处,我和毕力格的交谈也融洽了许多。

他告诉我:"我养的猪已经销到了鄂尔多斯市以外的地区,像包头、乌海的超市里都有我的'皇香猪'肉。我养的猪,肉吃起来口感好,就像人们常说的有肉味，是地道的农家猪肉的味道。"

我说："说说你的利润，我爱听这个。"

毕力格笑着说："利润还行，比我搞餐饮业时好一些。"

我问："好多少？"

毕力格说："我卖一口猪，纯利润在500元。你算算能挣多少钱？"

我说："我哪能算得出来？还是你说，你说的肯定比我算的准。"

毕力格说："去年我挣了150万。"

我说："看看，我一辈子也不见得能挣到150万。"

毕力格说："我是养猪的啊！"

毕力格好像还有些委屈。

就我接触过的毛乌素沙漠的蒙古族牧羊人来说，骨子里有着那么一种说不出来的贵气，那是从血液里渗透出来的。他们对羊儿的那种感情特别纯洁。正因为纯洁，越发让人感到这种情愫的高贵。蒙古人接待最尊贵的客人时要放羊背子、献"乌查"，还有专门的祝诵人。这样隆重的礼节，对羊儿的摆放也有很多的礼仪：在人们未享用美食之前，祝诵人先取羊头上的一块肉，跑到门外，扔到天上去，口中念着先人传下来的诵词。用餐前，西方人会感谢上帝；有学养的汉人则思"一粥一饭当思来之不易"，"谁知盘中餐，粒粒皆辛苦"；蒙古人则感谢羊。

让我们听听他们在献羊背子时是怎样赞颂羊儿的：

在莫尼山前，
吃河套水草，
饮黄河甘水。

少儿追不住，
老翁赶不上，
如珍似宝的白山羊！

禁牧舍饲、退耕还林、退牧还草……一系列的恢复生态措施，从根本上改变了千百年来传袭下来的耕作和畜牧方式。如果草原上人多、羊多的现象不从根本上得到改变，即使生态得到暂时恢复，也会重新遭到破坏。因为人们无法抑制对土地索取的贪欲。世界上包括毛乌素沙漠在内的人造沙漠就是传统的农牧业文明造成的。

据我所知，人类农牧业文明的发祥地，像尼罗河流域、底格拉斯河和幼发拉底河流域、印度河流域、黄河流域都是当今世界荒漠化现象最为严重的地方。

对此，乌审旗旗委和政府在贯彻落实"以人为本，建设绿色乌审"的发展思路中有着清醒的认识，下定决心对移民迁出区全面封禁，要形成无畜区、无人区，集中力量在禁牧区、迁出区采取"封、飞、造"立体化治理，走沙漠变沙地、沙地变绿洲的生态恢复之路。为了巩固乌审草原的生态建设成果，旗委书记在谈到乌审草原农牧区的未来规划时，说过这样一段话：

"现在乌审旗有5万农牧民，到'十二五'末，通过发展二、三产业，收缩转移，只留1万农牧民。到那时，乌审旗的农牧民每人将平均占有30亩水浇地、20亩树木和饲草地、30头牛、200只羊、22头猪。随着机械化程度、科学技术含量和人员素质的提高，乌审旗农牧民的收入将真正实现跨越式的发展。"

三、乌尼尔想吃风干肉

按照旗委书记说的，到"十二五"末，乌审草原的农牧业人口将不足总人口的9%。那些已经被收缩转移至移民小区的农牧民，他们的日子过得怎么样呢？带着这个疑问，2011年春天，我又一次开始了乌审召之行。在采访的日子碰到了大沙尘天，也不知从哪儿飘来的沙子弥漫在天空。公路上的能见度很差。张志雄一面开着车，一面磨叨："这是哪来的沙尘呢？咱乌审旗的沙子起不来了呀！"

那些天，我遇到的好多人都在问同样的问题。现在乌审人已经见不得天上飘沙子了。在潜意识里，他们感到这是对他们千辛万苦建设起的"绿色乌审"

的挑战。

我在巴音温都村治沙承包大户苏栓海那儿看他的植树固沙项目时,也遇到了这样的沙尘天。老苏是从20世纪70年代开始植树固沙造林的。他曾亲眼见到自己的邻居,一位70多岁的老太太,在一场沙尘暴后,家被沙子埋住了,老太太在屋子里哭喊才让他发现的。积沙把老太太家的门窗都快堵严实了,他用锹挖,用手扒,根本不顶事。狂风吹得他跟跟跄跄的。他没办法,只得跑到公社找书记报告。书记派来一台链轨推土机,才算把那位老太太救出来。

这件事刺疼了苏栓海。那时他30多岁,正是血气方刚的年纪。他下决心与沙漠搏一搏,第二天就扛着树苗子上了家门前的大沙漠,一干就是30年。到今天,他已经植树种草固沙1万多亩,是旗里有名的造林大户。老苏拉我去看他在沙漠里种的树,60多岁的人了,腾腾地就上了高沙梁,我也吭哧吭哧地跟上去。站在高沙梁上,望着在狂风中摇动的棵棵大树,老苏问我:"咋,沙子不打脸了吧?过去要活埋人哩!沙梁梁上有树有草,沙子起不来了吧?"

老苏一脸的自豪。

今天,我是专门去乌审召看那儿的生态移民的。

我对张志雄说:"我可是践约去你那儿的。两年前,我就说要到你的生态移民小区看一看。"

张志雄说:"我这不是专程接你来了。就是天气不对,不该有这么大的沙尘呀!"

我说:"书记,你瞎操啥心呀!这是覆盖整个中国西部的扬尘天气,从新疆、甘肃、宁夏、内蒙古西部一路飘过来的,连北京都是沙尘天气,咱乌审旗凭什么没有呢?从气象学来说,人家可是按经纬度计算的,咱这1万多平方公里就是那么一捏捏……"

张志雄笑着说:"没错。"

张志雄把车拐到通往乌审召的岔路上。公路两侧起伏的沙漠上,树和草都已经发芽了,透着嫩嫩的绿。张志雄对我说:"你注意到了没有,一进乌审召的地界,就只剩干风了。看眼前的路黑亮亮的。"

果然,眼前的沥青路面就像被水洗过一样黑亮。

我说:"我早注意到了,你想想我是干什么的? 70年代时,我在毛乌素沙漠里养过路。"

张志雄说:"我从学校毕业后,先在学校教书,后在乡镇工作,光镇长、书记就干了七八年。"

我问他在学校时教什么课,他说:"我教了几年高中英语。我是大学英语专业毕业的。"

我问张志雄:"你现在出国用翻译吗?"

他说:"太专业的不行,一般的生活用语还可以。"

我俩一路交谈着,来到乌审召镇的生态移民小区。前年我来这儿参观时,有些主体工程还没有完成,现在配套设施已经全部完成,与城市的小区没有什么区别。一个憨憨的小伙子在等着我们。他说他叫苏雅拉图,是镇政府人口转移办公室主任,主要负责社区工作。现在这个社区126户生态移民已经全部入住。

张志雄打断他说:"找户人家坐着说话吧。"

苏雅拉图说:"联系了几户,都在外面干活哩,就格日勒图说他老婆在家哩,他一会儿才能赶回来。"

张志雄说:"老婆在家也行。找户人家就行了,肖老师也就是随便看一看。"

苏雅拉图领我们走进一幢单元楼,敲开3楼一户人家的门。一个年轻女子打开门,把我们让到沙发上,并献上奶茶。客厅内收拾得素雅干净,内置阳台上还摆放着十几盆鲜花,有红有绿,有白有粉,开得煞是好看。室内家具非常现代,摆放得整整齐齐。电视、电冰箱等家用电器也一应俱全。我一边喝着奶茶,一面打量着客厅,觉得这家女主人是非常爱美的,有生活热情。

张志雄、苏雅拉图给我讲了生态移民的情况。张志雄说生态移民的土地、草场权属不变,政府给予退牧还草补贴、退耕还林补贴,处理全部牲畜,农牧户必须全部退出来,要在这些地段建立无人区、无畜区。

他们给我算了一笔账,草场补贴每亩5元,水浇地每亩300元,大牲畜每个200元,羊每只50元。这样,转移出来的农牧户每年获得的政府政策性补贴在5万元以上。政府在移民小区免费为住户提供一套80多平方米的精装修住房，并为转移人员办理社会养老保险、医疗保险，还对转移人员进行技能培训，提供就业岗位，真正做到"移得出、稳得住、富得了"。

我问："老年人也许能住得住，青年人怕是有些问题吧？"

张志雄告诉我："实际上在草原上住的年轻人不多，大多是一些中老年人。乌审召的青年思想很开放，很多人跑在大城市办蒙餐厅，搞风情表演。蒙古人非常有音乐细胞，随便拉出一个就是歌手、乐手。年轻人很爱组织乐队，乌审召就有几个音乐组合。在深圳福田就有乌审召蒙古风情一条街。我还专门去看望过这些年轻人。留下来的年轻人就业都不成问题。"

苏雅拉图说："主要是四五十岁的这批人，工作难度要大一些。他们觉得在草原上收益也可以，怕上楼以后找不到就业岗位。"

我说："我采访过图克镇的生态移民小区，和你们遇到的情况差不多。"

女主人不时为我们倒茶。她长得白白净净的，两只眼睛很亮。苏雅拉图告诉我，她叫乌尼尔，是从查汗陶勒盖迁过来的。

我问乌尼尔："在楼上住得惯吗？"

乌尼尔说："一开始不惯，现在惯了。住了一年多，很方便。过去在家时，没路也没有电。"

我问："这里不是你的家吗？"

她腼腆地笑了。她笑起来很甜美。我夸奖她："你长得非常漂亮，非常美。"

她噢地叫了一声，笑了。我们也都笑了。

我又问："你现在用什么化妆品呢？"

乌尼尔歪着头，想着，然后说："你们自己去看！"

苏雅拉图到洗漱间看了一下，然后说："你们过来看看。"

我和张志雄走到洗漱间门口，朝里看了一眼，只见洗漱架上挤满了各式各样的化妆品瓶子，花花绿绿，琳琅满目。看得出，乌尼尔很在意自己的形象。洗漱架头顶上安着一台很大的热水器，指示灯还闪亮着。

过去，我听人们讲，草原上的牧人一生只洗3次澡：出生、结婚、死亡。这可能是夸张，但30多年前，我在毛乌素沙漠时，就7个月没有洗过一次澡。

我问乌尼尔："你回过查汗陶勒盖过去的家吗？"

她点了点头说:"回过。草原上没有羊了,什么都没有了。"

张志雄说:"那里是无人、无畜区,就是要封闭起来。"

我问乌尼尔:"你还想回草原上放羊吗?"

乌尼尔说:"想,但我的女儿要上幼儿园,要学习,这里对她来说很好,幼儿园里有很多小朋友。在家时不行,几年看不见一个人。"

在牧人的心中,草原永远是他们的家。

张志雄告诉我:"社区有综合性幼儿园,还有一所小学到初中的学校,全是免费教育。还有超市、社区活动中心等配套设施。"

苏雅拉图说:"乌尼尔就在社区活动中心上班。"

我问乌尼尔:"和过去比,你们家的收入情况怎么样?"

乌尼尔说:"过去在家时放着60多只羊、7头牛,每年收入三四万元。现在草场、水浇地补贴有5万多元。格日勒图到外面打工,年收入有4万多元。我的工作收入也有1万多元。"

我说:"你是说,现在收入比过去翻了一番?"

乌尼尔说:"收入高了,但花销也大了。在家时,什么都不用花钱,肉、菜、粮食都是自家的。现在吃的、喝的、用的都要花钱。"

我说:"还有化妆品。"

乌尼尔笑了。

张志雄说:"他们的水、电、暖都是政府补贴,还有12年免费教育。每年镇财政要拿出一大笔钱来补贴移民小区。"

乌尼尔说:"这里吃不上风干肉。"

我问:"超市里没有卖的吗?"

乌尼尔说:"我要吃自己晾的风干肉。"

张志雄说:"你看看,就是要你们改变自己传统的生活方式。住进单元楼了,咋晾风干肉?"

乌尼尔的脸上闪过一丝迷茫。

我对张志雄说:"在社区内,能不能考虑给他们建一个晾风干肉的地方?"

张志雄说:"旗里的领导们说了,必须要改变他们传统的生产、生活方式,让他们尽快地融入城市生活中来。"

我拍拍他的肩膀说："不就是块风干肉嘛！走，看看你的社区活动中心去！"

社区活动中心是一幢挺漂亮的大楼，设有会议中心、图书馆、阅览室、棋牌室、党员活动中心，还有健身房。张志雄很自豪地给我一一介绍。看得出，这个英语教师出身的乌审召镇的"掌门人"，是想尽快把那些在草原上生活惯了的牧人变成城里人。

但我知道，对牧人们来说，这是一个痛苦的蜕变。也许，他们还要用相当长的一段时间来品味其中的甘苦。

我在一块草原上遇到了老额。现在这块草原已经被旗、市两级规划为一块重要的水源地。为了涵养水源，保护水源，原先居住在这里的100多户牧民需要整体迁移。镇上已经为这些生态移民准备好了房子，各级干部也都在做他们迁出的工作。

老额明确表态：坚决不搬。他已经60多岁了，和老伴坚守在草原上。

现在，大学生村干部塔鸽塔，一个看似很柔弱的女孩子，负责做老额一家的工作。塔鸽塔与我一同乘车。她说今天搭上顺风车了，要不就得坐拖拉机，有时还得走着去。她现在是嘎查长助理。这些迁移户都是她这个嘎查的。

塔鸽塔告诉我，已经有80%的牧户同意迁移了，剩下20多户需要做工作。老额大伯家她已经去过十几次了，给他把补贴也都说清楚了，每年有七八万呢，这可真是不少了。

"可老额大伯就是不同意，他说这不是钱不钱的事情，挺固执的。我也不着急，慢慢给他做工作呗。"这个女孩子慢悠悠地说，"比老额大伯还坚决的，我都做通了。做说服工作千万不能着急。"

我觉得塔鸽塔挺有韧性的。

我问"塔鸽塔"在蒙古语中是什么意思。她告诉我是鸽子。我说我以后就叫你鸽子吧。这个蒙古女孩子高兴地笑了。

鸽子说她上大学时是学建筑的，已经毕业快两年了。

老额和鸽子看上去非常融洽。鸽子让我们落座，勤快地给我们倒茶，就像老额的女儿一样。鸽子说:"大伯常留我在家里吃饭哩!"

老额说:"鸽子真是个好孩子,甚时候都不着急不着慌的。我有时跟她发脾气,她也总是笑眯眯的。你们当领导的咋给这孩子派了这么个营生?"

我说:"我不是领导,就是来找你聊聊家常话。"

聊天中,老额说他有两个女儿,都出嫁了。儿子在旗里中学教书。家里就剩下他和老伴了。

"儿子肯定是不回来了,他舍不下城里。我有2000多亩草场、50亩水浇地,放着牛,放着羊,还种着地。农忙时,老两口忙不过来呢,就花钱雇人。前几年十块八块就有人抢着干,现在呢,每天出100元你还得赔上许多好话。"

鸽子笑着说:"大伯,你这是前两年的价了。现在日工150元还不好雇人哩!"

老额忿忿地说:"这是咋了?这沙窝窝里的人咋变得这样金贵了!"

我问:"老哥,这地方过去就有这么多树木吗?"

老额说:"过去这里都是沙,满地也没有一棵树。我们种树、种草、建'草库伦'、种饲料地,不就是图个人有粮,羊有料?现在树有了,草有了,饲料有了,却不让我们在这儿放羊了,要让我们放惯羊的人去住楼房!"

我问:"你现在一年收入有多少?"

老额说:"20多万吧。"

鸽子悄悄一笑。

老额一年有20多万的收入,着实让我吃了一惊。国家能提供他的政策性补贴才七八万元,每年差着10多万元的收入,这工作咋让鸽子给人家做呢?我都有些替她发愁了。

鸽子说:"大伯,这里是市里、旗里要保护的水源地,咱嘎查的人都得上楼呢!"

老额忽然沉下脸说:"我要饮羊去了。这羊能喝多少水呢?水源,水源……"

见老额气鼓鼓地,我急忙向他告辞。

鸽子送我出门时对我说:"老额大伯说他20万的收入是想堵你们这些干

部们的嘴。实际上哪有那么高。老人家在这里住了快70年,是舍不得离开。他说他享受不了那份不干活就拿钱的清福。老额大伯总是怕人家说他人老了,放不动牲口了……"

我问鸽子:"你能做通大伯的工作吗?"

鸽子说:"慢慢做呗!我把他当作自己的老人,他就是冲我发脾气,我也不能着急。"

我祝愿鸽子心想事成。

我想,正因为有无数像鸽子这样的人在默默地奉献和付出,才有了"绿色乌审"。

四、你们这是开煤矿还是建公园呢?

乌审大地以它丰富的矿藏、美丽的生态、独有的文化吸引着投资者。中石化、中石油、中煤、中国神华等央企的众多大型项目已经落户乌审旗各个工业园区。天然气、煤炭、煤化工等企业已经成为乌审旗工业生产的支柱企业。去年仅工业固定资产投资额就达137亿元。迄今为止,已经有30多家上规模的企业在乌审旗落地。这么多大企业落户在乌审旗是容易让人们头脑发热的事情。但乌审旗的决策层在加速推进乌审旗的工业化时,始终保持着清醒的头脑,始终紧绷着"生态立旗"的弦,片刻不敢放松。

用工业化引领乌审大地的生态建设,这一思路来源于乌审旗的决策层对于生态建设的独到的认识和创新的做法,那就是用"1%的工业用地换取99%的生态恢复"。他们创造了"绿色乌审",却没有陶醉于"绿色乌审"之中。他们始终对乌审旗的生态环境有着一个清醒的认识,那就是脆弱。他们始终对隐藏在绿色之下的毛乌素沙漠心存敬畏。在生态建设面前,他们始终是如履薄冰、如临深渊,不敢有一点马虎和懈怠。他们知道,如果在脆弱的生态环境中放纵工业建设,那乌审人民千辛万苦创造的"绿色乌审"将会毁于一旦。

旗长牧人说:"如果我们继续延续西方发达国家先污染后治理、先破坏后恢复的老路,那就要付出沉重的代价,甚至造成不可弥补的损失。乌审旗脆弱的生态环境决定我们必须把环境保护放在第一位，必须走新型工业化之路。"

于是，这些乌审草原的好骑手们为工业化这匹奔驰的骏马戴上了一个永远不能摆脱的笼头，那就是"99%的生态恢复"。

他们知道自己在做什么。

2011年暮春时节，我到乌审旗的黄陶勒盖煤矿采访。这是山东淄博煤业与鄂尔多斯尤士矿业公司合资建的一座国有煤矿。这座煤矿还有一个下游产业，那就是已经开工生产的年产百万吨二甲醚的煤化工企业。这就是说，这座煤矿的产品不以原煤面世，而是以煤化工产品走向市场。这座煤矿只是乌审旗循环企业中的一个。现在，人们形象地说鄂尔多斯是"产煤不见煤，产羊不见羊"。而煤化工转化是"产煤不见煤"的更高层次的转化。

黄陶勒盖煤矿的王总是位个头高大的山东人。他向我介绍说："我们在黄陶勒盖矿区规划了7个矿井，井田面积为63平方公里。现在正在打竖井。我们能看到的这个井架就是我们的主矿区。"

他说着向窗外指了指。我透过窗玻璃看到那高竖的矿井架，下面有隐隐约约的几个人影。我说："王总，你这采煤咋不见人呢？"

王总呵呵地笑了起来："我这里上的是世界上最先进的采煤机械，一个作业面最多4个工人，还是辅助工种。采煤完全依靠电脑操控。到2014年达到年产400万吨的设计要求。现在矿井、选煤场、铁路专用线都在修建之中，总投资为30多亿人民币。这里地下水非常丰富，地下3米就能见水。我们的工作始终在当地环境监测部门的监测之下，地面不见煤是最低标准。我们要按照当时进场时的承诺，完成水土保持和荒漠治理任务，为建设'绿色乌审'做贡献！我们也是乌审人嘛！"

我说："你是山东乌审人！"

"对，对！"王总更高兴了，"我们就是山东乌审人！听完刘总工的汇报，我带你们去看看我们的生态园区。"

我说："好，好。"

刘总是个瘦高的年轻人，30岁出头的样子，现在担任矿区的副总工程师。他一口纯正的京腔。我想这一定是个北京乌审人了。刘总讲着矿区的规模、现在的进度、进口的设备,还有煤矿的安全,夹杂着许多工程术语和一大堆数字。我能听懂的就是这个煤矿总蕴含量为10亿多吨,煤有8层。现在年产量为200万吨,到2014年可年产400万吨。我稍稍计算了一下,这个煤田足够黄陶勒盖煤矿开采250多年。

我对王总说:"你这里可是个大富矿。"

王总连连摇着头说:"按你们的话说只是一小撮撮。"

我说:"是一小捏捏,不是一小撮撮。"

王总说:"对,对,一小捏捏。我们这个小矿咋跟人家中煤、神华那些大央企比。"

想想这个矿,确实不大,煤炭储量还不足乌审旗探明储量的1%。

王总带我们去看他的生态园区。走了一段时间,却把我们拉到一个现代化的工厂前。早有工厂的负责人在门前等候了。王总给我介绍了这几位负责人,然后说:"先参观参观这个二甲醚化工企业,这是我们煤矿的下游产品。"

这个工厂和我参观过的乌审召博源化工园区的那个二甲醚工厂差不多,也是花园中的现代化工厂,精美得无可挑剔。我想起乌审召化工园区陈主任带我参观过的人工湖,便问他们的污水是如何处理的。

王主任说:"看看我们的生态园区去!"

我们驱车好久,顺着道路车爬上一座高高的沙梁,往下一看,我惊呆了,眼前竟然是一片望不尽的水面,蓝天白云倒映,满眼碧绿。微风吹皱了一湖春水,荡起碧波,轻轻亲吻着沙滩,发出哗哗的声响。天上那么多水鸟嘎哇鸣叫着,不时掠过水面,又腾空而起。面对这突然见到的景色,我陶醉了,甚至有些自责——我也算老鄂尔多斯了,竟然不知道乌审旗的毛乌素沙漠里还有这样一泓好水。

化工园区的负责人告诉我,这就是他们正在建设的生态园区。湖畔500米内都是他们正在打造的景观绿化带。这个大湖就是由化工园区污水厂处理的工业废水汇集而成的。他说:"为了保证水质,经过污水厂处理好的中水先流进沙池里,由沙子进行3道过滤,然后才流进这个人工湖里。"

他带我们去参观过滤水质的沙池。

沙池里装满了碧绿的水，周边有绿绿的小草和新栽的樟子松。池边有一些人正在植树，大多是衣着鲜艳的女人。那位负责人告诉我们，这样大的沙池由高往低，一连排着3个。处理好的中水，自然流过这3个沙地，过滤后，才能汇进湖中。他告诉我，沙子有极强的净化功能。

我问他，这水面有多少亩？他笑着说："这我真说不好，因为这水面每天都在扩大。湖心岛上有个观景亭，那是最高点，站在上面可以一览全貌。"

我们沿着一条通向湖中的长廊来到湖心岛。岛上长满了绿草和树木。我们沿着一条人工阶梯向岛上攀去。那人告诉我们，这里原是一座沙山，在生态园区改造时，才把它建设成湖心岛。我们攀上湖心岛。顶上有一个凉亭，古色古香，雕梁画栋，处处显示着建设者的匠心。我眺望着，心中又是怦然一动，原来这样的大湖竟然是一连串的4个。目及之处，已是烟波浩渺，水雾蒙蒙，让人不禁啧啧直叹："真是想不到，想不到。这水面怕是有几个颐和园大吧？"

王总说了件事情。去年夏天，他陪一位内地煤矿的老总来这里参观。那老总四下看着看着，忽然瞪着大眼珠子问王总："你们这是开煤矿还是建公园呢？"

我们都忍俊不禁，哈哈大笑。

王总说："我也搞了几十年煤矿，走过全国许多地方。在这些地方，对生态指标要求最高、最苛刻的就是这'绿色乌审'。"

对此，我举双手赞成。在这里，我又一次领略了工业化治沙的威力。在"绿色乌审"的建设中，企业发挥了巨大的作用。

我发现在湖边上正在建一些四合院样的园林建筑，就问那位化工园区的负责人："那些四合院是干什么的？"

他说："那是正在建设的一所会馆，是我们尤总坚持要搞的。建好后，既是我们企业的培训中心，也可接待八方贵宾。尤总坚持要在毛乌素沙漠里打造精品。"

他告诉我们，尤总是鄂尔多斯人，与淄博矿业合资搞这个煤化工项目，就是想把家乡打扮得漂漂亮亮的，把昔日的荒漠装点成美丽的大花园。他说的尤总我没有见到，但我能感觉到这是一个对毛乌素沙漠充满热情和无限期许的人。正是无数这样的人，带领着他们的企业，在毛乌素沙漠共同谱写了一曲感天动地的绿色壮歌。

五、沙柳咋低碳了？熬茶火头子旺着哩！

说起李京陆治沙，在毛乌素沙漠也是一个传奇。本来他是一个成功的商人，在北京、呼和浩特搞房地产开发。房地产的兴隆火爆却让李京陆有些隐隐的担忧，而且，他也感到这个行业太短线，与他办企业的初衷不太合拍。李京陆是个儒商，出生在一个老革命家庭，受过良好的大学本科教育，经商前还是一个省委党校的教研室主任。他为自己身处房地产行业不能自拔而苦恼，心中总想办一个长线企业，做一件利国利民、造福社会的事情。

一天，李京陆偶然听清华大学的一位教授说："你要想长线办企业，又造福于社会，你就去沙漠里搞企业化治沙。"李京陆真的来到了沙漠，充满热情地宣称要搞企业化治沙。那时有一些骗子正在内蒙古沙漠上搞什么"万里大造林"，利用人们对绿色的美好向往和对环境的关注，上骗政府，下骗百姓，忽悠得许多人上当受骗。当地人民骂这些人为"绿色大骗子"。

李京陆来到内蒙古沙漠时，正是民怨沸腾之时，骗子们偷驴跑了，李京陆正好来拔桩。结果他遭到了沙区百姓的误解和质疑，也被人们疑为"绿色大骗子"一类的人。李京陆忍着人们怀疑的目光，拖着一条幼时患小儿麻痹留下的残腿，在内蒙古沙漠里考察。2003年4月，李京陆决定在库布其沙漠的红泥圪台村造林，推土机、打井机呼呼啦啦上来一片，推平沙丘种杨树。他投资400多万元，一下子种了3万多株。春风掠过，小树苗长出了绿绿的嫩叶。李京陆和同事们高兴极了，以为这里会成一片林海。谁知杨树慢慢枯死了八成，原来红泥圪台土地的盐碱度高，把杨树的地下根须全烧死了。李京陆赔了400多万，在库布其沙漠结结实实跌了一大跤。

有人告诉他，沙漠里应当种沙柳。李京陆是企业家，他用企业家的眼光打量着沙漠。固沙离不开先锋树种，沙柳是固沙的首选，但沙柳的经济价值不大，除了给牲畜提供枝叶，就是烧火做饭。而且，沙柳还有3年不平茬就会死亡的自然习性，到头来千辛万苦种活的沙柳还会大面积干枯，沙漠还是沙漠。

沙柳用来造纸、做高密度板倒是还可以，而且毛乌素沙漠里也有这样的企业，但这是高耗能、高污染的行业，引进沙漠来无疑是饮鸩止渴。在李京陆的心中，他认为造纸、生产高密度板行业也是属于应该淘汰的"先锋树种"。

李京陆为沙柳苦恼时，有位英国人提醒他，可以用生物质发电。李京陆如醍醐灌顶，立即对沙柳进行试验、研究，结果让他喜出望外。每公斤沙柳的热值竟然达到4500大卡，完全达到电煤的发热需求。产生的草木灰可以做肥料，改善沙漠土壤，而且产生的洁净烟气还可以生产螺旋藻。

李京陆决定在毛乌素沙漠建设一个生物质热电厂，那时是2004年。他把厂址选在过去的"牧区大寨"乌审召。李京陆的大胆举措一下子成为鄂尔多斯热议的焦点，人们治理沙漠的思维开始发生质的改变。用工业化思维治理沙漠渐渐成了乌审旗决策层的共识。他们支持李京陆在毛乌素沙漠办电厂的大胆设想，因为这个设想符合旗委和旗政府的"绿色乌审"战略。

李京陆知道办生物质热电厂的基础是大量的沙柳资源，为不使电厂断炊就必须建造自己的沙柳基地，而打造这个基地需要对几十万亩荒漠进行整合。他必须长期租用农牧民已经承包下来的荒漠，动员农牧民建立自己的沙柳生产合作社。他告诉人们，沙柳是取之不尽、用之不竭的绿色煤炭，是国家大力支持的低碳行业，但上过"绿色大骗子"当的农牧民对他的绿色发电厂仍心存怀疑，甚至有些抵触：他租地不种沙柳咋办？种了大量沙柳卖不出去咋办？见过用煤发电的，听说过用核能发电的，可用柴火棍子发电却是从未听说、从未见过的。

"沙柳咋低碳了？"3年前，我在采访一位牧民时，说起当年李京陆要租赁他的荒漠种沙柳，办电厂，要用沙柳发电，他就嗤之以鼻，认为李京陆在胡说骗人，"熬茶火头好着哩！"

这真是难为李京陆了。李京陆盯上沙柳发电，不仅是想发展低碳经济，还因为看中了碳汇效益。他是个精明的商人，知道以后碳汇能给他带来巨大的收益。但那时的人并不懂什么是低碳经济，即使是一些领导、企业家也对之不甚了解，农牧民更认为他是说故事，忽悠人。

李京陆为打消农牧民的疑虑，提出商业化的运作方式，那就是拿出真金白银租赁农牧民的荒漠种沙柳，然后再交给荒漠承包户管护，他付管护费。等沙柳平茬后再按市场价格从农牧民手中收购。他向当地政府和农牧民保证4年建基地，2年建厂，在2008年底正式发电。

可当农牧民知道李京陆将建的是世界上第一个生物质热电厂时，本就心存疑惑的他们更疑惑了，咋看这大沙漠也不像产生世界第一的样子呀！这别是个更大的骗子吧？虽然有政府支持，但农牧民心中的疑惑不打消，他的绿色电厂还是空中楼阁。后来有高人出招，让李京陆去找乌审人民心中的治沙英雄宝日勒岱。若是宝日勒岱出面，农牧民就会相信他和他的绿色电厂不是骗人的。

李京陆终于见到了他仰慕已久的治沙英雄。

宝日勒岱不动声色地听着李京陆讲低碳、环保、经济利益链条带动沙漠绿化，还有，一个绿色电厂可为6000多名农牧民提供就业岗位，并把他们培养成永远不会下岗的为电厂服务的林业工人等。李京陆向宝日勒岱表示，他要为这个项目投入3.6亿元，而他的企业将从发电和出售碳汇指标上获得收益。

李京陆可能不知道，他眼前这位蒙古族老人早在几十年前就聆听过钱学森先生讲沙产业理论，对于产业化治沙并不陌生。她认为李京陆的设想实际可行，她支持绿色电厂的构想。听到宝日勒岱的表态，李京陆的眼睛有些发热。这位驰骋商海的男人，强忍着才没让自己的泪水涌出。

李京陆回到乌审召不久，有一天，宝日勒岱忽然出现在他的电厂，并亲手为他穿上了华美的蒙古袍，还按照蒙古民族的礼节为他献上哈达、美酒。这次，李京陆在这位让人尊敬的蒙古额吉面前，在勤劳淳厚的蒙古族牧民面前掉泪了。

谈到李京陆的绿色电厂，宝日勒岱曾对我说："那个电厂，使不起眼的沙柳成了宝贝，绿了沙漠，富了牧民。"

2008年夏天，我去过建在乌审召工业园区中的生物质热电厂。那时机组正在调试。电厂的负责人，一位瘦高的戴着眼镜的中年人十分自豪地告诉我："今年秋天，世界上第一座建在沙漠上的生物质热电厂就要正式发电了。"

我问他沙柳供给有没有问题，他说，他们已经建成33万亩的沙柳生产基地，换算成沙漠面积就是280平方公里。现在基地已经开始大面积平茬复壮。在这个基地管护沙柳的7000名农牧民，每人每年从沙柳身上平均获得1.2万元的收益。

那天我去参观了生物质热电厂的沙柳生产基地。那是沙柳组成的绿色海洋，一波接一波的苍翠一直蔓延到天边，壮观得让人说不出话来。

2011年夏天，我又走进乌审召，在一团团、一簇簇的沙柳丛中穿行。在这里我结识了牧民孟根。我问他乌审召生物质热电厂建成后，他有没有获取什么收益？孟根说："我已经给电厂管护沙柳6年了。过去是守着巴拉地上的百十多亩'草库伦'，却荒着4000多亩大沙丘。后来把这荒沙丘租给了电厂，让人家种沙柳。他们每年给我每亩3元的租赁费和管护费，光这块我每年收入就1万多元。沙漠绿了，我家还能挣上钱，这不是好事吗？"

说到这儿，孟根哈哈地笑了。他告诉我，他家还是收益小的，收益大的户能从电厂挣几十万呢！

生物质热电厂造福毛乌素沙漠中的农牧民，此言不虚。

现在毛乌素生物质热电厂已经发电近3年，累计发电1.2058亿度。治沙造林已累计完成40万亩。每年还可形成碳汇10万多吨。这个毛乌素沙漠中的绿色电厂，经济效益将会越来越显著。

旗委书记曾经高度评价毛乌素生物质热电厂的绿色实践。他说："毛乌素生物质热电厂实现了生态建设产业化、产业发展生态化，一笔资金办了绿色能源建设、生态建设、沙区扶贫致富、循环经济、环境保护、新农村建设、西部大开发、节能减排、经济社会发展等多件大事，综合效益显著，值得总结和推广。"

在毛乌素沙漠里还有一位奇人，他叫刘根喜。他一直在鄂尔多斯地矿部门工作，是地质工程师，现已年届七旬。他在沙漠里找了一辈子矿。根据他的职业敏感和对沙漠的认识，他认为组成沙漠的沙子并不是一无是处，他想解剖沙子，看看沙子里含不含矿物质成分。有人听说刘根喜要解剖沙子，想从里面找矿物质，差点笑掉了大牙，说："这烂沙子连墙都糊不成，还能有甚矿物质？"

好多人也劝他："别瞎折腾了，有这股子钻劲干点甚不好！"

老刘想的是这沙子里真要是含有矿物质，内蒙古，还有新疆、甘肃、宁夏的沙漠不都可以变害为宝了？于是，他开始了对沙粒的研究。他一次次地化验，都没有找出他想要找的东西来。他不甘心，继续做化验，在试验室里一干就是10多年。有人说他："你整日盯着沙子看，眼睛都快瞎了。"老刘的确是为化验沙子落下了眼疾。但苍天不负有心人，经过几百次甚至上千次的化验，他终于把毛乌素沙子的成分弄清楚了。原来这小小的沙粒竟是宝贝，它含有44%的长石，23%的石英砂。风积沙石英砂可以做微晶玻璃。长石是制造极品陶瓷的原料，可用于化工、医药、汽车、冶金、电子等诸多领域。每吨长石粉在市场的价格为1500元，而且供不应求，有极好的市场前景。

在老刘的眼睛里，沙漠始终是个宝贝，只是人类对它缺少认识。老刘化验成功的消息不胫而走，很快引起了社会各界人士的关注。有个办企业的人找到他要买他的专利，即老刘的化验配方，开价就是7位数。

可能那人的气派让老刘看不惯，老刘直言道："钱这东西支撑不了我的几十年研究，它对我来说够用就行。"

那人苦劝老刘："你老人家再想想，从试验室到工厂化生产，还要走多远的路，你知道吗？这得有强大的资金做支撑。"

老刘知道那人说得有道理，从试验室到工厂化生产，是要走很长的路。他听说乌审旗有一个风积沙研发中心。他想，都说乌审旗治沙治得好，现在已经摆开了阵势研究用沙，这正好与自己想到一块去了。他对这个风积沙研发中心充满了信心，觉得自己的试验将在这里得到印证和开发应用。

老刘直接找到研发中心党工委书记袁建斌，给他讲了自己发现风积沙成分的经过，并给他看了试验室分解出来的长石和石英砂的晶体。袁建斌喜出望外，他正在寻觅风积沙的研发项目。如果沙子真含有这样的成分，毛乌素沙漠可就真是一座金山了。他找来研发中心的全体成员开会，通报了刘根喜的研究结果。众人又惊又喜，却不知道如何开发这个项目。也有人担心，试验室剥离出来的这点晶体能够实现大规模生产吗？袁建斌请示了旗委书记，他指示将这个研究成果通知有关部门，迅速交专业机构认定。

袁建斌和研发中心的人找到中国建材研究院。这家国内最权威的研究机构认为这项研究是首创，坦言他们过去从来没有接触过这样的课题。为了慎重起见，他们提出要对毛乌素沙漠的风积沙进行中试，就是说要在中材院的试验场里进行一次试验。只有经过了中试，得到了认定，风积沙的开发利用才有实现工厂化生产的可能。

但这需要中试经费 100 万元。100 万元中试经费在研发中心所有项目中并不是一笔大的开支。这笔经费袁建斌完全可以自己签字支出，但是，他却召开了党委会，采取举手表决的形式来决定，结果全票通过。

袁建斌告诉我，之所以采取这种表决形式，是想要告诉党委成员，他们是在为即将拉开的工业化治沙大幕投赞成票。

一辆装满毛乌素沙漠风积沙的大卡车从乌审旗出发，开进了北京城。中试开始的那天，旗委、旗政府的领导都赶到北京参加中试开工仪式。袁建斌在这次中试中才知道风积沙的分离是多么的复杂，要经过水选、浮选、电选、重选、磁选等多种工序，还要加二氧化硅等试验材料。他此刻才真正知道刘根喜当年一个人猫在简陋的试验室里做分析、筛选是多么的困难和不容易。是什么让这位老人选择了这份坚守呢？

2008 年 3 月，《沙漠风积沙选矿试验报告》正式问世，它首次向世界揭示了沙漠风积沙选矿和提纯后的真面目。这个报告称："根据选矿成果揭示的质量技术指标，其硅砂与长石可广泛用于玻璃、陶瓷、冶金、电子、医药和化工等工业领域作为生产原料。特别是精选后的硅砂，可作为 5000 多种无机硅产品和 2000 多种有机硅产品的工业原料，拓宽了沙漠风积沙的工业化利用，展示出了广阔的应用与发展前景。"

毛乌素沙漠有了更美好的前景。这项研究甚至可以说是为世界的工业化沙漠治理提供了重要依据。也许 21 世纪是世界范围内治理沙漠最有成效、最有价值的一个世纪。2010 年秋天，李京陆在北京大学光华学院进行演讲时，曾经对北大师生这样讲过："在未来 10 到 20 年内，中国肯定有 3～4 个大沙漠消失掉。"

正是鄂尔多斯人对沙漠的执着研究，才为这一切提供了可能。

点沙成金可能不是梦。

这项研究报告激励着鄂尔多斯人开拓一个更大的治沙空间。但谁都知道，从中试实验场到工厂化生产仍然有很大的距离，尤其是这个工厂设备没有任何国标型号，也就是把试验场的设备依样扩大许多倍，建成风积沙工业选矿生产线。这存在着巨大的风险，需要几亿元的投资，而这投资风险全部要由投资企业独自承担。在某种意义上来说，这也是一个试验。巨大的投资风险，使许多投资者望而却步，许多企业家观望徘徊，使这个前景极为灿烂的项目举步维艰。甚至有人对研发中心的人说，这个项目也许是给下一个世纪准备的。

这天，刘根喜和一个投资者来到了研发中心。刘根喜告诉袁建斌，这位投资者叫姚智纯，是地道的鄂尔多斯人，现在是双剑酒业集团的董事长。

姚智纯对袁建斌开门见山地说："我要在风积沙研发中心建立这条选矿生产线。刘工已经给我讲了投资风险。他说的只是工业技术设备方面的风险，我还考虑了其他风险，比如国家战略规划和产业政策的风险，能源和建材价格波动的风险等。一切风险我都预见到了。我已经做好承担这些风险的准备。"

姚智纯是一位检察官出身的商人，已经在商海中搏杀了20年。理智、缜密、果断的个人风格使得他能在商海中纵横驰骋。

袁建斌带姚智纯去旗委找书记汇报。这次见面让旗委办公室副主任折海军印象深刻，他记得，姚智纯与书记就风积沙生产线项目本身谈得并不多，更多的是探讨对沙漠的治理、使用以及如何为人类造福，为人类赖以生存的地球负责。折海军对我说："我没想到姚总对环境的关注、对沙漠的研究有那么多独到的见解。"

姚智纯讲，世界将进入绿色工业时代，就是说要发展对整个生态系统产生积极影响的循环经济。循环发展赋予当代企业的任务就是既能最大限度地提高经济效益，又能保证和促进生态系统的良性循环与恢复。世界上许多荒漠是人类造成的，而绿色工业将使地球的创面得到恢复。

有了这样的认识高度，才使姚智纯对工业化治沙理智、清醒而且义无反顾。2009年6月19日，以姚智纯为董事长的华原风积沙开发有限责任公司成立，20万吨风积沙工业选矿生产线、10万吨玻璃制品生产线项目在乌审旗苏里格经济开发区破土动工。

让毛乌素沙漠记住这个日子吧，这一天，工业化治沙的绿色旗帜在这里高高扬起！

这是世界上第一家直接以风积沙为原料进行工业化生产的企业。这个企业集中了中国建筑材料研究院和国内许多高等院校建材领域的专家、学者，以他们的专业知识和研究成果作为技术支撑，使刘根喜的试验结果实现了产业化。姚智纯提出了建这个企业的目标，那就是创建一个"以高科技、高效率的硅产业链为基础，以工业化治沙，变害为宝的新型生态建设开发公司"，"造福全人类"是企业追求的终极目标。

2011年仲春时节的一个春风和煦的早上，我来到苏里格开发区，参观正在建设的风积沙选矿生产线。袁建斌对我说，为建成这条生产线，风积沙研发中心已经投入1000多万，而姚智纯已经投入3个多亿。

我看着这个新建的厂区，巨大的车间以及里面的生产线，还有堆放在地上未开箱的各种设备，觉得姚智纯就是一个敢于吃螃蟹的人，心中产生了深深的敬意。

袁建斌说："这条生产线已经开始倒计时了，可离开工越近，我遇到的难题越大。你说这风积沙是属于矿产呢还是说不清的什么？应该是归矿产部门管理呢还是归林业部门管理？"

我说："现在应该归矿产部门管吧？"

袁建斌说："我问过矿产部门，矿产部门管理的矿产名录中没有风积沙。还有，这条生产线的选矿能力是年选100万吨。削平100万吨风积沙，就等于平整了750亩土地。照这个速度推进下去，乌审沙漠不久就会变成大片平原，为发展现代化的农、林、牧业提供了条件。问题是现在我控制的风积沙很少，开发区内只有一个国有林场里还有一些明沙，我让他们千万不要搞绿化了，等着下线吧。"

我说："几年了，我就在毛乌素沙漠里找大明沙，可我始终也没有看到。你这要是一开工，恐怕再也见不到大明沙了。"

不一会儿，这两条生产线的负责人走过来。两人都是高个，只不过一胖一瘦。瘦高个是风积沙项目的负责人。他对我讲："现在我们正在安装设备，生产线的主要部分已经全部安装到位，正对辅助设施进行安装。安装的难度主要是非国标设备，我们没有经验。生产线是中国建材研究院设计的，得不时请他们做技术指导。姚总对我们的要求是今年年底开工生产，现在看来没有问题。"

我问："配套的 10 万吨玻璃制品生产线呢？"

胖老总是位山东人，他瓮声瓮气地说："那是成熟的生产线，早已经安装完毕。我现在就等着姚总的生产线开工了。"

我问："你与姚智纯熟悉吗？"

他说："我们认识不止 10 年了。姚总'双剑酒'的玻璃酒瓶都是我供的货，我就是造玻璃的。我相信姚总。他说他要治沙，我也跟着出力，一块在沙漠里挖出个大金娃娃。"

他说着呵呵地笑了起来。

他听说我是个作家，问我："我们山东的作家莫言你认识吗？"

我说："认识啊，我们是同学。"

他说："前两年我们县里的书记请他吃饭，我作陪。我这儿开始生产了，我一定让我们书记请他来剪彩。到时，你也来啊！"

我愉快地答应了。

这位大汉还要留下我的手机号码，看来是一位极其认真的人。

参观结束时，与我同行的折海军说："可惜这次没有见到姚总。你听听他对生态治理和工业化治沙的见解，对创作准有好处。"

我回过头看着这巍然屹立在沙原上的厂房，感到眼前这巍峨的现代化厂房就像姚智纯的化身，沐浴在温暖的春风之中，正在向我娓娓叙说着毛乌素沙漠的春天。我想，工业化治沙的春天就是这样悄悄地降临在毛乌素沙漠里的。

驱车行进在绿意浓浓的乌审大地上，我们的汽车就像一叶小舟穿行在茫茫的大海之上。许多新建的厂房耸立在泛着绿浪的沙丘间，从我的眼前一一闪过，就像一艘艘小船与我们擦肩而过。

这还是毛乌素沙漠吗？我又一次问自己。

我反复这样地问自己，是因为在我的心中始终存在着对毛乌素沙漠的敬畏。它真的就在我的脑海里，只要想起它，漫漫黄沙就会挤满我的记忆。我曾看过一个资料，讲毛乌素沙漠的地层基底是由白垩系和侏罗系的紫红色、青灰色、灰色砂岩组成，厚度达 600 米以上。其结构松散，质地粗疏，极易风化成沙。基层上面覆盖着5米厚的第四纪河湖的冲积物，经过千万年的风吹雨打，以及垦荒、放牧，深埋的砂岩已经裸露于地表。

在鄂尔多斯的沟壑间，到处都能看到这种紫红色和青灰色的砂岩。我曾取下一块裸露的砂岩，用手捏一捏，砂岩就碎了。有专家断言，这是毛乌素沙漠的主要成因。就是说，毛乌素沙漠的绿色植被下，除了地上原有的沙漠，地下还沉睡着足有600米厚的潜在沙漠。假设我们稍有不慎，这头睡狮会不会在哪一天被我们惊醒呢？

我真的有些担心，乌审旗迅猛的工业化、城市化会不会唤醒地下的沙漠？这头凶恶的睡狮会不会在某一天就地十八滚，站起来，抖落掉身上的绿色，恶狠狠地扑过来呢？

许多人同我有一样的担忧。

就这种担忧，我请教过书记。我问他："假若把隐形的毛乌素沙漠比作一头睡狮，如何让它像一只温顺的睡猫，静静地安卧在天、地、人共同铺就的绿色绒毡上呢？"

他笑了，讲了这样一段话："我们现在的生态建设成果，凝聚了几代乌审人的心血，来之不易，弥足珍贵。当前，我旗仍然是生态脆弱地区，处于经济发展与生态建设的两难境地，稍有放纵，沙化的历史悲剧就会重演，工业化的污染更会贻害无穷。为了巩固'绿色乌审'的建设成果，我们会坚定不移地走生态文明之路，始终坚持生态优先，围绕生态发展经济，依靠经济发展促进生态文明。我们要让生态环境风险评估机制常态运行，上项目、办事情都要充分考虑生态环境的承受能力。决不以牺牲环境为代价换取经济一时的快速增长。算大账就是算细生态账，决不干向子孙后代'征税'，转嫁生态隐性负债的蠢事。"

听完这段话，我折服于他的清醒。

中国科学院李文华院士来到毛乌素沙漠，参观乌审旗的林业生态工程。看到昔日的荒原上长满了3～5年树龄的油松、樟子松，他知道鄂尔多斯在大规模发展乔木，这让他非常关心用水的问题，一再询问在培育初期到底要用多少地下水。他提醒道，这里的水太宝贵了，一定要注意区域水资源在工业、生活和生态建设各种需求之间的总体平衡，摸清楚家底，监测动态变化。

听完有关部门的汇报，这位长期从事森林生态、自然保护、生态农业与农林复合经营、生态经济研究的老科学家感慨地说："应该看到，中国的生态建设做出了世界都应该向我们致敬的成绩。"

2010年，一个由数十位国内防沙治沙、环保专家组成的调研组来乌审旗多次实地详细考察后，提出了一份《乌审旗生态建设模式调研报告》。这份调研报告问世后，引起了生态学界的高度重视。

国家林业局防沙治沙办公室副主任王信建认为："毛乌素沙地的生态治理之路不仅为当地人民带来了丰硕的回报，也为我国沙尘暴治理做出了有益的贡献，是世界治沙史上的宝贵财富，值得深入研究、总结。"

中国工程院院士尹伟伦说："这个模式包括一切经济建设坚持生态优先原则，使生产活动与生态建设相互促进、和谐发展，形成独具特色的沙地绿色经济，依靠绿色经济发展促进当地社会整体升级，进而构筑起新时期在西部地区脆弱的生态环境下，县域经济富民强区的基本体系。"

中科院院士唐守正认为，这一体系的特征是：在西部脆弱的生态环境中，经济建设须在"生态优先，绿色发展"的原则下谋求富民强区；努力消除经济发展中高能耗、高污染、高投入、低效率的落后发展模式，以"集约化、低能耗、可循环、低投入、高产出"的特点进入高级发展阶段；全社会树立起"生态优先、绿色可持续发展"的理念，放弃短期利益的诱惑，确保子孙后代共享生态建设财富。

的确，像这些专家们所说，在土地面前，人类必须学会节制自己的欲望，千万不要在土地的身上索取太多。一种生态文明的确立绝非一朝一夕之事，恢复生态，维护生态，人类永远在路上。

2008年1月19日，胡锦涛总书记在看望钱学森老人时，兴致勃勃地谈起了最近对鄂尔多斯的视察。总书记高兴地对钱学森说："前不久，我到鄂尔多斯市考察，看到那里的沙产业发展得很好。沙生植物的加工搞起来了，生态正在得到恢复，人民的生活水平也有了明显提高。钱老，您的设想正在鄂尔多斯变成现实。"

我们的先人造出个毛乌素沙漠，今天我们要做的事情就是把绿色的毛乌素沙漠传留给后人。当代乌审人既为先人还债，又为后人播绿，勇敢地承担着历史赋予的绿色责任。我知道，乌审儿女要走的绿色担当之路还很长，任重道远啊，英雄的乌审儿女！

尾篇　想起了郭小川

在采写"绿色乌审"的日子里，我经常想起诗人郭小川。对这位文学先辈的尊敬，不仅在于青少年时期曾受过他创作的诗歌的滋养，喜欢他那豪气干云的澎湃激情和朗朗上口的动人辞章，还在于他在20世纪60年代中期曾深入乌审旗的乌审召公社采访，并撰写了华章。

谈起郭小川，宝日勒岱给我讲："这人在乌审召待了4个多月。"

有回忆文章称，宝日勒岱是在郭小川来乌审召后才加快汉语学习速度的。那时，郭小川是大诗人，担任过中国作家协会党组副书记、秘书长，他的身边总是有一群人围着他谈笑风生。可惜那时的宝日勒岱汉话水平不高，听不懂这些大文化人在说什么。就是从那时起，聪敏好学的宝日勒岱加快了汉语的学习。

郭小川采写了长篇通讯《牧区大寨——乌审召》，发表在《人民日报》的头条位置上，再加上《人民日报》的社论，一下子把地处毛乌素沙漠腹地的乌审召推到了全国人民面前，成为全国人民学习的榜样。

在寻访毛乌素沙漠的日子里，在梳理我国的治沙史时，我觉得，引起全国对土地荒漠化治理关注的是郭小川那篇文章和对"牧区大寨"乌审召的宣传，那是肇始之作。郭小川写完《牧区大寨——乌审召》后仍难捺创作冲动，又写了长篇报告文学《英雄牧人篇》，足足有3万多字，发表在1966年春天的《内蒙古日报》上。

我在采写"绿色乌审"的日子里，找到了这部报告文学，仔细研读完后，我觉得郭小川身上有深深的蒙古情结。他对蒙古族谚语的掌握，对蒙古族生活细节的把握、描述，都让人折服。后来，我才知道郭小川出生于原蒙、满、汉混居的原热河省丰宁县（今河北丰宁满族自治县），30年代初避日祸随全家迁居北平。青年时，曾就学于北平的蒙藏学校，而且还给自己起了一个蒙古族名字克什格（吉祥）。

　　郭小川在这部报告文学中写了在茫茫沙漠中寻找绿色时的焦虑和不安，以及见到苍黄大漠中乌审召这块绿洲时的兴奋和喜悦。郭小川写乌审召移栽沙蒿、植树、铲醉马草、切草皮、开砂石、建"草园子"（"草库伦"）；牧民学种地、学打井；"草园子"内还有一眼自流井，人们用它推动水磨、水碾；人民群众抗旱、抗洪；牧民学习毛著，争做"老愚公"、"女愚公"、"小愚公"……他笔下的人物不下四五十个，可见郭小川采访的认真态度。

　　诗人被"草园子"的景色所陶醉。他在报告文学的第一章"胜天图"中写道："这水色风光，使我们一下子想起了江南的水乡。然而，我们在江南水乡也没有见过这用围墙围住的田园，只有大城市的某些大公园可以与之相比。"

　　这是一部用文学记录的"牧区大寨"乌审召的治沙史。40多年后再读，更感到这部报告文学的珍贵价值。遗憾的是，现在很少有人知道郭小川与"牧区大寨"乌审召的渊源，就连"牧区大寨"展览馆也没有郭小川先生的半点记录。我跟乌审召镇的党委书记张志雄谈起，他也是头一次听说郭小川这样的大诗人还与乌审召有关系。我提议他们给郭小川先生塑个像，这样可以增加乌审召的文化内涵。他说："好，好。"

　　40多年后，我被"绿色乌审"所感动，沿着郭小川先生的足迹开始我的毛乌素沙漠之旅。同是寻找，他在寻绿，我在寻沙。40年前郭小川感叹："哦，简直是一片无边无际的沙海，浊浪般的沙丘一直冲向天的尽头……"他在毛乌素沙漠里寻找到了只有大城市"某些大公园可以与之相比"的乌审召的"草园子"；而我在"绿色乌审"寻找两年有余，驱车数千公里却未在毛乌素大地寻找到一处"一直冲向天的尽头"的"浊浪般的沙丘"。

　　毛乌素沙漠，你在哪呢？

　　我在乌审大地苦苦搜寻着，许多接待过我的朋友、农牧民、基层干部和地方官员都知道我在寻找大明沙。我总是问他们一个问题："你知不知道附近有没有很大的沙漠？"他们都说："有。"但我问究竟在哪儿时，他们却又回答不出来了。

这样的事情我遇到了许多。

我有时也问自己，我真的是在寻找毛乌素沙漠吗？好像是，又好像不是。实际上我也知道，我只是在寻找这个过程，记录这个过程。当年郭小川寻绿也好，我现在寻沙也好，都是在寻找、记录这个过程。

后来，我索性就住在无定河边，静下心来记录这个过程。

我住的这个地方叫巴图湾，它本来是无定河的一部分，后来修了个大坝，利用水力发电，有点三峡的味道。我住的萨拉乌苏宾馆就建在巴图湾的南岸，透过房间的玻璃，窗外就像一幅好看的水墨画。清澈的无定河水，奇幽的萨拉乌苏峡谷，还有层林尽染的毛乌素沙漠，活灵灵地呈现在我的眼前。巴图湾的早晨常常浓雾弥漫，水雾不时在林中飘浮转动，有时浓稠得只能让人看见沙梁顶上的片片树梢。我时常坐在房间里，呆呆地看着大团大团的水雾在无定河北岸的树林间穿梭。林木苍苍，雾水蒙蒙，还有细蛇一样的小道盘旋在毛乌素沙原上，在草丛中时隐时现。我常常呆看到阳光透射，水雾渐渐散去，北岸的毛乌素沙漠现出一片青翠。水碧天蓝，我能看到晶莹的水珠在草尖上颤颤滑动……

这还是毛乌素沙漠吗？

巴图湾的老乡们告诉我，无定河两岸是大沙漠最多的地方，殷玉珍、乌云斯庆、盛万忠、牛玉琴这些全国绿化模范就诞生在这片大沙漠里。我想，郭小川先生若是看到毛乌素沙漠这般变化，不定会起多大的诗兴呢！但在40多年前，看着这"浩浩乎平沙无垠"的毛乌素沙漠，诗人也停止了想象，开始严肃地计算一道数学题，那就是治沙英雄宝日勒岱们何时才能把乌审召沙漠栽遍沙蒿、沙柳。

"乌审召人告诉我们，如果按这7年来的速度，大概要300年。"郭小川在文章中感慨道，"哦，300年，如果30年按1代计算，整整10代！"

这还是在革命干劲冲天的乌审召公社。郭小川感慨乌审召人为后代造福的气魄和宏谋通虑的英雄胸襟，也希望乌审召的后代在治沙上能用上"我们这一代所缺少的机械、原子能之类的东西"，以加快治沙的速度。

300年太久，郭小川的希望终于在40年后的乌审大地变成了现实。于是，在"绿色乌审"的毛乌素沙漠里，才出现了我这样执着的寻沙人。

"沙漠还用找啊？"萨拉乌苏旅游区管委会的几个小青年几乎都是在无定河两岸的毛乌素沙漠里长大的，他们对我的异行感到奇怪，"这人咋跑到沙漠里找沙漠来了？"

秘书小高是刚选调进管委会的一位中学历史教师，20多岁，和我儿子的年纪差不多。

他对我说："肖老师，我常带学生们在大沙梁上溜沙玩，我们那儿大明沙有的是。"

我说："是吗？"

过了几天，他有点懊悔地对我说："肖老师，你说得不错。我开车看了好多处，大明沙全让草和树盖住了。我咋觉着眼前都是大明沙，就像前两天还见过的……"

我拍了拍他的肩膀说："我找了两年多了。也许，我们对沙漠的记忆都会出现偏差。"

那天，我们在管委会食堂吃饭。食堂是一所简陋的农居，在萨拉乌苏宾馆后门的马路口。马路对面就是巴图湾村。厨师张嫂就是巴图湾村人。她平时都把食堂整理得干干净净的，农家饭手艺很好。

张嫂对小高说："你们学校是在乡政府那块，哪来的大明沙！回头我叫我家掌柜的顺河岸帮你找一找。"

我笑了，群众发动起来了，看来巴图湾村的群众要帮我寻沙了。

小高说他从小就在无定河两岸玩耍，那时就顺着大沙漠往河沟里溜。河边的沙滩上全是晒盖的王八，水草丛里还有许多小虾。现在王八不多见了，小虾还有的是。

我说："小时候我在河北保定老家的时候，家门口就是大清河，有船只直通白洋淀。那时河里边小鱼小虾多了去了。我们在河里用小笊篱捞，一会儿就捞一洋瓷盆。回到家里，我妈炸了给我吃，真香啊！"

我想起了妈妈炸的小虾。

张嫂笑着说:"看肖老师馋得咽口水哩!"

人们都笑了。小高看着我。

晚饭的时候,满屋透着香气,餐桌上摆着一盘红通通的炸小虾。张嫂告诉我,这是小高大中午跑到河边水草丛里捞来的。

我问小高:"虾好捞吗?"

小高说:"我找了个细筛子,在河湾水草多的地方,捞了这么几筛子就回来了。找不到沙,我还逮不住虾啊!"

我不禁大笑,尝了一口小虾,果然清香无比,细品,还有一丝青草与河泥的味道。

这天,管委会来了几个客人,都是在我这两年来采写"绿色乌审"时结识的苏木和镇里的领导,说来算是熟人了。管委会的领导便邀客人们去无定河边的花花鱼馆品尝巴图湾的鱼。我去年在无定河南岸采访时,曾在这个鱼馆吃过几次饭。女老板花花一见我就说:"肖老师,去年你不是要我帮你找大明沙吗?我可是给你看下了一片大明沙。"

我问:"在哪?"

花花说:"双降沟,明天下午我带你去看明沙。"

双降沟我还不太熟悉,但我知道就在无定河的南岸,似乎离巴图湾村不太远。这几个在无定河两岸主政的镇、苏木的领导都说没错,双降沟是有片大明沙。

第二天下午,小高开车,管委会的副主任燕飞泉陪我去双降沟看大明沙。我们去花花鱼馆接上了花花。花花高兴地对我说:"去年我就给你打探上了,那可真是一片好明沙。"

车在无定河南岸的沙原公路上走着,闪入我眼帘的大都是一片一片的樟子松育苗基地,还有果园、葡萄园以及起伏的草场、林地。花花指着路,车走着走着,往西拐进了一大片树林里,沿着林中一条细细的沙土路七拐八拐地穿行着。我摇下车窗,夏风轻轻地扑了进来,顿感一阵透心的清爽。我望着密匝匝的树林,眼前是无数在风中晃动的枝条树叶,耳中净是风掠树叶的飒飒响声。

花花说:"出了这片林子地,就能看见那片大明沙了。"

车子出了树林,看见一片非常开阔的庄稼地,有几台高高的喷灌机在庄稼地里转圈，喷出一团团水雾，在阳光的照射下，出现了一个个绚丽的彩虹。小高说这喷灌机是进口的，100多万元一台，人可得好生侍候。

花花指着不远处一处农舍说："那是我二爷爷家。过了我二爷爷家，就看见西南那片大明沙了。原先这里也是大明沙，和那沙连着哩。"

过了那家农舍，往西南一看，果然看到了一片明沙，只是片有点太小了，大约有三五个足球场大小，而且，还是一座孤立的沙峰，没有丝毫"浊浪冲天"的气势，就像是一只木呆呆的狸猫，静静地趴在无定河的南岸。在绿地蓝天的映衬下，黄黄的沙子发着金光，显得特静特美。

花花问我："是块好明沙吧？"

我笑笑，说："是块好明沙。"

燕飞泉说："人家肖老师是想找块大沙漠，就是那一眼望不到边的，就像咱这地方过去那样的。"

花花说："过去那样的？这人咋敢想来哩！"

花花忽然笑了起来。

晚上吃饭时，我们还在说这件事情。

张嫂悄声地说："我家掌柜的骑着摩托车，开着船，在河两岸来回地找。"

我知道张嫂家掌柜的是巴图湾水库护鱼的，他的任务就是巡河驱赶偷鱼的不法分子。这河道有几十公里长，每天早起晚归十分辛苦。

小高问："找见了没有？过去这两岸明沙多的……"

张嫂笑着说："找到了甚？我家掌柜的冲我吼：'这林草茂密得连盗鱼贼都藏得下，你让我上哪去给他找大明沙！'"

我们哈哈笑了起来。

笑着笑着，我竟然笑得连泪水都溢了出来，说："找到了，找到了。"

他们不解地看着我。

我说，我要寻找的毛乌素沙漠就在乌审儿女的记忆里。

儿童文学

迷失在玩偶城堡

2013年获第十届内蒙古自治区文学创作"索龙嘎"奖

王存喜　马端刚

1. 神奇的护身符

夏令营的最后一天，是在草原上一个叫黑城的遗址上度过的。

在艾玛看来，黑城远没有当地向导说得那么神奇，那里光秃秃的，与它周边的草地形成了鲜明的对比。远远看去，它更像草原上一块丑陋的疤痕。紧挨着黑城的是一条缓缓流动的小河，它有一个奇怪的名字，叫额尔娜河。听向导说，这条河曾经走的都是大船。田甜听到向导的话撇了撇嘴，对一边的艾玛小声说："向导在骗人！"艾玛也不相信，因为那河连小腿肚子都没不过，最宽的地方也不过五六米，他清楚地看到几头黄牛悠闲地从河这边蹚到河的那边。路天宇说："今天肯定没意思。"张小春百无聊赖地甩着手中的悠悠球说："千万别让我们在这里待一天，那样我会痛苦死的。"看着张晓菁、丁大鹏他们屁颠屁颠地尾随着向导在看一块石碑，艾玛把目光投向了这个遍地瓦砾的废墟。站在高处，黑城的轮廓非常清晰，方方正正的，分成内外两环，看上去相当大。

艾玛最想做的一件事，是到河里去摸鱼，但他不敢，夏令营是有纪律的。不一会儿，路天宇兴冲冲地跑过来说："艾玛，你看，我找到一枚古代的钱币，你也去找啊！听说很值钱的。"艾玛看了看路天宇手中那枚锈迹斑斑的钱币摇了摇头说:"这叫制钱,是清朝的,我奶奶家可多了。"

一个小时后,大队辅导员宣布自由活动,不许跑远。张小春说:"艾玛,咱们去河里玩。"这个建议正合艾玛的胃口,于是,他和张小春蹚着水顺河而下。走出不远,河便分成了几个岔口,最细的那股河水不到一米宽。艾玛喜欢玩水,更喜欢修大堤,他打算筑一条大坝。于是,他蹲下身子,从旁边挖泥向河里填,但总是被水冲散。后来,他想起了《动物世界》里河狸修筑大坝的经验,拔来些青草又寻了些石头,总算把大坝的雏形固定了。雏形修好后,艾玛又从河底掏出淤泥去完善自己的大坝。水在不断地上涨,艾玛被迫不断地去加高自己的大坝。他拼命地挖泥,挖着挖着,手忽然碰到一个硬硬的东西,艾玛用力一抠,一块火柴盒大小的石头出现了。那石头呈椭圆形,摸上去很光滑,艾玛在河水里涮了涮,看到那石头呈暗绿色,正面居然刻着一个笑眯眯的佛像,背面还有几个篆刻,石头的正上方有一个小眼,恰好能穿过一根细绳。艾玛也没多想,取下脖子上拴夏令营标牌的绳子,把那石头穿在了上边。

下午3点,夏令营的生活就要结束了。

车队从黑城遗址出发,顺着额尔娜河南下,一个小时后,进入山区。艾玛知道,他们的最后一站是灵塔寺,一个小型的喇嘛庙,在那里逗留一个小时,然后就回家。张小春在打呼噜,路天宇跟张晓菁打着嘴仗,丁大鹏和其他几个同学围着向导询问灵塔寺的一些情况。向导在讲灵塔寺的传说,艾玛从他的嘴里得知,灵塔寺是一个西藏的喇嘛跟着一个白鹤的足迹找到的圣地,后来,草原上的一些王爷捐了一大笔钱,用了3年的工夫才修好的。

听他那么一说,艾玛觉得灵塔寺准是金碧辉煌的大寺庙。可等到了那里,艾玛失望极了,寺庙建在一个山坳里的半山腰上,这里除了树比其他地方多外,没有什么神奇的,尤其是庙宇,破破烂烂的。

从车里出来,太阳正毒,大家跟着向导看了一遍就回到了车上。艾玛坐下不久,路天宇气喘吁吁地上来说:"我看到济公了,我看到济公了。"艾玛以为他又在吹牛,懒得搭理他。丁大鹏说:"我还看到唐僧了呢。"听丁大鹏这么一说,周围的同学都笑了起来。见大家都不相信,路天宇走到艾玛跟前说:"真的,那人和济公长得一样,不信,我带你去看他。"田甜的好奇心最重,她说:"你带我去看看。"路天宇带着田甜下了车,其他同学见他们下车,也跟着走了几个。他们走了很长时间都没有回来,天忽然阴下来,还没等彻底阴透,豆大的雨点噼里啪啦地落了下来。

艾玛忙从车上扯过几件雨衣,提了自己的伞下车了。他找了好一会儿,也没看到路天宇他们,正准备回来,忽然听到有人喊:"艾玛,艾玛……"艾玛顺着声音找去,看到路天宇他们被雨截在了一个单独的小房子的屋檐下。那屋子很隐蔽,四周是几棵硕大的榆树,屋子后面的山梁上居然有一棵松树,松树旁是一块大条石,条石上半躺半卧着一个喇嘛,他的僧服脏得都快看不清颜色了。

艾玛跑到小房子那边,几个同学接过他的雨衣,他们三两个用一件雨衣,前边的抻着雨衣的帽子,后边的抻着雨衣的下边,中间再夹上一个人,像舞狮子似的跑向汽车。艾玛准备走时,无意识地扫了一眼那边的喇嘛,立刻惊呆了,他发现雨下得太奇怪了,几乎是以条石为界,这边的雨哗哗地下个不停,而那边一滴都没有下。条石上的喇嘛跷着二郎腿优哉游哉的,由于他的鞋破了,一个大脚指头裸露在鞋的外边。

艾玛不自觉地走了过去,你还别说,那喇嘛与电视里的济公还真有几分相像。他目不转睛地看着喇嘛,那喇嘛却无动于衷。风大起来,雨水被风卷到了喇嘛的身上。艾玛问道:"你怎么不回屋子里?"喇嘛并不理他,他的一只手缓慢地搓着胸前一串颜色暗黑的珠子。艾玛觉得喇嘛可怜,把手中的伞向喇嘛头前的石缝里插去。喇嘛猛然翻了翻眼珠说:"你的心倒挺好的!"风很大,伞被吹得歪斜了,艾玛找了几块石头去固定那伞。他低头的时候,脖子上挂着的石头触到了喇嘛的脸。

喇嘛一把揪住了艾玛的石头凶狠地说:"从哪里弄来的?"艾玛吓坏了,结结巴巴地说:"是从……从河……河里捡来的。"喇嘛的神色异样,手颤抖着,他轻轻地摩挲着石头自言自语道:"不可能,不可能……"连说了几个不可能,神色又恢复过来,他摸了摸艾玛的头,说道:"你是个善良的孩子,就让这个护身符陪着你吧。孩子,千万不要跟人炫耀它,贴身藏着,它很神奇。"艾玛正要问它有什么神奇的,喇嘛豁然起身,头也不回地走了……

天气太热了，艾玛百无聊赖地躺在床上摸着胸前的石头。

暑假已经过去了三分之一，简直太无聊了。爸爸被单位派到外地一家公司学习一项新技术，妈妈每天都上白班，家里只有他一个。他曾强烈要求去奶奶家，但因为暑假里有课外英语和奥数，被妈妈否决了。

困意袭来，艾玛的思维离开了石头，他搓着石头想，铁蛋、润生他们在做什么呢？他曾答应过他们，暑假要去他们那里的，哪怕只有一天也好。这样想着，他的中指停留在石头的一个凸起部位，他知道那是佛像的鼻子。忽然，一个声音像是从很遥远的地方传来："我的小主人，你的这个愿望很容易实现的。"艾玛吓了一跳，大声说："是谁？是谁在跟我说话？"那声音说："是我，是你捡来的那块石头。"艾玛低头看自己手中的石头，石头上的佛像居然在发光，他忙说："那你前些天为什么不说话？你叫什么名字？从哪里来？"石头说："我在地下已经沉睡了快1000年了，只有通过你的身体才能得到你们这个社会的灵气，灵气积蓄到一定的时候，我就能复活说话了。我叫地灵。"艾玛忙说："你真能帮我去奶奶家？"地灵说："你只要闭上眼睛，心里默念着你要去的地方，就能去了。"艾玛说："那你快带我去，快带我去！"地灵说："你先别着急，去之前，我想告诉你一点，你千万不要动坏心眼，否则的话，非常危险。切记，切记！"艾玛说："你放心吧。"说完，他闭上了眼睛。

艾玛的眼睛刚闭上，脑袋便忽悠了一下，身体立刻变得轻了起来，飘飘荡荡地浮在了空中。耳边的风声骤起，没一刻，听到地灵说："好了，你已经到了。"艾玛猛地睁开眼睛，觉得自己的身体在急速下坠，他恐慌地喊叫，"扑通"一声掉到了麦垛上。摸摸自己的脑袋，又摸摸自己的腿，完好无损。艾玛站起身左右看看，不远处真是奶奶家。他高兴地跳了起来，说："太好了，太好了。"地灵的声音传过来，听上去很虚弱："从现在开始，我就是一块普通的石头了，没有什么法力，遇到什么问题，都需要你自己解决，直到我们回去，不要对任何人讲你是怎么来的。"艾玛吻了一下地灵，发觉他的颜色变得暗淡无光了。

正午的村里静悄悄的，一只老母鸡咯咯地叫着，它的身边是十几只唧唧叫的小鸡。艾玛看那些小鸡可爱，追过去抓。老母鸡一边用自己的翅膀回护着小鸡,一边咯咯地冲艾玛叫着,当他的手触到一只小鸡时,老母鸡扑扇着翅膀不顾一切地冲过来,重重地啄住了艾玛的手用力一拧,艾玛"妈呀"一声叫,噌地跳到了一旁。那老母鸡并未追赶,而是领着它的子女,蹒跚着走远了。艾玛再看自己的手,虎口处一片紫黑。他揉着手向奶奶家走去。

奶奶家的大门没有关,院子里的山羊和黄狗都不在,旁边小园子里的树上还挂着几枚金黄的杏。他向前走了几步,推开屋门,家里依旧没有人。艾玛奇怪,奶奶和爷爷去哪儿了?从屋里出来,艾玛的肚子咕咕地叫着,瞅着树上的杏馋得直流口水。他找来一根竿子跳上园子的矮墙,连着捅下两颗杏,蹲在地上正狼吞虎咽着。忽然,一双毛茸茸的爪子搭在了他的肩上,艾玛回头,大黄没头没脑地舔着他的脸。艾玛一把搂住大黄的脑袋说:"大黄,大黄,我奶奶去哪儿了?"他的话音未落,奶奶兴奋的声音传过来:"他爷爷,他爷爷,你看谁来了?"

艾玛站起身,看到奶奶和爷爷一前一后进了院子,爷爷的手里还捧着一个小西瓜。奶奶拉过艾玛说:"我娃是怎么来的,吃没吃饭?"艾玛怕奶奶接着问,忙打岔说:"奶奶,我饿了。"爷爷说:"你个死老婆子,快去做饭,没听孩子说饿了。"艾玛跟着爷爷奶奶进了屋子,爷爷取来一个菜板,把西瓜放到上面,刚要切。艾玛见那西瓜上有动物啃过的痕迹,忙说:"爷爷,这西瓜怎么啦?"奶奶笑着说:"是地里的田鼠啃的,那东西才鬼呢,哪个瓜甜,它啃哪个。"瓜已经切开,爷爷拿了一个小勺递给他说:"吃吧,在你们城里是吃不上这么好的瓜的。"西瓜简直太甜了,艾玛三下两下就把一个瓜吃掉了。这时,奶奶的面条也做好了,她端着面条,边往碗里舀着汤边问:"我娃是怎么来的?"艾玛头疼了,地灵说过,不允许说谎,还不能告诉她真相,他含糊地嘟囔着说:"奶奶,你别问了,润生、铁蛋他们在干啥呢?"爷爷说:"我回来的时候,见他们在水塘里耍水呢。"艾玛慌忙扒拉着面条说:"我也去。"奶奶说:"我娃不去,昨天刚下过大雨,塘里水深!"艾玛说:"我会游泳,我不怕。"说话的工夫,他推开碗筷跑了出去。出门时,他听到奶奶喊:"我娃不要下水!"出了大门,艾玛发现大黄也跟着他在跑。一人一狗飞快地出了村子,穿过树林,就看到水塘了。水塘很大,西边长着密密麻麻的芦苇,东边的岸上有几个娃娃,润生和铁蛋都在,他们清一色地光着屁股,一个接一个地扎入水中。铁蛋的中指噙在嘴里,满是羡慕地看着那些比他大的娃娃。他犹豫了片刻,也一头扎进了水里。艾玛太佩服铁蛋了,他也敢扎猛子。

到了岸边,那些娃娃都已经游了回来,可铁蛋半天都没有动静。接着,水面剧烈地波动着,铁蛋的头探了探又沉了下去。艾玛立刻醒悟过来,铁蛋溺水了。他大声喊着:"润生,润生,铁蛋淹着了!"在游泳课上,艾玛学过救人的常识,老师说过,救溺水的人非常危险,溺水的人只要抓住你,就不会松手,如果水性不太精通,千万不要冒险救人。岸上的几个娃娃拼命呼喊着救人,但没有一个敢下水的。艾玛三下两下脱掉自己的衣服,一头扎进了水里。因为离岸边较近,他没费什么周折就抓到了铁蛋的一个胳膊,与此同时,铁蛋的另一只手紧紧攥住了艾玛的另一只手。他带着艾玛沉了下去,艾玛一慌,呛了一口水。他松开铁蛋的手,用一只手奋力划着水,划着划着,手触到了一个东西,于是用力拽住往回游。等他的脚挨着地面,头从水里露出来,才看到自己拽的东西是大黄的尾巴。

爷爷和村里的几个大人来了,他们从岸上跑到水里,拉上了艾玛和脸色铁青、紧闭着嘴的铁蛋。铁蛋被抬到树下,几个大人轮番救治着,水顺着铁蛋的鼻孔和嘴角淌了出来,过了好一会儿,铁蛋缓缓睁开了眼睛。艾玛见他的眼睛睁开,站起身子,忽然看到了杏花。杏花一声尖叫跳到了树后,艾玛低头,才发现自己还光着屁股。

傍晚,艾玛一家被铁蛋爸爸请到了家里,他家为感谢艾玛,特意杀了一只羊。吃饭时,艾玛显得心神不宁,不时地去看墙上的表。他知道妈妈快下班了,如果妈妈回家见不到他,准会急得发疯的,可他怎么回去呢?这时,贴在胸前的护身符跳了跳,地灵的声音传了过来:"咱们现在得回家了,若等到月亮出来,我们就回不去了。"艾玛说:"我忽然消失了,爷爷奶奶会着急的。"地灵说:"要走就快走,他们不会着急的,你走后,他们觉得自己只是做了个梦。"杏花见艾玛嘴里不停地叽咕着,就问:"艾玛,你在跟谁说话呢?"艾玛忙抓起一块大棒骨说:"我在跟自己说话。"地灵说:"时间不多了,快闭上眼睛。"艾玛忙闭上了眼睛,"轰隆"一声响过后,他再睁开眼睛,已经躺在自己的床上了。若不是看到手中还冒着热气的羊棒骨，艾玛真以为自己做了个梦。

2. 进入游戏

从奶奶家回来已经3天了，艾玛每天都想着再去奶奶家一趟。可自从他回来后，地灵失去了灵气，任凭艾玛说什么，它既不发光也不说话。

这天上午，艾玛写完作业，把该复习的功课都复习完后，意外地接到了田甜的电话。田甜说："艾玛，你干什么呢？"艾玛说："没事儿干。"田甜说："我有一本书给你看。"艾玛说："什么书？好看吗？"田甜说："我爸爸前天给我带回一本《玩偶城堡》，特有意思，是讲4个小孩历险的故事。"艾玛看过许多历险故事，也没当回事，随口说："你要是有工夫就给我送来吧。"电话那边的田甜听出了艾玛的敷衍，她恼恨地说："艾玛，你这是什么态度，好像我非巴结着你看这本书似的！告诉你，这本书真的很神奇，我爸爸也是费了很大力气给我弄来的。"她的话勾起了艾玛的好奇心，他忙说："那你给我送来好吗？"田甜忽然妩媚地笑着说："你真想读？"既然田甜说得那么肯定，书一准儿好看，但艾玛知道她现在不会轻易给他送来了，因为她刚才的笑，也因为他自己刚才说话的语调。想到这里，他淡淡地说："有点想，关键是想知道有你说得那么神奇吗？"透过电话听筒，田甜的呼吸重了，艾玛知道她生气了，他要的就是这种效果。过了好一阵儿，电话那边都没有声音，艾玛耐不住了，说："你说话呀！"田甜嘿嘿地笑着说："着急了，跟我耍小心眼，你以为你很聪明是不是？你以为刺激的我生气了，我会不顾一切地给你送过去？做梦吧！我跟你说，那书真的好看，你读着读着，就像是真进到了书里，最奇怪的是，这本书没有结尾。"艾玛被她说得心痒痒的，他嬉皮笑脸地说："我家没人，我出不去，再说，你爸爸有车，也方便，够意思，给我送来吧。"田甜犹豫了半晌勉强说："那好吧，最好能把路天宇和张小春叫来一起看，这本书还配有一张游戏光碟，我们还能玩游戏。"艾玛说："张小春去旅游了，我现在给路天宇打电话。"田甜好像有些不甘心，但也没办法，只好说："那我一会儿就去你家。"

收线后，艾玛又拨通了路天宇家的电话，过了好久，才听到路天宇妈妈的声音。艾玛说："阿姨，我是艾玛，路天宇在家吗？"那边说："路天宇刚刚下楼，说准备找你们班长丁大鹏去游泳。"艾玛说："谢谢阿姨。"撂下电话，艾玛来到阳台一边等着田甜一边想：路天宇准是跟他妈妈说谎了，因为路天宇不喜欢跟丁大鹏玩，他曾经说过，他妈妈喜欢他跟好学生在一起，他有时为了能出来玩，经常打着好学生的旗号。

就在这时，一辆小汽车停在了楼下，艾玛认识那辆车，他知道那是田甜他爸爸公司的车。田甜下了车向楼上看，艾玛探出头喊："上来吧。"田甜一蹦一跳地消失在楼门口，艾玛正要转身去给田甜开门时，猛然看到路天宇和张晓菁向这边走来。他大声喊着："路天宇，路天宇……"听到喊声的路天宇向这边张望，艾玛冲他挥挥手，家门被田甜擂得震天响，他忙跑出来去给田甜开门。

进了门的田甜上前就给了他一记掏心拳说："先是在电话里刺激我，又这么半天不给我开门！你啥意思？"艾玛解释："我看到路天宇和张晓菁了。"田甜说："行了，行了，别找理由，快热死我了，你家有什么雪糕？"艾玛说："你自己去找吧。"田甜放下手中的手提袋，拉开冰箱找出一根"芝麻开门"，撕掉包装纸吃了起来。艾玛从手提袋里拿出一本看上去很破旧的书说："就是这本？"田甜点点头。楼道里传来"嗵嗵"的脚步声，听上去很杂乱，艾玛说："他们来了。"话音未落，路天宇已经冲进了屋子，后边的张晓菁涨红了脸也跟着冲进来。艾玛知道路天宇又捣乱了，果然，跟着进来的张晓菁抓住路天宇就是一顿拳打脚踢。

田甜已经打开了艾玛家的电脑，把一张光盘送入了光驱。艾玛听到他家电脑的光驱吱吱嘎嘎地响个不停，忙过来说："你这是什么破光盘呀，还能不能读了？"田甜说："你家的破电脑太老了。"艾玛说："我家的电脑刚升完级，声卡、显卡和光驱都是新换的。"说话时，光盘已经打开，还好，能勉强读盘。艾玛心疼自己家的电脑，他挤过来说："咱们先把它存到电脑上，这样，玩起来不损坏光驱了。"看到有游戏玩，路天宇牢牢地占据了电脑旁的一把椅子。艾玛装完游戏，张晓菁不见了，他说："张晓菁呢？"路天宇说："刚才拿了本书去你的房间了。"艾玛来到自己的屋子，张晓菁正在读田甜拿来的书。艾玛一把夺过书说："你倒挺快的。"张晓菁忙不迭地说："咱们一起看。"他俩脑袋凑到一起开始读书，读着读着，就忘记了客厅里的田甜和路天宇。

天不知何时阴了下来，艾玛胸前的护身符忽然剧烈地颤动着，接着，地灵的声音传过来："艾玛，艾玛，你快去看看你的同学，他们已经进到游戏里了。"艾玛说："怎么会呢？"地灵说："这本书的原型是一个古老的传说，是西域的一个魔法师写出来的，你现在读的是那个故事的翻版，游戏又是根据这本书的故事制作的。这些本来也没什么，但由于我的存在，就有可能被吸到游戏中去，尤其是定力差的孩子。"艾玛说："那田甜前些天怎么没有被吸进去？"地灵说："我能感应到那个魔法师，那个魔法师是通过我的这个空间过来的。"张晓菁见艾玛自言自语，看书的速度慢了，把书拽到了一边。艾玛跑到客厅，电脑前的椅子上一个人也没有了，屏幕的画面上是一个三面临海的峭壁，峭壁上爬着许多硕大叶子的藤，叶子中间有几个犹如小船大小的葫芦，看上去美极了。沙滩上有两个小孩，他们在用一把刀刨开一个葫芦，细瞅，是田甜和路天宇。艾玛的背后冒着凉气，他惊恐地喊："张晓菁，张晓菁，你快看呀！"张晓菁倒提着书跑过来，她也看到了画面上的路天宇和田甜，她推了推鼻梁上的眼镜，不相信地说："那两个小孩怎么那么像路天宇和田甜呀！"艾玛说："什么像呀，他们就是，他们进到游戏里去了。"田甜和路天宇正仿造着书里的故事在造船，用不了多久，他们就要向玩偶城堡出发了。地灵说："艾玛，快去准备你的玩具，我带你们进去救他们。"艾玛说："带玩具干什么？"地灵说："到了那边，我会让你所有的玩具都变成真的，你们能用得上。"匆忙中，艾玛只找到了一辆超级战车，和一个塑料小武士，还有一把魔剑。

田甜和路天宇的船造好了，他们在往水里推，到了水里，两人都跳了上去。画面忽然变了，本来平静的大海顿时波涛汹涌，葫芦小船上下颠簸着，一个巨大的浪拍过来，浪尖上的葫芦小船倏然不见了。张晓菁的鼻尖渗出了汗珠，她的一只手紧紧攥住了艾玛的手，另一只手却打开了音响。葫芦小船再次出现，路天宇和田甜惊恐的声音传过来："救命啊！救命啊！"张晓菁抬起手狠狠咬了一口，没觉得疼，难道这是一个虚幻？艾玛惨叫了一声说："你干什么咬我？"张晓菁低头，发现自己咬的是艾玛的手，艾玛疼了，说明眼前这一切都是真的。

地灵说:"艾玛,快去准备呀,一会儿就来不及了。魔法师已经发现了我们的动机,他马上就要关闭入口。"艾玛跑回屋里,从床下拖出自己的玩具背包对张晓菁说:"你去不去救他们?"张晓菁犹豫着。地灵急忙地催促道:"快点儿,再过一分钟就永远见不到你的同学了!"张晓菁似乎下了决心,她说:"那我们就去救他们吧。"她刚说完,艾玛觉得一股巨大的吸力把他拉向了黑暗,扭头看张晓菁,张晓菁也在看他,他俩同时发出了一声惊叫。原来,他们的脸被巨大的吸力揪得变了形,看上去异常的恐怖。听着张晓菁的尖叫声,艾玛慌忙堵住自己的耳朵,闭上了眼睛。

当艾玛再次睁开眼睛时,已经在游戏里了。他站起来,见张晓菁紧闭着眼睛倒在一边,走过去拍了拍张晓菁说:"张晓菁,张晓菁,我们到了。"张晓菁的睫毛颤了颤,睁开眼睛,抽泣着说:"我要回家,我要回家,我太害怕了。"艾玛不知该怎么安慰她,手足无措地站在她旁边。地灵虚弱的声音传过来:"孩子,你现在已经回不去了。要想回去,你们必须齐心协力,从玩偶城堡闯出来才有机会。"张晓菁噌地跳到艾玛的身边说:"是谁在跟我说话?"艾玛说:"是我的护身符。"说完,艾玛左右看看,自己的背包摔开了,超级战车翻倒在一棵大树下,草丛里散落着他平时最喜欢的一个小丑武士和一瓶过期的矿泉水。

瞅着这些,艾玛想起了地灵的话,他说:"地灵,你不是说能把我的玩具变成真的吗?"地灵有气无力地说:"我本来能的,但你们刚才的速度慢了些,我被迫与魔法师交过一回手,他伤了我,不过,他自己也受了伤。"艾玛说:"那你什么时候才能恢复法力?"地灵说:"我也说不准。"艾玛说:"我们现在做什么?"地灵说:"按书里的故事去做。"

艾玛与张晓菁重复着路天宇和田甜刚才的工作,船造好后,张晓菁说什么也不上去。地灵说:"你要是不上去,更回不了家,现在,你们两个必须要勇敢。再说,如果艾玛走了,把你自己丢在这里,你不害怕?到了夜里,这里有许多凶猛的动物出现,它们会把你吃了的。我告诉你们,从你们进入游戏的那一刻起,你们就是游戏中的人物了,你们无法退缩,随时都有危险,懂了吗?"

张晓菁点了点头。

3. 绝地

海是那样的辽阔。

海是如此的静谧。

海鸥的双翅剪开了远处的迷蒙，艾玛和张晓菁暂时忘记了恐惧，他们都很兴奋，竖起用叶子做的帆向南驶去。忽然，张晓菁指着前方喊："艾玛，你看，你快看呀，那是什么？"艾玛顺着她指的方向看去，那边的天空黑压压的一片，铺天盖地的。近了，才看清是大群的海鸟。海面不再平静了，不时有鱼儿跃出水面，海鸟群更近了，艾玛他们的小船旁的海面沸腾起来，甚至有几条鱼跳到了他们的船里。

艾玛说："是迁徙的飞鱼。"

张晓菁兴奋地叫着，扑打着从她脸前飞过的鱼，一条、两条、三条……海鸟风一样从艾玛他们身边、脸前掠过去，一根艳丽的羽毛旋转着坠落下来。船里的鱼很多了，它们拼命扑腾着，有的再一次回到了大海。一条鱼的嘴巴张大了，艰难地喘息着。张晓菁说："这鱼太可怜了，我们把它放了吧。"艾玛说："这是我们的晚餐，我们要烤鱼吃。"张晓菁抓起那条鱼扔到了海里，接着一条又一条地扔着。艾玛急了，飞身扑在了剩下的几条鱼的上面。张晓菁拉开他，艾玛身下只有3条了。她刚要再扔，艾玛急急地说："它们都死了，扔到海里也是喂鱼吃。"

张晓菁这才停下了手。

船行了半日，艾玛干渴极了，但他不敢说，他知道张晓菁也遭受着同样的煎熬。太阳太毒了，晒得艾玛的嘴唇都裂了，他放下了树叶做的帆，用来遮挡阳光。

张晓菁可能快晕了，她说："艾玛，我渴……能给我点水喝吗？"经她一提醒，艾玛打开装玩具的手提袋，伸手进去摸了半晌说："这里有瓶水，就是过期了，不知还能不能喝？"以前很挑剔的张晓菁眼睛一亮，夺过水瓶咕嘟咕嘟地喝着。艾玛的嗓子在冒烟,他眼巴巴地看着水瓶里的水快速下降着。喝足了水的张晓菁有了精神头,她看到艾玛的样子说:"你也喝点吧。"说话时,她犹豫着并没有把瓶子递过去。艾玛一把夺过瓶子说:"你真自私,怕我喝光是不是?"张晓菁大声说:"才不是呢!我怕你一下子喝光了,一会儿没水喝。"艾玛也不理她,高高地举起瓶子。张晓菁的眼睛直了,她的手动了一下,好像要抢艾玛手中的瓶子。艾玛笑了,笑得很天真,他只是抿了一下,又拧上了瓶盖,递给了张晓菁。张晓菁好像在掩饰自己刚才的动作,说:"我从来没喝过这么好喝的水,你怎么不喝了?"艾玛摇了摇瓶子说:"我还不太渴。"其实,艾玛太渴了,但他不清楚这船还要漂流多久,他舍不得喝。

天渐渐暗了,海上的风大起来。

恐惧再一次袭来,张晓菁泪汪汪地说:"艾玛,我要回家,我要回家!"艾玛也想家了。地灵说:"现在谁也回不了家。"听到地灵的话,张晓菁哭得更响了,她说:"就怨你!要不是你,我也不会跑到这个鬼地方。就怨你,就怨你!"

风更大了,小船上下颠簸着。艾玛和张晓菁爬在船上,死死地抠紧船帮。一个大浪排山倒海地涌过来,艾玛觉得天旋地转,瞬间失去了知觉。

再次醒来,艾玛被眼前的景象惊呆了。满眼的绿,各种鸟的叫声此起彼伏,他用力揉了揉眼睛,看到自己在海边的沙滩上。沙滩的尽头是碧绿的草地,草地上有两只可爱的梅花鹿低头吃着草。再往前,是两棵巨大的桃树,树的顶端还挂着几个鲜红的桃子。桃树的后边是一片树林,树林的背景是高耸入云的峭壁,峭壁上爬满了紫藤。

天上有太阳,说明已经过去了一天,想起昨天海上的情景,不由得想起了张晓菁。张晓菁呢?难道她死了?他一骨碌爬起来,大声喊着:"张晓菁,张晓菁,你在哪里?"他边喊边在沙滩上没头没脑地奔跑着。没有张晓菁的回答,只有他的声音在山里回荡,回荡的声音充满悲伤。两只小鹿受了惊吓,一溜烟钻到了树林里。

艾玛喊着喊着,就哭了起来。

哭了一阵儿,他开始仔细打量四围,又是一个三面环海一面临山的地方。

峭壁的南边直插入海，北边转了弯也插入到海里，和书中的场景一样。按书中所说，峭壁中应该有一个狭小的山洞，通过山洞，就进入了玩偶城堡。正打量着，一个声音从北边传过来："艾玛，艾玛……"是张晓菁，艾玛跑向北边，转了个弯，他就看到张晓菁了。张晓菁的身旁倒扣着他们的小船，看到艾玛，张晓菁快速地跑过来，一把搂住艾玛说："艾玛，你去哪了？我们是怎么来到这儿的。"艾玛摇了摇头，张晓菁急迫地说："那我们现在怎么办呀？"艾玛说："我们好像必须自食其力了，首先得修一个能遮雨的地方，然后再寻找玩偶城堡的入口。"

　　他俩先熟悉着地形，快到中午时，他们找到一个很浅的山洞，山洞旁是一条细小的瀑布。山洞的入口很窄，只能容纳一个人进去，从石缝长出的青藤像门帘一样遮住了半个洞口。艾玛试探着进去，里面非常干燥，见艾玛没有危险，张晓菁也进去看了看。之后，他和张晓菁抬回他们的小船挡在洞口，权且当门，接着又抱回松软的干草铺在里边当床。做完这些，艾玛的肚子咕咕地叫着，太饿了。来到这里，艾玛忽然觉得自己长大了，一切都要靠自己的双手去得到。张晓菁累坏了，她躺在干草上又哭了。艾玛说："哭是哭不出吃的东西的，你在山洞等着，我出去找点东西吃。"听说他要出去，张晓菁忙说："我也去，我可不敢一个人留在这里。"

　　他们出了山洞，艾玛提议去沙滩找一找，看能不能找到昨天的鱼。你还别说，他们真的找到了两条快成了鱼干的鱼。回来的路上，艾玛又寻了些干树枝，张晓菁意外地找到了4个比鸡蛋还大的鸟蛋。

　　到了山洞前的青石上，艾玛看着手里的东西又犯愁了，他们没有火种，总不能生吃这些东西吧。张晓菁像变戏法似的从口袋里摸出一个打火机说："你是不是要这个？"艾玛欣喜若狂地跳起来说："你太伟大了！居然知道带打火机。"张晓菁的脸微微一红说："昨天，我爸爸让我给他买烟和打火机，路上碰到了路天宇，所以，打火机一直揣在身上。"

　　鱼烤焦了，他们吃得却很香。只可惜，鱼太少了，这样，他们反倒更饿了。艾玛说："你吃过生鸡蛋吗？"张晓菁摇了摇头说："你是不是想生吃这几个鸟蛋？"艾玛没吱声，但那意思是肯定的。张晓菁说："我们把鸟蛋扔到火里，一会儿不就熟了？"艾玛说："根本不可能，鸟蛋扔到火里，用不了一会儿就炸了。"张晓菁说："那怎么办呀？"艾玛说："我正在想，噢，有了，我们这么做。"说完话，艾玛满地地找东西，张晓菁说："你找什么？"艾玛说："我们找一块大一点薄一点的石头，把它架在火上，像我妈妈烙煎饼那样，把鸟蛋烤熟。"石头找到了，可没有艾玛说得那么简单，磕开一个鸟蛋，只有一小部分流在了石头上，其余的都流到了地上。烤得也远不是个味，有的地方焦了，而有的地方还没熟。艾玛叹了口气说："你知道我现在最大的愿望是什么？"张晓菁摇头。艾玛说："我以前最喜欢玩具了，可现在，我最迫切想得到的是厨房里的锅。"

张晓菁的眼前一亮，她说："艾玛，沙滩边有许多大贝壳，我们找一个回来，用它煮鸟蛋。"艾玛一拍大腿说："好主意！我们现在就去。"

海滩上的贝壳太多了，最大的比艾玛家的澡盆还大，小的只有鸡蛋大小。艾玛推了推那个大的，纹丝不动，他搬了一个脸盆大小的贝壳刚要走。张晓菁说："先别忙，咱们试试，看漏不漏水，省得白搬。"说着，在海水里试了试，贝壳不漏。艾玛把贝壳里的水倒了，扛着它往回走。张晓菁捡了两个碗一样大的贝壳跟着他走着。

中途，艾玛说："我们再去找几个鸟蛋。"张晓菁点头，他俩走了很远，连根鸟毛都没有找到。他们换了个方向往回走，希望能够有点收获。转过一个巨大的青石，张晓菁猛然看到一个猴子在挣扎着。艾玛也看到了，那猴子的个子很大，样子也很凶，它的爪子被一个大河蚌夹得紧紧的。

艾玛说："我们应该帮帮它。"张晓菁说："我可不敢过去，要是像他一样被河蚌夹住就完了。听说，被河蚌夹住后，你越是挣扎，它夹得越紧。"猴子在痛苦地叫着，艾玛不忍心了，他找来一根长树枝，慢慢走过去。猴子见到他，不挣扎了，而是充满敌意地瞪着他。艾玛的心怦怦地跳着，他缓缓地把树枝塞进了贝壳里，用力一撬，只听"嘎嘣"一声，树枝断了。张晓菁不知什么时候也过来了，她递给艾玛一根更粗的树枝。树枝太粗了，根本无法塞到河蚌的两片壳之间，艾玛回身把树枝别在一个粗大的树杈间，用力一掰，树枝断了，断的地方出现了一个尖。艾玛拿着这根断了的树枝再次回到河蚌边，一点点地把树枝塞进去，使劲撬着。河蚌的力量太大了，艾玛吃奶的力气都使出来了，也只是把河蚌壳撬得松了松，借着这股劲，猴子的爪子向外拉出一些。艾玛喊："张晓菁，帮帮我！"张晓菁与艾玛一起喊着："一、二、三……"河蚌壳被撬松的一瞬间，猴子拔出了自己的爪子。接着，"咔嚓"一声响，树枝被河蚌夹断了。

猴子一瘸一拐地走出不远，又回过身来，它的两个前爪搭在一起做了鞠躬的动作，然后跳着隐入黑黢黢的树林。艾玛说："这准是个猴王！"张晓菁说："你怎么知道的？"艾玛说："你在公园里见过这么大的猴子？"张晓菁说："我在动物世界里见过，这猴子真聪明，还知道谢我们。"

鸟蛋煮熟了，从来都不吃蛋黄的艾玛一口气吃了两个蛋黄。

午后，艾玛和张晓菁在他们自己的"房子"里睡了一觉，下午，他们又出去找吃的。艾玛记得沙滩边的桃树上的桃子，领着张晓菁径直来到了那里。树太高了，艾玛还不会爬树，他们使尽浑身的解数，才勉强用石块丢下一个桃子。他俩倒在树下看着树上的桃子，只能望"桃"兴叹。张晓菁说："看得着吃不上，比看不着还难受。"艾玛说："我要是猴子就好了。"张晓菁眯着眼睛说："刮场大风就好了。"艾玛说："为什么？"张晓菁说："风可以把树上的桃子刮下来，正好掉进我的嘴里。"艾玛笑了，他说："最好是掉馅饼，牛肉味的。"

忽然，一个东西砸在艾玛的身上，他一低头，是一个鲜红的大桃子，比他们用石块丢下的那个大多了。艾玛左右看看，并没有刮风，他狠命地咬了一口，桃汁顺着他的嘴角流了出来，太甜了，他从来都没有吃过这么甜的桃。张晓菁在舔自己的嘴唇，艾玛忙把咬了一口的桃子递给了她。

没过一分钟，桃子便被他们吃光了。就在这时，桃子像下雨一样落了下来。艾玛和张晓菁抬头看时，树上跃过三个猴子，两大一小，其中的一个大猴子正是被河蚌夹住的那个。艾玛和张晓菁太高兴了，两天来，他们头一次填饱了肚子。

打着嗝的艾玛也学着猴子中午的动作，把两手搭在一起做了个谢的动作。树上的猴子见他的样子，高兴得手舞足蹈，眉飞色舞。

这时，又有几个猴子来了。张晓菁眼尖，他看到其中的一个小猴子拿着一本书，她忙说："艾玛，你看，它拿的是咱们的《玩偶城堡》。"艾玛也看到了,他着急地跑到树下,打着手势要书。这本书现在太重要了,因为他们没有读完,接下来要发生什么,必须从书里才能知道。无论他怎么着急,那小猴子就是不给他。艾玛跑到他们救过的猴子的树下,指指小猴子的书,又指指自己,连连给老猴子鞠着躬。老猴子歪着脑袋看了半响,终于明白了他的意图,它灵巧地跃到那棵树上,一巴掌就把小猴子打到了树下,然后吱吱叫了几声,那小猴子恭恭敬敬地把书交给了艾玛。书拿到手后,艾玛说了声糟糕!张晓菁说:"怎么啦?"艾玛把书递给了她,张晓菁翻开了书,只剩了不多的几页,他们该看的那个章节是《术馆》,而那个章节只有一个标题,后面的内容全没有了。

4. 和尚与馍

两天过去了,艾玛和张晓菁还是没有找到玩偶城堡的入口。

书上说,玩偶城堡的入口是在一棵白果树下,他们找到了那棵白果树,可那里根本就没有入口。艾玛也曾多次去问地灵,但地灵就是不说话,幸好有猴子的帮忙,艾玛他们的吃喝问题总算解决了,可以一门心思地去找入口。

又是一个下午,张晓菁坐在白果树不远处的一块大石头上百无聊赖地丢着石头,她旁边的一个小猴子也学着她的样子往树上丢石头,艾玛背着背包背对着他们沉思着。背包里有书和玩具,来的时候怕淘气的猴子把他们的东西拿走,就随身携带着。阳光很好,张晓菁的石头一块接一块地投向白果树的树洞,砸得树干砰砰地响。扔了半天没有一块命中目标,张晓菁心烦了,她抱起一块更大的石头,走近白果树,用力一丢。"轰隆"一声巨响把艾玛吓得跳了起来,等他回转身,白果树下只剩下一个发呆的猴子,从猴子的眼神中,艾玛看到了恐惧,还没等艾玛做出反应,小猴子尖啸着跃上大树不见了。

张晓菁在急速向下翻滚着,她以为自己要死了,连喊都喊不出来。"砰"的一声,张晓菁落地了。她缓缓睁开眼睛,四周出奇地静,静得令人毛骨悚然,"滴答、滴答",好像有滴水的声音。眼睛适应黑暗后,张晓菁看到了一条幽长的隧道,每隔三五米,隧道两边的墙壁上就有一盏闪闪烁烁的灯,忽明忽暗的灯光更像姥姥讲的鬼火。

张晓菁的心剧烈地跳动着,她甚至能听到心脏那"嗵嗵"的声音。憋了好半天,她带着哭腔喊着:"艾玛,艾玛,你快救救我呀!"任凭她喊破喉咙就是没有艾玛的回答,张晓菁的声音越来越小,越来越微弱,她已经精疲力竭了。

　　地面阴冷潮湿,张晓菁慢慢向前爬着,一步,两步……终于见到了一盏灯,张晓菁站了起来,一缕阴风吹过,好像还有大声喘气的声音。鬼,有鬼,张晓菁撒腿就往前跑,而后边的声音忽远忽近,一直尾随着她。张晓菁越跑越快,跑着跑着,眼前豁然一亮,脚下猛然踩空了,接着,她便失去了知觉。不知过了多久,一阵嘻嘻哈哈的笑声惊醒了她。睁开双眼,张晓菁发现自己像鱼一样被网在一张网里。网离地有两米多高,两个和她一般大小的侏儒正指着她笑呢。侏儒的穿着一模一样。

　　思维又回到了她的身上,她想起书里的情节,知道这两个侏儒是看守玩偶城堡的侍卫。见她醒来,一个侏儒说:"快、快去报告楼主,我们又抓到一个小孩。"那个说:"这是第三个了,听楼主说还有一个呢。"那个愁眉苦脸地说:"人家都在又吃又喝的,偏偏让我们做这苦差事。"这个说:"快别抱怨了,小心楼主处罚你的。"两个侏儒说着话,放下绳索,拖着张晓菁走上一条卵石铺就的小路。

　　整个下午,艾玛像没头苍蝇似的在白果树四周乱撞着,直到太阳落到海面上都没有结果。大猴子又来给他送桃子了,艾玛看着大猴子说:"谢谢你,我不想吃,我的朋友丢了。"大猴子挠挠头,奇怪地看着他,一个小猴子从后边闪了出来,它跑到树洞跟前看了看又慌忙转回身,躲到了大猴子的身后。艾玛眼前一亮,忙过去说:"小猴子,你知道我的朋友去哪里了吗?"小猴子指指地上的大石头,又做了个扔的动作,然后惊恐地跳到了树上。

　　艾玛抱起了地上的石头,边往前走边回头看小猴子。小猴子吱吱地叫着示意他往树洞里丢,艾玛丢石头的那一瞬间,小猴子捂住了自己的双眼。又是"轰隆"一声巨响,艾玛跌了下去。跌落的过程中,艾玛的脑海中浮现出书中的情节,他知道自己也进入了通往玩偶城堡的通道,他还知道通道口有一张网在等着他,而把守通道口的两个侍卫最大的嗜好是睡觉,只要天一黑,他们就要睡觉。

　　艾玛一点点向前爬着,连续拐了两个弯,他见到了亮光。一个声音传过来:

"余下的那个不会来了,我们收网走吧。"那个说:"楼主吩咐了,说最后一个比较难对付,让我们小心。"那个打了个哈欠,说:"晚饭早开了,我们回去晚了,准没吃的了,走吧。"这个说:"不行,要走,也得先把下面的陷阱机关打开,他来了只要往下一跳,不就成了我们的俘虏了吗?"那个说:"好主意。"他们说着,收了网往回走。艾玛探出了头,两个侏儒已经转入树林中的小木屋。

这是一次机会,艾玛想也没想,奋力从隧道口跳了出来。还好,并没摔伤,落地后的他猫着腰钻入了左边的竹林。

天暗了下来,艾玛不晓得下一步该做什么,书里的情节和他现在的处境不一样。人只要松懈下来,一些其他的东西会立刻填充他的脑袋,艾玛现在最需要填充的是他的肚子。他想:自己要是熊猫就好了,因为竹林很大,有吃不完的竹叶。

艾玛不是熊猫。

他漫无目的地走出好远,一处灯光倾泻出来,蹑手蹑脚地走过去,竹林中居然有一处房子,如同一个小庙。艾玛矮着身子上前,见门檐上方有一块黑底金字的牌子,上书"术馆"两个大字。窗子上没有玻璃,是很多好看的木头小格子,小格子上糊着艾玛他们写书法时用的草纸。艾玛用舌头舔了舔窗子上的纸,一个小洞出现了,他把左眼贴上去,一个红衣皂靴的童子对着一块小黑板发呆,小黑板的左首有两个圆凳,圆凳上有两个丫鬟装束的女孩捧着花撑子在绣花。他们上方的炕上有一张红颜色的小炕桌,炕桌上有几样精致的点心和水果。

童子在黑板前走动着,嘴里还嘟囔着什么。此时的艾玛已经看清黑板上的字了,上边写着:一百个馍,大和尚一个吃三个,小和尚三个吃一个,问:有多少个大和尚,多少个小和尚?

艾玛笑了,这道题的答案不只一个。童子转过身,艾玛看到他的脸后,大吃一惊,那根本就不是一个童子的脸,就算自己的爷爷也比他年轻10岁。童子盯着艾玛这边,唰地打开了扇子,不停地扇着。看他的样子好像在冥思苦想,想着想着,他对两个丫鬟说:"去找100个馍过来!"一个丫鬟放下手中的活儿出去了，时间不长，端着一个黑漆盘子进来，盘子上整整齐齐地码着一片小馒头。那馒头太小了，连艾玛玩的玻璃球都要比它大许多。

童子大声说："你过来！"随着他的叫声，艾玛不自觉地走了进去。进了屋子，童子和两个丫鬟并未惊异，就和没有他这个人似的。童子说："现在开始吃，你们是小和尚，我是大和尚。"丫鬟掩嘴笑道："就算我们是小和尚，也缺一个呀！"艾玛太饿了，他忙说："我算一个小和尚。"童子惊喜地说："哈哈，那个小妖精这回没办法了，现在我们有3个小和尚了。"说到这里，他又叹了口气说："不行，不行，和尚是光头，你有头发。噢，有办法了，你们快去准备剃刀和僧衣。"艾玛说："干什么？"童子说："给你剃度。"艾玛忙摆着手说："不行，不行，就算给我剃了头还缺3个和尚。"童子说："那我也剃了头。"艾玛说："你剃了头也不够。"童子说："那怎么办呀？"艾玛说："我们假装一回和尚不就行了吗？"童子连连摇头说："不行，不行，怎么能假装呢，是就是，不是就不是。"他说着话，把目光投向了两个丫鬟。丫鬟见他瞅她们，慌忙躲到一边说："少爷，你可别打我们的主意，我们剃了头最多是个尼姑。"童子自言自语道："和尚和尼姑本就是一家，给你们俩剃度了就够了。"

一切是那样的滑稽，艾玛差点笑出了声。

可接下来发生的事就一点也不滑稽了，童子一声吆喝，4个青衣小帽的汉子走了进来。他吩咐道："去准备东西，我们4个要剃度。"艾玛慌了，转身想往外边跑，却早被一个汉子一把抓住，艾玛急了，连踢带打地说："你这个笨蛋，干什么非得剃度才行，这么简单的一道题，我最少能告诉你3种答案，再说，4个和尚根本就不够。"

童子根本就不理他，两个青衣汉子很快就把他们的头发剃光了。

灯光下的4颗光脑袋青黢黢地闪着亮光，童子摸摸艾玛的头又摸了摸一个丫鬟的头，天真地笑着说："真好玩，真好玩，我还没玩过4个和尚挑水吃的故事呢。"

既然头发被剃光是没有办法的事，艾玛迫切地希望自己能当大和尚，他说："我当大和尚，所以，我一次吃3个。"也不等童子说话，他抓起3个小馒头塞到了嘴里。童子见他抢馒头，也伸手去抢盘子里的馒头。

没等两个尼姑动手，盘子早已空空如也。

吃光馒头，童子舔着食指意犹未尽地呆了半晌，忽然坐到地上拍着大腿号起来。艾玛见他哭得伤心，说："你哭什么？"童子说："你吃了几个馒头？"艾玛还真想不起自己吃了几个馒头，挠挠头说："没记住。"童子说："那只能割开你的肚子看一看了？"艾玛以为他在开玩笑，说："割开肚子不就死了吗？"童子任性地说："我不管，我不管，我就想割开你的肚子看一看。"艾玛说："那你怎么不割开你的肚子看看呢？"童子想了想说："也是，割开我的肚子，就能算出你肚子里的馒头了。"于是，他大声喊："来人，备刀！"艾玛见他动真格的，慌忙说："别……别……割谁的肚子都很疼的。"听到吩咐，两个青衣汉子用一个银盘子托着一把牛耳尖刀进来了。童子抓起盘子上的刀转过刀锋割向自己的胸膛，艾玛来不及阻挡，只听得"刺啦"一声响，他赶紧闭上了眼睛。"哗啦啦"一阵响过后，艾玛慢慢睁开眼睛，血淋淋的现象并没有发生，那童子正一个、两个地数着地上的小馒头。艾玛弯腰左右打量着童子，他的红袍虽说坏了，可他的胸膛却完好无损。

童子连着数了3遍，抬起头傻傻地看了看艾玛说："地下有33个，那你的肚子里应该有多少呢？"艾玛想：明明把馒头吃到了肚子里，怎么一下子又出来了，他实在搞不明白。

发愣之际，童子拍着手说："我知道了，我知道了，你的肚子里有57个馒头。"一个丫鬟说："不对，不对，你算错了，他的肚子里应该有67个馒头。"童子说："57！"丫鬟说："67！"童子说："57，57，就是57！"丫鬟说："67，67，就是67！"童子对艾玛说："你说是多少呢？要是57，就不用割开肚子看了。"艾玛叹了口气说："你让我怎么说，我要是说57，是在撒谎，说67，你又要割我的肚子。"童子不耐烦了："那到底是多少？"门大开着，艾玛的旁边只有童子一个人，看到这里，他撒腿就往外跑，边跑边说："丫鬟算得对，就是67！"一面墙挡住了艾玛的去路，艾玛抬头，4个青衣汉子并排站在门口，他们的腿形成了一道密不透风的人墙。

童子擎着刀笑嘻嘻地过来了。

艾玛真害怕了，他的衣服已经被解开，冰凉的刀贴在他的胸膛上。肚子"咕噜噜"一阵响，一个响亮的屁放了出来，刚才还得意扬扬的童子掩鼻转身便逃。跑出不远，他站在上风口说："你还有没有屁了？"艾玛苍白着脸说："我也不清楚。"童子远远地转着圈，转了几圈，他又笑了，笑得满脸的皱纹开了花。他说："有了，我让他们割开你的肚子。"艾玛的脑筋转得很快，他说："不行，割开肚子，我的屎尿就会流得满地都是，那更臭了。"听他这么一说，吓得童子又跳出好远。

看到童子怕臭，艾玛说："你是想知道这道题的答案，为什么不再拿100个小馒头呢？"童子恍然大悟地拍拍脑袋，对光头丫鬟说："去，再准备一盘小馒头。"一个丫鬟愁眉苦脸地说："楼主说过，你算不出这道题，不许吃东西。"童子强词夺理道："我没有吃东西，我是在算题，你说是吗？"童子把目光丢向艾玛。艾玛也想拖延时间找机会逃走，他含糊着说："严格地讲，这不能算吃，我们在用原始的方法计算这道题。"童子拍着手笑道："你看，我没说谎吧，快去拿馒头！"一个丫鬟不情愿地出去了。

她们出去后，青衣汉子也放开了艾玛。艾玛依旧在拖延时间，他说："你叫什么名字？"童子说："我是天才童子。"艾玛撇撇嘴说："还天才童子呢，这么简单的一道题都算不出来。"天才童子说："那你说怎么算？"艾玛说："我不能告诉你，我要告诉了你，小馒头是不是吃不上了？"天才童子点头说："那当然了，既然已经算出来了，又何必再让她们拿馒头呢。"艾玛说："我饿，我想吃东西，我又怕你再割我的肚子。"

天才童子说："那你怎么才能告诉我呢？"

艾玛的眼睛盯着炕桌上的点心水果。

天才童子跳起来拍着手笑着说："你想吃那些？"

艾玛有点不好意思地点着头。

天才童子说："好，你告诉我就可以吃了。"

艾玛说："你必须保证不再割我的肚子。"

天才童子说："我保证！"

艾玛说："第一种答案，是33个大和尚3个小和尚。"说完，他就冲向了炕桌。天才童子又在苦思了。艾玛抓起炕桌上的点心急切地送到嘴里后，只听得"嘎嘣"一声，险些把门牙崩掉，再看那些点心水果，原来都是石头做的。

天才童子好像已想明白那道题了，他说："我答应过不割你的肚子，但我现在想割你的脑袋了。"艾玛说："为什么？"天才童子说："这道题是你算出来的对吧？"艾玛点头。天才童子说："你会算，而我不会，那谁聪明？"也不容艾玛回答，他接着说："你若是比我聪明了，我怎么能称作天才童子呢。"

艾玛说："所以，你要杀我。"

天才童子笑了。

艾玛说："你知道老虎为什么吃不掉猫吗？"

天才童子说："猫会上树。"

艾玛说："你再想想。"

天才童子还没说话，剩下的丫鬟说："他想告诉你，还有好多答案没有跟你说呢。"

听到丫鬟的话，天才童子的脸皱在一起，看上去像个抽巴的苦瓜。

馒头端了进来，艾玛抓起来便吃，吃光了所有的馒头，他才说："第二种答案，32个大和尚，12个小和尚。"

天才童子的脸越发苍老了，他摆了摆手说："你们带他去睡觉吧。"

5. 水晶小人

红墙碧瓦，青砖甬道。

这是一个僻静的院落，院落的月亮门上书写着4个字：听雨小筑。

艾玛被光头丫鬟领进了居中的屋子，这里的布局与术馆非常相似，但让人觉得怪怪的。屋里所有的东西几乎都是圆的，矮几是圆的，炕桌是圆的，墙上挂着的一把琴也是圆的，地下的两个墩子还是圆的。一个绿裙女孩在五彩墩子上坐着，两手捧着下颚在沉思。

丫鬟小声说："小姐，主人让我把他送过来的。"

艾玛知道她说的主人是天才童子,听得声音,女孩"哦"了一声抬起头,看到他们的光头,咯咯地笑了起来。艾玛偷偷打量着眼前的女孩,圆圆的脸,圆圆的眼睛,就连额前的刘海都是圆的。艾玛也笑了。

女孩的眼睛瞪得更圆,她说:"你笑什么?"

艾玛说:"你的名字应该叫圆圆。"

女孩说:"那你叫什么名字?"

艾玛说:"艾玛。"

女孩说:"挨骂?你怎么有这么怪的一个名字呢?你是不是很想当和尚?"

艾玛摇了摇头说:"不想。"

女孩说:"那你为什么剃个光头呀?"

艾玛说:"你怎么知道是我自己剃的呢?"

女孩笑了:"我知道了,准是那白痴童子干的。你肯定比先前抓来的那个戴眼镜的女孩好玩多了,要不然,他不会给你剃个光头的。小荷,你把他先带到客房。"

丫鬟应了一声推了艾玛一把说:"走吧!"艾玛听到她说戴眼镜的女孩,急切地说:"喂,喂,那个女孩叫什么,你们把她怎么啦?"绿裙女孩一脸坏笑地说:"我们也没把她怎么了,你是不是很想见到她?"艾玛不止一次见过这种笑容,田甜这样笑过,张晓菁笑过,最后她们 6+5 都捉弄了他。

艾玛点点头又摇摇头。

女孩说:"你又是点头又是摇头,到底是什么意思?"

艾玛老实地说:"我想见到她,因为她是我的朋友,所以我点头;而我摇头是因为你的笑,你不可能让我见到她的,对吗?"

女孩说:"你想救她?"

艾玛说:"是的。"

女孩说:"你很坦诚,我要是你,就不会这么说,你不说的话,我们可能不会防备你,你也有机会救她,但你说了,连一丝机会都没有了。"

艾玛说:"我不会说假话。"

就在这时，远处传来了浑厚的钟声，一声连着一声。女孩脸色变了，她急促地喊了一声："来人！"门外进来一胖一瘦两个青衣侍卫。女孩道："把他送到太极房，好好看管，千万不能让他跑了。"两人答应着，押解着艾玛出了屋子，他们连着转了3个弯儿，艾玛被投进了一所石头房子。

石头房子很小，里面没有灯，月光顺着窗子爬进来照在了地上。靠近窗户的下面有一个厚草垫子，看来是用来睡觉的。艾玛很累也很困，倒在了草垫子上，却怎么都睡不着。折腾了一会儿，他隐隐听到外边的说话声："西子楼出大事了，要不然不会在夜里连敲3次钟的。""腾腾腾"，脚步声响起，一个嘶哑的声音说："小姐有令，让你们即刻赶往西子楼！"

杂乱的脚步声远去了。

艾玛悄悄站起身，隔着窗子的铁栏杆向外看去，一个人都没有，青灰色的月光透过竹梢斑驳地洒在地上。这是一个机会，艾玛用手试了试铁栏杆，铁栏杆很密，根本撼不动。他又来到门口，试探性地推了推门，门居然"嘎吱"一声开了。

艾玛犹豫了一下，从门里走出来，快速闪到一株梧桐树后。他想："我必须去救张晓菁，她会被关在哪里呢？"沿着刚才来时的路，艾玛一步步往回走，刚转过一个弯儿，前面传来了杂沓的脚步声。艾玛左右看看，根本就没有藏身的地方，靠近甬道的边缘有两个带盖的大木桶。他想都没想，跑过去揭开一个大木桶的盖子跳了进去。

伴着一声惊呼，艾玛的手触到了一个光光的脑袋。木桶里有人，这让艾玛做梦都没有想到，脚步声已经到了跟前，艾玛忙用手去堵那人的嘴。等到脚步声过去后，木桶里的那人说："嘿，快把你的手放开，我快憋死了。"艾玛说："我要是放开你，你会喊人的。"那人说："你是不是傻呀！你为什么跳到木桶里来？"艾玛说："躲避别人呀。"说到这里，艾玛猛然醒悟，既然自己是怕被别人发现跳到木桶里的，那这个人也准是的。他略微将盖子推开了一个缝，借着透进来的月光，看到了一张小巧的脸，居然是刚才送艾玛来的那个丫鬟小荷。

"那小子逃了，那小子逃了，快去报告小姐！"

声音和脚步声远去了，艾玛有些奇怪，他对小荷说："你为什么会在这个木桶里？"小荷诡秘地笑着说："木桶里好，木桶里有吃有喝的，为什么不在木桶里呢？"木桶比看上去大多了，装两个人绰绰有余，小荷说："我知道你很饿，想不想吃牛肉？"艾玛说："我现在想吃一头牛。"小荷的手里多了一块牛肉，她递给了艾玛。艾玛好久都没有吃过这么香的牛肉了，他狼吞虎咽地吃着。

一阵轻快的脚步声，由远而近。一个熟悉的声音在说："他跑不远，就在附近。"听到这个声音，艾玛身边的小荷浑身发抖，艾玛听出这是天才童子的声音，他停止了咀嚼。"砰砰砰"，有人在敲木桶的盖子。小荷的手抖得更厉害了，她把一个东西塞到了艾玛的口袋里。

天才童子说："我要是他，准会躲在木桶里。"

一阵"咯咯"的笑声响起："木桶是用来装粪的，打死我也不会进去的。"这是绿裙女孩的声音。

天才童子说："我的朋友，你出来吧，里面是不是有点闷。"

随着话声，木桶的盖子被揭开了。就在盖子揭开的一瞬间，小荷"嗖"地飞了出去，天才童子一声大喝，追了过去。绿裙女孩还是笑眯眯的样子，她说："艾玛，我还真的不敢小瞧你了，出来吧。"在木桶里被人抓到，多少有点尴尬，艾玛举着半块牛肉跳出了木桶。

绿裙女孩说："你猜一猜，那个木桶里会是什么呢？"

艾玛把最后一口牛肉咽到肚子里说："总不会是我的朋友张晓菁吧。"

绿裙女孩咯咯地笑着说："我越来越喜欢你了，你真聪明。"说着话，她揭开了另一个木桶的盖子，张晓菁闭着眼睛蜷缩在里面。艾玛的嘴巴张得老大，他跑上前趴在木桶边大声喊着："张晓菁，张晓菁……"绿裙女孩说："她在睡觉，听不到你喊她。"艾玛用力拉了张晓菁一把，等他一松手，张晓菁软绵绵地倒在了桶里。艾玛的眼圈红了，他以为张晓菁死了。他大声喊："你们为什么杀了她，为什么！？"绿裙女孩说："我们高兴！谁让她一点情趣都没有。"

听到张晓菁真的死了，艾玛哭出了声。

绿裙女孩刮着脸说："羞羞羞，一个大男人还哭。"

他转身向绿裙女孩冲过去,胖瘦两个青衣侍卫同时挡住了艾玛的去路,"砰"地一拳过来,艾玛犹如一个破口袋,横着飞了出去。倒地后的艾玛再次冲过来,又被打了出去。绿裙女孩的脸色变得很难看。当艾玛又一次冲过来时,胖瘦两个青衣侍卫抓住了他的双臂,绿裙女孩冷冷地说:"我本来不想杀了她,现在,你让我嫉妒了。来人!把张晓菁弄醒。"

听到张晓菁并没有死,艾玛停止了挣扎。一个青衣侍卫过来,他含了一口水喷向张晓菁的头。张晓菁"啊"的一声张开双眼,满是迷茫地看着四周。艾玛见张晓菁好端端的,抽噎着说:"张晓菁,张晓菁,你没有死。"张晓菁也看到了艾玛,她"哇"的一声哭着跑过来,又过来两个青衣侍卫抓住了她。

绿裙女孩黑着脸说:"我讨厌这个女孩,把他们押到太极房,把她也变成和尚。"说毕,转身走了。艾玛和张晓菁被押到了石头房子,灯亮了起来,张晓菁剧烈地挣扎着喊:"艾玛,快救救我,千万别让他们剃我的头发呀!"

房子外一个冰冷的声音说:"我讨厌大喊大叫,把她的舌头割了。"

闪着寒光的刀逼近张晓菁,艾玛用力挣脱胖瘦两人的手,"哗啦",他的背包开了,挤眉弄眼的小武士掉了出来,艾玛又被紧紧地抓住了。张晓菁的舌头被拉了出来,刀已经接近她的舌头。张晓菁似乎傻了,呆呆地看着越来越近的刀,身子慢慢软下来。

"住手!"艾玛顺着声音看过去,原来是天才童子。

天才童子说:"先把他们关在这里,你们四处搜一搜,看那个贱人藏到哪儿了。"

胖瘦两个青衣侍卫寻来一根绳子,把艾玛与张晓菁绑到一起说:"小子,我看你再怎么跑!"绑好艾玛和张晓菁,那两个青衣侍卫走了出去,四周静下来,静得都能听到竹叶沙沙的声音。张晓菁醒过来,她嘤嘤地小声啜泣着说:"艾玛,怎么办呀?一会儿他们又要割我的舌头了。"艾玛也无计可施,他四下瞅瞅,一个奇怪的东西吸引住了他的眼神。地下有个发亮的东西在一点点长大,艾玛眯着眼睛细看,是他的那个挤眉弄眼的武士。片刻工夫,武士长得快和自己一般大小了,艾玛喊了声:"小丑!"那武士缓缓转过身子看了看艾玛说:"主人,你有什么吩咐?"

艾玛说："快！快过来解开我们的绳子。"

小丑走过来，"唰"地抽出背后的剑，随手一挥，艾玛与张晓菁便获得了自由。艾玛兴奋地对张晓菁说："我们有救了，地灵把我的武士变活了。"张晓菁走到武士跟前，摸摸武士的脸，又摸摸他的剑，居然都是真的。艾玛说："小丑，去把门打开。"武士上前两步，又是一剑劈出，门"哗啦"开了。

他们刚出了门，胖瘦两个青衣侍卫恰好回来。艾玛不清楚小丑有没有一个对付两个的本事，但他知道自己绝对打不过他们的。胖瘦两个青衣侍卫已经看到了他们，两个人怪笑着向他们靠近，艾玛喊了声："小丑，挡住他们！"只见寒光一闪，一个人倒在了地上，另一个惊惧地后退着发出一声尖啸。

随着这声尖啸，四周的尖啸声此起彼伏，绵绵不绝。张晓菁说："不好了，他已经报警了。"她的话音未落，又有3个青衣侍卫到了。小丑说："主人，你们快退。"艾玛拉起张晓菁就跑，厮杀声骤起，艾玛边跑边回头看，小丑已经被围在中间。

逃跑永远不是件容易的事，每当他们快坚持不住的时候，就有追兵赶过来。张晓菁跑不动了，她气喘吁吁地说："艾玛，我跑不动了，你千万别甩下我。"艾玛也快跑不动了，但他看到前边是大片的榕树，忙回头拉起张晓菁说："再坚持一会儿，我们必须到那边才好藏身。"

东边的天渐渐泛白了，艾玛与张晓菁躲进了一个树洞。这个树洞看上去很隐蔽，入口很小，茂密的青藤遮挡住了洞口。"嘻嘻，自以为很聪明，躲到这里只能是被人家瓮中捉鳖。"听得声音，喘息未定的艾玛跳了起来，头重重地撞在了树洞突起的地方。一个轻飘飘的身影落了下来，艾玛透过青藤的缝隙看到了小荷。

小荷说："在这个岛上，没有天才童子找不到的地方，用不了半个小时，他就能抓到你们。"艾玛说："你不是也在逃亡吗？天才童子为什么要抓你呢？"小荷笑着说："因为我偷了他的一样重要的东西。"艾玛说："既然这里没有他找不到的地方，你也肯定会被抓到的。"小荷说："我只要挨过今天，就能离开这个地方了。"张晓菁说："那你来这里做什么？"小荷说："你的朋友拿了我的东西。"艾玛说："什么？"小荷说："就是我塞到你身上的那东西。"艾玛隐约记得小荷从木桶里飞出去的那一瞬间，塞到他的口袋里一样东西，于是摸了摸，一个水晶小人出现在手里。

太阳从东边的云雾中现出了半边脸，艾玛看着手里的小人说："就是这个？"小荷的眼睛放着光，她说："是的，是的。"艾玛说："那就还给你吧。"他的手刚伸出去，张晓菁一把夺过小人说："不能给她。"艾玛看了看张晓菁，张晓菁说："这个小人是他们这里权利的象征，在七月十五那一天，谁拿到它，谁在这一年就是这里的首领。"小荷的脸色变得很苍白，她说："你怎么知道的？"张晓菁说："我在来的时候，无意中在书上翻到的。"小荷说："今天是七月十四，还有一天的时间，你们要是拿着它，他们会拼着命抓你们的，尤其是天才童子，你们根本逃不出他的手心。而这东西要在我的手里，天才童子必然会分散精力去找我，那样，你们还有机会，等到了明天太阳升起的时候，我就是这里的主宰，我可以送你们过去救你们的朋友。"

艾玛几乎相信了小荷的话。

张晓菁却死死地盯着她说："你在说谎，不要再向前靠，否则，我就把它摔烂。"这时，艾玛才发现小荷在悄悄地靠近他们。

听说张晓菁要摔烂水晶小人，小荷停下来说："这样吧，我现在带你们去一个安全的地方，等到了明天，你们再给我。"说到这里，小荷忽地停顿了一下，凝神听了听，说道："快走，他们向这边过来了。"张晓菁还在犹豫，艾玛拉起她说："跟她走吧，我好像也听到了脚步声。"小荷领着他们从榕树林里穿出来，沿着一条小道向前走着，三转两转，他们又回到竹林里，再往前走，艾玛看着熟悉，是了，前边那幢房子正是他昨天来的地方，因为他已看到了"术馆"两个字。

小荷说："现在最危险的地方就是最安全的地方，他们绝不会想到我们敢去天才童子的住处，而他们找遍整个小岛大约需要半天工夫，我们利用这半天时间养养神。"

艾玛说："那个丫鬟不会发现我们？"

小荷的神色黯淡了，她说："她昨天已经被天才童子杀了。"

术馆里还是老样子，小荷领着他们进来后说："你们躲到炕上去，我给你们找点吃的。"张晓菁满是疑虑的样子,艾玛说:"躲一时算一时吧,好赖我们能吃上东西了,我们有时必须要相信别人的。"小荷出去又进来了,她手里端了个大盘子,盘子上有水果、点心还有切好的牛肉。张晓菁的警惕性很高,只要小荷接近他们,她就高高地举起水晶小人。

填饱肚子,困意袭来。

艾玛真想好好地睡上一觉,当他看到张晓菁的眼皮也在打架,就说:"你把小人给我看管好,你先睡一会儿,等你醒来再替换我。"张晓菁说:"不行,你太实在,我怕她骗走这个小人。"话虽这么说,但张晓菁实在坚持不住了,没一会儿,她便歪倒在炕上,地下的小荷也在打盹,艾玛从张晓菁的手里接过小人强撑着。

张晓菁睡得很死,艾玛太困了,他的头不时地碰在炕桌上,小荷醒了,她担心地看着艾玛手里摇摇欲坠的小人。可她每次走到艾玛身边,艾玛总会醒过来,小荷恨得牙根都痒痒,但又没有什么好办法。

太阳很高了,艾玛推了推张晓菁,他想让她接替自己一会儿,可推了半天,张晓菁都没有醒。小荷看出了艾玛的意图,她用低低的声音说道:"你不是说人与人之间有时应该互相信任吗?"艾玛说:"你想说什么?"小荷说:"你说这个水晶小人落到我的手里好呢,还是落到天才童子的手里好?"艾玛想也没想地说:"当然是在你的手里好,但你也保全不了它呀,要不然你不会把它塞到我的身上。"小荷说:"我既然能把它藏在你的身上,当然也可以把它藏到别的地方。"艾玛的眼睛快睁不开了,他知道只要自己睡着,绝对比张晓菁睡得还死,那样,别说拿走自己手中的小人了,就算把自己抬出去,自己都不会知道的。与其让她那么拿走,还不如现在就给她。再者,人有时必须相信别人。想到这里,艾玛说:"那你先看管着吧,我相信你!"犹如天上掉下一个馅饼,小荷抢上一步拿走了艾玛手中的小人。

艾玛沉沉地睡去了。

他还做了个梦,梦见好些人在喊他。一声惊咤,艾玛醒过来,醒来的艾玛觉得屋子里的人很多,他揉揉眼睛,看到3个雕塑一样的人站在地上,他们形成一个圆圈,手里都握着一把剑,天才童子的剑指着小荷,小荷的剑搭在绿裙女孩的脖子上,绿裙女孩的剑顶在天才童子的腰间,他们中间的青砖地上是那个水晶小人。

他们3个人互相牵制着,谁也不能动了。艾玛走过去,3个人的眼神同时转向他,艾玛大着胆子捡起地上的小人说:"鹬蚌相争,渔翁得利,我不想做渔翁,也不想看到你们流血,我怕见到血,我只想救回我的朋友,你们谁能帮帮我?"

天才童子说:"只要你把小人放到我的胸前,我帮你救你的朋友。"

绿裙女孩说:"他在骗你,只要你把那小人放到他的胸前,他会把我们所有的人都杀了。赶快把小人放到我的头顶,我知道你另外的两个朋友的下落。"

小荷说:"他们都在说谎,真正能帮助你的只有我,你在昨天不就把小人交给我保管了吗?"

那两个同时说:"她一直都在利用你,利用你的诚实。"

艾玛好像不大相信。

天才童子说:"前天夜里,我抓到她后,她骗我说水晶小人在另一个丫鬟的手里,结果,我错杀了那个丫鬟,她乘机溜掉了。"

小荷说:"你别忘了是谁要割你的肚子,是谁要割你朋友的舌头。"

艾玛说:"你怎么知道他们要割我朋友的舌头的事呢?"

小荷张了张嘴,没说出话来。

天才童子说:"她明明看到有人要割你朋友的舌头,却见死不救,你能相信这样的人?"

艾玛被他们搅糊涂了,他看看这个,满脸的真诚,瞧瞧那个,一脸的实在,他真不知道该相信谁了?于是他捧着那个水晶小人说:"你说我该相信谁呢?他们为什么都不说真话呀,如果这个世界的人都说假话多可怕呀!"说到这里,艾玛忽然想出了一个主意,他说:"你们发个誓吧,如果你们说了假话,就会变成一个和它一样的水晶人,谁先发誓,我就把这个小人给谁。"

3个人的声音同时响起:"我发誓,我如果说的是假话,我就会变成一个水晶人。"他们的话音未落,一个苍老的声音说:"你是一个好孩子,诚实是过这一关的必要条件,你可以过关了。"是水晶小人在说话,艾玛奇怪地问:

"你是谁？"水晶小人说："我就是这里的楼主，快去叫醒你的朋友吧。"

艾玛放下水晶小人，转身摇醒张晓菁，再回头，地下多了一个须发皆白的老爷爷，还有3个水晶小人，那3个水晶小人居然是天才童子、绿裙女孩圆圆和小荷。老爷爷手里拿着一样东西，说："这是你的吧？"艾玛看了看，是他的小丑武士。

6. 沙漠绿洲

与那个老爷爷道了别，艾玛和张晓菁刚出了术馆的大门，就听到一种奇怪的声音，像是黑夜里狂风的尖啸，尖啸声中夹杂着一种无法承受重物的吱嘎声，他们还来不及有所反应，眼前腾起一片烟雾。透过烟雾，所有的一切都在晃动，艾玛和张晓菁待在原地都不敢动了。

烟雾越来越浓，浓到伸手不见五指之后又一点点淡了，全部散尽后，他们两个都傻了。所有的一切都不见了，他们好像是在沙漠里，远处、近处全是大大小小的沙包，一望无际。张晓菁说："艾玛，我们是不是在做梦呀？"艾玛揉揉眼睛说："不知道。"

张晓菁忽然指着远处说："艾玛，你快看，海市蜃楼。"顺着张晓菁指的方向看过去，一幅景象出现在天边，看上去异常真切，就如同一个超大的电影屏幕。屏幕上的场景定格在刚才的一瞬间，张晓菁在炕上酣睡，艾玛举着水晶小人，旁边是天才童子、小荷和绿裙女孩圆圆围成的一个圆圈，他们互相牵制着。还没等他们细瞅，画面忽转，是一处水波荡漾的湖泊，湖泊中央是一个小岛，岛上绿树掩映中有几个红房子。画面转得快了，一个巨大的棋盘出现了，棋盘上所有的棋子都是一个小孩。路天宇身穿黑衣站在左边，他的前心后背都绣了一个"兵"字，田甜身着红装站在右边，她的前心和后背都绣着一个"卒"字。艾玛不由自主地喊："路天宇，路天宇！"

他的话音还未落，所有的画面都消失了。

张晓菁说："艾玛，你看懂了吗？"

艾玛摇摇头。张晓菁说："你注意到棋盘上的棋子了吗？"艾玛说："所有的棋子都是活人。"张晓菁说:"你只说对了一部分,棋子是活人,他们好像来自不同的国度,棋盘上还空着两处,一处是黑方的炮,另一处是红方的马,再者,黑方都是由男孩组成,红方全部是女孩。"

艾玛还是不大明白。

张晓菁说:"你个大呆瓜,缺的那两个棋子有可能就是你和我。"

艾玛豁然顿悟,他大声说:"他们在指引我们前去那里,这每一幅画面都是一个关口,无论我们在哪个关口被俘虏,都会变成棋盘上的一颗棋子。"

张晓菁说:"艾玛,你虽然很勇敢也很诚实,但你的观察力太差了。你往往不注意细小的东西,你知道我们的下一关是哪里吗?"

艾玛说:"湖中的小岛。"

张晓菁说:"那你知道怎么去吗?"

艾玛摇了摇头。张晓菁说:"你把第一幅画面和第二幅画面连起来想,湖泊在我们的东南方,小岛又在湖的东南部,可画面上西北部的芦苇荡有一个小船。也就是说,他们想让我们绕到东北方乘小船上岛。"

艾玛说:"你的意思是说,如果我们乘船上岛,必然会有埋伏等着我们,是吗?"

张晓菁说:"我想应该是这样的。"

艾玛说:"那我们不会绕过那个湖泊吗?"

张晓菁说:"你根本就没有看仔细,如果我没有猜错的话,路天宇和田甜就在岛上。"

艾玛急着说:"那我们赶紧去吧。"

张晓菁说:"我们反着方向走,再绕到东南方,才不会被他们发觉。"

艾玛点头说:"好,听你的。"

太阳毒辣辣地挂在半空中,滚烫的沙子把热量隔着鞋底传过来,烫得快站不住了。更要命的是干渴,艾玛的嗓子在冒烟,张晓菁沙哑地说:"艾玛,你的背包里还有水吗?"艾玛摇了摇头,张晓菁说:"艾玛,我坚持不住了,我不想走了。"艾玛拉住她的手说:"张晓菁,我以前最不服你了,然而现在才发现你身上有好多优点,我知道你能坚持的,你吃过杨梅吗?"张晓菁虚弱地说:"不要用望梅止渴这个典故,我现在就想喝水!"艾玛说:"我有一回看到这样一个故事,说几个人穿越一个大沙漠,这其中有学者、有教授,还有一个傻子,他们被干渴折磨得快走不动的时候,看到了一个巨大的沙包,没有人再坚持了,他们都停留在沙包的下面,唯独那个傻子爬了上去,你猜猜结果?"张晓菁有气无力地说:"只有傻子活了下来。"艾玛说:"你看过这个故事?"张晓菁说:"我猜的。"艾玛说:"是那个傻子活下来了,可那些渴死的人离水源不过两公里,也就是说,翻过那个大沙包就能看到水源了。"

又是一个高高的沙包横亘在眼前,艾玛连拉带拽地把张晓菁拖了上去。站在高高的沙包上,艾玛傻了,前边并没有水源,而是一个更大的沙包。此时的艾玛也开始绝望了,张晓菁说:"艾玛,我的眼发花,我看到水源了,就在那里,就在那里!"艾玛没有看到,他知道那是张晓菁的幻觉。

艾玛默念着:"坚持、坚持……"

他几乎是半背着张晓菁爬上那个沙包的,前面依旧没有水源,但一个破烂的茅草屋出现了。艾玛的腿一软,栽倒在地上,沙包很陡,两个人叽里咕噜地滚了下去。当艾玛再次站起身,茅草屋就在眼前。艾玛想:"管它有没有水,这茅草屋毕竟能遮挡太阳的,就算爬也得爬进去。"虽然这么想,他还是盼望着奇迹出现。

奇迹是在他们爬进茅草屋里出现的,茅草屋的地上真有一个罐子,艾玛冲过去抓起罐子摇了摇:"有水!有水!"他迫不及待地端起罐子就往嘴边送,听到有水,张晓菁呻吟着说:"我渴,我渴……"艾玛的心头一震,端着罐子走向张晓菁。

罐子里的水太少了,张晓菁抢过艾玛手中的罐子,几乎把整个罐子扣在了自己的脸上。艾玛喊:"给我留点,给我留点。"但当艾玛接过张晓菁手里的罐子后,里面早已空空如也。艾玛倒在了地上,他不甘心地倒举起罐子,等了很久,罐子沿上一滴晶莹的水珠似滴非滴。

放下手中的罐子,艾玛艰难地站起来四处找着,茅草屋里空荡荡的什么都没有。他绝望地再一次倒在了地上,绝望中的他忽然想起电视中的一句广告词:"最后一滴水是人的眼泪。"有风吹过,一张黄表纸飘过来落到了艾玛的脸上，喝过水的张晓菁有了精神，她内疚地过来揭起艾玛脸上的纸看了看，忽然失声痛哭。

艾玛瞧了瞧她说："别哭了，我不怨你，都是我不好，硬把你拉到游戏中来。"说着话，他微微闭上了眼睛。张晓菁趴在他的胸前哭着喊："艾玛，艾玛，你睁开眼睛，千万睁开呀！"无论张晓菁怎么说，艾玛的眼睛始终闭着。

黄表纸上的字一个个再次印到张晓菁的眼里、心里："这些水本来能够让你们两个同时坚持到下一个水源，因为你的自私，你的朋友没有喝到水，他只有死路一条了。"落款是一张笑眯眯的脸。

泪水顺着张晓菁的脸上滑过，滴落在艾玛的脸上，其中有几滴落在了艾玛的嘴唇边。艾玛的嘴唇嚅动着，他梦呓般地说着："水……水……"张晓菁跳了起来，她抓起地上的瓦罐冲出了茅草屋发疯似的跑起来，一次次地跌倒，又一次次地站起来，干渴再一次来临了，张晓菁终于倒在了沙漠上。

也就在同一时刻，她看到了一片绿洲，就在不远的地方。此时的张晓菁没有了一丝力气，她想站起来，但身体却不听她的指挥。艾玛的声音出现在耳边："水……水……"张晓菁一点点地向前爬着。

绿洲近了，她已经看到了一个月牙形的湖泊，但她的腿脚都软绵绵的，似乎再向前爬一步都很困难。张晓菁不停地给自己打气："坚持，坚持，只要坚持下去，艾玛会喝到水的。"

湖泊终于到了，张晓菁一头扎进水中狂饮着。喝饱了水，张晓菁的神志恢复过来，她把罐子沉到水底，满满地舀了一罐子。想着艾玛喝水时的情景，想着想着，她笑了。可等她提上罐子，笑容立刻消失了，没有水，罐子里没有水。再看那罐子，底子上有一个大大的窟窿。

张晓菁看着那个漏底罐子呆了半晌，放声大哭。自己真没用，自己真没用，要是换作艾玛总有办法的，要是艾玛被渴死了，自己肯定也活不下去。就是因为自己的自私，把水罐里的水喝光了才造成这种结果的，活该，张晓菁你活该！你明明听到艾玛说给他留点水，你偏偏要喝光，你这不是活该又是什么。你也不想想，如果艾玛要喝水的话，你根本就没有机会喝，那渴死的肯定是你。张晓菁边哭边往湖里走去，她嘴里嘟囔着："艾玛，你别怪我，我实在想不出什么办法了,我也死了得了。"

水没过了张晓菁的脚脖子、小腿肚子……当水快没到她的脖子时,一个声音传过来,是地灵的声音:"你怎么能死,你死了,你的朋友艾玛就白白把那罐子水给你喝了;你死了,你的那两个同学就永远留在这里。快,快出来想想办法,我相信你有办法的。"声音远去了,张晓菁愣在了那里。

良久,她又一步步挪向岸边,上岸那一瞬间,她鞋里的水被挤了出来。张晓菁的眼前一亮,她忙脱掉自己的鞋,舀满了两鞋壳水,又脱掉身上的外套放到湖里,外套吸足水后,她团成一团轻轻放在罐子里,然后又把两只鞋摆在衣服的上面。

失去鞋的保护,脚更烫了,由于脚烫,张晓菁只能不停地倒腾着脚,因而,回来的速度便快了许多。到了茅草屋,张晓菁先把鞋放到一边,拿出外套轻轻地拧着,清凉的水一滴滴流到艾玛的嘴边,艾玛的嘴唇翕动着。外套完全拧干后,张晓菁拿起地上的鞋,把一鞋壳子水缓缓倒进了艾玛的嘴里。

艾玛的眼睛睁开了。

张晓菁兴奋地喊着:"艾玛,你醒了,你醒了,你真的醒了!"

7. 羊皮卷

已是黄昏,太阳像一个巨大的红火球,紧贴在月亮湖西边那一望无际的草地上,草并不是很高,将将没过膝盖。每到黄昏,最是思家。张晓菁望着缓缓落下的太阳痴了,她喃喃道:"妈妈,妈妈,我想你了;爸爸,爸爸,你在哪里呀?"听到张晓菁的呼唤,艾玛泪眼婆娑,他也想妈妈和爸爸了。

只有四处飘荡的游子才能最深刻地体验到家的温暖。家里可能有许多不如意的地方,爸爸的责骂,妈妈的唠叨,无休止的作业,但现在想来,那些真的都很无所谓。

一阵悠扬的笛声在草尖滑动,跟着笛声找过去,远远看见一个年龄与他们相仿的蒙古少年。紧接着,三条犹如牛犊子大小的大狗箭一般出现在艾玛他们左右。它们没有狂叫,而是阴冷地逼视着艾玛和张晓菁。领头的一条花斑狗开始向他们靠近，张晓菁惊恐地尖叫了一声，撒腿便跑。艾玛知道糟了，他也想跑，但他更清楚他根本跑不过这3条狗的，下意识的，他迎上一步挡住了花斑狗的去路。花斑狗脖子上的毛立了起来，它发出一阵低吼。

笛声停了，随着一声吆喝，3条狗退了回去。一头黄牛从草丛里钻出来，黄牛上的蒙古少年惊异地看着艾玛，艾玛这才发现那边的草很高，甚至比黄牛还高。艾玛见那少年没有敌意，他大声说："你是谁，能帮帮我们吗？"

少年翻身下了牛说："你是谁？我怎么从来都没见过你？"艾玛说："我叫艾玛，来自另一个世界。"少年摇了摇头示意自己不懂，他说："你需要什么帮助？"艾玛拍拍自己的肚子说："我和我的朋友太饿了，一天都没吃东西。"

少年笑了，笑得很天真，他说："那你跟我走吧，等我找到妹妹就带你们到营地。"说着话，他又是一声吆喝，3条狗都聚拢到他的身旁，他拍了拍狗的脑袋指着艾玛和不远处的张晓菁说："他们，朋友。"狗听到他的话，都欢快地摇起尾巴来。

他们说的话，张晓菁都听到了，她一瘸一拐地走了过来。又有几头牛出现了，少年拉过一头大黑牛说："你们骑这个。"艾玛有过骑牛的经历，他可不敢再尝试了，于是摇了摇头说："我不会骑牛，就骑过一回还险些从牛背上掉下来。"

少年又笑了，他说："这是我们这里最温顺的一头老牛了，他很听话的。"艾玛还是有些胆怯，少年对牛说了句什么，那牛便卧在了地上，他回身又从自己的牛身上找了一根缰绳套在了牛的脖子上说："上来吧，很稳的。"

艾玛看看张晓菁说："你敢不敢骑？"张晓菁说："你看那边的草那么高，好像不骑也不行。"艾玛有些紧张地跨上了牛背，张晓菁是被少年扶上去的。牛慢慢立起身，张晓菁紧紧搂住了艾玛的腰，而艾玛则死命地攥着缰绳。

天很快黑了下来，他们走着走着，草便低了，最低的地方只能没过脚脖子。冷不丁，一条狗窜了出来，那狗受了伤，整个头都血糊糊的。看到那狗，少年有些慌乱，他说："这是我妹妹带的狗，她肯定遇到危险了。"他的话音还未落，身边的3条狗狂叫着向西跑去。艾玛说："你妹妹会遇到什么危险，是狼群吗？"少年跳下牛背，把耳朵贴在地上听了听，又匆忙跳上牛背。所有的牛都向艾玛的黑牛聚过来,它们把它围在了中间。张晓菁忽然说:"看,那么多的灯。"

艾玛也发现周围到处都是绿莹莹的光。

一道闪电亮起,周围瞬间如同白昼。艾玛看到好些狗,他说:"怎么有这么多的狗呀?"少年的脸色越发凝重了,他低沉地说:"那不是狗,是狼。"听到是狼,张晓菁的身子开始发抖,而且越抖越厉害。就像感冒传染了一样,艾玛也跟着抖起来。

又是一道闪电,艾玛忽然看到北边有一处奇怪的景象,十几头牛围成了一个圆圈,它们的角都对着外边,蹄子在不停地刨动着脚下的土地。圆圈中间是一个小姑娘,她的身旁是3条狗。

少年说:"你们必须紧紧搂住牛,千万别掉下来。那边是我的妹妹,我们必须冲过去与她合在一起才有可能抵御这些狼。"说过这话,他竖起笛子鼓起腮帮子吹了起来。笛声异常的刺耳、凄厉,连着吹过3回,他又从怀里摸出一个筒状的东西说:"看到火焰就低下身子搂紧牛。"一串艳丽的火焰升上了天空,还没容艾玛有所反应,身下的牛狂奔起来。

艾玛的心提到了嗓子眼,剧烈的颠簸,屁股刺骨的疼。猛然,一声尖叫,张晓菁掉下了牛背,紧跟着,艾玛也被甩了下来。张晓菁惊恐地喊着:"艾玛,艾玛,千万别丢下我。"艾玛忙猫着腰跑过去,张晓菁倒在一丛灌木的旁边。

绿莹莹的光忽左忽右,艾玛知道那是狼的眼睛,他现在真的不知该如何是好了。忽然,一个声音传过来:"我的朋友,你在哪里?"艾玛听出是蒙古少年的声音,大声喊着:"我在这里,我在这里。"那边在喊:"扎亚,快往这边来。"那边喊:"不行呀,我的牛群已经被狼分开了。"

绿莹莹的光更近了,艾玛已经嗅到了一种腥膻味。一阵疾风掠过,艾玛觉得背上的包仿佛被谁拽了一把,猛然,地下闪出两团耀眼的白光,绿莹莹的光在后退,两团白光越来越大,张晓菁大声说:"我们的小丑武士复活了。"艾玛同时看到的是自己的玩具战车已经变得像真的一样大了。地灵急切地说:"快,快上车,光一弱,这些狼马上要进攻的。"艾玛冲上去一步拉开车门,连推带揉地把张晓菁推到了车里。与此同时,他的腿剧烈地痛了一下,一条狼已经咬住了他的腿。情急的艾玛喊了声："小丑，快救我。"寒光一闪，那狼倒在了地上，血喷溅到艾玛的脸上。四五条狼冲了过来，小丑武士喊："主人，快关门，快关门！"艾玛关门的瞬间听到了小丑武士的惨叫。

地灵说："快打开大灯，你的朋友现在非常危险，你会开这辆车吗？"艾玛说："要是遥控器在的话，我能开的。"地灵说："就在你的背包里，快开车。"张晓菁从艾玛的背包里取出了遥控器递给艾玛，艾玛拉出天线拨动上边的前进按钮，车前骤然一片雪亮。一条狼已经跃到了车窗上，张晓菁大叫着说："狼，狼……"车子已经开动了，那狼被甩了下去，又一条狼扑了上来，它的头重重地撞在了挡风玻璃上。"哗啦"，挡风玻璃碎了，艾玛听到了蒙古少年的呼喊声，他掉转车头向那边驶去，借着车子的大灯，艾玛看到几十条狼在退却。

开出不远，艾玛看到了更恐怖的景象，所有的牛都在狂奔，每头牛的后边都有一到两条狼，有的牛的肠肚都流了出来，仍在没命地狂跑。蒙古少年和一个女孩出现了，他们背靠着背，手里都有一条木棒，身边是6条正在与狼搏斗的狗。艾玛开着战车横冲直撞，扫清周围的狼后，他大声喊："快，快上来！"蒙古少年也看到了他，他拉着妹妹向这边跑过来，艾玛用遥控器打开车门，他们都上了车。

这里的雨来得又快又急，去得也干净利落，就像听到命令一般，说停便停了。一轮满月挂在了天空，副驾位置的蒙古少年扎合给艾玛指着路，车子约莫走了半个小时，一条狼也没有看到。明亮的月光下，外面如同白天一样，什么都看得很清楚。越过一个高岗，眼前出现了一条湍急的小河。艾玛看了看河对扎合说："我们过不去了。"扎合说："这条河是绕不过去的，但河里的水在天明之前就会变得很小。"艾玛说："那我们只能等待了。"扎合摇摇头说："我相信那群狼并没有走远，它们的报复心理非常强，我能感觉到它们一直在跟着我们，我们只有过了河才安全。"艾玛说："那我开着车沿河看看，如果有平缓的地方，我们是能过去的，因为我的战车可以变形。"

逆河而上，刚走出不远，就看到一个高岗上或蹲或站着几条狼，它们中间的那条狼浑身雪白，但跛着一条后腿。扎合的目光中有些不安，他小声说：

"看，那是条狼，它们正在商议怎么对付我们呢。"

白狼站了起来，它转头对着天上的月亮发出了一声嚎叫，听上去令人浑身发冷，张晓菁又在啜泣了，她旁边的扎亚小声安慰她道："别怕，我阿爸他们会听到狼的嚎叫的，他们很快就会过来救我们。"扎合拿出了笛子，他继续吹着。

随着白狼嚎叫，四野里的狼嚎声此起彼伏，声音越来越近也越来越大。又是一声苍凉的尖啸，正面、侧面各有十几条狼冲了过来。看着那么多的狼，艾玛的手在颤抖，他的车也跟着颤抖着，一条狼扑到车窗前，脑袋从破碎的车窗上挤了进来。艾玛"妈呀"一声，扎合和扎亚的棒子同时捅了出去，那狼发出一声惨叫跌下车去。

由于有太多不顾死活的狼，艾玛的战车被挤在原地动不了，正面狼的尸体已经高过了车窗，它们还在不顾一切地进攻着。忽然，侧面的车窗也被狼撞破了，3面都有狼在进攻，要命的是车能动的方向只有后面，而后面又是湍急的河水。

扎合、扎亚和艾玛都受了伤，更关键的是他们的手臂酸软，快没力气了。慌乱中的艾玛一下子扳错了遥控器上的按钮，战车咔咔响过几声变形了，由车变成船，他们完全暴露在狼的利爪之下，张晓菁被抓伤了。艾玛不顾一切地搡着后退，船窜动着进到了河里便不动了。

因为有水，狼也停止了进攻。

没过两分钟，狼又开始进攻，前边的狼沉下去的瞬间，后面的狼借踩踏前边狼的力再一次跃上了船。艾玛知道快完了，他已经丧失了抵抗的意志。就在这时，急促的马蹄声敲破了沉寂，扎业大声喊着："我们再坚持一下，阿爸他们来了。"

"哦儿哈哈、哦儿哈哈……"这声音随着几十匹马向这边冲过来。河对面的白狼又是一声长长的嚎叫，所有的狼都退去了，艾玛也失去了知觉。

再次醒来，艾玛看到自己在一个圆形房子里，他的胳膊上、腿上都缠着白布。他试探着动了动手脚，好像没什么大问题，于是起身下地，撩开厚厚的毡帘，刺眼的光让他又闭上了眼睛。过了一阵儿，听到有人说话："艾玛，你好了吗？"艾玛慢慢睁开眼，看到了扎合与扎亚关切的眼神。艾玛说："我的同伴呢？"

扎合说："你的同伴很危险，她到现在还是昏迷不醒。"

艾玛说:"快带我去看看她。"

扎合说:"你跟我来吧,我的阿爸请了最好的喇嘛在给她看伤呢。"

他们来到一顶巨大的帐篷前,扎合撩开毡帘,艾玛和扎亚进到里面。张晓菁脸色苍白地躺在红毡子上,她的左边是一个面色清秀的蒙古女人,右边是一个大胡子男人。一个红衣喇嘛在说话:"想救这孩子,只能使用羊皮卷了。"艾玛走过去看着张晓菁,他轻轻地喊着:"张晓菁,张晓菁……"大胡子男人说道:"我听扎合说了,你非常勇敢,是草原上的鹰,我会想尽办法救你的朋友的。"

红衣喇嘛出去了,大胡子男人也出去了。过了好长时间,红衣喇嘛用一个银盘子托着一卷子东西走进来,跟在他后边的是3个蓝衣喇嘛,最后进来的是大胡子男人。大胡子男人说:"你们都出去吧。"

艾玛他们很顺从地走了出去,当太阳再次偏西时,帐篷里传来了张晓菁的哭声。扎合、扎亚一下子把艾玛围到了当中,他们又是唱又是跳。4个喇嘛出来了,他们满是疲惫的样子,大胡子男人出来了,他爽朗地笑着说:"菩萨保佑,你的朋友没问题了。"

由于有伤,艾玛与张晓菁在这里整整住了半个月。

这天下午,张晓菁神秘地对艾玛说:"你知道那羊皮卷上写的是什么吗?"艾玛说:"不知道。"张晓菁说:"羊皮卷上有6幅画,和我们那天看到的海市蜃楼差不多,他们每天用这羊皮卷给我疗伤,我看得很仔细,咱们现在好像走出了故事。"艾玛说:"那我们怎么去救田甜和路天宇呀?"

张晓菁说:"我也问过那个喇嘛,但他只要听到这个话题,脸色就变了。"昨天他跟我说了,每到月圆时,月亮湖上都有一艘小船,坐上那船就去了。但他跟我说,但凡去的人再没有回来过。

8. 玩偶城堡的小主人

有了扎合一家以及周围牧人们的呵护,艾玛和张晓菁的伤恢复得很快,他们在养伤的时候,还学会了骑马。与扎合、扎亚一家相处了这么久,艾玛深刻地体验到了他们的真诚善良，他真有点舍不得走，但他必须要走，好几次梦里，他都听到了路天宇和田甜的呼唤。扎合与扎亚也舍不得他们，为了不伤害朋友，艾玛决定偷偷离开。

圆月，深夜。

艾玛和张晓菁偷偷地溜出了帐篷，他们蹑手蹑脚地溜向湖边。看着渐渐远去的帐篷，艾玛很是伤感，张晓菁又哭了，她的眼泪永远是那么多。他们在这里学会很多东西，最大的收获是知道了什么是友情。如果有马的话，只需要半个小时就到了，但他们不想惊动自己的朋友。

走出不远，见两匹备好鞍子的马在地上甩着尾巴吃草。这是扎合与扎亚的马，马看到艾玛与张晓菁，欢快地打着响鼻跑过来与他们亲昵着。艾玛摸了摸长长的马鬃说："马儿呀马儿，等我们走后，你告诉扎合与扎亚，我会想念他们的。"拍着拍着，艾玛看到一块羊皮，上面歪歪扭扭地写着："知道你们要走了，让马儿送送你们吧。"

艾玛的鼻子酸酸的，他回头看了看蒙古包对张晓菁说："他们真善解人意。"两人跨上马勒住缰绳又恋恋不舍地看了看后边的蒙古包，策马远去。

湖边的月亮更是皎洁，艾玛与张晓菁下了马，拍拍马的脖子说："你们回去吧，谢谢你们。"两匹马儿嘶鸣着掉转头远去了。等了好久，湖面上都平静如初，放眼望去，根本就没有来船的迹象，艾玛与张晓菁耐心地等待着，他们相信自己朋友的话。忽然，有马蹄声传来，艾玛回头，4匹马向这边奔来，为首的是大胡子男人，后边是红衣喇嘛与扎合、扎亚。4人到了他们近前都翻身下马，

红衣喇嘛下马后撑开了一个油布伞，那撑开的油布伞缓缓变大，直到把他们几个全部罩住。艾玛好奇地说："大师傅，你撑开伞做什么？"红衣喇嘛说："这伞能够躲避邪恶城堡的千里追踪术。"

扎合走上前说："艾玛，我们找到了你的战车，还有这个小人也被我们修好了，都给你。你能把战车再给我变大一回吗？"

艾玛没想到遗失的战车和小丑武士能回到自己的手里，他兴奋地说："谢谢你，扎合，但我也不知道能不能把它再变大。"他的话还没有说完，扎合手中的战车从他的手里掉了下来，接着白光闪动，战车变大了，又过了片刻，战

车恢复到原状。扎合嚼着指头羡慕地说："真是个神奇的东西。"扎亚走上前吻了吻艾玛的额头说："艾玛，这是我和哥哥送你的礼物。"说着话，她摸出一个亮晶晶的小球递给了艾玛。艾玛接过小球说："我来得匆忙，没什么送给你们的，等我救出我的朋友，就把这战车送给你们。"

红衣喇嘛走上前说："我的孩子们，你们去的是一个邪恶的地方，一会儿船如果出现，你们千万别上去，这是两根芦苇管，你们含在嘴里，先潜在水下等那船，船到了以后，你们悄悄抓紧船帮……"

大胡子男人摸摸他们的脑袋说："孩子，我为你们祝福，因为你们勇敢，我相信你们会救出自己的朋友的。"说完这些，4个人跨上马离去，那伞依旧留在原地。

他们走后，艾玛与张晓菁把芦苇管含在嘴里潜到了水下。水很清澈，他们甚至能够看到天上的月亮，当他们向岸上看时，油布伞旋转着飞走了。过了好长时间，月亮隐到云的后面，平静的湖面忽然泛起了波澜，一艘画舫没有一丝征兆地出现了。艾玛和张晓菁慌忙潜过去紧紧抓住了画舫凸出的地方，画舫并没有立刻开动，月亮歪了下去，画舫上有人在说话，一个人说："主人说得不对，那两个小鬼可能不会来了。"另一个人说："再等等吧，主人说他们聪明得很，能够逃出他掌控的范围这么长时间，不容小瞧。"一个人说："照主人现在的法力，他们不可能逃脱他的控制，他们是如何做到的？"另一个人说："我听主人跟一个巫师说，那个男孩的身上有一个神奇的护身法老，令主人奇怪的是那个自私的女孩在月亮湖的表现居然也能够破了他的千里操控术，后来是红衣教跟部落头人帮了他们。"

月亮偏西了。

画舫上的一个人说："我们必须回去了，否则时间、空间隧道都要关闭了。"

他们刚说完，湖面的上空腾起了一道七色光，犹如彩虹一般。艾玛与张晓菁脑袋一阵晕眩，骤然间什么都看不到了。片刻，视觉、知觉再次回到艾玛的身上，他发现船在一片茂密的芦苇荡外，船上的人在高声喊着："月亮船回归城堡，希拉里之门打开。"密密的芦苇唰啦啦分出一条水道，船急速前行，由于没有准备，船又走得太快，艾玛和张晓菁同时被甩脱了。

张晓菁从水里探出脑袋向后看了看，身后的芦苇正在慢慢合拢。艾玛也探出了头，张晓菁小声说："快跟着那船往前游，要不然会迷路的。"两人拼命地向前游着，但没过5分钟，他们已经陷到密密的芦苇中。在这样密的芦苇中根本无法游泳，艾玛用脚试探着水的深度，水并不是很深，脚落地后，水只没过了他的头顶。旁边的张晓菁慌乱地扑腾着，当她的头再一次出现在水面上后，艾玛大声说："水不深，把芦苇管竖起来就能呼吸了。"

两个人手拉手在水下艰难地走着，因为没有方向，他们有好几次都陷到了更深的水里，水顺着芦苇管涌进来，呛了艾玛好几口。后来，艾玛发现，越往南走，芦苇越高，但水越来越浅。又走了一段，水只能没过他们的脖子。"沙沙沙"一阵响，他们左边的芦苇剧烈地摇摆着，张晓菁拉了艾玛一把说："快沉到水里，好像有船来了。"两人沉到水底，一艘两头翘起的小船从他们身边掠过去。小船过后，芦苇再一次合拢，艾玛和张晓菁从水中露出脑袋，见小船慢了，他们借着芦苇的遮掩尾随着小船，一袋烟的工夫，一片开阔的水面出现了，水面上是大片的荷花，荷花的尽头有一座简陋的浮桥。张晓菁小声说："快退回来，他们会发现我们的。"听到张晓菁的话，艾玛才发现他们已经走出了芦苇荡。

隐回到芦苇里，艾玛看到浮桥上走来一个佝偻着身子的老头。船已经停到了浮桥的下边，船上的两个人押解着一个小女孩走上了浮桥，艾玛眼尖，他吃惊地说："是我们的朋友扎亚。"张晓菁说："我们得过去！"艾玛说："怎么过去呀？这么过去还不是羊入虎口。"张晓菁说："你潜到那边，揪一片大荷叶，我们就能过去了。"艾玛直直地看了看张晓菁说："你不戴眼镜的时候，挺漂亮的，我一直没发现你有这么漂亮。"张晓菁的脸红了，她噘着嘴说："你胡说什么呢，快去摘荷叶呀！"

艾玛蹲下身子含着芦苇管潜到水下，走出不远，就看到了荷叶粗粗的茎，他折了两根，拖着慢慢潜了回来。到芦苇丛中，张晓菁嗔道："你看你采的是啥呀？"艾玛回头，却是一片荷叶和一朵盛开的荷花，荷花、荷叶都有洗脸盆那么大。艾玛把荷花递给她说："一样的，一样的，我们举着它们就能过去了。"

水面很宽，宽宽的水面上是密密匝匝的荷叶，颜色各异的荷花高傲地挺出，有的洁白如雪，有的娇红似火，有的粉中透红，还有的金灿灿的……微风吹来，水面上的荷花摇曳着，就算仔细看，也不会发现这众多的荷花荷叶中，有一片荷叶和一朵荷花正一点点地向浮桥靠近。

　　船上的那两个人又回到了船上，他们解开缆绳，驾着船驶进了芦苇荡，和艾玛他们来时一样，芦苇快速分开，慢慢合拢。这时，艾玛和张晓菁已经到了浮桥边，依着艾玛的意思，是立刻上桥，因为周边没有一个人。张晓菁却说："这是一个小岛，我们不能从这里上，去那边看看。"他们各举着自己手中的东西沿着岸边移动着，果然是一个不大的小岛，小岛的西南角有几棵柳树，枝条垂到了水面上，柳树的下边有几个光洁的石头墩子，能看出经常有人坐。

　　这里看上去比较隐蔽，张晓菁说："我们从这里上去，有躲藏的地方。"艾玛点头，于是，两人扔掉手中的荷花、荷叶爬上了岸，向柳树后面躲去，刚刚藏好，听到"嗤"的一声笑，两人四下看看，并没有人。惊异间，一个稚嫩的声音说："放着好好的桥不走，偏偏要从这里上来，像两个落汤鸡，真是好笑。"此时，艾玛才看到树上坐着一个扎着冲天辫的小男孩，约莫只有六七岁，他的脚在树上一荡一荡的。张晓菁警觉地左右看看，小男孩笑嘻嘻地说："你找啥呢？不用怕，这个岛上只有两个人，哦，不对，刚才又送来一个，哦，还是不对，加上你们两个是五个，哦，这么说也不对，刚才送上来的那个已经不能算人了。"

　　艾玛笑眯眯地说："那究竟是几个？"

　　小男孩依旧笑嘻嘻地说："你要骗人了，你现在有点害怕，怕我把别人招来，我知道你们是谁，你叫艾玛，她叫张晓菁，你们准备救你们的朋友路天宇和田甜。"

　　艾玛吃了一惊："你怎么知道的？"

　　小男孩说："因为我是玩偶城堡的小主人。"

　　张晓菁说："你在吹牛，我不相信。"

　　小男孩鼓着腮帮子说："我没有吹牛，我就是的。"

　　张晓菁说："你就是在吹牛。"

　　小男孩说："你看，我这块玉佩，只有小主人才有的。"

张晓菁眯着眼睛说:"哪儿呢,我怎么没看着。"

小男孩拽出脖子上的玉佩在他们的眼前晃了晃,张晓菁说:"我是近视眼,看不清楚,所以我还是不相信。"小男孩掉转屁股向树下滑来,张晓菁扯了扯艾玛的衣角,低低地说道:"他只要下了树,咱们就把他抓住。"快滑下树的小男孩又噌噌两下爬到了树上说:"哈哈,我听到了,你们要抓我。"

张晓菁说:"别找借口了,你这个冒牌货,你是怕我们看出你不是玩偶城堡的小主人,不敢让我们看你的玉佩。"

小男孩说:"我就是不下树也能让你们看到我的玉佩,哦,给你!不过看完后要马上还给我。"说着,小男孩摘下玉佩扔了过来。张晓菁捡起玉佩看了看,递给艾玛说:"你看,他在骗人吧,不就是一块黄色的破石头吗,这种破石头我们家有的是。"

小男孩急了,涨红了脸结巴着说:"你在骗人,你家才没有这种石头呢,整个玩偶城堡只有这么一块石头,快还给我!"

艾玛反复看着那块鸽卵大小的石头,通体嫩黄,没有一丝杂色,正面是一张笑眯眯的脸,反面是一条弯弯曲曲的线勾勒成的一个轮廓,有点像地图上的铁道线。艾玛小声说:"这张笑脸我见过,沙漠里茅草房中的黄表纸上就有这样一个图形。"

树上的小男孩得意扬扬地说:"这回你们信了吧,快把玉佩还给我!"张晓菁一把夺过艾玛手中的玉佩说:"哼!还给你?门都没有。"小男孩撇了撇嘴,好像要哭。艾玛说:"张晓菁,你快还给她吧,咱们说话得算数。"

张晓菁说:"还给你当然可以,但你必须告诉我们刚才被押解上来的那个小女孩关在哪里了?"

小男孩说:"那个小女孩太凶,我把她变小,放在我的沙盘里了。"

艾玛着急地说:"那她还能变大吗?"

小男孩说:"当然能了,不过,那得我爸爸施法才行,快把玉佩还给我!"

张晓菁说:"这个玉佩有啥用?"

小男孩说:"这我不能告诉你们。"

张晓菁说:"那我就不还给你。"

小男孩忽然笑了："你现在不还给我也没用了，我现在想起了使用这个玉佩的口诀，它会自动回到我的手中的。"说着，小男孩的嘴又动了动，张晓菁觉得一股巨大的力量从玉佩上传过来，她大声喊："艾玛，快帮我拽住这东西。"艾玛一把拽住了玉佩的绳子，这时，那玉佩已从张晓菁的手里脱了出来，艾玛的身子骤然间被玉佩提起来，飘向空中。树上的小男孩拍着手笑着喊："好玩，好玩，真好玩，我从来都不知道能用它荡秋千。"

艾玛吓坏了，他已经飘到了树的半截腰，小男孩还在喊："往高飞，往高飞，再往高飞。"

地下的张晓菁也慌了，她喊着："艾玛，快松手！"

艾玛说："松不开，绳子粘住我的手了！"

张晓菁慌乱中顺手抓起身旁一个软乎乎的东西向男孩扔过去，小男孩"妈呀"一声怪叫，险些从树上掉下来。那软乎乎的东西顺势缠住了树，张晓菁看到树上那东西后，一个劲地甩着手，原来是两只青绿色的毛毛虫。

小男孩这一惊叫，艾玛的手从绳子上脱开了，他"扑通"一声掉在了地上。玉佩再一次回到了小男孩的手里，他抓住玉佩对着张晓菁和艾玛嘟嘟嘟地说出一串话。艾玛和张晓菁眼前的所有东西都在长大，一只浑身雪白的长毛"老虎"跑了过来，喵地叫了一声扑向他们。

9. 都被变小了

艾玛拉起张晓菁撒腿便跑，可没跑出两步，便被"老虎"一爪子拍倒在地上。一双大脚嗵嗵地逼过来，"老虎"一步步地后退着，大脚猛然抬起，"老虎"惨叫了一声飞了出去。艾玛仰起脖子向上看去，一只巨手向他伸过来，来不及跑，他和张晓菁便被巨手抓在了手里。

艾玛被高高地举了起来，他看到一张巨大的脸，就和他在云冈石窟看到的佛像一样大。张晓菁在那巨手里挣扎着说："艾玛，他把我们变小了。"那张巨脸坏笑着说："是的，我把你们变小了，现在我只需一个小指头就能把你们杀掉。好了，我现在饿了，要回去吃饭。"

说完，艾玛觉得眼前一黑，掉进了一个软软的口袋里。当眼睛完全适应了黑暗后，他看到张晓菁倒在不远的地方。口袋开始颠簸，艾玛连滚带爬地跑到了张晓菁身边。张晓菁也看到了艾玛，她恐惧地说："艾玛，怎么办呀？我们现在这么小，就是一只猫都能把我们吃掉。"艾玛说："刚才向我们扑来的是不是猫？"张晓菁说："肯定是的，那是一只波斯猫。"艾玛说："那我们现在应该在那个小男孩的口袋里对吧？"张晓菁点头。艾玛说："他会带我们到哪里去呢？"张晓菁说："他会把我们放到他的沙盘里的，就像扎亚一样。"

他们正说着话，上边忽然亮了一下，紧接着，几根长短不一的"棍子"进来了。那几根"棍子"来回划拉，艾玛拉着张晓菁躲闪，可口袋的空间实在太小了，几根"棍子"触到他们后立刻收拢，当5根"棍子"完全收拢后，张晓菁剧烈地挣扎着，她越是挣扎，那几根"棍子"抓得越紧，艾玛的呼吸紧迫了，快喘不上气来。他说："张晓菁，你别动了，这是那小男孩的手。"刚说完，他们就被拉了出去，张晓菁情急之下重重地咬住了一根"棍子"。一声大叫震耳欲聋，艾玛和张晓菁同时飞了出去。

艾玛被摔得眼前全是亮闪闪的星星。等他的神志完全恢复过来，发现自己在光洁的地面上，一对比他小不了多少的眼睛正盯着他看。一个声音说："你们刚才谁咬了我？"听到声音，艾玛才看到自己的旁边是还没有醒过来的张晓菁。那声音又重复了一遍，张晓菁醒了过来。"我知道是谁了，肯定是你，男人不咬人的。"声音当然是小男孩发出的。

巨手攥着两根筷子伸过来夹起了张晓菁走了，艾玛随着那巨手跑过去，没跑多远，他又停了下来，原来前边已经悬空，自己是在一张桌子上。他趴在桌子的边缘向下看，张晓菁被丢进了一个盛满水的铜盆里，她在拼命地游着。小男孩说："嘿，你还会游泳，我让你游，我让你游！"筷子伸到了盆里，张晓菁被筷子摁到了水里。连续几次，张晓菁的脸色发紫。艾玛大喊着："快把她拿出来，咬你的是我！"

听到他喊，小男孩用筷子把张晓菁夹出来放到了桌子上。他用筷子拨拉倒艾玛，说："真的是你？"艾玛说："是的。"小男孩说："那我就把你扔到盆里。"这时，一个弓着背的老头进来了，他端着一个红漆方盘子，盘子上有几样精致的小菜。老头说："少主人，开饭了。"小男孩说："好吧。"老头又说："少主人，我替你把这两个玩偶送到你的沙盘里好吗？"小男孩说："这两个玩偶很狡猾也很凶，千万别让他们跑了。"老头说："是，小主人。"

说过话，他撩起自己的前襟把艾玛和张晓菁划拉到上边。几声门响后，老头把艾玛和张晓菁托到手里叹了口气："可怜的孩子，你们怎么会落到这个小魔王的手里，前两天他刚把犯了错的天才童子和圆圆姑娘折磨死，我那可怜的女儿小荷不知道现在在哪里，这下轮到你们了。"艾玛说："老爷爷，我们怎么才能逃出去？"老头似乎被艾玛的声音吓了一跳，他左右看了看小声说："你们逃不出去的，这里没有人能逃出去。"艾玛说："老爷爷，你说的小荷是不是天才童子的丫鬟？"老头的眼睛一亮，忙说："是的，你见过她？"艾玛说："他被西子楼的主人变成了水晶小人了。"

老头的眼神黯淡了。

他忽然问道："你怎么知道？难道你们就是破了西子楼的那两个小孩？"

艾玛点点头。

老头把艾玛和张晓菁放到地上说："孩子们，你们千万别试图逃出去，只要你们从这个沙盘的围墙上出去，就非常危险。这个岛上有108种动物，最少有100种能够把你们杀死吃掉，尤其是那只讨厌的猫，不论你们跑到哪里，它都会找到你们的。将来，你们如果有机会见到我的女儿，你们告诉她，她爸爸很想她。记住，对于你们来说，这个岛上最安全的地方就是这个沙盘。"

艾玛说："难道我们要永远留在这个沙盘上？"

老头说："是的，当小魔王对你们失去兴趣的时候，他就会把你们喂了猫。不过，他暂时不会这么做的，因为他被老主人关到这个岛上后，几乎没有什么可以玩的东西，你们要讨他欢心，才能多活些日子。"

张晓菁醒来了，她说："那个小男孩真的是玩偶城堡主人的儿子？"

老头说："是的。"

张晓菁说："他为什么会被关到这里？"

老头说："他太贪玩了，老主人让他读书，他吵着头疼，后来还在书房里玩火，把整个书房都点着了，老主人一气之下就把他关到了这里。"

艾玛说："我们还能变回原来的大小吗？"

老头"唉"了一声说："除非你们像我一样完全被驯服以后，才有机会。"

张晓菁说："老爷爷，你也是被他们抓来的？"

老头点点头说："我来这里快60年了。"

艾玛不甘地说："难道没有别的办法让我们变大？"

老头仰起头想了想说："我在无意中曾听到过红衣教的火龙球能够解除你们身上的魔咒。"说到这里，老头侧耳听了听说："我得走了，小魔头吃完饭了。"

老头走后，艾玛和张晓菁沿着墙向前走着，张晓菁说："我们现在在一个沙盘模型上，那扎亚也应该在，我们去找一找。"艾玛点头。他们走出不远，就看到了一个大房子，进了房子，里面有床、有桌子，桌子上有一个大盘子，盘子上是一只烤得焦黄的鹅。大盘子旁边有一个小盘子，盘子上是几个雪白的馒头，馒头的上边还点了一个红点。艾玛饿极了，他坐到桌子前抓起桌子上的东西吃了起来。

张晓菁说："艾玛，你还有心情吃？你知不知道我们现在在什么地方？"

艾玛说："管它呢，先吃饱再说，你也吃点，只有吃饱了才能想到办法。"

张晓菁说："我没胃口。"

吃饱了的艾玛有点犯困，他唯一的念头就是倒在床上睡一觉，张晓菁看出了艾玛的意思，她生气地说："艾玛，你不能睡觉，必须去找扎亚。"艾玛的两个眼皮在打架，没一会儿便合在了一起。张晓菁见艾玛睡着了，气得过来扯他的耳朵、揪他的鼻子，可无论张晓菁怎么折腾，艾玛的鼾声依旧。

张晓菁气恨恨地摔上门向外走去，出了门，她的眼泪又忍不住落了下来。漫无目的地走了不知多远，她看到一个小女孩在一个院子里跳皮筋，是田甜，张晓菁边喊边跑向那个院子。田甜看到满是喜悦的张晓菁后说："你是谁，你怎么跑到我家来了？"张晓菁说："田甜，你不认识我了？我是张晓菁，是来救你的。"田甜撇撇嘴说："我不认识你，我也不是田甜，我是白雪公主。"张晓菁从上到下仔细看了一遍，眼前这个女孩分明是田甜，她怎么会不认识自己呢？田甜说："你快出去，我讨厌别人进我家。"

也不容张晓菁再说什么，她把张晓菁推出了院子。张晓菁纳闷极了，回身想去告诉艾玛，可走着走着就迷了路。转过一个假山，张晓菁远远看到一个木头笼子，笼子里面关着一个人，那人背对着她。张晓菁跑过去，见笼子里也是一个小女孩，她想，该不是扎亚吧。女孩蹲在那里，披散下来的头发遮住了她的脸，张晓菁大着胆子去撩那披散下来的头发。"嗬"的一声，张晓菁的指头被笼子里的人咬住了，笼子里的女孩一甩头发，张晓菁看清了她的面孔，是扎亚。

女孩也看清了眼前的人，她忙不迭地松开口说："对不起，张晓菁，我还以为是那个女孩呢。"张晓菁说："你说的是田甜吧。"扎亚说："不是，是白雪公主。"张晓菁说："我怎么才能把你救出来呢？"扎亚说："笼子锁头的钥匙在白雪公主的手里。"

张晓菁回身跑向刚才的那个院子，到了门口，她看到门是虚掩着的，悄悄推开一条缝，田甜仍旧在跳皮筋，她的脖子上挂着一个大大的铜钥匙。张晓菁推开门闯进去说："田甜，快把钥匙给我！"田甜迷瞪瞪地看了看她，挥舞着手里的皮筋冲了过来，张晓菁的脸上身上被抽得火辣辣地疼。她不顾一切地拽住了田甜胸前的钥匙，用力一拉，绳子断了。拿到钥匙后，她回身就跑，田甜在后面追赶着。

到了笼子前，田甜已经拽住了张晓菁，两人厮打着翻滚在地上。张晓菁被压在了身下，她的脖子被田甜卡住了，扎亚急得在笼子里团团转。田甜的眼神里透着疯狂，张晓菁奋力把钥匙扔向笼子。见钥匙飞向了笼子，田甜松开张晓菁去抢钥匙，张晓菁一把拖住她的腿。田甜连蹬带踹，仍然没有挣脱张晓菁的手，她发出一声怪异的叫声，回头又把张晓菁摁在地上，张开嘴咬住了张晓菁的肩头。

扎亚从笼子里伸出手去捡钥匙，可就是差了一点，说什么也够不着。张晓菁的肩头一阵剧痛，她松开了田甜。她的手一松，田甜又冲向钥匙，可能是跑得太猛了，脚把钥匙踢向了前边，扎亚就势抓住了钥匙，探出手去开笼子的门。田甜从身上摸出一把雪亮的刀从笼子的空隙中去捅扎亚。

扎亚的手被刀刃划破了，钥匙再一次掉在了地上。也不知哪里来的力气，张晓菁再次爬起来抱住了田甜。田甜疯了一样咬住了她的手，张晓菁惨叫着，可她就是不松手。扎亚得了空打开了笼子，她捡起一根木棍打在田甜的头上，田甜倒在地上。张晓菁的手血淋淋的，看到张晓菁的手，扎亚挥舞着棍子又去打田甜。张晓菁抢上一步说："别打，她是我的同学。"

扎亚说："她吃了失心草，谁也不认识，必须趁她没醒之前把她绑起来，要不然等她醒来，我们是对付不了的。"

张晓菁说："那可怎么办呀？我们是来救她的。"

扎亚说："艾玛呢？"

张晓菁说："别提他了。"

扎亚说："他怎么啦？"

张晓菁说："他吃了一个房子里的烤鹅和馒头就睡着了，我怎么叫他都不醒。"

扎亚说："他吃的是不是带红点的馒头？"

张晓菁说："你怎么知道的？"

扎亚说："快，我们必须赶紧找到他，要不然等他醒来也会和你的这个同学一样。"

两人把田甜锁到了笼子里，一路跑着去找艾玛。这里的房子很多，几乎都是一样的，她们找了很长时间都没有发现艾玛在哪里。张晓菁明明觉得那个房子就在附近，可就是找不到。两个人绕了半天，又来到一所房子前，还没到房子里，就听到了鼾声。张晓菁说："就是这里，就是这里。"

两人推开房门，艾玛还在鼾睡着。

扎亚忙说："你知道我给你们的那颗珠子在哪里吗？"

张晓菁说："好像在艾玛的背包里。"

扎亚说："快找出来，要是他醒来的话就坏了。"

张晓菁打开艾玛的背包，从里到外翻了个底朝天，还是没有找到珠子。艾玛翻了个身，缓缓醒了过来。这时，扎亚看到了珠子。她一把捞起珠子说："张晓菁，快跑！"张晓菁迟疑的工夫，被艾玛一拳打倒。艾玛跳起来追扎亚，两个人围着桌子转来转去，扎亚跑到桌子的另一边，把手里的珠子投进了一个水杯里。这时，艾玛的手也抓住了她，倒在地上的张晓菁看到了一幅奇怪的景象，桌子上的水杯闪出了七色的光柱。

扎亚喊了声："含口水喷在他的身上。"

张晓菁起身跑到桌子前端起水杯含了一大口水喷向了艾玛，艾玛"扑通"一声摔倒在地。过了好一会儿，他才睁开眼睛。扎亚说："好了。"艾玛看到扎亚，惊奇地说："你怎么到这儿的？"扎亚说："别问了，我们快去救你的同学。"他们到了笼子边，田甜早已醒了，她正踢打着笼子。张晓菁又含了口水喷向她的脸，田甜也清醒过来。

田甜醒来后看到了艾玛他们，眼泪一滴滴地落下来。

10. 沙盘

沙盘布置得井然有序，该长树的地方长着树，该长草的地方长着草，房屋错落有致，小亭别致典雅，还有潺潺的流水，犹如世外桃源。沙盘不大，但对于几个只有一拃高的孩子来说简直太大了，站在沙盘的高处向外看去，这所房子简直大得不可想象。

艾玛说："我们要是能变回原来的大小就好了。" 扎亚说："这也不难，我们只要在看到月亮的时候，每个人都喝一口杯子里的水，就变回了原来的大小。不过，只要过了今晚，就不灵了。"

田甜说："那是为什么呀？"

扎亚说："这颗火龙珠能感应到我们的心理，它的法力只有一次，你们看，它在变小，一会儿就要消失了。"

艾玛说："这就是火龙珠？刚才那个老爷爷说只有红衣教的火龙珠能够解除我们身上的魔咒，他说的是这个珠子吗？"

扎亚说："是的，这个珠子是摩天长老让我送给你们的。"

艾玛说："那你是怎么被他们抓来的？"

扎亚说："昨天晚上，我们从月亮湖边回来后，我有点替你们担心。因为摩天长老说你们去的地方十分凶险，就偷着跑回来看你们，结果不知怎么就来到了这里。"

艾玛对田甜说："路天宇现在在哪里？你们是怎么被抓住的？"

田甜说："我们进入游戏后就出海了，可没走多远就遇到了风浪，我和路天宇在海上就失散了。后来，我漂到了一个岸边，接着，我按照游戏中的规则叩开了白果树的大门进入了隧道，然后就被俘虏了。"

张晓菁说："你玩过这个游戏，应该知道这个隧道口有埋伏，怎么还会被抓住呢？"

田甜说："我当时太害怕了，只知道往前跑，就掉进了一个网里。"

艾玛说："那你见过路天宇吗？"

田甜摇摇头说："没见过，在没来这里之前，我只记得自己是棋盘上的一个兵，但我看到对面的一个卒很眼熟。"

张晓菁说："那你是怎么来到这里的？"

田甜说："那些天，我们白天都在棋盘上演练，晚上就被变小装到一个盒子里。有一天夜里，我被一个小孩偷偷揣到了口袋里，之后就来到这里。到了这里后，有个小孩对我说，你是白雪公主，你是白雪公主。"

张晓菁说："然后你就觉得自己是白雪公主了？"

田甜点点头。

一直没有说话的扎亚说："你们看，好像有月光。"几个人顺着扎亚指的方向看去，一个大窗户上透进了皎洁的月光，月光照在沙盘的西北角，艾玛说："我们快向那边跑，到了那边就有可能见到月亮。"听了艾玛的话，他们跟着艾玛跑起来，跑到西北角，他们并没有看到月亮。扎亚说："窗户太小了。"田甜说："那么大的窗户，你怎么会说她小呢。"张晓菁说："不是窗户大，而是我们小。"

沙盘上的月光在缓缓地向东南移动着，他们抻着脖子盼着能够看到月亮，当月光快到了沙盘的围墙上时，他们仍旧没有看到月亮。艾玛忽然明白了什么似的说："我们不能等了，在这个沙盘里是见不到月亮的，我们必须出去，爬到窗户上才能看到月亮。"

田甜看着那高高的窗户说："别说爬到窗户上了，我们现在连这个沙盘都出不去。"扎亚说："我们必须出去，如果等到月亮下去，就没有机会了。"

他们沿着围墙走了一圈,又都泄气了。沙盘的围墙很高,根本就没有出口,看到艾玛他们已经丧失了信心,扎亚着急地说:"我们部落里有这么一句话,只要你想做一件事,总会有办法的。如果我们在今天晚上出不去,我们可能永远出不去了。"

张晓菁听到扎亚的话,立刻想起了老头的话:"当小魔王对你们失去兴趣的时候,就会把你们喂了猫。"想到这里,她跳起来说:"我可不想再到铜盆里游泳了,我也不想做猫食。"

人在被逼到没有退路的时候,办法也就有了。

他们找来了钎子和铲子开始挖围墙。围墙并不是很坚硬,当窗户上现出铅灰色时,他们终于在围墙上挖出了一个洞。从沙盘里出来,艾玛又傻了,那个窗户太高了,根本就没有爬上去的可能。扎亚看着垂下来的窗帘说:"我来试试。"说着话,她噌噌噌地沿着窗帘爬了上去。艾玛他们在底下仰着脖子看着扎亚,他们的心里都替扎亚捏着一把汗。扎亚在他们提心吊胆中爬到了窗台上,田甜喊了声:"糟糕!她没有带杯子里的水。"艾玛喊:"扎亚,快下来,你没有带水。"

扎亚又顺着窗帘下来。水根本无法带上去,扎亚不可能用一只手爬上窗台。几个人在地上商量了半天都没有结果,看着天色渐渐明了,张晓菁在地上打着转儿,艾玛一个劲儿地搓着手,田甜一屁股坐在了地上。

艾玛看着杯子里的水,着急地说:"扎亚,你含一口水上去,见到月亮后再咽到肚子里行不行?"他的话提醒了扎亚,扎亚含了一口水又爬了上去,快到窗口时,一个阴影出现了。张晓菁大声喊:"扎亚,快下来,危险,那只猫来了。"

扎亚也看到了那只比自己大十几倍的猫。

窗户是开着的,猫蹲在窗外作势欲扑,它的身子挡住了月亮,那硕大的尾巴来回摇摆着。"喵呜"一声,猫扑了过来,窗帘大幅度地摇晃着,扎亚紧紧抓住窗帘向下滑动。她还没有落地,"扑通"一声响,猫跳进了房里。

艾玛、田甜和张晓菁同时惊叫着狂跑起来,落地后的猫一时不知该追谁了。田甜跌倒了,猫看到她离自己最近,猛然扑了上去。张晓菁侧身拉起田甜就跑,前边有一个洞口，张晓菁想都没想，拉着田甜钻了进去，她们刚刚进了洞，猫那巨大的爪子已经探了进来。张晓菁和田甜拼命地向里爬着，爬了一段，里面豁然开朗。猫的爪子早就够不着她们了。她们喘息未定，田甜一声尖叫，张晓菁抬头，一双圆溜溜的眼睛正盯着她们。是老鼠，张晓菁又拉着田甜往回跑。

失去目标的猫蹲在洞口等着，躲在一边的艾玛喊："扎亚，快上去，快上去！"扎亚又向上爬，猫看到窗帘上晃动的扎亚，转身向那边走去。此时的艾玛很清楚，只有扎亚看到月亮把水咽到肚子里变大才是关键，在扎亚变大前，猫很容易就会把她扑下来。

想到这里，他跳了出来，对着猫大喊大叫。猫转过身有些好奇地看着他，艾玛不知哪里来的勇气，抓起身旁的铲子冲向那猫。猫向后退了一步，又退了一步。艾玛给自己打气说："你就是一只猫，有什么可怕的，你在变小，变小，再变小。"猫连退了几步，又冲过来，艾玛挥舞着铲子打向那只猫，他的力量太小了，猫抬起爪子轻松地把他摁到了地上。艾玛想："这下完了。"他闭上眼睛等着猫来吃自己。

猫见他不动，用爪子来回拨拉着他。

艾玛昏头昏脑地睁开眼睛，猫正低头看他，它的眼睛离艾玛是那样近。艾玛想都没想，举起铲子戳向猫的一只眼睛。猫被吓了一跳，噌地跳开了，随后，它又用爪子摁住了艾玛，张开血盆大口咬了下来。

张晓菁与田甜手足并用地向前爬着，后面是一只大老鼠在追赶，快到洞口时，田甜的衣服被老鼠咬住了。它用力向里拖着田甜，田甜拽着张晓菁的手变了声地喊："张晓菁，快用力，我可不想被老鼠吃掉！"张晓菁的半个身子出了洞口，她使尽全身力气拉着田甜，"刺啦"一声，张晓菁和田甜摔到了洞外。

一股腥味迎面扑来，猫那锋利的牙齿正在接近艾玛，艾玛大叫着："救命啊，救命！"张晓菁和田甜听到了艾玛的喊叫，她们转头看时，猫就在她们前面。张晓菁两步跑上去揪住猫的尾巴向后拉着。田甜惊恐到了极点，她傻傻地看着眼前的一切。猫的尾巴一甩，张晓菁腾云驾雾般地飞了起来，田甜又是一声尖叫，转身就跑。猫看到后，松开艾玛追了过去，田甜的腿一软倒在了地上。艾玛爬起来跑过去，猫已叼住田甜的衣裳向他这边走来，艾玛一边退一边喊："快放下她,放下她。"猫又是一爪子,艾玛倒在了地上。那猫叼起田甜跃上窗户出去了,艾玛来到张晓菁的身边,哭着说:"张晓菁,你快醒醒,田甜被猫叼走了,叼走了。"张晓菁还在昏迷,艾玛忽然想起了扎亚,他喊着:"扎亚,扎亚,你在哪里?"任艾玛喊破喉咙,都没有回音。

　　就在这时,猫又跳了进来。当艾玛发现它时,它已叼起张晓菁跳上了窗台。艾玛跳起来去追那只猫。可刚跑出两步,就被一只大手提了起来,接着有一个水杯拿到了他的眼前。一个声音说:"能看到月亮吗?"艾玛这才发现自己是在扎亚的手里。

　　月亮就在窗外的天空中,但它没有刚才那么明亮了。扎亚说:"快喝水!"艾玛"咕咚"一口喝下了小半杯水。看他喝完水,扎亚说:"你一会儿就会变成原来的样子,我现在得跟着猫去找你的朋友。"

　　一声门响,扎亚出去了。

　　艾玛在短暂的昏迷后醒过来,周围的一切都变了,这好像是一个游乐室,里面充斥着各种玩具,地上有一个大大的沙盘,沙盘围墙的一处有一个洞,艾玛想:"那是他们挖出来的。"门"吱呀"一声开了,小魔王一蹦一跳地进来,他看到艾玛后,吃惊地张大了嘴巴。艾玛立刻追了过去,小魔王扭头跑了两步,拽出玉佩对着艾玛念叨着。艾玛知道他又在施法,转身想跑,却没有出路。小魔王嘟嘟了半天,见艾玛没有变小,砰地关上门跑了。艾玛这时已明白小魔王的口诀对他起不了作用了,他跑过去开门,可门被反锁上了,他用力踹着门,那门却纹丝不动。

　　他想尽了所有的办法都无法从这个房间里走出去,太阳升了起来,艾玛不知自己的朋友怎么样了,正在他焦急地思索着如何出去时,门忽然开了,田甜和张晓菁走了进来。艾玛没看到扎亚,忙问:"扎亚呢?"

　　一串笑声传过来,艾玛看时,扎亚提着一只愁眉苦脸的白猫从树后走了出来。

11. 诡计多端

太阳升起，小岛四周各种水鸟的叫声渐渐响亮密集了。

艾玛他们几个挨个房间搜寻着小魔王，他们必须抓到他，只有抓到他后，才能了解玩偶城堡，救出路天宇。与沙盘上的建筑相比较，小岛上的房子少得可怜。

只剩下最东边的一个房子，他们刚到门前，昨天的那个老头闪出来说："几位不要找了，我家小主人就在里面，他给你们备了早饭，请进吧。"艾玛他们几个互相看看，扎亚说："他的玉佩对我们已起不了作用，我们怕他什么，他不过是一个六七岁的孩子，随便我们中的哪个都能制服他。走！咱们大大方方地进去。"

他们随老头进了房子。房子不大不小，地上放了两张桌子，一大一小，小魔王的脖子上扎着一个白色的围嘴坐在一张小桌子前吃饭。扎亚上前一步就要抓他，小魔王看了看扎亚说："就算你要抓我也用不着这么急，这个岛这样小，你就是让我跑我也跑不了，我看还是先吃饭吧。"大桌子上摆了4副碗筷，每个碗里都是颜色青绿的粥，碗筷的中间是4个红漆方盘，盘子里是两荤两素四样小菜。田甜早就饿了，她拉开一把椅子坐下来端起了桌子上的碗。张晓菁想到艾玛昨天吃掉带红点馒头的情景，赶忙去阻挡。小魔王说："你们别怕我在饭菜上做手脚，如果能做手脚的话，你们也不可能从沙盘里出来。"

老头捧着一个方笸箩进来，他把笸箩放到桌子上说："几位还有什么需要请说。"艾玛看到笸箩里是烤得焦黄的馒头片，伸手抓过一片咔吧咔吧地咬着说："吃吧，我们喝了火龙珠泡的水，他的玉佩不灵了。"

张晓菁和扎亚见艾玛吃了没事，也都坐下来吃饭。吃了人家的饭再去抓人家，多少有点不得劲。小魔王也看出了他们的意思，他用围嘴擦了擦嘴说："我知道你们还想抓我，又有点不好意思，其实，如果我不是心甘情愿，你们就算抓到我也没用。再说，我虽然跑不了，可我很容易就能给我爸爸发出求救信号，用不了一刻钟，他们的快船就能到这里，那你们还是跑不了。"

扎亚冷笑着说："就算你爸爸亲自来也没用，我们可以把你当人质，他敢动我们中的任何人,我就把你的脖子拧歪。"

小魔王的脸色变了。

田甜扑哧笑了。

小魔王说:"你笑什么?"

田甜说:"我想你的脖子被拧歪了肯定很难看的,我小时候常把我的玩具娃娃的脖子拧歪,很有趣。"

小魔王撇撇嘴说:"拧歪别人的脖子可能很有趣,如果是自己的脖子,那……"

张晓菁说:"你编造的是一个最蹩脚的谎言,请我们吃饭还是在拖延时间,你知道在这个岛上根本就逃不出我们的手,你又知道每天都有给你送东西的船只来,所以,你想先稳住我们,等待他们的到来。"

小魔王哈哈地笑着说:"既然你们知道得那么清楚,你们为什么还要吃饭?"

艾玛说:"因为我们饿了,也因为我们刚才没想到这些。"

小魔王说:"你们大错特错了,我这块玉佩虽说制服不了你们,但让我逃出这个小岛还是很容易的。我开始也准备逃走,但我后来有点舍不得你们了,你们想想,我来这个小岛是因为我不喜欢学习,而我逃走后能去哪里?好像只能回玩偶城堡,我回到玩偶城堡后,我爸爸就会知道你们在这里,然后会把你们抓回去变成了一个个只知道服从的玩偶,那太没趣了。"

田甜好像有同感地说:"我小时候也是这样的,我爸爸让许多大人陪我玩,我让他们干什么他们就干什么,真的很没意思。"

他们说话时,张晓菁偶然发现小魔王不停地看一眼墙上的钟,而旁边站立的老头似乎有些焦灼,她顿时有所醒悟,大喊一声:"他还在拖延时间,扎亚,快抓住他!"小魔王咯咯地笑着说:"晚了,你们没有机会了,城堡的船马上就到了。"

话音刚落,小魔王背后的墙忽然开了一扇门,他跳起来就跑了出去。艾玛、扎亚、张晓菁追过来时,那门又变成了墙。他们从门口绕出来,见小魔王站在不远处的树林里,张晓菁笑着说:"不用着急,他跑不了的。"艾玛说:"为什么?"扎亚说:"桥在我们的身后,他必须想办法绕过我们才能到桥边。"

3个人向小魔王靠拢,小魔王退到了树林里。只有几步远了,小魔王忽然噌噌地爬上了树,猴子一般从密密的树杈间跃来跃去,艾玛他们几个干着急就是没办法。田甜也跑了过来,她看着树上的小魔王说:"你别跳了,我知道你想什么呢。"小魔王说:"那你说说。"田甜说:"你想把我们都引到树林里,然后再从我们的头上跃过去,对吗?"

小魔王愣了愣说:"你怎么猜到的?"

田甜说:"因为桥在我们的身后,而在平地上你又跑不过我们。"

艾玛说:"我们快退出树林。"

树上的小魔王说:"退出去也没用了,我已看到了城堡的船,如果船到了以后,他们看不到我,就会找我的,你们还是会被抓住的。"

田甜笑着说:"不会的,刚才那个老爷爷告诉我,说他到桥边去骗走船上的人,让我们务必把你抓住。"

小魔王说:"就算是你说的那样,你们还是抓不住我的,因为你们不会上树。"

张晓菁忽然指着树说:"看,看,毛毛虫爬到你的脖子里了。"

小魔王听到后,慌乱地用手乱拍着。

张晓菁说:"你脚底下也有,快抬脚。"

小魔王本能地一抬脚,由于重心失控,从树上坠了下来。扎亚抢上去抓住了他的双臂,他们押着小魔王掩到树丛中,一艘两头翘起的船来了。老头在桥上接过他们递来的东西,船又开走了。

他们押着小魔王回到房间,老头端上两盘水果又退了出去。田甜抓起一粒葡萄放到嘴里说:"跟朋友在一起真好。"小魔王叹了口气说:"你们都有朋友,我真羡慕你们,可我连一个朋友都没有。"田甜说:"那为什么呀?"小魔王说:"我爸爸对我说,这世上没有真正的朋友,有的只是谎言和自私,他不让我相信任何人。"

艾玛说:"你能给我们讲讲玩偶城堡的事吗?"

小魔王说:"我现在是你们的俘虏,你们问我什么,我都会回答。"艾玛说:

"我的同学路天宇现在怎么样?"小魔王怔了怔说:"谁叫路天宇?"张晓菁说:"就是与她一起被抓来的那个男孩。"小魔王的眼珠子转动着说:"哦,你们说的是他呀,他是不是会下象棋?""是的,是的,他何止是会呀,还曾经获得过全市少年组象棋冠军。"张晓菁急切地说。艾玛疑惑地说:"路天宇会下象棋?我怎么不知道,你又是怎么知道的?"张晓菁有些得意地说:"因为我是班长,我了解班里所有同学的情况。"小魔王说:"我说我爸爸对他咋那么好。"艾玛像忽然想起什么似的说:"你还没回答我的问题呢。"小魔王说:"在我来之前,他还不错,白天在棋盘上演习操练,晚上就要被放到棋盒里。"张晓菁说:"那玩偶城堡究竟在哪里?"小魔王说:"在山里,只要你们跟着来送东西的船就能去了。"张晓菁说:"那你带我们去!"小魔王摇了摇头说:"去不了的。"艾玛说:"为什么?"小魔王说:"城堡的三面是绝壁,就连鸟都飞不过去,唯一能过去的一面有一条湍急的河挡住了去路,只有通过彩虹桥才能过去,而除了我爸爸以外,谁都不可能让彩虹桥出现。"田甜忽然说:"是天上的彩虹吗?"小魔王点了点头。张晓菁撇了撇嘴说:"你胡说,彩虹是雨后一种光的反射现象,怎么能过去人呢?"一直没有说话的扎亚说:"他说得没错,我听摩天长老说过,那个神秘的城堡平时根本就看不到,只有在下过雨后,才能隐隐约约地出现。我有一次看到了城堡和那个七色彩虹桥,桥上真的有人在走。"

艾玛说:"那我们现在就去。"

小魔王嘿嘿地笑了。

田甜说:"你笑什么?"

小魔王说:"我想起了一个故事,故事说几个老鼠商量着如何对付猫。"张晓菁抢过话头说:"你不用说了,这么老掉牙的故事谁不知道,不就是商量着谁去给猫戴个铃铛吗。"说到这里,张晓菁忽然停了下来,她想:可不,即便有船来,他们几个根本就对付不了船上的人,没有船怎么能去玩偶城堡呢?那他们不就是那几只说空话的老鼠吗?

说到老鼠,自然会联想到猫,张晓菁抬头,那只讨厌的白猫出现在门口,它阴鸷地瞟了他们一眼。小魔王搓着胸前的玉佩嘴里嘟囔着,艾玛哈哈笑着说:

"你还想把我们变小，刚才你不是试过了吗，不灵，别费力气了。"

小魔王的眉头紧皱，就像艾玛被老师提起来背课文的样子。艾玛的笑声还未落，小魔王跳起来说："哈哈，我想起口诀了，我是不能把你们变小，但我能把它变大。"随着他的话音，门口的猫就地打了个滚，骤然变大了。

事情发生得太突然，还没容得几个人有所反应，那猫"喵呜"一声冲进了屋子，小魔王顺势跑出去砰地将门关上。屋子里稀里哗啦一阵乱响，艾玛和扎亚被猫逼到了一个角落，他们顺手操起板凳与猫对峙着。

张晓菁拉着田甜悄悄地向门口溜去，快到门口时，两人猛然加速用力去推那扇门。窗外的小魔王说："省点劲儿吧，门被我从外面拴住了，你们根本就出不来。"接着，小魔王大声说："小白，去咬那个戴眼镜的，我最讨厌她了。"得到命令的猫弓着腰扎着尾巴一步步走向门口，艾玛看到张晓菁他们有危险，举起凳子扔向那猫。白猫灵巧地一闪，凳子砸在对面的一个柜子上，"哗啦"，柜子的门开了，几个玩具掉了出来。见艾玛用凳子打猫，扎亚也把手中的凳子扔了出去。随后，他们把手边能拿到的东西全都扔向那只猫，猫的鼻子被打出了血，看上去更加狰狞。它发出一声哀号纵身扑向张晓菁，就在紧急关头，门猛然被打开了，老头一把拽出张晓菁，挡住了猫的去路喊道："畜生，你还不停下来！"猫停顿了片刻，小魔王气急败坏地喊："反了，反了，变变变！"听到他的话音，老头转头边跑边喊："孩子们，你们快逃啊！"艾玛他们跑出屋子时，老头只有一拃高了。小魔王恨恨地说："吃了它！"白猫上前一步"咔嚓"一口把老头吞到了肚子里。

艾玛拉起张晓菁转身刚要往门外跑，扎亚大声喊："快回屋里！"艾玛立刻醒悟，与张晓菁掉头又跑回屋里。到了门口，他的脚被绊了一下，低头一看，是昏倒的田甜。两人拉住她的手刚把她拖到屋里，猫已经扑到了门前，艾玛来不及转身，用屁股一拱，门被关上了。"砰砰砰"，猫在扑打着门，艾玛用力顶着门说："张晓菁快过来推柜子！"柜子太重了，张晓菁根本就推不动，艾玛见状，大声喊着："田甜，田甜，你快醒来呀！"地下的田甜没有一丝动静，艾玛用脚踢了她几下，田甜才醒过来。

就在这时，门忽然不动了，张晓菁瞅着窗外说："猫走了。"艾玛、田甜和张晓菁合力推过柜子挡在门后。听到外面的惊叫声，他们趴到窗户上看时，扎亚正围着一棵大树转，她的后边是那只猫。田甜喊："扎亚，快上树！"听到田甜的声音，扎亚噌噌地爬了上去，她身后的猫也跟着她往上爬，可那只猫实在太大了，没爬多高就掉了下来。看到这里，艾玛他们才长长地出了口气，张晓菁哽咽着说："那个老爷爷被猫吃了，他是为了救我们才被猫吃的，我们一定要杀死那只猫给老爷爷报仇！"

屋外藤条躺椅上的小魔王狂笑着说："给他报仇？先想想你们自己吧！你们以为躲在树上、藏在屋里就没事了，一会儿，我让你们看看我的本事。小白，你看着他们！"说完，一阵脚步声远去了。见他走远，田甜说："什么老爷爷？"张晓菁抹着泪道："就是那个给我们送饭的老爷爷，他刚才为了救咱们俩被猫吃了。"艾玛虽说也伤心，但他来不及流泪，因为他想得更多的是小魔王会用什么办法对付他们。他趴在窗户上向外看着，猫正晃着尾巴不怀好意地瞧着树上的扎亚，他想：如果小魔王能把所有的动物都变大，他们准完了。

张晓菁还在抽噎，田甜也跟着抹起泪来。艾玛说："你们先别哭，咱们得想想办法，他要是把岛上所有的动物都变大，我们就死定了。"田甜说："那，那怎么办呀？"树上的扎亚忽然说："我们必须夺下他手中的玉佩，艾玛，快把你的汽车变大，把你的小武士变活！"扎亚的话虽然提醒了艾玛，但他的心里还是没有谱，他现在都不知道自己的玩具在什么地方，即便能找到，他也不知道自己能不能将它们变大。张晓菁也听到了扎亚的话，她蹲在地上寻找着。田甜见她找东西忙说："你找什么呢？"艾玛说："我的玩具战车和塑料小武士。"他们正四下翻腾着，屋外忽然传来扎亚的惨叫声，艾玛起身来到窗边向外看，几只鸽子一般大小的蜜蜂犹如战斗机一样在轮番攻击着树上的扎亚。与此同时，张晓菁发出一声惊喜的喊声："我找到战车了！"艾玛回头一看，张晓菁正捧着他的那辆玩具车，艾玛默默地念叨着："地灵，地灵，你快帮帮我，要不然我的朋友就完了。"

他的话音刚落，张晓菁手里的战车闪着光掉到了地上，瞬间开始变大。房子太小了，战车急速膨胀后，吓傻了满脸灰尘的田甜。艾玛拉开车门说："快上！"他们上了车才想起，这车根本就开不出去。扎亚一声接一声地惨叫着，艾玛心急如焚，他正不知道该如何是好时，骤然间觉得战车里的空间越来越大，他还没明白是怎么回事时，"轰隆"一声巨响，眼前亮了许多，扎亚就在眼前。田甜张大了嘴巴说："太神奇了，你的战车居然胀破了房子。"

院子里的猫早就躲得不知去向，只有几只大蜜蜂嗡嗡地盘旋着。艾玛喊："扎亚下来，快上车！"扎亚迅速从树上滚下来，拉开车门上了车，跟着他上来的还有一只大蜜蜂。田甜和张晓菁四处躲着，艾玛脱下衣服抽打着那只蜜蜂，没几下，蜜蜂被打了下来。扎亚上前一脚，蜜蜂被踩死了。

不断有成群的蜜蜂飞进院子，艾玛的战车逐渐变小，过了一会儿，那车只有普通汽车那么大了。艾玛用遥控器启动车子，刚出了院子，见小魔王指挥着最后一批蜜蜂赶来了。艾玛指挥战车冲向小魔王，小魔王似乎被眼前的怪物吓傻了，停顿了片刻才转身向桥边跑去。桥的栏杆上落着许多水鸟，湖边的枯树桩上还站着两只灰鹤。小魔王已经没有退路，艾玛喊着："小魔王，你快交出你的玉佩投降！"小魔王嘴里又嘟囔了几句话，一只灰鹤飞到了他跟前，转眼间变大了。扎亚说了声："不好！"小魔王早已骗腿跨上灰鹤，随后，那鹤尖叫着飞起来，消失在远处的迷茫中。

12. 会说话的猫

艾玛他们重新回到房子前，那里似乎什么都没有变，刚才胀破的房子完好如初，院子里连一只蜜蜂都没有，如果不是扎亚肿胀的脸和胳膊，他们根本就不相信刚才发生了如此可怕的事情。

他们从战车里出来，走进屋子，里面一片狼藉。田甜说："真奇怪，房子明明破了，现在却是好的，而好的房子里又是这个样子。"张晓菁恨恨地说："一定要找到那只可恶的猫。"田甜连忙说："我可不敢去找它，它那么大，会把我们吃了的。"扎亚说："不会的。"张晓菁心有余悸地说："你怎么知道的？"扎亚说："你们看！"几个人顺着扎亚指的方向看去，那只白猫嘴里叼了一个东西跃上了窗台。

艾玛喊了声："是我的小武士！"

其他人听到他的喊声，都喊叫着去追赶那只猫。白猫扭头瞧了瞧他们，从半掩的窗空里钻了出去。艾玛他们从房子里追出来后，那只猫灵巧地跃上墙，又沿着墙跳到了房子上，满是不屑地瞅着他们。那意思好像说：我看你们能把我怎么样？张晓菁气恼地说："艾玛，你快上房抓住它呀！你看，它在讥笑我们呢。"艾玛看看墙又看看房顶，摇了摇头说："我上不去。"听到艾玛的话，那只猫有恃无恐地坐了下来。田甜忽然从地上捡起一块石头丢上房顶说："我让你笑，我让你笑！"石头砰地落到了猫的近前，猫似乎被吓了一跳，转身顺着屋脊便跑。艾玛看到这个办法不错，低头也去找石头，他刚弯下腰，扎亚喊："艾玛，快躲开！"艾玛抬头的工夫，田甜丢上去的石头骨碌碌滚落下来，正中他的额头。

艾玛"哎呀"叫了声，一屁股坐到了地上，额头上便多出了一个大包。田甜有些内疚地看着艾玛说："艾玛，对不起。"还没等艾玛说话，张晓菁生气地说："什么也干不成，扔块石头还打到自己人的头上。"听她这么一抱怨，本已内疚的田甜眼泪溢出了眼眶。艾玛站起来拍了拍田甜说："没事，没事！"田甜摸了摸他额头上的包说："我给你揉一揉，我小时候磕出了包，妈妈总给我揉的。"看到他们很亲昵的样子，张晓菁心里很不是滋味，她气哼哼地说："你妈肯定没文化，电视上说了，磕出了包不能揉！"

这时，扎亚不见了。艾玛说："扎亚呢？"田甜和张晓菁你看看我，我看看你，都没有注意到扎亚去了哪里。他们跑出院子喊着："扎亚，扎亚……"扎亚的声音从东边传过来："我在这里。"他们顺着声音跑过去，扎亚手里拿着一张弓，正目不转睛地盯着一棵巨大的树。张晓菁说："猫在树上？"扎亚点点头围着那棵树转来转去。艾玛只在电视里见过弓箭的使用，他好奇地说："这东西究竟好使不好使？"扎亚说："我能在30步内射中一只麻雀。"听到她的话，树上的叶子沙沙地响了几声。田甜大声喊："我看见那只猫了，我看见了，扎亚你快过来射它呀。"树上的叶子又是一阵响，扎亚跑过来说："哪儿呢？哪儿呢？"田甜附在扎亚的耳边说了几句话，扎亚拉开了弓。

就在这时，一个尖细的声音从树上传来："别射我，别射我。"张晓菁说："谁在说话？"田甜说："是那只猫。"艾玛说："那你立刻下来。"那声音说："我下来可以，你们不能杀我。"张晓菁说："你凭啥跟我们谈条件？先下来再说。"树上忽然没了动静，扎亚小声对张晓菁嘀咕："田甜根本就没看到猫在哪里，她在骗它呢。"听到扎亚的话，张晓菁对着树说："你下来，我们不杀你就是了。"那只猫又说："你们让艾玛说不杀我。"艾玛奇怪地说："你是一只猫，怎么能说话呢？"猫说："我是一只猫，但我不是普通的猫，我的名字叫小白，本来在城堡里，这次到这里是奉主人的命令监督小主人的。"艾玛说："我不杀你可以，但你必须告诉我们如何去玩偶城堡。"猫不作声了，艾玛又说："其实，你没有资格跟我谈条件，扎亚就是不用弓箭射你，我也能抓到你。"猫嘿嘿地笑了，似乎不大相信，扎亚的弓箭也垂了下来。艾玛说："你不信？"猫："我不仅不信你的话，现在我连田甜的话都不信了。"张晓菁说："为什么？"猫说："我看到扎亚的眼神了，她还在找我的具体位置。"田甜说："那你总不能一直待在这棵树上吧，再说，你不下来，我们难道不能上去吗？"

猫说："你们中会爬树又会使用弓箭的只有扎亚一个，她要是上了树，就没有人用弓箭对付我了，那我跑起来太容易了。"猫说到"太容易"几个字时，声音忽然小了，远了。艾玛觉得不对劲，田甜猛然指着远处说："那只猫跑了。""嗖"的一声，扎亚射出了箭，但那只猫毕竟太远了，箭射在了一棵树的树干上，箭尾犹在颤巍巍地抖动着。

扎亚、张晓菁都追了过去，唯独艾玛依旧站在那里。田甜见艾玛不动，有些奇怪，她说："你怎么不追呀？"艾玛说："你是不是以为我刚才在跟那只猫吹牛？"田甜说："你不是吹牛又是什么？"艾玛说："那猫如果叼的不是小丑武士，那我就真在吹牛了，我既然能把战车变大，当然就能把小丑武士变活了。"

扎亚、张晓菁两个人追了一气，猫窜进了林子。无功而返的张晓菁见到艾玛和田甜根本就没动，脸拉得很长。正待她将要发作时，艾玛盯着远处的林子说了声："小丑，把那猫抓回来。"张晓菁的手在艾玛的眼前晃了晃说："唉，你醒醒吧，太阳那么高，你怎么能做梦呢。"艾玛的话音刚落，林子那边出现了一个跛腿的武士，他倒提着猫走了过来。

看到这里，田甜兴奋地一把搂住艾玛说："艾玛，你真神了。"张晓菁黑着脸说："小丑，把它杀了。"小丑砰地将猫摔到艾玛的眼前垂手立在一边，白猫被摔得龇牙咧嘴的。见小丑不理自己，张晓菁更加生气，举起一块大石头砸向了那只猫。艾玛来不及阻挡，石头落在了猫的脑袋上，那猫的四条腿抽了抽便不动了。

艾玛生气地责问："你怎么把它打死了，我还有话问它呢。"

扎亚也说："你太莽撞了。"

田甜说："你怎么能这样呢？"

看到猫真的死了，张晓菁也傻了，她平时连个虫子都不敢杀的，怎么一下子就打死了一只猫。但听到他们都是埋怨责备的口气，她捂着脸跑向树林。艾玛他们刚要追，一只灰鹤盘旋着落下来，它的嘴里衔着一张黄表纸。灰鹤疾步走到艾玛的面前，抬起头把纸送过来。

艾玛取下纸，看到上面写着：正午有船来接你们，盼诸位能来堡一叙，落款是一张笑眯眯的脸。扎亚说："上面写的是什么？"艾玛说："玩偶城堡的主人邀请我们去城堡。"扎亚说："这里肯定有阴谋，我们不能听他的，现在应该先把张晓菁找回来。"

张晓菁如同空气一样消失了，他们几乎找遍了整个小岛也没发现她的行踪。正午，湖面忽然出现了8艘两头翘起的小船，每艘小船上都有6个披甲士兵，小船的中间是一艘华丽异常的画舫，画舫的甲板上有一把虎皮大椅，椅子上正是逃走不久的小魔王，他的身边是几个身披轻纱的侍女和6个手扶剑柄的武士。艾玛急忙收起了战车和小丑武士说："我们快到湖边。"他们弯着腰借着树木的遮挡溜到了湖边。

船很快靠到了桥边，小船上的士兵提着刀剑上了岸。艾玛小声说："我们快折一根芦苇管藏到水里。"他们潜到水中后，几十个士兵在岛上翻腾着，艾玛折了一片大荷叶，又在荷叶上抠了两个小洞，向岸上看着。

忽然，几个士兵像发现什么似的一起跑起来。艾玛定睛一看，张晓菁被他们揪了出来。扎亚和田甜也看到了，她俩小声说："怎么办？张晓菁被他们抓了，我们得救她。"艾玛说："别急，我们如果贸然去救她，一定也会被抓住的。"扎亚说:"现在不救就来不及了,城堡里的戒备肯定比这里严。"田甜自言自语道:"这些士兵看着眼熟,在哪里见过呢?哦,对了,我想起来了,这些士兵都是用纸折的,他们平时都放在一个大房子里。"艾玛摸了摸田甜的头说:"我的小公主,你是不是在发烧,那可都是实实在在的人呀!"扎亚说:"田甜可能说得不错,那些士兵没准都是纸人,只不过被玩偶城堡的主人施了法术。"

士兵们把张晓菁押到了画舫上,小魔王好像在对她说什么,一会儿,一个士兵把刀架在了她的脖子上。扎亚说:"他们在逼张晓菁说出我们的下落。"张晓菁好像在哭。又过了一阵儿,小魔王领着船上的人押解着张晓菁上了岸。艾玛灵机一动说,我们快到船那边。他们偷偷靠到了画舫边,艾玛四下看看,张晓菁领着那些人进了树林。

画舫上静悄悄的,艾玛拿出小武士,问道:"你能上去吗?"小武士点了点头,瞬间变大后跃到了船上。片刻,他过来低声说:"船上分两层,一共12个房间加一个储藏室,一个人都没有。"艾玛说:"快把我们弄上去。"小武士从船上垂下一个大篮子,分别把他们拽了上去。上到船上,艾玛问小武士:"哪儿能藏住人?"小武士把他们领到了储藏间。

储藏间很大,艾玛躲到了一堆杂物的后边。刚刚藏好,就听到有人说话:"你们立刻下水去找,他们肯定躲到了水下,先把这个戴眼镜的给我押到12号房间。"又过了好长时间,杂沓的脚步声传过来,接着听到说话声:"报告小堡主,没有发现那几个孩子的行踪。"小魔王不耐烦地说:"都是废物,快去再找!"一个甜甜的声音说:"小主人,我们必须在3个时辰内赶回去,要不然这些士兵都会变成纸人的,那样,我们即便是找到他们也对付不了。"小魔王气恼地说:"我必须要得到艾玛手里的那辆战车,那辆车简直太神奇了。"那个甜甜的声音又说:"小主人,你不要长别人的士气,咱们堡里什么样的战车没有?"小魔王不耐烦地说:"咱们的战车跟他的战车比,都是古董,一堆垃圾。"那个声音说:"那我们现在也得走,如果我们的士兵变成纸人,那被抓的也许是我们,你不是做过他们的俘虏吗?再说,有这个张晓菁在我们的手里,他们肯定会找来的,那时,我们对付起他们不就容易多了。"

一阵摔打东西的声音过后，小魔王说："开船！"

船开动的那一刻，扎亚低声说："我们得拖住他们。"田甜说："怎么拖住呀？"扎亚说："艾玛，你的小武士能对付几个士兵？"艾玛拿眼睛去看小武士，小武士说："他们这些士兵有秦朝的，也有汉代的，如果我的腿不受伤的话，能够对付6个，现在最多能对付3个。"艾玛说："那这条船上有几个士兵呢？"田甜说："他们来的时候我看到了，一共6个武士，外加5个侍女。"

艾玛低头想了想说："擒贼先擒王，我们如果能够把小魔王抓住，其他问题就好解决了。"田甜说："怎么抓小魔王呢？"艾玛说："小武士没有能力对付6个士兵，可他如果只是对付小魔王就简单了。我先出去引开上边的士兵，之后，小武士趁机抓小魔王，你们两个去救张晓菁。"田甜说："办法倒是不错，可你太危险了。"艾玛说："我们必须试一试。"

说完这话，艾玛和小武士一前一后从储藏间溜出来，沿着楼梯向上走。快到楼梯口时，一声惊呼响起。艾玛看到一个捂着嘴的侍女。没等艾玛说话，身后的小武士拔剑跃了上去。艾玛喊："别杀人。"小武士抬手一戳，那侍女张大嘴巴不动了。侍女的声音惊动了上面的人，一阵脚步声传过来。艾玛说："你快下来，小魔王从来没见过你，他们根本就想不到你的存在。"小武士下来后，艾玛快速上到了二层。

两个士兵看到他后，大声喊着："有奸细！"然后拔出剑冲过来。看到寒光闪闪的宝剑，艾玛一阵惊慌，拔腿便跑，早忘了自己刚才的目的。船很大，艾玛跑得也快，不辨东南西北地跑了一气，前面骤然开朗。一阵笑声钻进了艾玛的耳朵，定睛一看，自己跑到了甲板上。小魔王用手指点着他说："哈哈，踏破铁鞋无觅处，得来全不费功夫。"艾玛转身，6柄长剑从3个方向指住了他。

小魔王笑着走过来说："你的那两个朋友呢？他们怎么没有一起来呀？"艾玛没有说话，他的眼睛定定地看着小魔王身边的一个女孩。那女孩个子和艾玛差不多，肌肤雪白，金发碧眼，穿着一身白色纱裙，随着她的走动，一双蓝色水晶鞋闪着紫蓝色的光。女孩走到艾玛身前好奇地说："你就是那个让堡主都有点头痛的艾玛？"艾玛说："你真像芭比娃娃。"女孩伸出白皙柔嫩的手触了触艾玛的额头说："我没看出你有什么特别的，不过，你倒挺聪明的，一下子就猜出了我的名字。"

小魔王伸手说："拿来！"艾玛还沉浸在芭比柔软的手指间，他愣了愣说："拿什么？"小魔王说："你那辆神奇的战车！"说到战车，艾玛灵机一动，顺手从背后的包里取出战车，心里默念着："快快变大，快快变大！"那战车并没有如他想象的那样变大。小魔王一把夺过战车说："别费力气了，我老爸怕你们用战车对付我，早就教了我怎么对付你的咒语了。"

就在这时，东边忽然发出一声惊呼，艾玛回头，扎亚已经冲了过来。小魔王摆弄着艾玛的战车对一个士兵说："去，把这个蛮夷杀了，其他几个留活口！"艾玛喊："扎亚，别管我，你快跑！"扎亚却如同没听到似的冲到了艾玛的跟前。两柄长剑从两个方向刺了过去，艾玛情急，踏上一步扯过扎亚用自己的身体挡住了刺过来的剑。小魔王喊了声："别伤他！"士兵的剑硬生生地收住了，他们茫然地瞅着小魔王。小魔王说："你们几个笨蛋，快去把那个蛮夷杀了，愣在那里干什么！"几柄剑上下飞舞着，有两次险些刺中了扎亚，如果不是顾忌到艾玛，扎亚早已不知死过几回了。

艾玛挡着扎亚一步步退着，面前的4个士兵忽然都扔掉手中的剑围过来。艾玛和扎亚已靠紧了墙根，再没有退路。那4个士兵抓住艾玛把他揪到一边，其他士兵的剑直指扎亚。

"别动，要不然我先杀了他！"艾玛看时，自己的小武士不知从哪里冒出来抓住了小魔王，他的剑就搭在小魔王的脖子上。小魔王脸色惨白，颤声喊："别，别杀她！"小武士说："把你们的剑都扔到地上，站到一边。"几个士兵去看小魔王，小魔王说："快扔了，站到一边去。"

芭比满脸甜笑地靠到小武士身边嘟着嘴说："大人欺负孩子，羞不羞！"小武士并不理她，对小魔王说："让你的士兵都跳下去！"士兵们还在发愣，小魔王跺着脚喊道："你们快跳呀！""扑通扑通"一阵响，士兵们都跳了下去。芭比趁势拽过小魔王胸前一个黝黑的哨子吹了起来。

一阵似哭非哭的音调响起，那声音听上去不大，但极具穿透力。画舫突然飞一样急驰起来。艾玛只觉得两耳生风，旁边的景物如同快速播放的DV，他慌忙闭上眼睛。田甜惊恐的叫声,张晓菁刺耳的哭喊声,扎亚的惊呼声同时传到了艾玛的耳朵里,他跌跌撞撞地抓住了一个人的手。

瞬间,一切都平静下来,艾玛听到了"轰隆隆"的水声。他睁开双眼,发现自己坐在一堆烂泥里,旁边是浑身湿透的田甜。田甜的长睫毛颤了颤,睁开眼睛环视了一下四周说:"这是什么地方?他们呢?"艾玛也瞧了瞧周围,发现他们处于一个勺子形的潭水间,从太阳的方向判断,他们在潭水的南边。

这潭水的勺子柄处有3个大瀑布,水声是它们制造出来的。3个瀑布的水在勺子柄处会聚在一起,宣泄到一个更大的空间后,平缓了许多,之后,这水又顺着西南流走了。艾玛拉起田甜沿着潭水边走着,他想看一看这附近都有些什么。

忽然,有说话声响起:"别推我,我自己会走!"由于山谷的回声,那声音夹杂着"轰隆隆"的水声若隐若现。艾玛和田甜抬起头四下看着,田甜忽然拉了他一把说:"看,彩虹桥!"艾玛回头,见他们的西南方向出现了一座高耸入云的七色彩虹桥。桥的一端低垂到潭水的一边,另一端越过潭水直插绝壁隐入缥缈的云间。桥上的几个士兵推搡着一个女孩,看时,却是扎亚、张晓菁和小魔王等。还没容两人细看,几个人便消失在朦胧的云雾中。

13. 彩虹桥

峡谷内的树木以松树居多,这里的松树形态各异,叶子苍翠欲滴。靠近潭水的周围是一些艾玛也没见过的阔叶树,每一棵都很高大,枝繁叶茂,间或,是一丛叶子肥大的芭蕉悄然独立,犹如一块绿色的屏风,遮挡了它背后的青石。野花、野草到处都是,红的、黄的、紫的……各色的花朵铺满了整个峡谷底部。

田甜说:"这里真美呀!比黄山的风景还要好。"艾玛没去过黄山,当然想不出黄山是个什么样子,他无暇欣赏这里的美景,只是不停地想,自己和田甜为什么没有被小魔王他们一起抓走。就在这时,田甜忽然一声惊呼,艾玛回头,大吃一惊,他的身后出现了一座彩虹桥,桥的末端离他不足5米远。艾玛还在愣怔,那桥快速地向前移动着,等他回过神来,他和田甜已经在桥的中间了。田甜喊:"艾玛,艾玛,我们在动,你看,你看,我们飞到天上了。"

艾玛也看到了就在眼前的云朵,他向下看去,差点儿一屁股坐在桥上。他们飞得太高了,底下的潭水在不断变小,看上去犹如一个吃饭的勺子。还没等他定下神,田甜摔倒在他的身边,她闭着眼睛喊:"艾玛,快救救我,这桥断了!"此时的艾玛也看到一个令人毛骨悚然的现象,他们身后的桥在不断地塌陷消失。

艾玛的眼前一阵发黑,两条腿不由自主地哆嗦着,身子也跟着软了下来。田甜紧紧搂住艾玛带着哭腔说:"艾玛,快想想办法,我可不想摔下去。"艾玛也搂紧田甜,好像彼此都成了对方的救命绳。

地灵的声音传过来:"艾玛快睁开眼睛,准备往下跳。"艾玛闭紧眼睛说:"不行,我不敢,我不敢!"地灵急切地说:"孩子,勇敢点,如果你不跳,你们就都出不去了,你愿意一辈子做人家的玩偶?"艾玛说:"不行,跳下去会摔死的,我怕死!"地灵说:"你先睁开眼睛看看,不会摔死的。"艾玛勉强睁开双眼,一朵盛开的莲花就在桥的下边。看到莲花很小,艾玛更不敢跳了。地灵说:"你必须相信我,我不会害你的,快!快!马上就没有时间了。"艾玛的思想在激烈地斗争着,想跳又不敢跳,他松开田甜,把头探到桥下看,那莲花忽然变大了。猛然,田甜那边的桥断裂了,艾玛觉得衣襟像被什么拉了一下,侧头看时,田甜的身子已经悬在半空中,他忙伸手拉住了田甜的另一只手。田甜的身子加上下坠的力量,艾玛已经快拽不住田甜了。田甜惊叫着:"艾玛,快救救我!"地灵说:"艾玛,快!你如果松开她的手,她只有死路一条,你身上有护身符,她的身上可没有。"艾玛闭紧眼睛纵身跳了下去。

当他再次睁开眼睛,发现自己落在一片柔软的粉红色当中,脚下蜷缩着田甜。地灵长长地松了口气说:"艾玛,你是一个勇敢的孩子。其实,他们刚才使用的是障眼法,田甜即便是掉下去也不会有事的,她最多重新成为一个玩偶。"艾玛说:"那你为什么非让我跳下去?"地灵说:"你如果从这个桥上过去,他们很容易控制你的,也许你就真的成为这里的一个永远的玩偶了,但你如果跳到这朵莲花上,他们就无法控制你。他们让田甜掉下去是为了让你的心里产生更多的恐惧。他们错了,没想到你在自己朋友的生死关头肯往下跳。

你这一跳，便跳出了他们给你设计好的进入游戏的路线，也就跳到了游戏以外。这样，你就把主动权握在了自己的手里了。"

田甜醒过来多时了，她说："艾玛，你在和谁说话？我怎么没看到人呀？"艾玛说："我在跟我的护身符说话，你当然看不到了。"田甜说："那我们现在又在什么地方？"地灵说："你在一朵莲花上，莲花就飘在天空中。"田甜好奇地说："那我怎么什么都看不到呀？"地灵说："你试着拨开旁边的云雾，就能看到周围的景物了。"

莲花很大，仅是花瓣就要高出他们的头。田甜站起来，走到两个花瓣交错的地方，从那里伸出手一拨，就如同拉开了一扇窗帘。她探头向下看去，"哇"地喊了一声："艾玛，你看，我们好像到了南方。"艾玛挤到她的跟前也往下瞧："嗬！真是一派江南风景，绿树成荫，鸟语花香，到处都是纵横交错的水道，水道上有许多古色古香的拱桥。靠近南边的地方是一处青砖黛瓦的大宅院，依山而建，傍水而居，院落重重叠叠。再往东北方向看，是一个不大的古镇，镇子中间一条青石铺就的小路，一条幽深的水道呈垂直方向将小路截为两段，水道上是一座三孔拱桥，桥下有几个乌篷船，船梢都有一个年轻的船娘或撑船或摇橹。她们一边撑着船一边用一种软软的口音唱着歌，随着船儿远去，歌声也便淡了，犹如那河道上的薄雾，似有似无。与她们一起远去的还有散落在河里的白鹅。

正瞧着入神，地灵说："我们马上就要落地了，从现在起，又要靠你们自己的力量来解决你们自己的问题了。看到南边那个大院落了吗？那就是玩偶城堡的所在地，你的朋友和同学就在那里。只要不进入城堡，他们和我们都不允许使用法术，即便是想使用也不灵。"艾玛说："为什么？"地灵说："这是一个神奇的地方，有很多神秘之处，但这里有个规矩，凡事都要讲理，绝不允许野蛮，哪怕你讲的是歪理，只要对方无法驳倒你，那就是你有理；玩偶城堡，到这里也遵守这里的规矩。"

说话间，艾玛忽然觉得身子一顿，眼前的景色都变了。原来，他和田甜都落在了那座三孔桥上。已是正午，太阳柔柔地照着，艾玛拉起田甜向桥下走去。走在这里的人当中，艾玛和田甜都觉得自己是个异类，就像古装电影里出现了两个现代人似的。

艾玛问田甜："你来过这里吗？"

田甜摇了摇头。

艾玛又说："书里是怎么写这里的？"

田甜说："你的护身符不是告诉你了吗？我们现在在游戏之外，书里当然没有这里的章节了。"

桥的那边更热闹，好像是个小集市，小路两侧有挎着篮子叫卖水果的，也有挑着担子卖青菜的，还有各色的小吃。田甜把指头噙在嘴里，眼巴巴地看着眼前的一切。艾玛也很饿，但他看到这里的人使用的是一种黄色带方孔的金属钱。

走到一处卖青丝软糕的担子前，田甜停下来，她从口袋里摸出一张100元的钞票递给摊主说："老爷爷，我买一块。"摊主是个须发皆白的老头，他眯着眼睛看了看田甜的钱摇摇头，示意不卖。见他不卖，田甜急急地说："老爷爷，这钱在我们那里能买好多东西的。"老头还是微笑着不语，艾玛扯了扯田甜说："傻瓜，人家这里用的不是这种钱。"他们两个在街上转到下午，都没有人把东西卖给他们。

饥饿永远是最可怕的敌人。田甜说："艾玛，我们歇一歇吧，越走越饿。"艾玛也饿，他的两眼正盯着街角的一个衣衫褴褛的小男孩。那男孩已经跪了很久了，他的前面是一个残破的碗，碗里有几枚铜钱。田甜见他看那个男孩，撇了撇嘴说："你不是准备像他一样讨饭吧？"艾玛紧抿着嘴唇没说话，看那意思，他好像真要去学那男孩。

田甜急道："你要是去讨饭，我永远也不理你了，太丢人了。"

艾玛无奈地说："那总不能像'三毛'一样插根草标卖自己吧，我饿得快坚持不住了。"

他们坐在柳树下又看了一会儿，艾玛说："你坐在这里别动，我去想想办法。"说完，艾玛一溜烟走了。又过了一会儿，他手里拿着一个破碗回来了，那碗虽破，但看上去很干净，好像刚刚在河里洗过。

田甜正准备过去，艾玛冲她摆了摆手，示意她不要过来。接着，艾玛用一块红泥在脚下的青石上写着什么。写完后,他把破碗放在地上,自己就低垂着头坐在那里。

行人一个接一个地走过,但谁也没有搭理他。田甜十二分地难为情,好像坐在那里的不是艾玛,而是她自己。她扭转身看着别处,看了好一阵儿,再转过脸时,大大地吃了一惊。艾玛的周围围了几个书生,他们对着地上的字戳点着,又有一些人围了过来,田甜已经看不到艾玛了。

"叮叮当当"一阵响后,人群散开了,田甜看到艾玛的破碗里有了十几枚铜钱。等人彻底走远后,田甜左右瞧瞧,站起身跑过来。艾玛把破碗里的钱收拢在一起递给她说:"你拿着快去买点吃的。"田甜说:"那你呢?"艾玛说:"我再讨一会儿。"田甜接了艾玛手中的钱,好奇地看了看艾玛写在地上的字,居然是仿照他们学过的课文写的:"我来自另一个世界,现在太饿了,这里的夏天虽然来了,我却感受不到。"田甜记得,课文中的原话是:"春天来了,我什么都看不到。"学那篇课文时,田甜就没弄懂,为什么诗人给那个盲人旁边的牌子上加了一句话,就有人给他钱了。没等细想,艾玛催促道:"快走,有人来了。"

田甜拿着钱走远了。

她先来到一个做糯米糕的摊子前,恰好有一个刚出炉的梅花糕。那梅花糕形如梅花,加上红色、绿色的糖丝,看上去就让人流口水。旁边的好吃的还有许多,海棠糕、绿豆汤、凉拌面、豆腐花、麦芽糖……田甜一口气买了一大堆,钱已经花光了。她先咬了一口梅花糕,热乎乎的,甜甜糯糯的,太好吃了。逐个品尝了一番,她的肚子已经饱了。这时,她才想起艾玛还没有吃东西。看着手里仅剩下的一块梅花糕,心里很是过意不去,举着那块梅花糕快步往回走时,忽然看到了小魔王和芭比正站在艾玛的旁边,他们身边还有三四个随从。艾玛依旧低着头,他似乎还不知道旁边的人是谁。夕阳下,小魔王满脸坏笑着从口袋里摸出一块亮晶晶的东西,他把手举得很高,然后用力把手中的东西砸向艾玛的破碗。只听得"当……咔嚓"两声响,声音非常大、非常刺耳,艾玛被吓得一激灵,豁然抬起了头。看到小魔王后,他噌地跳了起来,上前去揪他的衣领。小魔王倒退了几步说:"小要饭的,你想干什么?这里可是需要讲理的,小心公差抓你！"艾玛涨红着脸说："你凭什么砸我的碗？"一个随从说："我们小主人是在施舍你，你看看地上的是什么？"旁边的一个围观者说："你还不快谢谢这个小公子，他给你的是二两银子，我们就算不吃不喝地干一个月也挣不来。"

艾玛把头低了下来，然后弯下腰一枚一枚地去捡地上的铜钱。所有的铜钱都收好后，他扭身向田甜这边走来。小魔王见他没有捡地上的银子，有点意外，追着艾玛说："哎，艾玛，你怎么不捡银子？"艾玛不说话也不理他。

田甜走过来把手里的梅花糕递给艾玛，说："艾玛，快吃吧，还热着呢。"艾玛接过梅花糕大大地咬了一口说："真好吃，从哪儿买的，我们再买几块。"田甜说："就在那边，不远。"他们说着话，向那边走去。小魔王讨了个没趣，他对身边的随从嘀咕了几句，便尾随着艾玛而来。

艾玛他们走到摊子前，田甜说："阿姨，我们再买几块。"还没等卖点心的女人说话，小魔王说："你的点心我全买了。"卖点心的女人看到小魔王，忙笑着说："小公子，你怎么也吃起我们这些野摊子上的东西了。"小魔王说："那你别管。"卖点心的女人冷着脸对田甜说："你们去别的地方买吧，我的点心都卖了。"田甜愤怒地说："那怎么也有个先来后到吧。"卖点心的女人说："我们这里只卖给熟客。"田甜说："那你刚才不是卖给我了吗？"卖点心的女人不耐烦地说："刚才是刚才，现在是现在，不卖，不卖，你们快走吧。"

连续走了几个摊子，艾玛和田甜什么都没有买到。田甜气急了，对着跟在他们身旁的小魔王喊："你总跟着我们干什么？"小魔王旁边的芭比说："谁跟着你们了，这路又不是光给你们修的。"

艾玛现在最大的愿望就是照着小魔王那张充满坏笑的脸打一拳，他的拳头不断地握紧，他已经快要控制不住自己了。小魔王好像知道艾玛想什么，他依旧坏笑着说："千万别冲动，这里不是那个小岛。"在艾玛愤怒到极点时，地灵的声音传了出来："艾玛，千万别动手，动脑筋。"

艾玛看到前边有两个岔口，拉过田甜耳语道："我把钱分成两部分，你拿着钱往那边跑，我往这边跑。"说着话，他把手里的钱塞到田甜的口袋里一部分。"记着，我数到三的时候，就开始跑。"小魔王还得意地站在他俩旁边说：

"急……急死你，有钱买不着东西；饿……饿死你，看着好东西吃不到。"他的话音未落，艾玛和田甜犹如两个兔子，箭一般向两边跑去。

小魔王愣了一下，瞅瞅这个，瞧瞧那个，一时不知该追谁。芭比说："我们也分成两路，分别追他们。田甜一边跑一边向两边看，前边是个卖大饼的，她跑过去喊："买一个大饼。"卖大饼的还没有接过钱，后边跟上来的小魔王远远地喊："我是城堡的小主人，大饼我全要了。"卖大饼的对田甜摊摊手，做出一个无奈的动作。连续跑了4个地方，田甜都没有买到东西。

这边的艾玛跑得比芭比快多了，他先买了两块桂花糕，又买了一块酱牛肉。再想买点别的，手里的钱却花光了。他气喘吁吁地停下来后，看到了前边的田甜和小魔王。芭比也赶了过来，艾玛晃着手里的吃的哈哈大笑，小魔王气恼地跺着脚。

他上前拉起田甜说："走，我们去那边享受这美味。"他俩向前走了几步，一个打谷场出现了，艾玛和田甜走过去坐在一堆稻草上休息，小魔王气哼哼地走过来。看到小魔王的样子，艾玛太开心了，他撕下一条牛肉递给田甜说："慢慢吃，气死这个小坏蛋！"小魔王暴跳如雷，又扯自己的头发又跺脚。田甜接过牛肉一点一点边吃边唱："气，气，气狗油，气得跺脚上墙头；笨，笨，小笨蛋……"唱到这里，田甜想不起下面该唱什么了，艾玛接过来说："小魔王，我给你出个脑筋急转弯，你知道老太太上鸡窝是什么意思吗？"听到这话，小魔王歪头想了半响说："老太太上鸡窝，不就是捡鸡蛋吗？"田甜哈哈地笑着说："错了，是笨（奔）蛋。"

小魔王一屁股坐在了地上干号着说："气，真是气死我了！去，去把他们的吃的抢过来。"艾玛吓了一跳，转身正要跑，听到芭比说："小主人，不行，在这里绝对不行，你难道忘记了堡主的话了吗？"

看到他们不敢抢，艾玛摇头晃脑地吃着手里的东西，他吃得太慢了，半天也没吃掉五分之一。芭比对一个随从说了句什么，那个随从转身便走了。那随从走后，艾玛又开始气小魔王了，气了一阵儿，觉得够了，正准备大口地吃掉手里的东西。忽然，大把的沙子飞了过来，接着，四五个六七岁的孩子嬉笑着冒了出来。艾玛手里的东西粘满了沙子和泥土，他的头上、身上也都是沙土。

他一下子跳起来喊："你们干什么？你们干什么？"几个孩子嘻嘻哈哈地说："我们在做游戏，你管得着吗？"他们说着话，围着艾玛和田甜唱起了顺口溜："气，气，气狗油，好好的东西吃不到嘴里头。"艾玛向他们冲了过去，几个孩子一哄而散，他们边跑边喊："艾玛是个大笨蛋，田甜是个大蠢蛋，笨蛋加蠢蛋，叽里咕噜滚下山。"

看到这里，小魔王高兴得又是蹦又是跳。

14. 误入玩偶城堡

晚霞绚丽无比，艾玛饥肠辘辘，田甜垂头丧气，小魔王扬扬得意。芭比说："小主人，你难道忘了来这里的目的了吗？"小魔王说："当然没有，父亲让我想办法把艾玛引到城堡里。"艾玛听到他们的对话，有些好笑，想骗人家，还说了出来，那能骗得了谁。他不想搭理这个小坏蛋，所以漫步向前走着。芭比又说："那你怎么不骗他呢？"田甜说："就凭他还想骗我们，那不是开玩笑吗。不过，你倒是挺有意思的，就是衣服穿得太单调了，我的那个芭比娃娃有许多衣裳。"芭比听她这么一说，脸拉长了，说："我的衣裳有的是，我就喜欢穿这一身。"田甜不相信地说："你在吹牛，你有淑女装吗？你有法国最流行的时装吗……"芭比一时语塞，田甜的嘴犹如机关枪，她嘟嘟地说："你有背包吗？你有几部车？你坐过宝马车吗？我们家的芭比娃娃是个公主，你却是个跟班，真丢人！"

芭比气得脸色铁青，蓝眼睛里泛出凶光。艾玛一点斗嘴的心思都没有，他的脑袋里只有好吃的。一阵悠扬的钟声传了过来，芭比对小魔王说："小主人，城堡里催我们回去，快走吧。"小魔王对艾玛说："艾玛，跟我走，我请你吃饭。"艾玛哈哈地笑着说："你做梦吧，想把我骗到城堡，真幼稚。"小魔王诚恳地说："我不让你跟我回城堡，真的。如果你进了城堡那太没趣了。首先，我没有理由再从城堡里出来；其次，我爸爸又要让我读书了；再者，如果你进了城堡，就会变成一个只知道听话的玩偶，那有什么意思。"

田甜说："你又在骗人！"

小魔王没有理田甜,他仍然对艾玛说:"你如果不愿意跟我走也行,我把这个牌子借你一晚上。有了这个牌子,你在这里想吃什么就吃什么,想住哪里就住哪里,干什么都不用花钱。"说着话,小魔王把一个银牌递给艾玛。艾玛犹豫着接过牌子看了看,银牌的正面有"玩偶通用"的字样,背面则是一张笑眯眯的脸。

看到艾玛接了牌子,小魔王转身领着几个人走了。

见他们走远了,田甜说:"这个小坏蛋不知道又搞什么鬼呢?"艾玛说:"管他搞什么鬼呢,我们先试试这个牌子到底灵不灵?"

他们说着话,挑了古镇上最大的一家客栈走了进去。一个肩搭毛巾的伙计冷冷地说:"住店需要先付钱。"田甜把艾玛给她的铜钱摸出来,伙计瞟了眼她手中的钱,不屑地说:"两位是自己走出去呢,还是让我找人把你们扔出去?这点钱在我们的店里还不够买壶茶。"看他恶狠狠的样子,田甜忙躲到了艾玛的身后。

艾玛也很心虚,他犹豫着举起小魔王的银牌晃了晃。伙计看到牌子,立刻眉开眼笑地说:"得罪公子了,小的不知两位是城堡里的人,该死,该死!"说着话,他扇了自己两巴掌。艾玛见他如此,胆子便大了,说道:"我现在很饿,赶紧给我们安排吃的,要最好的。"

伙计点头哈腰地说:"是是是,小的马上安排,两位随我来。"

艾玛和田甜随着伙计穿过几个回廊,一个月亮门出现了。过了月亮门,是一个院落,院落的中央有一个鱼池,一座曲折的小桥就在上面,小桥的末端隐入到一座假山的山洞里。院落的正面有3个精致的屋子,每个屋子的门楣上都有字,分别是"听雨小筑"、"雨打芭蕉"、"别有洞天"。伙计说:"两位随便选,想住哪间就住哪间。"田甜说:"我们是两个人,得住两间。"伙计说:"随意,这个院落都归两位。"

艾玛和田甜在"别有洞天"里大吃了一顿,这么多天来,这是他们最丰盛的一次晚餐。吃过饭,4个伙计抬来了两只大木桶,艾玛和田甜瞅着那桶发愣,伙计说:"这是给两位准备沐浴的汤水。"

木桶里洗澡可是头一回。水不冷不热,还漂着些粉色的花瓣,热气散出,整个房子都飘荡着淡淡的花香。洗过澡，伙计将木桶抬了出去，艾玛刚跳到那个像房子似的床上，就听到"咚咚"的敲门声和田甜的喊声："艾玛，快开门！"艾玛不情愿地下地开了门，田甜挤进来说："艾玛，我有点怕，不敢自己睡。"艾玛摊了摊手无奈地说："那怎么办？这房子里只有一张床。"田甜说："你睡地上不就行了吗？"艾玛赌气地说："你怎么那么自私，为啥要我睡地上。"田甜小声说："我怕地上有虫子，求求你，艾玛。"艾玛最怕别人求他了，只好从田甜的房间里抱来被子铺在地上，违心地睡在了上面。

躺在地上的艾玛翻来覆去就是睡不着，他现在想家了，更想他的妈妈。田甜好像也睡不着，她忽然说："艾玛，我想家了，咱们怎么回家呀？"艾玛说："你不是读过书又玩过游戏光碟吗，游戏中是怎么通过全局的呢？"田甜说："现在好像跟书里不一样，书里没有介绍怎么进入玩偶城堡，也没有交代结果。我只记得书中最后一句话是这样写的："没有人能够从这盘残棋中走出来，所有进去的人都杳无音信。"

听到这句话，艾玛愣了半晌，默默念叨着："没有人能够从这盘残棋中走出来，所有进去的人都杳无音信……"连着叨叨了几次，他莫名地心烦起来，连自己也控制不住这种情绪。他的心里不由得抱怨：如果不是她那本破书和那张游戏碟，他就不会进入到这里，更不会吃那么多的苦，现在倒好，连怎么出去都不清楚。尤其是书中最后的一句话，更让艾玛泄气。他沮丧地想，看来他们都回不去了，想到回不了家，艾玛不禁伤心地哽咽起来。

田甜的心里也不好受，听到艾玛的哽咽声，她从床里爬出来说："艾玛，都……都是我不好，是我把你们都害了。"艾玛顺口接过话茬儿说："就是你不好！要不是你，我们也不会是这样的。"

艾玛从来都没有这样责备过田甜，话出口后，他就有些后悔，还没等自己想好怎么去补救，田甜"哇"的一声哭了出来。她边哭边说："是我不好，可我又没让你进游戏中来，要不是你家的电脑，我又怎么能进到游戏中呢。"她越哭越伤心，哭着，哭着，下地穿上鞋说："不用你去救他们了，我自己去，我自己去找路天宇，去找张晓菁，哪怕再次做了玩偶，我也心甘情愿！"

艾玛慌忙穿好衣服追了出去，他边跑边喊着："田甜，你回来，是我不对还不行吗？"客栈的大门只开了一条缝，看样子，田甜刚跑出去。艾玛从门缝里挤出去，一路跑着去找田甜，跑了一阵儿，根本没有田甜的踪影，而他自己感觉也迷了路。

月光虽然皎洁，但眼前的景色与白天大不一样，阴森森的，令人毛骨悚然。艾玛有些怕了，他左转右转想寻找回客栈的路，但怎么也找不到。当他从一条幽深的巷子里转出来后，总觉得后边有人跟着他，连续回了几次头，都没有看到人影。艾玛的头皮发麻，他现在最渴望见到人，即便是小魔王也好。因为害怕，他越走越快，后来干脆跑了起来。一路狂奔，直到筋疲力尽，艾玛才停下来。他呼哧呼哧地喘了半天，发现自己在一片竹林中，月光透过稀疏的竹叶，他看到一截白色的墙，墙不是很高，上面有青色的瓦。艾玛缓缓站起身，又往前挪了几步，一个月亮门出现了。门是虚掩的，里面好像有灯光。艾玛大着胆子走过去，轻轻一推，门便开了，进了月亮门，里面豁然开朗了，好像是一个很大的花园。

艾玛蹑手蹑脚地到向前走了几步，听到一阵脚步声。他刚隐到一丛巨大的芭蕉后面，3个红衣侍卫远远走过来。艾玛一步步地向后挪动着，挪了几步，忽然觉得自己的背部顶在了一个很硬的东西上。他转头看时，自己正在一座假山旁。红衣侍卫并没有向这边走过来，但艾玛还是怕被他们看到，他悄悄地顺着假山向后移动着，又转过一个弯，一个一人多高的洞口出现在眼前。

艾玛认为这是一个很好的藏身之处，便从洞口溜了进去。原本以为是个很浅的洞，当他走进去后才发现这个洞很深，每到转弯处都有一盏红色的灯笼。又是一个转弯过后，空间骤然变大，暗红的光线下，艾玛看到对面坑坑洼洼的墙上是一张笑眯眯的脸的轮廓。艾玛大吃一惊，难道自己误打误撞，居然进了玩偶城堡？他大着胆子靠近墙边，发现那脸的轮廓是由镶嵌在墙上的发光石头连成的。就在这时，后边传出了说话的声音："好像有生人进来了。""不可能，生人怎么能进到这里呢？"艾玛听出是两个人在说话。

一个说："我们去查看一下吧。"

另一个人说："有什么好看的，放着好好的觉不睡，折腾啥。"

一个人说："最近主人不在，总管让我们留心家里，要防备那个叫艾玛的孩子。"

另一个人说:"一个普通孩子有什么可怕的,最多一刀就解决了。"

一个人说:"总管说过,不能掉以轻心,那孩子虽说是个普通的孩子,但他的身上有一个护身符相当厉害。"

另一个人说:"主人这些天去了哪里?"

一个人说:"听人说,咱们城堡因为艾玛和红衣教结了怨,主人正在处理这件事情。行了,行了,不跟你说了,还是过去看看吧。"

听到他们要过来,艾玛慌了,四下寻找藏身的地方。由于紧张,他的脚下被什么东西一绊摔倒了。"有人!真的有人进来了。"接着是"嗵嗵嗵"的脚步声,倒在地上的艾玛忽然看到右侧的阴影里有一个很小的缝隙,他忙爬过去挤了进去。

缝隙里有风,好像能通向外边。这时,灯光大亮,整个洞里如同白天一样,两个身躯异常高大的汉子跑了进来。他们很快就发现了艾玛,狞笑着说:"小崽子,本事倒是不小,居然能进到我们城堡的腹地。"艾玛吓坏了,拼命地往里挤。那两个汉子一步步逼了过来,手里的刀明晃晃的。前面的空隙更小,犹如一个狗洞,艾玛手足并用地向前爬着。猛然,他的鞋被人拽住了,他用另一只脚狠狠地蹬着,两只手死死抠紧凸起的山石。拉他脚的人的力气实在太大了,艾玛已经快抠不住那石头了。他的手、脚都很痛,意识也很模糊,就在他准备放弃的那一刻,被拉住的脚忽然解脱了,脚下冰凉。艾玛立刻醒悟,他的鞋被拽掉了。由于那人突然撒手,借着惯力,艾玛又前进了一点。可更要命的是,他被两侧的山石卡在了中间,胸腔受到挤压,他觉得快喘不上气来了。

"拿刀捅他,快拿刀捅他,把他捅死!"听到这个声音,艾玛也不知哪里来的力气,用力向前一挤,呼吸顿时顺畅了。再往前爬,空间大了许多,艾玛听到身后的一个人说:"这洞太小,我们进不去。"另一个人说:"这是一个废弃的死洞,我们用水淹死他!"一个人说:"还是报告总管吧。"另一个人说:"你是不是想找死,主人让我们守住这个洞口,片刻不能离开,你非趁着主人不在拉着我去喝酒,惹下了这么大的麻烦。你知道擅离职守要受到什么惩罚吗?"那个人不说话了。

艾玛听到他们要用水淹死自己,慌忙接着往前爬。

15. 别有洞天

洞里蜿蜒曲折,有的地方很大,艾玛甚至能够站起来;有的地方很窄小,他只能爬着钻过去。起先,艾玛还能听到水的声音,后来便什么也听不到了。又往前爬了一段,艾玛忽然闻到了淡淡的烟味,回过头,看到烟是从自己爬过来的地方漫过来的。他立刻明白,那两个家伙是想用烟熏死自己。

洞里漆黑一片,艾玛也不知自己究竟爬了多久,又到了能站起身的地段。他摸着石壁慢慢向前走着,越过一个小坎,脚下猛地一滑,来不及抓住任何东西,便叽里咕噜地滚了下去,还没等他反应过来,便"扑通"一声掉进了水中。

艾玛一时蒙了,连续呛了两口水,脚才踩着地。他抹了一把脸上的水珠,看到了一个破碎的月亮。定了定神,才弄清自己是在一口很宽阔的井里,而那破碎的月亮只是一个映在水中的影子。井里的水微微有些热,居然跟自己平常洗澡时的水温差不多。艾玛抬头看了看,这井并不是很深,中间有根横梁,横梁上缠着一圈圈的绳子,他估计那可能是一个取水的辘轳。井壁的下部十分光滑,快到井口时,口径变大,有很多不规则的石头。艾玛想:只要能爬到那里,就很容易出去了。

月亮一点点消失了,艾玛尝试了几次,四处没有着力的地方,根本就爬不上去。他想,自己现在就像课文《井底之蛙》中的那个蛤蟆。幸好水不是很深,只能没到他的脖子。他眼睁睁地看着井口大小的天空,看了一会儿,困意袭来,头也耷拉下来。要不是又被水呛了几回,他很有可能早睡着了。就这样,他一会儿清醒,一会儿迷糊,不知过去了多久。

当他再一次清醒后,忽然听到了一个熟悉的声音说:"你不是说艾玛会来救我们的吗?都过了这么多天,他怎么还不来呀?"艾玛豁然清醒了,是路天宇。另一个声音说:"我怎么知道他还不来呀,快提水吧,小心又被那个小妖精饿一顿。"这是张晓菁的声音。听到自己同学的声音,艾玛的眼泪止也止不住了,那些平时听上去耳朵都要起茧子的声音是那么的亲切。他忽然觉得这是世界上最好听的声音，他也瞬间领悟到了什么是友情，什么是亲人。路天宇又在唠叨："我看他不会来了，没准儿早被这些人给杀了，就算没被杀掉，他也早跑了。"张晓菁大声说："艾玛不是那种人，他不会跑的，更不会被他们杀掉。"说到后来，张晓菁的声音里带出了哭腔。

艾玛正要大声喊，一个恶狠狠的声音传了过来："还不快提水，小心芭比公主不给你们饭吃。"路天宇讨好地说："秋菊姐姐，别生气，我们马上就提回去了。"声音过后，一个黑乎乎的东西从井口放了下来。艾玛躲到阴影的一边，看到了一个木桶，接着是一个竿子顺下来。那竿子的头上有一个钩子，钩子搭住木桶的横梁来回一晃，一桶水便满了。

这可是一个机会，艾玛双手抓紧了桶的横梁。木桶离开了水面，路天宇的声音传过来："今天这桶怎么这么重！张晓菁，不许偷懒。""吱呀、吱呀"的一阵响声过后，艾玛缓慢地上升着。快到井沿时，艾玛忽然想：如果这样贸然上去，是不是也会和他们一样被抓住呢？想到这里，艾玛左右看了看，一根腕子粗细的树根就在眼前。他立刻腾出一只手抓住了树根，接着，另一只手跟了过来。失去他的重量，水桶噌地一下子出了井口。由于速度太快，水桶里的水洒了出来，溅了艾玛一身。

路天宇嘟嘟囔囔地说："今天这桶可真奇怪，一会儿重，一会儿轻的。"艾玛不知道上边的情况，他没敢说话。路天宇和张晓菁的脚步声远了，外面静了下来。艾玛悄悄爬上来探出半个脑袋，见外面一个人也没有,他噌地跳了上来。

跳上来后，他才发现自己处在一个小小的角落里。他四下打量着，这里的建筑可真奇怪，就像是谁把一栋三层高的建筑弯成了一个圆。每层都分成若干个小格，每个格子上又独立着一个像盒子似的房间，每个房间的正面墙上都有一个一人高的大字，最底层的是兵和卒，房间也小。二层上的字是马、炮、车，三层是象、士和将。左右两侧的三层各有一个突出的看台，看台上有两把大椅子。看台后面的房间非常漂亮，犹如小巧的宫殿。乍一看，就像是一个不伦不类的陈列馆。

艾玛没有过多的思考，他现在必须先找到一个藏身的地方。于是，他猫着腰藏到了一个离他最近的房子的阴影里。刚刚藏好，就听到一阵号声，就像军队的起床号。各个房间的门瞬间都开了，一群和他一般大小的孩子都迅速跑向圆形场地中间。他们身着红黑衣裳，胸前背后都有字，有的写的是"马"，有的写的是"炮"，有的写的是"兵"。

这时，左右看台上各出现了两个丫鬟装束的女孩。一个喊："开始演练，列队！"场地中间立刻有了变化，红黑衣裳的孩子马上列成两队。红方的全部是女孩，黑方的都是男孩，他们围着圆形的场地开始跑步。约莫40分钟后，看台上的一个丫鬟喊："全部归到自己的位置！"瞬间，红黑两方各自站好了位置。

天渐渐亮了，场地中间的孩子还在演练，他们一会儿合在一起，一会儿又都回到自己的位置。太阳完全露出来后，艾玛从人群中找到了路天宇和张晓菁，他俩和其他孩子一样都乖巧地听着看台上的指挥。艾玛忽然记起他在沙漠中看到的一幅海市蜃楼景象，那幅景象中有这里的情景，但路天宇应该是"兵"，可现在路天宇的胸前写着"马"，倒是张晓菁的胸前写着一个"卒"。

又是一阵儿号声响过，红黑双方各自收队，分两个方向各进入一个宽敞的门内。此时，艾玛已经明白了这里的格局，他想：路天宇应该在对面的二楼上居住，但二楼有两个写着"马"字的房间，他究竟在哪一间房子里呢？管他呢，想办法先过去再说。这样想着，艾玛左右看看，猫着腰沿着回廊向对面跑去。四周很静，静得令人奇怪，整个建筑里没有丝毫声音，若不是刚才亲眼看到有这么多人操练，艾玛肯定不会相信这里有这么多的人。

很容易就上到了二楼，艾玛推了推左边写着"马"字房间的门，居然看到两张床，两张床的中间有两个小小的蒲团，蒲团上规规矩矩地坐着一个和他一般大的孩子。那男孩的眼睛微微地闭着，犹如老僧入定一般。艾玛走过去看时，那男孩依旧直直地坐着，连眼珠都不动，好像一个没有生命的雕塑。艾玛用手推了推他，那男孩应声倒地，还是原来的姿势。正在这时，外面又传来了号声，他悄悄地将门打开一条缝，见刚刚消失的孩子们又出现在场地上。

太阳很毒，毒辣的太阳下，那群孩子还在操练。红方的一个"卒"忽然倒在了地上，艾玛猜测她可能是中暑了。两个红衣打扮的侍女提着一桶水跑过去，哗地泼在了地上那孩子的身上。接着，看台上有个声音说："拉下去，罚一顿饭！"看了一阵儿，艾玛回头，见那男孩还是刚才倒地的姿势，就上前用手探了探他的鼻息，有呼吸。艾玛想：既然有呼吸，说明他是一个活人，那他为什么不会动也不会说话呢？艾玛又用手摸了摸那男孩的脸，绝对是正常人的肌肤。就在艾玛百思不得其解的时候，奇怪的事情再次发生了，眼前的男孩好像在变，他刚刚触摸过的脸变成了青白色，只是一瞬间，那男孩就变成了一个很小的瓷娃娃。艾玛吓坏了，刚要向外跑，听到外面有说话的声音。他四下看看，"哧溜"一下钻到了床底。

床有帷幔，帷幔离地有一尺多高。床底下的艾玛只看到一双漂亮的红绣鞋一前一后地挪动着，蒲团上的那个歪倒的男孩不见了，只有一个巴掌大小的瓷娃娃倒在蒲团上。一声惊呼："奇怪，这个玩偶怎么无缘无故倒了呢？"接着，一双白嫩的小手捡起了地上的瓷娃娃，后来，房间里又静下来。红绣鞋也不见了，艾玛稍稍往前探了探头，忙又缩了回来，他看到了两只穿着红绣鞋的脚在床沿下荡来荡去。

床下的艾玛连大气都不敢出，他盼着那双红绣鞋赶紧出去。在他的盼望中，听到一阵轻柔的小曲："好宝宝，快睡觉……"听着，听着，艾玛便迷迷糊糊地睡着了。不知睡了多久，艾玛被一阵刺鼻的臭味熏醒，他太熟悉这种味道了，他们班里能发出这种臭味的只有路天宇的脚。

房间里有淡淡的月光，艾玛判断现在是晚上。他侧着耳朵又仔细听了听，除去那一阵儿大一阵儿小的鼾声，好像再没有其他的声音，于是他悄悄爬了出来。床空着一张，他刚才藏身的那张床上睡着一个人。借着月光，艾玛看到那床上的人正是路天宇。艾玛上前摇着路天宇的胳膊小声喊："路天宇，路天宇，你快醒醒！"摇了半天，路天宇就是不醒，艾玛狠狠地掐了他一把，路天宇挺尸一样坐了起来。

他看到艾玛后，眼睛瞪得溜圆，之后，又用手使劲揉了揉眼睛才说："艾玛，是你吗？"艾玛点点头说："是的。"路天宇说："你怎么变得这么大？"艾玛上上下下看了看自己，没觉得自己有多大，还是原来的样子。他将信将疑地说："路天宇，你的眼睛是不是有毛病，我还是原来那么大呀！"路天宇说："不对，不对，你现在至少比我大10倍。"艾玛说："你是不是脑袋有问题，要是我比你大10倍，这房顶早被顶破了。"路天宇说："不对，不对，这个房间很神奇，它也会变大变小的。"艾玛不耐烦了，他说："先别说谁大谁小，有没有吃的？"路天宇愁眉苦脸地说："哪有吃的，有吃的我也不用睡那么早了。再说了，即使有点吃的还不够你塞牙缝，你现在太大了。"艾玛说："这里的守卫多不多？"路天宇苦笑着说："这里哪用得着守卫呀，那4个巨人使女随便一脚就能踩死我们，还有那个可恶的芭比公主，她能够把兵营里所有的泥人变成活的士兵，太可怕了。"

艾玛现在最需要的是吃的，他问道："哪里能找到吃的东西？"路天宇说："一楼的厨房里有好多，但晚上我们根本就跨不出这个门槛。"艾玛说死都不相信路天宇居然跨不出那个只有一拃高的门槛，他拉起路天宇说："走，你快带我去！"两人到了门口，艾玛推开门便迈了出去，可路天宇走到门口怎么也走不了，他的脚反复抬起落下，就是出不了门。艾玛小声说："你捣什么鬼？快点出来呀！"路天宇说："我要是能出去还用你说吗？那个门槛会动，我走它也走。"艾玛见路天宇的神态不像是说谎，回身背起路天宇轻松地迈出了门槛。

夜色冷清，四周很静，所有的房间都黑着灯，唯独对面看台上的几个房间灯火辉煌。艾玛拉着路天宇猫着腰从二楼上下来，路过看台时，他们看到窗户上有几个影子在晃来晃去。路天宇小声说："你不用怕，这里到了晚上只有芭比公主和她的4个侍女能自由活动。"艾玛说："什么芭比公主，就是那个芭比娃娃呗。"路天宇说："你见过她？"艾玛说："怎么没见过，她差点就做了我的俘虏。"

厨房很大，只有一根红红的蜡烛，路天宇领着艾玛三绕两绕便来到了一个橱柜。微微的灯火下，艾玛看到好多吃的东西，有牛肉、板鸭，还有各种点心。艾玛抓起那些吃的胡乱往嘴里塞着，路天宇也丝毫不逊色于他，两人正吃得起劲，忽然有声音从外面传进来："真烦人，半夜还要吃东西，也不让人睡觉！"艾玛眼疾手快，拉起路天宇躲到了橱柜的后面。

门忽地开了，早上在看台上指挥路天宇他们的两个侍女提着灯笼走了进来。她们径直走到橱柜前，其中一个惊疑地说："这里的东西好像被人动过。"另一个说："别瞎说了，除了我们和小主人外，没有人能进到这个内城里，快点吧,省得叫人家骂!"两个侍女拿了些东西出去了。

他们刚走出去,艾玛和路天宇迫不及待地从橱柜后面出来,疯狂地吞食着橱柜里的吃的。吃饱喝足,艾玛说:"你知道张晓菁住哪个房间吗?"路天宇说:"知道,就在一楼靠左边的第一个房间。"艾玛说:"我们也给她带点吃的。"路天宇说:"你是怎么进来的?"艾玛一边拿着东西一边说:"从井里,是你和张晓菁把我吊上来的。"路天宇不信,见他不相信,艾玛说:"你早上不是说我早死了吗?"路天宇有些不好意思了。艾玛说到这里,脑海中豁然生出一个念头,既然自己能从井里进来,当然也能从井里出去了,那样不是很容易就把自己的朋友救出去了吗?

这个念头刚生出来,胸前的地灵说话了:"艾玛,你不能出去,你必须要从这里得到小魔王的玉佩,只有得到玉佩后才有机会回到你们的世界。"艾玛说:"那你怎么不早说呢?我们现在连小魔王在什么地方都不知道。"路天宇说:"你在跟谁说话?"艾玛说:"你别打岔,我在跟我的护身符说话呢。"地灵说:"这个内城还有一条地下通道,顺着那条道出去可以到达棋盘山,小魔王正在棋盘山下的一个叫明月庵的地方。"艾玛说:"什么棋盘山呀?"地灵说:"到了那地方,你们就知道了。"艾玛又说:"我们怎么才能找到地下通道?"路天宇说:"我知道入口在哪里,听说那里非常危险。"地灵说:"你们必须要快,明天上午,这里的城主要与红衣教进行一场决斗,地点就在棋盘山,他们比试的是一盘棋,你们必须想办法把我和小魔王的玉佩同时插进棋盘上楚河、汉界的孔洞中才能回到原来的世界。"艾玛说:"那我们现在就去吧。"地灵说:"别急,你们先找到你们的同学张晓菁,然后我再给你们3种法器,你们才有机会。"

艾玛和路天宇趁着夜色,悄悄潜入到张晓菁的房间,救出张晓菁,他们重新回到路天宇的房间。地灵说:"艾玛,你在口袋里摸一摸。"艾玛摸了摸自己的口袋,居然有3个黄布小包,打开第一个,里面有11个黄澄澄的东西,仔细看去,却是9头小牛外加2个老虎的面点。艾玛疑惑间,地灵说:"你快把他们吃到肚子里,你就具有了9头牛的力量还有2只老虎的凶猛。"一旁的路天宇睁大眼睛说:"这不公平,为什么不给我吃一个?"地灵说:"你吃了也没用的，因为你没有缘分吃它们。"路天宇眼巴巴地看着艾玛吃掉了那些东西，急切地说："老佛爷，你也给我点东西吧。"地灵笑了，他说："你天生胆小又好动，有时还很自私，所以我也有两样东西送给你。艾玛，你打开第二个小包。"艾玛打开小包，里面有一件小得可怜的黄色袍子，旁边是一片紫色的叶子。地灵说："你把那片叶子吃掉，你的胆量就变大了，那件袍子是件隐身衣，穿上它，就没有人能看到你了。"路天宇用两个指头捏起那袍子，满脸的不相信。地灵说："把那叶子吃掉才有用的。"路天宇将信将疑地把叶子刚放到嘴里，便"呸呸"地吐了起来说："哎呀！我的妈，简直太苦了！"地灵也不理他，他对张晓菁说："最后的一个小包是你的。"艾玛打开小包，里面有一支小小的眉笔，张晓菁正在纳闷，地灵说："这个眉笔能让你们变成你们见过的任何人。你们记住了，艾玛和路天宇的东西只在今晚有效，张晓菁的眉笔可以一直用下去。你们能否成功全靠你们自己啦。"

16. 明月庵

已是深夜，整个内城死一般的寂静，路天宇领着艾玛和张晓菁从看台左边的楼梯下去，进入到一条长长的巷道。巷道既深又暗，墙壁上那忽明忽暗的灯光犹如一双双闪烁的眼睛。张晓菁抓紧了艾玛的手，她的手心在出汗，艾玛甚至都能感觉到她剧烈的心跳。其实艾玛又何尝不害怕呢？

巷道的尽头是两扇巨大的石门，石门上锁着一把大锁。艾玛说："门是锁着的，我们怎么进去呀？"路天宇说："这里的门平时并不锁，谁知道今天怎么锁上了。"张晓菁说："我知道钥匙在哪里。"艾玛说："那你快说呀！"张晓菁说："那钥匙就在芭比公主的房间里的墙上挂着。"路天宇说："我去偷出来。"他们从巷道里返回来，蹑手蹑脚地来到芭比所在房间的窗前，艾玛用舌头舔了舔窗纸，两个小洞出现了。房间里很明亮，对面是一张拉开帷幔的床，两个侍女用扇子给床上的人扇着风，一把很大的钥匙就挂在旁边的墙上。看了一阵儿，艾玛想不出什么好办法去取那把钥匙，回头正要与路天宇商量，却听到门"吱"的一声响。他忙与张晓菁蹲在了窗沿下。

房间里有说话的声音:"也没刮风,门怎么开了?"接着是一阵细碎的脚步声,又是"吱"的一声响,门被关上了。艾玛慢慢站起来,发现路天宇不见了,他小声对张晓菁说:"路天宇呢?"张晓菁四下看看小声回答:"刚才还在呢。"这时,房间里忽然发出一声惊叫:"你掐我干什么?""谁掐你了?"艾玛顺着两个小洞看过去,床前的两个侍女正互相埋怨着。张晓菁用低低的声音说道:"是路天宇在捣鬼。"床上的人翻了个身子说:"都去睡吧,明早有很多事情呢。"两个侍女答应着向门口走来。艾玛忙拉过张晓菁躲到一个柱子后,他们看着两个侍女进了另一个房间,正准备过去,一把大钥匙晃晃悠悠地从那边飘了过来。接着,是路天宇的声音:"艾玛,你们在哪里?"艾玛和张晓菁闪了出来,钥匙晃到两个人的身前,路天宇的脑袋露了出来。张晓菁说:"路天宇,你快把隐身衣脱掉,怪吓人的。"

他们重新进了巷道,来到石门前,路天宇比画着说:"这锁的位置太高了,我们得叠个云梯才能打开锁。艾玛,你太胖了,还是你在下面吧。"艾玛说:"那好吧,你踩着我的肩膀去开门。"说完,他蹲下身子,路天宇踩着艾玛的肩膀,艾玛异常轻松地站了起来,好像肩膀上根本就没什么东西似的。路天宇还是够不着锁,他不停地喊:"再高点儿,再高点儿。"艾玛已经是跷着脚尖了,路天宇还是够不着锁。想到自己具有九牛二虎的力量,艾玛抓住路天宇的脚脖子,把他高高地举了起来。

"咔嗒"一声,锁被打开了。

路天宇说:"好了,好了,你快放下我。"落了地的路天宇用力去推那门,可门纹丝不动,艾玛上前轻轻一推,门便"吱嘎"一声开了。路天宇抢前一步跨进了门里,艾玛和张晓菁刚跟着进来,身后的门砰地关上了。路天宇走得很快,但回来得更快,他大声喊:"艾玛,你快上,看门的巨人来了。"他的话音未落,"咚咚咚"的脚步声传了过来,一个猩猩脸的巨人向他们走过来。那巨人太高了,艾玛仰起脸才勉强能看到他的下巴。回去的路已经被门封死,他们被巨人逼到了一个角落里。那巨人的手伸向了路天宇,可路天宇犹如空气一样消失了,艾玛知道他又用了隐身衣。没有抓着路天宇的巨人随手把张晓菁抓在了手里。张晓菁惊恐地尖叫着。也不知哪里来的勇气,艾玛猛地抱住了巨人的一条腿，他用力一掀，"轰隆"一声响，巨人倒在了地上。

倒在地上的巨人不相信地看着艾玛，他瓮声瓮气地说："是……是……是你推倒了我？"藏在隐身衣里的路天宇扯了扯巨人的耳朵说："傻大个，就是他推倒了你。"巨人傻里傻气地说："谁在跟我说话？"路天宇又扯了扯他的胡子说："是我，你的主人在跟你说话。"趁着巨人发愣，艾玛拉起张晓菁向前跑去。

又是一扇巨大的石门被推开了。艾玛和张晓菁出了石门，那石门又是"砰"的一声关上了。喘息未定的张晓菁说："路天宇呢？"艾玛四处看看，也没有看到路天宇，正着急，路天宇哈哈地笑着说："我在这里呢。"顺着声音看去，路天宇得意扬扬地坐在一棵大树下。他的话音刚落，那树的枝条如同被狂风卷动，一根根柔软的枝条搭在了他的身上。他愈是挣扎，那枝条勒得愈紧。张晓菁喊："路天宇，你千万别再挣扎了，如果再挣扎，那枝条会把你勒死的。"艾玛跳起来冲了过去，他奋力扯着路天宇身上的枝条。树的枝条太多了，没等艾玛扯断几根枝条，他也被树的枝条紧紧缠住了。路天宇喊："张晓菁，快用火烧，我听这里的人说，这棵吃人树最怕的就是火。"

听到他的话，张晓菁见那树干上隐隐现出了一张皱巴巴的脸，她大声说："你快放开我的同学，要不然我就点火了。"皱巴巴的脸消失了，路天宇和艾玛已经失去了挣扎的余地，他们就像是两个大大的粽子。张晓菁掏出打火机，四下寻找能引火的东西。艾玛看到了一根枝条正探向一把大扫帚，他忙喊："张晓菁，快去抢那把扫帚。"张晓菁向前一扑，抓住了大扫帚的把子，又有两根枝条卷住了扫帚。枝条在收紧，张晓菁被一点点拽向大树。艾玛明白，只要再被拽得近一点，张晓菁也会被那些枝条缠住，那样，她的下场会和他们一样的。他喊道："张晓菁，你快松手，快松手！"谁知，张晓菁像傻了似的，不断地倒着手靠近了扫帚的头。两根枝条松开扫帚缠住了张晓菁的腿，又有一根枝条缠住她的腰，张晓菁被拖倒在地，慢慢地靠近了大树。艾玛和路天宇同时喊了一声："完了！"

张晓菁离大树越来越近，更多的枝条缠住了她的腿和腰。就在这时，火光一闪，扫帚的头着了，大树的枝条好像蜗牛的触须，急速缩了回来。张晓菁获得了自由，她扭过身子把火把一般的扫帚挥向大树。一个胆怯的声音从树干里发出来："别烧我，千万别烧我，我放了你的同学就是了。"

所有的枝条都松懈下来，艾玛和路天宇脱身出来。艾玛扶起张晓菁，路天宇举着燃烧的扫帚说："你快说，怎么才能去明月庵？"大树说："一直向前走，转过一个长满桃树的山弯就能看到明月庵了。"

青灰色的月光下，路天宇像一只快乐的青蛙，唧唧呱呱地说个不停，张晓菁的眉头紧锁着，艾玛也闷声不响地向前走着。看到两个人都不搭理自己，路天宇说："你们两个怎么啦，我们有这么多的法宝在手，还怕那个小怪物？"张晓菁说："你懂啥？你又没见过小魔王的玉佩。"路天宇说："那你就见过了呗？"张晓菁说："我当然见过了，我和艾玛还领教过那东西的厉害！"路天宇看看艾玛，艾玛点点头说："我现在更担心的是田甜和扎亚，她们现在不知道在什么地方。"

路天宇说："快问问你的护身符。"艾玛说："它如果想说话，不用你问，他也会回答；他要是不想说话，问也没用。"路天宇说："那我们还是快往明月庵走吧。"

他们转过一个山弯，看到了一座陡峭的山峰，山脚的平缓地带是一片错落有致的桃树林，站在高处，能够看到一幢寺院的屋脊。路天宇说："那可能就是明月庵了。"艾玛的心提到了嗓子眼，他说："我们要小心了。"路天宇满不在乎地说："怕什么，我有隐身衣，他们根本就看不到我，我去给你们侦察一下。"也不等艾玛他们说话，路天宇一溜烟跑了。艾玛拉过张晓菁紧随其后。

明月庵的门敞开着，门外有两株高大的玉兰树，艾玛和张晓菁隐藏在树的后面，路天宇早就没了踪影。月亮越过了当头，一点点向下沉去，艾玛和张晓菁心急地等待着，可路天宇自从进了那扇门就再没有动静了。又等了一阵儿，张晓菁沉不住气了，她小声嘀咕："路天宇是不是出事了？"艾玛也正在担心路天宇，他说："你在这里等着，我绕到后面看一看有没有别的入口。"张晓菁说："我也去。"艾玛说："那路天宇出来就找不到我们了，我马上就回来。"张晓菁胆怯地说："那你快点回来。"艾玛围着寺院的围墙转了一圈，看到寺院的后边还有一个门，门外是一条小路，直通山上。等他再绕回来，路天宇已经回来了。艾玛说:"看到小魔王了吗?"路天宇说:"我不仅看到了他,你们看,我还拿到了你们想要的东西。"艾玛接过路天宇手中的玉佩,仔细端详了半天,没有看出丝毫的破绽,但他的心里总不是那么踏实,觉得这东西来得好像太容易了些。他把玉佩递给张晓菁说:"你看看是这个吗?"张晓菁看了半响,摇摇头说:"好像就是这个。"路天宇一把夺过她手中的玉佩说:"什么好像呀,本来就是的,我为了偷他这枚玉佩,等了快两个钟头。"他们正议论着,猛然,寺院里传出了几声苍凉的钟声,随着钟声,一个苍老的声音传了过来:"红衣教主,你我相邻快百年了,这场比试好像在所难免。"另一个苍老的声音说:"这可能是最好的一种结果,要不然会引发一场战争的,那样,这里的人们就要遭受刀兵之苦了,我们就成了千古的罪人。"

艾玛他们左看右看,连一个人影都瞧不到。

17. 冲出城堡

天在放亮,东边两座山的空隙间有云,呈铅灰色。渐渐地,那薄薄的云厚重起来,铅灰色的底部泛出一抹淡青色。青色慢慢重了,重了……转眼间,云的下端犹如被一支神奇的画笔,描上了一层淡淡的青色。一个看上去很朦胧的小红球用力向上挣扎着,一窜一窜地浮出了云端。顿时,金光迸射,到处都是金灿灿的了。

他们呆呆地看着,此时的他们不用再躲藏了,因为从南北两个方向各自出现了一支队伍,南边的身着红衣,领队的居然是扎合;北边的身穿黑衣,领队的是芭比。艾玛带着路天宇和张晓菁尾随着扎合的队伍穿过寺院向山上爬去。

山顶如同被什么东西削平了似的,异常光洁,东西两边各有一个凸起的平台,光洁的青石地面上是一个巨大的棋盘。扎合与芭比的队伍各自进入棋盘,艾玛他们自然站在了扎合的这一边。又是一阵钟声,一个红衣喇嘛翩然落到了东边凸起的平台,另一个笑眯眯的长者落座于西边的平台。

红衣喇嘛说:"城主,这场比试跟孩子们没有关系,请你把那两个孩子先放了。"笑眯眯的长者一挥手,田甜与扎亚出现在棋盘的一边。艾玛大声喊道："田甜，扎亚，你们快过来。"那两人听到喊声，都跑向他们这边。那长者再一挥手，小魔王和几个武士模样的人出现在那边。红衣喇嘛说："玩偶城主，如果不是你抓了我们部落的扎亚，如果没有这群来自另一个世界的孩子，我们这场比试可能还会推迟到很久以后。"玩偶城主不急不缓地说："这是一个沉睡了千年的传说，如果没有来自那个世界的一位高僧，我到现在也参不透这座山的奥秘。"又有一个略显沙哑的声音发自艾玛的口中："你就是现在还是没有参透这座山的玄妙。"玩偶城主笑眯眯地说："地灵，既然你已经到了，就不要再附在一个孩子的身上说话了，堂堂正正地站出来吧。"艾玛的眼前一花，地灵出现了，他捻着一串佛珠说："其实，从我破土而出的那一瞬间，你已经感应到了我的存在，但你根本就进不到这几个孩子的世界，所以，你通过第三维空间操纵了一些事情，但这个叫艾玛的孩子让你意外了。如果不是他的坚强、勇敢、自信，事情可能不是这种结果的，而他对朋友的真诚，以及你与红衣教的渊源，又让红衣教过早地进入到这场游戏中来。"

玩偶城主说："太多的闲话毫无意义，太阳已经升起来了，现在我们开始比试吧。但规矩还得我来定，棋盘上的棋子就是这两队，不允许外人介入。"

红衣教主爽朗地一笑说："好吧。"

随着两边凸起平台上的声音，棋盘上的两队人马开始厮杀。艾玛仔细地寻找着棋盘上的孔洞，有几次，他已经接近了棋盘，可一股巨大的力量又把他推回了原地。棋盘上的棋子越来越少，但凡被吃掉的棋子，犹如空气一样消失了。路天宇忽然小声说："不好，红方不妙。"艾玛看不懂棋，但他看到红衣喇嘛和地灵的脸色都很凝重。又过了一阵儿，他们两人的脸色缓和过来了。路天宇的脸上露出了得意的笑容，没一刻，路天宇忽然大声喊："黑方要赖！吃掉的棋子又回到棋盘上了。"

玩偶城主哈哈地笑着说："你们也可以上来呀！再说，不是被吃掉的棋子又回到棋盘上了，是因为我手里的棋子原本就多。"

田甜扯了扯艾玛的衣服说："你看，你看，小魔王身边的武士在变少，那里每少一个，棋盘上就多一个。"

经田甜的提醒，大家都发现了这个问题，红方这边的棋子更少了。艾玛大声喊："玩偶城主，你在耍赖！"玩偶城主说："我没有耍赖，是你们带的棋子少。"艾玛说："那我们也能充当红方的棋子。"玩偶城主说："开棋前我已经说过，外人不能参加的，所以，你们没有资格。"

张晓菁像想起什么似的，拽过路天宇小声说："我有办法了，你把脸转过来。"路天宇转过脸说："什么事？"张晓菁说："你忘了我的眉笔了吗？我可以把我们都变成棋盘上的人。"

艾玛听到了他俩的话，忙说："快，快把我们变成棋子。"

红方的老帅已经被逼了出来，再有两步必输无疑。路天宇说："快把我变成'车'。"张晓菁眉笔挥动，路天宇瞬间便变成了红方的一个棋子，走到了棋盘上。随后，张晓菁、田甜都向棋盘上走去。可轮到艾玛说什么也上不去，艾玛对玩偶城主喊："凭什么不让我上去？"玩偶城主冷冷地说："象棋中的一方能有3个'炮'吗？"艾玛看了看棋盘，又看了看自己身上的字，原来张晓菁把他变成了一个"炮"，而棋盘上的红方本身就有两个"炮"。

因为有新生力量的加入，棋盘上的局势有了新的变化，红方又扭转了被动的局面。艾玛非常着急，他如果不能上到棋盘上，根本就没机会把自己身上的护身符插到棋盘中的孔洞里，也就是说，他们根本就不可能冲出城堡。

就在这时，他发现小魔王与芭比同时走进了棋盘。由于他们的进入，局面立刻扭转，红方再一次被逼到了绝地。恰在此时，红方的炮被吃掉了，艾玛立刻冲了上去。进到棋盘，艾玛才发现棋盘上远不是刚才看到的那样，眼前的情况全变了，他所能看到的都是真正的拼杀，路天宇与一个真正的兵在搏斗，田甜与芭比公主拼着。小魔王坐着战车冲过来，他挥舞着手中的长枪不断刺向艾玛，艾玛手中什么都没有，他左右躲闪着。眼前的情况又是一变，艾玛置身于一片荒凉的战场，如同电视剧里见过的那样，前边是山，左边是沼泽，右边是一片汪洋的水面。小魔王已冲到了他的右后方，银光闪闪的枪头扎向了他的眼睛，他想都没想，跑进了沼泽。小魔王战车的速度在减缓，战车前的3匹马惊恐地嘶鸣着，小魔王大喊一声："不好！"便从车上跳了下来。刚跑出几步，他的战车和马匹都陷在了沼泽中，平地上只能看到3个马头和那6只悲壮的大眼睛，而战车只剩下一个顶子。

艾玛的脚也在向下陷着，他感觉到自己的危险，记得在一本探险书中有这样的话，遇到沼泽，最好寻找能长植物或树木的地方，一般情况下，那里是比较安全的。想到这里，艾玛左右看看，顺手揪住一丛灌木的枝条。枝条上有刺，艾玛的手钻心地疼，但他不敢松手，他知道只要一松手，就会陷下去被淹死。借着灌木枝条的力量，艾玛一步步踏出了沼泽。

刚刚上到岸上，听到小魔王的喊声："艾玛，快救救我，快呀！"艾玛回过头，发现小魔王的半截身子都陷到了沼泽中。他真不想去救他，这家伙太坏了。可看到他绝望的眼神，艾玛还是忍不住想去救他。他说："你千万别动，我找绳子或者是木棍。"小魔王说："等你找来东西，我早就被淹死了，你快点呀！"艾玛情急之下解开自己的裤带，又急忙脱掉自己的上衣，把裤带和上衣系在一起，甩到了小魔王的身前。小魔王抓住裤带的另一头，艾玛用力将他拉了出来。

两人一身泥水地歇了一会儿，小魔王说："艾玛，我是你的敌人，你为什么还救我？"艾玛摇了摇头说："我也不知道，不过我不知道我们该怎么回到棋盘上。"小魔王说："我知道，你看，那边的水里有条独木舟，我们只能坐上小舟回去。"艾玛说："那我们还等什么？"小魔王说："走，我们得快点走。"两个人起身上了木舟，那木舟便自动走了起来，到了水面的中央，小魔王说："艾玛，你看那边是什么？"艾玛回头的工夫，小魔王一把将他推到了水里哈哈笑着说："你个大傻瓜，回去的路只有一条，那就是杀掉对方。"艾玛后悔极了，他实在没有想到小魔王会这样害他，他在水里奋力地划着。小魔王见他会游泳，划着小舟向他撞了过来，连着几次，艾玛的肩膀被木舟蹭破了。小魔王见几次都没有撞死艾玛，他把小舟划得更快了，艾玛赶紧憋足气沉到水里向旁边游去，当他再次浮出水面，看到小木舟翻了，小魔王在水中乱扑腾着。

也不知道为什么，艾玛还是不忍心他被活活淹死，他忙向小魔王游过去。刚到了他的身边，艾玛就被小魔王死死地抱住了。连续呛了两口水，艾玛的神志也有些恍惚，他用力掰开小魔王的一只手，用尽全身的力气向岸边游去。没游多远，小魔王又抱紧了艾玛，他带着艾玛一同向下沉去。随后，艾玛便什么都不知道了……

再次清醒过来，艾玛发现自己仍在棋盘上，刺眼的阳光让他有些睁不开眼睛。一个声音在喊："艾玛，快，快把你的护身符插到那个孔洞里。"是地灵的声音，艾玛缓缓睁开眼，看到自己正处在棋盘"楚河"的位置，小魔王倒在离他不远的"汉界"，路天宇正把小魔王的玉佩插向一个孔洞。艾玛一骨碌爬起来，掏出护身符插向了旁边的孔洞。

一阵疯狂的笑声传过来："哈哈哈哈，地灵，你失算了，我现在明白了这座山的玄机，这盘棋虽然没有分出胜负，但你们都得死！"随着他的话音，一阵飓风刮过，漫天的黄沙涌了过来。黄沙中有一个声音传出："儿子，快退！"不远处的小魔王站了起来，他犹豫着向路天宇那边走去。

玩偶城主的声音有些焦虑，他大声喊："儿子，你要干什么去？"小魔王哑着嗓子说："爸爸，放了他们吧，求求你，放了他们吧。""不行，绝对不行！你快回来。"漫漫黄沙聚成了一个头像，那头像正是玩偶城主。玩偶城主张开巨大的嘴说："孩子，你快过来！"小魔王趔趄着走到路天宇的身边，从孔洞中拔出路天宇的玉佩，然后从胸前摸出另一个玉佩插进了孔洞。

"咔嚓嚓"的几声巨响后，整个山体摇晃起来，如同地震一般。不断的巨响让山体崩裂着，艾玛、田甜、张晓菁、路天宇都向山顶的右边跑过来，他们紧紧抱在一起。山体一分为二，小魔王与扎合、扎亚以及红衣喇嘛都在山体的这边，艾玛他们在山体的那边。被分为两半的山不断扩大着距离，艾玛他们脚下的山体又在轰隆隆地响着，脚下的青石不断裂开拱起，又是一阵轰鸣，一个闪闪发光的圆形的飞碟出现在眼前。地灵喊："孩子们，快上去，那飞碟会带你们回到自己的世界。"飞碟的门已自动打开，艾玛他们快步跑上了飞碟。飞碟冉冉升起，慢慢飘到了另一半山的上空，扎合、扎亚、小魔王都在向他们挥手，艾玛忽然看到自己的小武士与战车都在地上，他大声喊着："扎合，那两个玩具送给你了。"飞碟的自动窗无声地开了，艾玛、田甜、张晓菁、路天宇都齐声喊着："朋友们，再见了！"小魔王也大声喊着："艾玛，你们能原谅我吗？"

4个声音同时响起："能……"

山鼠的家

2015 年获第十一届内蒙古自治区文学创作"索龙嘎"奖

贾月珍

傍晚时分,我在湖边散步。走着走着,我迷路了。

找谁问问路呢?

"不知道你想去哪里?"

尖尖的细细的声音从我的肩膀上传来。

我侧头,目光与目光相遇。那是双非常明亮的眼睛,黑黑的,像两颗发光的黑豆粒。他那两条小小的后腿站在我的肩上,前腿作手,抱在一起。

"你怎么知道我想问路?再说,你什么时候跑到我的肩上去的啊?"我诧异地问。

"就在你专注思考的时候喽!"说着,他蹭地一下跳到我面前,仍然拱手站立,扬头望着我。他一身棕色的皮毛,顺顺的,两只小耳朵立在头顶,尖嘴巴旁边还长着两撮小胡子。露在外面的肚皮白白的,隐约可见粉色的皮。他是一只山鼠。

我不由得瞟了一眼地上的洞穴。

"你想进去看看吗?"他倒是很会察言观色。

"进去?"我犹豫起来,洞这么小,恐怕我的拳头才刚刚能塞进去。

"不要客气,想进去就进去好了。"说着,他跑到我的脚面上,飞快地捣着两只小手,解我的鞋带。

"要换鞋的吗？"我慌忙蹲下身，"我自己来。"

"不不，不用换，我们家没有铺地板，穿着鞋进去没关系。"说话间，他已经解开一个扣，目测了一下距离，"差不多了。"他攥住鞋带跑到洞口，"跟我来吧！"

我被拖着，站立不稳，向后摔去，像坐上了传送带，躺在地上，嗖地一下，夕阳的余晖就不见了。

"小克，你又带了新朋友回来？"有个女人问。

"奶奶，他不知道去哪儿了。"原来他叫小克。

"这样啊，请他来客厅吧。"

我坐起来，感觉手下凉凉的、软软的，是泥土。抬起头，圆拱形的顶子，啊，我真的进入了那小小的洞穴。可我是怎么做到的？

"走吧，奶奶叫我们去客厅。"小克拉我的胳膊，我就势站起来，此时的我个头跟小克差不多。

走着走着，小克就拐进了侧面的洞，走着走着，又拐进了另一个洞。

"我明明听到奶奶的声音在那边。"我不解地问，"为什么你要向这边拐？"

"哪边都一样。"小克摆摆小手，继续前行。

路的两侧不断地有洞引领着岔路。有时候小克拐进去，有时候又不拐。不知道他在搞什么鬼。

终于，到了一个宽敞的大厅。厅子是圆的，中间的台子上铺着厚厚的花瓣和绒草。一个胖胖的、皮毛雪白的老山鼠坐在上面织毛衣。

她扶了扶老花镜，抬起头看着我："哟，是位花样美少年！"

她的声音很温柔。

"你失恋了？"她突然问。

我浑身立刻不自在起来，摇摇头。

"离家出走了？"她又问。

我再次摇摇头。

"奶奶，你别乱猜了，总是对我的朋友问东问西。"小克打断奶奶的问话。

"小克，来试试毛背心。"奶奶向小克招手。

"又是粉色，我讨厌粉色。"小克嘟囔着，站在原地不肯动。

"粉色多暖和，冬天要穿暖色的衣服。"奶奶扬着手里织了一半的毛背心。

"喂，你喜欢粉色吗？"小克突然问我。

"还好吧。"我不知道如何回答，对于颜色我没有特殊的偏好，觉得什么都行。

"哎，还好吧还好吧，你就没有自己特别喜欢的颜色？"小克好像很生气的样子。

"我没想过哦。我画画的时候会把不同的水彩混在一起，调出中间色，或色谱上没有的颜色。我觉得不同颜色有不同颜色的美。"

"你是一个没有自我的人。什么都只会回答'还好吧'、'都很好'，从不会说'坏'、'不满意'、'不开心'。咂咂咂……"小克不住地咂舌。

"别抱怨了，快把灯打开，来了客人，要灯火通明地接待，表示欢迎，黑咕隆咚的像什么样子。"奶奶说。

小克跑到墙边摁了一下开关，刷地一下，四壁亮了起来，墙上和屋顶上布满了杏花状的灯，粉色的柔和的光，中间是浅黄的灯芯。整个大厅立刻变成了杏花的王国。

何止？阵阵花香飘过来。难道这不是花状的灯，而是真的杏花？

"奶奶，您说说，要是我穿上这粉色的背心，就跟屋子一个颜色了，您找不到我怎么办？本来您的眼就花了……"小克仍然想方设法拒绝穿背心。

"这……"奶奶也迟疑起来，"我倒是没想到啊。"

"要不，把这背心送给我的朋友吧，喂，你来试试。"小克拉着我走到奶奶跟前。

奶奶把背心给我套上，笑眯眯地说："嗯，挺合适，挺好看。等一会，我织完了你穿着走吧，秋天凉了。"

"走吧，咱们去玩吧！"小克说着，在前头跑了起来，钻进了客厅尽头的一个洞里。我也跟着钻进去。

"你想吃点什么？"他指着满屋子的食物。

这是储藏室，里面堆满了瓶瓶罐罐、箱子、盒子。飘荡着果子酱味、酒味、奶酪味儿……可我什么也不敢吃,这可是山鼠的食物,人怎么能吃呢?

小克不知道从哪找来一根管子,扎在果酱瓶子上,滋滋地吸起来,吸几口扬头喘口气,伸伸小舌头,说:"真好吃,真好吃!"别告诉奶奶,她说现在还不能吃。"

"客厅那些杏花是真的吗?"我仍然在好奇那些有香味的杏花灯。

"当然是真的。"

"可现在已经是秋季了,杏花不是在春天开放吗?"

"嘿,管他是什么季节,想开就开喽。"小克的话没什么逻辑,回答相当于没回答。

"要是杏花谢了怎么办?客厅里不就没有灯了?"

"你真笨,杏花落了结杏子,当然就是杏子灯啦。"小克已经吃得满脸果酱。他抹抹胡子:"走吧,咱们去玩吧!"

"玩什么?"

"乱跑着玩。"说着,他跑出储藏室,冲进侧面的洞,我在后面紧追。我们跑到一条小河边,河水清澈,缓缓地流着。小克趴在水上喝了几口,问我:"你渴吗?"

我摇摇头。

小克一纵身跳进河里,一头扎进去,一会儿冒上来,再扎进去,之后,他又平躺在小河里,玩起了漂流。

漂着漂着,他突然站起来,侧耳细听:"有人在这儿盖房子。"说着,他跳上岸,一路前行。

果然,在离河不远的地方,有一只山鼠忙得满头大汗,正在往别处搬运挖出来的土。

"嘿,让我进去看看。"说着,小克钻进刚刚挖好的洞里去了。我只好紧跟在他身后,没有他带路我不知道能不能回到客厅去,更不知道怎么出去。

"小克,你知道这能通到哪里?"我边走边问。

"管那么多干什么?只管走就行了,重要的是看好脚下,嘿,注意,地雷。"他突然指着我的脚下。我正踩在一堆粪便上,估计是刚刚挖掘那位留下的。

"看好脚下就够了，别想那么多，反正路和路都是相通的。"说着，他继续向前跑，刨得地上的浮土乱飞。我只好挥舞着手臂前行，紧跟其后。

一会工夫，眼前亮起来，粉色的柔和的光，还有杏花的香味冲进鼻孔。啊，回到客厅啦。

"小克，瞧瞧你弄这一身湿土。"奶奶数落着，"哎哟，你的朋友也弄了一身脏！"

我站在原地想我是如何跑回来的呢？只记得跟着小克跑，一直跑，一会儿拐进这个洞，一会儿上了那条岔路口。

"我们是怎么回来的？"我的头脑开始发蒙，我可是最擅长做行程路线题的啊，可现在，无论如何也理不清头绪。

"跑着跑着就回来喽！"小克抖动着身子，湿土四处乱溅。

"你怎么知道能回来？那个房子不是刚刚还在盖着吗？"我的疑团无法解开。

"我不是告诉你了，看好脚下，走好脚下的路就够了，路与路是相通的，总能到达想到的地方。"小克跳到奶奶的铺上，拿起毛背心，"咦，已经织好了。来，快穿上。"

我仍然在想，企图理个清楚，回忆着我们跑过的路线，这个洞那个洞的，很乱。

"别思考了，总想那些没用的事。思考人生、思考前途之路做什么，看好脚下的路就好了。"说着，小克把背心套在我的头上，并严肃地叮嘱，"不要拿下来，就这么穿着，千万别拿下来，要不奶奶又得让我穿！"

"不让你穿，不让你穿！"奶奶一连声地说，"小克，你的朋友该回去了，在这儿待了很久了。"

"哦，好吧。"小克没精打采地躺在铺上，一闭眼，呼呼地睡了起来。

哼，邀请的时候那么热情，走的时候却不送送。我有点生气。因为他这一点不太礼貌，也有点担心自己找不到出去的路。

"没关系，只管走就行了，重要的是看好脚下。"奶奶跟小克说的一样。

我只好转身自己向外走，用力回忆来时小克带我走了几个岔路，可怎么也理不清。算了，只管走好了，像小克说的，看好脚下。于是，我也乱走起来，凭着心意，见到路旁的洞穴，想进去就进去，不想进去就直走。

后来，我见前面的路上铺着一条黄绿色的毯子，光光滑滑的，急忙跳了上去。没想到，那毯子太滑了，我的脚刚一沾地就摔了个屁墩，接着，"哧——"顺着毯子一直向前滑。滑到尽头的时候，停住了。我看见了天边的余晖。

我的脚光着，鞋子倒在一边，鞋带散开着，沾满了泥土。脚腕上，套着一只粉色的毛背心。

微风吹动着湖水，湖面起了微微的波纹，从湖心扩散开来，到湖边，爬上岸。一片黄绿色的柳叶被吹起来，从这个洞口飘到了另一个洞口。

内蒙古小说批评的美学演变

2009年获第九届内蒙古自治区文学创作"索龙嘎"奖

刘志中　左少峰

小说批评作为一种批评家从事的文学活动，一端是它的研究对象，另一端则是分析和判断赖以生成的文学理论。有时这种理论可能比较具体，如英美新批评的张力论，结构主义文论中的二项对立，以及小说叙事学的诸多命题。但更多的时候，这种理论只是内在的有关小说的美学观念。它支配着一个时期内小说之所以为小说的基本要求。本文正是着眼于后者，力图从众多的内蒙古自治区50年的小说批评文本中，梳理其背后的小说美学观念的历史演变。

一

内蒙古自治区真正意义上的小说批评实际上应当从1952年开始说起。这一年，《人民文学》第1期发表了玛拉沁夫的小说《科尔沁草原的人们》，产生了全国性的影响。随后，《内蒙古日报》《内蒙古文艺》等报刊发表了一些评论文章。

50年代的小说批评承续了延安时期的基本思路，而且受到苏联文艺学的强势影响。我国文艺理论界也将现实主义列为重点研究对象，而对现代派艺术、浪漫主义艺术大加批判。虽然在理论上也提"革命的浪漫主义和革命的现实主义相结合"，但在文艺评论实践中，很少有浪漫主义文学艺术生存的空间，实际上形成了现实主义文艺理论一统天下的局面。这种现实主义文艺观,是将马克思、恩格斯的某些论断和俄国民主主义文艺理论家的观点杂糅的产物,真实性和倾向性是其核心范畴。是否达到了客观真实和是否具有进步倾向性,这两点自然也成了文学批评的理论依据和审美标准。从美学角度来说,这是一种生活美学与政治美学相互扭结、双重作用的结果。

(一)强调真实性的生活美学观

自延安时期以后,生活是文学艺术的源泉的提法被广泛接受,尤其在中华人民共和国成立初期,现实主义被狭隘地理解为写现实题材,文学艺术被要求直接反映生活,成为时代精神的传声筒。这种观念在内蒙古小说评论中也有突出的表现。1957年对沙痕小说《包头两兄妹》的批评,就是以这种真实观为理论支撑点。批评者指责小说中的人物过于消沉,没有体现出生活的亮色,有给社会主义抹黑之嫌。对扎拉嘎胡小说《悬崖上的爱情》的批评,更明显地体现了文学真实性的要求。有文章诘问:"我们今天的干部或党员会尽是这样一些人吗?"[1]这里一方面隐含了小说应该反映生活本来面貌的主张,另一方面也认为小说中的人物必须是有代表性的典型形象。另一篇文章同样也有类似的批评:"小说没有给人以乐观,鼓舞人们在社会主义的道路上前进,它不是对生活中的丑恶东西进行鞭挞,而是在很大程度上歪曲了生活,夸大了生活中的阴暗面,丑化共产党,丑化领导干部。"[2]

此外,1958年《草原》月刊上还有《歪曲生活的"一天"》《谈生活真实》等文章,从标题即可看出其评论导向。1959年6月,中国作家协会内蒙古分会为玛拉沁夫的《在茫茫的草原上》(上部)召开作品讨论会,当时活跃在内蒙古小说评论界的20多人参加了会议。总体来说,评论者还是以作品是否真实地反映了察哈尔地区解放前夕的革命斗争情况作为价值核心,其中关于人物塑造、民族与地方特色都与现实生活的本真状态相关联。随后,在孟和博彦等人撰写的评论文章中也很明显地体现了生活美学在文学,尤其是小说创作中的诉求。

这种评价标准一直延续到20世纪70年代末80年代初。1984年冯苓植《驼峰上的爱》获1981-1982年全国优秀中篇小说奖后,小说评论界形成了不同的意见。《也谈〈驼峰上的爱〉》一文认为，"一匹母驼，一匹疯母驼，能有这样高尚的情操吗？一匹母驼的爱，一匹疯母驼的母爱，能有这样巨大的力量吗？不用多做什么分析就可以看出，这种描写是十分虚假的，即使是写神话、童话，作品中大胆的幻想也必须建立在现实生活的基础上，何况这是一部小说，而小说必须具有真实性、典型性。""作品不是以刻画人物来展开情节，而是以情节设人，所以，人物形象的轮廓未能清晰地显现出来，徒有新鲜的外壳，却缺少蕴含在人物形象之中的能撼动人心的内涵力量。"[3]

另一篇评论文章引巴尔扎克的话作为论文纲目，第一条是，"文学的真实在于选取事实和性格，并且把它们这样描绘出来，使每个人看了它们，都认为是真实的"。在具体的论述中，文章认为《驼峰上的爱》"随意割断了某一具体环境和人物形象与整个时代与社会的联系，孤立地描写环境和刻画人物。在实际生活中，这样的环境和这样的人物也许可能存在，但真实的生活并不等于艺术的真实，因此，当这样的环境和这样的人物不能反映时代和社会风貌的时候，这种描写和刻画就不过是个别生活现象的摹写了。而这种摹写非但没有意义，也是不真实的。"[4]这里借鉴了19世纪批判现实主义的理论资源，更可看出其对真实观的特定要求。

(二) 政治倾向性问题

除了真实性问题，倾向性也是小说评论的一个重要方面。在当时特定的时代氛围里，小说批评不可避免地受到了政治意识形态的影响，革命与反革命、进步与落后等二元对立观念也自然地从小说创作延伸到评论话语中。我们看到，前述以真实为标准的批评其实并不是真正的、全面的真实生活，而是被限定为生活中的某些部分，即合于官方意识形态要求的那一部分，如果写了暴露社会主义阴暗面的内容，哪怕写得再真实，再有典型性，也是要受到批判的，甚至会上升到国家专政层面。

这种政治影响体现在如下几个方面：首先，要求小说要写出新时代的新人物、新气象。如汪浙成在评价敖德斯尔时说："作者善于通过一些比较剧烈、比较尖锐的斗争事件，凸显出蒙古族人民的英勇姿态，发掘出他们身上闪闪发光的'时代的性格'，喜欢用比较高亢的调子、比较鲜明的色彩，来歌颂人物的英雄行为和塑造英雄性格,努力探索出蒙古族人民的精神世界和内心性格的美。"[5]丁尔纲在60年代初评论玛拉沁夫的短篇小说时也说:玛拉沁夫"自短篇小说集《春的喜歌》开始,作者就特别注意反映新生事物,塑造新人形象,3个短篇(指《六月的第一个早晨》《诗的波浪》《山大王》)继续了这项工作,而且把注意力完全集中到工人阶级身上。"[6]王笠耘的《广阔的生活,新颖的探索——读玛拉沁夫短篇小说札记》,马白的《青春的颂歌》,以及更早的评论《科尔沁草原的人们》的文章,都将塑造新人形象作为小说值得肯定的一个重要方面。这些评论一方面准确把握了作品的这一特点,同时也体现了评论者对这种题材与主题的认同,对作家创作意识中的这种小说观念的认同乃至呼唤。

其次,要求小说要反映历史发展的必然规律,歌颂祖国统一和民族团结,注重文学作品对阶级斗争的表现。这是特定的时代要求在文学中的折射。从对玛拉沁夫、朋斯克等人早期作品的评论,一直到80年代初期关于"草原文学"的争论,都体现了这一要求。如有文章认为,"草原文学"派的作家,他们总是在着力描写内蒙古人民多姿多彩的生活,表现社会上复杂的矛盾冲突以及草原人物之间的相互关系。他们一方面力图画出草原人物独特的形态和草原上鲜明的色彩,使作品具有浓郁的草原生活气息,具有蒙古民族的特性。广阔的草原在他们的笔下成了美的象征,力的源流;另一方面他们以马克思主义的世界观与方法论为指导,理解草原生活,并能站在时代与历史的高度,提出与回答草原人民与整个社会所关心的重大问题,解决草原人民所迫切需要解决的问题,他们的作品,反映了草原历史发展的进程。[7]在这种小说观念的指导下,小说承担了过多的社会政治历史使命,其自身艺术特性的美学探索便在一定程度上被轻视了。

二

内蒙古小说批评自1985年进入一个崭新的时代。1984年12月,《草原》文学月刊发表了白雪林的短篇小说《蓝幽幽的峡谷》,作品后被评为1984年全国优秀短篇小说。此后,围绕着《蓝幽幽的峡谷》开始了一股小说批评的热潮。更为重要的是，对《蓝幽幽的峡谷》的批评打破了长期以来社会历史模式一统天下的局面，开启了对小说进行艺术审美批评的先河。小说理论中的若干重要问题，比如小说的结构形式、人物形象的塑造、人物的心理与自然景物的关系等，都纳入了批评的视野，小说美学观念发生了一次重大变化。这主要体现在两个方面：

（一）具有现代意味的小说结构形式

一般说来，小说有3种存在方式，即讲故事，塑造人物性格和描绘心理。故事小说是以表现事件为主的小说，事件是他的着眼点，事件的发生、发展、高潮、结局是故事小说的结构形态。在故事小说中，人物是服从于故事情节的。爱·摩·佛斯特在他那本著名的《小说面面观》中曾将小说定义为讲故事。他说："小说就是说故事。故事是小说的基本面，没有故事就没有小说。"[8]随着小说艺术的进一步发展，人们认识到，过分强调情节的故事性就会丧失生活的真实感，同时也不利于人物的塑造，于是小说家们开始淡化情节，并且将着眼点放在人物性格的塑造上。性格小说以刻画人物性格为目的，人物性格的发展线索成为小说的结构方式，情节退居到为性格服务的地位。再到后来，小说创作已经不满足于对外在的故事和人物的描绘，将着力点放在了人物的内心世界。可以说，对人物内心世界的追求具有较强的现代性，是小说结构发展的较高级形态。

新时期的小说不仅有故事情节，在人物性格的塑造和人物心理的挖掘上都进行了深入探索。所以说，新时期小说的结构具有一定的现代意味。批评家徐英充分认识到了这一点。在《扎拉嘎性格刍议》中他说："作者为小说设计的这种结构是一步一步逐渐积累而成的结构，它包含着两种次序：一种是索要表现的故事情节本向所固有的先后次序，……另一种次序就是人物性格暴露的次序，在这篇小说中，它同前一种次序成正比，……这些（次序）都是随着情节的发展变化而逐渐得到揭示和证明。"[9]小说的构思不仅仅限于情节结构，性格结构和心理结构至少占据着和情节结构同等重要的地位。甚至可以说，就人物形象的塑造而言，性格结构和心理结构正是小说之所以引人注目、动人心弦的魅力所在。内蒙古当代文学史家托娅认为，"（《蓝幽幽的峡谷》）在结构上，一般不注重情节的连贯与故事的铺陈，而是着意于捕捉人物心灵外化的神情、细节、语言，以扩展人物的感情世界，使作品充溢着诗的韵味，体现出一种'散淡'之美。《蓝幽幽的峡谷》是作者摈弃'小说故事体框架'的最初的成功尝试"。[10]

此外，明照在《形象结构的张力与艺术空白的内蕴》一文中也从文章结构的视角分析了扎拉嘎胡的长篇小说《嘎达梅林传奇》。他认为，"这部长篇小说，人物众多，人物关系错综复杂。人物关系本身就产生意义。因此，形象结构指的是文学作品中人物形象之间相联结、相结合的方式以及由此所显示的意味。《嘎达梅林传奇》中的人物形象结构，主要有二元对立的结构方式、性格行为同一指向的结构方式和平行运动的结构方式等构成形态。"[11]在这里，小说批评家们已经深刻地意识到了结构这种审美形式在小说创作中的重要地位。可以说，注重对小说结构美的研究已经成为新时期内蒙古小说批评的一种新的美学追求。

（二）人物心理与景物描写

景物描写是小说创作中的有机组成部分，它对小说的题旨表达有着重要的作用。景物描写可以调节节奏、渲染气氛，有时还有利于情节的展开和人物的塑造。在小说中，人物的行为往往不是因为事情的逻辑发展，不是因为人物性格的延伸，恰恰是因为风景——风景对叙事节奏的调节，风景对氛围的营造。恰当的风景描写可以使人很容易进入一种美学状态。比如说，象征这个艺术的表现形态就可以由景物描写直接呼唤出来，从而产生良好的艺术效果。

批评家徐英这样说道："小说环境的描写，也具有某种象征意义。作者不仅为表现人物性格创造了一个具体的环境和气氛，而且在整个情节的发展过程中，十分注意在读者的心目中保持这个环境和气氛。""作者把扎拉嘎的心理变化的情感色彩涂到自然景物上，这实际上是一种'移情作用'，这种'移情'并非易事，它需要作者对小说中的人物内心活动的深刻理解、精确把握和透彻揭示。"《蓝幽幽的峡谷》的作者显然是营造气氛的好手，他始终将小说中人物的心理描写与景物描写以及读者的心理联系在一起，让读者始终都关注着小说中人物的命运与带有感情色彩的景物的交感。而小说的批评者徐英更加深刻地认为,小说的景物和环境的描写已经构成"移情"的艺术效果,并且具有"象征"的意味。此外,徐英还认为"在这样紧张(狼来了,一声狼嚎,声嘶力竭)的情况下,作者有一段近乎轻松的描景(夏夜的天空多么美呀,月色那般柔和明亮,星星又是那样的细密),他启动了扎拉嘎勇敢的'按钮'。"[12]当人们的注意力集中在那一声声嘶力竭的狼嚎时,作者没有让扎拉嘎马上与恶狼搏斗,而是先用一段轻松的景物描写冲淡读者心头暂时的恐惧,让读者以更加澄明的心境去感受扎拉嘎与恶狼的肉搏。这显然是作者利用景物调节文章的节奏,从而达到欲扬先抑、欲纵还擒的艺术效果。

黄薇甚至专文考察了当代蒙古族小说自然风景的描写状况,将其划分为"一般意义的风景描写——情感表达的一种间接方式——人与自然的对应关系"等几个阶段。[13]她认为,"如果我们还是以荒蛮粗粝,只是充满原始生机的自然环境为人物活动的场所,比如蓝幽幽的峡谷,罕有人迹的原始森林,与世隔绝的瑶家山寨这些静态的背景,那自然是无法表现当代人多层次、多方面和动态、多维的性格及观念的。因此,要改变只单纯从自然环境(也包括动物、牲畜等)去表现人物,刻画性格,而应该选择社会和人与人之间日益增多的来往视点,去观察和把握人物性格的时代内容"。[14]虽然黄薇此时还将"蓝幽幽的峡谷"看作是"充满原始生机的自然环境",而没有意识到"蓝幽幽的峡谷"中的景物描写事实上已经具有明显的社会意义,但是,她还是肯定《蓝幽幽的峡谷》作为一部描写心理的小说的意义:"我想《峡谷》在文学史上的地位,其实在于它完全摈弃了前草原小说的故事体的框架,而开创了一种情绪化的小说氛围。"[15]

此外,在新时期,还有其他的批评家都提到了人物心理和景物描写的审美视角。吴佩灿在《琐谈〈喇嘛庙风云〉的艺术特色》说道:"作者很善于进行环境渲染和描绘。这些描绘色调是多种多样的,有的幽静,有的深远,有的神秘,还有的阴森可怖。都能触动读者的情绪,造成一种心理的骚动。""作者不论写景或写境(其实都是从景中透出境来),运用的一个共同的手段:通过声响、色彩、动作,多变地进行景和境的描绘……因为这恰恰符合儿童骚动的、不甘寂寞的心理特征。"[16]这些都表明,新时期的内蒙古小说从创作到批评都已经注意到了新的审美形式的出现，不再局限于讲故事，也不再单纯强调文学对现实的直接反映，而是将其看作以丰富的表现手法反映人类心灵世界的语言艺术，这无疑是新时期内蒙古小说美学的一种进步和发展。

三

一般来说，小说创作与批评总是存在着对应关系，比如现实主义小说需要现实主义的文学理论来解读，而现代派作品却不能简单地以真实性、倾向性之类的现实主义文论范畴来评价，如果以一种理论去生硬地解剖所有的作品，总会有错位现象产生。20世纪末的内蒙古小说呈现出多样化的创作趋向，小说批评也随之有不同的审美旨向。一方面，有些作品坚持了原来的传统色彩较明显的创作思路，与之相对应的批评自然也以民族性、地域性等范畴来立论，如对一些蒙古族作家作品的分析；或以对现实的真实和深刻的揭示来评价，如对王炬小说的批评即有这样的特点。另一方面，一批具有更深厚历史感和更浓郁文化意蕴的小说出现，随之而来的是文化批评的兴起。这些小说与80年代的寻根小说有一定的延续性，但已具备了更明确的探索精神和批判意识，是一种对人生、对现实乃至对宇宙的宏观的思考与孜孜的探求。批评家们当然不会忽视这一点，在对孛·额勒斯、肖亦农、路远等作家的分析评论中，已经表现出文化批评的力度。耿瑞在《超越的困惑与困惑的超越》一文中，分析了张秉毅、白雪林、阿云嘎、肖亦农、邓九刚等作家面临的困惑："如果从文化的角度来分析，他们的作品无一不是针对现代文明的不完善而造成的对人的压抑和剥夺从而萌发了对过去的那些充满了传奇和膨胀着人的精神力量的生活的追忆，渴望从时间的倒流中寻找在现实生活中失去了的自我。""但遗憾的是，当他们舍弃现实而返回到过去之中，却更深刻地发现了人类与世俱生的本质矛盾的不可逾越性，他们在神话中寻找到的自我同样岌岌可危。无论他们在审美判断上倾向于历史进步或倾向于人的道德精神，都无法进入美的高度和谐统一的境界中去。"[17]朱秉龙在《亦悲亦喜的毁灭——评扎拉嘎胡〈黄金家族的毁灭〉》中这样说："(喇嘛教)使英雄的宝剑换成了手中的念珠，无畏的勇士变成了跪倒的懦夫。""由于喇嘛教思想的渗透,无论忠信府里的灵魂尹湛纳西,诚信府里的主脑旐巴扎布……均失去了骏马、雄鹰般独立的品性。""扎拉嘎胡在表现民族衰败的原因时,没有重复既定的历史结论,而是通过深刻的反思和反省给我们提供了新的思想见解,体现了一种新的现代性关照。"清代黄金家族和蒙古族贵族的生活方式开始失去游牧文化的色彩,公子小姐都玩起了琴棋书画,"从文化发展论看,(黄金家族的)毁灭是喜剧;从民族功利性上看,毁灭是悲剧。"[18]从这一视角对小说做出的分析,更深入地把握了作品的文化意蕴。民族心理意识始终是内蒙古当代小说创作的热点问题,这一时期内蒙古作家和批评家们强烈关注民族自省意识。由于脱离了"文革"前小说单纯地对民族心理的讴歌与赞颂的单一模式,民族心理的塑造出现多元化的趋向,对民族发展过程中旧的传统与新的时代的冲突的表现,具有一定的现代意味。黄薇在其《城市化进程中的蒙古族小说——自省小说分析》中指出:"后草原小说普遍选择凡人小事、杯水风波一类的小题材,以及专注于个人情感、情绪的剖析,揣摩道德自我完善的心理变化轨迹的特点,使蒙古族传统文学也包括前草原小说中的理想主义、英雄主义的因素和成分减弱和衰微了。"她还进一步论述了城市化对民族自省意识的影响。"世界上没有自然人,因为人性的由来就在于文化的模塑,是文化改变了我们的先天赋予。在城市文化的迫力下,城市蒙古人已经变成另一种文化意义上的人了。""'城里人'的身份和职业、城市的派头和举止,又使他们有了许多自命不凡,自觉不自觉地对牧区的落后、闭塞、艰难产生了自然的拒绝。城市的另一种价值判断导致他们对传统的经济方式和生活方式有了重新的裁定。他们的一切都已在城市中被改变。"[19]对邓九刚的小说的评论,也带有明显的文化研究色彩。朱秉龙认为邓九刚的《大盛魁商号》反映了近代民族商业文化的悲喜剧,"用大文化视野和多文化眼光对大盛魁商业文化现象进行了有发现有创造的阐释和思考,揭示出商业文化与官僚政治文化既对立又勾结的戏剧性隐匿关系,……生动鲜明地绘制出特定历史时期丰富的政治图景和文化图景。"[20]至邓九刚的《茶叶之路——欧亚商路300年》出版后,很多评介文章已将邓九刚径直称为"新历史主义小说派的代表"。近十几年出现的这种文化研究倾向,一方面与国际范围内的新历史主义艺术思潮有关，另一方面也是小说家不断进行艺术探索的结果。因为，再局限于一个好的故事或止于塑造鲜明生动的人物形象已经不能获得批评家的满意赞语，批评家呼唤着那种以更宏观的文化视角来读解人类生存困境的作品。有时这种要求似已超越文学的边界，但却是小说美学观念发展的某一种趋势。应该指出，以上对内蒙古小说批评中美学观念的描述，仅是勾画了总体风格和审美倾向的变化，不能认为是对各阶段所有小说批评文本都适用的一个结论。实际上，早在20世纪50年代就有评论文章注意到景物描写在小说中的作用，而社会历史批评模式也一直延续到今天的小说评论中，文化批评也在某种意义上被认为是向社会历史批评的回归。这样，变与不变就形成了内蒙古小说批评意识与美学观念的辩证发展历程。

[注释]

[1] 王文建，张俊良．悬崖上的爱情读后[J]．草原，1958(2)：43-44．

[2] 王捷．评《悬崖上的爱情》[J]．草原，1958(2)：45-47．

[3] 张锦贻．也谈《驼峰上的爱》[J]．内蒙古社会科学，1984(6)：113-116．

[4] 黄薇，特莫乎沁．评《驼峰上的爱》[J]．内蒙古社会科学，1984(6)：117-121．

[5] 汪浙成．蒙古族人民精神美的探索[N]．内蒙古日报．1962-08-10．

[6] 丁尔纲．艺术上的不断探索——评玛拉沁夫几篇近作[J]．草原，1961(12)：36-39．

[7] 王保林，孙桂森．试论草原文学和草原作家群[J]．民族文艺报，1985(6)：2-6．

[8] 爱·摩·佛斯特．小说面面观[M]．广州：花城出版社，1981．

[9] 徐英．扎拉嘎性格刍议[J]．草原，1985(7)：59-62．

[10] 托娅，彩娜．内蒙古当代文学概观[M]．呼和浩特：内蒙古大学出版社，1997．

[11] 明照．形象结构的张力与艺术空白的内蕴[J]．草原，1988(5)：77-80．

[12] 徐英. 扎拉嘎性格刍议[J]. 草原，1985(7):59-62.

[13] 黄薇. 当代蒙古族小说中的自然风景的描写[J]. 内蒙古大学学报，1999(2):25-33.

[14] 黄薇. 对当前少数民族小说创作的两点思考[J]. 民族文艺报，1986(3):33-35.

[15][19] 黄薇. 城市化进程中的蒙古族小说——自省小说分析[J]. 内蒙古大学学报，2001(6):16-21.

[16] 吴佩灿. 琐谈《喇嘛庙风云》的艺术特色[J]. 民族文艺报，1985(2):41-43.

[17] 耿瑞. 超越的困惑与困惑的超越[J]. 民族文艺报，1991(3):27-30.

[18] 朱秉龙. 亦悲亦喜的毁灭——评扎拉嘎胡《黄金家族的毁灭》[N]. 文艺报.1999-12-24.

[20] 朱秉龙.《大盛魁商号》：近代民族商业文化的悲喜剧[J]. 草原，1999(2):68-72.

札木合形象简论

2009年获第九届内蒙古自治区文学创作"索龙嘎"奖

王素敏

《蒙古秘史》是一部编年体和纪传体相结合的历史文学作品,主人公成吉思汗是作者下大力气塑造的英雄形象,可以这样说,后人对他"一代天骄"的印象,主要来自于《蒙古秘史》一书。而这个人物塑造的成功,很大程度上得益于作者擅长以陪衬、烘托、对比等方式彰显其笔下人物个性。综观整部《蒙古秘史》,围绕着成吉思汗这个人物,作者刻画了十几个主要人物形象,如"四杰"、"四狗"、王罕、桑昆、塔阳罕等。而这其中性格最鲜明、给人留下印象最深的,就是札木合。正是由于有了这个强劲对手的烘托,成吉思汗的形象才会放出如此夺目的光彩。

然而,在评论家们的笔下,对札木合这个人物却褒贬不一,且分歧很大:持否定意见的人说他是"一个狡诈阴险、反复无常的野心家、阴谋家"[1]、"札木合就是这样一个喜新厌旧、反复无常的人"[2];持肯定意见的则称赞他是"站到了平民方面"的"蒙古人民领袖",他领导了一场蒙古人民的"民主运动"[3]。那么,札木合究竟是怎样的一个人?笔者认为,评价一部作品的人物,应从作品本身出发,从人物生活的时代和民族群体形态出发,才会给人物一个符合原来历史面目的真实定位。因此,笔者力图通过重读《蒙古秘史》,重新解读和诠释札木合这个历来颇有争议的人物形象。

一

《蒙古秘史》所记述的12世纪末至13世纪初的蒙古草原，正处于群雄并起的奴隶制社会后期。在那个时代，勇武是衡量一个人物是否是英雄的唯一标准；战争是相互争夺奴隶、牲畜、财宝和美女，扩大水草丰美的牧场的唯一手段。蒙古民族又素以剽悍、尚武而著称。于是，大小部落和各个领主之间展开了旷日持久的混战：带着原始性的野蛮的血亲复仇、部落主之间的鲸吞火并，特别是新的社会制度孕育过程中剧烈的躁动和诞生时的威力，构成了蒙古草原上一幕幕奇伟壮观的话剧。

在这样的时代背景和民族心态下来看札木合，我们将会对他的行为表现做出一个全新的诠释。

札木合不是"阴谋家"、"野心家"。《蒙古秘史》记述：帖木真的妻子孛儿帖被篾儿乞惕部抢走。那时的帖木真部落势力弱小，根本无法与敌抗衡。为报夺妻之仇，帖木真去求助于曾与父亲结为"安答"的克列亦惕部的首领王罕并呈上厚礼。在当时，王罕的势力不可谓不强，但这个老谋深算的家伙仍恐万一兵败连累自己，于是他怂恿帖木真去向札答阑部的首领札木合求助。札木合一听帖木真有难，顿时觉得"心痛"、"肝痛"，二话不说，立即决定出兵。这件事非常突出地体现了札木合的英雄本色：义字当先。在此之前，他和帖木真并没有什么利益上的交往，而且以当时帖木真部落的状况，近期内也无法为他提供帮助。札木合作为一个部落的首领，不会料想不到战争的残酷和可能给自己带来的损失，但有难相求的是他的"安答"[4]，更何况又曾经共有过一个女祖先[5]！"天下豪杰义为先"，满腔的英雄豪气在他的胸中激荡，他一定要不惜任何代价帮助他的"安答"。札木合的举动，和畏畏缩缩、瞻前顾后的王罕形成了极其强烈的对比，也使我们对这位义气英雄顿生赞佩之心。

这次战争胜利后，札木合、帖木真二人郑重其事地重新结为"安答"。战争促进了他们的友谊，札木合认为帖木真是值得交往和依赖的朋友，帖木真也正想利用札木合的强势所带来的安定局面扩充发展自己的势力。因此，这一段时间，札木合和帖木真"夜则同衾而共宿之焉"[6]，但帖木真却在暗中争取札木合的人马。一年多后札木合猛醒：如果再和他的这位"安答"住下去，恐怕自己的部落就不存在了！成为帖木真的附庸，这是札木合断然不能接受的，两个人产生了根本性的分歧。在已然不能志同道合的情况下，为了不伤感情，札木合"用隐晦的语言，曲折地表示了自己的意见'分开过，大家方便'"[7]，尽管语言十分委婉，含意却非常果断。从此以后，札木合与帖木真分道扬镳。

真正让札木合站在帖木真的对立面的，是发生在札木合胞弟与帖木真部下之间的一场抢马纠纷[8]，这次纠纷导致其胞弟被"射断腰脊杀之"。札木合为了复仇，出兵攻打帖木真。这次出兵对于札木合来说，乃不得已而为之：在人类社会发展的先期，血亲复仇是导致战争的一个极其重要的因素。那时，人们以血缘关系结成整体，生死相依，没有什么比血缘关系更重要。想当初，札木合之所以慨然相助帖木真，其中一个最重要的原因就是他们曾经共有一位女祖先。尤其札木合从小失去父母，只有这一个弟弟。因此，他的为弟复仇之举，既在情理之中，无可非议，也是当时的"英雄"必须选择的唯一的行为方式。这次战争之后，札木合已在事实上被迫成为成吉思汗的敌人，因此，在十几个部落的拥戴下，他打起了"古儿罕"的旗号，正式成为成吉思汗的敌对阵营。

札木合既然成为十几个部落的"古儿罕"，那他是否是一位"站到了平民方面"的"蒙古人民领袖"呢？持上述观点的评论家的依据是札木合、帖木真二人分道扬镳时札木合所说的一番话："傍山而营"的"牧马者"与"临涧而营"的"牧羊牧羔者"[9]还是不在一起为好。评论家认为这里的"牧马者"是指帖木真为代表的草原贵族，"牧羊牧羔者"则是指以札木合为代表的草原平民[10]，因此札木合提议分手，实际上意味着平民同贵族的决裂，从此，札木合领导了一场"民主运动"。笔者对此持有不同的看法。笔者认为，这里的"牧马者"和"牧羊牧羔者"并不代表草原上的贵族和平民，而是暗喻着两个势不两立的贵族集团——札木合和帖木真。"牧马者"和"牧羊牧羔者"有着共同的利益，即草场；札木合和帖木真也有着共同的利益，即民众。札木合以此来暗示帖木真在抢夺他的部下，同时也明确表明了自己的立场：一山容不得二虎，自己是不会做帖木真的附庸的。之后，帖木真称汗，札木合很快也称起了"古儿罕",站到了帖木真的对立面。这些都说明札木合并非平民利益的代表,他也有称霸天下的雄心。

由此可见,札木合既非"野心家"、"阴谋家",也非"平民领袖",更没有领导"民主运动"。他与帖木真的激烈争斗,只不过是新旧制度交替时期两个贵族集团之间争权夺势的矛盾反映。

二

在《蒙古秘史》中,有札木合参与的战争一共是5次。向来被评论家们所津津乐道的是第四次、第五次战役,即卯温都儿战役和纳忽山战役。它们一直被认为是札木合"喜新厌旧"、"反复无常"的主要表演舞台。在这两次战役中,札木合联合了一个强大的部落来攻打成吉思汗,但都是在战争中途派人向成吉思汗密报军情,自己却釜底抽薪,不顾同伴,悄悄逃走了。札木合果真是一个如此"喜新厌旧"、"反复无常"的人吗?非也,他只是在按部就班地实施自己的战略思想罢了。札木合既然有称霸于天下的雄心,必然要清除阻挡他前行的障碍。而在当时的蒙古诸部里最强盛的就是王罕的客列亦惕部和塔阳罕的乃蛮部,如果其中的任何一个再与成吉思汗联合起来,那更是威力无比。如何能够让这3个强劲的对手相互厮杀,从而自己得利?札木合抓住王罕、塔阳罕的弱点,决定采用"离间计",来个各个击破。

札木合首先挑选了王罕之子桑昆作为他第一次"离间计"的突破口。桑昆脾气暴躁又狂傲自大,早就不想屈从于成吉思汗麾下而要独立称汗,这一切都正中札木合意,于是他极力怂恿。桑昆中计,软硬兼施逼迫父亲出兵,王罕爱子心切,无奈之下同意向成吉思汗宣战。札木合计划的第一步成功了。两军对阵之前,札木合以极其渲染的口吻说出了兀鲁兀惕、忙忽惕两部百姓的英勇善战,目的就是要套出王罕的用兵之计,再去告诉成吉思汗准备好应对措施,以免一开战就被打得落花流水,那样王罕就不会受到重创。果然,王罕闻言,自恃兵强将勇,向札木合和盘托出了用兵之策,并将军队的总指挥权交给了他。札木合的这一步计划又成功了。紧接着,札木合派人去向成吉思汗报告王罕的兵力部署情况，并要他一定坚持住。这又是札木合的一个计策。他所言"我与安答战，常不能敌"[11]只不过是一个迷惑成吉思汗的借口罢了：在前3次战争中，第一次是他做了3个部落的总指挥，获大胜；第二次与成吉思汗交战，又获大胜；第三次因成吉思汗与王罕联合作战以及客观原因，他失败了。这3次战争双方顶多算是打了个平手，何以称得上"常不能敌"呢？再者，他为什么告诉成吉思汗"一定要坚持住"？因为只有这样，战争才会惨烈，双方伤亡才会惨重，才会从根本上削弱甚至是消灭他们的势力，他原先设想的目的才会达到。

在这场战争中，札木合做了一个优秀的导演者，他牢牢控制着事态的进展并推波助澜，他熟知双方的优缺点并加以利用，使得一切正如他料想的一样：双方伤亡惨重，成吉思汗只剩2600人，王罕和桑昆也仅以身免。札木合的目的达到了，他带着他的人马及时地撤离了这个是非之地，保全了自己的力量。

第五次战争，札木合故技重演。这一次他设想让塔阳罕与成吉思汗两强相斗。如果能获成功，草原上就再也没有他的劲敌了。但这次他却犯了极大的错误，招致了最后的悲惨结局。

首先是他错误地估计了塔阳罕。札木合没有料到，这个拥有草原上最强大的部落、曾口出狂言"地上不可有二汗，让我去把那帖木真擒来"的汗王，却是一个胆小没出息的家伙。他一见蒙古部的夜间篝火，即要"卷退而去，整搠我军"。这个"巾帼塔阳"，与札木合上一次的合作者王罕和桑昆相比，在胆识和谋略上都有着天壤之别。因此尽管札木合一再激励，塔阳罕还是被对方的气势吓倒，不战而退。在晚间逃跑时，兵士纷纷坠入山谷，死伤无数，其余也被成吉思汗全部剿灭。而成吉思汗的人马则毫发无损。

其次是他错误地估计了成吉思汗。此时的成吉思汗，已迅速成长为羽翼丰满、思想成熟的政治家和军事家。接到被攻的密报后，他头脑冷静，详细分析了双方的兵力、人众、优劣，并精心布置了作战的计划、士兵的阵列，甚至宿营的篝火。成吉思汗从战略到战术都没有给对方留下任何可乘之机，他完全占据了主动。再加上已被吓破了胆的塔阳罕，札木合知道，这次的计策已成功无望。他所设想的两败俱伤的结果不可能出现，塔阳罕的失败已成定局。为了给自己留一条后路，札木合派人给帖木真传口信，告诉他自己已用言语瓦解了塔阳罕的斗志，并且离开了塔阳罕。这明显是在向成吉思汗邀功买好，使他不仇恨自己，以图日后东山再起。

然而他没有成功。成吉思汗绝不会容许一个无论在智谋还是在勇气上都和自己难分伯仲的危险人物活在世上，他把札木合杀掉了。我们不能责怪成吉思汗的不讲情义，这是一个欲成大事的政治家必备的素质——在遇到对自己的事业和利益有阻碍的人和事时，他不能儿女情长、瞻前顾后，而必须顾全大局，快刀斩乱麻，不留后患。这是成吉思汗高于札木合之处，也正是札木合的致命弱点。因此，与成吉思汗相比，札木合只称得上是一个有情有义、智勇双全的英雄，而非一个具有宏韬伟略的政治家。

三

札木合被擒后，曾经总结自己败给成吉思汗的原因：

"安答有聪惠之母，生性俊杰，有多才之弟，友为英豪，以73战马之力，故为安答所败矣。而我也，自幼遗于父母，（又）无（昆）弟，妻乃长舌，友无心腹，故为天命有归之安答所败矣。"[12]

除了这些原因之外，札木合是"英雄"而非"政治家"，是导致他走向失败的最重要因素。他性格当中的"豪侠义气"，既是他的优点也成了他的致命伤，"为情所扰""为义所困"严重影响了他处理事情的决断性，以至于在几个关键性的事件当口，他未能准确地把握机遇而错失良机。事件之一：当他发现帖木真暗中争取他的人马时，他想得更多的是对方是他的"安答"。出于"安答"的情义，他对帖木真的所作所为不好说什么，更不好做什么，只好找个借口分开了。他的这个分道扬镳的决定，不仅使他失去了最好的作战时机，而且让他失去了将近10个部落的兵力和一群得力的将官，这不能不说是他决策过程中的一次重大失误。事件之二：札木合为弟复仇，与成吉思汗开战。此时的成吉思汗羽翼未丰，又未及防备，札木合大获全胜，将成吉思汗赶入哲列揑峡谷，但却没有乘胜追击。他沾沾自喜地将成吉思汗嘲笑一番后，就去收拾那些被俘获的曾经背叛他的将士们。这一举动显然伤害了跟随他的一些将士的心，致使他们又有一部分投奔了成吉思汗。这次战争，札木合不仅没能把握时机，穷追猛打，以至于给对方制造了休养生息的机会，而且还在客观上给对方"送"去了一部分精兵强将。另外，目光短浅、因小失大也是导致札木合最后失败的因素之一：在札木合被十几个部落推举为"古儿罕"后，他们向成吉思汗宣战。这次战争因为种种原因，札木合方面溃不成军，刚刚聚集起来的众部落首领仓皇而走，留下他们手下的百姓未来得及撤离。此时，作为"古儿罕"的札木合本应安抚百姓，保护其安全撤离，但他却为眼前的利益所迷惑，将这些投奔在他麾下的百姓洗掠一空后逃走。如此贪图小利的后果是：不仅这些被洗掠的百姓变成了他的对手成吉思汗的力量，而且使他失去了一位作战最勇敢的将士者别。者别在战斗中本已将成吉思汗喉部射伤，但札木合的作为却让他倍感心寒，于是他投奔到了将他部落百姓收留的成吉思汗麾下，后来成为成吉思汗身边最忠勇的"四狗"之一。尤其是在第五次战争中，札木合见塔阳罕大势已去，遂只身逃走，致使他所带去参战的6个部落皆降成吉思汗。孤家寡人的札木合只剩下了5个随从，后又被这5个背叛者捉住作为礼物献给成吉思汗，丢掉了性命。这次战争中的目光短浅、因小失大成了札木合最为惨痛的教训和永远无法弥补的遗憾。

  札木合一生胸怀大志，心胸坦荡，光明磊落。为了实现自己的理想，他也曾施用多种计谋，展现杰出才能，但由于决策上的失误和性格上的缺陷，最终导致了失败的结局。然而他并不让人觉得可憎、可怜，却令人同情和敬佩。即使是在被擒送到成吉思汗面前时，他明知难逃一死，但为了自己的理想，仍在做着最后的努力。他想保住性命，可他更要保住自己做人的尊严，因此，他没有眼泪，没有乞求，语气不卑不亢，谈笑神情自若，连成吉思汗也不得不说他是"乃可学之人也"、"乃重道之人也"。最后，札木合虽没有保住性命，却维护了他作为人、作为英雄的尊严。

  由于历史的和个人的原因，札木合失败了。但失败了的札木合仍不失为一个英雄。他不是"阴谋家"、"野心家"，也不是"平民领袖"，更不是"反复无常"、"喜新厌旧"的小人，他是一个历史所不能忘记的、群雄逐鹿时期蒙古草原上有着"人"的长处和短处的失败了的英雄。

[注释]

[1] 梁一孺. 少数民族文学论集·铁马金戈的历史回声. 中国民间文艺出版社，1985：97.

[2][3][10] 乔·贺希格陶克陶. 民族文学论文选·成吉思合罕与札木合薛禅. 中央民族学院出版社，1987：298-299.

[4][5][6][7][8][9][11][12] 道润梯步. 新译简注《蒙古秘史》. 内蒙古人民出版社，1979：79，16，80，83，95，80，142，214.

《成吉思汗评传》的文化反思

2009年获第九届内蒙古自治区文学创作"索龙嘎"奖
李树榕

成吉思汗,不仅代表着一段历史、一个民族,而且代表着一种哲学、一种价值观、一种文化。所以,直面成吉思汗,是需要勇气的。

纵览近年研究成吉思汗的理论成果和艺术创作成果,其中马冀著《成吉思汗评传》(以下简称《评传》)应该说是很有特点的。特点之一,是在记述人物生命历程中凸现"评"而不是工于"传";特点之二,是在回顾历史的记述中能够为当今民族文化研究尤其是草原文化研究,提供可以信赖的史实文本。

"评"为传之魂,"传"为评之体

与传记文学讲求故事性和艺术性相比较,"评传"更注重史实的准确性和行文的简练性,其评论的倾向性和深刻性尤为重要。所以,"评传"的力量不在于"传"而在于"评"。

评,作为一种倾向,不论是政治倾向、历史倾向,还是价值倾向、文化倾向,都是作者站在时代的高度,对于历史的一种价值言说,是"评传"的灵魂。细读《评传》就会发现,作者对于成吉思汗的评价,反映了非常丰富的价值取向。这种评价,是由中华民族"舍生取义"的文化精神所决定的,当然,也与燕赵文化哺育下作者的"英雄主义"情结有关。

数百年来，关于成吉思汗的争议，主要集中在一个问题上：他究竟是一个野心勃勃的残忍的"世界征服者"，还是一位主持正义的"民族英雄"。显然，作者没有回避这个尖锐的历史难题，而是尽量地尊重史实的基础上，努力做出了自己的回答。

美国心理学家诺曼·霍兰德指出："我使用精神分析方法只是因为它可以解释人类生存的方式，尤其是成年人还保持哪些童年时代的特征……"[1]那么，成吉思汗的童年是怎样度过的呢？在氏族部落时期，由血缘亲情聚合在一起的人群构成了社会的基本单位——"胞族"、"部落"，它们的存在与发展都是如此。当时，同一氏族和部落的人有相互帮助和保护的义务。一个成员受到的伤害，往往被视为是对氏族和部落整体的伤害，于是就要杀死对方，进行复仇。这样的复仇叫作"血亲复仇"。随着社会的发展，又出现了"同态复仇"，即行凶者所在的氏族或部落用道歉和送礼赎罪的办法解决血亲复仇的问题。[2]因而，"血亲复仇"或"同态复仇"是成吉思汗出生时，北方草原的文化传统。恩仇必报，作为铁木真一生坚守的"秩序"与"原则"，是那个特定时期在他童年的心灵上打下的深刻烙印。在此基础上，作者通过《评传》客观地展示了源自于一切史书记载的3个共识：一、童年的铁木真亲历了"部族之间相互争夺"、"部族内部也纷争不息"的残酷现实，自然而然地，或者说是被动地、不能选择地接受了当时"以战争为主要手段，极力扩大自己的实力，削弱、吞并一切敌手"[3]的生存方式。二、铁木真经受了少年丧父这一人生最大的不幸。从蒙古乞颜部首领俺巴孩汗由塔塔尔人出卖被金朝杀害开始，也速该一生立志要为祖先复仇；当也速该被塔塔尔人毒死时，作为长子的铁木真必须为父亲复仇。因而强化了他"血亲复仇"的意志和决心。三、接受了复仇传统中的英雄主义教育，并以此凝结为人生观和价值观的坚实基础。在"贤月伦掘草养子"一章，作者详细记述了母亲月伦对成吉思汗童年的影响。她的"英武、刚强、聪明、多智、善战的优秀品质"，使童年的铁木真暗暗发誓："我长大后，一定要成为先祖那样的勇士，成为全蒙古的君主，成为超过先人的英雄。"[4]至此，一个曾经怕狗的小男孩被一个拥有"坚强决心和意志"的有志少年取代了。这与他的幸福观——"战胜最凶恶的敌人，将他们连根铲除，夺取他们的一切财产，骑乘他们的骏马，把他们美貌的妻妾当作睡衣和床垫，然后让普天下的万民享受太平"一脉相承。[5]在复仇的推动下，他完成了父亲的遗愿讨伐蔑尔乞、消灭塔塔尔，同时也完成了父亲的夙愿，消灭、吞并札答兰部、克烈部、乃蛮部等危害乞颜部的诸部族，统一了蒙古高原，直到1206年建立大蒙古国。之后，从西征花剌子模、多次征讨西夏王，到制定伐金方略、灭宋方略，起因大多没有超出"血亲复仇"的文化心理。

应该说，成吉思汗是一个欲望和能力成正比的人。他的征服欲，既源自他对自己能力的自信，也源自他对自己动机合理性的自信。当然，作者并没有试图为他的一生辩护什么，只是把他幼年丧父、生存艰辛的生命历程描绘下来，在与锦衣玉食的贵族子弟的比较中，在与苟且于温饱的普通孩子的比较中，揭示出铁木真性格发展的必然性。应该说，这种揭示还是有说服力的。

在浩如烟海的文献记载中，作者精选的每一个事件或情节，都因其有3种结构"身份"而不可或缺，一是在历史发展逻辑必然性中的"结构身份"，二是在人物性格发展必然性中的"结构身份"，三是在作者"寓评于传"的价值标准中的"结构身份"。由此"传"（历史事实与）"评"（作者的价值倾向），才能水乳交融。

比如，在表现成吉思汗"恩仇必报"的鲜明性格以及不断取得成功的原因时，作者都是以事实说话的：从坦荡率真的做人风格到以诚相待、用人得当的领导风格，从战略有方的军事才能到广纳人才、兼容并蓄的政治才能，作者选用了60多个历史事件，既体现出"一代天骄"的性格特征和人格力量，也反映出他"成"多于"败"的历史原因。其中最让人难忘的是关乎成吉思汗情感生活的"友情"。博尔术、木华黎、合答安，都曾经有恩于少年铁木真，成吉思汗不仅一一铭记在心，而且一生重用或厚待他们。由此，博尔术成为他第一个"那可儿"（贴身的勇士和挚友，即伴当）[6]；木华黎成为他第一个封赐的"太师、国王"，并且让其"子孙传国，世世不绝"[7]；而合答安则成为他第一个奴隶出身的妃子。作者满怀情感的记述，使得情节质朴感人，细节真实传神，似乎无意于"评"，而"评"已在其中。

作者赞美成吉思汗，一是运用比较的手法，一是运用"借语"夸赞的手法，尤其是借助敌对人物之口来夸赞。这样，既可以加大夸赞的力度，又可以使"见解融于事实之中"。与铁木真两次拜为"安达"的札木合，是草原的一代枭雄，也是铁木真强有力的竞争对手。十三翼之战后，他不仅把俘虏首领的头颅砍下来"拴在马尾巴上拖着跑"，而且把俘虏中的70个孩子"放入七十口大锅内活活煮死"。作者认为他是"因为一时胜利，会欣喜若狂、忘乎所以"的人。相反，对于伤害过也速该家人的氏族，成吉思汗却能"送去饮食，和他们共同宿营"。一个是"心胸狭隘，性格残忍"另一个是"宽宏大度，以诚恳的态度关心帮助别人"[8]。比较之中，孰对孰错的毁誉倾向不言自明。有此似乎还不够，作者又借助《蒙古秘史》的记载，让妒意浓浓的札木合，还使用极为吝惜的语言称赞了铁木真："安达有聪蕙之母，生性俊杰（即才能出众之人），有多才之弟，友为英豪"，而自己"自幼遗于父母，又无昆弟，妻乃长舌，又无心腹"[9]。以此认为这是自己失败的主要原因。这样的曲折赞美，也是作者寓"评"于"传"的一种方式吧。

信手翻阅书中各节设定的标题"英雄少年，历尽磨难"、"得人心，虽败犹胜"、"班朱泥河的千古佳话"、"离瞻远顾的灭金方略"、"忠诚信义，团结纪律"、"成吉思汗轻取撒马耳干"……就可以看出，在情感倾向的全方位渗透中，作者展示出了不失公允的历史记述。同时，作者还善于运用对比的方式，在衬托中表达对于成吉思汗历史功绩的肯定。尽管作者不断地把《蒙古秘史》与《史集》《元史》《圣武亲征录》等史籍加以比较，在不回避成吉思汗众多失败的事实面前，尽量还原历史的本来面貌，但是，根本性的赞美倾向却没有因一时一事而改变。

"文化"的自觉与"自觉"的文化

近些年，全球文化发展倾向的严重性在于：一个民族的经济发展可以与世界接轨，一个民族的文化发展呢？是加强"本土化"传统文化继承的自觉，还是追求经济巨人掌控中对"外来"文化的依附？基于这样的现实原因，在中原农耕文化与草原游牧文化之间，在古代文化与现代文化之间，在红色历史构建的"革命文化"与当下市场经济构建的"娱乐文化"之间,重新客观地认识民族传统文化就是当务之急。那么,《评传》究竟让读者看到了什么样的传统文化呢?

传统文化,是指一个国家或一个地区在历史传承中占有重要地位并延续下来,被一个民族或几个民族长期以来共同"坚守"的、具有鲜明特色的精神"秩序和原则"。它之所以"传"而能"统",就在于它是一个民族与生俱来的、具有强悍生命力的、可持续发展的精神维度。

钱穆先生曾认为:"文化乃群体大生命,与个体小生命不同。""中国古人谓之'人文化成'今则称之曰文化。此皆一大生命之表现,非拘限于物质条件者之所能知。"[10] 如此看来,"文化"是把群体生命"化"而为"文"的过程。这个"文"是什么?是一种特质,即特有的精神和品质。据此我认为,像龙应台那样,把"文化"当作"对于自己心中某些原则和秩序的坚守",似乎更为接近客观规律。而这里的"原则"和"秩序",指的就是一种因时代不同、地域不同、民族不同甚至个人不同而有所差异的"特殊品质"。无疑,不同民族的独立存在,都是以自身文化的独有"特质"为根基的。所以说,民族文化,就是一个民族长久以来因共同"坚守"的那些"原则和秩序"而形成的生命力与创造力。这种坚守,是由自发到自觉,由自觉到自然,由自然到形成民族文化传统。由此看来,《评传》的现代意义,在于通过历史背景下的文化反思,对民族文化根源做进一步的探寻。

一般说来,生成于特定自然环境和社会环境的"文化",不仅指生产方式和生活方式所构成的物质文化,以及由知识、信仰、艺术等构成的精神文化,而且还包括由道德、法律、风俗习惯等构成的行为文化。这三者共同形成特定的文化类型。所以,可以说文化是人类创造的不同物质和精神形态特质所构成的复合体。而形成"民族文化"的原因既在于自然环境、生理素质、社会实践,更在于一个民族与外民族交往的历史经历,它是在多次文化冲突中确立起来的。

在《评传》中,作者利用很大篇幅介绍成吉思汗时期制定的《大扎撒》和后人整理的《太祖训言》,广泛涉猎法律、道德规范以及由此形成的蒙古民族的生活习惯,不仅是在记述历史,而且是在反思文化。作为"行为文化"的集合性阐述，作为蒙古民族文化特质的历史渊源的认识，人们可以从中觅见作为草原文化精髓的大量元素，例如"英雄崇拜"的集体无意识，"自然崇拜"的行为准则，"广博兼容"的民族性格，"勇敢顽强"的评价标准，等等。

如《评传》描述《大扎撒》涉及军法方面的条例有："男子20岁以上皆有服兵役的义务。……临阵先退者处死，出征逃匿者斩……战争中不管老少贵贱，武士、弓手和枪手，按形势所需向前杀敌。"[11]可见，作为骁勇顽强、不畏艰险、不怕牺牲、百折不挠、勇往直前的民族精神，并不是蒙古民族与生俱来的天性，而是由长期的战争锻炼和磨砺出来的。当法律明确规定，生活资料的获得以放牧和战场缴获为正当途径的时候，战争就成为这个时期全民性的一种生存方式。当前，有些学者在感慨文化碰撞中的"尴尬"时说：中国的儒家文化，"讲究仁，讲求温文尔雅，这样一种文化观很难培养心雄万夫的勇士……以汉文化为主的中华民族的文化，其特质是重文轻武，重享乐而轻冒险，重秩序而轻革新，重当下而轻未来。在和平年代，这种文化的缺失还不容易发现，但是设若遇到突发事件特别是遭遇战争时，这种文化立刻就会表现出它的脆弱性"。相比较而言，在艰难中成长、在艰难中发展的成吉思汗和蒙古民族，是勇武而敢于战斗、无畏而敢于开拓的。当一个民族把成吉思汗奉为"民族英雄"的时候，作为行为规范现象的"法律条律"已经不再是外在于心灵的强制性举措，而是沉淀为一种精神文化内核，潜在地支配着每一个人的价值取向，在文化的长河里熠熠闪光了。不论是抗击八国联军时期的僧格林沁，抗击日本侵略时期的"独贵龙运动"和"嘎达梅林起义"，还是解放战争时期蒙古骑兵的丰功伟绩，"英雄主义"作为一种精神传承，在蒙古族文化乃至草原文化中可见一斑。由此，作者为我们揭示出了"英雄崇拜"的文化根源。

同时，《评传》在介绍《大扎撒》环境保护方面的规定时，如"禁草生时锄地，遗火而烧毁草场的诛全家"等，又显现出自然崇拜的文化渊源。当然这是由蒙古民族的游牧生活方式决定的。[12]一般地说，生存环境决定物质文化的性质，物质文化决定行为文化，行为文化派生精神文化。由上述记载可以看出，不同于农耕文化"人类中心主义"的实用精神，蒙古民族崇尚自然的信念，是现实生存环境和民族信仰的历史传统造就的。正如有学者所说："较之农业，畜牧业对自然的依赖性显然更强。生存的压力,使人们对自然环境的价值理解和认识更为深刻,形成了生态意义上天人相谐的思想。他们认为自然是一种完美和谐的秩序,人与自然是共生共存的关系,不是势不两立的双方。"[13]从信奉萨满教"泛神论"思想到信仰自然的"长生天",从民间谚语到法律条律,尽管其中难免宗教意义上的神秘色彩,但是从恐惧自然、依靠自然到尊重自然、保护自然所形成的文化特质,一直强有力地支撑着草原"文化体系",使之与其他文化类型形成鲜明的对比。

如果说,"英雄崇拜"作为草原文化特质,是由成吉思汗的统一伟业所开创的话,那么,"自然崇拜"作为草原文化元素,在成吉思汗时代则是通过成文法的形式起到了承前启后、承上启下的作用。尤其需要说明的是,英雄崇拜和自然崇拜是相辅相成的。当蒙古民族用理解自然的法则理解人类社会时,英雄主义便由此而生。长期以来,游牧民族在与大自然的密切交往中,形成了"天地父母"的自然观,由此认为"天无二日,地无二主"才符合大自然规律。所以,他们的政治军事实践并不是某一种族特性或文化劣根的反映,更不是盲目野蛮行径的产物,而是为了实现自然逻辑意义上的社会秩序而做出的牺牲和努力。

《评传》还特别强调了《大扎撒》中这样的规定:"死于军中者,若其奴婢驮尸以归,即以死者之畜产给予此奴;若他人驮尸以归,则可得死者之妻奴畜产……战斗中,前进或后退时,若有人掉落弓箭、携带品,无问其为何物,其后行人员应立即下马将物品归还所有者。若不下马、不归还掉落物,处死刑。"[14]如果还原历史场景,可以想见,在血雨腥风的激战中,能够恪守这样的法规实在不易。但也由此形成了蒙古民族重情义、讲信用、诚信至上的行为准则。不仅可以鼓舞士气,解除战斗者的后顾之忧,而且为民族品格的塑造奠定了良好的基础。西方有学者赞扬成吉思汗"是所有伟大帝国统治中第一个把法律置于自己权力之上的帝王"(杰克·韦比富得语),是有道理的。而这个法律文本竟然细致到与道德重叠的程度,这就可以解释几百年来,不论贫穷还是富有,为什么"夜不闭户,路不拾遗"一直是蒙古草原的淳朴民风了。其根基就是蒙元时期开始非常注重"至真至诚问题",立法以律之而奠定的。

从成吉思汗的做人风格来看,"坦荡"是其重要的特点。爱和恨都摆在明处,因为，爱，有其爱的道理；恨，也有其恨的根源。他一生真诚，换来的是属民的真诚。因而，几十年的残酷斗争，他的部下竟然无一人背叛。真诚，是敢于负责任的前提。在是非分明、爱恨截然的生活态度中，在"父母之仇，弗与共天。昆弟之仇，弗与共国"的行为原则中，在物竞天择、弱肉强食、适者生存的激烈竞争中，成吉思汗作为鲜活生命的"这一个"，最令人难忘的品格就是至真至诚！

在特定社会背景的前提下认识历史、反思文化，尽管不可能完全抛开今天的价值立场，却也不能完全用今天的价值标准衡量其是非对错。所以，置于民族历史背景下的《评传》，以史籍为参照，意欲赞美黄金家族的集体形象和成吉思汗的个人形象。无论关乎道德还是关乎法律，无论关乎政治还是关乎经济，我们更多看到的是没有偶然的永恒合理性，只有必然的悖反性，这是需要再深入思考的。

作为有限的生命，成吉思汗属于他的时代。作为英雄主义的一种精神，成吉思汗历久弥新！当民族的崛起必须以继承优秀传统文化为坚实基础的时候，《成吉思汗评传》的思想倾向之现实意义就更加突出了。

[注释]

[1] 马尔科姆·布拉德伯里．当代批判．阿诺德公司，1970：139．

[2] 中国大百科全书·民族卷．中国大百科全书出版社，1988：485．

[3][4][5][6][7][8][9][10][11][12][14] 钱穆晚学盲言（上）．台北：东大图书股份有限公司，1987：13，22，228，26—27，143，39，72，185，92，93—94，93．

[13] 乌恩．论草原文化的价值系统．论草原文化．内蒙古教育出版社，2006：45．

改革开放 30 年的中国少数民族儿童文学

2010 年获第八届全国优秀儿童文学奖

张锦贻

改革开放的 30 年，是中国社会发生巨大而深刻变化的 30 年，是逐步消除各民族之间事实上的不平等，使各民族在物质文明、精神文明、政治文明建设中齐头并进的 30 年。由于少数民族地区以往的滞后，更令人明显地感受到那里的生产方式、生活方式和思想观念的巨变。这，必然会在少数民族文学创作中反映出来，尤其是在寄寓着对民族下一代的美好希冀的民族儿童文学创作中，反映得更鲜明。何况，民族文化研究的深入与民族儿童教育的受重视，也冲击了它。因此，在这个特定的时段里，少数民族儿童文学所经历的发展与繁荣，所产生的美妙而深远的社会影响，要远大于中华人民共和国成立后即 20 世纪 50 年代至 60 年代前半期的民族儿童文学。可以说，刚刚过去的 30 年，正是少数民族儿童文学在中国迅速发展的 30 年。

一、民族儿童文学的振兴（1978—1989）

"文革"之后，拨乱反正，各民族的儿童文学作家们砸碎了禁锢思想的精神枷锁，从"左"的统治的阴影中走出来，走进了尊重艺术个性、倡导创作自由的新的历史时期。面对思想解放大潮的汹涌澎湃，回顾儿童成长历程的艰难险阻，深感责任之重、创作之重。他们最早写出了"左"的统治是对是非的颠倒、对善恶的混淆、对人性的压抑、对童心的伤害。如土家族孙健忠的短篇小说《牛牛的故事》，写还没有上学的牛牛从山边捡回来一棵小小的梨树苗，它已经被太阳晒枯萎了，差不多要死了。牛牛把它栽在小楼外的岩坎上，又浇水，又堆肥，还围上了篱笆。小梨树种活了，却差一点被当作"资本主义尾巴"砍掉。小说写得曲曲折折，写到生产队开了砍梨树的会，说这是砍资本主义尾巴，牛牛说梨树不是资本主义尾巴，就是不砍。阿公支持他，公社竟把阿公叫去盘问，说再不砍，就要"开会"，要"辩论"呢。之后就粉碎了"四人帮"。第二年开春，小梨树开了花，结了梨子，牛牛把顶大个儿的留给阿公，其余的就请寨子里的姆儿们吃了。奇巧的是，吃完了梨子，一夜间梨子树又绽出了满树的梨花。牛牛曾为小梨树将被砍而哭，现在又为它一年将结两回梨子而笑。整篇作品中童情洋溢而又童趣盎然，富有诗意又具有一种象征性，令人浮想联翩而又沉思久久。作家率先在一向是赞美现实、一直是讴歌生活的民族儿童文学领域中撕破了"左"的统治的"正"面，而将那"反"面让儿童看，从而在民族儿童文学创作中张扬了民族民间儿童文学中善必战胜恶的传统的道德力量，复兴了"五四"以来中华儿童文学的批判现实主义的战斗精神。这样的作品还如蒙古族作家云大建的《塞夫》、白族作家钟铁夫的《病》。前者，写一个蒙古族干部的孩子塞夫，小小年纪就被"文革"动乱卷到街头，蓬头垢面，穿着露了脚趾的球鞋，在呼呼刮着的白毛风中为旅客拎行李来养活自己，却不肯多要一点钱。小说采用第一人称的叙述方式，真实而自然。从"我"与孩子的交谈中，反映了"四人帮"在内蒙古大抓"内人党"，迫害蒙古族干部的罪行，也表现出蒙古族少年的刚强、正直。后者，以一个天真儿童的目光展示一位最讲"政治"、最严格地用政治标准要求学生的热情善良的教政治课的女老师，却因亲人的"政治"问题而"病"倒。其间写到学校教室里设立"宝书台"、老师领着学生做"早请示"、在政治课上对"反革命案件"表态和签名等，以及"我"的爸爸妈妈都是"三忠于"战士等那一极"左"年代中的人和事，昭示极"左"路线对"政治"、对"革命"的歪曲，对各民族人民的愚弄，对儿童教育的亵渎，有很深的思想内涵和极强的理性精神。可以看到，这些作品都因揭露"文革"动乱造成的人的心灵的创伤和反思"左"的统治形成的人性的扭曲，而显得分外的沉重；更由于作品中对特定的地域、人文环境中成长的民族少年儿童形象的着力刻画而更显示出民族儿童文学所独具的艺术魅力；使新中国建立以来一直在少数民族儿童文学中高扬的现实主义大旗在云消雾散的晴朗天空中更觉鲜亮。

20世纪80年代初期，民族儿童文学在整体的"反思"、"沉思"的思潮涌动中，开始突破历史模式，由长期以来将民族问题归入唯一的政治领域转向开阔的社会视野；由十分强调民族儿童文学中社会主义意识灌输的要求，转向各民族儿童多样的审美心理的需要；并因此使少数民族儿童文学在时代的迅猛前进中更加重视新时代中不同民族少儿形象的个性刻画，更加重视民族心理素质在不同少儿身上迥异体现的细致描绘，更加重视从民族儿童生活的小天地反映新的社会现实和时代本质的深入开掘；从而更加凸显其民族性、儿童性，并使时代性融合其中。如藏族作家益希单增的短篇小说《啊，人心》，以解放军进驻西藏为背景，不仅细腻地描写了解放军小通讯员小李、被父亲卖给富人的藏族牧童毕朵，以及藏族上层其末夫人的儿子、有学问又人品好且长相好的丹达各自的性格及内心世界，而且由解放军小通讯员开枪射中抓小羊的鹰这一情节拓展开去，把笔触伸向藏族人的佛教信仰、宗教心理、民俗风习及藏人解放、军民关系等具有浑厚的文化内涵、深刻的历史意蕴等诸多方面。又如蒙古族老作家玛拉沁夫的《活佛的故事》，一方面着重描写"我"和一夜之间从人变成了神、从跟"我"一起上树撸榆钱儿、下河摸小鱼的小伙伴变成了格根庙第八世活佛的小玛拉哈相见时双方的神情和心情，透示出草原上蒙古族儿童纯真、朴实的品质以及他们对宗教束缚的厌恶、反抗，对美好理想的向往、追求；另一方面，从对一个蒙古族小活佛切身经历的生动描绘中，更深层地触及蒙古民族风习沿革、文化传统以及蒙古族人观念变革、精神解放等纷繁复杂的内容。又如回族作家白练的《儿童文学三题》。第一题《爱吃鸡蛋的尕旦》，写没上学时的尕旦总是拽着妈妈的后衣襟，喊着要吃鸡蛋，可妈妈不理他，他哪里知道"四人帮"闹腾得家里一年到头见不着个钱，买油盐酱醋、针头线脑，全靠着攒几个鸡蛋去换。妈妈总是说："娃娃家吃了鸡蛋脚痛哩。"后来尕旦上了学，"四人帮"倒台，妈妈见他学习累，就煮鸡蛋给他吃。可他倒悄悄地攒鸡蛋，卖了鸡蛋买了个地球仪，他倒反过来说："吃鸡蛋脚痛哩！"小说情节极简练，主人公又是个幼小的儿童，却写出了时代的变动、体制的变革以及儿童思想情感的变化，深切地反映出乡村里回族儿童对知识的渴求、对新生活的渴望。小说中，写大人不给孩子吃鸡蛋的无奈和尕旦想吃鸡蛋的急切，令人心酸，让人深思。但作家笔下尕旦的所想所说所做又都充满了稚趣、乐趣。在写尕旦急着去够鸡蛋筐，却从木墩和条凳上摔下来时，不是为自己摔伤忧愁，而是想着一筐鸡蛋全完了而惊吓；写尕旦瞒着妈妈攒鸡蛋换钱，又自作主张不买白回力球鞋而买了地球仪，被妈妈撞见就正式表示以后不吃鸡蛋等；在儿童式幽默中写出回族人惜物惜钱、勤快勤奋、精明精干的民族心理素质。第二题《温顺的祖丽哈》，写乡村的回族女孩祖丽哈是当年老龙河小学毕业的头一名，她报考了中学。乡中学离家几十里，得住校。班里的好几个女同学都没有报名，都怕村里人背后指指点点。但，阿大、阿妈支持她。作家写得很细心，写祖丽哈拿着毕业证一心想快点回家，可一进门却看见阿大闷头抽烟，脸色阴沉，她因此一晚上睡不着，而父母屋里的灯也一直亮着。早晨，阿大飞快地磨着镰刀，在阿妈的催促下，他带着笑脸走过来，抚摸着女儿的头说："好丫头，再去给阿大考个头名。"这时，祖丽哈一奔子跑出了家门，"她蹦蹦跳跳，欢欢乐乐，轻松得像个小燕子"。这个生长在新时代的回族女孩，有志气、肯努力、能吃苦，明显地表现出回族人祖辈传承的勤奋品质。第三题《弹弓王哈山》，写7岁的哈山右手心的两条指纹连成一条线，长得跟他的先人阿爷一样，是个折手。先是娃娃们眼里的髀石场尕英雄，后又成了弹弓王。他任何时候都能打下任何一只飞落的或飞着的鸟。当阿奶告诉他，飞鸟跟人一样有好坏之分时，他也有所感、有所悟。他的倔强与刚正、要强与自信，把回族人在历史上、在现实中的自卫不欺人、自立不靠人、自尊不媚人的民族意志表达得充分而有新意。

显然，这些作品都从不同民族儿童少年的生活表层写到他们的性格深层，并由此深入到一个民族的文化积淀、文化心理的诸方面，包括了民族的、社会的、历史的、文化的蕴涵。又由于对作品艺术表现顺应儿童审美心理的强调，使这些作品真正成为民族儿童文学中一种独特的艺术创造。可以看到，这些作品中，深刻的民族性寓于儿童最便于感触和感受的浓郁的地域性之中，深邃的时代性匿于儿童最易于感知和感悟的生动的趣味性之间。显然，这时的民族儿童文学已经与历史一起发生了转变，民族特性、地域特色、时代特征、儿童特点浑然一体，关于民族儿童的种种主题在历史进程中被多方面开拓和多层次掘进，并用多样化的艺术方式表现出来。

这一时期中，鄂温克族乌热尔图着力描绘险恶境地中人与自然的和谐相处的《七叉犄角的公鹿》《老人和孩子》，藏族意西泽仁细心描写广袤草地上牧牛女孩的失学悲哀的《瞧，那儿还有两朵花》，土家族周文光刻意描画洞溪河湾里小渡工的高尚品性的《我的朋友水生》，朝鲜族柳元武深切描述密密苇丛间顽皮男孩的爱鸟善心的《依布妮与百灵鸟》，等等。这些作品都富有民族儿童共具的蓬勃朝气和昂然正气，又有着不同民族儿童独具的情感方式和意志表现。浓浓的民族生活气息，滟滟的民族文化氛围，栩栩的民族儿童形象，琅琅的民族文学语言，使这些作品在新时期中国儿童文学中显示出各自的独特和奇异。

显然，从20世纪70年代末到整个80年代，是中国少数民族儿童文学的振兴时代。回归文学本真、注重儿童本位、体现民族特色，这是一个最主要的标志。

另一个最重要的标志是，民族儿童文学的题材、体裁都更加丰富多样，不少作品的影响及于海内外。

仔细观察后发现，这时的民族儿童文学中，打得最响的是民族儿童小说，而且包括了短、中、长篇。除上文已谈到的，短篇小说还有维吾尔族穆罕默德巴格拉西的《流沙》、鄂伦春族敖长福的《猎人之路》、土家族李传锋的《退役军犬》、白族王云龙的《爸爸在遥远的扣林》、景颇族岳丁的《爱的渴望》等。《流沙》有一点少年惊险小说的意味，写一辆长途客车行驶在荒漠中，当车子驶进流沙区时，一场风暴即将来临，而司机却因剧烈腹痛导致无法再开车。这时，一车的乘客中，只有司机的儿子、一个12岁的男孩能开车。但，谁能信得过这个小男孩？人群中一个穿工作服的独脚男子坐到小男孩身边，亲切地鼓励他，又把当时的危险处境讲给全车的维吾尔族人听，果断地指挥大家一起帮助小男孩开车向前。面对乘客的嘈杂议论和独脚人的坚定目光，面临旷野里父亲病倒的焦虑和风暴中刻不容缓的抉择，小男孩把车发动起来，又按照父亲的指点，一步一步把车驶离困境。他用他的行动表现了他的善良和勇敢、聪明和机智，虽然没有人称赞他，他自己也没来得及想什么，这个维吾尔族少年的形象却活脱脱地铭记在读者心上。作家对他的神态、神情的细心勾勒和细腻刻画，表现了他的内心世界，表现了新一代维吾尔族人的精神气质，有一种极大的震撼力。而《猎人之路》则写了鄂伦春族老猎人带领一个已经上了中学的少年进林子打猎的故事，写了一个在猎村中长大的有文化、有见解的现代鄂伦春族新人形象。《退役军犬》是动物小说。退役军犬黑豹，威武、勇猛、机智、忠诚。它的经历，反映了那个各民族人民都在遭难的年代。《爸爸在遥远的扣林》写一个五六岁的男孩总是一个人去澡堂洗澡，因为他的爸爸在扣林前线，妈妈忙于在厂里搞科学实验。后来，他很久没去。原来，他的爸爸在前线牺牲了。小说中的情景简单，任务也简单，每一小节就是小男孩出现在澡堂。但通过澡堂内外的人和事，却表现出爸爸的崇高、妈妈的刻苦、男孩的坚强，也展现出社会的复杂、道德的缺失、人情的凝重。作品构思极巧妙。而《爱的渴望》则在浓浓的景颇族人风情习俗的氛围里写出一个景颇族男孩的生活境遇，阿爸、阿妈各自东西，阿爷、阿奶死别生离，阿叔、阿婶打骂交加，待"我"好又送"我"上学的队长阿叔在"政治边防"运动中被打死，收留"我"又呵护"我"的赵老师退休了。作家简练而又具体的描写，凸显了男孩求上进、能忍耐的性格，也反映出贫穷对人的压抑、极"左"对人的迫害。小说着重于对男孩心理的刻画，但涵盖面很广，意义很深。采取第一人称叙述方式，更觉真实而真切。此外，中篇小说如黄钲的描述家境贫困、母亲瘫病的9岁男孩勒安，一边养鸭、捉竹蜂，一边自修读书，还要煮饭、煎药、担水的《江和岭》；朝鲜族柳元武的描写少先队员们的远大理想以及他们与老师之间的深情厚谊的《我们的老师》；长篇小说如藏族女作家益希卓玛的《清晨》，描绘奴隶的儿子巴丹协助"金珠玛米"粉碎敌人阴谋，阿爸被杀、阿妈被挖眼睛而仍坚持斗争，又终于告别乡亲，前往北京求学等。可以看到，这些民族儿童小说的思想性、艺术性都达到了一个高度，鲜明地表现了儿童文学民族性的丰富与发展，也表明民族儿童小说在民族儿童文学中所占的重要位置。

这一阶段,民族儿童散文、儿童诗歌也有大的进步和发展。如回族作家郭风,一生都在写儿童散文,新时期,更多地写一些童话式的散文,如《红菇们的旅行》《会飞的种子》《在雨中,我看到蒲公英……》等。在这些作品中,作家不只是在描写自然,既充满了大自然的神奇色彩,又蕴含着孩子对自然、对生活的爱,呈现出他们的美丽幻想、美好向往和美妙期待;而且,还写了孩子们对自然界的种种现象、对生活中的种种问题的探究,清新、清朗、淳朴、质朴。作家的民族潜质、民族情愫隐匿其间。另一位满族作家胡昭,20世纪70年代末发表的散文《踏浪者》《灯塔》《贝》等,将海上的航行、水手的"踏浪"与儿时的游戏巧妙地联系起来,又将灯塔的明亮、贝壳的美丽与人生的哲理相映照。既呈现出童心美与哲理美,又赋予动感,隐隐约约透视着生长在黑龙江边的满族人敢闯荡、敢冒险的精神气质。他的长诗《瘸狼》是他的儿童诗代表作。写被老牧人巴图打断了一条腿的瘸狼趁老巴图不备将他咬死,老巴图的孙子小巴图练就了一身过硬的本领,终于杀死了这只危害牛羊和牧人的瘸狼。这是一首写蒙古族小牧人的思想情感的诗篇,题材并不新,但牧童形象很鲜活,意境也深远隽永,别有一种新鲜感。作家的家乡吉林与内蒙古相邻,作家熟悉草原生活,写这样的童诗也反映出新中国各民族间的文化交流与交汇,折射出民族团结的现实。

另一位满族诗人佟希仁在20世纪80年代出版了儿童诗集《雪花姑娘》和儿歌选集《蒲公英》。作品多描绘满族人长期居住的东北地区的自然景色,描写新一代人蓬勃的朝气和向上的活力。诗中也常用活泼的拟人手法,将新一代儿童的口语提炼成诗的语言,并以此构筑天真烂漫的、身心自由的意境,有一种纯洁的美、朴素的美。他的《满族乡的少年》组诗,描绘出如今仍居住在白山黑水间的满族后代子孙的生活。诗中,赫图阿拉、苏子河、梅花鹿、嘎啦哈等意象,传递着民族生命的气息;养蛙少年、槐花蜜能人、养鹿姑娘的辛勤劳作和生活创造,是民族生活的延续和衍生。全诗不仅表现出传统的满乡在现代社会中的生活状态和满族少年的精神风貌,也表达了作家内心深处的民族情结。

藏族诗人贡卜拉西的儿童诗、儿童散文诗,都是从诗人的视角写的,如《阿妈要摘的星》《草原》《则岔石林短歌》《童心》等,都细腻地抒写了对孩子的挚爱与温情，抚慰着儿童幼小的心灵，散发着祥和的民族生活气息。又由于他的儿童诗扎根于民族生活的土壤中，诗中的想象新鲜而独特，如《我的帐篷》中写道："比海拔还要高的是它／比暴风雪还要刚烈的是它／比天空还要纯净的是它／比花朵还要娇艳的也是它……"其间藏着历史，藏着一代代人的情感；也包含着深切的意趣、深长的意味；排比的句式更表达出激昂的情绪、激越的情韵，有一种高原儿童生活独具的韵味。

壮族诗人韦其麟于1978年出版了儿童散文诗集《童心集》，短小的作品简洁而精练，描述着奇丽的大自然、美妙的亲情、神异的幻想，由此表现出浓郁的地域特色和鲜亮的心灵光彩，并使深沉的民族色彩洇漫其间。如《叶笛》《红豆》《洁白的油茶花》《无患果评论》《我爱稔子树》《北部湾的大海》《心愿》《家乡》等。细细阅读，还能体会到作品的语言都浸渍了民族生活和儿童情感的汁液，隽永而清朗。如《心愿》中写道："芒果树，告诉我——／为什么你结的果子这样少，为什么你长的叶子那么多？／如果我做一棵芒果树／我长的叶子，最多，也只有你结的果子这样多；／我结的果子，／最少，也要像你长的叶子那么多。"色彩、氛围、情操、品性，俱在其中。

这一阶段，一些民族作家坚持用本民族文字为儿童创作。既满足了民族自治区域中广大少年儿童的需要，也大大拓展了民族儿童文学的涵盖面和影响面。这方面的优秀作品很多。长篇小说如蒙古族呼日查巴特尔《乳白色的世界》，中篇小说如蒙古族齐·敖特根其木格的《沙日淖海的故事》，短篇小说如哈萨克族夏木斯·胡玛尔的《长满蒿草的原野》、夏莫斯·库马尔的《暑假十天》，蒙古族白音查干的《孩子们的欢乐》、满都麦的《鹫雕岩上》，朝鲜族金叶的《绿叶》、金东植的《几何分数》、金文世的《嘎比》等。诗歌如蒙古族阿尔泰的长篇童话诗《飞马》、高·拉希扎布的儿童科学诗集《你知道吗？》、吉儒木图的儿歌集《团结的大雁》，朝鲜族金得万的《鸟儿与花儿》、《天池》，韩锡润的《外公家》、《彩虹和民族》等。这些作品现在大都译成汉文，使其拥有各民族的读者。应该特别提到的是，有的民族语言翻译家钟情民族儿童文学翻译，并在这项工作中起到很好的作用，如蒙古族哈达奇·刚、包·白乙拉，朝鲜族陈雪鸿、金学泉。

二、民族儿童文学的发展（1990—1999）

20世纪90年代的中国少数民族儿童文学，面临已经建立的市场经济的挑战，面对已经到来的信息时代，各民族作家直接从新的社会形态这个角度来观察和感受民族生活的变迁，以及由各民族儿童的行为、意志所体现的民族的心理状态的变化，使民族儿童文学表现的范围明显地扩大了；社会变革、道德伦理、风土人情、生态环保等主题更加多向，也更为深化；而各民族儿童少年在新时代中的进取向上又成为主题多向、深化中的聚焦点。因为，这一点正是民族心理状态新变化的最具体、最生动的呈现，而且，它的一端与民族传统相连接，另一端恰恰与现代意识相联通。值得注意的是，这一时段的民族儿童文学创作并不只是着眼于表现理想、展示童真、呼唤真善美，还着意于展现各民族新一代少年那勇于奋斗的锐气和生命跃动的激情，着力于艺术构思的多视角和艺术风格的多样化，使作品有一种崭新的、更为深邃的内涵，显示出一种独特的、更为生动的创作特性。如侗族女作家刘蓉宝的短篇小说《小河流水清亮亮》，写4个侗乡妹子不依乡里、族里的旧习俗，硬是跟着崽伢子一样，扎猛子下水洗澡；更不顾老族长的老马脸、老脑筋，把他石刻的"土地公公"、"土地婆婆"从沟坑里搬到樟树下，当作打牌、下棋、捡子儿的大石板；又为争到下水的自由，把这两个土地菩萨淹在斜树塘的深潭里。在她们心中，无神、无鬼，有胆、有智，用自己的灵气和勇气，把家长统治、封建规矩否定个彻底。作家着笔于细微处，个个细节凸现一个"新"字——一代侗族新人的新思想，一座侗族新村的新风尚，一个侗族妹子也能出村上大学的新时代。巧妙的是，作家从头到尾都在写侗族儿童的生活，活泼泼、乐滋滋，却写出了古老的民族文化怎样在新的思想潮流的冲击、浸渍中被洇透、被改变。又如毛南族作家孟学祥的《曲折的山路》，写居住在山湾小村的毛南族女孩求学之路的曲折、艰难。战胜贫穷，战胜旧习，还需战胜自己！作家落笔于3个毛南女孩命运的对比与对照，所有的描述都显现一个强字——不信天命、不畏"人言"的女孩"云"，以优异的成绩考入镇中学。云的小伙伴英、凤都在读完小学三年级后辍学，她们的遭遇和结局，从另一个侧面写出旧的民族传统怎样受滚滚而来的新的时代潮流的激荡、冲刷，从而昭示出新时代中民族文化发展的必然趋势。作家对曲折山路的描绘既是现实的，又是象征的。那山路，那背负着沉重背篓一步一步爬上山路的云的身影，都构成了一种深邃的意境，揭示出深远的意义。可以看到，由于历史的原因，住在边远山寨里的少数民族儿童总是多一点苦难，但正是苦难砥砺出他们特有的豪气与毅力。如果把《小河流水清亮亮》看作是民族儿童敢于反抗、敢于追求的美的乐章，那么《曲折的山路》就是民族作家的忧患意识、开放意识相交织的深沉的奏鸣曲。显然，这些民族儿童文学作品既给当代文坛带来了他们对于被本民族文化渗透着的民族生活的新的体验，也带来了新的民族意识和文学意识。可以看到，民族作家的探求精神与民族地区改革开放相合拍，而他们的民族生活经验的多样化和审视民族儿童生活的多视角，正构成了不同民族不同作家各自的儿童文学风格。这就很自然地开拓了我们对儿童文学民族性的新认识。在新时代的发展中，南、北方各民族新一代儿童身上所体现的民族性格，决不能只是以质朴、豪爽、勇猛等概念来做一般性地概括，民族儿童文学特色也不能只是以清新、自然、素淡等词语做泛泛地表示。民族儿童文学的创作证明：民族性的内涵与表现极其丰富和深厚，儿童文学民族性必然地体现着开放性。

还如维吾尔族艾克拜尔·吾拉东的《卖哈密瓜的小姑娘》，以"我"回乡探亲为契机，写一个在路边卖哈密瓜的十二三岁的维吾尔族小姑娘虽然贫穷却不多要价不多收钱的诚实和纯朴，但也写出了小姑娘辍学的心酸，写出了当时维吾尔族瓜农的贫困和人穷志不穷的精神，都令人心动。另一位维吾尔族作家阿吉·艾罕迈德的《神奇的金子》，写一对母子从翻滚的河水里捞起一颗可以作为燃料的松树，却意外地发现树根有一块鸭蛋般大小的东西闪着金光。妈妈说这是金子，虔诚地锁进箱子，还不许孩子对别人说。后来，学校的老师告诉孩子，这是一块表面粘着磷的石头；闪光的不都是金子，但，刻苦读书一定能获得真正的金子，这金子就是知识。小说泅进了很浓的地域色彩和宗教意识，却终于泅透全新的民族精神和当代意识。真实而含蓄，表现出改革开放时代中新一代民族儿童新的生活、新的命运。可以看到，民族儿童小说作为民族儿童生活的审美产物，反映着民族作家的审美心理。两篇作品中都交织着民族作家对本民族的传统美德的深挚赞美和对本民族新一代儿童少年求知愿望的深切赞赏。作品既充满了现代意味，又有着这一特定地域的生活烙印；既鞭挞了落后，又有着坚定的信念；从而昭示民族作家对本民族心理素质在新时代的新发展的一种感触、一种理解，体现着儿童文学民族性与当代性的交融。

　　这种交融最具体地体现在新一代民族儿童身上的新的民族精神。说民族精神"新"，其实就是指新的时代精神不断地注入民族精神之中，相互融合而成一体。鲜明的民族儿童形象总是鲜明地体现出这一点，而且也必然地体现着民族作家各自不同的创作特性。如傣族玉光的短篇小说《东边日出西边雨》，景颇族玛波的《冲出圈套》，都写本民族新一代少男少女反对早婚陋习、渴望多学知识的故事，但前者着重于少女玉腊软的心理刻画，写她求学心切、上进心强，却又温顺随和、通情达理，使一场父母逼婚的冲突变成了父母愧疚的结局：一家送女儿进城读书，一家让儿子随时帮耕。作品极富戏剧性。而后者则写了旧习俗的顽固、旧势力的阴险，写了少年的热情和天真。少女终于冲出"圈套"返回学校，结局是现实的，也是象征性的。作品中写的是中缅边境上一个村寨里的事，地域性融进民族性，使民族性显得格外生动。又如达斡尔族女作家苏华的短篇小说《母牛莫库沁的故事》、回族王延辉的《小火龙》，都写牧民的孩子与牛的情谊，都写牛的可爱可亲。但前者写的是内蒙古东部达斡尔族人聚居地区的风土人情。那里的达斡尔族人家家养牛，供家人喝奶、吃奶皮子和西米单。小牛犊跟小孩子一样在热炕头上待着。善良而通灵性的牛即使到了很远的地方也会不迷路，也会跑回来，即使离开很久也会认识和招呼主人，尤其是牧民的孩子，跟牛心连着心。小说由此写出"文革"年代里牛犊与主人一起遭难，作家写一头牛，写这头牛与一个达斡尔族小女孩之间难以割舍的深情，就写出了达斡尔族的民族文化与民族传统，以及在当代达族斡尔族儿童心上留下的印痕。而后者写居住在西北乡村的回族儿童对牛的钟爱，也写了牛对这个没了亲妈的儿童的驯顺。作家借鉴意识流的手法写这个回族儿童的遭遇和他的内心情感，从传统的写小说以情节为结构核心偏向于以心理为结构核心。通过民族儿童人物自身的意识展露，人物心理图景以直观的形式袒露在读者面前，使这篇小说从头到尾都涌动着稚真而圣洁的情思——"我"要有头牛，这头牛就是"小火龙"。"我"要有块地，让"小火龙"在上面翻滚、跳跃、耕犁。写得很活脱很自在。也有的作品并没有直接写民族儿童形象，比如土家族李传锋的《林莽英雄》和朝鲜族崔清吉的《林中悲曲》，都是动物小说，都写动物的悲剧，而且都写到了老虎。前者是一部长篇小说，作家写一只白虎出现后遇到各式各样的人，它与人斗、与狗斗、与野猪斗，它身上的生命力震撼人心。最后，枪弹结束了它的生命。它用它生命中最后的力量咬死了仇敌老疤，在死之前终于获得了自由，尽管是那么短暂、那么痛苦。白虎的一声长啸使读者去联想、去思考人与自然、人与动物以及人与人之间的关系；更令人回顾历史、展望未来。而从另一角度考察，作家对虎更有特殊的感情，因为白虎是土家族先民的图腾，写白虎的高尚品格和心性，写白虎的生命力和斗争精神，都寄寓了作家对自己民族的崇敬与热爱。后者是短篇小说，描述野猪与大蟒蛇的殊死搏斗，惊心动魄。在林中，野猪们勇敢、勇悍、勇猛，而且，头领们在搏斗中决不后退、永不后退。但这一优点却被人类利用而使野猪们连连死于"砰、砰"的枪声之中。而无敌的公野猪雅克却死于老虎的袭击。雅克死了，老虎也死了。小说表层写野猪家族的兴衰际遇，深层则涉及现代化进程中各民族人民如何守护自身的生态家园和精神家园的问题。显然，作家对野猪的描写已经超越了现实，成为诗意的内涵。作品中对语言、节奏、氛围的营造与把握，对野猪、猎狗、老虎的勾勒与描述，都有作家对本土文化传统的一种认识，寄寓着民族作家自己的思想感情。由此可见，民族儿童文学中民族性与当代性的融合，并不只在于作家对民族现实生活的钩沉索隐，或只是站立在新时代的前沿，表达和表现象征着历史前进的民族新一代人的生活和心灵，也注重顺应着新时代中新一代民族儿童的精神需要，在美学情趣、艺术方式、创作风格上也都呈多元性，使新的文学思潮与老的民族文化在交汇中交织、交流、交融，并由此为艺术思维敞开了广阔的大门。显然，儿童文学民族性与当代性的融合也意味着民族儿童文学在艺术上的开拓。

  这一时段的民族儿童文学，因艺术上新的开拓而具有了非同一般的魅力。如佤族女作家董秀英的短篇小说《最后的微笑》，以电影蒙太奇的方式，跳跃而又连贯地表现出一个佤族女孩悲苦的童年生活和幸运的青年时代,在传统的叙述体手法与现代的心理化手法的结合中浓缩了悠长的岁月。哈尼族艾扎的《棺树》,更以象征主义的境界来渲染一种独特的民俗氛围,展现一个哈尼少年充满神奇又十分平常的生活,却由此揭示着沉重的历史。苗族过竹的《江上的春》,又有着浓浓的荒诞意味。是写对旧民俗的叛逆,还是写对至真亲情的向往?童真中寄寓着至善的人性。而土家族蔡测海的《孩子和割草的人》和白族张焰铎的《羊泪》,又具有一种空灵的格调。前者所写有草有蝶的自然世界,无名无姓的祖孙对话,一问一答的心灵感应,都飘逸着浪漫的气息;后者写山寨边上老猫头鹰因痴情和同情一遍遍地叫着,写夜深以后画眉羊因吃了毒草又丢了羔儿而独个儿啼叫,都透露着忧伤的情调。又如彝族老作家普飞运用讲惊险故事的方式来写的动物小说《戴勋章的警蛇》,蒙古族老作家敖德斯尔以赞美精灵的情致来写的文化小说《云青马》。凡此种种,都可见民族儿童文学在多种思潮的碰撞中广采博取,在传统与现代、东方与西方、本民族与他民族的各样文化的交流中学习借鉴,也在继承本民族文学传统中承扬摒弃,使民族儿童文学更加充满朝气和活力。需要特别提到的是,中国少数民族儿童文学作家无论是怎样借鉴西方现代派手法,由于他们大都土生土长,对本民族长期居住的地域环境、风俗习惯有自己独特的感知和感觉,对本民族的历史变革、文化传统有自己独到的体会和体验,决不会因借鉴而冲淡了他们刻画本民族儿童生活、情感中的原汁原味,相反,会使这"汁"这"味"更浓厚、更醇香。

应该说,这一时段的民族儿童文学,全然不及新时期初以及整个20世纪80年代中的异军突起、异彩纷呈而格外引人瞩目,却是更觉丰富、更加绚烂、更为深沉。这时出版的长篇、中篇小说作品就有不少。如哈尼族纯文学的中篇小说《神秘的黑森林》,黄雁的长篇小说《阿佤山的孩子们》,土家族李传锋的长篇动物小说《林莽英雄》以及《动物小说选》、向民胜的长篇童话《外星猫人阿木哥》,满族吴岩的长篇科幻小说《心灵探险的故事》《生死第六天》,蒙古族哈斯巴拉等的长篇传记文学《成吉思汗》;短篇小说作品集如白族张焰铎的《洱海的孩子》,彝族普飞的《普飞儿童文学作品选》以及小说、散文集《蓝宝石少女》,蒙古族力格登的短篇小说集《斧·狗·人》,回族海代泉的寓言集《螃蟹为什么横行》《老灰狼作报告》，马瑞麟的寓言选集《摇篮》，满族佟希仁的《佟希仁儿童诗选》以及儿歌集《蒲公英》等。由内蒙古社科院张锦贻主编的《中国少数民族儿童小说选》《中国少数民族儿童文学新作选》，分别在20世纪90年代初、末出版。显然，为儿童创作的少数民族作家人数正在增多，无论从作品的数量上还是质量上来看，都进步很快。

应该注意到的是，中国少数民族儿童文学中，民族儿童小说一直居于主要地位。

民族儿童散文、童话创作也有新的进步。散文中，写民族地区风土人情的、写边远村寨儿童生活的，都因其浸润了民族儿童的深深乡情表现了民族儿童的声声心语而显示出儿童文学民族性的生动和鲜活。如彝族作家张祖渠的《画眉街听曲儿》，一开头就写彝家孩子对画眉街的独特感受：

滇南的彝家山区里，有个画眉街。每逢街子天……彝家山寨里的孩子，哪个不是在阿爸阿妈背上听着画眉的曲儿长大的！可是，在画眉街上听曲儿，那就不一样了……

作家由此营造出一种独特的彝家生活氛围，表达出一种独有的彝族儿童情愫。作家写画眉鸟"红的似火，绿的如玉，黑的似漆，白的似雪……五彩斑斓，绚丽夺目"。"一踏上这片神奇的土地，仿佛一脚踩在了一抱巨大的四弦琴上，……到处滚动着一串串快乐的音符。""它们的音韵和色彩织成了一个奇特的画眉世界。"另一篇《蝴蝶牧场》写一个令各民族儿童都心驰神往的地方。在茫茫的热带雨林中，怎样来放牧蝴蝶？有一种神秘的地域情味。蝴蝶纷飞，色彩缤纷，令人对民族儿童的生活天地有无尽的遐想。彝族老作家普飞的《走在五彩缤纷的地方》写彝族山寨里的儿童来到草坪，沿彩虹的背向前走。美的家乡，美的心愿，是这一时段民族儿童散文的主旋律。还如土家族杨继龙的《东边桃西边李》，满族佟希仁的《沿着绿色山谷》、蒙古族博·照日格图的《太阳的故乡》等。此外，有一些民族作家写童年散文，如白族张长的《一大一小的回忆》、瑶族彭式琨的《童年生涯患难多》、土家族向明胜的《最难忘的是童年》等。

民族童话创作一向薄弱，这时的进步比较明显。一是土家族向民胜，写出长篇童话的同时还写出《狩猎奇遇》等短篇童话；一是满族佟希仁，写出一部充满民族气韵的童话剧《放火的国王》。剧中叙述古代满族前身萨拉国（肃慎）国王萨可满依仗权势，愚蠢蛮横，因蜜蜂蜇了他的鼻子就下令消灭蜂巢、灭绝蜜蜂。萨拉国美丽的格格反复相劝，国王不但不听，反而加害格格的老师智慧之神七彩鹿，捕杀不成就焚烧森林，结果是虫害猖獗、鼠疫横行、山洪暴发，国王等被洪水吞噬。七彩鹿驮走格格迎来了艳阳天。该剧以满族祖先女真族曾经生活的故土为背景，让小公主格格穿上秀美的满族服装，又以童话幻想构筑夸张的情节，人神同台、鹿人互变，呈现着满族神话的脉络，透露着满族历史和文化的痕迹，也富于民族的意趣。佟希仁是满族正蓝旗人，在当代语境中仍对本民族美丽的神话、不朽的历史情有独钟，鲜明地体现了作家意识中自觉的民族情结。这也是一种值得研究的民族儿童文学现象。

三、民族儿童文学的鼎新（2000—2008）

历史走进了 21 世纪，这是一个全球化的时代。大的变革，大的碰撞，使各个领域都在发生大的变化。只是，少数民族作家们大都受传统文化的影响较深，虽然满怀激情，却是以一种冷静的目光去审视历史的前行、社会的前进，以及不同民族中大人、儿童在此过程中所经历的种种欢乐和苦涩、所发生的种种矛盾和冲突。在他们写给儿童的，或是采取儿童视角、儿童题材的作品中，多为对民族精神的探求、对民族精神文化构成的追寻。在民族儿童文学领域中，现代性浪潮汹涌卷过之后，现代性就涵透在民族性之中。而且，潮起潮落之后，民族儿童文学新人和新作也就涌现出来。

民族儿童素质的提升，是现代文明最主要的标志之一。不少民族作家的视线都在那些还居住在僻远、贫困的山村里，盼望着上学读书的本民族劳苦儿童身上。土家族苦金的短篇小说《六千娃》《听夕阳》，是这方面创作中的代表作。前者写一个失学的土家族男孩六千娃想要养鱼赚钱来上学。他随同村小伙伴划一条破旧小船去小学校看电影队放映的鲢鱼养殖的影片，却偏偏遇上暴风雨。原本平常的故事经作家精心构思和着意渲染，变得惊心动魄、非同寻常，写活了两个渴求知识的土家族儿童的形象。后者写山寨里的土家族儿童钟二娃，每天被繁重的家务所累。作家不仅揭示出新一代民族儿童积极向上的心绪，也透视出民族地区现代化进程道远而任重；而儿童文学民族性，也因渗透了时代性、地域性而更加丰富和充实。

这方面的作品还如彝族黄玲的短篇小说《鹤影》、回族石舒清的《小学教师》、哈尼族朗确的《永远的恋歌》。黄玲通过省城一个高二的汉族女生叶子在献爱心活动中与偏远的云雾寨里小学五年级彝族女孩荞子结成对子后的相互通信、情感交流，巧妙地引出一个古老的彝族传说和一个年轻美丽的汉族女教师献身彝寨学校教育的动人故事，由此展现出民族儿童教育的现状和问题。石舒清将"我"童年时代上学的、老师的故事演绎得亲切质朴、生趣盎然。由"我"的上学、"我"叔叔的失学，暴露出一个由民族教育涉及的对民族发展、进步的认识和观念问题。而《永远的恋歌》又从另一个角度深情地写哈尼山族寨儿童"他"一心要读书的故事。在汉族女老师的关心和帮助下，"他"终于上了学，还成为班里的好学生。这些令人深深感动的少数民族儿童生活、思想、情感的变化，深切地反映出新的时代潮流对于长期居住在大山里的少数民族人民传统观念的冲击，以及少数民族与汉族之间的悠久而深长的情谊。可以看到，时代的前进真正是从观念的进步开始的；而改变封闭的状态、使各民族儿童都能受到良好的教育，是民族儿童的心声，也是时代的要求。

这些民族儿童小说达到的思想深度是显而易见的。在艺术表现上更是各个不同。苦金倾心于写土家族儿童的情感与情结，似乎借鉴了西方现代派的象征主义与意识流的手法；黄玲则采取幻想与现实交汇的方式；石舒清与朗确又都善于从民族民间故事中汲取与延伸，把现实性极强的情节叙述得弯弯绕绕、有情有致、有韵有味。不过，他们无论怎样地借鉴、汲取，这些作品的语言色彩、地域氛围、儿童情趣，都完全是他们的民族所独有的。它们的真实和独特，使作品所呈现的儿童文学的民族性更觉生动、鲜明。也正由于此，不同民族心理状态在新一代少年儿童身上的新的体现、新的发展，才被逐一地凸现出来。

由于环境问题、生态问题受到真正的重视，也由于少数民族聚居的地域大都在草原、乡村、森林和沙漠的边沿，描写人与自然、人与动物的民族儿童小说在各民族少儿读者中反响热烈。这方面最有成就的，是蒙古族青年作家格日勒其木格·黑鹤。他的作品多描写草原、林地、荒野上的蒙古族人独异的风情习俗和独特的生活状态，描述蒙古族人尤其是蒙古族儿童热爱大自然并与自然和谐共处的美好而奇妙的思想情感。他写蒙古族老人索米娅在极度寒冷的北方边境冰湖上救助黄羊的短篇小说《冰湖》，写随爷爷进入森林的蒙古族儿童阿雅一天天总有新的奇的发现的《睡床垫的熊》，都让人在领略大自然的广阔的同时，领会人性、人情的真挚与真切，领悟民族心理状态的发生与发展。之后他又写出长篇小说《黑焰》和《鬼狗》。两部长篇都以狗为主人公。《黑焰》写一只出生在藏北高原、有着纯正的藏獒血统、毛色黑到极致而闪烁出一种钢蓝、名叫格桑的牧羊犬。赋予它以灵性和品性，写出它像一团黑色火焰似的生命活力和生活热情。小说以母獒勇斗雪豹开篇，凸现藏獒的勇、智、力；结尾时写格桑在呼伦贝尔草原大雪灾中尽全力救护4个蒙古族小学生的过程，赞扬藏獒的忠、义、烈，令人体会到古老游牧民族的强悍与纯朴，以及现代社会中这一精神的缺失。而在《鬼狗》中，作家不仅写了一只名叫"鬼"的绝无仅有的纯白色獒犬，而且在小说后半部分着力地写了蒙古族小男孩阿尔斯楞与鬼狗之间的深情与挚爱，从而把这一蒙古族儿童形象提升到形而上的高度，使其具有了象征的、哲理的意义。作家对草原、对草原万物、对草原儿童与牧人的喜爱渗透在字里行间。看得出来，作家自己也崇尚强悍、坚守纯朴，他在作品中对如今社会上物欲横流、拜金主义与漠视环保、残害动物的一些现象，始终持批判的态度。说他的作品中民族精神与时代精神交汇、交融，是最确切不过的。还应该专门提到的是，黑鹤作品中的语言既洇渍了草原生活的汁液，又渗进了草原儿童的情思，富于诗性和草原儿童的性情，使儿童文学民族性的体现更觉完美。

这方面的作品还如土家族孙因的中篇小说《雪虎》、哈萨克族加海·阿合买提的短篇小说《瘸腿鹿的故事》、柯尔克孜族阿依别尔地·阿克骄勒的《三条腿的野山羊》等，作品的题旨虽各有侧重，却都写活了这些生存于人世间的动物。那军犬雪虎在敌人面前显现的忠贞为国的气势与力量，那因人砍而致腿瘸的鹿的命运，那因放走了野山羊而迷路的少年的结局，都令人心灵震撼，由此也表现出民族作家的忧患意识与未来意识。

直接描述当下的民族少儿生活，并从不同地域、不同民族少儿的现实状态切入，探究新一代民族少儿在心理素质上的新变化和新发展的作品也常常引起广泛的关注。如蒙古族女作家韩静慧的长篇小说《M4青春事》，就从一个全新的角度来探究民族传统文化对早已在城市社会中与汉族同学朝夕相处的蒙古族少年的影响，以及在他们的心灵上留下的痕迹，并在新的群体中去发现这一代有着优裕的家庭条件、受到良好的学校教育的本民族少年的不同的性格。作品透示出：一个民族的新一代人，即使远离故土、远离祖辈的生产、生活方式，民族的精神气质还会有所表现，因为这是民族文化的历史积淀，不会轻易消失。 另一位蒙古族作家察森敖拉的长篇小说《天敌》，写遥远草原上蒙古族儿童在马背学校愉快学习、在广阔草滩欢乐放牧的情景。作家巧妙地以小超尘把全身白色的狼崽当作狗崽来驯养的故事为主线，展现隔代人之间的思想碰撞，表现新一代草原儿童求学求知的心愿和爱牛爱狗的心思，也显示出：时代的变迁、地域的进化，必定会影响到民族新一代人思想情感的变动。又如哈尼族纯文学的长篇小说《黑蟒桥》，写南疆山寨里名叫大岗、二愣子的两个小男孩和省城来的小女孩李弦，带一条名叫黑闪的猎狗，闯进了荒无人烟、野兽出没的峡谷。惊险而又艰险、无畏而又敬畏。作品中鲜明的地域特色和生动的时代特征，凸显出中华民族自强不息的精神在新一代民族儿童身上的承扬、发展，从而丰富、发展了儿童文学民族性的内涵与外延。而藏族意西泽仁的中篇小说《白云行动》，则细心地描述11岁藏族少年洛尔布与同学刘强、娜措一起，因追问《跑马溜溜的山》这首歌的作者而有了一次探究民族传统文化的"白云行动"，反映出藏族少年对民族传统文化的热爱，表现出一种天然的民族意识和民族情怀。作品贴近民族儿童的现实而又匠心独运，别具一格，藏族情怀与现代意味并存。

这方面的作品还如水族潘会的短篇小说《滚烫的红薯》、蒙古族甫澜涛的《值班羊羯西》、瑶族冯昱的《栖息在树梢上的女孩》。作家们用一些常常被人忽略的细节写活了本民族中常常被人忽视的幼童和女童,并由此触及到村寨的贫困、村干部的腐败、百姓的愚昧,显示出当代民族作家直面现实的批判精神和自觉的社会责任感,也显示出民族儿童文学独特的情感价值和社会价值。

民族儿童散文创作上,满族佟希仁散文集《桃花雨》的出版是一大亮点。作家以童稚的目光看大东北的粗犷、大气、广袤、苍凉,写满族少年生存其中的满族乡村的风习,都凝聚着满族生活、意识、性格、心理的文化特征,也折射了满族传统文化的价值取向。其他,裕固族女作家阿拉旦·淖尔的作品最具特色,如《从冬窝子到夏牧场》,不仅述说着陇南高山中八个家草原上的诗情画意,也由此呈现出草原上诗一样的少年人生。另一篇《珍珠鹿》,写裕固族人与珍珠鹿的心灵交流,具有浓郁的裕固族味儿。满族西风的《对庄稼的赞美》,用儿童最易接受的拟人手法和质朴语言,真情赞美生长在东北广袤田野上的玉米、高粱、谷子、大豆、棉花,也赞美了母亲的心、母亲的爱。其实,这又何尝不是在赞美满族人的勤劳和勤俭,令人感觉到满族人热爱土地和庄稼的无尽的情思。另一篇《故乡的河》,又把自然的美写得富有灵气而诗意盎然,对新一代儿童生存困境的感慨,更具历史感。

民族作家的童年散文,因不同民族的地域、历史、文化的差异,以及作品中所运用的充满了民族生活情味的独特而美妙的艺术方式和文学语言而格外丰富多彩。如回族高深的自传式散文《关东少年从军记》、阮殿文的故事式散文《两只小麻雀》、苗族杨汉立的纪实式散文《苕棒》,景颇族晨宏的抒情式散文《关于马的往事》等,都各有自己民族的韵味。

诗歌创作上,专心为儿童写诗的民族作家有两位:回族的王俊康,满族的王立春。王俊康坚持写校园朗诵诗几十年。2004年出版的《王俊康文集》中,校园朗诵诗占了"儿童文学卷"的一半篇幅。2005年,通过《辅导员》杂志向各民族少先队员献上了不同季节、不同节日的朗诵诗。他还为不同地域、不同民族的少年儿童参加不同公益活动写朗诵诗。王立春则连续出版了两本童诗集:《骑扁马的扁人》《乡下老鼠》。她的诗,常常以自然界中儿童熟悉的事物为题材,却总是能写出新意。以《糊涂的老玉米》《黄豆这辈子》《向日葵妈妈》《秋蝉》为例,作家用拟人手法,赋予老玉米、黄豆、向日葵、蝉以性情和感情，却完全越出人们的思维定式，是全新的。诗中虽有着民族的、地域的印记，却是一种通过幻想反映现实的新颖的艺术方式。其他，维吾尔族艾尔西丁·塔提勒克的寓言诗《聪明的母鸡》、图拉罕的故事诗《爱上圣母玛丽亚的小姑娘》，都因理念的革新、艺术的创新而受到关注。前者写母鸡遇到狐狸，41行诗中充满了机警和智慧。往常被认定蠢笨的母鸡聪明了、机灵了，使从事农业的一些民族的儿童感到快活。后者是一篇84行的长诗，讲述了一个伤感的故事，但整篇诗中洋溢着爱。两个诗篇都比较长，但都重音韵和节奏，似乎是合着冬不拉的音律、随着手鼓的鼓点，节奏明快而自然。而瑶族唐德亮106行的童话长诗《羊，或者狼》，也因其采用民族民间传统题材而又采取当代民族儿童的视角，被评为《儿童文学》月刊十首魅力诗歌之一。

童话创作上较薄弱，却有两位满族女作家出了童话书：一是叶赫那拉·姗晓的《神秘的红丝带——一个讲述艾滋病的童话》，一是肇夕的童话集《绕树一小圈》。前者是一个美妙的科学童话。后者写得空灵，但清新的地域气息扑面而来，而且明显地看出作家对于民族民间文化的借鉴和汲取。如《呱呱呱》，直接描述住在一个清朝皇帝宫殿里的乌鸦公主的生活，似传统非传统、似现代非现代的童话方式给人以艺术的陌生感。但她对民族民间文化的借鉴和汲取不局限于本民族，甚至广泛涉及西方不同民族的民间文化。这一点，从《狐狸镇》《粉面狮子》等作品中也可以看出来。她的优点在于借鉴中重审视、汲取中有批判，她的创作揭示出儿童文学民族性的丰富和发展。在全球化语境中，少数民族作家、诗人的真实文化背景已经较过去开阔广泛得多，而不再可能仅仅是自我民族的。

有的民族作家一直用本民族文字为儿童写作并卓有成就。如蒙古族鄂·巴音孟克，以《鼻烟壶里的故事》为书名创作系列科学童话。蒙古文的已写出7本，汉文译本已出版了3本。作品以半荒漠草原为背景，赋予跳鼠以人的思想感情，在幻想境界中展现人与自然万物的和谐相处，又在奇妙故事中包藏了丰富的科学知识。这样的作品在以往的蒙古文儿童文学中还很少见。

应该专门提到的是，有两位老作家始终坚持为儿童写作，并因根植于民族生活土壤而篇篇都有民族的、地域的、儿童的特色。而且，能用汉文写，也能用本民族文字写。这就是蒙古族敖德斯尔和彝族普飞。普飞近期写的幼儿故事《妈妈带我过山岗》已收入教科书,《奶奶种的核桃不发芽》转载在《中国儿童文学》上。

此外,还有一些少数民族作家在儿童文学领域成就卓著,如回族郑春华、白冰等,他们的著作着眼于现代都市中的各民族儿童,本民族的痕迹较淡;还如满族吴岩,专门创作科幻小说并致力于科幻文学研究,也有明显的成绩。

四、民族儿童文学 30 年的启示

少数民族儿童文学,说是"少数",实是"多数",因为它包括了除汉族以外的 55 个民族的儿童文学,这是一个不可忽视和轻视的客观存在。民族儿童文学 30 年发展显示出:(一)有意识地为儿童创作的民族作家多了起来。这些作家在自觉地、深入地了解和理解民族儿童的思想感情、审美心理的同时,更力图以代表先进文化方向的眼光重新观照民族的历史和文明。因此,不少作品不仅写出了民族儿童生存状态的某个侧面,而且体现了民族新一代人对现代文明的向往和渴望,使作品既呈现民族特色,又有着浓浓的当代感。(二)在全球化语境中,在外来文化与汉民族文化给少数民族文化带来较大影响的情况下,民族儿童文学创作中的民族性,因其思想资源、文学表达、文学经验、文学话语的特殊性,而显得更有其独特的价值。(三)在时代的迅猛发展中,各民族新一代人的居住地点、生产生活方式、语言都会有大的变动,但各民族不同文化传统在历史变迁中的积淀和发展,必然会在民族心理状态中表现和体现出来。这一点,很微妙,却很具体、很鲜活。这是儿童文学民族性的着力点。(四)儿童文学民族性不是一个不变的概念,它不只是在于作品的题材和题旨,也在于作品的艺术方式的创新。也就是说,民族儿童文学 30 年,不仅因为民族作家着意于对民族文化的承扬而呈现出民族精神之美,更由于民族作家们在民族文化交流、交汇的过程中善于学习、借鉴而有了一种涵浸了民族儿童情感、情趣的诗性之美。

草原文化与北方民族文学艺术

2013 年获第十届内蒙古自治区文学创作"索龙嘎"奖
额·巴特尔

草原文化从本质上讲是一种民族文化，是北方诸多游牧民族在漫长的历史进程中共同创造、传承、发展的，以一种薪火传递的接力式的形式演化和递进。蒙古族是北方草原文化的集大成者和传承者之一。

文学艺术是草原文化的重要组成部分和重要内容，是草原文化的记录者、承载者和传播者。文学艺术以其独特而多样的表现形式、深邃的人生哲理、多彩的民风民俗，丰富了草原文化的表现形式，深化了草原文化的思想内涵，拓展了草原文化的审美视角，为草原文化的研究提供了丰富的内容和广阔的空间。同时，草原文化博大厚重的底蕴，为文学艺术提供了润泽的文化生态环境和丰厚的创作土壤，使之具有鲜明的地域特色和民族特色。

随着时间的推移和时代的发展，草原文化的内涵和形式都发生了很大变化，特别是进入现当代以来，传统的游牧文化和文化遗产受到前所未有的冲击和挑战，把文学艺术放在草原文化的大背景、大视野中进行研究，探讨文学艺术与草原文化在新的历史时期的发展变化和时代趋势，保护抢救民族民间文化遗产，促进文艺的创新和发展，有着特别重要的意义。

北方民族创世神话、英雄史诗：草原文化的重要根基

作为文化的一种特殊表现形态，文学艺术始终是文化的组成部分和重要内容。北方民族文化的流布过程中，有相当一部分文化表现和传统来自于口头文学和说唱艺术的形式，在这些经久流传的文艺形态中，镌刻并展现着那个时代的风貌和特性，同时又受那个时代特殊的自然环境和生产生活方式的影响，表现出它的独特性和原生性。如以民间口头说唱形式纵向传递，继而得以保存、延续下来的创世神话、传说和英雄史诗，更多地保存了原生文化的真情真性真趣。这些民族精神流传至今也影响至今，潜移默化地影响着一个民族的性情品格。从某种意义上说，草原文化中很重要的一部分，是由这些口口相传的文艺作品保留传承下来的。

北方草原民族的创世神话内容神奇独特，大部分是先民口头创作的，展示原始社会时期草原先民对开天辟地、万物起源、日月水火生成等自然现象的感性认识和朴素解释。据专家研究，中国北方创世神话起源可以追溯至旧石器时代。在原苏联西伯利亚的马莱亚瑟亚，曾出土3.4万年前雕有开天辟地创业神话内容的石雕。西伯利亚古代神话说，宇宙原是一片汪洋，猛犸肖利潜入大洋深处，用长牙把土挖出来堆成堆，但他的敌人把土推平，于是他创造的世界在水中消失了。马莱亚瑟亚出土的雕刻品中，便有一件展示了这一神话。雕刻描绘了猛犸肖利与海龟的一场恶斗，猛犸的前腿把海龟的脖子踩扁了，海龟正张着嘴发出痛苦的吼叫。（张碧波、董国尧主编《中国古代北方民族文化史》）

蒙古族神话传说《麦德尔娘娘开天辟地》是流传于新疆卫拉特蒙古人中的关于洪水和开天辟地的神话。传说很早以前，天将要形成，地将要生长，人将要投胎，马将要生驹，万物将要繁殖，整个天地经历了一次浩劫，洪水滔滔，铺天盖地。不知过了多少年，神女麦德尔娘娘骑着神马往来奔驰在蓝色的水面上，神马的四蹄踏动水面，放射出耀眼的火星。经过燃烧的尘土变成灰，撒落在水面上。灰越积越厚，渐渐形成了一块无边无际的大地，大地压着水面往下沉落，天与地慢慢地被分开，大地形成了，是一块大大的平板，因为浮在水面

上，晃动不稳，就派一只大神龟下水，用龟背顶着大地，不能动弹，更不能离开。有时神龟太累了，舒展身体的时候，就会发生地震。麦德尔的马蹄燃起大火，烧得蓝色的大水不停地蒸发，这些水汽在天空飘动，形成了云彩。马蹄踏水溅起的火星，飞上高空成了星星。这则神话显示出蒙古族先民对于宇宙和人类诞生的解释，并开辟了神话传说的雄浑诡谲和博大壮观的奇特神采，也反映了古代蒙古人对万物生成的认识和宇宙观。

英雄史诗是描述英雄故事、歌颂英雄业绩的叙事诗。在汉族文学史中，目前还找不到真正称得上史诗的作品。中国南方少数民族史诗也多属创世史诗，英雄史诗较少。而在北方游牧民族的民间，至今还流传着数百部英雄史诗。蒙古族是世界上史诗遗产最丰富的民族之一，据专家统计，除举世闻名的长篇史诗《江格尔》《格斯尔》之外，其他已被记录的中小型英雄史诗及异文（变体）多达550部以上。

蒙古族英雄史诗从它产生以后，便成为蒙古族人民的精神财富，伴随着蒙古族人民前进的足迹发展、迁徙。民间的史诗说唱艺人在英雄史诗的创作、保存、传播中发挥了重要作用。

草原文化的记录者、承载者和传播者

文学艺术产生于人类文化的土壤中，是构成草原文化的基本要素。在中外文艺史上，文艺最初并不是指今天的所谓"语言艺术"或"美的艺术"，而是指广义的文化的过程。著名学者考林乌德认为，"艺术是人类最原始和最基本的活动，其他所有的精神活动都得从它的土壤上生长起来。宗教、科学、哲学都不是最原始的形式，艺术比它们更为原始，构成它们的基础，使它们的发生成为可能"。艺术不仅记载着文化，而且是不同文化互相沟通的承载者和传播者。在人类历史的过程中，某一种文化也许会转变，某一种文明也许会消失，但只要有他那一个时期的具有文化传承意义的艺术作品存在，这种文化或文明就会被记录、被定格、被传递下来。

北方草原地区从70万年前就有人类居住，在旧石器时代，大窑文化、萨拉乌苏文化、扎来诺尔文化构成了远古文明。新石器时代，兴隆洼文化、赵宝沟文化、红山文化、夏家店文化、朱开沟文化为中华文明的起源奠定了坚实的基础。而这些文化的初始表现形式不论是从岁月的尘土中出土的彩陶、青铜，还是经历历史风云洗礼的岩画，都是以朴实幼拙的艺术手法和艺术表现力再现了原始的文明。也许我们的先人并没有意识到这就是艺术的诞生和艺术的流传，但我们后人却从陶体美丽的造型和勾绘镂刻的富于动感的各种纹饰里，从虽然锈蚀却依然凝重精美的青铜器里，从模糊却依旧丰富浪漫的岩画里，看到和想象到了远古文明的灿烂和辉煌，这是艺术的功绩，是那些最初的没有留下姓名的民间艺人的具有历史意义的功绩。

"龙"是中华民族的传统图腾，又演化为华夏的象征、帝王的化身。而北方草原地区是最早发现"龙"的地方。距今 8000 年前的兴隆洼文化查海遗址的中心部位赫然发现一条长 19.7 米、宽 1.82 米的用石块堆塑的龙的形象，比距今 6000 年前的河南濮阳城西水坡发现的用蚌壳堆塑的龙早了 1000 多年。

最具代表性且闻名遐迩的"华夏第一龙"——红山文化三星他拉玉雕龙，就是那个呈弯钩状，类似英文字母"C"造型的玉龙。其造型之精美令后人惊叹。我们不从考古意义上说，只从艺术角度来说，可以将它看作是最早的艺术作品。透过它，我们隐约看到先民对美的追求和渴望，看到艺术的萌芽和发展。

1983 年发现于北方草原红山文化西辽河流域的牛河梁女神庙则破解了我国有没有女神像的谜团。牛河梁女神庙是考古界发现的中国最早的神殿。女神庙里的女神像，是亿万炎黄子孙第一次看到的 5000 年前由泥土塑造的祖先形象。试掘之时，女神庙出土了红陶彩绘的壁画和祭器残块，以及泥塑的熊爪、鹰爪和鸟翅。最令世人震惊的是女神像残件分属于 6 个个体，有大小不一的女神头像、手臂、腿部，以及鼻和耳。女神头像缺了半边耳朵，整个面部表情却依然生动。绿玉石的眼睛深深凹进眼窝里，使眉骨、颧骨显得很高。嘴巴有点特别，回缩微咧，好似略带笑意。后来北方草原的女神像陆续有所发现，如林西县白音长汉遗址出土的圆雕女石人像，克什克腾旗一处新石器时代遗址的女神像，等等。这些女神像真实地记录了我国史前社会女神崇拜的事实，为研究当时的社会经济形态、崇拜信仰、艺术水平等情况，提供了有力的实证。也正是有了女神像和玉龙等雕塑的存在,才使得中华文明的曙光提前了1000年。也许,那些没有留下任何信息的原始雕塑家,并没有意识到他的质朴的手艺于后世艺术的研究有何悠远的意义,但这无疑是草原艺术为人类文化做出的巨大贡献。从某种意义上讲,草原艺术是构成草原文化这座大厦的基本构件,我们很难想象离开了这些生动鲜活的草原艺术的支撑,草原文化的研究会是什么样子。

北方民族文艺拓展和丰富了草原文化

草原文化博大厚重的底蕴,为北方民族文艺提供了润泽的文化生态环境和丰厚的生活创作土壤。而北方民族文艺以其深邃的人生哲理、质朴阳刚的审美价值取向、独特多样的表现形式,深化了草原文化的思想内涵,拓展了草原文化的审美视角,丰富了草原文化的艺术形式,为草原文化的研究提供了丰富的内容和广阔的空间。

文学艺术是草原社会生活的画卷,更是草原民族心灵的记录和展示。萨满教是北方民族长期以来信奉的宗教,是北方民族的哲学思想、道德观念、思想意识的重要来源之一。在原始渔猎时代及以后很长一段时间里,萨满教几乎独占了我国北方各民族的古老祭坛。而古代萨满教的内容往往是以祭词、神歌等文艺的形式表现出来的。

蒙古萨满教的祭词、神歌,是蒙古萨满教观念的一种表现形式。作为蒙古萨满教基本要素的祭礼仪式,由礼仪的主持者、祭祀场所、祭祀器物、仪式活动和仪式活动中祀神的语言等因素构成,其中由仪式主持者"博"(男)或"依都干"(女)诵唱萨满教的祭词、神歌。按照祭祀的神祇对象分类,萨满教祭词、神歌可以基本分为五大类,即:图腾崇拜以及"苏勒德"崇拜的祭词、神歌;天、日、月、星辰以及最高神"长生天"和二级神"九十九天"崇拜的祭词、神歌;大地、山、水以及敖包崇拜的祭词、神歌;火以及灶神崇拜的祭词、神歌;"翁衮"崇拜和祖先崇拜的祭词、神歌。据统计,到目前,国内外搜集、整理、出版的蒙古萨满教祭词神歌、祝赞词近千首。其中既有远古的遗存,也有中古、近代的烙印，展示了历史、哲学、宗教的深刻内涵，成为我们了解古代蒙古人深邃人生哲理的生动教材。从萨满教祭词、神歌转化而来的祝赞词、风俗礼仪歌，都具有萨满教的性质，反映了蒙古社会的思想观念、人生理念，对蒙古社会起着重要的作用。在蒙古族哲学史研究中，有人提出蒙古族哲学古代形式主要是以格言、谚语的形式存在的，后来又出现哲理诗、哲理散文等形式。在蒙古族英雄史诗中，也由此可见草原文艺对草原文化意识形态的渗透作用。

北方民族文艺多属于原始艺术，具有文明社会艺术不曾有的简朴和纯真，作品里充满着勃勃生机和生命力，它是原始人类真实感情的自然流露。学者孟驰北说："草原文化的最大特色就是表现幻觉世界的文化，从整体上显出强烈的文艺色彩。牧人就生活在幻觉世界中，耳濡目染，生就了众多的艺术细胞。所有的游牧民族都是能歌善舞的，肯定他们的歌舞只是接触到问题的一面，有高强的虚化能力才是草原民族的专长。当然这不是草原民族独有的，他们是承传了原始初民千万年积累起来的宝贵心理禀赋。而农业民族恰恰抛弃了这个文化遗产。"正是这独特的虚化能力和心理禀赋，使草原文艺的审美价值有着独特的意味，拓展了草原文化的审美视角。

北方民族文艺形式多样，表现手法独特。从红山文化时期表现了中华文明第一道曙光的玉龙、女神像，到奇特的神话、萨满教祭词、神歌，再到充满民族和地区特色的音乐舞蹈、雕塑绘画，草原文艺以其丰富多样的形式和内容点点滴滴地记录了草原文化在这个漫长的历史进程中一路走来的印记，形象生动地反映了远古北方民族的生产生活方式和思想内涵。蒙古族作为北方草原文化的继承者和集大成者，直接继承了蒙古高原的游牧文化传统，如祭祀天地、神灵、祖先的原始萨满教信仰，以演唱史诗为代表的叙事文学传统，摔跤、射箭、赛马等文体竞技活动，贵壮贱老、崇尚勇力等风俗习惯。据国内外的蒙古学者专家挖掘搜集，远古蒙古文学的两大文化宝库、七种主要体裁已经显露出其历史面貌。所谓两大文化宝库，即萨满教文学和英雄史诗；七种主要体裁，即神话、传说、民歌、祝赞词、箴言、英雄史诗、英雄故事。这些包含了北方游牧民族社会生活全景的文艺形式，拓展了草原文化的内涵和空间，极大地丰富了草原文化。

北方民族文艺的内涵和特征

各个民族的文艺,是各民族文化精神的集中体现。作为文学艺术的文化是一种精神文化和符号文化,它用形象来反映社会生活、表情达意,是一种思想感情的文化符号。北方民族文艺形式丰富多彩,内涵深邃宏阔,是文化宝库中最灿烂的珍宝。那些反映狩猎生活、游牧生活、农耕生活的作品相映成趣,反映祭祀活动、战争场面的作品令人动容。不论是舞蹈、民歌还是历史典籍,从内容上看,多数作品具有应用性与娱乐性相结合、审美性与启蒙性相统一的品格。它们不仅带给历代草原人民以美的享受、心灵的陶冶,同时也担负了传授知识、沟通文化、启蒙思想的使命,是草原社会生活的画卷,是我们了解草原传统文化、草原历史进程、草原民族心路历程的最好窗口。

鲜明的民族特色和地域特色,是北方民族文艺的最大特点。北方民族文艺是狩猎人和游牧人的艺术,与农耕人的艺术和后世文明时代工业社会的艺术相比有很大的不同。它所描绘反映的内容是以游牧经济为基础、游牧文化为特征的社会生活和历史演进,是草原人类历史、社会人生、天地万物以及情趣追求、审美、崇拜、活动的最大载体和形象化的表现。如蒙古族长调民歌是一种古老的文化形式,早在蒙古族形成时期就已经存在了。蒙古族长调民歌旋律悠长舒缓,结构独具特色,歌词蕴涵哲理,内容极为丰富,是蒙古族民族精神、情感、音乐和文化的重要传承方式。蒙古族长调民歌与草原和蒙古民族游牧生活方式息息相关,承载着蒙古民族的历史,是蒙古民族生产生活和精神性格的标志性展示。根据有关专家研究和民间歌手的经验与实践,蒙古族长调歌曲演唱艺术主要来源于马和驼的各种步态。马的步态有慢行、疾走、轻颠、小跑、狂奔等等数十种,每一种步态中又有各不相同的细微区别。这就造成蒙古族长调演唱艺术的丰富多彩和复杂多变。有的学者在研究哈扎布的演唱风格时发现,他在演唱长调歌曲心情激动进入高潮时,就会像斜跨在快马背上的青年一样前胸直挺,双肩微动,身体轻抖。进入这种状态,他的演唱就会非常完美。当问到他为何出现这种情况时,他曾解释:"不管在哪里演唱长调歌曲,只要在情感意识中出现稳坐马背,眼睛和胸膛里看到和想到草原无限神奇的风光,那么,节奏、情绪、色彩等全部都会调配得当,演唱也就会取得成功!"这也说明长调艺术产生于蒙古族这一马背民族特有的生产生活方式和环境,离开了这特定的生活环境,长调艺术就成了无源之水、无本之木。

草原独特、鲜明的地域特色为北方民族文艺增添了绚烂的色彩。如史诗《江格尔》对古代卫拉特部落的生活环境做了富有民族特色的渲染。蔚蓝的宝木巴海,高耸入云的阿尔泰山,翡翠般的千里草原,一望无际的银色沙漠,嘶鸣奔腾的马群,玛瑙般的牛羊,光芒四射的巍峨宫殿,构成一幅五光十色、绚丽多彩的草原特有的风景画。在辽阔的草原上,牧马人拿着套马杆翻过高山,越过湖泊,追逐奔驰的烈马的精彩场面,嫩绿的牧场上举行着的"好汉的三种竞赛"的情景,令人神往。

连续获得3次全国短篇小说奖的鄂温克族作家乌热尔图的小说力求展示鄂温克人的真实生活,几乎每一篇小说都是对特有的原始森林风光的展示,也是民族部落生存环境和民族风情的图画。《琥珀色的篝火》中所写的那种雨中原始森林的生存情景,主人公尼库那种就地砍树而迅速制作桦皮锅的动作,那种迅猛猎取狍子而食其肚脏、取其鲜肉用木火烧熟而食的特有的生存方式,使人们了解到鄂温克族特有的生活方式。《七叉犄角的公鹿》中那个年仅13岁的"我"和"我"面对那群公鹿和狼群的奇特情形,只有在北方的原始森林中才会出现。作为鄂温克族的第一代作家,他将本民族的生活、本民族的历史与文化心理带进了当代文学创作领域,多方面地表现出这个民族的个性和风采。

强烈的抒情性和浓重的浪漫主义色彩,是北方民族文学艺术的另一个主要特征。马背民族生活在旷阔无垠的北方草原,打马放牧、牧歌悠远的日子,造就了他们不羁的想象力和浪漫主义情怀;金戈铁马、与狼共舞的岁月,造就了他们勇敢顽强、气吞山河的气概。少数民族重感情、重情谊,形象思维丰富发达,甚至可以说是一种诗化思维;他们以诗歌代言、以歌舞传情,人们生活时时处处离不开歌舞,社会生活各方面都诗化了、艺术化了,少数民族被誉为"诗的民族",民族地区被誉为"歌舞之乡"、"诗的海洋"。这些都是少数民族文学艺术的丰富性和抒情性的表现。

《蒙古秘史》是蒙古族文学史上第一部由文人创作的书面文字经典作品，它开创了运用塑造形象、抒发情感等文学表现手段来记述历史事实，以散体为主，韵体为辅，韵散结合，历史与文学相结合为特征的蒙古族历史文学体裁。《蒙古秘史》继承蒙古族古老的族谱世系、实录记事及口头文学传统（它是以前各类民间文学的集大成者，其中有很多神话、传说、萨满祭词神歌、祝赞词、民歌以及英雄史诗或者它们的片段和因子），以散韵结合的文体及形象描绘和历史编年相结合的手法，真实生动地记述了12世纪末至13世纪上半叶在蒙古高原发生的重大历史事件。《蒙古秘史》对历史事实的叙述，不像纯历史著作那样古板，而是非常生动、形象，其中描写的许多人和事，有情节、有细节、有人物对话、有心理描写，读起来不但具体可感，而且时时拨动人的情感心弦。《蒙古秘史》作者明显的思想倾向不仅通过它记述的形象自然地流露出来，而且常常以作者的口吻或作品人物的口吻将内心的思想感情直接抒发出来，达到以情感人、以情塑象、以情咏史的目的。《蒙古秘史》这种浓厚的抒情色彩，不但是一般史书所没有的，甚至也是一般的叙事文学作品所不及的。《蒙古秘史》的作者不但对历史事件进行了非常形象的叙述，而且还运用形象的、抒情的文学手法，塑造了一系列鲜明的人物形象。除突出地塑造统一北方各部，缔造蒙古帝国的封建君主成吉思汗的英雄形象外，还刻画了王罕、札木合、诃额仑夫人等100多个个性鲜明、神态各异的人物形象。《蒙古秘史》所开创的这种历史文学的创作手法深刻地影响后世文人，激发他们创作出《黄金史》《蒙古源流》等许多优秀的历史文学巨著，使历史文学成为一种很有民族特色的文学传统。

独特的语言表现方式和表现手法也增强了北方民族文艺的抒情性和浪漫色彩。如蒙古族英雄史诗融合穿插蒙古族古代民歌、祝词、赞词、格言、谚语，以及大量采用铺陈、夸张、比喻、拟人、头韵、尾韵、腹韵等，直到今天仍然能够给我们以艺术的享受，而且就某些方面来说还是一种规范和不可企及的典范。

口承相传是北方民族文艺的另一个重要特征。缺乏文字记载是草原文化最大的缺陷。当初在欧亚大陆驰骋的游牧民族非常多，但是到后来都变得无声无息了，一个很重要的原因是没有文字。文字是保持文化储存和文化信息的重要手段，由于缺乏文字记载，关于北方民族先民们所在的那个年代的生活场景、生产生活方式的许多内容和情景，后人只能在流传下来的口头传说中进行合理想象和推测，来感受体验先民们生活的环境、场景和心情。

北方草原民族很长时间没有文字，许多记载大多是通过口承文化遗存下来的。口承文化是一种集体的创作和传承活动，在我国各民族、各地区都有十分悠久的历史传统。文学发展史告诉我们，民间的口头创作是文学的源头和母体。据研究，关于远古时期蒙古文学的内容和形式，历史文献中保留的篇章形式和民间口传文学的古代遗存是基本一致的。而且，北方草原民族口头文学与书面文学是经常进行转换的。如有关成吉思汗历史故事活动的传说《征服三百泰亦赤兀人的传说》《孤儿传》《箭筒士阿尔嘎聪的传说》等，原是民间传说或民间叙事诗，后来被写入《黄金史》《蒙古源流》等历史文学。18世纪喇嘛诗人莫日根葛根罗桑丹毕坚赞的许多诗歌创作流传民间，转化为民歌传唱；19世纪中后期的书面文学"故事本子"经过民间艺人的说唱转化为书面文学"本子故事"，"本子故事"经过文人的记录加工又转化为书面文学"故事本子新作"。

草原文化的保护和民族文艺的创新

在全球化浪潮中，保护各民族的传统文化或者民族性较强的文化，对保护世界文化的多样性具有十分重要的意义。世界上任何民族，如果抛弃民族文化传统，没有任何特色，则在世界民族之林失去地位，同时也在国际政治中失去影响力。因此，保护草原文化意义深远。不过，应该正确处理好保护和利用的关系。

我认为，对草原文化的抢救保护要分两个层次进行。一方面，从抢救保护的角度考虑，要加强对传承人的保护。草原文化有许多是传承的文化，代代相传、口传心授是其独特的传播延续方式。因此非物质文化遗产保护的关键在于广大民众，尤其是文化遗产传承人的积极参与。正因为有了这些传承人，这些珍贵的文化遗产才得以保存，得以流传至今。保护好这些传承人，是文化遗产保护的题中应有之义。关心他们的生活，让他们带徒弟，传技艺，使他们得以完成保护遗产的心愿，是政府部门以及有关领域的历史责任。这种关怀，不仅仅是单纯地改善传承人的生活条件，更重要的是如何使他们能够不脱离他们的坚实的现实基础和文化土壤，一旦脱离开这样的现实基础和文化土壤，他们所代表的文化遗产就会逐渐地褪色和干枯。有意识地创造优良的传承环境和真实而非虚构的文化空间，为遗产的传承营建良好的文化氛围，是一件需要精心思考而又十分重要的工作。

蒙古族长调民歌是一种历史遗留下来的口传文化，堪称蒙古音乐的"活化石"。也正是由于长调这种口传性特点，通过演唱者的歌喉得以传承，同样的作品不同人演唱可以风格迥异，长调常"附着"在传承人身上。现在著名的长调演唱艺人、流派代表人物有的年事已高，有的相继离世，一旦师承关系得不到延续，独特的演唱方式、方法不及时传承，就会危及长调的保护与发展。内蒙古著名长调歌王哈扎布辞世对长调艺术造成的巨大损失，又一次说明了这一点。

另一方面，从继承发展的角度考虑，既要保持草原文化的原生态又要注意它的活态传承和扩展。然而时代是飞速发展的，所有的文化形式都会随着时代发生变化，我们很难把历史的生活方式全部原样地保存下来。我们也不能以人类文化多样性发展的名义，来牺牲部分民众对现代化生活的追求。因而，保持"活态"传承和扩展，是对非物质文化遗产的保护与传承最理想的境界。

联合国教科文组织的保护公约指出，非物质文化遗产的各要素，有机地存活于共同的社区或群体之中构成非物质的生命环链，并且它还在不断地生成、传承乃至创新。也就是说，非物质文化遗产并不是一个过去了的、已经死去的东西，而是一个活态的，不断传承、发展、创新的东西。因此，对非物质文化遗产的保护，就要让保护对象在当地传统生活文化根基上原真性或原生性地沿袭传承。

近年来，乌力格尔的发展也受到了前所未有的挑战。随着牧区生产生活方式的变化和新的艺术形式的不断涌现，乌力格尔的听众和演唱者逐渐减少，乌力格尔正悄然退出人们的生活。

乌力格尔已被列入国家级非物质文化遗产名录。对于乌力格尔的保护，既要注意在舞台、电台、电视台等平台上的传播，因为这是现代社会有效的传播形式，有利于乌力格尔的发展，更要注意整体性的保护，把工作重点放在日常生活中，保持和恢复乌力格尔在群众的生活中传播、发展、创新的传统。

继承和创新是文艺创作中的一个重大问题，继承传统与改革创新不是相互对立，而是相辅相成的，继承中有创新，创新中有继承。重于师承前辈的传统谓之继承，而传统继承转化为更新演进称之创新。这是因为，我们所说的传统文化不是僵化不变的，而是"活态"的。只有活态，才能流传保存下来，否则就成了化石。而要保持活态，就必须创新，新东西才能跟上时代发展的脚步。如果没有 20 世纪四五十年代老一辈舞蹈艺术家对蒙古舞和其他民族舞蹈的发展创新，那么后来蒙古舞跳遍全中国，在国内外引起巨大反响的现象是不可能发生的。即使现在普遍看好的杨丽萍的《云南映象》也不是纯粹的原生态，而是经过变化了的。要跟着生活方式的改变而改变，禁变就会停滞。所以，继承发展优秀民族文化传统，必须进行创新。

解决这些问题的办法之一就是加强学习，向传统学习，向历史学习，向生活学习，向外来文化学习，从而全面提高艺术创作者的素质。艺术发展的规律告诉我们，真正的艺术精品是来自生活的，是需要民族历史文化去哺育，自然和真诚去浇灌的。为了得奖去创作，为了应付晚会去创作，为了经济利益去创作，往往是出不来好作品的。静下心来，从优秀民族传统文化中汲取营养，深刻体会和理解草原文化博大的内涵，在继承的基础上大胆创新，才能创作出好的作品。这也是被成功的艺术实践反复证明了的。

草原画卷的多彩描绘和审美超越
——对 1978 年至 2007 年内蒙古中短篇小说的几点思考

2013 年获第十届内蒙古自治区文学创作"索龙嘎"奖

阚小琴

1978 年至 2007 年的内蒙古中短篇小说创作，已成为新时期内蒙古文学艺术 30 年以来辉煌成果中不可缺少的一个组成部分。从数量上来看，仅以《草原》做粗略的统计，30 年间中短篇就有近 2000 多篇。并且，其中不少作品曾经被《小说月报》《小说选刊》《中篇小说选刊》《新华文摘》《小小说选刊》等选载过，同时，许多作品在内蒙古自治区"索龙嘎"等多项评奖中，或是在全国性文学评奖，如全国优秀短篇小说奖评奖，尤其是全国少数民族文学评奖，如"骏马奖"等评奖中获奖。另外，整集出版的中短篇小说集近百部。因此可以说，新时期以来的内蒙古中短篇小说，不只是数量上呈现旺盛的创作势态，而且，以其独有的内涵和草原艺术风貌，也成为中国中短篇小说创作史上值得书写的厚重一笔。

30 年来的内蒙古中短篇小说，放在地球村的大环境中，30 年世界风云的变幻，人类历史的急剧演进，不能不成为内蒙古中短篇小说创作的宏观时空背景，产生蝴蝶效应的威力。而 30 年新时期改革开放的中国历史进程，更对内蒙古中短篇小说创作产生潜在的影响和作用。然而，内蒙古中短篇小说创作立足在内蒙古草原，因而作品折射出的是草原天空的色彩，传送来的是草原大地的气息，唱响的是草原人的心灵之歌，荡起的是草原人的精神之帆，呈现给世人的是草原作家们的艺术超越之程。

30年来,内蒙古中短篇小说创作逐渐形成了自己的创作特色。作品描绘了万花筒般的生活内容,其中既有纵深的历史镜头,又有横展的现实画面,是真实的描摹,又是艺术的升华,同时作家们写作的笔触也由生活的表层深入到心灵深处,作品呈现出五彩斑斓的创作风格。30年中的话题可说的很多,一篇短文实在难为。本文只选择几个感触较深的方面,谈谈粗浅的看法。

描摹面对草原巨变的困惑与沉思

如果说1978年至2007年的内蒙古长篇小说是艺术化了的长幅生活画卷,那么此间的内蒙古中短篇小说则以小幅的画轴,描绘了草原生活的多姿多彩与发展变化。翻阅这一小幅一小幅组成的画轴,最让人感触的是,作者描写草原的巨变,从中传达出多重的困惑与深刻的反思,而其成为连接这画轴的一种执着坚韧的精神链条。于是读者就是在与作品中的人物进行一种心灵的沟通,或是在和作者袒露的灵魂面前持续的一种心灵对话。这应该是内蒙古中短篇小说的贡献之一。

可以说,从1978年以来30年的纵向来看,内蒙古中短篇小说的题材是丰富广泛的。这些年中,内蒙古的现实生活提供了什么内容,作品就描写了相应的内容。在内蒙古大地上,政治风云的激荡,人情世态的变化,人文历史的演进,都在内蒙古中短篇小说中有充分的描绘,并且逐渐形成一种创作现象:以内容来说,有"森林小说"(乌热尔图)、"沙狐系列"(郭雪波)、"草原动物小说"(《金鹰》)等;以人物所属划分,有城镇小说、乡村小说、知青小说等;以所描写地域来看,有地域题材小说,如"科尔沁小说"、"鄂尔多斯小说"、"阿拉善西部小说"、"察哈尔草原小说"等;以作者具体所描写的所在地来讲,又有"朵伦系列"小说、"柳条坑系列"小说、"辘轳系列"、"驼道小说"、"煤矿小说"等;还有从社会文化发展的角度的划分,如"草原生态文化小说"等。总之,30年来的内蒙古中短篇小说,以其丰富多彩的题材内容呈现给世人一道独特的风景。

题材内容的独特不足挂齿，因为一方水土养一方作家。最为关键的是渗透在其独特题材内容中的创作者的困惑与沉思，这才是让内蒙古中短篇小说令人刮目相看的地方。在30年来的中短篇作品中，反映出的作者的困惑与思索是多方面的，择其要，是从内蒙古社会历史变革、内蒙古自然环境变化、生活在内蒙古的人们的精神情感的蜕变几个角度的心理内涵和发展过程所进行的形象展示。创作者以丰富生动的画面，让我们一同感受世事的沧桑巨变，经受心灵的庄严洗礼。

人总是生活在社会中，也总是行进在历史的行列中。30年来社会风云的流转，给人们拂之不去的关照。在历史的变迁和社会的变革中，人们怎样面对其中的前进与后退的斗争，保守与激进的碰撞，以及斗争和碰撞所带来的毁灭与新生，甚至是生与死的考验，内蒙古中短篇小说以其具体传神的画面，表达了作者对这一问题的沉重思考。如果说，1980年前后，当一批作家义愤填膺地控诉刚刚过去的那个不堪回首的年代，尤其是在内蒙古制造"新内人党"血案罪行的时候，同时就有作品开始了对这段历史的思索："德木林的灾难史与余涛的英勇奋斗史构成了牧机厂的文化大革命的进程史。"[1]（张志彤《同志呵，冲上去》）大起大落的政治风暴通过个人起伏升降的命运描绘出来，"文化大革命"到底是个什么问题？是个人的恩怨、政治的灾难、社会的病症、民族的荒唐，都是，又不全都是。而对社会变革中的经济发展问题，也以艺术的画面，表明作者的认真态度。《戈壁上的"白骆驼"》[2]（阿云嘎）讲了一个很简单的故事：一个支撑了40年的苏木供销社，最后在社会变革力量的冲击下，其中的工作人员不得不做出艰难的抉择，各奔前程。但其中的生活内涵却是丰厚的，当改革的洪流汹涌而来，人们虽痛苦但能比较理智、清醒地顺应和选择出路。总的来说，这期间的作品主要是对当时社会现实生活的反映，在创作倾向上也主要集中于政治的反思和批判。但对改革进程中刚刚出现的一些问题的警觉和关注，成为内蒙古创作者觉醒并思考社会的先声。

对生活于其间的社会展开逐渐深入的倾情关注，同时，也开始把疑问的目光投向生活在其间的自然环境——蒙古高原。内蒙古的人们一直都说，我们生活在美丽的草原上，可分明也不会忘记凛冽的高原寒风，也感受春季的满天黄沙。30年来的内蒙古中短篇小说,描绘了辽阔、绿色、神奇的内蒙古大地,同时也讲述了随着社会生活的进程,人与环境关系的种种变化的故事,让我们体味到创作者对这片令人神往的草原那种由骄傲、自豪、沉醉到凄迷,甚至有点苦楚无奈的心境的转化。作家白雪林在他的散文《霍林河那里很美》最后说的一段话就很有代表性:"我的叙述都是30多年前的故事了,今天铁路从霍林河西岸北去,契丹小路上看不见勒勒车了。走马不见了,笨马也不见了,游牧民族的历史结束了,马背民族的历史结束了,纯正的蒙古草原文化已经是昨天的梦幻,现在内蒙古已经进入和谐的后草原文化时代,从文学的角度思索,后草原文化时代的霍林河有更多欢乐的故事,也有更多忧伤的故事,那些我只能用小说来讲了……"也就是说,山还是那座山,水还是那道水,但许多事物永远成为历史,新的事物正在向人们走来,最主要的是人们观念转变,使自然山水和人的关系发生了微妙而又根本性的变化。被称为"森林小说"的乌热尔图的作品,是比较充分反映人与自然关系这种变化的最主要的作品。其作品描绘了猎区大森林色彩绚丽的自然风景,细致入微且有层次地描绘了人与自然关系的微妙变化以及面对这种变化,心灵的复杂反应。首先是要面对人与动物之间的无奈关系:为了生存,猎民要狩猎,但同时他们"又怜惜并护佑着这些动物,因为在猎人心目中,灵巧的公鹿、笨拙的狗熊、机灵的狍子全是大森林的精灵,美和善的化身与结晶。肆意破坏美好的事物是残忍的、不道德的"[3]。在这里,人的生存是有前提的,但人与动物之间的关系却是无奈的。其次,是必须面对的人与经济的难题:随着社会的发展,鄂温克族的狩猎经济正面临着解体。这是不以个人的意志为转移的经济发展趋向。这对于祖祖辈辈以狩猎为生的部落来说,其心灵和情感所遭受的冲击是无法估量的。因为"古老的生活方式,猎枪和骏马,简单的歌谣,这些美好的事物还会长期地埋藏在心灵深处,不时引起甜蜜的回忆和无法排遣的痛苦。"[4]再次,是不得不遭遇并陷入人与社会的困境。如果说生存的要求是浅表层面上的物质需求,经济方式变化引来的则是精神层面的心灵煎熬。本来就是社会正常的发展过程,也一定需要相应的观念变革,而观念的变革,是需要灵魂深处的彻底革命的,更何况是处在一个非常态的特殊历史阶段。这对于还在狩猎尾声阶段生活着的鄂温克族人民,无疑又多了一层不堪的痛苦。这在《森林的梦》（乌热尔图）中表达得尤为突出，其中鄂温克族古老而独特的森林狩猎生活和人民的历史命运扭结在一起，在茂密而神秘的大森林里，老猎人在做着愿春天早日到来的梦。在这里，大自然渲染感情的色彩，融入了社会的因子，再也不是单纯的大自然。而当人类与自然的关系在《沙狐》（郭雪波）等作品中呈现时，就把进入到20世纪末的人类所面对的触目惊心的自然生态问题切入前景。这样，人与自然的关系又从充满社会价值疑问的阶段推进到布满人类文化拷问的时期。

虽然有论者说"内蒙古文坛的思想和艺术的觉醒是迟缓的"[5]，这只是与同期中国文坛相比较而言，但只是个时间问题，迟缓不等于没有。内蒙古文坛的思想和艺术的觉醒有自己的渊源背景和行进历程。纵观30年来的内蒙古中短篇小说，其间勾画出的作家们对人的精神心灵蜕变方面的关注，可以说是不遗余力的。作家们在自己熟悉的生活领域里，在表达处在现代与传统、正统与先锋、物质与精神等的统一和撕裂中的人们所经受的煎熬和挣扎，足以震撼读者的心灵。而对现实生活的困惑，走进今天必然的思考，不仅是作品中人物的苦楚和思考，也是作者的痛苦和思考。这精神探寻的笔触不仅深及人的内心世界，而且触摸灵魂隐秘。同时，也让我们在经受灵魂被翻检、被解剖的强烈刺激的时刻，认清这是内蒙古草原上人们的心灵世界的袒露。也就是说，在内蒙古草原的地域文化背景上，作家们在深层次上也构建了独特的民族心理结构。

出现在1982年的《别了，蒺藜》（汪浙成、温小钰），是一部现代版的由门第观念而造成的爱情悲剧。作品的出众之处就在于把神圣的爱情置于变化了的人的政治地位和生活处境之中，通过人物的心理流程，挤榨出人骨子里的真相来。因此让读者领悟到这不仅仅是一个道德感情的故事，更是人的生命本相应该怎样呈现的人生问题。其实20世纪80年代以来的内蒙古中短篇小说，已经从惊天动地的草原先辈的讴歌赞颂中和对"文革"的痛切揭露和批判中走出来，把艺术的笔触探伸到人物的精神世界。随之进入到90年代以后，改革大潮中的作家们，更是把现实生活中的人们经受的不安、奔突、撞击和重组，特别是人们所经历的情感彷徨、性格扭曲、行为变异，尤其是观念裂变的心理路程，给予相当的描绘。而"朵伦的故事"（季华）系列，则把草原在改革中面临新旧观念的撞击后，人们的不安、恍惚、焦虑，描写得绘声绘色。从淋漓尽致地倾诉中，读者会逐渐明白：过去永远成为过去，生活之河永远向前奔腾。但告别过去，却是那么艰难，不易。当价值意义破碎了，重生的又是什么？这犹如天问，但作家们执着地在问。《同路人》（肖亦农）是记者和公路工程总局的行政官员结伴而行的一个小插曲，然而，在正常的工作之中，不得不周旋于"酒海肉林"的官员，那一声动情的吟咏，"在这偌大的世界里／我痛楚地寻找一个人——我自己"，让读者不能不思考一个问题：在忙忙碌碌之中，在前呼后拥之中，人，在哪里走丢了自己？这种追问，在物质逐渐繁华的城镇，就有了《影子》（黄薇）中当代草原青年的焦躁不安和愤世嫉俗；在遍地黑金的煤窑矿坑，就有了《狭长的窑谷》（荆永明）当代草原农民在金钱面前困惑不堪的文化危机；而《虔诚者的遗嘱》（哈斯乌拉）则是在乌珠穆沁草原的葛根庙里，曾经那么虔诚的佛祖，在经历了大炼钢、"文革"、牧民致富一连串历史的锤炼后，"带着一个虔诚者寿终的祝福和信念的更替"升腾而去，"在他那执着的信念大树上，留下了一圈苍老而充实的年轮"[6]。在这里，灵魂的美好追求袒露世人，信仰的坚定执着扣人心弦。作品让我们扪心自问：我们心中的神是什么？

草原作者的中短篇小说叙述策略

描摹面对草原巨变的困惑与沉思，这是与先前对草原英雄的讴歌和对荒唐年代的批判不同的内涵以及由浅而深的不同层面，因此，表现在中短篇小说的艺术视角和叙述策略上也就有了与之前不同的特点。

首先是艺术视角的变化。从叙述角度来看，从全知全能的第三人称转向第一人称，这个第一人称"我"，从隐在的后台来到前场，或并不是表达方式上的第一人称，而实质上就是第一人称的内涵。与此同时，在故事讲述中，又不拘泥于一种叙述角度，是多角度的穿插叙述。作品中的具体表达方式不一而足。当然这不是说之前的小说不用第一人称的叙述视角，而是这个第一人称表明了作者非常鲜明的主体意识，作品中人物的主体意识也在强烈地凸现。"我"的出场，自然把书写的领域引领至人的心灵世界，心灵层面顽强地浮出地表。当然绝大多数作品还是与传统的叙述相结合，如客观冷静的笔调，沿用的仍旧是中国人习惯的思维方式，比如像相对完整的情节内容或是事件链条。但"我"具有了充足的自身意义，可以作为叙述者，同时也可以是主人公，也可以是第三者。因而，叙述便从相对客观的表层移至精神世界。

将新时期30年的内蒙古中短篇小说与之前的内蒙古中短篇小说做对比，叙述视角的变化是非常明显的。之前的作品一般是以第三人称统领全篇，即使是第一人称"我"在场，故事也是在俯瞰的姿态下在周全的讲述中完成的，"我"仅只是作品中的一个的角色，一个部分，一个因素，有自己独立的空间，但没有自己独立的品格，是完全被笼罩在第三人称的怀抱中的。因而人物内心世界的描述，只能是居高临下的姿态，只能是一爪半鳞的构成，只能是浅尝辄止的进入。同时，客观冷静也就成为心理叙述与生俱来的胎记。而新时期30年的内蒙古中短篇小说的叙述视角逐渐有了自己不同于过去的品格。就以同出场于20世纪80年代前期的《活佛的故事》（玛拉沁夫）与《蓝幽幽的峡谷》（白雪林）来作比较，这两部作品分别获得了1980年和1984年的全国优秀短篇小说奖，但在叙述视角上却有了根本的不同。《活佛的故事》虽然是以"我"的口吻来讲一个幼时小伙伴怎样由人变成神又变回成人的故事，但通篇的叙述就是不折不扣的第三人称的形式。而到了《蓝幽幽的峡谷》，虽是以第三人称的形式在讲故事，但却有了挥之不去的"我"的意味，简直就是"我的故事"，并且是用滴着血的心在讲述。作者的主体意识或是情感倾向，浸渍在字里行间，"我"成了一个时隐时现、若有若无但绝不可缺失的角色。

作为第一人称"我"的独立品格在《演出到此结束》《影子》（黄薇）等作品中得到充分甚至可以说是一种极致的表现。从作品反映的内容来看，这些作品"显现了现代青年的躁动不安的精神世界，他们以自讽自嘲、调侃不恭的态度，面对旧有的生活秩序和世俗的种种心态，其愤懑与不满足、理想和热望往往以消极的形式体现出来，试图在纷扰的世界中寻找和重建一种可以信赖和依赖的价值标准"[7]。而作者更是旗帜鲜明地宣称：其作品不是表现城市实际和具体生活的，而是强调和凸现已经进入并生活在城市的蒙古人，"对由于失去本民族显性标志而感到的惶惑和失落,以及对无以表现和证明自己民族身份的反省与忏悔"[8]。为了和其他小说以示有别,小说作者称这样内容的小说为"自省小说",并把这种"自省小说"看作一种"寻根"意义上的小说,因为这样内容的作品,"始终在人的魂灵和精神之中拷问自己血统、血脉的'根',始终荧荧不息着关于'我是谁'的诘问和反省"[9]。所以,可以说"自省小说的暗含意义超过了文本意义。那些充满了感伤的结局,那些性格怪诞的人物,实际都隐绰和潜在地昭示着'进城'后的另一种结果:城市带来文明、规范、安逸、富足,也给我们设置了无形的精神苦刑,这就是改变自己。哺育了父兄多少辈的草原,对城市蒙古人来说不过是一个遥远的旧梦,可人究竟不能靠梦生活,而'民族'、'根'却又终是不能忘记的。这成了一道二难推理。因此,在繁华喧嚣的城市中的蒙古人便有了如此的焦虑、恐惧和绝望。那些死亡、出走等的结局,汇在一起构成了孤立的个人置于嘈杂而又凄凉的都市中的一道风景线"[10]。所以,要淋漓尽致地描写这种压抑却又逃脱不得的处境,小说的叙述视角就不可能采用传统的叙述视角。因而就有了"我"的出场,那样认真、执着几乎达到执拗程度地审视着。读这样的作品,你会有一种背有芒刺的痛楚,进而有时还会有一种飕飕的阴冷遍袭全身。这个"我"在作品中是举足轻重的:"一方面,'我'作为叙述的切入点和整个故事的目击者、叙述者而存在,另一方面,'我'又积极地参与到故事之中,成为故事的另一个主角。"[11] 作为叙述者,作者是理性的化身,明智而清醒地注视着故事的发展,抱着一腔热烈的同情又非常严峻地剖析着人物的灵魂,挖掘着他们心底的奥秘。而作为故事中人的"我",作者又是感情的化身,与人物一同做着艰辛的追寻,激动甚至疯疯癫癫地在搜寻着连他自己都不知道的东西。"我"的理性与情感是分裂的,这就造成了一种强烈的对比,从而增强了小说艺术的张力。[12]

其次,艺术视角的变化自然引起叙述策略的改变。新时期30年的内蒙古中短篇小说与之前的内蒙古中短篇小说比较而言,作品中作者的主观抒情意味变得越来越浓。故事情节淡化,表达情感升至第一位;或是即便还保留相对完整的故事情节,但叙述笔墨常常饱含情感的汁液,浓烈到几乎成为抒情散文。因此在这样的作品中,人物诗化,景致画面化,笔法散文化,审美效果上就是小说意境的生成。

由小说创作的实际情形来看，尤其是世界文学阵营中意识流小说的出现，让我们接受了一个发展中的文学观念，这就是小说不一定必须得有人物形象。如果作品中有人物形象，那这人物就必须有血有肉、丰满厚重、有情有义、丰富变化，成为圆形人物、立体化的人物，比实际生活中的人们，更复杂，更富有意义，同时也一定是典型环境中的典型人物。在新时期30年的内蒙古中短篇小说作品中，学理中严格意义上的丰满厚实的人物逐渐退隐，即使有板有眼的人物塑造，如《滴血的晨曦》（丁茂）中的人物形象，也由于作者对这些被压得喘不过气来，然而却敢于寻觅灿烂阳光的农民的无限深情而变得温情脉脉、诗意朦胧。这是一种人物的诗化描写，即人物外在的表层的描写被移情，当被深挚的情感浸润过的人物脱颖而出时，其所带来的艺术效应就是令人咀嚼不尽的回味体验。其实，这样一种人物的诗化描写，在20世纪80年代初的《一个猎人的恳求》《七岔犄角的公鹿》《琥珀色的篝火》这样的作品中就已见端倪，而在后来的作品中逐渐形成一种趋向和势头。如果说，《滴血的晨曦》中的人物形象，还勉强能够按照传统的人物理论进行解剖分析，就如我们把握哈姆莱特、安娜·卡列尼娜、阿Q那样，或如分析契诃夫、莫泊桑、欧·亨利的短篇小说中的人物形象那样，那么在欣赏《黄土高坡·坐在窗后的女人》（张秉毅）、《准格尔女人》（王建中）、《酒鬼》（谷丰登）等作品时，我们的小说人物观念就必须跟随具体作品进行一番彻底的除旧布新了。本来，任何条理的创作经验总结，结果总是捉襟见肘，实在难以包揽所有作品，但面对创作，我们还是需要做出界定。如果说《黄土高坡·坐在窗后的女人》《准格尔女人》的人物是诗性化的人物，那么，《酒鬼》中的人物就是散文化的人物。诗性化人物的刻画，不缺少灵动的细节，表述上只言片语，营造出一种具有生命张力的情感氛围，让你去慢慢品味。人物形象玲珑，其内涵纯净中却有一种说不尽的味道。散文化的人物出场，是作者提供了事件的片段，有时还会有比较详尽的笔墨，因而可以感受到比较清晰的人物形象，人物内涵相对复杂蕴藉。但人物不再单纯只是人物，其把读者的视线引向人物所处的背景。当然这只是相对于诗性化人物而言，在与传统经典人物的比照中，散文化的人物就显得朦胧，其内涵就不是那么三言两语说得清楚了。在这样的作品里，诗性化的人物成为一个内涵丰富的意象，散文化的人物则是浓烈情感的载体。总之，相比较而言，传统经典人物形象内涵虽诉说不尽，但总体上是确定可把握的，诗化人物则由于意象化倾向而主要在艺术效果上展现其魅力，真正要让读者用心去感受品味后只可意会而不可言传了。

  30年来的内蒙古中短篇小说作品中的自然描写，是极具特点的，也是最为突出地展现内蒙古草原特色的必有要素。如果说在传统文学作品中，自然描写往往是一种"景物——故事——景物"的模式，人为的痕迹非常明显。那么在这30年来内蒙古中短篇小说作品中，随着艺术视角向"我"转变，自然描写就由过去把风景作为自然、民族特点的标识，而呈现多样的表达方式：或是人情的分享者，或是情感表达的一种间接方式，或是一种人与自然的对应关系，或是一种大自然崇拜，或是作为民族的象征。[13] 如果只是看到自然描写方式由单一趋向多样，这仅仅是个数量的变化问题。需要看到的最为关键的应该是这数量变化之后的背景，以及促动这变化的根基。实质上这是创作者文学观念转变的具体表现之一，是他们审美理想追求的彰显。一个根本的变化和相近的趋向是，不管表达方式是哪一种，自然景致的描写趋向画面化。在《鼠群漫过草地》（路远）中，当欧力玛无比绝望地躺在地上，"他开始回想自己以往的行径，那些有可能触犯草原、破坏生态平衡的行为——他那杆双筒猎枪射杀过多少生灵呢？羚羊、狍子、狼、狐狸，甚至于鹰；那时，他并不认为那是对草原所犯下的罪过，是对草原的出卖与背叛；还有，他曾用汽车从草原上运走了数不清的东西，而那些东西正是草原的组成部分，是草原的皮毛血肉。运走那些东西时他竟没有听见草原痛苦的呻吟，也没想到那一切都是罪孽，还以为是给草原创造财富"[14]。然而痛心的反省于事无补，因为此时令人绝望的鼠灾肆意糟蹋着草原。因而作品中的老人要"干一件惊天动地的大事"——用电子打火机点燃了草原。于是惊心动魄的场面，在这里，作者笔下的场面描写，不再是传统意义上的场面描写——有景有人有情的细致铺排，那是一幅幅含血带泪的精致的画儿——依然有景有情，但人退隐。而愈来愈鲜明的却是叙述者的存在，一个动了感情的叙述者的登临。这种叙述者感同身受的体验，这种阅读者与叙述者同在的感觉,则是先前的创作中没有过的感受。我们可以具体感受一下这个画面:"火舌便从那小玩意儿里喷吐出来,点燃了干燥的芦苇。转眼间,火便蔓延开来形成一条火龙,又铺成一片火海。/乌龙驹发出惊恐的嘶鸣。/无数黑色的小精灵在烈焰中跳跃着消失了。/山谷里,是一片通红的火焰的世界。"[15] 第二幅:"许多年后只有山谷里的野风拂来,晃动那些新生长出来的芦苇,向他们询问那对父子的消息。/旺盛的无边无际的芦苇却在摇头。它们将永远不停地摇头。/还有青草……"[16] 最后一幅"不知又过了多少年之后。/树林里总是有雾,或浓或淡,或薄或稀。一场暴雨过后,林子里的万物都在蠕动、歌唱。……几缕温柔的光线照了进来,空气中揉进了泥土又腥又香的气味儿。太阳、白云、风、山峦和树林,还有广阔的草原,每天都在重复体现自己的生命、色彩、音响,每天都在歌咏着寂寞和永恒。"[17] 这是一幅幅以天、以地、以人心做画框切割出来的画面,阔大、辽远、浓烈;这是一幅幅流动着的画卷,滞重、苦涩、沉痛。

  30年来的内蒙古中短篇小说作品,相随着叙述视角"我"的出场,笔法上散文化,而在阅读效应上就是小说作品有了一种诗歌意境生成的效果。笔法上散文化,是指小说语言运用方面的特点。其语言既不像诗歌语言的精致,也不像传统小说语言的精细,一如散文语言的随心所欲。实质上则是随着发展变化了的生活而来临的语言操作规则的改变。这样的语言,表面上好像是漫不经心的,很散漫、粗粗拉拉的,但骨子里是讲究的。因而带给读者的就是一种意想不到但也是必然出现的很少语言障碍的轻松阅读之中的全身心的体验。比如《黄羊之殁》(邓九刚)中,说的是1990年初冬——那个被饥饿扼住了咽喉的可怕年头里的故事,有这样一段场面描述:"大部分子弹都噗噗哧哧地钻入了黄羊们的肉体,……没有仇恨与愤怒,也没有垂死的绝望号叫。大大小小的黄羊便一只挨一只地噗噗唪唪倒在了汽车的灯光里。……一只大约半岁的黄羊羔傻乎乎地歪着脑袋朝汽车的大灯看,在它短暂的一生中大概从来也没有见过这种怪物,一双棕蓝色清澈的眼睛中充满了迷惘和好奇。黄羊羔在倒下去之前,两条毛茸茸的腿放在胸前像祷告似的举了好一会儿,终于跌跪下去。小黄羊死得没有一点痛苦。在命悬一线的最后时刻,小黄羊似乎发现了我——尽管我明明知道这是不可能的，黄羊在强烈的灯光的照射下是什么也看不见的——它的目光与我对视了一会儿，好像是问我发生了什么事情。在它的棕蓝色的眼里直到最后也还只有诧异与迷惘。小黄羊就在我的目光里倒下了。冒着袅袅热气的血将它身体周围的一片白雪染成了黑的颜色。"[18]读者会在流畅的行文中一口气读下去，但结果会是冷汗湿背，口干舌燥，如叙述者一样苦痛、绝望，这时候铁铸的心也要战栗吧！

草原中短篇小说的审美超越

其实，1978年至2007年这30年来内蒙古中短篇小说表达方式上的变化，归根到底在于这一阶段生活的日新月异以及创作者文学观念和审美理想的发展变化。

在30年的生活发展历程里，在翻天覆地的生活巨变中，创作者的生活观念也是有很多、很大的变化。可以说，感受生活——欣赏生活——享受生活，是身处地球村的人们尤其是中国人生活观念变化的三部曲。因为古老传统的中国人，一般在生活中切实地感受生活，进而也可以欣赏生活，但达到享受生活的境界却是很少中国人所能做到的。改革开放30年，中国人的物质生活水平极大地提高，生活观念也与时俱进。内蒙古中短篇小说作者与中国其他所有小说作家一样，在20世纪80年代是充满激情的，但作家们是敏感的，同时也是敏锐的，因为心怀理想，必得感受到生活中的种种不惑。大致到了90年代时就陷于迷惘，纠缠在千万个不解之中。而21世纪初以来，务实，直接，直入主题，直截了当，删繁就简，几乎就成了作家们共同的追求。然而作家之所以是作家，就在于心怀人生理想，要在创作中超越现实。放飞心灵之歌，是创作的最基本追求。然而，社会的前行，时代的变迁，读者群也处在不断变异之中。如果说，读者在20世纪80年代充满激情的作品那里得到的是振奋和鼓舞，在90年代以来堕入沉思的作家作品里感受到的是鞭策和激发，而从新的21世纪开始，读图时代真正来临，"快餐消费"成为主要的精神接收方式已是不争的事实,这个时候的作品带给读者的是什么？这实在不是一两个词汇所能涵盖的，读者再也不是一呼百应的读者了,他们有了自己的阅读选择权。这就是创作者实际面对的生活真面目和阅读的本来情形。

30年来,内蒙古中短篇小说作者是在和所有中国小说作者一样的大环境中成长起来的。他们必须相随发展着的生活和变化多样的读者,同时还要坚守自己的艺术创作原则,保持自己文学创作的本真原色。30年来,内蒙古中短篇小说取得了瞩目的成绩。无论是其深厚的内涵还是愈来愈灵活多变的表述方式,都在中国中短篇小说方阵中占据其重要的一块。而与同期中国中短篇小说相比,最大的不同,也可以说是对中国中短篇小说的最大贡献,除了必然的内容差异,也许就是来自草原的作者在中短篇小说叙述策略的具体运用上,形成带有草原气息的特点。

人不能生活在真空中,也总不会提了自己的脑袋离开地球。因此,当我们呼吸着空气,脚踏着土地时,这大地天空便给我们盖上这一时这一地的印记。生活在草原的作家,带着草原的气息扑面而来,那么自然。草原的底色,这是不用刻意努力就已打好了的,自然而然带出来的本真基色。只举获得内蒙古自治区"索龙嘎"奖的部分作品的篇名就可见一斑。《蓝色的阿尔善河》(阿·敖德斯尔)、《夏营地,草原上的人们》(巴图孟和)、《草原名著》(王栋)、《在考察匈奴古墓的日子里》(江浩)、《绿色的岁月》(张作寒)、《白马金鞍的故事》(冯国仁)、《"巴拉根仓"下乡记》(朋斯克)、《大漠歌》(阿云嘎)、《在马贩子的宿营地》(路远)、《草原深处》(满都麦)、《乌珠尔湖的呼唤》(哈斯乌拉)、《驼道》(邓九刚)、《迷人的河套》(李廷舫)、《沼泽红柳》(布和特木勒)、《兴安河的云雀》(苏德那木旺吉拉)、《金掌》(季华)、《牧村》(孙全喜)、《云青马》(格日勒图)、《森林之叹》(巴布)、《密密的胡杨林》(阿尤尔扎纳)等。除了作者有意或刻意为之,使其草原特色更为鲜明,其实,这是草原作者的草原基因所决定了的。当然仅此而已不足论,值得说的是30年来的内蒙古中短篇小说的语言表述和情感表达特点。第一点,语言表述自然。小说是实实在在的语言艺术。老舍曾说:好作品的语言仿佛来自从水中钻出透气的活泼泼的鱼儿,鲜活,有无尽的表现力。欣赏30年来的内蒙古中短篇小说的语言,应该是一种语言的享受。那语言,就像是草原的花是鲜艳的,草是清香的,天是蓝的,云是白的一样,不用刻意地去经营,脱口而出。也还像骏马是在草原上奔驰,雄鹰是在长空中翱翔,那样充满生命的活力。当然,这不是说草原的作者不用锤炼语言,而只是说与中国其他地区的作家一对比,草原作者这种语言特点格外醒目。实际情形是,生活语言转化成作品语言的过程,是需要创作者的一份心血投入的,也是作者们努力筹划和追求的。第二点,情感表达素朴。广阔的草原让这里的创作者们心胸宽广,绿色的草原让创作者心中无瑕。这样一种大自然的浸渍熏陶,使草原作者在表情达意时,是那么大气豪爽,无拘无束。所以有什么说什么,不遮遮掩掩,不装饰修整。又是那么自然地发自内心,真诚纯洁。比如《达斡尔女人》(苏莉)的故事,这是一个在汉民族生活中简直不可思议的事情,违情悖理更不合法的举动。但在达斡尔女人这里,情感表达得直截了当,甚至是粗暴无理,却是一种生存的状态,一种自然的真实。这是一种让心灵惊悸的描写,一种让灵魂沐浴的震颤。这样的作品让沉睡的精神被重重撞醒,让人的灵魂开始深深的不安。它让人开始走上反省人之所以为人的心理历程。这样一种冲击和震撼,就直接来自那真纯的语言表达。

把1978年至2007年的内蒙古中短篇小说,与此间30年之前的内蒙古中短篇小说做纵向比较,又可以增强自信,持之以恒地坚守草原本色,同时又能确定往前走的目标,实现新的跨越,或说是实现一种审美超越,更好地展示草原创作者的艺术个性。

其中最主要的应该是坚定不移地创作出更多更好的作品来。30年来的内蒙古作家在创作的同时也有着执着的理论思考,如题材领域的扩展,创作手法的探索,更有草原文化背景下的前后草原小说之分以及后草原文化时代的小说创作问题的探讨等。1995年,《草原》创刊45周年之际,《编辑人语》就对草原创作的作者状态、题材领域和创作得失进行了深切的关注。在肯定成绩的前提下,指出:"大多作者缺乏激情,选材平庸,写些没滋没味、不疼不痒的东西。"[19] 在题材方面,工业题材、农村题材极少,编辑盼望有如当时中国文坛上高晓声、周克芹、路遥、张一弓、何士光、贾平凹等大家在农村题材小说创作中所倾注的那种艺术激情和思索深度的作品问世。"1994年我们没有编到一篇好的知识分子题材小说、城市市民小说、城市青年小说、大学校园小说和刻骨铭心的爱情小说，连一些普通的爱情小说也不见。"[20] "我区青年创作还有两个共同的缺点：一是故事的平俗，二是技巧的陈旧。"[21] 编辑最后说："我的谬论是编辑意见而非文艺批评，有些过于挑剔，但绝不是否定，草原是辽阔的，草更茂盛些，花儿更鲜艳些，巨树更多些不好吗？那么，挑剔也是一种信心。"[22] 时至今日，21世纪也快走过10个年头，这些当年的问题仍然有其值得思考的空间。不少作者已形成了自己的创作风格，但在现有的基础上，面临着的仍是不断地加强和推进。题材领域还需不断地扩大，给予广泛的现实生活艺术的表现，给今天的读者提供精神的食粮。而在创作手法的运用和出新探讨方面，不是没有，而是没有形成气候，而今天我们更需要适应新的生活内容同时也能满足阅读者的新形式。其实，在1989年第1期的《草原》，就有两篇很独特的作品。一是《小镇上的汉子》（白雪林），那神秘的挥之不去的魂一般的东西，像死神一样纠缠着主人公，最终也并没有因主人公的死亡而消散，反而像雾一样笼罩了世界，让你感受到窒息。这是一篇好像在讲世俗人间故事实际上讲的是人的精神世界的篇章，因而作品很有深意。另一篇是《到底该找谁》（伊德尔夫）是以荒诞的细节场面，讲述着真实的现实。但却不是影射，而是象征。你会在流畅的情节推进中不间断地走下去，但到头来却发觉自己在一张无形的网中；你会新奇惊讶地读完作品，但也一定会警觉世间人生竟是如此冷峻和沉重。而到了1992年，《没有盖板的排水沟》（肖亦农）以写实的笔法，讲述了一个让你忍不住想嘲笑但又不得不低下头来细细琢磨的故事。主人公那一句不断挂在嘴边的"我想说说那只羊"，让你感受到作者对契诃夫小说精髓的领悟高度。而"屈人哩""那我的皮脸呢"又是那么贴切到位地把握住了中国人的精神穴位，从而使一篇很有可能成为贻笑大方的模仿之作，有了自身的神魂，反倒成就了一位独特的创作者，显示出其独特的表达才气。所以说，无论是向形而上的深入挺进，还是幻想无限的变形夸张，还是借鉴模仿等写作手法的采用，总是由具体的内容所制约，以及创作者自身的性格气质和艺术趣味、审美理想所决定。有论者把30年来内蒙古文学创作的叙述风格的发展概括为阳光叙述、月光叙述、星光灿烂几个阶段[23]，这种形象的说法，实质上就是依据生活的变化在创作上的投射而来。因此面对内蒙古中短篇创作的实际，有的论者认为："蒙古族文学，主要指青年小说创作，80年代起开始进入'后草原文化'时代，'后草原文化'时代的蒙古族青年小说创作主要有以下几个特征：在哲学上，对自身文化传统的批评性和反省性；在情感上，对传统文化的怀旧性和陌生感相交织；在文学风格上愈发丰富而多元；人物选择上背景多放在城市，人物也是新一代的城市蒙古儿女，表现他们与先辈截然不同的人生态度，他们的惶惑、迷惘和痛苦，带着鲜明的城市蒙古人特点等。"[24] 如果说当有的论者把《蓝幽幽的峡谷》当作后草原小说的标志，依据主要还是在叙述的策略上，[25] "后草原文化"的说法以及理念，就是从大的文化角度来讨论这一时期的内蒙古文学创作了。

  因此，怎样使内蒙古中短篇小说以自己的独特魅力，更能吸引人、感染人、震撼人，这是在总结经验之后继续努力的具体方向。吸引人，是说内蒙古中短篇小说的语言表述功力应该更进一筹。虽说语言表述自然，这仅只是草原的基色给予的自然赐予，真正要让欣赏者进入作品，根本的功夫还在语言。文学语言必须要与时俱进，但创作者如果没有相当多的传统经典作品的阅读以及相应文化的浸染熏陶，那就会因缺失创作语言的根基而飘游轻浮。故事要讲得好而巧，文学语言的深厚内涵还得在经典传统中去汲取。也就是说创作者需要有经得起挖掘的国学功底。当然，作品只能吸引人远远不够，草原特色令人眼前一亮、耳目一新，但久而久之审美疲劳是必然的结局。所以作品还应该感染人，不只是短暂地吸引眼球，而是使读者的心能够被牵引、被打动。这就是作者的生活修炼了。虽说草原的作者仿佛天生情感表达朴素，但这也只是说草原给作者打下的生活原始功底。要使读者真正喜欢作品，还需要来自作者心中的真情实意，来自生活的真实细节。而且不仅要情挚意真，还需要内涵的厚实，分量的厚重。一句话，来自生活，真诚表现。《草鞋》（刘欣声）贴近生活，因而把一个永远不再回来还带着他的手艺一起走了的人的形象，雕塑般地镌刻在读者的心上。《母牛莫库沁的故事》（苏华）写自己熟悉的生活，因而写得出色，写得多彩。所以有作家深有感触地说："文学创作的源泉来自生活。生活是想象的源泉，也是艺术生命的源泉。只要有志者认识了它，真诚地拥抱了它，就会变得强大，变得聪明智慧。笔端将会生云吐雾山重水复。"[26]还有作家感慨万分地表明:"在内蒙古生活了30年,是内蒙古的土地和人民哺育了我。我的处女作即是50年代发表于《人民文学》的《大青山赞》,是大青山,而不是太行山、沂蒙山或别的什么山。我写森林、写草原、写沙漠、写钢城、写北方大自然和风土民俗的美;我的作品里有爬山调,有蒙古歌,有老百姓的口头语,有鄂温克、鄂伦春的猎民生活,也有真实的草原风光的描写,当然还有其他属于我自己的构成。这种种,不正应该感谢生活对我的恩赐么?"[27]是的,丰厚的生活积累总是给好作品提供真实的生活细节,生活是创作的源泉。并且,特别是要写出今天的生活,即使是历史题材,也应当画出当代的神魂来。因为正如果戈理所言:"不管出版什么样的艺术作品,如果里面没有今天社会围绕着转动的那些问题,如果里面不写出我们今天需要的人物来,它在今天就不会有任何影响。不做到这一点——那么,从大仲马工厂里出来的任何一部小说都能把它打倒。"[28]

如果说吸引人是语言的魅力发挥的指标问题,感染人是作品情感的冲击力程度,那么震撼人就该是思想情操指数的高低标识。这应该是作品艺术魅力展现的三部曲:草原的直爽留住人,诚挚的感情动人心,高远的境界震神魂。所以,作品能达到震撼人的地步,就是作品能把读者的魂勾住、钉牢,让读者的灵魂受到冲击,心灵产生共鸣。黑格尔曾说:艺术的真正职责就在于帮助人认识到心灵的最高旨趣。而这就需要作者有深厚的思想功底。或是说不仅要有崇高的人格、健康的心态,也还要有宽广的胸怀、长远的眼界、发展的眼光和智慧的头脑。而其中,人格境界的层次和格局是非常重要的因素。《论语·公长治》中有一个镜头画面:当年,孔子和他的学生谈论个人志向,子路说愿意把自己的车马、衣服和朋友共享,就是用坏了也无怨言;颜渊说不夸耀自己的好处,不表白自己的功劳;孔子说:"老者安之,朋友信之,少者怀之。"可以看出,三人都有自己的志向,但层面和格局大有不同。子路只在物质的层面和物质范围,颜渊就上升到精神的层面和精神范围,到了孔子这里,让老人得到关怀,朋友得到信任,少年人得到关怀,就不只是物质的层面和物质范围,同时包括精神层面和精神范围,推而广之,就是包括了所有的一切。我们的创作者们如果能够提升自己的精神层级,扩展自己的心灵格局,永葆艺术的生命力就将不再是一种无聊的空谈和奢侈的想望。当然，达摩能一叶过江，罗汉能穿墙而过，这样的功夫是修炼来的。而功夫的修炼在人，在于投入，在于坚守文学这块天地。期待着内蒙古中短篇小说更为壮丽的明天。

[注释]

[1][2][6]丁茂.骏马集（上）[M].呼和浩特：内蒙古人民出版社，1999：6，501，113.

[3][4]梁一孺.民族审美心理学概论[M].西宁：青海人民出版社，1994：142，142.

[5][7][11][12]托娅，彩娜.内蒙古当代文学概观[M].呼和浩特：内蒙古大学出版社，1997：245，248，318，318.

[8][9][10]黄薇.自省小说的反省意识：传统与现实的冲突[J].草原.1996（8）：59，60，60.

[13][25]黄薇.当代蒙古族小说概论[A].内蒙古师范大学汉文系五十年文萃[C].呼和浩特：内蒙古大学出版社，2001：371，308.

[14][15][16][17]路远.鼠群漫过草地[J].草原.1991（11）：18，20，20，20.

[18]邓九刚.黄羊之殁[J].草原.1992（04）：17.

[19][20][21][22]白雪林.编辑人语[J].草原.1995（01）：1，1，1，1.

[23]巴特尔.草原文化与文学艺术论丛：第三辑[M].呼和浩特：内蒙古人民出版社，2007：188.

[24]白雪林.在"后草原文化"的边缘上[J].草原.1991（06）：7.

[26][27]《草原》编辑部.纪念毛泽东同志《在延安文艺座谈会上的讲话》发表五十周年笔谈[J].草原.1992（05）：6，7.

[28]巴特尔.民族文学断想[J].草原.1989（05）：77.

草原文学的多民族性

选自《草原文学新论》，2014年获第三届朵日纳文学奖
刘　成

"草原文学"是民族地域性文学。它同我们通常说的"民族文学"和"地域文学"等概念并不相等，存在着"你中有我"、"我中有你"的交叉关系。由古到今，"草原文学"就其作者的族属来说，固然绝大部分属于北方游牧民族，如匈奴、鲜卑、回纥、契丹、女真及蒙古等多民族，但是也有一部分是内地到塞外的或土生土长了的汉族。这种情况，在当代内蒙古各民族作家竞相创作草原文学的背景下更是屡见不鲜。固然，蒙古族是"草原文学"的主体民族。可以说蒙古族作家的文学基本上属于"草原文学"。但是"草原文学"并非一个蒙古民族的文学，除蒙古族之外，还有汉族和满、回、达斡尔、鄂温克、鄂伦春等民族的作家也创作出不少草原文学作品。他们与马背民族的生活有着密切的联系。三少民族和早期就到塞外的部分汉族作家祖祖辈辈生活在草原上，因而决定了他们的思想、感情与生活的积累具有草原的特色。当他们走上创作道路的时候，他们自然而然以草原民族的生活为创作的题材，反映草原人民的历史命运，表达草原人民强烈的感情与心理特征。即使是中华人民共和国成立后从内地新到草原的作家，他们亦长期生活在草原，对草原人民有深厚的感情，也受到草原民族民间文学的影响，他们在创作时也自觉地反映了草原民族的生活，描绘了祖国美丽大草原的风貌。他们的草原文学作品，也和草原马背民族的文学作品很相似，有浓郁的草原生活气息，有强烈的草原情调，有鲜明的草

原地方特色。所以说，当代"草原文学"是以蒙古族草原文学作品为主体，也包括汉族和其他少数民族草原文学作品。"草原文学"是多民族文学，具有鲜明的多民族性的特点。

我在这篇文章中着重谈谈蒙古族以外的汉族和其他少数民族作家创作的当代"草原文学"作品。

新中国的建立，开辟了我们当代草原文学的新纪元。以玛拉沁夫为代表的草原文学作家群从萌芽、形成到成熟发展时期就有杨植林、李欣、周戈、韩燕如、孟和博彦、安谧、贾漫、杨平、周雨明等一批汉族及其他少数民族作家加入到草原文学作家群里，自觉或不自觉地站在"草原文学"这面旗帜下，创作了一大批着眼于整个草原，写出了草原人民的心灵之美的优秀作品。

周戈继《血案》后，50年代初期还创作过取材于草原民间传说的《黄花鹿》和《白花蛇》。周戈创作的草原歌剧文学是另一艺术新葩。老诗人韩燕如写了《牧马》短诗，虽直白如话，却概括力颇强：

> 牧马阴山下，
> 草肥泉子旺。
> 生在蒙古包，
> 长在马背上。
> 掬土土更亲，
> 闻草草更香。

当代诗人吟咏草原的抒情诗数不胜数，其中汉族和其他少数民族诗人的作品首推汉族诗人安谧和贾漫。安谧的代表作有《新酿的奶酒》诗集。他写草原"日暖风静炊烟直，多像那，千条碧绸垂下天"，想象奇特，诗句铿锵。贾漫有《唱给马背上的民族》《那达慕之夜》和《两千里路雪和月》等，抒写锡林郭勒草原畜群长途倒场放牧的见闻。满族诗人戈非写过许多精湛的草原小诗，出版有诗集《浅草》，其中著名诗句："仿佛刚从水里捞出来，清新、澄湛、沁凉，——草原呵，你的气息！""草原抱着它的浪花，坦荡的胸怀，镶着蓝色的天涯"。戈非写《草原是一个绿色的迷语》，写《草叶给羊儿裹了一身秋》，写《草丛里睡了白胖胖的湖》，从题目到诗句，蕴藉含蓄，耐人咀嚼。周雨明有诗集《在沙漠》，抒写鄂尔多斯草原风情，如《成吉思汗陵》《初来毛乌素》等。纪征民写过《草原的路》《草原之夜》。火华写过《草原湖》《草原的风》《草原的比喻》。

杨植林在《再访锡林郭勒草原》一诗中写道：

> 静静的锡林河畔，
> 我愿听马头琴声悠扬；
> 茫茫的苍空下，
> 谁在激动地歌唱？
> 谁使兄弟民族和乐无疆？
> 谁建成水库蓄积我们共同的滋养？
> 抚胸盛赞共产党，
> 望来日心花儿怒放。
> 哦，我以盈喉的歌声，
> 对新景歌唱。

诗人以盈喉的歌声对草原新景歌唱，心花怒放，感情真挚。他还写了《春啊，向人间呼唤吧！》《乌梁素海上的轻歌》《安代颂歌》《沙漠里的春天》等歌唱草原和草原人民的优秀诗篇。

胡昭衡（笔名李欣）写下了许多思想性既强又有一定艺术感染力的草原政治抒情诗。60年代出版了诗集《大跃进交响乐》。他的诗气势雄壮，节奏明快。他把党比作象征中华民族的黄河，赞美他"从小到大，排除万难，从中国大陆上穿过，沿着自己走出来的道路，向世界大同的海洋奔波"（《听我唱首颂歌》）。在另一首诗中，他高唱社会主义建设取得的巨大成就，高唱亿万草原人民"张弛抑扬，和谐合拍地演出妙绝人间的乐章"（《大跃进交响乐》）。这首诗全篇一气呵成，基调高昂，感情奔放。被公认为当时优秀的诗篇之一。此外，如

《风从东方来》《攀高峰》等诗，也都是较好的草原抒情诗。

陈光林（笔名晨光）在新世纪初出版了《草原情思》《永远的草原》《啊，草原》《天歌》等多部诗集，还创作了大量脍炙人口的歌词，出版了《忘不了我的草原》歌词专集，有力地弘扬了区域文化和民族特色。他的诗意蕴丰厚、情韵浓烈、热情奔放、流畅明快。诗人多视角、多侧面、全方位地审视草原，感悟草原的自然美、人性美和浓郁多彩的民族风情美，表达了诗人对草原、对草原人民真挚的情感。

在陈光林的诗作中，无孔不入的是情真动人。如《草原啊草原》《长调声声》《草原美》《纯真》《献给草原的爱》《梦草原》《草原魂》《月亮湖》《献上哈达》等，分明令人看到陈光林的草原纯情诗，永远也抒发不尽其心灵深处挚爱的内蒙古大草原，大草原的一缕阳光、一丝微风都是诗人写作的宝贝。诗人那些明白畅晓、情感真诚、满含人生哲理的诗章，它们有着音乐的节奏、旋律的美好。他的诗很有感染力，耐人品读。这种表达既抽象，也具象，情真是强烈的，激情又有节制。《献给草原的爱》一诗中写道：

献给草原的爱
是我心中泪
爱的泪已化作雨纷飞
洒在草原把万物滋润
献给草原的爱
是我滚烫的血
热的血已化作草原的河
默默地在大地上流着淌着……
献给草原的爱
是我殷殷的盼
盼草原人民生活更美好
盼草原花好月圆到永远

诗人咏唱了一曲动人心魄的人世"草原"恋歌。诗人说出了万古长青的蒙古包，诗人说出了日月同辉的大草原，诗人说出了现代文明中的神舟航天城，诗人说出历史长河中的成吉思汗陵，诗人说出了情深似海的母爱美。由此可见，诗人陈光林用纯真的情感崇尚着他的精神圣地——内蒙古大草原。生命的体验，造就了他对草原特殊的感悟和人类情感世界的入微体贴的思考，其诗较为丰厚的情感色彩，是他诗中"真诚"的一大特色。这些诗作传达出的诗意怀想，较为厚重地表达出了人格魅力，从诗的色调、气息、情感、指向上，创造了纯美的朦胧诗情和诗境。

陈光林在草原诗歌创作上取得了丰硕的果实，这在中国高官中是不多见的，难得的一抹亮色。

此外，陈广斌有诗集《绿色的游牧》、贾勋有诗集《敕勒草》、白朝蓉有诗集《塞上草》、穆向阳有诗集《牧野》，其中都有不少吟咏草原的诗作。

写草原的长篇叙事诗引人瞩目，其中一部分是根据流传在草原上的民间文学再创作的，如戈非的《从马尾弦上流下的歌》；一部分是根据草原上革命斗争历史创作的，如贾漫的《野茫茫》、王磊的《大刀歌》、张之涛的《翠绿的晨星》、《荒火的高原》等；一部分是关于草原上儿童生活的长篇叙事诗，如杨啸的《草原上的鹰》。《翠绿的晨星》写解放战争中额吉淖尔草原上蒙汉人民团结战斗的可歌可泣的壮举，包括序歌、尾声10章正诗。《荒火的高原》则写绥远和平解放后草原剿匪战斗，亦分序歌、尾声和10章正诗。这两部在时间和内容上有所衔接的叙事长诗、每章前面均引有草原蒙古族民歌（如"翠绿的晨星升起的时候，金色的曙光照亮草原上的车辙"），诗里写了草原盛会那达慕、写了王府、写了毡包中的牧民协会、写了草原婚礼、写了骑兵厮杀，并塑造了金霞（阿拉坦托娅）、阿西瓦妮、洛布桑、乌日图那松、吉斯塔、乌兰赛汗、格尔丹、乌兰额吉、苏和巴特尔等人物形象。

此外，散文诗是现当代草原诗歌中的一种崭新的文学样式。在这方面卓有成就的是许淇。他的散文诗写草原的有《呵，大地》专集和《北方森林曲》中的一部分篇章。优秀的草原抒情散文，还有汪浙成、温小钰的《草原密》、周彦文的《大漠情思》、全秉荣的《大漠觅踪》等。

草原叙事散文，题材广泛，形式也不拘一格。杨平有《五月的鲜花》《五月的怀念》等篇，深情地记叙解放战争时期科尔沁草原在内蒙古自治区成立期间的敌我双方的激烈战斗以及牺牲的烈士。前者具体塑造了特古斯政委的形象，简直可当小说读；后者忆述"五一"大会时乌兰浩特的社会状况："一个城截然分成两半：南街上悬的是青天白日旗，北街上挂的是套马杆旗；南街头走着汉人的维持队，北街上跑着蒙古骑兵自卫军。枪对枪、刀对刀，多少人糊里糊涂地横卧在血泊里，多少人昏头昏脑地丧生在'民族热'的格斗中。"但是，当"延安来的同志"带来了鲜艳的红旗和《东方红》歌声时，"繁星满天，月光如水，蒙汉人民围坐在篝火旁，听延安来的同志朗诵着内蒙古自治运动联合会执委会印发的《四三会议主要决议》；蒙汉人民看到了草原上的新曙光。"李欣的《消灭胡图凌嘎的战斗》是记叙解放草原的战争回忆录，带有草原战斗史的性质。

散文集《草原，你好》《腾飞的骏马》中有不少草原记叙散文，如放平、管桦的《草原行》、李尧的《达布素花》、李庆通的《草原初雪》、赵纪鑫的《最难忘跟龙梅放牧》、纪征民的《母亲河的女儿》、何德权的《五千里路上的情和爱》、李全喜的《蓝蓝的天上白云飘》等，它们从各个不同侧面记录下草原和草原人民的时代风采。

报告文学是当代草原文学中的一个新小品种。80年代后，草原报告文学日渐兴盛，主要有《瀚海情深》（大海）、《奋发淬砺——草原的女儿斯琴高娃》（赵正林）、《绿色生命的创造者》（林沫等）、《绿的跋涉》（田军）以及震撼一时的《她的中国心》（徐福铎）和蒙古文报告文学《良心》（布仁巴雅尔）等。

《她的中国心》和《良心》都是写中国籍日本人乌云（立花珠美）在科尔沁草原上的传奇式的人生遭际和她献身于牧区教育事业所做的贡献，事迹报告感人。这两篇报告文学在表现手法上各有千秋，汉文报告文学采用了一些现代手法，如时空交错、意识流等，适合于表现女主人公的不平静心情，如写她在日本，愈加细腻地刻画她"身在日本德岛，心在库伦草原"的心境，愈能表现出"她的中国心"。蒙古文报告文学民族文化韵味浓厚，语言文字的表达上更接近主人公的心理特点。读后,英雄人物给人的感觉更亲切、更生动。悠久醇厚的草原文化,则给这两篇报告文学以丰润的滋养。从这里,我们也可以看出草原文学与草原文化之间不可须臾离的关系了。

草原小说以鲜明的马背上的民族特色和浓郁的内蒙古草原的生活风情为世人瞩目。老作家从事草原小说创作,成就突出的有张长弓、杨平、杨啸、王栋、冯国仁、郑大海、姜兆文、沃·索依尔、梁冰、张向午、刘正华等。杨平有儿童长篇小说《向东方》,描写草原的短篇小说有《草原上》《阳光下》《小鸿嘎鲁》等,杨平的这些短篇小说均以牧区小主人为描写对象,写他们在战火纷飞的年代和现代化建设时期的成长。

草原文学长篇巨著还有冯国仁的《草原上有座小屋》、王栋的《草原明珠》、郑大海的《红柳的故乡》、梁冰的《在特尔扈特部落》、姜兆文的《王爷的末日》及其续部《梦断金戈》、张向午的《戎马传》与《大漠风云》、刘正华的《战争、女人、喇嘛》等。

冯国仁的《草原上有座小屋》和郑大海的《红柳的故事》都属于反思题材。这类小说描写社会主义时期在一定阶段因"左"倾错误使草原及其主人公所蒙受的苦难,发人深思。前者描写50年代后期青年牧草科研人员松棣扎布在巨伦草原牧场被打成反革命分子的故事,后者则写同时期阿拉坦布和林场在建设沙漠绿洲过程中因"反右倾机会主义"而招致的破坏和损失。

梁冰的《在特尔扈特部落》,虽然时代背景是在抗日战争时期,但中心事件是保卫成吉思汗灵枢,而且在广阔的社会生活中展现鄂尔多斯古老而独特的风情民俗,特色浓厚。姜兆文的《王爷的末日》及基续部《梦断金戈》,自然也是这一类题材的草原小说。

达斡尔族作家沃·索依尔在20世纪50年代就写了不少草原小说。1954年在《内蒙古日报》上用蒙古文连载发表了草原长篇小说《初夏的雷声》。中篇小说《牧马人道尔吉》是他的代表作,1957年用蒙古文发表,在自治区成立10周年文艺评奖中,荣获优秀中篇小说奖。这部中篇小说,以合作化初期的一场罕见的春末特大暴风雪和千里无人烟的大草原作为环境背景,塑造了一位出类拔萃的牧马青年道尔吉的形象,他在暴风雪中不顾自己生命安危,始终坚守岗位，寸步不离马群，经过五天四夜的顽强拼搏，终于使1000多匹马免遭伤亡。作品表现出新时代牧民的高尚品格、折射出革命的人性美和人情美。这篇小说与沃·索依尔的其他草原文学作品一样，是来自生活的。其故事情节和人物形象，都与作者亲身经历的草原生活有着直接的联系，诸多人和事都是作者所熟悉的，因此，无论是各种人物的性格心理、语言动作、穿戴服饰，还是暴风雪中的辽阔的草原和奔腾的马群画面等，都有感人的艺术魅力。

新时期草原小说创作更加繁荣，艺术技巧时有创新。有突出成就的作家有张承志（回族）、乌热乐图（鄂温克族）、冯苓植（汉族）、路远（汉族）、江浩（满族）、额尔敦扎布（达斡尔族）、里快（汉族）、邓九刚（汉族）、肖亦农（汉族）等。

张承志、乌热乐图、冯苓植的草原小说另做专题评价，这里不做具体评介。

路远的草原小说别具一格，浪漫主义气息很浓。他的草原短篇小说有"三火"，小说《猎火》《祭火》和《魔火》就是反映长期封闭的古老草原出现现代文明的曙光，影响着人们的价值观念。路远"三火"系列小说是反映草原生活的力作。这系列小说致力表现的是新时期草原的变化和发展是在变革中人们心灵的搏斗和净化的过程，歌颂的是生活在草原上的"马背民族"的英雄气概和壮阔情怀。路远熟悉他们、热爱他们，所以才在水草丰美的乌珠穆沁、红柳沙丘的察哈尔、辽阔荒漠的苏尼特草原、清澈秀丽的锡林河畔，塑造出一系列当代蒙古族人物形象：牧民、驯马手、猎人、说唱艺人、马贩子、牧羊女、干部、流浪汉、勘探队员、教师、记者、学生等。他们在生活中，都有着自己独特的经历和命运，特别是在现代文明和经济大潮的冲击下他们的思想观念、地位、生活方式、传统美德都要受到检验，作为具体的当事人，就要进行痛苦的抉择，努力改变自己，追随时代的步伐前进。路远以他敏锐的笔触，对这一切变革和冲击进行了冷静的思考、严格的剖析，因而，路远的草原小说的深刻性也正在于此。路远擅长于描绘浩瀚博大的草原环境，刻画粗犷彪悍的草原牧人。他的草原中篇小说《荒原，延期的婚礼》描写牧业经济体制的改革，使牧民的价值观、择偶标准发生了明显的变化，表现了宽厚坦荡的牧人胸怀。他的改革题材的草原小说表现了新时期草原生活的新变化，反映改革开放使草原牧人获得新的精神力量。他写了《马贩子的宿营地》《险闯乌呼森山谷》以及《鞑靼人的后裔》《独臂西里人》等小说，浓墨重彩地描绘了两组充满民族自尊自强意识、勇于开拓进取的"笨汉子"形象和泼辣勇敢的草原女性形象，体现了新时期人们执意追求的人性美、人情美。路远对这些人物倾注了全身心的"捕捉"，给了草原人民的人性美、人情美准确的描绘和评价，从中我们不难寻找到路远创作草原小说的美学思想的追求，这就是作家苦苦探寻的"草原之魂"。路远还写了《红马鞍》，反映草原商贸活动的历史。

值得一提的是，路远的许多草原小说，都在尝试用草原景色描写来抒发人物的思想感情。他在《展示心灵的草原》一文中说过："在创作实践上，我较注重表现自己的感受，表现生活在心灵里的折光，也就是说，注重表现我自己所感受到的草原。"

从路远的草原小说看出他熟悉草原、热爱草原，描绘草原风情真是他的拿手好戏。草原这些自然的客体经过作家主体的观照描摹，注入自己的思想感情，就成了他的各种草原小说的艺术世界。

与路远的草原小说有近似之处的是满族作家江浩的作品。他主要把眼光放在科尔沁草原上那些古朴神奇的遥远的过去，却又因当代人的感受去观照。江浩曾在创作札记《我在马背上寻觅》中坦言：浩瀚的蒙古族民歌，培育了他的韵律感；优美的蒙古族民间传说，激起了他对理想和抒情的追求；蒙古族兄长博大的胸怀，温热了他孤寂的心；蒙古民族的优美的文学艺术，教会了他"怎样去做一个大写的人"；使他寻觅到了生活中的美，唤醒了他的才智，召唤他以自己那支生花之笔，描绘草原的昨天和今天，表现潜蕴于草原人民的心灵中的真善美。于是，江浩在不断地探索着，他写小说，也写电影文学剧本，但不论驾驭哪一种形式，他都不忘写出自己深深热爱着的蒙古族兄长的粗犷、豪爽的民族性格，不忘表现他们宽容、善良的民族素质及勇武、进取的民族精神，而且努力写出强烈的时代特征，写出生活在今天的蒙古民族的新特点，力求寻找昨天与今天的历史契合点，在古老的风俗习惯、传统的道德标准和现实人生的水乳交融中，表现出独特的审美品格。江浩与别的草原文学作家不同，他的小说处女作《乌兰哈达上的红火》就是草原小说。作为一个满族作家，他全心投入草原小说创作,这是非常难能可贵的。他以单纯、明朗的格调,以他青春的活力、反映着亲身经历的现实与人生,在"文学的马背上寻觅"着撼动人心的艺术力量。他的主要草原小说大部分收在《废墟里的轶闻》《走出古墓的人》这两部小说集中。江浩既写小说,又写影视剧本,但是真正代表创作成就的乃是他的草原小说创作。他的特殊的现实性的感受,独特的想象力,构建故事的手段,化生活的悲苦为审美快感的艺术气质都在小说创作中映现得淋漓尽致。短篇小说《考验》是江浩"思考和探求"的力作。这篇小说由生活故事的表象直接切入了我们社会生活的真实境界,赋予了作品艺术感受的真诚和主题思想的思辨力度。《他们没有等待》则从另一个角度显示了作者对同龄人命运的理解和关注。《都冷桑阿爸和他的梨花鹰》使我们看到了一个勇敢无畏、乐观向上、毫无奴颜媚骨的蒙古族阿爸的形象。《走出鄂博古尔沙漠》在人与自然的对立之中,使读者强烈地感受到被卑琐的生活常态所淹没了的感情生命的内在活力。在历经时间的孕育和重整后,江浩努力"寻找着能够展示粗犷美的表现形式,寻找着能够容纳动荡的马背生活的有力结构,寻找着自己的表达语言",并在不断地自我否定中,逐渐摆脱了单纯和社会理性的束缚,细心地探索着属于文学的内容以及表现的新角度和含蓄的构思,力求在现实与艺术追求的统一中,"在现实与灵魂的双重磨难中,展示人性的扭曲和张扬,肉体的毁灭和灵魂的净化"。在这个阶段,江浩又创作了一系列中、短篇草原小说,其中《雪狼和他的恋人》《北方的囚徒》和《倾斜》是江浩在经历了"空前的阵痛"之后的结晶,也是他经过痛苦的砥砺逐渐走向成熟的标志。江浩的草原小说中,那滚滚的热情,对草原、对将他扶上马背的民族的情动于衷的爱,使他的作品具有很强的感染力,产生着一种摄人心魄的艺术魅力。

  达斡尔族作家额尔敦扎布一直在用蒙古文进行文学创作。他文学创作的真正步履却始于新时期。1980年后,他将笔力投注于草原小说创作,把他多年的草原生活积累"倾囊而出",陆续创作发表了长篇小说《伊敏河静静地流》,中篇小说《春暖》《吉祥的婚礼》《水汪汪的眼睛》《烛光影》《漫漫的草原》《纳敏夫》等多部作品。额尔敦扎布的草原小说创作起步较晚,但他以雄厚的草原生活基础和艺术积累,深刻的思想和敏锐的观察力及辛勤的耕耘,写出了具有浓烈草原生活气息和独特草原风格的篇篇佳作，成绩确为可观。他的小说善于将故事情节的展开与人物性格的塑造紧密结合，让人物在尖锐的矛盾中展示特色；特别是渲染烘托等传统文学的特有技法的娴熟运用及草原风情画的生动勾勒，使额尔敦扎布的草原小说更透出鲜明的民族特色。

里快的一系列小说《大漠悲风》《狗祭》《美丽的红格尔塔拉河》，均以草原为背景，笔锋爽利豪迈，气韵慷慨悲凉，意境阔达宏大，就像他钟情的草原。在里快的笔下，草原上的动物和人一样，不仅有鲜活的生命，而且有着高傲的尊严、高贵的品格，草原上的草木、河流、山川都具有了独立的情感和尊严，决不允许亵渎和冒犯。里快对草原文化有着深厚感情和深刻体认，他的作品试图通过不同的历史时期、不同的叙事角度、不同的叙事主体来呈现一个从历史深处走来，背负着传统习俗又遭遇现代文明冲击，横亘在大地上的具有深厚文化积淀和信仰的"立体"的草原，以及在这里生生不息的人们。

《美丽的红格尔塔拉河》是3部长篇小说中草原色彩最为鲜明浓厚的一部，是几代博克人维护正义、勇于献身、追求真理的英雄史诗。博克作为草原上特有的文化，承载着草原人对英雄的敬仰，对正义和善良的追寻，阿拉坦仓、勿拉布和、哈希尔图几代伟大的博克手身上体现的正是草原性格中执着、勇敢、坚强、无畏的优秀品格。小说以写实的手法叙事，而穿插其中的草原风光的描写则充满了浪漫主义情怀。作品中的动物，如老鹰、紫蹓神驹充满灵性和神性。勿拉布和曾经搭救过的老鹰，屡次在危机时刻保护恩人；勿拉布和的坐骑紫蹓神驹在主人牺牲后自杀身亡，动物的忠诚甚至超越了人性。对爱情友情的珍视，对金钱富贵的轻视，对正义真理的不懈追求，对自然和谐生活的向往，构成了草原文化的重要精神内核。这部小说是唱给蒙古族博克英雄的赞歌，对博克文化的独特理解和精彩描写赋予作品一种雄浑悲壮、大气磅礴的阳刚之美。

《狗祭》以一条叫哈日巴拉的狗的命运串通全篇，这条狗的莫名失踪引发对工业文明、对草原文化的侵蚀和伤害的思考，以狗性的忠诚善良比照人性的堕落阴险，呼唤生态和谐。《大漠悲风》中作者游走到历史的纵深处，深入到一个历史争议人物复杂纠结的内心世界和精神腹地，通过李陵"一生两世"坎坷离奇的选择，反思历史的无常、人生多舛，并最终上升到对权力、人性的终极追问和彻悟。这3部作品，虽然内容题材不同，但格调机理一致，都是抒发作者对草原的热爱，弘扬草原游牧文化中的优秀品格，思考草原游牧文化与中原农耕文化以及现代工业文明交锋碰撞中的失落与追寻。

里快的3部长篇小说，"无论是回望历史，还是着眼现实，人物角色不断变换，时间空间不断转换，故事情节各异其趣，唯一不变的是作品中浓厚的、无所不在的'草原'。这里的'草原'已经不仅仅是人类物质上的栖息地，不仅仅是人物活动的背景，而是具有独立的人文传统和文化品格的精神家园。"（雷达语）

邓九刚是描写草原商旅生活的作家。他创作了《驼道》系列小说，包括《驼道》《驼路歌》《驼村》等，将历史与现实相衔接，表现旧时代草原驼商的酸甜苦辣、苦乐悲欢，塑造了古海等社会下层人物形象。他创作的长篇小说《牧人之家》取材于草原生活，以浓郁的草原气息、独特的草原风貌，塑造出具有独特气质的草原牧人的形象，《牧人之家》是比较成功的草原长篇小说。

肖亦农在鄂尔多斯生活40多年，与草原人民建立了深厚的感情。他曾在北京师范大学、鲁迅文学院学习深造，得到文坛高手的悉心指导，提高了文学修养。毕业后，肖亦农带着自己隐秘而美好的梦，回到了使他魂牵梦萦的鄂尔多斯。以"金色弯弓"命名的系列中篇是体现肖亦农总体艺术追求的代表作，这些作品的艺术力量，主要体现在对人的生命意志的深情礼赞。在他笔下的草原女性多里娅（灰腾梁）是那样的高俊或娇美，仿佛是人类生命完美的终极化身。蒙古族姑娘多里娅以一代绝色和坚贞的道德品质成为作家梦境里美丽的星辰，让人们感到永远可望而不可及。肖亦农写草原小说之外，还写了草原电视连续剧《我的鄂尔多斯》、草原长篇报告文学《毛乌素绿色传奇》。22集电视连续集《我的鄂尔多斯》在中央电视台播出，反响很大。草原长篇报告文学《毛乌素乌审传奇》获全国"五个一工程"奖。

肖亦农的草原文学作品无一不是以古朴而粗犷的草原民歌来强化抒情氛围的。我们既听到了《灰腾梁》《红橄榄》里那些沉雄、刚劲而洪亮的草原古歌，又闻到了《里浪头》《残阳》里轻柔似水的草原爱情之曲，既浪漫又畅达，常常很准确地传达出人物的心境，映衬出作家的主观情感。此外，肖亦农的创作还广泛地运用隐喻、象征等现代艺术的表现手法，使其作品在审美形态上具有了现代艺术的审美品格。

土生土长或长期生活在草原上的这一批汉族作家和其他少数民族作家，由于熟悉草原、热爱草原，所以能从深层次表现草原人民的思维方式，习惯爱好和美学观念。他们从马背民族的民间口语提炼出准确、明晰和动听的语言，他们的作品和蒙古族作家的作品一样，散发着草原的清香和"奶子味"。他们创作的草原文学作品既渲染了辽阔草原的环境气氛，也烘托了草原人的博大胸怀，具有浓郁的草原文化的色彩。

感天动地的绿色壮歌
——评长篇报告文学《毛乌素绿色传奇》

2015年获第十一届内蒙古自治区文学创作"索龙嘎"奖

吴玉英　刘文斌

肖亦农的长篇报告文学《毛乌素绿色传奇》(以下简称《传奇》,远方出版社2012年出版),真实而生动地记录了生活在毛乌素沙漠深处的内蒙古乌审旗各族人民,在科学发展观的光辉指引下走"绿富同兴"之路所取得的辉煌成果,谱写了一曲感天动地的绿色壮歌。

毛乌素沙漠又称鄂尔多斯沙地,曾经是我国四大沙地之一,这里不仅经济落后,"老、少、边、贫占了个全",而且自然条件恶劣,人们说这里是"一年一场风,从春刮到冬"。过去,乌审旗几乎成了贫穷荒凉的代名词。早在20世纪50年代末,"牧区大寨"乌审召的牧民们就在宝日勒岱的带领下植树种草,保住了自己的家园,但却未能阻挡毛乌素整体环境恶化的步伐。60年代,北京军区生产建设兵团为治理沙漠,沿黄河两岸屯了4个师,足足10万人,战士们挖灌渠、平黄沙、种庄稼,人沙大战8年,"结果是沙漠越战越勇,越战越疯,甚至堵门叫板,偌大的兵团败下阵来,只得撤编解散,10万人各回各家"。

本文作者之一刘文斌,曾两次去过《传奇》中所写的乌审旗,对那里今昔巨变有所了解,对书中所写感同身受。

1984年秋季,刘文斌所在的内蒙古师范大学中文系在乌审旗办了一个中文专业的大专班,他和另一位老师前去授课。因为要举行一个小型开学典礼,时任内蒙古师范大学校长的窦伯菊同时任中文系党总支书记的杨效春、系主任马国凡也一同前往。一行五人从呼和浩特市到达当时伊克昭盟所在地东胜市后,住了一晚,第二天早饭后出发前去乌审旗委所在地嘎鲁图镇。考虑到路况差,窦校长带来的小轿车留在东胜市,换乘专程前来迎接的乌审旗一位姓刘的年轻副旗长的"212吉普车"。两辆吉普车在崎岖不平的公路上颠簸前进,从车窗向外一望,满眼全是望不到尽头的一个个沙丘,无一点绿色,令人想起当地一位老诗人的诗句:"瀚海茫茫,沙丘如巨浪起伏。"初看到这巨浪起伏般的茫茫沙海,不免好奇,但很快就厌倦了,不由得打起盹来。然而,更糟糕的是,当两辆吉普车经过一条旧河床时,车轮陷入泥土,司机和刘副旗长一会儿用铁锹挖土,一会儿指挥大家用力推车,折腾了两三个小时,才总算离开那里,赶到嘎鲁图镇时天已全黑。两位老师讲课期间表示想趁周末到附近沙丘玩玩。班上学生听后,时任乌审旗委办公室副主任的一位姓罗的同学,借来旗委一辆吉普车,请两位老师乘坐,男女同学骑自行车前往。跑了好远的路,来到茫茫沙海中一片不大的草滩上,同学们如同看到宝物般激动,尽管时值金秋,草已开始发黄,但大家兴致依然很高,拉着两位老师不停地在草地上拍照。当时的嘎鲁图镇,只有一个"丁"字形街,漫步20分钟即可走完。街上无一座楼房。奇怪的是,大街上骑自行车的人没有靠右走的习惯,好在行人很少,不会撞上人。商店外停放的自行车全不加锁。问其原因,学生回答说镇上人少,谁家有无自行车,是啥牌子,大家都清楚,所以没人敢将别人家的自行车偷回自己用,向外转移更不可能,因为周围全是沙海,无法骑车,如果沿公路往东胜市转移,要走两天才能到达。所以,当地无偷自行车者。两位老师上街理发、购书,当地人都热情地问:"你们是从呼和浩特市来的教授吧?"原来,旗里要请两位教授来讲课的消息早已在镇上传开,人们将这当作一件大事。刘文斌当时只是讲师,但镇上人都以为凡在大学授课的,全是教授。其文化之落后,可见一斑。乌审旗人对请来的两位"教授"非常尊重,每天给吃小灶。早点由厨房熬好奶茶,再派人到街上买麻花送来。但遗憾的是,那麻花坚如木石,"教授"被当地人的热情感动,不好意思多说,只得放在奶茶中浸泡后再吃。中秋前夕上街,看到副食店前的木牌上几个大字赫然写着"包头月饼展销",才知道包头月饼竟成为当地"展销"的美食。2004年,中共乌审旗委贯彻中共中央提出的科学发展观,确立了"以人为本,建设绿色乌审"的战略决策,强调在推进工业化、城镇化进程中治理毛乌素沙漠,并采取禁牧舍饲、退耕还林、退牧还草等一系列措施,有力地促进生态的恢复和经济的发展,实现了"绿富双赢"。2007年8月,为庆祝内蒙古自治区成立60周年,乌审旗办了规模盛大的"萨拉乌苏国际艺术节"。刘文斌同内蒙古大学艺术界联合会一些同志乘一辆大巴车前去出席。大家早饭后出发,中午到达东胜市,午饭后出发赶往嘎鲁图镇,仅用了4个小时。一条宽敞的柏油马路坦荡如砥,坐在车内舒适平稳。从车窗向外望去,公路两旁是两排整齐的树木,远处巨浪起伏般的沙丘不见了,看到的是绿色大毡子般的草地、树林,上面偶尔撒着如云朵般的牛群、羊群。大巴车驶入嘎鲁图镇,只见街道笔直,马路宽阔,座座高楼鳞次栉比。问孙教授当年讲课的教室和住过的宿舍,当地人说那里早已盖成了楼房。刘文斌随内蒙古文联代表团乘大巴参观游览了两天,当年的沙海上建起了工业园区,只见园区内楼房整齐、洁净,楼房周围花草树木环绕。乌审博之源化工园区内处理过的污水,竟然汇成一片湖泊,草木繁盛,鹅鸭成群。艺术节开幕式进行过后,举办了规模盛大的歌舞演出,应邀前来的国内外艺术家们纷纷登台献艺,当地的青年粉丝们上台向演员献花、合影,宛若电视上常看到的场景。嘎鲁图镇已然成为一座新兴的现代化城市,乌审旗蒙汉各族人民走进了一个新的时代。《传奇》援引权威部门发布的资料数据显示,2003年到2010年的8年中,乌审旗生产总值和财政收入均增长了21倍,城镇居民人均可支配收入增长了3.3倍,农牧民人均纯收入增长了2.5倍。2010年全旗植被覆盖率接近80%,森林覆盖率达到31%,超过了全国平均水平。[1] 2009年8月,有联合国人居署和亚洲人居署人员参加的中国房地产及住宅研究会人居环境委员会会议,将乌审旗定为"中国人居环境示范城镇"。2009年7月26日发布的《第九届全国县域经济基本竞争力与科学发展评价报告》中,乌审旗位列西部"百强县"的第33位。乌审旗"绿富同兴"的成功经验,不仅为我国资源富集、生态脆弱的中西部地区闯出了一条可持续发展的绿色通道,也为解决土地荒漠化这一世界性难题提供了成功的范例。有资料统计表明,我们的国家和我们生存的这个地球,都在为荒漠化所累。在人类当前面临的诸多问题中，荒漠化是最重要的问题之一。正因为如此，毛乌素绿色传奇在世界范围内引起了巨大的反响。《联合国防治沙漠化公约》执行秘书吕克·尼亚卡贾说："毛乌素项目是成功的范例，将人类望而生畏的死亡之海变成孕育新能源和优质食品的宝藏。"[2] 联合国可持续发展大会秘书长沙·祖康说："中国内蒙古毛乌素项目是一个令人鼓舞的成功实例……其在应对全球气候变化、肩负社会责任、发展绿色经济方面做出了巨大贡献，其经验值得其他国家借鉴。"[3] 鲁迅当年谈到文学创作时曾说："选材要严，开掘要深，切不可将一点琐屑的没有意思的事故，便填成一篇，以创作丰富自乐。"[4]《传奇》以乌审旗人民在"绿富同兴"之路上实现"绿富双赢"这一关系到全人类治理土地荒漠化的重大历史事件为题材，这就为这部报告文学取得成功奠定了坚实可靠的基础。

当然，题材本身的意义与价值，并不就是作品本身的意义与价值，评价一部作品，不但要看它写了些什么，还要看它是怎么写的。《传奇》没有仅从技术层面介绍乌审人治沙的经验，而是突出讲述并讴歌了不同群体英模人物为建设"绿色乌审"做出的杰出贡献，刻画了一批生动感人的绿色英雄的崇高形象。他们中不但有毛乌素土生土长的贫民英雄，如半个多世纪前就带领村民在大沙漠里植树种草十几年、得到联合国官员高度重视和陈毅元帅热情颂扬的"牧区大寨"乌审召的带头人宝日勒岱，有独自在沙漠中苦干25年，绿化了家乡井背塘附近6万多亩荒沙的"全国劳动模范"殷玉珍，有领着一群蒙古族姐妹开进沙漠深处苦干10年，为4万亩红沙梁披上了绿装的"全国三八红旗手"乌云斯庆，有拉着丈夫辞掉公职到沙漠里种树，开辟出一条规模化、企业化治沙之路的"疯女"浪腾花，有在治沙战线工作30多年、几乎将生命的全部贡献给毛乌素沙漠的"痴女"乌审旗治沙站站长、高级工程师徐秀芳，等等；而且有蜚声中外的科学巨匠和文学大家，如"两弹元勋"、"中国航天之父"钱学森，他曾多次利用在中央开会的休息时间与宝日勒岱讨论沙漠治理，并于1984年正式提出知识密集型的沙产业理论等前瞻性科学治沙思想，为科学治理沙漠指明了方向；还有当代著名诗人、原中国作家协会党组副书记兼秘书长郭小川，他早在20世纪60年代初，即深入毛乌素沙漠深处采访40多天，写出长篇通讯《牧区大寨——乌审召》和《英雄牧人篇》，分别发表在《人民日报》和《内蒙古日报》的显著位置，引起了全国对土地荒漠化的关注。此外，还有坚定不移地带领全旗各族人民走"生态立旗"之路的乌审旗各级党政干部，以及积极为建设"绿色乌审"献计出力的企业家们，等等。这些英模人物身上，充分体现出以爱国主义、集体主义和革命英雄主义为核心的中华民族精神和以改革开放为核心的时代精神，堪称民族精英、时代先锋，将激励人们为建设美丽中华而奋力拼搏。值得称道的是，作品在讲述毛乌素的英模人物时，未对他们进行美化和粉饰，而是深入到人物真实生活和内心世界中，客观朴素地予以呈现，于是我们看到：宝日勒岱不但在初听到钱学森向她讲沙产业、沙资源这些新鲜名词时一脸茫然，甚至在很长一段时间都莫名其妙；殷玉珍虽曾发誓"宁可累死，也不让沙漠欺负死"，但在遇到困难时也曾有过悲观动摇甚至打退堂鼓的想法；习惯于旧的生活和生产方式的农牧民们，几乎对工业化、城镇化进程中的每一项新举措，都曾有过怀疑甚至抵制。凡此种种，使得乌审人的形象似乎不那么高大完美，然而，正是这些受传统生产方式形成的传统思想束缚的农牧民形象，才是真实可信的，这些有缺点的英雄才是真正的英雄，读者从作品对这些英模人物的朴实记录中，更加相信毛乌素绿色传奇并非虚幻的神话。

《传奇》的作者深知源远流长的鄂尔多斯历史文化在建设"绿色乌审"中的重要意义，作品在反映乌审旗各族人民治理沙漠的同时，以相当的篇幅讲述了那里的历史文化。如"一代天骄"成吉思汗西征路经鄂尔多斯时，情不自禁地赋诗赞美当地的自然美景，并留下了他魂归长生天后"这里就是本汗千年安睡之地"的"圣谕"；南北朝时期定都于乌审旗草原的大夏国皇帝赫连勃勃，曾登高赋诗："美哉斯阜，临广泽而带流……"；20世纪20年代，席尼喇嘛领导的"独贵龙"运动为反对放垦、保护草场同官府、王爷进行的英勇斗争；还有明代蒙古族伟大的文学家、历史学家萨冈彻辰和他的巨著《蒙古源流》，以及近代具有民主主义思想的蒙古族诗人贺希格巴图等。《传奇》在继承了以往文学和史学著作中对上述历史人物的社会性、政治性的传统表达基础上，又注入了生态意义，弘扬了蒙古族"敬天惜地"、"天人合一"的进步理念和热爱自然、保护生态环境的优良传统，《传奇》中还引用了许多与毛乌素生态有关的唐诗、元曲，以及蒙古族古老的民歌、谚语，还有汉族的信天游、山曲。这些不但使作品的民族特色、地域特色更加浓郁，而且进一步唤起人们对自然、文化、社会、政治、生态的多重关注，体现出作者高度的文化自觉和文化自信。正是出于这种文化自觉和文化自信，作品还反映了近年来乌审旗各级党政领导对文化工作的高度重视。他们将提高建设"绿色乌审"中的文化含量作为工作中的重头戏来抓，依据历史文化、民族文化、宗教文化、生态文化4个层面，实施思想道德铸魂、人文遗产保护、文化精粹抢救、文学艺术创新、文化产业发展五大工程，在"绿色乌审"建设中打造"中国苏力德文化之乡"、"中国蒙古族敖包文化之乡"、"中国鄂尔多斯文化之乡"、"中国马头琴文化之乡"四大品牌，各种文化活动搞得既专业化又群众化，不仅带来可观的经济效益，而且提高了人们的文化素质，促进了人的全面发展，为建设"绿色乌审"提供了强大的精神动力。

乌审旗是蒙汉等各民族聚居的地区，这里各民族之间的相互关系如何，是《传奇》绕不开的话题，也是读者关心的问题。作者为了突出该书的主题，未在这方面花费太多笔墨，书中甚至连"民族团结"的字样都没有。然而，读者从书中却不难体会到蒙汉等各民族人民和谐相处、并肩战斗，共同为建设"绿色乌审"而努力。书中写到"下乡书记"宝日勒岱第一次去看望被当地人称作"背井塘那个陕北婆姨"的殷玉珍时，"她望着绿浪起伏的背井塘，不禁思绪翻滚，热泪盈眶。她搂着殷玉珍瘦弱的肩头，动情地说：'孩子，在这大沙窝子里种下这么一大片林子，你得吃多少苦啊！'……殷玉珍就像依偎在妈妈的怀中，激动得泣不成声"。书中写到乌云斯庆和丈夫乌拉一起去看殷玉珍时，"殷玉珍问：'你就是河对岸的乌云斯庆？领着一群蒙古族姐妹开进乌兰温都尔沙漠治沙的乌云斯庆？'乌云斯庆点了点头。殷玉珍一把抱住她说：'我的好妹子，你咋敢哩？咱是女人，姐要不是差点让沙漠欺负死，我才不……'乌云斯庆说：'就是你说的这句话，才把我们姐妹鼓热的哩！人家河南的殷玉珍能降住沙，咱为什么不能！……'殷玉珍道：'咱以后隔着河拉话，我唱信天游，你唱蒙古歌，咱们比着干。'"读者从书中还看到，钱学森与宝日勒岱因治理沙漠这个共同感兴趣的谈不完的话题，结成忘年交；宝日勒岱当众为在乌审召建绿色电厂的企业家李京陆穿上了华美的蒙古袍、献上哈达和美酒,打消了当地农牧民对李京陆和他的办厂计划的重重疑虑;每年5月13日,蒙汉人民一道前往萨冈彻辰陵地,隆重祭祀这位为中华文明做出重大贡献的伟大的蒙古族文学家、史学家。《传奇》一书中的上述场面和情节,以及蒙汉各族人民共同祭奠成吉思汗、萨冈彻辰等中华民族优秀人物的动人场景,无不充分反映出蒙汉各族人民相互鼓励、相互学习、相互支持,手挽手、肩并肩、心连心,共同建设绿色乌审、美丽中华的动人情景。恩格斯当年评论德国女作家敏·考茨基的小说《旧人与新人》时,指出:"倾向应当从场面和情节中自然而然地流露出来,而无须特别把它指点出来。"[5]《传奇》正是这样,全书中找不到民族团结的字样,但却在场面和情节的生动叙述中,不经意间奏响了一曲民族团结的颂歌。《传奇》作为一部20多万字的长篇报告文学,所写事件时空跨度大,出场人物多,但作者巧于剪裁,精于布局。全篇以作者重回毛乌素寻找当年司空见惯的浩瀚沙海为叙述主线,主要采用第一人称叙事,读者阅读作品,仿佛跟随作者一路走、一路看、一路听,深切感受到乌审旗昔日的荒凉贫穷和今天的美丽富饶,感受到乌审儿女的勤劳、勇敢、智慧。然而,当书中讲述到乌审旗历史上的一些重大事件和重要人物,如萨拉乌苏河谷那颗"中国牙"的来历、成吉思汗西征路经鄂尔多斯留下"圣谕"以及席尼喇嘛被叛徒杀害等,则改用第三人称叙事,并且突破报告文学不允许虚构的窠臼,而遵循文学创作中历史叙事应"大事不虚,小事不拘"的原则,通过合理想象,补充史书链条中的断裂部分,使历史事件得以形象地再现。不仅如此,作品还将历史的叙述与现实的书写交织对应,不但在抚今追昔中升华了作品的历史感和现实感,而且避免了平铺直叙容易造成的阅读乏味,令读者在一波三折的讲述中荡气回肠、一咏三叹。书中既有宏观粗略的概述,包括一些必要的统计数据,也有微观细腻的描写,疏密相宜、详略得当。如第一章中写作者当年在毛乌素亲身经历的年轻农妇无换洗的衣服、壮年男子夏季翻穿着皮袄见人以及搭车外出遭遇沙尘暴险些丧命这些令人无比尴尬和辛酸的"毛乌素往事",以及第四章、第五章中讲述那些可歌可泣的绿色人物和优美动听的绿色故事时,都精雕细刻、绘声绘色、令人动容。而对于"牧区大寨"乌审召在"文化大革命"中发生过的一些敏感事件,则以粗线条勾勒。

作者援引一位俄罗斯作家的话："鹰有时飞得比鸡低，但鸡永远也飞不了鹰那样高"，然后写道："在我心中，宝日勒岱永远是盘旋在毛乌素沙漠上空的一只苍鹰，让我辈仰之。"虽只寥寥数语，却将那个畸形岁月中发生过的乱麻团般的一些事，梳理得一清二楚。既节省了篇幅，又揭示出事物的本质。作品的"引言：毛乌素沙漠的秋天好喧闹"，写作者2011年深秋重回毛乌素寻找茫茫沙海不遇时产生的欣慰与喜悦；"尾篇：想起了郭小川"，写40多年前诗人郭小川在茫茫沙海中寻找绿色而难得时产生的焦虑与不安。前后呼应，今昔对照，反映出毛乌素翻天覆地的变化，令读者深长思之，感慨万千。文学是语言的艺术，"文学的第一要素是语言"[6]。《传奇》的语言艺术也堪称一流。这既表现于其叙述人的语言，也表现于其人物的语言。从叙述人的语言来看，不但朴实、自然、流畅，而且辅之以必要的、恰到好处的描写、抒情、议论，大大增强了作品的艺术感染力。作品开篇写作者2011年深秋在毛乌素看到的景象："……放眼望去，覆盖沙丘的草浪已经呈现青黄，草尖上粘扑着薄薄的白霜，在浓郁的秋色中，大片大片绿得发黑、油亮的沙地柏像是给毛乌素沙漠铺上了一层厚厚的绿色绒毡，无边无际。樟子松、油松透着青绿，挺立在飒飒的秋风之中。株株柳树、白杨树满身金黄、彤红，在高高的蓝天下彰显着难以言说的华贵雍容。云朵般的畜群自由出没在黄中透绿的茫茫草浪里。"读着这段细腻生动的描绘，读者仿佛在观赏一幅绚丽多彩的俄罗斯油画，又像在聆听一支悠扬美妙的蒙古族牧歌，顿觉心旷神怡，美不胜收。书中第四章讲述了治沙女英雄们的光辉业绩后，写道："这些伟大的女性，用自己的生命、汗水和泪水滋润了毛乌素沙漠，才使今天的毛乌素沙漠这般妩媚，这般苍翠，这般春光无限。"这些抒情诗句般的语言，可谓画龙点睛之笔，大有"立片言以居要，乃一篇之警策"[7]的效果。书中第五章讲述了胡锦涛总书记2008年1月19日看望钱学森老人时，高兴地对钱学森说："前不久，我到鄂尔多斯市考察，看到那里的沙产业发展得很好。沙生植物的加工搞起来了，生态正在得到恢复，人民的生活水平也有了明显提高。钱老，您的设想正在鄂尔多斯变成现实。"作者接着写道："……当代乌审人既要为先人还债，又要为后人播绿，勇敢地承担起历史赋予的绿色责任。乌审儿女要走的绿色担当之路还很长，任重道远啊，英雄的乌审儿女！"

这些催人奋进、激人向上的精辟议论如警钟长鸣，战鼓频催，它将久久回荡在乌审儿女的心中，回荡在广大读者的心中。《传奇》中的人物语言更为精彩，作为当代小说名家的本书作者，继承了中国小说主要通过人物的语言和行动刻画人物的传统表现手法，对人物的肖像描写简洁传神，人物的心理描写更少，而主要通过人物的语言和行动去反映人物的身份、教养、性格以及人物间的相互关系。书中写到周恩来总理，只有他的一句话。那是中共第九次全国代表大会筹备期间，细心的周总理发现"牧区大寨"乌审召的代表不是他和党中央熟悉的宝日勒岱，就询问当时的内蒙古自治区负责人，负责人说宝日勒岱是"内人党"，被革命群众揪出来了。"周恩来厉声地说：'她宝日勒岱就是国民党，也要让她出席我们党的九大。'"这短短的一句话，斩钉截铁，掷地有声，不仅反映出总理对宝日勒岱的充分了解和高度信任，也显示出总理刚毅的性格特点和果断的工作作风。不仅如此，读者从中还不难体会到总理在那个畸形年代对乌审召人植树治沙、保护生态环境行动的鼎力支持。一代伟人周恩来的高大形象跃然纸上。再如，从书中新中国成立前入党并长期担任村党支部书记的老党员郑三有的语言和现任嘎查党支部书记巴图那顺的语言中，不难感受到他们都热爱家乡，对党的事业忠心耿耿，但两人表达的方式却大不相同，不仅打上了各自所处时代的烙印，而且体现出各自民族语言的特色。书中即使是一些次要人物，如住在汽车道班附近的米家老汉、萨拉乌苏河谷看管鱼塘的陕西籍农民老王、农民女诗人任俊祥的丈夫老马以及大学生村干部塔鸽塔（"鸽子"）等，虽然书中只出现过一次而且说话也不多，但读者从他们极富个性化的语言中，不难想见其性格特征，如米家老汉的"认死理"、老王的实在、老马的憨厚、"鸽子"姑娘的执着，等等。《传奇》在艺术上所取得的巨大成功，得力于作者高度的社会责任感和高尚的人文情怀。肖亦农弱冠出塞，在毛乌素生活工作了41年，当过多年军垦战士和养路工人。他对第二故乡毛乌素感情极深，对沙漠给乡亲们造成的艰难困苦感同身受，沙漠成了他一生的梦魇，是他神经最脆弱敏感的地方。他坦言自己是环保主义者、"绿党"，并称"优秀的作家和学者都应该是地球的代言人"。正是出于这种崇高的使命感，当他2008年春季从一次权威发布会上获悉鄂尔多斯土地绿化面积已超过全国平均水平，毛乌素沙漠不久将消失的信息时,异常兴奋。他放下手中正在创作的电视剧本,搜集、整理了有关毛乌素沙漠及乌审旗的历史、文化、农牧林业、工业、地理、地质等各式各样的资料,伏案阅读了足有上千万字,晓得了毛乌素沙漠的古往今来。他还特意从不同的方向穿越毛乌素沙漠进入乌审召,采访了上千人次,其中有旗委书记、旗长、治沙站站长、林业局局长、嘎查党支部书记、企业家和普通农牧民,亲耳聆听了毛乌素从远古走向现代的铿锵节律,目睹了一座座沙丘的悄然消失,心灵受到了极大的震撼。他动情地写道:"是10万乌审儿女用生命、汗水以及丰富的想象力、卓越的创造力,还有渴望现代美好生活的激情,书写了毛乌素的绿色传奇。我要记录这部绿色传奇,我要向广大读者解读毛乌素的前世今生。"应该说,肖亦农实现了自己的这个愿望。他笔下的这部《传奇》,不但真实而生动地记录了毛乌素的历史巨变,直击世界土地荒漠化治理的重大课题,探讨中国经济发展与生态建设的关系,而且弘扬了中华民族百折不挠的伟大精神和蒙古族世代相传的热爱自然、保护生态环境的优良传统,全书通篇贯穿了保持生态平衡的忧患意识和探索人与自然和谐相处的先觉意识,能给读者以深刻的思想启迪和极大的审美享受。其价值早已超出文学的范畴,无论怎么估计都不会过分。

需要指出的是,我国实行社会主义商品经济以来,一些文艺界人士将文艺作品简单地当作商品,奉行起"一切向钱看"的原则。他们为了赚钱,或者浓墨重彩、穷形尽相地描写人物变态的性心理和丑恶的性行为,似乎非要人相信"文学是大便"不可;或者歪曲革命历史和革命现实,用高倍放大镜去搜寻英雄脚指头上的小疤痕和汉奸头顶上的光环,把坏人当好人写,把好人当坏人写;颠倒黑白,混淆是非,以博取对中国共产党和中国人民怀有偏见甚至敌意的西方某些人士的青睐,以便捞个什么大奖。在此种文化背景下,肖亦农怀着高度的社会责任感和崇高的历史使命感,历时近3年,数易其稿,精心创作出《传奇》这样一部力作,不但荣获了全国第十二届精神文明建设"五个一工程"奖,并且在获此奖项的30部文艺类图书中位居第7位。[8] 这,才是真正值得祝贺和学习的。

[注释]

[1] 肖亦农．毛乌素绿色传奇．远方出版社，2012：97-98．

[2][3] 赵晏彪．生命与心灵的双重体验．文艺报．2012-06-08．

[4] 鲁迅．关于题材的通信．鲁迅全集：第4卷．人民文学出版社，1981：366．

[5] 恩格斯．致敏·考茨基．马克思恩格斯选集：第4卷．人民出版社，1995：673．

[6] 高尔基．同青年作家的谈话．高尔基论文学．人民文学出版社，1978：332．

[7] 陆机．文赋//郭绍虞．中国历代文论选：第1册．上海古籍出版社，1979：172．

[8] 第十二届精神文明建设"五个一工程"奖(2009-2012)获奖名单．文艺报．2012-09-28（2）．

新时期蒙古族散文的现象学审视

2015 年获第十一届内蒙古自治区文学创作"索龙嘎"奖

敖 敦

新时期蒙古族散文与全国其他民族散文一起,共同书写人类文学普遍性规律的同时也袒露了更多的民族文学"自性"(刘再复语)性特质。在那些众多"自性"性特质的散文当中出现了与其他民族散文明显不同的、具有自身文化背景的几种散文,其中意象散文、文化散文、新启蒙散文是较为凸显的 3 种类型。这里我们不能排除各民族文学相互参照的表征,但它决不是一种直接的翻版或移植。在多重比较的视阈中笔者发现,以上 3 种散文既有浓厚的民族传统基因、独具的自身演进特征,又有在全部传统的基因中蜕变而出的与时代同步的创新特质。

意象散文

新时期伊始,诗人勒·奥德斯尔的散文《马兰花》诞生(1979 年)。散文中的"马兰花"不像迎春梅花般高风亮节,也没有秋季菊花扬名,但它在自己生存的环境——湖边路旁、满滩遍野、毡房周围、牧场草甸自由地生根、发芽、怒放。马兰花在花族里是一个"少数民族",在花卉中是一位朴素的"牧羊姑娘",它的叶片翠绿、柔软而挺立,花色天蓝、淡雅而不俗。它对天地一向忠诚,只要有阳光叶子便直直向上,只要有土壤根须便深深扎下。这里,马兰花是个象征性意象。作为"意象",它首先区别于庞德式重"瞬间感受"的"意象",区别于现代诗歌含蓄朦胧、缥缈玄妙之"意象",也区别于弗莱的原型"意象",它更依仗于语言学的修辞比喻或写作学的象征暗示,它是一种托物言志式的诗学手段。为此,"马兰花"这一喻体和它的喻旨之间的关系是近距离、同质性的。就是说从"马兰花"中引申出来的抽象意义具有一定的明喻性质,是作者通过赋予"马兰花"意象某种人格化特征来寄托的一种思想感情;是与"中心"、"有名"、"在场"相对的"边缘"、"无名"、"不在场"的北方少数民族的赞扬和肯定。紧跟着《马兰花》散文,在蒙古族散文中出现了大量的类似象征性意象散文。特·额勒亨格的《茶花》、巴·格日勒图的《野草》《胡杨树》、宝·普日莱的《洪格尔卓拉》、桑·舍力布的《野英》、白音的《朵兰山白桦树》等散文无论从学术层面还是从流通层面都成为新时期初期散文不可忽视的一道风景线。这些散文具有以下几个方面的共性:一是总是对恶劣的自然环境连在一起的外形平凡而内质不平凡的事物进行审美;二是着力描述不屈的精神魅力和永恒的生命活力,并以此来追求形而上的高度;三是在美学原则上追求贵族化,努力向抒情性与审美性靠近,改变了现代散文艺术表现上的直露,寻求物我同一的诗意境界。在这里,我们看到蒙古族传统文化对生命的崇拜和刚毅、坚韧的文化内质。在这里,生命力以一种平凡而伟大的精神方式得到传承。

  意象散文在美学和心理学上使得一朵花、一棵树、一座山、一条河有了特殊的灵气,变为艺术的"格式塔"。它们通过"格式塔"的完形化向美学靠拢的过程中把民族文学"载道"的优秀传统与新时期条件下的精神内质兼容并蓄,形成了独特风格的散文。所以,人们曾在理论上以"以小见大"、"袖里乾坤"等字眼来归纳概括它的形而上高度。在此我们又值得一提的是那些"以小见大"的形而上散文在价值取向上和国内主体散文"以小见大"的意象散文,诸如小桥流水、风花雪月式的总迷恋小花小草、小水流、小景致的散文有所区别。那就是它所透露的坚贞不屈的风骨和坚韧耐久的精神。它不是给散文涂脂抹粉,而主要折射出一个民族在边缘情境中的内在气质。

  意象散文在文化意义上都具有不确定性特征。汉文学当中的松、竹、梅、菊等物象作为意象的时候大致与高洁、清秀、淡雅、傲霜斗雪等精神相连。可是蒙古族这些意象散文的对象物一般不是普通意义上的文化象征符号，而是带有一定个体性经验的感性显现。其中注入和寄托着写作主体的生命感悟与各自的现实情怀。

意象散文在文学体制与精神取向上基本摆脱了杨朔模式，摒弃了六七十年代"通讯"、"特写"的局限。历史的变迁和民族现实的边缘与"少数"身份让作家们有意无意地去发现、去酝酿那些平凡事物，挖掘其深层内涵，并以此来见证浓郁史诗传统的蒙古族文学审美经验的转向。可以说，这些意象散文是作家心灵审美和民族文化弱势情境的对象化与同构化。

这种创作现象的渊源可以追溯到：1.游牧文化的天地万物自然观的传统与当代人回归自然，体会物性的心理影射。2.回避政治，从意识形态走向审美形态的产物。3.意象散文虽然基本摆脱了杨朔模式，但是与其"景——情——理"三段论还是脱不开干系。诗人巴·贝林布赫、小说家阿·奥德斯尔等在理论的建构层面与实践的运作层面上都极力推崇杨朔的把散文"当诗一样写"和意境的创造，他们的这种导向性影响一直延续到90年代初期。4.继承蒙古族文学的"载道"特征，不仅追求意义深度且韵味隽永，所以那些物象本身就是一种既是平民化的，又是贵族化的矛盾体。平民化是主体倾向，贵族化是美学原则。

文化散文

"文化散文"这一名称，在国内出现于20世纪80年代，是一种从文化的视觉来关照表现对象，更多带有文化内涵的散文。散文理论家佘树森认为文化散文是"贴近生活的又一表现，就是世俗化倾向。人情种种、世俗百态，成为一些散文家关照的热点。由于这种关照常取文化视觉，伴以历史文化反思，故又称历史文化散文"。根据蒙古族新时期文化散文的内容特点和表现手段可以分成感性凸显型文化散文和理性干预型文化散文两大类。

(一)感性凸显型文化散文

蒙古族当代作家乌·宝音乌力吉在他的《高原之色》散文中如是说:"什么叫文化?文化在哪里?它已然渗透在我的灵魂之中,它不知不觉中指使、显现我的关于饮食、味感、思绪、分离之审美,体态、起居、行为之方式。"感性凸显型文化散文是对那些在文化指使下的感性经验、生命体验的表达。它的切入点在于开掘人性、人情。新时期,散文作者们逐渐摈弃了意识形态视角,开始着重展现与政治、社会、道德相区别的世态人情、精神、心理、人格。这类散文的代表作家有纳·松迪、博·昭日格图、乌云等。纳·松迪是具有深厚的人道主义精神的作家,他的散文:1. 将个人的人格色彩浓厚地渗透到叙事、写景、状物之中,并且通过对那些具体可感的人和事物的描述,向读者清晰地展示作家自我形象——很现实而又充满理想,非英雄又非圣贤,既耽于浪漫主义,又渴求享受生命的智者形象。《外传》《生日之喜》《鼻子》等散文为这一方面的杰作。2. 自觉探讨人生的根本主题衣食住行、生老病死,亲情友情等,对因病因贫而挣扎在底层的弱势群体给予很大的同情和怜悯,并为之辩诬。《白白的馒头》《我的弟弟斯日古楞》《迟到的信件》为这一方面的典型之作。3. 在表现风格上朴实自然,笔调幽默谐趣。博·昭日格图的散文的突出特点在于:1. 对地方性民风民俗加以直观描述,去本存真地展示乡土科尔沁画卷,使表现对象(包括自我)还原到原生的自然形态。代表作有《艾里》《风的原野》等。2. 在本真写实中思索人性向善、向美,在朴实而敞亮中蕴含深刻寓意。《太阳的故乡》《爷爷的世界》等都是作家的精心之作。乌云的散文表达着女性言说,她把散文当作精神的"逍遥游"。她的散文心情豁达、情绪闲适、文笔飘逸,是蒙古族新时期散文中的幽兰。在美学上她的散文十分接近现代作家周作人的美文和当代作家贾平凹的散文。在艺术上通过自己独特的"悟",达到了一种"无法之法"、自然天成的创作境界。代表作有《风和猫》《在长城脚下》等。除此之外,苏日塔拉图的《萨仁姑娘》、宝·普日莱的《故乡的梦》、曹都那木的《在阳光下》、斯钦毕力格的《饮马井》、阿尔泰的《我生命的土地》等作品在接受学领域里都是脍炙人口的感性凸显型文化散文的凝结表现。

（二）理性干预型文化散文

比较而言，在新时期蒙古族散文中理性干预型文化散文为主潮，感性凸显型文化散文则处于边缘地位。前者更接近蒙田的"人生随笔"，后者更趋于培根的"社会随笔"。理性干预型散文的兴盛是民族历史散文传统使然，是传统的历史散文与新时期境遇相碰撞的产物。《蒙古秘史》作为蒙古族历史散文的源头，一直穿越不同历史时期，与各个阶段现实的交叉点上构成新的意义填空。在甘·希儒嘉措、阿拉坦巴根、扎·古日巴等作家的努力下，将历史散文从最初的历史再现性描述中扩展开来，使之包含历史、文化、哲学的丰富因素，重新将历史题材发出文化的光芒。理性干预型文化散文在创作方法上仍然属现实主义体系，追求着思想的深度与崇高的价值，审美上遵循逻辑求知、清晰推理的原则，议论成为这类散文的有效话语方式。新时期蒙古族理性干预型文化散文与余秋雨、张中行、王充闾、林非、周涛、李国文、素素等的汉语文化散文遥相呼应。余秋雨、张中行等的散文主要关注知识分子，知识分子是他们"透视中国文化（应该是汉文化——笔者）、审视自身的一个聚光点"；"既有形而上的哲学思考，又有形而下的认知，两者完美的结合，具有很强的哲理性和历史感"。然而，在此论及的理性干预型文化散文一直关注的核心是民族文化及其当代困境，国家民族及人类命运。思辨与情愫融合、悲怆与焦虑渗透、反思与重建组合是甘·希儒嘉措散文的特色。他的长篇文化散文《上都开平府》和《祸福人世间》"将上都遗址与异域景观置于更大的历史文化视野中进行关照，从当下景物推溯到过去，把现实人生还原为历史，又由过去回归当下景物，由历史参照现实人生，这样在过去和当下的不断交替中探索它们所隐含的文化渊源和文化根基"，从而追索民族文化各种危机肇因，为民族文化的前景表示深深的焦虑。这种焦虑不是霍妮提出的现代性"焦虑"，而是对于民族现存悲剧性的焦虑。扎·古日巴关注的是民族的远古文化，他的散文更加趋向于学者散文，用学者的眼光挖掘自己民族的文献资源，大胆借助想象来推导古代回鹘蒙古文字的结构生成及其所承载的文化信息。其中既有逻辑的力量，又有艺术的想象，使散文不仅具有了广阔的行文气势，还为读者提供了恢宏的阅读空间。博·图门乌力吉、阿拉坦巴根、达·乌恩其等作家的散文随笔在流畅的行文和议论的话语模式中，通过对一些平常琐事、民族盛衰、伦理德性的分析理论，将作者意志的、情感的、观察力的结晶融会贯通，使之更简捷更迅速地为人们所接受，以抵达健全的理智思考与敞开的批评空间。简言之，悲剧性现存条件与散文作者主体性心理的同构关系使理性干预型文化散文在精神指向上更多倾向于批判现实，捍卫民族文化，并使之成为文化与公众之间的媒介，具有很强的现代启蒙特色。所以，理性干预型文化散文的重心是民族历史和现实，这些散文突破了以往意象散文相对狭小的格局，开启了蒙古族新时期散文从现实的批判转型到文化自审的逻辑合法性与启蒙思想的重新塑造。

新启蒙散文

新时期初，散文作家们重振被蒙蔽已久的"启蒙散文"，但主题的实质性指向上与现代散文基本保持一致。90年代，在国内，散文一度成为风景化，其中不乏迎合低级、庸俗、大众趣味的媚俗论调和张扬个性的私人化写作。在大众文化的引导下，对社会的、民族的、理想的追求变成对个体的、私向的、审美的渴求时，蒙古族的散文作家们还是没有摆脱公共空间，依然坚守对族群的关爱，使个体与群体关系更为突出。在新世纪、新的环境与新的问题面前，为了更直接介入现实，一些从事人文学科或社会科学研究的学者、编审、教师、公务员、牧民（道尔吉希如布、牧羊人斯琴毕力格等）也加入到散文创作，显示了全民关注现实问题和参与现实文化建设的高度责任，创作了一批严肃的、以弘扬人文精神为主旨的新启蒙散文。

新启蒙散文的文化担当与现实担当比任何时候更为坚定和紧迫。它的价值诉求主要体现在以下3个方面。

1. 拯救母语危机：在内蒙古，由于通用汉语的广泛普及，蒙古母语生存空间日益缩小，随之出现轻视母语的浮躁和混乱现象，致使母语纯度受到极大的践踏与戕害。作为民族精神家园的语言——母语，面临着载体的、自身的、观念的、地位的危机。为了找回已失去的和正在失去的母语及其维系的民族文化传统，散文作家们书写了很多关于拯救母语、确立母语存在意义的散文。此类散文开始时主要承袭传统的批判精神,笔触直接指向母语者自身没有母语自觉的盲点,对其进行了无情的批判和有力的抨击。语言尖刻、泼辣,甚至有时候都点名道姓,达到了让人很尴尬的地步。博·图门乌力吉的散文集《面孔》《高乐之声》《被延宕的思和语》即是一例。这些集子中备忘录、谈话、随笔、书信等汇集成文,文笔质朴、平实、辛辣。《母语的地位问你心》(该文被选入全日制高中语文课程参考教材)、《关于〈无语境论〉》、《内蒙古的〈木头语〉(僵硬的言语——笔者)》、《语言之〈战〉》、《从自己开始,从今天开始》、《不要娶了媳妇忘了娘》等散文率性直叙、毫不掩饰,批评刻薄而精辟。以上散文虽有些过于直露,但也许作家对现实介入的迫不及待,无暇于细腻沉静,思考圆滑。这也成为博·图门乌力吉散文独具特色之处。随着母语危机的愈加显见,散文作家们逐渐从批评的维度转向了探究语言的本体论地位,开始一边大声疾呼捍卫与守住精神家园及其标牌的民族文化,而另一边为语言进行学理性透视。代表人物是诗人、散文家博·宝音贺希格,他用蒙、日、汉3种语言创作。他认为"每一种语言对我来说都是一扇大窗子,多开一扇窗子能使屋子更明亮"(《八百年如一日》),"每一种语言都是其他任何语言不能替代的一种认识,所以,一种语言的消失则意味着人类的一种敏感知觉的消失"(《我的鄂尔多斯》)。他的这种观点是从语言本体论的角度见证语言与人的存在关系,与福柯的"语言说人"遥相呼应。作家在他的散文《白羚羊》中说:"我真的只拥有一种语言,我的语言永远停留在母系社会。"在此,作家作为语言的原始人,用女性的精神来颠覆语言的工具理性,谱写语言的"诗意性栖居"本质。值得玩味的是散文《燕子的语言》,它显示了语言敞开一面的同时也表征了语言的遮蔽,从而揭示语言形而上的限度。从中我们隐约看到新启蒙散文语言观的多重意向,即从语言盲点批判转向本体思考,又从本体思考转向语言形而上批判。显然,这些转向自然暗合了西方哲学领域的语言形而上转向。

2. 推崇交往理性:英国作家爱德华·福斯特有一句:"假如散文衰亡了,思想也将同样衰亡,人类相互沟通的所有最好的道路都将因此而切断。"在新时期,部分散文作家基本摆脱为人导师的传统启蒙,建立一种哈贝马斯式的交往理性。他们面对异己文化抑或走访、旅行时不是带有仰视或俯视的心理,而是带有一种平等互尊的交往心理和不同言谈者进行对话。博·图门乌力吉在他的散文集《高乐之声》的序言中说："我的写作不是为说理教化，而是作为人推心置腹地与人交流，这也是我们应有的权利和义务。为真理而写作其实是一种理想，毫不掩饰地说，我们缺的不是'理'，而是人人敞开心扉活跃对话的习性。"新时期散文这种与人平等互信、诚挚交谈的交往心理足以彰显哲学上的主体间性和高尚的人本主义价值。新时期90年代末以来的散文不仅在写作指向上主张交往理性，而且在写作的形式上也有意建构交往的范式。达·乌恩奇的散文集《随想记》一问世便得到了很大的社会反响，其中最令人震撼、让人耳目一新的是整体模式上的独辟蹊径和平易自然的口语化表述来投合普通读者的通俗趣味。它的历史功绩在于结构上打破了以往散文集约定俗成的格局，超越通常散文体式限制而兼具其他文本特征，采取了诗体、格言体、说唱、论说等多位一体的大众型灵活形式。与历史文化散文相比，它的篇幅短小，一事一议，但也不同于以小见大式散文那样追求见微知著，也不同于托物言志式散文那样讲究象征寓意，而是直接走进与穿透命题，用坦荡的心灵去对话。伯牙兀歹·哈斯毕力格的《听候记》是达·乌恩奇《随想记》的肯定回应，在结构模式上和《随想记》一样由八大库伦（组）构成，且每一个库伦都以一个"召格"（蒙古语音译，意为聊天）来展开内容。两部集子的"召格"集中对民族现状、民族教育的未来、民族知识分子使命、母语运用、"他者"眼中的"我者"等问题进行交谈与沟通。在此，还应提及乌纳嘎的《多余的巴掌》《秋后的苍蝇》、瓦·赛音朝克图的《黑暗之主》、那·那仁陶格套的《我长得不好看》等散文集。不论这些散文的意趣如何不同，但在对向往交往理性上却是大相径庭。它们一同完成了启蒙身份的转换和主体间性表达，也一同开启了自我审视的觉醒。

3. 自省意识的觉醒：传统启蒙散文主要以精英立场启他人之蒙，新启蒙散文以自我教育立场启自我之蒙。这里的自我有两种含义，其一是个体性自我，其二是民族群体性自我。个体性自我启蒙始见于作家阿·奥德斯尔的《永不忘却的遗憾》，散文开宗明义："我现在怀着十分遗憾和深沉的内疚来写从未透露的一件事情。"文中直言不讳地坦白了曾经的愧疚事：虽然顺从父母之意，娶了一位叫恩和其其格的牧羊姑娘，但后来还是把她抛弃了，为此作家终生感到内疚。"我不知道什么时候才能蹚过这咎由自取的无边苦海。"作家以伦理维度审视自己，勇敢地去直击自己人性中的弱点。一般情况下，人们都会对自己有所隐讳，对于自己所犯的错误能规避则规避。作家阿·奥德斯尔用自己为解剖标本，深刻剖析人性而接近了卢梭的《忏悔录》。散文成就凸显作家苏日塔拉图由于一生为官的特殊经历，目光主要投向社会生活的新面貌，揭示世间的美好和诗意。如今作家年事已高，开始以抚今追昔的心情总结、思考、关照自身以及世态人情。他的散文《暮色中的苍鹰》以平静温和的叙述和智慧锤炼的思想书写了自己独特的人生体验、心理积淀。散文不仅浸润着总结人生的厚重，还带有一种反思自身的力度。文中坦然暴露自己一生中所犯下的4个痛心之过。散文虽有些自辩之嫌，但终究已经张开了正视自己的翅膀，为读者带来了诸多的人生启迪。值得一提的是，《永不忘却的遗憾》《暮色中的苍鹰》等散文发出对人性的呼唤，寻回人性良知方面与国内一些反思"文革"，把所有的责任都推给"文革"的散文截然不同。它们以道德的内省了悟人生，对自己内宇宙的疤痕进行无情鞭挞，以求个体自我完善。不妨说，阿·奥德斯尔、苏日塔拉图等老生代作家共同为蒙古族散文史开创了自省意识之先河。

民族群体性自我启蒙是历史文化反思转向民族群体自身反思，即从审父转向自审的结果。因为我们的文化策略和文化功能失去导向视野而日益走向功利实用，在强势文化与弱势文化的对峙张力中，民族自身盲点愈加凸显，所以为了葆有全球化条件下的民族生存，必须检视民族自身盲点，思索民族何以孱弱，这是民族群体性自我启蒙散文的主要担当。这类散文的写作视角大致有两种，一是"他者"镜像视角，一是游牧镜像视角。

"他者"镜像视角多见于旅外作家的散文。他们的域外境遇和异己经验，致使他们能够在域外文化的对比或返照中更加清醒地看待民族自身。纳·乌力吉巴图的《遥远的东京》、博·图门乌力吉的《在他乡》（散文集）、甘·希儒嘉措的《祸福人世间》、博·布和朝鲁的《北极石》、特古斯巴雅尔的《住日日记》等散文虽把目光置放在异域"他者"的描述，但终极关怀还是在于"我族"的重新认识。因作家身份置换（在本土是公务员、白领、知识分子，在异域是服务员、蓝领、临时工）和旅居生活遭遇，使这些散文具有一种无可规避的切肤之痛，并以此来见证民族自身积弊，进而为人们提供一种新的理念：必须重新认识自己。以上"他者"镜像视角散文与现代旅外作家散文大不相同，现代旅外作家散文的焦点在于提倡科学民主，而新时期旅外作家散文的焦点在于诚挚地检讨民族自身的疑难。然而，不是从一个僵硬的理念去推导应该和必然，而是带有强烈的问题意识和自己良知的域外体验中获得批判性和示警性。

游牧镜像视角散文主要以原生游牧文明作为对照今日的砝码，用游牧文明的优秀内质与意义的无限增值来质疑现代性，同时也企求针砭人性的、社会的、时代的种种症候。如果认同现代性是启蒙的后果，新启蒙则是现代性后果这一说法，蒙古族新启蒙散文就是一种以游牧文明消解现代文明的结果。当我们的"毡房"已为现代"秋风"所破，工业文明已替代"风吹草低见牛羊"的时候，作家们以退回传统的方式，将游牧文明当作愈合这种矛盾现状所致宿疾的良药。在他们笔下勒勒车的轮辙远胜于拖拉机的轮辙，骑摩托车总不及跨上白飞马，他们或溯时间长河而上，寻找"阿鲁宝姆巴"型的原始乐园——蓝天白云和鸟语花香；或追忆、缅怀牧歌式的童年生活，以找回人与自然的和谐。布赫德力格尔、宝音巴图、勒·恩和哈达、呼沁夫等作家都以游牧文明为标示，在鲜明的对比中，对现代工业带来的无序、凌乱、破坏表示憎恶，对原生游牧生活的淳朴、宁静、和谐表示向往。如果说这是一种保守，则不尽然，它是对原生游牧文化重新的、更为自觉的、更为亲密的认同，是一种当下策略性传统价值守成。

传统启蒙散文对现实的介入是絮语加论说式，而新启蒙散文的介入是随笔加锋芒式。在艺术造诣上对传统散文的结构模式做了后现代式的解构，形式灵活多样而更加趋于大众化。新启蒙散文在20世纪80年代由达姆林扎布、赫·宝音巴图等作家点燃，到了新世纪由甘·希儒嘉措、博·图门乌力吉、阿拉坦巴根、达·乌恩奇等作家发扬光大得到了前所未有的发展。新启蒙散文的创作指向恢复或传承了讲真话、说实感的传统，真正落实了散文的返璞归真。